La Florentine

ISBN : 2-259-19281-5

JULIETTE BENZONI

La Florentine

Fiora et le Magnifique

Fiora et le Téméraire

Fiora et le pape

Fiora et le roi de France

PLON

FIORA ET LE MAGNIFIQUE

A tous ceux, à toutes celles qui ont aimé *Catherine, Marianne* et *le Gerfaut*...

Avec toute mon amitié.

J. B.

Note de l'auteur

A une seule exception près, les patronymes italiens de ce livre ont gardé leur orthographe et leur consonance. L'exception a été faite pour le nom de Médicis auquel j'ai conservé sa forme francisée afin que mes lecteurs sachent qu'il s'agit de la grande famille florentine qui a donné deux souveraines à la France. Encore ai-je laissé aux prénoms du Magnifique et de son frère leur caractère originel...

Prologue

L'ÉCHAFAUD

Dijon – 1457

Quand les remparts de la ville apparurent au bout de l'antique voie romaine, Francesco Beltrami pressa le pas de son cheval qui prit un petit trot allègre comme s'il devinait que l'écurie n'était plus loin, bien que le jour ne fût qu'en son milieu. La petite troupe de ses gens et de ses mules chargées adopta aussitôt la même allure.

Le jeune marchand florentin aimait la Bourgogne dont il appréciait les vins en épicurien et singulièrement Dijon, la capitale, dont les ducs avaient fait l'une des plus belles villes d'Europe même s'ils n'y résidaient qu'à de rares occasions. L'œil de Francesco, habitué dès l'enfance à chercher la beauté des choses, la reconnaissait dans la splendeur des églises dont le gothique flamboyait, des demeures patriciennes et du magnifique palais ducal ciselé comme un coffret sous le double élancement de sa haute tour et de la flèche, couronnée d'or, de sa Sainte Chapelle vouée à un ordre de chevalerie : la Toison d'or, devenu célèbre dans tous les royaumes chrétiens et même au-delà.

La vérité oblige à ajouter que les monuments n'étaient pas le seul pôle d'attraction du Florentin et que certaine auberge de la rue Porte-Guillaume jouait un grand rôle dans l'enthousiasme qu'il mettait à compter toujours Dijon au nombre de ses étapes lorsqu'il se rendait en France ou dans les Flandres pour ses affaires. Il en appréciait les spécialités culinaires mais aussi le confort, égal sinon supérieur à celui des meilleures maisons particulières, et l'accueil courtois, souriant et amical que maître Huguet et sa femme Bertille réservaient toujours à l'un des plus fidèles clients étrangers de la Croix d'Or.

Le froid était vif, en ce matin de décembre. L'eau gelait dans les ruisseaux et au bord des toits qui portaient leur pleine charge de neige mais, enveloppé dans son épais manteau de cheval, le chaperon enfoncé jusqu'aux sourcils et les mains abritées par des gants fourrés, Francesco se sentait extraordinairement bien dans sa peau et heureux de vivre. Peut-être parce qu'il était jeune, vigoureux, riche et de cœur tranquille, il allait son chemin en homme sûr de lui, de son présent comme de son devenir avec ce rien de satisfaction égoïste qui caractérise les célibataires bien décidés à le rester.

Non qu'il fût laid ou que les occasions eussent manqué à l'héritier de ser Nicolo Beltrami, l'un des plus puissants parmi les maîtres de l'*arte di Calimala* qui, à Florence, tenait le haut du pavé. Plus d'une fille de confrère, de banquier ou de noble famille attardait son regard sur ce garçon de trente ans au visage ouvert, entraîné à tous les exercices du corps, lettré de surcroît, et dont les vifs yeux noirs pouvaient avoir à l'occasion la douce profondeur d'un velours. Ce qui n'était pas fréquent car Francesco se méfiait des femmes.

Naturellement il avait une maîtresse comme tout homme jeune et normalement constitué. Ce n'était pas toujours la même car il lui arrivait d'en changer mais il la choisissait toujours belle pour le plaisir de la parer mais point trop intelligente pour s'éviter des complications. Et il se trouvait très bien de cet arrangement qui faisait soupirer son père. Le vieil homme souhaitait voir son palais urbain et son aimable villa de Fiesole s'emplir de bambini bruyants. Malheureusement, il avait dû quitter ce monde, trois ans plus tôt, sans avoir reçu cette satisfaction. Pour Francesco le temps n'était pas encore venu, et Nicolo craignait fort qu'il ne vînt jamais.

Sa mort subite avait causé au jeune homme une peine d'autant plus douloureuse qu'elle était inattendue. Il avait trouvé alors, dans ses affaires, un dérivatif assez satisfaisant pour qu'il s'y lançât à corps perdu. Ses amis et ses maîtresses le virent moins souvent parce qu'il se mit à voyager beaucoup; aussi bien pour l'extension de son négoce que par un goût nouveau des grands chemins, de la découverte et d'une certaine forme d'aventure.

Il se sentait donc pleinement satisfait de son sort et de lui-même tandis qu'il approchait de la porte d'Ouche derrière laquelle s'ouvrait l'une des principales rues de la ville, celle qui la traversait du nord au sud. Mais, à peine franchies les larges douves où s'attardait, en dépit du gel, la puanteur des tanneries voisines et l'épaisse voûte de pierre où veillaient des soldats frigorifiés, il eut soudain l'impression qu'un voile de brume tombait sur lui et éteignait sa joie. Sans qu'il sût pourquoi son cœur se serra comme à l'approche d'une menace. Peut-être parce que la ville n'offrait pas son aspect habituel...

Devant lui, la placette où s'élargissait la rue Porte-d'Ouche était déserte. Les boutiques étaient fermées ou en train de fermer et les rares passants filaient en courbant le dos, les mains au chaud sous leurs vêtements comme s'ils étaient poursuivis. Ils allaient tous dans la même direction et, à entendre la rumeur qui semblait venir du cœur de la ville, ils allaient rejoindre quelque rassemblement. Et puis, tout à coup, il y eut le glas... Les notes funèbres tombaient lentement du haut clocher de l'église Saint-Jean qui était la plus proche de la porte.

Intrigué, Francesco s'approcha de l'un des archers de garde et toucha légèrement son bonnet garni de martre :

– Puis-je demander ce qui se passe céans, mon ami ? Où vont tous ces gens ? Y aurait-il une émeute ?

Relevant, de son gantelet, son chapeau de fer, l'homme considéra un instant ce voyageur à l'élégance cossue.

– Si c'était une émeute, on entendrait le tocsin, fit-il sans politesse excessive. Ça, c'est le glas!

– Je sais reconnaître un glas et vous ne répondez pas à ma question? Est-ce que quelqu'un est mort?

– Pas encore mais ça ne va pas tarder. Il y a exécution au Morimont, près d'ici. C'est là qu'ils vont tous et vous feriez bien de vous dépêcher si vous ne voulez pas manquer le spectacle...

– Je n'aime pas à voir mourir. Je voudrais seulement gagner l'hôtellerie de la Croix d'Or le plus vite possible...

– Le chemin le plus court c'est par le Morimont. Sinon il faut ressortir et faire le tour de la moitié des remparts pour entrer par la porte Guillaume. Si j'étais vous, je choisirais la droite ligne. Ce n'est pas une exécution comme les autres qui se prépare. Maître Arny Signart, le bourreau, va accommoder des gens de la noblesse : le frère et la sœur. Paraît qu'ils couchaient ensemble et que la fille est belle comme tous les anges, ajouta le soldat avec un soupir qui traduisait bien son regret de manquer ce qu'il appelait le spectacle.

Bertrami tira de son escarcelle une piécette que l'homme attrapa au vol avec une grimace de satisfaction tandis que le Florentin appelait du geste Marino, son chef muletier, qui le secondait toujours dans ses voyages.

– Que faisons-nous?

– Il vaut mieux aller de l'avant, ser Francesco. Avec nos bêtes nous arriverons bien à passer et, de toute façon, nous irons plus vite qu'en faisant le tour.

– Tu as sans doute raison. Allons donc!

Quelques instants plus tard, la petite troupe atteignait l'angle sud-ouest du vaste espace rectangulaire où s'élevait le bel hôtel des abbés du Morimont et qui était le lieu rituel des exécutions dijonnaises.

A plusieurs reprises déjà, Francesco avait franchi cette place, habituellement vide, à l'exception du sinistre appareil qui en tenait le milieu : une longue plate-forme de bois et de maçonnerie élevée de deux mètres au-dessus du sol qui supportait à un bout une potence, à l'autre une roue et, au centre, dominé par une haute croix de pierre, le billot destiné aux décapitations. Mais, ce jour-là, une marée humaine, difficilement contenue par les pertuisanes que les soldats de garde maintenaient horizontales, s'efforçait de venir battre les piliers de l'échafaud. Il y avait du monde à toutes les fenêtres, sur les toits, cependant glissants, des quelques maisons, sur le moulin des Carmes et, naturellement, sur les montoirs à chevaux de l'hôtel des abbés de Morimont dont le titulaire, absent, se trouvait alors dans son abbaye, l'une des plus puissantes du diocèse de Langres.

Le glas battait toujours ses notes funèbres et quand le Florentin, peu intéressé par le spectacle, tenta de pousser sa mule dans la foule pour continuer son chemin, il rencontra une résistance hargneuse qu'une commère traduisit par quelques injures choisies, jointes à l'injonction d'avoir à se tenir tranquille jusqu'à ce que tout soit terminé...

– Mais je n'en ai que faire de votre exécution! s'écria Beltrami avec impatience. Je veux seulement passer mon chemin. Faites-moi place!

– Même si on le voulait, on ne pourrait pas. Voilà les condamnés qui arrivent. Alors tiens-toi tranquille, mon joli et laisse-nous regarder!

Une sorte d'énorme soupir s'échappa de toutes les poitrines quand apparut le tombereau autour duquel les lances des soldats formaient comme une grille. Tous les cous se tendirent mais, au lieu des vociférations qui accompagnaient habituellement l'apparition des condamnés, un profond silence se fit. On n'entendit plus que la cloche et le grincement des roues du sinistre attelage. La femme qui avait injurié Francesco se signa lentement et murmura d'une voix étranglée d'émotion :

– Pauvre Sainte Vierge! Comme ils sont jeunes!... Comme ils sont beaux!...

Pétrifié, les yeux agrandis et la gorge soudain séchée, Francesco regardait les deux jeunes gens s'avancer vers la mort. Ils étaient bien jeunes, en effet : le garçon n'avait guère plus de vingt ans et sa compagne devait en avoir dix-sept ou dix-huit. Ils se ressemblaient d'une façon frappante, aussi frappante que leur extraordinaire beauté. Mêmes visages aux traits purs, mêmes yeux gris, même distinction et même courage car tous deux regardaient fermement le grand échafaud couvert de drap noir où les attendaient le bourreau et ses aides. Seuls leurs cheveux les différenciaient car lui était aussi brun qu'elle était blonde. Il n'était jusqu'à leurs vêtements, très élégants qui ne s'appariassent : tous deux étaient vêtus de velours gris clair brodé d'or. Lui était tête nue mais un petit hennin court ennuagé de dentelle couronnait la jeune fille et lui donnait l'air d'une fiancée marchant à l'autel. On ne les avait pas enchaînés et ils se tenaient par la main. Jamais on n'eût dit deux condamnés tant ils semblaient marcher à leur triomphe. Derrière eux, un vieux prêtre pleurait sur ses mains jointes.

Francesco se souvint alors de ce qu'avait dit le soldat, à sa manière grossière : ces deux enfants étaient frère et sœur... et ils s'aimaient. C'était sans doute cet inceste qu'ils allaient payer de leurs vies... Comme c'était étrange! Et plus étrange encore l'attitude de cette foule qui ne criait pas, ne disait rien mais où plus d'une femme, plus d'un homme pleuraient... Une plainte jaillit, tout à coup :

– Grâce! Grâce pour leur jeunesse!...

D'autres voix s'élevèrent, nombreuses, et parmi elles il y eut celle du voyageur. Francesco se retrouvait partie intégrante de cette foule désolée avec, en outre, l'impression effrayante que sa vie, à lui, était liée à celle de cette adorable femme et que rien, en cet instant, n'importait plus que l'arracher à ce qui l'attendait... Une trompette sonna puis le prévôt qui accompagnait les condamnés cria, du haut de son cheval :

– Pas de grâce! Monseigneur le duc a ordonné la mort!

La foule gronda et Francesco eut un espoir. Celui de voir tous ces gens se lancer à l'assaut de l'échafaud pour lui arracher ses victimes mais déjà le grondement décroissait, devenait murmure puis silence consterné. Le vieux duc Philippe, surnommé cependant le Bon, et qui tant aimait les femmes pouvait avoir la main lourde. Nul, ici, ne l'ignorait...

Déjà la jeune fille montait seule, courageusement, vers le bourreau masqué qui l'attendait, relevant un peu sa longue jupe d'un geste joli et refusant courtoisement l'aide de l'exécuteur dont la main tremblait un peu. Parvenue en haut, elle prit une longue respiration, se signa et regarda un instant le ciel où un timide rayon de soleil s'efforçait de percer. Puis elle sourit à la foule et ôta sa coiffure qu'elle laissa tomber. Enfin, elle s'agenouilla, écarta elle-même ses boucles brillantes et posa son cou frêle sur le bloc de bois grossier. En bas, d'un geste paternel, le prêtre avait saisi le jeune homme dans ses bras et lui cachait le visage contre son épaule. La foule retint son souffle.

Mais on eut à peine le temps de voir luire l'acier de la lourde épée brandie à deux mains. Tout était fini. Les valets du bourreau s'empressaient déjà de faire place pour l'autre victime. Maladroit, sans doute, ou trop ému, l'un d'eux, en écartant le corps de la jeune fille, releva sa jupe jusqu'aux genoux laissant voir des bas de soie rouge. La foule gronda, indignée. Maître Arny Signart, le bourreau, bondit. A toute volée, il gifla le maladroit qui roula sur le drap sanglant puis, le rattrapant d'une main, il l'agenouilla de force devant la mince dépouille en signe de repentir. La foule murmura, satisfaite.

C'était le tour du jeune homme. Déjà, il s'arrachait des bras du prêtre, s'élançait sur la plate-forme, ramassait la tête blonde pour lui donner un dernier baiser et se laissait tomber à genoux.

– Dépêche-toi, bourreau! J'ai hâte de la rejoindre...

– N'ayez crainte! Je ne tarderai pas.

L'épée se relevait. Un autre éclair, un autre choc et la tête du jeune homme roulait près de celle de la jeune fille. Cette fois il n'y avait plus rien à voir et le peuple commença à s'écouler par les rues adjacentes au milieu d'un profond et bien inhabituel silence. Le glas, enfin, cessa. Mais Francesco ne s'éloigna pas. Au contraire: laissant son cheval à Marino, il s'avança vers l'échafaud où le prêtre, à genoux, priait après avoir jeté des linceuls sur les corps mutilés. Le bourreau et ses aides le regardaient, n'osant interrompre sa prière quand, soudain, un homme richement vêtu d'une houppelande noire fourrée de gris vint les rejoindre. Sa voix aigre retentit dans l'air froid, sinistre comme le croassement d'un corbeau.

– Eh bien, maître Signart, qu'attendez-vous pour prendre ce qui vous appartient de droit? Est-ce que les vêtements des suppliciés n'appartiennent plus aux exécuteurs?

Le prêtre cessa sa prière et leva sur l'homme un regard plein d'effroi et de douleur. En même temps, il étendait ses deux mains au-dessus des corps dans un geste de protection dérisoire mais touchant:

– Respect à la mort, messire Regnault! Au nom du Dieu qui souffrit sur la croix, retirez-vous! Votre vengeance est accomplie.

– Elle ne sera complète que lorsque ces misérables auront été jetés à la fosse puante qui les attend! Allons, bourreau, prends ce qui t'est dû! Déshabille-les!

Sans répondre, celui-ci ôta, d'un geste las, le masque qui faisait de lui l'impersonnel artisan des œuvres de justice, montrant un visage rude et triste, cerné d'une barbe grise.

– Non, messire, je ne veux pas de ces dépouilles si riches soient-elles. Cela ne porterait chance... ni à moi ni à mes gens!

L'homme à la houppelande n'eut pas le temps de

répondre. Francesco se dressa soudain entre lui et l'exécuteur auquel il tendit quelques pièces d'or.

– Vous avez bien parlé, maître! Mais puisqu'il s'agit d'une loi, prenez ceci : je vous rachète ces habits. Vous pouvez les enterrer avec, padre!

– De quoi vous mêlez-vous? gronda l'homme que le prêtre avait appelé Regnault. J'ai tous les droits sur ces deux-là qui sont d'ailleurs damnés.

Vu de près, Regnault était affreux par la haine qui tordait diaboliquement son long visage à la peau jaune, aux petits yeux cruels et perçants. Cet homme suait le fiel par tous les pores de sa vilaine peau. Il ne lui manquait qu'une langue bifide jaillissant de sa longue bouche aux dents noircies pour ressembler tout à fait à un serpent. Une violente colère s'empara de Francesco qui empoigna l'homme par son vêtement :

– Damnés? Tous les droits? Seriez-vous Dieu par hasard?

– Cette... cette femme... m'a été donnée en mariage... râla l'homme à demi étranglé.

– Chez nous, l'Église dit que le mariage vaut jusqu'à ce que la mort vous sépare. La mort est passée. Allez-vous-en!

Il allait jeter l'homme à bas de l'échafaud quand le prêtre s'interposa. Doucement mais fermement, il obligea Francesco à lâcher prise :

– Vous avez dit ce qu'il fallait dire. Laissez-le aller à présent! Et vous, Regnault du Hamel, songez à quitter cette haine qui vous habite et à en demander pardon au Tout-Puissant!

Massant sa gorge endolorie, le déplaisant personnage, après un regard meurtrier lancé au Florentin, gagna l'escalier. Arrivé en bas et se considérant comme suffisamment éloigné de cet ennemi inattendu, il lui montra le poing en ricanant :

– Je ne sais pas qui tu es, toi l'étranger, mais en dépit de ton or, tu ne pourras faire que cette femelle ne soit jetée à la fosse des pestiférés avec son complice. Voilà les soldats qui vont y veiller!

En effet, le sergent qui avait assisté à l'exécution rassemblait ses hommes autour du tombereau qu'il avait fait avancer. Du regard, Francesco interrogea le prêtre. Celui-ci hocha la tête d'un air désolé :

– Il n'a que trop raison, hélas! Ces pauvres enfants n'ont pas droit à une sépulture décente. La sentence a été à ce point cruelle. J'ai même eu beaucoup de peine à obtenir le droit de les accompagner. Mais l'eût-on interdit, je serais venu quand même. Vous comprenez... je les ai vus naître l'un et l'autre.

– Alors je vais avec vous. Laissez-moi vous aider.

– Pourquoi le feriez-vous? Vous les connaissiez?

– Je les ai vus aujourd'hui pour la première fois mais je sais qu'il faut que je le fasse. Il y a quelque chose en moi qui m'y pousse.

– J'ai peur que vous ne le regrettiez quand vous saurez pourquoi on les a condamnés et quel a été leur crime.

Francesco haussa les épaules.

– Ils étaient frère et sœur... et ils s'aimaient... trop! Quelqu'un m'a renseigné. Mais nous perdons du temps.

A eux deux, ils enveloppèrent les corps suppliciés dans leurs linceuls et les portèrent dans le tombereau. Soudain, Francesco aperçut, abandonné sur le drap noir, le petit hennin de dentelle; il le ramassa. A tenir entre ses mains ce colifichet charmant qui parait si bien naguère l'exquise beauté de la jeune morte, il sentit les larmes lui monter aux yeux. Vivement, il le mit sur son cœur, à l'abri de son manteau, puis rejoignit ses gens qui attendaient toujours à l'entrée de la place.

– Va m'attendre à l'hôtellerie de la Croix d'Or, dit-il à Marino. Je vous rejoindrai tout à l'heure. Pas un mot sur le sujet de mon retard!

– Est-ce que vous ne me connaissez pas? Personne ne soufflera mot. Êtes-vous certain de ne pas avoir besoin d'aide?

– Non. J'ai une arme et de l'or. C'est plus qu'il n'en faut pour me défendre en cas de besoin.

Tenant son cheval en bride, Francesco suivit à pied le tombereau dans lequel le prêtre, assis entre les deux corps, avait repris ses prières. On franchit la porte d'Ouche et les fossés puis on obliqua vers un bâtiment lézardé qui s'élevait non loin de la route de Beaune, entre les anciennes tanneries et un champ d'épandage. L'endroit était désert et malodorant; pourtant un homme s'y tenait debout, appuyé sur une bêche, le nez et la bouche cachés par un chiffon noué derrière la tête. A ses pieds, le trou qu'il avait creusé dans la terre visqueuse mettait une tache noire sur le paysage de neige. Ce fut vers lui que se dirigea le petit cortège que le sire du Hamel suivait à distance. A la vue de la fosse boueuse dans laquelle apparaissaient des fragments d'os, Francesco ne put retenir son dégoût : il s'approcha du sergent.

– Est-il vraiment impossible de trouver une autre sépulture que ce trou infect? dit-il en portant la main à sa bourse. Le soldat retint le geste ébauché :

– Non, messire. Ce que vous demandez est impossible car cela a été ordonné par la justice. Il faut que cela s'accomplisse mais, ajouta-t-il plus bas, estimez-vous encore heureux qu'on les enterre. Si l'on avait écouté le mari, ces malheureux auraient été accrochés par les aisselles au gibet que vous voyez là-bas, au bord de la route, pour y pourrir lentement au vent, à la pluie et sous les pierres que les gamins ne manquent jamais de jeter sur les corps qui ont ce triste sort.

Francesco fit signe qu'il avait compris et recula. Quelques instants plus tard, l'affreuse fosse se refermait sur les dépouilles de ces deux êtres jeunes et beaux qui auraient pu vivre longtemps heureux et insouciants si l'amour ne leur avait tendu l'un de ses plus terribles pièges : une passion contre nature.

Le ciel parut soudain plus gris à Francesco, comme s'il venait de perdre une part de sa lumière, et le froid plus aigre. Il se tourna vers le vieux prêtre qui resserrait frileusement son manteau noir autour de ses épaules maigres :

– Je voudrais vous parler, padre. Mes gens m'attendent à la Croix d'Or. Venez avec moi nous avons l'un et l'autre grand besoin de reprendre des forces.

Le vieil homme voulut refuser mais il n'était pas de taille à contrarier le Florentin une fois que celui-ci avait décidé quelque chose. En dépit de ses objurgations, il se retrouva assis sur le cheval de cet ami tombé du ciel qui prit la bride et se dirigea d'un pas décidé vers la ville où rentraient les soldats et le tombereau. Mais en passant près de Regnault du Hamel qui semblait attendre leur départ, il cracha vigoureusement à ses pieds. Jamais encore il n'avait connu pareille envie de tuer... ni pareille horreur d'un être humain. Pourtant, une heure plus tôt, il n'avait jamais vu cet homme. Il avait fallu cette rencontre, au détour d'un chemin, avec un visage d'ange marchant au martyre pour que son propre univers basculât dans un cauchemar où, de façon inexplicable, il se retrouvait parfaitement à l'aise. Ces gens avaient envahi de leur amour et de leurs souffrances son existence aimable d'épicurien et de dilettante quelque peu égoïste. Et il ne savait même pas leurs noms...

– Ils s'appelaient Jean et Marie de Brévailles et moi je suis Antoine Charruet, curé du village et chapelain de la famille. Comme je vous le disais tout à l'heure, je les ai vus naître et ils me sont aussi chers que s'ils étaient mes propres enfants. Leur enfance s'est déroulée dans le château paternel, un beau et riche manoir qui domine les eaux dangereuses du Doubs. Leurs parents, Pierre de Brévailles et Madeleine de la Vigne, y vivent en seigneurs terriens et en fidèles sujets de notre duc Philippe que Dieu nous veuille garder bien qu'il n'écoute pas toujours les appels de la miséricorde...

Le prêtre se signa puis, prenant son gobelet, il but quelques gouttes de vin. Lui et Francesco achevaient le repas que le Florentin avait fait servir dans sa chambre où un bon feu faisait régner une agréable chaleur. Le visage du vieil homme, si pâle tout à l'heure, y reprenait couleur mais sa main avait tremblé et il était visible que les larmes n'étaient pas loin.

– Préférez-vous prendre un peu de repos, padre ? dit doucement Francesco. J'ai peur que ce récit ne vous soit encore très pénible.

– Non. Non, au contraire, cela me fait du bien de parler d'eux... d'essayer... de les expliquer à quelqu'un de compatissant... Les Brévailles avaient en tout quatre enfants, deux garçons et deux filles. Jean, l'aîné, avait trois ans de plus que Marie mais dès leur petite enfance on put remarquer qu'une profonde affection, exclusive et tenace les unissait. Les parents, pas plus que moi, ne s'en souciaient sinon pour en sourire. On les appelait « les jumeaux » parce qu'ils se ressemblaient d'étonnante façon et parce que, seuls parmi les autres enfants, ils étaient de cette extraordinaire beauté que vous avez dû remarquer, messire. C'était un caprice de la nature et nous y voyions la raison de cette préférence que Jean portait à Marie et que Marie portait à Jean. Les Brévailles étaient fiers de la beauté de leurs enfants et citaient en exemple leur tendresse mutuelle sans qu'un instant la pensée ne les eût effleurés que cet amour dût, avec les années, devenir moins pur. Quels parents d'ailleurs pourraient avoir jamais une telle idée ?

– C'est difficile à imaginer, sans doute, mais il est des exemples. On a parlé d'un comte d'Armagnac et de sa sœur...

– Quand on est de très haute maison, peut-être se croit-on au-dessus des règles de la morale et de l'opinion publique ? Chez les Brévailles, qui sont de bonne noblesse simplement, on ne saurait se permettre un tel scandale. Lorsque Jean eut treize ans, le chancelier de Bourgogne, maître Nicolas Rollin, qui est un ami de la famille, obtint pour lui d'entrer comme page au service de monseigneur le comte de Charolais, fils du duc Philippe, afin d'y apprendre à la fois les armes et le ton de la Cour. Messire de Brévailles, qui avait renoncé aux armes après le siège de Compiègne où il avait été grièvement blessé, fut très heureux de cette circonstance qui allait permettre à son fils d'apprendre la chevalerie sous un prince qui s'en veut le serviteur enthousiaste. Et Jean partit pour Lille.

Dire ce que fut le désespoir de Marie est impossible. Son chagrin de ce départ fut si violent que sa mère craignit un instant pour sa raison et que l'enfant languit de longs mois avant de retrouver la santé.

L'absence de Jean dura quatre ans. De page il était devenu écuyer de monseigneur Charles et quant il revint passer avec les siens la Noël de l'an 1455, chacun put voir qu'il avait la plus fière mine qui se puisse voir. Quant à Marie, qui avait appris le chant, la danse, la musique et la manière de tenir une maison, sa beauté fleurissait avec un tel éclat que les demandes en mariage commençaient à affluer. Elle les refusait toutes en assurant qu'elle ne souhaitait pas quitter la demeure de ses parents, où elle se trouvait pleinement heureuse.

C'est au retour de Jean que les choses prirent une tournure grave. Pour ma part, j'en eus le pressentiment devant l'attitude de ces deux enfants. Dès qu'ils se furent retrouvés, ils ne se quittèrent plus. Ils s'asseyaient toujours l'un près de l'autre en se tenant la main. Ils multipliaient les occasions de s'isoler et faisaient ensemble de longues promenades à cheval. Une nuit... ce fut le drame... et je regrette de dire que j'en fus l'artisan.

Antoine Charruet s'éloigna de la table et alla s'asseoir près du feu auquel il tendit ses mains maigres qui avaient recommencé à trembler.

– Ce soir-là, Jean avait appris à Marie une danse de cour fort gracieuse sans doute mais dont les figures, pleines de langueur, n'étaient pas de mise entre frère et sœur. En outre, j'avais remarqué certain trouble, certain frémissement quand leurs yeux se rencontraient ou quand leurs mains se joignaient. Tout cela me tint éveillé assez tard dans la nuit. Je sentais croître ma nervosité et je finis par comprendre que je ne pourrais pas trouver le sommeil tant que je n'aurais pas parlé à Jean. Il fallait que je le décide à rejoindre monseigneur de Charolais dès le lendemain. Je pris donc ma chandelle et me dirigeai vers sa chambre qui se situait dans l'une des tours, c'est-à-dire assez à l'écart de celles de la famille.

En arrivant, je vis qu'un peu de lumière filtrait sous la porte et j'en fus content car cela m'évitait de réveiller le garçon. Très doucement, j'ouvris la porte, pensant le surprendre en train de lire ou d'écrire. Hélas, ce que je vis était à la fois terrifiant et de la plus fascinante beauté : dans le grand lit aux rideaux rouges, sous la lumière douce d'une chandelle Jean et Marie s'aimaient...

Je ne sais ce que vous auriez fait à ma place. J'aurais dû, sans doute, m'élancer dans la chambre, arracher Marie à ce lit, à ces bras où elle semblait goûter un bonheur indicible. Je ne l'ai pas pu. Un instant, je les ai contemplés perdus dans leur amour qui les magnifiait... et puis j'ai refermé la porte doucement, tout doucement et je suis rentré chez moi pour y prier le reste de la nuit. Le mal était fait d'ailleurs et quelques heures de plus ou de moins n'y changeraient rien.

Dès l'aube, je fus chez Jean qui cette fois était seul. Je lui dis ce que j'avais vu et lui ordonnai, au nom du Seigneur, de quitter immédiatement cette maison qu'il n'avait pas craint de souiller. Il ne protesta pas. Il dit seulement : « Nous nous aimons et rien ni personne ne nous en empêchera ». Néanmoins, il accepta de partir. S'il avait refusé, j'aurais été obligé de prévenir son père et il le savait.

A Marie plongée dans les larmes par ce départ si brutal je ne dis rien mais j'allai trouver ses parents et leur fit entendre qu'il était temps de marier leur fille. A ma surprise, je les y trouvai décidés. Eux non plus n'avaient pas aimé la danse de cour... Et, cette fois, Marie n'aurait plus le droit de refuser l'époux qu'on lui offrirait.

Le malheur voulut que, sur ces entrefaites, je fusse obligé de m'absenter quelques semaines, mais je partis tranquille, persuadé qu'à mon retour les choses auraient retrouvé un cours normal. Dans mon idée, je pensais qu'un époux jeune, beau et amoureux aurait vite raison du souvenir de Jean. J'avais fini par me persuader que la scène dont j'avais été le témoin n'était qu'une folie passagère, un grave enfantillage. Ils étaient si jeunes tous les deux!

Lorsque je revins, Marie était fiancée et, contrairement à ce que j'espérais, j'en fus consterné. Par je ne sais quelle aberration, Pierre de Brévailles, en dépit des prières de sa femme, avait jeté son dévolu sur Regnault du Hamel. Vous l'avez vu, je n'ai donc pas à vous le décrire. Je me bornerai à vous dire que, conseiller et lieutenant de la chancellerie au siège d'Autun, fort riche de surcroît, il avait de hautes et puissantes relations qui en faisaient un gendre souhaitable. En outre, il prenait Marie sans dot, ce qui avait compté dans la décision de Brévailles. Ses finances, je l'appris alors, n'allaient pas au mieux... Auprès de cela, l'amour ne pesait pas lourd.

Jamais je n'ai célébré mariage plus dramatique. Il fallut positivement traîner à l'autel une petite Marie défigurée par les larmes au point que je voulus refuser d'officier. Mais du Hamel avait avec lui un sien cousin, chanoine de Saint-Benigne de Dijon qui était tout prêt à me remplacer. Je bénis donc ce mariage et j'en porterai le poids jusqu'à ma dernière heure.

Car, à peine Marie fut-elle entrée dans la maison d'Autun où résidait son époux que la vie devint pour elle un enfer. Du Hamel se montrait d'une avarice sordide et d'une jalousie de maniaque. Marie, soumise à l'incessant espionnage de ses gens vivait enfermée, mal nourrie, privée de tout ce qui peut rendre la vie agréable à une jeune femme. La naissance d'une petite fille qui vint neuf mois après le mariage n'arrangea rien. Le mari voulait un fils et rendit sa femme responsable de ce qu'il considérait comme une offense. En outre, ce qui est plus grave encore, il prêta l'oreille à certains commérages touchant la nature réelle des sentiments que Marie nourrissait envers son frère.

– D'où tenait-il cela ?

– Allez savoir ? Une servante renvoyée, un valet acheté ou encore un témoin de ces longues promenades que les deux malheureux enfants faisaient trop souvent seuls. Toujours est-il que, dès lors, Regnault du Hamel ne ménagea plus à sa femme les injures et les mauvais traitements. Battue, méprisée, honnie, Marie résista de son mieux mais, quand du Hamel mit le comble à sa méchanceté en lui enlevant sa fille, le courage l'abandonna. A quelques lieues de sa prison, il y avait la maison de son enfance et le toit qui avait abrité son trop court bonheur. Une nuit, profitant d'une brève absence de son bourreau, Marie réussit à s'enfuir avec l'aide d'une jeune servante qui l'avait prise en pitié. Elle courut d'une traite jusque chez ses parents, avide d'un refuge dont son corps meurtri et couvert de vilaines taches bleues ne proclamait que trop le besoin. Elle ignorait que Jean, inquiet d'être sans nouvelles de sa sœur depuis des mois, venait lui aussi d'arriver. Et tout de suite on fut en plein drame.

En se retrouvant, les deux jeunes gens retrouvèrent aussi intact et même renforcé ce sentiment monstrueux qui les poussait l'un vers l'autre et les Brévailles eurent peur. Avec des prières, puis des menaces, ils tentèrent de persuader Marie de retourner chez son époux. Madeleine de Brévailles avait le cœur navré devant les souffrances qu'endurait sa fille mais du Hamel était son époux : il avait sur elle tous les droits et nul n'y pouvait rien.

Jean, lui, batailla pour sa sœur. Il fallut le retenir de force et l'empêcher de courir à Autun pour y tuer l'odieux mari. De toute façon, il s'opposait formellement à ce que

Marie retournât au logis conjugal, et les parents ne surent plus que faire : Marie menaçait de se tuer si on la renvoyait. C'est à ce moment qu'arriva une lettre de Regnault. Lettre violente et agressive s'il en fut. L'affreux personnage y accusait formellement Marie de relations incestueuses avec son frère et annonçait qu'il allait déposer une plainte auprès de la justice ducale. Cette fois, Jean et Marie prirent peur et, souhaitant mettre le plus de distance possible entre eux et leur ennemi, craignant par ailleurs d'attirer de graves ennuis à leurs parents, ils s'enfuirent. Alors que la sagesse eût voulu qu'ils tirent chacun de son côté : lui pour rejoindre le comte de Charolais qu'il avait quitté sans permission, elle pour s'enfermer dans quelque couvent éloigné, ils n'eurent pas le courage de se séparer ni de résister à leur passion. Ils gagnèrent Paris où, confiants dans la grandeur de cette ville, ils s'installèrent dans une auberge voisine du Louvre et y vécurent sous un faux nom comme mari et femme. J'ai le regret de dire qu'ils connurent là, dans leur inconscience, six mois de bonheur indicible...

– Il ne faut jamais regretter le bonheur, dit Francesco gravement. C'est chose trop rare!

– Même lorsqu'on le paie un tel prix?

– Si c'est à leur mort que vous faites allusion, je crois que vous vous trompez. Je les ai vus. Ils semblaient aller vers le Paradis. Ils savaient qu'à présent plus rien ne pourrait les séparer. Ils allaient vers l'éternité...

– Sans doute, soupira le père Charruet, mais ce que vous ignorez c'est que ce bonheur ne tarda pas à annoncer un fruit. Cette nouvelle leur fit mesurer l'abîme qui se creusait entre eux et leur univers habituel. Avec la résolution de cette sorte d'âme, ils ne reculèrent pas devant les conséquences et se sentirent, au contraire, plus unis dans leur crime qu'ils ne l'avaient jamais été. Ils songeaient alors à gagner l'Angleterre afin de pouvoir y vivre au grand jour mais l'argent commençait à leur faire défaut... et puis, sans qu'ils s'en doutent, le destin apprêtait ses armes. Ils se croyaient bien cachés dans ce grand Paris et ils ignoraient encore qu'avec de l'or on arrive à tout. Regnault du Hamel, sa plainte déposée auprès de la justice ducale, en avait dépensé beaucoup en dépit de son avarice. Payés par lui, des espions relevèrent les traces des fugitifs puis s'assurèrent des complicités. Il ne pouvait être question, en effet, de les arrêter au grand jour puisqu'ils ne se trouvaient plus en Bourgogne. Du Hamel paya tout ce qu'il fallut et, une nuit, une troupe d'hommes masqués envahit l'auberge, en arracha les deux jeunes gens et les jetèrent dans une barge qui remonta la Seine jusqu'à un point où l'on trouva des chevaux. Après un voyage affreux au cours duquel Marie, enceinte, pensa mourir cent fois, les malheureux enfants furent ramenés ici où les attendaient, non seulement du Hamel triomphant mais encore la prison... En effet, cet homme ne voulait pas seulement la mort des coupables, il voulait aussi leur avilissement public, il voulait les voir enchaînés ensemble à un bûcher au milieu d'une foule à la joie brutale et insultante... Et, de fait, ils furent condamnés. Le mari s'était trouvé plus de témoins qu'il n'en fallait, une poignée de misérables qui contre un peu d'or vinrent jurer qu'ils avaient cent fois vu Jean et Marie se donner l'un à l'autre... D'ailleurs Marie attendait un enfant. Courageusement, dans l'espoir de sauver son frère, elle affirma bien s'être donnée à un amoureux de rencontre mais cela ne servit à rien. La sentence fut seulement ajournée jusqu'à la délivrance de la pauvre petite.

J'allai alors supplier Pierre de Brévailles de se rendre auprès de monseigneur le duc pour obtenir qu'au moins on leur laissât la vie et qu'on les enfermât seulement dans des couvents. Il refusa brutalement. Son orgueil était atteint, il se jugeait avili, déshonoré et je crois bien qu'il s'était mis à les haïr. Dame Madeleine, sa femme, avait joint ses prières aux miennes sans autre succès. Alors nous partîmes tous deux pour Bruxelles. Cette démarche que le père refusait, la mère y courait avec tout son amour intact.

A Lille, au sortir de la chapelle, elle alla se jeter aux genoux de monseigneur le duc qui lui tourna le dos sans vouloir l'entendre. Ce vieux bouc qui n'a cessé d'offenser Dieu par sa luxure effrénée aurait peut-être eu pitié de Marie si elle avait été sa maîtresse. Mais il n'eut que mépris pour cette mère douloureuse, jeta le prêtre dans une soudaine explosion de colère qui fit sursauter son auditeur.

– Qu'avez-vous dit, padre?...

Soudain rouge jusqu'à sa couronne de cheveux blancs, le père Charruet eut un timide sourire :

– Rien! Pardonnez-moi, mon fils! Je me suis laissé emporter par un reste de cette colère que j'ai éprouvée devant les larmes de dame Madeleine, laissée seule, à genoux au milieu d'une galerie somptueuse sous les regards moqueurs des courtisans. Je l'ai relevée et nous sommes sortis ensemble mais elle voulait encore tenter quelque chose : Jean avait longtemps servi le jeune comte de Charolais qui le traitait amicalement. Peut-être ce jeune prince que l'on disait de mœurs si pures se laisserait-il toucher par la pitié? Jean disait souvent que son maître lui voulait du bien...

– Alors?

– Cette fois, nous fûmes reçus mais l'espoir ne dura qu'un instant. Le comte Charles a en horreur la débauche qui règne à la Cour de son père et s'efforce de faire régner dans son entourage la dignité et la décence. En outre, c'est un prince plein d'orgueil et Jean a abandonné son service sans lui demander son congé. Nous l'avons trouvé fort sévère : « Les coupables de pareil crime ne méritent pardon ni miséricorde car ils ont péché à la fois contre la loi de Monseigneur Dieu et contre celle de la nature. La justice doit suivre son cours... » Les larmes d'une mère désespérée n'ont pu trouver le chemin de ce cœur cuirassé et tout ce que l'on a pu en obtenir fut que la sentence serait changée : l'abominable bûcher ferait place à la décapitation par l'épée, seule mort digne d'un gentilhomme. Vous en savez à présent autant que moi...

– Il manque encore quelque chose, padre! La jeune femme était enceinte, avez-vous dit. A-t-elle pu mettre au monde son enfant?

– Oui. Dans sa prison, il y a cinq jours, Marie a donné le jour à une petite fille que l'on a portée dès le lendemain à l'hôpital de la Charité où vont tous les enfants abandonnés.

– Abandonnés? s'insurgea Francesco, mais cette pauvre petite n'a-t-elle pas des grands-parents? Les Brévailles ne peuvent-ils s'en charger? Il me semble qu'elle est doublement de leur sang?

– Pour rien au monde messire Pierre ne voudrait de cette preuve sous son toit et dame Madeleine, qui s'est fait durement tancer à son retour des Flandres, n'a pas osé braver davantage la colère de son époux. Ce qu'elle cherche à obtenir, pour le moment, c'est qu'on lui confie l'enfant que Marie a donné à Regnault du Hamel.

– Et l'autre petite, alors? Que va-t-elle devenir?

Le vieux prêtre écarta deux mains dont le vide traduisait l'impuissance :

– Je n'en sais rien. Pourtant, avant de mourir, Marie m'a supplié de prendre soin de son enfant. Je ne sais quel va être son sort. Les dames de l'hôpital ne l'ont pas accueillie sans répugnance.

– Comment cela?

– L'enfant née de l'inceste est un objet d'horreur, le produit d'une œuvre diabolique. Aucune nourrice n'a voulu s'en charger. On lui donne du lait de chèvre; elle mourra sans doute bientôt si ce n'est déjà fait. Je pensais m'en charger mais quelle femme acceptera de m'aider? J'habite à Brévailles et n'ai d'autre logis que...

Francesco laissa éclater son indignation :

– Les gens d'ici me font l'effet d'être d'étranges chrétiens. L'enfant est-elle baptisée?

Le frère Charruet fit signe que non :

– Je voulais le faire; on ne m'a pas permis de l'approcher et...

– C'est ce que nous allons voir! Conduisez-moi à cet hôpital où les enfants inspirent le dégoût!

– Que voulez-vous faire?

– Vous le verrez bien! Holà, Marino! Fais atteler deux chevaux ou plutôt trois et prépare-toi à nous accompagner.

– C'est de la folie! Il va bientôt faire nuit, les portes vont se fermer et l'hôpital est à l'entrée de la route de Beaune, dit le prêtre.

– C'est bien pour cela qu'il faut faire vite!

Un instant plus tard, les trois hommes reprenaient le chemin de la porte d'Ouche. En effet, l'hôpital de la Charité, placé sous le vocable du Saint-Esprit, élevait ses bâtiments au bord même de la rivière d'Ouche, non loin de l'ancien hospice des pestiférés. C'était un vieil édifice, fondé en 1204 par le duc Eudes III pour les pèlerins, les pauvres malades et les enfants abandonnés. Des religieux du Saint-Esprit s'y partageaient l'ouvrage avec quelques dames augustines qui s'occupaient plus particulièrement des enfants.

Le jour baissait quand Francesco et ses deux compagnons arrivèrent en vue de l'antique portail. Soudain, Antoine Charruet saisit Francesco par le bras et le retint. Un homme sortait, accompagné jusqu'au seuil par un religieux.

– Regardez, dit le prêtre. C'est Regnault du Hamel! Je le reconnaîtrais n'importe où en dépit de ce gros manteau où il s'abrite...

–... et sous lequel il cache quelque chose! Suivons-le!

– Pensez-vous que ce serait... l'enfant?

– J'en jurerais! Écoutez!

Le vent du soir leur apportait, en effet, un faible vagissement qui ôta les derniers doutes au prêtre. C'était bien l'enfant que du Hamel cachait sous son manteau et il était urgent de savoir ce qu'il en voulait faire. Laissant les bêtes à la garde de Marino, Francesco et son compagnon s'élancèrent sur sa trace. Elle n'était pas difficile à suivre. L'endroit était désert et l'homme ne se savait pas épié. Il marchait rapidement en direction du vieil hospice et de son affreux cimetière. Francesco le vit s'arrêter près de la fosse fraîchement refermée que la neige déblayée distinguait du reste du terrain. En un éclair, le Florentin comprit ce qu'il était venu faire là et, dégainant sa dague, il partit comme une flèche, rejoignit l'homme en un instant. Il était temps. Du Hamel avait dégagé des plis de son manteau un bébé qui se mit à crier quand il l'éleva au-dessus de sa tête pour le fracasser contre une pierre. Mais la dague de Francesco s'enfonçait déjà dans la chair de ses reins...

– Doucement, messire l'assassin ! Tout doucement, si vous ne voulez pas que je vous tue. Je savais déjà que vous étiez un fier misérable mais à ce point...

La douleur devait être vive car Regnault obéit et abaissa son bras.

– Que... voulez-vous ?

– Cet enfant. Donnez-le-moi... et sans lui faire de mal ! Allons ! Vite ! Je suis peu patient !

La dague s'enfonça un peu plus. L'homme poussa un cri, lâcha sa proie que Francesco saisit de sa main libre pour le remettre aussitôt au vieux chapelain qui les avait rejoints et qui pleurait d'émotion :

– Dieu a permis que vous arriviez à temps, messire ! En vérité je crois que vous êtes son envoyé.

– Je commence à le croire aussi. A présent, que faisons-nous ? Je l'achève ?

Mais, pour échapper à la douleur qui lui vrillait les reins, du Hamel s'était lancé en avant et roulait dans la boue. Il écumait de fureur :

– Misérable étranger ! Tu n'auras pas trop de toute ta vie pour regretter ce que tu as fait aujourd'hui ! Je suis un homme puissant et j'ai les moyens de te faire châtier comme tu le mérites.

– Vous êtes surtout un criminel que nous avons surpris au moment où il allait tuer un enfant, gronda le père Charruet. J'en témoignerai devant la justice de monseigneur Philippe et nous verrons bien qui aura raison!

Francesco se mit à rire et frappa dans ses mains pour appeler Marino qui accourut avec les montures. Dans l'une des sacoches que portaient les chevaux, il prit une corde :

– Nous allons faire en sorte, maître coquin, que tu ne puisses nuire à personne avant un bon moment. Aide-moi, Marino!

Avant que du Hamel ait pu faire le moindre geste pour se défendre, il se retrouva solidement ligoté et réduit à l'impuissance. Comme il poussait des cris d'orfraie, Francesco le bâillonna avec deux mouchoirs. Puis les deux hommes le transportèrent dans le vieil hospice à demi-ruiné et l'abandonnèrent adossé contre un mur dans ce qui avait été le vestibule.

– Vous ne craignez pas qu'il meure de froid? s'inquiéta le prêtre qui berçait machinalement le bébé abrité sous son manteau et qui d'ailleurs ne criait plus.

– C'est affaire entre Dieu et lui! Ne me demandez pas de pitié pour cet assassin. Il est chaudement vêtu et nous l'avons mis à l'abri des courants d'air. Je me méfie de ce genre d'homme et je veux avoir quitté Dijon avant qu'il ne donne à ses menaces un commencement d'exécution. Après tout, il a raison quand il dit que je suis un étranger ici... Maintenant, il faut nous occuper de ce pauvre petit être qu'il allait massacrer si sauvagement. Montrez-le-moi, padre!

Le vieil homme entrouvrit son manteau, découvrant une petite figure ronde crêtée d'une boucle brune, deux poings minuscules qui s'agitaient doucement. Les yeux étaient clos et la petite bouche s'ouvrait et se refermait, cherchant à téter.

– Elle a faim, dit Francesco. Rentrons vite à la Croix d'Or. Dame Huguet saura prendre soin d'elle. Je dirai que je l'ai trouvée dans la rue pour éviter de choquer les délicatesses des gens d'ici.

– Mais qu'allez-vous en faire ?

Francesco se pencha, prit l'une des menottes qui s'agrippa aussitôt à son doigt. Il y posa un baiser léger mais sa voix était grave quand il répondit :

– Je vais en faire ma fille. Je n'ai pas d'épouse et peu de famille. Elle n'en a pas non plus. Ensemble nous serons peut-être heureux. Pour ma part, je ferai tout pour cela.

– Vous êtes jeune, mon fils. Vous vous marierez un jour.

– Non... non, jamais ! Prenez-moi pour un fou si vous le voulez, padre, mais j'ai vu mourir aujourd'hui la seule femme que j'aurais voulu aimer. Et j'espère seulement que, là où elle se trouve, Marie... Marie qu'il me semble connaître depuis toujours, me regarde en souriant.

Une cloche sonna au loin. Les portes de la ville se refermèrent sur les trois cavaliers et leur fragile fardeau. Dijon, confiante dans la solidité de ses remparts, se disposait à passer une nuit tranquille.

Le retour à la Croix d'Or avec un bébé de quelques jours prit la tournure d'un événement. Dame Bertille Huguet était toute dévouée à un client dont elle connaissait depuis longtemps l'extrême générosité et si l'arrivée soudaine d'un enfant tombé du ciel lui parut un peu bizarre, elle se garda bien de poser la moindre question. Elle s'attendrit au contraire sur le triste sort auquel avait été vouée cette toute petite fille, déclara qu'elle était déjà jolie comme un ange et la remit aux mains expertes d'une parente d'âge mûr, Léonarde, qui l'aidait à l'auberge et qui, comme toutes les vieilles filles, adorait s'occuper des petits enfants. Elle trouva dans ses coffres des langes et des brassières qui avaient appartenu à sa fille, dénicha même un berceau et installa le tout dans la chambre de Léonarde. En revanche, elle montra un peu de flottement quand Beltrami lui déclara qu'il lui fallait trouver d'urgence une nourrice acceptant de le suivre au-delà des Alpes et demanda à son époux de dénicher à n'importe quel prix une litière pour transporter le bébé et la nourrice.

– Est-ce que vous repartez déjà demain ? s'étonna le père Charruet.

– Bien sûr. J'entends mettre l'enfant en sûreté chez moi le plus vite possible et ne pas laisser à qui vous savez le temps de nous nuire.

– Mais... vos affaires ? Ne m'avez-vous pas dit que vous étiez en route pour Paris afin d'y visiter le comptoir que vous y avez ?

– Le voyage n'avait rien d'urgent. Je l'avais entrepris surtout pour ne pas être à Florence pour les fêtes de Noël. C'est à ce moment qu'était mort mon père et ce souvenir m'est encore pénible. L'un de mes serviteurs, à qui je vais donner une lettre, conduira sans difficulté le chargement de draps fins jusqu'à notre maison de la rue des Lombards. Je ne garderai que Marino avec moi. Ce sera suffisant pour atteindre Marseille où m'attend ma caraque, la *Santa Maria del Fiore* qui nous mènera jusqu'à Livourne, un petit port de pêche qui appartient à Florence depuis une trentaine d'années...

– Un navire ? Seriez-vous aussi armateur ? Je vous croyais seulement fabricant de draps fins ?

– C'est en effet ce que nous sommes, nous autres qui pratiquons ce que l'on appelle chez nous *l'arte di Calimala.* Nous importons de l'étranger, principalement des Flandres et de l'Angleterre, des draps bruts qui sont remis sur le métier et transformés en ces draps fins, aussi souples et aussi doux que la soie, qui sont demandés à travers toute l'Europe. Mais mon père avait la passion de la mer. Nous avons donc deux navires, la *Santa Maria* et la *Santa Maddalena,* dont l'une sert à notre commerce et l'autre visite les côtes d'Afrique ou les échelles du Levant pour en rapporter des produits rares ou précieux... Plus pour satisfaire son goût de la beauté d'ailleurs que pour réaliser de grandes affaires. C'est du moins ce qu'il disait, ajouta Francesco avec un sourire, car la *Santa Maddalena* lui a parfois rapporté des trésors... Mais où allez-vous, padre ?

Le vieil homme s'était levé et se disposait à partir.

– Si je tarde davantage, dit-il, la porte du couvent du Petit-Clairvaux, où l'on me donne hospitalité, sera fermée et je...

Francesco alla vivement se placer entre lui et la sortie et, tendant les mains, enferma celles du prêtre dans leur solide étreinte :

– Pour cette nuit, je vous supplie d'accepter mon hospitalité à moi. Nous partagerons cette chambre...

– Mais...

– Par grâce, acceptez ! Je ne voudrais pas vous perdre déjà. Demain, je quitterai cette ville, peut-être pour n'y plus revenir. Il se peut que nous ne nous rencontrions plus en ce monde... et je voudrais que vous me parliez encore... d'elle !

– De... Marie ?

– J'ose à peine prononcer son nom et cependant, en un seul moment, elle s'est emparée de mon cœur, de ma vie... Restez ! D'ailleurs on va bientôt nous servir à souper.

On frappait à la porte en effet et, ce qui entra, ce fut une grande femme sèche dont le long nez pointu s'ornait d'une paire de lunettes qui lui conféraient une irrésistible ressemblance avec une cigogne. Derrière leurs verres cerclés d'acier, ses yeux bleus brillaient, pleins de vivacité. Au-dessus de son austère robe noire où était piqué un devantier immaculé, son visage marqué de grands plis verticaux n'avait pas plus d'âge que son corps maigre et plat. C'était cette Léonarde à laquelle dame Bertille avait confié l'enfant. Elle exécuta, en entrant, une sorte de demi-révérence assez désinvolte mais qu'elle accompagna d'un étirement de ses lèvres minces qui pouvait, avec beaucoup de bonne volonté, passer pour un sourire.

– Je suis venue vous dire que la petite fille s'est endormie, messire, et qu'elle semble en bonne santé en dépit du triste état où elle était réduite tout à l'heure.

– Je vous remercie d'en avoir pris soin, répondit Francesco qui, croyant que la femme souhaitait une récompense, mit la main à son escarcelle.

Elle l'arrêta d'un geste et d'un bref :

– Merci, il ne s'agit pas de cela!

– De quoi s'agit-il alors?

– De ce qui va se passer demain. Dame Bertille m'a dit que vous comptiez repartir dans votre pays en emmenant cette pauvre petite. Au fait, quel est son nom?

Francesco et le père Charruet se regardèrent, perplexes. Ni l'un ni l'autre n'y avait pensé jusque-là... Des larmes de honte montèrent aux yeux du vieil homme.

– Nous ne... savons pas. Nous ne savons même pas si elle est baptisée... Une enfant... trouvée...

Léonarde lui décocha un sourire moqueur qui était cette fois un vrai sourire, plein de gaieté et même d'espièglerie, ce qui sur elle était inattendu.

– Un saint homme comme vous ne devrait pas mentir, mon père. Quelque chose me dit que vous l'avez trouvée à l'hôpital de la Charité, ce petit ange... et qu'en bonne justice elle devrait s'appeler Marie... ou Jeanne! Allons, ne faites pas cette mine! Si je suis curieuse, je sais aussi tenir ma langue. Et ce qui s'est passé ce matin au Morimont était bien la chose la plus triste qui soit. Ces malheureux enfants...

– Comment avez-vous deviné? demanda Francesco.

– J'ai suivi le procès. Oh! pas à cause d'une curiosité qui eût été laide mais plutôt par compassion. Je souhaitais tellement qu'on leur laisse au moins la vie. Et j'ai vu souvent messire Charruet qui se donnait mille peines pour eux... Le rapprochement avec le bébé se faisait de lui-même.

Brusquement, Léonarde dont la voix s'était fêlée tira un vaste mouchoir de sa poche et se moucha vigoureusement.

– Laissons-les reposer en paix à présent et venons-en à ce que je suis venue dire! Il vous faut une nourrice n'est-ce pas, messire?

– En effet. Sinon il faudrait que j'emmène une chèvre.

– Je crois que j'ai ce qu'il vous faut. Pas loin d'ici, il y a une pauvre fille de mon pays qui a été violée par un soudard. Elle est venue cacher sa honte à la ville et je me suis occupée d'elle. Son enfant est né avant-hier mais il n'avait que le souffle et il est mort à peine sorti du ventre de sa mère.

– Elle accepterait de nourrir la petite? Et aussi de partir si loin?

– Ça j'en réponds. Mais à une condition : je partirai avec elle.

La stupeur arrondit avec ensemble les yeux des deux hommes :

– Vous voulez quitter cette maison où l'on vous apprécie, je crois, traduisit Beltrami, et cela sans même savoir où vous allez ni qui je suis? Ma *perché*... mais pourquoi?

– J'espère être appréciée où que j'aille, fit Léonarde sans se démonter. En outre, je sais juger un homme de bien. Autre raison encore : si vous emmenez Jeannette je veux pouvoir veiller sur elle car cette pauvre fille a eu sa suffisante part de malheur. Prenez que j'y suis attachée mais... (et le ton de la femme changea, se fit grave avec une curieuse note d'émotion...) mais peut-être moins qu'à ce bébé que tout à l'heure on a mis dans mes bras et qui dort dans ma chambre. Quand je l'ai reçu, je me suis sentie comblée, émerveillée. C'était comme un don du ciel, une réponse à l'angoisse inexplicable que j'ai ressentie lorsque sa mère est entrée dans cette ville au milieu des archers, enchaînée comme une criminelle.

Francesco regarda Léonarde avec une curiosité nouvelle. En vérité, cette femme lui semblait de plus en plus étonnante :

– L'inceste n'est-il pas un crime à vos yeux, donna Léonarda ?

– Pas plus qu'aux vôtres apparemment, fit-elle avec audace. Selon moi, c'est à Dieu seul de juger ce qui n'est, après tout, qu'un excès d'amour. Lui seul possède la balance où peser les cœurs. Le seul qui eût mérité la mort, c'était Regnault du Hamel : pour excès de haine! Mais je ne suis pas venue pour faire ici un discours, ajouta Léonarde retrouvant sa brusquerie habituelle. Est-ce que je vais chercher Jeannette ?

– Je vous en serai reconnaissant. Auparavant, allez donc chercher l'enfant..

– Elle dort, vous dis-je.

– C'est sans importance. Par la même occasion, priez dame Bertille et maître Huguet de monter ici avec... Il se tourna vers le vieux prêtre : Que vous faut-il pour célébrer un baptême ?

– Vous voulez ?... Après tout, pourquoi pas ? De l'eau pure, du sel, un linge blanc, un parrain, une marraine...

– Je serai celui-là et donna Leonarda sera celle-là... si elle le veut bien. Maître Huguet et sa femme seront témoins...

Derrière leurs verres les yeux bleus s'illuminèrent.

– J'y vais tout de suite. Après, j'irai chercher Jeannette...

Quelques instants plus tard, la petite fille vouée naguère à la honte et à la mort recevait le baptême des mains d'Antoine Charruet et les noms de Fiora-Maria, fille adoptive de Francesco-Maria Beltrami se substituant au père et à la mère inconnus, le parrain étant ce même Beltrami et la marraine Léonarde Mercet.

Le témoin déboucha pour la circonstance l'une de ses meilleures bouteilles de vin de Beaune et s'il se montra surpris du prochain départ de cette parente de sa femme, il n'en éprouva pas une douleur excessive. Dame Bertille, elle, versa trois larmes mais pensa que, si sa cousine était en train de devenir folle, elle préférait de beaucoup que ce fût loin d'une hôtellerie dont le renom avait toujours été irréprochable. Si l'un comme l'autre trouvèrent étrange ce grand remue-ménage fait autour d'une enfant trouvée au coin d'une rue, ils se gardèrent bien de le manifester en vertu de l'intangible règle de tout bon commerçant qui veut que le client ait toujours raison. Surtout un client aussi riche que le Florentin...

Le lendemain, à l'aube, une litière quelque peu usagée mais encore très présentable – que maître Huguet avait négociée férocement dans la nuit à un sien parent chanoine de Saint-Bénigne – et que dame Bertille avait garnie de force coussins, emportait le bébé Fiora, sa marraine et Jeannette, sa nourrice, jeune Bourguignonne à la figure ronde, au corps rond, aux seins ronds et aux yeux arrondis de se trouver soudain passée d'un sort presque misérable à une prospérité inattendue. Des mules solides étaient attelées aux brancards. Francesco Beltrami, et Marino, armés jusqu'aux dents, escortaient le véhicule dont les rideaux de cuir brun s'étaient refermés dès la sortie de la cour de l'hôtellerie. On se dirigea vers la porte d'Ouche tandis que les derniers valets du Florentin, avec le chargement de draps affinés, remontaient vers la porte Guillaume au-delà de laquelle s'ouvrait la route de Paris.

Au moment où la litière traversa le Morimont, Francesco détourna les yeux de l'échafaud dépouillé de son drap noir mais où se dressaient toujours la croix, la roue et la potence évocatrices de supplices. L'aspect de cette place demeurerait à jamais gravé dans sa mémoire tel qu'il l'avait vu, la veille, servant de toile de fond funèbre à un rayonnant visage, un visage dont l'impitoyable burin de l'amour avait inscrit chaque trait au plus secret de son cœur. Et ce fut avec une sorte de sérénité qu'il aperçut pour la dernière fois le champ d'épandage où dormaient Marie et son frère.

En effet, avant que le jour ne pointe, Francesco était allé frapper à la porte du bourreau. A ce vieil homme sévère il avait remis de l'or pour que, par une nuit bien sombre, il allât tirer les amants maudits de leur ignoble tombe afin de leur accorder le repos de la terre chrétienne que lui indiquerait le père Antoine Charruet...

Le soleil hivernal se levait, rouge, essoufflé, baignant le paysage enneigé d'une lueur pourprée. Debout, un peu au-delà du pont-levis de la porte d'Ouche, le vieux prêtre regarda s'éloigner sur la route de Beaune le petit cortège de cet homme généreux qui venait de donner une si grande leçon d'humanité. Levant soudain le bras, il traça dans l'air froid le signe de la bénédiction puis rentra dans la ville. Lorsqu'il aurait accompli, avec Arny Signart, l'exécuteur, le dernier désir du Florentin, il retournerait à Brévailles pour porter, en secret, quelque apaisement à la profonde douleur d'une mère et, de cela, son âme simple se réjouissait à l'avance. Il entra dans la première église rencontrée et s'y abîma longuement dans une action de grâces pour remercier le Dieu de miséricorde d'avoir permis que Francesco Beltrami entrât dans Dijon à l'heure où Marie de Brévailles marchait à la mort. Au moins, l'enfant née dans de si terribles circonstances échappait à la cruauté des hommes avec une véritable chance de connaître quelques années de bonheur.

Pas un instant, le vieil homme n'eut envie d'aller voir ce qu'il advenait de messire Regnault du Hamel. Celui-là aussi était dans la main de Dieu et la pénitence que lui avait infligée le marchand florentin était entièrement méritée.

En fait, c'est seulement le lendemain qu'un paysan qui passait auprès du vieil hospice entendit des gémissements et découvrit le conseiller du chancelier à moitié mort de froid. La litière qui emportait la petite Fiora, nichée dans le giron d'une Léonarde épanouie pour la première fois de sa vie, avait déjà parcouru un bon bout de chemin...

Première partie

POUR UNE NUIT D'AMOUR...

Florence 1475

CHAPITRE PREMIER

LA « GIOSTRA »

– Pas celle-ci ! Ni celle-là ! Et encore moins cette autre : on me l'a vue vingt fois dans les fêtes. Oh ! non ! Pas cette vieille horreur : elle me donne cent ans et avec celle-ci j'ai l'air d'un bébé ! Cherche encore !...

Debout au milieu de sa chambre, en chemise, pieds nus, les poings aux hanches et la masse noire de ses cheveux croulant librement sur son dos, Fiora, l'œil orageux, passait la revue des robes que Khatoun, sa jeune esclave tartare, tirait l'une après l'autre, d'un geste nonchalant, des grands coffres de cèdre, peints et dorés qui servaient de garde-robes. Les satins irisés, les velours roses, bleus, blancs, noirs ou bruns, les mousselines brodées, les taffetas et les cendals bruissants, les samits diaprés, enfin tout ce que l'art de la soie florentine et les tissages orientaux pouvaient offrir à la coquetterie comme à la parure d'une jolie femme encombraient déjà la pièce. Ils jaillissaient des *cassoni,* décrivaient dans l'air une courbe gracieuse puis venaient s'étaler aux pieds de Fiora pour former, sur le parterre bleu d'un grand tapis persan, un massif coloré et chatoyant qui augmentait de volume à chaque instant sans parvenir à dérider sa jeune propriétaire.

Vint le moment où Khatoun, disparaissant jusqu'à mi-corps dans les profondeurs du coffre en ressortit avec un dernier voile et se laissa retomber sur le coussin d'où elle officiait languissamment avec un soupir navré :

– C'est tout, maîtresse. Il n'y a plus rien.

Fiora ouvrit de grands yeux incrédules.

– Tu en es sûre?

– Regarde toi-même si tu ne me crois pas.

– Alors, c'est là tout ce que je possède?

– Il me semble que c'est déjà beaucoup. Il y a sûrement des princesses qui n'en ont pas autant...

– Simonetta Vespucci en a plus que moi. A chacune de ses apparitions, elle porte une toilette nouvelle. Il est vrai que tout Florence n'a d'yeux que pour elle et qu'on ne cesse de lui offrir des présents...

Sentant des larmes de colère lui monter aux yeux, Fiora tourna les talons et s'en alla, d'un air accablé, s'accouder à la gracieuse fenêtre à colonnettes d'où l'on découvrait le cours paisible de l'Arno étincelant sous le clair soleil de janvier. Sans détourner la tête, elle ordonna :

– Range toute cette friperie! Je ne sortirai pas.

– Tu ne veux pas aller au tournoi? gémit Khatoun déçue car elle accompagnait Fiora partout où elle allait et se faisait une joie de voir la fête guerrière.

– Ni au tournoi ni autre part. Je reste ici.

– J'espère que vous allez tout de même vous habiller? Qu'est-ce que cette façon de parader en chemise à votre fenêtre. Cherchez-vous à prendre froid ou bien à vous faire voir des mariniers du fleuve?

Dame Léonarde venait de faire son entrée portant sur un plateau du lait chaud et des tartines de miel. Les dix-sept années écoulées depuis le dramatique départ de Dijon n'avaient guère changé la cousine de Bertille Huguet. Elle était seulement un peu moins anguleuse et, grâce à l'existence large et confortable que l'on menait au palais Beltrami, elle avait acquis des formes plus moelleuses et des traits moins accusés. Néanmoins, sa voix conservait les intonations inflexibles du commandement, même et surtout lorsqu'elle s'adressait à Fiora qu'elle adorait mais à qui elle ne passait rien.

A l'issue d'un voyage en mer au cours duquel cent fois elle avait cru rendre l'âme, la Bourguignonne avait découvert Florence, étalée au soleil dans son cadre de douces collines, avec un émerveillement qui ne l'avait pas encore quittée après tant d'années. La ville du Lys Rouge débordait de couleurs et de vie et Léonarde l'avait adoptée aussi spontanément qu'elle s'était mise au service de Francesco Beltrami dont la chaleur et la générosité l'avaient conquise. Elle avait aimé l'élégance sévère du palais que le négociant habitait au bord de l'Arno puis elle était allée ensuite de surprise en surprise. Ainsi, elle avait appris que les échelles de valeurs usitées en Bourgogne et en France n'avaient pas cours dans la grande cité marchande où ce que l'on appelait les Arts majeurs : *Calimala,* la Laine, la Soie et la Banque tenaient le haut du pavé. La noblesse, si prépondérante partout ailleurs, ne l'était pas sauf si elle réussissait à se faire admettre au « privilège » de tenir commerce. Florence était une république ou du moins se le prétendait-elle bien qu'elle acceptât d'obéir à une reine sans couronne, une dynastie de banquiers puissamment riches mais sans la moindre goutte de sang aristocratique : les Médicis. Et Léonarde avait découvert avec plaisir que son nouveau maître appartenait à la fine fleur de la cité dont il avait toutes chances d'être un jour l'un des prieurs ou même le gonfalonier lorsqu'il aurait atteint ses quarante-cinq ans.

Dans la maison Beltrami, la nouvelle venue avait été adoptée d'autant plus aisément qu'elle avait appris la langue toscane avec une incroyable rapidité. Elle y avait mis son point d'honneur, le fait de parler deux langues – et même trois si l'on tenait compte du latin d'Église – lui semblant une marque de dignité et d'intellectualité on ne peut plus flatteuse. Mais, à Fiora dont elle s'était uniquement occupée dans les premiers temps, elle s'était attachée à ne parler que le français, avec l'accord de Beltrami d'ailleurs, afin que l'enfant conserve au moins cette trace de ses racines. Cela lui avait permis de ne jamais lui adresser l'habituel tutoiement florentin car, pour elle, la petite fille devenue pour tous Fiora Beltrami, fille « naturelle de Francesco et d'une noble dame morte en couches », n'en restait pas moins l'enfant de Jean et Marie de Brévailles, c'est-à-dire un pur produit de la noblesse bourguignonne. Fiora avait assimilé les deux langues avec une égale facilité et même y avait ajouté le latin et le grec.

Cinq ans après l'arrivée de Léonarde, la vieille gouvernante de Francesco, Nanina, s'était endormie dans le sein du Seigneur et la Bourguignonne avait été appelée à la remplacer. Depuis, elle exerçait sans partage son autorité sur les diverses habitations du négociant à leur commune satisfaction. Seul Marino Betti, l'ancien chef muletier, devenu intendant d'un domaine, échappait à son autorité, au soulagement de Léonarde qui devinait en lui sinon un ennemi du moins un adversaire. En effet, seul avec son maître et la gouvernante, Marino connaissait l'origine de Fiora qu'il n'avait jamais admise sincèrement. Aussi Beltrami avait-il jugé bon de lui lier la langue par un serment solennel prêté devant le premier autel de la Vierge rencontré sur la route et d'y ajouter quelques avantages financiers de nature autant convaincante.

Quant à Jeannette, la jeune nourrice, sa fraîcheur blonde avait conquis un fermier du Mugello. Elle était devenue avec bonheur la signora Crespi et, depuis, dispensait son lait aux seuls enfants que, chaque année, ponctuellement, elle donnait à son époux.

Bien sûr, ceux de Florence avaient appris non sans surprise la soudaine paternité d'un des célibataires les plus riches de la ville mais, se voulant héritiers de la pensée et de la philosophie grecques, ils ne s'attachaient guère à la sévère morale chrétienne et la bâtardise n'était pas considérée comme une tare rédhibitoire, surtout si elle s'accompagnait de beauté. L'enfant s'était vite révélée ravissante et les nombreux amis de son père putatif l'avaient accueillie d'un cœur unanime. Les femmes s'étaient montrées plus difficiles, surtout celles qui avaient une fille à marier, mais beaucoup avaient espéré amener Beltrami à l'autel en proclamant qu'il était indispensable que la petite fille eût une mère.

Francesco avait fait la sourde oreille sans pour autant d'ailleurs que les plus tenaces perdissent espoir. Mais il y avait un petit clan d'opposants irréductibles, dont le chef de file occulte était la cousine germaine de Francesco, Hieronyma, qui avait contracté mariage dans la noblesse en épousant un Pazzi. Ses raisons étaient transparentes car, tant que Beltrami ne se mariait pas et n'avait pas d'enfants, elle et son fils Pietro étaient ses uniques héritiers et l'héritage en l'occurrence n'était pas de ceux auxquels on renonce aisément.

Beltrami n'était pas dupe de ses grâces apparentes et ses états d'âme ne le souciaient guère. A mesure que passaient les années il en venait à se persuader que la petite Fiora était réellement sa fille. L'amour qu'un terrible matin d'hiver il avait voué spontanément à une jeune inconnue dont la beauté l'avait bouleversé, il ne l'oubliait pas mais il le reportait sur cette enfant, trouvant une joie profonde à la regarder grandir et s'épanouir dans le nid qu'il lui avait offert. Fiora suffisait à son bonheur en attendant le jour où Dieu, en le faisant passer de l'autre côté du miroir, lui ferait retrouver la belle de ses amours...

Léonarde posa calmement son plateau sur le lit, alla prendre Fiora par un bras et la tira en arrière tout en refermant, de sa main libre, le panneau composé de petites vitres rondes assemblées par des lamelles de plomb.

– Allez-vous enfin être raisonnable ? gronda-t-elle.

– Je n'ai pas envie d'être raisonnable, protesta la jeune fille en se tortillant comme un ver pour échapper à la poigne de la gouvernante. D'ailleurs, cela veut dire quoi, être raisonnable ?

– Cela veut dire se comporter comme une jeune dame

digne de ce nom, fit Léonarde habituée depuis longtemps au caractère frondeur de celle que, dans son for intérieur, elle considérait comme son enfant. Cela veut dire manger ce que je vous ai apporté.

– Je n'en veux pas. Je n'ai pas faim.

– Eh bien, faites semblant! Et puis laissez-vous habiller! Votre père vous demande. Vous ne prétendez pas vous présenter à lui en chemise?

Comme par miracle la rebelle se calma. Elle aimait Francesco d'un amour profond, joyeux et confiant. La seule idée de lui causer une peine, même légère, venait à bout de ses pires colères et Léonarde le savait bien. Docilement, Fiora mangea une tartine et but un peu de lait tandis que la jeune Khatoun, sur un signe de la gouvernante, ramassait l'une des robes dédaignées et se préparait à en revêtir sa maîtresse. Un instant plus tard, Fiora apparut dans une tunique de satin blanc puis dans la robe proprement dite faite d'un beau velours couleur de feuille morte qui s'agrafait sous les seins pour laisser voir le satin de la tunique. Les plis lourds qui s'achevaient en une courte traîne étaient ceinturés haut, juste sous la poitrine par un ruban doré qui entourait les épaules et resserrait les manches étroites, si longues qu'elles recouvraient à demi le dessus de la main.

Tandis que Khatoun laçait les manches dont les crevés laissaient passer, à l'épaule et au coude, le satin blanc légèrement bouffant, Léonarde, armée d'une brosse, s'efforçait de remettre de l'ordre dans l'abondante chevelure d'un noir profond qui croulait en désordre sur le dos de la jeune fille. Dans le grand miroir de Venise que Francesco Beltrami avait fait venir à grands frais pour sa fille bien-aimée, Fiora suivait d'un œil désabusé le travail des deux femmes.

– Je suis affreuse! déclara-t-elle d'un ton dramatique.

– C'est ce que je me dis tous les matins en entrant ici, ricana Léonarde. Comment messer Francesco qui est homme de goût peut-il supporter la présence d'une fille aussi laide et même pousser l'aveuglement jusqu'à s'en réjouir ?... Ne dites donc pas de sottises!

Fiora était sincère. Élevée dans une ville où les femmes ne rêvaient que blondeur et se donnaient un mal infini pour éclaircir leurs cheveux au moyen d'une multitude d'onguents et en prenant d'interminables bains de soleil, leur chevelure étalée sur un grand chapeau de carton sans fond, elle était incapable d'estimer à sa juste valeur une chevelure souple et brillante sans doute mais regrettablement foncée.

– Mon père m'aime, murmura-t-elle les larmes aux yeux. Il ne me voit pas telle que je suis. Moi je sais que personne ne m'aimera jamais avec cette tignasse. Surtout pas...

Elle se tut brusquement et rougit à l'idée qu'elle avait failli laisser échapper le secret de son cœur. Elle ne savait pas que, ce secret, Léonarde l'avait percé depuis longtemps. Ne voulant pas augmenter le chagrin de l'enfant, elle fit comme si elle n'avait pas entendu.

– Il ne faut pas faire attendre messer Francesco, dit-elle doucement. Nous finirons la coiffure plus tard. Puis, effleurant d'un doigt caressant la joue de la petite, elle ajouta, avec beaucoup de tendresse : si vous n'en croyez pas votre miroir, mon cœur, croyez-en votre vieille Léonarde... et tous ces garçons qui vous font la cour : vous êtes bien plus jolie que vous ne le croyez et je sais que, plus tard, vous serez très belle. Allez, à présent!

Fiora ne répondit pas. Elle n'était pas convaincue. Bien sûr elle ne se jugeait pas horrible : c'eût été de la mauvaise foi; bien sûr, il ne manquait pas de prétendants empressés autour de la fille du très riche et très puissant messer Beltrami mais justement parce que son père possédait l'une des plus grosses fortunes de la ville, elle n'arrivait pas à croire en leur sincérité et elle eût donné joyeusement toute cette fortune pour posséder les cheveux d'or rouge de Simonetta...

Au seuil de la chambre, elle demanda :
– Où est mon père?
– Dans son *studiolo* [1].

Fiora sortit et se trouva dans la large galerie à colonnes qui, au premier étage du palais, faisait le tour du *cortile* – la cour intérieure – orné de deux statues antiques et d'orangers plantés dans de grands pots de majolique verte et bleue. Bien qu'on fût au cœur de l'hiver, le temps était doux et ensoleillé, la mauvaise saison, en Toscane, se traduisant plus volontiers par de la pluie que par de grands froids, et la neige y était rare. Fiora, qui n'aimait pas vivre enfermée et qui passait au jardin le meilleur de son temps libre, respira cet air léger qui portait avec lui des odeurs de pain chaud et d'épices fines sur un fond de musique lointain. C'était jour de fête aujourd'hui, 28 janvier, parce que Lorenzo de Médicis voulait célébrer avec faste l'accord qu'il venait de signer contre le Turc avec la Sérénissime République de Venise. Il y aurait joute, banquet et danses...

Le chemin que Fiora avait à parcourir n'était pas long : les appartements de Francesco se trouvant au même étage que ceux de sa fille mais de l'autre côté de la cour. Khatoun, qui ne la quittait jamais, trottant sur ses talons, Fiora se dirigea rapidement vers eux.

Khatoun était tartare et avait le même âge que sa jeune maîtresse. C'était une petite créature menue et gracieuse qui, avec son visage triangulaire, ses yeux étirés vers les tempes et son petit nez plat, ressemblait tout à fait à un chaton. Elle en avait la gaieté et le naturel joueur et caressant. Elle aimait la maison Beltrami, Fiora et la vie douillette qu'elle menait auprès d'elle. Le fait d'être née esclave ne la tourmentait aucunement pour l'excellente raison que personne n'aurait eu l'idée de le lui faire sentir. Fiora ne l'aurait pas permis.

1. Moitié bibliothèque moitié cabinet d'études et de curiosités, le *studiolo* était la pièce de prédilection des riches Italiens.

Comme dans toute l'Italie, les esclaves étaient nombreux à Florence, surtout ceux du sexe féminin, et l'opulence d'une maison s'estimait à la fois à leur nombre et à leurs qualités, voire à l'étrangeté de leur apparence. Certains étaient rares et on se les disputait, comme ce couple de danseuses mauresques et cette naine noire que la duchesse de Ferrare enviait furieusement à la duchesse de Milan, Bianca-Maria Sforza.

Les bourgeois des villes riches comme Florence, Milan, Venise ou Gênes pouvaient aussi s'offrir ce luxe coûteux qui valait aux esclaves d'être traités plus souvent en familiers qu'en vulgaires domestiques. Les armateurs vénitiens ou génois les importaient des marchés de la mer Noire, d'Asie Mineure, de la péninsule balkanique, d'Espagne où les Maures tenaient encore Grenade, de Russie ou de Tartarie, et leur prix se situait entre cent et deux cents ducats d'or. Naturellement, s'il s'agissait de chanteuses, de danseuses ou d'habiles brodeuses, de musiciennes ou de nourrices, les prix s'envolaient facilement à cinq ou six cents ducats. En ce qui concerne Khatoun, elle n'était encore qu'un bébé à la mamelle quand elle avait été achetée à Trébizonde par le capitaine de la *Santa Madalenna* que la beauté de sa mère avait ému et qui l'avait ramenée à Florence. Mais Djamal, la mère, était morte quelques mois après son arrivée et le bébé Khatoun avait été élevé par Léonarde avec Fiora dont elle était destinée à devenir à la fois la compagne et la caméristе, le premier avatar étant d'ailleurs beaucoup plus important que le second...

Cette histoire d'esclaves avait beaucoup tourmenté Léonarde lors de son arrivée à Florence. Ses convictions chrétiennes s'insurgeaient devant un tel état de choses mais elle avait vite découvert que les esclaves de Florence étaient souvent beaucoup mieux traités, du fait du prix payé, que certains serviteurs à gages, certains valets de fermes ou certaines filles de cuisine dans les maisons d'au-delà des Alpes. Posséder des esclaves ne gênait nullement les étranges sentiments religieux des Florentins qui, tout en professant une dévotion profonde envers le Christ, la Vierge et les saints, en remplissant leurs églises de fresques, de tableaux et d'œuvres d'art admirables, montraient un goût très vif pour la mythologie et la philosophie grecques, Platon occupant de beaucoup la première place. Elle avait fini par excuser ses nouveaux concitoyens en vertu de leur amour profond de la beauté sous toutes ses formes – et cela jusque dans les plus basses classes de la société – et de leur extraordinaire appétit de vivre...

Arrivée devant la porte de son père, Fiora envoya Khatoun remettre de l'ordre dans sa chambre puis, frappant légèrement, elle entra sans en attendre l'autorisation; ce en quoi elle eut raison car elle aurait pu l'attendre longtemps. Le menton dans la main et le coude appuyé au bras de son siège, Francesco rêvait devant un tableau posé sur un chevalet d'ébène tourné vers lui... Son visage irradiait un si grand bonheur que la jeune fille en fut étonnée.

– Père! appela-t-elle doucement.

Francesco tressaillit comme quelqu'un que l'on éveille mais sourit aussitôt, de ce rare sourire qui donnait tant de charme à son visage fatigué. Avec les années, il avait pris un peu de poids et quelques rides tandis que ses épais cheveux noirs commençaient à s'argenter, mais il conservait une grande vitalité et une étonnante puissance de travail.

– Viens voir! dit-il en étendant le bras pour attirer à lui la jeune fille : Sandro vient de me le faire porter et c'est une merveille...

Fiora s'approcha avec empressement. Quelques semaines plus tôt, elle avait posé pour un jeune peintre du voisinage que Lorenzo de Médicis avait distingué et qui, jusqu'à présent, n'avait guère travaillé que pour lui, mais Francesco Beltrami dont on savait la passion qu'il portait à la peinture avait su s'attirer l'amitié de ce garçon imaginatif et songeur, fantasque et même parfois versatile qui nourrissait son œuvre de ses rêves et de ceux des poètes florentins. Il était le fils d'un tanneur du quartier d'Ognissanti et s'appelait Sandro Filipepi ; on commençait à le connaître sous le nom de Botticelli qui signifie petit tonneau, surnom qu'il devait à un frère de vingt-huit ans son aîné, grand buveur devant l'Éternel et qui s'était toujours occupé de l'enfant au point qu'on le croyait son père, le véritable passant pour son grand-père. L'enfant étant « devenu » le Sandro du Botticello, était resté Botticelli.

Le tableau que contemplait Beltrami était un portrait que Fiora considéra avec une stupeur où entrait une forte dose de déception :

– Mais... ce n'est pas moi ?

Le panneau de bois peint représentait, en effet, une toute jeune femme d'une éclatante blondeur, vêtue d'une robe de velours gris brodée d'or comme Fiora n'en avait jamais portée parce qu'elle était d'une mode différente. Différent aussi le petit cône tronqué de dentelle blanche qui coiffait l'inconnue comme d'une couronne et d'où partait une légère écharpe cernant le visage.

– C'est vrai, dit Francesco gravement, et c'est pourtant bien toi car les traits sont semblables. Ce portrait, mon enfant, c'est celui de ta mère. La ressemblance n'était pas évidente quand tu étais toute petite mais, à mesure que tu a grandi, elle s'est développée, accentuée...

– Ce n'est pas vrai ! s'écria Fiora prête à pleurer. Tu t'illusionnes, père. Elle est très belle et moi je ne le suis pas...

– Qui t'a mis cette idée dans la tête ? fit Beltrami stupéfait.

– Personne mais aucune femme ne saurait être belle avec des cheveux noirs !

– Ma parole, tu es folle ? Mais je vais te démontrer que tu te trompes...

Se levant, Francesco alla jusqu'à l'une des armoires

marquetées en trompe-l'œil qu'il avait disposées contre les murs de son *studiolo.* Fiora savait, pour les avoir maintes fois admirées, que ces armoires contenaient des merveilles : livres rares aux précieuses reliures, émaux lumineux, objets d'argent, d'ivoire ou d'or, statuettes chryséléphantines ou danseuses d'albâtre translucide et cent autres jolies choses. Il prit, dans l'une d'elles qu'il déverouilla avec une clef dorée pendue à son cou par une chaînette, un petit coffre d'argent qui ressemblait à un reliquaire et le posa sur une tablette, l'ouvrit et en sortit, avec des gestes qui étaient ceux d'un prêtre touchant l'hostie, le petit hennin de dentelle qui avait été la dernière coiffure de Marie de Brévailles, le regarda un instant puis y posa ses lèvres. Fiora vit que ses mains tremblaient et qu'il y avait des larmes dans ses yeux quand il se tourna vers elle.

– Laisse-moi faire! murmura-t-il.

Rejetant en arrière la chevelure noire de sa fille, il dégagea son front qui était haut et bien formé, fixa la coiffure presque à la racine des cheveux, enveloppa le visage du pan de dentelle puis, prenant au mur un miroir, il le posa près du portrait et mena Fiora devant ce miroir :

– Regarde! dit-il seulement.

La dentelle avait un peu jauni mais, ainsi séparé de son cadre habituel, le visage que reflétait le miroir et celui du portrait étaient étrangement semblables. C'était le même teint délicat d'ivoire rosé, la même bouche au pli rieur, le même nez fin et surtout les mêmes yeux d'un gris nuageux.

– Alors? demanda Francesco, soutiendras-tu encore que tu es laide?

– N..on. Mais pourquoi ne suis-je pas blonde comme elle? Si j'avais ces cheveux d'or, je suis sûre que les poètes me chanteraient et peut-être que j'aurais pu être un jour la reine de la *giostra...*

– Comme madonna Simonetta? sourit Beltrami, une flamme de gaieté dans les yeux. J'espère que ma petite fille ne va pas s'aviser d'être sottement jalouse ? Certes, tout Florence admire cette ravissante femme mais, avant que notre Lorenzo n'épouse madonna Clarisa...

– Qui est rousse ! précisa Fiora têtue.

– Qui est rousse... et pas très jolie. Avant donc ce mariage, tout Florence n'avait d'yeux que pour la belle Lucrezia Donati que Lorenzo aimait et qui était brune, comme toi.

Avec les mêmes gestes légers et pieux que tout à l'heure, Francesco ôtait la coiffure et s'apprêtait à la serrer quand Fiora l'arrêta :

– Père ! Ces taches brunes sur la dentelle, que sont-elles ?

Francesco devint très pâle et considéra sa fille avec une sorte d'égarement. Soudain fébrile, il acheva de disposer la relique, referma le coffret, le rangea puis revint vers le portrait qui semblait accaparer toute la lumière de ce beau matin et lorsqu'il prit, pour le recouvrir, un grand morceau de velours noir, Fiora l'arrêta :

– Laisse-moi la regarder encore ! pria-t-elle. Je la connais si peu ! Ni toi ni Léonarde ne m'en parlez jamais. Je ne sais qu'une chose : c'était une noble dame du pays de Bourgogne...

– C'est que, vois-tu, l'histoire en est triste, douloureuse même. Nous n'en parlons que très rarement, Léonarde et moi. Quant à toi, tu es encore trop jeune.

– On n'est jamais trop jeune pour apprendre à connaître sa mère. Je n'ai que vous pour m'en parler et, à présent, cette image mais, si je l'interroge, elle ne me répondra pas puisque messer Sandro n'a fait que copier ma figure.

– Tu es capable, toi, à ton âge, de recevoir le message d'un portrait ? dit Francesco surpris.

– Bien sûr. J'ai vu chez elle le portrait de notre cousine madonna Hieronyma Pazzi par cet ancien moine, mort il y a six ans, messer Filipo Lippi. C'est un beau portrait qui rend pleine justice à sa beauté ; il dit aussi qu'elle est vaniteuse, avide, de cœur faux et cruel. Sur cette image-ci, je ne peux rien lire.

Francesco était abasourdi. Que sa Fiora qu'il considérait toujours comme une petite fille et qui, par bien des côtés l'était encore, pût faire preuve d'un tel don de psychologie le confondait... La jeune fille le sentit et voulut en profiter :

– A présent, ajouta-t-elle doucement, réponds, je t'en prie, à la question que je t'ai posée... ces taches brunes ?... On dirait du sang!

Beltrami se détourna et alla jusqu'à la fenêtre d'où l'on découvrait, par-dessus les toits de la via delle Vigna Nuova, le magnifique palais Rucellai, l'un des plus neufs de Florence et l'un des plus beaux. Fiora le suivit :

– Réponds-moi, père! je veux savoir!

– J'oubliais que tu sais, aussi, dire « je veux »... Eh bien oui, c'est du sang... le sien. Ta mère est morte, mon enfant, dans de bien terribles conditions...

– Lesquelles ?

– Ne m'en demande pas plus car je ne te répondrai pas. Plus tard, sans doute, je te dirai...

– C'est quand, « plus tard » ?

– C'est quand tu seras une femme. Pour l'instant tu n'es encore qu'une jeune fille et une jeune fille ne doit avoir que des pensées joyeuses. Surtout un jour de fête!... Voyons, que vas-tu mettre pour aller au tournoi comme on dit en France ?

Ramenée à ses préoccupations antérieures, Fiora haussa des épaules désabusées :

– Je n'en sais rien. Je t'avoue que je n'ai pas très envie d'y aller.

– Ne pas aller à la *giostra*, alors que nos places sont marquées dans la meilleure tribune ?

– Derrière la reine. Donc ce que je mettrai a bien peu d'importance. Personne ne me remarquera!

– Excepté Domenico Accaiuoli, Marco Soderini, Tommaso Salviati, Luca Tornabuoni et quelques autres de moindre importance, récita Francesco qui retrouvait son sourire.

– C'est bien ce que je dis : personne!

Elle n'ajouta pas que le seul qui comptât pour elle, le beau, l'irrésistible Giuliano de Médicis ne regarderait que Simonetta Vespucci. Beltrami s'était mis à rire :

– Comme tu y vas! Je te trouve bien difficile. Il faudra pourtant bien, un jour, te choisir un époux...

Fiora glissa son bras sous celui de son père et, se hissant sur la pointe des pieds, baisa sa joue bien rasée :

– Le seul homme que j'aime ne saurait m'épouser puisque c'est toi!

– Ah! Voilà une parole qui mérite récompense! J'ai quelque chose pour toi.

Se dégageant du bras de sa fille, le négociant alla prendre dans un coffre un petit paquet enveloppé de soie et le tendit à Fiora :

– Tiens, je comptais t'offrir ceci pour ta fête mais l'occasion me paraît opportune...

Les yeux de la jeune fille brillèrent. Comme toutes ses pareilles, elle adorait les cadeaux, les surprises et tout ce qui est inattendu. Rose d'impatience, elle déplia la soie blanche et découvrit un de ces cercles d'or comme aimaient à en porter les élégantes florentines. Celui-là était fait de feuilles de gui dont les boules étaient autant de perles. Une autre perle, en poire, était destinée à retomber sur le milieu du front...

– Oh, père! C'est ravissant! Qui a fait cela?

– Le Ghirlandaio [1]. Je le lui ai commandé depuis longtemps déjà et je ne pensais pas le recevoir de sitôt mais l'artiste quitte Florence pour San Gimignano où il doit décorer la chapelle de Santa Fina. Je suis heureux de pouvoir t'offrir ce bijou aujourd'hui car tu es en âge, à présent, de recevoir et de porter des joyaux. Tu vois que

1. Le Guirlandier – peintre, miniaturiste et orfèvre, Domenico di Tommaso Bigordi avait reçu ce surnom.

tu n'as plus aucune raison de me laisser aller seul à la fête. A présent quittons-nous. Il faut que je me prépare pour le banquet du palais Médicis...

– Où les dames ne vont pas...

– Où les dames ne vont pas, comme il se doit quand monseigneur Lorenzo reçoit ambassadeurs et hommes politiques. A la *giostra* et au bal de ce soir, les dames auront leur revanche...

C'était vrai que la fête promettait d'être belle. Il en était toujours ainsi quand le Magnifique – il avait à peine vingt ans qu'on lui attribuait déjà ce surnom prestigieux – décidait que sa ville devait vivre quelques heures de folie car il n'omettait jamais de la faire participer à tous les événements, familiaux, religieux ou politiques de sa propre vie. Cette nuit, personne ne dormirait à Florence. Il y aurait bal au palais de la via Larga et dans quelques riches demeures mais aussi dans les rues et sur les places où le vin coulerait des fontaines...

Quand, flanquée de Léonarde et de Khatoun qui devaient l'escorter jusqu'à la place Santa Croce où avait lieu la *giostra* et où elle retrouverait son père, Fiora quitta son palais, elle avait oublié sa matinée maussade et ce qu'elle croyait avoir de raisons sérieuses à une mauvaise humeur pour se laisser entraîner par la joyeuse atmosphère de la ville et par son tourbillon de couleurs et de sons. A travers l'air bleu, les cloches de tous les campaniles sonnaient à rompre les bras des sonneurs et, à chaque carrefour, des musiciens, des chanteurs proclamaient à qui mieux mieux la joie d'être jeune, d'aimer et de vivre à Florence, la plus belle ville du monde. Les façades de toutes les maisons disparaissaient sous les toiles peintes, les soieries, les draps rouges et blancs, aux couleurs de la ville, galonnés d'or ou d'argent. On avait l'impression de marcher à travers une immense fresque chatoyante, mais une fresque animée par la foule en habits de fête qui s'en allait joyeusement vers le lieu du grand spectacle. Sur toutes les places, on avait planté de grands mâts de bois doré auxquels pendaient de longues bannières dont les unes portaient le lys rouge, emblème de Florence, et le lion de saint Marc, emblème de Venise.

Les jours de fête, tout le monde allait à pied, pour mieux jouir des décorations et pour ne pas surencombrer les rues étroites livrées à la liesse populaire. Lorenzo de Médicis donnait l'exemple et entraînait à travers la ville ses hôtes illustres, avec d'ailleurs l'arrière-pensée de leur faire estimer sa popularité, qui était immense, à sa juste valeur.

Devant le palais de la Seigneurie qui, de ses murs sévères et de son haut campanile dominait les maisons d'alentour et imposait l'image intransigeante de la foi, Fiora rencontra son amie Chiara Albizzi, une charmante fille de son âge qu'elle connaissait depuis toujours et pour qui elle n'avait pas de secrets... peut-être parce que la jeune Chiara était presque aussi brune qu'elle et regardait choses et gens d'un œil aussi curieux et aussi acéré. Comme Fiora elle-même, Chiara, fille de la noblesse, était escortée d'une gouvernante et de deux serviteurs armés. Quand le vin coule à flots, les mauvaises rencontres sont toujours possibles.

Se prenant par le bras, les deux jeunes filles laissèrent légèrement en arrière leur escorte bienveillante. Léonarde appréciait infiniment la compagnie de la grosse Colomba, la nourrice de Chiara, qui était sans doute la pire commère de Florence et qui portait généralement avec elle un plein sac de nouvelles dont sa fille de lait était toujours, naturellement, la première bénéficiaire.

– Je croyais que tu ne voulais pas venir ? dit Chiara. Qu'est-ce qui t'a fait changer d'idée ?

– Mon père. Il tient beaucoup à ce que je paraisse auprès de lui à la *giostra.* Il m'a même offert ce bijou pour la circonstance.

– Compliments ! Mais, il a raison : tu es superbe ! déclara la jeune Albizzi en inspectant d'un œil connaisseur la symphonie de brocart et de velours gris clair, de la teinte exacte de ses yeux, qui habillait son amie et le savant édifice de tresses soyeuses, d'or et de perles qui avait demandé à dame Léonarde une petite heure d'efforts.

– Toi aussi tu es superbe, dit Fiora reconnaissante et d'ailleurs sincère. Tu as l'air d'une aurore. Tu es toute rose!

– J'ai surtout l'air de quelqu'un qui veut s'amuser tandis que toi tu parais bien décidée à souffrir. Ne peux-tu vraiment t'ôter Giuliano de Médicis de la tête?

– Chut! Et ce n'est pas ma tête qui souffre, c'est mon cœur. On ne peut rien contre les mouvements du cœur, soupira Fiora si tragiquement que son amie se mit à rire.

– J'espère bien que tu en auras d'autres, des mouvements du cœur, et que tu ne vas pas passer ta vie à soupirer après un garçon qui n'a d'yeux que pour une autre. Abandonne Giuliano à ses amours idéales... ou alors prends patience!

– Que veux-tu dire?

– Ce que tout le monde sait : les amours des frères Médicis ne sont jamais de très longue durée. En outre, Marco Vespucci commence à sécréter de l'aigreur. Un mari jaloux c'est encombrant. Tu devrais savoir cela, toi : votre palais est voisin de celui des Vespucci. Mais, au lieu d'attendre, tu ferais mieux de regarder autour de toi : Luca Tornabuoni est plus beau que Giuliano et il est fou de toi. D'ailleurs... quand on parle du loup...

Le jeune homme en question venait de déboucher d'une rue en compagnie de plusieurs compagnons. Tout de suite, les deux jeunes filles furent entourées par une bande joyeuse et bavarde qui les sépara de leur escorte et les mena triomphalement jusqu'au lieu du tournoi. Luca Tornabuoni avait osé, à la faveur du tumulte, prendre la main de Fiora et la garder dans la sienne après y avoir posé un baiser furtif :

– Vos beaux yeux auront-ils aujourd'hui pour moi un regard plus doux que d'habitude ? pria-t-il en français. Elle lui sourit et pensa qu'en effet il était très beau, avec sa haute taille qui l'obligeait à lever un peu la tête bien qu'elle fût grande, son profil de médaille, ses épais cheveux noirs et bouclés et ses yeux sombres qui étincelaient en la regardant.

– Pourquoi aujourd'hui ? fit-elle taquine.

– Parce que c'est jour de fête, parce qu'il fait beau, parce que vous êtes plus belle que jamais, parce que...

Qui veut être heureux se hâte
Car nul n'est sûr du lendemain...

Il avait achevé sa phrase en fredonnant cette chanson qu'avait composée Lorenzo de Médicis, qui était sa chanson favorite et qui, de ce fait, devenait l'évangile de toute la jeunesse de Florence. Plus bas, il ajouta ardemment :

– Laissez-moi parler à votre père, Fiora ! Acceptez de devenir ma femme !

– Même si j'acceptais, mon père ne dirait pas oui. Il me trouve trop jeune...

– Alors, donnez-moi au moins un espoir, un gage. Je vais combattre pour vous...

Luca était l'un de ceux qui allaient se mesurer à Giuliano de Médicis dans la joute de cet après-midi. Touchée, malgré tout par cette prière passionnée, elle lui tendit son mouchoir qu'il glissa aussitôt sous son pourpoint :

– Merci, ma douce dame, s'écria-t-il joyeusement. Il faut à présent que je remporte la victoire pour vous faire honneur...

– De toute façon, remarqua Chiara, ce n'est pas Fiora qui te couronnerait en admettant que tu gagnes. Ce n'est pas elle la reine de la joute.

– Pourquoi : en admettant ? Doutes-tu de mon courage ?

– Ni de ton courage ni de ta valeur, beau chevalier, mais il ne serait pas convenable que Giuliano soit battu puisque sa dame est reine.

Le jeune homme les quitta aussitôt. On arrivait à la place Santa Croce à l'entrée de laquelle des tentes de soie multicolores avaient été dressées pour les combattants. Des pages, rouge et or, et des palefreniers donnaient leurs soins aux chevaux superbement caparaçonnés suivant les couleurs de leurs maîtres... C'étaient tous des chevaux de prix venant des écuries célèbres du marquis de Mantoue ou bien des chevaux arabes fournis par Venise. Seul Giuliano de Médicis devait monter un admirable destrier alezan offert récemment, avec une jument de même robe, par le roi de France à son frère Lorenzo. Louis XI, dont on disait cependant que la cour était la moins fastueuse d'Europe, était un connaisseur en la matière et savait se montrer royal quand il s'agissait de ses alliés ou de ses amis. Ce cheval en était la preuve.

Devant la façade de brique rose, très simple, de l'église Santa Croce [1] une grande tribune drapée de pourpre et d'or avait été dressée pour le maître de Florence et ses invités. Le trône de la reine du tournoi en occupait le centre. De chaque côté, se faisant face, de hauts balcons de bois avaient été dressés le long des maisons. Les dames et les demoiselles de la ville y prenaient place dans leurs plus beaux atours, accompagnées de leurs époux, de leurs pères ou de leurs amants. Elles composaient ainsi une double guirlande colorée et scintillante, digne d'une cour royale, et le petit peuple qui s'entassait derrière des barrières tendues de soie dans des habits aux couleurs joyeuses ne déparait pas le tableau. Ce n'étaient partout que rubans, banderoles et bannières

1. C'était le premier aspect de l'église. La façade a été refaite plus tard.

qu'un vent léger faisait voltiger. Tout cela bruissait, frissonnait, et Florence, en ce beau jour, n'était plus que soie, or et argent comme une immense tapisserie qui se serait mise à vivre par la volonté de quelque tout-puissant magicien.

Justement ledit magicien allait faire son apparition. Annoncé par la sonnerie triomphale des longues trompettes d'argent auxquelles pendait, sur un carré de cendal blanc le lys rouge de Florence, précédé de porte-étendard qui faisaient tournoyer et lançaient en l'air leurs bannières bariolées, un brillant cortège venait de faire son apparition. En tête, vêtu de velours vert sombre ourlé de zibeline, un large collier d'or ciselé au cou et une fortune en perles et en rubis à son bonnet marchait Lorenzo de Médicis, le roi sans couronne de cette étrange république, le maître de vingt-sept ans auquel elle avait donné son cœur bien qu'il fût aussi laid que son frère était beau. Mais de quelle puissante laideur! Le Magnifique portait sur un long corps maigre et vigoureux un visage quasi simiesque auquel le reflet d'un génie triomphant, d'une intelligence exceptionnelle tenaient lieu de beauté. Les cheveux noirs et raides, le nez long et pointu, les traits fortement accusés et une grande bouche aux lèvres minces ne pouvaient rien contre la fascination qui s'emparait de quiconque le rencontrait ni contre l'attrait que cet aspect énigmatique et sombre exerçait sur les femmes.

Le pouvoir politique avait été dévolu aux deux frères à la mort de leur père, Piero le Goutteux, or cette égalité n'était qu'apparente. Le seul chef c'était cet homme exceptionnel sur les larges épaules duquel reposaient l'une des plus grosses fortunes d'Europe, les responsabilités du pouvoir et les ramifications compliquées d'une politique qui ne s'étendait pas seulement aux relations avec les autres États italiens mais aussi avec les grandes puissances telles que la France, l'Angleterre, l'Allemagne, la Castille et l'Aragon. Banquier des rois qui comptaient avec lui, le Magnifique avait resserré avec la France les liens d'amitié jadis tissés par son père auquel le roi Louis XI avait offert la faveur insigne de graver les fleurs de lys sur l'une des sept balles qui composaient ses armes.

Lorenzo arrivait alors au sommet de son pouvoir et en connaissait cependant les faiblesses. Il avait étendu les frontières de Florence, conquis Sarzana, maté les révoltes de Volterra et de Prato, vaincu la faction des Pitti envoyés en exil, épousé une princesse romaine et de tout cela le peuple lui était reconnaissant. Il avait évincé du Conseil de la république de grandes familles nobles comme les Guicciardini, les Ridolfi, les Nicolini et les Pazzi pour les remplacer par des gens de petite condition et ces gens, dont les fortunes étaient encore respectables, rongeaient leur frein et entretenaient une clientèle qui pouvait toujours susciter des remous, armer des assassins. Aussi Lorenzo, sous une apparence joviale et détendue, cachait-il une prudence et même une méfiance toujours aux aguets car, même s'il avait succédé à son père et celui-ci à son propre père, Cosimo le Vieux, il savait qu'il tenait son pouvoir du peuple et non du droit divin. Cependant, il régnait, roi sans couronne, tandis que son jeune frère Giuliano se contentait, joyeusement et sans chercher à en obtenir davantage, du rôle aimable du Prince Charmant, rôle qu'il remplissait à merveille. Florence l'aimait pour sa jeunesse, sa beauté, son élégance et même pour ses folies car il lui offrait d'elle-même une image séduisante...

Répondant d'un sourire et d'un geste de la main aux vivats frénétiques dont la foule saluait son arrivée, le Magnifique s'avança vers la grande tribune, menant par la main celle qui allait être la reine du tournoi, cette Simonetta Vespucci que l'on acclamait presque autant que son guide et que Fiora détestait de toute l'ardeur jalouse de ses dix-sept ans. D'autant plus qu'elle était bien obligée d'admettre, même si cela lui arrachait le cœur, que cette rivale inconsciente était absolument ravissante.

Longue, fine avec un corps souple et charmant qui était la grâce même, un mince cou flexible, un petit nez un peu retroussé et de grands yeux bruns, doux comme ceux d'une biche, Simonetta portait fièrement sa petite tête parfaite alourdie d'un casque de cheveux d'or roux fait de tresses brillantes, retenues par des épingles de perles et entremêlées d'un mince cordon d'or natté qu'achevait, au-dessus du front, une *brochetta*, un amusant bijou d'or et de perles qui ressemblait à une minuscule aigrette.

D'autres perles encore – elle n'aimait que les perles mais elle les aimait à la folie – parsemaient ses vêtements d'une blancheur brillante, brodés de fines feuilles d'or et réchauffés d'hermine immaculée. Et elle était si belle ainsi que le cœur de Fiora se serra : jamais elle ne pourrait atteindre à cette perfection! Simonetta était unique, inoubliable...

– Je reconnais qu'elle est belle, fit Chiara d'un ton mécontent mais il n'empêche que ce culte affiché que lui rendent, non seulement Giuliano dont elle est sûrement la maîtresse, mais aussi Lorenzo qui ne cesse de rimer pour elle et sans compter tous les imbéciles comme le Botticelli ou Pollaiuolo qui se traînent à ses pieds, a quelque chose de choquant. Elle est mariée, que diable! Et veux-tu me dire où se trouve, à cette heure, Marco Vespucci?

Car Simonetta était mariée. Née à Porto-Venere au nom prédestiné – le port de Vénus! – d'une riche famille d'armateurs génois, les Cattanei, elle avait épousé six ans plus tôt et dans sa seizième année Marco Vespucci, l'aîné d'une noble famille florentine dont le palais était voisin de celui des Beltrami. Dès sa première apparition en public, lors des fêtes du mariage de Lorenzo de Médicis avec la princesse romaine Clarissa Orsini, elle avait subjugué, non seulement les deux frères mais aussi toute la ville émerveillée par celle que l'on appelait avec ferveur « l'Étoile de Gênes »...

– J'ai beau chercher, soupira Fiora, je ne le vois pas...

– Parce qu'il n'y est pas. Et pas davantage madonna Clarissa. Elle reste dignement au logis pendant que son époux et son beau-frère donnent des fêtes pour y célébrer leur « Étoile ». Ne t'y trompe pas! L'ambassadeur de Venise n'est qu'un prétexte... Et, pour l'amour du ciel, cesse de faire cette mine! Tu devrais porter la tête aussi haut que Simonetta. Quand donc comprendras-tu que tu as le droit d'être fière de toi-même?

Instantanément, les yeux de Fiora se chargèrent d'éclairs :

– Je suis fière de ce que mon père a fait de moi et du nom que je porte. N'est-ce pas suffisant?

– Non, il est temps que tu comprennes que tu n'es plus une petite fille mais une jeune fille... très séduisante!

Fiora se mit à rire de bon cœur :

– Mon père et Léonarde disent comme toi. Je vais finir par vous croire tous les trois.

– Et tu feras bien! D'autres se chargeront d'ailleurs de te convaincre, dès que tu admettras qu'on peut te courtiser pour toi et non pour la fortune de ton père. Je me demande d'ailleurs où tu as pris des idées pareilles?

– Oh! cela remonte à loin. Je devais avoir sept ou huit ans quand un jour, donna Hieronyma...

– Ta cousine?

– Celle de mon père, oui. Elle passait avec une amie dans le jardin où je jouais et elle s'est arrêtée. Elle a pris une mèche de mes cheveux et elle a dit : « Cette petite est vraiment laide! Une vraie fille d'Égypte! Sans la dot qu'elle aura, aucun garçon certainement ne voudra d'elle. »

– Et tu l'as crue? Il est vrai qu'elle est payée pour s'y connaître en laideur : son fils est un monstre.

– Je t'en prie, ne parlons plus de cela! Ce n'est ni le lieu ni le moment.

La grande tribune s'emplissait. La reine prenait place sur son trône de part et d'autre duquel s'installaient le Magnifique et l'ambassadeur de Venise, Bernardo Bembo. Francesco Beltrami vint rejoindre les deux jeunes filles en compagnie de l'oncle de Chiara, sur le balcon latéral le plus proche de la tribune.

– Eh bien, jeunes dames? fit-il avec bonne humeur, j'espère que vous êtes satisfaites de vos places? Rien ne saurait vous échapper de la joute ni de ce qui se passe dans la tribune de la reine.

C'était, en effet, intéressant et les deux amies s'amusèrent un moment à annoncer tous ceux qui y prenaient place. Les prieurs de la Seigneurie d'abord, en bonnets fourrés et dalmatiques de velours pourpre accompagnés du gonfalonier [1] Petrucci. Puis quelques-uns des hommes les plus nobles ou les plus riches de la ville. Il y avait là aussi l'entourage habituel du maître : le philosophe-médecin Marsile Ficino qui lui avait enseigné la doctrine platonicienne, le poète hellénisant Angelo Poliziano qui était le plus proche compagnon du Magnifique, chargé par lui d'élever son fils, les trois sœurs Médicis, Bianca, Maria et Nannina, le vieux savant Paolo Toscanelli, l'astronome qui avait imaginé une nouvelle technique pour les gnomons [2] et en avait même installé un sur l'église Santa Maria del Fiore, la cathédrale de marbre blanc, rouge et vert, l'admirable Duomo dont les Florentins étaient fiers à juste titre. Toscanelli était en outre conservateur de la Bibliothèque médicéenne et Fiora le connaissait bien pour avoir reçu de lui des leçons d'astronomie comme elle avait reçu d'autres maîtres des cours de grec, de latin, de mathématiques, de chant, de danse, de versification et de toutes ces choses inhabituelles en d'autres lieux qui faisaient, en Italie, de véritables savantes des filles de grandes maisons. Auprès du vieux maître,

1. Officier de justice, au Moyen Age, de cités républicaines italiennes.
2. Précurseurs du cadran solaire.

son élève favori, Amerigo Vespucci, le jeune beau-frère de Simonetta, se rongeait les ongles d'un air vague et ne regardait rien ni personne, mais son goût pour le voyage dans les étoiles était trop connu pour que quiconque s'en souciât.

Un vigoureux coup de coude vint mettre fin à l'exploration de Fiora.

– Regarde! chuchota Chiara surexcitée : Qui est celui-là ?...

– Qui donc?

– Est-ce que tu ne vois pas cet homme qui est en train de prendre place auprès de monseigneur Lorenzo? Un étranger sûrement car je ne l'ai jamais vu.

Avec un aimable geste d'invitation, le Magnifique faisait asseoir à sa gauche un inconnu de haute taille, qui pouvait avoir de vingt-cinq à trente ans et dont l'allure annonçait à la fois le seigneur et le guerrier. Sur de larges épaules, il érigeait une tête arrogante dont les courts cheveux bruns devaient être plus habitués au port du heaume qu'à celui du chaperon de velours noir, orné d'une large médaille d'or qui les coiffait. Le visage aux maxillaires puissants, au grand nez dédaigneux, aux lèvres minces qu'un pli railleur relevait d'un côté était trop asymétrique pour prétendre à la pureté grecque mais quand il lui arrivait de sourire, cette bouche dure montrait des dents éclatantes et, sous l'abri des sourcils droits, les yeux noisette pétillaient d'intelligence et d'ironie. Le grand manteau que l'inconnu portait négligemment rejeté sur les épaules découvrait un pourpoint de velours noir sur lequel tranchait un large collier d'or auquel pendait un curieux bijou représentant un bélier plié en deux.

– Père, pria Fiora, sauriez-vous nous dire...

– ... qui est cet intéressant étranger? compléta Beltrami en adressant un sourire moqueur aux deux curieuses. Il se nomme Philippe de Selongey, chevalier de la Toison d'or et envoyé extraordinaire du très puissant duc Charles de Bourgogne que l'on appelle souvent le Grand

Duc d'Occident et plus souvent encore, mais plus bas, le Téméraire à cause de son courage indomptable et de son orgueil effréné qui le poussent parfois dans de bien dangereux chemins ! Il est arrivé ce matin seulement et de là vient que les armes de son maître ne figurent pas aux côtés des nôtres et de celles de Venise. A présent, oubliez-le car voici le tournoi qui commence...

A nouveau les trompettes sonnaient, à nouveau les étendards voltigeaient aux mains habiles de leurs porteurs et le fabuleux cortège des chevaliers qui allaient s'affronter défila sous les acclamations de la foule. Ils ne portaient pas l'habituel harnois de guerre mais des armes dorées, des boucliers ronds et des casques fantastiques ornés de chimères, de dragons, des casques à la grecque comme on imaginait qu'en avait porté Alexandre le Grand, ornés de lauriers ou de ciselures compliquées. Des cascades de plumes aux couleurs différentes tombaient des cimiers... Les demi-cuirasses étaient à l'antique.

Sous la sienne qui était d'argent et d'or, Giuliano portait une tunique de velours rouge et blanc constellée de perles et, sur son bouclier d'or, la Gorgone ciselée arborait au front le Libro, le plus gros diamant des Médicis. Le jeune homme rayonnait de jeunesse et de joie. Il tenait, appuyé à sa cuisse, un grand étendard d'une symbolique tellement obscure qu'elle échappa à la majorité des spectateurs mais qui avait coûté beaucoup de peine à Sandro Botticelli.

C'était un gonfalon en taffetas d'Alexandrie frangé d'or tout autour qui, au sommet, portait un soleil et, au milieu, une figure de Pallas en cothurnes bleus et tunique d'or sur une robe blanche qui ressemblait beaucoup à Simonetta. Cette figure posait les pieds sur des flammes qui brûlaient des branches d'olivier alors que, vers le haut, d'autres branches demeuraient intactes. Elle avait sur la tête un casque bruni à l'antique et des cheveux tout tressés qui volaient au vent. Dans sa main droite, elle tenait une lance et de la gauche le bouclier de Méduse. Auprès d'elle, il y avait une prairie émaillée de fleurs et un tronc d'olivier auquel le dieu d'amour était lié avec des cornes d'or. A ses pieds, Éros avait un arc, un carquois et des flèches brisées. Enfin dans une branche de l'olivier quelques mots étaient écrits en français et en lettres d'or : « La sans par (eille) ». Ladite Pallas regardait fixement le soleil.

Ce monument fit grand effet mais, de sa place, Fiora entendit l'ambassadeur vénitien demander à son voisin, un certain Augurelli de Rimini, ce que cela signifiait. L'autre ne put que hausser les épaules dans un geste d'ignorance. L'explication allait venir cependant quand Poliziano, du haut de la tribune, entama la lecture d'un long poème de son cru qui était censé raconter un songe de Giuliano, cela pendant que les cavaliers évoluaient gracieusement pour faire valoir leur habileté et la beauté de leurs montures :

Il lui semble voir sa dame, cruelle,
Toute sévère et arrogante de visage,
Lier Cupidon à la verte colonnette
De l'heureux arbuste de Minerve,
Armée par-dessus sa blanche robe
Et protégeant son chaste sein avec la Gorgone
Et il semble qu'elle lui arrache toutes les plumes des ailes
Et qu'elle brise l'arc et les traits du malheureux.

Mais dans son rêve Giuliano promet à Pallas de porter ses couleurs sur le champ clos et ainsi s'achève le poème qui fut fort applaudi, non sans soulagement, peut-être. Pour sa part, Fiora afin de se désennuyer observait l'étranger qui l'avait tant intriguée mais elle dut détourner souvent son regard parce que, la plupart du temps, ses yeux et ceux du Bourguignon se rencontraient, ce dont elle éprouvait une bizarre impression de gêne mêlée de plaisir secret.

Le spectacle des joutes finit par retenir l'attention de tous mais c'était plutôt un ballet bien réglé qu'un véritable combat. Les armes en étaient courtoises et le jeune Médicis vint à bout sans grande peine de presque tous ses adversaires. Deux seulement lui donnèrent du fil à retordre.

Le premier fut Luca Tornabuoni au cimier duquel était attaché le petit mouchoir blanc et or de Fiora et qui se donna vraiment beaucoup de peine pour venir à bout du plus jeune des Médicis. Sans y parvenir d'ailleurs. Comme les autres il vida les étriers et Fiora en éprouva un peu d'irritation : elle n'avait pas donné son gage à cet imbécile pour qu'il le fasse traîner dans la poussière...

Le second était inattendu. Alors que Giuliano allait être proclamé vainqueur, un cavalier dont l'armure ordinaire tranchait avec les brillants équipements des autres se présenta et alla frapper de sa lance le bouclier de Giuliano. C'était un homme jeune, laid, courtaud, noir de poil et brun de peau. En l'apercevant, Lorenzo fronça les sourcils.

– Tu arrives bien tard, Francesco Pazzi. Pourquoi n'as-tu pas fait connaître plus tôt ton désir de prendre part à la *giostra* ?

– Parce que je n'ai pas envie de me déguiser. Je me présente à mon heure, à moins que ce tournoi ne soit pas ouvert à tout appelant ?

– Pourquoi ne le serait-il pas ? Et si tu souhaites te mesurer à mon frère...

– A lui ou à n'importe quel autre, c'est sans importance ! Ce que je veux, c'est recevoir la couronne et le baiser de la main et des lèvres de la belle Simonetta. A moins que ses faveurs ne soient réservées exclusivement à ton frère ?

– Si tu les veux, viens les chercher, gronda Giuliano furieux. Mais tu ne les auras pas sans peine...

– C'est ce que nous verrons !

Le combat qui s'engagea n'avait plus grand-chose de courtois. Pazzi se battait avec hargne, Giuliano avec rage et cela donna lieu à quelques échanges de coups qui attirèrent les applaudissements du public. Pour sa part, Fiora fut assez satisfaite de cette lutte sans concessions car elle avait enfin effacé le demi-sourire ironique de Philippe de Selongey. Jusque-là, cet étranger avait paru considérer la superbe *giostra* comme un jeu d'enfants.

Enfin Pazzi mordit la poussière et se retira sous les huées de la foule auxquelles Fiora s'associa de bon cœur. Le vaincu était le beau-frère de Hieronyma, sa cousine abhorrée et elle en était venue à détester tous les Pazzi en général. De plus, ceux-ci cachaient à peine leur animosité envers les Médicis et l'on disait que Francesco avait tenté, certain jour, d'obtenir par la force les faveurs de Simonetta. Le voir vaincu était une bonne chose et Fiora en oublia presque d'avoir un peu de peine quand vint le moment que tous attendaient, le clou du spectacle qui était le couronnement du vainqueur par la reine du tournoi.

Giuliano vint s'agenouiller devant Simonetta qui posa sur sa tête une couronne de violettes avant de lui donner un baiser un peu plus long peut-être que ne l'exigeait la circonstance. Ce que voyant, la foule leur fit une ovation; les hommes hurlaient, les femmes pleuraient d'attendrissement, les bonnets volaient en l'air et l'enthousiasme était à son comble quand un jeune homme dégringola de la tribune et vint se planter près du trône de la reine. C'était un garçon maigre avec, sur un visage osseux, des cheveux blonds indisciplinés qui ressemblaient à du chaume. Ses yeux clairs mais sévères auraient pu appartenir à un moine ou a un prophète.

– Ma sœur, dit-il calmement, ne te semble-t-il pas que ta place est au foyer de ton époux et non là où il n'est pas ?

– Seigneur! souffla Fiora enchantée, voilà notre Amerigo descendu de ses chères étoiles...

– ... pour s'occuper de celle de Gênes, renchérit Chiara que le moindre incident ravissait toujours. Est-ce que tout n'irait pas pour le mieux chez les Vespucci pour que l'illuminé de la famille s'en mêle ?

Mais déjà le Magnifique interpellait le perturbateur :

– Retire-toi, Amerigo Vespucci! Simonetta règne sur Florence par sa beauté et les siens devraient en être fiers. S'il n'a pas plu à Marco, son époux, de l'accompagner, nous le regrettons mais nous n'y pouvons rien.

– Il sait trop qu'il ne serait pas le bienvenu! Je me retire donc puisque tu l'ordonnes mais j'ai tenu à ce que tu saches que la famille n'approuve pas...

Quelqu'un vint le tirer par la manche et Fiora reconnut son peintre. Sandro Botticelli et le jeune Vespucci étaient amis, la maison de l'un et le palais de l'autre étant voisins dans le quartier d'Ognissanti. Cependant Fiora et Chiara s'apprêtaient à prendre hautement le parti d'Amerigo. Leurs père et oncle entreprirent de les calmer.

– Tu devrais savoir que ces gens perdent la tête dès que l'on touche à leur idole, fit Albizzi mécontent. Quant aux Médicis, nous sommes payés pour savoir qu'ils sont rancuniers et je n'ai aucune envie d'être exilé comme mon père.

Francesco, lui, se contenta de sourire à sa fille et de l'obliger à se rasseoir car le spectacle n'était pas encore tout à fait terminé. Elle reprit donc sa place et, machinalement, regarda l'envoyé bourguignon mais elle détourna la tête aussitôt en rougissant jusqu'à la racine de ses cheveux : non seulement l'insolent se permettait de lui sourire mais, du bout des doigts, il lui envoyait un baiser...

Tandis que les chevaliers de légende, plus ou moins bosselés et salis, regagnaient en bon ordre les tentes qui les attendaient, le Magnifique faisait venir devant le trône de Simonetta, pour le féliciter, l'homme qui avait mis en scène le fastueux spectacle, dessiné les costumes et peint les décors : Andrea di Cioni, dit Verrochio. Il était alors le peintre et le sculpteur le plus célèbre de Florence et les élèves se pressaient dans son atelier d'où était sorti Botticelli.

Il vint sous les applaudissements de la foule et, n'étaient ses habits élégants, on l'eût pris sans peine pour un paysan avec sa taille courte et épaisse, sa grosse tête ronde couverte de cheveux noirs et frisés mais, auprès de lui, marchait son élève préféré qui l'avait aidé dans la préparation de la fête et celui-là grand, mince et blond attirait les regards de tous parce qu'il avait l'impassible beauté d'une statue de dieu grec. C'était Hermès revenu sur terre. Et, tandis que Verrochio se confondait en remerciements, le dieu grec reçut les félicitations du maître avec un salut, un sourire et, sans le moindre mot.

– Mon oncle, déclara Chiara, si ce jeune homme est peintre, tu devrais lui demander de faire mon portrait. J'aimerais poser pour lui...

– Jeune folle! tu demanderas cela à ton époux quand tu en auras un. D'ailleurs, on ne sait même pas son nom...

– S'il n'y a que cela, dit Beltrami, je peux te renseigner. C'est le fils d'un notaire des environs avec qui j'ai eu, naguère, une affaire à traiter. Ce jeune homme s'appelle Leonardo... Leonardo da Vinci et Verrochio en fait grand cas. C'est un garçon étrange mais de beaucoup de talent...

– Leonardo ? Je n'aime pas beaucoup ce nom-là. Il me fait penser à ta gouvernante, fit Chiara avec un sourire moqueur.

Fiora haussa les épaules.

– Qu'est-ce qu'un nom ? D'autant que ce jeune homme est vraiment trop beau pour évoquer dame Léonarde...

La nuit venait rapidement. D'un seul coup, comme sous la baguette d'un magicien, la place s'illumina des flammes de centaines de torches. Les trompettes lancèrent vers le ciel assombri leur appel triomphant et le cortège de la reine se reforma. Lorenzo offrit sa main à Simonetta pour l'aider à descendre de son trône. Dans les lumières mouvantes la jeune femme brillait comme une étoile...

– Mes amis, lança le Magnifique de sa voix rauque, le service des dames nous réclame à présent. Allons danser !

Derrière eux, les invités quittèrent leurs places. Fiora vit alors que l'étranger la contemplait toujours.

CHAPITRE II

L'ENVOYÉ DE BOURGOGNE

– Madonna, il faut me croire, j'étais prêt à mourir plutôt que d'être vaincu sous vos yeux...

Luca Tornabuoni priait aux genoux de Fiora, assise entre une tapisserie d'Arras parfilée d'or et une crédence chargée de verreries de Venise aux couleurs chaleureuses et d'orfèvrerie précieuse, dans la plus reculée des salles du palais Médicis où la jeune fille s'était réfugiée pour trouver un peu de tranquillité... Il n'y avait là que peu de monde, la plupart des invités se tenant dans la salle voisine où une alerte *romanesca* entraînait les danseurs au son des violes, des harpes, des flûtes et des tambours.

Comme tous les Florentins, Fiora adorait la musique mais, ce soir, elle préférait écouter que danser, le spectacle de Giuliano menant le bal en tenant Simonetta par la main ne lui étant pas particulièrement agréable. Elle s'était donc réfugiée dans cette pièce plus paisible. Hélas, il avait fallu que ce grand dadais l'y poursuivît! Elle le récompensa de sa protestation enflammée par un sourire acide :

– A mourir peut-être... mais pas à déplaire à monseigneur Lorenzo, fit-elle. Tout le monde savait que Giuliano devait être le vainqueur de la journée puisque l'Étoile de Gênes était reine de la *giostra*. Elle ne pouvait être déçue et qui déçoit Simonetta déplaît à Lorenzo...

– Êtes-vous en train de dire... que je me suis laissé battre ?

– C'est à peu près cela. Voyons, Luca, vous êtes deux fois plus vigoureux que Giuliano et vous avez une demi-tête de plus que lui ! Contre Lorenzo, je ne dis pas. Mais contre son frère, vous deviez vaincre. J'avais espéré que mon gage vous conduirait à la gloire. Comme il n'en fut rien... rendez-le-moi !

Le jeune homme appuya sa main sur sa poitrine pour mieux en défendre le précieux dépôt :

– Vous n'êtes tout de même pas aussi cruelle ?

– Je n'aime pas les vaincus. Allons, rendez-moi mon mouchoir ! Il n'est pas fait pour essuyer des larmes de regrets.

Un éclat de rire fit retourner la jeune fille. Appuyé à la tapisserie, les bras croisés sur sa poitrine toujours ornée du collier au mouton plié en deux, Philippe de Selongey considérait le couple avec un sourire narquois que la jeune fille jugea parfaitement détestable. Quand il vit que Fiora le regardait, l'envoyé de Bourgogne frappa ses mains l'une contre l'autre en un applaudissement moqueur :

– Bravo, demoiselle ! Il semble qu'en dépit de votre jeune âge vous fassiez preuve d'un singulier esprit de pénétration...

– Que voulez-vous dire ? fit Fiora avec hauteur.

– Que vous n'êtes pas dupe – pas plus que je ne le suis – de la comédie martiale qu'on nous a donnée tout à l'heure. Le décor était parfait mais les rôles bien mal tenus.

– Cela signifie quoi ? gronda Luca en marchant vers le perturbateur, ce qui permit à la jeune fille de constater que, si Tornabuoni était plus grand que Giuliano, le Bourguignon était plus grand que Tornabuoni.

– Le sens est clair, il me semble, fit Selongey avec un dédain qui fit monter le rouge aux joues de Fiora, nous avons vu un fort beau spectacle... qui ne ressemble en rien à ce qu'est un tournoi digne de ce nom.

– Qu'en savez-vous ? Nous avons combattu, il est vrai, à armes courtoises...

– Vous appelez cela armes courtoises ? Moi, je dirais plutôt armes symboliques... ou même armes inexistantes. Si vous voulez savoir ce qu'est un véritable tournoi, venez à Bruxelles, à Bruges, à Gand ou à Dijon et vous pourrez constater que nos armes courtoises pourraient servir en temps de guerre... à des gens comme vous !

La colère empourpra soudain le beau visage de Luca et, arrachant la dague pendue à sa ceinture dans une riche gaine de cuir de Cordoue, il s'élança, l'arme haute sur l'homme qui le défiait si insolemment.

– Voilà des paroles que vous allez regretter !

L'autre ne décroisa même pas les bras et considéra l'agresseur avec l'indulgent sourire que l'on réserve aux enfants ou aux irresponsables :

– Que prétendez-vous faire ? Prouver votre valeur en ce lieu, c'est-à-dire hors de propos... ou bien m'assassiner ?

– Je prétends que nous nous mesurions sur l'heure, dans le jardin de ce palais, par exemple, afin de vous montrer si je suis un enfant ou un fou ! Venez-vous ou dois-je vous frapper ?

– Vous y tenez vraiment ?

– J'y tiens... essentiellement !

– Dieu que vous êtes ennuyeux ! Vous avez tellement envie de finir la nuit dans votre lit avec un ou deux trous dans la peau ? Il me semble que, ce soir il y a mieux à faire.

– Quoi par exemple ?

– Mais... vous enivrer, par exemple. Les vins de monseigneur Lorenzo, s'ils ne sont pas de Bourgogne, sont dignes d'estime. Ou encore prier à danser quelque belle dame. Tout ce que je désire, moi, c'est que vous partiez d'ici. Voyez-vous, j'ai grande envie de prendre votre place aux genoux de cette jolie damoiselle à qui personne n'a encore consenti à me présenter...

C'était apparemment le soir des propos interrompus car une voix basse et rauque se fit entendre et la haute silhouette du Magnifique apparut soudain entre les deux hommes qui – il faut le souligner – reculèrent avec respect chacun d'un pas en ébauchant un salut :

– Voilà une lacune que je peux combler aisément, dit Lorenzo en un français parfait. Souffrez, madonna Fiora, que je vous présente le comte Philippe de Selongey, chevalier de la Toison d'or comme vous le pouvez voir et ambassadeur de monseigneur le duc Charles de Bourgogne. Quant à vous, messire Philippe, j'espère que vous apprécierez à sa juste valeur l'honneur qui vous est fait en étant admis à saluer donna Fiora Beltrami, qui est l'un des plus jolis ornements de cette ville et la fille d'un homme que je tiens en grand respect. Êtes-vous satisfait ?

– Entièrement, monseigneur !

Et le salut que Philippe offrit à Fiora eût comblé une impératrice.

– Alors, faites-moi la grâce de vous faire conduire dans mon cabinet des médailles. Nous avons à parler. Voici Savaglio qui va vous y mener. Quant à vous, adorable Fiora, m'accorderez-vous la joie de danser avec vous cette *piva !*

L'atmosphère, si menaçante l'instant précédent, venait de s'alléger comme par enchantement. Les deux adversaires se séparaient : Philippe de Selongey pour rejoindre le capitaine des gardes du palais et Luca Tornabuoni pour offrir sa main à une jeune femme rousse qui venait d'apparaître à point nommé. Fiora se retrouva en route pour la salle de bal, sa main fine logée dans le poing du maître qui l'élevait très haut comme pour mieux faire admirer sa danseuse. Ensemble, ils allèrent prendre place en tête de la double file des danseurs tandis que les musiciens préludaient.

Les figures d'une danse qui exigeait la perfection des gestes les tinrent silencieux durant un court moment.

Fiora s'abandonnait au plaisir d'évoluer au son de la musique avec l'ardeur de sa jeunesse mais aussi avec une pointe d'orgueil. C'était assez grisant de danser avec celui que beaucoup nommaient tout bas « le prince » et d'être ainsi le point de mire de tous ces yeux. La fermeté de la main qui tenait la sienne lui communiquait une étrange assurance. Pour la première fois de sa vie, la jeune fille goûtait la joie de se sentir belle et admirée. Cela lui venait de l'expression toute nouvelle qu'elle pouvait voir dans les yeux sombres de Lorenzo. Il la regardait comme s'il ne l'avait jamais vue et sous ce regard insistant elle se sentit rougir.

– Quel âge as-tu ? demanda soudain Lorenzo.

– Dix-sept ans, monseigneur.

– Vraiment ? Je t'aurais donné davantage. Cela tient sans doute à cette façon que tu as de porter fièrement la tête et de regarder bien droit. La plupart des filles de ton âge baissent les yeux au moindre mot et j'ai toujours pensé qu'il entrait, dans cette attitude, une bonne part d'hypocrisie. Rien de tout cela chez toi ! Tu restes sereine en toutes circonstances... du moins tu en donnes l'impression.

– Parce que je ne me suis pas évanouie d'émotion lorsque le maître m'a invitée ? (Elle se mit à rire, d'un rire musical auquel le timbre chaud de sa voix donnait un charme inattendu.) Quant à ma sérénité, il n'y faut pas croire. Je sais très bien me mettre en colère. Et je sais aussi rougir...

– J'ai vu... et c'est bien joli. Ton père songe-t-il à te marier ?

– Je ne crois pas qu'il le souhaite déjà. Et moi non plus, seigneur Lorenzo, si tu veux la vérité... D'ailleurs, les filles d'ici ne se marient guère avant vingt ans.

– Quelle étrange créature tu es ! Dès l'âge de dix ans, tes pareilles rêvent d'un époux et, d'après ce que j'ai pu voir, tu ne manques pas de soupirants. Quand deux hommes sont prêts à se battre, c'est une preuve, il me semble? Aucun d'eux ne saurait-il toucher ton cœur?

– Aucun. D'ailleurs ce n'était pas pour moi que Luca Tornabuoni et l'étranger allaient se battre mais pour la façon dont on conçoit les tournois ici et en pays de Bourgogne...

– Quelle grossièreté! Si j'avais su cela, je les aurais fait arrêter. A une jolie femme on ne devrait parler que d'elle. En vérité, je suis déçu.

– Pas moi, dit Fiora tranquillement. Vois-tu, monseigneur, je ne suis pas certaine d'être courtisée uniquement pour moi-même... J'entends trop parler de la fortune de mon père et je suis sa fille unique.

Le bras que Lorenzo venait de passer autour de la taille de Fiora resserra un peu son étreinte et sa voix se chargea de sévérité :

– De telles idées ne sont pas de ton âge! Elles ne devraient jamais effleurer ton esprit. Tu ne devrais songer qu'à la joie d'être jeune et ravissante, au bonheur qui te viendra un jour, aux fêtes que te donnera l'amour. En vérité, je commence à croire qu'il n'y a pas un seul miroir digne de ce nom au palais Beltrami...

Le couple se sépara pour le salut final et Fiora reçut en plein visage le sourire narquois du Magnifique :

– Je t'en enverrai un. A présent, je te rends ta liberté, bel oiseau, et je vais où la politique m'appelle...

Les danseurs s'étaient arrêtés face aux sièges d'apparat où étaient assises Lucrezia Tornabuoni, la mère de Lorenzo et de Giuliano, grande dame imposante dans ses velours noirs givrés d'argent, et Clarissa, la rousse Clarissa Orsini, l'épouse de Lorenzo en brocart brun et toile d'or. Fiora leur offrit une révérence pleine de respect qui lui valut un double sourire puis s'éloigna, cherchant des yeux Giuliano pour voir s'il avait été témoin de ce qu'elle considérait comme son triomphe mais le jeune homme, assis sur un carreau de velours aux pieds de Simonetta qu'une guirlande de poètes entourait, ne prêtait aucune attention à la danse. Il regardait la belle Génoise qui, souvent, se penchait sur lui en souriant.

Tous deux offraient une image si parfaite de cet amour courtois cher aux romans de chevalerie que Fiora en oublia sa jalousie pour admirer, en artiste, le groupe qu'ils formaient, une symphonie de blancheur sur laquelle ressortait le scintillement des joyaux et le doux éclat des perles. Mais il y avait, dans la perfection même de la jeune femme, quelque chose de fragile qui, soudain, frappa celle qui l'observait. La peau si blanche de Simonetta semblait s'être affinée jusqu'à une certaine transparence ces derniers temps et, si le large décolleté de la robe laissait admirer la naissance de seins charmants, le dessin fragile des clavicules y paraissait plus accentué. Quant aux mains dont l'une se posait sur l'épaule de Giuliano, elles étaient d'une blancheur diaphane... Simonetta était-elle malade ?

Bien loin de se réjouir d'une idée dont la réalisation libérerait Giuliano, Fiora éprouva une brusque et profonde pitié. Le Créateur pouvait-il vraiment permettre à une maladie quelconque d'abîmer, en sa fleur, l'une de ses œuvres les plus achevées ? Simonetta était trop jeune, trop rieuse pour que l'on évoque en la regardant les ténèbres du tombeau.

La sensation d'une présence derrière elle fit retourner la jeune fille si brusquement qu'elle heurta un personnage qu'elle n'avait encore jamais vu.

– Oh! Veuillez m'excusez! fit-elle en français.

L'homme semblait ne s'être aperçu de rien. Les yeux qu'il posait sur le couple Giuliano-Simonetta ne cillaient même pas.

– Et pourtant, dit-il, cela est inéluctable. Vous pensez, jeune fille, que monna [1] Simonetta est trop jeune pour mourir ? Et que ce serait dommage...

– Comment pouvez-vous savoir cela ? souffla Fiora stupéfaite.

– Je ne le sais pas : je le sens, je l'entends. Il m'arrive de pouvoir entendre les pensées des gens. Quant à cette

1. Monna est la contraction de madonna.

jeune femme, souvenez-vous de ce que je vous dis ce soir : elle n'a plus que quinze mois à vivre. Alors Florence sera dans l'affliction mais vous ne le verrez pas.

Une soudaine angoisse sécha d'un seul coup la gorge de Fiora.

– Pourquoi ? Est-ce que... je serai... morte, moi aussi ?

Les yeux sombres de l'inconnu plongèrent dans ceux de la jeune fille et elle eut la bizarre impression qu'il pouvait lire jusqu'au fond de son âme.

– Non... mais vous le regretterez peut-être car vous serez loin et je ne crois pas que vous en serez heureuse.

– Je serai... loin ? Mais où...

Il l'interrompit d'un geste de sa main osseuse et s'écarta tout aussitôt. Fiora vit sa longue robe noire, semblable à celle que portaient les médecins, s'éloigner parmi les joyeux habits de fête mais elle put suivre son cheminement à travers les salles illuminées car c'était un homme très grand et sa tête coiffée d'un haut bonnet, frappé d'une agrafe d'or, dominait presque toutes les autres. Fiora avait envie de s'élancer derrière lui, pourtant elle en était incapable car les paroles qu'il venait de prononcer l'avaient glacée jusqu'au cœur. Il y avait là une menace imprécise qui l'épouvantait parce qu'elle échappait à l'entendement humain.

La voix familière de Chiara la tira de cette espèce d'accablement et la fit tressaillir.

– Je t'amène un malheureux qui n'ose même plus se présenter devant toi parce qu'il est persuadé que tu le méprises. Je lui ai assuré que ton cœur n'était pas aussi dur que cela.

Fiora regarda sans vraiment les voir son amie et le jeune Tornabuoni qui, tout de suite, devant la pâleur de son visage s'inquiétèrent. Chiara glissa son bras sous celui de son amie pour la soutenir.

– Que t'est-il arrivé ? Tu es malade ? Tu trembles... Va donc lui chercher un verre de vin, Luca! Elle va s'évanouir.

Le jeune homme fonça en direction d'un des grands buffets disposés à chaque extrémité des salons non sans se retourner plusieurs fois et sans se soucier de ceux qu'il bousculait. Cependant, Chiara conduisait son amie vers l'embrasure d'une fenêtre pour l'y faire asseoir sur un banc garni de coussins. Fiora passa une main encore tremblante sur son front puis sourit au visage inquiet penché sur elle.

– Cela va mieux, rassure-toi. Je ne sais pas ce qui m'a pris, je crois que j'ai eu peur.

– Peur, toi que rien n'effraie jamais ? De quoi, grands dieux ?

– D'un homme que je n'ai jamais vu mais que tu as peut-être remarqué. Il est très grand, un peu voûté. Il a un visage brun encadré d'une courte barbe et de cheveux gris, des yeux de même couleur que son visage. Il porte une longue robe noire et un haut bonnet... Il était ici il y a un instant.

– J'ai vu, en effet, quelqu'un qui ressemble à ta description mais j'ignore son nom. Pourquoi en as-tu peur ?

– Parce qu'il m'a dit des choses terribles. Selon lui, Simonetta mourra l'an prochain. Quant à moi je serai loin d'ici et pas pour mon bonheur.

Une petite flamme s'alluma dans l'œil brun de Chiara.

– Un devin ? C'est une merveille ! Il faut absolument que je lui parle, qu'il me dise...

Elle s'élançait déjà. Fiora la retint d'une main ferme.

– Reste ici ! Ce n'est pas un homme sur qui l'on peut se jeter pour lui demander l'avenir. Quand il te regarde, il te glace le sang. Et je t'en prie : pas un mot sur ce que je t'ai confié. Chiara s'inclina mais, à sa mine, Fiora vit bien qu'elle n'était pas convaincue. Heureusement Luca revenait avec un verre de vin de Malvoisie dont Fiora n'avait d'ailleurs aucune envie mais dont elle but tout de même quelques gouttes pour faire plaisir à son amoureux qui la couvait avec des yeux de chien fidèle, heureux de constater qu'un peu de rose revenait aux joues de la jeune fille.

– Cela va mieux, n'est-ce pas? A présent quels ordres...

– Essaye de savoir qui est certaine personne qui nous intéresse fort! dit Chiara qui tenait à son idée.

– Quelle personne?

La jeune fille se lançait dans une description aussi fidèle que possible, car elle était de seconde main, Fiora l'arrêta :

– Ne te fatigue pas! Je le vois qui parle, là-bas, avec messer Petrucci...

Luca se retourna, regarda dans la direction indiquée et fronça les sourcils.

– Le gonfalonier est la dernière personne avec qui ce sorcier devrait avoir plaisir à s'entretenir. C'est lui qui ouvre le chemin qui conduit au bûcher...

– Un sorcier? Et tu le connais?

– Je ne le connais pas, je sais qui il est, précisa Luca avec hauteur! Ce n'est pas la même chose...

– Peu importe! Parle, puisque tu sais, au lieu de nous laisser griller.

– Joli mot lorsqu'il s'agit d'un adorateur du diable! ricana le jeune homme. Eh bien, sachez, belles curieuses, que cet homme s'appelle Démétrios Lascaris. C'est un médecin grec et mon cousin Lorenzo le tient en grande estime à cause de son savoir. Il espère que ce Lascaris, qui prétend descendre des empereurs de Byzance, lui fera recouvrer l'odorat dont il est privé [1] et il lui a fait présent d'une maison près de Fiesole. Mais on dit qu'il s'y passe d'étranges choses... que l'on y évoque le diable!

La voix de Luca avait baissé de plusieurs tons à mesure qu'il parlait et finit en un chuchotement dramatique. Ce qui eut le don d'agacer Fiora :

– Nous avons une villa [2] à Fiesole et nous n'avons

1. Le Magnifique n'avait en effet aucun odorat.
2. Au sens antique du terme.

jamais entendu quoi que ce soit sur ce médecin grec. Dès qu'un homme sort de l'ordinaire, c'est étonnant ce que l'on trouve à clabauder sur lui...

Au prix de sa vie, elle eût été incapable de dire la raison qui la poussait à prendre tout à coup la défense d'un homme qui l'avait si fort effrayée un instant plus tôt. Peut-être parce que élevée par son père à l'école de la philosophie grecque, elle trouvait choquants ces commérages teintés de superstition. L'homme était extraordinaire, cela ne faisait aucun doute, et il semblait posséder un don étrange de divination. Mais de là à l'assimiler à l'un de ces sorciers délirants comme il en fleurissait dans certains villages autour de Florence, il y avait une traite!

– Peut-être vaut-il mieux ne pas colporter ce genre de bruit, ajouta-t-elle. Je serais fort étonnée que monseigneur Lorenzo dont la raison est si claire et l'esprit si profond fasse cas d'une quelconque créature démoniaque!

– Quelle mouche te pique? protesta Chiara. Regarde ce malheureux que tu ne cesses de maltraiter! Il en a les larmes aux yeux...

– Alors qu'il me pardonne. Je suis nerveuse, ce soir, un peu irritable peut-être, dit Fiora en se levant. Il y a des jours, comme cela, où rien ne saurait me plaire.

– Le malheur, soupira Luca, c'est que je tombe toujours sur ces jours-là!

Fiora se mit à rire et pour consoler un peu son malencontreux adorateur elle lui caressa la joue du bout du doigt :

– Platon dit que personne n'échappe à sa destinée! Le bonsoir à vous deux! Allez donc danser ensemble cette *calata* que les musiciens attaquent! Moi je vais rejoindre mon père et le prier de me ramener à la maison... Je suis fatiguée!

La légèreté avec laquelle Fiora virevolta sur ses talons démentait ces dernières paroles mais Chiara aussi bien que Luca savaient qu'il était inutile d'essayer de la retenir quand elle n'en avait pas envie. Avec le même soupir mais des sentiments différents, ils regardèrent sa robe de brocart nacré glisser entre les groupes et quitter la salle des fêtes.

– Eh bien, soupira le jeune Tornabuoni, allons danser puisqu'elle le veut!

– C'est ce que l'on peut appeler une invitation galamment formulée, fit Chiara avec une grimace moqueuse. Après tout, pourquoi pas? Faire cela ou peigner la licorne, c'est toujours une façon de passer le temps!

Fiora trouva Francesco Beltrami dans la salle de musique. Debout, près de la cheminée où des esclaves noirs ne cessaient d'ajouter des bûches odorantes, il causait avec Bernardo Bembo, l'ambassadeur de Venise, qu'il avait déjà rencontré plusieurs fois lors de séjours au bord de l'Adriatique. Lorsque Fiora s'approcha, c'était ce dernier qui parlait et elle n'osa pas l'interrompre.

– Depuis que le pape Pie II est mort à la peine en essayant de lancer une croisade contre les Turcs, Venise lutte seule face à l'infidèle qui l'a dépossédée de presque toutes ses colonies de Grèce ou d'Asie Mineure. Personne ne semble apprécier à sa juste valeur le danger que fait courir à l'Occident un sultan de la trempe de Mahomet II. Ni le pape Sixte IV uniquement occupé à bâtir dans Rome et à pourvoir richement ses neveux, ni Ferrante de Naples, ni le Sforza de Milan, ni bien sûr Gênes qui se frotte les mains en dénombrant nos pertes en terres, en hommes et en navires. Tout le monde veut oublier que Mahomet à conquis Byzance et que l'étendard du Prophète flotte aussi sur le Parthénon, que seule la largeur de l'Adriatique protège les États du pape de la menace des Turcs dont les armées, voici deux ans, ont poussé une pointe jusque dans le Frioul.

– A cette époque, pourtant, Venise donnait une preuve éclatante de courage et de puissance en repoussant l'ennemi des murailles de Scutari, qui se trouvent juste sous son nez.

– Sans doute! Loredano, avec seulement deux mille cinq cents des nôtres, a rejeté dix mille Turcs à la mer. Mais ce n'est qu'un point entre mille et qui sait si, à l'heure où nous parlons, Scutari est encore à nous? Les croisières turques attaquent nos navires presque devant les passes du Lido. Et malheureusement notre doge, Pietro Mocenigo, s'il n'a que soixante-huit ans, est affaibli par les nombreuses blessures reçues dans les batailles contre les corsaires ou les janissaires de Mahomet. Il ne durera guère alors qu'il nous faudrait un chef jeune et plein de vie.

– Soit, mais vos marins sont sans rivaux et vous avez en Bartolomeo Colleoni le plus grand condottiere d'Italie...

Un nuage passa sur le visage de Bembo :

– Le Colleoni vient de mourir dans son château de Malpaga. L'éclat de sa renommée était tel qu'il faisait oublier son âge.

– Était-il si vieux?

– Il allait avoir soixante-quinze ans. J'ajoute qu'il a légué à la République une somme de cent mille ducats d'or afin que, mort, il puisse participer encore à la guerre contre les Turcs. Mais il a mis une condition à sa générosité : Venise lui élèvera une statue sur la place San Marco...

– Peste! fit Beltrami en riant, en plein cœur de Venise!

– Nous avons tourné la difficulté : la statue s'élèvera sur la place de la Scuola di San Marco. Et si je suis ici c'est, sans doute, pour demander l'alliance de monseigneur Lorenzo pour nous aider à protéger nos possessions de terre ferme au cas où le Turc s'en approcherait mais aussi pour passer commande de cette statue équestre à votre plus grand sculpteur, le Verrochio. Si Florence veut bien l'y autoriser!

– L'un comme l'autre en seront certainement ravis.

Le ton de Beltrami changea subitement en même temps

qu'il attirait à lui Fiora qui se tenait à deux pas en arrière attendant que la conversation fût achevée.

– Quant à cette jeune personne dont vous remarquez certainement qu'elle nous écoute, illustrissime seigneur, souffrez que je vous la présente : ma fille unique, Fiora.

Le visage du Vénitien s'éclaira tandis que la jeune fille lui offrait une gracieuse révérence.

– J'avais en effet remarqué que l'on nous écoutait mais la curieuse est si belle que je me sentais des distractions. J'espère n'avoir pas dit de bêtises.

– Soyez assuré du contraire. Que veux-tu, fillette ? Pourquoi n'es-tu pas à danser après cet honneur que monseigneur Lorenzo vient de t'accorder ?

– Justement parce que après lui aucun danseur ne saurait plus me convenir... Puis, plus bas, elle pria : Père, je voudrais rentrer...

La note pressante qui vibrait dans la voix de sa fille fit comprendre à Francesco qu'elle n'obéissait pas à un simple caprice.

– Comme tu voudras mais accorde-moi encore quelques instants. Nous partirons dès que monseigneur Lorenzo en aura fini avec le Bourguignon. Il se consacrera alors au seigneur Bembo que voici.

Il achevait à peine sa phrase que le Manifique reparut, en compagnie de Philippe de Selongey. Lorenzo était souriant, affable à son habitude mais le Bourguignon était rouge et ses yeux étincelaient comme sous l'empire d'une colère difficilement contrôlée. Tous deux s'avancèrent assez pour qu'il fût possible d'entendre ce qu'ils se disaient.

– Ce que je vous ai dit ne change rien au fait que vous êtes mon hôte, seigneur comte ! Vous êtes jeune et l'heure est au plaisir des dames.

La voix de Philippe de Selongey sonna comme tout à l'heure les trompettes dans le champ clos :

– Grand merci, monseigneur, mais je ne saurais me

rendre au bal. Comme je vous l'ai dit, le duc Charles, mon noble maître se bat et, avec lui, la Bourgogne tout entière est en guerre. Je suis un soldat, non un dameret, et puisque nous n'avons plus rien à nous dire, souffrez que je me retire...

– Comme il vous plaira. Nous nous reverrons.

– Est-ce bien utile? fit Selongey avec arrogance.

– Sans doute. Ne convient-il pas que je vous remette une lettre pour le Grand Duc d'Occident puisqu'il m'a fait l'honneur de vous adresser à moi? Une lettre... et un gage d'admiration.

– D'admiration? Mon maître n'en a que faire dès l'instant où il n'obtient pas ce qu'il demande. Le Milanais s'est montré plus avisé en écoutant les propositions de la duchesse Yolande de Savoie, alliée de la Bourgogne.

– Contre son propre frère le roi de France? La voix de Médicis s'était faite soudain coupante. Une princesse peut sans doute renier les racines du sang aux applaudissements de tous. Moi, je reste fidèle à mes alliances familiales. Souvenez-vous que mes armes portent les fleurs de lys! Il est vrai, ajouta-t-il avec un mince sourire où entrait une part de dédain, il est vrai que Bourgogne les porte aussi mais ne s'en soucie guère... Je vous souhaite la bonne nuit, messire de Selongey! Ah! seigneur Bembo, je vous cherchais! M'accompagnerez-vous, s'il vous plaît?

Les deux hommes se dirigèrent vers la salle des fêtes. Fiora et son père n'avaient pas bougé pour ne pas gêner le départ de l'ambassadeur bourguignon. Comme tous les escaliers des palais florentins, celui de la superbe demeure médicéenne était étroit et raide. Mais Philippe de Selongey ne bougeait pas. Les poings serrés, il luttait visiblement contre l'envie de suivre Lorenzo et, peut-être, de tirer une vengeance aussi brutale qu'immédiate des paroles dédaigneuses qui venaient d'être prononcées. Il se retint, haussa les épaules et se contenta de lancer assez fort pour être encore entendu du Magnifique :

– Tout n'ira pas toujours à votre plaisir, seigneur Lorenzo! Quand monseigneur Charles aura vaincu les croquants suisses et fait de la Bourgogne le royaume qu'elle était jadis, vous vous apercevrez de ce que pèse sa colère!

D'un geste, il appela deux hommes qui attendaient dans un coin de la salle et qui faisaient sans doute partie de son escorte. Il allait s'éloigner quand il aperçut les Beltrami et vint droit à eux. Un sourire éclaira son visage, si dur l'instant d'avant :

– Damoiselle Fiora vous êtes tout juste celle que je souhaitais voir avant de quitter ce palais. J'avais dans l'idée, sinon de danser, ce que je ne saurais faire, du moins de causer avec vous un moment. Je crois que je vais différer un instant mon départ.

Il offrait son poing fermé afin que Fiora y posât sa main. Beltrami le repoussa doucement.

– Ne différez pas, messire! Vous venez de prononcer telles paroles qui rendent votre présence peu souhaitable dans cette demeure. Quant à ma fille, je vois mal quel sujet de conversation vous pourriez avoir avec elle?

– Mais... toutes ces choses charmantes qui peuvent intéresser une jeune fille et peut-être aussi apprendre d'elle pourquoi son visage m'est presque familier. Il me semble l'avoir déjà rencontrée sans pouvoir dire où ni quand... Ce qui me couvre de honte. Pareille beauté ne saurait s'oublier.

Fiora ouvrait déjà la bouche pour dire que le chevalier avait sans doute rencontré autrefois sa mère, Beltrami ne lui en laissa pas le temps.

– Vous êtes victime d'une illusion, messire. Ma fille n'a que dix-sept ans et n'a jamais quitté ce pays. A moins qu'il ne s'agisse d'un stratagème... souvent employé pour lier conversation avec une inconnue qui vous plaît! Le bonsoir, messire! Nous partons.

La voix était courtoise mais le ton sans réplique. Selongey n'insista pas et s'écarta en saluant pour livrer passage au père et à la fille. A la dérobée, Fiora saisit son regard, à la fois songeur et interrogatif. Elle n'éprouva pas, cette fois, l'irritation ressentie à leurs précédentes rencontres mais au contraire une curieuse impression de regret comme cela arrive lorsque l'on doit laisser inachevée une chose intéressante. Toutefois, elle était trop respectueuse des volontés paternelles pour les discuter... autrement que dans l'intimité.

Au bas de l'escalier, ils retrouvèrent leurs serviteurs qui les attendaient pour les escorter jusqu'à la maison avec des torches. Cette nuit-là, il n'était guère besoin d'éclairage car les rues de la ville étaient brillantes de lumières et pleines de musique et de joie. On festoyait jusque sur les places où, sur l'ordre de Lorenzo, on régalait le *popolo minuto*, le petit peuple et, partout, chanteurs et baladins entraînaient les chœurs ou bien faisaient admirer leurs tours. La nuit étendue sur Florence en fête était belle et étoilée...

Devant les portes de bronze du Baptistère dont les personnages dorés semblaient s'animer sous les lumières dansantes, une bande joyeuse d'étudiants, d'apprentis et de filles enveloppa soudain le négociant et sa fille d'une ronde qui les isola un instant de leurs serviteurs :

– Il tombe des caresses [1], cette nuit, messer Francesco, s'écria, aussitôt repris en chœur par les autres, l'un des garçons. Il n'est pas encore l'heure de rentrer mais de danser...

– Je n'ai plus l'âge de danser, mes amis, lança Beltrami avec bonne humeur, et ma fille est fatiguée...

– Fatiguée ? Avec ces yeux-là ?

Un garçon, qui portait un luth sur le dos, s'était détaché de la ronde. Il venait mettre un genou à terre devant Fiora amusée et chantait :

Ô rose cueillie sur la verte branche,
Tu fus plantée dans un jardin d'amour...

1. Expression florentine qui signifie que l'on est heureux.

La chanson était célèbre. Tous la reprirent en chœur et Fiora, souriante, tendit sa main au jeune chanteur qui la baisa. En même temps, Beltrami ouvrait sa bourse, en tirait une poignée de pièces qu'il lança dans le cercle :

– La nuit est encore longue, enfants! Tirez-en le plus d'amusement possible à notre santé!

On l'acclama et les pièces furent vite ramassées, après quoi toute la bande, au son des luths, des flûtes et des tambourins, escorta le père et la fille jusqu'à leur palais où, sur la permission du maître, les valets porte-torches offrirent à boire avant de repartir danser avec les autres jusqu'au lever du jour. Fiora et son père montèrent chez eux et Beltrami, ayant exprimé l'intention de travailler dans son *studiolo* sur un manuscrit grec récemment acheté, Fiora l'y suivit. Songeuse, elle s'approcha du portrait dont elle releva le voile pour le regarder encore.

– Ce n'est pas l'heure! reprocha doucement Francesco. Tu devrais aller dormir...

– Je t'en prie, père, laisse-moi la contempler encore un peu! Songe que je viens seulement de la découvrir! Tu ne m'as seulement jamais dit son nom.

– Je t'ai dit qu'elle s'appelait Marie.

– Tant de femmes s'appellent Marie! C'est insuffisant.

– Il faudra pourtant que cela te suffise pour le moment. Plus tard je te dirai...

– Dans ta bouche cela signifie de nombreuses années, n'est-ce pas? Et moi je voudrais tant savoir... Cet étranger, ce... Philippe de Selongey, ajouta-t-elle en rougissant soudainement, pourrait-il l'avoir connue?

– En admettant que ce soit possible, il devait être bien jeune alors...

– Pourtant, cette ressemblance dont il parlait?

Beltrami enferma entre les deux siennes les mains de Fiora.

– N'insiste pas, mon enfant! Tu ne me feras pas dire ce

que je veux garder pour moi et tu me peineras! Va dormir, à présent! D'ailleurs, voici donna Léonarda qui vient te chercher...

La porte venait en effet de faire entendre le grattement habituel à la gouvernante. Elle entra aussitôt.

– Je ne vous attendais pas avant les petites heures du matin. Que s'est-il passé?

– Rien, c'est moi qui ai voulu rentrer. Je ne m'amusais pas autant que je l'avais espéré, dit Fiora.

– Monseigneur Lorenzo a dansé avec elle et elle se plaint!

Mais Léonarde n'écoutait plus. Elle avait aperçu le portrait que Fiora avait déplacé tout à l'heure pour qu'il soit mieux éclairé par les flammes de la cheminée. Au bout d'un instant, ses yeux agrandis se tournèrent vers Beltrami :

– D'où tenez-vous cette image? demanda-t-elle d'une voix blanche.

– On me l'a peinte en prenant la ressemblance de Fiora. C'est étonnant n'est-ce pas?

Il eut un petit rire faussement désinvolte mais Léonarde n'entendait toujours pas.

– Pourquoi avoir fait cela?

– Simplement parce que je le désirais. N'est-ce pas suffisant?

Un énorme soupir qui évoquait le bruit d'un soufflet de forge s'échappa de la poitrine de la gouvernante:

– Vous êtes seul juge, messer Francesco, mais vous me permettrez de dire que je n'aime pas cela. C'est tenter le destin... et même le diable que de prendre à un visage vivant la ressemblance avec un autre qui ne l'est plus. Si l'enfant allait...

– Sornettes que tout cela! Allez-vous mettre de telles idées dans la tête d'une fille qui n'a déjà que trop d'imagination... et de curiosité? Elle a dit être fatiguée : emmenez-la dormir!

Fiora, qui avait suivi le court dialogue avec l'attention

que l'on devine, alla présenter son front au baiser de son père puis se laissa emmener sans protestation, mais le trouble de Léonarde ne lui avait pas échappé et, une fois dans sa chambre, tandis que Khatoun, mal réveillée, et la gouvernante la déshabillaient pour la mettre au lit, elle demanda brusquement, en français, pour être comprise de la seule Léonarde :

– Vous non plus, vous ne voulez rien dire ?

– A quel propos ?

– A propos de ma mère. Pourquoi n'ai-je le droit de connaître que son prénom ?

– C'est bien suffisant quand vous priez pour elle. Si votre père ne dit rien, c'est qu'il a ses raisons. Essayez de dormir à présent !

– Je n'ai pas sommeil et je pense que l'histoire de ma mère est une histoire terrible.

– Qu'est-ce qui a pu vous mettre cela dans la tête ?

– Ce que mon père a fait ce matin...

Et elle raconta ce qui s'était passé dans le *studiolo* quand Francesco avait voulu lui démontrer qu'elle était aussi belle que celle dont il avait voulu perpétuer le souvenir.

– J'ai remarqué une tache brune sur la dentelle, et mon père a dû convenir que c'était du sang. Le sang de ma mère ! Ne pouvez-vous me dire comment elle est morte ?

Léonarde qui, pendant le récit avait donné des signes d'agitation, se signa à plusieurs reprises :

– Non !... non, ne comptez pas sur moi ! Je vous dirai seulement ceci : votre mère était une douce et adorable créature que le malheur a poursuivie tout au long de son existence. L'amour que votre père lui a voué est le seul beau présent que lui ait fait la destinée. C'est pourquoi nous ne cesserons jamais de prier pour elle. Dormez à présent !

Empoignant les rideaux de damas blanc du lit, elle allait les fermer quand Fiora l'en empêcha :

– Vous savez bien que je n'aime pas dormir enfermée. Et j'ai encore quelque chose à dire : ce soir, au palais Médicis, un homme étrange m'a fait une prédiction.

– Voilà bien une autre affaire ! Quelle prédiction ?

Elle la lui répéta, ajoutant :

– Votre amie Colomba, qui sait toujours tout, doit avoir entendu parler de ce Démétrios Lascaris ? J'aimerais bien savoir ce qu'elle en pense.

– Certainement aucun bien ! bougonna Léonarde. Ce ne peut être qu'un charlatan et un mauvais homme ! Aller mettre des idées pareilles dans la tête d'une enfant comme vous ! J'espère bien que vous n'en croyez pas un mot ? Quant à monna Simonetta, tout Florence sait qu'elle n'est pas si bien portante. Qu'un médecin soit capable de voir plus loin, c'est possible, mais il n'avait pas à vous mêler à ses folies. Où pourriez-vous être l'an prochain, grands dieux, sinon ici ou à Fiesole ?... A moins que votre père n'ait décidé de vous emmener dans l'un de ses voyages auquel cas vous aurez peut-être le mal de mer ? Il ne faut pas chercher plus loin, puisque le maître ne veut pas vous marier de sitôt.

– Vous croyez ? fit, avec soulagement, Fiora qui n'avait pas pensé à cette éventualité.

– Bien sûr, mon oiseau bleu. Oubliez tout cela ! Demain, je dirai à messer Francesco de veiller d'un peu plus près aux gens qui vous approchent quand je ne suis pas avec vous...

Renvoyant Khatoun, qui bâillait sans arrêt, au lit de coussins et de fourrure qu'elle occupait dans un coin de la grande chambre, Léonarde éteignit les chandelles, ne laissant qu'une veilleuse d'huile parfumée au chevet du lit. A la demande de Fiora, elle avait laissé la fenêtre à demi ouverte sur l'air frais de la nuit.

Étendue dans son grand lit, Fiora, qui n'était pas d'une piété extrême, marmotta une courte prière puis, sentant le sommeil alourdir ses paupières, ferma les yeux.

Elle les rouvrit presque aussitôt. Un bruit sec de verre

cassé suivi d'un choc sourd la dressa sur son séant puis la fit glisser de son lit. Quelque chose avait heurté le battant de sa fenêtre entrouverte, brisant l'un des petits carreaux et ce quelque chose était tombé sur le tapis.

A l'aide de sa veilleuse, Fiora découvrit une pierre autour de laquelle un morceau de papier était lié, bien serré. Le cœur battant soudain la chamade, elle la ramassa puis jeta un coup d'œil vers Khatoun mais la petite esclave n'avait rien entendu et dormait à poings fermés, roulée en boule dans son nid de coussins.

Fiora revint s'asseoir sur son lit, remit la veilleuse à sa place, rompit avec ses dents le lien qui retenait l'étrange message puis le déplia et le lut. Il ne contenait que peu de mots :

« Demain je vous attendrai durant toute la matinée dans l'église Santa Trinita. Ne pourriez-vous venir y prier ? Il faut absolument que je vous parle ! » Et c'était signé : Ph. de S.

Rouge et confuse comme si l'envoyé bourguignon était entré lui-même dans sa chambre, Fiora tourna et retourna le morceau de papier entre ses doigts sans trop démêler si elle était plus furieuse que troublée. Que cet inconnu eût l'audace de lui donner un rendez-vous la scandalisait mais, sans bien s'en rendre compte, elle éprouvait une sorte de fierté mêlée d'excitation devant cette espèce d'aventure qui se présentait à elle. Une aventure comme – elle l'avait appris en entendant bavarder Léonarde et Colomba – il en arrivait à certaines jeunes femmes et jeunes filles de la ville. La question était de savoir si elle irait ou n'irait pas à Santa Trinita. L'église était toute proche et elle savait pouvoir y aller en la seule compagnie de Khatoun. Léonarde, elle, s'y rendait régulièrement chaque matin pour la petite messe de l'aube et ne jugeait pas utile d'y retourner lorsque, par extraordinaire, Fiora se sentait d'humeur pieuse et disposée à entendre un office un autre jour que le dimanche et les grandes fêtes. La jeune fille ne savait pas, dans sa candeur, que, poser la question de cette façon, c'était déjà y répondre et quand, enfin, elle s'endormit après avoir brûlé le papier mais déposé la pierre là où elle l'avait ramassée, elle avait choisi de se rendre à la rencontre de Philippe de Selongey.

Ladite pierre et la fenêtre abîmée intriguèrent dame Léonarde quand elle les découvrit le lendemain matin. Les airs innocents des deux filles – bien joués de la part de Fiora mais tout à fait authentiques chez Khatoun qui n'avait rien vu ni rien entendu – la convainquirent d'attribuer l'incident à un quelconque ivrogne comme il en fleurissait des centaines durant les nuits de fête. Évidemment, elle n'était pas assez simple pour ignorer qu'une pierre lancée par la fenêtre était un moyen connu de faire parvenir un message mais elle pensa qu'en ce cas Fiora eût fait disparaître la pierre aussi bien que le billet. Et elle se rassura tout à fait en pensant que l'expéditeur, s'il s'agissait d'un galant, ne pouvait être que Luca Tornabuoni ou l'un des autres admirateurs de la jeune fille. Auquel cas, il n'y avait pas grand mal.

– J'enverrai réparer cette fenêtre tout à l'heure quand vous aurez pris votre bain.

– S'il vous plaît, dame Léonarde, faites-le préparer tout de suite. Je voudrais aller entendre messe à Santa Trinita.

– Est-ce que vous êtes souffrante ?

– Si j'étais souffrante, dame Léonarde, je resterais au lit, dit Fiora avec une grande dignité. Mais après tout ce qu'il m'est arrivé hier, je pense qu'il me faut aller prier.

Léonarde n'insista pas mais, ses soupçons éveillés par cette soudaine crise de piété chez une fille qui semblait priser davantage Platon, Hésiode ou Sophocle que les évangélistes, elle se promit – en riant sous cape car si la petite commençait à s'intéresser à un autre garçon que Giuliano de Médicis c'était plutôt une bonne chose – de la surveiller sans en avoir l'air. Et elle envoya Khatoun veiller au bain.

Une heure plus tard, enveloppée d'un grand manteau brun à capuche fourré de menu-vair [1] car le temps avait brusquement fraîchi, Fiora trottait vers Santa Trinita, Khatoun sur ses talons portant un coussin et un livre d'heures. A la mort de sa mère, la jeune Tartare avait été baptisée sous le vocable de Doctrovée qui était la sainte de ce jour-là mais personne ne l'avait jamais appelée comme cela. Khatoun elle était, Khatoun elle restait mais grâce à ce baptême elle pouvait accompagner Fiora dans ses dévotions à l'église.

Santa Trinita, devant laquelle chaque année les dames et les demoiselles de Florence célébraient le retour du printemps, était une sévère et noble église gothique qui eût été sombre sans les nombreux cierges qui brûlaient, dans les différentes chapelles. Sous les voûtes décorées à fresques par Baldovinetti, ceux-ci formaient de grands bouquets de lumières que reflétaient les ors des autels.

Une messe commençait dans le chœur et Fuora décida de la suivre avant d'entendre ce que le chevalier bourguignon avait à lui dire de si important. Elle avait d'ailleurs remarqué tout de suite en entrant sa haute silhouette sombre plantée dans la deuxième chapelle à gauche du chœur devant les fresques de Giovanni da Ponte. Le nez levé vers le magnifique tombeau Federighi sculpté jadis par Luca della Robbia, Selongey semblait en étudier chaque détail avec l'attention d'un connaisseur mais Fiora, hypocritement abritée sous son capuchon, vit qu'il jetait de rapides regards à chaque personne qui entrait dans l'église. Alors, elle découvrit suffisamment son visage pour qu'il la reconnût mais ne fit pas mine de l'avoir aperçu et alla s'agenouiller au plein milieu de la nef, un peu en retrait des quelques personnes qui se trouvaient là...

Jamais sans doute messe fut suivie si distraitement. Fiora ne priait pas, n'écoutait qu'à peine, uniquement

1. Petit-gris.

consciente de cette présence qu'elle sentait derrière elle. Elle savait, sans avoir eu besoin de tourner la tête, que cet homme, encore ignoré vingt-quatre heures plus tôt, était là, tout près et elle en éprouvait un trouble qu'elle ne s'expliquait pas mais qu'elle subissait sans déplaisir... Khatoun qui, elle, n'avait aucune raison de ne pas se retourner, lui chuchota :

– Il y a un beau seigneur juste derrière nous et il n'arrête pas de te regarder, maîtresse!

– Je sais, souffla Fiora. Il nous parlera tout à l'heure mais il ne faudra le dire à personne. Tu promets?

Sans souci de la sainteté du lieu, Khatoun cracha par terre en étendant la main ce qui était sa façon de prêter serment depuis qu'elle avait vu deux mariniers de l'Arno agir ainsi. Fiora ne put s'empêcher de sourire mais distingua nettement un rire étouffé derrière son dos.

Un rire qui d'ailleurs s'étrangla et s'acheva en une brève quinte de toux.

L'office tirait à sa fin. Manié vigoureusement par un jeune diacre aux cheveux en désordre, l'encensoir jeta quelques éclairs et dispensa d'épaisses volutes de fumée odorante qui emplirent le chœur d'un brouillard où s'estompèrent la chasuble diaprée du prêtre et les précieux objets du culte cependant qu'à genoux Fiora poursuivait une prière plus apparente que réelle. Une voix assourdie lui parvint :

– Je vous attends près du bénitier...

Elle inclina légèrement la tête mais ne bougea pas, s'offrant le plaisir bien féminin de faire patienter un peu plus longtemps l'homme qui l'avait si cavalièrement invitée à venir le rejoindre. Cela lui permit d'attendre que l'église se fût vidée presque entièrement. Il ne restait plus que le bedeau occupé à éteindre les cierges des grands candélabres avec un éteignoir à long manche quand, sur un dernier signe de croix, Fiora se releva enfin. A pas comptés, elle remonta lentement, lentement vers le portail puis, soudain, obliqua pour rejoindre celui qui l'attendait dans l'ombre d'un pilier.

Dès qu'elle fut auprès de lui, Selongey la saisit par la main et l'entraîna vers la chapelle la plus proche qui était aussi celle où il y avait le moins de lumière.

– Cette fille qui nous suit? demanda sèchement le Bourguignon sans se soucier d'une quelconque formule de politesse. Suffoquée de tant d'impertinence, Fiora commença par libérer sa main :

– C'est Khatoun, mon esclave. Et ne comptez pas que je l'éloigne : elle ne me quitte jamais!

– Une esclave? Vous en êtes encore là et vous me dites cela tranquillement dans une église? Quel genre de chrétiens êtes-vous donc?

– Je ne pense pas que vous ayez des leçons à nous donner sur ce chapitre. Nos esclaves sont, paraît-il, mieux traités que vos domestiques ou vos paysans. Comme nous les payons cher nous les soignons bien!

– Vous êtes véritablement des gens incroyables et...

– Brisons-là, messire! Vous ne m'avez pas fait venir ici, ce matin, pour disputer de nos us et coutumes? C'est un chapitre sur lequel je ne souffre pas critiques.

– Pardonnez-moi! Je ne désirais pas vous froisser. Ce que je souhaitais, c'était d'abord vous poser une question, si vous le permettez.

– Tout dépendra de la question, dit Fiora, toujours sur la défensive. Elle se tenait très droite devant son interlocuteur, son regard fier planté dans celui de Philippe qui soudain sourit et murmura d'une voix changée :

– Vous avez des yeux transparents. Il doit être possible d'y lire les moindres mouvements de votre âme...

– Cela non plus ne méritait pas un dérangement... Alors, cette question? Si, du moins vous en avez réellement une...

– J'en ai une. On m'a dit que votre mère n'était pas d'ici mais une noble dame étrangère.

– Je savais que les langues marchaient vite ici, protesta

Fiora, mais j'ignorais que ce fût à ce point! Vous venez tout juste d'arriver.

– Et je vais bientôt repartir mais il faut si peu de temps pour s'intéresser à quelqu'un!... au point de chercher à tout savoir de ce qui le touche. Si je vous demande le nom de votre mère c'est à cause de cette ressemblance que vous avez avec l'un de mes souvenirs de jeunesse. Lorsque j'avais une douzaine d'années, j'étais page de monseigneur le comte de Charolais devenu depuis duc de Bourgogne.

– Je vous en prie, continuez!

– Monseigneur Charles avait alors pour écuyer un jeune homme très beau... et très triste. Il souriait rarement et c'était grand dommage car son sourire était charmant... tout à fait comme le vôtre. Je n'ai jamais oublié ce garçon qui, d'ailleurs, a disparu brusquement. Il s'appelait Jean de Brévailles, de bonne noblesse bourguignonne mais de peu de fortune. Vous lui ressemblez d'étrange façon, autant qu'une jeune fille peut ressembler à un garçon.

– Et vous avez pensé, apprenant mon histoire, que ce jeune homme était peut-être de ma famille?

– En effet. C'est pourquoi je vous ai demandé le nom de votre mère au risque de vous paraître indiscret.

– Je vous le dirais volontiers si seulement je le savais mais mon père, soucieux sans doute de préserver ses souvenirs... et peut-être l'honneur d'une famille puisque je suis née hors mariage, n'a jamais voulu me le dire. Je ne sais qu'une chose : elle s'appelait Marie.

Le silence si particulier des églises vides dont les murs opposent autant de frontières infranchissables aux bruits du dehors, silence fait de la majesté divine et du vide énorme qu'abritent les voûtes où le moindre bruit s'amplifie et résonne, ce silence s'établit entre les deux jeunes gens. Reprise par l'émotion éprouvée la veille, Fiora revoyait le doux visage d'une jeune femme blonde, Philippe, lui, regardait Fiora.

De l'autre côté du pilier où elle était restée par

discrétion, Khatoun toussa et l'église parut tousser après elle. Fiora, tirée de sa songerie, frissonna et, resserrant autour d'elle les plis de son manteau, leva les yeux vers le chevalier et vit qu'il la regardait toujours sans qu'il fût possible de deviner seulement sa pensée. Son visage brun semblait figé et dans le pli sarcastique de sa bouche, la jeune fille crut lire du dédain.

– Ne vous a-t-on pas dit que mon père n'était pas l'époux de ma mère? Alors voilà qui est fait. Je suis bâtarde, pour parler plus brutalement. J'ajoute que, chez nous, cela n'a pas beaucoup d'importance. Il est vrai, ajouta-t-elle avec un demi-sourire, que nous sommes, nous autres Florentins, des gens étranges, des demi-sauvages...

Son ironie irrita Selongey.

– Ne dites donc pas de sottises! Je n'ai jamais rien dit de semblable. D'ailleurs, dans nos grandes familles, la bâtardise n'est pas non plus une marque infamante. Seul compte le sang du père. Ainsi le meilleur capitaine de monseigneur Charles est-il son demi-frère, beaucoup plus âgé que lui d'ailleurs : le Grand Bâtard Antoine...

Cette fois Fiora sourit gaiement, creusant des fossettes dans ses joues et montrant l'humide blancheur de ses dents parfaites.

– Ce n'est pas la peine de prendre un ton furieux pour dire cela, messire. Et, puisque nous sommes d'accord, souffrez que je me retire à présent. Ma gouvernante pourrait trouver la messe un peu longue...

– Êtes vous si surveillée?

– Je le suis autant que doit l'être une fille de mon âge et de ma condition, dit Fiora sévèrement. Vous ne devriez pas y trouver à redire.

– Aussi n'est-ce pas mon propos. Mais, je vous en supplie, ne partez pas encore. Je...

Il semblait hésiter tout à coup et Fiora s'impatienta.

– Auriez-vous encore des questions à poser? En ce cas, je vous prierai de faire vite. Je suis pressée.

– Ce que j'ai à dire mériterait de longs développements mais puisque vous êtes pressée...

Avant que Fiora ait pu seulement esquisser un geste, il l'avait prise dans ses bras et lui imposait un baiser passionné. Suffoquée, la jeune fille se sentit emporter par une force irrésistible, à la fois brutale et infiniment douce, qui la rendait incapable de la moindre réaction. Alors que la plus petite ébauche de caresse venue d'un de ses soupirants déclenchait chez elle une colère hautaine, elle se laissait emporter dans une sorte d'ivresse par cet homme dont elle sentait le cœur battre lourdement contre sa poitrine. Il sentait le cuir, le grand air, l'herbe mouillée et même le cheval et cette odeur avait quelque chose d'enivrant comme était enivrant ce baiser, le premier qu'elle eût jamais reçu. Il allumait un feu dans son sang, un éblouissement divin dans sa tête. C'était un univers qui s'ouvrait soudain devant elle, celui, flamboyant, de l'amour des hommes qui ne ressemblait guère aux rêves bleus d'une jeune fille et qui ne se nourrissait ni de vers précieux ni de soupirs légers...

Trop innocente pour rendre la caresse, Fiora, vidée de ses forces mais le cœur battant la chamade, se laissait aller dans les bras de Philippe et, quand il la lâcha aussi brusquement qu'il s'était emparé d'elle, la jeune fille faillit tomber. Il la retint et plus doucement, la ramena contre sa poitrine. Lui relevant le menton d'un doigt, il l'embrassa légèrement sur le bout du nez et sur chacun de ses yeux :

– Je t'aime! murmura-t-il avec une ardeur qui la fit rougir. Je t'aime et je te veux...

Cette fois, il se sépara d'elle puis, sans se retourner, quitta l'église en courant. Fiora, encore sous le coup du rêve où il venait de la plonger, se laissa glisser à genoux. Au-dessus d'elle, une statue de sainte que, dans le trouble où elle était elle eût été bien en peine d'identifier, souriait dans la lumière faible et diffuse de deux chandelles. Et, parce qu'il fallait à tout prix qu'elle retrouvât ses esprits et qu'elle laissât à son cœur le temps de se calmer, Fiora se mit machinalement à prier...

Khatoun alors vint s'agenouiller tout près d'elle et lui prit une main sur laquelle elle posa sa joue :

– Il est tard, maîtresse, chuchota-t-elle. Il faut rentrer.

Fiora la considéra d'un œil légèrement égaré :

– Tu crois ? Je... je n'ai pas envie de rentrer. Pas maintenant ! pas encore !

La jeune Tartare eut un petit rire doux comme un roucoulement de colombe.

– Je sais pourquoi. C'est parce que tu as peur que ça se voie sur ta figure.

– Quoi ?

– Que tu sais maintenant ce que c'est que l'amour...

– Folle que tu es ! Tu crois donc que j'aime cet homme ? Est-ce que tu ne sais pas que celui que j'aime c'est Giuliano.

Elle fut stupéfaite, en prononçant le nom, de ne lui plus trouver de couleur ni de résonance. Ce qu'elle éprouvait naguère pour le jeune Médicis venait de s'effacer comme un rêve dont, au matin, on a peine à retrouver le souvenir.

– Non, dit Khatoun, tu as seulement songé à l'aimer. Mais celui qui vient de te quitter, il t'emporte avec lui... et tu le sais bien.

Fiora ne répondit pas et cacha son visage dans ses mains comme pour mieux s'absorber dans sa prière mais c'était seulement pour ne pas rencontrer, à cet instant, le regard de cette fille venue du fin fond de l'Asie et qui lui parlait de certitude alors qu'elle-même n'en était encore qu'à l'éblouissement.

CHAPITRE III

LES SURPRISES DE L'AMOUR

Le lendemain matin, Francesco Beltrami, accompagné de sa fille, se dirigeait vers la boutique du libraire Vespasiano Bisticci. Se tenant par le bras, tous deux allaient d'un pas vif car la température avait encore baissé et il faisait presque froid. Cela n'entamait pas le plaisir de Fiora qui adorait se rendre avec son père – il n'eût pas été convenable qu'elle y allât seule – chez le libraire où se rencontrait l'élite intellectuelle de la ville. Elle considérait cela comme un honneur et son goût des livres trouvait là ample matière à s'enrichir.

A cette heure de la matinée, la via Larga où Bisticci tenait boutique était très animée. Des ménagères se rendaient au marché, un panier à chaque bras, des dames, la tête couverte d'un voile ou d'un capuchon, sortaient d'une messe à San Lorenzo, l'église voisine du palais Médicis qu'un cloître séparait de la Bibliothèque laurentienne, un chevrier menait son troupeau, des maçons charriaient des pierres sur une charrette faite de grosses branches assemblées, quelques bourgeois passaient en longues robes de serge noire et bonnet à ruban et, dans le recoin d'une maison, des gamins jouaient à la toupie en poussant des cris aigus.

Les saluts, empressés, respectueux ou amicaux jalonnaient le chemin de Francesco Beltrami. Il y répondait avec affabilité et courtoisie, heureux de mesurer à cette aune l'ampleur de sa réputation. Comme le père et la fille allaient atteindre la maison de Bisticci, une troupe de cochons déboucha dans la rue et manqua les jeter à terre tous les deux. Un jeune garçon courait derrière eux. Il devint très rouge en reconnaissant le riche négociant et se jeta à genoux au milieu de la rue :

– Oh pardon, messer Beltrami, mille fois pardon !

Il semblait terrifié et, pour un peu, se serait prosterné :

– Mais, malheureux, dit Francesco en riant, si tu restes ainsi à genoux dans le ruisseau tes cochons vont se perdre. Cours donc après eux, petit imbécile, au lieu de me faire des excuses ! Et tiens ! prends ceci au cas où tu ne les retrouverais pas tous. Il ne faut pas que ton maître te batte...

A l'enfant ébloui il tendait un florin d'or puis entraîna Fiora tandis que le petit porcher, tout joyeux, prenait ses jambes à son cou et déguerpissait.

– C'est à toi que l'on devrait donner le surnom de Magnifique, dit Fiora attendrie. Tu es l'homme le plus généreux de la terre.

– Parce que j'ai donné un florin ? Mais le vrai Magnifique en aurait donné deux. Les choses sont donc bien comme elles sont.

Un instant plus tard, ils atteignaient la boutique du libraire.

Vespasiano Bisticci était à Florence le grand spécialiste des ouvrages antiques et ses correspondants fouillaient sans relâche les cités de Grèce et d'Orient à la recherche de manuscrits rares. Lui-même se présentait sous les traits d'un homme d'une soixantaine d'années, grand et majestueux, très aimable et très érudit. Ses traits étaient nets, bien marqués par un réseau de rides mais ses yeux sombres pétillaient de jeunesse et sa voix était d'une grande douceur.

Il quitta le personnage avec lequel il s'entretenait à l'entrée des Beltrami et vint vers eux avec empressement.

– Sois le bienvenu, ser Francesco, et toi aussi Fioretta! J'avoue que si j'espérais un peu la visite de ton père, je ne pensais pas que ta présence la rendrait encore plus agréable. Tu es l'image même du printemps...

– Tu vas me la rendre vaniteuse, protesta Francesco. Je viens voir si tu as terminé cette copie des *Commentaires* que je t'ai demandée.

– Presque. J'ai mis dessus mes meilleurs copistes et je pense te donner bientôt le livre terminé mais j'ai reçu quelque chose qui, je crois, va t'intéresser.

Aussitôt les yeux de Beltrami se mirent à briller.

– Dis vite! Qu'est-ce donc?

Il voulut suivre Bisticci qui gagnait les profondeurs de son magasin et, ce faisant, il heurta le personnage à qui le libraire parlait précédemment et aussitôt s'excusa mais l'homme s'était retourné et Fiora reconnut le médecin grec dont elle avait eu si peur au bal des Médicis.

– Vous ne me devez aucune excuse, dit-il de sa voix grave en esquissant un salut courtois, je me trouvais sur votre passage. Et quand je suis ici, je ne fais attention à rien sinon aux ouvrages qui m'entourent...

– Je crois néanmoins vous en devoir. Notre arrivée a rompu votre entretien avec messer Bisticci...

– C'est sans importance; j'allais partir. J'étais venu en effet pour obtenir copie d'un précieux traité de médecine d'Ibn Sina, que l'on appelle en Occident Avicenne, dont messer Bisticci refuse de me vendre l'original.

– Je vous ai dit que c'était impossible, messer Lascaris, puisque monseigneur Lorenzo l'a retenu mais il consent à ce que l'on en tire copies, fit Bisticci qui revenait, portant un volumineux paquet enveloppé d'étoffe noire. Mon malheur est que mon copiste de langue arabe est au lit avec une forte fièvre et que j'ai dû demander un délai assez long pour livrer le traité.

– L'important est qu'il vienne un jour, dit le Grec doucement. A présent, je me retire et vous laisse causer...

Gênée par sa présence, Fiora s'était écartée et faisait mine de s'intéresser à un évangéliaire grec posé sur un lutrin. Démétrios devait passer près d'elle pour sortir mais, après s'être assuré d'un coup d'œil que le libraire et son client s'installaient près d'un comptoir de chêne ciré au-dessus duquel Bisticci allumait une grosse lampe à huile, il s'approcha de la jeune fille.

– Voilà un texte bien austère pour de si jeunes yeux! dit-il en excellent français. Lisez-vous donc le grec, mademoiselle ?

Fiora se retourna brusquement et lui fit face. Cet homme lui faisait toujours peur mais c'était une raison de plus pour ne pas reculer.

– En effet. Je lis aussi le latin. Mais vous, messire, lisez-vous toujours dans les pensées comme vous l'avez fait pour moi l'autre soir ?

– Une pensée est aisée à saisir quand elle est née d'une émotion, ou encore quand l'âme de celui ou de celle qui pense est tout à fait pure. Vous seriez sans doute pour moi une élève remarquable si vous n'étiez de haute condition... Néanmoins, je vous prie de vous souvenir de ceci : au cas où le malheur frapperait à votre porte, je serai toujours prêt à vous porter secours. Mon nom est...

– Je sais. On me l'a dit. Mais, messire, c'est la seconde fois que vous m'annoncez des heures sombres. Ne pouvez-vous rien me dire de plus ?

– Pour le moment non parce que votre pensée est tout occupée d'amour et aussi parce que, pendant ce temps, vous ne pourrez que subir votre destinée, mais souvenez-vous de moi quand l'heure en sera venue. Monseigneur Lorenzo m'a fait don d'une maison à Fiesole...

– Nous en avons une aussi.

– Je ne l'ignore pas. Il vous sera donc facile de me trouver.

Après un salut qui le courba légèrement, les mains croisées sur la poitrine, le médecin grec s'éloigna cependant que Fiora, songeuse, rejoignait son père et Bisticci, trop occupés pour s'être seulement aperçus de son rapide entretien avec Démétrios. Usant de précautions, le libraire avait déballé un assez gros livré relié en vieux parchemin, enrichi de ferrures d'argent et d'une croix de même métal où étaient serties des topazes et des turquoises. Fiora entendit qu'il disait :

– Un de mes agents a pu se procurer ce discours de Lysias et j'ai pensé que tu aimerais au moins le voir...

Avec des gestes d'une infinie douceur, Francesco prit le livre, le posa sur un grand lutrin et considéra avec étonnement la croix de la reliure :

– Magnifique! D'où vient-il? Je vois ici une croix et des armes qui, si je ne me trompe, sont abbatiales?

– Tu es toujours aussi curieux, fit Bisticci en souriant. Ce livre vient de l'abbaye d'Einsiedeln mais je ne t'en dirai pas davantage...

Saisi de vénération, Beltrami tourna les épaisses feuilles crissantes sur lesquelles une main habile avait mêlé au texte grec de délicates enluminures.

– Quel que soit le prix que tu en demandes, Vespasiano, je le prends! Regarde, Fiora : c'est admirable en vérité!

Bisticci se mit à rire :

– J'étais sûr que tu le voudrais. Je verrai pour le prix mais tu peux l'emporter dès maintenant si tu veux.

– Tu ne désires pas en prendre copie?

– C'est déjà fait. Veux-tu à présent venir voir où en est ton César?

A regret, Beltrami s'arracha à la contemplation du livre sur lequel Fiora passait une main caressante. Tous deux suivirent Bisticci dans une pièce, à l'arrière de la maison, qui donnait sur le jardin. C'était une longue salle bien éclairée par de larges verrières devant lesquelles une file de lutrins étaient installés. Derrière ces lutrins une dizaine d'hommes s'appliquaient à transcrire fidèlement des manuscrits. Les uns reproduisaient le texte, les autres les grandes lettres enluminées, d'autres encore les miniatures. Certains de ces hommes étaient jeunes, d'autres plus âgés et plusieurs d'entre eux étaient de races différentes. Il y avait un Allemand à la peau blanche et aux cheveux roux, un Grec à barbe noire, un Sicilien aussi brun qu'une châtaigne et même un Noir venu du Soudan. Seul manquait le turban blanc d'Ali Aslam, le copiste arabe et sa place demeurait vide...

Ordinairement Fiora aimait beaucoup regarder travailler les copistes de Bisticci mais cette deuxième rencontre avec Lascaris renforçait l'impression laissée par la première et lui faisait éprouver une vague angoisse. Aussi regarda-t-elle sans vraiment les voir les doigts habiles dessiner des arabesques, étendre les couleurs fines et mettre en place les fragiles rehauts d'or. Heureusement, son père, penché carrément sur les épaules des artistes et pris tout entier par son amour des livres, louait leur travail en termes si chaleureux que la plupart des visages s'éclairaient d'un sourire. Surtout, bien sûr, le vieux copiste qui achevait de transcrire les *Commentaires* de César pour le riche négociant et qui reçut à titre d'encouragement une belle pièce d'or.

En revenant dans la boutique, Beltrami baissa la voix :

– As-tu enfin réussi à te procurer ce fameux *Psautier de Mayence* pour lequel Johannès Fust a volé les caractères mobiles de Gutenberg ?

– Non. Le *Psautier* doit être caché quelque part et il est impossible de mettre la main dessus. Je ne suis pas certain qu'il en existe seulement une copie. Cet ouvrage paraît encore mieux défendu que la fameuse Bible *à quarante-deux lignes* qui est la première œuvre de Gutenberg. Je ne sais d'ailleurs pas pourquoi...

– Mais enfin, des copies, on doit en trouver puisque aussi bien ce procédé nouveau est fait pour cela ? Évidemment, rien ne vaudra la main d'un artiste mais on peut considérer cela comme une curiosité et c'est à ce titre que je m'y intéresse...

– Moi aussi. Je pense néanmoins qu'il sera possible de contenter bientôt notre curiosité à tous deux. Voici trois ans, environ, deux hommes sont arrivés à Venise : le Français Nicolas Jenson et l'Allemand Jean de Spire et j'ai la certitude qu'ils apportaient avec eux le procédé de Gutenberg...

– Alors comment se fait-il qu'ils n'aient encore rien publié ?

– L'Église sans doute... et peut-être aussi le Conseil des Dix. On n'aime pas beaucoup les nouveautés à Venise. Mais je compte m'y rendre prochainement afin de voir par moi-même ce qu'il en est.

– Sois prudent alors ! Il n'est jamais bon, même pour un étranger, d'avoir affaire au Conseil des Dix...

Deux nouveaux clients venaient de pénétrer dans la boutique et Bisticci s'empressa auprès d'eux car il s'agissait de Lorenzo de Médicis et de son ami Poliziano, venus en voisins. On échangea saluts et politesses de toutes sortes mais Beltrami tenait bien caché sous son manteau le manuscrit d'Einsiedeln...

– Il était temps que nous venions, souffla-t-il à Fiora. A quelques minutes près, le *Lysias* pouvait m'échapper...

– Messer Bisticci n'a-t-il pas dit qu'il te le réservait ?

– Paroles de marchand. Quand il s'agit de clients aussi importants que Lorenzo et moi, c'est toujours le premier arrivé qui l'emporte...

– Cela veut-il dire que tu vas le payer très cher ?

– Bien sûr mais c'est sans importance. L'argent n'est qu'un moyen d'enrichir sa vie par la compagnie des choses les plus belles et les plus rares. Lorsque je mourrai, tu recueilleras un superbe héritage.

– Si superbe qu'il soit, il n'aura jamais autant de prix que ta présence, dit Fiora en serrant plus étroitement le bras de son père qu'elle avait repris. En tout cas, je vais contribuer moi aussi à nos richesses avec ce sonnet de Pétrarque dont messer Bisticci m'a fait présent au moment où nous partions.

– Montre!

Elle déroula la mince feuille de parchemin décorée de rinceaux et de feuilles de laurier comme il était d'usage pour les œuvres du grand poète et lut ce qui tombait sous ses yeux :

Si ce n'est pas l'amour qu'est-ce donc que je sens?
Mais si c'est l'amour, pour Dieu, qu'est-ce que l'amour
[peut être?
S'il est bon, pourquoi son effet est-il âpre et mortel?
S'il est mauvais, pourquoi tous ces tourments ont-ils l'air si
[doux?

En lisant, Fiora se sentit rougir. Le poète répondait trop bien aux questions qui hantaient son esprit depuis la veille et qui, une grande partie de la nuit, l'avaient empêchée de trouver le sommeil. La minute vécue entre les bras de Philippe avait été divine mais, rendue à la solitude, le raison et la logique si chères à ses amis les philosophes s'étaient efforcées de combattre et d'apaiser l'affolement de son cœur pris par surprise. En dépit de ce que disait Khatoun qui avait vu dans le geste passionné du chevalier bourguignon une sorte de révélation venue d'en haut, Fiora avait fini par se persuader que Selongey n'avait obéi qu'à une impulsion passagère, au désir d'emporter un souvenir agréable d'une cité qui ne lui avait pas accordé ce qu'il était venu y chercher...

– Pourtant, insistait Khatoun, il a dit qu'il te voulait.

– Il l'a dit mais cela ne signifie pas qu'il aille demander ma main à mon père. Je suis presque certaine qu'il repartira sans que nous l'ayons seulement revu...

Elle savait bien qu'elle n'en pensait pas un mot et qu'elle essayait de se mentir à elle-même mais c'était une façon comme une autre d'essayer de se préserver de la douleur au cas où, effectivement, Philippe repartirait sans qu'elle ait pu le revoir.

En attendant, elle souhaitait apprendre sur lui le plus de choses possible et, dans l'après-midi, elle réussit à convaincre Léonarde de la conduire au palais Albizzi pour y passer un moment avec Chiara. Sans trop de peine en vérité, car la perspective de passer une ou deux heures en compagnie de l'intarissable Colomba n'était pas pour déplaire à la gouvernante. Sans compter le plaisir qu'il y avait à goûter les prunes confites que la grosse Colomba réussissait comme personne.

Malheureusement, Fiora n'apprit pas grand-chose : l'envoyé du Téméraire avait pris logis avec son escorte dans la meilleure auberge de la ville, à la Croce di Malta, sur le Vieux Marché. Il y menait train de prince, buvant les meilleurs vins – qui n'étaient jamais assez bons pour lui ! – et faisant grande chère mais il n'était sorti de son appartement qu'une ou deux fois et encore pour un laps de temps assez court.

– Tu sembles t'intéresser beaucoup à cet étranger ? remarqua Chiara.

– Peut-être parce que je le trouve intéressant. Pas toi ?

– Si, bien sûr, mais un peu comme une curiosité. Certes, il est de belle allure et son visage n'est pas de ceux que l'on oublie facilement mais je crois qu'il me fait un peu peur...

– Pourquoi peur ? Il n'a rien de terrifiant.

– Il sent la guerre. J'ai eu la même impression en rencontrant l'an passé le condottiere Guidobaldo da Montefeltro. Ce sont de ces hommes qui ne vivent que d'elle et pour elle. Et puis ces gens du Nord ne sont pas comme nous, ils n'aiment pas ce que nous aimons...

– On dit pourtant que la cour du duc de Bourgogne est la plus brillante d'Europe comme il est, lui, l'homme le plus riche...

– En ce cas pourquoi a-t-il envoyé messire de Selongey emprunter de l'argent aux Médicis ? Mon oncle, qui en parlait hier, disait que le duc Charles veut devenir roi, qu'il ne cesse de guerroyer dans ce dessein et que, depuis trois mois, il assiège la forte ville de Neuss, en terre d'Allemagne. La guerre coûte plus cher que les fêtes...

– Est-ce que nous ne la faisons jamais ? As-tu oublié le siège de Volterra, il y a peu d'années, et comment notre Lorenzo a traité la ville rendue ?

Chiara se mit à rire.

– Voilà que nous discutons toutes deux comme si nous avions en charge la cité. Décidément, tu t'intéresses beaucoup à messire de Selongey. Il est vrai qu'il t'a beaucoup regardée l'autre jour... L'aurais-tu revu ?

– Non, dit Fiora sans hésiter devant un si gros mensonge mais elle ne voulait partager avec personne le moment vécu à Santa Trinita. Ces quelques minutes étaient à elle seule. C'était comme un trésor caché qu'il ne fallait pas dilapider même avec une amie aussi chère que Chiara. Khatoun suffisait pour pouvoir parler de Philippe quand il serait retourné vers son maître, le Grand Duc d'Occident...

– Alors, essaie de n'y plus penser puisqu'il repart bientôt et que, selon toute vraisemblance, tu ne le verras plus jamais. Au moins aura-t-il servi à t'ôter Giuliano de la tête et tu finiras peut-être par t'intéresser à ce pauvre Luca Tornabuoni qui se dessèche pour toi. Ne ferait-il pas un excellent époux ?

– Que ne l'épouses-tu toi-même puisque tu le trouves si bien ?

– D'abord parce qu'il ne m'aime pas, ensuite parce que nous sommes de trop vieux amis, enfin parce que je suis, tu le sais bien, pour ainsi dire fiancée à mon cousin Bernardo Davanzati. Dans deux ans, on nous mariera puisque ainsi en ont décidé nos familles. Bien sûr, je ne le vois pas très souvent puisqu'il représente, à Rome, les intérêts de sa maison mais je sais qu'il m'aime.

– Et toi ? L'aimes-tu ?

– Il ne me déplaît pas. Aussi n'y a-t-il aucune raison de changer quoi que ce soit aux projets que l'on a élaborés pour nous. Je pense que nous formerons un couple très convenable, ajouta Chiara en souriant.

C'était sans doute une bonne chose que de voir la vie tracée ainsi devant soi en une belle ligne droite. Cependant Fiora, à la lumière de sa récente expérience, n'envisageait plus l'existence de la même façon.

– Es-tu certaine, dit-elle soudain, de ne jamais rencontrer un homme qui fera beaucoup mieux que ne pas te déplaire ? Qui fera battre ton cœur plus vite... et que tu auras envie de suivre jusqu'au bout du monde ?

Chiara ne répondit pas tout de suite. Ses yeux bruns s'étaient fixés sur Fiora avec affection mais aussi avec inquiétude. Pour laisser s'éteindre l'écho des paroles révélatrices de son amie, elle alla prendre sur un dressoir une coupe de verre bleu contenant des prunes confites et vint la déposer devant Fiora qui en prit une. Elle-même considéra un instant le fruit sucré qu'elle tenait au bout de ses doigts fins et soupira :

– Si tu veux mon avis, il est grand temps que certain seigneur de Bourgogne regagne ses brumes du Nord !

Fiora n'eut pas le loisir de protester. L'entrée de Léonarde et de Colomba, qui s'étaient attardées à la cuisine où la gouvernante de Chiara fignolait une nouvelle recette pour farcir les pigeons, mit fin à la conversation. Colomba venait proposer aux deux jeunes filles de reconduire Fiora jusque chez elle en passant par la boutique de l'apothicaire Landucci où elle désirait s'approvisionner en un certain onguent à la citronelle, miraculeux pour la blancheur des mains.

– C'est une bonne idée, dit Léonarde car nous n'en avons plus guère nous non plus.

On partit par les rues, les deux amies marchant devant. En bonnes Florentines, elles aimaient se promener ainsi, à travers le bruit et l'agitation d'une ville dont les habitants vivaient plus volontiers dehors qu'à l'intérieur de leurs maisons. Les femmes causaient d'une fenêtre à l'autre ou sur le pas des portes. Les hommes, quand le jour tirait vers sa fin, sortaient afin de se réunir entre eux pour discuter des affaires de la cité, se raconter des histoires ou échanger des plaisanteries. Les marchands et les artisans se groupaient au Vieux Marché, les jeunes élégants de la ville sur le pont Santa Trinita d'où ils regardaient le jour s'éteindre dans les eaux du fleuve; quant aux hommes importants, on les trouvait sous les arcades de la Loggia dei Priori, à l'ombre même de la Seigneurie, et il n'était pas rare que le Magnifique vînt se joindre à eux. Il n'était pas rare non plus, quand le temps était beau, de voir sortir devant les maisons des tables où l'on s'installait pour jouer aux échecs. Cependant, les femmes vaquaient au repas du soir ou causaient entre elles quand la besogne était achevée. Quant aux enfants – uniquement les garçons, bien sûr – leurs cris et le bruit de leurs jeux emplissaient les rues et les places... Puis, à l'appel de l'Angélus, chacun rentrait chez soi car il ne faisait pas bon errer, à la nuit close, hors de son logis.

La Florence respectable s'endormirait entre ses murailles aux soixante-huit tours de guet ou de défense, gardée par ses soldats tandis que l'autre, celle du plaisir et du crime, celle des filles publiques et des coupe-jarrets commencerait à vivre, sortirait de ses repaires et s'infiltrerait comme une marée trouble au long des rues à peine éclairées, de loin en loin, par un brûlot de fer pendu au portail d'un palais.

Hors de l'enceinte, ce serait la paix des douces collines, le vent léger de la nuit aux branches d'un cyprès, la prière nocturne d'un oiseau dans les olivaies ou dans les vignes de San Miniato et de Fiesole, répondant à la cloche grêle d'un monastère de campagne mais, dans la ville, la débauche, la terreur et la mort rôderaient jusqu'à ce que le chant des coqs chassât les oiseaux de nuit et les rejetât, apeurés et clignant des yeux, dans leurs trous équivoques. Et si, pendant les heures nocturnes, un cri déchirait l'ombre entre les rondes de la milice, les bourgeois de Florence n'en dormiraient pas d'un sommeil moins paisible, confiants en la puissance de leur ville et en la protection de Santa Reparata, sa patronne : le sang du ruisseau ne ferait pas plus rouge le lys de Florence.

Cette Florence-là, ni Fiora ni Chiara ne la soupçonnaient, abritées qu'elles étaient par les murs épais de leurs palais gardés par de nombreux serviteurs. Elles n'en connaissaient que l'aimable image diurne, que les heures de soleil qui chauffaient les marbres polychromes du Duomo, l'admirable cathédrale Santa Maria del Fiore à qui la superbe coupole de Brunelleschi avait valu ce surnom.

Les promeneuses s'attardèrent un moment devant les cages des lions installés derrière la Seigneurie. Les animaux royaux étaient les fétiches de la cité qui veillait sur eux avec un soin jaloux et il suffisait que l'un d'eux manquât d'appétit pour que les gens bien informés se missent à prophétiser une catastrophe prochaine; et, si l'un d'eux mourait, la Vacca, la grosse cloche de la Seigneurie qui ne sonnait que le tocsin, s'ébranlait comme pour une rébellion.

Musant, bavardant, répondant aux nombreux saluts rencontrés en chemin, on finit par arriver au Canto dei Tornaquinci où l'apothicaire tenait boutique. C'était un carrefour continuellement animé grâce à la maison des pompes funèbres qui y était installée et dont les employés jouaient au palet devant la porte en attendant le client.

D'un geste assuré, Colomba poussa une porte basse au rez-de-chaussée d'une maison de belle apparence, avec loggia et colonnettes de marbre, où une grande enseigne peinte de couleurs gaies annonçait : « Aux Étoiles... Ser Luca Landucci apothicaire. » Et les quatre femmes pénétrèrent dans une grande pièce en contrebas, sous un beau plafond sculpté et enluminé car Landucci était un homme riche et considéré qui jouait son rôle dans l'administration de la cité. C'était aussi un ami de Francesco Beltrami et Fiora aimait aller chez lui plus encore que chez Bisticci parce qu'il était aimable et gai et parce que, dans sa maison, on respirait de merveilleuses odeurs de plantes séchées et d'épices fines.

Sa boutique, avec ses rangées de pots de majolique bleue et verte, de fioles étroites aux longs cols de verre translucide, ses mortiers de pierre et de bronze, ses boîtes d'argent ou de bois exotiques et les grandes balances de cuivre disposées sur le comptoir de beau chêne sombre admirablement ciré, respirait l'ordre et, en général, la tranquillité qui convient aux hommes de savoir. Or quand la petite troupe y pénétra, la maison retentissait des éclats d'une violente dispute : deux femmes, qu'à leurs vêtements élégants on pouvait classer dans les bons rangs de la société, s'y querellaient avec l'ardeur et l'impétuosité verbale des poissonnières du Mercato Nuovo.

– Espèce de vieille ânesse, clamait l'une, je t'apprendrai qui je suis !

– Il y a longtemps que je le sais. Si tu étais un bœuf au lieu d'être une vache nous pourrions faire une crèche...

– Mauvaise que tu es ! Ta bouche est pleine de fiel, c'est pour ça que tu as le teint si jaune !

– Moins jaune que le tien ! C'est vrai que ton défunt te pissait dessus tous les matins !

Celle qui venait de recevoir cette dernière injure n'était autre que Hieronyma Pazzi. Folle de rage, elle chercha quelque chose à envoyer à la tête de son adversaire, trouva un bocal de guimauve que l'autre évita de justesse mais qui alla se fracasser sur le dallage. Ce que voyant, l'apothicaire se lança courageusement dans la bataille et chercha à apaiser les deux femmes qui, à présent, en venaient aux mains.

– Venez m'aider, vous autres ! cria-t-il à ses deux garçons de magasin qui, accoudés à un comptoir, dégustaient la scène en connaisseurs. Ils s'exécutèrent mollement, peu désireux, au fond, de voir cesser le combat entre la dame Pazzi et la noble Cornelia Donati, surtout un combat qui commençait si bien. Les deux femmes se haïssaient depuis toujours pour une question de rivalité amoureuse dans laquelle Cornelia avait eu le dessus en soufflant à Hieronyma l'homme qu'elle souhaitait épouser. Depuis, Hieronyma avait pris une certaine revanche car Augusto Donati trompait sa femme avec tout ce qui, vêtu d'un jupon, passait à portée de ses mains mais l'animosité n'avait pas faibli pour autant et, chaque fois que les deux femmes se rencontraient, une querelle éclatait sur le moindre prétexte. Ce jour-là, le brandon de la guerre était un innocent petit pot de pommade d'incarnat pour les lèvres, chef-d'œuvre de l'officine de Landucci, et que chacune des deux adversaires prétendait s'approprier, le malheur voulant qu'il n'y en eût plus qu'un seul.

On parvint enfin à séparer les deux combattantes qui, l'une comme l'autre, avaient laissé quelques plumes dans l'engagement et, tandis qu'elles reprenaient haleine, l'apothicaire trancha le débat en déclarant sévèrement :

– Je ne vendrai cet incarnat à aucune de vous deux ! Madonna Catarina Sforza, l'illustrissime nièce de Sa Sainteté le pape Sixte IV vient justement de m'en faire demander car la réputation de cet onguent est allée jusqu'à elle. C'est donc à Rome que je vais l'envoyer !

Et, d'un geste plein de majesté, il ramassa le pot oublié sur le comptoir et le renferma dans l'une de ses armoires à pentures de fer. Puis il déclara :

– Ce qui n'empêche, madonna Hieronyma, que vous ne me deviez le prix de ce bocal que vous avez brisé et de la guimauve qu'il contenait qui ne saurait plus servir. Je vais faire établir le compte par mon scribe...

– Je n'aurais pas brisé cet objet si cette harpie ne m'avait mise hors de moi, s'écria la dame Pazzi. Elle doit payer autant que moi !

En dépit d'un œil au beurre noir, Hieronyma avait repris toute son assurance. C'était une belle femme de trente-cinq ans qui gardait beaucoup de fraîcheur. Son corps bien en chair demeurait appétissant et l'on chuchotait qu'elle trouvait à son veuvage des compensations avec des hommes discrets ou des hommes qui avaient encore plus d'intérêts à garder ses amours secrètes c'est-à-dire des serviteurs de la maison. Le vieux Jacopo Pazzi, le patriarche qui régnait sur la tribu, passait en effet pour avoir la main singulièrement lourde envers ceux de sa maisonnée qui se conduisaient mal. On parlait – sous le manteau bien sûr – d'un serviteur indélicat, si cruellement mordu par les molosses de chasse, qu'il en était mort, d'une servante trop bavarde enterrée dans un bois, la bouche pleine de terre après avoir été auparavant étranglée, d'une jeune cousine engrossée malencontreusement et morte d'une étrange maladie de langueur, due au fait qu'on l'avait soigneusement vidée de son sang. Et si ce que l'on disait de Hieronyma était vrai, celle-ci risquait gros mais elle était rusée et savait prendre son beau-père sur qui elle avait acquis un grand ascendant parce qu'ils étaient habités tous deux par la même passion : l'argent.

Avec colère, Hieronyma jeta une pièce sur le comptoir et se disposait à partir quand Fiora l'arrêta :

– Tu ne peux sortir ainsi, cousine! Demande au moins à messer Landucci un onguent pour dissimuler cet œil. Il en a de miraculeux... fit-elle innocemment.

Hieronyma ne le prit pas ainsi. Toisant la jeune fille, elle jeta si furieusement que l'on crut entendre siffler une vipère :

– Mon voile devrait y suffire. Quant à toi, vile bâtarde qui te permets de me traiter en égale, ôte-toi de mon chemin!

Fiora n'était pas fille à se laisser insulter sans répondre :

– Tu n'oserais pas répéter cela devant mon père! Avec lui tu es sucre et miel et ici tu es chez un ami de mon père.

– Écoutez-la jacasser! ricana l'autre. C'est une princesse que cette fille, ma parole...

– Je suis plus qu'une princesse puisque je suis la fille de Francesco Beltrami...

– Tu en es bien sûre ?

Si la question perfide troubla Fiora, elle n'en laissa rien paraître. Redressant fièrement la tête, elle lança :

– Mon père, lui, en est sûr! C'est plus que n'en pourraient dire certains autres hommes...

Cornelia Donati qui s'était remise du choc du bocal vint se ranger aux côtés de la jeune fille.

– Ne te mêle donc pas de discuter avec cette vipère, petite! Ton père est homme de bien, on le sait. On l'estime. On n'en dit pas toujours autant des Pazzi. Passe ton chemin, Hieronyma! Nous t'avons assez vue.

– Je pars mais nous nous retrouverons, Cornelia Donati! Quant à celle-là, le jour est proche où je la tiendrai à merci dans ma maison et où elle saura ce qu'il en coûte de me défier publiquement.

Et elle sortit dans un grand envol de voiles et de drap violets, sa couleur favorite parce qu'elle estimait qu'elle seyait particulièrement à son opulente blondeur. Laissés à eux-mêmes, les occupants de la boutique s'entre-regardèrent stupéfaits par la dernière sortie de Hieronyma :

– Qu'est-ce qu'elle a voulu dire par là? demanda Chiara. Je ne vois pas bien comment elle pourrait tenir Fiora en sa maison?

– A moins de lui faire épouser son fils? susurra Cornelia...

– Cet affreux gnome, bossu et bancal? s'indigna Chiara. Il faudrait que messer Francesco fût devenu fou... ce qu'il ne sera jamais.

– C'est pourtant ce qu'elle souhaite, dit la grosse Colomba. Une de ses servantes m'en a touché deux mots l'autre jour chez le marchand de chandelles. Donna Hieronyma estime que c'est le meilleur moyen pour que la fortune des Beltrami demeure dans la famille. Chacun sait, en effet, que donna Fiora est l'héritière de son père...

– Ce qui n'est que justice! affirma Cornelia Donati. Mais je conçois que la Hieronyma guigne cette fortune qui, sans Fiora, lui revenait. On ne se résigne pas facilement à une telle perte. D'autant que son défunt époux n'étant pas le fils aîné, elle n'a pas grand-chose à attendre du vieux Jacopo. La part qu'il laissera ira au malheureux Pietro. Cela ne fera pas grand-chose pour lui et sa mère...

Fiora ne disait rien. Elle était figée d'horreur à la simple pensée de ce qu'elle pourrait devenir aux mains de cette femme. De cette femme qui avait parlé comme si elle était sûre de son fait. Heureusement, Léonarde s'en aperçut et entoura ses épaules d'un bras protecteur :

– N'allez pas vous mettre martel en tête, mon cœur! Il arrive à tout le monde de faire des rêves impossibles. Celui de donna Hieronyma restera ce qu'il est : un rêve...

Mais elle n'était pas trop rassurée elle-même car elle n'avait pas aimé la petite phrase qui laissait supposer que Beltrami pourrait n'être pas le père de Fiora. Elle se rassura cependant : pour savoir la vérité, il faudrait que cette Hieronyma fût le diable, ou tout au moins sa fille. Elle se promit tout de même d'en dire un mot à Beltrami.

Désireux d'alléger une atmosphère qu'il jugeait tout à fait néfaste à son commerce, le bon Landucci offrit à ces dames un doigt de vin de Chypre pour leur faire oublier le moment désagréable qu'elles venaient de vivre chez lui.

– Moi j'ai trouvé cela plutôt amusant, dit Chiara.

– Pas moi! fit l'apothicaire. Donna Hieronyma pourra se chercher un autre fournisseur. Je ne la recevrai plus.

– Dans ce cas, il n'y a vraiment aucune raison pour que je n'achète pas cet incarnat? fit Cornelia qui ne perdait pas de vue la cause de la bataille. Je l'ai conquis de haute lutte, il me semble.

– Il me semble à moi aussi, dit Landucci en riant. Et il ordonna à l'un de ses garçons d'emballer le petit pot.

Leurs achats terminés, Fiora et Léonarde, Chiara et Colomba se séparèrent. Il était déjà tard et, si le palais Beltrami était proche, le chemin était encore assez long pour les habitantes du palais Albizzi. La nuit allait venir.

Cornelia Donati partit avec Chiara et Colomba tandis que l'apothicaire donnait à ses valets l'ordre de fermer boutique. Lui-même avait à faire à la Seigneurie afin d'y rencontrer le prieur de son quartier pour une question délicate : son voisin des pompes funèbres s'était arrogé le droit de vendre certaines drogues destinées à l'embaumement de ses clients, drogues qui étaient du ressort exclusif de l'apothicaire. Landucci devait se dépêcher car ce prieur était son ami et ne serait peut-être plus apte à le secourir dans quinze jours. En effet, les prieurs n'étaient élus que pour deux mois, circonstance qui faisait vivre Florence dans une perpétuelle agitation électorale...

– Il faut aussi que je voie messer Francesco, confia-t-il à Fiora en guise d'adieu, mais j'irai demain à ses entrepôts de la via Calimala... Il m'appuiera certainement.

L'Angélus sonnait, accompagné du claquement de centaines de volets de bois qu'un peu partout les commerçants ou leurs garçons appliquaient sur les boutiques. Les élégants promeneurs du pont Santa Trinita commençaient à quitter la place pour se rendre vers d'autres lieux d'agrément. Un groupe bruyant entourait un jeune homme petit et mince mais vêtu avec une incroyable recherche d'une casaque de satin blanc sur des chausses de velours blanc cousues de dentelles d'argent. Une cape, des bottines et un béret de velours rose, ce dernier agrémenté d'une longue plume de héron, composaient un costume devant lequel tous les autres s'extasiaient. Une chaîne d'or soutenant une lourde médaille, des bagues à tous les doigts, le jeune élégant s'avançait à pas comptés, tournant la tête de tous côtés pour voir s'il récoltait un suffisant tribut d'admiration.

Fiora, elle aussi, avait vu. Tirant brusquement Léonarde par la manche, elle la fit entrer avec elle sous l'arche d'une maison qui abritait l'entrée d'une étroite ruelle.

– Qu'est-ce qui vous prend ? protesta la vieille dame.

– Ne voyez-vous pas ce qui nous arrive là ? Ce fat de Domenico Accaiuoli avec sa bande de courtisans.

– Que vous a-t-il fait ? Je croyais qu'il était de vos amis ? Ne vous fait-il pas la cour ?

– Est-ce que cette sorte de garçons sait faire la cour à une fille ? Il me la ferait de meilleur cœur si j'étais un garçon comme lui. Il veut une épouse fortunée, sans doute, mais je ne suis même pas certaine qu'il saurait lui faire des enfants. En tout cas, la pauvre ne le verrait pas souvent franchir le seuil de sa chambre...

Abasourdie, Léonarde regarda Fiora avec la mine d'une poule qui s'aperçoit soudain qu'elle a couvé un canard :

– Où allez-vous chercher cela ? Ce n'est tout de même pas moi qui vous l'ai appris ?

Fiora se mit à rire et serra plus fort contre elle le bras de sa gouvernante.

– Vous êtes bien trop convenable ! C'est Chiara qui me l'a dit. Son cousin Tommaso fait partie de la bande de Domenico. Et, entre filles, on parle...

– Je vois qu'en effet vous êtes plus savante qu'on ne le pourrait croire, fit Léonarde vaguement scandalisée.

– Ne faites pas cette mine ! Vous n'aimez pas plus Domenico que je ne l'aime. Soyez certaine que, lorsque je me marierai, ce sera avec un homme digne de ce nom.

Instantanément, son esprit évoqua la puissante silhouette de Philippe de Selongey et, au souvenir du baiser qu'elle en avait reçu, elle ressentit un petit frisson devenu familier. Elle l'éprouvait chaque fois qu'elle évoquait cette minute inoubliable qui l'avait bouleversée, cette minute qu'elle ne revivrait sans doute jamais plus...

– Si vous n'y voyez pas d'inconvénient, nous pourrions peut-être rentrer, à présent, bougonna Léonarde, le chemin paraît libre. Et il fait diantrement froid dans cette ruelle ; sans compter les odeurs de latrines qu'on y respire. Au moins, messer Domenico sent bon...

Elles sortirent de leur cachette et reprirent leur chemin :

– Trop bon, dit Fiora. Sa mère et ses sœurs ne sont pas si parfumées. Un homme, cela doit sentir le savon sans doute mais aussi le cuir, l'herbe fraîche... et même un peu le cheval, ajouta-t-elle rêveusement, donnant libre cours à ses souvenirs et ayant oublié qu'elle n'était pas seule.

– C'est aussi donna Chiara qui vous a enseigné cela ? fit Léonarde de plus en plus sidérée.

– Non, dit Fiora en souriant ingénument à son doux souvenir. C'est seulement ce que je crois.

Pendant ce temps, dans une grosse maison occupant l'angle de la via Calimala et du Mercato Nuovo, une scène étrange se jouait au premier étage, dans la grande pièce sévèrement lambrissée de chêne sombre d'où Francesco Beltrami dirigeait ses nombreuses et importantes affaires; une de ces scènes où le frein de la courtoisie retient la violence des sentiments et ne lui permet qu'à peine de se traduire en paroles. Assis sur un siège de cuir à haut dossier derrière sa longue table éclairée par un chandelier de bronze à six branches, le négociant affrontait Philippe de Selongey qui, les bras croisés sur la poitrine, se tenait debout simplement adossé à une armoire.

Les deux hommes s'observaient comme des duellistes, les yeux de l'un, dorés par le reflet des flammes, plongés dans ceux de l'autre, sombres et soucieux. Et, depuis un moment, le silence régnait, coupé de loin en loin par le roulement d'une charrette, le pas d'un cheval ou les cris des enfants qui jouaient sur la place... Beltrami semblait écouter mourir en lui-même l'écho des dernières paroles du chevalier bourguignon. Enfin, avec un soupir, il se leva et se dirigea vers la cheminée de pierre grise et s'y chauffa les mains, les frottant doucement comme s'il les lavait au-dessus des flammes...

– C'est une curieuse histoire que vous m'avez contée là, seigneur comte, dit-il doucement, et nous autres gens de Florence aimons à entendre de beaux récits... mais je ne vois pas en quoi elle me concerne.

– Elle vous concerne au premier chef : c'est écrit clairement dans les traits du visage de votre fille.

– Veuillez laisser ma fille en dehors de cet entretien ! Il a commencé, si je me souviens bien par... l'embarras où vous vous trouviez de rejoindre monseigneur de Bourgogne sans le prêt d'argent qu'il sollicitait...

– Monseigneur Charles ne sollicite jamais ! gronda Selongey.

– Pardonnez-moi ce mot qui manque, en effet, aux lois élémentaires de la diplomatie ! Disons : qu'il souhaitait obtenir de la banque Médicis pour lever en Italie des troupes mercenaires. Prêt que monseigneur Lorenzo a dû refuser par loyauté envers le roi Louis de France avec qui, dès longtemps, sa famille a conclu alliance. Et vous souhaitiez établir avec moi un accord analogue. J'ai dû alors vous rappeler que je ne dirige pas, moi, une grande maison de banque et...

– Vous ne m'abuserez pas, Beltrami ! Vous êtes aussi banquier, comme vous êtes *aussi* armateur. Pour être moins voyante, votre fortune est peut-être aussi grande que celle des Médicis. Mais nous avons réglé cette question et je ne vois pas pourquoi vous y revenez. Attachons-nous plutôt à cette histoire déjà ancienne que j'ai eu l'honneur de vous raconter...

– Et que j'ai appréciée mais que...

– Trêve de finasseries, messire Francesco ! Elles sentent trop la boutique pour me plaire. Répondez seulement à cette question : Étiez-vous à Dijon, il y a un peu plus de dix-sept ans, le jour où, sur la place du Morimont, tombaient les têtes de Jean et Marie de Brévailles ? Et songez que je fais appel à votre honneur qu'un mensonge entacherait... un mensonge inutile.

Le visage de Beltrami se figea jusqu'à n'être plus qu'un

masque tragique derrière lequel son esprit s'affolait. Dès l'instant où ce jeune homme était entré dans cette maison, il avait deviné, pressenti qu'il portait avec lui le malheur. Mais il fallait répondre...

– J'y étais, en effet, dit-il fermement. J'ai souvent fait étape à Dijon au cours de mes voyages vers Paris et les cités flamandes. Il se trouve que j'aime cette ville bien que je n'y séjourne jamais longtemps. Je repars toujours le lendemain.

– Mais cette fois vous n'êtes pas parti seul. Vous emportiez avec vous un enfant nouveau-né, une petite fille abandonnée. Celle que vous appelez maintenant votre fille. Le nierez-vous ?

Une brusque colère s'empara de Beltrami, balayant toute cette retenue qu'il s'imposait depuis de longues minutes :

– Et si cela était ? Je ne crois pas que cela vous regarde en quoi que ce soit ! De quoi vous mêlez-vous, à la fin, avec vos sous-entendus, vos questions qui, elles, sentent la basse police ? Qu'avez-vous à faire de ces deux malheureux qu'un peu de pitié eût laissé vivre, de cette enfant à qui un peu d'humanité eût conservé au moins une mère et que j'ai sauvée de la haine d'un homme infâme qui allait l'écraser sur la tombe ignoble où la prétendue justice de vos ducs avait jeté ses parents ? Me croyez-vous assez simple pour ne pas lire clairement dans votre jeu ? Depuis que vous êtes entré ici, vous m'avez parlé argent puis, tout aussitôt, vous m'avez raconté cette affreuse histoire que vous avez déterrée le diable seul sait où...

– Ce qui veut dire ?

– Qu'en dépit de vos éperons d'or de chevalier, en dépit de cet ordre illustre dont l'insigne pend sur votre poitrine, vous n'êtes rien d'autre qu'un maître chanteur, messire de Selongey !

Philippe devint blême et, machinalement, porta la main à la garde de l'épée qui pendait à son côté :

– Vous m'insultez !

– Non. Je vous traite selon vos mérites! A présent, sortez! Vous n'aurez pas de moi un seul florin!

Dressés face à face, ils étaient si proches que l'un pouvait sentir le souffle un peu haletant de l'autre mais le but de Selongey n'était pas de pousser cet homme à bout. Il se détourna, s'éloigna vers la fenêtre qui donnait sur la place presque sombre à présent et, un instant, regarda aller et venir les habitants de cette ville étrange où la noblesse de la naissance ne signifiait rien et n'accordait pas un droit obligatoire au respect. Seul l'argent comptait et l'homme qui était en face de lui était l'un des plus riches.

– Je vous ai dit de sortir! répéta Beltrami d'une voix où se sentait la lassitude...

– Non. Je me suis mal exprimé et je vous en demande excuses. J'espérais, en effet, intéresser l'homme d'affaires que vous êtes à celles de mon maître qui est le plus noble prince de tout l'Occident. Il vous en aurait eu une royale reconnaissance... à la hauteur de la couronne qu'il coiffera un jour. Mais ce n'est pas uniquement cela que j'étais venu vous demander ce soir...

– Que voulez-vous donc?

– Que vous m'accordiez la main de votre fille. Je veux l'épouser...

La stupeur laissa le négociant sans voix avec l'impression désagréable que les murs se mettaient à tournoyer autour de lui. Il alla jusqu'à une armoire dissimulée dans la boiserie, y prit un flacon de vin de Chianti et un gobelet d'argent qu'il remplit et vida presque du même mouvement. Alors il se sentit mieux pour affronter la nouvelle bataille qui ne pouvait manquer de venir.

– Vrai dieu! remarqua Philippe avec un demi-sourire. Je ne pensais pas vous causer une telle émotion!

– Laissez-là mon émotion. Vous voulez épouser Fiora? Vous?

– Moi, oui!

– Alors que vous m'avez laissé entendre que vous

n'ignorez rien de ses origines, nobles sans doute mais entachées d'infamie par la main du bourreau ?... Tout au moins selon les lois de votre pays et de votre caste.

– Selon les lois de tous les pays et de toutes les castes. Croyez-vous que votre fortune pourrait la sauver du mépris si l'on savait ici, dans cette incroyable république, qu'elle est le fruit d'un inceste doublé d'un adultère qui s'est achevé sur un échafaud, condamné à la fois par l'Église et par le prince ?

Francesco Beltrami sentit un frisson glacé courir le long de son échine et retourna vers le feu comme vers un ami secourable. Ce démon avait raison et il le savait bien.

– Et vous, fit-il amèrement, investi de la confiance d'un grand prince, vous comte de Selongey, chevalier de la Toison d'or, vous qui êtes sans doute l'un des premiers dans votre pays, vous voulez pour femme cette enfant dont vous dites vous-même que sa naissance est marquée d'infamie. Pourquoi ?

– Je ne chercherai pas à vous dissimuler la vérité, dit Selongey rudement. D'abord parce que je l'aime...

– Allons donc! Vous n'avez fait que l'entrevoir par deux fois : à la *giostra* et au palais Médicis...

– Je l'ai rencontrée une troisième fois dans l'église de la Sainte Trinité. Mais une seule rencontre suffisait. Sa beauté... m'a serré le cœur. C'est comme un charme qui s'est emparé de moi...

– Et vous pensez que c'est cela l'amour ? Qu'il suffit d'un instant pour...

– Changer la vie d'un homme ? Vous devriez être le dernier à en douter. Ou alors expliquez-moi pourquoi vous, jeune, riche, libre de toute attache, vous avez chargé votre vie de l'enfant de gens que vous ne connaissiez pas, que vous n'avez fait qu'entrevoir à l'heure de la mort ? Marie de Brévailles était très belle, n'est-ce pas ? Et vous l'avez vue mourir...

Beltrami ferma les yeux, essayant de retenir les larmes qui lui venaient au souvenir de cette heure terrible où l'amour de sa vie avait été foudroyé. Il les essuya d'un revers de main rageur...

– Vous parliez de deux raisons... Quelle est la seconde ?

– Je veux sa dot pour les armes de monseigneur Charles !

Il y eut un silence que rompit au bout d'un instant le rire sans gaieté de Beltrami :

– Voilà donc le grand mot lâché et nous en revenons à l'argent ! Mais je ne vous donnerai pas Fiora. Je ne vous laisserai pas l'emmener dans votre pays barbare qui ne saurait que la broyer. C'est une fleur délicate, élevée sous le soleil avec des soins infinis. Elle n'a connu jusqu'ici que la joie, la beauté, les arts, les lettres et même les sciences. Elle a le savoir et le cœur d'une reine. Moi vivant, cet ouvrage de mes mains et de ma tendresse ne sera pas détruit. Je refuse de m'en séparer.

– Mais je ne vous en séparerai pas. Telle n'a jamais été mon intention, dit Philippe doucement.

– Je ne vous comprends pas. Comment l'entendez-vous ?

– Nous somme en guerre et cette guerre est sans merci. Bourgogne vaincra ou disparaîtra. Dans de telles conditions, il est impossible d'emmener une femme avec moi. Où serait-elle mieux qu'auprès de son père ? Si vous me l'accordez, nous serons mariés secrètement mais sans qu'il soit possible de contester le mariage. Dès le lendemain, je repartirai... et vous ne me reverrez sans doute plus.

– Je comprends de moins en moins ! Il y a un instant vous parliez de votre amour...

– Qui est profond... et ardent mais dont sans doute je mourrai. Voulez-vous que je traduise plus clairement les termes du contrat que je veux passer avec vous ? Fiora aura mon nom qui la mettra à l'abri d'une autre reconnaissance toujours possible. Elle sera comtesse de Selongey mais elle vivra auprès de vous et portera mon deuil quand le temps en sera venu...

– Et vous, qu'aurez-vous donc puisque vous voulez porter sa dot à votre duc ?

– Une nuit d'amour ! Une seule nuit dont j'emporterai le souvenir comme un trésor ou qui peut-être m'exorcisera d'une passion qui me brûle. Vous déclarerez le mariage quand bon vous semblera. Assez tard sans doute si vous souhaitez éviter le ressentiment des Médicis que leur attitude fait ennemis de Bourgogne. C'est pourquoi j'ai parlé d'un mariage secret. Après ma mort, Fiora pourra, si elle le veut, se remarier...

– Votre mort, votre mort ! Elle n'est pas encore écrite. Pourquoi tenez-vous tellement à mourir ?

– Pour effacer de mon sang la tache dont je vais souiller mes armes en épousant la fille de Jean et Marie de Brévailles. Cette tache je serai seul à la connaître car je n'ai aucune famille. Elle disparaîtra avec moi et je donnerai en quelques heures tant d'amour à celle qui sera ma femme qu'elle n'en saura jamais rien. Sa vie demeurera inchangée auprès de vous et moi j'aurai eu tout ce que je pouvais espérer en ce monde...

– Vous n'oubliez qu'une chose : un enfant peut naître de cette seule nuit ?

– En ce cas, vous l'élèverez jusqu'à ce qu'il soit d'âge à porter les armes et à servir ses princes. Alors vous l'enverrez au château de Selongey avec tous les moyens de se faire reconnaître et je serai en paix car ce sera le signe que mes ancêtres m'ont pardonné ce que je vais faire...

Quel étrange garçon ! Francesco se sentait confondu par ce mélange de cynisme et d'innocence, par cette âme féodale pleine de passion et de certitude, capable de tout sacrifier à son maître et à ses propres désirs mais décidée à en payer le prix, ce prix fût-il celui de sa vie...

– Ce que vous allez faire ? Je n'ai pas encore accepté votre pacte.

– Mais vous l'accepterez. Sachez que je suis prêt à tout, vous entendez, pour obtenir Fiora, pour qu'elle soit mienne. Moi vivant, elle ne sera à personne qu'à moi.

– Jusqu'où iriez-vous ? Jusqu'à faire connaître à tous la vérité de sa naissance ? Vous vous feriez écharper sur place...

– Peut-être, mais vous ne vous en relèveriez pas. Vous seriez obligé de l'enfermer dans un couvent. Mieux vaut accepter, messire Beltrami, et vous le savez bien. Vous êtes sûr ainsi qu'elle ne vous quittera jamais. Cela doit avoir du prix à vos yeux...

Francesco se sentit rougir. Cet homme avait touché du doigt le point sensible, cette répugnance qu'il avait à l'idée de voir, un jour, son enfant bien-aimée s'en aller loin de lui peut-être, au bras d'un époux qui ne saurait jamais l'aimer comme l'aimait son père... Il savait déjà que le chevalier bourguignon avait gagné mais il ne voulait pas encore venir à composition :

– C'est un terrible amour que le vôtre, seigneur comte ! Je n'ai aucune raison de supposer que ma fille pourrait s'en accommoder. Et je ne la contraindrai jamais...

– Pourquoi ne pas le lui demander ? Si elle accepte...

– Alors moi aussi j'accepterai, dit Beltrami gravement, mais sachez que vous serez lié par un engagement qu'il vous sera impossible de rompre au cas où... plus tard, vous changeriez d'avis.

– Voilà le marchand qui reparaît ! fit Selongey avec un sourire de dédain. Je n'ai qu'une parole, sachez-le, messire Beltrami. Jamais je ne l'ai reprise une fois donnée...

– En ce cas, allons chez moi !

Côte à côte, ils marchèrent par les rues, Philippe tenant en bride le cheval qu'il avait laissé à la porte de la maison de commerce. Jamais il n'avait autant marché que depuis son arrivée à Florence, les gens de cette ville semblant préférer la marche à tout autre moyen de locomotion. Il est vrai que les rues, pavées en leur milieu avec un ruisseau de chaque côté, demeuraient propres la plupart du temps mais il était curieux de voir les hauts hommes de la cité s'y déplacer sans plus de décorum que les gens du petit peuple. Cela devait tenir surtout à ce goût extrême qu'ils avaient tous pour la conversation. On ne devait jamais être sûr du temps que l'on mettrait pour aller d'un point à un autre car on ne savait jamais quelles personnes on rencontrerait et le nombre de minutes qu'on leur consacrerait.

Entre le Mercato Nuovo et le palais des bords de l'Arno, le Bourguignon entendit, plus de vingt fois, des passants saluer son compagnon.

– La bonne nuit à toi, messer Francesco ! Dieu te garde et te maintienne en prospérité ! – Salut à messer Beltrami et à tout ce qu'il aime !... Les formules étaient diverses mais toutes reflétaient le respect, voire l'affection.

– Je ne vous savais pas si populaire, remarqua Selongey, mais comment se fait-il que tout le monde se tutoie ici ?

– Se disait-on vous à Rome ? Le latin ignore le vouvoiement et le latin demeure ici la langue des poètes et des savants. Notre langue vulgaire n'est qu'un dérivé du latin, comme la langue française d'ailleurs et monseigneur Lorenzo qui s'est mis à poétiser en toscan s'efforce de lui donner ses lettres de noblesse. Il ne fait aucun doute qu'il y réussira car c'est un grand artiste en toutes choses...

– L'est-il aussi en politique ? J'en doute. C'est faute grave qu'opposer un refus au tout-puissant duc de Bourgogne...

– Je ne voudrais pas vous faire de peine, messire de Selongey, mais ce serait plus grande faute encore que rompre l'alliance avec le roi Louis de France qui est peut-être le plus fin politique de son temps !

– Ce piètre sire ? fit dédaigneusement le comte. Ce n'est pas un chevalier.

– Quand on a charge d'un royaume qui, durant cent ans, a connu l'occupation anglaise, il vaut mieux être un grand diplomate qu'un chevalier sans reproche. Le roi

Louis n'est pas sans courage. Il l'a montré en maintes occasions.

– Je vois que vous l'admirez fort. Puis-je vous conseiller, ... en futur gendre, de changer vos amitiés quand il en est temps encore ? En juillet dernier, le roi Edouard IV d'Angleterre a signé avec le duc Charles un traité par lequel l'Anglais s'engage à revenir en France avec une armée cependant que la Bourgogne viendra se joindre à lui avec dix mille hommes avant le 1er juillet prochain. Messire Louis sera balayé et Edouard sera couronné roi de France à Reims comme le veut la raison.

– Mais non l'Histoire ! Votre maître laisserait l'Anglais coiffer la couronne de Saint Louis dont lui-même descend ? Ce serait à mon avis une faute grave. Avoir reconnu jadis le jeune Henri au détriment de Charles VII n'a guère porté chance au duc Philippe le Bon... Le ciel pourrait peut-être susciter une autre Jeanne d'Arc... et, de toute façon, il n'est jamais bon de se tromper de roi. Enfin, Louis XI n'a pas dit son dernier mot. Soyez sûr que, de tout cela, monseigneur Lorenzo n'ignore rien... et il a refusé d'aider votre maître !

– Eh bien, il se trompe ! Songez encore que la propre sœur de Louis XI, la duchesse Yolande de Savoie, est l'alliée de Bourgogne au profit de qui elle a conclu alliance avec le duc de Milan... qui est votre allié.

– Mais non notre ami. Le bel allié que vous aurez là ! Galeazzo-Maria est une tête vide qui n'a de Sforza que le nom mais aucune ressemblance avec son père le grand Francesco qui était l'ami de Louis XI. Toutes ses pensées tournent autour de sa favorite, la belle Lucia Marliani, et dans les lettres qu'il écrit à monseigneur Lorenzo il n'est question que de certain rubis pâle qui appartient aux Médicis et que le Milanais convoite pour sa maîtresse. Votre duc aura des surprises...

– Qui n'en a lorsqu'il s'agit de femme ?

Conscient tout à coup de ce qu'il disait, Selongey rougit et se tut. Les deux hommes arrivaient en vue du portail du palais Beltrami éclairé par deux pots à feu brûlant dans des cages de fer et dont les flammes se courbaient et se divisaient au vent froid qui soufflait par les rues. Francesco souleva le lourd heurtoir de bronze représentant une tête de lion. En retombant, il rendit un son ample et profond. Puis, comme la porte s'ouvrait aux mains d'un valet, il s'effaça pour laisser passage à cet hôte inattendu :

– Reste à savoir à présent pour lequel de nous deux sera la surprise, dit-il gravement.

L'heure du souper approchait et Fiora attendait son père dans la grande salle où, devant le feu flambant de la cheminée, le couvert était dressé. Assise près d'un échiquier d'ébène, d'ivoire et d'or, elle jouait avec Khatoun dans le religieux silence qu'imposait le plus savant des jeux et n'entendit même pas le très léger grincement qu'émit la porte en s'ouvrant devant les deux hommes. Seule, Léonarde qui brodait près des deux jeunes filles leva la tête mais, d'un geste, Beltrami lui imposa silence afin de contempler un instant le charmant tableau que composaient les joueuses...

Le feu accrochait ses reflets vivants aux tresses lustrées de Fiora, au bijou d'or qui pendait sur son front, aux cassures des plis de sa robe de cendal d'un rouge profond. Ses cils noirs, doucement recourbés, mettaient une ombre tendre sur le velouté de ses joues et ses dents blanches, qui mordillaient un de ses doigts effilés, brillaient par instants entre ses lèvres fraîches. En face d'elle, Khatoun, vêtue d'une tunique et d'un voile d'un joyeux bleu canard ressemblait à un petit génie de conte oriental.

Beltrami, le cœur étreint d'une subite angoisse, aurait voulu retenir indéfiniment cette minute de paix, cet instant de lumière qui protégeaient encore la quiétude de sa vie de père comblé. Il n'avait pas besoin de se retourner pour deviner de quels yeux ardents l'étranger regardait son enfant. Se pouvait-il qu'à peine sortie de l'enfance elle eût suscité la passion d'un homme?... Pour la première fois, il regardait Fiora avec des yeux différents, s'attachant à la finesse de la taille, à la rondeur exquise de la gorge moulée par le tissu chatoyant, à l'ivoire si doucement rosé de la peau soyeuse, à la délicatesse d'une main fine maniant une pièce précieuse... La pensée qu'un homme pouvait prétendre posséder ce miracle de grâce et de beauté lui fut soudain intolérable. Il ressentit l'envie brutale d'appeler ses gens, de faire jeter dehors l'insolent prétendant... mais Khatoun avait vu les deux hommes et d'un geste léger les désignait. Fiora leva les yeux et repoussa son siège...

– Père, reprocha-t-elle gaiement, il me semble que tu rentres bien tard et que...

Elle reconnut soudain Philippe, dont la haute taille dominait celle de Beltrami, et une vague de sang empourpra ses joues. Pour cacher son trouble, elle esquissa une révérence.

– J'ignorais que nous eussions un hôte, murmura-t-elle. Tu aurais dû nous faire prévenir.

– Ma visite est tout à fait impromptue, dit doucement Philippe, et je vous supplie, demoiselle, de me pardonner si elle vous prend au dépourvu. Il se peut d'ailleurs que je ne sois pas votre hôte... très longtemps.

– Veuillez nous laisser, dame Léonarde, dit Beltrami brièvement. Toi aussi Khatoun...

Les yeux pleins de muette interrogation, les deux femmes sortirent sans un mot, laissant Fiora seule face aux deux hommes. Quand la porte se fut refermée sur elles, Beltrami vint prendre sa fille par la main et la conduisit jusqu'au siège qu'elle venait d'abandonner.

– Assieds-toi, mon enfant, dit-il doucement. Ce que nous avons à te dire est grave... d'une extrême importance pour l'avenir...

– Ce que... vous... avez à me dire? Êtes-vous donc deux à parler à cette heure?

– En effet...

Beltrami sentit sa gorge se serrer et déglutit nerveusement. L'instant terrible était venu, cet instant qu'il s'était laissé imposer parce que cet homme connaissait son secret... Et tout à coup, il eut hâte d'en finir. Tout valait mieux que l'incertitude. D'ailleurs Fiora connaissait à peine Selongey, elle n'accepterait jamais de l'épouser... Elle allait, avec un sourire, le refuser comme elle refusait les hommages de Luca Tornabuoni. N'avait-il pas cru s'apercevoir qu'elle était amoureuse de Giuliano de Médicis? Alors, d'une voix claire, il lança.

– Messire Philippe de Selongey que voici est venu, ce soir, me demander ta main...

Ces paroles à peine prononcées, il eut envie de les retirer. Fiora les accueillait avec dans les yeux une immense surprise mais, déjà, une lumière s'y allumait, une lumière qui lui fit mal...

– Vous voulez... m'épouser? demanda la jeune fille.

Vivement, Selongey mit genou en terre devant elle :

– Il n'est rien que je désire davantage, dit-il d'une voix vibrante. Ce que votre père n'a pas dit, Fiora, c'est que je vous aime et n'aimerai jamais que vous.

– Jamais?... Que moi?

– Tant que je vivrai! J'y engage ma foi de chevalier devant Dieu qui recevra nos promesses si vous acceptez de devenir mienne!

Fiora regarda le visage arrogant tendu vers elle, ces yeux dont la flamme la brûlait, ces lèvres dont le baiser la hantait, cette grande main qui se tendait vers la sienne. Elle chercha le regard de son père mais Beltrami détournait les yeux. Philippe d'ailleurs ajoutait, plus bas mais plus ardemment :

– Répondez, Fiora! Voulez-vous être ma femme?

Une joie immense envahit la jeune fille. C'était comme une de ces grandes vagues bleues, délicieuses et tièdes dans lesquelles, à Livourne, elle s'était baignée, un jour d'été. Le rêve commencé sous les voûtes sévères de Santa

Trinita se continuait et, cette fois, il n'aurait plus jamais, jamais de fin. D'un geste charmant et spontané elle mit ses deux mains dans celle qui s'offrait :

– Oui, dit-elle fermement... oui, je le veux!

Francesco Beltrami ferma les yeux un instant pour ne pas voir Philippe baiser tendrement les doigts menus de celle qui était à présent sa fiancée. Tout était dit et il faudrait que ceci allât jusqu'au bout. La surprise avait été pour lui... Frappant soudain dans ses mains, il appela d'une voix forte :

– Du vin! Que l'on apporte du vin!

Ne convenait-il pas de célébrer par une libation le prochain mariage de Fiora? Mais, pour la première fois depuis bien longtemps, Francesco Beltrami avait envie de pleurer...

CHAPITRE IV

LA NUIT DE FIESOLE

Le surlendemain, à la même heure, Fiora, le cœur battant, attendait le moment où, pour jamais, elle serait unie à l'homme qu'elle aimait et qui était entré dans sa vie à la manière d'un ouragan. Tout avait été si rapide que la tête lui tournait un peu...

Quand elle avait donné sa main à Philippe, elle pensait que l'on allait célébrer leurs fiançailles puis que son futur époux repartirait pour combattre aux côtés de son duc. La guerre achevée, il reviendrait pour consacrer leurs épousailles et finalement l'emmener dans son pays afin de la présenter à la cour du Grand Duc d'Occident. Elle imaginait déjà les noces fastueuses qui seraient celles de la fille unique du riche Francesco Beltrami...

Et voilà que rien ne ressemblait à ses rêves d'enfance, que rien ne serait même conforme à la tradition. Il n'y aurait pas de grand souper pour la remise de l'anneau, symbole de l'engagement, et pas d'échange de cadeaux. Les jeunes gens ne viendraient pas tendre, à travers sa rue, le ruban ou la guirlande de fleurs cependant que l'un d'eux, le plus beau, viendrait lui offrir un bouquet, après quoi le fiancé pourrait rompre le fragile obstacle. Il n'y aurait pas de cavalcade de dames pour escorter la mariée jusqu'au Duomo tandis que, dans la loggia del Bigallo, près du Baptistère, les trompettes sonneraient le triomphe de l'amour. Il n'y aurait pas de grand banquet au son de la musique, pas de bal, pas de noix jetées sur le dallage près de la chambre nuptiale pour empêcher que l'on entende ce qui s'y passait, pas de plaisanteries, pas de rires, pas de chante-fables pour égayer la société, pas de romances...

Tout allait se passer dans la grande villa que Beltrami possédait à Fiesole, de nuit, et comme en secret pour que les Médicis ignorent ce mariage qui pouvait offenser leurs amitiés et leur choix politique. Et puis Philippe était pressé. Il aimait trop Fiora pour accepter de s'éloigner d'elle sans s'être assuré qu'aucun autre homme, jamais, ne pourrait la lui prendre...

– Il en eût été de même après des fiançailles, avait fait remarquer la jeune fille, et même sans aucun autre engagement qu'une parole. Il eût suffit que vous me demandassiez d'attendre. J'aurais attendu... ma vie entière.

– Peut-être m'attendrez-vous durant votre vie entière. Je peux être tué, Fiora, et ne jamais revenir. C'est pourquoi j'ai voulu ce mariage dont la rapidité vous effraie peut-être. Je veux, en repartant, être certain que vous êtes à moi. Regrettez-vous tant les fastes d'un mariage au grand jour ?

– Je regretterais surtout que vous n'ayez pas cette hâte. Je regretterais si je ne vous aimais pas...

Tout était dit. Depuis une heure, Beltrami et son futur gendre étaient enfermés dans le cabinet du négociant avec un notaire qui était un ami sûr. Ils discutaient le sévère contrat que Beltrami entendait assurer à sa fille. Dans sa chambre, Fiora était livrée aux soins de ses femmes. Léonarde, le visage hermétique, et Khatoun dont les doigts tremblaient d'excitation l'avaient revêtue d'une grande robe de satin blanc toute brodée d'or. Dans la masse de ses cheveux, haut coiffés, elles avaient piqué des étoiles d'émeraudes et tressé une fine guirlande d'or et, au bord du décolleté, entre les seins juvéniles, Léonarde avait agrafé une chimère aux yeux d'émeraudes dont les ailes étendues étaient diaprées des mêmes pierres. Tout à l'heure, elles poseraient sur sa tête le grand voile que l'on avait fait bénir le matin même au monastère voisin, selon la règle...

Depuis qu'on lui avait annoncé le mariage de Fiora, la vieille gouvernante n'avait presque pas desserré les dents mais elle avait passé de longues heures à l'église. A Fiora qui lui reprochait de ne pas montrer plus de joie de la voir s'unir à un grand seigneur de la Bourgogne qui était son pays à elle, Léonarde avait répondu :

– Je sais que c'est un grand seigneur et je connais bien le château de Selongey qui est une puissante forteresse et une noble demeure. Je sais que vous épousez un homme vaillant et qu'auprès de lui vous aurez une haute position. Je sais...

– Savez-vous que je l'aime... et qu'il m'aime ?

– Il faut bien qu'il en soit ainsi pour bâcler un mariage en deux jours et, je vous l'avoue, je comprends mal votre père, un homme si sage, si mesuré, de donner son accord à pareille...

– Folie ? Il faut croire que mon père sait que d'une folie apparente peut naître un grand bonheur.

Léonarde n'avait rien répondu mais elle avait rougi un peu. Mieux que quiconque, elle savait que Francesco Beltrami était capable d'actes apparemment insensés et elle avait essayé de lui parler mais, se dérobant à une explication, le négociant avait été impossible à atteindre, comme s'il fuyait. Aussi, la vieille dame avait-elle choisi le silence... mais Khatoun parlait pour deux.

La petite Tartare ne cessait de vanter la magnificence du fiancé et de prédire à sa jeune maîtresse un univers d'amour partagé que pour chanter, en s'accompagnant d'un luth, toutes les chansons de son répertoire. Elle avait, sans hésiter, promis de ne révéler à personne ce qui allait se passer et Fiora savait qu'elle se ferait tuer plutôt que trahir un secret confié à son cœur.

Le plus pénible, pour Fiora, était de ne rien pouvoir dire à son amie Chiara. Elle eût aimé, au moins, avoir auprès d'elle cette charmante fille à l'heure où son mariage serait bénit. Elle eût aimé pouvoir partager avec Chiara toute cette joie, tout ce bonheur dont son cœur débordait mais Beltrami s'était montré intraitable :

– N'oublie pas que sa Colomba est la langue la plus agile de toute la ville! Lui confier un secret c'est le partager avec les courants d'air. En outre, il faut te souvenir que les Albizzi ont été longtemps plus riches et plus puissants que les Médicis, qu'ils ont été exilés et ce serait, peut-être, les mettre dans un mauvais cas que les mêler à ce mariage. D'aucuns pourraient trouver cela étrange.

– N'aurai-je donc jamais le droit de porter devant tous, le nom de mon époux? J'aimerais tant...

– Que l'on te sache comtesse? fit Beltrami en souriant.

– Non. Que l'on sache que je suis « sa » femme...

– Cela viendra, sois sans crainte! Et plus vite peut-être que tu ne le crois. Je veux seulement prendre mon temps pour l'annoncer moi-même au Magnifique. Ce sera plus facile s'il peut croire que tu t'es mariée... à mon insu!

Cette fois Fiora avait compris. Elle connaissait assez les Médicis pour savoir à quel point ils étaient soucieux de leur autorité et cela d'autant plus qu'elle ne leur était pas légalement accordée. Et elle se laissa aller à la joie d'être bientôt à Philippe. Mais, à mesure que l'heure en approchait, son cœur battait sur un rythme plus rapide...

Elle rêvait, debout auprès d'une fenêtre d'où l'on découvrait le jardin en terrasses et, plus bas, Florence tout entière étendue comme un tapis gris et rose au pied de l'ancienne acropole étrusque et romaine qu'avait été Fiesole. De la splendeur d'autrefois il ne restait qu'une enceinte de murailles cyclopéennes, enceinte à demi-écroulée, et beaucoup de pierres anciennes provenant de ce qui avait été un théâtre. Il y avait des vestiges dans presque tous les jardins et, des jardins, il y en avait partout car, si Fiesole avait cessé d'être une cité guerrière, elle demeurait un lieu de plaisance et certainement l'endroit le plus charmant des environs de Florence. Même quand les jardins, comme en ce début de février, n'avaient plus de fleurs, il restait la douceur des vallonnements que soulignaient les fuseaux noirs des cyprès et des ifs, les teintes assourdies de la terre et des oliviers argentés dont les murets de pierres rousses retenaient les racines tordues, l'élégance des quelques demeures patriciennes et, sur la petite place de ce qui n'était plus qu'un gros village, le charme contrasté d'une vieille cathédrale romane à campanile crénelé auprès d'un gracieux palais neuf.

Le soleil s'était couché dans une gloire pourpre annonciatrice de vent dont il demeurait un reflet aux toits du petit couvent franciscain qui couronnait la colline et où l'on conservait le corps du grand saint Antonin, que tout Florence vénérait. C'était dans sa chapelle qu'à la nuit close Fiora et Philippe seraient mariés par le vénérable abbé...

Selongey, son écuyer Mathieu de Prames qui lui servirait de témoin et les quelques hommes qui composaient son escorte avaient franchi les portes de Florence au matin sans esprit de retour. Par un chemin détourné, ils avaient gagné la villa de Beltrami et y étaient entrés par le porche des communs où ils allaient attendre leur vrai départ prévu pour le lendemain matin au petit jour. Seuls, les deux nobles avaient pénétré dans la maison mais, ce que Fiora ignorait c'est que, dans le coffre de son père, reposait déjà une lettre de change de cent mille florins d'or payables chez les banquiers Fugger d'Augsbourg et qui représentaient sa dot quasi royale...

Longtemps, Fiora resta là, regardant mourir le jour et la nuit envahir peu à peu le merveilleux tableau ne laissant plus visibles que des points lumineux, feux sur les remparts ou lumières diverses. Ils composaient un prolongement du ciel où s'allumaient quelques étoiles. Ce soir qui tombait tirait un rideau sur les jours insouciants d'une enfance heureuse et, demain, quand reviendrait le jour, il éclairerait un être nouveau, né de la mystérieuse magie de l'amour.

Comme la plupart des filles de son temps, Fiora savait que ce n'était pas la bénédiction nuptiale qui faisait éclore la femme mais l'union de deux corps et que cette union, au début tout au moins, pouvait être douloureuse, insupportable parfois quand l'acte d'amour devenait viol comme elle l'avait entendu raconter dans les récits de saccages de Volterra et de Prato, peu de temps auparavant, par les mercenaires de Florence. Elle ne craignait rien de semblable de la part d'un homme qui l'aimait et auquel elle était heureuse de s'offrir puisqu'il lui avait suffi d'un baiser pour la conquérir.

L'entrée, silencieuse pourtant, de Léonarde, vint mettre fin à sa rêverie. La gouvernante apportait avec elle le voile dont elle enveloppa la jeune fille, et une grande mante noire à capuchon sous laquelle disparut la robe brillante.

– C'est l'heure! dit-elle. Venez! On nous attend...

Puis, brusquement, elle saisit Fiora aux épaules et l'embrassa avec une grande tendresse.

– J'espère que vous serez heureuse, mon agneau, et surtout que vous le serez longtemps.

– Je n'ai jamais été aussi heureuse! murmura Fiora, sincère. Messire Philippe n'a-t-il pas tout ce qu'il faut pour assurer ce bonheur?

– Certes, mais c'est un soldat et cela ne simplifie pas les choses. Vous aurez à subir de longues absences...

– Les retours n'en seront que plus merveilleux! Allons, à présent, puisque l'on nous attend.

Léonarde ne répondit pas, se contentant d'ouvrir la porte devant cette enfant qu'elle croyait si bien connaître et qui semblait changer d'instant en instant. Ce mariage, décidément, lui plaisait de moins en moins mais elle se savait impuissante à freiner la roue du destin si brusquement mise en marche.

Quatre silhouettes noires, celles de Beltrami, de Philippe, de son ami Prames et du notaire Buenaventura attendaient sous le portique d'entrée. Quand les deux femmes les rejoignirent, le négociant prit la main de sa fille et se dirigea vers l'entrée des jardins plongés dans l'obscurité. Aucune lumière n'éclairait le chemin mais la nuit n'était pas trop sombre et permettait de se déplacer sans accidents.

Franchies les limites de la propriété, on trouva vite le sentier qui montait au monastère. Aucun bruit ne se faisait entendre. La campagne alentour était silencieuse comme si elle retenait son souffle. On n'entendait ni le vol d'un oiseau, ni l'aboiement d'un chien, ni le passage dans l'herbe d'un des nombreux habitants des champs. Dans les amples manteaux qui les recouvraient, les six promeneurs ressemblaient à une théorie de fantômes... Fiora, elle, se déplaçait comme dans un rêve...

Comme dans un rêve, elle vit s'ouvrir la porte de la petite chapelle à peine éclairée par un gros cierge posé à terre dans un chandelier d'argent et par deux bougies à chaque bout de la vieille pierre d'autel recouverte d'une nappe immaculée. Il faisait sombre et froid. Aucun apparat pour cette messe nocturne, seuls les vases sacrés étaient de précieuses pièces d'orfèvrerie et la chasuble du moine qui allait officier plus dorée encore que la robe de la mariée.

Comme dans un rêve, elle entendit se dérouler le rituel, elle offrit sa main au lourd anneau d'or qu'y passa Philippe. Les paroles du prêtre et les reniflements de Léonarde qui se laissait aller à pleurer troublaient seuls le silence où s'enveloppait le couvent. La réalité revint avec, au sortir de l'église, le retour vers la maison au bras de Philippe et le visage crispé de Francesco Beltrami quand, à l'instant de monter, avec Léonarde et Khatoun, vers la chambre préparée pour la nuit de noces, Fiora offrit son front à son baiser et à sa bénédiction... A l'instant où sa fille le quittait pour rejoindre non son lit de jeune fille mais celui d'un homme, Beltrami, pâle jusqu'aux lèvres, avait la figure d'un martyr dans les tourments. Mais quelles tortures pouvaient être pires que ce qu'il éprouvait ? A l'humiliation d'avoir dû céder à un chantage, se joignait une dévorante jalousie. A cet instant, il avait envie de tuer cet homme trop séduisant qui n'avait eu besoin que d'un moment pour conquérir le cœur de Fiora et qui, à présent, avait le droit d'entrer en maître dans sa chambre et de posséder son corps.

Parce qu'il était honnête, il se demanda si tous les pères éprouvaient cet affreux sentiment de frustration, cette douloureuse tension charnelle ? Les souvenirs qu'il gardait d'autres épousailles lui répondirent par la négative et il eut honte des pensées qui l'avaient envahi, des images que son imagination enfiévrée lui avait montrées. Si Fiora avait été réellement son enfant tout ceci lui eût sans doute été épargné mais elle n'était pas sa fille selon la chair et lui-même réagissait comme un homme à qui l'on vient de prendre la femme qu'il aime. C'était Marie qu'il perdait pour la seconde fois...

Cette nuit-là, le sage Francesco Beltrami but un peu plus que de raison en attendant le jour, ce jour triomphal qui lui apporterait la fin du cauchemar, qui verrait partir sans espoir de retour le Bourguignon détesté et qui lui laisserait Fiora pour tout le temps qui lui resterait à vivre. Pour l'instant, il était trop pénible de s'avouer que c'était cette seule circonstance qui l'avait incité à accepter la demande insensée de Selongey. Le comte n'aurait qu'une seule nuit. Lui, il aurait toute la vie, ce qui n'eût jamais été possible avec un époux florentin...

Pendant ce temps, dans la grande chambre d'apparat doucement chauffée, parfumée et ornée de fleurs et de feuillages, Léonarde et Khatoun préparaient Fiora pour la nuit. Elles défirent l'édifice compliqué de sa coiffure puis peignèrent, brossèrent, lustrèrent ses longs cheveux noirs jusqu'à ce qu'ils fussent aussi brillants, aussi doux que du satin. Elles la dépouillèrent de ses bijoux, de sa robe somptueuse, de son linge, massèrent doucement son corps et ses jambes d'une huile légère et parfumée qui sentait la forêt et l'herbe fraîchement coupée. Puis, la prenant chacune par une main, elles la conduisirent nue jusqu'au grand lit à colonnes drapé de velours pourpre à crépines d'or qui, massif comme un autel de sacrifices, occupait tout le centre de la pièce.

Elles l'étendirent entre les draps soyeux que l'on avait bassinés après avoir étalé, sur l'oreiller, ses cheveux en une noire et brillante auréole. Puis Léonarde alluma la veilleuse du chevet, embrassa Fiora sur le front et ferma les rideaux du lit avant de se retirer avec Khatoun qui chantonnait en s'accompagnant de son luth...

Le son de l'instrument s'éteignit peu à peu et Fiora, le cœur battant follement dans la poitrine, demeura seule dans la lueur rougeoyante de la veilleuse...

Elle n'eut pas longtemps à attendre. Il y eut le léger grincement de la porte, un bruit de pas atténué par les tapis, enfin le glissement des rideaux écartés à deux mains. Fiora ferma les yeux mais les rouvrit presque aussitôt ne voulant perdre aucune image de cette nuit unique. Elle vit Philippe. Debout auprès du lit, les mains encore accrochées aux courtines de velours, il la regardait et ses yeux étincelaient dans son visage bronzé. A l'exception d'un court caleçon blanc, il était nu et la flamme vacillante de la lampe à huile faisait vivre les muscles puissants mais sans lourdeur de ses cuisses, de sa poitrine, où frisait une courte toison, et de ses bras.

Fascinée, Fiora le regardait, pensant qu'il était plus beau encore que cette statue d'Hermès dont Lorenzo de Médicis était si fier mais, déjà, il avait saisi le drap et la couverture et d'un geste vif les rejetait au pied du lit... Les joues soudain brûlantes, Fiora referma les yeux attendant qu'il parlât, qu'il dît quelque chose, n'importe quoi, qu'il fît un geste mais Philippe ne se pressait pas. Il avait pris la veilleuse et l'élevait au-dessus du corps nerveusement raidi de la jeune fille. Il vit qu'elle tremblait et sourit :

– De quoi as-tu peur ? Ton miroir ne t'a-t-il jamais dit que tu étais belle ?... Si belle !... si douce !...

Il reposait la veilleuse et, se laissant tomber à genoux, posa ses lèvres sur le ventre de Fiora qu'un long frisson parcourut. Il le sentit et eut un rire léger :

– Bel instrument, murmura-t-il en enveloppant d'une longue caresse les jeunes seins frémissants, quel merveilleux chant d'amour je vais pouvoir jouer sur toi...

Sans quitter sa pose agenouillée, il couvrit tout son corps de baisers légers, léchant doucement les pointes roses qui se dressaient sous ses lèvres cependant que ses mains exploraient les courbes des hanches, les plans soyeux du ventre tendu. Sa bouche suivit ses mains, descendit, descendit encore jusqu'à une douce toison qu'elle ouvrit délicatement. Les yeux grands ouverts, le cœur affolé, Fiora sentait s'éveiller en elle une tempête, une ardeur dont elle ignorait qu'elle fût capable... Tout son corps criait vers cet homme qui jouait en effet de lui comme d'un instrument, en arrachait des soupirs, des plaintes douces, qui appelaient elle ne savait encore quel accomplissement... Enfin, il glissa sur elle, l'enferma dans ses bras et prit sa bouche qu'il fouilla d'un baiser dévorant sous lequel elle défaillit... Son corps se tendit, s'arqua comme s'il voulait échapper au poids qu'on lui imposait mais sans brutalité, Philippe maîtrisa sa révolte et, soudain, elle sentit qu'il entrait en elle...

Une brève, une légère douleur dont il étouffa le cri sous un baiser. Un moment, Philippe resta immobile puis, les mains noyées dans les flots soyeux de la chevelure dont le parfum l'enivrait, il commença doucement, tout doucement sa danse d'amour à laquelle bientôt Fiora s'accorda passionnément... La vague brûlante du plaisir les emporta, les roula jusqu'à l'ultime paroxysme qu'ils atteignirent ensemble en un double râle... Puis la vague retomba, les laissant haletants, naufragés sur la plage froissée des draps qu'étoilaient quelques gouttes de sang... Mais les bras de Philippe ne desserrèrent pas leur étreinte...

Cet être neuf qu'il venait d'éveiller à l'amour venait de lui offrir sans le savoir la plus bouleversante des révélations : celle des profondeurs inattendues de son cœur. Il avait cru aimer Fiora comme il avait déjà aimé souvent. Cette fois, le chasseur était pris à son propre piège et, de ce piège, il n'avait plus envie de s'éloigner. Pourtant il le faudrait bien, quand reviendrait l'aurore. Il devrait partir, prisonnier de sa propre parole et laisser sa femme, celle qu'il n'aurait jamais cru pouvoir trouver, poursuivre sans lui une vie qui lui était totalement étrangère. On ne lui permettrait plus de rien changer au pacte qu'il avait conclu avec Beltrami, surtout pas celui-ci. Philippe l'avait compris au regard meurtrier dont le négociant l'avait suivi au moment où il l'avait quitté pour rejoindre Fiora...

– Je t'aime ! murmura-t-il, la bouche dans ses cheveux. Tu ne sauras jamais à quel point je t'aime...

– Pourquoi ne le saurai-je jamais ? Ne pourras-tu pas me le prouver durant toutes ces années que nous avons à vivre ensemble ?

– Savons-nous seulement si nous avons des années devant nous ? Je vais partir, te laisser puisque je ne peux t'emporter avec moi.

– Après tout, pourquoi ne le peux-tu pas ?

– Tu le sais bien. On n'emmène pas une femme à la guerre.

– Elle saurait peut-être s'y comporter au point de t'en étonner ? Pour te suivre, pour être auprès de toi sans cesse, je crois que j'accepterais bien des dangers.

– Ai-je donc épousé une jeune lionne ? fit-il en l'embrassant. Tu ne fais qu'aviver mes regrets, mon cœur, ma fleur... mon doux amour. Mais tu dois rester... ne fût-ce que pour ne pas mettre ton père en danger. On dit que la rancune du magnifique Lorenzo peut être d'autant plus redoutable qu'il a moins de droits légaux d'exercer le pouvoir. Et je n'ai guère de doute sur ses sentiments envers mon duc. S'il apprenait, maintenant, que ton père t'a donnée à moi sans même lui demander son avis, les conséquences, si j'ai bien jugé l'homme, pourraient être... désagréables pour vous deux.

– Je t'attendrai donc, soupira Fiora, mais ne durera-t-elle qu'une semaine, elle me sera longue cette attente... Dois-tu vraiment partir au matin?...

– Je ne peux pas faire autrement...

– Alors, il ne faut pas perdre une minute de cette nuit que le destin nous accorde. Aime-moi! Philippe, aime-moi encore et encore afin que je puisse vivre de souvenirs durant tous ces jours et toutes ces nuits que je vais passer sans toi.

Philippe n'attendait que cette prière car le désir s'était déjà réveillé en lui mais il craignait, en lui donnant libre cours, d'effrayer et peut-être de blesser cette enfant qui s'était abandonnée à lui avec tant de confiance. Néanmoins, il s'écarta un peu.

– Il ne faut pas aller trop vite, ma douce... Tu es si jeune, si neuve... J'ai si peur de te faire mal!

– Tu ne pourras jamais me faire mal puisque c'est moi qui t'appelle. C'est si doux d'être à toi...

Il la regarda, ébloui, émerveillé... La veilleuse sculptait son corps d'ombres tendres, dorait les rondeurs exquises de sa poitrine, glissait un rayon vers le double fuseau des cuisses à la fois rondes et fines. D'une main, il releva vers lui le beau visage si pur dont les lèvres s'entrouvraient, s'offraient tandis que défaillaient déjà les larges prunelles claires. Jamais pareille beauté ne lui avait été donnée et son cœur se serra en pensant qu'elle allait s'épanouir encore loin de ses yeux :

– Tu le veux? demanda-t-il d'une voix qui s'enrouait. Tu le veux vraiment?...

Alors, le rire de Fiora éclata en cascades joyeuses, enfantines et cependant troublantes :

– Bien sûr que je le veux! Platon dit qu'il est bon de répéter deux ou trois fois les belles choses!

La stupeur le laissa sans voix. Platon était, certes, la dernière personne dont il attendait l'intrusion dans son lit nuptial. Mais comment imaginer que cette adorable fille, tout juste sortie de l'enfance, soit nourrie de philosophie grecque ? Sa culture à lui n'allait pas au-delà des *Commentaires* de César et il se sentit un peu vexé...

– Et qu'est-ce que Platon dit de l'amour ? dit-il, tandis que ses doigts recommençaient à glisser sur la peau douce.

– Il... il n'en parle guère, haleta Fiora tandis que son regard se noyait... Mais il dit : ... « Donne, et tu recevras ! » Je... je me donne à toi pour toujours ! Et je te veux à moi, tout entier...

Alors il s'empara d'elle, brutalement, comme il eût fait d'une fille dans une ville conquise. Elle cria sous lui et il étouffa ses cris. Il sentit des larmes couler sur son visage et comprit qu'il lui faisait mal mais il en éprouva une joie mauvaise doublée de la pensée terrible que cette fille née d'un inceste et nourrie d'une philosophie hérétique n'était peut-être, après tout, qu'une envoyée du diable. Il eut envie de la tuer, pour se libérer des chaînes qu'insensiblement elle tissait autour de son âme. Déjà ses mains s'attachaient autour du cou fragile; il allait même le serrer quand elle ouvrit tout grand ses immenses yeux couleur de nuages que les larmes faisaient étinceler et tendit vers son baiser ses lèvres gonflées...

– Philippe ! murmura-t-elle, mon amour, mon maître...

– C'est le démon qui est ton maître ! gronda-t-il. Pareille beauté ne peut avoir été voulue par Dieu...

Brusquement dégrisée, elle voulut s'arracher à lui :

– Si démon il y a, c'est toi qui l'as fait naître, dit-elle si douloureusement qu'il eut honte. Les larmes qui coulaient à présent n'étaient plus des larmes de bonheur. Il les recueillit une à une avant de baiser longuement cette bouche tremblante tandis qu'à nouveau il faisait exploser le plaisir dans le corps de la jeune femme avant de donner libre cours à son propre assouvissement.

– Pardonne-moi! souffla-t-il enfin. Je crois que tu me rends fou...

– Alors, nous sommes fous tous les deux, conclut Fiora, consolée, en nichant sa tête au creux de l'épaule de son époux...

Elle était lasse à présent mais elle ne voulait pas dormir encore. Elle aurait bien le temps de s'abandonner au sommeil quand Philippe ne serait plus là, quand son lit serait vide et froid...

– J'ignorais, soupira-t-elle, que l'amour pût donner tant de joie et je voudrais pouvoir t'en donner autant que tu m'en donnes...

– Ne sens-tu pas à quel point tu me rends heureux?

– Peut-être... mais il y a un moment, il m'a semblé que tu me détestais...

– Ne crois pas cela... Ce qui est vrai c'est que tu es trop belle et que ta beauté me fait peur.

– Pourquoi, puisque tout ce qui est moi t'appartient entièrement? Oh! mon amour, apprends-moi à t'aimer... Enseigne-moi comment te donner moi aussi du plaisir...

– Ce sont des choses que l'on n'apprend pas à une femme honnête, dit-il avec une fausse sévérité...

– Qu'ai-je à faire d'être une femme honnête cette nuit? Je vais avoir tout le temps pour cela. Je ne veux être que ta femme...

Attendri, il guida ses premiers gestes mais l'élève était digne du maître et un silence peuplé de longs soupirs s'installa sous les courtines pourpres qui enfermaient les deux amants comme au cœur d'un fruit mûr. Et, par trois fois encore, Philippe triompha de ce jeune corps qui semblait insatiable jusqu'à ce qu'enfin, Fiora, foudroyée, s'endormît d'un seul coup, la tête pendant hors du lit et ses longs cheveux trempés de sueur traînant sur le tapis. Philippe, le cœur cognant lourdement dans la poitrine, s'effondra à plat ventre, le visage enfoui dans les oreillers et sombra aussi dans le sommeil.

Mais l'aube n'était plus loin. Quelque part dans la campagne, un coq chanta, relayé par d'autres aux quatre points de l'horizon... La porte de la chambre nuptiale s'ouvrit silencieusement sous la main de Léonarde qui resta un moment immobile, au seuil, fascinée par le spectacle que lui offrait, dans la lueur déclinante de la veilleuse, la coquille rougeâtre de l'alcôve ouverte avec ces deux corps nus que l'amour semblait avoir foudroyé. Celui de Fiora, dans sa pose impudique avait l'air du cadavre d'une bacchante et Léonarde, le sourcil froncé, se signa deux ou trois fois avant de marcher, sans faire le moindre bruit, vers ce lit où, un siècle plus tôt, elle avait couché une vierge innocente...

Doucement, en prenant bien soin de ne pas l'éveiller, elle redressa la jeune femme qui, du fond de son sommeil, murmura des mots indistincts, sourit mais une fois sur l'oreiller, se pelotonna comme une chatte heureuse de retrouver son coussin. Léonarde la recouvrit puis, faisant le tour du lit, s'approcha de Philippe, posa une main sur son épaule et le secoua doucement tout en se penchant vers son oreille.

– Messire, chuchota-t-elle. Il faut vous lever! Il est l'heure...

Habitué, dès l'enfance, par le dur entraînement chevaleresque à dormir n'importe où et à s'éveiller au premier appel, Philippe se retourna aussitôt et considéra la gouvernante d'un œil presque entièrement lucide...

– Que dites-vous? grogna-t-il.

– Chut!... Je dis que le jour va se lever et que votre escorte s'apprête. Messire de Prames est en train de déjeuner.

– Déjà?... Pourquoi faut-il partir si tôt?

– Vous devriez le savoir. Afin de ne pas éveiller l'attention. N'en aviez-vous pas décidé ainsi avec messire Francesco?...

– En effet... mais c'était avant...

Il se penchait sur Fiora pour l'embrasser mais Léonarde le retint :

– Ne l'éveillez pas! Ce sera plus facile...

– Vous voulez que je parte... sans lui dire adieu?

– Oui. Ce sera mieux pour elle... et pour vous! A moins que vous ne préfériez garder le souvenir d'un visage défiguré par les larmes?

– Non!... Non, vous avez raison...

Il se leva d'un mouvement souple qui n'ébranla pas le lit, bâilla en s'étirant largement sans songer le moins du monde à cacher un corps où se voyaient les traces d'anciennes blessures et les légères griffures que lui laissaient les ongles de Fiora. Avant de ramasser la robe d'intérieur avec laquelle il était entré, la veille, dans cette chambre, il se tourna vers la jeune femme qui dormait paisiblement dans la masse noire de ses cheveux défaits, une joue sur sa main et s'accorda une ultime minute de contemplation... Avec les larges cernes bleuâtres qui marquaient ses beaux yeux aux paupières closes, elle lui parut plus belle que jamais et, à l'idée qu'il ne la reverrait plus, quelque chose se serra dans sa gorge... Il eût été doux de passer une vie entière auprès d'elle mais le pacte dont il avait lui-même dicté les clauses ne lui accordait qu'une seule nuit... Se penchant vivement, il prit doucement une des longues mèches noires et y posa ses lèvres...

– Adieu!... murmura-t-il... adieu, mon doux amour!

En se redressant, il vit que Léonarde, avec un air bizarre, lui tendait une paire de ciseaux... Il les prit avec un sourire qui bouleversa la vieille dame. Elle n'imaginait pas que cet homme dont elle ne pensait rien de bon, pût avoir ce sourire d'enfant émerveillé.

– Merci! dit Philippe.

Il coupa une petite mèche qu'il garda au creux de sa main puis, rendant les ciseaux à Léonarde, prit son vêtement et quitta la chambre sans se retourner. Restée seule avec Fiora endormie, Léonarde tira doucement les rideaux du lit afin que la lumière du jour qui commençait à poindre n'éveillât pas la jeune femme puis quitta la pièce sur la pointe des pieds...

Cependant, dans le grand vestibule, dallé de marbre blanc et noir, Philippe de Selongey se disposait à prendre congé de Beltrami qui l'attendait au pied de l'escalier.

En se trempant la tête dans une cuvette pleine d'eau froide, ainsi que l'attestaient ses cheveux encore humides, Francesco avait réussi à chasser les fumées de l'ivresse mais ses yeux étaient encore injectés de sang quand ils regardèrent le Bourguignon, botté et enveloppé de son grand manteau de cheval descendre les dernières marches, notant avec colère qu'il avait la mine d'un homme qui n'a guère dormi et que son pas semblait alourdi... Apparemment, cette unique nuit que Selongey avait exigée, il l'avait bien remplie, et Beltrami sentit s'enfler en lui une fureur insensée. Il eut envie de grimper jusqu'à cette chambre où sa belle Fiora gisait peut-être brisée, sanglotante, malade de dégoût après avoir servi de jouet durant des heures à l'impitoyable lubricité de cet homme mais il aperçut Léonarde qui, dans les ombres denses de l'étage, descendait lentement et il se contint au prix d'un violent effort. Une seule chose était urgente : que cette brute disparût à jamais de son horizon! A force de tendresse, il saurait bien faire oublier à l'enfant ce qu'elle avait souffert.

D'une voix qui s'efforçait de ne pas trembler, il demanda :

– Vous lui avez dit adieu?

– Non... Elle dort et je ne l'ai pas éveillée. Vous lui direz adieu pour moi... Vous lui direz...

– Quoi donc? aboya le négociant.

Philippe eut son drôle de petit sourire qui lui tirait la bouche d'un seul côté et haussa les épaules.

– Rien! Vous ne sauriez pas...

– De toute façon, je ne lui aurais rien dit! Et je ferai tout ce qui sera en mon pouvoir pour qu'elle vous oublie...

le plus vite possible! Vous avez voulu une nuit, vous l'avez eue. A présent, il vous reste à tenir votre promesse et à vous faire tuer!

– L'ai-je promis? fit Selongey avec hauteur.

– Il me semble, oui! Avez-vous oublié vos paroles: après la souillure qu'un mariage avec ma fille impose à votre honneur, vous n'avez d'autre ressource que de laver cette tache dans votre sang. Y a-t-il quelque chose de changé?

– Rien n'est changé! Comment présenter à la cour de monseigneur Charles une épouse qui ressemble trait pour trait à une mère exécutée pour inceste et adultère?... Non, rien n'est changé mais vous n'imaginez pas à quel point je le regrette!

– Apparemment, cette nuit n'était pas assez longue? fit Beltrami avec un sourire sarcastique. Peut-être souhaitez-vous que je vous invite à revenir?

Philippe regarda un instant, en silence, cet homme dont il comprit soudainement ce qu'il avait souffert et ce qu'il souffrait encore pour lui avoir livré Fiora. Il devina ce que ces noces étranges avaient soulevé de dépôt trouble dans le fond de cette âme. Sans doute le Florentin venait-il de découvrir que son amour paternel ne l'était pas autant qu'il l'imaginait et Philippe en éprouva plus de pitié que d'irritation :

– Soyez sans crainte! Je ne chercherai pas à revenir car j'y perdrais mon âme. Sachez-le, j'ai vécu en quelques heures tout ce que je pouvais espérer de bonheur. Jamais je n'oublierai cette nuit... et j'espère que Fiora ne l'oubliera pas non plus! A présent, adieu, messer Beltrami! Veillez bien sur elle!

Enfilant les gros gants de cuir qu'il portait à sa ceinture, Philippe se dirigea vers la porte mais Beltrami l'arrêta et, sortant de sa longue robe de velours noir un rouleau de parchemin scellé, il le tendit au jeune homme.

– Un instant, seigneur comte! Vous oubliez ceci. N'est-ce pas cependant le prix de cette fameuse tache qui gêne si fort votre honneur ?

Philippe pâlit et esquissa le geste de refuser. Il hésita :

– Je voudrais pouvoir vous la jeter à la figure, votre lettre de change, gronda-t-il, mais monseigneur Charles a trop besoin de cet or. Rassurez-vous cependant ! Cette somme vous sera rendue et davantage encore quand ma femme, après ma mort, héritera de mes biens.

Rageusement, il arracha le rouleau des mains de Beltrami, le glissa dans son pourpoint et sortit en courant, poursuivi par le ricanement ironique du négociant. Traversant une partie du jardin que le petit jour grisaillait, il rejoignit les communs où ses hommes l'attendaient et où Prames l'avait précédé.

Debout dans la zone d'ombre de l'escalier où l'avait figée l'altercation des deux hommes, Léonarde fit un rapide signe de croix en écoutant décroître le bruit des pas de cet étrange époux que l'on avait donné à Fiora. Ce qu'elle venait d'entendre lui expliquait beaucoup de choses et elle entrevoyait à présent les termes de ce contrat par lequel une enfant avait été jetée dans les bras d'un homme qu'elle n'avait jamais vu. Elle descendit lentement les dernières marches et rejoignit Beltrami qui, au seuil de sa maison, montrait un poing furieux à un jardin vide.

– Il savait donc ? demanda-t-elle doucement.

Francesco, qui avait oublié sa présence, tressaillit et la regarda sans rien dire. Son bras retomba, sans force, le long de sa robe. Haussant les épaules, il soupira enfin :

– S'il n'avait pas su, croyez-vous que je lui aurais donné Fiora ? Lorenzo de Médicis lui a refusé l'emprunt qu'il venait contracter pour le duc de Bourgogne. La main de ma fille... et sa dot ont été le prix de son silence. Un beau prix comme vous voyez !

– Un homme de son nom et de sa qualité, s'abaisser à ce vil marchandage ? J'ai peine à le croire. Les Selongey ont toujours été gens au caractère rude, difficiles à vivre souvent mais d'une loyauté sans faille envers leurs ducs et incapables d'une bassesse. Et pour quoi ? Pour de l'or ? Ils n'ont jamais été pauvres et leur faveur doit être entière...

– C'est sa seule excuse : il ne voulait pas cet or pour lui-même. Vous l'avez entendu ? Grâce à Dieu, il est parti, à présent et pour toujours ! Jamais nous ne le reverrons !

– Jamais ? A-t-il donc l'intention d'abandonner une jeune épouse dont il semble pourtant fort amoureux...

– Non, mais il a l'intention de se faire tuer à la guerre. Il aime Fiora, du moins il le dit, et c'est peut-être vrai mais il estime qu'en épousant la fille de gens déshonorés il a lui-même porté atteinte à la grandeur de son nom.

– Il a épousé la fille d'un des plus hauts hommes de Florence. Il n'a pas à en rougir, il me semble, tout Selongey qu'il soit ? Personne, ici, n'a jamais entendu parler des Brévailles...

– Sans doute mais lui sait à quoi s'en tenir. Cela suffit pour que la souillure lui soit insupportable.

– Comment a-t-il su ?

– D'honneur, je n'en sais rien. Il dit avoir été frappé par une ressemblance. Frère et sœur, les jeunes Brévailles se ressemblaient beaucoup. Leur fille est le portrait de l'un aussi bien que de l'autre. A présent, je vous en prie, dame Léonarde, ne parlons plus de ce personnage que je souhaite oublier le plus vite possible.

– Croyez-vous pouvoir en faire autant pour Fiora ? Elle s'est donnée à lui trop spontanément pour que son cœur ne soit pas pris et elle est de celles qui n'aiment pas deux fois, j'en jurerais. Elle va souffrir...

– Pas maintenant ! Pas déjà ! Elle sait qu'il doit partir seul pour rejoindre son duc devant Neuss. Elle va l'attendre. C'est quand elle apprendra sa mort qu'elle aura du chagrin. J'espère seulement que l'attente ne sera pas trop longue : la douleur sera peut-être violente mais plus brève...

– Cela peut être long. Un chevalier n'a pas le droit de se donner la mort sous peine d'y perdre son âme et, d'une certaine façon, son honneur. Il faut qu'il se fasse tuer en se défendant, qu'il trouve plus fort que lui. Si j'en crois les récits de son écuyer, un tel adversaire n'est pas facile à rencontrer... Vous avez conclu là un étrange marché, ser Francesco! Dieu pourrait prendre plaisir à le contrarier...

– Nous verrons bien. Pour l'instant, il faut nous réjouir de ce que notre Fiora ne nous sera jamais enlevée. Nous pourrons continuer à l'entourer, à la chérir.

– Ne portera-t-elle donc jamais le nom de son époux?

– Bien sûr que si. Dès que la conjoncture politique le permettra sans crainte d'offenser les Médicis, nous déclarerons le mariage.

– Et si l'on pouvait le déclarer en même temps que la mort de l'époux, ce serait encore mieux, n'est-ce pas? fit Léonarde avec une amertume qu'elle n'arrivait plus à retenir. Elle venait de comprendre que, si Philippe n'avait pas exigé de vivre sa nuit de noces, Beltrami eût trouvé l'incroyable marché tout à fait à son goût et elle découvrait que le meilleur des hommes pouvait se laisser aller à un égoïsme impitoyable. Francesco Beltrami avait dû souffrir mort et martyre durant cette nuit qui livrait Fiora au désir d'un homme mais, maintenant, il ne voulait plus penser qu'au bonheur de garder sa fille auprès de lui pour toujours...

– Eh bien, voilà qui est parfait! soupira-t-elle. Mais il est temps pour moi de monter auprès d'elle pour surveiller son réveil. Il est possible qu'elle ne trouve pas ce matin aussi heureux qu'il vous apparaît...

Léonarde avait peine à dissimuler sa colère. De combien de larmes son enfant allait-elle payer un bonheur qui n'avait duré que trois jours et une nuit? Beltrami ne comprenait-il pas qu'elle ne serait plus jamais la même une fois passé le seuil de l'amour physique? Et si un enfant s'annonçait?

– Je ne crois pas que ce soit à souhaiter, répondit-elle en elle-même. Si elle était mère, Fiora ne pourrait plus jamais oublier cet époux de quelques heures et l'oubli, c'est encore ce que l'on peut lui souhaiter de mieux.

Mais elle n'y croyait pas. Lentement, en prenant les mêmes précautions, elle regagna la chambre où la jeune femme dormait toujours et tira une chaise auprès du lit pour y attendre son réveil. Elle ne voulait pas que celle-ci ouvrît les yeux sur une chambre vide. Et, en effet, quand Fiora s'éveilla, ce fut le visage familier de Léonarde qu'elle aperçut. Elle lui offrit un rayonnant sourire :

– Vous étiez là ? Est-il donc si tard ?

– Près de midi. Vous avez bien dormi ?

Mais Fiora, déjà, cherchait quelqu'un dans ce lit devenu soudain si grand mais qui gardait encore l'empreinte d'un corps :

– Philippe !... Où est-il ?

Léonarde quitta son siège et vint s'asseoir tout près de la jeune femme.

– Il est parti, dit-elle aussi doucement qu'elle put, effrayée soudain de voir les yeux de Fiora, encore embrumés l'instant précédent, s'éclairer d'un seul coup et s'agrandir.

– Parti ?... Pas parti pour...

– Pour rejoindre monseigneur le duc de Bourgogne. Il a quitté cette maison...

– Et vous m'avez laissée dormir ?

Jamais Fiora n'avait regardé sa vieille amie avec ces yeux brûlants de colère.

– Il n'a pas voulu que l'on vous réveillât. Il craignait, je crois, l'instant toujours difficile du départ. Il a seulement coupé, pour l'emporter, une mèche de vos cheveux...

– Devait-il vraiment s'éloigner si vite ? Ne pouvait-il attendre au moins quelques heures ? Nous avons été si heureux ensemble !... mais il n'est peut-être pas encore très loin...

Fiora jaillit du lit bouleversé et, sans même songer à se couvrir d'un vêtement, courut jusqu'à la fenêtre qu'elle ouvrit en grand. Le ciel était gris et le vent balayait la fine pluie qui tombait depuis le milieu de la matinée mais Fiora ne s'en souciait pas :

– Philippe! appela-t-elle de toute sa voix, Philippe! Reviens!

Beltrami qui faisait quelques pas dans le jardin pour achever de chasser les fumées de sa nuit maudite, entendit ses cris, leva la tête et resta interdit devant ce qu'il voyait : une femme nue, échevelée qui, dans le vent mouillé lançait des appels désespérés. Une femme qui n'était pas, qui ne pouvait pas être sa fille. La voix, chaude et douce de Fiora ne pouvait émettre cette clameur rauque de lionne appelant son mâle...

Les cris ne cessaient pas, l'image impudique et affolante ne s'effaçait pas. Alors, en aveugle, les deux mains sur ses oreilles pour ne plus rien entendre, le malheureux s'enfuit droit devant lui à travers les massifs dépouillés par l'hiver jusqu'à l'abri précaire mais sourd d'une petite grotte de rocailles ou, dans un bassin, coulait une fontaine à tête de lion. Là, couché de tout son long sur la terre humide, Francesco Beltrami pleura ses illusions perdues. L'étranger n'avait demandé qu'une nuit et cette seule nuit lui avait suffi pour faire de Fiora une autre femme, « sa » femme à lui. Et l'enfant de naguère ne reparaîtrait jamais plus...

CHAPITRE V

HIERONYMA

– Tu as changé, Fiora... Voilà des jours et des jours que je t'observe et chaque fois que je te revois, cela me paraît plus évident. Aujourd'hui, il fallait que je te le dise.

Fiora sourit à son amie. Le gentil visage de Chiara portait en effet un pli soucieux qui lui était bien inhabituel et qui lui donnait une sorte de gravité.

– En quoi ai-je tellement changé ?

– Tu ris moins qu'autrefois et je vois bien que, parfois, lorsque nous sommes ensemble, tu as l'air de penser à autre chose. Tu ne réponds pas aux questions que je te pose, ou alors tu y réponds tout de travers. Mais il y a plus grave...

– Plus grave ? Quoi donc, Seigneur ?

– Avant-hier, alors que, près du Baptistère, nous étions à écouter l'histoire que contait le vieux chante-fables, Giuliano de Médicis qui passait par là avec des amis est venu nous saluer. D'habitude, quand tu le voyais, tu devenais rouge comme une pivoine. Cette fois, c'est tout juste si tu l'as regardé et je crois bien que tu l'as vexé.

– Eh bien, il se dévexera. Qu'a-t-il besoin de l'attention, de l'admiration de toutes les femmes alors que les siennes vont exclusivement à Simonetta ? C'est de la fatuité et rien d'autre !

– En voilà un langage ? Est-ce que tu ne l'aimerais plus ?

– L'ai-je aimé ? Je crois... qu'il me plaisait assez. Mais à présent il ne me plaît plus... plus autant tout au moins.

Plantant là son amie abasourdie, Fiora fit quelques pas vers le muret de pierres sèches d'où l'on découvrait tout le panorama de Florence et bien au-delà. Les deux amies, escortées de leurs gouvernantes et de Khatoun étaient sorties à cheval pour se rendre à San Miniato comme elles avaient coutume de le faire chaque fois que revenait le printemps pour cueillir des violettes et des aubépines qui poussaient à foison autour de l'église San Miniato al Monte et du palais des Évêques. Elles disaient qu'elles étaient plus belles à cet endroit bénit que partout ailleurs et que, de là-haut, on avait l'impression que toute la ville s'épanouissait comme une gigantesque fleur. Dans la lumière neuve du printemps, Florence semblait accumuler de la beauté comme un avare accumule son or : un peu n'importe comment pourvu qu'il y en ait beaucoup...

Cette promenade traditionnelle, Fiora aurait voulu la faire avec Philippe, contempler avec lui, derrière la longue mèche blonde de l'Arno, nouée de ponts qui avaient l'air prêts à s'effondrer sous l'entassements des boutiques qui les bordaient, le fouillis de tuiles roses posées sur l'ocre chaud, le gris doux ou le blanc laiteux des murs. C'était comme un tapis de roses d'où émergeaient des joyaux : une bulle de corail posée sur une marqueterie étincelante qui était le Duomo, un lys d'argent qui n'éclorait jamais tout à fait au-dessus du palais des Seigneurs, des tours de cornaline dont les créneaux avaient l'air de papillons et des campaniles qui ressemblaient à des cierges de Pâques dans la gaieté de leurs marbres polychromes. Et puis, un peu partout jaillissait la verdure nouvelle des jardins où s'épanouissaient déjà les glycines et les lilas, les lauriers et les camélias car nulle part, au monde, le printemps n'était plus beau qu'à Florence... et il eût été doux de l'admirer, sa main serrée dans la grande main de son époux puis de revenir avec lui dans le soir tombant et dans la gloire d'un soleil couchant semblable à celui de Fiesole qui serait le prélude d'une nuit d'amour. Mais Philippe était loin, à des centaines de lieues de ses bras et Fiora n'avait même pas la consolation de savoir où il se trouvait exactement.

Il y avait maintenant deux mois qu'il avait quitté la villa Beltrami, deux mois qui auraient aussi bien pu être deux siècles car jamais Fiora n'avait trouvé le temps si long. Après les trois jours qu'elle avait passés enfermée dans sa chambre sans consentir à descendre, sans voir personne d'autre que Khatoun qui lui montait les repas, sans permettre même que l'on changeât les draps de ce lit où Philippe l'avait aimée, elle avait enfin consenti à paraître quand Léonarde était venue lui dire que son père s'apprêtait à partir pour Venise. Elle ne pouvait le laisser s'éloigner sans l'embrasser.

Quand elle le retrouva et vit se tourner vers elle ce visage pâle aux yeux tristes qu'elle ne lui avait jamais vu, elle eut honte d'elle-même et de son égoïste réclusion. Devait-elle le punir parce que son bonheur à elle s'en était allé ? Alors, cédant à l'impulsion de sa tendresse filiale, elle s'était jetée dans ses bras et ils étaient restés un long moment embrassés, pleurant tous deux des larmes différentes mais qui les unissaient tout de même...

– Tu l'aimes donc tant ? avait demandé Francesco d'une pauvre voix sans couleur. Tu l'aimes... au point de ne plus m'aimer ?

– Ne plus t'aimer ? Oh, père, j'espère que tu n'as jamais cru pareille chose ? Personne, jamais, ne pourra prendre dans mon cœur la place qui est la tienne. Lui, c'est différent... il est mon époux. Ce n'est pas la même chose. Et je te demande pardon pour ces trois jours mais je ne voulais pas que tu me voies pleurer...

– Mais tu pleures en ce moment, Fiora... et moi aussi.

Ne crois-tu pas que le chagrin est plus doux quand on peut le partager ?

– C'est pour cela que tu pars ? Pour mieux le partager ? Où bien veux-tu me punir ?

– Non. C'est parce que Lorenzo de Médicis, ayant découvert mon amitié pour Bernardo Bembo, m'a demandé de me rendre là-bas pour quelques jours. Ne me demande pas de te dire pourquoi...

Il en eût été bien incapable. Ce voyage, en effet, n'était qu'un prétexte pour s'éloigner quelque temps de Fiora, pour essayer de redevenir lui-même loin d'un regard qui pouvait être trop clairvoyant. Il avait besoin de prendre un peu de distance pour mieux s'habituer à cette nouvelle Fiora qu'il avait entrevue dans la pluie d'un matin de douleur : une femme ardente et passionnée, donnée corps et âme à un autre...

De son côté, la jeune femme accueillait avec une secrète satisfaction cette courte séparation. Elle avait deviné que ce mariage était peu agréable à son père et qu'il n'aurait aucun plaisir à l'entendre, elle, chanter à longueur de journée les louanges d'un époux trop parfait.

Beltrami partit donc et Fiora, revenue comme il le désirait au palais des bords de l'Arno, put s'en donner à cœur joie de chanter son amour pour Philippe au bénéfice des seules oreilles de Léonarde et de Khatoun. Puis elle se calma. Après le chagrin du départ et la joie rétrospective, Fiora entra dans l'attente d'un retour qu'elle souhaitait proche ou tout au moins d'un message. Elle resta de longues heures dans sa chambre ou au jardin, écoutant Khatoun qui chantonnait pour elle et contemplant le gros anneau d'or frappé aux armes des Selongey que Philippe avait glissé à son doigt en la prenant pour femme. Il était trop large pour son doigt mince et comme il n'était pas possible de le faire rétrécir par un joaillier, pas plus d'ailleurs que de le porter en public, la jeune femme l'avait passé à une mince et longue chaîne d'or qui lui permettait de le dissimuler sous ses robes. La bague pendait entre ses seins et elle aimait, quand il ne lui était pas possible de la sortir, appuyer sa main dessus pour mieux sentir sa présence.

Lorsque Francesco était revenu de son voyage, elle avait offert à son baiser un front serein, et la vie avait repris, comme par le passé, dans la maison des Beltrami. Seule, Léonarde avait poussé un soupir de soulagement en constatant qu'après plus d'un mois la jeune épousée n'annonçait aucun signe de maternité...

Chiara respecta durant un moment la méditation de son amie. Elle-même d'ailleurs avait besoin de remettre de l'ordre dans ses idées. Elle en profita pour augmenter encore le gros bouquet de violettes qu'elle tenait déjà dans ses mains puis, jugeant que le silence avait assez duré, elle jeta un coup d'œil à Léonarde et à Colomba qui, assises sous un pin parasol, bavardaient sans discontinuer en occupant vaguement leurs doigts d'un travail de broderie. Et revint glisser son bras sous celui de son amie :

– As-tu suffisamment rêvé ? fit-elle gaiement. Tu contemples notre bonne ville comme si tu la voyais pour la dernière fois.

– Tu devrais dire comme si je la voyais pour la première fois. Nous sommes venues souvent ici à pareille époque mais cette année, Florence a un charme différent. Même les remparts et les tours de guet semblent participer à la beauté générale. J'aimerais...

– Être ici avec quelqu'un d'autre qu'une vieille amie ! C'est bien ce que je pensais : tu n'es plus amoureuse de Giuliano parce que tu es amoureuse d'un autre... d'un autre qui est loin ! Je parie pour messire Philippe de Selongey !

Inattendu, ce nom qui était désormais le sien frappa Fiora si soudainement qu'elle tressaillit et devint très rouge.

– Parle plus bas, je t'en prie! Ou mieux encore : ne parle plus du tout!

– C'est si grave que cela? murmura Chiara édifiée. Pardonne-moi! Je pensais seulement à une amourette passagère comme il nous en vient et qui s'en vont avec le vent, comme ton penchant pour Giuliano. Sais-tu seulement si tu le reverras jamais?

– Je le crois, fit Fiora avec un sourire qui s'adressait davantage à ses propres pensées qu'à son amie. A présent, parlons d'autre chose! D'ailleurs, est-ce qu'il n'est pas temps de rentrer? Nous avons assez de fleurs pour deux ou trois églises!

Elles avaient coutume, en effet, d'offrir chaque année leur récolte à Santa Maria del Fiore en joignant à leur offrande parfumée une généreuse aumône pour les enfants pauvres dont s'occupaient les desservants de la cathédrale. Elles allaient donc rejoindre Colomba et Léonarde qui, de leur côté, pliaient bagages quand, soudain, Fiora retint son amie.

– Attends! dit-elle d'une voix oppressée...

– Qu'y a-t-il? Tu es malade?

– Non... non, mais j'éprouve une sensation bizarre... Tout à l'heure tu as dit que je regardais la ville comme si je la voyais pour la dernière fois...

– En effet... mais c'était une plaisanterie. J'ai dit cela parce que tu avais une expression d'avidité... comme si tu voulais absorber tout cela avec tes yeux. Et tu m'as répondu...

– Je sais... mais à présent je me demande si tu n'avais pas raison. Il y a en moi quelque chose qui dit que... je ne reviendrai jamais à cet endroit!

– Quelle folie! Tu penses encore à la prédiction du médecin grec?

– Non. Je te jure que non... c'était même très loin de ma pensée... mais j'ai eu comme un pressentiment, comme si Florence me devenait soudain hostile... me rejetait, moi qui l'aime tant!

– Tu crois qu'elle t'en veut parce que tu te permets d'aimer un étranger quand tant de ses fils soupirent après toi ? Chasse de pareilles idées! Tu as vécu trop retirée ces derniers temps. Ce qu'il te faudrait c'est une belle fête où tu brillerais de tous tes feux et où le grand Médicis danserait encore avec toi! Tiens! Voilà tout justement ce qu'il te faut!

En effet, un groupe de jeunes gens, menés par Luca Tornabuoni en joyeuse cavalcade, débouchait sur le petit parvis de l'église.

– J'étais certain de vous trouver ici, dit le jeune homme en sautant à terre et en ôtant son chaperon. N'est-ce pas le jour de l'année où vous venez cueillir des fleurs pour la Madone ?

– Vous venez nous aider ? fit Chiara en riant.

– A porter tout cela ? Bien sûr. Et aussi vous escorter jusqu'au Duomo pour joindre nos prières aux vôtres!

– Vous voilà bien pieux, ser Luca! dit Léonarde qui rejoignait le groupe. Je vous croyais un fidèle disciple de Platon et voilà que vous parlez de la Madone comme si vous vouliez entrer au couvent.

– Je n'ai jamais rien souhaité de pareil et il y a un temps pour Platon et un temps pour prier. Il me semble, ajouta-t-il en regardant tendrement Fiora, qu'en allant m'agenouiller à ses pieds en compagnie de certaine jeune fille, elle entendra mieux mes prières...

Il s'attendait à un éclat de rire de la jeune femme mais elle détourna les yeux, gênée par l'image qu'il évoquait et fit comme si elle n'avait pas entendu. Pensant alors qu'il s'était montré trop hardi, il alla prendre par la bride le cheval de Fiora et l'aida à se mettre en selle :

– Quelque chose me dit que je suis mal inspiré, aujourd'hui, Fiora, murmura-t-il en cherchant son regard, mais je voudrais tant que vous m'autorisiez à envoyer mon père auprès du vôtre! Je sais qu'il vous trouve trop jeune mais si, au moins, nous étions fiancés... j'attendrais tout le temps que vous voudriez! On a tous les courages quand on sait que l'on peut espérer!

Pour la première fois, elle le regarda avec une sorte de tendresse. Elle qui ne vivait plus que d'espoir pouvait comprendre ce que ressentait le jeune homme mais elle n'avait plus le droit de lui laisser la plus petite espérance.

– Ne me parlez plus de cela, Luca! Vous perdez votre temps et votre cœur avec moi. Je ne veux pas quitter mon père et je...

– ... et vous ne m'aimez pas! Vous voyez, je complète votre phrase. Je dis ce que vous n'osiez pas dire. Mais, si vous ne m'aimez pas à présent, vous m'aimerez peut-être plus tard. Vous l'avez dit vous-même : vous êtes encore très jeune... Non! ne dites rien de plus! C'est le printemps et il fait beau. Laissez-moi rêver encore!

Il retourna vers son cheval, et la petite troupe chargée de gros bouquets et de branches embaumés redescendit vers la ville tandis que l'un des garçons chantait une romance en l'honneur du printemps. On reprit le refrain en chœur, on rit beaucoup mais Fiora ne réussit pas à se mettre au diapason. A mesure que l'on avançait, la tristesse qui s'était emparée d'elle à San Miniato s'accentuait. S'y joignait une impression de danger imminent. Superstitieuse comme toute bonne Florentine, elle songea que Philippe était à la guerre donc en perpétuel danger mais que, peut-être, il courait en ce moment un péril plus grave et son amour à elle le ressentait comme une prémonition... Bientôt, toute cette gaieté qui l'entourait lui fut insupportable et quand on eut passé le Ponte Vecchio où, à cette heure du jour, les boutiques des bouchers étaient fermées, elle prétexta un soudain malaise et, sans permettre même à Chiara de la raccompagner – ne fallait-il pas qu'au moins une des cueilleuses allât porter les fleurs? – elle reprit avec Léonarde et Khatoun le chemin de la maison. Elle avait hâte de rentrer, à présent, sans pouvoir dire d'où lui venait cette impatience. C'est tout juste si elle répondit au joyeux salut que lui adressait Gian-Battista di Rinaldo, un batelier du fleuve que Beltrami avait sauvé de la ruine et dont elle était marraine d'un des enfants.

– Il ne faut pas lui en vouloir, cria Léonarde désireuse d'effacer ce que le brave homme pouvait considérer comme une offense, donna Fiora est souffrante et je la ramène à la maison !

– Que Dieu la bénisse et lui rende la santé. On priera pour elle ce soir, chez nous !

– De toute façon, quelques prières ne nous feront pas de mal, marmotta Léonarde en couvant Fiora de son regard inquiet. Que vous arrive-t-il, mon enfant ? Vous êtes réellement malade ? Il est vrai que vous êtes bien pâle...

– Oui... non... je ne sais pas. Mais il faut que je rentre. Je voudrais voir mon père !

– Vous vous tourmentez parce qu'il vous a dit ce matin qu'il se sentait un peu fatigué ? Je crois que vous exagérez...

Fiora ne répondit pas. A quoi bon ? Si elle disait qu'elle avait le pressentiment qu'un malheur l'attendait au palais, Léonarde avec son solide bon sens s'efforcerait de lui démontrer qu'elle avait tort. D'ailleurs on arrivait...

– On dirait que votre père a des visiteurs ! remarqua Léonarde en désignant une mule élégamment harnachée de rouge et deux autres plus modestes qui attendaient placidement attachées près du montoir à chevaux. Dieu me pardonne ! Je crois bien que c'est là l'équipage habituel de votre cousine Hieronyma. Que vient-elle faire ? Ses visites n'amènent jamais rien de bon, ajouta la gouvernante qui gardait en mémoire les menaces formulées contre Fiora dans la boutique de l'apothicaire Landucci.

– En effet, dit Fiora, mais nous n'allons pas tarder à le savoir.

Sautant à terre sous la voûte du palais, Fiora jeta sa bride à un valet et traversa rapidement la cour intérieure où, en effet, attendaient la suivante habituelle de Hieronyma et l'un de ses valets. Elle monta l'escalier en courant et heurta presque le vieux Rinaldo qui était le serviteur particulier de Francesco Beltrami après avoir été celui de son père.

– Où est mon père ? demanda-t-elle.

– Dans la salle de l'Orgue, donna Fiora, mais il n'est pas seul.

– Je sais avec qui il est. Merci Rinaldo !... dit la jeune femme un peu surprise car la salle en question, comme le *studiolo,* était l'un des endroits privilégiés où le négociant aimait se retirer. Il avait appris tout enfant à jouer de l'orgue et, de temps en temps, il s'isolait dans cette grande pièce qui, avec ses murs peints à fresques et son dallage de marbre sans tapis, avait la résonance d'une chapelle. Qu'il y reçût une cousine qu'il aimait peu était tout à fait inhabituel mais peut-être avait-il été surpris par l'arrivée inattendue de la dame.

Quand elle approcha de la porte, Fiora entendit des éclats de voix et ralentit son allure. S'il se disputait avec Hieronyma, Beltrami ne serait peut-être pas content de voir arriver sa fille... Alors, doucement, tout doucement, la jeune femme entrouvrit la porte et la voix de son père, vibrante de colère, arriva aisément jusqu'à elle :

– Jamais, tu entends, jamais je ne donnerai ma fille à ton fils ! Je plains de tout mon cœur ce malheureux garçon qui n'est pas responsable de son physique mais on ne peut demander à une femme jeune et belle de passer sa vie avec un mari tel que lui.

– Parce qu'il est boiteux et contrefait ? Du moins, Pietro est noble et de naissance pure. Ce n'est pas un bâtard, lui !

– Il n'est jamais venu à l'idée de personne de reprocher à Fiora sa bâtardise et je crois que tout le monde le sait !

– En effet... mais tout le monde ne sait pas tout...

Il y eut un silence au fond duquel Fiora crut entendre la respiration soudain plus forte de son père. Elle eut envie d'entrer et en fut incapable, retenue par une force plus puissante que sa volonté. La curiosité sans doute mais il s'y mêlait une sorte de terreur... Enfin, Beltrami soupira et, avec la légère insolence d'un homme que l'on importune, reprit :

– Cela veut dire quoi, ce tout ?

– Faut-il vraiment que je m'explique ? Tu as pâli, Francesco, cela veut dire que tu as deviné de quoi je veux parler ! Tu ne me crois pas ? Tu hausses les épaules ?... A ton aise : je vais parler clair. Ta précieuse Fiora que tu élèves comme une princesse n'est pas ta fille. Tu n'as jamais eu d'aventure avec quelque dame que ce soit en dehors de notre pays. C'est le fruit d'amour incestueuses et adultères, la fille de gens condamnés à mort par la justice de Bourgogne à cause de leurs crimes et tu l'as ramassée dans la boue...

La maison s'effondrant sur sa tête n'eût pas foudroyé davantage Fiora. Elle dut se retenir à une tenture d'abord, au dossier d'un siège voisin ensuite pour ne pas s'écrouler. La voix mauvaise de Hieronyma sifflait encore dans ses oreilles avec toute la charge de haine qu'elle distillait. Celle de Beltrami, cependant, demeurait froide :

– Et, naturellement, tu as des preuves de ce que tu avances ?

– J'ai mieux : un témoin... oculaire. Quelqu'un qui est prêt à tout dire pour me complaire.

Beltrami venait de comprendre. Son esprit rapide avait déjà fait le rapprochement. Hieronyma vivait le plus souvent à Montughi, dans la propriété de son beau-père et, près de ce même Montughi, Marino, qui avait été investi de toute sa confiance, dirigeait son domaine agricole. Marino qui, jamais, n'avait admis l'adoption de l'enfant et dont il avait cru enchaîner la langue par un serment prêté sur un autel et par de nombreux bienfaits. En même temps, lui revenaient certains bruits, très discrets, à vrai dire, et qu'il avait repoussés avec dédain, sur la conduite de cette veuve pulpeuse qui, privée d'époux, se cherchait des consolations. Elle était belle encore et pouvait séduire un homme tel que l'ancien chef muletier...

Hieronyma prit son silence pour de l'abattement et ironisa :

– Je vois que tu as compris, mon beau cousin. Tu sais à présent que je me montre fort généreuse en proposant un mariage entre mon fils et ta bâtarde qui, ainsi, pourra jouir encore de ta fortune jusqu'à la fin de ses jours. Sa chance, vois-tu, c'est que mon Pietro soit amoureux d'elle et la veuille pour femme. Et moi, je ne veux pas que mon fils soit malheureux. Il oubliera sa disgrâce dans les bras de ta jolie sorcière qui n'aura rien d'autre à faire que lui donner de beaux enfants...

– Et si je refuse?

– Tu ne refuseras pas. Tu sais trop bien que je pourrais, dès demain, déposer une plainte contre toi pour avoir menti et bafoué la Seigneurie en osant faire une Florentine d'un déchet de l'humanité qu'on aurait dû détruire dès sa naissance.

Incapable de se contenir plus longtemps, Francesco laissa la colère l'emporter :

– Et tu produiras ton témoin? Tu n'oublies qu'une chose Hieronyma. Des bruits courent sur toi. On dit que tu ne respectes pas plus ton veuvage que la maison de ton beau-père. Il suffirait de faire avouer à Marino Betti qu'il est ton amant et tu pourrais apprendre ce que pèse la justice personnelle du vieux Jacopo. Il ne badine pas sur le chapitre de l'honneur.

– Mais il serait peut-être heureux de voir tomber sur les Pazzi une fortune de l'importance de la tienne. Il n'est plus aussi riche et il le supporte mal. Je crois qu'il m'aiderait, au contraire, de toutes ses forces... mais bien sûr, il ne serait plus question de mariage. Il ne l'admettrait pas. Simplement, après ta condamnation et la privation de tes biens qui me seraient remis comme à ton héritière naturelle, ta Fiora serait livrée à Pietro pour qu'il s'en amuse... après quoi on s'en débarrasserait en la jetant dans un bordel. Tu vois que tu as tout intérêt à accepter ma proposition. Ensuite, je te promets que nous formerons une famille heureuse... et sans histoire!

– Va-t'en!... Hors de ma vue!

– Décidément, tu n'es pas raisonnable. Mais je pense qu'une longue nuit de réflexion te fera voir où est ton intérêt. Demain, vers cette heure-ci, je reviendrai chercher ta réponse. Je te souhaite le bonsoir.

Un frisson d'horreur galvanisa Fiora et lui rendit ses forces. Comprenant que la femme allait sortir et ne voulant pas être surprise par elle écoutant à la porte, elle se dissimula derrière une tapisserie, comprimant de son mieux les battements affolés de son cœur. Une sueur froide mouillait son front et son dos comme si l'abîme terrifiant de l'enfer venait de s'ouvrir devant elle. En écartant légèrement la lourde tenture, elle vit Hieronyma sortir de la salle de l'Orgue sans se presser. Sûre de sa victoire, elle se pavanait avec arrogance, posant sur les meubles et les objets précieux au milieu desquels elle passait, un regard avide qui était déjà celui d'une propriétaire.

Pour la première fois de sa jeune vie, Fiora connut l'envie de tuer, d'anéantir cette femme odieuse dont elle comprenait à présent pourquoi elle l'avait menacée chez Landucci. Sortant sans bruit de sa cachette, elle saisit un lourd candélabre de bronze et s'avança lentement vers Hieronyma qui s'était arrêtée pour admirer les pièces d'orfèvrerie disposées sur une crédence mais, comme si elle avait deviné qu'un danger approchait, la dame Pazzi sortit brusquement de la salle sans se retourner au moment même où Beltrami y entrait.

Il vit Fiora ainsi armée prête à s'élancer derrière Hieronyma et comprit ce qu'elle voulait faire. Il s'écria :

– Non, Fiora! Ne fais pas cela!

– C'est elle ou nous, père! Laisse-moi faire!

Il courut alors à elle, lui arracha le candélabre et le

reposa sur un coffre. Désespérée, Fiora vit qu'il avait vieilli de dix ans et qu'il y avait des larmes dans ses yeux. Alors, elle se jeta à son cou et le tint serré contre elle, pleurant avec lui sur tout ce que l'abominable Hieronyma venait de briser, de souiller. Ce fut là que Léonarde, qui cherchait Fiora, les trouva au bout d'un instant.

– Que s'est-il passé ? demanda-t-elle. Je viens de croiser donna Hieronyma et elle m'a ordonné, en me traitant de vieille maquerelle, de commencer à faire mes paquets !

– Nous sommes au bord de la catastrophe, ma pauvre Léonarde, dit Beltrami. Cette femme est devenue la maîtresse de Marino. Il lui a tout dit et il est prêt à témoigner contre moi... à moins, évidemment, que je ne marie Fiora à son fils !

– Mais elle est déjà mariée, il me semble ? Il fallait le lui dire.

– C'était la dernière chose à faire. Il me reste un faible espoir de nous sauver en allant tout raconter à monseigneur Lorenzo. Il a du respect et de l'amitié pour moi alors qu'il déteste les Pazzi. Évidemment, le mariage le rendrait furieux, mais cela je ne le dirai pas...

Fiora qui était restée blottie contre Beltrami, s'écarta de lui et le regarda avec des yeux pleins d'angoisse :

– Père !... Est-il vrai que je ne sois pas ta fille ? Est-il vrai que je suis née...

– Tu as donc entendu ?

– Tout ! J'étais là, près de la porte que j'avais entrouverte. Oh, père ! c'était épouvantable et je crois qu'à présent cela est pire encore ! Moi qui étais si heureuse d'être ta fille ! Et voilà que je ne suis rien... moins que rien ! Que le plus pauvre mendiant est en droit de me mépriser, que...

– Tais-toi, Fiora ! Pour l'amour du ciel, tais-toi ! Tant que tu ne sauras pas tout, tu ne pourras pas juger. Quant à moi, tu es bien ma fille parce que je t'ai voulue, reconnue... et parce que je t'aime ! Viens, viens avec moi !

Allons dans le *studiolo!* C'est devant l'image de ta mère que je veux t'apprendre la vérité. C'est une triste et douloureuse histoire que Léonarde connaît bien mais qu'à présent je dois te faire savoir. Viens, mon enfant!

Entourant de son bras les épaules de Fiora, Francesco l'entraîna doucement au long de la galerie jusqu'à la petite pièce intime et accueillante sur laquelle régnait le sourire de Marie de Brévailles. Léonarde les suivit et renvoya Khatoun qui attendait à la porte, l'anxiété peinte sur son joli visage parce qu'il y avait des larmes dans les yeux de Fiora et que Fiora ne pleurait jamais :

– Va l'attendre dans sa chambre! Elle t'y retrouvera tout à l'heure. Je te suis dans un instant.

– J'aimerais mieux que vous veniez avec nous, Léonarde, dit Beltrami. Deux mémoires valent mieux qu'une lorsque l'on souhaite ne rien oublier...

Ensemble donc, ils entrèrent dans le *studiolo*. Francesco alla ôter la pièce de velours noir qui recouvrait le portrait de Marie puis revint s'asseoir derrière sa table en désignant un siège à Léonarde. Fiora choisit de s'installer sur un coussin aux pieds de son père.

– Il va te falloir du courage, mon enfant, car je vais t'apprendre une terrible histoire mais c'est aussi une belle et touchante histoire dont la hargne de Hieronyma n'a retenu que les traits les plus affreux... Tu te souviens de cette coiffe de dentelle que je t'ai montrée et que Sandro Botticelli à reproduite sur ce portrait ? Tu avais remarqué des taches de sang et je n'ai pas voulu alors répondre à tes questions.

– Tu disais que tu me répondrais plus tard, quand je serais devenue une femme. Je suis une femme à présent.

– Je n'y suis pas encore habitué, dit Francesco en caressant les cheveux soyeux. Mais ce jour-là, je t'ai menti. Je n'avais pas l'intention de t'apprendre la vérité, à quelque époque que ce soit parce que je voulais qu'elle disparaisse avec moi et avec Léonarde. Entre nous deux, cette vérité était bien gardée. Il a fallu la trahison d'un homme que je croyais fidèle...

– Les gens de Montughi et de la région chuchotent que cette Hieronyma a le feu au derrière, grogna Léonarde. Nous en avons parlé, parfois avec Jeannette mais son époux nous faisait taire par peur du beau-père. Ce serait peut-être une bonne chose de le renseigner sur la conduite de sa belle fille ?

– J'en ai menacé ma cousine mais elle n'a pas eu peur. Elle sait bien qu'entre son inconduite et la perspective de mettre la main sur mes biens, le vieux forban n'hésiterait pas... quitte à châtier la pécheresse un peu plus tard. Une chose à laquelle, tout de même, elle devrait penser. Mais pour nous le mal serait fait.

– Père, pria Fiora, laissons un peu cette femme où elle est ! Vous m'avez fait venir ici pour me raconter l'histoire de ma mère et tout ce que j'en sais est qu'elle est morte tragiquement. Me direz-vous comment ?

– Sur l'échafaud, le col tranché en même temps que celui de ton véritable père. Ils s'appelaient Marie et Jean de Brévailles...

– J'ai déjà entendu ce nom...

– S'il te plaît, Fiora, ne m'interromps plus. C'est déjà assez pénible de revivre ces heures où tout a changé pour moi.

En signe de repentir, Fiora posa un baiser sur la main de son père puis garda cette main entre les siennes cependant que celui-ci, les yeux sur le portrait, commençait son récit :

– Dans les nuits sans sommeil, j'ai si souvent revu les détails de ce jour de décembre gris et froid ou je suis entré dans la ville de Dijon qui est la capitale des ducs de Bourgogne. Une belle ville que je connaissais bien et où j'aimais faire halte...

Peu à peu, la voix du conteur, d'abord un peu étouffée, s'affermit et reprit ses couleurs. Poète comme presque tous les Florentins, Francesco avait le don de la parole et le sens de l'évocation. Devant les yeux des deux femmes qui l'écoutaient, il traça, avec une étonnante sûreté de traits, le tableau de cette place couverte d'une foule silencieuse tandis que sonnait le glas. Avec une douleur qui faisait vibrer sa voix, il évoqua le couple de jeunes condamnés, si beaux, si rayonnants dans le misérable tombereau du bourreau qu'ils semblaient « marcher à leur triomphe », la silhouette affligée du vieux prêtre, celle, sinistre, du bourreau masqué, l'émotion des assistants et le bouleversement de son âme à lui face à la mort de cette exquise jeune femme. Il parla de Regnault du Hamel dont le nom emplit au passage sa bouche d'un goût amer, de sa haine et de son impitoyable cruauté. Il répéta le récit d'Antoine Charruet avec une émotion qui fit trembler sa voix à l'évocation du calvaire gravi par Marie dans la maison de son époux et à celle des efforts désespéré de sa mère pour obtenir une grâce qui lui avait été, et par deux fois, impitoyablement refusée. Enfin, il dit comment il avait sauvé un bébé de la mort, comment il avait décidé d'en faire son enfant et comment Léonarde spontanément avait offert de veiller désormais sur la petite fille privée de sa mère.

Quand il eut fini, Léonarde pleurait mais les yeux de Fiora étincelaient de colère et d'indignation :

– Tous ces gens méritaient la mort plus que... mes pauvres parents! Ce du Hamel d'abord qui n'est qu'un misérable, et puis ce père qui n'a pas voulu défendre ses enfants. Enfin ce duc Philippe et ce comte de Charolais qui n'ont pas su avoir pitié, qui ont voulu cette exécution publique, cette fosse ignoble, cette honte!

– Le duc Philippe est mort, Fiora. Quant au comte de Charolais, il est à présent le duc Charles, ce Téméraire à qui messire de Selongey a voué une fidélité absolue...

Le rappel au nom de son époux ramena Fiora à l'heure présente.

– Philippe!... C'est lui qui m'a parlé de Jean de Brévailles! Il l'a connu jadis, alors qu'il était lui-même page du comte de Charolais et sa ressemblance avec moi l'avait frappé... Est-ce que... est-ce qu'il savait lui aussi ?

– Oui... C'est même parce qu'il savait tout que j'ai accepté de vous marier.

Fiora se releva si brusquement qu'elle bouscula la table d'où tombèrent quelques papiers :

– Ne me dites pas qu'il a employé le même moyen que cette affreuse Hieronyma pour obtenir ma main, ce chantage indigne ?

Beltrami chercha des yeux le secours de Léonarde. Après tout ce qu'il venait de raconter à Fiora, pouvait-il encore lui assener cette vérité-là ? Elle était encore bien jeune pour la supporter... Mais Léonarde, qui avait séché ses yeux, se levait elle aussi et se tenait debout derrière la jeune femme comme si elle craignait de la voir s'évanouir sous le choc.

– Il faut lui dire toute la vérité, ser Francesco. Elle a l'âme bien trempée. Il y a des choses qu'elle ne doit pas découvrir par elle-même. Ce serait plus dur encore.

– Vous avez raison, soupira Beltrami. Je vais tout lui dire; c'est vrai, Fiora, messire de Selongey a bien employé ce moyen. Il te voulait à tout prix et il m'a dit être prêt à n'importe quelle action, fût-elle vile pour t'obtenir. La ressemblance l'a frappé, certes, mais surtout, il cousine avec les Brévailles et il a réussi à apprendre, je ne sais comment, ce qui s'était passé ce jour de malheur. Il savait que la fille de Marie vivait à Florence auprès d'un riche marchand qui en avait fait sa fille. Quand il t'a vue, il a su tout de suite qui tu étais et il ne t'a parlé du jeune écuyer que pour voir si tu savais...

De tout cela, Fiora ne retenait qu'une chose : Philippe pouvait, pour elle, aller jusqu'au crime ! Un bonheur infini illumina son visage.

– Il m'aime donc à ce point ! Oh ! Philippe ! Une autre te reprocherait peut-être d'avoir employé un tel moyen, moi je t'en remercie car il m'a permis d'être à toi, ta femme jusqu'à ce que la mort nous sépare.

Beltrami, soudain, ne put supporter ce regard extasié, cette passion qui vibrait dans la voix de sa fille. La jalousie l'emporta plus loin peut-être qu'il ne l'aurait voulu.

– Tu ne le reverras jamais, Fiora ! Jamais, comme tu le crois, il ne viendra te chercher pour te mener à son château et à la cour de son maître. Il ne voulait de toi qu'une nuit, une seule pour assouvir l'ardeur que tu lui inspirais mais toi, tu dois passer ta vie ici, auprès de moi !

Comme un nuage éteint le soleil, le visage de Fiora perdit toute lumière. Elle vacilla sous le coup. Croyant qu'elle allait tomber, Léonarde voulut la prendre dans ses bras mais Fiora la repoussa doucement.

– Je ne sais pas encore tout, n'est-ce pas ? Le notaire, la bénédiction au couvent, tout cela n'était donc que comédie, faux-semblant.

– Non. Tu es bien véritablement la comtesse de Selongey et rien ne peut plus être changé à cet état de choses... sauf par la mort ! Ton époux ne reviendra pas parce qu'il va la chercher sous les armes du duc de Bourgogne.

– Il veut mourir ? Mais pourquoi ?

Cette fois, Beltrami hésita. Ce qu'il avait encore à dire était trop affreux... mais Fiora le tenait sous son regard devenu d'une dureté minérale. Elle répéta, criant presque :

– Je veux savoir pourquoi !

N'osant plus supporter ce regard terrible, Beltrami tourna la tête vers le portrait comme pour lui demander du secours. La voix nette de Léonarde lui parvint comme dans un rêve :

– Il faut aller jusqu'au bout, ser Francesco ! Il faut vider l'abcès. La blessure guérira plus vite.

Alors, sans regarder Fiora, Beltrami livra la vérité :

– Il veut se punir d'avoir souillé son nom en épousant la fille de Jean et Marie de Brévailles...

– Pourquoi l'a-t-il fait alors ? J'étais tombée follement amoureuse de lui. Je crois, Dieu me pardonne, qu'il aurait pu m'avoir sans cette comédie !

– Mais il n'aurait pas pu avoir ta dot ! Et il la convoitait pour financer la guerre de son maître auquel Lorenzo avait refusé de prêter de l'argent... Bien sûr, j'en serai remboursé sur ses biens quand tu seras veuve. Tu auras alors le droit de porter son nom... mais pas d'aller vivre chez lui.

– Et si j'avais eu un enfant ?

– Nous devions l'élever jusqu'à ce qu'il soit en âge de servir. Alors, il nous aurait quitté pour rejoindre la Bourgogne, y recevoir son héritage et y apprendre son métier de chevalier...

– A condition qu'il s'agisse d'un garçon ! Et si c'était une fille, que devions-nous en faire ? La jeter à la rivière sans doute ?

Et Fiora, tournant les talons, sortit en courant du *studiolo* pour rejoindre le refuge de sa chambre. On entendit la porte claquer derrière elle.

– Laissons-la ! soupira Léonarde. Elle va sans doute pleurer jusqu'à épuisement et, dans ce cas, la douceur de Khatoun sera un meilleur baume que tous mes raisonnements. Mais il faut en revenir à donna Hieronyma. Que comptez-vous faire, ser Francesco ?

– Vous avez raison. Il faut tenter d'oublier le passé pour songer à l'avenir. Je crains que vous ne dormiez pas beaucoup cette nuit, dame Léonarde, car vous allez préparer les bagages de Fiora et les vôtres. Ceci afin qu'ils soient prêts à être emportés rapidement... Ne m'interrompez pas ! Vous partirez avec Fiora et Khatoun sous la garde de deux valets : Jacopo, le fils de mon vieux Rinaldo, et son cousin Tommaso en annonçant que vous allez prier à la chartreuse de Vallombrosa mais quand vous aurez franchi les portes, vous ferez un léger détour pour rejoindre Livourne où vous prendrez place à bord de la *Santa Maria del Fiora*. Je vous donnerai une lettre pour le capitaine. Et là vous attendrez de mes nouvelles. N'emportez que peu de chose comme il convient à des dames qui ne partent que pour une journée. Je vous ferai parvenir le reste...

– Nous partirons de bonne heure ?

– Non. Vous attendrez mon retour jusqu'à midi. Demain matin, je me rendrai au palais de la via Larga, je verrai Lorenzo de Medicis et, hormis le mariage de Fiora, je lui dirai tout. Il est le maître, après tout et, ici, chacun lui obéit. En outre, il aime les histoires d'amour. La mienne saura peut-être le toucher...

– En ce cas, pourquoi nous envoyer à Livourne ?

– Parce que je ne suis pas sûr de son aide. C'est un homme imprévisible. Il peut être la bonté même ou de la plus froide cruauté. Ses vues sont lointaines parce qu'il est un grand politique et l'on ne peut jamais savoir comment il accueillera une requête... ou une confession. Cela dépend souvent de la place que l'affaire peut prendre dans la mosaïque minutieuse que compose sa politique. Peut-être ne partirez-vous pas du tout mais peut-être aussi devrez-vous quitter la ville au plus vite. Je vous demande seulement d'être prête.

– Nous le serons, soyez sans crainte.

– C'est bien ! Après le souper, je vous demanderai de revenir ici afin que je règle, avec vous, certaines affaires qui me tiennent à cœur. Il me faut prévoir le cas... où je ne reverrais plus Fiora. Son cas est de ceux qui ne peuvent qu'attirer l'anathème de l'Église.

– Je croyais que l'Église importait peu au seigneur Lorenzo ? fit Léonarde, sarcastique. Seuls les philosophes, les poètes et les dieux grecs ont droit à sa vénération...

– ... mais il lui arrive de faire retraite dans l'une des cellules de San Marco. Il est vrai que je l'ai souvent soupçonné de n'y aller que pour contempler à son aise les peintures divines de l'Angelico car il demande chaque fois une cellule différente. Mais le fait est qu'il y va, qu'il montre beaucoup d'humble respect au prieur et qu'il entretient avec l'évêque les meilleures relations. Il faut nous méfier...

Après le souper qu'il prit seul en compagnie de Léonarde, Francesco Beltrami s'enferma avec elle dans le *studiolo* où la chandelle brûla une grande partie de la nuit. Avant la partie difficile qu'il allait jouer, l'homme le plus riche de Florence après les Médicis mettait ses affaires en ordre avec cette vieille fille rencontrée jadis par hasard mais qui était désormais la seule personne, peut-être, au monde à qui il fît entièrement confiance, en dehors de sa fille.

Pendant ce temps, étendue sur son lit et les yeux grands ouverts, Fiora, qui n'avait pas versé une larme, réfléchissait. Sous le coup des révélations de son père, elle avait vu s'écrouler son enfance, ses croyances, ses rêves et ses espérances. Elle se croyait née d'un des hommes les plus riches d'Europe et elle n'était que le fruit d'amour maudites, elle croyait à l'amour d'un homme et cet homme ne voulait d'elle que son corps et sa dot, elle était mariée et pourtant elle n'avait pas le droit de porter son nom d'épouse parce que celui qui le lui avait donné la méprisait au point de préférer la mort à la vie à ses côtés. Il se voulait un chevalier sans peur et sans reproche, il portait au cou la Toison d'or que bien des princes enviaient et, cependant, il avait abusé impitoyablement de son cœur, de son innocence et de sa confiance. Il était parti sans même un dernier baiser en sachant bien qu'il ne reviendrait pas et que cette épouse d'une nuit l'attendrait indéfiniment jusqu'à ce qu'elle n'eût plus de larmes et que ses cheveux blanchissent. Il avait éveillé en elle la passion, le goût de l'amour mais il n'avait consenti à lui donner qu'une seule nuit en échange d'une énorme masse d'or qu'il s'en était allé porter à son maître bien-aimé. Ce maître qui n'avait pas eu pitié de son jeune écuyer et qui l'avait laissé mourir misérablement sur quelques planches tendues de noir, damné à la face du ciel en compagnie de cette sœur trop charmante et qu'il aimait plus que tout au monde...

A mesure que coulaient les heures de cette nuit de désespoir, Fiora faisait le lent et amer apprentissage de la haine. Lasse d'avoir vainement tenté de lui arracher une parole, Khatoun avait fini par s'endormir, roulée en boule au pied du grand lit, son luth inutile entre ses bras. Elle semblait si petite, si fragile et si perdue que Fiora, émue, se leva pour étendre sur elle une chaude couverture. La tendresse de son cœur, Fiora était décidée à la garder pour ceux qui étaient faibles et qui pouvaient avoir besoin d'elle.

Il était une heure après minuit environ quand Léonarde pénétra chez elle sur la pointe des pieds pensant la trouver endormie, épuisée par les larmes versées. Elle sursauta en découvrant, dans la lumière jaune de sa chandelle, Fiora debout au pied de son lit comme une blanche apparition...

– Vous ne dormez pas? fit-elle sans trop songer à ce qu'elle disait.

– Il me semble que c'est évident...

– Alors, vous allez m'aider. Et Khatoun...

– Laissez-la dormir! Elle a beaucoup pleuré, ce soir...

– Plus que vous, à ce que l'on dirait, Fiora? Pourtant...

– Je ne peux pas pleurer. Je crois, pourtant, que j'aimerais, que cela me ferait du bien mais c'est impossible. Il me semble que mon cœur s'est desséché d'un seul coup, fit-elle d'une voix plaintive. C'est peut-être parce que je ne sais plus sur qui ou sur quoi pleurer : sur mes parents si vilainement assassinés, sur mon père qui est à présent en danger, sur moi-même qui...

– ... qui êtes en danger autant que lui! Nous philosopherons sur la valeur et l'intérêt des larmes une autre fois. Pour cette nuit, nous avons mieux à faire...

Elle retournait à la porte, en revenait, tirant après elle un coffre de voyage en cuir clouté qu'elle amena au milieu de la chambre avant d'aller en chercher un autre, puis un troisième et enfin un quatrième beaucoup plus petit et qui devait tenir aisément à l'arçon d'une selle...

– Que prétendez-vous faire ? demanda Fiora.

– Vos bagages. Demain à midi nous partons pour Livourne où nous attendrons des nouvelles de votre père...

Tout en pliant dans les malles les robes, les manteaux le linge et les souliers de Fiora, Léonarde fit part à la jeune femme des décisions de Beltrami : il fallait que sa fille fût loin de Florence au moment où Hiéronyma lancerait sa dénonciation. Fiora s'efforçait de l'aider mais n'était visiblement pas à ce qu'elle faisait et Léonarde finit par lui arracher la robe qu'elle tenait pour la ranger elle-même.

– Laissez-moi faire ! J'irai plus vite sans vous !

– Mais si mon père ne nous rejoint pas à Livourne, que ferons-nous ?

– Le capitaine de la *Santa Maria del Fiore* aura des ordres. Si, au bout de quarante-huit heures, messer Beltrami ne nous a pas rejointes, il devra mettre à la voile pour nous conduire en France. Ce sera un long voyage car nous irons, par mer et fleuve jusqu'à Paris où nous prendrons logis chez le frère de lait de votre père, Agnolo Nardi, qui tient là-bas le comptoir de la maison. Et puis nous verrons... A présent dépêchons-nous...

– C'est inutile. Je ne veux pas quitter mon père. Nous partirons avec lui ou pas du tout.

Léonarde qui venait de boucler les courroies d'un coffre se redressa et, les mains sur ses reins douloureux, demanda :

– Vous aimez votre père ?

– Quelle question ! Naturellement je l'aime !

– Alors obéissez-lui sans chercher à faire de l'héroïsme ! S'il a décidé cela, c'est parce qu'il pense que c'est la meilleure chose à faire. Vous trouvez qu'il n'est pas assez malheureux avec ce démon femelle qui prétend mordre au plein de sa chair ? Vous trouvez qu'il n'a pas assez peur ?

– Je ne veux pas aggraver ses soucis mais ne ferions-nous pas mieux de fuir tous ensemble ? Nous aurions pu partir hier soir...

– Fuir, c'est s'avouer coupable ou tout au moins avouer que l'on a peur. Peut-être ne partirons-nous jamais pour la France. Cela dépend du Médicis ! Imaginez que, pour éviter le scandale, il décide de vous marier au cousin Pietro ? Au moins votre père pourra dire que vous vous êtes enfuie et qu'il ignore où vous êtes. Mais si le cousin Pietro vous tente...

– Comment osez-vous me parler de la sorte ? Je suis mariée et vous le savez.

– Je sais surtout qu'un mariage, surtout secret, peut s'annuler. C'est souvent une question d'argent. Et l'on dit que le pape Sixte IV aime l'argent plus qu'il ne convient à un souverain pontife. Alors, vous avez compris ?

– Oui. Finissons cela et puis essayons de prendre un peu de repos. Vous êtes bien pâle, Léonarde !

– Si vous voulez tout savoir, je suis morte de fatigue. Et je serai contente en effet de me coucher une heure ou deux. Surtout si demain il faut passer la moitié de la journée à cheval.

Les bagages étaient terminés. On n'avait gardé que les vêtements pour le lendemain. Ce qui était nécessaire pour la route était rangé dans le petit coffre. Les autres furent poussés dans une pièce de débarras attenante à la chambre de Fiora. Avant de se retirer, Léonarde prit la jeune femme aux épaules pour l'embrasser mais ne la lâcha pas aussitôt :

– De quoi souffrez-vous le plus, Fiora ? demanda-t-elle gravement. De la révélation de votre origine... ou de la conduite de votre époux ?

– C'est sans commune mesure. J'aimais ma mère sans

la connaître et je crois que je l'aime plus encore pour tout ce qu'elle a souffert. Quant à Philippe de Selongey... oh! je voudrais le voir mort!

– Et pourtant vous pleurerez, le jour où vous apprendrez qu'il a été tué. Me croirez-vous si je vous dit qu'il vous aime plus qu'il ne l'a cru lui-même, qu'il a été pris à son propre piège ?

– Je vous ai toujours crue... mais cette fois, il me faudrait une preuve éclatante! Encore n'est-il pas certain que je lui pardonnerais... Allez dormir!

Léonarde se disposait à sortir quand Fiora la retint :

– Un instant, s'il vous plaît!

Avec des doigts qui ne tremblaient pas, elle tira la chaîne pendue à son cou, sous sa chemise, l'ouvrit, y prit l'anneau d'or que lui avait donné Philippe et le tendit à la vieille demoiselle :

– Tenez! Faites-en ce que vous voulez! Je n'ai plus envie de le porter...

Léonarde la regarda au fond des yeux et y lut sans doute une volonté absolue car elle prit la bague sans rien dire puis sortit.

Restée seule, Fiora se recoucha mais ne réussit pas à trouver le sommeil en dépit de sa lassitude. L'angoisse qui s'était emparée d'elle à San Miniato revenait depuis que Léonarde était sortie, si douloureuse que Fiora dut lutter pour ne pas courir après la vieille demoiselle afin de lui demander de la laisser dormir auprès d'elle comme elle l'avait fait si souvent quand elle était enfant. Son orgueil la retint. A sa propre surprise d'ailleurs : pouvait-il vraiment lui rester encore une once d'amour-propre après tout ce qu'elle avait entendu dans la soirée ?

Elle se leva, alla boire un peu d'eau miellée, s'approcha de la fenêtre pour regarder la nuit qui s'étendait au-dessus de la ville, constellée comme un manteau royal, écouta un moment les bruits familiers, les pas de la milice râclant les pavés, le grincement d'une rame sur le fleuve, le cri d'un oiseau de mer, la cloche d'un couvent sonnant matines. La pensée que, demain sans doute, elle ne les entendrait plus lui fut pénible : elle découvrait qu'elle était attachée à ces humbles choses. A moins que Lorenzo ne se montrât magnanime et n'agît en ami véritable, ce dont elle ne pouvait s'empêcher de douter, elle coucherait demain dans quelque auberge du chemin et, le soir suivant, à bord de la *Santa Maria del Fiore,* ce navire qui jadis l'avait amenée de France avec sa nourrice et Léonarde et qui bientôt peut-être la conduirait vers un inconnu qui l'effrayait un peu mais uniquement parce qu'elle craignait de l'affronter sans le bras rassurant de son père. Si Francesco la rejoignait, tout serait tout de suite beaucoup plus facile...

Brusquement, le souvenir de la prédiction de Démétrios traversa son esprit. Le médecin avait dit qu'elle serait loin de Florence et qu'elle ne serait pas heureuse quand la mort emporterait Simonetta, et ce fut pour elle d'une évidence aveuglante. Elle allait partir, pour toujours peut-être et son père ne serait pas avec elle puisqu'elle aurait cessé d'être heureuse...

– Je ne partirai pas! décida-t-elle tout haut, Léonarde pourra dire ce qu'elle voudra : je resterai avec mon père. Il arrivera ce qu'il arrivera! Le désastre ne peut pas être plus grand qu'il n'est...

Forte de cette résolution, elle regagna son lit où Khatoun dormait toujours protégée par sa bienheureuse innocence, ferma les yeux... et sombra d'un seul coup dans le sommeil.

Quand elle s'éveilla, il était déjà très tard et elle houspilla Khatoun qui l'avait laissée dormir jusqu'au milieu de la matinée :

– Dame Léonarde a ordonné! plaida la petite. Mais Fiora ne l'écouta pas. Elle s'était promis, dans la nuit, d'avoir un entretien avec son père avant qu'il ne parte pour le palais Médicis et, espérant qu'il n'était pas encore trop tard, elle s'élança hors de sa chambre. Rinaldo, qu'elle rencontra dans la galerie chargé de plusieurs vêtements qu'il voulait nettoyer, lui apprit que Francesco était parti depuis une grande heure... Elle se mit alors à la recherche de Léonarde mais celle-ci était aux cuisines et Fiora avait défense d'y descendre autrement qu'en la compagnie de la gouvernante quand celle-ci lui enseignait les devoirs d'une bonne ménagère et les secrets de la conduite d'une grande maison. D'autre part, elle n'avait pris le temps d'enfiler sur sa chemise qu'une légère robe d'intérieur et elle était pieds nus.

Pensant qu'elle n'avait rien d'autre à faire, elle remonta dans sa chambre pour procéder à sa toilette. Une fois qu'elle serait habillée elle aurait plus de dignité pour faire entendre sa décision qui était d'attendre, quoi qu'il arrive, le retour de Beltrami... Il était regrettable de n'avoir pu lui parler avant qu'il ne sorte mais Fiora, bien décidée à ne pas partir sans avoir revu son père, pensait qu'il n'était pas trop tard...

Elle comprit qu'elle se trompait et qu'il était déjà beaucoup trop tard quand, quelques minutes plus tard, une troupe hurlante et gesticulante ramena au palais le corps de Francesco Beltrami. Alors qu'il échangeait quelques mots avec un client dans la bousculade du Marché Neuf, une main inconnue lui avait planté un poignard dans le dos.

CHAPITRE VI

REQUIEM POUR UN HOMME DE BIEN

Les hommes qui portaient le corps de Francesco Beltrami le déposèrent sur son lit tandis que les valets faisaient refluer à grand-peine la foule volubile et excitée qui lui avait servi d'escorte. Le palais résonnait de bruyantes lamentations et de menaces de mort, sincères d'ailleurs, car le riche négociant était respecté pour sa richesse et aimé pour sa charité. Léonarde qui ne perdait jamais son sang-froid remercia du haut de l'escalier, fit appel aux prières de tous ces braves gens et, finalement, ordonna qu'on leur servît du bon vin pour les réconforter dans la profonde douleur dont ils faisaient étalage. Elle fit aussi distribuer quelques pièces aux mendiants qui se trouvaient là et tous se retirèrent en louant la générosité des dames de la casa Beltrami et en se lamentant de la perte cruelle qui les frappait.

Après quoi, la gouvernante remonta vivement auprès de Fiora qui, agenouillée auprès du lit, sanglotait éperdument, le visage enfoui dans la couverture de velours sur laquelle reposait son père. Mais la jeune femme n'était pas seule dans la chambre et, en y pénétrant, Léonarde vit qu'il y avait là un homme, grand et maigre, dans une longue robe de velours noir à manches pendantes mais dont le haut col droit se fermait par une riche agrafe d'or. Une calotte assortie coiffait des cheveux gris qui rejoignaient une courte barbe. Les bras croisés sur la poitrine, il regardait Fiora sans mot dire, respectant sa douleur mais, au bruit que fit Léonarde en entrant, il se tourna vers elle.

– Je suis resté parce que j'ai des choses à dire, fit-il répondant à la muette interrogation de la vieille demoiselle et en français, ce qui ne manqua pas de la surprendre. J'ai assisté au crime...

– Et vous n'avez pas arrêté le criminel ? C'était, il me semble, la première chose à faire ?

– Non. La première chose à faire était de s'assurer que messer Beltrami était déjà au-delà de tout secours humain. Je suis médecin et cette jeune femme me connaît, ajouta Démétrios en désignant Fiora d'un geste du menton. Le meurtrier devait suivre sa victime. Il a profité d'une violente dispute entre deux marchandes de volailles et deux poissonnières qui a dégénéré en bagarre et créé un attroupement. Je ne l'ai pas vu frapper mais j'ai soudain aperçu un couteau planté dans le dos de votre maître qui, d'ailleurs, n'a pas crié. Quant à l'assassin, il a disparu dans la foule, peut-être en se faufilant entre les jambes des gens et les étalages dont certains étaient renversés. Mais je le retrouverai... grâce à ceci !

De sa manche, le Grec tira une lame large, à la pointe acérée, un couteau à manche de corne polie sans aucune marque distinctive que Léonarde considéra avec dégoût.

– J'ai retiré cette arme de la blessure et je vous demande permission de la garder. Je ne pense pas que sa contemplation soit agréable à donna Fiora...

– Je ne le pense pas non plus mais pourquoi voulez-vous la garder ? Le gonfalonier va certainement venir. N'est-ce pas à lui qu'il faudrait la remettre ?

– Il ne saurait qu'en faire tandis que je peux la faire parler. L'arme d'un assassin peut être plus bavarde que vous ne l'imaginez.

– En ce cas, prenez-la ! Si vous réussissez à faire arrêter le misérable, tous ici vous béniront...

Sans répondre, il enveloppa de nouveau le couteau dans

son mouchoir et le dissimula dans sa manche. Puis il s'avança vers Fiora, trop abîmée dans la douleur pour s'être seulement aperçue de sa présence. Il se pencha et posa sur son épaule une main ferme sous la pression de laquelle la jeune femme se redressa. Elle tourna vers lui un visage ravagé par les larmes, des yeux qui ne voyaient plus rien :

– Que me veux-tu ?... Ne puis-je pleurer en paix ?

– Il faut que je te parle, fit Démétrios employant le toscan puisqu'elle avait parlé dans cette langue. Souviens-toi ! Je t'ai dit que si tu avais besoin d'aide, tu pourrais m'appeler...

– Je me souviens. Le médecin grec ? On te dit savant mais tu ne peux pas ressusciter mon père et rien d'autre ne m'intéresse.

– Je ne suis pas Dieu, en effet, mais j'ai plus de puissance que tu ne crois. Et je viens te dire que tu n'as pas de temps pour les larmes. Il faut fuir et le plus vite possible car un danger te menace, un danger qui vient d'une femme...

Fiora se releva pour lui faire face :

– Si tu sais tout cela, tu dois pouvoir empêcher cette femme de me nuire ? Ne vient-elle pas de le faire d'ailleurs ? Je suis sûre que c'est elle qui a ordonné le meurtre...

– Je ne peux empêcher ce qui est déjà en marche. En outre, je suis étranger à cette ville dont je connais cependant la versatilité. Demain tu pourrais avoir autant d'ennemis que tu as d'amis aujourd'hui. Alors, éloigne-toi ! Ne fût-ce que pour te donner le temps de la réflexion.

– Nous devions partir à midi, fit Léonarde.

– Moi, j'étais décidée à ne pas partir sans mon père, dit Fiora en essuyant d'un geste machinal ses yeux et son visage. Pardonnez-moi d'avoir changé d'avis, chère Léonarde, mais tout à l'heure je vous cherchais pour vous l'apprendre et puis... ceci est arrivé et il ne saurait plus être question de départ pour moi. Tu dis que cette ville peut se retourner contre moi ? Elle le fera peut-être mais elle le ferait certainement si je m'en allais, abandonnant à des étrangers le corps de mon père. Je veux lui rendre les derniers devoirs d'une fille aimante... et je veux le venger !

– S'il t'arrive malheur, comment pourras-tu mener à bien cette vengeance ? Va-t'en !

– Non. Je veux rester. Plus tard, quand mon père pourra reposer en paix, je partirai sans doute... car cette justice que je veux rendre n'est pas la seule qui me réclame.

L'entrée du vieux Rinaldo l'interrompit. Il venait annoncer l'arrivée du gonfalonier qui, un instant plus tard, pénétra dans la chambre.

Cesare Petrucchi était un homme d'une soixantaine d'années, petit et rablé, qui portait avec une majesté voulue la robe écarlate de sa fonction. Né d'une antique famille originaire de Sienne, il avait réussi grâce à sa volonté tenace et à une absence totale de mansuétude à s'élever jusqu'à la Seigneurie où l'on disait qu'il régnait par la crainte sur les autres « seigneurs ». Il les tenait fermement dans sa main depuis certain Conseil où, ne pouvant obtenir un vote qui tranchât une question épineuse, il s'était fait apporter les clefs de la salle et s'était assis dessus en déclarant que l'on ne sortirait qu'après avoir voté convenablement. Tout ce qu'il consentait à faire était de nourrir ses collègues jusqu'à ce qu'ils fussent venus à bout de leurs hésitations...

Fiora savait qu'il n'aimait pas son père auquel il reprochait une trop grande fortune sans oser pour autant formuler d'accusations précises mais qu'il eût été enchanté de le trouver en défaut sur quelque point que ce soit. Elle savait aussi qu'elle n'avait à attendre de lui ni compassion ni aide véritable d'aucune sorte et que, de son côté, Francesco Beltrami méprisait un peu ou tout au moins se méfiait du gonfalonier de justice.

Quand il entra, précédé de gardes en casaques vertes – les couleurs de la Seigneurie – Fiora le salua comme il convenait et attendit qu'il parlât. De son côté, Petrucchi commença par s'incliner devant le corps puis vint à son chevet pour le considérer de plus près.

– S'est-on assuré du meurtrier ? demanda-t-il d'un ton important.

– Non, magnifique seigneur, répondit Fiora. Et ceux de cette maison mettent désormais tous leurs espoirs dans la justice de Florence dont tu es l'incarnation !

– Tu peux être certaine que nous nous emploierons à cette justice que tu réclames. Ton vénéré père, que Dieu ait en sa Sainte Garde, se connaissait-il des ennemis ?

– Quel homme riche n'en a pas ? Nous n'imaginions pas, pourtant, qu'il pût s'en trouver d'assez lâche pour frapper à mort et par-derrière un homme qui s'est efforcé au bien durant toute sa vie. Un homme...

Sa voix se fêla. Cette comédie protocolaire à laquelle on l'obligeait lui était insupportable mais il était impossible de s'en dispenser, le « magnifique seigneur » étant de ceux qui, venus du commerce, étaient le plus attachés aux formes extérieures dues à sa fonction. Heureusement, Petrucchi, peu soucieux de sa douleur, se tournait vers Démétrios Lascaris qui, impassible, et les mains au fond de ses manches, le toisait du haut de sa taille :

– Que fais-tu ici ? demanda aigrement le magistrat. Appartiens-tu à cette famille ? Es-tu un ami proche ?

– Ni l'un ni l'autre et tu le sais très bien, magnifique seigneur, répondit le médecin dont la voix profonde laissa percer une note sarcastique. Je suis venu céans porté par la foule indignée, dont tu peux encore entendre d'ici les clameurs. (En effet, des bruits montaient du dehors prouvant que la cohue stationnait toujours devant le palais Beltrami.) Il se trouve que j'étais au Mercato Nuovo quand messer Beltrami a été frappé et j'ai voulu lui donner mes soins malheureusement inutiles car il est mort sur le coup. Enfin...

– Peut-être serait-il bon que nous t'entendions ? coupa Petrucchi. Tu es un témoin précieux...

– Mais qui ne pourra t'en dire plus que tous ceux qui étaient présents. Enfin, disais-je, j'ai pensé que monseigneur Lorenzo serait heureux qu'un de ses amis se trouvât là pour porter, sur-le-champ, un peu de réconfort à celle qu'un crime vient de rendre orpheline et dont la douleur force le respect. A cette heure, donna Fiora a besoin d'amis plus que de magistrats.

Petrucchi devint aussi rouge que sa robe sous ce double rappel aux convenances et à la puissance du Médicis. Il marmotta quelques vagues paroles de condoléances et se retira avec un grand air de dignité. Son pas, qui se voulait la solennité de la loi, résonna dans la galerie puis s'éteignit. Alors Fiora qui avait envie d'être seule, se tourna vers Lascaris :

– Merci ! dit-elle, sincère. Je ne sais pas pourquoi tu t'intéresses ainsi à moi mais je t'en suis reconnaissante... comme de ce que tu as dit à ce vaniteux personnage.

– Tu ne veux toujours pas suivre mon conseil ?

– Je ne le peux, ni ne le veux. Il adviendra de moi ce qu'il plaira à Dieu...

– Je sais depuis longtemps qu'on ne peut aller contre son destin et qu'il est plus difficile encore de retenir l'homme sur la pente qu'il a choisie. Quant à la femme... Souviens-toi cependant de ce que je t'ai dit : appelle-moi quand tu ne sauras plus de quel côté te tourner...

Il salua et disparut comme une ombre, laissant Fiora désorientée. En vérité, elle ne savait que penser. Cet homme semblait posséder le don de lire dans l'avenir mais sans en distinguer les détails. En outre, la jeune femme n'arrivait pas à comprendre quel but il poursuivait en s'attachant ainsi à elle, jeune Florentine parmi beaucoup d'autres. Enfin, elle ne parvenait pas à faire tout à fait confiance à ce personnage bizarre ni d'ailleurs à éprouver pour lui une vraie sympathie. Il y avait en Démétrios quelque chose qui l'attirait et la repoussait à la fois. Mais quoi ?

Léonarde, qui était sortie pour donner quelques ordres, revint et la trouva seule contemplant douloureusement la longue forme immobile, si pâle sur la pourpre du lit, cette apparence qui avait été, deux heures plus tôt, un homme plein d'intelligence et de vie, un homme qui voulait lutter pour le bonheur de celle qu'il avait élue pour fille.. Elle la prit doucement par le bras.

– Venez, mon enfant, il faut me laisser vaquer, avec les serviteurs, à la toilette de votre père. Vous-même devez vous préparer car la journée sera longue et pénible, comme celle de demain et celle d'après-demain. J'ai disposé dans votre chambre où Khatoun vous attend ce qu'il vous faut... Mais reposez-vous un peu ! Vous allez en avoir besoin.

Une heure plus tard, Fiora, habillée jusqu'au menton de noir mat, un voile sur ses cheveux sévèrement tressés, attendait auprès de son père dans la chambre que l'on avait tendue de noir, la visite annoncée du maître de Florence.

Selon la coutume de la République qui voulait tous ses citoyens égaux devant la mort, le corps de Francesco Beltrami avait été habillé de simple étamine blanche fourrée de taffetas et coiffé d'un bonnet sans aucun ornement. Pas de bijoux, pas le moindre signe de richesse. On avait glissé sous lui la paillasse obligatoire mais cette paillasse était posée sur le grand lit pourpre qui, dans le décor funèbre, éclatait comme une énorme tache de sang dont la blancheur du défunt figurait le reflet. Deux cierges seulement, mais très gros, brûlaient de chaque côté du lit devenu catafalque. Ils brûlerait ainsi jusqu'à l'heure des funérailles où le corps, uniquement recouvert d'un drap blanc, serait porté à sa sépulture. Seule dérogation à la loi qui faisait du charnier communal le lieu du dernier repos, Beltrami, le plus puissant de ceux de l'art de Calimala, serait enterré dans l'église d'Orsanmichele qui était celle de la corporation.

Fiora ne pleurait plus. Le feu qui brûlait en elle avait

séché ses larmes et ne leur permettrait plus de couler. Quand le Magnifique entra, accompagné de ses amis Poliziano et Ridolfi, la jeune femme alla se jeter à ses pieds :

– Justice, seigneur Lorenzo! Justice pour mon père assassiné au milieu de ta ville! Moi, sa fille, je n'aurai ni trêve ni repos jusqu'à ce que le meurtrier ne tombe sous ta main souveraine!

Courbant sa haute taille, le Magnifique prit les doigts suppliants qui se tendaient vers lui.

– Moi, Lorenzo, je n'aurai trêve ni repos jusqu'à ce que le criminel se balance, pendu par les pieds, au balcon de la Seigneurie! Relève-toi, Fiora! Ton père était l'un des meilleurs de notre cité et il était mon ami. Je te promets vengeance...

Tenant toujours Fiora par la main, il s'avança vers le corps qu'il contempla un instant. La flamme des cierges ciselait le profil net de Francesco qui, dans la mort, semblait avoir retrouvé sa jeunesse.

– Qui veut être heureux se hâte, murmura-t-il, car nul n'est sûr du lendemain! Francesco possédait tout ce qui fait l'homme heureux et cependant il s'est trouvé une main assez criminelle pour frapper dans le dos, comme un lâche, celui qui n'avait jamais fait de mal à personne. Qui peut-il être celui-là ?

– Tu viens de le dire, seigneur : un lâche qui, sans doute n'a pas agi pour son propre compte.

– Ce qui signifie ?

– Que l'on peut armer une main lorsque l'on n'ose pas frapper soi-même. Les rufians ne manquent pas, dit-on, dans les bas-quartiers et tout s'achète, même la vie humaine. Tout dépend du prix que l'on y met...

Lorenzo regarda Fiora avec une attention qui plissa ses yeux myopes :

– Penses-tu à quelqu'un ? Tu sais qu'une accusation sans preuves est chose grave qui peut être punie par la loi ?

– Aussi n'accuserai-je personne jusqu'à ce que j'aie une certitude. Mais alors...

– Alors c'est moi que cela regardera, dit Lorenzo sévèrement. Puis, plus doucement : « Tu es seule à présent, Fiora, et bien jeune pour la solitude. Ton père ne souhaitait pas te marier encore mais à présent il te faut un compagnon. D'autant que tu hérites d'une grande fortune mais aussi d'affaires complexes. L'affinage des draps ne suffisait pas à Francesco. Il y a joint une banque, des navires dont deux sont basés à Venise sans compter la *Santa Maria del Fiore*, son bateau personnel, qui mouille dans ce petit port de Livourne dont je sais qu'il souhaitait faire un grand port marchand, une mine d'alun à Volterra et aussi ses comptoirs de Paris, de Londres, de Bruges... et peut-être d'autres choses encore que j'ignore. Il faut un homme à la tête de tout cela... et je sais que mon jeune cousin Luca Tornabuoni est profondément épris de toi. Veux-tu y songer... plus tard, quand ta douleur sera moins vive ?

– Plus tard... peut-être. Pour l'instant je ne désire pas me marier.

Elle fut surprise de la fermeté avec laquelle ce mensonge venait de passer par sa voix. Elle n'avait même pas rougi en laissant espérer au Magnifique ce mariage impossible avec son cousin mais, d'autre part, elle était un peu choquée de la hâte mise par Lorenzo à pousser ainsi la candidature de Luca. Le chagrin, pour lui, était une chose, les affaires une autre, et il souhaitait évidemment voir le petit royaume de Beltrami rejoindre les biens, déjà immenses, de sa famille.

Après s'être incliné à nouveau devant la dépouille mortelle de son ami, Lorenzo salua Fiora et se dirigea vers la porte mais, soudain, se ravisa :

– Aurais-tu quelques raisons de craindre pour ta propre vie, toi qui es l'unique enfant de Francesco ?

– Je n'en avais pas jusqu'à ce matin, répondit la jeune femme. À présent, je ne sais plus.

– Toutes les précautions sont bonnes à prendre. Je vais t'envoyer Savaglio avec quelques gardes.

– Je te remercie mais est-ce bien utile ? Tu ne peux faire garder indéfiniment cette maison. Et je suis entourée de serviteurs fidèles. Du moins, je le crois...

– De toute façon, la présence d'hommes d'armes est de nature à décourager certaines tentatives, et il faut nous donner le temps de retrouver le meurtrier. Ne sors pas jusqu'aux funérailles qui auront lieu après-demain. Naturellement, nous y serons tous...

– Je t'en remercie du fond du cœur. Ta protection et ton amitié me sont précieuses, seigneur Lorenzo...

– Elles pourraient être impuissantes à te préserver si tu ne choisis pas promptement un mari...

Il n'en dit pas plus mais Fiora le savait tenace. Il reviendrait certainement à la charge et il faudrait bien en venir, un jour, à lui dire la vérité. D'autre part, il avait raison quand il disait qu'un homme était nécessaire à la tête des affaires de Beltrami et Fiora regretta son ignorance. Si elle eût été un garçon, son père, depuis deux ou trois ans déjà, eût commencé à l'initier à son ouvrage afin qu'il pût assumer plus tard la succession mais elle, si savante en d'autres matières, ne savait pas grand-chose des difficiles tractations commerciales. La mort si brutale et si prématurée de son père la laissait désarmée...

– Le seigneur Lorenzo est sage et ne veut que votre bonheur, fit derrière elle la voix tranquille de Léonarde...

– A condition que ce bonheur s'accorde avec les intérêts des siens. En d'autres termes que j'épouse Luca...

– Ce qui est impossible à présent mais il y aurait peut-être une solution. Pourquoi ne pas demander au seigneur Lorenzo d'installer quelqu'un de sage, quelqu'un de toute confiance à la direction de vos affaires ? Il en serait certainement flatté et cela vous permettrait d'éluder assez longtemps son projet de mariage. D'ailleurs votre deuil ne permet pas d'allumer, avant plusieurs mois, les flambeaux des épousailles.

– Le conseil est sage. Dès que mon père... aura quitté cette maison pour toujours, j'en ferai part à Lorenzo de Mécidis.

Le lugubre protocole mortuaire était déjà en place. Les annonceurs de mort parcouraient la ville, s'arrêtant aux carrefours pour proclamer le décès de Francesco Beltrami cependant que les employés des pompes funèbres choisissaient des pleureurs parmi les pauvres des bas-quartiers. On leur remettrait de grandes robes à capuchon d'étoffe noire tout juste cousues afin que l'on pût ensuite en faire des habits convenables mais aucun faste ne devait présider aux obsèques car il ne convenait pas d'illuminer pour les morts comme pour une fête. Tout l'éclat de la cérémonie résiderait dans la qualité de ceux qui allaient y assister et l'on ne servirait, au repas traditionnel, que deux plats.

Dans la maison même les visites affluaient. Amis et simples curieux arrivaient sans discontinuer car la nouvelle de la mort tragique du négociant n'avait pas attendu les annonceurs pour se diffuser. Elle avait parcouru la ville à la vitesse du vent et l'on se pressait dans la rue pour saluer le corps et, pour ceux qui n'avaient jamais eu l'occasion de pénétrer au palais Beltrami, dans la simple intention de satisfaire l'envie d'en découvrir la richesse. Heureusement pour Fiora, le capitaine Savaglio, que Lorenzo avait commis à la garde de la demeure, effectuait un tri qui n'était pas toujours exempt d'une certaine brutalité.

– Si je n'y mettais bon ordre, confia-t-il à Léonarde qui lui en faisait la remarque, toutes les putains et tous les rufians de la ville défileraient chez vous. Ils passent, à tour de rôle, un costume convenable qu'ils se prêtent puis ils arrivent benoitement car c'est une trop belle occasion de visiter une riche maison. Malheureusement pour eux, je les connais presque tous!

Luca Tornabuoni accourut sur les traces du Magnifique. Fiora, déjà sur la défensive, s'attendait à de grandes protestations d'amour et même à une immédiate demande en mariage mais le jeune homme, après avoir salué le défunt, vint s'incliner profondément devant la jeune femme, se contentant de lui dire :

– Appelez-moi si vous avez besoin des services d'un fidèle ami qui aimerait infiniment pouvoir apaiser, si peu que ce soit, votre chagrin.

Elle lui en fut reconnaissante et, spontanément, lui tendit la main.

– Merci Luca ! Je m'en souviendrai...

A sa grande surprise, Simonetta et Marco Vespucci, flanqués du cousin Amerigo, vinrent très vite. Blanche et rayonnante à son habitude en dépit de la robe sombre qu'elle avait revêtu par respect, l'Étoile de Gênes vint embrasser Fiora avec une gentillesse et une émotion qui touchèrent la jeune femme.

– Vous allez bientôt vous trouver très seule dans ce grand palais, lui dit-elle. Pourquoi ne viendriez-vous pas vivre quelque temps auprès de moi ? Nous ne nous sommes jamais beaucoup parlé mais j'aimerais que vous voyiez en moi une sœur aînée ou tout au moins une véritable amie...

Fiora lui rendit son baiser avec sincérité et même un peu de honte. Comme elle avait détesté cette merveilleuse jeune femme en qui elle s'obstinait à voir une rivale deux mois plus tôt !... ou deux siècles plus tôt ! En vérité, rien n'empêchait plus l'épouse, même dédaignée, de Philippe de Selongey de devenir l'amie de Simonetta. Et elle éprouva soudain un grand chagrin au souvenir de la prédiction du Grec, souhaitant de tout son cœur qu'elle fût erronée...

Marco Vespucci appuya l'invitation de sa femme mais le cousin Amerigo, toujours à mi-chemin des étoiles, causa une légère perturbation en tournant le dos à Fiora pour baiser dévotement la main de Léonarde qui étouffa de son mieux un éclat de rire. Simonetta, levant vers le plafond un regard accablé, sauva la situation en entraînant l'étourdi hors de la chambre mortuaire au pas de charge.

Chiara, que son oncle avait emmenée tôt le matin à sa vigne de San Gervasio, arriva comme une bombe, remorquant après elle la grosse Colomba et un valet chargé d'un coffre à vêtements.

– Je ne te quitte plus! déclara-t-elle à Fiora en l'embrassant. Je m'installe auprès de toi jusqu'à ce que tu en aies assez. Et n'essaie pas de m'en empêcher. Quelque chose me dit que tu pourrais bien avoir besoin de secours avant qu'il ne soit longtemps.

Sans attendre de réponse, elle alla s'agenouiller auprès du lit et, les mains sur son visage, s'absorba dans une profonde prière. Le cœur réchauffé par cette tendresse spontanée, Fiora la regarda prier un instant puis revint à l'épuisant devoir qui l'obligeait à accueillir tous ceux qui se présentaient en dépit d'une lassitude grandissante. Elle savait néanmoins que le plus dur allait venir, qu'à moins d'un miracle, il lui faudrait tout à l'heure recevoir l'odieuse Hieronyma dont elle était persuadée qu'elle avait fait assassiner son père... Son seul espoir résidait dans le fait qu'au milieu de tout ce deuil la dame n'oserait pas réclamer la réponse à la scandaleuse offre de mariage qu'elle avait formulée la veille. Mais c'était mal la connaître...

Elle vint avec le soir et les échos du palais s'emplirent des clameurs et des sanglots d'une bruyante douleur qui hérissa l'épiderme de Fiora. Sortant de la chambre où, depuis une grande heure, le peintre Sandro Botticelli, assis dans un coin, crayonnait, silencieux, et les yeux brouillés de larmes, l'ultime effigie d'un homme qui croyait depuis toujours à son génie, elle alla attendre, dans la galerie, l'arrivée de son ennemie. Son intention était de lui interdire l'accès de cette pièce où reposait son père.

La vue de Hieronyma, emballée de draperies funèbres comme une matrone de la Rome antique et le visage ruisselant de larmes, lui souleva le cœur. Elle allait crier, ordonner que l'on jetât dehors ce monstre d'hypocrisie mais Chiara la retint :

– Même si tu as raison de croire ce que tu crois, tu dois la recevoir.

– Je ne veux pas qu'elle approche mon père!

– Tu ne peux pas l'en empêcher. Elle est de la famille. Tu ne dois donner prise à aucune critique.

Silencieuse mais rongeant son frein, Fiora salua d'une inclination de tête et ouvrit elle-même devant la visiteuse, la porte de la chambre où celle-ci s'élança en criant :

– Où es-tu, Francesco! Mon cousin fraternel... mon frère! Tu ne sauras jamais à quel point tu m'étais cher, à quel point...

– Je crois qu'au contraire, là où il est, mon père sait parfaitement à quoi s'en tenir sur les sentiments de chacun! dit sèchement Fiora, incapable de se taire plus longtemps. Mets, je t'en prie, un frein à l'expression de... ta douleur, cousine! Mon père n'aimait pas que l'on extériorise ses sentiments.

– Tu parles de ce que tu ignores! Nous autres Florentins aimons donner libre cours à nos joies comme à nos douleurs. Mais, pour nous comprendre, il faut être de notre sang...

Elle alla s'agenouiller à la tête du lit, cachant ainsi à Botticelli la tête du défunt. Avec un soupir, le peintre s'arrêta. Il dut attendre de la sorte un grand quart d'heure. L'oraison de Hieronyma, mêlée d'invocations à l'âme de Francesco, se prolongeait, irritante au plus haut point pour Fiora, qui, debout de l'autre côté du lit, observait sa cousine. Finalement celle-ci se pencha, posa un baiser sur le front froid et déclama sur un ton mélodramatique :

– Repose en paix, Francesco! Je reprends ta charge! Désormais c'est moi qui veillerai sur tout ce qui t'était cher, je t'en fais le serment!

Elle se relevait, péniblement empêtrée qu'elle était dans ses voiles funèbres. L'œil glacé de Fiora suivait chacun de ses mouvements :

– Serment inutile, cousine! Personne, ici, ne te

mande rien et mon père moins encore que quiconque!

– Je suis la plus aînée de la famille. C'est moi qui, désormais, en suis le chef et je saurai le prouver. Néanmoins, je consens à te donner le choix pour les jours à venir. Préfères-tu venir habiter sous mon toit ou que nous venions, moi et les miens nous installer ici ?

L'impudence de Hieronyma faillit couper le souffle de Fiora mais la haine et la cupidité qu'elle voyait luire dans les yeux sombres de la femme la galvanisèrent.

– Ni l'un ni l'autre! Comment oses-tu disposer ainsi de ce qui ne t'appartient pas et, en outre, de ma personne ?

– Ce qui ne m'appartient pas encore ne va pas tarder à être mien. Quant à toi, il serait temps que tu oublies tes airs de princesse. Bientôt tu ne seras plus que l'épouse soumise de mon fils Pietro... comme nous l'avions décidé, mon cousin et moi!

– Comment oses-tu, alors qu'il est toujours présent et qu'il nous entend, proférer de tels mensonges ? Crois-tu que j'ignore ce qui s'est dit hier, dans la salle de l'Orgue ? Mon père a repoussé avec dédain un mariage qui l'offensait...

– ... mais qu'il ne pouvait éviter. Et il était trop intelligent pour ne pas le comprendre. Dès la fin du deuil, nous procéderons aux fiançailles.

– Jamais! Tu ne pourras me forcer! J'en appellerai à monseigneur Lorenzo!

Hieronyma, soudain, éclata de rire :

– Ton seigneur ne pourra rien. Nous sommes encore en république en dépit des grands airs qu'il se donne. Il faudra bien qu'il cède devant la volonté du peuple! Tu verras, tu verras.... Et de rire de plus belle.

Alors, lâchant papier et fusain, Botticelli, pâle de colère, s'élança sur elle pour l'entraîner dehors.

– Es-tu folle ? gronda le peintre. Oser rire, oser menacer dans la chambre d'un mort ? Cela ne porte pas bonheur, donna Hieronyma, et tu devrais craindre davantage la colère de Dieu!

– Lâche-moi, maudit barbouilleur! Il te va bien d'invoquer les foudres du ciel, toi qui vis, comme tes pareils, dans le vice et la luxure!

– C'est sans doute pour cette raison qu'églises et couvents ne cessent de nous passer commandes. Retire-toi sans plus de bruit, donna Hieronyma! Tu n'as personne à convaincre ici et tu troubles la paix d'un mort!

D'un geste furieux, Hieronyma arracha son bras de la main du peintre, remit de l'ordre dans sa toilette et, après avoir fait peser sur tout ce qui se trouvait là un regard lourd de menaces, franchit la porte que Léonarde lui tenait grande ouverte :

– Bientôt, je rirai encore et beaucoup plus fort qu'aujourd'hui et ici même et sans que personne puisse m'en empêcher! Tu me reverras, Fiora! Et avant qu'il soit longtemps!

– C'est la seconde fois qu'elle menace ainsi, remarqua Chiara qui avait suivi la scène sans mot dire. Où donc en prend-elle le droit?

Fiora ne répondit pas tout de suite, hésitant encore à confier à une étrangère le drame qui souillait sa naissance et scrutant l'aimable visage pour essayer d'en deviner la qualité profonde. Chiara était-elle assez son amie pour passer outre ou bien s'éloignerait-elle avec dégoût? Et, soudain sa décision fut prise. L'épreuve valait d'être tentée et si la fille des nobles Albizzi ne la supportait pas, Fiora n'en tirerait qu'un peu plus de solitude en face du désastre où sa vie sombrait davantage chaque jour :

– Viens! dit-elle. Tu vas savoir...

Allumant une chandelle à la flamme d'un des deux cierges, elle prit la clef du *studiolo* dans le coffret où son père avait coutume de la ranger et, après un dernier regard à la blanche enveloppe qui avait abrité une âme si forte et si généreuse, Fiora guida son amie dans la galerie mal éclairée par les torches qui, dans la cour, brûlaient à des griffes de fer.

La porte s'ouvrit sans un grincement, découvrant le

miroitement des marqueteries précieuses. Fiora fit entrer Chiara, referma soigneusement puis alla droit au portrait. D'une main, elle ôta le velours protecteur cependant que, de l'autre, elle éclairait le visage blond qui, soudain, parut reprendre vie...

– Mais, fit Chiara, c'est toi!... et pourtant, ce n'est pas vraiment toi... Cela vient peut-être de ces cheveux blonds...

– C'est moi qui ai posé, sans m'en douter d'ailleurs, mais ce portrait est celui de ma mère, Marie de Brévailles.

– Je croyais que tu ne savais même pas son nom?

– C'était vrai. Je ne l'ai appris qu'il y a bien peu de temps. A présent je vais, si tu le veux, te raconter son histoire. C'est pour cela que je t'ai amenée ici... Le veux-tu?

En guise de réponse, Chiara s'installa sur l'un des sièges, croisa les mains et attendit cependant que Fiora allumait l'une après l'autre les bougies du grand chandelier.

– Pourquoi tant de lumière? demanda Chiara.

– Parce que je vais ouvrir devant toi un abîme sanglant. Les ombres en seront moins denses, même pour moi. Songe que c'est seulement hier que mon père m'a tout raconté! Hier... et cependant il me semble à présent que j'ai toujours su...

– As-tu vraiment envie de parler? Tu peux te taire encore si tu le préfères?

– Non. Je vais te dire mais je ne m'assiérai pas auprès de toi. Je vais me tenir là, près de cette fenêtre afin que tu ne me voies pas. Ensuite... lorsque j'aurai fini, tu pourras quitter cette pièce et cette maison sans te retourner si tu le juges bon!

– Mais...

– Ne dis rien! Tant que tu ne sais pas, tu ignores ce que tu penseras alors et moi je veux te laisser libre. J'ajoute seulement que si tu pars, je ne t'en voudrai pas!

Lentement, Fiora s'éloigna de la zone lumineuse. Sa robe noire se fondit dans les ombres de la pièce. Impressionnée, Chiara serra ses mains l'une contre l'autre et ferma les yeux, attendant ce qui allait venir avec une angoisse dont elle ne pouvait se défendre. La voix, chaude et calme, de Fiora lui parvint alors comme du fond des âges.

– Chacun croit ici que je suis née secrètement dans les draps de fine toile d'un château français. Rien n'est plus faux! J'ai ouvert les yeux, à Dijon, sur la paille de la prison où ma mère attendait la mort... et je ne suis pas la fille de Francesco Beltrami.

Ignorant le « oh! » stupéfié de son amie, Fiora, avec une étonnante sûreté de mémoire, refit pour elle le récit de son père sans en omettre le moindre détail; mais, en passant par cette jeune voix, tour à tour assourdie ou vibrante, le roman tragique de Jean et Marie de Brévailles se para de couleurs d'une rare intensité. Les yeux rivés au portrait, Chiara osait à peine respirer, suspendue qu'elle était à cette voix de l'ombre qui faisait renaître pour elle les flammes d'une passion irrésistible, allumée sur la grisaille d'un quotidien sordide, la fuite vers l'impossible vie commune, la traque, enfin la sentence de mort, l'exécution et ses détails ignobles contre lesquels s'était dressé l'amour soudain et total, absolu, d'un passant. La jeune Florentine croyait entendre l'un de ces récits fantastiques comme en contaient, dans les carrefours, les chante-fables mais celui-là avait les résonances inimitables de la vérité. Et le charme subsista un moment après que la voix de Fiora se fut éteinte. Un silence suivit, si profond, qu'il devint bientôt insupportable à la conteuse. L'attente d'un verdict qui, à présent, lui faisait peur, serra sa gorge. Cependant, Chiara ne réagissait toujours pas. Ses traits s'étaient figés et ses yeux agrandis contemplaient le néant. Elle ne disait rien.

Soudain elle se leva d'un mouvement brusque et le cœur de Fiora manqua un battement... Mais au lieu d'aller vers la porte, Chiara vint droit à son amie :

– Pourquoi pensais-tu que j'allais te tourner le dos ?

– Cela tombe sous le sens, il me semble ?

– Pas pour moi. Réponds d'abord à une question : qu'éprouves-tu lorsque tu penses à tes parents ? De la honte ?

– Non... oh non ! Une grande pitié dans laquelle il y a de la tendresse. J'ai presque l'âge de ma mère quand elle est morte et j'imagine mal que je puisse être sa fille. Mes parents, je les sens tous deux proches de moi comme un frère et une sœur. Quant à ceux qui les ont menés à l'échafaud, je ne peux les évoquer sans colère : ce mari abominable, ce père qui non seulement a livré sa fille à un tel homme mais n'a pas osé lutter contre une mort publique qui, cependant, le déshonorait. Et puis ces princes sans pitié, ce duc Charles surtout que Jean de Brévailles avait servi si loyalement, qu'il aimait comme...

Elle se mordit les lèvres. Elle allait dire « comme Philippe l'aime... » mais elle ne souhaitait pas parler de cet homme qui l'avait liée à lui par un mariage mensonger et elle reprit, très vite :

– Pour ceux-là, je n'ai que haine et désir de vengeance...

– De vengeance ? Comment le pourrais-tu ? Le duc Philippe est mort et tu ignores si le seigneur du Hamel et ton grand-père sont encore vivants ?

– Ne l'appelle pas comme ça ! Il n'y a aucun droit. Tant que je vivrai, Francesco Beltrami demeurera mon père, le seul que j'aie connu et aie eu le loisir d'aimer. Mais, je crois qu'un jour, bientôt peut-être, j'irai en Bourgogne afin d'y régler mes comptes. Et si Dieu n'a déjà disposé de leurs vies, j'y mettrai ordre. D'ailleurs, il reste un coupable : le duc Charles !

– Es-tu folle ? Tu veux t'en prendre à un prince que l'on dit plus puissant que tous les autres ? Tiens-tu tellement à mourir comme ta mère ?

– Nous n'en sommes pas là, de toute façon. J'ai d'abord à tirer vengeance du misérable... ou de la misérable qui a fait tuer mon père. C'est son sang qui crie le plus fort! Les autres viendront à leur tour.

Chiara frissonna comme si le froid de la mort était entré subitement dans la pièce élégante et douillette :

– Ton chagrin t'égare, Fiora! Laisse la justice à ceux qui en ont la charge! Lorenzo de Médicis n'a aucune envie de laisser impuni l'assassin de messer Beltrami et tu peux lui faire confiance. Quant à cette malheureuse histoire qui dormait dans le cœur de ton père depuis dix-sept ans, tu ferais mieux d'y penser le moins possible et je suis certaine que s'il vivait encore...

– Mais réfléchis à ce que tu dis! As-tu oublié Hieronyma? Crois-tu que, possédant cette arme contre moi elle ne voudra pas s'en servir? Je viens de refuser, comme mon père l'avait fait, un mariage avec son fils... et tu l'as entendue.

– C'est vrai. Je l'avais oubliée. Il ne te reste alors qu'une solution, celle que ton père voulait tenter : tout dire à Lorenzo! Ou je me trompe fort, ou il t'aidera!

Fiora alla reprendre la couverture de velours et, avec des gestes très doux, la replaça sur le portrait...

– Je suivrai ton conseil. Dès le soir des funérailles, je lui demanderai de m'entendre...

Tout Florence était dans la rue quand, le surlendemain, Francesco Beltrami quitta sa demeure pour son dernier voyage, couvert d'un drap blanc sur une civière portée par six hommes, les plus puissants de l'art de Calimala. Le cortège funéraire, comme le voulait la loi, était modeste : quatre moines portant des cierges précédaient le corps que suivaient une vingtaine de pleureurs consciencieux dans leurs draperies noires mal cousues. Enfin Fiora, longue forme noire encadrée de Léonarde et de Chiara, venait en tête de tous ses serviteurs et de tous ceux qui, dans ses diverses maisons, avaient travaillé pour le grand négociant. Pas de musique, pas de chants mais, tombant du ciel gris où couraient les nuages, où passait le vol rapide des hirondelles, le glas accordé de toutes les cloches de Florence. Ainsi en avait décidé le Magnifique...

Il avait ordonné aussi, afin que tous pussent y assister, que la cérémonie religieuse aurait lieu au Duomo avant que le défunt ne fût porté à l'église d'Orsanmichele où il serait inhumé.

Sur le chemin, une foule disparate se pressait mais, autour du fabuleux Baptistère et aux abords de la cathédrale polychrome, tout ce qui comptait dans la ville était rassemblé : les Arts majeurs : Calimala, la Laine, la Soie, la Banque, les Juristes, les Apothicaires et les Pelletiers, chacun avec sa bannière particulière, puis les Arts mineurs : bouchers, forgerons, cordonniers, charpentiers, cabaretiers, hôteliers, tanneurs, marchands d'huile, sel et fromages, armuriers et enfin boulangers qui formaient la corporation la moins prisée de la ville parce que la plus accessible... La Seigneurie au grand complet se tenait à la loggia del Bigallo, face à la porte sud du Baptistère. Enfin aux abords mêmes du Duomo, Lorenzo et Giuliano de Médicis, vêtus de velours noir et entourés de leur famille, de leurs amis. Pas un poète, pas un philosophe, pas un peintre qui ne fût présent ! Sandro Botticelli était là et aussi le Verrocchio avec ses élèves : le Pérugin, Léonardo da Vinci, et aussi les apprentis qui broyaient les couleurs, nettoyaient les pinceaux et veillaient au ravitaillement de l'équipe. Il y avait... mais il était impossible de mettre un nom sur tous les visages.

La splendeur venait tout entière de l'église. Devant les portes ouvertes de la cathédrale au fond de laquelle brasillait une forêt de cierges, les chapes d'or, les robes de pourpre, les mitres scintillantes de l'évêque et des abbés de plusieurs monastères composaient une fresque fabuleuse évoquant la magnificence inouïe de ce paradis vers lequel s'avançait l'âme de Francesco Beltrami.

Le son des cloches tombait de toute la hauteur du campanile élancé, dont la grisaille de ce jour n'arrivait pas à éteindre les riches couleurs, cependant qu'à l'intérieur de l'église s'élevait la voix profonde des orgues que celles d'une trentaine de jeunes chantres rejoindraient dans un instant, quand le défunt pénétrerait dans le sanctuaire.

Les porteurs s'avançaient déjà pour suivre le clergé qui commençait à rentrer quand, soudain, une femme drapée de voiles noirs se dressa devant eux, les bras écartés :

– Arrière ! L'homme que vous portez vers ce saint lieu est mort en état de péché ! Il n'entrera pas tant que la vérité ne sera pas connue de tous !

– Hieronyma ! gémit Fiora. Mon Dieu, que va-t-elle faire ?

– J'ai bien peur de m'en douter, murmura Léonarde. En tout cas elle ne manque pas d'audace ! Si messer Francesco est mort sans confession elle y est sûrement pour quelque chose !

– J'en suis sûre ! Malheureusement, nous n'avons aucune preuve pour l'accuser et elle le sait...

Cependant, des remous se formaient dans la foule d'où s'élevait un murmure dont il était impossible de démêler s'il était de colère ou de scandale. Le capitaine Savaglio qui avait suivi en longeant la foule la marche de Fiora, s'élança pour repousser la perturbatrice qui se débattit vigoureusement en hurlant :

– On ne me fera pas taire ! Il faut que justice soit rendue et que le scandale cesse !

– Tiens-toi tranquille, femme et sors d'ici ! tonna Savaglio. C'est ta conduite à toi qui es scandaleuse et sacrilège ! S'il y a quelqu'un ici qui ait droit de réclamer justice, c'est ce mort que l'on a vilainement occis...

Il appelait d'un geste, ses hommes à la rescousse quand le gonfalonier le rejoignit :

– Lâche cette femme ! C'est la loi et c'est l'honneur de

notre ville que chaque citoyen puisse s'y exprimer librement.

– Librement, oui, mais pas n'importe quand!

– C'est aussi mon avis, dit la voix rauque de Lorenzo de Médicis qui intervenait à son tour. Nous sommes ici pour un dernier adieu à l'un des nôtres, l'un des meilleurs et ceci est indécent! Retire-toi, Hieronyma Pazzi. Si tu as une plainte à formuler, elle sera entendue mais plus tard! On ne fait pas attendre un mort devant la maison de Dieu!

Mais Hieronyma savait bien que, parmi ces gens, il y en avait qui avaient jalousé et détesté Francesco Beltrami, que, d'autre part, en parlant de scandale elle éveillait bien des curiosités malsaines. De toute la force de sa voix, elle cria :

– Ce mort est de mon sang. Pourtant j'en appelle contre lui au jugement du peuple car il a usé de mensonge et de dissimulation! Il ne mérite pas la pompe qui l'attend ici. Il a trahi Florence et avili la qualité de citoyen de notre république en faisant passer pour sa fille une créature née dans les circonstances les plus déshonorantes!

– Te tairas-tu? gronda Lorenzo. Ta vertueuse indignation, qui me paraît un peu tardive puisque Fiora Beltrami n'était qu'un bébé quand Francesco l'a ramenée ici, ne viendrait-elle pas plutôt d'un vif désir de te faire attribuer un héritage intéressant?

– Je n'ai découvert la supercherie que depuis peu et...

– Sornettes! Nous savons tous que donna Fiora est née des amours de Francesco avec une noble dame française!

– Tu dis sornettes et moi je dis mensonge! Mon cousin Beltrami a ramassé cette fille dans le sang de l'échafaud où venaient de périr son père et sa mère pour le double crime d'inceste et d'adultère!

Elle avait hurlé si fort que Lorenzo eut un mouvement

de recul comme si le souffle de la femme eût été celui-là même de l'enfer. Le gonfalonier Petrucci en profita pour prendre la parole, conscient de l'imperceptible changement qui commençait à se produire dans la foule, cette foule florentine passionnée et versatile, capable sur un mouvement d'humeur d'envoyer à l'échafaud le soir celui-là même qu'elle idolâtrait le matin. C'étaient de ces courtes vagues rapides qui se lèvent soudain sur une mer calme, frissons qui annoncent la fièvre et qui présagent la tempête...

– Monna Hieronyma dit-il, les paroles que tu viens de prononcer sont bien graves et tu comprendras que la Seigneurie ne puisse les accepter sans preuves. Ces preuves, les as-tu ?

– Oui. J'ai reçu les confidences d'un homme qui était présent à Dijon, en Bourgogne, le jour de la double exécution, le jour où mon cousin a adopté cette... cette pourriture! Il y a d'ailleurs, ici même, un autre témoin : cette femme, ajouta-t-elle en désignant Léonarde du doigt, qu'il a ramenée alors avec lui pour s'occuper de cet être que l'on aurait dû jeter à l'égout mais certes pas couvrir du beau nom de Florentine et qui est là, derrière le corps de mon malheureux cousin, se parant du nom de fille qu'elle n'a pu devoir qu'à une machination du diable...

Cette fois, la foule gronda. Hieronyma savait ce qu'elle faisait en évoquant les pratiques de la sorcellerie et, avec une joie mauvaise, sentit qu'elle était en train de gagner. Avec un peu de chance, la multitude allait prendre feu, se jeter sur cette Fiora qu'elle haïssait et qui, les mains sur son visage, s'efforçait de ne plus rien voir, pour la mettre en pièces... Mais Lorenzo, d'abord surpris, n'entendait pas se laisser ainsi mener par une femme hystérique ni dicter son devoir par un peuple qui reconnaissait son autorité parce qu'il le faisait riche. Enfin, il détestait depuis toujours les Pazzi dont il se méfiait comme de la peste.

– En voilà assez! cria-t-il. J'ai déjà dit et je répète que cette scène devant une église est scandaleuse, que les funérailles d'un homme toujours respecté et admiré ne doivent pas servir de prétexte à règlement de comptes. Si Francesco Beltrami a, sur ce qui n'a pu être qu'un élan du cœur, manqué aux lois de notre cité, nous en jugerons par la suite... Pour le moment...

– Je te prie de m'excuser, coupa Petrucci, mais qu'entends-tu lorsque tu dis « par la suite »?

– J'entends lorsque Francesco Beltrami reposera dans le tombeau qui l'attend.

– Tu acceptes donc qu'aussitôt après celle que nous appelions sa fille, la gouvernante et l'accusatrice ainsi que le témoin de celle-ci soient menés à la Seigneurie pour y être entendus et confrontés?

Le Magnifique hésita. Son regard sombre parcourut le groupe de ses amis, de ses gardes puis passa sur toutes ces têtes, tous ces visages où il pouvait lire la même attente. Il vit Fiora en larmes, soutenue par une Léonarde blême et par une Chiara Albizzi dont les yeux étincelaient de colère mais des cris fusaient d'un peu partout :

– Justice! Il faut faire selon le droit! – et même, hélas – A mort la sorcière!

Il comprit qu'il ne gagnerait rien à s'opposer à la demande du gonfalonier. Il savait trop qu'il devait son pouvoir à l'adhésion du plus grand nombre et qu'une affaire comme celle-là risquait d'être un excellent prétexte à une rébellion.

– Soit! dit-il enfin. Il en sera fait selon le droit de notre cité.

– En ce cas, gardes de la Seigneurie, assurez-vous de ces femmes et menez-les au palais où elles attendront qu'il soit statué sur leur sort!

Comprenant alors qu'on allait lui voler le droit d'accompagner son père bien-aimé jusqu'au bout du chemin, Fiora se révolta :

– Je veux, cria-t-elle, assister aux funérailles de mon père! Il était ce que j'avais de plus cher au monde...

– S'il n'est pas ton père, ricana Petrucci, tu n'as rien à y faire!

– J'ai été légalement adoptée devant cette même Seigneurie.

– Mais apparemment sur une fausse déclaration. Et nous n'aimons pas les fausses déclarations!

– Peut-être. Pourtant vous acceptez comme paroles d'Évangile les accusations de cette femme qui, hier encore, demandait à mon père d'accorder ma main à son fils! L'ignominie de ma naissance ne semblait pas la gêner beaucoup en comparaison de la fortune qu'elle espérait... et qu'elle espère encore s'attribuer!

– Est-ce vrai? demanda sévèrement Lorenzo à Hieronyma.

– C'est faux, brailla celle-ci. Rien n'est plus faux! Moi, appartenant à une noble famille...

– Tu voulais que j'entre dans ta maison comme belle-fille. Ta dernière visite, la veille même de la mort de mon père a eu des témoins. En dépit des menaces que tu proférais, il a refusé de me marier à ton Pietro.... et, le lendemain, il était assassiné!

Hieronyma hurla comme si un serpent venait de dérouler ses anneaux à ses pieds.

– Tu oses m'accuser, toi, une misérable larve qui retourneras bientôt à la fange dont tu es venue?

– Je n'ai accusé personne, dit Fiora. Mais si tu t'es reconnue, ce n'est pas ma faute! Quant à ton témoin, va donc le chercher! Je sais qui il est : c'est Marino Betti, l'intendant de notre domaine, un homme que mon père croyait fidèle parce qu'il l'avait comblé de ses bontés mais dont la rumeur dit qu'il est ton amant.

Déchaînée, prête à se battre devant tous contre cette femme ignoble qui venait de jeter sa boue sur le suaire immaculé de son père, Fiora allait s'élancer sur elle, toutes griffes dehors, quand Lorenzo la prit à bras-le-corps et l'obligea à se tenir tranquille :

– La colère t'aveugle, Fiora. Tu dois à présent comprendre que tout ce qui vient d'être dit est d'une extrême gravité et qu'avec la meilleure volonté du monde nous ne pouvons plus laisser les choses dans leur état primitif. Soumets-toi de bon gré au jugement des prieurs! Je serai là, sois-en certaine.

– Alors, toi aussi, tu me refuses le droit de rester auprès de lui jusqu'au dernier instant ? fit-elle douloureusement en désignant le corps que les six notables, rigides comme s'ils eussent été changés en pierre, soutenaient toujours sur leurs épaules.

– Laisse-moi te remplacer! Quand tout sera rentré dans l'ordre tu pourras prier sur sa tombe autant que tu le voudras...

Elle le regarda droit dans les yeux avec un tout petit sourire.

– Après ce que tu viens d'entendre, seigneur Lorenzo, souhaites-tu toujours que j'épouse ton cousin? murmura-t-elle de façon à n'être entendue que de lui seul. Luca prétend m'aimer... pourtant, il va me laisser aller seule à un combat dont dépend ma vie...

Fiora ne parlait pas sans raison. Tout à l'heure, en arrivant devant le Duomo, elle avait aperçu Luca Tornabuoni qui se tenait à la gauche de Giuliano de Médicis. Il la couvait alors de regards pleins d'amour et cependant, à cette minute, il avait disparu. Lorenzo à son tour chercha le jeune homme des yeux et rougit, brusquement, de ne pas le trouver :

– Je te demande pardon, fit-il à voix basse. Il se peut que je me sois trompé... Peut-être n'était-il pas là.

– Tu mens bien mal, seigneur Lorenzo...

– Il était là, en effet, fit soudain la voix paisible de Démétrios qui venait d'apparaître derrière le Magnifique. Mais je l'ai vu partir soudainement quand cette femme a parlé de ta naissance, donna Fiora. Je pense qu'il a dû se rappeler tout à coup qu'un de ses chevaux était souffrant et réclamait ses soins...

– Alors, que faisons-nous ? s'impatienta Petrucchi.

Fiora se tourna vers lui après avoir appelé Léonarde auprès d'elle.

– Fais-nous conduire à la Seigneurie... magnifique seigneur ! J'y attendrai la décision des nobles prieurs. Mais n'oublie pas d'exiger de cette femme qu'elle produise son témoin !

Le témoin en question n'était naturellement pas bien loin. Il sortit de la foule, les yeux à terre et vint se ranger auprès de celle dont on disait qu'elle était sa maîtresse. Fiora lui lança, sarcastique :

– Tu ne crains pas que l'ombre de mon père vienne tourmenter tes nuits, fidèle Marino ? A ta place je ne serais pas fièr...

L'homme ne répondit pas et parut se replier sur lui-même. Mais déjà, les gardes de la Seigneurie les entouraient, lui et Hieronyma, comme ils entouraient aussi Fiora et Léonarde. Le clergé, désorienté par ce qui venait de se passer, réapparut sous le porche pour reprendre la tête du cortège. Les porteurs, visiblement fatigués, se remirent en marche et Fiora, immobile au bras de Léonarde entre quatre soldats, regarda disparaître sous le marbre du portail la forme blanche de son père qu'il lui fallait laisser partir ainsi, dépouillé du seul amour réel qui lui eût jamais été donné d'inspirer.

Le sergent qui commandait les soldats attendit que l'église se fût emplie mais elle ne pouvait contenir cette énorme foule et l'on dut laisser les portes ouvertes. Non sans peine, Fiora réussit à renvoyer Chiara. Outrée de ce qu'elle venait de voir et d'entendre, la jeune fille se refusait farouchement à quitter son amie. Elle prétendait être conduite, elle aussi, à la Seigneurie comme témoin, et peut-être Fiora ne fût-elle pas vraiment parvenue à l'éloigner si son oncle Giorgio Albizzi n'était venu la prendre par le bras :

– Viens! ordonna-t-il sèchement. Ta place n'est pas ici.

En dépit de son courage, Fiora sentit les larmes lui monter aux yeux en face de cette froide manifestation de mépris. Albizzi avait été l'ami de Francesco et cependant, à la première accusation, il se retirait, enlevant à Fiora l'un de ses plus fidèles soutiens. A travers un humide brouillard, la jeune femme vit disparaître dans la foule qui la regardait à présent, avec la curiosité réservée habituellement à la cage des lions, le petit visage en pleurs de sa seule amie.

Elle s'en détourna puis, s'adressant au sergent qui commandait sa garde :

– Eh bien ? fit-elle rudement. Qu'attends-tu pour nous emmener ?

Cette superbe créature avait tellement d'autorité que le soldat, éberlué, se surprit à lui répondre :

– A tes ordres!

On se mit en marche à travers la foule qui s'effaçait devant eux. Par les portes ouvertes du Duomo, les bouffées orageuses du *Requiem* venaient déchirer l'air.

Après un instant d'hésitation, la plus grande partie de l'assistance, délaissant des funérailles bien moins intéressantes que ce qui allait suivre, leur emboîta le pas. Le chemin n'était pas long du Duomo au Vieux Palais, siège de la Seigneurie, qui approchait de ses deux siècles et, par la via Calzaiuoli – la rue des Chaussetiers – on l'eut vite parcouru. Appuyée au bras de Léonarde, Fiora sentait se renforcer en elle l'impression absurde d'avoir quitté un monde agréable, doux et soigneusement agencé, pour un autre, menaçant et étranger, peuplé de visages hostiles et de gosiers crachant l'injure. Tous ces gens qui, hier, la saluaient d'un compliment, d'un sourire ou même de quelques vers, s'étaient mués, à la voix vindicative de Hieronyma, en autant d'ennemis qui peut-être l'eussent lapidée sans la barrière de fer dont on l'avait entourée.

– Pourquoi, murmura Léonarde qui s'efforçait de ne pas entendre les injures qui jalonnaient leur route, pourquoi ne pas leur dire que vous n'êtes plus de cette ville, que, par votre mariage, vous êtes une noble dame de notre Bourgogne ?

– Parce que je n'ai aucune preuve de mon mariage. Je ne sais où mon père les a rangées...

– Moi je le sais. La nuit qui a précédé sa mort, votre père m'a appris bien des choses...

– Dont vous ne pourrez peut-être pas vous servir. Nous ne pouvons savoir ce qu'il va advenir de nous et c'est pour vous que je crains le plus...

– Parce que je peux raconter l'histoire autrement que ne le fera Hieronyma ? N'ayez crainte, je sais me défendre. Et puis, je crois sincèrement que vous pouvez compter sur le seigneur Lorenzo. Il semble décidé à vous soutenir en défendant la mémoire de votre père...

– C'est pourquoi je ne peux proclamer mon mariage avec Philippe. Ce serait risquer de perdre mon dernier défenseur. Et le plus puissant. Mais j'y pense : savez-vous où est Khatoun ? Je ne l'ai pas vue depuis que nous avons quitté la maison...

– Elle doit y être encore. Elle ne voulait pas assister à l'enterrement de messer Francesco parce qu'elle craint l'appareil de la mort presque autant que la mort elle-même...

– J'aime autant cela. Cette abominable Hieronyma, qui n'a jamais été assez riche pour s'offrir une esclave, aurait été capable de la faire vendre aux enchères publiques dès demain, ou pire encore en l'accusant elle aussi de sorcellerie...

On arrivait. La silhouette écrasante du Vieux Palais avec ses bossages de pierre brute, son chemin de ronde et sa haute et mince tour d'Arnolfo qui évoquait vaguement la forme d'un lys encore en bouton se dressa devant celles qu'il fallait bien appeler des prisonnières. Des valets en livrées vertes ouvrirent les portes et l'on s'engagea dans l'étroit escalier qui menait à la salle du Conseil où, tout à l'heure, se jouerait le destin de Fiora et de ceux qui lui demeuraient fidèles.

En franchissant la porte basse de la grande salle, Léonarde se signa et Fiora, presque machinalement, l'imita. A présent, il fallait aller jusqu'au bout. Mais où était le bout ?

Deuxième partie

LE CAUCHEMAR

CHAPITRE VII

LE PAIN AMER

La cellule était triste, grise et presque nue : un matelas de paille posé sur deux X de bois avec une couverture trouée, un crucifix au mur dont la blancheur initiale avait subi les atteintes de l'humidité, un escabeau pour s'asseoir, un autre supportant une cuvette et deux serviettes rugueuses, enfin, sous le lit, un vase de nuit en composaient tout le décor. Cela ressemblait tellement à une prison qu'une fois entrée Fiora se retourna pour protester mais, déjà, la porte percée d'un judas grillé se refermait et elle put entendre la clef tourner dans la serrure. Qu'est-ce que cela signifiait ?

La séance dans la grande salle de la Seigneurie avait été des plus houleuses. Devant les prieurs et le gonfalonier réunis en une espèce de tribunal, Hieronyma avait répété son accusation, soutenue par Marino qui, toujours sans oser lever les yeux, rapporta ce qu'il avait vu un lugubre jour de décembre à Dijon. Mais à sa manière fielleuse : Francesco Beltrami aurait tué l'époux de Marie de Brévailles pour lui enlever l'enfant. Léonarde, alors, s'en mêla. Elle traça de Regnault du Hamel un portrait hallucinant de méchanceté qui magnifiait d'autant l'image rayonnante des jeunes amants maudits. Elle dit l'émotion de Francesco Beltrami, sa colère devant le meurtre froidement décidé d'un enfant de quelques jours. Elle parla du vieux prêtre, du baptême de Fiora dans une chambre de la Croix d'Or et de tous les soins pris par le négociant florentin pour garantir à cette petite fille qu'il avait aimée immédiatement un avenir comme on devrait pouvoir en assurer à tout enfant arrivant dans un monde trop dur pour leur faiblesse. Il avait confiance en ce Marino qui, à présent, le trahissait vilainement en dépit des bienfaits reçus, pour une femme qui, en descendant jusqu'à lui, se déshonorait. Oui, Francesco Beltrami avait voulu que cette enfant de son cœur devînt sa fille aux yeux de tous et, en la déclarant comme telle, il n'avait qu'à peine menti : n'était-elle pas réellement l'enfant bâtarde d'une dame de noble sang ?... Enfin, en fine mouche qu'elle était, Léonarde Mercet – c'était la première fois que Fiora entendait le nom entier de sa gouvernante – avait achevé sa harangue en appelant sur le serviteur infidèle toutes les foudres du Seigneur et les pires malédictions de l'au-delà. Elle lui avait prédit des nuits sans sommeil, les douze plaies d'Égypte s'abattant sur lui-même et sur ses biens et, pour conclure, la damnation à la fin de ses jours – avec la satisfaction, purement subjective d'ailleurs, de voir le misérable se recroqueviller sous sa parole et perdre contenance jusqu'à se laisser tomber à genoux.

Lorenzo de Médicis s'en était mêlé à son tour, plaidant chaleureusement pour son ami défunt et pour la jeunesse innocente de son enfant élue. Il avait flétri la rapacité de la dame Pazzi et cet étrange comportement qui, après une demande en mariage refusée, lui faisait réclamer hautement justice d'un fait dont elle n'avait pas eu à souffrir. Malheureusement, il avait commis la faute d'englober tous les Pazzi qu'il détestait dans le même anathème et Petrucci l'avait rappelé aigrement à plus de modération.

Pour la Seigneurie qui comptait certes beaucoup d'amis des Médicis mais aussi quelques-uns de leurs ennemis, la situation était confuse et difficile à juger. D'autant que le clergé s'en mêlait en la personne de l'abbé du couvent San

Marco où, cependant, Lorenzo aimait à faire retraite dans l'une des cellules magnifiées par les fresques de l'Angelico mais qui, en bon dominicain, se voulait le grand pourfendeur de Satan et de ses créatures. Or, pour ce moine intransigeant, l'enfant née d'amours incestueuses et adultères ne pouvait être qu'une créature du démon qu'aucun baptême ne pouvait rédimer, l'eau lustrale ne constituant alors qu'un sacrilège de plus.

Sa voix tonnante impressionna les « magnifiques seigneurs » dont quelques-uns étaient des âmes simples, et Fiora, un terrible instant, se demanda si l'on n'allait pas préparer pour elle un bûcher devant le Vieux Palais... D'autant qu'encouragée par une aide inattendue Hieronyma repartit au combat plus venimeuse que jamais, suppliant les prieurs de ne pas permettre qu'un tel scandale s'étalât plus longtemps sous le ciel de Florence qui ne pouvait en retirer que périls et malédictions...

C'était plus que n'en pouvait endurer Fiora. Emportée par la colère, elle s'était dressée devant son ennemie que, d'une voix glacée, elle avait hautement accusée d'avoir fait assassiner son cousin et de vouloir sa perte à elle afin de s'assurer le fabuleux héritage.

Alors ce fut le tumulte, le vacarme, le plus ahurissant tohu-bohu. On s'injuria entre tenants de l'une ou l'autre cause et l'on en vint presque aux mains. Il fallut que Petrucci fît monter la garde pour ramener un peu de calme dans une salle qui, à dire vrai, en avait vu bien d'autres depuis les temps héroïques des Guelfes et des Gibelins. A Florence, on aimait la bagarre presque autant que les fêtes, les cavalcades, les grandes processions et les beaux-arts. C'était une façon comme une autre de se prouver qu'en dépit de la puissance des Médicis on était encore en république.

Quand on retrouva un semblant de silence, les prieurs se décidèrent enfin, après en avoir rapidement délibéré avec Lorenzo. Dans l'impossibilité où ils se trouvaient de trancher une situation qui ne s'était encore jamais présentée à leur sagacité, ils décidèrent que l'ensemble des biens de feu Francesco Beltrami serait mis sous séquestre en attendant qu'intervienne un jugement définitif. D'autre part, un administrateur dont le choix était laissé à la banque Médicis allait être nommé pour assurer la continuation des affaires du négociant défunt, ceci afin de ne pas réduire au chômage ses nombreux employés. Quant à Fiora, qui avait accusé sans preuve, elle était passible de prison ainsi que le lui fit comprendre le froncement de sourcils de Lorenzo. En dépit de sa mise en garde, elle avait été trop loin, et le Magnifique, avec toute son influence, aurait peine à la tirer de là si les prieurs décidaient d'appliquer la loi dans toute sa rigueur. Il y eut alors un instant de flottement mais qui ne dura guère. L'abbé de San Marco revint aussitôt à la charge, poussant devant lui un moine qui portait comme lui la robe blanche, le scapulaire noir et la croix d'argent des dominicains :

– Plaise à vos Seigneuries, nasilla-t-il, que je leur présente Fray Ignacio Ortega qui vient de notre maison de Valladolid en Castille et qui s'est imposé de voyager à travers la chrétienté, comme jadis notre saint fondateur, pour prêcher l'Évangile et traquer les pièges du Malin. Fray Ignacio, qui est orfèvre en matière de diablerie, souhaite vous proposer une solution qui pourrait agréer à tous...

Le nouveau venu se présentait comme un homme d'âge moyen, grand et un peu courbé. Il était presque chauve et son haut front en forme de dôme surplombait l'arche basse de ses sourcils. Il avait le nez puissant, la bouche sévère et des yeux dont, sous le repli de la paupière, il était impossible de saisir le regard. Sa présence avait quelque chose de pesant et de sinistre que tous ressentirent plus ou moins. Invité à s'exprimer, il s'avança, les mains cachées au fond de ses larges manches blanches, salua en homme qui se sait supérieur à ceux auxquels il s'adresse puis attendit.

– Soyez donc doublement le bienvenu, fray Ignacio, dit le plus âgé des prieurs qui faisait office de président. Nous écoutons Votre Révérence avec respect.

Le nouveau venu regarda tour à tour Hieronyma puis Fiora sur le visage de laquelle il s'attarda un instant puis, dans un toscan aisé mais que sa voix âpre rendait curieusement rocailleux, il dit :

– Ces deux femmes se haïssent trop pour qu'il soit possible de leur tirer une vérité mais il existe un moyen de faire éclater cette vérité. Je propose d'en appeler au jugement de Dieu. Soumettons-les l'une et l'autre à l'épreuve de l'eau !

Il y eut un grand silence. Dans cette Florence où la liberté d'esprit et les lumières de la philosophie grecque avaient acquis droit de cité au point d'inquiéter souvent l'Église, l'ordalie n'était guère usitée parce qu'on la considérait comme une pratique d'un autre âge. Tout de suite, d'ailleurs, Lorenzo protesta et chacun put voir, au coup d'œil irrité qu'il lui jeta, que le moine espagnol ne lui plaisait pas plus que sa proposition :

– Ne pouvons-nous, avant d'en venir à cette extrémité, accorder quelque confiance aux hommes qui, en cette ville, sont chargés de l'ordre et de la justice : à nos magistrats, au bargello [1] et au gonfalonier Petrucci ? Je les crois capable de découvrir l'assassin de Francesco Beltrami... ou les assassins s'il s'agit d'un exécutant.

Cette flatterie détendit l'atmosphère, les prieurs se trouvant satisfaits que l'on rendît ainsi à leurs mérites ce qu'ils estimaient leur revenir. Lorenzo, encouragé par quelques hochements de tête approbateurs, allait poursuivre pour exploiter son avantage quand Hieronyma s'avança et vint s'agenouiller devant fray Ignacio.

– Je suis prête, en ce qui me concerne, à me soumettre au jugement du Très Haut et j'estime, très révérend père, que vous avez toute raison. Seul Dieu peut me laver d'une

1. Le chef de la police.

accusation infâme mais qui ne m'étonne pas, venant d'une telle créature!

La stupeur, en face de l'incroyable audace de cette misérable, suffoqua Fiora. Méprisait-elle Dieu au point de prétendre l'associer à son crime et en faire son complice? Mais, en se relevant, Hieronyma déjà triomphante se tournait vers elle.

– A toi, à présent, fille de rien! Qu'as-tu à dire?

Ainsi interpellée, Fiora, repoussant doucement Léonarde qui tentait de la retenir, s'avança calmement mais, au lieu d'aller vers le moine étranger, c'est devant la Seigneurie qu'elle s'agenouilla :

– J'accepte, moi aussi, de comparaître devant le tribunal de Dieu et je répète bien haut mon accusation : mon père, que personne ne m'empêchera jamais d'appeler ainsi, a été tué par l'ordre de cette femme et je remercie le vénérable frère Ignacio de me permettre ainsi d'apporter la preuve qui me manque.

Une grande paix était entrée soudain en elle. Bien sûr, elle savait qu'en acceptant l'ordalie elle acceptait du même coup la mort presque certaine : dans deux ou trois jours, en chemise et étroitement liée de cordes qui lui interdiraient tout mouvement, elle serait jetée à l'Arno alors en crue avec bien peu de chances de reparaître à la surface mais, du moins, elle irait rejoindre son père hors d'une vie qui ne l'intéressait plus guère. Le seul être capable de la défendre n'était plus, l'homme qu'elle aimait l'avait bafouée, rejetée sans espoir de retour, enfin elle venait de voir s'écarter d'elle ceux qui disaient l'aimer et la ville entière, qui hier lui souriait et la flattait, se tourner contre elle avec cette joie féroce des médiocres qui voient s'abattre soudain un être jusque-là privilégié.

Une seule chose la consolait : elle mourrait, soit, mais Hieronyma partagerait son sort. A moins que... à moins qu'elle n'eût dans sa cervelle retorse conçu un moyen d'échapper à la noyade. Mais quel moyen?

Visiblement, le Magnifique se posait la même question.

Son regard sombre ne quittait pas Hieronyma et, pas plus que Fiora, il ne réussissait à comprendre ce qui avait bien pu pousser cette femme à se jeter sur la proposition du moine espagnol comme sur une chance extraordinaire ? Mais à la suite de la double acceptation, le tumulte était reparti. Tout le monde parlait à la fois et il fut bien difficile de ramener le calme. Seuls Lorenzo et les deux moines demeuraient impassibles attendant que le vacarme s'apaisât. Enfin, les membres de la Seigneurie parvinrent à se mettre d'accord et l'on décida qu'après trois jours révolus les deux femmes seraient menées au milieu du fleuve, chacune dans une barque, et jetées à l'eau par la main du bourreau après s'être confessées et avoir entendu messe. La décision de la Seigneurie dépendrait, naturellement, du résultat de l'épreuve. En attendant, elles seraient conduites l'une l'autre au couvent des dominicaines de Santa Lucia pour s'y recueillir et y vivre dans la prière jusqu'à l'heure du jugement.

Fiora cacha sa déception. Elle avait espéré qu'on la laisserait attendre chez elle, dans son cadre familier, l'instant suprême et cela même lui était refusé. Comme pour son père, le voyage entrepris le matin serait le dernier... Dieu, décidément, était parfois bien cruel et la jeune femme n'espérait guère qu'il fît un miracle en sa faveur.

Avec des larmes dans les yeux, elle embrassa Léonarde qui sanglotait sans retenue après qu'on lui eut refusé de suivre le destin de l'enfant qu'elle avait élevée. La gouvernante avait la permission de retourner au palais Beltrami jusqu'au résultat de l'épreuve. On statuerait alors sur son cas.

– Sois sans crainte, murmura Lorenzo de Médicis qui avait réussi à s'approcher de Fiora, je veillerai sur elle si...

Il n'osa pas formuler la fin de la phrase mais la jeune femme comprit que son scepticisme n'attendait pas grand-chose des interventions célestes.

– ... je la prendrai dans ma maison, conclut-il mais Léonarde ne l'entendait pas de cette oreille :

– Si vous permettez que mon enfant laisse sa vie dans ce jugement stupide, déclara-t-elle en français, je ne resterai pas un jour de plus dans cette ville infâme et jusqu'à mon jour dernier je prierai Dieu pour qu'il la couvre de ses malédictions !

– Attendons déjà de voir comment il jugera... soupira Lorenzo impavide.

Mais déjà les soldats s'apprêtaient à conduire les deux ennemies au couvent. Une dernière fois, Fiora embrassa Léonarde qui s'accrochait à elle.

– Veillez sur ma maison et sur tous ceux qui y demeurent. Prenez soin de Khatoun. Elle n'a pas plus de forces qu'un petit chat...

Au-dehors, on retrouva la foule qui, par on ne sait trop quel mystère, savait déjà à quoi s'en tenir. Sa longue attente l'avait rendue plus houleuse encore que durant les funérailles de Beltrami et ce fut au milieu des quolibets, voire des injures que les deux femmes gagnèrent le couvent qui se trouvait non loin de la porte San Niccolo. Pas un visage ami ne se montra durant cette pénible marche, sinon, à l'angle de la loggia dei Priori, la longue silhouette de Démétrios Lascaris dont le regard accompagna Fiora tant que ce fut possible mais il ne fit pas un geste et la jeune femme, se souvenant de l'aide qu'il lui avait offerte quand elle n'en avait nul besoin, pensa que cet homme, pour étrange qu'il fût, était exactement comme les autres : soucieux avant tout de sa propre sécurité. D'ailleurs, en y réfléchissant bien, il n'avait vraiment aucune raison de s'intéresser à elle en particulier... Ce qui n'empêchait pas cette dernière défection de lui être pénible et, quand la lourde porte de Santa Lucia se ferma derrière elle, Fiora eut l'impression d'entendre retomber la pierre de son tombeau...

Assise sur son lit misérable, Fiora revivait sans cesse les heures de cette terrible journée. Elle se sentait lasse et moulue comme si on lui avait tapé dessus avec un bâton. Cette cellule représentait pour elle l'ultime déception car elle savait, pour y être venue en visite deux ou trois fois avec Chiara dont la prieure, Mère Maddalena degli Angeli était vaguement cousine, que les nonnes et les dames qui venaient faire retraite au couvent disposaient d'une chambrette austère sans doute mais d'une parfaite propreté. Ornée d'image saintes et ouvrant sur le cloître au centre duquel fleurissait un beau jardin. L'étroite fenêtre de son logis, à elle, encore rétrécie par deux barreaux en croix, donnait sur la cour de derrière où s'entassaient les détritus et où se trouvaient les latrines. L'odeur en était pénible et, prison pour prison, Fiora regretta qu'on ne l'eût pas enfermée plutôt dans un véritable cachot car cet endroit ignoble donnait la juste mesure de la considération qu'on lui portait.

Ses dernières illusions, si tant est qu'elle en eût encore, s'envolèrent quand, à la nuit tombante, une sœur converse dont la robe constellée de taches proclamait qu'elle travaillait à la cuisine, lui apporta un morceau de pain rassis, une cruche d'eau et une écuelle de soupe aux choux dans laquelle nageait un morceau de lard rance. Avec dégoût, Fiora repoussa l'écuelle :

– La cuisine du couvent n'a pas fait de progrès depuis ma dernière visite, persifla-t-elle. Je pensais avoir droit à un autre traitement ?

– Voyez-moi la mijaurée ! s'écria la sœur qui était une grosse fille rougeaude et moustachue. Notre mère est bien bonne de consentir à recevoir ici et à nourrir une fille du diable comme toi ! Tu devrais l'en remercier à genoux.

– Ah ! Parce qu'à présent je suis une fille du diable ? J'ai pourtant été baptisée. Et, il n'y a pas si longtemps, lorsque je venais ici, on ne ménageait ni les flatteries ni les douceurs à celle en qui l'on voyait la fille du très riche

Francesco Beltrami. Et maintenant je devrais remercier à genoux pour une soupe dont ne voudraient pas les cochons ? Va dire à la mère prieure que je désire lui parler !

– On ne parle pas comme ça à la mère prieure ! Elle est à la chapelle pour unir ses prières à celles de cette sainte dame que l'on nous a envoyée avec toi et qui va souffrir par ta faute.

Entendre traiter Hieronyma de sainte dame était vraiment un comble ! Fiora regarda la grosse religieuse avec un franc dégoût et haussa les épaules :

– N'ai-je pas le droit de prier, moi aussi ? Qu'on me mène à la chapelle !

– Les sorciers se prétendent toujours meilleurs chrétiens que les vrais. Nos sœurs ne veulent pas être souillées par ta présence et, si tu veux prier...

De son gros doigt tremblant de colère elle désigna la croix pendue au mur :

– Tu n'as qu'à prier ici ! Notre-Seigneur est partout mais, bien sûr, tes pareilles ne savent prier que sur des coussins de velours et en respirant le parfum de l'encens...

– Va-t'en ! jeta Fiora excédée. Et remporte cette ignoble soupe. Le pain et l'eau seront suffisants.

Avec un mauvais sourire, la sœur laissa tomber l'écuelle qui se brisa en éclaboussant le bas de la robe noire de Fiora :

– Je dirai que c'est toi qui as fait ça, fit-elle méchamment. J'espère qu'on te donnera le fouet !

– Je ne le conseille pas à tes sœurs sinon dans trois jours lorsque je serai en face de la Seigneurie, je dirai comment j'ai été traitée dans cette maison à laquelle j'ai été confiée. D'ailleurs, je le dirai de toute façon. Je dirai quelle différence on a fait entre moi et la femme qui a assassiné mon père. Je serais surprise que monseigneur Lorenzo en soit satisfait.

La sœur sortit en claquant la porte mais sans oublier de

la refermer à double tour. Restée seule, Fiora alla s'asseoir sur son lit. Jamais elle ne s'était senti le cœur aussi lourd. Elle était résignée à mourir mais fallait-il vraiment que ses derniers jours se passent dans la laideur, la crasse et la mesquinerie ? N'était-il pas assez dur, déjà, de n'avoir plus d'espérance que dans la mort, alors qu'elle avait seulement dix-sept ans ?

Alors même qu'elle s'efforçait au détachement des biens de ce monde, la nature en elle demeurait vivace et réclamait son dû. Elle s'aperçut qu'elle avait faim, entama à belles dents le pain qui n'était pas trop dur et but quelques gorgées de l'eau qui était fraîche et pure. Elle se sentit un peu moins misérable mais elle avait froid. La fenêtre n'était qu'une ouverture dans le mur et aucun vitrage ne défendait la pièce contre la température extérieure. Or la pluie, qui avait débuté au moment de l'arrivée à Santa Lucia, tombait à présent par rafales rageuses, poussée par un vent violent venu du nord. Elle pénétrait dans ce qu'il fallait bien appeler une prison, agrandissant la flaque d'eau grasse laissée par l'écuelle brisée.

Fiora eut envie de ramasser les débris de terre cuite et de nourriture qui souillaient le sol pour les jeter par la fenêtre mais son orgueil la retint. Ce n'était pas à elle à faire ce travail de servante. Elle entendait protéger au moins sa dignité autant que faire se pourrait. Après l'ordalie, si elle survivait, il adviendrait d'elle ce qui plairait à une Providence qui ne semblait pas lui montrer beaucoup d'intérêt. Mais, ce dont elle était sûre, c'est qu'elle combattrait jusqu'à l'extrême limite de ses forces pour que justice lui soit rendue.

Isocrate avait écrit quelque part : « Il ne faut pas se décourager quand on doit s'exposer au danger pour une juste cause. » Se souvenir de cette phrase lui apporta un réconfort. Ses chers philosophes grecs savaient toujours ce qu'il fallait dire et ils correspondaient bien davantage à son tempérament combatif que les préceptes résignés de l'Évangile. Platon disait qu'il fallait fuir sans se retourner la compagnie des méchants alors que le Christ recommandait d'aimer son prochain comme soi-même. Or il était impossible à Fiora d'avoir pour Hieronyma des sentiments fraternels. Si elle devait mourir dans trois jours, elle mourrait en la haïssant et elle ne pourrait jamais lui pardonner, pas plus qu'elle ne pardonnerait aux persécuteurs de sa mère ou à l'homme qui, par dévouement pour son prince, lui avait fait à elle tant de mal.

Les douces notes de l'Angélus coulèrent sur cette âme révoltée sans lui apporter l'apaisement. Fiora n'avait même pas envie de prier mais, comme elle avait froid, elle s'enroula dans sa couverture et se coucha pour chercher le sommeil. Qui d'ailleurs ne la fit pas attendre tant son jeune corps épuisé réclamait le repos. Quelques instants après avoir fermé les yeux, Fiora s'endormait profondément.

Impressionné sans doute par l'angoisse de ce qu'elle allait devoir subir bientôt, son esprit l'entraîna dans un mauvais rêve. Elle se vit debout, pieds nus et en chemise au bord d'un fleuve bouillonnant, sulfureux, qui n'avait que de lointaines ressemblances avec le flot familier. Sur l'autre rive, en face d'elle, Philippe de Selongey était debout; il lui tendait les bras et l'appelait. Elle voulait s'élancer vers lui mais des liens la retenaient, toujours plus nombreux, toujours plus lourds, des liens que des mains cruelles accumulaient. Et Philippe appelait encore... Enfin, elle se sentit poussée violemment et l'eau l'engloutit; elle réussit à remonter à la surface et le flot la porta mais, sur l'autre berge, Philippe à présent riait, riait des efforts inouïs qu'elle faisait pour le rejoindre. Elle le vit tendre la main vers une femme sans visage qui s'approchait de lui et que, dans son rêve, Fiora savait être très belle. A présent, ils riaient ensemble puis, se détournant, s'éloignèrent en se tenant enlacés. Fiora essaya de crier mais aucun son ne sortit de sa bouche que l'eau emplit...

Une secousse la réveilla. Encore haletante de son cauchemar, elle se dressa sur son séant et vit qu'une religieuse se tenait auprès de son lit et que le jour commençait à poindre. Cette fois, ce n'était plus une converse mais une religieuse de chœur dont la vêture impeccable habillait un corps long et mince. Dans l'ovale étroit laissé par la guimpe blanche, le visage sans âge ne manquait pas d'une certaine beauté due à la régularité des traits mais aucune douceur n'en atténuait la sévérité...

– Lève-toi! ordonna la dominicaine, et suis-moi!

Machinalement, Fiora obéit et vit alors que la grosse sœur de la veille était agenouillée sur le carrelage et occupée à le nettoyer. Elle releva la tête quand Fiora passa auprès d'elle et cracha avec une telle expression de haine qu'un frisson courut le long du dos de la jeune femme.

– Où me conduis-tu? demanda Fiora sans obtenir la moindre réponse. La haute silhouette blanche et noire marchait devant elle d'un pas si glissant qu'il n'imprimait qu'un léger mouvement à la robe et Fiora eut l'impression de suivre un fantôme. On traversa ainsi quelques couloirs, on longea la chapelle faiblement éclairée dans laquelle on pouvait entendre les voix accordées des nonnes chantant l'office de l'aube et l'on atteignit le cloître dont Fiora avait gardé le souvenir. Là, son guide ouvrit devant elle la porte d'une cellule qui se trouvait dans l'angle le plus éloigné de la chapelle :

– Pour t'éviter le péché de délation, notre révérende mère a décidé de te loger ici jusqu'au jour du jugement. Bien entendu, tu n'en sortiras pas mais tu trouveras sur la couche des habits propres pour remplacer ton vêtement sali...

– Tu remercieras pour moi la révérende mère, murmura Fiora qui ajouta : Puis-je espérer aussi pouvoir assister aux offices?

– N'en demande pas trop! aucune de nos sœurs ne

souhaite t'approcher et je t'ai déjà dit que tu ne sortirais d'ici que pour l'ordalie. Repens-toi!

– De quoi?

– Si tu ne le sais pas, Dieu le sait! Mais je crois que tu n'en ignores rien. C'est un grave péché qu'accuser une innocente!

– Innocente? Qu'en sais-tu?

– Pauvre femme! Il faut la voir prier, les bras en croix dans notre chapelle, avec des larmes et des supplications afin que la lumière touche enfin ton cœur endurci pour être sûre que son âme est toute pure...

– Parce qu'elle prie pour moi? articula Fiora sidérée.

– Elle ne fait que cela. C'est pourquoi je dis : repens-toi!

Et sur cette dernière injonction, la religieuse sortit et referma la porte de cette nouvelle cellule aussi soigneusement que l'ancienne, laissant Fiora partagée entre la colère et l'écœurement. Elle n'avait jamais imaginé que l'hypocrisie de Hieronyma pût atteindre de tels sommets. Elle chercha autour d'elle quelque chose sur quoi passer sa fureur mais, s'il était plus confortable et surtout plus propre, ce nouveau logement était aussi dépouillé que le précédent.

Un lit, un vrai lit cette fois bien qu'il fût étroit comme une couchette, occupait, avec ses minces colonnettes à rideaux blancs l'un des côtés; un lit sur lequel on avait déposé une robe et un voile blanc de novice. Il y avait deux escabeaux et un petit coffre sur lequel étaient placés une aiguière et une cuvette. Au-dessus du coffre une main inconnue, mais inspirée par l'œuvre de Fra Angelico chez les dominicains de San Marco, avait retracé, beaucoup plus laborieusement, la mort de sainte Lucie devant le préfet de Syracuse Paschasius. Debout auprès de la martyre agenouillée qui regardait le ciel en louchant affreusement, le bourreau l'égorgeait, faisant jaillir un flot de sang que le peintre avait enrichi d'or pour bien montrer à quel point il était précieux. Fiora savait que la vie de la sainte, partagée en une série de fresques, ornait certaines cellules des religieuses, les autres racontant la vie du Christ et celle de sainte Agathe sur le tombeau de laquelle Lucie avait été touchée par la grâce.

Poussée par la curiosité et sachant que les nonnes faisaient vœu de pauvreté, Fiora ôta les ustensiles de toilette et ouvrit le coffre mais le referma aussitôt avec un frisson de dégoût : il contenait, en effet, un martinet, une ceinture à pointes de fer et un cilice de crin destinés tous trois à la mortification du corps et au châtiment des pensées impures... Elle se demanda si toutes les cellules contenaient ce genre d'instruments et par quelle aberration des femmes qui se voulaient les épouses d'un Dieu de douceur, d'amour et de miséricorde en arrivaient à utiliser de tels moyens. Quelles amours blessées, quelles passions étouffées pouvaient recourir à la douleur physique pour en effacer le souvenir ? L'amour, tel qu'elle-même l'avait connu entre les bras de Philippe, laissait-il des traces si insupportables ou bien était-ce, au contraire, le regret, pour celles qui entraient vierges dans cette maison, de n'avoir jamais rien connu de semblable ?

Pour sa part, Fiora ne regrettait rien, et dût-elle survivre, elle savait qu'elle ne demanderait jamais à un fouet ou à un cilice d'essayer de lui arracher le souvenir des caresses qu'elle avait connues. Son étrange époux n'avait voulu qu'une nuit d'amour et il la lui avait donnée, inoubliable. Jamais Fiora ne chercherait à en effacer le souvenir, bien au contraire et si, à présent, elle souhaitait tirer vengeance c'était surtout des moyens employés pour obtenir cette même nuit... et la grosse somme en or qui en était le corollaire. C'était parce que Philippe n'avait pas hésité à éveiller l'amour d'une jeune fille en sachant fort bien qu'après l'avoir faite sienne il l'abandonnerait à tout jamais. Il avait fait les affaires de son maître en contentant son propre désir. Quant à cette fable qu'il voulût en mourir, la jeune femme n'y croyait pas. Le seigneur de Selongey aimait bien trop la vie pour songer à la perdre. Il faisait trop bien l'amour pour y renoncer à tout jamais... D'autres femmes recevraient ses baisers, ses caresses et, même si cette pensée lui faisait grincer des dents de rage impuissante, Fiora ne la repoussait pas. Philippe avait trop bien su manœuvrer l'habile commerçant qu'était Beltrami pour ne pas s'encombrer la conscience du souvenir d'un mariage, même déshonorant et qu'il renierait demain. Il était si facile d'oublier celle qu'avec tant de désinvolture il avait condamnée à se faner lentement sans époux, sans enfants, dans la vaine somptuosité d'un palais florentin. Le plus drôle serait qu'il ignorerait sans doute longtemps, sinon toujours, le destin tragique de l'éphémère comtesse de Selongey...

Une idée traversa soudain l'esprit de la jeune femme que la colère et l'impuissance enfiévraient : il lui restait peut-être un moyen, un seul, de déjouer les trames de son époux : sa dot royale Philippe l'avait emportée, elle le savait, sous la forme d'une lettre de change sur la banque Fugger à Augsbourg, une lettre qui, peut-être, n'avait pas encore été payée. Dans deux jours, avant qu'on ne la fasse monter, enchaînée, dans la barque fatale, elle proclamerait hautement, en face des Médicis, ce mariage qui les offensait en demandant seulement, s'il n'était pas trop tard, que la contrepartie en or de la lettre ne soit pas livrée. Ainsi, elle tirerait vengeance à la fois de Philippe et de ce Téméraire auquel il avait osé la sacrifier! Elle pourrait mourir tranquille!

Dieu sait pourtant que l'idée de cette mort lui faisait horreur. L'espèce d'état de grâce qu'elle avait connu quand, à la suite de Hieronyma, elle avait décidé de se soumettre à l'ordalie s'était enfui. Elle se retrouvait face à elle-même : une fille de dix-sept ans, pleine de santé et que l'on disait belle, une fille qui avait une immense envie de vivre encore, de respirer l'air si doux du printemps, de sentir la caresse du soleil sur sa peau, de rire avec une amie de son âge, de lire de beaux livres, d'écouter les accords du luth et le chant des poètes... d'aimer même si, pour elle, ce mot s'écrivait haïr. Et surtout pas de s'en aller pourrir lentement au fond des eaux, jaunies par les boues de l'hiver, du fleuve qui coulait devant la fenêtre de sa chambre...

Une prière trouva soudain le chemin de son cœur à ses lèvres :

– Seigneur, si j'ai raison, faites que je ne meure pas!

Peut-être pour mieux se prouver qu'elle était toujours vivante, elle se sentit prise d'un besoin d'activité, même si l'étroitesse de sa prison ne lui en laissait pas beaucoup. Elle versa de l'eau dans la cuvette, arracha plus qu'elle ne l'ôta sa robe de fin drap noir qui sentait affreusement le chou et entreprit de se laver aussi soigneusement que possible. Ce n'était guère facile dans si peu d'eau, et le savon grossier, fait de suif et de cendre de bois n'avait que de lointains rapports avec les exquises pâtes parfumées que l'apothicaire Landucci faisait venir de Venise mais elle éprouva un réconfort à se sentir propre. Ensuite, avec le peigne qu'elle avait trouvé, elle démêla et lissa longuement ses épais cheveux noirs, où demeurait une trace légère du parfum coûteux que Khatoun y avait mis en la coiffant. Elle le regretta car il n'était pas bon d'évoquer ainsi les images d'un passé agréable puis, s'efforçant de penser à autre chose, elle tressa ses cheveux en une épaisse natte qu'elle laissa retomber sur son épaule gauche. Enfin, elle endossa la robe blanche qu'on lui avait laissée. La laine, tissée au couvent, en était rude mais du moins elle était parfaitement propre et, à tout prendre, agréable à porter...

Le tintement d'une cloche attira Fiora vers la petite fenêtre qui ouvrait, près de la porte, sur les arcades du cloître. Elle vit la longue théorie blanche et noire des religieuses qui se rendaient à la chapelle de ce pas silencieux que leur donnaient les sandales de corde tressée. Aucune ne tourna la tête dans sa direction et elles disparurent derrière les portes de la chapelle en entonnant le *Veni Creator*...

L'écho de leurs voix s'attarda même après que les portes furent refermées et Fiora resta là, à les écouter, en contemplant l'ordonnance fraîche du jardin intérieur, planté de lauriers, d'ifs et de citronniers qui entouraient les plates-bandes cernées de petit-buis où les nonnes cultivaient des plantes médicinales. Au milieu, il y avait une vasque de pierre avec un mince jet d'eau où les oiseaux venaient boire. Et c'était une image si belle, si apaisante et si douce que la captive resta là un long moment à la contempler. C'était sans doute l'une des dernières qu'il lui serait donné d'admirer mais, du moins, ses yeux pourraient-ils s'emplir de beauté jusqu'au moment du départ. Ensuite, il n'y aurait plus qu'à les lever vers le ciel puis à les fermer... pour ne plus les rouvrir.

Mais, chose étrange, plus Fiora s'efforçait à la résignation, moins elle y parvenait.

La journée fut longue. La captive la passa presque tout entière à observer le jardin et le vol des pigeons. Encore perdit-il beaucoup de son charme quand elle put apercevoir Hieronyma toujours vêtue de ses draperies funèbres, qui s'y promenait au bras de la mère Maddalena comme si elles se connaissaient depuis longtemps... Et soudain, elle se souvint de ce que lui avait dit Chiara à l'une de leurs visites : la supérieure des dominicaines cousinait sans doute avec les Albizzi mais elle avait eu pour mère une Pazzi. C'était dans cette parenté qu'il fallait chercher la cause du traitement de faveur dont jouissait son ennemie. Celle-ci demeurait un membre de la noblesse florentine alors qu'on lui refusait à elle-même le droit de se dire la fille de Francesco Beltrami. L'autre était reçue comme une amie alors qu'on ne voyait en Fiora qu'une prisonnière.

Cependant, sa menace de dénoncer publiquement le

traitement indigne qu'on lui faisait subir avait porté ses fruits avec ce changement de chambre. Et quand, au milieu du jour, on lui porta son repas, celui-ci, sans être fastueux, était convenable : des boulettes de viande accompagnées de pâtes, un morceau de pain blanc. Seule l'eau était toujours la même... Fiora dévora le tout en pensant que la faim n'est pas une bonne compagne de combat et que l'on se bat mieux lorsque l'on est en pleine possession de ses forces. Cette idée lui tint compagnie tout le reste du jour mais, quand le soir tomba, l'angoisse reparut. Il eût été doux alors d'avoir auprès d'elle une amie à qui se confier or, dans ce couvent où naguère encore on lui souriait, aucun visage ne souhaitait plus se tourner vers elle. Pire encore : personne ne voulait plus l'approcher.

Les nonnes étaient de nouveau à la chapelle pour chanter complies, qui est le dernier office du soir quand soudain, celle qui était venue la chercher le matin même reparut, toujours aussi froide, toujours aussi lointaine, une chandelle à la main.

– Pose ce voile sur ta tête! ordonna-t-elle en désignant le tissu blanc dont Fiora n'avait pas jugé utile de se couvrir, et suis-moi!

– Où allons-nous?

– Tu le verras bien! Mais je te conseille une attitude moins arrogante! Là où je te conduis, un comportement modeste s'impose et non ce regard assuré et ce nez au vent!

– Depuis ma plus tendre enfance, on m'a enseigné à tenir la tête droite... en quelque circonstance que ce soit!

La religieuse haussa les épaules, sortit de la cellule et s'engagea dans la travée du cloître opposée à celle qui menait à la chapelle. Fiora suivit. Le courant d'air qui régnait là couchait la flamme de la bougie, inutile d'ailleurs : la nuit où baignait le jardin clos était claire, suffisamment pour que l'on pût se diriger et Fiora, qui avait été enfermée depuis le matin, en respira les odeurs fraîches avec délice. Mais en fait on n'alla pas loin : juste de l'autre côté du cloître où la nonne ouvrit une porte basse et fit entrer sa compagne. Les deux femmes se trouvèrent au seuil d'une salle assez grande où la voûte romane s'étayait sur de lourds piliers ronds. Là, derrière une table sur laquelle brûlait un flambeau à cinq mèches, deux personnages étaient assis, immobiles sous les plis noirs et blancs de leurs costumes presque semblables : la mère Maddalena degli Angeli et le moine espagnol de San Marco : fray Ignacio Ortega.

– Merci, sœur Prisca! dit la prieure. Quant à toi, Fiora, approche. Notre vénérable frère Ignacio que voici désire te poser quelques questions. N'oublie pas, en lui répondant, qu'il est un envoyé de notre Saint-Père le pape Sixte que Dieu veuille nous conserver en santé et en sainteté.

Fiora s'inclina sans mot dire mais en se demandant ce que faisait un envoyé du pape dans ce couvent de femmes et à cette heure nocturne. Elle ne voyait pas bien non plus ce qu'il pouvait avoir à lui dire mais, se rappelant que c'était lui qui avait proposé le jugement de Dieu, elle pensa qu'il lui fallait se tenir sur ses gardes.

Il y eut un silence. Adossé à la chaire de bois foncé sur laquelle il était assis, le moine, les yeux à demi fermés, regardait la haute et mince silhouette blanche qui se tenait devant lui droite et digne, sans peur apparente mais sans forfanterie. Les flammes du chandelier ciselaient les traits du délicat visage et mettaient des reflets dorés dans les grands yeux gris sous la blancheur du voile d'où glissait, sur une épaule, l'épaisse natte de cheveux brillants. Fray Ignacio mordilla ses lèvres minces qu'il humecta ensuite du bout de sa langue. Puis, quittant avec un soupir sa pose détendue, il vint s'accouder à la table :

– Tu prétends t'appeler Fiora Beltrami ? demanda-t-il après avoir jeté un coup d'œil à quelques papiers posés devant lui.

– Je ne me suis jamais appelée autrement. La révérende mère ici présente peut l'attester : elle me connaît depuis longtemps.

– Il semblerait que la révérende mère ait été abusée par toi comme tous ceux de cette ville et que tu n'aies aucun droit à ce nom.

– J'ai le droit que m'a accordé la Seigneurie en contresignant l'acte d'adoption que lui avait remis mon père.

– Mais cet acte d'adoption était un faux puisque ton... père a sciemment trompé la Seigneurie. En réalité, tu es la fille de deux misérables que la justice de Dieu a dû plonger au fond des Enfers.

– Dieu seul peut dire ce qu'est sa justice et je crois, moi, avant tout, à sa miséricorde.

La voix de Fiora demeurait ferme comme son attitude. Relevant tout à fait ses paupières fripées, fray Ignacio la fixa comme si, par l'intensité même de son regard, il eût voulu la réduire à la soumission. Fiora rencontra ces yeux sans couleur définie et ne baissa pas les siens. Une légère rougeur colora les joues maigres du moine espagnol.

– Attitude commode ! Est-ce parce que tu crains cette justice ? Pourtant, tu as accepté bien facilement de te soumettre à la sentence de l'ordalie ? Il est vrai que tu y as été un peu obligée... Ce n'est pas toi qui as accepté la première mais celle que tu as accusée. Si elle est innocente, ainsi que tout porte à le croire, tu vas mourir. Ne crains-tu pas la mort ?

– Je mentirais si je disais que je ne la crains pas. J'ai dix-sept ans, révérend père... Mais si j'ai raison, je ne mourrai pas. Hieronyma, par contre, mourra et c'est à elle qu'il faudrait demander pourquoi elle a accepté si facilement...

– Mais justement, parce que sa conscience est aussi pure que son âme, s'écria la mère Maddalena, et parce que sa foi en Dieu est totale. Je ne suis pas certaine que l'on puisse en dire autant de toi !

Levant la main dans un geste apaisant, fray Ignacio mit fin à l'intervention de la prieure.

– Nous verrons cela plus tard. Qui est ton confesseur ?

Fiora hésita. Elle se confessait assez rarement, tantôt au curé de Santa Trinita tantôt au desservant d'Orsanmichele sans qu'il soit possible de dire lequel avait sa préférence. C'était une question d'heure et d'humeur car n'ayant jamais commis de grave péché, il lui semblait sans intérêt d'aller confier ses plus intimes pensées à un presque inconnu. Elle avoua franchement cette double participation à sa vie religieuse et comprit aussitôt qu'elle venait de scandaliser grandement fray Ignacio en voyant son grand nez se pincer :

– Quoi ? Pas de directeur de conscience ?

– J'ai toujours eu confiance en la sagesse et la droiture de mon père. C'est lui qui était mon directeur de conscience...

– Un homme qui savait si bien mentir ? Et qui, naturellement, ne te poussait guère vers l'Église. C'est à elle que tu aurais dû être confiée dès ta naissance afin que tu puisses expier, dans les rigueurs bienfaisantes d'un couvent, le crime de ta conception et le lourd péché dont le baptême n'a pu suffire à te laver...

– Mon père ne pensait pas qu'il me fallût payer ainsi pour ce que je n'avais pas commis. Il voulait que je me croie, toujours, une fille comme les autres. Il me voulait heureuse...

– C'est sans doute pourquoi, coupa mère Maddalena, il t'a fait élever dans les préceptes impies de ces philosophes antiques dont la pensée infecte cette ville où l'on consacre à ces écrits profanes, aux arts, aux fêtes et au plaisir ce qui devrait n'aller qu'à Dieu.

– Le souverain pontife sait tout cela, ma chère sœur, et s'en soucie grandement Le désordre spirituel de Florence l'afflige d'autant plus que l'exemple déplorable vient d'en haut. Les frères Médicis y font bon marché de la foi chrétienne et de l'honneur des femmes. L'adultère et la débauche s'étalent librement dans leur cour. Ils ont appelé en leurs conseils des gens de petit lieu cependant que par l'exil, la mort ou simplement le dédain, ils en écartaient ceux qui depuis toujours contribuaient à la richesse et au bon renom de la ville... Mais Dieu ne les oublie pas!

Fiora regardait avec stupeur ce moine qui semblait pris d'une sorte de transe. Les yeux fixés à la voûte comme s'il attendait qu'elle s'ouvrît pour livrer passage au châtiment céleste, il s'était dressé et, appuyé des deux poings à la table, il vociférait sa fureur fanatique... et sa haine des Médicis...

– Croyez-vous qu'un jour viendra où l'Antéchrist s'éloignera de nous? demanda la mère Maddalena, les mains jointes et des larmes dans les yeux.

Fray Ignacio redescendit brusquement sur terre et essuya la sueur qui perlait à son crâne chauve :

– C'est ce qu'espère Sa Sainteté et je n'ai été envoyé ici que pour lui apporter le secours de mes yeux et de mes oreilles. Je suis étranger donc impartial mais ce que j'ai vu et entendu jusqu'à présent me fait regretter que la puissante machine de l'Inquisition, si florissante lorsqu'elle était entre nos mains, ait été finalement confiée aux frères prêcheurs qui ne s'en soucient guère. Il serait cependant souhaitable qu'elle reprenne rigueur dans ces pays et d'ailleurs, la reine Isabelle de Castille par qui j'ai été envoyé à Rome, souhaiterait que le pape en autorisât l'installation dans ses royaumes dont elle poursuit la reconquête sur les Maures infidèles... mais il me semble que nous nous éloignons un peu du cas de cette fille que tout ceci ne saurait concerner. Elle nous regarde avec des yeux ronds qu'il lui faudra apprendre à baisser!

– Pas si éloignés que cela, très révérend frère. N'est-elle pas le pire exemple de ce que produit une éducation où Dieu n'entre pas?

– Lire des livres n'a jamais empêché quiconque de

servir et d'aimer le Seigneur, protesta Fiora indignée. Je crois être aussi bonne chrétienne que...

– Que moi, peut-être? Tu t'oublies Fiora!...

– Laissons cela, ma sœur, et finissons-en! coupa fray Ignacio sèchement. Pour l'instant, je suis ici pour essayer de sauver une âme s'il en est encore temps. Tu m'as dit tout à l'heure que tu craignais la mort, fille pécheresse? Je veux bien te croire car tu es, en effet, jeune... et belle, même si cette beauté est l'œuvre du Malin. Alors je te pose une question simple : veux-tu vivre?

– Je vivrai si Dieu le veut et si le fleuve ne m'engloutit pas, dit Fiora calmement.

– Tu es courageuse, je le reconnais... à moins que tu ne comptes sur l'aide... de l'Autre?

– L'autre? Quel autre?

– Ne fais pas l'innocente car tes yeux n'ont rien d'innocent. Je parle de celui qu'invoquent sorciers et sorcières et tu as tout ce qu'il faut pour en être une. J'ai vu de tes pareilles sourire en face d'un bûcher...

– Ne m'avez-vous fait venir ici que pour m'insulter? s'écria Fiora révoltée. Je ne suis pas une sorcière, pas plus que ne l'étaient mes malheureux parents dont le seul crime fut d'aimer qui leur était défendu!

– Je ne te conseille pas de les évoquer trop souvent! Mais soit, je veux bien te croire : tu n'es pas une sorcière, fit le moine d'une voix soudain changée, aussi douce et enveloppante qu'elle avait été dure et coupante. Tu n'es qu'une brebis égarée par de mauvais maîtres. C'est pourquoi je te propose de te sauver.

– As-tu donc le pouvoir de m'éviter d'être jetée à l'eau alors que toute la ville attend cela avec impatience?

– Je vois que tu n'as guère d'illusions sur ce que tu peux attendre de tes anciens amis? dit fray Ignacio avec un mince sourire. Cela dit, il ne m'est pas possible de t'éviter l'ordalie. La seule personne qui le puisse, c'est toi-même.

– Moi?

– Qui d'autre? Et il suffit de bien peu de chose : reconnais devant moi, ici même, que tu as accusé faussement... peut-être sous l'empire du chagrin – tu vois que je m'efforce de te comprendre! – cette pauvre femme... Souviens-toi qu'elle a saisi comme une chance la terrible épreuve que j'ai proposée. Elle ne peut donc être coupable. Reconnais que tu t'es trompée et je ferai en sorte d'apaiser ceux d'ici...

– Et, si j'accepte, qu'adviendra-t-il de moi ensuite?

– Tu resteras d'abord dans le couvent, confiée aux soins de mère Maddalena. Ce sera plus prudent car tu le dis toi-même : ces bons Florentins ne voient plus en toi... qu'une fille de rien. Tu ne pourrais recouvrer les biens de ton père : Médicis sera trop heureux de les garder par-devers lui. Tu serais honnie, jetée au ruisseau...

– Pourquoi serais-je obligée de rester ici? Je pourrais quitter Florence!

– Mais tu quitteras Florence. Quand les esprits seront un peu apaisés et qu'on t'aura un peu oubliée, je te ferai conduire à Rome où Sa Sainteté, sur ma prière, t'accueillera. Tu pourras alors choisir entre un couvent agréable ou le service de quelque noble dame. La nièce du pape, par exemple : la comtesse Catarina... Elle recevrait certainement avec bonté, une jeune femme indignement abandonnée et spoliée par les Médicis.

Fiora d'abord désorientée par le ton si soudainement amical du moine espagnol et qui ne saisissait pas dans quel dessein il tenait tellement à la faire renoncer à son accusation, comprit d'un seul coup. Venu enquêter sur la dépravation et les exactions supposées de Lorenzo et de Giuliano, fray Ignacio comptait faire d'elle l'un des pions de son jeu. Bien que peu au fait de la politique, elle en savait assez cependant pour ne pas ignorer que Sixte IV, ennemi mortel des Médicis, parce que désireux d'offrir Florence à son neveu Girolamo Riario, l'époux de Catarina Sforza, s'efforçait de réunir autour de lui tous les ennemis du maître de la cité convoitée. Fiora rejoindrait à

Rome Francesco Pazzi le vaincu de la *giostra* dont on chuchotait que le pape l'intéressait à ses affaires d'argent et qui avait transféré à Rome, avec la bénédiction du vieux Jacopo, la majeure partie de la fortune familiale. Cependant Hieronyma reconnue hautement innocente et pure constituerait une insulte vivante pour Lorenzo qui avait tenté de défendre Fiora... et, très certainement elle réussirait à se faire attribuer par la Seigneurie une bonne part de la fortune des Beltrami.

Voyant que la jeune femme gardait le silence, fray Ignacio s'impatienta :

– Eh bien ? Qu'as-tu à dire à présent ? Je crois que ce que je t'offre est généreux ?

– Je le crois aussi, dit la prieure. J'accepte, pour ma part, de te garder ici où tu seras traitée comme la protégée de l'Église que tu vas être...

Fiora les considéra l'un et l'autre : elle, avec ses yeux encore humides d'un stupide attendrissement, lui, avec le tic agaçant de sa bouche qu'il mordillait puis humidifiait. Ils lui répugnaient autant l'un que l'autre.

– Je vous remercie tous deux... bien sincèrement de l'intérêt généreux que vous me portez mais je préfère affronter le jugement de Dieu. J'espère qu'il me permettra de prouver que j'ai raison !

Fray Ignacio qui s'était rassis, jaillit de son siège comme si un ressort s'était soudainement déclenché :

– Pauvre folle ! Tu viens de signer ta condamnation à mort ! hurla-t-il tandis que sa compagne levait les mains et les yeux au ciel.

– Tu n'en sais rien, révérend père ! Je peux survivre à la noyade.

– Mais pas au feu ! J'avais raison : tu n'es qu'une sorcière et si, par malheur, le fleuve te rejette vivante, c'est au bûcher que je te ferai condamner ! Comme j'y ferai peut-être condamner un jour le Médicis et toute sa bande. Je n'ignore pas qu'il garde auprès de lui un médecin grec magicien et voyant qui ne peut être qu'un suppôt de

Satan! Quand le pape aura étendu sa main sur cette cité maudite, ils brûleront tous... mais toi, tu brûleras avant eux pour la plus grande gloire de Dieu!

Il ne se possédait plus et, dans la lumière ondoyante des chandelles, sa bouche écumante tordue par la rage, et ses yeux flamboyants lui donnaient le masque même d'un démon.

– Il en sera ce que Dieu voudra. Mais tu devrais le laisser se charger lui-même de sa gloire. Il s'y entend certainement mieux que toi!

– C'est ton dernier mot? Tu refuses?

– Je refuse. Et maintenant, avec ta permission, je souhaiterais regagner ma cellule. Il se fait tard... et je voudrais prier en paix.

– Sacrilège! Le feu de l'enfer t'attend après celui des hommes!

Il criait si fort que, craignant sans doute qu'il ne fût entendu par toute la communauté, la mère Maddalena se hâta de rappeler la sœur Prisca en frappant dans ses mains. La religieuse ne devait pas être loin car elle reparut aussitôt. L'instant suivant, Fiora reprenait derrière elle le chemin de son logis. Elle y était à peine revenue qu'elle entendit les nonnes sortir de la chapelle. Fiora perçut leur pas glissant et des chuchotements : les filles de Santa Lucia devaient se demander pourquoi la mère prieure n'avait pas assisté à l'office du soir. Puis il n'y eut plus aucun bruit sinon, dans le voisinage, les aboiements furieux d'un chien et, un peu plus tard, l'appel répété des soldats de garde, qui, sur les remparts, se répondaient d'une tour à l'autre.

Fiora vit qu'en son absence on lui avait apporté son souper. Il se composait de pâtes au fromage avec une sauce au basilic. Mais le tout était froid. Elle en mangea un peu. Trouvant le plat collant, elle se rabattit sur le pain et l'eau. En dépit du fait qu'elle n'avait pas bougé de la journée, elle se sentait fatiguée, mais c'était surtout l'esprit qui était las... Quand les portes du couvent s'étaient refermées sur son passage, Fiora avait espéré goûter au moins un peu de calme. Or depuis qu'elle était entrée dans ce lieu fait pour la prière et la méditation, elle n'avait rencontré que la méchanceté, la mesquinerie, le mépris. Ce soir, il lui avait fallu affronter un couple de fanatiques, décidés à employer tous les moyens pour lui faire servir leurs desseins tortueux. Le moine l'avait même menacée du bûcher. Elle n'avait pas cédé en dépit de la peur que ce moine lui inspirait et elle en était heureuse...

Elle songea qu'il ne lui restait plus que deux jours et son cœur se serra en face du temps qui fuyait inexorablement. Son destin commencé dans une prison devait-il vraiment s'achever dans une autre prison ? Elle pensa à sa mère, à tout ce qu'elle avait enduré. Comme Marie avait dû souffrir, dans son corps et dans son cœur, durant les heures pénibles de l'accouchement, surveillée par des geôliers sans pitié avec l'idée affreuse que ce petit être sorti de sa chair, elle n'aurait pas le droit de le regarder vivre et que, certainement, il serait voué à la mort à brève échéance! Des jours, des nuits d'agonie peut-être avec le glaive du bourreau pour seule espérance... Mais, au moins, elle était soutenue par son amour tout proche, un amour qu'à l'heure dernière elle avait pu prendre par la main tandis que celui de Fiora criait dans le désert... Comme tout eût été différent si Philippe l'avait aimée vraiment, aimée comme Jean – ce Jean en qui elle ne parvenait pas à voir un père – avait aimé Marie!

Un jour, l'étrange époux apprendrait que cette Fiora à laquelle il avait juré de l'aimer et de la défendre, de la garder en sa maison pour le meilleur et pour le pire, était morte misérablement. Lui donnerait-il seulement un regret, une larme ? Mais non, un Selongey ne devait pas savoir pleurer. Ce qu'il éprouverait serait plus certainement un grand soulagement. La honte n'existait plus, la souillure était effacée... Il pourrait joyeusement se tourner vers une autre femme... une femme qui peut-être occupait déjà sa vie et ses pensées ?

Fiora ne réussit pas à prier, ce soir-là. Dieu était trop loin, trop indifférent puisqu'il permettait que pèse sur une innocente le poids d'une malédiction imméritée. Quant aux représentants de sa gloire et de sa bonté qu'il avait mis sur le chemin de sa victime, il s'en fallait de beaucoup qu'ils eussent montré les doux visages du Crucifié et de Sa tendre Mère... Et ce fut en pleurant que Fiora s'endormit.

La journée du lendemain fut morne. Tôt le matin, une autre sœur converse vint enlever l'écuelle encore pleine et procéder à un rapide nettoyage de la cellule mais elle tint les yeux obstinément baissés durant tout le temps que dura son travail et ne répondit à aucune des paroles que Fiora lui adressa.

Personne ne reparut tant que dura le jour. Constatant qu'on ne lui apportait même pas à manger, Fiora pensa que l'on avait décidé de lui appliquer un sévère régime de pénitence, conséquence évidente de son attitude en face de l'espèce de tribunal que constituaient la veille la prieure et le moine espagnol. Elle s'y résigna, regrettant seulement, quand sonnerait l'heure de l'ordalie, d'affronter l'épreuve avec des forces diminuées.

Elle passa toute la journée pelotonnée sur son lit. Depuis le matin, une pluie fine tombait incessamment, noyant le jardin où il n'y avait plus d'oiseaux et Fiora sentait son cœur s'alourdir à mesure que passait le temps.

A sa grande surprise, la même sœur que le matin revint à la nuit tombante avec du pain, de l'eau et une grande écuelle de soupe épaisse qui sentait bon les légumes frais. Et à sa plus grande surprise encore, on lui parla.

– C'est chaud, dit la converse. Dépêche-toi de manger!

Le ton était presque amical et Fiora sentit son cœur se réchauffer. C'était bien la première créature qui, dans cette maison, s'adressait à elle comme à un être humain.

« Merci », dit-elle avec un sourire qu'on n'alla tout de même pas jusqu'à lui rendre. Mais c'était sans importance. Avec l'appétit de son âge elle attaqua la soupe qui lui parut succulente bien qu'elle eût un goût un peu inhabituel difficile à déterminer. Elle n'eut d'ailleurs pas tellement le temps de se poser de questions à ce sujet car, la dernière cuillerée avalée, l'écuelle s'échappa de ses mains. Ses yeux se fermèrent et Fiora tomba dans un profond sommeil...

CHAPITRE VIII

LA VIRAGO

Fiora ouvrit les yeux sur un décor si étranger à celui où elle s'était endormie qu'elle les referma aussitôt en pensant qu'elle était encore en train de rêver mais sa tête lourde et douloureuse, sa bouche sèche et une pénible sensation de nausée la rappelèrent à une pesante réalité. A nouveau elle souleva ses paupières puis essaya de se redresser mais l'élancement soudain qui lui vrilla la tête l'obligea à se recoucher avec un gémissement. Immobile, alors, elle contempla sans rien y comprendre, le cadre invraisemblable au milieu duquel elle se trouvait.

Cela ressemblait à une étuve car il y avait un grand baquet de bois posé sur un sol dallé et creusé d'une rigole d'évacuation des eaux qui aboutissait à un trou percé dans la muraille. Il y avait aussi un brasero, éteint d'ailleurs, mais dont les fumées avaient noirci le plafond grossièrement crépi. Cela ressemblait à une prison car un soupirail l'éclairait de haut et mal, enfin cela ressemblait finalement à une chambre car le lit dans lequel Fiora était couchée, assez grand pour accueillir trois ou quatre personnes, était confortable. Les draps et couvertures étaient propres mais les rideaux qui l'enveloppaient faits d'un tissu à grands ramages criards, rouges et jaunes, passablement effilochés, montraient cependant ici et là des fils brillants, signes d'un passé plus fastueux. Sur un gros coffre vert à la peinture écaillée, un chandelier de fer, alourdi de coulures de cire, supportait six chandelles allumées éclairant le mur en face duquel le lit était placé. Or, ce mur était peint...

Grossièrement sans doute, car il n'avait pas la patte des jeunes génies qui faisaient l'orgueil de Florence mais par contre un grand sens du réalisme et une véritable débauche de couleurs, le peintre inconnu avait étalé sur le mur les amours d'une nymphe dodue et d'un satyre membru. Épouvantée, Fiora devint pourpre et ferma les yeux en les plissant très fort pour ne plus voir la vilaine image.

– Si tu prétends faire semblant de dormir, fit une voix de rogomme, c'est pas la bonne manière!

Rouvrant les yeux avec précaution, Fiora ne vit plus la peinture. Elle était remplacée par une sorte de monstre : une créature taillée comme un lansquenet dont elle avait la voix râpeuse, avec des mains comme des battoirs à linge, des épaules de portefaix et des bras bosselés de muscles. De la position allongée où se trouvait Fiora, elle apparaissait immense et presque aussi large que haute. Néanmoins il fallait bien se rendre à l'évidence: la créature était une femme! L'attestaient les seins qui pointaient comme des caronades sous la soie vert cru de la robe et les longs cheveux roux crespelés qui encadraient un visage aux dimensions du reste mais qui, peut-être, n'eût pas été sans beauté s'il avait été débarrassé de sa couche de peinture et si les yeux avaient été plus grands; ils ressemblaient en effet à deux cailloux verts dont ils avaient à peu près la tendresse. Une profusion de bijoux clinquants achevait le personnage et scintillait à chacun de ses mouvements.

– Je ne fais pas semblant de dormir, dit Fiora, mais je voudrais savoir où je suis.

– Ça, c'est pas difficile : t'es chez moi.

– Où cela, chez toi? Et qui es-tu?

La femme s'appuya aux colonnes du lit qui trembla sous le choc, procurant à Fiora un nouvel élancement douloureux.

– Où c'est chez moi, t'as pas besoin de le savoir ! Quant à moi, on m'appelle Pippa, la grande Pippa ou encore la Virago. Comme on fréquente pas le même monde ça ne doit pas te dire grand-chose.

– Non... rien du tout. Mais comment suis-je venue ici ? Je me suis endormie hier soir au couvent.

– Pas hier soir : avant-hier soir. J'ai cru que tu te réveillerais jamais... M'est avis qu' les nonnes ont eu la main trop lourde avec leur drogue...

– Une... drogue ? Mais pourquoi ?

La Pippa éclata d'un rire hennissant en montrant des dents qui devaient être capables de moudre le blé :

– Par pure bonté. C'est des saintes femmes, tu sais ? Elles devaient penser qu'c'était gâcher d'la belle marchandise que de te jeter à l'eau.

– Tu veux dire... que ce sont elles qui m'ont apportée ici ?

– Faut rien exagérer ! Tu vois des bonnes sœurs venir ici ?

Et de hennir de plus belle !

– Par pitié, gémit Fiora, tais-toi ! J'ai affreusement mal à la tête... et mal au cœur ! Il me semble que j'ai de la laine dans la bouche.

Pippa s'arrêta net, fronça les sourcils et vint poser sa patte sur le front de la jeune femme :

– C'est bien c'que j'disais : elles ont eu la main trop lourde. On va arranger ça !

Elle revint peu après portant une grande tasse de terre cuite dans laquelle fumait un liquide à l'odeur agréable. Elle la mit entre les mains de Fiora puis, prenant celle-ci sous les épaules, elle la fit asseoir.

– Tu bois tout ! Je sais que c'est très chaud mais ça fait rien.

Fiora se brûla héroïquement. Amère en dépit du miel que l'on y avait ajoutée, la tisane contenait une forte dose de citron, de la menthe et une autre substance indéfinissable. Quand elle eut tout avalé, la jeune femme était rouge jusqu'à la racine des cheveux et transpirait comme une gargoulette. Sans rien vouloir entendre de ses protestations, Pippa la recoucha et empila sur elle tout ce qu'elle put trouver de couvertures dans le coffre en bois.

– Voilà! fit-elle avec satisfaction. Dans une heure, je viendrai voir où t'en es. Et n'essaie pas de bouger!

Une heure plus tard, le lit était trempé et Fiora n'avait plus mal à la tête ni mal au cœur. En revanche, elle mourait de faim et quand la femme revint avec des draps secs, elle demanda s'il était possible de lui donner quelque chose à manger. Pippa éclata de rire :

– On dirait que ça va mieux? J'préfère ça. J'aime pas qu'on soit malade chez moi. On t'apportera à manger tout à l'heure. Pour l'instant lève-toi. Faut changer tout ça!

Fiora se leva et constata qu'elle portait toujours la chemise qu'on lui avait donnée à Santa Lucia et que cette chemise était mouillée comme le reste.

– Enlève ça! ordonna Pippa qui en un tournemain avait allumé le brasero, jeté dessus quelques herbes odorantes et s'attaquait au lit. Le tout dans une atmosphère de tremblement de terre.

– Que vais-je mettre? demanda Fiora cherchant un quelconque vêtement autour d'elle.

– Enlève toujours! On verra après! Allons, vite!

Fiora ôta la chemise et tendit la main vers l'une des couvertures que Pippa venait d'enlever pour s'en vêtir mais la femme l'arrêta d'un brutal :

– Reste tranquille! Faut tout de même que j'voie à quoi tu ressembles à poil. Une belle gueule c'est bien mais faut qu' le reste aille avec... Reste tranquille, que j' te dis! M'oblige pas à aller déjà chercher l' fouet!

– Le fouet? s'écria Fiora indignée. Je t'interdis bien de me toucher! Tu t'imagines que je me laisserais faire? Je ne te connais pas et je veux sortir d'ici!

Sans se soucier de sa tenue sommaire, elle s'élançait

déjà vers la porte mais Pippa la saisit au vol par un bras que Fiora crut pris dans un étau :

– Tranquille, hein ? gronda la femme. Ici, on fait c'que j' dis et on n'en sort que pour aller où j' veux ! T'as compris ?

Fiora se tordit sous la terrible poigne et ne réussit qu'à se faire mal. Bon gré mal gré, il lui fallut bien se tenir droite et subir l'examen de la femme en retenant des larmes de rage. L'autre la lâcha et s'écarta de quelques pas pour la voir de pied en cap puis revint, lui prit les seins pour éprouver leur fermeté, toucha son ventre, palpa ses fesses, caressa ses cuisses et finalement soupira en jetant à Fiora une chemise de soie rouge usagée :

– Si j' fais pas fortune avec toi c'est que je serais vraiment la reine des gourdes ! Par Belzébuth, t'es un vrai morceau de roi ! Le client s'ra content mais faut pas qu'y t'abîmes...

– Le... client ? répéta Fiora abasourdie. Quel client ? Et d'abord, qu'est-ce que c'est que cette maison ? Que veux-tu de moi ?

La Pippa se carra devant elle, les poings sur les hanches, la dominant de toute sa tête :

– Le client, c'est celui qui t'a fait mettre ici, chez la Pippa, la maquerelle la plus fameuse d'la Tyrrhénienne à l'Adriatique ! Il veut te dépuceler et coucher avec toi jusqu'à ce que l'envie lui passe ! Ou jusqu'à ce qu'il ait plus d'argent et j'espère bien que ça sera bientôt parce que maintenant que je t'ai vue, j'ai pas l'intention d' te vendre à n'importe qui. J'ai même déjà une idée...

Contrairement à ce que la Pippa pensait, le fait de découvrir l'horreur de sa situation galvanisa le courage de Fiora :

– Parce que tu t'imagines que je vais me laisser faire ? cria-t-elle. Tu ne sais pas qui je suis...

– Qui tu étais, tu veux dire ? Parce que t'es plus rien maintenant, Fiora Beltrami, moins que rien même : une criminelle en fuite, une sorcière recherchée par l'Église et par les gens du Bargello! Tu veux que je t'explique pourquoi ?

– Bien sûr, je le veux!

– Alors écoute! Hier matin, les sœurs d' Santa Lucia se sont aperçues qu' tu t'étais enfuie de chez elles, par la cour des cuisines et en passant le mur avec une échelle. On a retrouvé ton voile sous l'échelle. Tout le monde croit qu' t'as pris la poudre d'escampette parce que t'avais la frousse du jugement d' Dieu. C' qui voulait dire qu' t'étais que d' la mauvaise graine. Comme t'étais pas là, la Seigneurie t'a condamnée. Et il y avait là l' prieur d' San Marco avec un moine espagnol et ils ont d'mandé que si on t' retrouve, tu sois j'tée aux Stinche [1] en attendant ton jugement... et le bûcher! T'as compris, cette fois ?

Fiora plia sur ses jambes et se laissa tomber sur le tas de couvertures abandonné sur le sol. Oui, elle avait compris l'infernale machination montée contre elle. Certainement par les Pazzi, le vieux Jacopo et son infâme belle-fille. Elle avait compris pourquoi Hieronyma avait réclamé l'ordalie avec autant de zèle : tout devait être réglé avant que n'eût lieu la scène scandaleuse qui avait eu pour cadre le parvis du Duomo. Les complicités étaient acquises, à commencer par celles du prieur de San Marco et de fray Ignacio Ortega – celui-ci ne venait-il pas de Rome où Francesco Pazzi était bien en cour ? – et Fiora découvrait avec amertume que la puissance des Médicis avait des pieds d'argile, qu'il était possible, sinon facile de la neutraliser en agissant sur le peuple, ce monstre à cent mille têtes aux idées changeantes, et même sur la Seigneurie où, cependant, Lorenzo avait installé des hommes qu'il croyait à lui. Elle, Fiora, venait d'être emportée par cette brusque bourrasque, une autre pouvait entraîner les Médicis eux-mêmes puisque, tenus à l'écart et à demi ruinés, les Pazzi pouvaient encore agir et gagner.

Dressée de toute sa taille devant Fiora, la Virago, les

1. La prison de Florence.

bras croisés sur sa poitrine, jouissait de son triomphe sur cette belle créature qu'elle croyait brisée. Mais elle la connaissait mal et même pas du tout. Brusquement, Fiora se releva, fit face :

– Si l'on me croit en fuite, est-ce que tu ne prends pas de grands risques en me gardant ici ? demanda-t-elle froidement.

– Je ne crois pas qu' le risque soit si grand. Qui aurait l'idée de chercher la fille de Beltrami dans une maison comme la mienne ? De toute façon, le jeu en vaut la chandelle. Je viens d' te dire que j' compte sur toi pour asseoir définitivement ma fortune...

– En me livrant aux hommes qui viennent chez toi ? Tu n'oublies qu'une chose : beaucoup de gens me connaissent à Florence; quelqu'un pourrait...

– Te reconnaître ? Tu m' prends pour une imbécile ? Bien sûr que ça pourrait arriver mais tu ne penses tout de même pas qu'en dehors de celui qui te veut, j' vais t' faire coucher avec n'importe qui, au risque qu'un ivrogne t'éventre d'un coup de couteau ? T'es pas d' la marchandise pour marin ivre. Si tu veux tout savoir, ceux qui t'ont amenée ici veulent qu'après ce que tu sais, je t'emmène à Ancône où j'ai des intérêts pour t'y vendre discrètement... mais cher, à quelque pirate turc.

– A Ancône ? Dans les États du pape ? Comme c'est vraisemblable !

– Plus que tu ne le crois. Notre Saint-Père actuel se soucie pas d'une croisade. Il aime surtout l'or. D'ailleurs il sait pas toujours c' qui s' passe derrière son dos... Mais rassure-toi, tu n'iras pas là-bas. J' vais pas risquer les aléas d'une vente à la sauvette avec un Turc alors qu'il y a à Rome un cardinal qui me donnera ton poids en or...

– Un cardinal ? fit Fiora horrifiée.

– Pourquoi pas ? C'est des hommes comme les autres et celui-là est encore plus homme que tous les autres. Faut pas lui en promettre d' la belle fille. S'appelle Rodrigo Borgia, c'est l' cardinal-vice-chancelier, un vrai taureau ! Tu verras...

– Je ne verrai rien du tout, cria Fiora. Crois-tu vraiment que je vais rester ici ?

– Tu pourras pas faire autrement!

– Alors je me tuerai!

– T'en auras pas l'occasion. On t' surveillera ma belle. Mais maintenant assez parlé. J' croyais qu' t'avais faim ?

– Les charmes de ta conversation me l'ont fait oublier...

Brutalement, la Pippa saisit le visage de Fiora qu'elle serra à lui faire mal :

– Te fous pas d' moi! Pourrait t'en cuire!

– Allons donc! Tu n'es pas femme à abîmer la marchandise, tu me l'as dit...

– Y a d'autres moyens que le fouet. Par exemple, avec un piment placé au bon endroit. Va t' coucher maintenant. On va t'apporter à manger et puis tu dormiras encore. Rien d' tel qu' le sommeil, le vrai, et une bonne nourriture pour faire une belle peau. Demain faudra être prête à plaire...

Mais Fiora n'avait plus envie de dormir. Livrée à elle-même, elle fit le tour de son nouveau logis, cherchant une issue, un trou dans lequel se glisser pour retrouver la liberté. La Pippa lui avait bien dit que, dehors, elle risquait une prison plus dure que celle-ci et une mort affreuse mais elle pensait que tout valait mieux que rester ici pour y être livrée au caprice d'un inconnu dont elle cherchait en vain qui il pouvait bien être.

Hélas, l'évasion semblait difficile sinon impossible. La porte, basse et rébarbative avec ses pentures de fer et sa grosse serrure était impossible à forcer. D'ailleurs, lorsqu'on l'ouvrait on pouvait entendre claquer les verrous extérieurs. Il était donc impossible de passer par là à moins d'affronter la lutte avec la Virago et cela relevait de la pure folie : on ne se mesure pas à une montagne...

Le soupirail, qu'elle atteignit en montant sur un escabeau, donnait sur une cour intérieure, une sorte de puits qui semblait aveugle mais qui devait tout de même avoir une issue quelconque. La vue qu'elle en eut permit néanmoins à la jeune femme de constater que sa chambre se trouvait au rez-de-chaussée, ce dont elle se doutait d'ailleurs puisqu'un peu de jour filtrait par le trou d'écoulement des eaux. Seulement, pour passer, il aurait fallu scier ou desceller au moins l'un des barreaux qui interdisaient le passage. A tout hasard, Fiora secoua l'une après l'autre les trois barres de fer et constata que l'une bougeait un peu. Mais le fracas des verrous se faisait entendre et elle bondit jusqu'au lit pour ne pas être surprise dans ses tentatives.

Pippa la trouva couchée et eut un large sourire :

– On dirait qu' tu sais être raisonnable ? Dans c' cas on pourra s'entendre. Tiens, j' t'apporte du poulet au zafferano (safran), du pain blanc et des prunes confites ! Demain, t'auras du chianti pour te donner des couleurs et t'échauffer un peu l' sang...

Elle disposait l'écuelle sur les genoux de Fiora et, à sa grande surprise, lui jeta même une serviette – cette rareté que l'on ne trouvait alors que dans quelques maisons très raffinées ! – sur l'épaule, ajoutant que c'était pour éviter de salir les draps. Puis elle la regarda prendre élégamment les morceaux de volaille du bout des doigts qui touchaient à peine la sauce rousse :

– On voit qu' t'as été bien élevée ! commenta-t-elle. Une vraie princesse qui sera à sa place dans les plus beaux palais. Dommage qu'on ne t'ait pas appris à faire l'amour aussi bien mais, après l'affaire de demain soir qui sera peut-être pas très agréable pour toi, je t'apprendrai à donner du plaisir à un homme même s'il en a pas envie. J' suis sûre qu' t'es douée...

Fiora ferma les portes de sa mémoire au souvenir toujours brûlant de sa nuit de noces. Philippe avait été un merveilleux professeur mais elle ne voulait pas s'en souvenir ici. D'ailleurs, des cris se faisaient entendre dans les profondeurs de la maison et Pippa se précipita hors de la chambre pour aller voir ce qui se passait en clamant qu'il était impossible « dans c'te taule » d'avoir cinq minutes de paix. Mais, quand elle revint, quelques minutes plus tard, elle tenait dans sa poigne implacable un paquet de haillons grisâtres d'où partaient des gémissements. Elle jeta le tout sur le sol près du lit :

– On a trouvé ça qui rôdait autour de la maison depuis déjà un moment. Tu saurais pas qui c'est par hasard ?

Le tas de chiffons s'agita, s'ouvrit et le visage épouvanté de Khatoun apparut. Du sang coulait de son front.

Fiora poussa un cri et, instantanément, se trouva à genoux auprès de la jeune Tartare dont le visage s'illumina.

– Khatoun ! fit-elle. Qu'est-ce qu'on t'a fait ?

Elle voulut la prendre dans ses bras pour l'appuyer contre son épaule et essuyer le sang qui coulait encore mais Pippa la rejeta brutalement en arrière :

– Pas touche ! On répond d'abord à mes questions ! Qui c'est ?

– Elle s'appelle Khatoun. Mon père a acheté sa mère qui était une Tartare alors qu'elle était enceinte. Celle-ci est née au palais et elle est ma compagne depuis toujours.

– Une esclave, hein ?

– Oui mais je ne l'ai jamais considérée comme telle. Je... je l'aime bien. Il faut la soigner, tu vois bien qu'elle est blessée.

– C'est d' sa faute ! Elle s' débattait comme un chat en colère quand Beppo, mon p'tit frère, a mis la main d'ssus. L'a même griffé. Alors il a cogné. Maintenant, faut savoir ce qu'elle faisait là ?

– Soigne-la d'abord, s'écria Fiora. Tu vois bien qu'elle est en train de mourir !

Khatoun, en effet, avait tenté de se lever mais les forces lui manquant, elle retomba sur le dallage tandis que son petit visage verdissait et que ses narines se pinçaient... Sans répondre à Fiora, Pippa se pencha, la prit dans ses bras et la posa sur le lit en maugréant que les loques dont elle était vêtue allaient gâter ses draps. Mais c'était incontestablement une femme efficace : en un tournemain, sous l'œil inquiet de Fiora, elle lava la blessure, l'enduisit d'une pâte qui arrêta le sang puis promena sous le nez de la malade un flacon de sels qui devaient être particulièrement vigoureux car Khatoun sortit de son évanouissement en éternuant.

– Là! fit Pippa. Tu vois bien qu'elle est pas morte! Maintenant, va falloir qu'elle cause!...

– Un peu de patience! s'indigna Fiora. Donne-lui quelque chose à boire! Un peu de vin!

– Mais, ma parole, elle me donne des ordres? rugit la Virago qui s'en alla tout de même chercher un flacon de vin dont elle fit boire un fond de gobelet à Khatoun qui, en dehors du fait qu'elle semblait recrue de fatigue, reprit tout à fait ses esprits. Elle raconta alors, comment, dès le lendemain des funérailles de son maître, elle s'était rendue, sous des haillons de mendiante aux abords du couvent de Santa Lucia. Son instinct, aiguisé comme celui d'un animal fidèle, lui soufflait que Fiora était en danger dans cette « sainte » maison. Et elle était restée là, ne s'écartant que pour acheter le peu de nourriture que lui procuraient les piécettes jetées par les passants...

– T'as pas eu d'ennuis avec la confrérie des mendiants? remarqua Pippa. Tu m'étonnes un peu : les places devant les églises et les couvents sont des places de choix. Ça se paie, en général...

– Je n'ai vu personne, dit Khatoun en levant sur l'immense femme un regard plein d'innocence. Le mendiant habituel était peut-être malade?

– Peu probable! C'est solide c'te race-là. On est vivant ou on est mort. Pas de d'mi-mesures. Mais continue ton histoire!

Il restait peu à raconter. La deuxième nuit de sa faction, la petite esclave avait vu la porte s'ouvrir au cœur le plus noir de la nuit. Des hommes masqués s'étaient approchés et avaient reçu un long paquet sombre que l'un d'eux avait chargé sur son épaule. Ils étaient partis silencieusement et Khatoun les avait suivis jusqu'à cette maison où elle les avait vus entrer. Elle était sûre, sans pouvoir expliquer pourquoi, que le paquet n'était autre que Fiora. Elle comprit qu'elle avait raison quand la rumeur coléreuse de la ville lui apprit que le jugement n'aurait pas lieu parce que l'accusatrice s'était enfuie... Dès lors, elle avait été certaine que Fiora se trouvait dans cette maison où elle avait vu entrer les deux hommes...

Les yeux brillants d'espoir, Fiora suivait passionnément le récit de la jeune Tartare mais elle n'osa pas, par prudence, poser la question qui lui brûlait les lèvres. Ce fut Pippa qui la posa, négligemment, comme s'il s'agissait d'une chose sans importance mais en jouant avec la longue épingle qu'elle venait de retirer de sa tignasse.

– Comment ça s' fait qu' t'as pas été appeler à l'aide ? T'as pas été chercher du s'cours ?

Khatoun baissa les yeux et l'on put voir des larmes couler lentement sur ses joues couleur d'ivoire.

– Je suis retournée au palais pour prévenir et pour chercher de l'aide mais je n'ai pas pu en approcher. Il y avait des soldats tout autour qui retenaient la foule. Une foule... qui criait « A mort ! ... A mort, la sorcière ! » Il y en avait d'autres à l'intérieur. Ils fouillaient partout et... et ils pillaient; On entendait craquer les meubles qu'ils jetaient dans la cour... C'était... affreux ! Et moi, je ne savais plus où aller... qui chercher. J'ai pensé à donna Chiara mais le portier m'a chassée. Alors, je suis revenue ici pour essayer... je ne sais pas trop quoi.

La gorge nouée, Fiora avait écouté ces quelques phrases qui lui annonçaient sa ruine totale et la fin de tous ses espoirs. Ce n'était pas du chagrin qu'elle éprouvait – le chagrin, celui si cruel de la mort de son père, on ne lui avait même pas laissé le temps de l'éprouver et elle savait qu'il reviendrait à la charge plus tard – c'était de la fureur, de la rage impuissante. On lui avait tout arraché en lui laissant tout juste l'honneur et, dans quelques heures, cela même n'existerait plus. Elle serait profanée, avilie, irrémédiablement souillée, rendue à la fange dont le bon Francesco Beltrami avait voulu préserver un bébé innocent... Elle finit par exploser :

– Et Lorenzo ?... Lorenzo de Médicis, le maître de Florence, que faisait-il pendant que l'on me cherchait pour me tuer, pendant que l'on pillait ma maison... que l'on massacrait sans doute ma vieille Léonarde ? Où était-il le Magnifique, le Tout-Puissant ? Dans son jardin de la Badia ou de Careggi ? A regarder fleurir les lauriers en composant des vers à la louange de la beauté ? Ou encore à lire quelque livre rare ? Mon père en avait d'admirables... mais peut-être a-t-il pris soin de les faire enlever pour sa propre bibliothèque ?

Elle criait, pareille à quelque pleureuse antique cependant que des larmes amères jaillissaient de ses yeux... Vivement, Pippa lui appliqua sa grande main sur la bouche :

– Tais-toi donc ! Tu veux donc nous faire tous pendre ? Il y a du monde dans cette maison. Les filles sont au travail et les clients arrivent.

– Qu'as-tu à craindre ? dit Fiora avec amertume. Je viens de te dire que les Médicis ne sont pas si puissants que ça...

– Ils ont tout de même des espions partout. C'est grâce à ça qu'ils sont les plus forts, ça et l'or ! Z'ont pas l' sang plus bleu qu' moi et il le sait bien le Lorenzo qu'a été épouser une princesse romaine pour en tirer de la graine de prince. Allez, calme-toi ! Si ça peut t' faire plaisir, j' te comprends. La poire elle est dure à avaler.

– C'est le moins qu'on puisse dire.

– D'accord mais t'as tout d' même pas tout perdu. Y t' reste ta belle gueule... et ton corps. Quand j' t'aurai appris à t'en servir tu verras qu'on peut faire de grandes choses avec. A Rome tu t' feras une fortune et t'arriveras peut-être même un jour à t' venger. Alors maintenant tu t' couches et tu dors ! Quant à celle-là...

– Qu'est-ce que tu vas lui faire ? s'écria Fiora déjà sur la défensive en entourant Khatoun de ses bras.

– J' pensais la tuer parce qu'y a qu' les morts qui parlent pas mais y a peut-être mieux à faire...

– Quoi ?

– La déballer d' ses chiffons pour voir c' qui y a dessous ! Une esclave tartare ça vaut cher. Elle sait faire quoi ?

– Chanter, danser, jouer du luth... Mais je t'interdis de la mettre sur un marché d'esclaves. Elle est à moi et j'ai beaucoup d'affection pour elle. Si tu nous sépares, tu n'obtiendras rien de moi. Je réussirai bien à me tuer !

Sans répondre mais avec un soupir excédé, Pippa fit lever Khatoun et entreprit de la dépouiller. Elle ressemblait à quelque grand singe roux en train d'éplucher une noix fraîche. Trop fatiguée pour seulement songer à réaliser, Khatoun se laissait faire mais elle vacillait sur ses jambes et ses yeux se fermaient d'eux-mêmes en dépit des efforts qu'elle faisait pour les garder ouverts. Sans paraître s'en apercevoir, la Virago la soumit au même examen qu'elle avait fait subir à Fiora. Celle-ci attendait impatiemment qu'elle eût fini mais, soudain, elle sursauta, n'en croyant pas ses yeux ni ses oreilles : entre les mains de Pippa qui glissaient doucement sur son corps, Khatoun gémissait, se tordait, bien réveillée cette fois, en dépit de ses yeux qui à demi révulsés se fermaient. Elle ronronnait comme une chatte sous ce qu'il fallait bien appeler des caresses. Et, soudain, elle se laissa tomber sur ses genoux écartés, ses mains agrippées à ses seins tandis que les doigts de Pippa cherchaient son intimité. Le jeune corps d'ivoire se tendit comme un arc, haletant comme une bête assoiffée puis s'affaissa dans un cri et se tordit en un long spasme... Pippa, qui s'était agenouillée, se releva comme si ce qui venait de se passer était la chose du monde la plus naturelle :

Elle lança à Fiora abasourdie un regard narquois :

– Devrait savoir faire aut'chose que danser et jouer

du luth, c'te petite! T'as jamais fait l'amour avec elle?

– Tu es folle? s'écria Fiora indignée? L'amour, on ne peut le faire qu'avec un homme... et un homme que l'on aime!

– Eh bien, t'as encore pas mal de choses à apprendre! On peut se rendre de grands services entre femmes, des services bien agréables qui font oublier la brutalité des hommes. Sont rares ceux qui savent donner du plaisir. La plupart s'comportent comme des reîtres dans une ville prise d'assaut. Tandis qu'une autre femme... Tu veux que j'te montre?

– Non merci! dit Fiora qui, à présent, regardait avec un peu de dégoût le corps inerte de Khatoun passé sans transition de la volupté au sommeil. Elle avait l'impression que sa petite esclave venait d'être souillée... Pippa éclata de rire, se baissa, ramassa Khatoun sans effort apparent puis la jeta sur le lit :

– Fais pas cette tête-là! C'est naturel c'qui vient d'se passer, surtout pour une fille d'Asie. Garde-la c'te nuit! Demain j'la mettrai au travail. Pour l'instant, elle est tellement crevée qu'elle se rappellera même pas c'qui vient d'se passer...

Elle allait sortir quand elle se retourna :

– Au fait! Toi aussi, d'main soir tu s'ras au travail. Et ça risque d'pas être drôle. Mais j' t'aiderai!

Cette nuit-là Fiora ne réussit pas à trouver le sommeil. La maison, livrée à l'orgie, résonnait comme un tambour et résonnait aussi la tête de la jeune femme. Les chansons d'ivrognes, les cris, les rires et les râles, elle entendait tout et ce tout lui répugnait. Vers deux heures, des grands coups de pied furent donnés dans sa porte mais la serrure était solide et personne n'entra. Il y eut aussi des injures, des gémissements douloureux et elle comprit ce que Pippa voulait dire quand elle parlait de la brutalité des hommes... En se tournant sur le côté, elle vit Khatoun qui dormait profondément et sentit une profonde pitié l'envahir. Du même coup, elle s'en voulut de l'avoir un instant méprisée. Pauvre petit être qui venait de lui montrer un si grand dévouement, qui s'était livrée volontairement au froid, à la pluie, à la fatigue, à la peur, à la rue, à la nuit et au danger des mauvaises rencontres pour essayer, elle si faible et si pauvre, d'arracher sa maîtresse à un sort affreux! L'idée que, dès le lendemain, la Virago la ferait entrer dans son enfer, la livrerait aux brutes qu'elle entendait rire et s'injurier l'épouvantait. Elle redoutait cela plus que son propre sort parce qu'elle se sentait à présent une force qu'elle n'avait jamais soupçonnée encore. La haine et la cupidité de Hieronyma l'avaient arrachée à son monde aimable et élégant pour la jeter parmi les fauves et elle savait maintenant que, si elle voulait vivre, il lui faudrait combattre et avec les armes qui lui tomberaient sous la main. Plus encore si elle voulait assouvir un jour ce goût de la vengeance qui enserrait son cœur comme ces mauvaises plantes dont les spires mortelles étouffent lentement leurs sœurs sans autre défense que la main du jardinier. Mais aucun jardinier bienfaisant ne viendrait délivrer ce cœur fait tout entier pour l'amour et qui peu à peu se dessécherait... à moins que l'eau de la tendresse ne lui soit redonnée. Mais le seul capable d'accomplir ce miracle ne s'en souciait et ne s'en soucierait jamais...

Le chant du coq ramena le silence dans la maison de Pippa. Fiora entendit s'éloigner le dernier ivrogne. Il massacrait d'une voix atrocement fausse une chanson que Fiora aimait :

J'allais cherchant à cueillir une fleur
Vous en avez de si belles sur votre blanc visage...

Passant par cette voix hoquetante la romance était à peine reconnaissable. Elle était l'image même de ce qu'était devenue la vie de Fiora : une caricature, un cauchemar, une dérision dont elle ne voyait pas, du fond de ce cloaque où elle était tombée, comment elle pourrait en sortir... et en quel état! Du moins avait-elle à présent, en Khatoun, une compagne de misère. D'un seul coup, les distances s'étaient abolies – en admettant qu'il y en eût vraiment! – entre elle et la jeune esclave qui lui devenait une sœur, plus fragile peut-être, et qu'il allait falloir protéger mais avec laquelle il devenait possible d'établir un plan de fuite puisque Khatoun, au moins, savait où se trouvait la maison de Pippa.

Fiora ne s'endormit qu'à la première lueur de l'aube alors que la maison ne résonnait plus que des ronflements de ses habitants...

Un bruit de portes claquées et de chute d'eau la réveilla. Pippa, négligemment vêtue d'une sorte de peignoir de soie bleu vif, était occupée à verser, dans le baquet, le contenu de seaux d'eau qu'elle prenait devant la porte. Apparemment, le côté étuve de l'étrange logis allait servir : Pippa préparait un bain.

Entre ses cils baissés Fiora l'observait. Elle découvrit que cette femme était bâtie comme un homme, à l'exception de deux seins de marbre blanc que le vêtement découvrait par instant. Elle en avait la musculature noueuse qui gonflait ses bras et ses épaules mais sans une once de graisse et la peau, très blanche, semblait aussi lisse que celle d'un enfant sauf sur l'une des épaules où une vilaine cicatrice, trace d'un ancien coup de couteau, parlait d'une existence d'où le danger n'était pas exclu.

Quand elle jugea qu'il y avait assez d'eau, Pippa y trempa son bras pour contrôler la température, disparut un instant, revint avec une boîte où elle prit une poignée de quelque chose qu'elle jeta dans le baquet. L'odeur familière de résine de pin et de feuilles de laurier – Léonarde, rompue aux habitudes florentines en faisait mettre toujours dans les lessives pour parfumer le linge – emplit la pièce. Mais ce n'était pas de lessive qu'il s'agissait ce jour-là...

Sans même s'assurer qu'elle était réveillée, Pippa

enleva Fiora de son lit et la plongea dans l'eau où elle disparut jusqu'aux épaules, non sans protester :

– Est-ce qu'il n'était pas plus simple de me dire de me lever et d'entrer dans ce bain ? dit-elle.

– C'est pas certain. Y a des gens qu'aiment pas s'laver. Comme ça j'évite les discussions.

– Mais j'aime me laver et Khatoun aussi. Chez nous, il y a une grande étuve. Je m'y baignais chaque jour!

Pippa renifla d'un air méfiant :

– C'est pas un peu beaucoup ? Un bain tous les jours ça doit user la peau ?

– Tu vois bien que non. J'ai aussi entendu dire que la Zafolina, la fameuse courtisane que se disputent les hommes les plus riches de la ville, en prenait quelquefois deux!

Cette fois Pippa était franchement sidérée. Selon son éthique personnelle, il était impensable que la fille de Francesco Beltrami pût seulement savoir qu'il existait des courtisanes. Fiora lui expliqua alors que la Zafolina était si bien élevée, si discrète, si pieuse et si généreuse qu'il n'était pas rare qu'elle fût reçue dans les meilleures maisons. On admirait ses toilettes, ses bijoux, on aimait l'entendre parler ou chanter. Rien à voir...

– Avec c'qui s'passe ici ? compléta Pippa tout en savonnant vigoureusement la jeune femme : « Ben, tu vois, c'est cette vie-là que t'auras si tu fais c'que j'te dis. Seulement ça sera encore plus beau parce que ça s'ra à Rome et qu'tu chanteras pour le pape! On s'ra riches comme la reine du sabbat...

« de Saba! » rectifia machinalement Fiora mais la Virago ne l'écoutait pas. Tout en lavant rigoureusement les cheveux de sa nouvelle pensionnaire, elle rêvait tout éveillée, se voyant déjà régnant sur les affaires d'une Fiora couverte d'or et de joyaux par tout le Sacré Collège répandu à ses pieds. Mais, à dire vrai, la jeune femme ne l'écoutait pas davantage.

Elle réfléchissait tout en se laissant aller au simple

plaisir de ce bain chaud et parfumé et dont elle avait grand besoin. Un plaisir qu'elle n'avait pas goûté depuis plusieurs jours car la coutume voulait que l'on n'allât pas aux étuves lorsque la mort passait dans une maison...

Après le bain dans lequel Khatoun la remplaça après avoir reçu l'ordre de se débrouiller toute seule, Pippa enveloppa Fiora dans un drap et l'installa le dos au brasero pour faire sécher ses cheveux :

– J'reviendrai t'masser et t'parfumer tout à l'heure! déclara-elle en quittant la chambre à la grande satisfaction de Fiora qui se rapprocha aussitôt de Khatoun occupée à se savonner avec un soin maniaque.

– Je ne te remercierai jamais assez pour ce que tu as fait, lui dit-elle. Peux-tu me dire, à présent, où nous sommes ?

– Dans le quartier San Spirito, outre Arno. La maison est derrière celle d'un marchand de chandelles vers le milieu d'une petite rue qui débouche en face du grand palais inachevé...

– Le palais des Pitti ? Celui dont ils ont dû abandonner la construction ?

– C'est ça. On entre ici par un long couloir et il n'y a aucune fenêtre donnant sur la ruelle. Il y a une lanterne rouge au-dessus de la porte.

– Autrement dit, ça ne va pas être facile d'en sortir, sinon impossible, Qui viendrait nous chercher ici ?

– Il y a tout de même quelqu'un qui sait... Khatoun baissa la voix de plusieurs tons et agita l'eau du bain pour mieux la couvrir. C'est un vieux mendiant que j'ai rencontré près du couvent. Il a été très bon, très généreux. La femme avait raison : c'est défendu de mendier sans la permission des autres mais lui m'a permis. Il m'avait prise un peu sous sa protection et il était avec moi quand les hommes t'ont apportée ici...

– Tu lui avais dit pourquoi tu t'étais installée près de Santa Lucia ?

– Oui.

– Et il t'a aidée tout de même ?

– Oui mais ensuite il m'a conseillé de rentrer à la maison. Je n'ai pas voulu. Alors, il a disparu en me disant que si je restais là je me ferais prendre...

Tristement, Fiora retourna prendre sa place auprès du feu. Le mince espoir qu'elle avait conçu s'évanouissait comme le mendiant dans la nuit. Il avait eu pitié de Khatoun et c'était tout ! Fonder quelque espérance sur l'intérêt d'un être aussi dépourvu qu'un mendiant relevait de la pure folie. Il faudrait essayer de trouver autre chose. Mais quoi ?

Quand Pippa revint, elle lava les cheveux de Khatoun et la fit sortir de l'eau, ôta la bonde du baquet pour le vider puis revenant à Fiora, la fit étendre sur le lit pour oindre son corps d'une huile parfumée tandis que Khatoun se séchait à son tour. Le nez froncé, Fiora renifla l'odeur qui s'échappait des mains de la Virago.

– Qu'est-ce que ce parfum ? Celui que j'employais était fait d'iris, de verveine et d'un peu de jasmin.

– Ça sent sûrement très bon mais ça ne doit pas valoir grand-chose pour l'amour. Ça, c'est du nard et ça coûte assez cher pour qu'tu fasses pas la grimace. Si tu sais t'en servir, ça rend les hommes fous...

Brusquement, Fiora saisit la main que Pippa approchait de son ventre.

– C'est toujours... pour ce soir ?

– Qu'j'attends celui qui t'veut ? C'est oui mais ne m'demande pas son nom : j'te l'dirai pas. Tu verras bien...

– Et elle, dit Fiora en désignant du menton son ancienne esclave. Vas-tu vraiment la jeter, dans l'enfer que j'ai entendu cette nuit, à des ivrognes, à des brutes ?

– T'inquiète pas ! J'vais la donner à quelqu'un qui saura apprécier. Ça vaut cher une p'tite chose comme elle et on peut en tirer pas mal d'argent. En plus, elle aime l'amour...

– Tu n'as pas peur qu'on la reconnaisse et que, par elle, on remonte à moi ? Les esclaves tartares sont assez rares pour que la mienne soit connue. Laisse-la auprès de moi. Tu l'emmèneras à Rome avec moi. Le cardinal Borgia sera sûrement assez riche pour l'acheter ou bien moi je te la paierai quand j'aurai gagné beaucoup d'or...

Il en coûtait à Fiora de parler ce langage de courtisane mais pour sauver Khatoun d'un sort affreux, elle eût marchandé avec le diable en personne.

– Elle peut pas rester avec toi c'soir, répondit Pippa en malaxant énergiquement les épaules et la poitrine de sa pensionnaire. Et puis elle pass'ra peut-être une bonne soirée. L'client à qui j'vais la donner est un seigneur pour la générosité et il est pas d'ici. Donc rien à craindre...

Fiora comprit qu'il n'y avait rien à faire et se tut, laissant Pippa poursuivre son massage. A présent son corps embaumait comme la boutique de Landucci quand il recevait un chargement de parfums. Au bout d'un moment, elle demanda avec amertume :

– Et moi, dois-je m'attendre à ce que tu appelles une bonne soirée ?

Pippa s'arrêta. Essuyant machinalement ses mains à son vêtement, elle soupira :

– Non. Tu m'as l'air d'une fille assez courageuse pour que j'te dise la vérité et puis vaut toujours mieux être prévenue. T'auras un mauvais moment à passer parce que... parce qu'il est à moitié fou. Mais j'serai là... ou tout au moins pas loin pour éviter l'pire. Quant à toi t'auras qu'à penser à c'que j'tai promis... à ta fortune future !

L'or semblait décidément représenter pour cette femme le bien suprême, le but à atteindre, et Fiora qui, un instant, avait pensé qu'il serait peut-être possible d'attendrir son cœur, y renonça. On avait payé Pippa pour accomplir sa vilaine besogne et, si elle traitait sa prisonnière avec une certaine douceur, c'était uniquement parce qu'en la voyant, elle avait découvert qu'avec des ménagements elle pouvait en tirer beaucoup plus d'or qu'elle ne l'avait cru.

La journée s'étira occupée par les soins que Pippa ne cessait de prodiguer, un repas léger et quelques heures de repos. Quand vint la nuit, la Virago vint habiller – à peine – Fiora d'une ample tunique de mousseline blanche parfaitement transparente et piqua dans ses cheveux des brins de jasmin et quelques boutons d'oranger. Khatoun, vêtue d'une robe de soie rouge qui lui laissait les seins libres, des sequins dans les cheveux, avait disparu...

– T'as presque l'air d'une mariée! dit Pippa en contemplant son œuvre. Ça va lui plaire. C't'un gars qu'aime surtout les pucelles. C'est son plaisir d'les ouvrir et j'lui en ai déjà procuré quéqu's'unes. Y s'en désintéresse assez vite après mais toi c'est pas pareil : t'es tellement belle!

Fiora faillit dire qu'elle n'était plus vierge mais pensa que cela ne la sauverait pas. Si cet homme s'était donné tant de mal pour l'avoir c'est qu'il tenait à elle pour une raison ou pour une autre. Elle avait vainement cherché à imaginer qui pouvait être cet inconnu. Tout ce qu'elle espérait à présent, c'était qu'il fût un être, brutal sans doute, mais peut-être accessible à certains sentiments humains et, s'efforçant de raffermir son courage, elle attendit, à demi étendue sur le lit ouvert dans la lumière douce des chandelles qui faisait briller ses cheveux et caressait le velours de sa peau.

Mais, quand la porte s'ouvrit sous la main de Pippa pour livrer passage au « client », Fiora poussa un cri d'horreur et sautant à bas du lit, se réfugia dans les rideaux qu'elle serra autour d'elle : celui qui entrait c'était Pietro Pazzi, le bossu, le boiteux, l'affreuse créature à laquelle Hieronyma avait donné le jour, le garçon qu'elle prétendait lui offrir pour époux...

Il n'avait que vingt ans mais, en réalité, il était sans âge car les griffes du vice avaient déjà marqué son visage au teint blême. Il avait un long nez aplati du bout, le cheveu rare et plat, de grandes oreilles, le menton en galoche, de petits yeux noirs dont l'un se fermait par instants quand un tic habituel lui remontait un côté du visage. Seules ses dents, très blanches, possédaient quelque beauté.

Jusqu'à présent, Fiora avait plaint de tout son cœur un garçon ainsi disgracié et que l'ironie du sort avait fait naître dans la ville d'Europe où la beauté avait le plus d'importance. On ne le voyait d'ailleurs jamais se mêler aux jeunes gens de son âge dont la cruauté n'avait que railleries et sarcasmes pour sa difformité. Les filles le fuyaient, celles du moins à qui leur nom ou leur fortune le permettait. Ainsi Chiara le détestait et même en avait peur. Elle disait que le diable l'avait engendré et se gardait bien de mettre les pieds au palais Beltrami quand elle savait que le jeune Pazzi devait y venir. Ce qui était rare car il ne quittait guère le domaine de son grand-père à Montughi où l'on disait qu'il s'adonnait à l'alchimie et à l'élevage de chiens féroces.

La terreur de Fiora parut l'amuser car il éclata de rire.

– Eh bien, ma belle fiancée, est-ce là tout l'accueil que puisse attendre un amoureux ? On dirait que je te fais peur ?

Cette voix sarcastique rendit à Fiora sa colère que la peur avait chassée un instant. Sans quitter l'abri de ses rideaux, elle riposta :

– Je n'ai jamais eu peur de toi et tu le sais très bien. Je crois même avoir été toujours aimable...

– Certes, certes ! Aimable... oui. Pourtant tu as refusé de m'épouser. Ton « amabilité » n'allait pas jusque-là, n'est-ce pas ?

– On ne peut donner sa main sans donner son cœur. Je suis désolée Pietro mais je ne t'aime pas.

– Ne sois pas si désolée : moi non plus je ne t'aime pas... et même je crois que je te déteste mais je voulais t'avoir à moi.

– Sois franc! C'était ma dot que tu voulais et ensuite la fortune de mon père...

– Ne te déprécie pas tant! fit-il avec un ricanement qui passa comme une râpe sur les nerfs à vif de la jeune femme. Bien sûr, je voulais la fortune des Beltrami et elle me revient de droit puisque tu n'es rien. Mais je te voulais, toi surtout, pour t'apprendre à vivre à ma manière. Pour te soumettre à tous mes désirs, à tous mes caprices... Ah, la belle vie que je t'aurais faite, enchaînée jours et nuits à mon lit, comme une chienne... Tu n'as jamais vu mes chiens, je crois ?... C'est dommage... Ils sont beaux et forts et ils lèchent mes mains pour avoir des caresses. Tu aurais vécu avec eux, partageant leur pitance... J'avais même déjà fait faire un beau collier de cuir brodé d'argent pour ce joli cou. Ah, comme nous aurions été heureux tous ensemble! Je te voyais déjà dormant nue sur le tapis de ma chambre auprès de Moloch, mon molosse favori, venant à moi sur un simple claquement de fouet... Ce fouet-là, tu vois ?... et de sous le manteau noir qu'il portait négligemment jeté sur ses épaules, il sortit une longue lanière de cuir tressé qu'il fit claquer. Mais il n'est pas trop tard, tu sais? Je vais d'abord t'épouser à ma manière, là, sur ce lit de bordel... et puis, on verra comment réaliser ce beau rêve... Viens à présent, ma douce, viens voir ton maître!

Il était fou, cela ne faisait aucun doute. Avec ses yeux exorbités et sa bouche d'où coulait un filet de bave, Pietro était terrifiant, démoniaque...

– Jamais! cria Fiora éperdue. Je t'interdis de m'approcher!

– Tu m'interdis? Tu interdis quelque chose à ton maître? Tu vas le regretter... J'ai dit ici! Au pied et à genoux!

Pippa effrayée par la tournure que prenait la scène, intervint :

– Un peu d'patience, seigneur! Tu t'serviras de ce fouet plus tard, quand elle sera un peu habituée à toi, fit-elle d'une voix paisible et qu'elle voulait lénifiante. Songe que t'as devant toi une douce jeune fille, une vierge pure qu'a encore jamais imaginé les joies d'une union avec toi... Commence par la prendre! Ensuite, j'en suis persuadée, elle sera douce... et soumise!

Le regard de Pietro vacilla. Il respira deux ou trois fois, très fort, et lâcha son fouet :

– Tu as raison. Célébrons d'abord les noces! Amène-la-moi!

Pippa ne se le fit pas répéter. En dépit de la défense désespérée fournie par Fiora, elle l'arracha de son abri précaire et la força à se coucher sur le lit où la jeune femme immédiatement se pelotonna sur elle-même. Son cœur cognait éperdument dans sa poitrine car, avec un cri de rage, Pietro avait repris son fouet et lui en cinglait les épaules et le dos qu'elle lui offrait. Il allait frapper encore mais la Virago, comprenant qu'il était capable de tuer sa précieuse pensionnaire, arrêta son bras.

– J'tai déjà conseillé un peu d'patience, seigneur! Inutile de frapper : le sang te tacherait. J'vais t'la tenir!

– Tiens-la bien alors! Elle est capable de me griffer!

– Sois sans crainte! J'y veillerai. Déshabille-toi seulement! et, tout bas, elle chuchota dans l'oreille de Fiora : Pour l'amour de Dieu, laisse-toi faire! Il est capable d'te tuer!

Que Pippa invoquât l'amour de Dieu en un pareil lieu et un pareil moment donnait le juste degré de son inquiétude mais elle n'avait pas besoin du secours de quiconque : elle eût tôt fait de briser la résistance de la malheureuse qui se retrouva étendue en travers du lit, les épaules et les bras solidement maintenus.

Cependant Pietro ôtait son grand manteau qu'il jetait dans un coin :

– Je ne me déshabille jamais pour dépuceler une fille. Elles trouvent ce vêtement plus agréable. Il les excite!

Le pourpoint qu'il portait était en effet constellé de

petites plaques de fer pointues qui sans causer de blessures graves devait égratigner cruellement la peau de ses compagnes.

– Par tous les diables! souffla Pippa stupéfaite. Elle savait bien pourtant que le fils de Hieronyma n'était pas normal et, dans sa maison, elle avait rencontré bien des hommes cruels mais celui-ci la confondait.

Voyant qu'il approchait, Fiora ferma les yeux très fort et serra nerveusement les jambes mais le monstre les lui ouvrit d'un violent coup de genou puis, se libérant, entra en elle brutalement... mais se retira aussitôt griffant les seins et le ventre de la jeune femme qui ne put retenir un gémissement :

– Elle n'est plus vierge! hurla-t-il.

– Elle n'est plus vierge? répéta Pippa ahurie. Tu dois t'tromper seigneur! Tu y as été fort!

– Je ne suis pas fou, Pippa, et j'ai toujours su quand une fille était neuve ou pas! Celle-ci a déjà servi... mais elle va me dire à qui? Tu entends, sale petite putain? Avec tes grands airs tu ne valais pas mieux que les filles qui traînent dans les tavernes du fleuve! Alors tu vas parler!

Il se jeta sur elle à nouveau, saisit sa gorge et commença à serrer, serrer. Pippa poussa un cri :

– Comment veux-tu qu'elle parle si tu l'étrangles? Lâche-la... Je t'dis de lâcher!

Elle saisissait déjà le monstre aux poignets quand soudain un homme surgit sans qu'elle pût deviner d'où il sortait, un homme drapé de haillons qui lui donnaient l'air d'une chauve-souris si grand et si noir qu'elle crut voir le diable en personne. Mais elle eut à peine le temps d'apercevoir l'éclair de la dague dont par deux fois, il frappa Pietro dans le dos...

Le bossu ne poussa qu'un cri et s'affaissa. Ses mains lâchèrent prise juste à temps pour Fiora qui suffoquait. Pippa, qui se tenait à genoux de l'autre côté du lit pour mieux immobiliser la jeune femme, se releva péniblement.

Ses yeux affolés allèrent du corps inerte à l'homme en haillons qui, d'une main et sans effort apparent, saisissait le mort par le col de son pourpoint et l'enlevait de Fiora sur laquelle il pesait péniblement pour le rejeter à terre avec dégoût comme une chose immonde. Le corps de la jeune femme apparut, couvert de petites griffures où perlait le sang; il ne remua pas. Les ailes du nez pincées, Fiora respirait avec difficulté...

– T'as fait du beau! murmura Pippa qui regardait avec horreur la tache de sang s'élargissant dans le dos de Pietro. Et d'abord, qui tu es, toi?

– Quelqu'un qui t'aurait fait pendre... ou peut-être même brûler si ce monstre avait tué madonna Beltrami chez toi. C'était déjà assez grave de retenir prisonnière une femme enlevée de force de l'asile d'un couvent, dit tranquillement Démétrios qui palpait avec douceur le cou meurtri pour s'assurer qu'il n'y avait rien de brisé. Tu étais complice. Tu lui tenais les bras pendant qu'il l'étranglait.

– J'l'aurais pas laissé aller jusqu'au bout! J'le jure sur...

– Ne jure pas, la Pippa! C'est du temps perdu. Tu ferais mieux de la soigner. Il l'a mise dans un bel état!

Le médecin grec tira de sous ses habits crasseux un petit flacon qu'il approcha des lèvres blanches de Fiora; quelques gouttes glissèrent dans la bouche et, dans les secondes qui suivirent, tout le corps fut parcouru d'un long frisson. Enfin, Fiora ouvrit les yeux et regarda avec une immense surprise le visage barbu penché sur elle. Elle retint à temps une exclamation car Démétrios avait posé vivement un doigt sur sa bouche :

– Cela va mieux?

– Oui, souffla-t-elle. Oui... merci!

Pippa à présent s'activait, achevait d'arracher ce qui restait de la tunique de mousseline, lavait le corps avec de l'eau d'oranger puis cherchait un petit pot dont elle tira une noisette de pommade qu'elle répartit sur toutes les blessures tout en prodiguant à la victime des paroles apaisantes sans pour autant cesser de guetter du coin de l'œil son étrange visiteur :

– Là, ma colombe, là ! Ça s'ra rien ! Une bonne nuit d'sommeil par là d'ssus et il y paraîtra plus !

– Je suis d'accord pour la bonne nuit de sommeil, fit Démétrios, mais pas ici ! Habille-la avec ce qui te tombera sous la main. Je l'emmène !

Du coup Pippa retrouva toute sa combativité. Sautant sur ses pieds, elle fit face au Grec, les poings sur les hanches, faisant saillir ses muscles, formidable et menaçante :

– T'emmènes rien du tout ! Tu m'as assez fait d' tort comme ça en tuant un bon client. Mais elle, j' me la garde ! t' as compris ? Après tout, qu'est-ce que t' es ? Rien qu'un mendiant et moi j'ai ici un ou deux bons gars qui m' prêteraient main-forte. Sans compter que j' peux appeler à la garde. J' dirai la vérité : qu' t' as tué un noble et c'est toi qu'on pendra ! Au fait... pourquoi qu' j'appellerais pas tout d' suite ?

Elle allait crier mais Démétrios étendit un bras, ses doigts écartés dirigés vers les yeux de la femme qui resta la bouche ouverte sur un hoquet. Sans changer de position, le Grec avança d'un pas et Pippa recula d'un pas, ainsi de suite jusqu'à ce qu'elle soit acculée au mur, aussi raide qu'une planche. Les yeux noirs que Démétrios dardait sur elle flamboyaient comme des chandelles.

– Tu n'appelleras personne, Pippa, dit-il d'une voix calme et sans la quitter des yeux. Au contraire, tu vas m'obéir... Entends-tu ma voix ?

– Oui... oui j'entends ta voix ! Parle ! J'obéirai !

Sa voix, à elle, était toute différente, lointaine...

– Alors, écoute : tu vas habiller cette jeune femme et puis tu nous accompagneras jusqu'à la porte. Ensuite, tu appelleras ton frère et, tout à l'heure, quand ta maison sera vide, vous porterez tous deux ce corps jusqu'au fleuve où vous le jetterez après l'avoir lesté d'une ou deux grosses pierres. Puis vous rentrerez. Alors seulement tu te réveilleras mais tu auras tout oublié de ce qui vient de se passer ici. Quant à ta prisonnière, elle a réussi à s'enfuir pendant que des ivrognes entrés ici se battaient...

Toute sa force semblait concentrée dans son regard et dans la main qui clouait Pippa au mur. Il détachait clairement chaque syllabe comme pour mieux les faire pénétrer dans l'esprit de la femme. Celle-ci avait les yeux grands ouverts et ne bougeait absolument pas. Elle avait l'air d'une grande statue que Fiora regardait avec stupeur. Cependant, Démétrios, après un court silence, demandait :

– Tu as compris mes ordres ?

– Oui.

– Tu les exécuteras ? Sans rien manquer ?

– Sans rien manquer...

– Alors va, obéis ! ajouta-t-il d'une voix forte en laissant lentement retomber son bras. Pippa vacilla comme si un soutien venait de lui manquer puis se mit à l'œuvre avec des gestes bizarres d'automate. Elle habilla Fiora qui n'osait plus bouger, lui passa les vêtements que la jeune femme portait à son arrivée et qu'elle tira du coffre : sa chemise, la robe blanche de novice, les sandales de corde tressée. Démétrios ramassa alors le manteau noir que Pietro avait abandonné et le lui remit pour qu'elle en enveloppât la jeune femme puis tendit la main à celle-ci.

– Viens ! dit-il. Et ne crains rien ! Elle va, comme je le lui ai ordonné, nous accompagner jusqu'à la porte...

Pippa, en effet, aussi indifférente que si elle était seule, allumait une chandelle au candélabre et se dirigeait vers la porte. Mais Fiora résista à la main qui voulait l'entraîner :

– Et Khatoun ? Je ne peux pas partir sans elle !

– La petite Tartare qui t'es si dévouée ? Où est-elle ?

Fiora eut un geste vague :

– Je ne sais pas. Quelque part dans cette maison... avec un homme... un étranger. Pippa a dit qu'elle allait la donner à quelqu'un qui saurait l'apprécier... Il faut la trouver!

Démétrios fronça les sourcils :

– C'est impossible cette nuit. Cette maison est grande et on ne peut pas fouiller partout. De plus, je ne peux pas endormir une foule comme j'ai endormi cette femme. Il faut partir sans elle.

– Non! dit Fiora. Je me refuse de l'abandonner. Dieu sait ce qui lui arriverait, livrée seule à ces démons!

– Je n'ai pas remarqué que tu puisses grand-chose pour la protéger. Mais, rassure-toi : elle ne risque rien. Pippa connaît trop la valeur marchande d'une jolie fille. D'ailleurs demain je l'enverrai chercher. La Virago ne résiste pas longtemps à l'or et elle en aura. Viens à présent, il faut faire vite!

Pippa attendait au seuil comme une servante bien stylée. Quand Démétrios et Fiora la rejoignirent, elle se mit en marche en les précédant, levant sa chandelle pour éclairer leur chemin. On longea un couloir plongé dans la nuit et qui débouchait sur une cour intérieure, celle-là même sur laquelle donnait la chambre-étuve de Fiora. Des cris et des rires se firent entendre quand on passa sous une voûte où débouchait un escalier. C'était si proche que la fugitive sentit une angoisse à la pensée qu'une porte pouvait s'ouvrir, libérant quelques-uns de ceux qui là-dedans menaient une véritable bacchanale.

– N'aie pas peur, chuchota Démétrios. Avec elle nous n'avons rien à craindre. D'ailleurs, elle a évité la grande salle... Et nous sommes presque dehors...

Au bout d'un dernier couloir, Pippa ouvrit une porte et s'écarta pour laisser passer ses compagnons. Puis referma derrière eux. Avec une joie infinie, Fiora regarda le grand ciel bleu sombre, piqueté d'étoiles, dans lequel l'ombre des maisons rapprochées de la ruelle découpaient un ruban scintillant. Elle respira à pleins poumons l'air humide qui charriait des odeurs de poisson, d'huile et de bois brûlé et serra plus fort la main de Démétrios :

– Comment te remercier... commença-t-elle, mais il la fit taire.

– Plus tard nous aurons tout le temps de causer. Pour le moment, il faut nous mettre à l'abri jusqu'à la fin de la nuit. Au lever du jour, quand les portes seront ouvertes, je te conduirai chez moi, à Fiesole...

– Où allons-nous ?...

– Chez l'ami à qui je dois cette défroque... et quelques autres choses...

Ils sortirent de la ruelle avec d'infinies précautions et seulement lorsqu'ils eurent acquis la certitude que le pas de la milice s'éloignait au lieu de se rapprocher. En face d'eux s'étendait ce qui ressemblait à un amas de ruines et qui, en fait, était un chantier inachevé : celui d'un grand palais ne comportant qu'un rez-de-chaussée et une partie de l'étage mais qui n'en était pas moins impressionnant par les pierres énormes, à peine dégrossies, rugueuses, barbares de son appareil [1].

Les gens du quartier ne s'en approchaient pas car il avait mauvaise réputation. L'homme qui l'avait voulu, Luca Pitti, l'un des plus riches de Florence, en avait demandé les plans à Brunelleschi, l'architecte génial qui avait érigé le Baptistère et coiffé le Duomo de son énorme bulle corail. Il le voulait le plus grand, le plus riche de la ville, à la hauteur de son ambition effrénée. Après la mort de Cosimo, le grand-père de Lorenzo, Pitti avait conspiré avec Soderini, le gonfalonier d'alors, pour arracher le pouvoir des mains plus faibles de Piero le Goutteux, son fils, mais le complot avait échoué et Pitti, ruiné et exilé, était parti mourir loin de la ville bien-aimée. L'imagination populaire qu'une fin si simple ne

1. Le palais Pitti fut repris, et continué un siècle plus tard par Cosme Ier de Médicis.

satisfaisait pas, prétendait, à mots couverts bien sûr, que les restes de Luca Pitti, assassiné par les gens des Médicis, étaient enfouis sous son palais inachevé et, comme les légendes ont la vie dure, les femmes se signaient en passant devant les murs énormes et les grandes arches vides qui ouvraient les yeux aveugles de leurs fenêtres rectangulaires sur des profondeurs obscures. Personne ne se fût avisé de venir chercher l'une de ces pierres abandonnées que l'on disait maudites. Cela durait depuis trente-cinq ans...

Pourtant Démétrios entraîna sa compagne droit vers le chantier délaissé sans se laisser impressionner par la crainte qu'elle manifestait.

– Une fille dont l'esprit a été éclairé par la lumière grecque ne se laisse pas troubler par une sotte légende! lui dit-il en manière de réconfort...

L'un tirant l'autre, ils contournèrent le palais, trouvèrent l'ébauche d'un jardin qui aurait dû s'étendre sur une colline puis s'engouffrèrent dans l'une des portes qui n'avaient jamais reçu de vantaux. Tâtonnant dans l'obscurité, Démétrios repéra un mince rai de lumière filtrant sous un assemblage de planches et alla y frapper selon un code particulier. A l'intérieur, une voix rocailleuse demanda :

– Qui est là ?

– *Mendici!* [1]

Ce qui tenait lieu de porte s'ouvrit, découvrant ce qui aurait dû être une pièce de service. La lumière provenait d'un petit feu allumé au milieu, à même le sol de terre battue. Quant à celui qui accueillait les arrivants, c'était un petit homme squelettique dont le visage parcheminé s'ornait d'une barbe maigre et s'encadrait de longs cheveux gris. Il jeta un rapide coup d'œil à ses visiteurs puis retourna s'accroupir auprès de son feu pour remuer quelque chose dans un pot d'argile :

1. Mendiants.

– Tu as réussi, à ce que l'on dirait?

– Oui. Grâce à toi, Bernardino. Mais il était temps. J'ai dû tuer Pietro Pazzi. C'est lui qui avait fait enlever Fiora et il allait l'étrangler quand je suis arrivé. A l'heure qu'il est la Pippa et son frère doivent être en train de le jeter dans l'Arno avec quelques pierres pour l'empêcher de remonter.

– Une mauvaise graine de moins! approuva le vieillard. Quant à toi, jeune fille, sois la bienvenue! Tu es chez un ami... et d'ailleurs tu me connais car tu m'as souvent fait la charité.

Elle se souvenait, en effet, de ce vieil homme qui mendiait toujours près des portes du Duomo en chantonnant une vieille complainte...

– Je te remercie, dit-elle, mais... je te croyais aveugle et sourd?

Il rit doucement puis expliqua avec fierté qu'il fallait une grande expérience pour apprendre à ne montrer que le blanc des yeux mais qu'il n'était pas difficile d'être sourd.

– A présent, tu peux dormir un moment car tu dois en avoir besoin. Voici mon lit, ajouta-t-il en désignant l'un des tas de chiffons qui servaient de meubles à sa demeure. Quand le coq chantera, je t'éveillerai...

– Tu m'accueilles chez toi et, de ce fait, tu risques ta vie. Je suppose que tu le sais?

– Je risque moins que tu ne l'imagines, fillette. Ne t'arrête pas au misérable décor où je vis car je dispose d'une puissance qui ferait envie à bien des princes. La confrérie des mendiants, la plus nombreuse qui soit, se reconnaît, tout autour de la Méditerranée et au-delà par ce seul mot *Mendici!* et moi je règne sur ceux de Florence : les estropiés vrais ou faux, les coupeurs de bourse, les mendiants de tout poil. Cela fait une armée dont les coups, pour être portés souvent dans les ténèbres, n'en sont pas moins redoutables. Quand une émeute gronde, nous sommes toujours au cœur de l'agitation.

Mais, vois-tu, cette vie qui m'est chère, je la dois à l'homme qui t'accompagne car son savoir m'a sauvé. Et Bernardino paie toujours ses dettes!... Dors à présent et ferme tes oreilles car nous avons à causer, le Grec et moi...

Étendue sur le tas de chiffons malodorants comme sur les coussins les plus doux, Fiora, oubliant son corps égratigné et sa gorge douloureuse sombra presque aussitôt dans un profond sommeil. A quelques pas d'elle, accroupis l'un en face de l'autre de chaque côté du feu comme d'étranges oiseaux nocturnes, le médecin grec et le roi des mendiants s'entretinrent à voix basse de leurs souterraines affaires jusqu'aux abords de l'aube. Quand le coq fit entendre son chant, Démétrios tira de sous ses loques une poignée de florins qu'il posa dans la griffe de son compagnon. Puis il se leva et étira ses longs membres :

– Penses-tu y parvenir ? demanda-t-il.

L'autre haussa les épaules et fit couler les pièces d'or d'une main dans l'autre avec délectation :

– C'est l'enfance de l'art. Dans deux heures, le bruit que la jeune fille a été enlevée du couvent et ne s'est pas enfuie courra les parvis et les marchés aussi vite que le vent d'autan.

– Tu es certain que ni toi ni tes frères ne risqueront de tomber sous la main du Bargello ?

– On n'arrête pas le vent. Il naît sans que l'on sache pourquoi ni d'où il vient, il passe mais nous veillerons à ce qu'il ne s'éteigne pas trop vite. Sois sans crainte ! Nous sommes habiles et les commères en auront pour leur argent.

Démétrios hocha la tête, sourit et s'en alla réveiller Fiora. Une heure plus tard, après avoir traversé toute la largeur de la ville au milieu des charrettes de légumes et de volailles qui s'en allaient vers le marché, ils franchissaient, dans l'indifférence générale et sans même que les soldats de garde leur accordassent un regard, la porte a Pinti qui regardait vers Fiesole, longeaient le mur du couvent des Camaldules et celui du merveilleux jardin de la Badia construite jadis par Cosimo de Médicis.

L'air du matin était léger, pur et transparent, avec cette belle lumière irisée qui annonce une journée de soleil mais le cœur de Fiora, s'il était délivré de la peur, demeurait lourd tandis qu'elle cheminait auprès de Démétrios dans la poussière de ce chemin tant de fois parcouru jadis au trot de son cheval ou dans le joyeux carillon des sonnailles d'une mule. Là-haut, il y avait sa maison dont elle pouvait apercevoir le grand toit brun, cette douce maison dans les lauriers où Philippe lui avait donné quelques heures de merveilleux bonheur et elle clignait des yeux, dans la lumière, comme un oiseau de nuit projeté soudain dans le soleil. Les choses n'avaient plus le même visage ni la même couleur et Fiora se retrouvait étrangère, reine déchue devenue mendiante, au milieu de ce beau pays qu'elle aimait de toutes les fibres de son corps, de toute la tendresse de son cœur et qui ne la reconnaissait plus.

Démétrios qui l'observait du coin de l'œil, la voyant buter dans une ravine laissée par les dernières pluies, saisit son bras et ne le lâcha plus :

– La côte est rude et le chemin te paraît amer, Fiora Beltrami, parce que tu es tombée de haut et que tes blessures saignent encore mais sache que celui qui veut atteindre le sommet de la montagne ne peut s'abstenir d'en gravir la pente.

– Crois-tu qu'il existe encore un sommet pour moi ? Je suis lasse, Démétrios...

– Je te l'ai dit : tu saignes encore mais les cicatrices font la peau plus dure. Je vais te guérir et tu pourras alors apercevoir de nouveau l'horizon. Tu découvriras que tu as envie ... d'aimer et d'être aimée.

– Jamais ! Jamais plus je n'aimerai ! Il y a trop d'amertume dans mon cœur pour que l'amour y revienne un jour. Tout ce que je désire, à présent, c'est venger mon père, ma mère et me venger moi-même. Songe que l'on m'a tout pris, que ma maison a été pillée, dévastée, que l'on a tué peut-être celle qui a veillé sur mon enfance, ma chère Léonarde à laquelle j'osais à peine penser dans cette maison dont tu m'as tirée...

– Je peux t'assurer que personne n'a été tué quand le palais Beltrami a été envahi. Les serviteurs qui ne se sont pas enfuis ont été dispersés. Bernardino le mendiant s'est renseigné. Ta Léonarde a trouvé un refuge.

– Où ? Toutes les portes ont dû se fermer devant elle, même celle de Colomba, la gouvernante de mon amie Chiara Albizzi. A moins ... qu'elle n'ait pu aller chez sa nièce, Jeannette, qui a épousé un fermier du Mugello ? Oh ! si je pouvais en être sûre ?

– Je la retrouverai, sois sans crainte ! Quant à la vengeance, il est naturel que tu y songes.

– Je ne pense qu'à cela ! mais je n'ai plus rien pour m'aider à la poursuivre, rien que ces deux mains, ajouta-t-elle avec amertume en étendant devant elle ses doigts minces qui avec leurs ongles cassés, semblaient incroyablement fragiles pour si lourde tâche.

– Ne peux-tu me faire confiance ? Les armes qui te manquent, nous les trouverons ensemble. Garde l'espoir ! Je sais que la route est longue et qu'elle te réserve bien des surprises. J'ai beaucoup à t'apprendre...

Fiora regarda son compagnon avec curiosité :

– Tu es un homme étrange et ce n'est pas la première fois que je m'en aperçois. Je n'ai pas oublié ta prédiction, le soir du bal, au palais Médicis...

– Ni, je l'espère, la promesse que je t'avais faite de te secourir quand tu en aurais besoin ?...

– Je ne l'avais pas oubliée... mais je n'y croyais pas. Pardonne-moi car tu viens de me sauver d'un sort bien pire que la mort et je ne t'en remercierai jamais assez. Pourtant, je te l'avoue, tu me fais un peu peur. D'où tires-tu ces pouvoirs étranges qui sont les tiens ? Hier, sur un simple geste, tu as changé la Virago en servante obéissante et...

– Chut ! Nous parlerons de cela plus tard. On ne sait

jamais jusqu'où le vent peut porter les paroles... Sache seulement ceci : on s'empare assez facilement de l'esprit d'un être quand il est sous le coup d'une émotion...

Ils poursuivirent leur chemin en silence. Abandonnant la route, Démétrios choisit un sentier grimpant entre des murets de pierre sèche qui retenaient la terre sous les vignes et les oliviers. Le soleil montait dans le ciel. Il répandait sa chaleur printanière sur les collines piquées ici et là de grands cyprès noir. Perché dans le feuillage argenté d'un vieil olivier, un merle se mit à siffler. Fiora s'arrêta un instant pour l'écouter et aussi pour se reposer. La sueur perlait à son front, à sa lèvre supérieure et ses pieds, couverts de poussière dans leurs sandales de corde, lui faisaient mal :

– Pourquoi passons-nous par ici ? demanda-t-elle. Ce chemin n'est-il pas plus long ?

– Il est au contraire plus court pour qui se rend chez moi. Et puis... il évite de passer près d'une maison qui doit t'être doublement chère ? N'y es-tu pas devenue l'épouse du comte de Selongey, l'envoyé du Téméraire ?

Foudroyée par ces quelques mots, Fiora leva sur son bizarre compagnon un regard épouvanté et retint de justesse un signe de croix.

– Pour savoir cela, il faut que tu sois le diable en personne ! murmura-t-elle.

Le médecin grec se mit à rire et elle en fut vaguement scandalisée comme si cette manifestation humaine était déplacée chez un personnage aussi singulier qu'elle ne pouvait s'empêcher de trouver un peu sulfureux.

– Non, dit-il tranquillement. Simplement je sais toujours ce que j'ai besoin de savoir. A présent, reprenons, s'il te plaît, notre chemin ! Nous avons tous les deux besoin de vêtements propres, d'un peu de repos... et d'un verre de vin frais !

CHAPITRE IX

LE MÉDECIN DE BYZANCE

La maison du médecin grec se dressait à l'écart du bourg de Fiesole, au bout d'une double rangée de hauts cyprès qui dressaient autour du visiteur deux murailles de verdure. Construit deux siècles plus tôt, au temps des luttes fratricides des Guelfes et des Gibelins, c'était un petit castello qui devait, jadis, renforcer la défense des remparts de l'antique cité étrusque. Il avait de hauts murs rougeâtres dont les anciens créneaux étaient coiffés d'un grand toit à faible pente. Une tour carrée, couverte elle aussi, accentuait l'aspect guerrier de la bâtisse mais les jardins qui l'enveloppaient n'avaient rien à envier à ceux des plus riches demeures et adoucissaient ses vieux murs au point de les rendre aimables.

De grands pins parasols au pied desquels coulait une fontaine aux flots paresseux rafraîchissaient un grand bassin carré et formaient une oasis préservée où s'épanouissaient à loisir des haies de lauriers-roses – et de lauriers-sauce ! –, des buissons d'églantines, de grands iris bleus et noirs, des touffes de lavande, de grosses pivoines blanches, des grenadiers à fleurs pourpres, des citronniers et des orangers dans de grands pots de terre rouge et, dans de vastes plates-bandes cernées de cordons de buis, toutes les plantes médicinales, tous les « simples » dont pouvait avoir besoin un médecin. Il y avait aussi des arbres fruitiers : cerisiers, pruniers, poiriers et enfin, derrière un ressaut de la colline, un grand carré de légumes qui rejoignait les bâtiments d'une ferme. En outre, une sorte de terrasse faite d'un ancien mur tassé sous la terre s'étendait derrière la maison à l'ombre d'une vieille vigne encore vigoureuse. Tel était le logis que Démétrios tenait de la générosité de Lorenzo.

– En tant que son médecin, je possède aussi une chambre au palais de la via Larga comme dans ses autres résidences mais il sait que j'aime vivre libre et à l'écart. C'est pourquoi il m'a donné cette maison. Elle n'est ni assez grande ni assez belle pour exciter les convoitises mais je m'y trouve bien et j'y travaille dans une tranquillité d'autant plus grande que les gens d'ici se sont hâtés de me faire une réputation de sorcellerie et se tiennent à l'écart. Il est vrai qu'au bout de mon jardin passe le chemin qui mène à Fontelucente...

Sur ce sujet, Fiora n'avait pas besoin d'explications. Comme tous les habitants de la région, elle savait que les grottes de Fontelucente abritaient une communauté de sorciers aussi célèbre que celle de Norcia, près de Spolète. Jamais Beltrami n'avait permis à sa fille de diriger ses promenades dans cette direction dangereuse. Elle ne connaissait donc pas la maison de Démétrios bien qu'elle ne fût pas éloignée de la villa Beltrami.

Un homme ouvrit devant les arrivants la lourde porte à gros clous de fer rouillé qui fermait la maison. Il était aussi court et trapu que Démétrios était long et maigre. Il avait un visage carré, au nez cassé, à l'expression hardie. Le cou épais, les épaules puissantes, la bouche forte, il était beaucoup plus jeune que son maître et pouvait avoir trente-cinq ans. Des cheveux, noirs, raides et rétifs, complétaient le personnage qui les accueillit avec une joie aussi évidente que son soulagement :

– J'ai cru que tu ne reviendrais jamais, maître! fit l'homme. Sa Seigneurie de Médicis t'a fait demander par deux fois...

– Qu'as-tu répondu?

– Ce que tu m'avais dit : que tu te rendais à Prato afin d'y faire toucher à la Sainte Ceinture un baume que tu as composé pour les reins douloureux de madonna Lucrezia, la mère de Sa Seigneurie...

– Et la seconde fois ?

– Que tu n'étais pas encore revenu...

– C'est parfait, approuva Démétrios avec un demi-sourire. Fiora, ajouta-t-il en posant une main sur l'épaule de son serviteur, je te présente Esteban. Il vient de Tolède, en Espagne. C'est là que je l'ai rencontré il y a quelques années. Il est à la fois mon assistant, mon majordome, mon jardinier, l'exécuteur de mes volontés et, parfois aussi, mes yeux et mes oreilles... Tu ne le connais pas mais il te connaît bien. C'est lui qui, certaine nuit d'hiver, a vu quelques personnes se rendre au couvent voisin et en ressortir... dans un ordre différent. Avec Samia, une esclave égyptienne que m'a prêtée le palais Médicis et qui est fort heureusement muette, il compose tout le domestique de cette maison.

Esteban salua avec une souplesse que l'on n'eût pas attendue d'un homme si lourdement charpenté puis frappa dans ses mains. Une grande fille à la peau foncée, vêtue d'une tunique bleu sombre, retenue serrée aux hanches par une écharpe rouge vif, apparut et s'inclina :

– Voici donna Fiora, lui dit le Grec. Tu dois la servir aussi bien que moi-même. Elle est épuisée de fatigue, elle est sale et elle a faim. Tu sais ce que tu dois faire. Tu brûleras les vêtements qu'elle porte sur elle et tu soigneras comme je te l'ai appris les meurtrissures qu'elle a sur le corps. Quant à toi, Fiora, il faut te reposer et, avant tout, te vider l'esprit. Dors aussi longtemps que tu en auras envie. Il n'y a pas de meilleur remède.

Après s'être inclinée de nouveau, Samia vint prendre la jeune femme par la main. Ensemble, elles traversèrent la pièce d'entrée qui était une grande salle blanchie à la chaux sans autre ornement que des voûtes d'arêtes peintes en rouge et bleu. Le sol était fait de petites briques et, aux murs, des harnais de chevaux, des brides, des licols, des fouets étaient accrochés au-dessus d'outils de jardinage posés à terre... Au bout de cette salle, qui avait dû être autrefois une salle de garde, une porte donnait sur une petite cour par où l'on entrait dans l'habitation proprement dite. Samia dirigea sa compagne vers la grande cuisine embaumée par le ragoût qui cuisait dans une marmite au-dessus du feu et par les chapelets d'oignons, d'aulx, de piments et les touffes de thym, de laurier, de marjolaine et de romarin qui pendaient de la voûte.

Sachant toute conversation difficile sinon impossible, Fiora se laissa faire. Samia la dépouilla de ses vêtements qu'elle jeta dans un coin pour les brûler plus à loisir, la mit dans une grande bassine où elle la lava à grande eau, la sécha rapidement, lui passa une chemise de fine toile et des pantoufles de velours un peu trop grandes mais confortables puis l'installa à table pour lui servir une grande écuelle de son ragoût de mouton aux herbes, une large tranche de fromage et des petits gâteaux à la pâte d'amande, le tout arrosé d'un généreux chianti qui ramena des couleurs aux joues de la rescapée des bas-quartiers.

Fiora, qui avait littéralement dévoré ce bon repas, sentit davantage la fatigue de son corps et de son esprit. Elle se laissa emmener docilement dans une chambre de l'étage où elle ne vit qu'une chose : un lit bien blanc l'y attendant, la couverture ouverte. Elle se glissa avec bonheur dans les draps qui sentaient bon la lavande et s'endormit dès que sa tête reposa sur l'oreiller.

Samia resta un instant auprès d'elle puis, constatant qu'elle dormait, tira les rideaux du lit et quitta la chambre pour rejoindre dans la cuisine Démétrios et Esteban qui, à leur tour, venaient se mettre à table. Le médecin grec avait échangé ses haillons pour l'une de ces robes de velours noir qu'il affectionnait après avoir fait une toilette rapide à la fontaine du jardin.

Tandis qu'Esteban taillait de larges tranches de pain dans la miche posée sur la table, Démétrios se versa un plein gobelet de vin qu'il but lentement avec la visible satisfaction d'un homme qui n'a rien dégusté de tel depuis longtemps :

– L'hospitalité de nos amis mendiants est généreuse mais leur ordinaire n'atteint pas les mêmes sommets. Il est bon de se retrouver chez soi...

Il attaqua avec appétit le ragoût que lui servait son esclave, but encore un verre puis se tourna vers Esteban :

– As-tu fait ce que je t'avais ordonné ?

– Oui, maître... L'autre jour, quand les deux femmes sont parties pour le couvent Santa Lucia, je me suis approché de l'homme que tu m'avais désigné...

– Marino Betti, celui qui, en dépit de son serment, avait raconté l'histoire de Beltrami en Bourgogne à la dame Pazzi ?

– Sois tranquille, je n'ai pas commis d'erreur. Je l'ai abordé. Au milieu de ces gens qui parlaient tous à la fois, il avait l'air désorienté. Alors, j'ai joué les enthousiastes. Je lui ai dit combien je l'admirais d'avoir fait passer son devoir de citoyen de Florence, et même de chrétien en dénonçant la fraude commise par feu Beltrami au mépris de ses propres intérêts puisqu'il allait perdre, de ce coup, une intendance qui devait lui rapporter pas mal d'argent... Mes paroles ont eu l'air de lui remonter le moral, d'autant que les autres avaient plutôt tendance à s'écarter de lui. Nous sommes partis ensemble...

Esteban s'interrompit pour boire un coup.

– Ensuite ? fit Démétrios.

– On est allés dans une taverne de mariniers au bord du fleuve et j'ai commandé à boire. Il a vidé deux gobelets coup sur coup comme quelqu'un qui en a grand besoin. Naturellement, je l'ai resservi tout en essayant de le faire parler mais il ne me répondait que par monosyllabes et il y avait de la peur dans son regard fixé dans le vague par-dessus mon épaule. Il s'était remis à boire, plus lentement. Alors j'ai commandé du pain, du jambon, du fromage en disant que ce n'était pas bon de boire avec un estomac vide et là encore il a été d'accord. On s'est mis à manger. J'avais sorti mon couteau et lui le sien. C'était un couteau à peu près de la forme de celui que vous m'aviez confié...

– Celui du meurtrier!

– Oui, mais celui-là avait un manche de bois au lieu d'un manche de corne. On a bu encore et j'ai feint d'être pris de boisson.

– Et lui?

– C'est un ancien muletier : il tient bien le coup mais, tout de même, il commençait à vaciller un peu et j'ai pensé que c'était le moment. Je m'étais mis à faire de grands gestes et le couteau est tombé de la table. Je me suis baissé pour le ramasser et là, je l'ai échangé contre l'autre couteau. Il ne s'est pas aperçu tout de suite de la substitution. Et puis, soudain, il a vu. Il est devenu tout pâle et j'ai cru que ses yeux allaient lui sortir de la tête. Il s'est levé brusquement et il a saisi l'arme pour m'en frapper mais je me tenais sur mes gardes et j'ai esquivé le coup. La table s'est effondrée entre nous et on s'est retrouvés face à face, armés tous les deux. Il me regardait avec des yeux de fou mais je l'attendais. Je me suis mis à rire et j'ai dit : « On m'a raconté que les gens d'ici ont une peur bleue des fantômes. Quelque chose me dit que tu ne dormiras plus aussi bien qu'autrefois? Un maître trahi et assassiné, ça devrait faire un spectre bien altéré de vengeance? » Je ne pensais pas lui faire un tel effet. Si jamais j'ai vu l'épouvante sur le visage d'un homme c'est bien sur celui-là. Il a reculé comme si le fantôme en question se dressait entre lui et moi, et puis il a pris ses jambes à son cou et il s'est enfui comme si tous les diables de l'enfer étaient à ses trousses.

– Et toi, qu'as-tu fait?

– Je l'ai laissé filer... et j'ai payé la casse, conclut

Esteban avec philosophie. J'ai bien pensé un moment à courir après et à le tuer mais, en pleine rue...

– Tu as bien fait. La vie de ce misérable c'est à celle qui dort là-haut qu'elle appartient...

– Sans doute mais c'est une dame et je la vois mal brandir le couteau. Note que je suis tout prêt à faire ça à sa place!

– Elle ne reculera pas car elle est assoiffée de vengeance. Son horoscope, que j'ai tiré, m'a appris qu'en cette belle jeune femme, faite pour l'amour et pour le bonheur paisible que donne une belle fortune jointe à toutes les grâces, repose une impitoyable Némésis. Songe qu'il a suffi d'un peu plus d'une semaine à la haine et à la cupidité d'une femme pour lui arracher tout ce à quoi elle tenait, à commencer par son père et sa fortune... et en finissant par sa fierté de femme et son honneur. C'est chez la Pippa, la maquerelle du borgo San Spirito, que je l'ai retrouvée au moment où Pietro Pazzi, le bossu, allait l'étrangler après l'avoir violée. J'ai tué cette pourriture... A propos de la Pippa, tu vas seller ton cheval et te rendre chez elle pour lui racheter une petite esclave tartare nommée Khatoun qui appartient à donna Fiora et qui s'est fait prendre en essayant de la libérer. Emporte de l'or!

– Pour quoi faire? J'ai une épée et une dague. Cela doit suffire comme moyens de négociation...

– Je préfère l'or. La Virago est peut-être plus forte que toi! Elle est dangereuse et elle a des protecteurs. En outre, elle doit mourir de peur depuis qu'un Pazzi a été tué chez elle. Si elle ameute ses gens et ses clients contre toi, tu n'auras peut-être pas le dessus. Avant de partir, selle ma mule. Le Magnifique m'a assez attendu... Au fait, sais-tu où il est?

– Il était à la Badia mais il a dû rentrer au Palais pour recevoir un émissaire du roi Edouard d'Angleterre.

Comme chaque fois que le temps le permettait, Lorenzo de Médicis était dans son jardin. Poète autant qu'homme d'État, il aimait reposer ses yeux et son esprit sur la foisonnante verdure, entendre le chant des oiseaux et ne sentir au-dessus de sa tête que l'azur infini du ciel. Dans l'espace forcément restreint qu'autorisait un palais urbain, ses jardiniers, préférant le buis à toute autre plante, l'avaient sculpté en forme de chiens, de cerfs, d'éléphants. Il y avait même une galère aux voiles déployées, tout cela ordonné autour d'un chef-d'œuvre : la *Judith* de Donatello qui s'élevait sur une grande coupe de granit. Sous la colonnade qui donnait accès au jardin, on pouvait voir trois sarcophages romains, un antique *Marsyas* habilement restauré et l'admirable *David* de Donatello.

Lorsque Démétrios arriva, il s'arrêta sous cette colonnade et chercha même abri à l'ombre du *Marsyas*. Le Magnifique, en effet, n'était pas seul : en face de lui et de la *Judith* à laquelle il s'appuyait, se dressaient la robe blanche et le scapulaire noir de fray Ignacio. Il ne s'agissait d'ailleurs pas d'un entretien secret car la voix du moine sonnait comme la trompette du jugement dernier dans l'intention d'être entendue par le plus de monde possible. Démétrios, derrière son satyre, n'avait donc aucun besoin de tendre l'oreille :

– As-tu connaissance de ce bruit, venu on ne sait d'où et qui court la ville depuis ce matin ? claironna l'Espagnol. La fille qui devait être soumise à l'ordalie et qui s'est enfuie du couvent Santa Lucia ne se serait pas sauvée, ce qui, je ne te le cache pas, me surprenait un peu : elle aurait été enlevée.

– Je sais cela. Madonna Lucrezia, ma mère, en revenant ce matin de la messe, m'a rapporté ce propos. Mais tu le dis toi-même : on ne sait d'où il vient. Il est donc difficile d'en tenir compte.

– On dit, chez nous, qu'il n'y a pas de fumée sans feu...

– On le dit aussi chez nous mais ce que tu ignores, puisque tu n'es pas de ce pays, c'est qu'aucun peuple n'a plus d'imagination que celui de Florence. Il aime le merveilleux, le fantastique et il sait aussi bien conter les vieilles histoires qu'en inventer d'autres...

Dans sa robe blanche, le corps maigre du moine se raidit encore.

– Il me semble que tu prends cette affaire bien légèrement ? Ne crois-tu pas que des recherches s'imposent ?

– J'ai déjà fait rechercher Fiora Beltrami et cela sans résultat. La Seigneurie également et sans plus de succès. La pauvre enfant a dû quitter la ville...

– Tu appelles pauvre enfant ce que je nomme moi sorcière ! Cette créature du diable possède ici même, dans ta ville et peut-être même dans ton palais, des appuis qui l'ont soustraite à la justice de Dieu comme à celle des hommes.

Un éclair traversa les yeux sombres du Magnifique :

– Dans mon palais ? Insinuerais-tu que je suis l'auteur de cet enlèvement et que je la cache ici ?

Devant la colère qui vibrait dans la voix rauque de Lorenzo, fray Ignacio battit en retraite :

– Pardonne-moi si je me suis mal exprimé et songe que seul le zèle que m'inspire le service de Dieu m'anime. Je n'ai pas parlé de toi. Il y a beaucoup de monde dans ton palais et tu ne peux savoir tout ce que font tes nombreux amis... des amis qui ne sont peut-être pas toujours ceux qu'il conviendrait de voir autour d'un grand prince...

– Je ne suis pas prince mais seulement le premier des citoyens de cette ville. Nous sommes ici en république, fray Ignacio ! J'ai donc droit de choisir les amis qui me plaisent !

– Ne joue pas sur les mots. Si tu n'es pas prince, ton épouse l'est et tes fils le seront et il ne convient pas que des enfants de haute naissance, voués aux grandes destinées, soient élevés hors de la religion chrétienne. Or tu leur as donné pour maître un traîne-misère sorti on ne sait d'où mais qui parle grec et qui leur offre pour modèle les démons que les anciens appelaient des dieux...

– Ne pouvons-nous nous en tenir à un seul sujet ? fit Lorenzo d'une voix coupante. De quoi au juste es-tu venu me parler, moine ? De l'enlèvement éventuel d'une malheureuse dont je cherche en vain pourquoi tu la poursuis d'une telle hargne... ou de l'éducation de mes enfants ?

– Je suis venu te parler de ta ville, dit fray Ignacio avec emphase, de ta ville qui oublie le Christ et qui est moins ardente à entendre sa parole qu'à écouter des chansons, de ta ville que tu entraînes sur le chemin de la perdition. C'est là le souci majeur de Sa Sainteté...

– Je t'arrête tout de suite, moine ! Sa Sainteté comme tu dis est surtout soucieuse de faire tomber Florence et sa région entre les mains de son neveu Riario, l'ancien douanier. De là ce grand intérêt qu'il lui porte.

– Honte et malheur sur toi, Lorenzo de Médicis, si tu ne te résous pas à entendre l'appel de Dieu que je t'apporte ! Le pape Sixte IV m'envoie...

– Le pape dispose de quarante cardinaux, d'une armée d'évêques et d'abbés, pourquoi donc t'envoie-t-il toi, un Espagnol, porter ici sa parole ?

– Pour juger de ce que valent mon courage et mon ardeur à servir Dieu en face d'une cité de perdition avant de me renvoyer dans mon pays où la tâche qui m'attend est immense. C'est du moins ce que je pense. La reine Isabelle de Castille est soucieuse, en effet, des désordres que créent dans son royaume les juifs et les *conversos* et elle a demandé, par ma voix, l'aide de Sa Sainteté qui lui veut du bien.

Un sourire sarcastique plissa la grande bouche de Lorenzo et rapprocha son long nez de son menton :

– Il me semble que la reine Isabelle a de plus graves soucis que l'état de l'Église ? Couronnée reine de Castille en décembre dernier à Ségovie, contre la volonté de la moitié de ses grands et sans avoir jugé bon d'associer à ce sacre son époux, le prince Ferdinand d'Aragon, elle est aujourd'hui en guerre contre le roi Alphonse V de Portugal qui a épousé la fille – bâtarde dit-on ? – du défunt roi de Castille Henri IV dont Isabelle n'est que la sœur. Tu vois que je suis au courant... comme d'ailleurs de tout ce qui se passe en Europe.

– J'imagine que tu as des espions partout mais ils te renseignent mal. La reine Isabelle place Dieu au-dessus de tout. Elle entend, en Son nom, reconquérir tout ce que le Maure tient encore sous sa griffe noire et elle espère pouvoir établir enfin dans ses royaumes la Sainte Inquisition...

– Dont tu aimerais être le chef! Je reconnais que tu sembles fait pour cela... mais Florence n'a pas besoin d'un Grand Inquisiteur. Aussi, fray Ignacio, je te prie de cesser de te mêler de nos affaires... et, mieux encore, de retourner à Rome. Je te remettrai, pour le pape, une lettre attestant de ton zèle comme de tes capacités.

– Je partirai lorsque la fille d'iniquité aura subi, comme elle l'avait accepté, le jugement de Dieu. Fais fouiller cette ville rue par rue, maison par maison... sans oublier celle de tes amis... et ta propre demeure! Trouve-la et je m'estimerai satisfait... pour le moment. Seule l'Église sait comment il faut traiter les êtres de cette sorte.

– Elle... ou sa fortune?

– La robe que je porte devrait m'épargner ce genre d'insinuation. Que m'importe cette fortune?

– A toi, je veux bien le croire mais elle intéresse fort un proche ami de notre Saint-Père, un certain Francesco Pazzi.

– Je ne connais pas cet homme.

– Tant mieux pour toi. Quoi qu'il en soit... et au cas où tu le rencontrerais plus tard, dis-lui que la fortune des Beltrami n'ira jamais enrichir les Pazzi. Que l'on retrouve Fiora ou non!

– Donna Hieronyma y a tous les droits!

– Donna Fiora a été adoptée officiellement. Sur un faux peut-être mais il y a là un point de droit qui doit être longuement discuté et qui peut-être ne sera jamais tranché. En attendant, la banque Médicis assumera la garde et le développement de cette fortune. Sous le contrôle de la Seigneurie, bien sûr, ajouta Lorenzo avec un sourire qu'un observateur non prévenu eût peut-être qualifié de diabolique. Mais le visage de fray Ignacio était encore moins agréable à contempler. Sa figure devint plus jaune comme si la bile, quittant ses voies naturelles, s'infiltrait dans son sang. Ses yeux fulgurèrent et, levant vers le ciel son bras maigre que la large manche découvrit :

– Prends garde de lasser la patience de Dieu, Médicis! fulmina-t-il. Un jour...

L'entrée en scène de Démétrios lui coupa la parole. Le Grec, pensant que son arrivée débarrasserait peut-être Lorenzo du moine espagnol, s'était décidé à quitter l'abri de son *Marsyas*. Le sourire de Lorenzo lui fit comprendre qu'il avait pensé juste.

– On m'a dit que tu me faisais chercher, seigneur? Es-tu souffrant? Puis, adressant au moine un salut cérémonieux : Pardonne-moi de t'avoir interrompu, saint homme. Il faut n'y voir que ma hâte de porter secours à qui en a besoin. Tu disais?

Fray Ignacio avait laissé retomber son bras menaçant et glissait à présent ses mains dans ses manches mais ses yeux avaient pris la dureté du granit en considérant l'importun. Avec une grimace de dégoût, il jeta :

– Qu'un jour la foudre s'abattra sur ce nid d'hérétiques! Comment oses-tu adresser la parole à un homme de Dieu, sorcier, suppôt de Satan? Arrière! Ton souffle seul empuantit l'air...

– C'est à celui qui se sent incommodé de se retirer, dit calmement Lorenzo. Je te donne le bonsoir, fray Ignacio!

Ainsi formellement congédié, le dominicain s'éloigna sans saluer, mâchant des malédictions entre ses dents serrées. Les deux hommes le regardèrent franchir la colonnade, puis le *cortile* et finalement le portail du palais.

– Le vilain oiseau que voilà! grogna Démétrios. Qu'est-il venu chercher ici?

Lorenzo éclata de rire, un rire jeune et joyeux mais tonitruant et qui fit envoler un couple de tourterelles grises et roses qui s'étaient perchées sur l'épaule de *Judith* :

– Allons, Démétrios! Tu le sais aussi bien que moi. Crois-tu que je ne t'ai pas aperçu, tout à l'heure, quand tu t'es réfugié derrière *Marsyas* ? Tu as bien fait d'ailleurs.

Quittant enfin l'appui de la statue, il resserra autour de ses reins la ceinture de cuir qui retenait les plis lourds de sa longue robe de velours brun garnie d'une bande de martre et glissa son bras sous celui du médecin :

– Rentrons, à présent, mon ami. Ce moine a gâché pour aujourd'hui le charme du jardin. Allons dans mon *studiolo*...

Côte à côte, les deux hommes gravirent le raide escalier qui menait à l'étage. Lorenzo marchait en regardant ses pieds et ne disait rien. Le médecin respectait son silence, devinant en partie les pensées qui s'agitaient sous ce grand front intelligent. Ensemble, ils parcoururent les salles de réception bourrées d'œuvres d'art, réchauffées de tapisseries précieuses et de tapis chatoyants venus des lointains marchés d'Orient et atteignirent enfin une grande pièce entourée d'armoires de chêne aux solides pentures de fer dont certaines, ouvertes, laissaient voir qu'elles étaient remplies de livres reliés de velours ou de cuir d'Espagne mais tous richement décorés. Un petit homme entre deux âges, vêtu comme un chanoine et portant des lunettes sur le bout de son nez, travaillait devant l'une de ces amoires, assis à une table marquetée..

Il leva les yeux à l'entrée des deux hommes, sourit et voulut se lever mais la main de Lorenzo le maintint sur son siège :

– Reste là, Marsile! C'est l'ami que je reçois plus que le médecin et ta sagesse peut nous être d'un grand secours.

– Elle est tout entière à ton service, dit le petit homme et il se rassit... Marsile Ficino, philosophe platonicien, médecin et chanoine de l'église San Lorenzo – triple fonction dont il se tirait avec originalité en vivant comme un sybarite, en laissant la médecine aux autres et en prêchant Platon en chaire – était l'un des plus proches commensaux du Magnifique.

Celui-ci alla s'asseoir auprès d'une table sur laquelle brillait un extraordinaire vase taillé dans une énorme améthyste et serti de perles. Il ne disait toujours rien mais Démétrios nota l'air las avec lequel il chercha l'appui de la table.

– Tu souffres, seigneur, dit-il. Se peut-il que tu aies eu réellement besoin de ton médecin, toi qui es jeune et si solidement bâti? En ce cas, pardonne le retard que j'ai mis à te rejoindre!

– Ma gorge m'a fait un peu mal mais cela va mieux. On m'a dit d'ailleurs que tu étais en mission sainte pour le compte de ma mère, ajouta-t-il avec un sourire moqueur. Tu aurais jugé utile de faire approcher la ceinture de la Vierge à certain baume destiné à ses reins douloureux? Toi qui ne crois ni à Dieu ni à diable? J'espère que mon oncle Paolo qui est grand prévôt de la cathédrale de Prato t'a réservé bon accueil? Un mécréant de ta hauteur!

– J'avais ordonné que l'on fît cette réponse au cas où tu me demanderais. J'ignorais quel serviteur tu chargerais de ton appel. Le recours au miracle est toujours bien vu du petit peuple...

– Sagement pensé! Mais si tu n'étais pas à Prato où donc étais-tu?

– Je travaillais pour la justice pendant que mon serviteur traquait l'assassin de Francesco Beltrami.

Lorenzo tressaillit et se redressa, l'œil allumé :

– L'a-t-il trouvé ?

– Oui. C'est Marino Betti, l'intendant de Beltrami, celui qui l'a trahi pour les beaux yeux de la dame Hieronyma. Je m'en doutais d'ailleurs...

– Tu as des preuves ?

– Non mais une certitude absolue...

Et Démétrios raconta ce qui s'était passé dans la taverne au bord du fleuve.

– Il ne l'a pas tué estimant que ce n'était pas à lui de faire justice, ajouta-t-il.

– Sans preuves, la Seigneurie n'acceptera jamais de le faire arrêter. Elle a été trop contente de livrer le palais Beltrami au pillage de ses sbires et, si je n'étais pas là, elle aurait déjà mis la main sur le fabuleux héritage... Chacun réclame sa part de la curée.

– Esteban ne pensait pas à cette justice-là mais à celle qu'est en droit d'exercer la fille de la victime !

– Fiora ? fit Lorenzo avec un haussement d'épaules. Encore faudrait-il savoir ce qu'elle est devenue ? Les bruits les plus contradictoires courent depuis ce matin. On la croyait en fuite, ce qui m'étonnait d'elle. On parle à présent d'enlèvement et tout à l'heure j'ai reçu la visite de la jeune Chiara Albizzi. Elle réclamait justice pour son amie et criait encore plus fort que le moine espagnol. Elle allait même jusqu'à dire que, selon elle, Fiora Beltrami aurait été assassinée comme son père.

– Une amie fidèle, soupira Démétrios, quel présent des dieux ! Cela suppose du courage quand une ville entière se transforme en meute assoiffée de sang, lancée sur la trace d'une pauvre biche.

– Tant que les philosophes ne seront pas rois dans les cités, cita Marsile Ficino, il n'y aura pas de cesse aux maux des hommes...

– Le goût du sang et l'amour de l'argent sont des maux

incurables que l'on soit philosophe ou pas! dit Démétrios. Et Platon n'a pas toujours raison. Quant à la petite Albizzi, elle a vu juste en craignant le pire : donna Fiora a bien failli être assassinée...

– Quand? Par qui? Et comment le sais-tu?

– Quand? La nuit dernière. Par qui : Pietro Pazzi. Où? – car tu as oublié de demander où – chez la Virago...

Lorenzo bondit de son siège. Son visage s'empourpra.

– Chez cette femme?... mais qu'est-ce que...

– Qu'est-ce que la fille chérie de Francesco Beltrami faisait là-dedans? Voilà une bonne question à laquelle je vais me faire un plaisir de répondre parce que c'est moi qui, en le poignardant, ai empêché le bossu d'étrangler donna Fiora! Assieds-toi, seigneur, pour éviter le vertige car je vais ouvrir devant toi un cercle de l'enfer que Dante a oublié...

Tirant pour lui-même un escabeau sur lequel il établit sa longue personne, Démétrios retraça pour ses auditeurs ce qu'avait été le calvaire de Fiora depuis qu'on l'avait arrachée à son chagrin pour l'obliger à défendre sa propre vie. Il le fit sans emphase, en phrases courtes, précises et d'autant plus frappantes. Il savait que l'imagination des deux autres ferait le reste. Mais bien avant la fin de son récit, Lorenzo, rejetant son siège qui s'abattit sur le dallage précieux sans qu'il songeât à le relever, s'était mis à arpenter la pièce, tête basse et les mains nouées derrière le dos. Quand Démétrios se tut, il explosa :

– Les moniales de Santa Lucia capables de livrer ainsi un être qui leur a été confié! Les Pazzi tramant leurs complots ignobles dans ma ville, sous mon nez! Fiora, si belle, si pure... livrée à la prostitution!

Il arrêta brusquement sa promenade agitée en face du médecin grec :

– Et, naturellement, elle est chez toi?

– Où veux-tu qu'elle soit? J'espère seulement, ajouta Démétrios avec un sourire, que tu n'iras pas confier cela à ton ami fray Ignacio ? Il nous jetterait tous les deux sur le même bûcher...

Au regard que lui lança Lorenzo, il comprit qu'il avait été trop loin et s'excusa, mettant sa phrase malheureuse sur le compte de l'indignation ressentie tout à l'heure en écoutant le moine espagnol. Il ajouta en manière de conclusion :

– Il te reste à me dire ce que je dois en faire.

Lorenzo ne répondit pas. Il réfléchissait. Mais le chanoine-philosophe prit la parole.

– Une chose m'intrigue, Démétrios, et je te prie de me pardonner si je te parais indiscret. Tu es un homme d'âge déjà, un homme de science fort éloigné des folies de la jeunesse. Pourquoi t'intéresses-tu tellement à cette jeune fille ? Pour sa beauté ? Cela peut s'expliquer chez un Grec...

– Il est vrai que je ne supporte pas de voir abîmer une œuvre d'art. Mais en ce qui concerne donna Fiora, il y a autre chose. ... Tu sais que je consulte les astres et qu'il m'arrive d'avoir, de l'avenir, certaines visions inexplicables. Or, j'en ai eu une, lorsqu'au soir de la *giostra* j'ai rencontré cette jeune fille...

– Qu'as-tu vu ? demanda Ficino avec curiosité.

– Je préfère ne pas le dire. Mais, à la suite de cela, j'ai réussi à obtenir la date et le lieu de sa naissance et j'en ai tiré un horoscope qui, par certains côtés, se rapproche du mien. J'ai su, de façon certaine, qu'elle allait perdre prochainement son défenseur naturel, qu'elle aurait besoin d'aide et j'ai décidé de m'attacher à une étoile dont la lumière demeurait incertaine mais qui peut-être jettera un jour de grands feux...

Lorenzo, qui s'était rapproché, avait écouté les paroles du Grec. Il posa une main sur son épaule :

– Puisque tu connais son destin, pourquoi me demandes-tu ce que tu dois en faire ?

– Je ne sais pas tout... et tu es le maître. Tu connais à présent la vérité en ce qui la concerne. Pourquoi ne pas lui faire rendre justice ? Son père n'a eu à se reprocher qu'un mensonge bien naturel et elle est tout à fait innocente. N'a-t-elle pas assez souffert ?

– Si tu entends par rendre justice la rétablir dans son palais, ses biens et remettre les choses dans l'état où elles se trouvaient naguère, c'est impossible. Le peuple ne le permettrait pas. L'image qu'il a d'elle est celle d'une créature diabolique. Il faudrait la faire garder jour et nuit. Et puis... Je suis moins sûr que je ne l'étais de la loyauté de défunt Beltrami...

– Comment est-ce possible ? s'indigna Marsile Ficino. Il était l'homme le plus généreux, le plus franc et le plus honnête que je connaisse... après toi !

– Alors comment expliques-tu ceci ?

Lorenzo alla prendre dans une armoire un coffret de malachite, l'ouvrit et en tira un rouleau de parchemin qu'il déroula et tint devant lui entre ses deux mains :

– Angelo Donati à qui j'ai confié, d'accord avec la Seigneurie, l'administration provisoire des affaires de Beltrami a reçu, de la banque Fugger, à Augsbourg, la demande de remboursement d'une lettre de change, remise par Francesco Beltrami à messire Philippe de Selongey, lettre d'une valeur de cent mille florins d'or...

– Peste ! dit Ficino : la belle somme ! Une rançon royale !

– Pour quel prisonnier ? Le plus curieux est, qu'à la demande de Selongey, la somme a été versée directement au trésor du duc Charles de Bourgogne. Voilà pourquoi, aujourd'hui, je doute de la loyauté de Beltrami. Il savait mon étroite alliance avec le roi Louis de France et cependant il a contribué – et en quelles proportions ? – au trésor de guerre de son ennemi qui, de ce fait, est le nôtre. Si le Téméraire menait à bien son rêve d'empire, la guerre éclaterait aussitôt entre nous, la Savoie et Milan, ses alliés, devenus tout-puissants... Moi j'appelle cela de la trahison !

– Ne juge pas tant que tu n'as pas en main toutes les

données du problème, fit Démétrios. Il doit y avoir à cela une raison... simple mais qui t'échappe pour le moment. Fais crédit à ce mort que tu aimais et dis-moi ce que tu décides pour sa fille !

– Garde-la chez toi ! C'est encore là qu'elle sera le plus en sécurité à condition qu'elle n'en sorte sous aucun prétexte et qu'elle s'arrange pour n'être vue de personne. On la connaît à Fiesole. Pour la suite, nous verrons : il faut que je réfléchisse !

Le ton était sec et Démétrios pensa qu'il eût été maladroit, voire dangereux, d'insister. Lorenzo, il le savait, pouvait se montrer impitoyablement cruel s'il se croyait trahi et les profondeurs de son âme avaient des obscurités insoupçonnées. Il se leva pour partir et salua profondément :

– Je rapporterai tes paroles à donna Fiora mais, avant de te quitter, puis-je te demander une faveur ?

– Demande !

– Cette pauvre enfant est en peine d'une certaine Léonarde qui l'a élevée et à qui elle est très attachée. Cette femme a disparu le jour où le palais a été pillé. Il se peut que donna Chiara Albizzi sache où elle se trouve. Or je ne peux me rendre chez elle sans éveiller les soupçons et déplaire peut-être à sa famille...

– Si Chiara sait quelque chose, je le saurai. Va en paix !

Comme il disait ces mots, le silence qui enveloppait le palais Médicis éclata sous les accents d'une joyeuse musique et de l'écho d'une chanson qui accompagnaient le pas des chevaux et les sonnailles des mules. Une brillante cavalcade encombrait la rue et se bousculait pour pénétrer dans la cour du palais. Giuliano et ses amis revenaient d'une partie de campagne et emplissaient la via Larga d'une étonnante fresque colorée. Les costumes étaient roses, blancs, corail, vert pâle ou jaune soleil et c'était comme si le vent, passant sur tous les jardins de Florence, avait emporté les pétales des fleurs pour les déposer au cœur de la ville. Les montures étaient harnachées de rouge ou de bleu liseré d'or ; les jeunes femmes portaient toutes de grands bouquets de lilas blanc dont le parfum sensuel les enveloppait d'une nouvelle séduction. Tous les visages avaient la fraîcheur du printemps, tous les visages souriaient autour de Giuliano et de Simonetta, lumineuse et diaphane à son habitude, qui ne regardaient qu'eux-mêmes... Les flûtes et les violes semblaient ne jouer que pour eux...

Démétrios qui descendait l'escalier embrassa d'un coup d'œil la troupe turbulente, nota l'absence de Chiara Albizzi, ce qui n'avait rien d'étonnant puisque la jeune fille était venue au palais dans l'après-midi, mais remarqua, par contre, la présence de Luca Tornabuoni. Superbe dans une courte tunique jaune brodée d'argent, les boucles noires de ses cheveux brillant dans la lumière du soleil déclinant, le jeune homme assiégeait visiblement de ses attentions et de ses sourires une blonde enfant aux yeux bleus qui riait en lui promenant sous le nez la hampe parfumée d'une branche de lilas... Puis tous descendirent de cheval et le Grec remarqua encore qu'en aidant sa compagne Luca la gardait contre lui un peu plus longtemps qu'il ne le fallait...

Obéissant à une impulsion, Démétrios s'approcha des deux jeunes gens et, s'adressant à la jouvencelle :

– Ne laisse pas prendre ton cœur par ce garçon, demoiselle, car il est le plus inconstant qui soit au monde !

Le jeune Tornabuoni devint rouge de colère :

– La faveur dont t'honore mon cousin Lorenzo ne te donne pas le droit de m'insulter.

– T'ai-je insulté en énonçant une simple vérité ? Tu en aimais une autre, il y a une semaine, mais ta flamme n'a pas résisté une heure, rien qu'une heure au vent du malheur. Et tu prétends être un homme... Prends garde que le destin ne te frappe, un jour, et que tu voies tes amis se détourner de toi !

De pourpre qu'il était, Luca, sous le regard scintillant du médecin, devint blême :

– Que veux-tu dire ? Es-tu sorcier ? As-tu le pouvoir de lire dans l'avenir ?

– Peut-être... mais c'est sans importance. Toi aussi tu es sans importance. Vis ta vie douillette, mon garçon, tu n'es pas fait pour autre chose ! De toute façon, ajouta-t-il avec un sourire sardonique, elle ne t'aimait pas.

Et tournant les talons, il alla reprendre son cheval attaché à l'un des gros anneaux de fer qui pendaient à cet effet aux murs du palais. Il éprouvait une joie cruelle d'avoir éteint celle de ce couple insouciant. Leur bonheur lui avait fait l'effet d'une injure de plus adressée à celle qui, dépouillée de tout, n'avait même plus de destin et attendait, là-haut, qu'une foule imbécile voulût bien l'oublier. C'était, de sa part, une façon comme une autre de lui rendre hommage.

Il était mal satisfait aussi des réactions de Lorenzo car il avait l'impression que la lettre de change des banquiers d'Augsbourg était arrivée bien à propos pour justifier la mise sous contrôle d'une fortune qui était le bien propre de Fiora et de personne d'autre. Sous la torture, Marino Betti eût avoué son crime et sans doute dénoncé Hieronyma mais Lorenzo ne voulait même pas l'arrêter par crainte des réactions de la Seigneurie et plus encore de celle d'un peuple dont il connaissait le caractère versatile et cruel. Qui pouvait dire si, à cette crainte, ne se mêlait pas l'intime satisfaction de contrôler désormais des biens qui eussent dû lui demeurer étrangers ? Que le Magnifique eût peur de cette foule qui cependant l'acclamait et l'encensait, cela ne faisait aucun doute pour Démétrios. Il savait que, lorsqu'il allait à pied par les rues, Lorenzo glissait une chemise de mailles sous ses robes de velours ou de drap fin. Il était le premier d'une ville qui se voulait libre et non le tyran d'une cité soumise par la force, même s'il en avait les instincts...

Laissant sa bride sur le cou de son cheval, Démétrios

remonta la via Larga au pas. C'était l'heure où les boutiques se fermaient, celle aussi de la conversation. De petits groupes se formaient sur le pas des portes, d'autres – les hommes surtout – se dirigeaient seuls ou en compagnie vers les places où ils étaient sûrs de rencontrer leurs habituels commensaux. Démétrios chassa, du revers de la main, une mouche précoce qui annonçait un été chaud mais acheva son geste en salut : du seuil de sa boutique, le libraire Bisticci lui faisait signe. Il s'approcha :

– As-tu des nouvelles pour moi ?

– Oui... et d'excellentes ! J'ai trouvé un jeune Arabe qui a une écriture superbe. Le traité d'Ibn Sina est à la copie. Tu l'auras dans un mois ou deux !

Démétrios montra une joie d'autant plus vive qu'il ne la ressentait pas vraiment. Il avait trop attendu ce livre... et puis, dans deux mois, où serait-il ? Un de ces pressentiments qui lui tenaient parfois lieu de seconde vue lui soufflait qu'à cette époque le castello sous l'épaulement de la colline serait vide et que lui-même serait loin. Mais où ?... Il s'en souciait peu d'ailleurs car, depuis sa jeunesse, sa vie avait été une longue errance à la recherche du savoir mais l'entrée de Fiora dans son existence lui laissait entrevoir une possibilité d'accéder enfin à un vieux rêve : voir un jour à ses pieds le cadavre du dernier de ces ducs de Bourgogne, de ces Grands Ducs d'Occident qui emplissaient le monde de leur splendeur, de leur puissance et de leur orgueil mais dont la vantardise avait tué son jeune frère Théodose aussi sûrement que le bourreau turc qui l'avait empalé ! Son petit frère ! Le seul être qu'il eût jamais aimé !

Quinze années les séparaient et, après la mort de leurs parents, ils étaient restés seuls dans le grand palais du Phanar, à Byzance, où Théodose était né. Démétrios, lui, avait vu le jour dans l'île de Cos, patrie d'Hippocrate, où son père avait des propriétés. Sa vocation était née là.

Quand, en 1453, le sultan turc Mahomet II était venu

mettre le siège devant les murs de Byzance, Démétrios avait trente-cinq ans et Théodose vingt. L'un était déjà un savant médecin, l'autre appartenait à la jeunesse dorée comme il convenait au descendant d'une riche et ancienne famille qui avait, un jour, accédé au trône, et l'aîné souriait avec indulgence aux folies du plus jeune. Et puis, il avait fallu se battre. Tous deux l'avaient fait, chacun à sa place : Théodose sous le casque d'argent des gardes de l'empereur Constantin auquel il vouait une véritable dévotion, Démétrios dans l'hôpital qu'il avait improvisé sous son propre toit pour les dizaines de blessés qui affluaient chaque jour...

La ruée des Turcs, ce triste matin du 23 avril où les Byzantins effarés s'étaient aperçus que les galères de l'ennemi flottaient à présent dans la Corne d'Or après avoir franchi une colline, était passée comme une tempête sur le palais-hôpital. Démétrios alla rejoindre les derniers combattants. Le 29 mai, près de la porte Saint-Romain, il vit tomber le Basileus [1] qui n'avait gardé des signes extérieurs de l'empire que ses *campagia* de pourpre, ses brodequins ornés de l'aigle bicéphale. Il réussit à entraîner Théodose qui voulait mourir là.

Au prix de mille difficultés, les deux Lascaris réussirent à quitter la ville en feu, à trouver un bateau et à gagner Venise où la nouvelle de la catastrophe pesait comme un suaire. Tout l'Occident chrétien s'indignait, réclamait la guerre contre le sultan et plus fort, plus haut peut-être que les autres princes, le duc Philippe de Bourgogne. Théodose, qui ne rêvait que revanche, avait entraîné son aîné à la cour de Bourgogne où ils avaient reçu grand accueil. On fêtait les rescapés de Byzance, on se les disputait, surtout le plus jeune car Démétrios lui, avec sa clairvoyance, pressentait tout ce que cette agitation pouvait avoir de factice. Mais Théodose y croyait.

1. L'empereur.

Il y crut plus encore lorsqu'il fut donné aux deux frères d'assister, à Lille, à la plus fabuleuse fête qui eût jamais été donnée, à celle dont l'Histoire se souviendrait sous le nom de « vœu du Faisan »...

Il s'agissait d'un antique usage : lorsque seigneurs et chevaliers s'engageaient pour une plus grande action et voulaient conférer à leur serment une importance particulière, ils aimaient à le prêter sur un oiseau noble, tel que le paon, par exemple. Au cours d'un festin solennel, l'oiseau était apporté rôti et paré de ses plumes. Un chevalier le découpait de telle façon que chacun des jureurs en reçut un morceau établissant ainsi une alliance mystérieuse entre compagnons d'armes où se retrouvaient le souvenir de la Cène et celui de la Table Ronde.

Le 17 juin 1454 vit cette fête du Faisan pour laquelle on employa les costumes et les décorations les plus magnifiques, les machineries les plus singulières. Sur un superbe oiseau portant collier d'or et de pierreries, le duc Philippe, son fils Charles, les chevaliers de la Toison d'or et les plus hauts seigneurs présents jurèrent de partir en croisade contre Mahomet II et de lui arracher Byzance...

Dès lors tout était dit pour Théodose qui pleura de joie et qui, nanti des encouragements des Bourguignons, voulut repartir toutes affaires cessantes afin d'annoncer la bonne nouvelle à ce qui restait du peuple de ses ancêtres et les préparer à la lutte. Démétrios, en proie pourtant aux pires pressentiments, repartit avec lui. Pendant des mois, ils parcoururent les terres et les îles grecques, annonçant la venue de la croisade comme un nouvel Évangile mais rien ne venait... Théodose refusait l'évidence : le vœu du Faisan n'avait été que l'occasion de fabuleuses réjouissances. Le duc Philippe ni son fils n'avaient envie de quitter ce qui était presque un royaume pour aller chercher querelle à un lointain ennemi même si, cet ennemi, ils le considéraient comme l'Antéchrist. Ils n'avaient fait que se faire plaisir à eux-mêmes en ressuscitant ainsi ces antiques traditions chevaleresques auxquelles l'un comme l'autre se proclamaient si fort attachés. Rien de plus!

De tout cela, Théodose ne croyait rien. Il avait foi en un serment solennel qui ne pouvait être violé sans manquer à l'honneur. Installé à Athènes avec son frère, il attendait la venue des croisés; il prêchait l'espoir, la résistance.

Hélas! Ce n'était pas la brillante armée de la croisade qu'il avait vue venir, c'était encore et toujours le Turc invincible. En 1456, Athènes tombait à son tour et Théodose avait été pris. Démétrios, occupé à soigner des blessés en un autre point de la ville, n'était pas auprès de lui mais il l'avait vu mourir et de cette mort atroce parce que, prisonnier, il continuait encore à annoncer que le Grand Duc d'Occident viendrait bientôt châtier les ennemis du Christ. Démétrios avait cru devenir fou. La nuit venue, il avait poignardé Théodose pour abréger ses souffrances puis il s'était enfui. C'est de ce jour qu'il avait cessé de croire en Dieu et qu'il s'était juré de tirer vengeance de ceux par la faute de qui son jeune frère était allé vers une fin abominable. Mais la Bourgogne était loin, elle était riche, puissante, ses princes étaient bien défendus et lui n'avait plus rien que la besace où il rangeait les quelques instruments dont il pouvait avoir besoin.

Alors, pendant des années, Démétrios s'était efforcé d'acquérir toujours plus de savoir car, de ce savoir, il espérait tirer la puissance qui lui manquait. Il l'avait cherché partout : en Égypte et dans les sables de l'Arabie, en Afrique et dans le dernier royaume maure d'Espagne, auprès des juifs de Tolède où il avait été initié à la Kabbale, dans l'université célèbre de Montpellier où demeurait le souvenir des grands Arnauld de Villeneuve et Guy de Chauliac; il l'avait cherché aussi dans les antres noirs des sorciers et des magiciens. Il avait étudié la course des astres et leurs rapports avec la destinée humaine. Il avait développé, par le jeûne – souvent obligatoire! – ses dons de voyance et appris, d'un médecin juif de Malte, les étranges pouvoirs d'un regard joint à une volonté inflexible. Pensant alors qu'il détenait enfin cette puissance tant désirée, il s'était embarqué, avec Esteban qui s'était attaché à lui en Castille, pour Marseille. Une tempête les avait jetés tous deux au fond du golfe de Gênes plus démunis que jamais, malades de surcroît. Un marchand les avait recueillis, réconfortés et avait appris à Démétrios qu'un sien cousin, Constantin Lascaris, célèbre grammairien, était attaché à la cour du duc de Milan. Il pourrait certainement apporter une aide à un médecin de si grande valeur.

Le cousin Constantin s'était montré aimable mais, de toute évidence, il ne souhaitait pas voir s'étoffer la famille Lascaris à Milan et il avait obtenu de son duc une belle lettre de recommandation – qu'il avait d'ailleurs écrite lui-même! – pour Lorenzo de Médicis toujours avide d'accueillir les hommes de grande culture venus des terres grecques.

Démétrios était las. Il souhaitait un peu de repos. Il l'avait trouvé à Florence où le Magnifique l'avait traité en ami et installé selon ses souhaits et même au-delà. Dans son castello de Fiesole, l'errant se trouvait bien. Il travaillait à un ouvrage sur la circulation sanguine dans lequel il réfutait vigoureusement les théories de Galien, le tout-puissant, l'enfant chéri de l'Église qui avait élevé ses œuvres à la hauteur d'un article de foi. Qui n'était pas d'accord avec les idées du défunt médecin de Pergame risquait d'être accusé d'hérésie. Mais dans cette Florence tout imprégnée d'humanisme, Démétrios ne craignait pas les foudres de l'Église. Il s'adonnait avec ardeur à sa tâche de savant et, dans cette passion qui l'habitait, le goût de la vengeance s'était un peu estompé. Et puis, le même jour, il avait rencontré Fiora et cet envoyé du Téméraire dont la présence avait réveillé la vieille haine. Il avait espionné ce dernier, vu se dérouler son bref roman avec la jeune Florentine qui lui avait inspiré quelques visions.

La révélation du secret de sa naissance ne fit que confirmer ce que lui avait appris le thème astral de la jeune fille qu'il compara, poussé par l'une de ses intuitions, à celui de Charles de Bourgogne. Il comprit alors qu'il tenait peut-être avec elle l'arme qu'il n'espérait plus trouver. Et il s'était attaché à la sauver coûte que coûte...

Le cri perçant d'un freux qui s'envolait d'un buisson tira Démétrios de son amère songerie. Il se secoua, vit qu'il était à présent sur la route et que les portes de la ville étaient déjà loin derrière lui. La nuit s'annonçait dans les derniers reflets mauves et orangés du soleil. Le médecin pressa un peu sa monture. Il avait hâte à présent de rentrer chez lui car il n'avait pas pris de repos depuis au moins trente-six heures.

Il trouva Fiora sous la vigne de la terrasse. Elle portait une tunique de soie pourpre appartenant à Samia et Démétrios en conclut qu'il faudrait lui procurer quelques habits, tout en constatant malgré tout que ce simple vêtement convenait à merveille à sa beauté pure. Avec ses cheveux simplement relevés d'un ruban, elle ressemblait à une jeune Grecque.

Esteban était assis près d'elle et semblait sous le charme. Il est vrai que la jeune femme s'entretenait avec lui en castillan et que l'ancien batteur d'estrade était sensible à tout ce qui lui rappelait un pays qu'il aimait en dépit de ce qu'il y avait souffert. En s'approchant, Démétrios comprit aux paroles échangées et aux larmes qui brillaient dans les yeux de Fiora qu'Esteban rendait compte de sa mission chez Pippa et que cette mission devait se solder par un échec.

– Tu ne l'as pas ramenée ? demanda-t-il. La Virago a refusé ? Je t'avais pourtant dit ce qu'il fallait faire.

– La Virago n'a rien refusé du tout. Elle m'aurait même donné son âme si je la lui avais demandée tant elle avait envie de ce que j'offrais mais la fille Tartare n'est plus chez elle. Le client avec qui elle a passé la nuit en est tombé amoureux au point d'avoir voulu à tout prix l'acheter. Comme il donnait une belle somme, Pippa s'est laissé convaincre. D'autant plus facilement qu'elle ne tenait plus guère à garder un témoin si compromettant...

– Elle avait parlé d'un étranger, dit Fiora. A-t-elle au moins dit son nom et où il allait ?

– A Rome, mais elle ne connaît pas son nom. Elle sait seulement que c'est un médecin qu'elle appelait ser Sebastiano... Elle a dit aussi... que la fille semblait heureuse de partir avec cet homme qui est jeune... et pas laid !

Fiora ne dit plus rien. Elle se sentait désorientée... Se pouvait-il que Khatoun eût trouvé le bonheur dans un endroit tel que la maison de Pippa ? Ou bien, se croyant abandonnée par Fiora, avait-elle choisi délibérément la première planche de salut qui s'offrait à elle ?

– De toute façon, soupira Démétrios qui avait suivi le cheminement de sa pensée, il nous est impossible de nous lancer à sa poursuite. Et puis, si elle était consentante, pourquoi ne pas lui laisser une chance d'être heureuse ?

– Peut-on faire confiance au récit d'une femme comme la Pippa ? demanda Fiora.

– Pourquoi pas ? Elle n'avait aucune raison de mentir dès l'instant où on lui offrait de l'or. Allons souper à présent ! Je suis... très las.

Trop las même pour raconter, dès ce soir, à Fiora ce qui s'était passé entre Marino Betti et Esteban. Cela pouvait vraiment attendre... Il y avait longtemps qu'il ne s'était senti aussi fatigué. Pour la première fois, il pensa qu'il n'était plus jeune...

Fiora, elle, resta longtemps au jardin. Ayant dormi une partie de la journée, elle n'avait pas sommeil et la nuit était magnifique. Elle regarda longuement les étoiles, ces étoiles dont Démétrios connaissait le langage mais qui, pour son ignorance, n'étaient qu'un merveilleux spectacle. Elle eût aimé pourtant savoir laquelle était la sienne... et si elle rejoindrait un jour celle de cette petite Khatoun, sa dernière amie, dont, l'ayant perdue, elle sentait combien elle lui était devenue chère.

CHAPITRE X

DESCENTE AUX ENFERS

– Que vas-tu faire de moi? demanda Fiora.

Occupé à écrire, assis devant une grande table chargée de volumes plus ou moins poussiéreux, de papiers couverts de chiffres et de dessins étranges, Démétrios leva les yeux, et regarda la jeune femme.

– Tu t'ennuies déjà?

– Non. Et, je ne voudrais pas te paraître ingrate mais je ne peux pas rester indéfiniment assise dans ton jardin à regarder voler les oiseaux ou dans ta cuisine à observer Samia tandis qu'elle prépare les repas. J'ai besoin de faire quelque chose. Ne fût-ce que pour essayer d'oublier que, de tous ceux que j'aime, il ne me reste personne.

– Hier, fit Démétrios avec un soupir, j'ai posé au seigneur Lorenzo la question que tu viens de formuler.

– Et qu'a-t-il répondu?

– Que tu ne bouges surtout d'ici sous aucun prétexte et que tu ne te laisses voir par personne du pays.

Fiora haussa les épaules avec agacement. Ne rien faire... attendre! Alors qu'elle brûlait de se lancer sur la trace de ses ennemis, d'attaquer à son tour...

– Souviens-toi de tes paroles! Ne m'as-tu pas promis de me donner les armes qui me manquent pour venger les miens?

– Je te l'ai promis et je tiendrai parole. Mais sache ceci : la première de ces armes, c'est la patience. J'ai peur que tu n'aies beaucoup de peine à l'apprendre et c'est normal : tu es jeune, impulsive. Tu ressembles à un oiseau que l'on vient d'installer dans une cage pour le mettre à l'abri du chat qui le guette. Il ne comprend pas et vole de tous les côtés mais ne réussit qu'à se blesser aux barreaux de la cage. Toi tu sais que tu es en danger. Alors laisse aux esprits le temps de se calmer!

– Et à Hieronyma le temps de triompher?

– Pourquoi pas? Rien de plus dangereux que le triomphe! Il rend aveugle, il émousse les facultés, relâche les défenses, endort dans une sécurité trompeuse... Laisse cette femme se croire victorieuse et sûre de l'impunité! Tu ne l'atteindras que plus aisément. Elle est déjà atteinte, même si elle l'ignore encore puisqu'elle a perdu son fils... Mais c'est cela la patience : attendre! Savoir attendre dans l'ombre, dans la nuit, dans la ruelle. Moi il y a bientôt vingt ans que j'attends!

– Et quoi donc?

– La même chose que toi : une vengeance! Tu m'as demandé pourquoi je m'intéressais à toi depuis que je t'ai rencontrée et pourquoi je t'ai, tout de suite, proposé mon aide? Tu t'es imaginé peut-être que j'avais des intentions équivoques, que ta beauté m'attirait?

– Je n'ai jamais rien imaginé de tel! fit Fiora en haussant les épaules.

– Et tu as eu raison. Je n'éprouve rien pour toi : ni désir ni amour. Peut-être, à présent, un peu d'amitié parce que tu es courageuse. Non, je t'ai offert mon aide parce que je savais que tu allais en avoir besoin mais avec l'arrière-pensée d'obtenir ensuite ton assistance pour mes propres projets. Les astres m'ont dit que cela était possible.

– Les astres? S'occupent-ils à ce point des humains?

– Ils ne s'en occupent pas mais ils sont et leurs positions au moment de la naissance, leurs évolutions permettent aux initiés de lire bien des choses dans ce grand livre qu'est le ciel. Tiens!

Démétrios fouilla dans une armoire placée derrière le dossier de sa cathèdre et en tira des rouleaux de parchemin. Il en déroula deux qu'il fixa sur la table avec divers objets :

– Voici mon thème astral et voici le tien. J'ai eu beaucoup de mal à obtenir la date exacte de ta naissance et il m'a été impossible d'en découvrir l'heure, bien entendu. C'est pourquoi ton horoscope est incomplet et un peu vague mais les lignes essentielles y sont. Et j'y trouve certaines concordances avec le mien. Nos destinées s'unissent pendant un certain laps de temps...

– Et celui-là ? dit Fiora en désignant le troisième parchemin encore enroulé sous son ruban rouge :

– Nous y viendrons plus tard, si tu le veux bien. A présent... toujours si tu le veux bien et puisque tu n'as rien à faire, ajouta le Grec avec un de ses rares sourires, je désire te raconter une histoire; mon histoire! Ensuite tu me diras si tu acceptes de souscrire au pacte que je t'offrirai.

– Et si je n'accepte pas?

Démétrios considéra un instant la jeune femme puis sourit à nouveau :

– Pour le simple plaisir de refuser, n'est-ce pas? Cela m'étonnerait mais si cela était, tu resterais ici le temps qui te plairait puis je te remettrais un peu d'argent, un cheval et j'ouvrirais la porte devant toi pour que tu ailles où bon te semblerait.

Fiora débarrassa un escabeau des livres qui l'occupaient et s'assit :

– J'ai toujours aimé les histoires, dit-elle simplement. Je t'écoute!

Démétrios reprit place sur son siège, s'appuya sur les accoudoirs et ferma les yeux :

– Je n'ai pas toujours été cet oiseau de nuit que je suis devenu et qui fait peur aux petits enfants... et à d'autres. J'ai été jeune, riche, prince car les Lascaris ont régné sur Byzance. J'avais un palais, comme toi, et j'avais un jeune frère...

Et devant les yeux, d'abord froids et indifférents puis de plus en plus attentifs de la jeune femme, Démétrios déroula sa vie comme une longue tapisserie à personnages. Sa voix profonde possédait une étonnante puissance d'évocation et sa jeune auditrice oublia bientôt le décor qui l'entourait, la grande pièce aux murs blanchis à la chaux avec ses armoires de bois sombres, le fourneau en terre réfractaire qui en occupait un coin sous une sorte d'entonnoir renversé de tôle noircie, le grand soufflet en peau de chèvre et les rayonnages où s'alignaient des pots d'apothicaires, des paquets d'herbes sèches et tout un fatras de cornues, de fioles et de mortiers. A leur place, elle vit Byzance, d'azur et d'or, posée comme un joyau sur le Bosphore et la Corne d'Or, agrafe précieuse entre l'Europe et l'Asie, elle vit les voiles rouges du sultan infidèle, et puis la guerre, le sang, le massacre. Elle vit Théodose qui lui sembla un héros selon son cœur avec son courage et sa folie. Elle vit le faste délirant de la fête du Faisan et, dressés sur cette toile de fond scintillante, les visages de deux hommes qu'elle avait déjà appris à détester : le duc Philippe et son fils Charles, cet homme qui ignorait la pitié, ce chevalier qui n'accomplissait pas ses vœux, ce prince enfin pour les armes duquel Philippe l'avait cueillie et rejetée...

Mais autant le conteur avait mis de flamme et de couleur pour faire vivre son récit jusqu'à la mort de Théodose, autant il se montra concis pour les événements de sa propre vie qu'il résuma en quelques phrases. Ce qu'avaient été ses études, ses découvertes et ceux auxquels il les devait, il n'en parla pas. C'était son domaine réservé et il n'entendait pas laisser Fiora y pénétrer. Celle-ci d'ailleurs ne posa pas de questions. Quand Démétrios se tut, elle se contenta de désigner du doigt le rouleau de parchemin qu'il n'avait pas ouvert.

– Cet horoscope, c'est celui du duc de Bourgogne, n'est-ce pas ?

– Tu es intelligente. Je n'en ai jamais douté.

– Et ce pacte dont tu parlais tout à l'heure ?

– Je crois que tu as déjà compris : je t'aiderai dans ta vengeance si tu m'aides dans la mienne.

– D'autant plus volontiers que j'ai, moi aussi, un compte à régler avec celui que l'on appelle le Téméraire. Mais je t'avoue que je ne vois pas très bien comment cela sera possible ?

– Et pourtant cela sera ! J'en ai eu la certitude quand j'ai vu l'envoyé de Bourgogne se diriger vers toi, te rechercher et enfin t'épouser...

– Ne me parle pas de lui ! s'écria Fiora prise d'une colère subite.

– Et pourtant, il faudra en parler. Tu es, bien réellement, la dame de Selongey, sa femme, et il faudra bien qu'il t'accueille. Mais laissons cela pour le moment. Acceptes-tu le traité que je t'offre ?

– D'autant plus volontiers que tu en as déjà accompli une part. N'as-tu pas tué Pietro ? Dois-je écrire mon engagement sous ta dictée ?

– Non. Le lien du sang me paraît plus solide qu'un chiffon de papier. Il fera de toi ma sœur, une sœur que je saurai rendre redoutable, je t'en fais le serment.

Les yeux noirs et les yeux gris se croisèrent comme deux mains qui se serrent.

– J'accepte ! dit Fiora.

Démétrios tira le stylet pendu à sa ceinture dans une gaine de cuir.

– Donne-moi ta main gauche !

La jeune femme obéit. D'un coup léger, le médecin lui fit, au poignet, une petite blessure où le sang perla. Puis, il entailla son bras droit et appliqua les deux estafilades l'une sur l'autre.

– Nos sangs se sont mêlés, dit-il. Désormais nous sommes unis dans le bien comme dans le mal !

Cherchant un flacon, il en fit couler quelques gouttes sur le poignet de Fiora. Le sang s'arrêta. Il fit de même pour lui. Fiora regardait, fascinée :

– M'apprendras-tu certains de tes secrets ? demanda-t-elle.

– Je t'apprendrai beaucoup de choses. L'art des philtres qui enchaînent et des poisons qui tuent, l'art de lire un caractère sur les traits d'un visage, l'art de...

– Je t'arrête ! Pourquoi les poisons ?

– Cela peut être fort utile...

– Pas à moi ! Connaître les drogues qui procurent le sommeil, oui, pas le poison. Je préfère d'autres armes : celles des hommes par exemple. Je suis bonne cavalière, je crois, mais j'aimerais savoir tirer l'épée, me servir d'une dague...

Pour la première fois, Fiora entendit rire Démétrios :

– Cela, c'est le domaine d'Esteban. Il y est d'une extrême habileté et il se fera un plaisir de t'enseigner : je crois que tu l'as séduit...

En vertu de l'adage qui veut que lorsque l'on parle du loup on en voie les oreilles, le personnage en question entra brusquement dans le cabinet...

– Maître ! Il y a deux moines qui viennent ici !

– Des moines ? De quelle sorte ?

– D'après leurs robes, ce sont des frères prêcheurs, comme ceux de là-haut, expliqua Esteban avec un mouvement de tête qui désignait approximativement la direction du couvent où Fiora s'était mariée...

– Ils ont dû se tromper de route. Va au-devant d'eux et remets-les dans le bon chemin ! De toute façon, je vais aller voir.

Démétrios quitta la pièce sur les talons de son serviteur et Fiora suivit jusqu'à la salle d'entrée. Par la porte ouverte, elle aperçut dans la lumière rouge du soleil couchant et, au milieu de l'allée de cyprès deux moines qui, le capuchon sur le nez, s'avançaient au pas paisible de leurs mules. L'un des moines était mince mais l'autre, celui qui marchait en tête, devait être gras à souhait car son froc était beaucoup plus rempli que celui de son compagnon. Fiora vit Esteban courir à leur rencontre en faisant de grands gestes pour expliquer à ces voyageurs qu'ils se trompaient de chemin mais les moines refusèrent de le rebrousser. Après avoir échangé quelques mots, tout le monde se remit en marche en direction de la maison.

– Cache-toi! ordonna Démétrios à la jeune femme. Je vais voir ce que l'on nous veut.

A regret, Fiora se retira dans la cour intérieure mais de façon à garder un œil sur ce qui se passait devant la maison. Démétrios aborda les deux cavaliers qui, à sa vue, relevèrent leur capuchon... Avec un cri de joie, Fiora, oubliant toute prudence, s'élança à son tour : le gros moine c'était Colomba et l'autre c'était Léonarde...

Riant et pleurant tout à la fois, elle tomba dans les bras de sa vieille gouvernante qui s'était vivement laissée glisser à terre pour la recevoir. Les deux femmes s'étreignirent au seuil de la porte sans paraître s'apercevoir des efforts de Démétrios qui les poussait à l'intérieur...

– Vous? balbutiait Fiora retrouvant automatiquement la langue française, vous, ma Léonarde? Je n'espérais plus vous revoir... Je craignais... je croyais... oh! mon Dieu! Je dis n'importe quoi! fit-elle en s'écartant pour mieux regarder celle qui lui revenait. Mais par quel miracle?

– Pas de miracle, donna Fiora, zozota Colomba, simplement des précautions! Dès le lendemain de ton emprisonnement à Santa Lucia – la pauvre! En voilà une qui est mal servie! Il faudra que je lui brûle quelques cierges! – qu'est-ce que je disais? Ah oui!... Dès le lendemain donc, nous sommes allées chez toi avec donna Chiara et nous avons emmené donna Léonarda. Nous savions qu'il lui arriverait malheur si elle restait seule au palais. Les domestiques étaient tous morts de peur... et d'ailleurs nous avons eu raison. Quand on pense à ce qui s'est passé! Ces soldats abominables, cette belle demeure mise à sac! Il y a vraiment des gens qui ne craignent ni Dieu ni diable!

Lorsque Colomba était lancée, il était aussi difficile de l'arrêter que de retenir le flot tumultueux d'un torrent. Mais Fiora, cette fois, l'écoutait avec ravissement, guettant le court silence qui lui permettrait d'exprimer sa gratitude. Elle tenait Léonarde par un bras comme si elle craignait de la voir disparaître tout à coup. La vieille demoiselle cependant la considérait avec stupeur :

– Mais comme nous voilà vêtue, mon ange ? dit-elle enfin. Cette chose rouge... alors que vous êtes en grand deuil ?

– Cette tunique appartient à Samia, la servante de Démétrios. Je n'ai rien d'autre à me mettre. Ma robe noire est restée au couvent...

– Donna Chiara y a pensé, reprit Colomba. Nous avons avec nous une mule chargée de vêtements pour toi et Léonarda et de quelques petites choses que nous avons pu emporter. *Poveretta!* Tant de malheurs à la fois! On ne t'a même pas laissé pleurer tranquille... Et maintenant, on va te faire pleurer encore...

Quelque chose de glacé coula sur la joie de Fiora, sans réussir à l'éteindre tout à fait mais en faisant renaître cette angoisse qui avait été sa compagne durant tous ces jours passés. Son regard chercha celui de Démétrios comme pour lui demander secours. Cependant Léonarde réprimandait son amie :

– Faut-il parler déjà de cela ? Nous venons à peine d'arriver...

– Et vous avez besoin de prendre du repos et de la nourriture, enchaîna le médecin. Venez dans la cuisine! L'heure du repas approche et Samia ajoutera ce qu'il faut. Esteban va mettre vos mules à l'écurie car je ne pense pas que tu redescendes ce soir, donna Colomba ? Ce ne serait pas prudent et puis les portes de la ville seront fermées dans quelques instants...

Ce flot de paroles tellement inhabituel chez Démétrios réussit à réduire l'excellente femme au silence. Elle marmotta que donna Chiara ne l'attendait que le lendemain et qu'elle serait contente de manger un petit quelque chose.

Le médecin poussa tout le monde dans la cuisine : Samia, prévenue par Esteban, s'activait, mettait deux poulets à la broche et commençait à tailler d'épaisses tranches dans un jambon qu'elle avait décroché d'une solive. Colomba considéra tous ces préparatifs avec satisfaction et s'installa même auprès du feu en proposant de tourner la broche si l'on voulait bien lui donner un doigt de quelque chose « d'un peu réconfortant » car le pas de sa mule lui avait donné mal au cœur. Démétrios se hâta de la satisfaire en allant décrocher une fiasque enveloppée d'un tressage d'osier qu'il laissa d'ailleurs sur la table après que sa replette visiteuse eut avalé d'un trait un demi-gobelet de *grappa*... Il disposa même d'autres gobelets en proposant à Léonarde de goûter au réconfortant breuvage. La pauvre femme montrait, en effet, une mine défaite et des yeux rougis par des larmes récentes, ce dont, dans la joie des retrouvailles, personne ne s'était encore avisé. Elle refusa :

– Tout à l'heure, peut-être. Ce que j'ai à dire est tellement affreux! Fiora, elle aussi, pourrait en avoir besoin...

– Mais enfin, interrogea la jeune femme, que s'est-il passé ?

– Une horreur qui n'a de nom dans aucune langue, mon agneau. Je n'aurais jamais cru les gens d'ici capables d'une telle infamie, d'un sacrilège aussi abominable...

En quelques phrases rapides qu'elle semblait cracher de peur que les mots n'empoisonnassent sa bouche, elle raconta. Ce matin, en entrant dans l'église d'Orsanmichele pour préparer l'autel à la première messe, le sacristain avait découvert un spectacle qui l'avait jeté dans la rue, hurlant de terreur : la tombe encore fraîche de Francesco Beltrami avait été ouverte. Des mains criminelles en avaient tiré le corps qui avait été coupé en quartiers et abandonné là sans même essayer de dissimuler si peu que ce soit l'abominable ouvrage...

Blanche jusqu'aux lèvres et les yeux pleins d'épouvante, Fiora s'était dressée :

– Pourquoi ?... mais pourquoi ?

– Pour prendre le cœur, répondit Colomba. C'est une vieille idée de par ici : afin d'empêcher le fantôme d'un mort de venir troubler les nuits des vivants, on fait ça. J'ai expliqué à Léonarda : il faut brûler le cœur et jeter les cendres au vent... C'est sûrement l'assassin qui l'a pris.

Cela ne faisait aucun doute pour Démétrios qui se souvenait de la menace dont Esteban avait couvert la fuite de Marino Betti à la taverne... Mais voyant que Fiora tremblait de tous ses membres, il la fit asseoir doucement et l'obligea à absorber un peu de *grappa*.

– A-t-on trouvé des cendres dans l'église ? demanda-t-il.

– Non, répondit Colomba, l'homme a dû avoir peur d'être découvert s'il faisait du feu dans l'église. Il l'a emporté. Mais la ville est sens dessus dessous et, comme on ne sait pas à qui s'en prendre, on court dans tous les sens en criant « à mort ! » sans bien savoir pourquoi.

– Il n'y a pourtant aucun mystère dans cette abomination, dit Démétrios. Le meurtrier de ser Francesco craignait pour la tranquillité de ses nuits...

– Mais personne ne sait qui il est ? fit Léonarde cependant que Fiora levait sur le Grec un regard plein de reproches.

– Je croyais que le couteau devait te parler ? Tu avais promis de retrouver l'assassin de mon père.

– Je l'ai retrouvé. Ou plutôt Esteban l'a retrouvé pour moi. Si je ne te l'ai pas encore dit c'est parce que je voulais que tu prennes ici les quelques jours de repos dont tu as le plus grand besoin...

– Je me suis assez reposée ! Qui est-ce ?

– Qui veux-tu que ce soit ? Marino Betti, bien sûr. Il a tué sur l'ordre de la dame Pazzi.

Et il raconta comment Esteban avait, dans la taverne du

fleuve, acquis la certitude de la culpabilité de l'intendant. Aussitôt, la décision de Fiora fut prise.

– Donnez-moi cette robe de moine, chère Léonarde, ordonna-t-elle et toi Démétrios, donne-moi une arme et un cheval! Notre domaine n'est qu'à une petite lieue d'ici et je ne veux pas que ce misérable qui craint tant les fantômes, voie se lever une autre aurore!

– Doucement! fit Démétrios en appuyant sa main sur l'épaule de la jeune femme. Il faut à ce genre d'affaire un peu de préparation. L'homme est plus fort que toi. As-tu envie de mourir cette nuit, toi aussi? Montughi est tout près de la ville. S'il y a eu tant de vacarme, ce Marino doit en être informé. Comme il a peur, il se tient sur ses gardes. Peut-être même se cache-t-il?

– Eh bien, il faudra le trouver. Sinon lui, du moins sa complice qui est plus criminelle encore que lui. Je veux y aller!

– Nous irons, toi, moi et Esteban, mais seulement la nuit prochaine.

Léonarde prit Fiora dans ses bras, non sans peine car elle était raide comme une planche :

– C'est la sagesse qui parle par sa voix. Écoutez-le, mon ange, et accordez-moi ce soir où nous nous sommes retrouvées. Tout a été fait pour votre pauvre père sur l'ordre de monseigneur Lorenzo. Le corps à nouveau bénit et encensé a été remis au tombeau. Des gardes veillent même autour de l'église profanée que l'évêque viendra purifier demain. La colère gronde chez ceux de Calimala dont elle est le sanctuaire. Je suis sûre que si monseigneur Lorenzo savait qui a tué notre bon maître...

– Il le sait, coupa Démétrios. Je le lui ai dit hier...

Il s'approcha de Fiora qui, dans les bras de Léonarde, demeurait aussi rigide qu'une statue. Elle semblait ne rien voir, ne rien entendre, plongée par l'horreur de ce qu'elle venait d'entendre dans une sorte de transe. Il se pencha vers elle et, plongeant son regard dans celui de la jeune femme, il prit sa tête entre ses deux mains, les pouces sur le front et se mit à masser doucement ce front, ces tempes en murmurant quelques paroles que personne ne comprit. Puis, doucement, il ajouta :

– Reviens à toi, Fiora! Reviens à nous! Laisse ton corps se détendre et s'apaiser! Apaise aussi cette flamme qui te brûle! Demain, je te mènerai vers ton ennemi et il devra payer pour ses crimes... Demain, Fiora, demain...

Un long frisson parcourut le corps de la jeune femme et la vie revint dans son regard :

– Demain... murmura-t-elle.

Puis, sans transition, elle s'écroula dans les bras de Léonarde, secouée de sanglots et pleurant comme une fontaine.

– Laisse-la pleurer autant qu'elle voudra, dit Démétrios, les larmes vont emporter la menace qui vient de peser sur elle.

– Quelle menace? demanda Léonarde à voix basse...

– La folie! Elle en a trop enduré... Il serait temps que cela s'arrête...

Le lendemain, à la nuit tombée, trois cavaliers quittaient le castello, bottés et armés. Démétrios avait abandonné ses longues robes pour des chausses collantes et un pourpoint noir. Quant à Fiora, elle avait découvert avec surprise parmi les vêtements que son amie Chiara lui avait envoyés, un costume de garçon d'un joyeux vert feuille sur lequel était épinglé un morceau de papier portant ces simples mots : « Tu pourrais en avoir besoin! Je t'aime bien... ». Et, en les endossant, ce soir, elle avait rendu grâces, de tout son cœur, à la prévoyance dictée par sa sincère amitié à cette tête folle de Chiara...

Fiora allait en tête car elle connaissait par cœur le chemin qui, à travers les collines et la vallée du Mugnone que l'on traversa près de la Badia allait, en quatre lieues environ, de la villa de Fiesole au domaine agricole que dirigeait Marino. Cette nuit d'avril était belle et douce. Toutes les étoiles étaient présentes et enveloppaient la campagne d'un somptueux manteau de velours bleu piqué d'une multitude de petits diamants. Cela sentait le lilas et le pin, la terre encore humide d'une petite pluie brève qui était venue en fin de journée. Par endroits et selon les caprices du chemin, elle apercevait les murailles de Florence où brûlaient les pots à feu des sentinelles, les campaniles et les dômes qui semblaient faire sourdre leur propre lumière. La ville se rapprochait à mesure que l'on avançait, mais après un détour de la route, on ne la vit plus.

A quelque distance du hameau de la Pietra où tout dormait, Fiora engagea sa monture dans un chemin qui s'enfonçait entre deux haies d'arbustes et le suivit pendant quelques minutes jusqu'à ce que se dessine dans la nuit la silhouette noire de grands bâtiments de ferme précédés d'un immense pin dont la large cime étalait une tache d'encre sur le ciel. La jeune femme les désigna du bout de sa houssine :

– Nous y sommes, chuchota-t-elle. Tout doit dormir. On ne voit aucune lumière.

– Laissons tout de même les chevaux ici, fit Esteban qui commandait l'expédition ayant davantage l'habitude des coups de main que son maître. Celui-ci approuva silencieusement.

Les trois cavaliers mirent pied à terre, attachèrent leurs montures à un arbre puis s'avancèrent en faisant le moins de bruit possible. Le chemin sablé leur facilitait d'ailleurs la tâche :

– Il n'y a pas de chiens ? demanda Démétrios.

– Si, répondit Fiora, mais ils sont dans la cour de la ferme et d'ailleurs ils me connaissent...

– Je ne m'y fierais pas, à ta place. Tu portes des vêtements dont ils n'ont pas l'habitude. Quant à nous, ils ne nous connaissent pas du tout... Mais rassure-toi, j'ai ce qu'il nous faut.

– C'est tout de même étrange, reprit la jeune femme, un instant plus tard. Si peu de bruit que nous fassions, ils devraient nous entendre. Or, ils n'aboient pas... Et, regardez! Le portail est grand ouvert!

En effet, la double porte qui défendait l'accès de la propriété béait largement, laissant apercevoir une grande cour vide et au bout, une maison basse dont la porte était ouverte elle aussi et qui ne montrait aucun signe de vie.

– Mais on dirait qu'il n'y a personne? souffla Fiora. Où sont les chiens et...

Soudain Esteban, qui avait pris la tête, fit volte-face, revint vers Fiora et se plaça devant elle, les bras écartés pour lui interdire d'avancer :

– Ramène-la aux chevaux, maître! Je viens d'apercevoir quelque chose qui n'est pas fait pour les yeux d'une jeune dame...

– Quoi que ce soit, je veux le voir, protesta celle-ci. Tu oublies que nous sommes ici chez l'assassin de mon père et que je suis venue pour le tuer de ma main.

– Tu n'auras pas cette peine : c'est déjà fait! Je me disais aussi que cette odeur n'était pas naturelle même aux abords d'une ferme.

En effet, depuis un moment, des effluves fades et écœurants chassaient le parfum frais de la campagne. Esteban s'écarta, à regret, puis tendit le bras vers le grand pin qui ombrageait l'entrée du domaine. A l'une de ses branches basses pendait un fruit abominable : le corps éventré de Marino Betti. L'odeur était celle du sang et de la mort.

A l'inverse de ce qu'Esteban avait craint, Fiora regarda sans faiblir l'affreux cadavre. Son bourreau l'avait ouvert du sternum au bas ventre et d'une hanche à l'autre. Les entrailles pendaient. En outre, on lui avait coupé le poing droit... Démétrios tira de sa poche un briquet et une sorte de rat-de-cave et battit l'un pour enflammer l'autre mais ordonna à Esteban :

– Emmène-la à présent! Elle en a assez vu mais moi, il y a certaines choses que je désire examiner...

Contrairement à ce qu'il appréhendait, Fiora se laissa emmener sans résistance. En face de cette justice barbare, elle avait éprouvé une poussée de joie sauvage mais incomplète : la main qui avait frappé son père avait été abattue mais la tête restait. Néanmoins, elle ressentait une sorte de soulagement bien naturel. N'ayant jamais tué personne jusqu'à présent, elle se méfiait d'elle-même et elle avait craint, durant tout le chemin, de faiblir au moment de frapper. Grâce à Dieu, Marino avait trouvé son châtiment sans qu'elle eût à se salir les mains mais peut-être la Providence ne ferait-elle pas toujours la besogne à sa place ? Il allait falloir faire en sorte, à l'avenir, d'être certaine de ne jamais céder à sa naturelle sensibilité de femme.

– Eh bien ? demanda-t-elle quand Démétrios les rejoignit en achevant d'essuyer ses doigts à son mouchoir. Qu'as-tu découvert ?

– L'homme a été torturé, dit-il. On lui a brûlé les pieds. En outre on lui a enlevé le cœur.

– Dès l'instant où je n'y suis pour rien, je me demande qui a bien pu faire ça ? fit Esteban. On dirait le travail d'un boucher ou d'un chirurgien tant les incisions sont nettes...

– Ou de n'importe quel homme habitué à manier des armes! coupa Fiora. Qu'est-il besoin de chercher tant de détails ? La justice de Dieu a frappé, voilà tout !

– Tu n'es pas curieuse, remarqua Démétrios. Je pencherais plutôt pour la justice de Lorenzo de Médicis. Une justice discrète mais assez dans sa manière quand il ne peut pas faire autrement. Son capitaine, Savaglio, ne connaît ni hésitation ni pitié quand il s'agit du service de son maître. En outre, comme tu l'as dit, Fiora, il manie les armes en virtuose. Oui, ce pourrait être cela... s'il n'y avait ce cœur arraché ?

– N'a-t-il pas arraché celui de mon père ? C'est justice, il me semble ?

– Peut-être... mais en ce cas, on n'avait aucune raison

de le conserver or je n'en ai pas trouvé trace. Il est vrai que Marino a dû être tué la nuit dernière, que des chiens ont pu passer par là... Personne ne pourra nous renseigner. Il n'y a plus âme qui vive dans cette ferme. La terreur a fait fuir tout le monde...

Le médecin pensait tout haut, sans plus s'occuper de ses compagnons :

– Oui... c'est sans doute cela, poursuivit-il. A moins encore que Savaglio, si c'est lui, n'ait voulu rapporter à son maître cette preuve de l'exécution ? C'est encore possible, bien sûr... pourtant je n'arrive pas à y croire.

– Pourquoi ? demanda Fiora impatientée par ces cogitations pour elle sans objet...

– Parce que nous sommes le 28 avril...

– Et alors ?

– Après-demain ce sera le 30.

– C'est l'évidence même. Mais encore ?

– Sache ceci : la nuit qui va du dernier jour d'avril au premier jour de mai est une grande nuit pour les sorciers de tous les pays. En Allemagne, dans les montagnes du Harz où se tient le grand sabbat, on l'appelle Walpurgisnacht, la nuit de Walpurgis. Après-demain, les sorciers de Norcia seront au rendez-vous... et aussi ceux de Fontelucente !

– Je ne vois toujours pas le rapport avec ce que nous venons de voir ?

Sans répondre, Démétrios se dirigea vers son cheval, le fit tourner et se hissa en selle. Puis attendit que les autres le rejoignissent.

– J'ai toujours été curieux de nature, dit-il tranquillement. Et quelque chose me dit qu'il sera peut-être intéressant de savoir ce qui se passera cette nuit-là...

L'aube n'était plus très éloignée quand on rentra au castello. Léonarde, qui partageait le lit de Fiora et n'avait pu trouver le sommeil, attendait, penchée à la fenêtre. Mais ses yeux seuls interrogèrent la jeune femme quand elle entra dans la chambre en ôtant le chaperon à la mode française qui dissimulait ses cheveux et le jeta sur un coffre. Depuis que son « enfant » l'avait quittée en annonçant son intention de tuer Marino Betti, la pauvre femme ne vivait plus... Fiora eut pour elle un demi-sourire :

– Quand nous sommes arrivés, il était déjà mort, dit-elle. Je n'y suis pour rien...

– Dieu soit loué! Je ne supportais pas l'idée que vous, mon ange, puissiez...

– Léonarde! Léonarde! je vous en prie... Il faut que vous compreniez que rien n'est plus comme avant et ne le sera jamais plus. Vous savez à présent ce qui s'est passé depuis que nous nous sommes quittées. Je ne suis plus cette innocente Fiora que vous avez bercée et regardé grandir. Je suis une autre... une autre qu'à dire vrai je ne connais pas encore très bien et qui peut-être, un jour prochain, vous fera horreur.

– Jamais! jamais, quoi que vous fassiez! Vous êtes l'enfant de mon cœur et rien ni personne... pas même vous, n'y pourra changer quoi que ce soit. Songez seulement que la vengeance, si elle a quelque chose de grisant, laisse toujours un goût amer et que Dieu...

– Ne me parlez pas de Dieu! Ne m'en parlez plus jamais! s'écria Fiora. Il ne cesse de frapper sur moi à coups redoublés alors que je n'ai jamais commis le mal. Il me traite en ennemie, en réprouvée! Qu'est-ce que tous ces crimes, toutes ces abominations qui ne cessent de s'étaler devant moi? La volonté de Dieu? Je le croyais bon et miséricordieux...

– N'a-t-il pas lui-même accepté la souffrance en permettant que son fils endure le supplice de la croix? dit Léonarde avec une grande tristesse.

– La souffrance d'un dieu est-elle la même que celle d'un homme ou d'une femme? Peut-il seulement être atteint par la douleur, lui qui est immensité? Non, Léonarde : je vous en prie, laissez-moi à la tâche que je me suis donnée et ne me parlez plus de Dieu!

– Comme vous voudrez! Mais vous ne m'empêcherez pas de Lui parler de vous...

Le surlendemain, quand Démétrios, après le souper, se prépara pour se rendre chez les sorciers, Fiora lui déclara qu'elle entendait l'accompagner. Il lui jeta alors un regard oblique :

– Je ne suis pas certain que ce soit un spectacle pour toi. Il s'y passe des choses déplaisantes et, en outre, c'est dangereux.

– Cesse de vouloir épargner mes yeux! Ou de faire semblant. Quand tu as parlé de cette réunion, tu savais très bien que j'irais avec toi.

– Oui... oui, je le savais mais je regrette à présent de t'en avoir parlé. Ne vaudrait-il pas mieux t'arrêter un moment et ne pas poursuivre jusqu'au fond cette descente aux Enfers que tu as commencée? Je voudrais que tu t'épargnes toi-même...

– C'est le premier pas qui coûte. Je verrai au moins si Dante a raison qui, dans son enfer, montre les sorciers la tête tordue en arrière de façon que leurs larmes coulent sur leur dos...

Fontelucente jouissait d'une détestable réputation. C'était, de notoriété et de terreur publiques, le plus fier repaire de sorciers de toute la Toscane. Il y avait là des amoncellements rocheux, une grotte et des cabanes où vivaient des créatures qui n'avaient d'humain que la forme extérieure. C'étaient pour la plupart des malheureux réduits par la misère, la maladie ou la bêtise des gens à une forme quasi larvaire et qui avaient puisé, dans leur dénuement et dans la nature environnante de bizarres recettes. Chassés, traqués de partout, ils se détournaient du ciel et d'une miséricorde à laquelle ils ne croyaient plus pour tenter d'entretenir, avec les puissances infernales, un commerce qui les vengeât et leur permît de semer une peur qui les protégeait. Ils y réussissaient parfaitement et la crainte qu'ils inspiraient avec leurs incantations et leur magie était telle que le désert s'était fait autour de ce lieu, riant et fertile, mais que l'on disait maudit. Pourtant, une source pure, une source brillante prenait naissance à cet endroit, entretenant une végétation épaisse et variée mais il suffisait que cette eau prît naissance dans ce site réprouvé pour que l'on s'en écartât par crainte des sortilèges.

Cependant, il arrivait, par les nuits sombres, qu'une forme masquée et enveloppée d'un manteau sombre, se glissât jusqu'à Fontelucente. Fille qui cherchait à cacher le fruit d'amours coupables, femme jalouse acharnée à la perte d'une rivale, garçon amoureux dédaigné par sa belle ou même noble dame, réduite par ses passions à chercher d'infâmes secours royalement payés. Ceux-là puisaient dans leur crainte, leur haine ou leur amour, le courage d'aller vers les sorciers dont certains étaient plus riches qu'ils n'en avaient l'air.

A vivre ainsi, au sein de la nature, ces gens avaient découvert bien des secrets. S'y ajoutaient les recettes abracadabrantes, les compositions redoutables ou répugnantes, les philtres et les charmes qu'ils vendaient à leur clientèle. Parfois, leurs recettes se révélaient efficaces et le malade guérissait. Alors, la reconnaissance leur tenait lieu de sauvegarde presque autant que la crainte.

A des dates précises mais le plus souvent à la lune nouvelle, les sorciers se réunissaient avec des confrères disséminés dans la région et même avec d'autres, venus de beaucoup plus loin pour festoyer et vénérer leur protecteur, le dieu de ténèbres, leur prince du mal, celui dont les humbles n'osaient pas prononcer le nom et que les gens d'Église nommaient Satan en se signant. Mais, par prudence, le lieu de réunion changeait chaque fois et le mot était donné par des messages d'apparence innocente qui couraient les chemins et les marchés. Ainsi, Démétrios, descendu ce matin-là en ville, l'avait reçu de Bernardino qui mendiait, comme d'habitude, devant le Duomo et qui le lui avait soufflé contre une belle pièce d'argent.

Cette fois, il s'agissait d'un champ, au flanc du mont Ceceri, adossé à un petit bois et enclos, loin de toute habitation, dans les vieux murs écroulés d'un ancien prieuré abandonné..

Il était près de minuit quand Démétrios, Fiora et Esteban arrivèrent aux abords du champ. Par prudence, ils étaient venus à pied et par un chemin difficile qui serpentait entre les buissons et des quartiers de roche. Le Grec allait d'un pas sûr, en homme qui sait où il va. Il s'arrêta enfin derrière l'un des murs ruinés qui formait à cet endroit une petite excavation couronnée d'une épaisse végétation.

– D'ici, nous verrons tout sans risquer d'être vus. Je connais bien cet endroit où il m'est arrivé de venir méditer...

Il fit asseoir Fiora sur une grosse pierre et lui montra comment, en écartant légèrement les branches d'un épais cornouiller, doublé d'un roncier, elle aurait une vue satisfaisante. Par surcroît de précautions, la jeune femme, comme ses compagnons, portait le masque noir et les gants épais préconisés par Démétrios. Ils étaient ainsi invisibles et suffisamment protégés contre les épines des ronces. En face d'elle, le champ formait un large espace découvert au milieu des ruines d'anciens bâtiments conventuels, une grande nappe sombre entre des formes incertaines. Aucun bruit ne se faisait entendre sauf, venu du bosquet voisin, le ululement d'une chouette qui résonna par trois fois et il y eut, dans le champ, comme une sorte de grand soupir.

Soudain, un homme sortit des ruines, portant une torche à l'aide de laquelle il alluma rapidement deux bûchers préparés à droite et à gauche du pré dont cette partie s'éclaira d'un seul coup comme une scène de théâtre découvrant un effrayant décor. Entre les deux bûchers se dressait une table grossière faite de deux pierres et d'une dalle disposées devant un petit tertre habillé de lierre qui supportait une statue peinte d'une manière si réaliste que

Fiora sentit ses tempes se resserrer et ses cheveux se dresser sur sa tête.

C'était, sur des pattes de bouc repliées en tailleur, un corps d'homme nu surmonté d'une tête hideuse. Les oreilles pointues, les longues cornes enroulées et la barbe filandreuse étaient d'un bouc mais le long nez crochu, la bouche rouge et grimaçante, les yeux luisants blancs et rouges étaient presque humains. Entre les cornes, trois chandelles étaient posées que l'homme alluma cependant que, dans l'une de ses mains griffues, la statue tenait une faux et dans l'autre une coupe dorée...

– Le diable! souffla Fiora qui, machinalement, se signa. Mais déjà Démétrios lui appuyait sur la bouche une main péremptoire :

– Plus un mot! chuchota-t-il à son oreille. Tu risques de nous faire prendre...

En effet, la mise à feu des bûchers avait révélé, autour du hideux simulacre, une rangée de fantômes enveloppés de tissus sombres qui, d'un même mouvement, rejetèrent leurs manteaux et firent apparaître, vêtue d'oripeaux bariolés, la plus étrange collection de figures de cauchemar que puisse rêver un cerveau pris par la fièvre : vieilles édentées aux lèvres rentrées, hommes contrefaits aux yeux luisants sous des tignasses sales, femmes encore jeunes mais flétries par la débauche, ceux de Fontelucente et quelques-uns de leurs pareils se tenaient là, immobiles et silencieux comme des gargouilles de cathédrale, à peine moins repoussants que le maître qu'ils s'étaient donnés.

Cependant, l'homme à la torche la plantait en terre, s'éloignait et reparaissait avec un drap noir qu'il jeta sur la pierre puis deux chandeliers de fer, garnis de gros cierges en cire noire qu'il alluma. Une épaisse fumée âcre se dégagea et monta vers la tête de l'idole. Alors une mélopée se fit entendre, émise par les bouches closes des sorciers, sourde d'abord mais qui allait en s'amplifiant et sur son rythme lent, hommes et femmes se mirent à se balancer avec ensemble, de gauche à droite, sans cesser de tenir leurs regards fixés devant eux et leurs mains croisées sur leurs genoux. Cela donnait un grondement vaguement musical qui s'étendait sur la prairie avec les lourdes volutes de fumée. Peu à peu le champ commençait à s'animer...

Par deux, par trois ou isolément, des gens masqués sortaient des bois et des murailles effondrées. Quand ils ouvrirent leurs manteaux, Fiora dont les yeux dilatés ne manquaient pas un détail, vit qu'il y avait là des paysans, hommes ou femmes, des vieillards en robes noires et usagées dont les fronts dégarnis et les yeux fatigués trahissaient les longues veilles à la recherche d'introuvables secrets, des mendiants parmi lesquels elle crut bien reconnaître Bernardino, des garçons jeunes et robustes et quelques jolies filles. Avec stupéfaction, elle nota aussi la présence de trois femmes masquées dont les vêtements luxueux trahissaient une haute condition et de quelques hommes, masqués eux aussi, en habits brodés. Mais le plus extraordinaire était l'espèce de fraternité qui mêlait tous ces gens, une dame entre un mendiant loqueteux et un paysan avec, au fond de leurs yeux, la même attente.

Les flammes des bûchers dans lesquelles on avait jeté de la résine donnaient une lumière jaune qui uniformisait les visages. Impassibles, les sorciers se balançaient toujours en chantant leur mélopée lente et lugubre et qui semblait n'avoir pas de fin mais que les arrivants reprenaient avec eux en même temps que le balancement qui devenait général. Fiora, fascinée, dut se cramponner aux branches qui la masquaient pour ne pas faire comme eux mais l'épine d'une ronce en traversant son gant secoua cette espèce d'envoûtement...

Soudain, un son grave et profond se fit entendre, semblable à celui que produit un gong et, instantanément, le silence se fit. Un cortège sortait des ruines...

En tête, portant une croix à laquelle était attaché le cadavre d'un chien venait un Noir athlétique vêtu d'une chasuble écarlate dont les fentes laissaient entrevoir son corps luisant comme un bronze. Derrière lui venaient deux jeunes filles à peine vêtues de tuniques blanches transparentes. Elles étaient couronnées de lierre et l'une portait un encensoir cependant que l'autre élevait entre ses mains une coupe pleine de grains de blé et d'olives noires. Un homme qui avait l'air d'un prêtre fermait la marche.

Il portait une réplique exacte de la chasuble d'un officiant chrétien. La sienne était blanche, doublée d'écarlate et brodée de longues flammes noires. La croix y était remplacée par une tête grimaçante. Une sorte de casque noir, étroit, orné de deux cornes enserrait sa tête barbue et il tenait en main un calice recouvert d'un voile rouge. Sur son passage, les sorciers se levaient et s'inclinaient. Ils s'écartèrent de l'autel, puisqu'il fallait bien l'appeler ainsi, pour se ranger en deux lignes aux deux ailes de l'assistance.

Le prêtre alla poser son calice sur l'autel puis, tombant à genoux, leva les deux bras vers la statue démoniaque et s'écria d'une voix forte :

– Père du mal et du péché, père du vice et du crime, Satan, dieu du plaisir et de la richesse, source éternelle de virilité et des passions interdites, maître des luxurieux et des fornicateurs, visite-nous en cette nuit, en ce lieu où nous sommes réunis pour t'honorer et t'adorer !...

En dépit des recommandations de Démétrios, Fiora ne put s'empêcher de demander tout bas :

– Qui est cet homme ?

– Un moine défroqué. Il faut avoir été prêtre pour pouvoir célébrer la messe vaine...

– Il va...

– Oui, mais tais-toi et, quoi que tu puisses voir, ne dis plus rien !

Une nouvelle phase du cérémonial se déroulait : les sorciers d'abord, puis les assistants s'avancèrent deux par deux, un homme et une femme, pour saluer le démon. Ils se prosternaient devant l'autel et la statue puis revenaient se ranger comme les fidèles à l'église. Une femme restait seule, qui vint la dernière, l'une des trois qui devaient appartenir à la haute société. Elle portait entre ses mains une sorte de patène d'argent sur laquelle il y avait quelque chose d'indistinct. En s'agenouillant, elle tendit le petit plat au prêtre qui l'éleva vers l'idole :

– Accepte, ô père du mensonge et du crime, ces cœurs, arrachés à un menteur et à un assassin et que t'offre ta servante pour que tu la couvres de tes bienfaits! Elle s'offre aussi elle-même pour que le sacrifice que nous allons célébrer soit accompli sur son corps.

Démétrios, sentant trembler Fiora, mit un bras autour d'elle et à nouveau, plaqua sa main sur sa bouche par crainte d'une manifestation involontaire.

– Je t'ai dit, souffla-t-il, que ceci était une descente aux Enfers... Courage!

Cependant, dans la lumière des brasiers, la femme se dévêtait entièrement et, nue, allait s'étendre sur l'autel. En dépit de son masque, Fiora, horrifiée, avait déjà reconnu Hieronyma. Le calice, un instant ôté, fut posé sur son ventre blanc. En dépit du fait qu'elle n'avait plus vingt ans, elle avait un corps plantureux mais ferme qui devait attirer le désir de bien des hommes et expliquait l'emprise qu'elle avait fait peser sur Marino Betti.

La messe, si l'on pouvait appeler ainsi cette suite d'imprécations et de sacrilèges, commença. Fiora, les oreilles bourdonnantes, n'en entendit pas grand-chose. Elle était hypnotisée par cette femme nue dont les longs cheveux artificiellement blondis, traînaient jusqu'à terre.

Soudain, il se passa une chose si odieuse que Fiora, sous la main de Démétrios, se mordit les lèvres au point de se faire saigner. Des premiers rangs de l'assemblée, une femme venait de sortir avec au fond des yeux, une extase imbécile. Elle portait, sur ses mains étendues, un enfant nouveau-né qu'elle tendit à l'officiant. Celui-ci le prit, le posa sur le corps de Hieronyma et d'un rapide coup de couteau lui ouvrit la gorge. Il n'y eut qu'un tout petit cri mais une sorte de frisson courut sur tous ces gens. Fiora crut que c'était d'horreur mais ne vit, sur tous les visages qu'une joie stupide, une cruauté bestiale, un plaisir trouble. Le sang apportait à cette monstruosité l'élément qui lui manquait.

Le prêtre l'avait recueilli dans le calice. Il y trempa ses lèvres, en marqua les seins de Hieronyma puis le passa à l'une de ses acolytes pour qu'elle fît circuler le vase au premier rang. En même temps, l'autre fille apportait une jarre pleine d'un vin dans lequel on avait mélangé une décoction qui en décuplait l'action. Tous burent et mangèrent des galettes que l'on distribua aussitôt. Puis se mirent à danser au son de la flûte dans laquelle soufflait le grand Noir. Ils dansaient en se tenant dos à dos, les mains unies et la tête tournée de façon à joindre leurs joues.

L'office sacrilège s'achevait. L'officiant, se débarrassant de sa chasuble sous laquelle il était nu, se coucha sur Hieronyma. Ce fut le signal d'une invraisemblable scène de débauche dans la lumière rouge des brasiers qui faiblissaient. Les couples roulèrent un peu partout, au hasard, sans distinction d'âge ou de rang social, le vieil homme avec la jeune fille, la grande dame avec le valet de ferme. Fiora qui se sentait devenir folle ferma les yeux. Démétrios, alors la lâcha :

– Ne bouge surtout pas! souffla-t-il. Je te laisse avec Esteban. Je reviendrai vous chercher...

– Où vas-tu?

Pour toute réponse il posa un doigt sur sa bouche et s'évanouit dans l'ombre sans faire seulement bouger une branche. On n'entendait plus ni le chant ni la flûte; simplement des soupirs, des râles, des bruits d'étoffe déchirée. Fiora n'osait même pas tourner les yeux vers Esteban, dont elle entendait, auprès d'elle, la respiration écourtée. Et, soudain, il y eut un grand cri :

– La milice! Sauve qui peut!

Ce fut la panique. Chacun, oubliant son compagnon ou sa compagne d'un instant, ne songeait plus qu'à fuir. Le prêtre maudit s'arracha de Hieronyma et disparut dans la nuit cependant que son acolyte et les deux filles emportaient le diable de bois peint. Fiora vit Hieronyma, qui avait ôté le masque qui l'étouffait, essayer de se relever mais une haute silhouette noire se dressa soudain devant elle, un bras étendu, trois doigts pointés vers ses yeux affolés... Elle tenta vainement de lutter contre le pouvoir invisible de cet homme et retomba sur l'autel, inanimée...

Démétrios se pencha, saisit le petit corps de l'enfant sacrifié qui avait été rejeté à terre, le posa sur celui de la femme déjà souillé de son sang et s'éloigna en courant. La lueur de nombreuses torches et l'écho de pas ferrés se faisaient entendre...

Un instant plus tard, Démétrios avait rejoint Fiora et Esteban :

– Venez! ordonna-t-il. Et venez vite! Nous avons juste le temps de fuir...

– C'est vraiment la milice qui arrive? demanda Fiora.

– Oui. Juste à l'heure que j'avais indiquée. Le seigneur Lorenzo a bien suivi mes explications.

– Qui a donné l'alerte?

– Moi, bien sûr. Je ne voulais tout de même pas que tous ces malheureux qui cherchent une compensation à leur misère soient voués à la prison, à la torture et au feu... La dame Hieronyma finira la nuit au cachot en attendant d'être livrée au bourreau...

– Mais comment pouvais-tu savoir qu'elle serait là, cette nuit?

– Je t'ai déjà dit que je sais toujours ce que j'ai besoin de savoir... Pressons-nous un peu, à présent. Je ne me soucie pas que l'on nous coure après...

Une heure plus tard, ils étaient de retour au castello où

Léonarde, qui avait envoyé Samia se coucher, les attendait. Ignorant ce qu'était au juste cette mystérieuse expédition dans laquelle ils se lançaient, elle les accueillit sans un mot mais leur servit aussitôt du vin chaud à la cannelle qui mijotait doucement dans les cendres de la cheminée. Elle regardait Fiora dont le visage pâle et les traits tirés disaient assez qu'elle n'avait pas vécu des moments très agréables mais la jeune femme, en entourant de ses doigts glacés le bol empli du liquide brûlant, lui sourit avec tant de tendresse que la gouvernante, vexée de n'avoir pas été tenue au courant, n'y tint plus :

– Vous semblez bien lasse, mon agneau, mais il y a longtemps que je ne vous ai vu ce sourire. Êtes-vous heureuse, cette nuit ?

– Oui... et pour la première fois depuis longtemps ! La mort de mon père est vengée, ma chère Léonarde, ainsi que tout ce que j'ai eu à souffrir à cause de Hieronyma. Je vous dirai tout demain mais, pour l'instant, je meurs de sommeil...

– S'il en est ainsi, justice vous sera-t-elle rendue et pensez-vous pouvoir, enfin, rentrer chez vous ?

– Je n'en sais rien... Peut-être, puisque à présent mes ennemis sont abattus...

– Il en reste toujours, dit sévèrement Démétrios qui chauffait à la flamme ranimée ses longues mains pâles. Mais est-ce vraiment là ce que tu souhaites : rentrer chez toi, retrouver ta fortune et ne plus penser à rien ? As-tu oublié que...

– Que nous avons conclu un pacte ? Je l'oublie d'autant moins que je désire à présent retrouver l'homme qui m'a abandonnée au lendemain de notre mariage et tirer vengeance de ceux qui ont mené mes parents à l'échafaud. Mais j'avoue que j'aimerais, pour un temps, retrouver la paix de ma maison, revoir mon amie Chiara, pouvoir, comme naguère, passer dans les rues de Florence sans entendre des cris de mort ou recevoir des pierres, aller fleurir le tombeau de celui qui sera toujours mon père, laisser s'apaiser cette fureur qui m'habite depuis tant de jours, être encore une Florentine comme les autres et acquérir la certitude qu'au retour des voyages que j'entreprendrai, je pourrai m'y retrouver chez moi... Est-ce trop demander?

Démétrios détourna les yeux de ce regard qui implorait une réponse et quitta la cuisine. On entendit son pas dans l'escalier de la tour au sommet de laquelle il aimait se retirer pour observer les étoiles et en écouter le langage. Mais en cette fin de nuit, car l'aube allait bientôt paraître, il se détourna du ciel pour regarder la ville endormie. Il savait que Florence ne voulait plus de Fiora Beltrami mais il n'avait pas le courage de le lui dire...

CHAPITRE XI

« AVANT QUE J'ATTEIGNE À LA RIVE ESPÉRÉE... »

Le bruit, parti du fleuve où les mariniers s'affairaient, fila par les rues et les places, atteignit d'abord la milice que l'on avait tout de suite appelée, le Bargello et la Seigneurie puis tout le reste de la ville à la façon d'un brandon lancé dans une botte de paille : un pêcheur avait retiré de l'Arno le corps de Pietro Pazzi, poignardé entre les deux épaules...

Esteban, descendu faire le marché comme il le faisait trois fois la semaine au Mercato Vecchio, l'entendit alors qu'il achetait des fromages, le retrouva chez la marchande de volailles et en eut les oreilles emplies quand il atteignit l'étal du boucher mais avec des variantes car la fête aux « on-dit » était lancée. Chacun prétendait en savoir plus que son voisin et les versions les plus fantaisistes commençaient à circuler...

Esteban n'aimait pas les bavardages. Là-bas, en Castille, ils avaient causé la mort de sa mère accusée par un voisin d'avoir empoisonné l'eau de son puits et d'avoir noué l'aiguillette de son fils. Bien que bonne chrétienne, la vieille femme avait été conduite au bûcher et son fils, désespéré, avait donné tout ce qu'il avait d'argent au bourreau pour qu'il l'étranglât avant les flammes. Ensuite il avait tué le voisin, son fils, et mis le feu à leur ferme. Démétrios Lascaris qui venait d'arriver dans le pays, l'avait emmené avec lui juste avant qu'on ne vînt l'arrêter, lui sauvant ainsi la vie et s'attirant à tout jamais son dévouement et sa reconnaissance...

Non, Esteban n'aimait pas les commérages. Il les haïssait presque autant que les prêtres qui, de compte à demi avec l'*alcade* du pays, avaient condamné sa mère parce que l'accusateur était riche et elle pauvre... Le service du médecin grec, philosophe, astrologue et magicien lui convenait tout à fait car, en dehors de menues besognes quotidiennes, il y trouvait une certaine forme de liberté : jamais Démétrios ne lui avait reproché d'aimer le vin et les filles et il les aimait autant que le combat, les armes et la guerre qui avaient été sa vie depuis l'âge de douze ans...

Décidé à obtenir des informations aussi claires que possible, il confia sa mule déjà chargée à l'auberge de la Croce di Malta où on le connaissait et se dirigea vers le palais de la Seigneurie et son complément, la loggia dei Priori, où l'on était toujours certain de trouver trois ou quatre notables en train de discuter. Cela lui permit de voir arriver le vieux Jacopo Pazzi qui occupait alors sa demeure florentine et qui entra en tempête, chargeant comme un taureau furieux, dans le vieux palais. Il en ressortit un moment plus tard, escorté du Bargello et d'une escouade de gardes. Un frémissement courut alors sur la place : le patriarche était-il arrêté ? Mais ce ne fut qu'un instant. La troupe se dirigea vers le Ponte Vecchio. Esteban suivit avec la petite foule qui s'était aussitôt formée. Cela lui permit d'assister à l'arrestation de la Virago et de son frère. Pippa fournit une défense si vigoureuse qu'il fallut cinq hommes pour en venir à bout. On l'emmena finalement vers les Stinche, la prison de la ville, vociférant et hurlant des imprécations et des injures auxquelles les assistants se hâtèrent de répondre car, même lorsqu'ils ignoraient de quoi il était question, les Florentins ne laissaient jamais passer une occasion de se faire entendre et de manifester. Quand on emmenait quelqu'un en prison, on pouvait toujours crier « A mort ! »

à tout hasard avec une chance de ne se tromper qu'une fois sur deux.

Beaucoup plus froid, Esteban jugea qu'il en avait assez vu et qu'il était grand temps pour lui d'aller prévenir son maître de ce qui se passait, d'autant que le cortège de Pippa, en refranchissant le pont, s'était augmenté d'une unité : fray Ignacio qui rejoignait le vieux Pazzi et se mit à son pas en lui parlant avec volubilité. Or, le Castillan avait détesté d'instinct son compatriote qu'il jugeait faux, cruel et perfide, ce en quoi il ne se trompait pas de beaucoup. Le rapprochement de ces deux hommes lui parut des plus inquiétants...

Jouant des coudes pour se dégager de la foule, il alla rechercher sa mule au chargement de laquelle il ajouta une petite jarre d'huile d'olive, alla boire son coup de vin habituel pour ne pas soulever de curiosité et quitta la ville au plus vite mais non sans remarquer le rassemblement qui se formait déjà devant le palais des Médicis et faisait un bruit affreux car tout le monde parlait en même temps et en faisant force gestes.

En rentrant à Fiesole, il trouva Démétrios dans son cabinet, occupé à emballer soigneusement quelques livres dans des morceaux d'étoffe et à les ranger dans un petit coffre posé sur un escabeau. A un coin de la table, sur un morceau de daim, étaient alignés, dans un ordre parfait et tout brillants d'un récent astiquage, les instruments de chirurgie, lancettes, scalpels, trépans, aiguilles droites ou courbes, pinces et autres qui avaient suivi le médecin depuis Byzance et qu'il avait réussi à conserver quelles qu'eussent été les vicissitudes de ses longues pérégrinations. Le vieux sac de cuir qui les contenait habituellement était posé à côté et tout ouvert.

Esteban embrassa d'un regard rapide ces préparatifs :

– Maître, dit-il, est-ce que tu t'apprêtes à partir ?

– Il faut toujours être prêt à partir, mon garçon. Mais toi, dis-moi pourquoi tu es revenu plus vite que d'habitude ? Je vois à ta mine que tu as quelque chose à raconter.

– C'est vrai et c'est vrai aussi que je suis inquiet.

Le Castillan n'était pas l'homme des grandes narrations. En quelques phrases, il eut rapporté ce qu'il avait vu et entendu, tout en guettant sur le visage du Grec l'effet de ses paroles. Mais Démétrios, qui avait fini de remplir son coffre, se contenta de le fermer et de dire :

– Ah!

Puis s'approchant de ses instruments, il les essuya soigneusement l'un après l'autre puis les roula dans la peau de daim qu'il introduisit ensuite dans son sac. Esteban le regardait faire en silence, devinant qu'il réfléchissait. Au bout d'un moment, Démétrios leva les yeux sur lui :

– Va me chercher donna Fiora! Elle est au jardin en train de donner à manger aux pigeons...

Fiora entra un instant plus tard, mince silhouette noire et blanche, nette et conventionnelle. L'échappée du couvent en bure blanche et sandales de corde, la jeune Grecque en tunique pourpre, le page en pourpoint vert avaient disparu pour laisser place à cette jeune femme en deuil, aux nattes sages, et Démétrios se surprit à le regretter mais les grands yeux gris pâle étaient toujours les mêmes et le Grec savait qu'ils pouvaient refléter tous les orages du ciel et que cette apparence élégante et sereine cachait les flammes d'un cœur ardent et d'un caractère fier et courageux. Tout comme si elle eût été en visite, Léonarde l'avait accompagnée et se tenait près de la porte, les mains nouées sur son giron comme il convenait à la suivante d'une noble dame. Démétrios eut la tentation de la prier de les laisser seuls mais pensa qu'en agissant ainsi il rejoindrait le terrain des conventions sociales qui l'agaçaient si fort. En outre, Léonarde était désormais embarquée sur cette galère, battue des vents et sans cesse menacée, qui était celle de son élève. Il était inutile de lui cacher quoi que ce soit, d'autant qu'elle serait très vite mise au courant. Le Castillan était entré derrière elle...

– Esteban vient de rentrer avec des nouvelles que je juge inquiétantes, fit Démétrios. Il faut que tu les entendes.

Elle les entendit et n'en parut pas autrement troublée. Seule, la mention du moine espagnol lui fit froncer les sourcils.

– Encore cet homme! soupira-t-elle. Comment se fait-il qu'il s'attache à ce point à la cause des Pazzi ? Il semble vouloir les défendre envers et contre tout...

– S'il est vraiment l'envoyé secret du pape Sixte IV, cela s'explique car il est certainement aussi le mandataire de son favori, Francesco Pazzi... Je croyais que tu avais compris cela ?

– Sans doute! Mais il est l'un de ces prêtres fanatiques dont le diable est l'obsession et qui voient des sorciers partout. Or, la milice, l'autre nuit, à dû trouver Hieronyma dans l'état où nous l'avons laissée : nue, étendue sur un autel satanique, marquée du sang du sacrifice avec, sur elle, le corps d'un enfant égorgé. Il me semble que cela devrait intéresser fray Ignacio au premier chef ? Et pourtant Esteban l'a vu parler à Jacopo Pazzi comme à un ami!

– Tout à fait comme à un ami! approuva Esteban en écho.

– Tu as raison, c'est étrange! dit Démétrios qui se tourna vers son serviteur : Au fait, tu n'as pas rendu entièrement compte de ta mission. As-tu entendu, par la ville, les gens parler de la dame Hieronyma que la milice a dû jeter en prison ?

Le Castillan secoua sa tête aux cheveux hirsutes :

– Non. Je n'ai rien entendu dire. Je venais d'arriver au marché quand j'ai appris que le corps de son fils venait d'être tiré de l'eau. Tous ne parlaient que de ça...

– Bizarre! La ville devrait en être bouleversée. Quant au moine, pour une pareille affaire, il devrait réclamer la tête de toute la famille... et il parle amicalement avec le patriarche? Difficile à comprendre!... Mais il faut savoir! Selle la mule, Esteban!

– Où veux-tu aller? demanda Fiora.

– Voir le seigneur Lorenzo. C'est avec lui que j'avais réglé l'intervention de la milice au mont Ceceri. Il doit tout de même savoir ce qui s'est passé ensuite?

– N'y va pas! Quelque chose me dit que tu serais en danger, pria la jeune femme avec angoisse. Tu vois, c'est moi qui, aujourd'hui, ai un pressentiment. Ils ont pris Pippa. Dieu sait ce que cette femme va dire!

– Elle ne peut rien dire. Elle n'a vu qu'un mendiant...

– Doué de pouvoirs peu communs. Es-tu bien certain qu'aucun souvenir ne subsiste quand on s'éveille de ce sommeil que tu provoques? La Virago est habile, rusée; pour sauver sa vie, elle dira n'importe quoi, elle accusera n'importe qui...

– Ou elle dira qu'elle ne sait rien. Que le jeune Pazzi est sorti de chez elle comme il y était entré...

– Peut-être mais une chose est certaine : le vieux Jacopo savait tout et pourquoi son petit-fils allait ce soir-là chez Pippa. Reste ici, je t'en prie! Attendons un peu! Lorenzo te fera peut-être savoir de ses nouvelles...

Elle tremblait, tout à coup, et son émotion frappa Démétrios. D'ailleurs, Esteban venait à la rescousse :

– Elle a raison, maître. Rien ne presse. Laissons finir le jour et passer la nuit. Demain, si tu veux, j'irai aux nouvelles dès l'ouverture des portes. Tu pourras me donner une lettre que je porterai au seigneur Lorenzo... Toi qui jamais ne te laisses gagner par l'impatience, je ne te reconnais plus.

Le médecin haussa les épaules et passa sur son visage une main un peu fébrile. Il alla vers le sac de cuir qu'il avait fermé tout à l'heure et s'y appuya comme s'il cherchait à en tirer un renouveau de forces. Puis, se retournant, il regarda Léonarde qui était toujours debout près de la porte aussi muette et immobile qu'une statue :

– Et vous, dame Léonarde, fit-il en français, quel est votre conseil ?

– Je ne pensais pas que mon avis pût avoir une importance à vos yeux mais je suppose que vous vous attendiez à un événement quelconque depuis ce matin... un événement qui pourrait vous obliger à partir. Sinon pourquoi ce coffre, ce sac, ces rangements que vous n'avez cessé de faire ?

– Je devrais savoir qu'aucun détail de ce genre n'échappe aux regards d'une bonne maîtresse de maison, fit-il avec un sourire. C'est vrai : depuis cette nuit je m'attends à quelque chose mais je ne saurais dire à quoi. Il me semble que l'heure approche où il va falloir quitter cette maison.

– Alors que ce soit au moins librement ! Suivez le conseil d'Esteban ! Quelques heures de plus ou de moins ne changeront rien...

Démétrios hocha la tête puis, sans rien ajouter, quitta la pièce. Fiora le suivit. L'un derrière l'autre et sans échanger seulement un mot, ils montèrent au sommet de la tour. La jeune femme cherchait encore à comprendre pourquoi, tout à l'heure, elle s'était opposée si vivement au départ du Grec mais une chose était certaine : à cet instant, elle avait su, aussi clairement que si une voix secrète le lui avait crié, que si Démétrios se rendait à Florence, il n'en ressortirait pas vivant. Et l'idée de perdre ce dernier ami qui, pour l'aider, avait été jusqu'à tuer, lui était devenue insupportable. Cet homme étrange et curieux, dont elle avait eu peur jadis, lui tenait au cœur à présent. Ce n'était ni la profonde tendresse éprouvée pour son père, ni l'amour brûlant que lui avait inspiré Philippe et qu'elle soupçonnait de couver encore sous les cendres, ni l'affection qu'elle vouait à sa vieille Léonarde et dont Khatoun avait emporté une part, ni la joyeuse amitié qui la liait à Chiara Albizzi, c'était un sentiment fait de reconnaissance, d'amitié et aussi de respect un peu craintif assez semblable à celui qu'elle portait autrefois à ces maîtres qui avaient ouvert son esprit à la culture et à la beauté. C'était, en résumé, quelque chose de solide et de fort. Tous deux n'étaient-ils pas liés d'ailleurs par ce pacte qu'ils avaient conclu et où leurs sangs s'étaient mêlés?... Quand ils furent en haut de la tour, Fiora s'approcha de Démétrios qui s'appuyait, d'un geste familier, au vieux créneau et posa sa main sur la sienne.

– Nous n'avons plus beaucoup de famille, toi et moi, dit-elle doucement.

– Tu as un mari...

– Non. C'est un rêve que j'ai fait et qui s'est tourné en dérision. Si je souhaite le retrouver c'est pour lui faire payer ma souffrance et son mépris. Il a tout pris de moi sans rien donner, qu'un nom que je ne porterai jamais. Toi, tu m'as sauvée et même, au prix de ta sécurité, tu as assumé ma vengeance. Et puisque nous avons mêlé nos sangs, j'aimerais que tu voies en moi... une fille.

– Une petite-fille! Je pourrais être ton grand-père, Fiora. Mais vois-tu, nous ne savons pas ce que l'avenir nous réserve...

– Même toi?

– Même moi! Le voile du destin ne se lève pas toujours et le cours des étoiles oublie bien des détails. Peut-être vaut-il mieux ne pas nous laisser prendre au piège de l'affection? Nous pourrions avoir à en souffrir. Nous nous sommes unis pour être compagnons de combat : essayons de nous en contenter mais je veillerai sur toi... comme un grand-père. Et je n'oublierai jamais ce que tu m'as offert aujourd'hui : mon premier instant de joie depuis la mort de Théodose...

A son tour, il prit la main de Fiora, y posa un baiser léger puis glissa cette main sous son bras :

– C'est l'heure du repas. Descendons pour éviter à Esteban de grimper jusqu'ici nous chercher.

Vers la fin du jour, ils remontèrent à la tour. Une rumeur montait de la ville avec des nuages de poussière. Il se passait quelque chose qui déchaînait l'agitation populaire, toujours à fleur de peau chez les Florentins. Ce n'était pas l'émeute car la Vacca, la grosse cloche de la Seigneurie qui ne servait que pour sonner le tocsin, restait muette. Soudain, des appels de trompettes se firent entendre et Démétrios se pencha, abritant ses yeux de sa main :

– Regarde ! Le soleil n'est pas encore couché et cependant on ferme les portes...

C'était vrai. Même à cette distance on pouvait entendre le bruit des herses qui retombaient, le grincement des ponts-levis qui remontaient. L'œil aigu de Démétrios, servi par la pureté de l'air des collines, avait même aperçu ces mouvements. La ville se refermait plus tôt que d'habitude. Il semblait même qu'il y eut plus de soldats aux remparts...

– Est-ce qu'un ennemi marcherait sur nous ? demanda Fiora.

– En ce cas, la Vacca sonnerait pour l'appel aux armes. Non c'est à l'intérieur que cela se passe et l'on veut éviter que l'agitation se répande dans la campagne... Mais regarde encore ! Il y a quelque chose qui brûle là-bas...

En effet, en un point de la ville, vers le fleuve, une épaisse fumée noire, traversée d'éclats rouges, montait...

– Mon Dieu ! gémit Fiora, c'est folie que d'allumer un feu en ville où il y a encore bien des maisons de bois ! Et, on dirait que c'est près de chez nous...

Démétrios ne répondit pas. Tous deux restèrent là un moment, regardant monter cette fumée au sud et le soleil s'enfoncer vers la mer. La campagne devint violette et le calme du soir permit de mieux distinguer le tintamarre qui régnait dans la ville close... Fascinés, le Grec et la jeune femme ne pouvaient détacher leurs yeux de cette espèce de marmite bouillonnante où les toits mêmes, dans la poussière et la lumière incertaine, semblaient bouger à la manière des vagues. La voix essoufflée d'Esteban qu'ils n'avaient pas entendu venir éclata soudain auprès d'eux :

– Maître! Le seigneur Lorenzo est là! Il veut te voir, toi et donna Fiora! Vite!

Ils descendirent en hâte, croyant à peine le témoignage de leurs oreilles. Mais Lorenzo était bien là. Dans la robe verte qu'il affectionnait, il se tenait debout près de la fenêtre dans le cabinet de Démétrios en compagnie de son ami Poliziano qui jouait avec ses gants, adossé à l'une des armoires. Le souci marquait son maigre visage mais il parut à Fiora plus grand qu'à leur dernier revoir, sous les voûtes de la Seigneurie. Les entendant entrer, il abandonna la fenêtre et leur fit face :

– Toi ici, Seigneur? fit Démétrios en s'inclinant tandis que sa compagne ployait légèrement le genou pour le plus raide des saluts. C'est un grand honneur.

– Il fallait que je vienne car le temps presse. Tout à l'heure, j'ai quitté la ville pour la Badia où se tient une réunion de notre Académie platonicienne mais en donnant l'ordre de fermer les portes derrière moi. Elles ne s'ouvriront qu'à l'heure habituelle demain matin. Il faut que cette nuit vous mettiez le plus possible de chemin entre vous et ceux qui veulent votre mort!

– Nous diras-tu ce qui se passe, seigneur? demanda Fiora d'une voix glacée. Nous savons que le corps de Pietro Pazzi a été repêché dans l'Arno, que la Pippa a été arrêtée mais je ne vois pas pourquoi l'on voudrait nous tuer, nous?

– Parce que cette femme a parlé. Elle t'accuse d'avoir poignardé le bossu avec l'aide d'un sorcier habillé comme un mendiant...

– Moi? Et comment suis-je censée être entrée chez elle?

– Elle dit qu'elle te connaissait depuis longtemps, que tu... venais chez elle pour y rencontrer des hommes et que, tout naturellement, c'est dans sa maison que tu es venue chercher refuge après ta fuite du couvent... Pietro était...

l'un de ceux que tu venais rencontrer parce qu'il était très amoureux de toi...

– Et quoi encore? s'écria la jeune femme. Peut-on vraiment dans cette ville, ta ville, raconter n'importe quoi sur n'importe qui? On l'a crue, bien entendu?

– On croit toujours ce qui plaît à la populace.

– Vraiment? Alors dis-moi comment la populace a reçu la nouvelle de l'arrestation de Hieronyma? Comment il se fait que son beau-père fasse le jour et la nuit à la Seigneurie?

– Le peuple n'a rien su de cette arrestation.

Lorenzo détourna les yeux de ce jeune visage flamboyant de colère et sa voix rauque parut s'assourdir encore lorsqu'il dit :

– Hieronyma s'est enfuie des Stinche avant que la nouvelle ne soit sue. Elle est en fuite à présent et l'on ne sait où elle est...

– Quoi? crièrent d'une même voix Fiora et Démétrios mais ce fut le Grec qui reprit la parole :

– Comment est-ce possible?

– Dans la milice il y avait deux clients des Pazzi. Ils ont prévenu aussitôt le vieux Jacopo. Il est venu lui-même, avec ses gens et le moine espagnol chercher sa belle-fille qui était encore inconsciente d'ailleurs. Cela leur a permis de dire qu'elle était victime d'une affreuse machination et d'un sortilège... Le repêchage du corps de Pietro et les aveux de la Virago ont mis le feu aux poudres. Ce fray Ignacio a prêché, tout le jour, sur les places et dans les carrefours pour que l'on s'empare de toi, Fiora, et de Démétrios...

– Et toi, lança Fiora, que faisais-tu pendant tout ce temps? Toi le maître de Florence, le tout-puissant, le Magnifique? Que faisais-tu pendant que l'on assassinait ton ami, mon père, que faisais-tu pendant que l'on me mettait en accusation à Santa Lucia, pendant que l'on m'arrachait du couvent pour me jeter à la Virago, livrée à n'importe qui et, surtout, à ce misérable Pietro qui avait commencé à m'étrangler ? Je serais morte sans Démétrios parce que toi, tu ne faisais rien. Tu me laisses dépouillée de tout, tu laisses...

– Mettre le feu au palais Beltrami, fit doucement le Grec. C'est bien lui qui brûle, n'est-ce pas ?

Fiora se retourna et le regarda avec horreur :

– C'est... ma maison ?

– Oui Fiora, dit Lorenzo, c'est ta maison. Quand comprendras-tu que nous sommes en république et que je n'ai de pouvoir qu'autant que je fais cette république riche, heureuse et puissante ?

– Je vois. Tu préfères laisser un moine étranger manier les foules pendant que tu discutes avec les rois et les grands de ce monde ? Mais sais-tu seulement que cet homme, cet envoyé occulte d'un pape qui te hait, est ton ennemi plus encore que le mien ? Je suis un pion, sur son échiquier, un prétexte.

– Qu'en sais-tu ?

– J'en sais plus que toi...

Et rapidement, elle raconta ce qui s'était passé dans la salle capitulaire de Santa Lucia.

– Laisse le moine achever son ouvrage ! ajouta-t-elle avec mépris, et bientôt le neveu de Sixte IV sera le maître de Florence, un maître qui, lui, saura imposer sa volonté !

A mesure qu'elle parlait, le visage simiesque et cependant séduisant de Lorenzo avait verdi comme si sa robe de velours avait soudain déteint sur lui.

– Le moine loge à San Marco. Cette nuit même, il y sera arrêté et conduit sous bonne escorte aux frontières de Florence. Je te remercie d'avoir apporté une preuve de ce que je craignais déjà. Démétrios peut te le dire...

– Sans doute ! fit celui-ci avec ironie, mais nous n'en sommes pas moins désignés à la vindicte publique... alors que la dame Pazzi court les grands chemins.

– Je te promets de la faire rechercher mais il est vrai que je ne peux rien pour vous, sinon vous faire partir et vous mettre en lieu sûr...

– Je la chercherai bien toute seule, lança Fiora farouchement. Ne t'occupe pas de moi puisque tu n'as même pas su venger mon père assassiné et souillé...

– Marino Betti est mort. Et c'est moi qui l'ai fait tuer par Savaglio.

– Mais de nuit, mais chez lui et pas en plein jour et sur la place publique ! Ce qui fait qu'aux yeux de tous mon père passe toujours pour un misérable, un menteur et pourquoi pas un traître ?

– Pourquoi pas, en effet ? fit Lorenzo que la colère gagnait. J'ai tout lieu de supposer qu'il trahissait la république en favorisant, de son or, les armes du duc de Bourgogne. Les Fugger ont réclamé le remboursement d'une lettre de change de cent mille florins payés au trésor de Bourgogne pour le compte de messire Philippe de Selongey. Qu'as-tu à dire à cela ?

– Rien... si ce n'est une question : la somme a-t-elle été payée ?

– A la banque Fugger ? Certainement pas. Ton père est mort et ses biens sous contrôle...

– Ton contrôle ! Et sans le moindre droit !

– C'était la seule façon de les empêcher de tomber aux mains des Pazzi et ton adoption est entachée de faux ! Quant aux Fugger tant pis pour eux ! Ils s'arrangeront avec le duc de Bourgogne...

– Ainsi, dit Fiora lentement, mon père passe pour un misérable et un menteur mais aussi pour un homme malhonnête, lui dont la parole n'a jamais été mise en doute ? Cet argent était ma dot !

– Ta dot ?

– Mais oui. Dans la nuit qui a précédé son départ j'ai, ici même, dans la chapelle du couvent voisin, épousé l'envoyé de Bourgogne. Il savait la vérité sur ma naissance et il a exigé ce mariage parce que tu avais refusé d'aider son maître. Je suis la comtesse de Selongey.

– Des preuves ! Tu as des preuves de cela, s'écria Lorenzo dont la figure après avoir été trop pâle s'empourprait. Fiora allait répondre qu'elle ne savait, à présent, où se trouvaient ses preuves quand une autre voix se fit entendre :

– Les voici, seigneur! dit tranquillement Léonarde qui s'avança, un rouleau d'où pendait un ruban vert entre les mains. Tu trouveras là les actes d'adoption de donna Fiora, son contrat de mariage signé et scellé de son époux, la copie de la lettre de change et même une attestation portant la signature et le sceau du padre Antonio le prieur du couvent. Ser Francesco Beltrami, à la veille de sa mort, et parce qu'il se savait guetté par ses ennemis, m'a remis tout cela...

Le Magnifique prit le rouleau, le tendit à Poliziano qui perdit aussitôt son immobilité de statue puis, d'un pas soudain alourdi, il alla s'asseoir dans la haute chaise à bras qui avait été celle de Démétrios.

– Lis! dit-il seulement.

Le poète dénoua le ruban et parcourut les documents d'un œil habitué puis les roula de nouveau :

– Tout est en ordre, seigneur!

– Il y a encore une autre preuve, dit Léonarde. Et, tirant de son corsage l'anneau d'or aux armes des Selongey, elle le montra à Lorenzo puis, avec un rien de solennité dans la démarche, alla glisser la bague au doigt de Fiora qui referma sa main sur elle sans pouvoir se défendre d'un frémissement.

– Ainsi donc, murmura Lorenzo, tu es la femme d'un des hommes les plus importants de Bourgogne? Il eut un petit rire sans gaieté et ajouta : Alors, pourquoi donc ton époux n'est-il pas venu, quand il en était temps, te réclamer hautement devant ceux qui t'accusaient? Pourquoi n'a-t-il pas réclamé réparation par les armes pour l'offense involontaire faite à son nom?

– Parce qu'à cette heure, dit Fiora avec amertume, je suis sans doute veuve. Messire de Selongey était décidé à mourir pour se punir d'avoir, en m'épousant, infligé une souillure à son nom... Il s'est vendu pour aider le Téméraire!

Lorenzo se redressa, fit quelques pas pour retrouver un peu de calme puis s'arrêtant devant Fiora dont les larmes coulaient en silence sur son visage immobile :

– Pauvre enfant! fit-il avec une infinie douceur. Pourras-tu un jour croire, à nouveau, à la loyauté et à l'amour d'un homme ?

Incapable d'articuler une parole et se sentant infiniment lasse tout à coup, elle hocha la tête, négativement.

– En tout cas, enchaîna Lorenzo, si ton époux est mort, c'est tout récent. Le jour où ton palais a été mis à sac, il était là!

Le sang monta d'un seul coup aux joues de Fiora :

– C'est impossible! fit-elle d'une voix éteinte...

– Non, dit Poliziano, c'est la vérité. Je l'ai vu et d'abord j'ai hésité à le reconnaître parce qu'il était vêtu comme n'importe quel homme de petite condition. Il se tenait dans la foule ; il regardait. J'ai vu qu'il parlait à quelqu'un. Sans doute demandait-il ce que cela voulait dire. Moi, je ne savais pas ce qui l'attirait là et j'ai hésité un moment à l'aborder. Quand je me suis décidé, la foule m'a empêché de l'approcher et il a disparu sans que je puisse seulement retrouver sa trace...

– J'ai cru qu'il venait espionner, reprit Lorenzo. J'ai fait fouiller les auberges, les tavernes mais personne ne l'avait vu, personne n'a pu dire ce qu'il était devenu...

Fiora, les yeux pleins de lumière, écoutait ces paroles comme elle eût écouté chanter les anges :

– Il est revenu! soupira-t-elle. Il est revenu alors qu'il avait juré de ne plus me revoir...

– Pardonne-moi ce que je vais dire, Fiora, dit Lorenzo, mais es-tu certaine qu'il cherchait à te revoir ?

– Et qui d'autre? s'écria-t-elle avec une soudaine violence.

– Ton père!... La ville de Neuss tient toujours contre le Bourguignon et avant-hier, premier de mai, la trêve signée voici trois ans entre France et Bourgogne et prorogée par deux fois, a pris fin... définitivement!

– Oses-tu insinuer qu'il venait encore chercher de l'argent?

– Quoi d'autre? Il a dû savoir ce qui t'est arrivé, s'il a questionné les gens de la rue... et pourtant il est reparti, il ne t'a pas cherchée...

Voyant Fiora osciller sur ses jambes comme une grande fleur secouée par le vent, Démétrios intervint et, offrant à la jeune femme l'appui de son bras :

– Ne peut-on au moins lui accorder le bénéfice du doute? reprocha-t-il. Doit-elle vraiment partir désespérée? Je te rappelle respectueusement qu'en arrivant ici tu as insisté sur l'urgence qu'il y avait pour nous à fuir cette ville. Voilà beaucoup de paroles, il me semble et puisque l'on nous chasse...

– Je ne vous chasse pas, fit Lorenzo avec lassitude, j'essaie de vous sauver car même si vous refusez de le croire, vous m'êtes chers, l'un et l'autre. La preuve, la voici!

Il tira de sa robe une lettre scellée à ses armes qu'il tendit à Démétrios :

– Cette lettre est pour le roi Louis de France à qui je t'envoie. Il accueillera l'habile médecin que tu es car il souffre, sans pouvoir en guérir... de fort gênantes hémorroïdes. En outre, je lui dis que tu es mon ami.

– Je t'en remercie. Et... elle? fit Démétrios en désignant de la tête Fiora que Léonarde avait fait asseoir.

– Je pensais que tu pourrais la conduire à Paris où elle... ou Beltrami avait un cousin qui tenait son comptoir. Elle n'y manquerait de rien puisque Donati qui gère actuellement les affaires de son père doit y veiller. Mais ce que je viens d'apprendre change bien des choses. Donne-moi de quoi écrire pendant que vous vous préparerez au départ...

– Tout est prêt en ce qui me concerne, fit Démétrios.

– Nous aussi! dit Léonarde.

Le médecin avait disposé sur la table ce qu'il fallait pour écrire et Lorenzo prenait déjà la plume quand Fiora l'arrêta :

– Que veux-tu faire?

– Te recommander au roi Louis afin que...

– ... La femme de Philippe de Selongey puisse lui servir d'otage? Tu viens de dire toi-même que je ne saurais compter pour l'homme auquel j'ai été unie.

– Non, fit Lorenzo gravement. Lui dire que je lui envoie la fille... malheureuse de Francesco Beltrami, l'ami que j'ai perdu. Son nom est connu à la cour de France.

Il allait se mettre à écrire mais elle saisit la page encore vierge et la déchira :

– Laisse-moi mener à ma guise ma destinée! Tant que je n'aurai pas été reconnue innocente de tout ce que l'on m'a imputé et rétablie aux yeux de tous dans mes droits... et cela par toi-même, je n'ai que faire de tes recommandations.

– Fiora, je t'en supplie : laisse faire le temps!

– Le temps? Dans quel poème Pétrarque a-t-il écrit : « Avant que j'atteigne à la rive espérée, on trouvera le laurier sans feuilles vertes... »? Jamais tu n'oseras aller contre la volonté du peuple, Lorenzo... mais prends garde au jour où il se laissera attirer par une nouvelle idole! Et prends garde au pape!

Droite et fière, la tête haute comme si elle marchait à la gloire au lieu de faire ses premiers pas dans une direction dont elle ignorait encore où elle la conduirait, Fiora tourna le dos au Magnifique, à cet homme en qui s'incarnait toute la grâce et toute la splendeur de sa jeunesse... et sortit de la pièce.

Un quart d'heure plus tard, cependant, vêtue du pourpoint vert que lui avait donné Chiara, elle posait le bout de sa botte sur l'étrier que lui tenait Lorenzo. C'était son propre cheval qu'il lui donnait, comme Démétrios et Léonarde recevaient les chevaux qui avaient amené

Poliziano et Savaglio. Les trois hommes redescendraient à pied à la Badia. Esteban avait sa monture habituelle et la mule, qui servait indistinctement à lui et à son maître, portait les quelques bagages.

Démétrios, avant de le quitter, regarda le petit castello qui lui avait offert sa première halte paisible et douce après tant d'années d'errance. Il allait être fermé – à moins que la foule furieuse n'y mît le feu demain! – et la belle Samia regagnerait la Badia ou le palais de la via Larga. Le Grec savait qu'il laissait tout de même derrière lui des amitiés : Poliziano l'avait embrassé en pleurant et Lorenzo lui-même l'avait serré dans ses bras... en lui murmurant qu'il y avait de l'or dans les sacoches de son cheval comme dans celles de la monture de Fiora... Mais, le médecin n'était pas triste : il pensait à sa vengeance qui allait enfin devenir possible grâce à cette belle femme dont le ciel... ou le diable avait fait sa compagne et peut-être sa complice... Et puis il était trop habitué aux départs fréquents pour que celui-là lui fût pénible.

Sans vouloir l'avouer, Léonarde était heureuse. Elle avait retrouvé son enfant et elle allait revoir sa terre natale, ce pays de Bourgogne que la beauté de Florence n'avait jamais réussi à lui faire oublier. C'était au moins un vrai pays chrétien où l'on ne chantait pas la messe après avoir louangé des divinités païennes!

Esteban ne pensait à rien. Il allait où allait le maître auquel il s'était attaché mais il était tout de même satisfait de partir. Il aimait trop l'aventure et la bagarre pour se satisfaire vraiment des plaisirs du marché et d'une vie paisible au sein d'une nature aimable. Certes, les choses étaient devenues plus passionnantes avec l'entrée dans cette vie de celle qu'il appelait en lui-même « la madone aux yeux gris » mais il était bien que l'on allât maintenant vers d'autres horizons... Des horizons où l'on faisait la guerre.

Fiora écoutait la nuit. Le vent s'était levé et portait avec lui les rumeurs de la ville qui ne se calmeraient pas. Elle pouvait apercevoir les lueurs mouvantes et les fumées légères qui serrées dans la ceinture des remparts évoquaient le cratère d'un volcan qui s'éveille... C'était sa mort que l'on appelait là-bas et elle devait laisser toute espérance d'y revenir jamais. Pourtant, en dépit de ce qu'elle avait souffert, les racines de son cœur demeuraient enfouies dans la cité du Lys Rouge. La voix de Lorenzo, qui retenait encore les rênes du cheval, lui parvint comme dans un songe...

– Ne me diras-tu pas adieu, Fiora ? Même si tu me détestes, je veux que tu saches que rien ne sera plus comme avant. Tu emportes un peu de la beauté de cette ville...

– Adieu, seigneur Lorenzo ! Si tu tiens tant à la beauté de ta ville, veille sur Simonetta Vespucci... Tu pourrais la perdre aussi... dit-elle, se souvenant de la prédiction de Démétrios.

– Qu'importe Simonetta ! Ce n'est pas moi qu'elle aime... et toi, il me semble à présent que j'aurais pu t'aimer...

Il lui rendit les rênes et elle les prit d'une main ferme. Dans l'obscurité, elle vit briller les yeux sombres de Lorenzo et, soudain, obéissant à une soudaine impulsion, elle se pencha et, un court instant, posa ses lèvres sur celles du Magnifique :

– Alors... regrette-moi, monseigneur ! Pense à moi !

Elle allait s'élancer; il retint le cheval avec une force que sa maigre silhouette ne laissait pas soupçonner.

– Qui m'a donné ce baiser ? Est-ce Fiora Beltrami, est-ce la dame de Selongey ?

– Ni l'une ni l'autre. Une fille de ce pays : une Florentine... une simple Florentine !

Et parce qu'elle ne voulait pas qu'il devinât les larmes qui lui venaient aux yeux, elle enleva son cheval et partit au galop dans la longue allée de cyprès mais, parvenue au bout, elle retint la bête pour attendre ses compagnons. Démétrios la rejoignit le premier.

– Nous devons aller chercher la route de Prato, dit-il de sa voix basse et rassurante. Il faut passer par les collines... Laisse-moi te guider!

Elle lui sourit :

– Seulement si tu me mènes là où je veux aller!... Hieronyma s'est échappée mais un jour je la retrouverai. En attendant, nous avons d'autres comptes à régler.

Pour sentir encore une fois l'air des collines dans ses cheveux, elle ôta son chaperon et leva la tête. La nuit était belle et douce, pleine de toutes les senteurs du printemps. Une nuit faite pour le bonheur et qui, pourtant, était pour elle la nuit de l'exil... Rendue plus grêle encore par l'éloignement, la cloche du couvent de Fiesole sonna le dernier office du soir. Fiora ferma les yeux pour mieux en graver l'écho dans sa mémoire. En même temps, sa main cherchait sous son pourpoint l'anneau d'or qui avait repris sa place au bout de sa chaîne :

– Philippe, murmura-t-elle pour elle seule et si bas que le vent lui-même ne l'entendit pas, Philippe... pourquoi es-tu revenu ?

Saint-Mandé, 1er mars 1988.

La suite dans : *FIORA ET LE TÉMÉRAIRE.*

FIORA ET LE TÉMÉRAIRE

Première partie

CEUX DE BRÉVAILLES

CHAPITRE I

UNE TOMBE ABANDONNÉE...

Fiora regardait l'échafaud.

Les yeux durs et secs, les mains nouées ensemble et serrées si fort que les jointures en blanchissaient, elle détaillait du regard le vieux bâti de pierre et de bois. Dépouillé du dérisoire habit de drap noir qu'il revêtait pour les exécutions importantes, il montrait sa carcasse, de poutrelles et de planches écaillées brunies par le sang, dont aucun lavage à grande eau n'effacerait jamais les traces, tachées et brûlées par le contact du fer rouge ou de l'huile bouillante, et témoignait ainsi de la cruauté humaine...

Sous la plate-forme, la jeune femme pouvait même voir les coffres où le « carnacier » rangeait ses outils de travail et la grande marmite dans laquelle il arrivait que l'on mît des faux-monnayeurs à bouillir cependant que, sur le plancher, s'érigeaient la potence, la roue et, au pied d'une haute croix, signe de l'ultime miséricorde, le billot de bois rugueux, verni, noirci, révélant des traces de coups d'épée ou de doloire anciennes. C'était, en vérité, une parfaite image de l'enfer qu'offrait cet échafaud de la prévôté de Dijon et, pourtant, c'était là qu'un matin d'hiver étaient tombées les têtes de Marie et de Jean de Brévailles, les jeunes parents de Fiora, exécutés pour crimes d'inceste et d'adultère, cinq jours après sa naissance... Au prochain mois de décembre, le dramatique épilogue de cet amour condamné serait vieux de dix-huit années. Tout comme Fiora elle-même...

Le dégoût, l'horreur et la colère gonflaient son cœur en face de cette machine à supplicier où s'étaient brisés ces parents inconnus dont le miroir seul pouvait lui donner un reflet. Elle eût aimé y porter le feu purificateur. Pourtant, le vieil échafaud exerçait sur elle un attrait morbide, une sorte de fascination dont elle ne pouvait se déprendre. Son esprit recréait l'affreuse scène. Elle entendait monter en elle le glas et les murmures de la foule. Le ciel azuré de cette belle journée de juin s'effaçait devant un autre chargé de neige, gris comme la robe de Marie et le pourpoint de Jean, gris comme leurs yeux et le seul froid soleil de ce jour de malédiction brillait alors dans les cheveux blonds de la condamnée... Dans un coin de la place, il y avait aussi un jeune homme venu de Florence dont le cœur s'était élancé vers cette belle jeune femme qui allait mourir et ne s'était jamais repris. Francesco Beltrami, à cet instant suprême, avait voué sa vie à celle qui allait la perdre, qui ne le connaîtrait jamais et à l'enfant qu'elle venait de mettre au monde. La petite fille abandonnée avait été par lui sauvée d'un assassinat, recueillie, adoptée, élevée comme si elle était née sur les marches d'un trône et non d'un échafaud...

Dans ce même coin du Morimont, il y avait des mules chargées de riches étoffes, des valets qui en prenaient soin et leur chef, ce Marino Betti qui, en dépit d'un vœu de silence juré sur un autel, avait, au début de ce printemps 1475, trahi son serment, tué le maître qui s'était fié à lui et arraché de la sorte Fiora au doux paradis de sa jeunesse pour la réduire, proscrite, et privée de sa fortune à fuir la ville de son enfance. Aujourd'hui, Marino Betti, massacré par un ordre de Lorenzo de Médicis, avait payé d'un juste prix son parjure et son crime mais sa complice, celle pour laquelle il s'était damné, Hieronyma Pazzi, courait encore, enfuie vers on ne savait quel horizon...

Contrainte elle-même à l'exil, Fiora avait dû laisser cette femme disparaître, mais sans perdre l'espoir de la retrouver un jour et de lui faire enfin payer ses crimes.

Cependant, il y avait pour elle, dans ce pays de Bourgogne où elle venait d'arriver, une tâche sacrée à accomplir : tirer vengeance de ceux qui avaient conduit ses parents à cet échafaud. Et ils étaient trois : d'abord Regnault du Hamel, l'époux de Marie qui, par ses mauvais traitements, l'avait contrainte à s'échapper avec le frère qu'elle aimait trop, et qui avait poursuivi le couple d'une haine impitoyable. Puis Pierre de Brévailles, le père qui, pour une sordide question d'argent, avait obligé sa fille à un mariage dont elle avait horreur et qui, le drame venu, n'avait rien fait pour tenter de sauver ses enfants. Enfin, le duc Charles de Bourgogne dont Jean de Brévailles était l'écuyer au temps où celui-ci n'était que comte de Charolais et qui, par orgueil blessé et parce que le jeune homme avait quitté son service sans autorisation, ne sut pas accorder la clémence qui sied à un prince, surtout envers un compagnon d'armes...

Ces trois hommes, Fiora les avait condamnés à mort, de compte à demi, pour le Téméraire, avec son vieil ami Démétrios Lascaris, le mage-médecin de Byzance qui tenait, de son côté, à venger la mort de son jeune frère Théodose, exécuté par les Turcs pour avoir cru ingénument au serment de ce prince... Et l'heure était venue, à présent, de se mettre à l'œuvre.

S'arrachant soudain à son amère réflexion, la jeune femme tourna les talons et fit face au trio silencieux que formaient, avec Démétrios et son serviteur Esteban, dame Léonarde Mercet, la vieille fille que Francesco Beltrami avait jadis emmenée, de cette même ville de Dijon, pour servir de seconde mère au bébé abandonné. Ce fut à elle que Fiora s'adressa :

– Où se trouve la maison du bourreau ?

– Pourquoi cette question ?

– Ne m'avez-vous pas dit que mon père, avant de quitter cette ville, avait remis à cet homme de l'or pour qu'il donne une sépulture décente à ma mère et... à son frère ?

– Ce frère était votre vrai père, reprocha doucement Léonarde.

– Je ne le considérerai jamais comme tel. Il m'a seulement donné le souffle de la vie mais mon père véritable sera toujours et à jamais celui qui repose sous les dalles de l'église d'Or San Michele, à Florence. Néanmoins, je veux voir cette tombe.

– Ce pourrait être difficile, voire impossible. L'exécuteur de l'époque, Arny Signart, était un homme déjà âgé. Il n'est peut-être plus de ce monde et, de toute façon, il n'exercerait certainement plus...

– Eh bien, son successeur nous apprendra ce qu'il en est. Allons le voir!

Sans attendre d'autre réponse, elle se dirigeait vers les chevaux qu'Esteban avait attachés à l'anneau de fer d'une maison mais Démétrios arrêta son élan :

– Laisse-moi y aller! Ta place n'est pas dans ce genre d'endroit. L'homme, le tourmenteur qui manie ces instruments, ajouta-t-il en désignant l'échafaud et ses accessoires, est tenu à l'écart par tous les autres. Il est une sorte de lépreux que l'on évite...

– Et lorsqu'il se rend au marché, car il faut bien qu'il vive, renchérit Léonarde, il est muni d'une baguette à l'aide de laquelle il doit désigner ce qu'il veut acheter.

– Et son argent? On n'en veut pas? demanda Fiora, sarcastique.

– Il est tenu de porter des gants. Mais beaucoup préfèrent lui donner plutôt que d'accepter des pièces qui sont le prix du sang. Jadis, le duc Jean de Bourgogne que l'on disait Sans Peur, a causé un scandale à Paris, lors des troubles de 1413, en serrant la main de Capeluche, le bourreau de la ville.

– Tout ceci ne me concerne pas, coupa Fiora. Merci de ta sollicitude, Démétrios, mais cette visite fait partie de la tâche que je me suis imposée et je dois l'accomplir tout comme j'accomplirai encore bien d'autres choses déplaisantes. Où habite cet homme?

– Comme vous voudrez! soupira Léonarde, sachant bien qu'il était inutile d'insister. Suivez-moi! Ce n'est pas loin d'ici. Inutile de prendre les chevaux...

Laissant les montures à la garde d'Esteban, Léonarde guida sa compagne et le médecin grec vers le fond de la place où coulait un ruisseau, le Suzon, près duquel s'élevait le moulin des Carmes. Une maison apparut sur l'arrière de ce dernier, appuyée au rempart et sans qu'aucune autre lui fît face ou se tînt à ses côtés; une maison solide et solitaire dont la porte rouge était peinte de neuf. Un guichet grillagé permettait aux habitants de reconnaître le visiteur avant de lui ouvrir.

A l'appel du marteau de fer, un visage barbu apparut derrière les minces barreaux :

– Que voulez-vous? fit une voix sèche.

– Êtes-vous le bourreau de cette ville? demanda Fiora, je voudrais vous parler.

– Qui êtes-vous?

– Une voyageuse, une étrangère et mon nom ne vous dirait rien. Mais je paierai si vous répondez à mes questions.

– Chez moi, on paie plus volontiers pour que je n'en pose pas.

Le guichet se referma mais la porte s'ouvrit. Un homme vêtu de cuir et qui devait être d'une force peu commune se montra. Il pouvait avoir quarante ans mais, de sa figure envahie par des moustaches et une barbe brune, on ne distinguait qu'un nez court et des yeux sombres profondément enfoncés sous d'épais sourcils qui se rejoignaient. Il tenait un livre à la main.

Sans prier ses visiteurs d'entrer plus avant que le couloir sur lequel ouvrait sa porte, le bourreau croisa les bras :

– Écoutons vos questions en attendant de voir votre argent.

– Je voudrais vous parler de votre devancier, maître...

– Arny Signart, souffla Léonarde.

– Maître Signart n'est pas mon devancier. Celui-là se nommait Jean Larmite et, avant lui, c'était Étienne Poisson. Et moi, je suis Jehan du Poix. Il y a dix ans que

Signart a reposé l'épée de justice. Après trente-cinq ans de service!

– Il est mort?

– Pas encore que je sache mais il est fort âgé...

– Sauriez-vous me dire où je peux le trouver? s'enquit Fiora en portant la main à l'escarcelle retenue par une châtelaine à sa ceinture.

Les yeux de l'homme suivirent son geste avec intérêt :

– Il avait amassé quelque bien qui lui a permis d'acheter un petit clos, hors les murs, près du prieuré de Larrey. On dit qu'il s'entend avec les moines qui seront ses héritiers... Si vous voulez le voir, c'est là que vous le trouverez... à moins qu'il ne soit mort dans la nuit.

– Ce qu'à Dieu ne plaise! Merci de m'avoir répondu...

Elle tendit trois pièces d'argent et il avança la main pour les recevoir sans quitter des yeux cette jeune femme vêtue de fin drap gris dont le visage se dissimulait derrière le voile qui couvrait sa tête. Mais elle semblait belle et, d'après son allure, on pouvait supposer qu'elle était une noble dame. Il s'attendait à ce qu'elle cherchât des yeux un meuble quelconque pour y déposer cet argent mais, sans hésiter, elle le plaça dans la paume ouverte.

– Vous ne craignez pas de toucher la main d'un bourreau?

– Pourquoi non? Vous faites au grand jour et sur ordre ce que d'autres font en secret ou sous le couvert de la nuit. Beaucoup d'entre nous sont des exécuteurs – et nous n'en savons rien... Adieu, Jehan du Poix. Dieu vous garde!

Il ouvrit la porte devant elle et, cette fois, s'inclina quand la jeune femme la franchit :

– S'il peut entendre la prière d'un misérable, c'est vous qu'il gardera, noble dame...

En silence et sans prêter même attention aux yeux ronds d'une commère qui les regardait passer, les trois voyageurs rejoignirent leurs chevaux. Léonarde, qui était entrée chez l'exécuteur avec une certaine répugnance, s'était hâtée de dire une prière dès qu'elle en fut sortie.

Elle l'achevait quand Fiora, un pied sur l'étrier, lui demanda :

– Vous savez, j'imagine, où se trouve ce prieuré?

– A une demi-lieue environ de la porte d'Ouche. Voulez-vous donc y aller maintenant?

– Bien sûr. La journée n'est pas encore avancée. Est-ce que cela vous contrarie?

– Non, mon agneau. Je suis d'ailleurs la seule à pouvoir vous montrer le chemin. Il faut néanmoins nous hâter si nous voulons revenir avant la fermeture des portes.

Hors de la ville, on franchit l'Ouche, une jolie rivière ombragée d'aulnes et de saules. Au bord, des lavandières frappaient leur linge à grands coups de battoirs sans arrêter un seul instant de rire et de bavarder car le temps était beau, doux et incitait à la gaieté. Le long du coteau au sommet duquel se profilaient les bâtiments et la tour d'un vieux couvent, quelques arpents de vigne se chauffaient au soleil...

– Qui pourrait croire, soupira Démétrios, que ce pays est en guerre? Tout y respire la paix et la prospérité...

Depuis des mois, en effet, le duc Charles de Bourgogne, toujours à la poursuite du rêve qui le hantait de reconstruire l'antique royaume lotharingien en réunissant par de nouvelles terres ses domaines flamands à son duché proprement dit et à la Franche-Comté, assiégeait, près de Cologne, la forte ville de Neuss dont il ne pouvait venir à bout. Et cela indépendamment du fait qu'il avait donné rendez-vous, en ce même été 1475, au roi d'Angleterre Édouard IV pour l'aider à conquérir la France, cette France dont il haïssait le roi, Louis, onzième du nom, et avec laquelle la trêve, conclue depuis trois ans, venait de s'achever sans autre espoir de prorogation. Le Téméraire méritait bien son surnom...

– La guerre est loin, fit Léonarde, et le duc ne peut tirer de ses provinces que ce que lui accordent, en hommes et en argent, les États de Bourgogne pour ce pays-ci, les États de Flandres pour ceux de par-delà... Et il faut, tout de même, bien des bras à cette terre...

– Mais le duc commence à manquer d'or à ce que l'on dit, reprit le Grec avec une sombre joie. Alors qu'il était le prince le plus riche de toute la chrétienté... S'il cherche à contracter des emprunts...

Il se tut brusquement, conscient de ce qu'il était en train de dire. Rappeler les besoins en argent frais du Téméraire au moment où Fiora s'obligeait à ce pénible pèlerinage ne pouvait qu'être douloureux à la jeune femme. C'était ramener à la surface le souvenir cuisant de l'étrange mariage conclu en trois jours, l'hiver précédent, entre l'héritière du riche Francesco Beltrami et le comte Philippe de Selongey, l'ambassadeur envoyé par le Téméraire auprès de Lorenzo de Médicis pour tenter de négocier un emprunt. Emprunt que le Magnifique avait refusé par fidélité à son alliance avec le roi de France. La dot royale de Fiora avait alors rejoint les coffres du duc de Bourgogne cependant que sa vie d'épousée se réduisait à la seule nuit de noces. Et puis Philippe s'en était reparti, à l'aube, pour aller se faire tuer, ayant, pensait-il, souillé son nom par cette union avec l'enfant de l'inceste. Fiora qui l'aimait avait beaucoup pleuré mais, à présent, il était difficile de deviner quels étaient au juste ses sentiments envers son fugitif époux. L'aimait-elle encore ou l'avait-elle ajouté au nombre de ceux dont elle entendait se venger ? Il est vrai que Selongey avait reparu discrètement à Florence au moment où s'écroulait la fortune des Beltrami, mais qu'il en était reparti encore plus vite sans chercher à savoir ce qu'était devenue sa jeune femme. Voulait-il la revoir ou bien tenter de procurer à son maître de nouveaux subsides ?

Conscient du silence qui avait suivi ses derniers mots, Démétrios, après un bref coup d'œil à Fiora qui chevauchait, impavide, à son côté, reprit la parole mais se contenta de vanter le charme du paysage et la beauté opulente de cette ville de Dijon où les ducs de Bourgogne avaient accumulé œuvres d'art et bâtiments prestigieux. Telle cette Sainte-Chapelle couronnée d'or où se tenaient les grands chapitres de la Toison d'or, l'ordre de chevalerie fondé par le père du Téméraire et dont Selongey était honoré.

En fait, Fiora n'entendait guère ses propos. La violence des drames qu'elle avait vécus, ce dernier printemps, s'atténuait en elle pour laisser place au souvenir de celui vécu jadis par ses jeunes et imprudents parents. Était-ce la magie propre à cette terre de Bourgogne vers laquelle, depuis l'instant où elle y avait posé le pied, elle se sentait attirée? Toujours est-il que Jean et Marie de Brévailles lui devenaient plus proches et plus chers à mesure qu'elle remontait le temps pour rejoindre leur drame.

Aux abords du prieuré de Larrey, se trouvait un petit clos dont les murs bas jouxtaient ceux du couvent. C'était un minuscule domaine composé d'une vigne, d'un grand carré potager avec quelques arbres fruitiers et d'une maison basse, abritée sous un toit à deux pentes. Un homme en sarrau de toile bise, ses longs cheveux blancs dépassant d'un bonnet de laine, y travaillait, courbé sur les ceps couverts de feuilles vertes. C'était un homme âgé mais, quand il se redressa, soutenant de ses mains ses reins qui devaient lui faire mal, on put voir qu'il était grand et encore vigoureux.

– C'est lui, dit Léonarde. Voulez-vous que je lui parle?

– Non, merci, répondit Fiora. Je préfère y aller moi-même. Si vous voulez bien m'attendre un moment?

Elle sauta à terre, marcha vers la barrière faite de grosses branches qui fermait l'étroit domaine, la poussa et se dirigea vers le vieillard qui, une main en auvent au-dessus des yeux, la regardait venir à lui dans un rayon du soleil.

– Pardonnez-moi d'entrer chez vous sans y être invitée, dit-elle. Vous êtes maître Arny Signart, n'est-ce pas?

Peu habitué à des visites de cette qualité, l'ancien bourreau salua gauchement :

– Si vous savez mon nom vous savez donc aussi ce que j'étais?

– Je le sais. C'est à ce titre que j'ai désiré vous voir...

– Je n'aime guère me rappeler ces années-là mais... à votre service, madame! Voulez-vous vous asseoir un peu devant la maison?

– Ne pouvons-nous marcher? Vous avez là une belle vigne...

Sous la barbe blanche qui donnait à ce solitaire l'air d'un patriarche, naquit un timide sourire:

– Et qui donne de bon vin... Marchons donc puisque c'est votre désir...

Ils firent quelques pas entre les rangées régulières de plants que le vieil homme caressait au passage d'un geste affectueux.

– Il y aura dix-huit ans en décembre prochain, dit Fiora, un inconnu, un riche marchand florentin, vous a donné de l'or pour accomplir une mission qu'il vous avait confiée et qui lui tenait à cœur. C'est de cela que je suis venue vous parler...

Maître Signart s'arrêta et Fiora, qui marchait devant lui, se retourna. Elle vit que son visage était devenu très pâle:

– Qui êtes-vous, fit-il d'une voix soudain enrouée, pour évoquer ce terrible jour dont j'implore chaque jour le Tout-Puissant de m'ôter le souvenir?

Lentement, Fiora fit glisser le voile blanc qui enveloppait sa tête pour mettre son visage à découvert:

– Regardez-moi!... Je suis «leur» fille, celle que le marchand florentin avait adoptée...

Vivement, le vieillard se signa comme devant une apparition puis cacha sa figure dans ses mains que la jeune femme put voir trembler.

– Que... que voulez-vous? balbutia l'ancien bourreau. Quelle vengeance voulez-vous exercer sur un vieil homme?

– Je leur ressemble donc à ce point?

– Au point de réveiller mes cauchemars. Vous n'imaginez pas combien de fois je les ai revus, tous les deux! Ils étaient jeunes... ils étaient beaux, ils se souriaient... et moi j'ai dû les abattre...

– C'est peut-être le meilleur service que vous ayez pu leur rendre parce qu'ils sont partis ensemble. Je hais ceux qui les ont conduits à l'échafaud mais, si on les avait enfermés, séparés l'un de l'autre et jusqu'à ce que la mort les prenne, je crois qu'ils auraient été infiniment malheureux. Quand on s'aime, il doit y avoir une douceur à partir ensemble, même par ce chemin-là...

Le vieil homme avait laissé retomber ses mains et contemplait cette belle jeune femme qui, de toute évidence, l'avait oublié et se parlait à voix haute. Il la regardait avec étonnement mais non sans une sorte de soulagement...

– Vous pensez vraiment ce que vous dites?

Elle lui sourit sans la moindre arrière-pensée. Ce vieillard déplorant le crime qui n'était pas le sien, qui même en était obsédé la touchait. Lui, le malheureux, n'avait été qu'un instrument et il demeurait hanté par le souvenir de ces deux êtres qu'il lui avait fallu décapiter. Ceux qui avaient voulu, ordonné cette double mort avaient-ils connu, eux aussi, les mauvais rêves et les obsessions? Fiora en doutait beaucoup. Regnault du Hamel était un homme sans cœur, Pierre de Brévailles ne devait pas en avoir davantage. Quant au duc de Bourgogne, le souvenir d'un jeune frère d'armes assassiné ne devait pas peser beaucoup auprès de ses royales ambitions.

– Je pense chacun des mots que je dis, reprit Fiora, et je ne suis pas venue vous tourmenter mais uniquement vous demander où se trouve cette tombe que mon père avait souhaitée pour eux. Je voudrais pouvoir y prier...

Tout en disant ces mots et se souvenant de ce qui s'était passé chez Jehan du Poix, elle porta la main à son escarcelle mais le vieillard l'arrêta:

– Surtout, ne m'offrez rien! Votre père a royalement payé la tâche qu'il m'a confiée: c'est à lui que je dois de posséder cette maison qui me rapproche du ciel, moi qui vivais dans la fange. La tombe que vous cherchez est tout près d'ici...

– Vous allez pouvoir m'y conduire, alors?

– Non, car il vaut mieux que l'on ne nous voie pas ensemble. Mais vous trouverez facilement : en sortant d'ici et en prenant le chemin à main gauche, vous verrez, près du petit bois qui couronne ce coteau, une fontaine. Elle appartient au prieuré comme les terres qui l'entourent et s'appelle la fontaine Sainte-Anne. Le sol en est sacré. C'est à côté de la fontaine que je les ai enterrés et j'ai planté dessus une aubépine qui est en fleur plus tôt et plus longtemps que les autres. Les gens de la région ont vu, dans sa floraison, une sorte de miracle et, au printemps, les filles viennent y cueillir quelques brindilles comme porte-bonheur...

– Quand avez-vous fait cela?...

– Trois jours après l'exécution, il n'y avait plus de neige et il valait mieux ne pas attendre que la terre soit trop tassée. C'était la lune nouvelle et il faisait très noir mais je suis comme les chats et j'y vois dans l'obscurité. Et puis, j'ai eu de l'aide...

– Qui donc? L'un de vos valets?

– Oh non! Je n'avais pas assez confiance. C'est le vieux prêtre qui m'a donné la main. Il n'a pas voulu repartir pour Brévailles avant d'avoir accompli avec moi ce qu'il considérait comme un devoir pieux. Pauvre brave homme! Il n'était pas très solide mais il m'a été tout de même bien utile. Et il a pu au moins bénir la terre... Voyez-vous, madame, ce m'est une douceur de savoir que ces malheureux enfants reposent là, dans la paix d'un sol béni et tout près de moi. Même si mes nuits restent pénibles. Ma paix à moi, je ne l'ai trouvée que lorsque j'ai abandonné le métier et suis monté ici pour n'en plus redescendre. Et c'est pourquoi, tout à l'heure, j'ai eu si peur en vous reconnaissant...

– Vous voyez bien qu'il n'y avait aucune raison. Je suis certaine qu'ils vous ont pardonné eux-mêmes depuis longtemps. Sans doute depuis l'instant où vous avez frappé. Adieu, maître Signart! Nous ne nous reverrons sans doute jamais. Sachez pourtant que je vous remercie du fond du cœur...

Le laissant rentrer dans sa maison, peut-être pour y prier mais plus certainement pour y boire un verre de son vin afin de se remettre, Fiora rejoignit ses compagnons.

– Les savoir en paix et dans une terre sainte change-t-il quelque chose à tes projets de vengeance? demanda Démétrios.

– Cela n'atténue en rien les fautes des coupables. J'irai jusqu'au bout...

– Hormis le duc Charles, les autres sont peut-être morts?

– C'est ce qu'il faudra découvrir. Seule la justice de Dieu peut leur éviter la mienne. Mais voici, je crois, la fontaine.

La description de l'ancien bourreau avait été parfaite et l'endroit paraissait charmant. A l'orée d'un joli bois de pins, un filet d'eau coulait dans un petit bassin fait de grosses pierres veloutées de mousse et, tout auprès, un gros buisson d'aubépine poussait ses branches vigoureuses, ses feuilles finement découpées et la neige parfumée de ses fleurs délicates qui poudraient déjà le sol et tremblaient sur l'eau de la fontaine. Mais ce que n'avait pas prévu le vieux Signart, c'était une présence: quelqu'un priait devant l'aubépine.

C'était un jeune homme pauvrement vêtu et si grande était sa ferveur qu'il n'avait pas entendu le pas des chevaux. Du regard, Fiora interrogea Démétrios. Le médecin haussa les épaules:

– Si l'on vous a dit que cet arbuste passait pour miraculeux, cela s'explique. Il suffit de laisser ce garçon achever sa prière...

Ce ne fut pas long. Sentant peut-être qu'il était observé, le paysan – car tout indiquait que c'en était un – termina bientôt son oraison sur un ample signe de croix puis, se penchant vivement, il baisa la terre, se redressa, cassa une petite branche qu'il enfouit sous sa blouse, enfin, se retournant, enfonça son bonnet sur sa tête d'un geste rageur et jeta aux nouveaux venus :

– Que venez-vous chercher céans? Si c'est pour faire boire vos chevaux, sachez que cette fontaine est sainte.

– Nos chevaux n'ont pas soif, répondit Fiora et nous ne souhaitons rien faire d'autre que ce que vous faisiez vous-même : prier. Y voyez-vous quelque empêchement ?

Le jeune homme ne répondit pas mais s'avança lentement vers les cavaliers qui, d'ailleurs, mettaient pied à terre. C'était un garçon qui pouvait avoir vingt-cinq ou trente ans, assez grand mais, en dépit de ses habits grossiers, d'une complexion plus délicate et, pour tout dire, plus élégante que l'on ne pouvait s'y attendre. Son visage sans beauté avait des traits rudes et un peu brouillés mais qui, pourtant, semblèrent curieusement familiers à Fiora. Pour sa part, le paysan avait fixé sur elle son regard sans plus s'occuper des autres personnages. Il vint droit à elle :

– Marie! murmura-t-il, trompé par le voile blanc qui cachait la chevelure noire de la jeune femme, Marie! Ce n'est pas toi?... Ce ne peut pas être toi?... et pourtant...

– Non, dit Fiora, je ne suis pas Marie. Mais je suis sa fille. Et vous, qui êtes-vous? L'avez-donc connue pour reconnaître son visage après tant d'années?

– Je suis son jeune frère, Christophe. J'avais dix ans lorsque... et je les aimais tant, tous les deux! Vous ne pouvez pas savoir : ils ont été la seule lumière de ma vie et voilà bientôt dix-huit ans que cette lumière s'est éteinte. Depuis, je n'ai pas cessé d'être malheureux...

Un sanglot lui noua la gorge. Alors, il se détourna et, arrachant son bonnet, courut s'agenouiller de nouveau sous l'aubépine comme il aurait couru vers un refuge :

– Regarde, murmura Démétrios. C'est un prêtre.

En effet, dans la masse broussailleuse des cheveux châtains, une tonsure découpait la rondelle blanchâtre qui est le signe du sacerdoce...

– Il n'a pas dû avoir d'autre alternative! fit Léonarde avec un regard plein de compassion sur la maigre silhouette secouée par le chagrin. Fiora le rejoignit et récita une courte prière. Puis, prenant le jeune homme aux épaules elle l'aida à se relever, offrant son mouchoir pour qu'il essuie son visage inondé de larmes.

– Je me croyais sans famille, dit-elle doucement, et voilà que je trouve un jeune oncle! Peut-être puis-je vous aider à être moins malheureux. Je m'appelle Fiora et je viens de Florence... Et vous, vous êtes d'Église, n'est-ce pas?

Il eut un geste de dénégation violente puis, comprenant que sa tonsure l'avait trahi, enfonça rageusement son bonnet jusqu'aux sourcils:

– Je ne le suis plus... Hier je me suis enfui du monastère de Cîteaux où j'étouffais depuis dix-sept ans et je ne sais pas encore où je vais, mais loin, le plus loin possible!... Avant, pourtant, j'ai voulu venir prier ici, voir leur tombe au moins une fois...

– Qui vous l'a indiquée?

– Notre vieux chapelain, le Père Antoine Charruet, qui les avait accompagnés jusqu'au bout et qui est venu mourir dans mon couvent après que mon père l'eut chassé comme un valet malhonnête à cause de ce qu'il avait fait. Mon père est un monstre. Il n'a ni cœur ni entrailles... J'ai été conduit à Cîteaux trois jours après l'exécution tandis que l'on menait ma petite sœur Marguerite chez les Bernardines de Tart... où elle est morte l'hiver dernier...

– Et... votre mère? Est-elle encore vivante?

– Malheureusement, car sa vie est un enfer. Elle vit autant dire recluse dans notre château, enfermée avec ce vieux démon qui n'a jamais assez d'injures pour les maudire, elle et les fruits de ses entrailles. Elle, si bonne et si douce, elle qui a tant souffert et qui doit encore endurer ce calvaire dont il semble que Dieu se complaise à prolonger la durée. Oh, si je pouvais la délivrer!...

– Pourquoi ne pas chercher ensemble le moyen d'y parvenir? dit Fiora, émue par la profonde douleur de ce garçon aux yeux hagards de bête traquée...

– Que voulez-vous dire? Et d'abord, pourquoi êtes-vous revenue par ici? N'étiez-vous pas heureuse auprès de ce marchand florentin dont le Père Charruet m'a tant vanté la générosité?

– Oh si... mais mon père est mort et je suis venue ici pour payer de vieilles dettes. Si vous ne savez où aller, venez avec nous! Je prendrai soin de vous...

– Vous êtes bonne... mais ce que je veux, c'est faire la guerre, c'est aller me battre. C'est le seul moyen d'en finir honorablement avec une vie qui me fait horreur...

Démétrios s'avança et posa sa grande main sur l'épaule de Christophe:

– Vous ne trouvez pas que cela fait déjà assez de morts dans la famille? Pourquoi ne pas chercher plutôt à vous faire une vie plus conforme à vos goûts et digne d'un gentilhomme?

– D'un gentilhomme? Je n'ai même plus de nom ni de prénom. A Cîteaux j'étais le frère Anthime, rien d'autre. Mon père entend qu'il ne reste aucune trace de notre famille...

– Eh bien, faites-vous un autre nom! Soyez un ancêtre au lieu d'être un descendant! De toute façon, votre départ pour la guerre pourra tout de même attendre jusqu'à demain? Et je crois que, d'ici là, vous aurez encore beaucoup de choses à apprendre à... votre nièce? Venez avec nous! Il se fait tard et les portes de la ville vont bientôt fermer...

A la lueur qui s'était allumée dans les yeux de l'ex-moine – ces yeux gris des Brévailles si semblables aux siens! – Fiora comprit qu'il mourait d'envie d'accepter et elle insista gentiment:

– Venez, je vous en prie! Vous n'imaginez pas combien je suis heureuse que le destin nous ait fait rencontrer...

– Moi aussi je suis heureux et pour la première fois depuis bien longtemps! J'avais oublié ce que c'était!

Et, sans plus se faire prier mais en refusant le cheval que Fiora lui offrait dans l'intention de partager celui de Léonarde, il sauta joyeusement en croupe d'Esteban.

La jeune femme, cependant, retournait vers la tombe cachée, et, s'agenouillant :

– Je suis venue ici pour tirer vengeance de ceux qui vous y ont mis, murmura-t-elle. Lorsque ma tâche sera accomplie je reviendrai vous en rendre compte mais, en attendant, je vais faire en sorte que les autres victimes, votre mère et votre frère, retrouvent au moins la paix du cœur. Je suis votre enfant et je vous aime...

Se courbant tout à fait, elle baisa la terre sous l'herbe verte et se releva, emportant sur ses cheveux un semis de pétales blancs. Comme l'avait fait Christophe, elle cassa une brindille et revint vers ses compagnons :

– Nous pouvons aller, fit-elle avec un sourire.

Après un dernier signe de croix, les cavaliers quittèrent la fontaine Sainte-Anne dans l'eau claire de laquelle le soleil jetait des étincelles. Ils redescendirent en silence vers la ville.

C'était à présent au tour de Léonarde d'aller à la rencontre de ses souvenirs...

Quand elle franchit la porte Guillaume, qui ouvrait la ville au nord-ouest, le cœur battait à la vieille fille un peu plus vite que de coutume en dépit de ses allures imperturbables. Elle avait vécu près de dix ans dans cette auberge de la Croix d'Or dont on pouvait déjà apercevoir la belle enseigne peinte et découpée et elle ne l'avait pas revue depuis dix-huit années. Elle y était venue peu de temps après la mort de sa mère quand sa cousine Bertille, la maîtresse du lieu, lui avait proposé de l'y aider dans ses tâches quotidiennes. Et, en vérité, Léonarde s'était trouvée bien dans cette opulente auberge, réputée par tout le duché – et même au-delà – pour le confort de ses chambres et la perfection de sa cuisine. On y voyait beaucoup de monde, beaucoup de riches voyageurs et, souvent aussi, de grands personnages. Il était même arrivé au duc Philippe en personne de venir avec quelques gentilshommes de son entourage souper à la Croix d'Or. Inutile de dire que, ce soir-là, maître Huguet, le propriétaire, avait vidé son auberge pour la consacrer uniquement à son seigneur.

Oui, Léonarde Mercet se plaisait bien chez ses cousins. Pourtant, il avait suffi qu'un soir on mît entre ses bras un bébé maigre, une petite fille abandonnée, pour qu'elle sentît s'éveiller en elle ce qu'elle n'espérait plus ressentir: l'instinct maternel, le besoin de se dévouer, d'étreindre et de se donner de tout son être sans même envisager qu'un jour cela lui soit rendu. Et, dès le lendemain, elle tournait délibérément le dos à tout ce qui avait été sa vie jusque-là pour s'en aller à l'aventure, avec un inconnu dont elle pressentait seulement qu'il était aussi généreux qu'elle-même. Aussi, dans la litière que Francesco Beltrami avait achetée tout exprès pour ce voyage, la petite Fiora, baptisée la veille dans la chambre même du négociant, reposait entre les bras d'une Léonarde infiniment heureuse...

En revenant de la sorte à son point de départ et tandis que sa monture descendait la rue Porte-Guillaume, Léonarde pensait qu'elle avait fait le bon choix en dépit du drame par lequel s'était achevé son séjour à Florence [1] et que, si c'était à refaire, elle recommencerait sans la moindre hésitation, car elle avait vécu dix-sept années de vrai bonheur dans le palais des bords de l'Arno. De ce bonheur, il ne restait plus aujourd'hui de réel que ce qu'elle avait connu en quittant Dijon jadis: sa tendresse pour Fiora et le devoir de veiller sur elle.

Évidemment, c'était à présent moins facile. Fiora était une femme et une femme qui connaissait la souffrance, une femme altérée de vengeance qui avait rencontré son semblable en Démétrios et qui n'aurait trêve ni repos jusqu'à ce que tout soit accompli. Léonarde s'était alors donné pour tâche essentielle de veiller à ce que l'enfant de son cœur ne sorte pas de ce dangereux chemin plus blessée encore qu'elle ne l'était en s'y engageant.

Quand les cavaliers arrivèrent devant l'auberge, Léonarde pensa que rien n'avait changé, du moins en appa-

1. Voir *Fiora et le Magnifique*.

rence. C'était toujours la même impeccable propreté, les mêmes rutilances de cuivres et d'étains briqués à grand renfort de son et d'huile de coude ainsi que le montraient les fenêtres ouvertes dont les petits carreaux brillaient autant qu'autrefois, les mêmes effluves gourmands qui débordaient jusque dans la rue et les mêmes dallages de belles pierres blanches du pays que l'on récurait chaque jour à grande eau. Par contre, le ventre de maître Huguet, le propriétaire qui vint à leur rencontre, était plus rebondi qu'autrefois et son haut bonnet blanc, bien amidonné, laissait dépasser des mèches grises...

Impressionné par l'allure de Fiora et de Démétrios qui allaient en tête du groupe, le digne homme fit tous ses efforts pour se plier en deux – sans grand résultat d'ailleurs – et informa les « nobles voyageurs » que sa maison comme lui-même étaient tout à leur service si toutefois ils voulaient bien lui confier ce qu'ils désiraient de lui.

– Savoir si la maison est toujours aussi bonne, mon bon cousin, déclara gaiement Léonarde qui s'était avancée auprès de la jeune femme. Nous sommes des voyageurs fatigués et... affamés!

La stupeur arrondit les yeux et la bouche de Donatien Huguet et il dut faire appel à ses besicles pour s'assurer qu'il n'avait pas la berlue :

– Par tous les saints du paradis! Léonarde! Est-ce bien vous?

– C'est bien moi, en chair et en os! Plus d'os que de chair, d'ailleurs comme autrefois mais vous, que vous voilà gras et fleuri! L'image même de la prospérité! Pour ne pas dire de l'abondance!

– Je ne me plains pas, je ne me plains pas! La maison marche à souhait et nous gardons notre réputation...

Sur ce, les deux cousins s'embrassèrent avec toute l'effusion que l'on met quand on ne s'est pas vus depuis longtemps. Les baisers claquaient à la bonne franquette. Léonarde, cependant, les interrompit pour demander :

– Et ma cousine Bertille? Où est-elle? J'ai hâte de l'embrasser.

Le bon visage épanoui de maître Huguet parut se recouvrir de brume et même une larme monta à ses yeux :

– Ma pauvre femme nous a quittés il y aura quatre ans à la Saint-Fiacre et je n'en suis pas encore consolé. C'est ma jeune sœur Magdeleine qui m'aide à présent mais, bien qu'elle ait beaucoup de bonne volonté, elle n'est pas si entendue que ma Bertille...

On se réembrassa avec des larmes des deux côtés car Léonarde était de ceux qui savent garder leur affection au chaud sans que le passage des années y change quoi que ce soit. Elle aimait bien Bertille et, à présent, elle la pleurait d'un cœur sincère. Mais, cette fois, ce fut l'aubergiste qui rompit l'embrassade :

– Mais nous sommes là à parler famille, à nous attendrir, et nous faisons languir ces nobles personnes qui vous accompagnent...

– Il y en a une encore que vous connaissez, fit Léonarde en glissant son bras sous celui de Fiora. Vous souvenez-vous de messire Beltrami, mon cousin ?

– Comment aurais-je pu l'oublier ? Un seigneur si généreux, si aimable... et qui aimait tellement mon coq au vin de Beaune ! Par exemple, il y a belle lurette que nous ne l'avons vu...

– Et vous ne le reverrez plus, hélas, car lui aussi a quitté ce monde mais voici donna Fiora, sa fille, dont je suis toujours la gouvernante...

En face de cette belle jeune femme dont les grands yeux gris lui souriaient, maître Huguet joignit les mains avec un étonnement plein de ferveur mais qui pourtant ne sonnait pas très juste.

– La... petite fille qui a été baptisée ici ? Doux Jésus ! Qu'elle est belle !... comme ma Bertille aurait été heureuse de la voir !

– Quant à ce seigneur, ajouta Léonarde, c'est messire Démétrios Lascaris, médecin personnel de Mgr Lorenzo de Médicis que celui-ci envoie au roi de France. Il y a aussi son écuyer et... un ami. A présent, tâchez de nous bien loger et de nous bien nourrir !...

Escorté de l'aubergiste qui avait retrouvé sa bonne humeur, tout le monde pénétra dans l'auberge où Magdelaine, qui ressemblait fort à son frère de par son tour de taille et son bon visage épanoui, embrassa Léonarde et offrit à Fiora sa meilleure révérence. Puis elle les précéda dans l'escalier pour les conduire à la plus belle chambre de la maison, une grande pièce blanchie à la chaux mais réchauffée d'une tapisserie de laine, à personnages, meublée d'un grand lit à courtines de velours vert et de quelques beaux meubles bourguignons luisants de bonne santé et de cire fine dont le parfum embaumait plus encore que le grand bouquet de genêt qui mettait un éclaboussement de soleil sur un coffre de chêne sculpté.

Léonarde la reconnut aussitôt car, en dépit des années écoulées, cette chambre, grâce au plus soigneux entretien, était celle-là même où Francesco Beltrami avait rapporté l'enfant arrachée à la fureur haineuse de Regnault du Hamel, le mari de sa mère, et où la petite Fiora avait reçu le baptême. Elle l'apprit à cette grande Fiora qui regardait autour d'elle avec des yeux pleins d'émotion et choisit de l'y laisser seule un moment pour redescendre à la cuisine où elle était certaine de rencontrer maître Huguet. Tout à l'heure, en effet, elle lui avait trouvé un son de voix bizarre quand il avait constaté que Francesco Beltrami n'était pas venu à la Croix d'Or depuis longtemps, un peu comme s'il en éprouvait de la satisfaction. Il aurait aussi bien pu ajouter, du même ton : « Dieu en soit loué! » Et la vieille demoiselle tenait à savoir pourquoi.

Elle surprit son cousin occupé à mesurer les précieuses épices qu'il destinait à un pâté de veau dont un de ses marmitons avait entrepris la confection. Sachant l'importance d'une telle opération, elle attendit qu'il en eût terminé puis l'entraîna à part dans la petite pièce où l'aubergiste faisait d'ordinaire ses comptes :

– Tirez-moi d'un doute, mon cousin! Tout à l'heure, lorsque vous avez dit n'avoir pas vu messire Beltrami depuis longtemps, il m'est apparu que vous n'en étiez pas autrement désolé?

– Comment pouvez-vous penser cela, Léonarde? C'était un si bon client...

– ... et un client qui, la dernière fois, vous a laissé une belle somme en paiement des petites choses inhabituelles qu'il vous avait demandées. Les... folies de ce brave homme vous ont rapporté pas mal d'or. Cela pourrait justifier pour le moins un regret?

Les joues vernies de maître Huguet passèrent au rouge ponceau et il jeta un rapide regard à la cuisine en pleine activité pour s'assurer que personne n'écoutait :

– Pas mal d'or, en effet mais aussi pas mal d'ennuis. Avez-vous l'intention de séjourner ici longtemps?

– Eh bien, fit Léonarde estomaquée, vous pouvez vous vanter d'avoir une curieuse façon de comprendre l'hospitalité, sans parler de votre sens du commerce! Nous pouvons payer largement, vous savez?

– Je n'en doute pas mais vous comprendrez mieux tout à l'heure qu'en disant cela je ne pense pas seulement à moi mais aussi à vous et surtout à cette belle jeune femme. Qui pourrait imaginer, à lui voir cette allure de reine, qu'elle est la même que ce pauvre petit être...

– Vous célébrerez la beauté de donna Fiora plus tard! Dites-moi plutôt ce qui s'est passé ici après notre départ!

La voix de l'aubergiste baissa de plusieurs tons au point que sa compagne dut se pencher pour mieux l'entendre :

– Une véritable catastrophe! On avait négligé de nous dire que la petite fille « trouvée » était, en réalité, l'enfant de ces deux malheureux exécutés le jour même... Et nous ne savions pas davantage que messire Beltrami avait abandonné le sire du Hamel, ligoté et bâillonné, dans l'ancien hospice des pestiférés où il a failli mourir de froid...

– Failli seulement? C'est bien dommage! Quant au reste, je ne vois pas pourquoi on vous en eût fait part. Messire Francesco était homme à savoir ce qu'il faisait et ne jugeait pas utile de le crier sur les toits. Ainsi du Hamel en a réchappé? Qui est l'auteur de ce joli coup?

– Un paysan qui passait par là en allant aux tanneries et qui a entendu des gémissements. C'est lui qui a appelé à l'aide. Mais vous étiez déjà partis depuis plus de vingt-quatre heures...

– C'est encore heureux! Et comment cela s'est-il passé?

– Assez mal. Messire Regnault, une fois réchauffé et réconforté, a jeté feu et flammes. On a fouillé cette maison, en dépit de mes protestations, pour retrouver l'homme qui « avait osé s'opposer à la justice du prince » et, bien sûr, on ne l'a pas retrouvé.

– C'eût été étonnant! fit Léonarde avec un demi-sourire.

– Moi, j'ai dit uniquement ce que j'étais censé savoir: le marchand florentin avait quitté Dijon la veille et à l'aube, sans doute pour se rendre à Paris où il avait affaires. De l'enfant, ni moi ni ma femme n'avons touché mot, bien que le sire du Hamel soit fort acharné à la retrouver. Nous n'avons rien su dire non plus de ce qu'était devenu le Père Charruet sinon qu'il était parti en même temps que son nouvel ami. C'était d'autant plus facile que nous ne savions absolument rien de ses intentions.

– Et votre parent, le chanoine de Saint-Bénigne qui vous a vendu au poids de l'or sa vieille litière? Il n'a rien dit?

– Encore aurait-il fallu que l'on sût l'affaire. Personne n'a même songé à lui...

– Et votre personnel qui a néanmoins vu certaines petites choses, à commencer par mon départ, n'a-t-il pas été interrogé?

– Si fait mais, ajouta maître Huguet d'un air de dignité offensée, vous devriez savoir, ma cousine, que n'entre pas ici qui veut. Je suis très difficile sur le choix de mes gens et, une fois qu'ils font partie de la maison, ils se feraient hacher menu plutôt que de risquer d'en être chassés. On aurait pu penser qu'ils étaient tous sourds, muets et aveugles. Ils ont juré en chœur que messire Beltrami était parti pour Paris où il comptait confier à quelque couvent l'enfant qu'il avait trouvée...

– N'a-t-on pas couru après nous?

– Si. Le prévôt de la ville a envoyé des hommes à vos trousses... mais dans la mauvaise direction...

– Eh bien, mais... tout est pour le mieux? Pourquoi donc avez-vous si grande hâte de voir nos talons? D'autant que l'histoire ne date pas d'hier – ni même d'avant-hier!...

– Pour certains, tel messire Regnault, elle est toujours actuelle et s'il venait à apprendre qu'une jeune femme du nom de Beltrami est à la Croix d'Or...

– Je ne vois pas comment il pourrait l'apprendre? Il habite Autun et ce n'est pas la porte à côté...

– Il habitait Autun quand il était conseiller dans cette juridiction. A présent il est conseiller du duc et « lieutenant » du chancelier au siège de Dijon. C'est un personnage important!

– Diantre! C'est pour le consoler d'avoir été si fort cocu qu'on l'a ainsi honoré? En vérité, on croit rêver! Et, si je vous ai bien compris, il habite donc ici?

– Pas dans cette maison mais pas très loin. Il a acheté, rue du Lacet, près de la Vieille Poissonnerie, la maison d'un ancien chevaucheur du duc Philippe le Hardi. C'est là qu'il vit depuis près de dix ans et, hormis pour se rendre à la chancellerie, il n'en sort pour ainsi dire jamais...

– En ce cas, pourquoi vous en inquiéter?

– Parce qu'il est très lié avec le fonctionnaire chargé des auberges et des étrangers. Ce n'est pas à vous que je vais apprendre que nous tenons registre des voyageurs? Je ne me vois pas du tout y inscrivant le nom de Beltrami.

– Eh bien, ne l'écrivez pas! répondit vivement Léonarde. Et comme le mien, si modeste qu'il soit, pourrait peut-être aussi vous compromettre... prenez plutôt celui du docteur Lascaris?... Oui, c'est cela : vous avez reçu ce soir messire Démétrios Lascaris, médecin grec au service de Mgr Lorenzo de Médicis, sa nièce, la gouvernante de celle-ci, autrement dit moi, son écuyer et... son secrétaire? Cela vous convient?

– Le secrétaire, c'est celui qui était en croupe de l'autre et qui a l'air d'un paysan ?

– Soyez certain que, dès demain, il aura tout à fait l'allure de l'emploi, fit Léonarde goguenarde. Pour l'instant, évidemment...

– Qui est-il ? Je lui trouve un drôle d'air...

– Ne vous souciez donc pas de cela ! Si je vous le disais, vous seriez capable de vous évanouir dans votre marmite et cela gâterait la soupe. Au fait, on vous réclame là-bas si j'en crois les bruits que j'entends.

– Je viens, je viens ! cria maître Huguet qui ajouta, plus bas : Qu'avez-vous décidé ?

– Je vous le dirai demain. Vous m'avez appris des choses fort intéressantes dont je dois discuter avec donna Fiora et nos compagnons... Ah ! pendant que j'y pense : veillez à nous servir dans notre chambre et tous ensemble. Vous redoutez par trop les curiosités. Et puis, nous serons plus tranquilles !

– Moi aussi, approuva maître Huguet qui ne put cependant s'empêcher de ronchonner, en homme qui se méfie d'instinct de l'exotisme, qu'un médecin grec cela ne faisait pas très sérieux. Du coup Léonarde se fâcha :

– Le roi de France s'apprête bien à le prendre au sérieux, lui ? Pourquoi pas vous ? Mais si vous tenez tellement aux honneurs, vous pouvez toujours l'appeler Monseigneur, parce que j'ai négligé de vous spécifier qu'il est aussi prince, descendant d'un empereur de Byzance.

Et, sur cette flèche du Parthe qui laissa son cousin sans voix, Léonarde, abandonnant la cuisine d'où montait, avec des fumets délectables, le joyeux tintamarre du coup de feu, s'en alla rejoindre Fiora mais ne la mit pas tout de suite au fait de ce qu'elle venait d'apprendre, préférant s'accorder un temps de réflexion. Elle savait en effet que, sur la liste de ceux dont la jeune femme entendait purger la terre, Regnault du Hamel venait en première place. Comment allait-elle réagir en apprenant que son ennemi se trouvait si près d'elle quand elle pensait devoir le chercher à Autun ?

La tentation de ne rien dire était grande pour la vieille demoiselle qui craignait profondément de voir son « agneau » s'engager dans le chemin du crime, mais, d'autre part, si elle la laissait faire le voyage d'Autun pour y apprendre finalement que du Hamel se trouvait à Dijon, cela ne ferait que retarder l'inéluctable. Elle connaissait trop bien la jeune femme pour entretenir la moindre illusion : Fiora irait jusqu'au bout de la tâche qu'elle s'était assignée, quelles qu'en puissent être les conséquences.

Léonarde se borna donc, sur le moment, à dire qu'elle avait demandé que l'on servît le souper dans leur grande chambre et s'en alla en informer leurs compagnons.

Le repas que l'on prit en commun fut excellent car maître Huguet y avait apporté un soin tout particulier et se déroula dans une atmosphère joyeuse. Fiora était heureuse d'avoir pu accomplir le pèlerinage qu'elle souhaitait et plus encore d'avoir rencontré ce jeune oncle vers lequel se penchait instinctivement son cœur compatissant. Elle voyait dans ce hasard heureux un signe du destin.

Assis en face d'elle, Christophe de Brévailles n'était pas loin de se croire en paradis. Les deux nuits précédentes, il les avait passées, dans un bois d'abord, puis dans un trou de haie, mangeant le pain qu'il avait emporté du couvent et quelques fruits sauvages, buvant de l'eau des ruisseaux. Il n'avait pas été malheureux parce que la saison était belle et qu'il était soutenu par ce désir accroché en lui depuis tant d'années : voir la tombe près de la fontaine Sainte-Anne et y prier car, s'il fuyait le couvent, il n'avait pas perdu pour autant la foi. Et voilà qu'au moment où il allait devoir décider de son avenir et se choisir un chemin – mais dans quelle direction ? – le ciel avait suscité cette belle jeune fille qui était l'image identique de ceux qu'il avait tant pleurés. Et le même sang coulait dans leurs veines. Grâce à elle, sa vie misérable venait de prendre un tour nouveau et il ne pouvait s'empêcher de trouver amusant, lui qui n'avait jamais rencontré que des gens de son terroir, de partager la même table avec un médecin venu de Byzance, un Espagnol de Castille, sans compter cette ravissante nièce tombée du ciel qui se voulait florentine, bien qu'elle ait vu son premier jour de douleur sur la paille d'une prison bourguignonne... Elle avait vraiment les plus beaux yeux du monde et que ce prénom de Fiora était donc joli!... Sans compter que ce repas était bien le meilleur qu'il eût jamais dévoré de toute sa vie!

De son côté, en vrai philosophe volontiers épicurien, Démétrios se contentait de goûter l'instant de chaude convivialité autour d'une table agréable. Il était satisfait que Fiora eût commencé sa quête tragique par un succès et en tirait les meilleurs augures pour ce qui leur restait à accomplir même si le but final pouvait, d'ici, apparaître démentiel : abattre Charles le Téméraire, l'homme qui était peut-être le plus puissant d'Europe et cela, selon toute vraisemblance, au milieu de l'armée qu'il ne quittait plus depuis qu'il s'était mis en tête de devenir roi. Mais Démétrios croyait fermement aux miracles et, plus encore, à son inflexible volonté...

En fait, autour de cette table, Esteban était à peu près le seul à trouver la vie vraiment belle. Il avait goûté pleinement, en amoureux des grands horizons, le voyage depuis Florence, au long du rivage méditerranéen puis à travers la Provence pour rejoindre les vallées du Rhône et de la Saône. A présent, il découvrait, après quelques autres libations en chemin, la magnificence des vins de Bourgogne... et y prenait un plaisir extrême. Les yeux mi-clos et la mine épanouie il ne voyait pas plus loin, pour l'instant, que son gobelet empli d'un chaleureux vin de Chambertin...

Léonarde ne s'était guère mêlée à la conversation dont Démétrios avait heureusement fait les frais en homme qui a beaucoup vu et beaucoup retenu. Elle attendit que le dernier plat eût été emporté et la table débarrassée à l'exception d'une ultime bouteille. Elle avait conscience, en effet, de ce que pouvait représenter d'exceptionnel cette réunion avec le jeune Brévailles. Fiora souriait et c'était quelque chose qui importait fort à sa gouvernante.

Néanmoins, quand la porte de la chambre se fut refermée sur le dernier valet, elle se leva, marcha vers la cheminée où l'on avait allumé un feu en raison de la fraîcheur du soir, lui tendit ses mains qu'elle frotta un instant l'une contre l'autre. Puis, se retournant, elle fit face à ses compagnons. Esteban étant précisément en train de constater que cette auberge de la Croix d'Or était sans aucun doute la meilleure de toute la chrétienté :

– C'est certainement vrai, le coupa-t-elle. Le malheur est que nous ne puissions guère y séjourner longtemps. J'ai un certain nombre de choses à vous dire...

Tous parurent se figer : Fiora assise au pied du lit, Démétrios sur la bancelle près de la cheminée, Christophe sur un escabeau. Seul Esteban alla remplir son verre une dernière fois mais il ne souriait plus. Tous avaient conscience que l'instant privilégié venait de prendre fin...

CHAPITRE II

LA MAISON SUR LE SUZON

La décision de Fiora fut instantanée : puisque Regnault du Hamel habitait Dijon, elle y resterait tout le temps qu'il lui faudrait pour débarrasser cette terre de l'homme qui avait martyrisé sa mère et tenté de massacrer un bébé. Mais l'appréhension justifiée que montrait maître Huguet à garder chez lui des voyageurs compromettants posait un cas de conscience car la peur est mauvaise conseillère. Dans une autre auberge, d'ailleurs, le risque encouru serait le même :

– La meilleure solution, suggéra Démétrios, me paraît de louer, si cela est possible, une maison pas trop éloignée de celle qui vous intéresse. Pour une affaire de ce genre, il faut savoir prendre son temps, étudier les habitudes de l'ennemi, épier... et patienter.

La patience! Elle était l'arme préférée du médecin grec et il s'efforçait inlassablement d'inculquer cette rare vertu à celle dont il faisait, jour après jour, à l'aide d'une infinité de petites leçons, la meilleure des élèves... Ce qui n'était pas le cas d'Esteban.

– Nous n'allons tout de même pas nous installer ici ? protesta-t-il. Ne devons-nous pas aller à Paris ?

– Chaque chose en son temps. Nous avons largement celui de rejoindre le roi, qui d'ailleurs n'est pas à Paris. Et, pour l'heure présente, c'est ici que nous avons à faire. Est-il possible de nous trouver un logis convenable pour quelques semaines, dame Léonarde ?

– C'est toujours possible. Reste à savoir si nous en trouverons un bien situé!

C'est le problème qu'elle alla, dès le matin, soumettre à Magdelaine, la jeune sœur de maître Huguet qu'elle avait connue lorsqu'elle avait l'âge de Fiora et qui avait témoigné, en la revoyant, d'une joie sans arrière-pensée. Il y aurait, de ce côté-là, une aide assurée sans qu'il soit besoin, peut-être, de nombreuses explications.

Magdelaine, en effet, était une âme simple. Elle écouta sagement Léonarde lui exposer que ses « maîtres », séduits par la beauté de la ville et de la région, souhaitaient séjourner quelque temps à Dijon et donc y découvrir une maison agréable à habiter, au centre si possible, pour n'être pas trop éloignés des halles, etc. Elle se montra enchantée d'une idée qui allait lui permettre de rencontrer pendant quelque temps cette chère Léonarde mais lui fit remarquer, avec un brin d'amour-propre froissé, que l'auberge de son frère était malgré tout et sans conteste l'endroit le plus agréable pour tout séjour, fût-il long.

– A condition d'être en bonne santé, riposta Léonarde. Or donna Fiora est souffrante ce matin. Le long voyage depuis Florence l'a fatiguée. Elle a besoin de repos et de calme. En outre, messire Lascaris, qui est un savant, n'aime pas séjourner trop longtemps dans une hostellerie, même aussi bonne que la nôtre. Il a en cours d'importants travaux et il lui faut le silence d'une pièce bien à lui...

– Mais, objecta Magdelaine qui, bien qu'étant une âme simple, ne manquait ni de logique ni de mémoire, je croyais que ce grand médecin se rendait auprès du roi de France?

Démétrios prévoyait cette objection lorsqu'il fit remarquer à Léonarde qu'elle avait eu la langue trop longue...

– Le roi est aux armées en ce moment et ne nous attend qu'à l'automne. Nous le rejoindrons alors en son château du Plessis-lès-Tours sur le fleuve de Loire...

Ainsi éclairée, Magdelaine se déclara satisfaite et ajouta même qu'elle aurait peut-être le moyen de contenter rapidement cette amie d'autrefois :

– Avez-vous gardé souvenance, lui dit-elle, de la noble dame Symonne Sauvegrain qui est veuve de l'ancien gouverneur de la Chancellerie, messire Jehan Morel ?

– Celle qui fut autrefois la nourrice du Téméraire et qui, en échange de son lait, a reçu un titre de noblesse ?

– Plus récemment encore, elle a donné, pendant près de trois ans, ses soins à la jeune princesse Marie, fille unique de notre duc, ce dont Monseigneur lui garde de la reconnaissance.

– Si je me souviens bien, feu Jehan Morel avait fait construire un grand et bel hôtel rue des Forges ?

– Un hôtel devenu trop grand pour dame Symonne. Elle y vit seule avec son fils Pierre depuis le mariage de sa fille Ysabeau et je suppose qu'elle louerait volontiers le bâtiment qui est voisin du Suzon. Voulez-vous que j'aille voir son intendant ?

– Allons-y ensemble ! Le temps de m'habiller pour sortir et de demander à donna Fiora si elle serait d'accord...

C'était d'ailleurs façon de pure révérence car Fiora n'avait aucune raison de refuser une maison située presque en face de celle de son ennemi et, donc, à un emplacement stratégique inespéré.

La maison que Jehan Morel avait construite, quarante ans plus tôt, pour sa femme à laquelle il vouait une vraie dévotion, était, avec ses fenêtres en double accolade, ses vitraux de couleur et l'élégant balustre sculpté qui soulignait son toit de tuiles brillantes, l'une des plus belles de la ville. Construite en U, son bâtiment arrière avait vue sur le Suzon, et possédait une installation indépendante qui permettait de l'isoler du reste de l'hôtel. Ce pavillon se composait d'une salle commune, d'une cuisine et de quatre petites chambres. Ce n'était certes pas immense mais c'était commode, bien meublé et, surtout, l'orientation de certaines des fenêtres permettait d'observer les allées et venues du logis appartenant à du Hamel. Seule la largeur du Suzon qui, à cet endroit, disparaissait sous la rue du Lacet séparait les deux maisons. Quant à l'entrée, elle donnait sur la rue des Forges ce qui la laissait hors de vue puisque, pour atteindre la porte, il fallait traverser par un couloir toute la largeur de l'hôtel Morel-Sauvegrain et une cour que l'on franchissait sous galerie.

Pensant que c'était vraiment là un présent du ciel, Léonarde se hâta de conclure engagement et versa trois mois de location à Jacquemin Hurtault, l'intendant des Morel qui fournissait en outre une servante pour l'entretien... Le prix était au demeurant raisonnable compte tenu du fait que la maison, confortable, ne manquait de rien.

Pendant ce temps, dans sa chambre, Fiora causait avec Christophe qui avait souhaité lui parler. Grâce à Esteban qui avait couru la ville dès potron-minet pour lui procurer des vêtements convenables, le jeune homme avait à présent meilleure allure avec son costume gris foncé, ses bottes noires et le chaperon drapé qui cachait sa tonsure. Esteban, pour qui un homme sans arme est un homme incomplet, avait ajouté une dague d'une facture un peu archaïque mais en bon acier de Tolède. Elle avait fait sourire l'ancien moine :

– Je n'ai jamais appris à me servir de cela, dit-il. On en porte rarement au monastère...

– L'épée demande un long apprentissage mais, en cas de danger, on se sert de la dague presque instinctivement, lui répondit le Castillan. En outre, n'avez-vous pas dit que vous vouliez être soldat ? L'armée vous enseignera...

Christophe venait donc remercier Fiora de tous ses bienfaits et la saluer avant de s'éloigner car il ne voulait pas être à sa charge plus longtemps.

– Vous voulez nous quitter déjà ? dit celle-ci. Je vous assure que, si charge il y a, elle est bien légère et j'étais heureuse d'avoir, auprès de moi, quelqu'un de ma famille. Mais je comprends que vous ayez hâte d'aller vers un nouveau destin. Quel chemin comptez-vous prendre ? Hier vous sembliez hésiter ?

– Je n'hésite plus. J'ai beaucoup réfléchi cette nuit et je crois que je vais rejoindre l'armée du duc Charles !

Fiora eut un haut-le-corps :

– Vous semble-t-il donc un maître tellement souhaitable alors que votre mère, jadis, a vainement imploré sa pitié ?

– Je sais, mais votre ami grec, hier, m'a dit une chose qui m'a donné à réfléchir. Je voulais chercher la mort, il m'a conseillé de chercher plutôt la vie et d'essayer de me faire un nom. Or, je suis bourguignon quoi qu'il en soit et, ce nouveau nom, j'aimerais qu'il soit de Bourgogne. Hier, après souper, je suis descendu avec Esteban dans la salle d'auberge et j'ai écouté parler des marchands. Ils disaient qu'un légat du pape s'est entremis pour faire cesser le trop long siège de Neuss. Le duc songerait à ramener son armée en Lorraine afin de punir le jeune duc René II qui a rompu leur alliance. On dit aussi que le roi de France fait marcher ses troupes sur l'Artois d'une part et sur la Comté Franche de l'autre. Il va y avoir de la besogne pour défendre le pays. Je veux en être. Vous, vous allez partir pour la France, n'est-ce pas, puisqu'un plus long séjour vous mettrait en danger ?

Christophe ignorait en effet que Fiora avait décidé de rester à Dijon. La veille au soir, le jeune homme s'était retiré avec Esteban pour aller boire dans la salle un dernier gobelet de vin. C'était alors que la jeune femme avait avisé Léonarde et Démétrios de ce qu'elle pensait faire. Bien qu'il lui eût inspiré une instinctive sympathie, elle estimait qu'elle ne connaissait pas suffisamment Christophe pour lui faire part de tous ses projets. Mais comme elle crut déceler de l'inquiétude dans son regard, elle lui sourit gentiment :

– Je n'aime pas quitter un endroit sous prétexte que je pourrais y craindre quelque chose. D'autant que j'ai envie de mieux connaître cette ville que mon père aimait. Il se peut que je reste encore quelques jours.

– C'est de la folie ! Vous avez entendu dame Léonarde hier au soir ? Ce misérable Regnault du Hamel vit ici et il est toujours aussi mauvais. S'il allait vous rencontrer ? Vous ressemblez tellement à ma douce Marie !...

– C'est peut-être là ma grande différence avec ma mère. Elle était infiniment douce, tendre et vulnérable – ce que je ne suis pas... ou, plutôt, ne suis plus! Si le sire du Hamel s'en prend à moi – et je ne vois pas sous quel prétexte valable il pourrait m'attaquer – soyez sûr que je serai sur mes gardes. D'ailleurs j'ai de bons défenseurs. Partez tranquille! Un jour peut-être nous nous reverrons...

L'entrée tumultueuse de Léonarde lui coupa la parole. La vieille demoiselle rayonnait littéralement de satisfaction et, n'ayant pas vu Christophe, lança du seuil :

– J'ai ce qu'il nous faut! Une maison juste en face de celle qui nous intéresse...

S'apercevant que la jeune femme n'était pas seule, elle s'arrêta court et devint toute rouge, ce qui amusa Fiora : C'était la première fois qu'elle voyait à sa vieille Léonarde les couleurs de la confusion. Mais il y eut soudain un silence gênant. Christophe de Brévailles regarda tour à tour les deux femmes. Ses épais sourcils s'étaient froncés mais il avait pâli :

– Et pour mieux visiter Dijon, articula-t-il lentement, vous avez besoin d'une maison voisine de celle de du Hamel? C'est bien cela, n'est-ce pas?

Fiora se leva et s'avança vers le jeune homme dans les yeux de qui elle planta son regard :

– C'est bien cela mais je vous prie de ne pas vous en soucier.

– Vous me demandez trop. Qu'avez-vous dans l'idée?

– Je pourrais vous répondre que c'est là mon affaire mais, après tout, vous avez peut-être le droit de savoir. Hier, je crois vous avoir dit que je venais payer de vieilles dettes? Regnault du Hamel en est la plus criarde. J'allais me rendre à Autun pour l'y chercher mais le ciel – ou l'enfer – a décidé de m'épargner du chemin puisqu'il est ici. Et je ne quitterai cette ville qu'après l'avoir purifiée de sa présence...

– Vous voulez... le tuer?

– Vous traduisez à merveille mon intention.

– C'est insensé...

– Je ne crois pas. De toute façon, et quoique vous puissiez objecter, vous ne me ferez pas changer d'avis.

Avec effroi, Christophe la regarda, droite et fière en face de lui, si mince dans cette robe noire qui la faisait plus longue encore, avec ses grands yeux gris où semblaient voyager les nuages et cette allure d'altesse... Elle paraissait plus inflexible qu'une lame d'épée et le jeune homme comprit qu'il ne parviendrait pas à la faire céder. Alors, éperdu sans qu'il comprît vraiment pourquoi cette jeune femme comptait tellement pour lui à présent, il se tourna vers Léonarde et chercha son regard, espérant un secours de ce côté-là, mais elle hocha la tête...

– Vous pensez bien que j'ai déjà essayé...

– En ce cas, décida Christophe, je reste. Je vous aiderai et ne partirai que lorsque ce sera fait. Et si quelqu'un doit frapper, ce sera moi!

Sans lui répondre, Fiora prit les deux mains du jeune homme et les retourna pour en considérer la paume comme si elle tentait d'en déchiffrer le réseau de lignes puis releva les yeux :

– Avez-vous reçu les ordres majeurs? demanda-t-elle doucement.

Sous ce regard qui interrogeait sans dureté, Christophe rougit.

– Oui... mais je ne le voulais pas.

– Néanmoins, cela est! Ces mains ont été consacrées. Vous ne pouvez les souiller de sang...

– Et que ferai-je d'autre à la guerre?

– C'est différent. Il y eut, il y a encore des moines-soldats. En outre, vous engagerez votre vie dans les combats.

– Mais je ne veux plus être moine du tout, ni soldat ni autrement. Je veux être un homme libre de choisir son sort...

– Il en sera comme vous voudrez, mon ami, mais du

moins ne serez-vous pas souillé d'un crime froidement prémédité. En outre, je ne laisserai à personne le bonheur de frapper à ma place... Enfin, après ce meurtre, il y en aura d'autres qui me conduiront peut-être un jour à l'échafaud. Je refuse de vous y entraîner car voilà dix-sept ans que vous souffrez. Vous avez le droit de vivre comme vous l'entendrez et cela me sera doux. Ne m'enlevez pas cette consolation qui sera peut-être ma dernière bonne action!

– Je vous en supplie, laissez-moi rester! Je veillerai sur vous, je vous protégerai...

– Nous sommes là pour cela, intervint la voix grave de Démétrios qui venait d'entrer. Donna Fiora a raison : vous devez aller vers votre destin et nous laisser décider du nôtre. Partez sans arrière-pensée!

– Croyez-vous que ce soit possible à présent?

– J'en suis certain. Cela est même nécessaire car il faut qu'un jour vous vous trouviez en un certain lieu, à une certaine heure, pour payer la dette que vous avez contractée aujourd'hui.

– Que voulez-vous dire?

– Il arrive que le voile de l'avenir se lève, par moments, devant moi. Il viendra un jour où il vous sera donné de rendre ce que vous avez reçu.

– Il faut le croire! assura Fiora. Il ne se trompe jamais... Quittons-nous à présent... et priez pour nous!

Sans un mot, Léonarde prit le manteau noir que Christophe avait déposé sur un escabeau en pénétrant dans la chambre et le disposa sur ses épaules. Il se laissa faire en fixant Fiora comme s'il ne pouvait plus en détacher son regard. Mais il tressaillit quand Démétrios glissa dans son escarcelle quelques pièces d'or puis le poussa vers la jeune femme :

– Allez l'embrasser! Il en est temps. Esteban vous attend dans la cour avec un cheval. Dirigez-vous sur la Lorraine où les troupes bourguignonnes commencent à se reformer. On parle de Thionville...

Fiora fit la moitié du chemin vers le jeune homme qui, soudain, la prit dans ses bras. Elle l'éloigna doucement mais l'embrassa sur les deux joues avec une tendresse fraternelle :

– Dieu vous garde, mon bel oncle! Où que vous alliez, vous lui appartiendrez toujours...

Il la baisa au front puis, se détournant brusquement, partit en courant suivi de Démétrios. On l'entendit dégringoler l'escalier. Les deux femmes sortirent sur le balcon de bois qui régnait tout autour de la cour pour assister à son départ. Elles le virent sauter en selle comme s'il n'avait fait que cela toute sa vie au lieu d'user ses genoux sur les dalles d'un couvent, serrer les mains de Démétrios et d'Esteban puis, ôtant son chaperon d'un geste empli d'élégance naturelle, en saluer les dames avant de rendre la main à son cheval et de s'engouffrer sous la voûte de l'auberge.

– Vous avez bien fait de l'éloigner, fit Léonarde.

– Pourquoi? Est-ce qu'il ne vous inspirait pas confiance?

– Pauvre garçon! Bien sûr que si... mais il était en train de tomber amoureux de vous, mon agneau... et vos affaires de famille sont bien assez compliquées comme cela. A présent, venez vous préparer à emménager dans votre nouveau logis. J'espère qu'il vous plaira.

– C'est sans importance. Si ses fenêtres offrent la vue que j'espère, le reste peut être aussi délabré qu'il voudra...

– Heureusement, il n'en est rien? Voilà bien l'égoïsme de la jeunesse! Pensez un peu à moi, Fiora, qui suis passée de cette belle hostellerie à l'élégance du palais Beltrami. J'ai de mauvaises habitudes, que voulez-vous?...

Léonarde, d'accord en cela avec ses compagnons, avait loué la maison au nom du médecin Démétrios Lascaris voyageant avec sa nièce Fiora, son secrétaire et la gouvernante de la jeune femme. C'est donc en tant que princesse Lascaris que Fiora, étroitement voilée et portée dans les bras d'Esteban comme la malade qu'elle était censée être, pénétra dans le bel hôtel des Morel-Sauvegrain et gagna la chambre qui lui était réservée, l'une des deux donnant sur l'arrière de la maison.

Cette chambre, dont la porte lui fut ouverte courtoisement par l'intendant Hurtault, était tout éclairée par un grand bouquet de pivoines disposées dans un pot d'étain auprès d'un drageoir rempli de fruits confits.

– Ma maîtresse, dit-il, souhaite la bienvenue à Votre Seigneurie, et espère, lorsque sa santé sera meilleure, avoir le plaisir de venir la saluer...

Fiora répondit, d'une voix faible, par quelques remerciements auxquels Démétrios ajouta qu'il serait heureux, pour sa part, d'être admis à l'honneur de présenter ses devoirs à une hôtesse dont le renom et le mérite étaient venus jusqu'à lui...

– Je n'y manquerai pas, confia-t-il à Léonarde une fois la porte refermée sur l'intendant. Elle peut sûrement nous apprendre des choses fort utiles...

– Je me charge, moi, de questionner les servantes, répondit celle-ci. C'est encore par les cuisines que les commérages vont le meilleur train...

Fiora n'écoutait pas, ayant déjà sauté à bas du lit où Esteban l'avait étendue pour courir à la fenêtre. La maison de Regnault du Hamel était bien là où Léonarde l'avait indiquée... Elle était aussi telle que la jeune femme l'imaginait : sombre et sinistre, comme dut l'être la maison d'Autun où Marie de Brévailles avait gravi son calvaire avant de s'enfuir.

C'était une demeure presque aussi solitaire que celle du bourreau. Encadrée sur trois côtés par la rue de la Tonnellerie, la rue du Lacet et le Suzon, un maigre jardin mal entretenu tenait le quatrième à distance des habitations voisines. Un soubassement de pierre qui n'offrait d'autre ouverture qu'une porte de bois sombre armée de pentures de fer soutenait deux étages d'encorbellement à croisillons noircis par le temps, le tout sous un grand toit abritant le pignon pointu. Deux fenêtres à l'étage noble, une ouverture fermée de volets de bois et une lucarne donnant sur le ruisseau ne devaient pas procurer beaucoup de jour. Il est vrai que, de son observatoire, Fiora ne pouvait voir la façade côté jardin mais, telle qu'elle était, cette maison était aussi triste qu'une prison... ou qu'un tombeau car, en dépit du beau temps, aucune vitre n'était ouverte, aucune vie ne s'y manifestait...

Démétrios, qui avait choisi l'autre chambre arrière, celle qui faisait l'angle de la maison, à pic, à cet endroit, sur le Suzon, et qui avait la meilleure vue sur l'entrée, vint rejoindre Fiora :

– Il faudrait savoir, lui dit-il, comment se présente le côté jardin. Cette nuit, j'enverrai Esteban en reconnaissance...

– C'est trop tôt, remarqua Fiora. Notre arrivée, saluée si aimablement par notre hôtesse, a dû faire quelque bruit dans ce quartier. Mieux vaut ne pas risquer de se faire remarquer trop tôt...

Avec un sourire amusé, le Grec applaudit silencieusement :

– Bravo! Je vois que mes leçons de sagesse ont porté leurs fruits. J'espérais que tu me répondrais cela, sans trop oser y croire. Et tu as raison. Tu es une jeune femme malade, moi un vieux savant qui ne quitte guère la compagnie de ses livres et on se fera vite à cette paisible image. Cependant, Esteban n'a aucune raison de se priver de courir les tavernes. Il n'a pas son pareil pour s'y faire des amis et délier les langues. Et dame Léonarde pourra peut-être tirer quelque chose de cette servante que l'on nous a donnée...

La servante en question se nommait Chrétiennotte Yvon. C'était une solide commère d'une trentaine d'années à l'œil rond mais vif, à la figure épanouie et avenante, à qui ne faisaient peur ni le travail ni les longs bavardages. Comme les autres servantes de la nourrice ducale elle était, sur sa personne comme dans son ouvrage, d'une propreté flamande. Mais ce qui n'appartenait qu'à elle seule, c'était l'heureux caractère qui la poussait à chanter du matin au soir. Elle rappelait un peu à Léonarde la grosse Colomba, son amie florentine[1] qui était toujours la femme la mieux renseignée de la ville. Elle se retint néanmoins de se laisser aller à témoigner trop de sympathie à Chrétiennotte en pensant que dame Morel-Sauvegrain leur avait peut-être dépêché une servante aussi loquace avec une idée de derrière la tête : celle d'être parfaitement renseignée de son côté sur les faits et gestes de ses nouveaux locataires.

– Parlez-lui le moins possible, conseilla-t-elle à Fiora, et laissez-moi faire. Je saurai bien lui tirer les vers du nez!

La vie, dans la maison sur le Suzon, s'organisa, paisible et silencieuse, rythmée par les coups de maillet que « Jacquemart et sa femme Jacqueline » frappaient sur une cloche, à l'église Notre-Dame voisine pour marquer les heures[2]. Fidèle à ses anciennes habitudes, Léonarde se rendait chaque matin à la première messe puis, le reste du temps, veillait à l'entretien de la maison. Démétrios compulsait les ouvrages emportés de Florence et rédigeait le traité sur la circulation sanguine qu'il avait entrepris. Esteban courait la ville. Quant à Fiora, au bout de deux jours, elle ne supportait plus que difficilement ce personnage de malade si contraire à sa nature mais auquel la contraignait son extrême ressemblance avec ses parents : elle risquait d'être reconnue. Sa seule distraction, en dehors de la broderie que Léonarde lui avait placée dans les mains et d'un livre grec prêté par Démétrios, était d'épier la maison d'en face.

Assise durant des heures dans la cathèdre garnie de coussins qu'elle ne quittait que pour son lit, elle observait obstinément ce qui se passait de l'autre côté du ruisseau. Et, en vérité, ce n'était pas grand-chose : par deux fois,

1. Voir *Fiora et le Magnifique*.

2. En 1383, après le sac de Courtrai, le duc Philippe le Hardi avait, selon l'usage, décapité le beffroi de la ville rebelle, en avait ôté l'horloge à deux personnages et en avait fait don à sa ville de Dijon en remerciement de son aide militaire.

elle vit sortir ou entrer, avec des paniers, l'un ou l'autre des deux valets qui, au dire d'Esteban, constituaient tout le personnel du conseiller ducal. Mais lui-même, elle ne l'avait pas encore aperçu car il s'était rendu pour quelques jours dans une terre qu'il possédait près de Vergy, dans l'arrière-côte.

Elle se morfondait tellement qu'au matin du troisième jour, elle ne résista pas à l'envie d'interroger Chrétiennotte :

– Cette maison, de l'autre côté du pont, qui n'ouvre jamais ses fenêtres et rarement sa porte, à qui donc appartient-elle ?

La servante roula des yeux plus ronds que jamais et se signa précipitamment deux ou trois fois et, comme Fiora s'étonnait, elle soupira :

– Demoiselle, vaudrait mieux qu'on vous change de chambre si vous devez vous intéresser à cette bicoque...

– Une bicoque ? il me semble que c'est une assez belle maison, solide et bien construite...

– Oui, bien sûr, mais mal habitée. Moi qui vous parle, j'aime guère à passer devant quand la nuit tombe.

– Vous voulez dire que c'est... un mauvais lieu ?

– Pas vraiment, mais le maître est un mauvais homme. Il est riche, pourtant, et de belle position, mais ladre comme un juif. Et il déteste les femmes pour lesquelles il a toujours un mauvais regard ou même un mot méchant. Il n'a pas de servante d'ailleurs, mais deux valets, deux lourdauds qui grognent comme des chiens hargneux et qui mordent au besoin. Malheur au mendiant qui oserait frapper à cette porte : il ne récolterait que des coups de bâton...

– Il n'est pas marié ?

– Messire du Hamel ? Marié ? Si riche qu'il soit, aucune femme ou fille, même miséreuse, ne voudrait de lui. Faut dire qu'il a déjà eu une épouse jadis, quand il habitait par ici. Une jeune demoiselle dont on dit qu'elle était belle comme tous les anges et il l'a si fort maltraitée qu'elle s'est enfuie de chez lui pour rejoindre son frère. Le malheur a voulu que, ce frère et elle, ils s'aimaient plus qu'il aurait fallu et ça a mal fini. Le mari les a retrouvés et les a fait exécuter par le bourreau... alors, vous pensez si ça donne envie à d'autres!... Tenez, vous voyez! Voilà un des valets qui sort pour aller aux provisions...

Un homme de forte corpulence, le visage inexpressif sous les cheveux gris coupés au carré, vêtu d'une livrée gris et noir assez propre et portant au bras un grand panier, quittait en effet la maison dont il refermait soigneusement la porte derrière lui avant de mettre la clé dans sa poche.

– Celui-là, c'est le Claude, l'aîné. L'autre, le Mathieu, son frère, est un peu plus jeune. Ils ne sortent jamais ensemble. Quand y en a un qui s'en va, on peut être sûr que l'autre reste à la maison. C'est le maître qui veut ça...

– En tout cas, si le maître est avare, le valet n'a pas l'air si mal nourri...

– Le maître est pas fou. Il sait bien qu'il faut donner à manger à des molosses si on veut pas qu'ils vous dévorent. On dit que les deux frères lui sont tout dévoués. Ils sont peu causants... N'empêche que j'ai idée qu'y doit se passer des choses pas catholiques dans cette maison si bien gardée!

– Pourquoi cela?

Chrétiennotte parut hésiter et regarda Fiora comme si elle se demandait jusqu'à quel point elle pouvait lui faire confiance. Puis, finalement se décida:

– Bon, je vous raconte encore ça et puis j'vais à mon travail. Sans ça, votre dame Léonarde va gronder. C'était y a deux ans à peu près, au temps où mon défunt Janet était encore sur cette pauvre terre. Un soir qu'y rentrait un peu tard de son travail – il était maçon – il est revenu chez nous tout sens dessus dessous parce que en passant par la rue du Lacet il avait entendu pleurer et gémir quelqu'un et ce quelqu'un c'était une femme qu'avait l'air de souffrir beaucoup... Comme c'était un gars courageux, mon Janet, il a cogné à la porte en demandant si on avait besoin d'aide mais personne n'a répondu...

– Il y avait peut-être une femme à ce moment-là?

– Ça se serait su! D'ailleurs, mon pauvre Janet est pas seul à avoir entendu des bruits du même genre, mais on pense dans le quartier que c'est peut-être l'âme de sa pauvre petite femme qui revient le tourmenter : c'est ici, au Morimont, qu'elle a été mise à mort... et le Morimont, c'est pas loin.

– Si je comprends bien, conclut Fiora, ce... du Hamel... a bien tort de se donner tant de mal pour faire garder une maison où personne n'a envie d'entrer?

– C'est ça tout juste! fit Chrétiennotte avec satisfaction. Moi j' sais bien qu'y faudrait me payer, et cher, pour que j'y aille. Et encore, ça serait pas sûr!

Ayant ainsi donné son opinion catégorique, la veuve de Janet reprit son balai, ses torchons et, avec une espèce de révérence à Léonarde qui franchissait la porte au même instant, elle disparut dans le couloir en fredonnant un cantique.

Mais l'histoire qu'elle venait de raconter laissait Fiora songeuse. Que la maison eût mauvaise réputation et qu'elle passât pour hantée lui convenait tout à fait – et même lui donnait une idée pour la façon dont elle pensait attaquer Regnault du Hamel. Dès son arrivée à Dijon, en effet, elle avait refusé tout net la proposition radicale d'Esteban :

– Vous voulez la mort de cet homme? lui avait dit le Castillan. C'est la chose la plus facile du monde. Je l'attends un soir à son entrée ou sa sortie de chez lui et je vous l'étrangle.

C'était simple, en effet, trop simple même et surtout trop rapide. Elle ne voulait pas que le bourreau de sa mère tombât soudainement dans la mort, frappé d'un coup qu'il n'aurait pas vu venir et sans savoir qui l'avait ordonné. Fiora voulait être l'instrument de la vengeance; elle entendait savourer le trépas de son ennemi. En digne fille de la subtile et cruelle Florence, elle était décidée à dépenser le temps et l'or qu'il faudrait afin que cette mort atteignît à la perfection d'une œuvre d'art...

Elle y songea longuement ce soir-là, les yeux perdus dans l'azur pâlissant du ciel où se poursuivaient des bandes d'oiseaux, écoutant les bruits de cette ville où elle était née et que, cependant, elle ne connaissait pas. Contrairement à Florence si animée au coucher du soleil, Dijon, à la fin du jour, paraissait s'endormir sous ses toits dont les tuiles de couleur jaune, rouge ou noire, dessinaient des tapisseries entre les bouquets verts des jardins... Dans chaque quartier, le bourgeois le plus considérable se rendait auprès du vicomte-mayeur[1] afin de lui remettre les clés de la porte dont il avait la garde. Ces hommes, pour qui c'était un fief viager, avaient la responsabilité de ces portes dont ils entretenaient les défenses à l'aide d'une part des droits de vivres et de marchandises. Ils se rendaient toujours en cérémonie à la maison de ville, mettant un point d'honneur à conserver cet usage un peu solennel dans une cité que ses ducs désertaient le plus souvent. Et Fiora savait que Pierre Morel avait la charge d'une de ces clés.

Quand elle l'eut entendu rentrer et que les marguilliers de Saint-Jean eurent sonné le « crève-feux » après lequel les rues devenaient désertes hormis pour les amateurs d'aventures, Fiora descendit dans la salle où Léonarde achevait de ranger après le souper auquel la jeune femme n'avait pas voulu participer. Démétrios et Esteban, assis auprès d'une fenêtre, profitaient des derniers instants de lumière pour disputer une partie d'échecs mais tous levèrent des yeux surpris en constatant que Fiora portait le costume de garçon dans lequel elle avait quitté Florence et tenait à la main un chaperon d'homme destiné à cacher ses cheveux.

– Doux Jésus! s'écria Léonarde. Où prétendez-vous aller à cette heure, mon agneau?

1. Le maire de la ville.

– Pas très loin. Je voudrais aller voir de près la maison de du Hamel, dès qu'il fera nuit tout au moins. Si Esteban veut bien m'accompagner...

– Naturellement, dit le Castillan qui se leva aussitôt. Mais pour quoi faire? Le maître n'est pas encore rentré...

– C'est la raison pour laquelle je veux y aller. Quand il sera revenu, cela ne sera plus possible...

– Qu'as-tu derrière la tête? demanda Démétrios qui avait pris le roi d'ivoire et l'examinait comme s'il s'agissait d'un objet rare.

– Je te le dirai plus tard. Pour l'instant, je désire voir le jardin et, si possible, y pénétrer.

Démétrios rejeta la pièce d'échecs et fronça les sourcils:

– C'est de la folie! A quoi cela t'avancera-t-il?

Sans répondre, Fiora alla jusqu'à un dressoir où se trouvait une corbeille de cerises, en prit une poignée et se mit à les croquer tout en regardant le ciel s'obscurcir lentement:

– Dans ces conditions, j'irai aussi, soupira Démétrios.

– Je préfère que tu restes avec Léonarde. Je n'en aurai pas pour longtemps et on remarque moins deux personnes que trois...

Le Grec n'insista pas. Il savait qu'il était inutile de discuter avec la jeune femme quand elle employait un certain ton. Pour en atténuer le côté péremptoire, elle ajouta gentiment:

– Sois sans crainte, tu sauras tout. Je t'expliquerai à mon retour.

Quand la nuit fut complète, Fiora et Esteban quittèrent l'hôtel en évitant de faire le moindre bruit et gagnèrent l'angle de la rue du Lacet où ils restèrent un instant cachés dans l'ombre épaisse fournie par l'encorbellement d'une maison, observant celle de du Hamel. Esteban avait conseillé cette halte:

– Mieux vaut attendre. Les valets sortent régulièrement, chacun à son tour, quand les rues sont désertes.

– Où vont-ils?

– Rue du Griffon, dans une maison de filles. Reste à savoir s'ils y vont aussi quand le maître est là! Tenez! En voilà un qui sort.

En effet, le même homme que Fiora avait observé dans l'après-midi venait d'apparaître et fermait soigneusement la porte dont il mit la clé dans sa poche avant de s'éloigner d'un pas tranquille.

– Je me demande pourquoi ils ne sortent pas tous les deux, remarqua Fiora. Puisque la maison est vide?

– Si le maître est avare, il doit être riche. Il tient sans doute à ce que sa demeure soit gardée. Allons-y à présent!

Sans faire plus de bruit que des chats, les deux compagnons d'aventures s'avancèrent sur le petit pont qui enjambait le ruisseau. Ils avaient tous deux la légèreté de la jeunesse et leurs pieds, chaussés de cuir souple, n'éveillaient aucun écho. Parvenue devant la porte, Fiora l'examina soigneusement. La nuit d'été était claire et la jeune femme avait de bons yeux mais elle acquit très vite la certitude qu'à moins de l'attaquer avec un bélier, cette porte se révélerait impossible à forcer. Comme elle représentait la seule ouverture du rez-de-chaussée, la maison était donc inviolable de ce côté.

– Allons voir le jardin! souffla Fiora.

Il s'étendait sur l'arrière de la bâtisse, entre le Suzon et la rue de la Vieille-Poissonnerie. Le quatrième côté donnait sur une ruelle étroite et noire mais des murs assez élevés le défendaient.

– Si j'ai bien compris, fit Esteban, vous voulez entrer là-dedans? Je vais passer le premier...

La vie de soldat de fortune menée si longtemps avait entraîné le Castillan à tous les exercices du corps. Escalader le mur fut pour lui un jeu d'enfant. Il s'y installa à califourchon puis se pencha pour aider Fiora. Il saisit les mains qu'elle lui tendait et la hissa auprès de lui. Après quoi tous deux examinèrent les lieux.

– C'est bien la peine d'avoir un jardin pour le laisser dans un état pareil! marmotta Esteban. En effet, de leur observatoire, les visiteurs n'entrevoyaient qu'une masse confuse de buissons et d'herbes folles dans laquelle on ne pouvait distinguer le moindre sentier. La maison elle-même montrait une tourelle percée d'étroites ouvertures qui devait renfermer l'escalier mais les fenêtres étaient aussi rares que sur la façade rue : deux à l'étage dont l'une était ouverte sur les ténèbres intérieures et une sous le toit fermée par des volets.

– Restez là ! ordonna Fiora. Je reviens...

Et avant que son compagnon ait pu la retenir, elle avait glissé de l'autre côté du mur où elle resta accroupie un instant pour laisser se dissiper le bruit des feuillages froissés. La voix étouffée d'Esteban lui parvint comme de très loin :

– Faites attention, je vous en prie ! Vous n'avez même pas d'armes !

– J'ai un couteau, cela devrait suffire en cas de besoin, répondit-elle en posant la main sur la gaine de cuir qui pendait à sa ceinture. Puis, sans plus attendre, en prenant la maison comme point de repère, elle se faufila, toujours courbée, à travers la végétation sauvage du jardin. Elle allait lentement, un pas après l'autre, écartant les branches de ses mains gantées de cuir épais et les jambes bien protégées par des bottes souples qui lui montaient jusqu'aux genoux. Un bruit de fuite dans l'herbe l'immobilisa, le cœur arrêté, mais un miaulement aigu vint la rassurer presque aussitôt : c'était un matou que les approches de la pleine lune mettaient en émoi.

Elle arriva enfin au pied de la maison et toucha de la main le bois d'une porte découpée dans la tourelle, mais cette porte-là était aussi solide, aussi bien armée que l'autre. La seule possibilité d'entrée était offerte par cette fenêtre ouverte à l'étage mais l'encorbellement en rendait l'accès impossible à moins que de posséder une échelle.

Déçue, Fiora allait rebrousser chemin quand un nouveau bruit suspendit son mouvement. Cette fois, ce n'était plus le cri d'un chat mais des sanglots qui semblaient monter du sol. Écartant doucement les grandes herbes qui croissaient contre le soubassement, elle aperçut soudain un étroit soupirail défendu par un croisillon de fer. Il y avait là une cave, très certainement, et, dans cette cave, quelqu'un pleurait...

Se jetant à genoux, Fiora se courba pour essayer d'apercevoir quelque chose mais ses yeux ne purent fouiller l'obscurité.

– Qui pleure ici? murmura-t-elle, bouleversée par cette invisible douleur qui évoquait celle d'une âme en peine. Puis-je vous aider?

Les sanglots cessèrent sur un reniflement. Fiora allait renouveler son appel quand un vacarme de verrous tirés parvint jusqu'à elle, suivi d'une voix rude qui grondait:

– Assez pleuré comme ça! Tu m'empêches de boire!... J' veux plus t'entendre, t'as compris?

Le silence retomba, à peine coupé par un petit gémissement. La créature enfermée là s'efforçait sans doute de contenir ses sanglots. L'homme qui devait être le second valet ne bougeait pas. Et soudain, Fiora entendit:

– Tu peux pas dormir?... Pas étonnant avec c't'attirail!... Tiens! bois un coup... et si t'es gentille t'en auras encore...

Il y eut un bruit de chaînes puis un lappement semblable à celui d'une bête qui boit. L'homme éclata de rire:

– Là! Tu vois? Ça va mieux!... Allez, laisse-toi faire! Autant s'amuser un peu, pas vrai? Tant qu' le vieux est pas là!

Fiora, épouvantée, n'eut aucune peine à identifier les bruits qui suivirent. Lentement, se retenant même de respirer, elle s'éloigna du soupirail et rejoignit le mur sur lequel Esteban se morfondait. A nouveau il l'aida à grimper jusqu'à lui.

– Alors? Vous avez trouvé quelque chose?

Elle appuya vivement sa main sur la bouche de son compagnon.

– Oui, mais ce n'est pas l'endroit pour en parler. Rentrons! souffla-t-elle.

Quelques minutes plus tard ils étaient de retour et Fiora faisait le récit de son aventure avec la passion qu'elle mettait toujours lorsque son cœur était touché :

– Il y a une femme dans cette cave, une femme enchaînée sans doute et qui sert de jouet à ces misérables. Il faut faire quelque chose!

– Je ne demande pas mieux, fit Démétrios, mais quoi? Pénétrer dans cette maison par la force? Tu as pu constater toi-même que c'est impossible. Dénoncer le sire du Hamel aux autorités? Nous ne sommes que des étrangers : on ne nous écouterait même pas et avant qu'une enquête, si nous l'obtenions, soit entamée, cette malheureuse aurait sans doute disparu. De toute façon, si l'histoire que t'a racontée Chrétiennotte est véridique, c'est une situation qui dure depuis pas mal de temps...

– Est-ce une raison pour qu'elle s'éternise? Il faut que j'entre dans cette maison, il le faut à tout prix. Sinon, comment atteindre du Hamel?

– Quand il sera là nous aviserons...

– Il faut aviser avant et nous préparer. D'ailleurs, j'ai une idée, risquée sans doute, mais c'est notre seule véritable chance.

– Laquelle?

– Je t'expliquerai. En attendant, il me faut trois objets.

– Qui sont?

– Une robe de velours gris dont je donnerai le modèle, de faux cheveux blonds... et la clé de la maison du Hamel. Il doit être possible de la voler à l'un des valets quand il sort la nuit pour aller chez les filles.

– Ça doit pouvoir s'arranger, approuva Esteban. J'aurai cette clé... mais il faudra agir dès qu'elle sera en notre possession.

– Une heure devrait suffire, dit Fiora mais peut-être, ensuite, serons-nous obligés de quitter la ville...

Le lendemain, comme il avait été dit, dame Morel-Sauvegrain se présenta chez sa jeune locataire pour faire sa connaissance et prendre des nouvelles de sa santé.

Fidèle à son rôle, Fiora la reçut avec un empressement qui n'était pas exempt d'une certaine curiosité car cette dame connaissait bien l'homme contre lequel Démétrios et elle-même s'étaient unis par un lien de sang.

L'ancienne nourrice ducale était une grande femme de plus de soixante ans mais qui conservait de la fraîcheur et dont les cheveux argentés se souvenaient qu'ils avaient été blonds. Elle portait avec élégance le deuil, jamais quitté, d'un époux mort depuis trente-sept ans, mais ce deuil était de soie brodée et sa haute coiffe s'ornait de précieuses dentelles.

Une immédiate sympathie rapprocha les deux femmes. Fiora remercia son hôtesse des attentions qu'elle avait eues pour elle et dame Symonne déplora qu'une si jeune créature soit contrainte au repos.

– Est-ce que la campagne ne serait pas meilleure pour vous? lui dit-elle. J'y possède plusieurs manoirs et je pourrais facilement mettre l'un d'eux à votre disposition?...

– Vous êtes infiniment bonne, répondit Fiora, et j'ai honte de vous avouer que... la campagne m'ennuie. J'aime à sentir, autour de moi, l'animation d'une ville et celle-ci me plaît...

– Notre cité est belle, sans doute, soupira dame Symonne, mais voilà bien longtemps qu'elle ne connaît plus guère d'animation. Songez qu'elle ne voit jamais plus ses princes! Le duc Charles est venu l'an dernier, en février, et il n'avait pas vu Dijon depuis douze ans. Encore était-ce dans une circonstance funèbre...

– Funèbre? Quelqu'un de sa famille était-il mort?

– Non. Il venait recevoir les corps de son père et de sa mère, le duc Philippe et la duchesse Isabelle, ensevelis auparavant à Bruges et à Gosnay, dans les pays de par-deçà, afin qu'ils reposent auprès de leurs parents, à la chartreuse de Champmol qui est nécropole des ducs de Bourgogne... C'était jour de grande froidure sous un ciel lourd de neige et pourtant j'étais heureuse parce que ma chère duchesse, à qui j'étais si fort dévouée, revenait ici, près de moi, pour y attendre la résurrection...

Pour elle-même plus encore peut-être que pour sa silencieuse auditrice, dame Symonne laissa sortir de sa mémoire le long et fastueux cortège qui entra dans Dijon ce jour-là, mené par le seigneur de Ravenstein et le connétable de Saint-Pol montés sur des chevaux couverts de velours noir, la pompeuse ordonnance des insignes du duc défunt : le pennon armorié, le cheval de guerre que menaient les frères de Toulongeon, l'épée à la garde étincelante de pierreries, puis l'écu, le heaume, la bannière portés par les plus hauts seigneurs, enfin la cotte aux symboles de la Toison d'or, que le roi d'armes de l'ordre tenait déployée entre ses mains, et toute la noblesse des différents pays du grand-duc d'Occident en habits de deuil suivant le duc Charles tout de noir vêtu qui accueillait les deux cercueils en présence des archevêques de Cologne, de Besançon et d'Autun, des ambassadeurs d'Aragon, de Bretagne, de Venise et de Rome. Et puis tous les chevaliers de la Toison d'or portant les lourds colliers de l'Ordre...

A cet instant, quelque chose bougea dans le cœur de Fiora. Doucement, elle interrompit la narratrice :

– L'hiver dernier, à Florence, nous avons vu venir l'un de ces chevaliers envoyé en ambassade auprès de Mgr Lorenzo de Médicis. Il se nommait... le comte de Selongey. Vous le connaissez peut-être ?

L'émotion qui avait vibré dans la voix de dame Symonne fit place à un rire amusé :

– Messire Philippe ? Qui ne le connaît à la cour de Bourgogne ? Mgr Charles, auquel il est dévoué corps et âme, l'aime beaucoup. Et pas seulement lui !

– Que voulez-vous dire ?

– Qu'il est fort apprécié par ses compagnons de combat car il est d'une grande bravoure, mais aussi par beaucoup de dames et de damoiselles. Il a du charme et je gage que les dames florentines lui ont volontiers souri ?...

– Elles n'en ont guère eu le temps car il n'est resté que peu de jours, dit Fiora furieuse de sentir que sa voix tremblait et qu'elle avait peine à cacher sa colère. Ainsi, il a beaucoup de belles amies?

– On le dit mais je ne saurais vous répondre avec certitude car je vis éloignée d'une cour qui nous boude et nous réduit à l'état de cité provinciale, nous qui sommes pourtant ville capitale. Les bruits en sont lointains pour nous et tout ce dont je suis certaine c'est que, là où est le duc Charles, là est aussi le seigneur de Selongey. Or le duc ne cesse de guerroyer. Cela laisse peu de temps pour les amours. Mais vous-même, ma chère, comment avez-vous trouvé cet ambassadeur-là?

– Il m'a paru... séduisant, encore que je ne l'aie guère rencontré. Mais laissons ce sujet, et si vous le voulez bien, parlez-moi du duc! Quel homme est-ce?

Fiora s'attendait à une explosion d'enthousiasme et cependant il n'en fut rien. Dame Symonne resta un moment silencieuse, contemplant les bagues d'or, de perles et d'améthystes qui ornaient ses doigts :

– Comment vous le dépeindre au plus près de la vérité, cette vérité qui change suivant les regards? Le mien est sans doute celui de la tendresse puisque je l'ai nourri de mon lait et il est vrai que je l'aime infiniment, mais j'avoue qu'à présent il me fait un peu peur à cause de cet orgueil sans mesure auquel se joint une étrange propension à la mélancolie. Cela m'a frappée lorsque je l'ai vu l'an passé et tient, je pense, à son sang portugais...

– Portugais?

– Mais oui. Sa mère nous est venue de Portugal. Elle était la sœur de ce prince Henri le Navigateur qui prétendait conquérir les mers et elle lui a donné ses rêves de gloire et d'infini. Monseigneur Charles n'est heureux que dans l'action et, cependant, depuis toujours il craint la mort et la brièveté de la vie lui est insupportable. Pourtant il ne recule jamais devant le danger et, même, il aime à le rechercher. Jeune homme, lorsqu'il vivait à Gorcum, il aimait s'embarquer seul sur une barque à voile et affronter ainsi la tempête. D'ailleurs, la tempête est comme la guerre son élément naturel. Elle trouve en lui des résonances car il a de terribles accès de fureur. Je redoute que ce vieux rêve qu'il poursuit de reconstituer l'antique royaume bourguignon ne le mène plus loin qu'il ne faudrait. Il cherche à unir par la conquête les pays de par-deçà aux pays de par-delà[1] où nous sommes, et mieux vaudrait sans doute qu'il songe d'abord à protéger ce qu'il possède. Ce n'est pas un mince ennemi que le roi de France et il surveille notre duc comme l'araignée guette sa proie du fond de sa toile...

– Comment est-il physiquement ?

– Que voilà une question bien féminine! fit dame Symonne en riant. Sachez donc, jolie curieuse, que c'est un bel homme, moins grand que n'était son père, mais de belle stature et bien proportionné... et très vigoureux, ce qui le rend endurant à la fatigue et aux privations. Il a le visage large et coloré au menton puissant, aux yeux sombres et dominateurs. Ses cheveux sont noirs et drus. Il sourit rarement, beaucoup moins qu'autrefois et c'est dommage car cela lui conférait un grand charme...

– On dit que son père aimait fort les dames. Lui ressemble-t-il à ce sujet ?

– En aucune façon car il tient beaucoup plus de sa mère et se plaît d'ailleurs à dire : « Nous autres, Portugais... », ce qui faisait enrager le duc Philippe en son temps. Celui-là a eu des maîtresses sans nombre et sa femme en a trop souffert pour que le fils ne prît pas la débauche en horreur. Charles a aimé, profondément, Isabelle de Bourbon, sa défunte épouse qui lui a donné la princesse Marie, et je crois qu'il est attaché à Marguerite d'York, la duchesse actuelle, mais son cœur s'est arrêté là et il ne se laisse jamais entraîner par ses sens. Il se méfie des femmes, leur préfère de beaucoup ses compagnons

1. Pays-Bas et Flandres d'une part et Bourgogne proprement dite de l'autre.

d'armes – en tout bien tout honneur car il est chaste. Comme il préfère la guerre aux fêtes, lui le prince le plus fastueux d'Europe, il déteste les grands banquets et les bals que son père aimait tant...

– N'aime-t-il donc pas se distraire?

– Si, mais à sa manière. Il aime lire et, surtout, il adore la musique et passe des heures à écouter les chantres de sa chapelle que dirige maître Antoine Busnois. Ils le suivent partout et il lui arrive de chanter avec eux... C'est un étrange prince, n'est-ce pas, que je vous décris là?

– C'est, je crois, le fait des princes de n'être pas comme tout le monde. Le duc est-il aimé de ses peuples?

– Je n'en suis pas certaine. On le craint et, d'ailleurs, il a dit un jour aux Flamands: « Je préfère votre haine à votre mépris. » Mais il dédaigne ce qui est bourgeois ou populaire. En outre, il peut être d'une impitoyable cruauté. Les gens de Dinant et les Liégeois dont il a rasé les villes en savent quelque chose, ceux tout au moins qui sont encore vivants pour s'en souvenir...

Sur leur tourelle, Jacquemart et sa femme sonnèrent quatre coups et dame Symonne se leva aussitôt.

– Vous ne partez pas déjà? s'exclama Fiora.

– Si, il est tard et j'ai à faire... Alors, vraiment, vous tenez à rester ici, à contempler les eaux du Suzon et cette maison aux volets clos?

– Elle est un peu mélancolique, sans doute...

– Dites qu'elle est sinistre. Et autrefois elle paraissait si charmante et si gaie! Le jardin en été semblait un bouquet de fleurs. La maîtresse en était une lingère de la duchesse Marguerite de Bavière, grand-mère de notre duc, et elle adorait toutes les plantes. Il en poussait le long de tous ses murs...

– On dit que le maître en est absent?

– Qu'il soit là ou non ne change rien. Si mes bavardages ne vous fatiguent pas, je vous en parlerai à ma prochaine visite. Mais c'est un assez vilain oiseau...

Tout en parlant, dame Symonne s'était approchée de la

fenêtre pour jeter un regard machinal à la maison en question et, soudain, son œil s'anima :

– Vous allez pouvoir en juger par vous-même, ma chère, car le voilà qui rentre.

Fiora jaillit de ses coussins avec une vivacité qui eût sans doute surpris sa visiteuse si le regard de celle-ci n'avait été retenu ailleurs. Un homme, en effet, descendait péniblement d'une belle mule devant la porte de la maison d'où venait de surgir l'un des valets.

S'efforçant de rester à l'abri du meneau qui partageait la fenêtre, Fiora dévora des yeux le nouveau venu avec une haine dont la violence la surprit. C'était un vieillard maigre qui semblait courbé par le poids du riche manteau ourlé de fourrure qu'il portait en dépit de la chaleur. Entre les cheveux gris et ternes qui pendaient de l'épais chaperon de velours, la jeune femme aperçut un long visage couleur de vieil ivoire, un nez pointu, une barbe clairsemée mais ne put voir les yeux sous le bourrelet proéminent des sourcils broussailleux...

– Dieu qu'il est laid! fit-elle, sincère.

– L'âme n'est pas plus belle, croyez-moi!

– Et... il vit seul dans cette maison?

– Avec deux valets, deux frères qui ressemblent davantage à des reîtres qu'à d'honnêtes serviteurs.

– Aucune femme? Pourtant, on m'a soutenu avoir, un soir, entendu des plaintes et des gémissements...

Dame Symonne se mit à rire :

– Ça, c'est du Chréticnnotte tout pur! Elle est persuadée que la maison du Hamel est hantée et raconte son histoire à qui veut bien l'entendre. Mais, vous savez, elle est comme beaucoup de filles de la campagne et voit du merveilleux partout...

– Elle se dit, en effet, persuadée qu'un fantôme est attaché à cette triste maison... Celui de...

– La malheureuse qui a jadis été mariée à ce triste personnage? dit dame Symonne qui ne riait plus. Après tout, c'est peut-être vrai, car elle aurait toutes les raisons pour cela... Mais assez parlé! Le marguillier de Notre Dame doit déjà m'attendre pour parler de la procession de dimanche. Je vous souhaite le bonsoir!

Elle s'éclipsa dans un grand bruit de soie froissée, laissant après elle une agréable odeur d'iris. La rue du Lacet était vide à présent. Du Hamel, sa mule et son valet avaient disparu. Fiora retourna s'asseoir dans ses coussins et resta là un long moment à réfléchir, le menton dans sa main. L'heure d'agir n'allait plus tarder...

CHAPITRE III

MARGUERITE

Minuit venait de sonner et le cœur de Fiora battait lourdement dans sa poitrine, lui donnant parfois l'impression d'étouffer. La chaleur avait sévi toute la journée sans que le crépuscule annonçât de fraîcheur. La nuit était pesante, orageuse, opaque, mais le roulement lointain du tonnerre laissait prévoir de la pluie avant l'aube. Fiora espérait néanmoins que la tempête ne viendrait pas trop tôt : ces ténèbres vaguement menaçantes lui convenaient tout à fait pour accomplir ce qu'elle avait décidé : l'heure était venue pour Regnault du Hamel, d'expier ses forfaits...

Debout devant le miroir que dame Symonne avait fait installer dans sa chambre, Fiora se regardait et ne se reconnaissait pas : ce pâle visage blanchi à l'aide d'une pâte, ces cheveux blonds qu'un barbier avait procurés à Démétrios!... Seul lui était familier le petit hennin de dentelle taché de sang que Léonarde avait réussi à sauver, avec quelques objets précieux, du désastre du palais Beltrami et qu'elle avait épinglé, de ses mains tremblantes, sur la tête de « son agneau ». La robe de velours gris moucheté d'or était lourde et pénible à porter par cette température, pourtant Fiora ne transpirait même pas. Cette manifestation humaine lui était refusée comme si l'âme de Marie de Brévailles était entrée en elle pour assumer sa vengeance et l'eût désincarnée. Comme si elle n'était plus qu'une apparence...

Derrière elle, Fiora entendit Léonarde gémir. La vieille fille était terrifiée par ce qu'elle voyait et plus encore, peut-être, par ce qui allait se passer. Elle avait lutté de toutes ses forces pour détourner la jeune femme de son dangereux projet...

– La haine de cet homme n'est pas éteinte, mon agneau. S'il allait vous tuer ou seulement vous blesser?

– On ne tue, on ne blesse pas un fantôme! Et je ne serai pas seule. Démétrios tient à entrer avec moi pour s'occuper du valet de garde...

– Cette vengeance vous tient donc tellement à cœur? L'homme est vieux, il ne vivra plus très longtemps...

– Trop longtemps de toute façon pour la malheureuse qu'il retient captive. Je vais prendre une vie mais en libérer une autre...

Démétrios frappa à la porte et pénétra sans attendre d'y être prié mais s'arrêta net à l'entrée de la chambre, considérant la jeune femme qui se tournait vers lui.

– Comment me trouves-tu?

– Impressionnante... même pour moi! N'oublie pas le voile blanc et, auparavant, laisse-moi parfaire notre œuvre!

S'approchant de la jeune femme, il lui passa, autour du cou, un mince ruban rouge puis, prenant des mains de Léonarde une grande pièce de mousseline blanche, il la jeta sur la tête de Fiora dont le personnage devint brumeux à souhait sans toutefois cesser d'être reconnaissable...

– Il faut me laisser ma liberté de mouvements, dit-elle en désignant la dague qu'elle portait attachée à sa haute ceinture mais dissimulée dans les plis de la robe...

Le cri d'un oiseau de nuit, répété trois fois, se fit entendre par la fenêtre ouverte :

– C'est Esteban, dit Démétrios, il nous attend. Viens à présent si tu es toujours décidée!

– Plus que jamais!

Elle s'enveloppa d'une ample et légère mante de soie

noire destinée à la rendre invisible dans la nuit et suivit Démétrios. Bien graissée, la porte de l'hôtel s'ouvrit sans bruit et, un instant plus tard, Fiora et Démétrios rejoignaient Esteban.

– Tu as la clé? demanda le Grec.

– Sinon je n'aurais pas sifflé, mais faites vite tout de même, le gros Claude qui a bu comme une éponge dort dans les bras d'une fille de la rue du Griffon mais il pourrait se réveiller.

– De toute façon, dit Fiora, s'il ne retrouve pas sa clé ce sera sans importance. La maison sera ouverte...

– Je tiens tout de même à la lui rapporter. Pour le bon ordre et pour que les hommes du prévôt ne se posent pas trop de questions demain quand ils découvriront le cadavre.

En deux sauts légers, le Castillan fut à la porte qui s'ouvrit sous sa main sans le moindre grincement. L'obscurité de la maison engloutit les trois amis qui restèrent immobiles un moment pour habituer leurs yeux aux ténèbres environnantes. L'absence de fenêtres ne rendait pas la chose aisée mais ils aperçurent finalement un charbon qui rougeoyait, probablement dans une cheminée, et Esteban alla y allumer la chandelle qu'il avait dans sa poche. Ils virent alors qu'ils se trouvaient dans une cuisine au fond de laquelle apparaissait la spirale d'un escalier et la porte donnant sur le jardin. Personne n'était en vue.

Fiora abandonna sa mante noire et disposa son voile blanc de façon à garder l'usage de sa main droite. Esteban marchant en tête, ils se dirigèrent vers l'escalier qu'ils montèrent aussi silencieusement que possible et ils atteignirent ainsi la grande salle qui était parfaitement vide.

– Ils doivent être en haut, chuchota Esteban.

Effectivement, quand sa tête émergea au ras du second étage il aperçut Mathieu, le second valet, qui dormait profondément, étendu devant une porte, sur une simple couverture. Il n'était pas difficile de deviner qui reposait derrière cette porte...

– Reste là! souffla Démétrios à l'oreille de Fiora. Il faut que nous nous en débarrassions...

Esteban, souple et silencieux comme un chat, se glissait déjà vers le dormeur qui, du fond de son sommeil dut deviner son approche car il remua, grogna et changea de position. A genoux à deux pas de lui le Castillan retenait sa respiration. Mais, avec un soupir de contentement, Mathieu se rendormait. Alors, d'un maître coup de poing, asséné avec la rapidité et la force de la foudre, Esteban l'assomma. Ensuite, aidé par Démétrios, il tira sur la couverture lui servant de couche pour éloigner l'homme de la porte. Le chemin était libre à présent pour Fiora qui vit un mince rai de lumière filtrer à l'endroit où le valet avait été couché.

Laissant son serviteur ficeler et bâillonner Mathieu, Démétrios revint vers Fiora et doucement, tout doucement, ouvrit la porte dont le loquet joua sans bruit. La zone lumineuse s'élargit et la jeune femme aperçut enfin son ennemi. Assis plutôt qu'étendu dans son lit comme font les asthmatiques, Regnault du Hamel lisait à la lueur d'une chandelle posée à son chevet. Un bonnet de nuit était enfoncé sur ses oreilles et son buste disparaissait sous une camisole de laine grise. Des besicles chaussaient son long nez. Il ressemblait à une gargouille de cathédrale, si laid que Fiora eut envie de bondir sur lui et de frapper tout de suite. Mais elle se retint. Ce qu'elle voulait voir, sur cette figure jaune, c'était la peur. Très lentement, elle s'avança dans la chambre, glissant plus qu'elle ne marchait sur le plancher en espérant qu'il ne grincerait pas, mais ses pieds trouvèrent un tapis et elle se sentit plus assurée. Du Hamel ne l'avait pas encore aperçue. Il lisait toujours.

Alors elle fit entendre une faible plainte, puis une autre... Le vieillard leva les yeux et vit, à quelques pas de son lit, une ombre blanche. Le livre s'échappa de ses mains et tomba à terre avec un bruit sourd, mais l'ombre s'approchait toujours... A présent Regnault pouvait distinguer un visage, des cheveux blonds, un cou qui semblait porter la trace sanglante de l'épée du bourreau... Une folle épouvante envahit sa figure. Il essaya de reculer dans son lit et voulut crier mais, comme dans les cauchemars, aucun son ne sortit de sa bouche aux lèvres violettes. Il tendit ses deux bras devant lui pour repousser l'apparition et réussit à souffler :

– Non... non!...

– Tu vas mourir, chuchota la voix basse du fantôme. Tu vas mourir de ma main...

Fiora ébauchait déjà le geste de tirer la dague pour frapper quand, soudain, du Hamel porta ses deux mains à sa gorge. Sa bouche qui cherchait désespérément l'air s'ouvrit sur un râle, ses yeux parurent jaillir de leurs orbites. Un spasme secoua tout son maigre corps qui glissa sur le côté et ne bougea plus. Son visage était devenu violet comme si une main invisible l'avait étranglé.

Stupéfaite, Fiora demeura un moment immobile puis, enlevant son voile, se pencha sur l'homme inerte et appela :

– Démétrios! Viens voir!

Le médecin grec accourut, prit la main abandonnée sur le drap, posa son oreille à l'emplacement du cœur puis, considérant la bouche ouverte sur un cri qui ne serait jamais poussé, les yeux qui ne verraient plus rien de ce monde, il soupira :

– Il est mort, Fiora... mort d'épouvante.

– Est-ce que cela est possible?

– La preuve! Néanmoins, il ne devait pas avoir le cœur bien solide... Viens à présent, et surtout ne touchons à rien. On dirait que le ciel t'a évité de faire couler le sang. Il faut qu'on trouve le corps tel qu'il est... Esteban va libérer le valet et reporter la clé à l'autre.

Il avait pris son bras pour l'entraîner mais elle résista :

– Tu oublies quelque chose, Démétrios. Cet homme est mort et je suis satisfaite mais il y a ici quelqu'un à délivrer, cette femme que j'ai entendue pleurer et je ne partirai pas sans elle...

Rassemblant ses robes qui la gênaient dans ses mouvements, Fiora s'élança dans l'escalier après avoir pris la chandelle des mains du Grec. Elle alla ouvrir la porte qui donnait sur le jardin dans l'espoir de mieux y voir mais la referma aussitôt car le vent se levait. Le tonnerre d'ailleurs s'était rapproché et grondait sur sa tête. Elle cherchait encore une porte descendant à la cave quand Esteban et Démétrios la rejoignirent.

– Ce n'est pas une porte qu'il nous faut trouver, dit le Castillan, c'est une trappe... et vous avez les pieds dessus.

En effet, à cet endroit, le dallage cédait la place à des planches épaisses mais il y avait tellement de poussière que Fiora n'avait pas vu la différence. Les muscles solides d'Esteban eurent tôt fait de soulever l'abattant qui révéla un escalier de pierre plongeant dans les entrailles de la maison. Une bouffée d'odeur infecte sauta au visage de Fiora quand elle mit le pied sur la première marche. Démétrios la retint en arrière :

– Laisse-moi passer le premier. Je t'éclairerai...

Il commença à descendre puis tendit une main à Fiora :

– Prends garde! Les marches sont glissantes. Cela pue l'humidité...

– Mais au moins on n'étouffe pas, déclara Esteban qui suivait. Il fait nettement moins chaud que dans le reste de la maison.

Au bas des marches, ils se trouvèrent dans une sorte de caveau à voûte ronde sur lequel donnaient deux portes faites de vieilles planches vermoulues :

– C'est celle-ci qu'il faut ouvrir, indiqua Fiora. Le soupirail du jardin doit donner de ce côté. Mais nous n'en avons pas la clé...

– Pas besoin de clé pour ouvrir ça! fit Esteban. Et, d'un magistral coup de pied, il enfonça le battant qui n'était tenu que par une mauvaise serrure. Un gémissement pitoyable fit écho au vacarme qu'il déclencha. La prisonnière devait craindre de nouveaux sévices. Mais Fiora s'était déjà précipitée par l'ouverture en se baissant pour ne pas s'assommer. Ce qu'elle entrevit grâce à la chandelle de Démétrios qui l'avait suivie lui arracha un cri d'horreur : au fond d'une sorte d'*in pace* où il était impossible de se tenir debout, une femme vêtue d'une robe en loques était étendue sur une litière de paille à demi pourrie. Des bracelets et des chaînes de fer la rattachaient à un gros anneau pendu au mur. Fiora ne vit pas son visage mais une longue, une immense chevelure blonde, sale comme l'étaient les haillons de la malheureuse.

Entendant pénétrer dans son cachot, celle-ci se tourna péniblement, révélant une petite figure maigre qui portait des égratignures et des traces de coups, comme ses membres menus et sans doute tout le reste de son corps. Les larmes aux yeux, Fiora se jeta à genoux près d'elle sans souci de souiller sa robe, cherchant déjà comment lui retirer ses chaînes :

– N'ayez pas peur, dit-elle doucement. Nous venons vous délivrer. Votre bourreau est mort... Dites-nous seulement qui vous êtes.

La prisonnière ouvrit la bouche mais ne réussit à produire que des sons inarticulés en dépit de l'effort pathétique qui fit perler des larmes à ses yeux pâles mais sans couleur définie.

– Mon Dieu! soupira Fiora. Est-ce qu'elle serait muette ?

– Peut-être, fit Démétrios, mais écarte-toi et laisse-moi faire. N'essayez pas de parler! ajouta-t-il pour la prisonnière. Nous allons vous emmener d'ici, vous soigner... Nous sommes des amis. Il faudrait briser ces fers ou les ouvrir, ajouta-t-il pour Esteban qui repartit en courant. La clé doit bien en être quelque part...

Le Castillan revint heureusement peu après, tenant la clé qu'il avait retrouvée, avec d'autres, dans la chambre du mort. Les bracelets de fer tombèrent révélant de cruelles ecchymoses.

– Nous allons la ramener chez nous, n'est-ce pas ? pria Fiora qui, d'une geste plein de douceur, avait enveloppé la jeune femme qui ne devait guère avoir plus de quinze ou seize ans – dans le grand voile blanc qu'elle avait porté tout à l'heure.

Pour toute réponse, Esteban se courba, l'enleva dans ses bras et se dirigea vers la porte, sans négliger de se courber pour la franchir. Fiora et Démétrios le suivirent et remontèrent dans la cuisine dont le Grec laissa retomber la trappe. Le bruit s'en confondit avec un violent coup de tonnerre. Cependant Démétrios ouvrait la porte avec précaution pour voir si la rue était vide. Les éclairs qui se succédaient sans interruption montraient qu'il n'y avait pas une âme. Fiora ramassa la mante noire qu'elle avait abandonnée tout à l'heure et s'en couvrit. Ils allaient sortir quand Démétrios se tourna vers Esteban qui ne semblait guère peiner sous son fardeau :

– Donne-la-moi! fit-il. Toi, tu devrais aller t'assurer que le valet est toujours évanoui...

– C'est sans importance, il est ficelé et n'a rien vu.

– Comme tu voudras... Quant à son frère, après tout, il est inutile de lui restituer la clé. Donne-la-moi. Je vais la jeter dans la rivière...

Comme ils atteignaient le coin de la rue des Forges, la pluie s'abattit sur eux avec une telle violence qu'ils furent instantanément trempés bien qu'ils n'eussent plus que trois pas à faire. Les vannes du ciel s'étaient ouvertes, précipitant des trombes d'eau qui en quelques secondes transformèrent les rues en autant de ruisseaux et gonflèrent le paisible et modeste Suzon à l'importance d'un torrent... Tonnerre et éclairs se succédaient sans interruption et leur vacarme couvrit le bruit, léger il est vrai, de la rentrée du groupe.

Fiora décréta d'emblée que l'on donnerait son lit à l'inconnue mais Démétrios ayant obligeamment décidé de partager le sien avec son « secrétaire », c'est finalement dans la chambre d'Esteban que l'on porta la rescapée auprès de laquelle Léonarde s'empressait déjà. Elle envoya le Castillan faire chauffer de l'eau à la cuisine, pendant qu'aidée de Fiora elle délivrait la malheureuse de ses haillons infects. Le corps qui leur apparut était maigre, couvert de marques pénibles mais plus formé toutefois que ne le pensait Fiora qui, jusque-là, n'avait pas attribué plus de quinze ou seize ans à la prisonnière.

– Elle doit avoir une vingtaine d'années, apprécia Léonarde, qui ajouta, examinant le ventre légèrement gonflé : Je me demande si elle n'est pas enceinte...

– Cela n'aurait rien d'étonnant d'après ce que j'ai perçu par le soupirail, dit Fiora. L'une de ces brutes s'amusait d'elle et peut-être bien les deux...

Démétrios qui était allé prendre chez lui ce dont il pouvait avoir besoin rentra à cet instant mais infirma le diagnostic de Léonarde...

– Je ne pense pas. Mais je me demande qui elle peut être et pourquoi ces misérables la tenaient séquestrée ?

L'inconnue ne disait toujours rien. Elle tenait ses yeux fermés et se laissait faire comme si elle n'avait plus la force d'accomplir le moindre geste. Entre les mains de Démétrios qui l'examinait, elle était aussi molle qu'une poupée de chiffons.

– Elle a dû être battue souvent car certaines de ces traces sont anciennes et elle a sans doute manqué de nourriture, mais elle devrait être en assez bonne santé...

– Tu as oublié qu'elle semble muette ? dit Fiora. On lui a peut-être coupé la langue ?

Démétrios s'assura aussitôt qu'il n'en était rien puis déclara que la terreur et les mauvais traitements pouvaient priver quelqu'un de la parole, parfois pour un temps et parfois pour toujours.

– Lorsqu'elle sera en meilleur état, nous tenterons une petite expérience, ajouta-t-il. Pour l'instant c'est trop tôt...

Léonarde et Fiora lavèrent de leur mieux la rescapée avant de lui passer l'une des chemises de Fiora. On enduisit de baume ses poignets que les fers avaient mis à vif et on les banda de fine toile. Puis on s'attaqua au visage que l'on avait gardé pour la fin. On le débarrassa de la crasse et des traces de sang que l'on y voyait mais on ne put estomper les bleus qui dénonçaient les coups reçus.

– Quels beaux cheveux! soupira Fiora en maniant la longue chevelure blonde. Quel dommage qu'ils soient si sales! Il faudrait les laver!

– Soyez sûre que nous n'y manquerons pas quand elle sera assez forte pour cela... Oh! voyez, mon agneau, elle ouvre les yeux!

Les deux femmes et le Grec se penchèrent sur le lit où l'inconnue venait, en effet, de soulever ses paupières, révélant des prunelles d'un bleu pâle tirant légèrement sur le vert. Elle regarda les trois visages et s'efforça de sourire sans y parvenir réellement.

– Vous êtes en sûreté ici, dit doucement Fiora. Personne ne vous fera plus de mal et nous veillerons sur vous...

– Nous allons commencer par vous donner quelque chose à manger, fit Léonarde, et un peu de lait à boire...

– Avec ce temps orageux votre lait a dû tourner, dit Démétrios. Faites-lui plutôt une tisane de tilleul bien sucrée au miel dans laquelle vous mettrez une pincée de ceci, ajouta-t-il en lui tendant une petite boîte de bois peint.

Demeuré seul avec Fiora, Démétrios revint vers le lit et considéra le jeune visage douloureux qui ressortait sur la blancheur de l'oreiller. Soudain, il se pencha et prit le chandelier qui brûlait au chevet pour l'élever au-dessus du lit.

– Sais-tu, murmura-t-il, que cette malheureuse te ressemble?

– A moi?

– Oui... pas beaucoup d'ailleurs. En fait, c'est surtout à ce garçon qu'elle ressemble, ce jeune moine échappé que nous avons envoyé à la guerre.

– Christophe? Tu penses qu'elle pourrait être de la famille?

Léonarde revenait avec sa tisane et, tandis que celle-ci

refroidissait assez pour être buvable, Fiora lui fit part de l'idée de Démétrios en ajoutant qu'elle ne voyait pas très bien qui la jeune femme pouvait être. Mais Léonarde, elle, voyait. Après avoir considéré de plus près le visage aux yeux clos, elle rappela à Fiora le récit en forme de confession qu'un soir de printemps Francesco Beltrami avait fait à sa fille :

– Souviens-toi! Il nous a dit que ta mère avait donné une fille à Regnault du Hamel. Je jurerais que c'est elle. En ce cas, elle devrait bien avoir vingt ans comme je le pensais...

– Sa fille? Il aurait traité sa fille de cette manière ignoble? Et cela depuis des années? C'est impossible : elle serait morte depuis longtemps?...

– Non, dit Démétrios, cela n'a rien d'impossible. On a vu des prisonniers, même des femmes, s'obstiner à vivre dans des conditions affreuses. La résistance humaine peut se révéler stupéfiante, surtout lorsqu'il s'agit d'êtres jeunes et, à présent, je suis certain d'avoir raison : cette jeune femme est ta sœur, Fiora!

– Ma... sœur?

Le mot et plus encore l'idée cheminèrent lentement dans l'esprit de la jeune femme cependant si vif. Elle n'avait guère jusqu'ici arrêté sa pensée à cette péripétie du récit de son père et jamais songé, surtout pas comme à une sœur, à l'unique enfant que Marie de Brévailles avait eu de son mariage. Elle n'avait pas non plus posé de questions à ce sujet parce qu'elle n'imaginait pas qu'un père, fût-ce un du Hamel et si abject soit-il, pût se faire le bourreau de son propre enfant. Selon elle, la fille du conseiller avait dû être confiée, après la fuite de sa mère, à quelque couvent, à moins que sa grand-mère ne l'eût réclamée, ce qui eût été normal. Mais elle découvrait à présent que l'infâme personnage avait reporté sur l'enfant la haine qu'il vouait à Marie. Il en avait fait son souffre-douleur, lui infligeant un long martyre qu'il dut se complaire à observer. La tuer aurait été trop rapide, moins délectable sans doute, mais qu'il eût poussé l'ignominie jusqu'à la livrer aux entreprises de ses valets... cela passait l'entendement et toute tolérance! Tremblante de colère, Fiora pensa qu'il était bien dommage que du Hamel fût mort si vite. Quelques secondes à peine de folle terreur alors qu'il eût largement mérité une lente agonie subie dans les plus cruelles tortures!

Lentement, elle s'en revint vers le lit où Léonarde faisait boire cette sœur dont elle ne savait même pas encore le nom et se sentit envahie par une immense pitié. Elle prit doucement une des mains si maigres qu'elles ressemblaient à des griffes et la conserva dans la sienne. Léonarde lui jeta un rapide coup d'œil :

– Vous pensez, n'est-ce pas, que ce misérable n'a pas payé assez cher? Sur cette terre, sans doute. Encore que je remercie Dieu qu'il vous ait évité de tremper vos mains dans ce sang pourri! Mais je ne crois pas que l'enfer soit un lieu si délectable et vous pouvez être certaine qu'à cette heure messire du Hamel en a déjà franchi le seuil brûlant.

Spontanément, Fiora vint entourer de son bras le cou de sa vieille gouvernante et l'embrassa :

– Vous savez toujours trouver les mots qu'il faut me dire, n'est-ce pas, ma chère Léonarde? Faites-moi penser à vous rappeler plus souvent que je vous aime beaucoup!

– C'est bien agréable à entendre. Et puisque vous trouvez que mes discours ont quelque à-propos, écoutez donc celui-là : il est affreusement tard et vous tombez de sommeil. Allez dormir! Demain il fera jour et nous verrons à mettre un peu d'ordre dans nos idées. Je sais en tout cas que les miennes en ont le plus grand besoin!...

Le lendemain matin, le quartier était en révolution et son vacarme montait à l'assaut des nobles demeures et des ateliers d'armuriers de la rue des Forges. Trouvant la porte de la maison du Hamel largement ouverte, une voisine poussée par une curiosité ancienne s'y était hasardée non sans avoir, tout de même, lancé quelques appels dans le vide. Elle en était ressortie peu après en poussant d'affreux hurlements qui avaient réveillé en sursaut tout ce qui dormait encore et attiré sur-le-champ une foule excitée au premier rang de laquelle on pouvait remarquer Chrétiennotte, tenant de grands discours avec des airs de tête superbes et racontant à qui voulait l'entendre l'aventure nocturne de son défunt Janet, agrémentée de quelques trouvailles de son cru.

– D'ici qu'elle nous mêle à ses histoires il n'y a pas loin! grogna Démétrios en constatant que, par trois fois, la bavarde avait désigné leurs fenêtres. Et il expédia Esteban chercher Chrétiennotte pour la rappeler à une plus juste compréhension de ses devoirs domestiques. Celle-ci se laissa ramener sans résistance mais ne s'occupa pas pour autant du ménage. Penchée jusqu'à mi-corps à la fenêtre de Fiora, elle ne fit que changer de poste d'observation. En effet, elle ne voulait à aucun prix manquer l'arrivée du prévôt et de ses gens qui s'en venaient constater les dégâts. Ce que voyant, Léonarde haussa les épaules, s'empara d'un panier et s'en alla faire le marché après avoir pris, toutefois, la précaution de fermer à double tour la chambre où reposait la malheureuse que Fiora avait tirée de l'enfer.

Naturellement généreuse, Léonarde n'aimait pas beaucoup cependant l'intrusion de ces successifs rappels, dans la vie de Fiora, à un passé qu'elle souhaitait lui voir oublier. Christophe de Brévailles avait pris, grâce à Dieu, son propre chemin et, la nuit dernière, il avait été épargné à Fiora de faire couler le sang – ce dont Léonarde avait éprouvé un grand soulagement. Du Hamel était mort de peur, tué par sa propre conscience et c'était très bien ainsi mais, à présent, il y avait cette fille, muette et peut-être idiote, qu'il fallait cacher, ce qui ne serait pas facile, et qui représentait une charge bien lourde pour des épaules de dix-huit ans à peine...

Au retour du marché, Léonarde semblait plus inquiète encore qu'au départ. Partout on ne parlait que de la mort du conseiller ducal et de celle de son valet Mathieu que l'on avait trouvé poignardé à quelques pas de sa chambre. Quant au second valet, Claude, il avait disparu, et ce n'était qu'une voix pour l'accuser du double crime bien que le corps de du Hamel ne portât aucune marque de sévices quelconques. En revanche, ses coffres et armoires avaient été scrupuleusement fouillés et vidés...

Ce qui s'était passé n'était pas difficile à imaginer. Rentrant tard dans la nuit, et sans doute bien soulagé de trouver la porte ouverte, Claude, craignant peut-être d'être accusé de la mort de son maître, avait trouvé plus simple de prendre la fuite avec tout ce qu'il avait pu ramasser après avoir assassiné son propre frère pour éviter de partager avec lui. Quant à la prisonnière, personne n'en parlait, sa présence étant ignorée de tous, mais elle n'en constituait pas moins un danger permanent par les bavardages que son sauvetage et son hébergement chez le médecin étranger pouvaient susciter. Ces bavardages, ces cancans... la grande spécialité de Chrétiennotte! Bien sûr, Esteban avait fait une défense expresse à la brave femme d'entrer dans sa chambre, prétextant un travail délicat qu'il y avait entrepris, mais pendant combien de temps pourrait-on la tenir à distance?

Aussi, à peine rentrée, Léonarde posa son panier à la cuisine, alla tirer d'autorité Chrétiennotte de son observatoire – où il n'y avait d'ailleurs plus rien à voir – en lui intimant l'ordre d'éplucher les légumes pour la soupe. Puis elle s'en vint conter ses angoisses à Démétrios qu'elle trouva dans sa chambre en train d'écrire.

Le Grec l'écouta sans rien dire suivant son habitude mais, quand elle eut fini, il se leva et se mit à marcher de long en large, d'un bord du tapis à l'autre.

– Qu'allons-nous faire? demanda Léonarde. Dieu m'est témoin que j'ai pitié de cette pauvre fille, mais nous ne pourrons pas la cacher éternellement, pas plus que nous ne resterons toujours ici. Alors?

– Honnêtement, je ne sais pas moi non plus comment il faut agir. La meilleure solution serait encore de confier cette malheureuse une fois guérie à un couvent du voisinage. Mais un couvent exige une dot, et c'est une telle dépense! Nous ne pouvons pas nous la permettre. Nous verrons assez vite le bout de l'or remis par Lorenzo de Médicis et il faudra bientôt songer nous-mêmes à rejoindre le roi Louis. D'autre part, si cette fille est vraiment celle du triste sire qui est mort cette nuit, elle devrait être aussi son héritière?

– Le moyen de réclamer l'héritage en son nom sans risquer de nous faire accuser du meurtre?

– Ce serait possible, à la rigueur, mais encore faut-il être assurés qu'elle est vraiment ce que nous pensons?

– Comment faire? Elle est muette.

– Ce n'est pas tout à fait certain car elle émet des sons. Jadis, en Égypte, j'ai vu une femme qui avait perdu l'usage de la parole à la suite d'une grande frayeur. Un imam, dont je suivais alors l'enseignement, la lui a rendue. Étant donné ce qu'elle a enduré, cela pourrait être le cas de notre rescapée. Dès qu'elle pourra le supporter, je tenterai une expérience. En tout état de cause, soyez certaine, dame Léonarde, que j'entreprendrai tout pour que nous partions d'ici le plus tôt possible. Il n'est pas bon, pour Fiora, de se retremper dans l'atmosphère malsaine de ces anciens drames...

– Vous l'encouragez pourtant à poursuivre ces vengeances qui lui empoisonnent le cœur?

– L'impunité des coupables le lui empoisonnerait bien plus encore. En outre, je n'ai aucun pouvoir sur sa volonté qui est inflexible. Je crois voir revivre en elle ces princesses de la Grèce antique, Antigone, Hermione ou Médée, qui allaient implacablement au bout de leurs desseins quel qu'en soit le prix à payer...

– Libre à vous! Moi j'aimerais revoir en elle l'enfant qu'elle était, l'adolescente tendre et joyeuse qui courait dans le jardin de Fiesole...

– De toute façon, et même si le drame n'était intervenu, cette enfant-là ne pouvait subsister. Il vient toujours un moment où la fillette fait place à la femme. Fiora en est une, à présent, et une femme robuste, forgée au feu du malheur: ce sont les meilleures... ou les pires! Mais c'est là leur secret.

– Tâchez au moins de ne pas trop la pousser dans cette seconde catégorie!

Ayant parlé, Léonarde s'en alla voir si Chrétiennotte s'était enfin décidée à se remettre au travail.

Démétrios n'était pas le seul à vouloir découvrir avec certitude l'identité de la prisonnière. Fiora, qui s'était instituée son infirmière, avait entrepris de connaître au moins son nom et, deux jours après son arrivée, voyant que la santé ne demandait qu'à revenir et que sa protégée progressait presque à vue d'œil, elle lui mit dans les mains du papier et une plume préalablement trempée dans l'encre:

– Puisque vous ne pouvez dire votre nom, lui proposa-t-elle doucement, écrivez-le.

Mais la jeune malade, devenue soudain toute rouge, lui rendit ces objets en hochant la tête d'un air si désolé que Fiora, émue, passa un bras autour de ses épaules fragiles et l'embrassa:

– Vous ne savez pas écrire? C'est peu de chose et vous apprendrez vite. Mais nous allons essayer de connaître au moins votre nom de baptême. Je vais dire des noms et vous m'arrêterez lorsque j'aurai trouvé le vôtre...

L'inconnue approuva avec un sourire. Le jeu devait l'amuser mais Fiora s'aperçut vite qu'elle avait besoin d'aide car elle connaissait surtout des prénoms florentins qu'il lui fallait traduire. Aussi trouva-t-elle plus facile d'aller chercher Léonarde, mieux au fait qu'elle-même des prénoms portés en Bourgogne.

– Cela ne devrait pas être trop compliqué, fit celle-ci. Dans les familles nobles, on donne souvent aux filles le nom des duchesses, présentes ou passées. Lorsque cette enfant est née, la duchesse s'appelait Isabelle. Vous appelez-vous Isabelle?

C'était non. Fiora émit l'hypothèse que ce pouvait être Marie? Mais ce n'était pas non plus Marie...

– Continuons avec les princesses, reprit Léonarde. C'est assez simple : la mère, la grand-mère et l'épouse du duc Charles se recommandent toutes les trois de la même patronne : Marguerite...

Léonarde tombait juste. La jeune femme battit des mains cependant qu'un semblant de sourire éclairait son visage :

– Marguerite... répéta Fiora. C'est une très jolie fleur, toute blanche avec un cœur doré. Cela vous convient bien : vous êtes toute blanche et vous avez des cheveux couleur de soleil...

Démétrios félicita vivement la jeune femme de son initiative et ajouta que l'on pouvait peut-être même tenter d'aller plus loin. Quand vint le soir, tout le monde se réunit dans la chambre de Marguerite, dont, en dépit de la chaleur, on ferma soigneusement les fenêtres et les volets. La pièce ne fut plus éclairée que par un chandelier posé sur un coffre assez loin du lit et par une chandelle posée à son chevet.

Le Grec prit Fiora par la main et la conduisit au chevet pour que Marguerite se sentît plus en confiance. Puis il se pencha sur la jeune femme :

– Je voudrais d'abord que vous répondiez à une question afin que je sache s'il m'est possible de vous aider. Avez-vous toujours été muette?

Marguerite hocha la tête négativement.

– Donc, il y a eu un moment, dans votre vie, où vous parliez?

– Oui...

– Avez-vous perdu la parole à la suite d'un accident?

– Non...

– A la suite d'une grande peur ou d'une violente émotion?

– Oui...

– Bien. Alors, il est possible que je parvienne à vous la

rendre. Si toutefois vous avez confiance en moi et m'obéissez. Je vous assure que je ne cherche que votre bien et que vous n'avez absolument rien à craindre de moi. Je ne vous ferai aucun mal et ne vous toucherai même pas...

– Il faut faire ce qu'il dit, Marguerite, murmura Fiora en lui prenant la main. Il va essayer de découvrir le mal dont vous avez souffert et dont vous souffrez encore...

Au regard apaisé que Marguerite posa sur elle, Fiora comprit qu'elle lui faisait confiance. Démétrios alla souffler l'une après l'autre les bougies du chandelier, ne gardant que celle du chevet qu'il prit dans sa main et éleva un peu au-dessus de la tête posée sur l'oreiller, de façon à ce que Marguerite n'eût qu'à garder ses yeux ouverts pour la voir.

– Il faut fixer attentivement la flamme, dit le médecin avec une ferme douceur. Et il fut obéi : les yeux clairs reflétèrent la lumière dorée et la considérèrent avec un calme absolu. Marguerite lâcha Fiora, croisa ses mains sur sa poitrine et attendit sans manifester la moindre crainte.

– Bien! approuva Démétrios qui, aussitôt, ordonna : A présent, regardez bien la lumière et ne la quittez surtout pas des yeux... pas des yeux... pas des yeux... pas des yeux...

La voix profonde, incantatoire du Grec entraînait avec elle une sorte de paix, un calme auquel furent sensibles les trois spectateurs. Cependant les paupières de Marguerite frémissaient comme si elles souhaitaient se fermer et que sa volonté seule les retînt.

– Vous avez sommeil, très sommeil... Vos paupières sont si lourdes... Ne luttez pas contre le sommeil qui vous envahit. Laissez-vous aller... dormez, dormez! Tous vos membres sont détendus, votre corps est infiniment las; il réclame le repos... Abandonnez-vous à ce repos... Dormez... dormez... dormez!...

A présent, les paupières étaient complètement fermées.

Les mains étaient retombées, sans force, le long du corps. La respiration devint régulière. Un instant, le silence régna dans la chambre paisible. Chacun retenait son souffle. Démétrios alors reprit :

– Je sais que vous dormez, Marguerite, mais m'entendez-vous ?

Lentement, celle-ci approuva de la tête...

– Bien... Maintenant votre esprit se trouve libéré de votre corps et les influences mauvaises sont repoussées. Nous allons ensemble remonter dans votre vie jusqu'à votre enfance. Considérez-vous, Marguerite. Vous avez dix ans... Vous parlez alors ?

Des larmes montèrent instantanément aux yeux de la dormeuse. Elle fit signe que oui mais aussitôt eut le réflexe de protéger sa tête contre d'invisibles coups. Fiora serra ses mains l'une contre l'autre si fort que ses ongles lui meurtrirent les paumes...

– Vous étiez une enfant malheureuse et cependant vous parliez. Que s'est-il passé ensuite ? Regardez votre vie de façon à revenir vers le drame où vous avez laissé votre voix. Égrenez les années...

Soudain, le corps de Marguerite commença à s'agiter. Les draps furent rejetés cependant que, de ses deux bras, la dormeuse cherchait à repousser quelque chose qui l'horrifiait. Elle faisait des efforts terribles pour garder ses jambes jointes et, malgré tout, quelque chose les écartait irrésistiblement. Elle pleurait, elle gémissait... et tout ceci était d'une clarté incroyable :

– Dios ! souffla Esteban : elle a été violée...

Puis tout s'apaisa et Marguerite demeura inerte, comme privée de vie. Démétrios lui accorda un moment de repos puis revint vers elle.

– Est-ce au moment de cette affreuse épreuve que vous avez perdu l'usage de la parole ?

Marguerite hocha lentement la tête de droite à gauche.

– Donc c'était après. Souvenez-vous de ce qui s'est passé ensuite. Il faut que vous reveniez à l'instant où votre voix s'est éteinte... Est-ce si douloureux ?

Marguerite, en effet, se tordait à présent sur son lit. Elle tenait ses mains au-dessus d'elle comme si elle soutenait un ventre devenu beaucoup plus gros et elle poussait d'affreux gémissements.

– On dirait, fit Léonarde d'une voix blanche, qu'elle est en train d'accoucher ?...

Et, se laissant tomber à genoux, elle se mit à prier...

– Ne pourrait-on pas, murmura Fiora, l'empêcher de revivre toute cette souffrance?

Démétrios posa ses mains sur celles de la jeune femme en appuyant doucement...

– A présent, dit-il, l'enfant est né... vous êtes délivrée.

Instantanément, Marguerite s'apaisa. Un sourire émerveillé illumina son visage. On put la voir tendre ses mains vers un bébé imaginaire, le prendre contre sa poitrine, le bercer doucement, l'embrasser. Ce bonheur serein, étendu sur ce petit visage émacié, avait quelque chose de poignant... Mais, soudain, ce fut le drame. Épouvantés, les spectateurs virent Marguerite serrer ses bras contre sa poitrine avec une expression terrifiée et farouche tout à la fois, comme si une affreuse menace s'abattait sur elle. On la vit lutter de son mieux mais elle était sans doute vaincue d'avance. Et tout à coup, elle cria d'une voix enrouée, comme rouillée :

– Mon fils! Rendez-moi mon fils!... Vous ne pouvez pas le prendre! C'est mon enfant... ayez pitié!

Elle ouvrait la bouche pour pousser un cri qui aurait dû être inhumain, mais déjà Démétrios avait imposé ses mains sur la tête de la malheureuse et ordonnait :

– Ne criez pas, Marguerite! Tout est fini... Ne pensez plus à cet instant où vous avez atteint le sommet de la souffrance humaine. Vous n'avez pas eu ce cri... Vous pouvez encore parler... N'est-ce pas que vous pouvez encore parler?

Encore haletante et couverte de sueur, la jeune femme ressemblait à une naufragée qui vient d'atteindre une plage après une lutte épuisante. Fiora voulut la prendre dans ses bras mais, d'un geste, Démétrios la cloua sur place...

– Répondez-moi, Marguerite! Pouvez-vous parler?... Dites: Je le peux...

– Je... le peux...

La voix était faible, rocailleuse, mais cependant nette.

– C'est bien, dit Démétrios. A présent, reposez-vous! Vous avez fourni un effort terrible mais le mal est vaincu... Dans un instant je vais vous réveiller. Vous ne vous souviendrez plus d'avoir revécu ce martyre et vous pourrez maintenant parler tout à votre aise à ceux qui vous entourent et qui vous aiment. Vous m'avez entendu?

– Oui... j'ai entendu.

– Alors, je vais donc vous rappeler parmi nous. Vous vous éveillerez quand je prononcerai votre nom. Attention! Marguerite, ouvrez les yeux!

Et les yeux s'ouvrirent en effet sur un regard un peu égaré qui se tourna d'abord vers le visage attentif du médecin puis ceux émerveillés de Fiora et de Léonarde que la lumière jaune découpait sur l'obscurité de la chambre. Un peu plus loin, Esteban, d'une main qui tremblait, rallumait le chandelier. Fiora s'approcha de Marguerite et l'embrassa:

– Vous êtes guérie, mon amie. Votre voix est revenue.

– Ma voix?... C'est vrai... Oh! que s'est-il passé? Il me semble que je viens de faire un rêve... un rêve effrayant...

– Ce n'était qu'un rêve mais les forces maudites qui tenaient votre voix prisonnière ont été vaincues. Désormais vous êtes et serez comme tout le monde et nous pourrons parler ensemble!

Esteban qui s'était absenté un instant revint avec un pot et des gobelets.

– Après ce que nous venons de vivre, je pense que nous avons tous grand besoin d'un peu de vin. Vous êtes aussi exténué que votre patiente...

S'étant laissé tomber sur une bancelle auprès du lit, Démétrios en vérité semblait infiniment las, et son visage était d'une pâleur de cire. Aussi accepta-t-il volontiers le gobelet que lui tendait son serviteur et le but lentement, presque voluptueusement. Léonarde s'empressait auprès de Marguerite pour changer sa chemise trempée car elle ne demandait qu'à dormir, Fiora s'approcha de son vieil ami :

– Tu as accompli un miracle, Démétrios... D'où tires-tu cette étonnante puissance que je t'ai déjà vu employer par deux fois, sur la Virago et sur cette misérable Hieronyma ? Tu les endormais pour leur donner des ordres mais, cette fois, tu as obtenu que Marguerite retrouve la parole...

– Elle l'avait perdue à la suite d'un terrible choc. Il fallait donc lui faire revivre cette épreuve. Par l'effet de ma volonté, j'y suis parvenu, mais j'admets volontiers que je suis épuisé...

– N'était-ce pas dangereux... pour elle ?

Le médecin leva vers Fiora ses yeux sombres que de larges cernes bleus marquaient durement puis il soupira :

– Si. Elle pouvait en mourir.

– Et tu l'as fait tout de même ?

– Pourquoi pas ? fit-il rudement. Qu'avait-elle à perdre ? Sa vie est à jamais brisée. On ne saurait la guérir de tout ce qu'elle a subi durant des années ! Elle peut parler à présent et, dans peu de jours, elle sera sur pied. Mais pour quel avenir ? Penses-tu te charger d'elle ?

– Toi qui peux lever le voile qui nous cache les temps futurs, pourrais-tu m'aider à répondre à cette question ?

– Non... non, je n'ai rien vu. Sans doute ne m'intéresse-t-elle pas assez ? N'oublie pas que nous avons une tâche importante à accomplir ensemble...

– Je n'oublie pas, lui accorda Fiora. Quant à Marguerite, si elle est vraiment ma sœur...

– Rien ne l'assure, qu'une vague ressemblance... fit Démétrios avec agacement.

– Si vague... qu'elle vous a néanmoins frappés, Léonarde et toi ! Si, donc, elle est vraiment la fille de ma mère

– si tu préfères cette formule – je crois que j'ai quelque idée de ce que nous pourrions en faire...

– Ne pourriez-vous parler moins fort? reprocha Léonarde qui était en train de clore les courtines autour du lit de Marguerite. D'ailleurs, il serait peut-être temps d'aller dormir, nous aussi?

Démétrios se leva et s'étira puis, avec un soupir, alla vers la porte suivi de Fiora, silencieuse. Parvenu dans le couloir qui desservait les chambres, ils marchèrent lentement jusqu'à celle de la jeune femme.

– Ne me diras-tu pas à quoi tu penses? demanda le Grec.

– Je pense, répondit Fiora, que nous quitterons bientôt cette maison. Nous n'avons plus rien à y faire...

– Et pour aller où? Rejoindrons-nous le roi Louis?

– Pas encore, s'il te plaît! Je n'oublie pas ce que nous a raconté Christophe. Il y a encore, non loin d'ici, une femme qui gravit elle aussi un calvaire par la faute de son époux. Regnault du Hamel a payé sa dette, mais nous devons examiner à présent celle de Pierre de Brévailles... Et peut-être qu'en la lui réclamant, je réussirai à procurer un peu de bonheur à deux êtres qui en ont le plus urgent besoin...

Et, sans vouloir s'expliquer davantage, Fiora posa un baiser furtif sur la joue barbue de Démétrios, puis disparut dans sa chambre dont la porte se referma, sans bruit.

Ce soir-là, Fiora, toutes lumières éteintes, demeura longuement accoudée à sa fenêtre, contemplant cette ville qu'elle habitait depuis un certain temps déjà, mais qu'elle allait devoir quitter et qu'elle ne connaîtrait peut-être jamais mieux. La nuit d'été était chaude, sans excès, le ciel pur, plein d'étoiles – et aucun nuage annonciateur d'orage n'en troublait l'immensité bleue : un ciel presque florentin... Négligeant la maison muette et désormais silencieuse où sa vengeance s'était accomplie dans de si étranges circonstances, elle laissa son regard suivre le mince ruban moiré du Suzon qui plongeait sous la rue Musette pour reparaître au chevet de l'église des Jacobins. La petite rivière entrait dans la ville par le nord et c'était au nord que se trouvait Selongey, le domaine de Philippe...

Elle s'accorda le loisir de penser à lui, – ce qu'elle s'était refusé le plus souvent jusqu'à présent pour ne pas se laisser distraire de ses projets – mais la mort de du Hamel avait rapproché le temps où, enfin, elle pourrait aller vers lui pour tenter de connaître la vérité de son cœur. Était-ce par amour pour elle et pour la revoir qu'il était venu secrètement à Florence et en avait parcouru les rues sous un déguisement? Ou bien souhaitait-il seulement chercher, auprès de Francesco Beltrami, une nouvelle aide financière pour les guerres de son maître?... Léonarde penchait pour la première hypothèse que partageait le cœur de Fiora, mais la jeune femme s'avouait qu'en fait elle ne connaissait pas son époux et qu'elle ignorait tout de ses pensées et de ses réactions. Un coureur de jupons? C'était le portrait hâtif tracé par dame Symonne, un coureur qui ne devait pas avoir besoin de beaucoup courir pour attraper sa chance. S'il était à ce point entouré et couvert de femmes, quelle place elle-même pouvait-elle espérer tenir dans un cœur ainsi assiégé?

Pourtant, devant Dieu et devant la loi florentine – à défaut de celle des hommes – devant l'amour aussi, elle était bien réellement sa femme, et le lourd anneau d'or aux armes des Selongey pendait toujours entre ses seins, au bout de sa chaîne d'or. Fiora tira sur le mince lien précieux pour prendre la bague dans sa main. Elle était pesante, chaude de sa propre chaleur, presque vivante... Fiora la baisa comme elle eût baisé la bouche de Philippe...

Où était-il à cette heure? Quelque part en Luxembourg où le gros de l'armée se réunissait dans l'intention d'occuper la Lorraine? A Bruges, où l'on disait que le duc

Charles réunissait les États de Flandres pour en obtenir une aide de guerre en hommes et en argent? Quoi qu'il en soit, il n'était pas, il ne pouvait pas être à Selongey où, cependant, Fiora savait bien qu'aucune force humaine ne l'empêcherait de se rendre une fois qu'elle en aurait fini avec ceux de Brévailles...

En les évoquant, sa pensée revint tout naturellement à Marguerite et s'interrogea: qu'éprouvait-elle au juste pour cette demi-sœur tombée du ciel ou, plutôt, remontée des Enfers? De la pitié, bien sûr, et aussi de la sympathie, toute la compassion du monde, mais, à vrai dire, cela n'allait pas beaucoup plus loin. La voix du sang ne s'était pas encore manifestée alors qu'elle avait plaidé hautement, spontanément, en faveur de Christophe.

Honnête avec elle-même, Fiora se reprocha cette tiédeur qui venait peut-être du fait qu'il avait été impossible, jusque-là, de communiquer réellement avec la prisonnière libérée. Etait-ce à cause de ce long nez pointu signant son unique ressemblance avec un père qui n'en méritait pas le titre? De toute façon, qu'elle l'aimât ou non était de peu d'importance: elle n'était pas destinée à vivre avec Marguerite, et, à cela au moins, Fiora était bien déterminée.

Aux approches de l'aube vint la fraîcheur. Otant ses vêtements, la jeune femme alla s'étendre sur son lit pour se laisser baigner par elle. Sa tête était un peu lourde, d'avoir sans doute respiré trop longtemps l'odeur délicieuse d'un tilleul qui s'épanouissait dans un jardin voisin. Elle découvrait que cette terre de Bourgogne pouvait être enivrante et qu'il devrait être doux d'y vivre à la condition d'être deux...

Un instant, Fiora caressa l'idée d'aller s'installer à Selongey pour y attendre patiemment le retour de Philippe. L'expression de son visage au moment où il la reverrait répondrait sans doute à toutes ses questions. Mais comment subsister là-bas? Comment y arriver aussi démunie qu'une pauvresse, elle que Philippe avait connue si riche? Démétrios n'était pas seul à se tourmenter pour les jours à venir. L'or du Magnifique fondait à vue d'œil. Bientôt s'imposerait une visite rue des Lombards, à Paris, au comptoir qu'Agnolo Nardi tenait pour son frère de lait et où, si Lorenzo de Médicis n'avait pas trompé Fiora, des fonds seraient déposés à son nom. Et puis, il y avait le serment qui la liait à Démétrios, ce serment qu'ils avaient sacralisé en mêlant leur sang. Fiora pouvait d'autant moins le transgresser qu'elle jalousait et haïssait le Téméraire presque autant que l'ancien médecin de Byzance. Seule, sa mort pourrait libérer Philippe du sortilège qui le retenait captif et, peut-être, le ramener à Fiora... s'il ne s'était pas fait tuer avant pour la plus grande gloire de son prince! Mais elle chassa cette idée funeste. Si Philippe ne respirait plus quelque part sous le ciel, un pressentiment l'en aurait avertie. Elle aurait senti qu'une partie d'elle-même avait cessé de vivre...

– Dès que Marguerite sera suffisamment remise, décréta-t-elle, nous partirons pour Brévailles...

Et, forte de cette résolution, elle tomba d'un seul coup dans le sommeil tandis que résonnait au loin le premier chant du coq...

CHAPITRE IV

LA VENGEANCE APPARTIENT AU SEIGNEUR

« Renonce, Fiora ! », dit soudain Démétrios en rapprochant son cheval de celui de la jeune femme. Ils allaient en tête de la petite troupe qui se dirigeait vers Brévailles. Léonarde et Marguerite venaient derrière sur des mules bien dociles et Esteban, armé jusqu'aux dents contre les infortunes de la route, fermait la marche.

– A quoi veux-tu que je renonce ? A conduire Marguerite à sa grand-mère ?

– Tu sais très bien ce que je veux dire. Même sans Marguerite tu serais venue ici pour y abattre ton grand-père... Ne proteste pas ! Que tu le veuilles ou non, il l'est ?

– Il ne le serait que s'il avait d'abord été un père mais il est à l'origine de tous les malheurs de ma mère. Non seulement il l'a mariée de force à ce misérable du Hamel mais il n'a rien fait pour la sauver quand l'heure en est venue. Tu voudrais que je lui pardonne ?

– Non, mais je voudrais que tu t'épargnes toi-même. Laisse-moi conduire Marguerite avec Léonarde et retourne avec Esteban à l'hôtellerie de Verdun[1] où nous avons dormi. Il vaut mieux que tu ne pénètres pas dans cette maison, ajouta-t-il en désignant de sa houssine le château dont les tours semblaient flotter sur la nappe de brouillard blanc qui montait de la rivière.

1. Verdun-sur-le-Doubs.

Ce n'était pas un grand château mais, avec ses trois tours, son donjon et ses hautes courtines habillés de hourds visiblement en parfait état, il offrait un aspect redoutable et il ne devait pas être facile d'en forcer l'entrée. Campé au-dessus du Doubs dont les eaux tumultueuses emplissaient ses fossés et l'isolaient quand le pont-levis était relevé, il ressemblait à quelque guerrier obstiné qui, sans se soucier de se mouiller les pieds, surveille et commande la rivière...

– Que crains-tu? demanda Fiora avec une pointe de dédain.

– Ton visage!

– Mon voile le cache.

– Mais tu seras bien obligée de le découvrir. Quel accueil crois-tu que l'on va te réserver dans une demeure où le maître fait régner une discipline qui ressemble à la terreur? Souviens-toi de ce que t'a dit Christophe! C'est un homme dur, impitoyable et qui, non seulement n'a pas tenté de sauver ses enfants coupables, mais a aidé le mari à obtenir le châtiment. Si tu entres ici, j'ai grand-peur que tu n'en sortes pas...

– C'est ce que nous verrons! Et puis qu'ai-je à craindre en ta compagnie? Aurais-tu perdu ce pouvoir qui te permet de dominer les gens au moment d'une forte émotion? Tu pourrais l'exercer! La vue de ma figure a toutes les chances de provoquer cette réaction.

– C'est toujours plus difficile sur un homme et je redoute que ce Brévailles ne soit un vieux dur à cuire imperméable à tout état émotionnel.

– L'occasion est d'autant plus belle de tenter une expérience intéressante! D'ailleurs, je ne vois pas comment on pourrait refuser de recevoir une petite-fille on ne peut plus légitime? Marguerite, elle, n'est pas née dans le péché! ajouta-t-elle avec une pointe d'amertume. Je n'ai pas le droit de lui refuser cette chance.

– En admettant que ce soit une chance! Je ne sais pas si ce château est l'endroit idéal pour oublier des années de souffrances.

Marguerite, en effet, avait réussi à leur raconter peu à peu ce qu'avait été sa vie dans les demeures successives de son père. Quatre ans de relative douceur aux mains d'une nourrice qui l'avait quittée pour un monde meilleur, puis le quasi-abandon auprès de domestiques indifférents et, pour la plupart du temps, loin des yeux d'un père qui ne celait pas son aversion. Ses seules sorties la conduisaient à l'église voisine, sous la garde d'une servante bigote qui ne trouvait jamais assez longues les stations que l'on faisait, à genoux, sur des dalles froides. Elle avait fini par penser qu'un couvent ne serait pas plus pénible que sa vie dans la maison paternelle et, un jour, elle avait osé demander qu'on lui permît d'entrer en religion.

Du Hamel avait refusé sèchement. Il n'avait aucune envie de payer une dot pour une fille qui lui économisait déjà une servante de cuisine. Et puis, quand l'adolescence avait formé le corps de Marguerite, elle avait dû subir les violences d'un palefrenier qui l'avait odieusement forcée dans la paille de l'écurie. La suite, les nouveaux amis de la malheureuse – elle ignorait toujours le lien de sang qui l'unissait à Fiora car Démétrios, prudent, l'avait exigé – en avaient appris le plus noir durant la transe où la jeune femme avait été plongée : l'accouchement dans la cave où du Hamel l'avait séquestrée après l'avoir cruellement frappée quand son état était devenu visible, la naissance d'un petit garçon qu'on lui avait arraché et froidement étranglé sous ses yeux...

C'était alors l'époque où du Hamel avait été nommé à Dijon. Il en avait profité pour réduire son train de maison à deux valets; deux frères qui avaient su gagner son entière confiance à défaut de plus amples gages et il avait emmené Marguerite enfermée dans une litière à rideaux hermétiquement clos, qui contenait aussi la plupart des bagages et ne s'était ouverte que de nuit, devant la maison de la rue du Lacet. La malheureuse enfant avait été alors enchaînée dans la cave, pour la nuit tout au moins car, le jour, elle travaillait dans la maison, mal nourrie, maltraitée souvent. Seul, le gros valet Claude lui témoignait quelque compassion quand du Hamel n'était pas au logis. Il lui apportait un peu de nourriture, du vin aussi dont il lui avait donné le goût, mais il lui faisait payer ses bienfaits de la seule monnaie que la pauvre enfant eût à sa disposition. Fort heureusement, ces infâmes et brèves étreintes n'avaient jamais eu de conséquences extrêmes.

En dépit de cette aide intéressée, Marguerite s'affaiblissait et, surtout, désespérait. L'envie de vivre – si l'on pouvait appeler cela vivre! – l'avait quittée et elle en était venue à souhaiter ardemment une fin prochaine quand le secours, enfin, lui fut porté...

Elle allait bien mieux à présent. Les forces lui revenaient et ses joues reprenaient couleur mais elle ressemblait plus à un être mécaniquement animé qu'à une femme naturellement vivante. A ses sauveurs, elle montrait beaucoup de reconnaissance mais elle ne semblait guère s'intéresser à l'avenir. Elle était douce, plutôt silencieuse, bien que l'usage de la parole lui fût revenu tout à fait. Avec elle, Fiora avait l'impression de se trouver en présence d'une ombre...

– J'ai bien peur, dit Léonarde, que son âme ne s'en soit allée avec celle de son enfant... Peut-être lui reviendrait-elle si quelqu'un lui apportait beaucoup, beaucoup d'amour? Nous n'avons à lui offrir quant à nous que de l'amitié.

Arrêtée au bord du chemin qui suivait le cours de la rivière, Fiora songeait à tout cela. Le château, il est vrai, n'avait pas un air très engageant avec ses murailles noircies par le temps. Marguerite n'allait-elle pas troquer un cachot contre un autre genre de prison? Fiora se détourna pour apercevoir la jeune femme restée un peu en retrait avec Léonarde, profitant de l'arrêt pour s'isoler. Elle lui avait dit qu'elle l'emmenait chez sa grand-mère en négligeant tout à fait de parler du grand-père. Comment celui-ci accueillerait-il la fille de Marie, la réprouvée, même née dans le mariage? Cette sombre demeure à l'abord hostile ne lui inspirait pas grande confiance.

Davantage par acquit de conscience que pour apaiser cette troublante suspicion, Fiora héla un paysan qui, faux sur l'épaule, se dirigeait vers un champ.

– C'est bien Brévailles?

L'homme ôta poliment le bonnet qui bâchait sa tête et approuva :

– Sûr que c'est Brévailles! Mais... c'est-y qu'vous voudriez y aller? ajouta-t-il avec un intraduisible mélange d'inquiétude et de curiosité. N'entre pas qui veut, vous savez?

– Pourtant, je voudrais voir dame Madeleine. Je suppose qu'elle est chez elle?

– Où qu'vous voulez qu'elle aille? Elle sort jamais et, d'puis qu' le seigneur est malade, on voit plus personne qu' l'intendant et une fille de cuisine qu'est à peu près aussi causante qu'une carpe.

– Il est malade? intervint Démétrios. A merveille! Je suis précisément médecin. Et de quoi souffre-t-il?

Le paysan se gratta le crâne, fit un effort suprême et méritoire de réflexion et, finalement, hocha la tête avec une moue significative :

– J'crois ben qu'personne en sait rien par ici. Quand on d'mande des nouvelles, on vous répond qu'y va pas mieux. En tous les cas, médecin ou pas, ça m'étonnerait ben qu'on vous ouvre.

– Pourquoi? demanda Fiora.

– Parc'qu'on n'ouvre jamais à personne : ni moine, ni mendiant, ni baladin, ni voyageur attardé... C't'une mauvaise maison qu'celle où on n'donne pas l'hospitalité chrétienne... Faut dire quand même qu'y a eu d'grands malheurs par ici...

Visiblement, l'homme ne demandait qu'à bavarder, mais Fiora en savait autant que lui et sinon plus sur les épreuves qui s'étaient abattues sur les hôtes de ce château. Elle remercia le paysan au moyen d'une pièce d'argent et, le restant de la troupe l'ayant rejointe, elle guida résolument son cheval vers les tours solitaires. Démétrios la rattrapa, prétendant poursuivre sa mise en garde, mais Marguerite le suivait de près et il était impossible de discuter devant elle.

Le brouillard matinal se levait sur le Doubs, laissant voir les tourbillons qui agitaient l'eau verte. Puis le chemin dévia aux abords du château pour s'engager dans un petit bois au-delà duquel on peut apercevoir quelques simples maisons recouvertes de chaume, le petit clocher d'une église... Un sentier envahi d'herbes folles qui ne portait guère de traces de passage s'ouvrait à gauche et permettait de rejoindre la petite forteresse. Fiora y dirigea son cheval et trouva rapidement le pont dormant que le pont-levis devait atteindre pour peu qu'on l'abattît. Mais dans l'instant présent, celui-ci se dressait, telle une infranchissable muraille, de l'autre côté d'un large fossé broussailleux que l'eau de la rivière emplissait presque à ras bord. En face, refermé comme un poing serré, muet et silencieux comme un tombeau, Brévailles érigeait ses pierres moroses et fières qui semblaient défier le clair soleil de ce jour d'été...

Sans mettre pied à terre, Esteban emboucha la trompe de corne et d'argent qui pendait à sa ceinture et lança un son prolongé qui fit s'envoler une famille de martins-pêcheurs. On attendit mais rien ne vint.

– Est-ce vraiment là le château de ma grand-mère? questionna Marguerite qui se tenait au côté de Fiora.

– Oui, pour ce que j'en sais, répondit celle-ci, qu'en pensez-vous?

– Rien, sinon que cela semble bien triste. Notre maison d'Autun ne l'était pas autant. Pourquoi donc ma mère ne s'y plaisait-elle pas?

– Peut-être parce que l'époux qui l'y faisait entrer n'avait pas su gagner son cœur. Une chaumière vaut mieux qu'un palais si c'est l'amour qu'elle héberge.

– Elle aurait pu m'aimer, moi? Mais elle ne m'aimait pas, sinon elle ne m'aurait pas abandonnée...

C'était la deuxième fois, depuis qu'elle avait été

recueillie, que Marguerite faisait allusion à Marie. La première, c'était en parlant avec Léonarde qui semblait lui inspirer une confiance toute particulière, mais la vieille demoiselle n'avait pas insisté car elle avait cru s'apercevoir que Marguerite détestait Marie presque autant que son époux. La cruauté de Regnault du Hamel n'avait épargné à l'enfant aucun détail affreux ou sordide et, pour elle, sa mère n'était qu'une femme perverse et dépravée qui n'avait délaissé son foyer que pour assouvir de bas instincts dont elle avait été fort justement punie. Fiora avait tenté un jour de modifier ce jugement sans concessions mais Marguerite avait fermé les yeux en affirmant que cela ne l'intéressait pas... Là était peut-être la raison primordiale pour laquelle Fiora ne réussissait pas à s'attacher réellement à sa demi-sœur.

Elle arrêta le bras d'Esteban qui s'apprêtait à renouveler son appel.

– Souhaitez-vous que je vous conduise plutôt dans quelque couvent ? demanda-t-elle.

Mais Marguerite secoua sa tête dont les magnifiques cheveux blonds, à présent propres et sagement tressés, brillaient dans le soleil :

– Non... Puisque ma famille habite ici, je n'ai aucune raison de souhaiter vivre ailleurs. C'est une maison noble et peut-être que l'on m'y aimera...

C'était prononcé d'une petite voix tranquille, unie, presque sans intonation et cependant le cœur de Fiora se serra. Du geste, elle fit signe à Esteban de reitérer et, pour la seconde fois, la corne lança son mugissement dans l'air calme du matin.

Son insistance fut récompensée. Une tête surmontée d'un casque apparut au créneau cependant qu'une voix rude criait :

– Qui va là et que voulez-vous ?

– Que l'on baisse ce pont car nous avons à faire ici, lança Esteban avec une morgue digne d'un grand d'Espagne qui ne parut d'ailleurs pas produire tout l'effet escompté.

– Passez votre chemin. On n'entre pas!

A son tour, Démétrios prit la parole :

– Il le faudra bien pourtant. Allez dire à la dame de Brévailles que son gendre, messire Regnault du Hamel, est mort et que nous lui amenons céans damoiselle Marguerite, sa petite-fille!

Sur son chemin de ronde, l'homme parut hésiter un instant sur ce qu'il convenait de faire puis, finalement, cria :

– Je vais voir!

Et il disparut...

L'attente qui suivit parut interminable. Campée sur son cheval qui grattait la terre d'un sabot impatient, Fiora allait prier Esteban de sonner une troisième fois quand une sorte de grondement se fit entendre à l'intérieur du château et lentement, lentement, le grand pont-levis s'abaissa vers eux tandis que la herse se relevait en grinçant.

– Eh bien, allons! fit Démétrios avec un soupir qui semblait monter de la terre tant il était profond. Fiora lui sourit :

– Tu vois que nous avons réussi à entrer?

– Espérons seulement que nous sortirons aussi aisément. Ce castel ressemble comme un frère à une prison.

L'intérieur, cependant, était plus aimable. En pénétrant dans la cour dont le haut donjon occupait le centre, les voyageurs virent qu'un logis de deux étages, éclairé par de belles fenêtres à meneaux sculptés, dont les plus hautes s'ornaient de gables fleuronnés, était adossé à la muraille donnant sur la rivière. Un perron de trois marches y menait sur lequel un vieil homme tout vêtu de noir se tenait debout dans une attitude pleine de dignité.

Les nouveaux arrivants mirent pied à terre, laissant leurs brides aux mains d'un valet d'écurie. De toute évidence, leur venue constituait un événement de taille et, près des cuisines, trois servantes les regardaient avec des mines effarées en frottant leurs mains à leur tablier. Un gamin qui poursuivait des poules accourut et resta planté là, un doigt dans la bouche, en contemplation muette.

Fiora avait tiré son voile sur son visage autant que le permettait la bienséance, néanmoins ce fut elle que le vieux serviteur regarda d'abord :

– Pouvons-nous voir la dame de céans? s'enquit-elle doucement. Voici sa petite-fille, damoiselle Marguerite, que nous nous sommes chargés d'amener jusqu'à elle...

Le vieillard salua en homme qui sait son monde mais il redemanda :

– Me direz-vous enfin qui vous êtes?

– Nos noms ne vous diront rien, intervint Démétrios, car nous sommes des voyageurs étrangers et seul le hasard nous a permis d'apporter une aide à damoiselle Marguerite, que voici. Cette jeune dame, ajouta-t-il en désignant Fiora qu'une émotion soudaine étreignait au moment de pénétrer dans cette maison qui avait vu grandir ses jeunes parents et s'éveiller leur passion fatale, cette jeune dame est une noble florentine, donna Fiora Beltrami, et voici dame Léonarde Mercet, sa gouvernante. Quant à moi, je me nomme Démétrios Lascaris, prince et médecin, et je viens de Byzance.

Le vieux serviteur approuva de la tête et fit signe aux arrivants de le suivre dans un bel escalier de pierre parfaitement entretenu et qui menait à une grande salle où, entre une cheminée sans feu et une étroite fenêtre donnant sur la rivière, une dame en deuil était assise dans une grande chaise à bras, un chapelet entre les doigts. Elle avait dû être très belle et gardait quelque reflet de cette beauté passée mais, sous la haute coiffe noire, ses cheveux et son visage étaient d'une blancheur diaphane. Le bord de ses yeux était rougi par trop de larmes. Elles avaient décoloré les prunelles dont le bleu ne se percevait plus guère. L'expression habituelle de ce visage devait être empreinte de tristesse et cependant, à cet instant, il semblait animé par un rayon de lumière. Elle se leva pour accueillir ses visiteurs et Fiora s'aperçut qu'elle était presque aussi grande qu'elle-même... et qu'elle tremblait comme une feuille, bouleversée par une émotion qu'elle ne parvenait pas à dominer.

– On me dit, fit-elle d'une voix émue dont la douceur frappa Fiora, que ma petite-fille, Marguerite, se trouve parmi vous?... Mais comment est-ce possible?... Voici des années que je ne sais plus rien d'elle. J'avais même fini par la croire morte...

– C'est sans doute ce que souhaitait son père, dit Démétrios de sa belle voix grave, mais, à présent, messire du Hamel n'est plus. Il est mort il y a maintenant trois semaines et nous avons eu le bonheur, étant de ses proches voisins, de recueillir demoiselle Marguerite qu'il retenait en sa maison comme en une étroite prison. Elle n'a plus que vous au monde et nous avons pensé qu'il était de notre devoir de vous l'amener...

– Et vous avez bien fait. Comment vous en remercier?... Marguerite... ne veux-tu pas venir jusqu'à moi?

Mais, déjà, la jeune femme s'était précipitée à genoux devant elle. Son étrange indifférence venait de s'évanouir d'un seul coup et elle versait d'abondantes larmes sur les mains tremblantes qui s'étaient tendues vers elle et qui la relevaient. Un moment, les deux femmes restèrent étroitement embrassées. Debout à quelques pas, Fiora les contemplait avec un peu d'amertume. L'envie soudaine lui venait de se jeter, elle aussi, dans ces bras affectueux, d'embrasser ce visage pâle. Car cette femme était sa grand-mère plus encore peut-être que celle de Marguerite et elle pensait à présent qu'il devait être bien doux d'être la petite-fille de Madeleine de Brévailles...

Mais celle-ci dominait son émotion. Sans quitter la main de Marguerite, elle offrit à ses hôtes inattendus un sourire charmant.

– Vous me rendez la vie et je ne vous accueille même pas comme je le devrais! Prenez place, je vous en prie et racontez-moi tout ce que vous savez de cette enfant. Je vais faire servir des rafraîchissements en attendant l'heure du repas. On préparera aussi vos chambres...

Mais Fiora émit de vives objurgations:

– N'en faites rien, dame, je vous en prie. Nous voyageons, mes compagnons et moi-même, et ne souhaitons pas nous attarder car la route est encore longue qui s'étend devant nous.

– Si longue soit-elle, elle supportera bien une halte? Vous avez tant de choses à m'apprendre...

– Sans doute... mais l'on nous a dit que le maître de ce château était malade et nous ne voudrions pas...

Au prix de sa vie, Fiora eût été incapable de dire pourquoi, parvenue dans ce château avec la décision bien arrêtée d'y abattre Pierre de Brévailles, elle souhaitait à présent s'en éloigner le plus vite possible. Elle pensait y entrer en libératrice mais la femme qu'elle avait devant elle ne semblait pas avoir besoin d'un quelconque secours. Elle en eut même la certitude quand dame Madeleine déclara paisiblement :

– Mon époux est malade, en effet, mais je vous assure que votre présence ne saurait le déranger. Ne vous tourmentez donc pas pour lui et causons...

Tandis que Démétrios faisait pour leur hôtesse le récit – un peu arrangé – du sauvetage de Marguerite, Fiora qui avait choisi à dessein de s'asseoir le dos à la luminosité de la fenêtre ne l'écoutait que d'une oreille. Elle scrutait cette salle aux meubles sévères mais admirablement entretenus. Elle regardait la table que deux servantes étaient en train de dresser, la nappe d'une éclatante blancheur qu'elles étendaient et les différents objets qu'elles y disposaient, tous rutilants. Elle considérait aussi son hôtesse, assise sur une bancelle garnie de coussins, Marguerite dont elle tenait toujours la main assise auprès d'elle et ne la quittant pas des yeux. Toutes deux goûtaient évidemment un moment d'ineffable bonheur. Elles se souriaient, riaient même de temps en temps comme deux fillettes bien que le récit du Grec ne fût guère récréatif et leur rire sonnait bizarrement dans une atmosphère que Fiora trouvait de plus en plus lourde... Elle se sentit sur le point presque d'étouffer et laissa glisser légèrement son voile. Une des servantes, la plus âgée lâcha brusquement les couteaux qu'elle tenait et qui résonnèrent sur les dalles cependant que ses yeux s'agrandissaient de stupéfaction. Dame Madeleine lui jeta un coup d'œil agacé, puis tourna les yeux vers Fiora et lui dit à mi-voix, d'un ton futile :

– Nos servantes campagnardes sont d'une grande maladresse. Êtes-vous mieux servie à Florence ?

– Dame Léonarde vous répondrait mieux que moi à ce sujet mais je n'ai jamais eu à me plaindre de nos serviteurs...

– Quelle chance vous avez !

Puis, revenant à Démétrios dont l'œil, entre les paupières resserrées, s'était fait soudain aigu, enchaîna :

– Ainsi, vous disiez que...

La vue du visage de Fiora qui venait de frapper de stupeur une simple servante ne lui causait apparemment aucune émotion. Il en fut ainsi durant tout le repas qui suivit. Démétrios tenait le dé de la conversation et avait entrepris de raconter par le menu quelques-uns de ses voyages aux deux interlocutrices ravies qui bavardaient joyeusement avec lui. Marguerite semblait avoir complètement oublié ses deux compagnes et ne tournait jamais les yeux vers Fiora ou vers Léonarde qui, silencieuses, mangeaient du bout des dents. L'idée de passer la nuit dans cette demeure était insupportable à la jeune femme et elle en voulait un peu à Démétrios de tous les frais qu'il déployait. Était-ce le même qui, tout à l'heure, la suppliait presque de renoncer à ses projets ?

Qu'en restait-il, d'ailleurs, de ces fameux projets à cette heure où, assise à la table d'un aïeul détesté, elle n'en mangeait pas moins son pain ? La mort brutale d'un homme qui semblait tenir si peu de place dans l'esprit de sa femme – elle éludait chaque fois que le Grec tentait d'en savoir plus sur la maladie de Brévailles – serait-elle de nature à améliorer la situation ? Elle semblait parfaitement maîtresse d'elle-même et de cette maison où chacun lui obéissait sans faillir...

Le repas s'achevait sur d'exquises confitures accompagnées de belles tranches d'un boichet[1] qui embaumait, lorsque le vieil homme qui avait accueilli les voyageurs et devait être l'intendant reparut à l'entrée de la salle :

– Le maître, dit-il cérémonieusement, désirerait recevoir personnellement la jeune dame étrangère qui a ramené damoiselle Marguerite...

Et comme tous les autres convives se levaient d'un même mouvement, il ajouta :

– Il désire la voir seule !

– Montrez-moi le chemin, consentit Fiora. Je vous suis.

Sans songer seulement à s'excuser auprès de son hôtesse mais avec une sorte de soulagement, elle quitta la table pour se diriger vers l'escalier. A son étonnement, au lieu de monter celui-ci vers l'étage supérieur, on le descendit. Derrière l'intendant, Fiora traversa la cour et pénétra dans le donjon. En dépit de la chaleur extérieure, une chape de froid et d'humidité lui tomba sur les épaules dès la porte franchie, mais elle y prit à peine garde car son esprit était agité de questions... De quelle maladie pouvait bien souffrir le seigneur de Brévailles pour qu'on l'installât dans ce donjon antique ?

Toujours précédée de son guide, elle gravit un étage et pénétra dans une salle ronde qui lui parut d'autant plus immense qu'elle était sombre et dégarnie de meubles à l'exception d'un lit isolé parmi des ombres denses et de deux ou trois tabourets. Mais le spectacle qui l'y attendait n'en était pas moins impressionnant : près d'une ouverture à peine plus large qu'une meurtrière, un homme barbu aux longs cheveux gris était assis dans une haute cathèdre de bois noir, une couverture sur les genoux et totalement immobile. Auprès de lui et presque aussi rigide, presque aussi âgé d'ailleurs, un homme d'armes se trouvait debout tenant d'une main un pennon voilé de noir et, de l'autre, une épée dégainée. Saisie, Fiora s'arrêta au seuil de la porte que l'intendant avait ouverte devant elle :

1. Ancien nom du pain d'épice.

– Approchez! intima une voix qui semblait émaner des profondeurs mêmes des fondations.

Fiora s'avança et, derrière elle, l'huis se referma sans bruit. Elle avançait comme dans un rêve. Était-ce donc, là, cet aïeul dont elle avait juré la perte? Il ne paraissait pas affaibli le moins du monde. Au contraire et bien que la lumière fût incertaine, ce que la barbe et les cheveux laissaient transparaître de son visage trahissait la santé... Machinalement, elle chercha, à sa ceinture, la dague que les plis de sa robe dissimulaient et s'arrêta à quelques pas des deux hommes...

– Approchez encore, dit Brévailles. Je vous vois mal!

Elle atteignit la tache de soleil que l'étroite ouverture plaquait sur le dallage au bout d'un rayon lumineux où dansaient des myriades de grains de poussière. Et resta là sans plus bouger, consciente de ce regard presque immobile qui la scrutait intensément...

– Justine a raison, dit le vieux seigneur comme pour lui-même, c'est étonnant...

Puis, sèchement, il ordonna :

– Va-t'en, Aubert!

La statue armée qui se tenait à son coude protesta :

– Vous voulez que je m'éloigne, seigneur? Songez que je suis votre bras, votre force...

– J'estime n'avoir besoin ni de l'un ni de l'autre. Va! Je te rappellerai plus tard...

– Êtes-vous certain que vous n'aurez besoin de rien?

– Je n'ai jamais besoin de rien et maintenant moins que jamais, dit le seigneur sans quitter Fiora des yeux. Il attendit que son écuyer ait franchi la porte puis reprit :

– Ainsi, c'est vous qui avez conduit jusqu'ici cette Marguerite que nous croyions perdue? Où l'avez-vous trouvée?

– A Dijon, enchaînée dans la cave de l'homme indigne qui était son père, à ce qu'il paraît. Il s'en est fallu de bien peu qu'elle ne soit à jamais perdue, en effet...

– Et lui? J'ai cru comprendre qu'il est mort? De quoi?

– De peur! D'avoir vu un fantôme...

– Étrange! Je ne l'aurais jamais cru émotif à ce point! Mais tout dépend, évidemment, du fantôme en question. Peut-être vous ressemblait-il?

– Peut-être...

– C'est ce que je supposais... Vous venez de Florence, m'a-t-on dit? Quel est votre nom?

– Fiora... Fiora Beltrami. Je suis, en effet florentine...

Il y eut un silence que troublait seulement la respiration de ces deux êtres qui, du premier regard, s'étaient reconnus comme ennemis. Aucune courtoisie n'atténuait le ton agressif de leur voix. Les paroles tombaient, à la limite de l'insolence, de part et d'autre, tranchantes comme des couteaux. Un duel s'établit dès le premier abord entre ce vieil homme aussi rigide qu'une statue, appuyé sur le dossier de son siège, et cette belle jeune femme dressée en face de lui, refrénant de son mieux une instinctive aversion.

Brévailles émit un petit rire sec et reprit, plus mordant que jamais:

– Florentine? Allons donc! Vous êtes «leur» fille! Croyez-vous que j'ignore ce qui s'est passé après l'exécution de ces deux misérables? Avant que je ne le chasse d'ici, ce vieux fou d'Antoine Charruet avait eu le temps de tout raconter. Je sais qu'un marchand de Florence a ramassé le fruit désastreux de l'inceste et de l'adultère... Eh bien, vous ne dites plus rien? C'est bien cela, n'est-ce pas? J'ai deviné juste?

– Je suis leur fille, en effet, et figurez-vous que j'en suis fière, parce qu'ils ont été des victimes avant tout: vos victimes! C'est vous qui êtes la cause première du drame dont je suis issue...

– Moi? Vous osez?...

– Oui, j'ose et plus encore! Rien ne serait arrivé d'irrémédiable si, quand vous vous êtes aperçu de ces liens trop tendres noués entre Marie et Jean, vous aviez choisi pour elle un autre époux que ce du Hamel. Mariée à un homme jeune, aimable et amoureux, elle aurait oublié son frère. Mais vous avez préféré le pire – et pourquoi? Parce qu'il était riche? Malheureusement c'était un monstre ignoble qui n'aura jamais su que martyriser sa femme tout comme il a martyrisé sa fille...

– J'ai pris le premier parti convenable qui s'est présenté. On commençait à jaser sur...

– Jean et Marie? Vous ne parvenez même pas, encore aujourd'hui, à prononcer leurs noms, n'est-ce pas? Ils vous empoisonnent la bouche? Quant à la fortune de du Hamel, vous allez pouvoir la revendiquer à présent que vous avez Marguerite! Car elle est en droit d'y prétendre! Cependant, je ne crois pas – et c'est tant mieux ! – que vous en profiterez longtemps...

Il eut un ricanement déplaisant:

– Faites-vous profession de dire la bonne aventure? En tout cas, vous n'êtes guère logique. Vous me haïssez, n'est-ce pas? Alors pourquoi avoir mené céans Marguerite et son héritage?

– Parce que après tant d'années d'oppression et de souffrance, elle a bien droit à un légitime bonheur et j'espère qu'elle le trouvera auprès de sa grand-mère. Quant à vous...

– Quant à moi? lança-t-il, la défiant avec arrogance.

– Vous n'aurez plus le loisir de la rendre encore malheureuse parce que je suis venue vous tuer...

– Me tuer? Et comment?

– Avec ceci.

La dague venait d'apparaître, fermement brandie dans sa main. D'un mouvement rapide, Fiora passa derrière le siège et appuya la lame contre la gorge de Brévailles...

– Surtout n'appelez personne! Vous n'auriez pas le temps d'achever votre cri...

– Pourquoi appellerais-je? Tuez-moi donc si vous en avez envie... et si le parricide ne vous fait pas peur!

– Non, car vous n'êtes rien à mes yeux qu'un homme presque aussi méprisable que Regnault du Hamel. Si vous avez quelque prière à dire, dépêchez-vous...

En dépit de sa ferme résolution, la force d'âme de cet homme la confondait : il n'avait même pas remué un bras pour tenter d'écarter la dague de sa gorge. Pourtant, il ne devait pas manquer de force?

– Je n'ai jamais été diseur de patenôtres. Mais, après tout, vous avez peut-être raison de m'assassiner. La venue inopinée de cette Marguerite ne me cause aucune joie : elle n'est après tout que la fille d'une putain incestueuse et...

Il n'acheva pas. La porte, violemment poussée, venait de frapper contre le mur et Madeleine de Brévailles se précipitait :

– Ne le tuez pas, Fiora! Vous lui feriez trop de plaisir! Si vous voulez vraiment venger votre mère, laissez-le vivre et priez même pour qu'il vive encore de nombreuses années!

Stupéfaite, Fiora découvrait cette femme nouvelle et insoupçonnée qui se dressait devant eux, la bouche amère et les yeux brûlants de haine. Plus rien de similaire avec la tendre grand-mère qui il y a peu cajolait Marguerite et riait avec elle. Celle-ci rejetait d'un bloc des années de souffrances et de rancœur et, en face d'elle, l'homme accusé se terrait, muet, bien que son visage ne reflétât qu'une rage impuissante. Il hurla :

– Tue-moi! Pourquoi as-tu retenu ton bras? Je n'ai commis que des crimes et j'en suis heureux... Tue-moi, te dis-je!

Immobile entre dame Madeleine et son époux, Fiora les regardait tour à tour sans parvenir à comprendre. Elle ne vit pas ainsi Démétrios entrer et ne s'aperçut de sa présence que lorsqu'elle le vit tout à coup près du malade, soulevant un bras, puis rejetant la couverture afin d'examiner ses jambes...

– Qu'est-ce que cela signifie? interrogea Fiora.

Démétrios hocha la tête et haussa les épaules :

– Que cet homme est paralysé. Il est même étonnant qu'il puisse encore parler... Comment est-ce arrivé?

– Une chute de cheval il y a un an environ, déclara la dame d'un ton aussi satisfait que si elle avait été elle-même la cause et la force agissante qui avaient provoqué l'accident. Depuis, je me suis enfin remise à vivre. Finies les années d'esclavage! Finie l'impitoyable tyrannie qui durant tant d'années a terrorisé ce château! C'est moi la maîtresse à présent et, puisque, grâce à Dieu et grâce à vous, ma petite-fille m'est rendue, notre vieille demeure va s'ouvrir et s'égayer à nouveau! Nous avons, désormais, bien des jours de joie devant nous...

– Tu es folle! Serons-nous moins déshonorés parce que tu as récupéré un être de ton sang? Mais celle-ci que tu as empêché de me tuer est aussi ta petite-fille!

– Je sais parfaitement qui elle est. Je n'avais pas oublié le nom du marchand florentin dont m'avait parlé le bon père Charruet...

– Et tu n'as pas envie de la garder, elle aussi? Elle me hait de toute son âme et, un jour ou l'autre, je saurai bien l'amener à me délivrer...

– Ce n'est pas moi qui ne désire pas la garder, dit Madeleine avec une tristesse subite, bien au contraire! C'est elle qui n'a pas envie de rester... Elle est trop belle et vive pour cette austère demeure... Mais j'espère ardemment qu'elle n'oubliera pas tout à fait une grand-mère qui lui gardera une bonne part de son cœur...

Elle ouvrit les bras et Fiora s'y jeta, les larmes aux yeux.

– Moi non plus je ne vous oublierai pas! Tout à l'heure... j'enviais Marguerite...

– Touchante scène de famille! grinça Brévailles. Charmant tableau! Et moi, serai-je oublié? On ne m'embrasse pas? J'ai toujours apprécié qu'une jolie fille me caresse... et j'ai quelquefois regretté de n'avoir pas tenté ma chance avec cette jolie garce de Marie, après tout, puisque ça ne la gênait pas de coucher avec son frère. Pourquoi pas avec moi?

Démétrios empoigna Fiora qui, emportée par une

colère sauvage, allait se jeter sur lui, la dague haute. Il la lui arracha puis, se tournant vers l'infirme et sans lâcher la jeune femme, il prononça fermement :

– Vous n'y parviendrez pas, messire! Fiora doit admettre qu'en ce qui vous concerne la vengeance appartient au Seigneur. Celle qu'il exerce pour l'heure est terrible mais vous la méritez amplement. Que Son nom soit béni! Viens, à présent, il est temps de partir...

L'un après l'autre, ils quittèrent la salle ronde où le vieil Aubert vint reprendre auprès de l'infirme sa garde fidèle et dérisoire. La dernière image que Fiora emporta fut celle d'un visage barbu aux yeux étincelants de fureur impuissante mais d'où glissaient de lourdes larmes...

Ils repartirent dans la chaleur de cet après-midi de juillet encore pénible bien que le jour fût déjà avancé. L'air vibrait au ras de l'eau dans laquelle glissait une couleuvre. Tout était silence quand, soudain, un éclair zébra le ciel blanc...

– Si seulement nous pouvions avoir un bel orage! soupira Léonarde en s'éventant avec son mouchoir. Rien ne me plairait autant qu'une grosse ondée...

– A vous peut-être mais sûrement pas aux paysans! Cela pourrait gâter leurs foins, s'exclama Démétrios en surveillant Fiora du coin de l'œil.

Depuis leurs adieux à la dame de Brévailles, celle-ci n'avait pas desserré les dents. Elle allait droit son chemin, le regard absent. Quand on fut rendu au coude de la route d'où l'on pouvait apercevoir encore le château veillant au bord de la rivière, elle arrêta son cheval et resta là, figée sur place.

Démétrios respecta sa rêverie durant quelques instants mais, comme Fiora semblait s'éterniser, il s'approcha d'elle :

– Regretterais-tu quelque chose?

– Peut-être... mais pas dans le sens que tu imagines. Je regrette d'être venue...

– Ne nous fallait-il pas ramener Marguerite?

– J'aurais pu t'en charger et attendre à Beaune, par exemple, que tu reviennes...

– Tu voulais accomplir ta vengeance à tout prix. Souviens-toi comme j'ai essayé de t'en détourner!...

– Je sais... Et je reconnais que tu avais raison puisque Dieu s'en était déjà chargé! Bien illogique, d'ailleurs, le Seigneur! Il a frappé ici mais laissait prospérer le monstrueux du Hamel...

– Tout cela signifie-t-il que tu regrettes... de quitter cet endroit? Après tout, là est ton authentique famille et il serait naturel que tu désires y vivre. En ce cas, tu peux t'en retourner en compagnie de dame Léonarde. Je te délie de ton serment... et je n'en demeurerai pas moins ton ami à jamais.

– Tu ne me comprends pas, Démétrios! Il est exact que mon cœur était tout près de se donner à Madeleine de Brévailles. Les bras d'une grand-mère sont... infiniment doux. Mais rester ici, non, jamais! Je crois d'ailleurs que Marguerite ne l'eût pas apprécié, ajouta-t-elle avec un demi-sourire.

En effet, le visage de Marguerite avait soudain pris une expression chagrine quand dame Madeleine, à l'instant du départ, avait embrassé Fiora avec une tendre effusion et ses adieux, à elle, avaient été livrés du bout des lèvres. Elle était visiblement soulagée de quitter cette jeune femme, trop belle peut-être, à qui elle devait la vie.

– Elle est tout de même la fille de du Hamel, remarqua Léonarde qui s'était approchée. Et vous avez bien fait de recommander à dame Madeleine le silence absolu sur votre lien de parenté. Je crois bien qu'elle vous détesterait si elle vous savait sa sœur. Quant à vous, mon agneau, ces regrets vous passeront plus vite qu'ils sont venus! Votre destin n'est pas ici.

– Je sais! Mais j'ai voulu regarder encore une fois ces lieux que je ne reverrai sans doute jamais... Même si, un jour, je revenais habiter la Bourgogne... Ce qui peut toujours se faire.

A présent qu'elle était dégagée de ces devoirs de vengeance qu'elle s'était imposés en Bourgogne, Fiora pouvait tout à loisir laisser son esprit, et son cœur, vagabonder sur les pas d'un autre Bourguignon qui était son époux. Elle pouvait se souvenir qu'elle était ici dans son pays, et ce n'était pas sans une douce nostalgie puisqu'elle n'avait toujours pas reçu de réponse à la question qu'en quittant Florence elle se posait : était-ce pour la revoir, en dépit du pacte passé avec Francesco Beltrami, que Philippe était revenu sous un déguisement dans la cité des Médicis ? Et c'était infiniment plus important que la jalousie d'une demi-sœur à laquelle rien ne la liait...

Résolument, elle fit faire demi-tour à son cheval pour reprendre la route et ne permit plus à son esprit de retourner à Brévailles où elle souhaitait que sa grand-mère trouvât enfin un peu de bonheur véritable auprès de la fille de Regnault du Hamel... Il faisait beau, elle n'avait pas dix-huit ans et elle aimait passionnément l'homme dont l'anneau pendait sur sa poitrine, à l'abri de sa robe... Même l'image lointaine et d'ailleurs indistincte de l'impitoyable duc de Bourgogne ne parvenait pas à troubler cette minute de paix heureuse qu'elle s'accordait à elle-même. Pourquoi donc, après tout, le ciel ne se chargerait-il pas de lui comme il avait disposé de Pierre de Brévailles ? Les bruits qu'elle avait entendus depuis son arrivée en Bourgogne pouvaient lui donner à ce sujet quelque espérance car les ennemis acharnés à la perte du Téméraire commençaient à être légion : les Suisses, les princes allemands, le duc de Lorraine et, surtout, surtout, ce roi de France dont on murmurait à juste titre qu'il était le plus habile de tous les diplomates et peut-être le plus puissant de ces ennemis. Les gens hasardaient volontiers qu'entre lui et le Téméraire la haine ne prendrait fin que par la mort de l'un d'eux. Et c'est vers ce souverain énigmatique – car son image différait selon ceux qui en parlaient – qu'elle et Démétrios allaient s'acheminer de concert... non sans un petit détour que Fiora était bien décidée à obtenir...

Ils firent étape à Beaune, dans un relais proche de l'admirable Hôtel-Dieu édifié trente-deux ans plus tôt par le chancelier de Bourgogne, Nicolas Rollin, et son épouse Guigone de Salins. Sans avoir la splendeur architecturale de son voisin, l'auberge du Grand Saint Vincent leur offrit, avec ses lits aux draps soigneusement repassés, sa cuisine abondante et variée et la fraîcheur de la vigne qui revêtait ses murailles, une halte aussi reposante pour le corps que pour l'esprit. Après le souper qu'on leur servit, toutes fenêtres ouvertes sur les grands toits bruns des Halles, dans la chambre que partageaient Fiora et Léonarde, Démétrios s'inquiéta auprès de l'hôte, maître Baudot, du chemin qu'il convenait de prendre pour se rendre à Paris.

Afin de calmer les soupçons de ce brave homme qui, en digne serviteur du duc Charles, commençait à regarder de travers des gens qui souhaitaient se rendre dans la ville capitale de « l'infâme roi Louis XI », Démétrios se hâta de préciser qu'ils devaient rejoindre un cousin, marchand drapier dans la rue des Lombards. Satisfait, Baudot lui exposa que le meilleur chemin sans contredit passait par Dijon et par Troyes, en Champagne, celui qui, après avoir traversé une partie du Morvan et l'Auxois, rejoignait la vallée de l'Yonne n'étant plus praticable.

– On dit, observa maître Baudot, que les troupes du roi Louis, après la rupture de la trêve, se sont ruées sur nos terres et sont arrivées jusqu'à Auxerre où elles dévastent, ravagent, pillent et brûlent tout ce qui leur tombe sous la main. C'est bien le fait d'un mauvais homme, ajouta-t-il, car ce roi sait bien que Mgr Charles, – que Dieu nous veuille garder en santé! – vient tout juste d'en finir avec le siège de Neuss...

– La ville est-elle enfin tombée? demanda Fiora qui savait parfaitement à quoi s'en tenir mais tenait à jouer jusqu'au bout son rôle d'étrangère nouvellement débarquée.

– Oui et non. Elle s'est ouverte devant le légat de sa

sainteté le pape Sixte qui en a pris possession au nom de l'Église. Il n'y a ni vainqueur ni vaincu mais notre duc a tout de même perdu beaucoup d'hommes et pas mal d'or... Profiter de cela, c'est indigne!

– Croyez-vous? fit Démétrios d'un air innocent. Des marchands flamands que nous avons rencontrés au-dessus de Lyon nous ont appris que le duc, laissant son armée derrière lui, rejoignait à marches forcées ses possessions de Flandres pour y réunir les États et pour retrouver à Calais son allié le roi d'Angleterre en compagnie duquel il entend entreprendre la conquête de la France. Il voudrait même le faire couronner à Reims...

– Le roi d'Angleterre est frère de Mme la duchesse, repartit dignement Baudot. Lui et Monseigneur peuvent se rencontrer sans qu'il y ait mauvaise intention à l'égard de la France. Mais les gens ont si méchante langue qu'ils sont capables d'aller jusqu'à prétendre que si le roi Louis nous envahit ce serait entièrement de notre faute! Vos marchands me font l'effet de fieffés cancaniers et...

Démétrios mit un terme à l'indignation du brave homme en lui commandant un pichet de son meilleur vin de Beaune puis, quand il fut servi, se tourna vers ses compagnes.

– Notre chemin est tout tracé. Il faut remonter à Dijon mais nous n'entrerons pas dans la ville. Nous la contournerons pour rejoindre la route de Troyes qui se trouve vers le nord...

– Passerons-nous par... Selongey? hasarda Fiora mécontente de se sentir rougir comme si elle était fautive. Lorsque nous étions à Dijon, j'ai appris que cette terre se trouvait aussi au nord...

– Certes, répondit Léonarde avec un regard plein de compassion, mais cela nous détournerait. Nous prendrons par Troyes. Selongey est sur le chemin qui mène à Langres et, de là, aux pays lorrains...

– Le détour serait-il si grand? Je désire vraiment y aller! reprit la jeune femme d'une voix soudain raffermie.

N'est-il pas naturel que je souhaite au moins apercevoir le château dont je devrais porter le nom?

– Espères-tu y rencontrer messire Philippe? demanda doucement Démétrios. Tu sais parfaitement qu'il ne quitte jamais le duc Charles. Il doit être en Flandres à l'heure actuelle, à moins qu'il ne soit resté avec l'armée en Luxembourg.

– Il l'a néanmoins quitté deux fois à ma connaissance : la première quand nous nous sommes mariés, la seconde quand il a été reconnu à Florence alors que la populace pillait mon palais! Je t'en prie, Démétrios : conduis-moi à Selongey! C'est, je le jure, ma dernière prière...

Les grands yeux gris suppliaient et le médecin crut bien y voir briller une larme. Sa longue main se posa sur celle de sa jeune amie, compréhensive et apaisante :

– Le détour serait-il si grand, dame Léonarde?

– Je ne sais pas au juste... mais au moins une douzaine de lieues... et par des chemins incertains qui ne vont pas tout droit...

– Une journée de cheval, traduisit Esteban, et nous sommes en été. C'est peu de chose...

– Nous pouvons aussi nous égarer. Je suis née dans cette région mais je ne m'y suis guère promenée...

– Eh bien, nous demanderons notre route! fit Démétrios avec bonhomie, et nous n'en sommes pas à un jour près! Nous ne saurions refuser à la dame de Selongey de visiter son domaine. Et nous demanderons même l'hospitalité, si tu le veux, conclut-il en baisant la main de Fiora. Qui peut savoir ce que nous y trouverons?

Fiora ne répondit pas mais ses yeux, soudain emplis d'étoiles, trahirent l'espoir qui lui était venu. Puisque, pour l'instant, les armes du duc Charles semblaient s'être calmées, pourquoi le comte de Selongey n'en profiterait-il pas pour passer quelques jours chez lui? A l'idée de le revoir peut-être bientôt, le cœur de Fiora s'affola et elle eut toutes les peines du monde à trouver le sommeil, tandis qu'à côté d'elle, bienheureuse, Léonarde ronflait comme un soufflet de forge...

Vers la fin du second jour, Fiora, le cœur battant toujours au rythme de son espoir, galopait à travers le plateau coupé de bosquets et de masses forestières que l'on avait atteint après Til-Châtel et qui filait droit vers la cité épiscopale de Langres. Un bûcheron du cru, rencontré à une croisée de chemins, avait indiqué celui de Selongey :

– C'est le prochain village : un gros bourg dans la vallée de la Venelle avec une vieille église et un fort château dont vous apercevrez les tours quand vous serez parvenus à cet arbre penché que vous voyez là-bas!

Une pièce avait récompensé le bonhomme de son précieux renseignement et, quelques instants plus tard, Fiora découvrait, en effet, le château de son époux. Son émotion redoubla à cet aspect redoutable : dix tours en poivrière dont les ardoises luisaient sous le soleil, gardées par des hommes d'armes; de grandes murailles solides et un donjon massif dressé vers le ciel comme le doigt tendu d'un géant. Ainsi, c'était là « sa » maison, là qu'il était né, qu'il avait passé son enfance et quitté les bras tendres d'une mère pour apprendre la rude vie des hommes...

– Mais je ne crois pas qu'il y soit! soupira Léonarde. Et Fiora s'aperçut alors qu'elle venait de penser tout haut...

– Pourquoi donc?

– Aucune bannière ne flotte sur le donjon. Cela signifie clairement que le seigneur n'est pas au bercail.

Fiora haussa les épaules, cachant sa déception sous un demi-sourire.

– Tant pis! Essayons, au moins, de nous faire accorder l'hospitalité pour la nuit.

L'espoir de rencontrer Philippe était faible et Fiora le savait mais n'est-il toujours permis d'espérer...

– Compterais-tu te faire reconnaître comme la dame de ces lieux? demanda Démétrios.

– Non. Nous sommes de simples voyageurs désorientés. Quand j'entrerai ici en tant que maîtresse, ce sera au bras de mon époux... si j'arrive à le retrouver car j'ai toujours tendance à négliger cet affreux désir qu'il avait de se faire tuer...

– Il était sincère sans doute, coupa Léonarde qui n'aimait pas voir l'esprit de Fiora s'engager dans ces pensées affligeantes, mais, pour ma part, je n'y ai pas vraiment cru...

– Moi non plus, fit Démétrios en écho. Je suis persuadé qu'il est toujours vivant.

Fiora leur adressa, à l'un et à l'autre, un regard chargé de gratitude pour ces paroles encourageantes et pressa un peu l'allure de son cheval. Elle avait hâte à présent d'arriver...

Ils avaient atteint le village et la barbacane d'entrée du château était déjà en vue quand, débouchant de la forêt qui couronnait le coteau, quelques cavaliers apparurent. Les faucons qu'ils portaient sur leur poing ganté de cuir épais disaient assez qu'ils venaient de chasser et quelques oiseaux pendaient au troussequin de la selle de l'un des hommes. Ils étaient six en tout : quatre hommes un peu plus armés peut-être qu'il n'eût fallu pour un divertissement, et deux femmes.

Celle qui allait en tête et qui riait en posant un baiser sur la tête encapuchonnée de son oiseau pouvait avoir une trentaine d'années. Élégamment habillée de soie bleue elle avait de longs cheveux blonds étroitement nattés sous un hennin court de velours assorti à sa robe et où s'attachait un voile azuré. Elle était d'ailleurs très jolie et, à le constater, le cœur de Fiora tressaillit.

A présent les chasseurs qui n'avaient pas remarqué les quatre cavaliers entraient dans le château de l'allure toute naturelle de gens qui reviennent chez eux.

– Qui sont-ils? fit Léonarde sans cacher sa surprise. Messire Philippe n'avait-il pas dit qu'il n'avait aucune famille?

– Il peut avoir des invités, dit Démétrios. Même en l'absence du seigneur c'est une chose possible... Le mieux vois-tu, c'est d'entrer à notre tour...

Mais Fiora avait froncé les sourcils et l'arrêta. Elle avisa une lavandière qui, sa corbeille de linge à la hanche, remontait de la rivière et l'appela :

– Pardonnez-moi si je vous parais curieuse, dit-elle gentiment, mais je croyais ce château inhabité. Le comte Philippe n'est pas là, n'est-ce pas?

La servante ne devait pas être un puits d'intelligence car elle adressa à Fiora son plus béat sourire.

– Pour sûr qu'il est pas là!

– Alors, cette dame qui vient d'entrer? Savez-vous qui elle est?

– Ben... c'est la dame du château. C'est dame Béatrice...

– Béatrice... de Selongey?

– Ben... oui.

Ce «oui» frappa Fiora comme une gifle. Elle devint soudainement très rouge. Sentant qu'elle allait se mettre à hurler, à sangloter ou à se livrer à toute autre manifestation insensée, elle serra les rênes, fit volter son cheval qui manqua renverser la lavandière puis, enfonçant ses talons dans le flanc de la bête avec un cri sauvage, elle s'élança au triple galop à travers le village qu'elle traversa comme un boulet de canon. L'appel de Démétrios lui parvint de très loin, comme du fond des âges:

– Arrête-toi! Par pitié...

Pitié pour qui? Et pour quoi faire? L'eût-elle voulu, d'ailleurs, qu'il lui était impossible de retenir l'animal emporté. Les yeux fous, les oreilles couchées, l'écume à la bouche, il fonçait droit devant lui mais Fiora, éperdue de douleur et de honte, ne voyait rien, n'entendait rien, attendant passivement que cette course à l'abîme s'achevât dans la mort. Et la mort n'était pas loin car la bête affolée courait droit vers un bois épais dont les branches basses représentaient autant de pièges redoutables.

Esteban s'était élancé derrière Fiora, suivi de Démétrios qui, plus lourd, ne pouvait aller au même train, et de plus loin encore par Léonarde qui, peu familière du grand galop, sanglotait éperdument. Le Castillan était un remarquable cavalier. Couché sur l'encolure de son cheval qu'il ne cessait de cravacher, faisant corps avec lui, il s'efforçait de gagner du terrain dans l'espoir de rejoindre

Fiora avant le bois car il avait pleinement conscience du danger encouru. Il ne criait pas, n'appelait pas, car cela n'eût fait qu'exciter davantage l'animal emballé. Mais il réussit à se rapprocher jusqu'à se trouver botte à botte avec la jeune femme dont il était visible qu'elle ne résistait pas, ne se défendait pas... Alors, mettant sa bride entre ses dents, Esteban se pencha et, saisissant Fiora à bras-le-corps, réussit à l'arracher de sa selle et à la coucher devant lui. A cet instant seulement, il retint sa monture qui freina des quatre fers et finit par stopper, trempée de sueur. Fiora glissa à terre, sans connaissance, tandis que son cheval, libéré de son poids, allait bouler dans un buisson dont il se releva sans autres dommages que des égratignures.

La nuit venait et il leur fallait trouver un abri. Léonarde qui, un peu remise de la peur qu'elle avait éprouvée, les avait rejoints et s'efforçait de ranimer Fiora, proposa le prieuré de Til-Châtel où la maison d'hôtes les recevrait peut-être.

– Si nous pouvons y arriver, c'est la meilleure solution, fit Démétrios. Mais, par tous les diables de l'enfer, j'aimerais étrangler de mes mains ce Philippe de Selongey...

– Je n'arrive pas à comprendre, murmura Léonarde. Si j'ai jamais vu homme amoureux, c'est bien celui-là... lorsqu'il a quitté la chambre nuptiale.

– Allez donc essayer de percer le mystère d'une âme! Il l'aimait sans doute, à ce moment-là, mais il avait trouvé plus commode à son gré d'oublier qu'il était déjà marié. Je l'avais mal jugé...

En reprenant connaissance, Fiora remercia Esteban puis, sans autre commentaire, remonta sur son cheval que l'on avait laissé reposer un moment. Mais lorsque la porte de la petite chambre qu'elle partageait avec Léonarde au prieuré se fut refermée, elle déclara, les yeux tournés vers cette campagne envahie par la nuit qu'elle avait tant espérée et où elle avait reçu si cruelle blessure:

– J'ai cru en cet homme et je l'ai aimé. Lui s'est moqué

de moi et m'a joué la plus indigne, la plus triste des comédies... Mais un jour viendra où il regrettera de m'avoir seulement rencontrée...

Tout en parlant, elle avait fait passer par-dessus sa tête la chaîne qui soutenait l'anneau de Philippe et le contempla un instant :

– Le gage de sa foi! fit-elle avec amertume. Puis elle tendit la bague à Léonarde : Tenez, vous la donnerez demain au prieur de cette maison pour ses charités... Et, je vous en supplie, ne me parlez jamais... plus jamais de cet homme!...

Deuxième partie

PARIS MENACÉ

CHAPITRE V

UNE GRAND-MESSE A NOTRE-DAME...

Peu après vêpres sonnantes, les voyageurs couverts de poussière et recrus de fatigue descendaient la longue rue Saint-Jacques en direction de la Seine. Le jour d'août, avec son soleil voilé, avait été lourd à supporter mais avec l'approche du soir, un vent humide venu de l'ouest soufflait sur Paris accordant toutes les girouettes qui, en haut des toits, alignaient leurs banderoles de tôle peinte et découpée.

Il y avait beaucoup de monde dehors. C'était l'heure où les grands collèges – Sorbonne, collège du Plessis, collège de Marmoutiers, collège du Mans, collège de Clermont, etc. – lâchaient les troupes turbulentes de leurs étudiants libres qui, par bandes ou isolés, fuyant les subtilités de la scolastique, l'encrier à la ceinture et le chapeau en bataille descendaient vers leurs logis, pour les plus sages ou, pour les plus fous, vers les tavernes de la Cité. Robes et pourpoints étaient plus ou moins riches, plus ou moins propres et plus ou moins effilochés mais tous les yeux brillaient d'une même ardeur à vivre. Ils échangeaient des plaisanteries et certains chantaient. Toutefois rires et chansons cessèrent net quand, d'une rue latérale, déboucha une escorte de gens d'armes à cheval encadrant quelques sergents à pied qui menaient au Châtelet une demi-douzaine de malandrins, mains liées derrière le dos.

Des cris fusèrent. Certains des malfaiteurs étaient

connus des escholiers qui ne se gênaient pas pour leur lancer des encouragements et pour conspuer les soldats du prévôt de la ville.

Quand on atteignit la Cité, passé le Petit-Pont, l'animation fut plus grande encore : hommes, femmes, fillettes, bourgeois, marchands se saluaient, s'arrêtaient, échangeaient des propos tandis que de petits enfants qui s'en allaient quérir du vin ou de la moutarde passaient en agitant leurs pots. Cependant et contrairement aux étudiants, personne ne riait.

– C'est un peu comme à Florence, remarqua Fiora, mais il y manque notre lumière...

– Il n'y a pas du tout de lumière aujourd'hui, dit Démétrios, mais j'ai déjà vu cette ville sous un soleil plus ardent que celui de Toscane. Et nous avons rencontré tant de jardins!

Depuis la porte Saint-Jacques, en effet, Paris s'était montré sous son plus joli jour. Clos, courtils et jardinets, appartenant à des couvents ou à des particuliers, fleurissaient un peu partout cachant les blessures encore visibles subies par la grand-ville pendant une guerre qui avait duré cent ans et, surtout, lors de l'occupation anglaise. Le roi Charles VII qui n'aimait pas Paris n'avait pas fait grand-chose pour une cité qui, selon lui, l'avait rejeté trop longtemps, mais Louis XI, s'il préférait à sa capitale ses châteaux de Loire, n'en avait pas moins compris que Paris méritait d'être défendu et rénové. Les remparts avaient été consolidés, le double fossé recreusé, beaucoup de bâtiments remis en état avec l'aide d'une bourgeoisie que le roi faisait riche et puissante.

Bien qu'il considérât la capitale comme le centre névralgique du royaume, Louis la visitait rarement. Dédaignant l'ancien hôtel Saint-Pol qu'affectionnaient ses grands-parents, il logeait alors au palais des Tournelles dont les ducs d'Orléans avaient fait une sorte d'œuvre d'art avec parc, bois, ménagerie, labyrinthe, galeries, chapelles, cloîtres et bâtiments gracieux, ou plus volontiers encore, à l'hôtel de la conciergerie de la Bastille Saint-Antoine, au cœur des défenses de sa ville.

Il n'était pas rare de rencontrer, à Paris, des voyageurs étrangers. Aussi Fiora et son escorte ne soulevèrent guère de curiosité. D'autant qu'ils n'eurent pas à demander leur chemin : Démétrios, en effet, avait séjourné jadis à l'auberge du Grand Saint-Martin, dans la rue du même nom, lorsque avec son jeune frère Théodose ils avaient fui Byzance en flammes. Sa mémoire infaillible en faisait le guide le plus sûr. Il put même, une fois dans l'île de la Cité, faire un léger détour pour que Léonarde pût contempler tout à son aise la cathédrale Notre-Dame. Elle voulut y pénétrer pour une courte prière à laquelle Fiora ne s'associa pas, préférant attendre, debout sur le petit parvis, contemplant bras croisés la formidable église avec son triple porche, ses statues de rois et ses immenses tours jumelles qui semblaient vouloir lui imposer l'image oppressante de la puissance de Dieu. D'un Dieu envers lequel, plus que jamais, elle se sentait en révolte. D'un Dieu redoutable, impitoyable qui, non content de lui avoir tout arraché, avait encore permis qu'elle donnât son cœur innocent à un homme assez vil et assez pervers pour bafouer le sacrement de mariage, dans l'unique but de posséder son corps et de porter triomphalement à son maître la dot royale qui, à cette heure, devait être engloutie dans les armes d'une injuste conquête... Fiora ne savait plus, ne voulait plus prier, au grand chagrin de Léonarde.

Quand celle-ci ressortit, encore émerveillée de ce qu'elle avait découvert à l'intérieur du saint lieu, Fiora se contenta de remonter en selle et de demander :

– Cette rue des Lombards est-elle encore très éloignée ?

– Non. Quand nous aurons traversé l'autre bras de la Seine nous n'aurons plus guère de chemin. Aimes-tu Paris ?

– Je ne sais pas. C'est sans doute une belle ville mais j'ai un peu l'impression d'y étouffer :

– Le voyage t'a fatiguée et le temps fait le reste.

On quitta l'île par un grand pont de bois, bordé de maisons toutes semblables, le pont Notre-Dame qui était le plus neuf de Paris car il avait été bâti par le roi Charles VI, grand-père de Louis XI. Un vrai tintamarre s'y faisait entendre car il desservait les moulins dont les grandes roues battaient l'eau qu'elles emportaient puis laissaient retomber en longues coulures brillantes... La Seine passée on s'engagea sur une place spacieuse qui venait mourir doucement dans le fleuve. Un imposant bâtiment reposant sur de hautes arcades et couronné de clochetons la bornaient à l'est.

– C'est la Maison aux Piliers, expliqua Démétrios. C'est là que se tiennent les échevins. La Seigneurie, en quelque sorte. On appelle cette place la Grève. Il y a là un monde de négociants, de portefaix, de bateliers, de cabaretiers même qui viennent s'approvisionner en vin aux tonneaux que tu vois sur la berge auprès de ces tas de foin. C'est le lieu le plus animé de Paris, celui des réjouissances... et des exécutions aussi, hélas!

– Seigneur que cela sent mauvais! protesta Fiora en se bouchant les narines.

– Cela provient des tanneries que tu peux voir de ce côté, mais il y a aussi, tout près d'ici, la Grande Boucherie. Néanmoins je te trouve bien difficile tout à coup. Au cœur actif de Florence, cela ne sent pas non plus la rose. Les dames délicates emploient les pommes de senteur ici comme là-bas. Je t'en offrirai une...

On plongea enfin dans un lacis de rues étroites, rendues obscures par les grands toits des maisons en encorbellement qui les bordaient et se rejoignaient presque. En dépit du caniveau creusé au milieu des pavés, des ordures y stagnaient mais, par les fenêtres ouvertes, les relents de cuisine luttaient victorieusement contre ceux des détritus.

La vision séduisante de la rue des Lombards réconforta un peu Fiora. Ses maisons arborant toutes de belles enseignes colorées appartenaient en grande partie à des commerçants gênois, milanais, vénitiens et florentins qui s'occupaient de banque, de change ou même d'usure mais qui, en général, étaient riches. L'aspect de leurs maisons s'en ressentait.

Le comptoir d'Agnolo Nardi, frère de lait de Francesco Beltrami et son représentant pour la France septentrionale, s'élevait à l'angle de la rue des Lombards et de la Grande rue Saint-Martin, presque en face du portail de l'église Saint-Merri. C'était une grande et belle demeure dont les trois pignons alignés recouvraient tout à la fois le logis du maître, le dépôt de draps fins et une banque. Le double commerce était à l'exemple de ce qu'avait créé Beltrami à Florence. Les bâtiments étaient soigneusement entretenus et, sur les toits pointus, deux girouettes rouges, telles les langues d'animaux fabuleux, encadraient un fleuron doré du plus bel effet. Les fenêtres largement ouvertes sur la fraîcheur du soir montraient de beaux plafonds aux poutres peintes et enluminées. Enfin, derrière la triple maison, un petit jardin clos de murs la séparait de celle d'un joaillier dont les ouvertures donnaient sur la rue de la Vieille-Courroierie, ce qui assurait à ce petit enclos une tranquillité absolue.

Agnolo Nardi n'était pas tout à fait un inconnu pour Fiora et Léonarde. Elles l'avaient rencontré sept ans plus tôt au cours de la visite qu'il avait faite à sa maison mère et elles en avaient conservé le souvenir d'un petit homme rond, brun comme une châtaigne, vif et gai, ami de la bonne chère comme du bon vin. Un personnage en somme aimable et attachant dont Beltrami vantait tout à la fois la générosité, l'honnêteté et l'habileté en affaires.

Depuis, elles avaient appris son mariage avec une jeune Parisienne, fille d'un des meilleurs drapiers de la ville dont le nom, Agnelle Perrin, les avait beaucoup amusées. Ainsi l'agneau[1] avait trouvé son complément naturel et l'on pouvait espérer qu'il trouverait du même coup son bonheur.

Elles n'en doutèrent plus quand, à peine descendues de

1. Agnolo signifie agneau.

cheval, elles le virent accourir, exactement semblable à l'image qu'elles en avaient gardée, ses petits bras courts et dodus grands ouverts avec sur sa bonne figure un sourire qui l'illuminait littéralement :

– Donna Fiora et donna Léonarda! Enfin vous voilà! Vous n'imaginez pas comme j'étais en peine de vous! Je craignais qu'il ne vous fût advenu quelque mauvaise aventure!

Il les embrassa toutes les deux avec l'effusion d'un frère qui retrouve ses sœurs.

– Tu nous a reconnues? s'étonna Fiora, retrouvant instinctivement et avec plaisir la langue toscane et le tutoiement florentin.

– C'est surtout donna Léonarda que j'ai reconnue. Toi, donna Fiora, tu as beaucoup changé. Par Santa Reparata, patronne de notre chère ville, tu es assurément la plus jolie des Florentines!

Et il en profita pour la réembrasser deux ou trois fois avec un plaisir enfantin.

– Est-ce que vous nous attendiez? demanda Léonarde.

– Bien sûr et depuis longtemps déjà! Messer Donati, qui gère à présent les affaires de notre pauvre Francesco, m'a fait tenir un message accompagné d'une lettre de Mgr Lorenzo dont j'ai été fort honoré...

Puis se tournant vers Démétrios qu'il salua courtoisement :

– Messer Lascaris, soyez le bienvenu dans ma modeste maison, vous et votre écuyer.

Agnelle accourait à son tour, ramassant à pleines mains ses jupes de cendal safrané qui bruissaient joliment. Elle formait avec son époux un couple assez peu ordinaire : aussi blonde qu'il était brun, pas plus grande que lui et aussi ronde, elle avait un joli teint un peu doré et ressemblait tout à fait à un pot de miel. Son charmant visage dont les prunelles possédaient le joli bleu des fleurs de lin resplendissait de santé et de belle humeur. Elle embrassa Fiora comme si elle eût été sa petite sœur – elle était nettement plus jeune que son époux – et Léonarde avec une nuance de respect qui séduisit la vieille demoiselle...

– A quoi pense maître Agnolo de vous tenir là, dans la rue, sous les yeux de toutes les commères du quartier, au lieu de vous faire entrer chez nous! Venez, venez! Vous avez grand besoin d'un bon repas, d'un grand repos et nous ne ferons la fête que demain seulement.

– La fête? dit Fiora. Mais pourquoi?

– Pour vous, voyons! Ne faut-il pas célébrer votre arrivée? Voilà des jours et des jours que nous vous attendons!

– Nous avions des affaires à régler en Bourgogne, dit Fiora, et cela nous a retenus plus longtemps que nous ne l'aurions souhaité sans doute. Et puis, nous ignorions que vous nous attendiez.

– Avec impatience! Et nous avons tremblé pour vous. Messer Donati et le seigneur de Médicis ont bien expliqué, dans leurs lettres, les terribles malheurs qui se sont abattus sur vous. Nous ne souhaitons qu'une chose : vous aider...

Ayant ainsi parlé, Agnelle prit ses invitées chacune par un bras, les entraîna vers l'escalier menant aux étages et d'abord à la pièce principale. L'intérieur de la maison ressemblait à l'hôtesse : frais, élégant et d'une propreté flamande. La salle avec sa haute cheminée ornée de statues de saints, sa longue tapisserie à personnages dont était revêtu tout le mur faisant face aux fenêtres, ses dressoirs surchargés de pimpantes majoliques italiennes, de verres dorés et colorés de Venise et de belle argenterie, était digne de celle d'un château. Les sièges de chêne sculpté s'adoucissaient de coussins de velours incarnat bien gonflés de duvet et ornés de franges de soie. De hauts candélabres de bronze supportaient des chandelles de cire blanche et, devant la cheminée sans feu, un brasero en cuivre empli de giroflées et de pivoines blanches apportait une senteur exquise qui évoquait le jardin. Quant aux servantes, vêtues de toile bleue fraîchement repassée, leurs coiffes et leurs devantiers bien nets semblaient tout juste sortis d'une armoire.

Raffinement suprême, la maison possédait une petite salle pour le bain abondamment garnie de brocs, de cuvettes et d'un vaste baquet. Fiora s'y trempa avec délices dans une eau à peine tiède et retrouva la douceur, perdue depuis des mois, des merveilleux savons vénitiens. Deux servantes lui prodiguèrent leurs soins avec un enthousiasme évident mais qui diminua beaucoup quand, après Fiora, elles eurent à s'occuper de Léonarde. Pendant ce temps, enveloppée dans un drap et chaussée de socques légères, Fiora sortait dans le jardin sur lequel ouvrait l'étuve pour rentrer dans la maison par la porte de derrière et remonter dans sa chambre, quand elle se trouva nez à nez avec un jeune homme simplement vêtu de ses chausses et d'un pot de basilic en fleur qu'il serrait tendrement sur sa poitrine. La surprise que la vue inopinée de Fiora lui causa fut si forte qu'il en lâcha son pot. Celui-ci s'écrasa sans que le jeune homme parût autrement s'en soucier. Pétrifié sur place il semblait en extase mais réussit tout de même à articuler :

– Par tous les saints du paradis!... Vous êtes vraie ou pas?

– Pourquoi ne le serais-je pas? dit Fiora amusée.

– Vous avez tellement l'air d'une apparition! Vous êtes belle... belle comme une sainte d'église!

– Rassurez-vous, je n'ai rien de commun avec les saintes et vous me faites beaucoup d'honneur mais, si j'étais vous, je ramasserais ces morceaux et j'irais tout de suite replanter mon basilic dans un autre pot...

Le jeune homme parut redescendre des hauteurs de l'empyrée. La vision de rêve avait vraiment des préoccupations bien terre à terre!

– Vous croyez?

– J'en suis persuadée. En outre j'aimerais que vous me laissiez passer. Je voudrais monter m'habiller...

– Je... oui, bien sûr. Excusez-moi, ajouta-t-il en s'écartant. Mais prenez garde à ne pas vous blesser avec les morceaux...

Elle lui adressa un sourire puis pénétra dans la maison. Lui ne bougeait pas, se contentant de la regarder. Au moment où elle allait disparaître, il murmura :

– Je m'appelle Florent...

Elle s'arrêta surprise :

– C'est un très joli nom. Je ne l'oublierai pas. Il évoque ma ville de Florence...

Cela aurait dû faire plaisir au garçon mais, au contraire, son visage aigu où les yeux bruns semblaient occuper toute la place sous une tignasse de même couleur s'assombrit.

– Ah... Vous êtes la dame que l'on attendait? Je ne m'en suis pas rendu compte et je vous demande bien pardon...

– Pardon de quoi?

– Eh bien... De m'être montré... un peu trop familier... d'avoir osé...

– Vous n'avez rien osé dont une femme puisse être choquée! Un compliment fait toujours plaisir s'il est sincère. Étiez-vous sincère?

– Oh oui!

– Alors merci. A présent, je vous en prie, consacrez-vous entièrement à ce malheureux basilic!

La rencontre l'ayant amusée, Fiora apprit plus tard que son admirateur avait été placé chez Nardi par son père, le changeur Gaucher le Cauchois, pour y étudier l'art délicat des tractations bancaires, mais le jeune homme peu attiré par les affaires et très doué pour le jardinage dépensait au service d'Agnelle, aussi bien rue des Lombards que dans son clos de Suresne, le trop-plein de forces et d'enthousiasme qu'il n'employait pas derrière son pupitre. La chaleur, la taille d'une haie et les besoins de la cuisine expliquaient son costume sommaire et le pot de basilic :

– C'est un gentil garçon, conclut Agnolo, mais très secret, très renfermé et il n'y a guère que ma femme pour deviner ce qui se passe dans sa tête...

Fiora pensa qu'à présent elles étaient deux... puis oublia Florent. L'atmosphère de Paris lui paraissait bizarre. En se rendant chez Nardi, elle et ses compagnons avaient rencontré plusieurs troupes de soldats et, tandis qu'elle se préparait pour le souper, elle entendit sonner l'Angélus et, presque aussitôt, corner la fermeture des portes alors que la nuit était encore assez éloignée.

Démétrios, de son côté, avait fait les mêmes observations et, au souper, quand la maisonnée se retrouva autour d'un cochon de lait rôti et de savoureuses pâtes au fameux basilic – Florent avait fini par approvisionner la cuisine – triomphe d'Agnelle et de l'amour conjugal, le Grec interrogea son hôte :

– Depuis la porte Saint-Jacques où l'on nous a longuement interrogés avant que de nous laisser passer, nous avons croisé beaucoup d'hommes en armes et dame Léonarde a vu, à Notre-Dame, beaucoup de femmes en prière. Les portes ont été fermées de bonne heure. Paris serait-il menacé?

Un nuage assombrit l'aimable visage d'Agnolo. Il s'arrêta un instant de découper son rôti et regarda tour à tour chacun de ses invités :

– Je suis navré d'être obligé de parler, dès ce soir, de toutes ces choses et j'aurais aimé attendre que soit passée la petite fête que nous projetons pour demain, en votre honneur... Mais, après tout, peut-être vaut-il mieux que vous soyez au courant de la situation...

– Parce qu'il y a bien une situation... dirai-je préoccupante? dit Démétrios doucement.

– C'est le mot juste. Paris n'est pas menacé dans l'immédiat mais il pourrait l'être bientôt. Nous sommes au début d'une nouvelle invasion anglaise. Et la fameuse guerre de Cent Ans n'est achevée que depuis vingt!

– En chemin, nous avons entendu dire, en effet, que le roi Édouard avait franchi la Manche. Savez-vous où il est, en ce moment?

– A un peu plus de trente lieues d'ici : à Péronne!

– Si près? souffla Fiora.

– Oui, madonna, si près. Et il n'y est pas seul: le Téméraire est avec lui.

– Mais, reprit Démétrios, je croyais le duc en Flandres?

– Il y était en effet, à Bruges, pour essayer d'arracher aux États une aide supplémentaire en argent et en hommes. Grâce à Dieu il n'a pas obtenu tout ce qu'il voulait. Les Flamands sont las de payer pour des guerres incessantes et leur sang leur paraît plus précieux encore. Le duc est reparti alors pour Calais afin d'y joindre son beau-frère [1], lequel, il faut bien le dire, a été fort déçu de le voir déboucher à la tête d'une mince escorte de cinquante hommes alors qu'il escomptait une armée pour l'aider à envahir la France! Avec une parfaite mauvaise foi d'ailleurs, le Téméraire a contre-attaqué en prétendant qu'Édouard n'avait rien compris, qu'il aurait dû débarquer en Normandie pour faire sa jonction avec le duc de Bretagne, que son armée à lui était en Luxembourg et allait annexer la Lorraine. Et il a même proposé un nouveau rendez-vous: que les Anglais entrent en Champagne et, lui-même venant de Lorraine, ils se rejoindraient à Reims où l'on ferait couronner Édouard roi de France!

– C'est insensé!

– Pas vraiment, mais c'était compter sans le roi Louis. Et le roi Louis, outre sa belle armée, possède une chose que n'a aucun de ses ennemis: son génie. C'est sur ce génie que nous, gens de Paris, comptons, plus que sur les armes, pour vaincre la coalition. Il se dresse entre nous et l'armée anglaise et je le crois capable de brouiller le Téméraire avec Édouard...

– Où est-il en ce moment? demanda Fiora.

– A Compiègne où il a établi son quartier général.

– Et... L'armée est puissante?

– Cinquante mille hommes environ, un peu moins du

1. Le Téméraire avait épousé Marguerite d'York, sœur d'Édouard.

double de l'armée anglaise, mais le roi est fort ménager du sang de ses soldats. Il préfère payer, ruser, enjôler plutôt que de livrer bataille...

– Est-il donc lâche? fit dédaigneusement Fiora.

– Aucunement et il en a fourni des preuves, croyez-moi. Oh, certes, il livrera bataille si c'est la seule chance qui lui reste de défendre Paris mais il espère bien ne pas aller jusque-là.

– De toute façon, si son armée est la plus forte...

– Elle ne le serait pas contre les Anglais alliés aux Bourguignons... et à la Bretagne car le duc breton, s'il voyait le roi en mauvaise position, se hâterait de le frapper dans le dos. Il a toujours été un ami des Anglais...

Tout en causant, Agnolo était venu à bout de son porcelet et chacun étant servi, le seul bruit des mâchoires remplaça un moment celui de la conversation. Comme les autres, Fiora mangeait avec plaisir, heureuse de retrouver des saveurs de son pays mais son appétit se ralentit bientôt. Elle reposa son couteau, essuya ses doigts, et dans le silence demanda :

– C'est loin, Compiègne?

– Un peu plus de vingt lieues, répondit Agnolo.

– Ah!...

Elle n'en dit pas plus mais Démétrios comprit qu'elle se livrait à un petit calcul mental. Trente moins vingt, cela fait dix, et dix lieues ne sont pas grand-chose pour un bon cheval. Pour prévenir une nouvelle désillusion il reprit, se tournant vers le maître du logis :

– Vous disiez que le Téméraire n'avait qu'une cinquantaine d'hommes avec lui, en arrivant à Calais?

– Oui. Le gros de l'armée est resté à la limite de la Lorraine et du Luxembourg, aux ordres du maréchal de Luxembourg et du comte de Campobasso, un condottiere napolitain, transfuge de l'armée lorraine et que le duc Charles s'est attaché depuis deux ans...

– Transfuge... doux euphémisme! Cela veut dire traître? demanda Esteban avec une nuance de mépris qui fit sourire Fiora.

– En quelque sorte, mais pas exactement. Vous qui venez de Toscane, vous devriez savoir qu'un condottiere est plus lié par l'argent que par la foi jurée... Tant qu'on le paie, il marche!

On se leva de table et Agnolo vint prendre le bras de Démétrios :

– Vous souhaitez, je pense, rejoindre rapidement le roi Louis?

– Sans doute, bien qu'il soit peut-être un peu trop occupé...

– Pour recevoir un habile médecin? Je puis vous assurer d'une chose : c'est qu'il vous attend et avec impatience.

– Il m'attend?

– Bien sûr. Vous avez été annoncé là-bas aussi.

– Alors nous partons demain, s'écria Fiora dont un flux de sang venait de rougir soudain les pommettes.

– La place d'une jeune dame, et même d'une dame tout court, n'est pas dans un camp, dit Agnelle. Je serais si heureuse de vous garder quelque temps ici! Juste le temps de voir comment les choses vont tourner. Notre roi est tout à fait capable d'éviter la guerre mais, pour l'instant, il y a trop de soldats...

– C'est que... nous ne nous sommes jamais séparés!

– La séparation ne sera pas bien longue. Compiègne n'est pas si loin. En outre, le roi serait peut-être mécontent de voir arriver une femme...

– Deux femmes! rectifia Léonarde. Je ne quitte jamais donna Fiora...

– Agnelle a raison, fit son époux arrivant à la rescousse. Les seules femmes que l'on trouve au camp sont les ribaudes que toute armée traîne après elle. Vous serez mieux ici...

Fiora ne broncha pas : elle n'était pas convaincue. D'ailleurs comment dire à ces braves gens qu'elle avait conclu avec Démétrios le pacte du sang en vue d'abattre à eux deux le grand duc d'Occident? A Compiègne les deux justiciers se rapprocheraient de leur but et ce qu'elle venait d'apprendre fortifiait la jeune femme dans sa décision. Tuer le Téméraire serait accomplir infiniment plus qu'une vengeance, ce serait sauver Paris, sauver la France du grave danger que représenterait pour elle la jonction des armées anglaises et bourguignonnes. La pensée d'atteindre du même coup Philippe qui, peut-être, accompagnait son duc ne fit que l'effleurer et elle la repoussa avec colère comme importune, la haine comme la passion étant de mauvaises conseillères. Fiora, à cet instant, croyait naïvement haïr Philippe presque autant qu'elle l'avait aimé...

Au matin d'une nuit peu reposante car elle ne dormit guère, Fiora en s'éveillant trouva la chambre vide mais se rappela que Léonarde avait, la veille, demandé à leur hôtesse l'heure de la première messe à l'église voisine. Elle se leva, fit une toilette rapide, le bain de la veille permettant d'écourter les ablutions. Elle en était à hésiter sur ce qu'elle allait revêtir quand un brouhaha de cris et de paroles volubiles l'attira à la fenêtre. Ce qu'elle vit l'épouvanta : un groupe d'hommes portait vers la maison une Léonarde gémissant à fendre l'âme. Fiora alors se jeta sur la première robe qui lui tomba sous la main et, tout en la laçant, se précipita dans l'escalier. Elle arriva juste à temps pour voir le cortège franchir le seuil de la maison.

– N'ayez pas peur! lui cria Agnelle qui soutenait la tête de Léonarde, elle n'est pas en danger mais je crois qu'elle a une jambe cassée.

– Comment est-ce arrivé?

– Bêtement, comme toujours en pareil cas : en sortant de l'église, elle a glissé sur le pavé et sa jambe est venue cogner contre la roue d'un tombereau. Elle souffre beaucoup.

La pauvre Léonarde était, en effet, aussi blanche qu'une feuille de papier et de grosses larmes roulaient lentement sans qu'elle pût les retenir. Elle s'accrocha désespérément à la main de Démétrios qui, alors occupé à boucler ses sacoches, était accouru au bruit :

– Vous n'allez pas me couper la jambe, n'est-ce pas? supplia-t-elle. Vous n'allez pas faire de moi une infirme?...

– Calmez-vous, je vous en prie. Nous n'en sommes pas là... Il faut que j'examine votre pied.

– Mais vous deviez partir?

– Je partirai plus tard et voilà tout! Le roi m'attend depuis assez longtemps déjà. Un peu plus, un peu moins... Vous n'imaginez pas que je vais vous laisser dans cet état?

On porta Léonarde sur le lit qu'elle partageait avec Fiora. Démétrios jeta à celle-ci un regard rapide:

– Tu vas m'aider. Il faut au préalable la déchausser...

Le pied formait avec la jambe un angle anormal et apparemment très douloureux. Retirer le soulier fut relativement facile, mais il fallut couper le bas blanc taché de sang qu'une mince esquille d'os transperçait. La blessure était mince et saignait peu:

– Le pied n'est que déboîté, diagnostiqua le médecin après avoir promené des doigts agiles sur les os, mais il y a fracture ouverte. Et très douloureuse. Pouvez-vous, dame Agnelle, installer ici même une table recouverte d'un drap...

– Bien sûr. Tout ce que vous voudrez... Je ferai aussi apporter des éclisses de bois doux et des bandes de linge fin...

– Pardieu, c'est une bénédiction d'être malade chez vous, fit Démétrios avec un sourire, car vous en savez plus que beaucoup de nos étudiants. Soyez assez bonne de joindre à tout cela une écuelle pleine de farine, de l'eau... et mon serviteur si vous le trouvez. Il devrait être à l'écurie...

Agnelle disparut comme un petit nuage doré pour s'en revenir peu après avec la moitié de ses servantes et Esteban, tout ce monde chargé de tréteaux, de planches et d'une foule d'objets utilitaires et variés. Pendant ce temps, le Grec avait trouvé dans ses bagages à peu près tout ce dont il allait avoir besoin. Grâce à la princière générosité du Magnifique et aux richesses de son jardin de Fiesole, il possédait un fonds de pharmacopée ambulante qui n'eût pas trouvé certainement son équivalent dans le vieil Hôtel-Dieu parisien dont les vénérables murailles s'élevaient, grises et mélancoliques, auprès de Notre-Dame.

La blessée dont la main tremblante demeurait accrochée à celle de Fiora fut étendue sur la table, la tête soutenue par des oreillers. Elle tremblait de peur autant que de souffrance en dépit des paroles douces et des encouragements que lui procurait la jeune femme. Aussi avala-t-elle avec reconnaissance les deux cuillerées d'opiat au miel que Démétrios lui fit ingurgiter et qui apaisèrent un peu sa douleur. Mais quand le médecin, d'un geste sec et précis, remit son pied en place, elle poussa un cri aigu et s'évanouit...

– C'est ce qui pouvait lui arriver de mieux, fit celui-ci. Profitons-en!

Tandis que deux solides servantes maintenaient Léonarde aux épaules et qu'Esteban se couchait pratiquement sur le milieu de son corps, Démétrios après avoir nettoyé la blessure étira longuement, fermement, la jambe blessée jusqu'à ce que l'os ait repris sa place... Après quoi, avec les attelles et de longues bandes de toile fine qu'il trempait dans de la farine étendue d'eau, il confectionna un appareil qui maintint fermement le membre lésé, au bout duquel il attacha une grosse pierre après que l'infortunée Léonarde eut été ramenée dans son lit. Pendant toute l'opération, la pauvre femme s'était réveillée et réévanouie par deux fois mais, quand tout fut fini, elle s'endormit d'un profond sommeil après avoir absorbé une nouvelle dose d'opiat...

– Vous ne pouvez continuer à partager ce lit, dit Agnelle à Fiora. Je vais en faire monter un autre...

– Donnez-lui ma chambre, fit Démétrios. Je dormirai à l'écurie avec mon serviteur. Pour une nuit...

– Tu penses partir tout de même? s'enquit Fiora alarmée à l'idée de se séparer de ce solide compagnon...

– Si la nuit a été bonne, je n'aurai aucune raison de rester. Il faudra laisser la nature faire son ouvrage comme elle l'entend.

– Et elle mettra combien de temps à le faire, cet ouvrage?

– Six semaines environ. Mais rassure-toi, ajouta-t-il en voyant s'allonger le fin visage, je reviendrai avant. Dès que j'aurai soigné le roi, il me laissera sans doute m'éloigner.

– N'y comptez pas trop! lança Agnolo qui revenait de chez un client à cet instant. Si vous plaisez à notre sire, il ne vous lâchera pas si facilement...

– Je lui expliquerai. Mais, à ce propos, maître Agnolo, vous me semblez bien au fait des habitudes comme de la politique du roi?

– ... et vous êtes surpris, n'est-ce pas, qu'un simple marchand, étranger de surcroît, vous tienne des discours qu'on attendrait plutôt d'un proche du monarque ?

– Cela ne m'étonnerait pas outre mesure à Florence où chacun se mêle plus ou moins des affaires de l'État mais dans un royaume qui semble gouverné de main de maître...

– Et qui l'est, soyez-en certain. Mais faisons donc quelques pas au jardin, nous y serons au calme et ce sera plus agréable...

En passant auprès de la cuisine, le négociant ordonna à une servante de leur porter du vin frais sous la tonnelle d'aristoloche et de chèvrefeuille qui était l'un des attraits du jardin, l'autre étant les massifs de rosiers auxquels Florent prodiguait des soins de père. Il était justement occupé à couper des fleurs fânées quand les deux hommes pénétrèrent sur son territoire.

– Je vais finir par t'envoyer à mon clos de Suresnes, soupira Nardi. Tu passes dans ce jardin bien plus de temps que devant ton pupitre...

– Cela tient, messire, à ce que j'aime à m'occuper de fleurs beaucoup plus que d'écritures...

– Et que dira ton père? Il ne t'a pas placé chez moi pour que tu deviennes mon jardinier...

– J'en apprends bien assez pendant la mauvaise saison. Et je suis tellement plus heureux comme cela...

D'un geste affectueux, Agnolo ébouriffa les cheveux du garçon qui n'étaient déjà pas tellement disciplinés :

– Nous verrons cela plus tard. Pour l'instant, fais-moi la grâce d'aller travailler un peu à tes devoirs. Nous avons à parler, ce seigneur et moi.

Florent obéit sur-le-champ et les deux hommes commencèrent à marcher lentement le long des allées sablées où ne se hasardait pas à pousser la moindre mauvaise herbe...

– Contrairement à son père, le défunt roi Charles VII dont Dieu ait l'âme, notre sire Louis fait sa compagnie la plus habituelle et une partie de son conseil de gens comme moi, bourgeois qui sont à même de lui donner l'image véridique de ce que sont les affaires commerciales du pays et de ce qui se passe dans nos villes. Je suis l'un des premiers parmi les marchands étrangers résidant à Paris. J'ai hérité aussi quelque peu de l'amitié que le roi portait à notre pauvre Francesco Beltrami. Il le connaissait bien et il est arrivé que, sur le plan de la banque, Beltrami rendît service au roi de France, en proportions plus modestes que les Médicis, sans doute, mais il n'a jamais eu à le regretter. Moi non plus.

Le vin arrivait, porté par Jeanneton, la plus jeune des servantes de la maison. Elle en emplit deux gobelets qu'elle offrit à chacun des deux hommes puis disparut. La chaleur commençait à se faire sentir et des abeilles bourdonnaient dans le chèvrefeuille. Mais sous la tonnelle il faisait plus frais... Agnolo but une bonne rasade, s'essuya la bouche à la serviette posée sur le plateau et reprit :

– Je n'ai jamais été élevé au rang de conseiller comme mon compère Jean de Paris, mais il est arrivé que l'on me confie quelques missions en accord avec les déplacements qu'implique mon négoce. En outre, j'ai eu l'honneur d'accompagner messire Louis de Marrazin et mon ami Jean de Paris quand, l'an passé, ils se sont rendus auprès de Mgr le duc René II de Lorraine pour rétablir avec lui l'ancien traité d'amitié que le duc de Bourgogne l'avait obligé à rompre...

– Obligé ? Comment cela ?

– Le duc René est jeune – vingt-quatre ans – et très inexpérimenté. Le Téméraire le nomme dédaigneusement « l'enfant », mais c'est un prince aimable et plein de courage qui n'était d'ailleurs pas destiné à régner sur la Lorraine. Seule la mort prématurée de son cousin, le duc Nicolas, il y a trois ans, lui a octroyé la couronne et le roi Louis a tout de suite signé avec lui un traité d'amitié que le Téméraire, il va de soi, n'a pas pu supporter...

– Quels moyens a-t-il employés pour obliger le jeune duc à renier son alliance ?

– Oh, c'était assez facile avec un garçon droit et honnête. Ferry de Vaudémont, son père, et même Yolande d'Anjou, sa mère, devaient beaucoup au duc Philippe, père du Téméraire. Charles a rappelé à René les vieilles créances et René s'est laissé circonvenir. Mais il s'est vite aperçu de ce que pesait l'alliance du grand duc d'Occident. Il a dû laisser à son dangereux allié quatre de ses villes : Épinal, Darney, Preny et Neufchâteau, avec pouvoir d'y tenir garnison et de nommer les gouverneurs. C'était mettre la Lorraine sous la poigne du Bourguignon – et Dieu sait s'il l'a rude ! Les cités gagées en ont crié vers le ciel sans pouvoir se libérer. Quand, après le siège de Neuss dont le Téméraire n'est pas venu à bout, ses troupes ont marché sur le Luxembourg et sur Thionville, le duc René a fait alliance avec les cantons suisses qui avaient, eux aussi, à se plaindre et qui, avec les Alsaciens, tout juste libérés du Landvogt Pierre de Hagenbach, favori du Téméraire, sont entrés dans la Comté Franche. René II était mûr à point pour tomber dans les mains du roi Louis et nul ne s'entend mieux que celui-ci à cueillir les fruits soignés par d'autres...

– Je vois. Que va-t-il se passer à présent?

– Cela, je n'en sais rien. Vous en apprendrez peut-être davantage au camp de Compiègne?

– J'espérais que vous me conduiriez. Vous seriez, pour l'étranger que je suis, une bonne introduction...

– Vous n'en avez nul besoin. Quant au chemin, je vous donnerai demain le jeune Florent. Il connaît parfaitement la région et vous mènera à bon port. Je dois, quant à moi, rester ici car demain, à la Maison aux Piliers, messire Robert d'Estouteville, prévôt de Paris, réunit les chefs de corporations et les principaux bourgeois pour délibérer de l'aide qu'ils pourraient apporter au cas où notre cité serait assiégée...

– Un conseil de guerre? La situation serait-elle plus grave que vous ne l'avez laissé entendre?

– En aucune façon et je ne vous ai rien caché, de ce que je sais tout au moins, mais un vieil axiome latin enseigne: *Si vis pacem para bellum* – Si tu veux la paix, prépare la guerre. C'est exactement ce que nous allons faire.

Agnolo Nardi et Démétrios devisèrent encore de longues minutes sous la tonnelle du jardin, tout en dégustant leur vin. C'était l'un de ces instants précieux où les hommes venus d'horizons différents s'entendent et se comprennent et où l'existence paraît plus précieuse. Tout était calme dans la maison de la rue des Lombards. Agnelle aidée de Fiora rangeait les pièces d'une lessive nouvellement repassée, Léonarde dormait, toute douleur ensevelie dans le sommeil. Esteban en faisait autant sur la paille de l'écurie et, dans les bureaux du négociant, chacun vaquait à sa besogne: les plumes d'oie grinçaient presque en mesure sur les grands livres reliés de parchemin. Seul, Florent rêvait. Assis sur une marche de l'escalier, il regardait Fiora qui, tout en bavardant, passait à son hôtesse les piles de nappes et de serviettes que celle-ci serrait dans les coffres de la grande salle. Vêtue d'une simple robe de lin blanc bordée d'une mince guirlande de feuilles vertes que Chrétiennotte lui avait confectionnée à

Dijon, la masse lustrée de ses cheveux noirs tordue en une simple natte retombant sur une épaule, elle ressemblait plus que jamais à la princesse de quelque fabliau et le jeune homme la dévorait des yeux. Sans d'ailleurs qu'elle s'en aperçût. Ce fut Agnelle qui remarqua le regard gourmand du garçon et s'en montra irritée :

– N'as-tu rien d'autre à faire qu'à rester assis à bâiller aux corneilles ? Je te croyais au jardin ?

Florent se releva avec une mauvaise volonté évidente et grogna.

– Maître Agnolo y est avec le grand homme noir et m'a signifié de rentrer.

– Sans nul doute avec l'idée de t'envoyer travailler ! Va te laver les mains et te coiffer et puis retourne à ton pupitre. Je commence à regretter de t'avoir confié le jardin...

Florent partit en direction de la cuisine, se tordant le cou pour voir un peu plus longtemps celle qu'il nommait intérieurement sa « belle dame ». Agnelle hocha la tête, haussa les épaules avec un brin de commisération et revint à sa tâche :

– Ce garçon est assotté de vous, ma mie. J'ai bien peur qu'il ne soit plus bon à rien.

– Il m'oubliera dès qu'il ne me verra plus ! Malheureusement la jambe de ma bonne Léonarde va me retenir ici encore quelque temps et nous n'avons pas fini de vous encombrer.

– M'encombrer ? Doux Jésus ! C'est un vrai plaisir de vous avoir et je suis ravie de pouvoir profiter plus longtemps de votre présence. Sans cet accident déplorable, vous partiez ce matin, n'est-ce pas ?

– Oui. Messire Lascaris m'est très proche et nous ne nous séparons jamais. Il a pris pour ainsi dire la place de mon cher père dont le souvenir ne me quitte pas.

– Assurément, mais ne serait-ce pas plutôt à un époux de combler ce vide ? Si jeune, si belle, vous n'êtes pas faite pour courir les grands chemins. Quelque seigneur saura bien, un jour, conquérir votre cœur ?...

– Je ne le crois pas et d'ailleurs je ne le souhaite nullement. L'amour cause plus de blessures qu'il n'apporte de joie. Demandez à ce jeune Florent.

– J'ai grande envie de l'expédier à Suresnes pour lui changer les idées. J'en parlerai ce soir à mon époux...

Mais elle n'eut pas besoin d'en parler, l'état de Léonarde se révélant tout à fait satisfaisant, Démétrios et Esteban prirent dès le lendemain matin congé de la maison Nardi. Et Florent fut chargé de les conduire à Compiègne.

Non sans regrets! Quand vint l'heure du départ, le garçon exhibait des yeux rougis par l'insomnie plus encore que par les larmes. En enfourchant sa mule il enveloppa Fiora d'un regard pitoyable... que la jeune femme ne soupçonna même pas, tout occupée qu'elle était à tenter d'analyser ses propres sentiments. Une chose était certaine: elle avait le cœur gros de voir Démétrios partir sans elle. Sans doute parce qu'il allait se rapprocher assez près de ce duc de Bourgogne dont l'empreinte avait pesé si lourdement sur sa vie mais aussi parce que au fil des jours elle s'était attachée plus qu'elle n'aurait cru à cet homme savant, silencieux et peu communicatif qui était survenu à ses côtés à l'instant où elle désespérait le plus de tout secours humain.

L'idée qu'il pût poursuivre seul sa vengeance ne l'effleurait même pas. Elle savait qu'elle entrait pour une certaine part dans les desseins du Grec mais elle n'ignorait pas non plus que le destin prend parfois un malin plaisir à se mettre en travers des projets les mieux conçus, les plus solidement établis. Il fallait espérer que Démétrios reviendrait au plus vite.

Léonarde, pour sa part, était désolée d'être à l'origine de cette séparation mais elle pensait tout de même secrètement que la volonté de Dieu y avait été pour quelque chose: elle le priait si fort de détourner son «agneau» d'un projet homicide qui avait beaucoup de chance de la jeter entre les mains du bourreau.

– Vous auriez dû partir sans moi! soupirait-elle avec un rien d'hypocrisie...

– Et vous abandonner ici, seule dans une ville et une maison que vous ne connaissez pas? Si charmants que soient dame Agnelle et son époux, ils n'en sont pas moins des étrangers. Cessez donc de vous tourmenter et songez seulement à guérir! Où pourriez-vous être mieux soignée qu'ici?

En fait, Léonarde était surtout vexée d'avoir été blessée en sortant d'une église. D'autant que l'église en question ne lui inspirait pas une confiance absolue. En effet, elle avait pu constater, comme elle l'expliqua tout en rougissant à Fiora, que les filles publiques semblaient se donner rendez-vous autour de Saint-Merri qui était en quelque sorte leur paroisse. Il n'en fallait pas plus pour que la vieille demoiselle en vînt à concevoir les pires soupçons touchant un saint qui tolérait une pareille promiscuité.

Agnelle à qui Fiora conta l'affaire s'en amusa franchement :

– Ce n'est pourtant pas faute, pour les curés de cette pauvre église, d'avoir protesté au cours des siècles avec des fortunes diverses. Mais, que voulez-vous, mesdames les ribaudes forment de nos jours une véritable corporation, reconnue, qui a ses règlements, ses juges, ses statuts, ses privilèges et qui même, pour la fête de sa sainte patronne, sainte Madeleine, qui a lieu le 22 de juillet, a droit de mener procession. Et une belle procession, croyez-moi, avec riches bannières, nuages d'encens et luminaire généreux...

– Mais alors pourquoi Saint-Merri?

– Simple question de voisinage : deux des neuf rues de Paris où les ribaudes ont droit de tenir commerce, la rue Brisemiche et la Court-Robert, sont contiguës à l'église. Est-ce que cela vous ennuierait d'aller y entendre la sainte messe dimanche? ajouta-t-elle plus sérieusement.

Fiora faillit répondre qu'elle avait perdu l'habitude de ses devoirs dominicaux mais craignit, par excès de franchise, de froisser son aimable hôtesse. D'autre part, au désagréable souvenir de son passage chez Pippa, elle ressentit un peu de gêne. Que dirait cette douce, claire et généreuse Agnelle, si elle apprenait cet épisode avilissant qui souillait la vie de celle qu'elle traitait comme une jeune sœur? Aussi Fiora se hâta-t-elle de la rassurer : elle entendrait la messe du dimanche là où il plairait à Agnelle...

Néanmoins, pour être bien certaine de ne pas froisser la pudeur de celle en qui tout dénotait une noble et pure jeune fille, l'épouse d'Agnolo décida que l'on irait ouïr office à Notre-Dame de Paris et Florent, rentré la veille de Compiègne où il avait tout juste pris le temps de déposer Démétrios et Esteban au logis du roi, reçut l'ordre de préparer des mules afin d'accompagner les dames. Avec l'enthousiasme que l'on imagine!

Le dimanche matin, qui était le 15 août, on se mit en route sous un ciel sans nuages que les hirondelles, rapides et à peine visibles tant elles volaient haut, traversaient comme des flèches noires. Le vacarme des cloches annonçant les offices avait remplacé le tintamarre habituel de la grande cité où, en semaine, on était réveillé, tôt le matin, par le claquement des volets que les marchands rabattaient en ouvrant leurs échoppes et par les cris des garçons d'étuves annonçant que les bains étaient chauds... Pas davantage de ces encombrements rendus inévitables par l'étroitesse et les détours des rues. Les voix fraîches ou puissantes des marchandes de la Halle qui, paniers au bras ou escortées d'un âne, vantaient au chaland le beurre de Vanves, le cresson d'Orléans, les échalotes d'Étampes, l'ail de Gandelu, les oignons de Bourgueil, les œufs de Beauce, les fromages de Brie ou de Champagne, s'étaient tues elles aussi. On ne rencontrait que gens vêtus de leurs plus beaux atours avec lesquels on échangeait un salut ou quelques mots. Certains s'étonnaient de voir Agnelle sans son Agnolo qui, en chrétien scrupuleux, ne manquait jamais l'office du dimanche et il fallut répéter tant de fois que maître Nardi était souffrant que l'on faillit arriver en retard.

– Ne saurait-on vraiment manquer un office religieux sans en donner la raison à toute la ville? fit Agnelle d'un ton mécontent. Et j'imagine que l'on va par la même occasion se demander pourquoi nous allons à Notre-Dame plutôt qu'à Saint-Merri?

– Vous voyez bien! Vous n'auriez rien dû changer pour moi à vos habitudes...

– Mais il m'arrive assez souvent de me rendre à la cathédrale! C'est si beau! Et puis c'est aujourd'hui l'Assomption!

Fiora, qui avait refusé d'accompagner Léonarde au jour de leur arrivée dans sa visite de bienvenue, le regretta en pénétrant dans l'immense nef toute rayonnante de centaines de cierges. Il y avait beaucoup de monde autour du maître-autel derrière lequel s'étageaient les châsses et les reliquaires d'or de nombreux saints, mais Agnelle et sa compagne purent trouver place dans les premiers rangs d'une foule que la magie des vitraux jointe à l'éclat du soleil colorait diversement. Et les yeux émerveillés de la Florentine, cependant habitués à la beauté des édifices sacrés, allaient de ces hautes ogives flamboyantes à la grande rosace scintillante au-dessus du portail d'entrée.

Tout le clergé était dans le chœur, en habits rouge et or, entourant le haut siège où avait pris place un hôte de marque: l'aimable cardinal de Bourbon, cousin du roi et primat des Gaules, qui étalait les moires pourpres de sa simarre sous le dais décoré à ses armes sommées d'un chapeau cardinalice. Auprès de sa splendeur, l'évêque de Paris [1] semblait insignifiant...

– Nous avons de la chance, souffla Agnelle. Son Éminence n'est pas souvent à Paris l'été. C'est la période où elle se rend plus volontiers dans sa ville archiépiscopale de Lyon mais le roi a dû l'envoyer pour rassurer les Pari-

1. C'est seulement sous Louis XIV que Paris devint archevêché. Il dépendait auparavant de l'archevêque de Sens.

siens. Il appartient en effet aux deux partis en présence: son frère Pierre de Beaujeu ayant épousé il y a deux ans la fille aînée du roi et, par sa mère Agnès de Bourgogne, il est allié aussi au Téméraire. Ce qui, on le conçoit aisément, ne lui facilite pas toujours la vie...

– Chut! souffla quelqu'un et Agnelle, confuse, opta de cacher son visage dans ses mains pour s'abîmer dans la prière.

Le cardinal d'ailleurs s'était levé et, de sa voix nonchalante de grand seigneur désabusé, adressait quelques mots au peuple de Paris, l'exhortant à garder confiance dans le Seigneur, dans la sagesse de son souverain et dans la solidité de ses murailles. Il l'assura aussi de ses prières et de son soutien en toutes choses. Après quoi, au milieu d'épais nuages d'encens, la messe commença par le chant du *Veni Creator*... Mais Fiora ne voyait plus rien: ni l'imposante silhouette de Mgr de Bourbon, ni les aubes de dentelle, ni les chasubles d'or qui se mouvaient dans le léger brouillard montant des encensoirs de bronze. Ce qu'elle voyait, c'était, agenouillée dans l'une des stalles du chapitre, une robe de moine blanche à demi recouverte d'un scapulaire noir, c'était un crâne en forme de dôme dont la peau olivâtre luisait dans la lumière, c'étaient deux grandes mains sèches dissimulant un visage qu'elle redouta d'apercevoir... Son cœur se mit à battre dans sa poitrine en pulsations plus rapides qui lui montaient à la gorge. Elle essaya de se raisonner, de se persuader qu'elle se trompait et que ce qu'elle croyait voir était impossible... Mais, soudain, le moine laissa retomber ses mains et tourna vers l'autel, en pleine lumière, le grand nez, la bouche serrée et les lourdes paupières de Fray Ignacio Ortega...

Une vague nausée souleva l'estomac de la jeune femme dont les yeux se voilèrent un instant mais, au prix d'un violent effort, elle réussit à surmonter son malaise. Si elle en venait à défaillir, le remous qu'elle créerait attirerait sur elle bien des attentions dont, certainement, celle de son ennemi. Elle se contenta de tirer plus bas sur son visage le voile qui recouvrait le joli hennin de soie blanche, cadeau d'Agnelle qu'elle étrennait ce matin.

Naturellement, elle n'entendit rien, ne vit rien de la grand-messe qui se déroulait sous ses yeux. Les admirables voix des chantres ne représentaient rien d'autre pour elle qu'une rumeur d'orage et une seule pensée occupait son esprit : que faisait à Notre-Dame, au cœur de la France, le dominicain espagnol que le pape Sixte IV avait naguère envoyé à Florence pour tenter de saper la puissance des Médicis ? Aux dernières nouvelles qu'elle en avait eues, Fray Ignacio, ses machinations déjouées, avait été reconduit jusqu'à mi-chemin de Rome par les soldats du Magnifique, et, cependant, il était là, à quelques pas de celle qu'il avait si cruellement persécutée. Pourquoi ? Dans quel but ? Était-ce sa trace à elle qu'il cherchait ?

Fiora secoua la tête comme pour en chasser l'obsédante pensée. Il n'y avait aucune raison pour que le moine sût sa présence à Paris mais, s'il y était venu, on pouvait parier que ce n'était certainement pas pour y accomplir un pèlerinage ou n'importe quelle œuvre pie... Néanmoins, elle frémit quand les yeux de basilic, se tournant vers les fidèles, passèrent sur l'endroit où elle se tenait.

Après que l'Élévation eut courbé toutes les têtes sous le rayonnement de la blanche ostie, Fiora toucha le coude de son amie.

– Ne bougez surtout pas, Agnelle, mais je vais sortir... le plus discrètement que je pourrai...

– Vous n'êtes pas bien ?

– Pas très. J'ai besoin d'air. Ce doit être tout cet encens...

– Nous allons sortir ensemble alors ?

– Non... je vous en prie : restez et suivez la fin de l'office. Je vais rejoindre Florent. Je reviendrai si je me sens mieux...

Il fallait, en effet, échapper à tout prix au danger que pouvait lui faire courir la Communion – à laquelle d'ailleurs elle n'était nullement préparée ne s'étant pas confessée depuis des mois. Qu'elle s'approchât de l'autel pour recevoir le sacrement ou qu'elle demeurât à sa place, mais alors en plein isolement, elle risquait de se faire remarquer. Fray Ignacio avait la vue perçante et, de toute façon, on devait lever son voile pour recevoir l'ostie. Mieux vallait partir au plus vite...

Profitant de ce que tout le monde était debout, elle se glissa dans la foule en appuyant un mouchoir sur sa bouche comme quelqu'un qui se sent mal et on lui fit place. En franchissant les portes rouges ornées de grandes volutes de fer forgé, elle sentit son cœur se desserrer et aspira à pleins poumons l'air doux du matin. Mais la cohorte de mendiants qui assiégeaient toujours la cathédrale aux grandes cérémonies accourut, et elle eut toutes les peines du monde à s'en débarrasser. Avec gentillesse d'ailleurs car elle gardait le souvenir de Bernardino, le mendiant qui l'avait accueillie une terrible nuit dans un palais inachevé. Elle eut le temps d'un éclair, l'envie de prononcer le mot dont il lui avait dit qu'il était compris de tous ses semblables en pays latins : « Mendici! » – mais c'était là un mot de passe, une sorte d'appel à l'aide dont elle n'avait pas le droit de jouer.

Sa bourse vidée, elle voulut rejoindre Florent qui devait attendre les dames assis auprès de ses mules sur le montoir à chevaux d'un vieil hôtel. Elle l'aperçut en effet mais, tout à coup, une grande joie l'envahit : Florent n'était pas assis mais debout et bavardait avec Esteban.

Elle courut vers le Castillan comme vers un ami perdu que l'on retrouve sans se soucier de perturber l'équilibre de sa coiffure :

– Esteban! Vous êtes là?... Alors Démétrios est revenu?

– Non, il est resté là-bas. Je suis rentré en escortant un seigneur conseiller du roi qui veut vous parler. Mais que vous arrive-t-il, donna Fiora? Vous semblez bouleversée...

– Il y a de quoi.

Et, tirant Esteban à part sans prendre garde à la mine

assombrie de Florent, elle lui expliqua rapidement ce qui venait de lui arriver. L'écuyer-secrétaire fronça ses épais sourcils :

– Êtes-vous persuadée de ne pas vous tromper ?

– Tout à fait sûre, Esteban, n'en doutez pas. C'est lui ! Comment pourrais-je jamais oublier sa figure ? Mais que vient-il faire ici ? Il ne peut pas savoir que nous sommes à Paris ?

– Si vous voulez mon avis, je pense que nous devons être bien éloignés de son esprit mais il n'en est pas moins urgent de savoir ce qu'il trame ici. Je jurerais qu'il s'intéresse à quelqu'un dans ce pays et, tel qu'on le connaît, ce n'est certainement pas par charité chrétienne...

– Que pouvons-nous faire ?

– Vous, rien. Ce vieux démon serait trop content de remettre sa griffe sur vous. Moi, je vais voir. Où est-il placé dans l'église ?

Elle le lui expliqua. Esteban s'élança alors vers la cathédrale mais, sans cesser de courir, se retourna :

– Quand dame Agnelle vous aura rejoints, rentrez à la maison ! Ne m'attendez pas !...

Fiora le vit traverser les groupes de mendiants et de bateleurs qui se préparaient pour la sortie de la messe et disparaître. Elle vint rejoindre Florent qui, l'air offensé, fit toute une affaire de vérifier les brides rouge et or des mules, mais la jeune femme était trop soulagée pour y prêter la moindre attention. Elle s'assit sur le montoir à chevaux, remit en place le hennin auquel elle n'était pas habituée et dont les épingles lui tiraient les cheveux, puis sortit son mouchoir pour s'en éventer. Encore plus vexé par tant d'indifférence, Florent marmotta, l'œil sombre :

– Vous ne prêtez vraiment aucune attention à moi, n'est-ce pas ?

– Pourquoi ? Je le devrais ?

– Non... non, vous avez raison. Je ne mérite vraiment pas que vous vous intéressiez à mon sort. Que suis-je pour vous ? Rien... moins que rien... Je mourrais à vos pieds que vous ne m'accorderiez pas même un regard...

La volée de cloches qui annonçait la sortie de la messe couvrit ses paroles. Occupée de ses propres soucis, Fiora les avait à peine perçues. Sans un regard pour le jeune homme qui en grinça des dents, elle se leva pour aller au-devant d'Agnelle dont elle apercevait déjà le voile couleur de miel...

CHAPITRE VI

LE SIRE D'ARGENTON

Les cloches sonnaient toujours à la volée pour la plus grande gloire de la Vierge Marie, quand Agnelle et Fiora pénétrèrent dans la salle où l'on achevait de dresser le couvert. Agnolo, apparemment en excellent état, s'y entretenait avec un visiteur, assis tous deux sur une bancelle garnie de coussins en buvant du vin aux herbes dont la fraîcheur embuait leurs gobelets d'étain. A l'entrée des dames tous deux se levèrent et Fiora vit que l'inconnu était un homme jeune – il n'avait certainement pas trente ans – de taille moyenne mais bien prise dans une hucque violette dont les larges manches dentelées tombaient à la hauteur des genoux, les chausses collantes assorties révélant des jambes élégantes. Une large chaîne d'or pendait sur sa poitrine. Les bottes longues et souples étaient poussiéreuses comme il est naturel après une chevauchée. Sur tout cela s'érigeait un visage aimable aux yeux bleus bien fendus, à la bouche charnue, nettement dessinée et volontiers narquoise, au long nez dont les narines sensibles semblaient animées d'une vie propre : des plis profonds partant des ailes du nez rejoignaient presque les maxillaires. Les cheveux d'un blond foncé, très épais encadraient cette figure qui respirait la finesse et l'intelligence. L'inconnu salua les deux femmes avec une aisance toute seigneuriale, à peine plus appuyée pour Fiora qu'il fixa un instant, sourcils relevés, sans même songer à dissimuler son admiration.

– Donna Fiora Beltrami, je suppose? fit-il avec un demi-sourire.

Sa voix bien timbrée mais souple et caressante aurait pu être celle d'un chanteur et il était évident que l'inconnu savait en jouer avec charme...

– Vous ne vous trompez pas, messire, dit Agnolo, et voici mon épouse, dame Agnelle. Souffrez que je vous présente à elles : voici, chères dames, le conseiller le plus écouté de notre sire le roi, messire Philippe de Commynes, seigneur d'Argenton qui nous est venu voir tout exprès pour s'entretenir avec donna Fiora.

– A moi? Et de la part de qui, mon Dieu?

– Mais... du roi, madonna!

– En vérité? Qui suis-je pour qu'un aussi grand prince prenne souci de moi?

Le léger persiflage du ton n'échappa pas au seigneur d'Argenton. Son sourire s'accentua tandis que ses paupières se plissaient légèrement :

– La modestie est une vertu qui convient surtout aux laides. Avec une telle beauté, madonna, c'est au moins du temps perdu et, au pire, de l'hypocrisie. Que notre sire s'intéresse à vous n'a rien d'extraordinaire. D'autant qu'il a gardé le meilleur souvenir de feu votre père. Mais peut-être pourrions-nous parler après le repas? Pardonnez-moi, madame, ajouta-t-il en se tournant vers Agnelle, mais je meurs de faim. Je crois que je pourrais manger un cheval...

Le rire de la jeune femme fusa comme un jet d'eau claire :

– Nous n'en avons pas au menu, messire, mais je crois que notre repas, tout modeste qu'il soit, saura satisfaire votre appétit. Holà, petites! ajouta-t-elle en frappant dans ses mains, que l'on apporte bassins et serviettes et que l'on voie à nous servir promptement!

Comme si elles n'avaient attendu que ce signal, trois jeunes servantes apparurent portant des cuvettes pleines d'une eau parfumée dans lesquelles les convives lavèrent leurs mains qu'ils essuyèrent à des serviettes fines avant de passer à table. Puis, les servantes disparurent pour faire place à des valets portant les pâtes, tourtes, et « chaircuiteries », très renommées car les glands des chênes nourrissaient de nombreux porcs, qui constituaient le premier service. Vinrent ensuite des poissons, carpes et saumons diversement accommodés, puis des volailles, et un quartier de bœuf rôti accompagnés de fenouil, de carottes, de choux et de raifort; enfin les fromages, les fruits, cerises et prunes, et quelques patisseries. Le tout arrosé des vins de France et d'Italie car Agnolo possédait une cave bien fournie dont il n'était pas peu fier. Il ne cessait de remplir le gobelet de son invité en lui indiquant le cru et l'année que le sire de Commynes avalait avec un enthousiasme flatteur, sans d'ailleurs perdre un coup de dents et sans cesser de parler. Maître Nardi lui rendait raison bravement et les deux hommes discutaient politique avec entrain sans trop se soucier des dames – ce qui ne gênait pas Fiora très intéressée par ce qu'elle entendait, et pas davantage dame Agnelle qui veillait avec vigilance au bon déroulement du festin.

Les nouvelles étaient plutôt bonnes si l'on tenait compte des événements étranges qui se passaient et de ce qui avait failli se passer surtout. Fiora apprit ainsi qu'un certain connétable de Saint-Pol qui était en principe grand chef de l'armée royale mais qui n'en était pas moins « bourguignon » bon teint et vieil ami du Téméraire, avait une conduite fort étrange. Porteur de la grande épée fleurdelisée qui lui donnait le pas sur les princes du sang et marié d'ailleurs avec la belle-sœur de Louis XI, une princesse de Savoie, Louis de Luxembourg, comte de Saint-Pol, n'en était pas moins allé à Péronne offrir ses services au Téméraire et au roi anglais, et leur proposer d'ouvrir devant eux sa ville de Saint-Quentin, mais avait fait tirer ses canons sur eux quand ils se présentèrent devant les remparts de la cité... Étrange, non?

– J'espère, dit Agnolo, que notre sire ne se fonde pas trop sur la fidélité de ce seigneur?

– Il le connaît depuis si longtemps! Saint-Pol, pour autant que j'en puisse juger, ne sait plus à quel saint se vouer ni quel maître lui sera le plus profitable. En attendant, le premier résultat de la canonnade a été le départ de Monseigneur de Bourgogne qui, le lendemain même, plantait là son allié anglais pour se retirer à Valenciennes. Ce que sachant, le roi n'a pas perdu une minute pour entamer des pourparlers avec Edouard IV. Il sait bien que les Anglais sont à court de vivres et que la défection de l'armée bourguignonne a porté un coup fatal à leur moral. Certains d'entre eux pensent que la saison s'avance et qu'il serait peut-être temps de rentrer chacun chez soi en attendant une occasion meilleure mais ils ne veulent pas quitter le camp les mains vides et le roi Louis le sait bien.

– Que demandent-ils pour s'en aller?

– Disons que leurs prétentions sont allées en décroissant : ils ont d'abord réclamé la couronne de France...

– Ils espéraient vraiment qu'on allait la leur offrir? fit Agnolo en riant.

– Bien sûr que non mais cela flattait leur vanité. Ensuite ils ont demandé qu'on leur rende la Guyenne et la Normandie qui leur sont toujours chères...

– Mais qui le sont encore plus à la France. Alors?

– Alors?... (Commynes avala son bourgogne avec satisfaction et sourit largement à son hôte.) Le roi pense en avoir raison sans trop de peine avec de l'or et des présents... L'or, je suis chargé d'en retirer des caves de la Bastille mais je dois voir aussi avec messieurs les échevins de Paris à quel prix ils estiment leur tranquillité. Et il s'agit d'aller vite. Je repars après-demain...

– Pour Compiègne?

– Non, pour Senlis où notre sire est revenu. Je dois rapporter l'or sous une escorte que me donnera la ville...

Il se tourna brusquement vers Fiora et ajouta aimablement :

– Ainsi vous n'aurez rien à redouter des dangers de la route, madonna, car j'ai ordre de vous ramener avec moi.

– Le roi veut me voir? Je pensais qu'il s'agissait seulement d'un message.

– C'est un message, mais verbal. Nous quitterons Paris à l'aube dès l'ouverture des portes. Tenez-vous prête! A présent, ajouta-t-il en se levant, je dois vous quitter, maître Nardi et vous, dame Agnelle, en vous rendant grâces pour cet excellent repas car je dois rencontrer sans plus tarder messire d'Estouteville, le chancelier Pierre Doriole et le gouverneur de la Bastille, messire Pierre Lhuillier.

Et d'un pas aussi leste que s'il n'eût absorbé qu'une aile de volaille et deux doigts de clairet, le seigneur d'Argenton quitta la maison Nardi avec ses gens qui avaient festoyé à la cuisine, en recommandant à Agnolo d'amener Fiora à la porte Saint-Denis au petit jour du surlendemain. Songeuse, celle-ci monta voir Léonarde pour la mettre au courant de ce qui arrivait. Agnelle la suivit.

– Que peut bien me vouloir le roi Louis? s'inquiéta Fiora en gravissant l'escalier. J'aurais du parler de Léonarde à messire de Commynes et lui dire qu'il m'était impossible de l'abandonner.

– Pourquoi donc? J'en prendrai grand soin, je vous assure, fit Agnelle en souriant. Vous ne serez certainement pas longtemps absente. Et Senlis n'est pas si loin : dix lieues, ce n'est rien. Enfin, un ordre du roi ne se discute pas.

Léonarde en dit tout autant. Elle se sentait parfaitement bien chez les Nardi et prenait son mal en patience :

– Quand il n'y a rien d'autre à faire, c'est la sagesse, fit-elle, et puisque dame Agnelle veut bien nous dire que je ne l'encombre pas trop, je vais attendre ici ma guérison. Allez en paix, mon agneau, vous n'avez rien à craindre du roi Louis.

– J'en suis certaine, renchérit Agnelle. Quant à nous, si la menace anglaise s'éloigne, nous pourrions gagner notre clos de Suresnes. Dame Léonarde y serait beaucoup mieux installée pour poursuivre sa convalescence car la campagne y est belle et nous avons sur la Seine une vue superbe.

Trop émue pour répondre, Fiora embrassa la charmante femme et, négligeant momentanément le roi Louis, tourna son esprit vers d'autres préoccupations : Esteban n'était pas encore revenu.

Il revint à la tombée de la nuit, peu avant le couvre-feu, avec la mine de quelqu'un qui, ayant beaucoup couru, a très faim et très soif. La grande Péronnelle qui veillait à la cuisine chez les Nardi se chargea de lui en dépit de l'heure tardive, l'installa sur un coin de table et lui servit du pâté d'anguille, de la tourte au pigeon, une large tranche de bœuf froid et quelques douceurs, le tout arrosé d'un vin de Bourgueil de nature à réparer les forces les plus amoindries. Le Castillan plaisait fort à la cuisinière à qui, avant de partir pour Compiègne, il rendait maints bons offices tout en s'extasiant, avec une gourmandise non dissimulée, sur les plats qu'il lui voyait accommoder. Ce soir-là, Péronnelle était trop contente de pouvoir gâter Esteban à sa guise et de l'avoir pour elle toute seule. Fiora le comprit et alla attendre dans le jardin que le festin fût achevé.

La nuit était belle d'ailleurs et c'était l'époque des étoiles filantes. Assise sur un banc près d'un grand massif de lis neigeux qui embaumaient, la jeune femme laissa son regard et son esprit se perdre dans le bleu profond du ciel, cherchant à retrouver les constellations qu'à Florence le vieux maître Toscanelli lui avait appris à reconnaître. L'an passé, en ce mois d'août, elle séjournait dans la villa de Fiesole avec son père bien-aimé et se croyait éperdument amoureuse de Giuliano de Médicis. Rien ne manquait alors à son bonheur de jeune fille gâtée, choyée. Sa vie se déroulait aimable et fleurie comme ce satin de la Chine que Francesco Beltrami avait acheté pour sa fille chérie lors d'un de ses voyages à Venise. Et puis, tout avait basculé dans une sorte d'enfer démentiel où s'était abîmée sa vie, un chaos incohérent hérissé d'épines cruelles qui l'avaient déchirée, ne laissant vivre, de son jardin secret, que la grande fleur pourpre, superbe et vénéneuse, de la passion. Ses racines tortueuses et insinuantes étaient armées de griffes puissantes qui ne se laissaient arracher qu'avec des lambeaux de chair et, telle l'hydre de la légende, repoussaient aussitôt, plus impérieuses encore. Quiconque respirait le parfum violent mais suave de cette fleur en demeurait assujetti, esclave et Fiora, ce soir, au creux de ce jardin, osait s'avouer qu'en dépit de tout ce qu'elle avait souffert par lui, elle aimait encore Philippe et sans doute l'aimerait-elle jusqu'à son dernier soupir. La fleur pourpre ne mourrait qu'avec sa vie à elle.

Elle se signait machinalement, chaque fois que, là-haut, un minuscule météore scintillant rayait le velours sombre de la nuit. Certains prétendaient que chaque étoile filante était une âme entrant en paradis. D'autres que c'était signe de bonheur et qu'il convenait de formuler un vœu mais Fiora, en dépit du geste pieux qui lui venait, ne croyait ni à l'un ni à l'autre...

Le sable du jardin crissa sous les pas d'Esteban et, sans souffler mot, il s'assit sur le banc, à la place qu'elle lui indiquait auprès d'elle. Il ne lui laissa pas le temps de poser la moindre question :

– Vous ne vous êtes pas trompée, madonna, c'est bien lui. Je l'ai suivi, guetté suffisamment pour avoir acquis une certitude.

– Où est-il allé?

– Il a d'abord suivi le cardinal de Bourbon jusqu'en son hôtel qui est proche du Louvre. Il faisait partie des gens qui l'accompagnaient et j'ai même vu, à certain moment, le superbe cardinal se pencher vers le moine pour lui parler comme en confidence. Mais celui-ci a dû seulement prendre, à l'hôtel de Bourbon, le repas du milieu du jour. Je l'en ai vu ressortir et regagner la cathédrale pour y chanter vêpres et complies... auxquelles j'ai assisté en bon chrétien. Ensuite, Fray Ignacio s'est rendu dans un couvent assez voisin de Notre-Dame que l'on m'a appris être celui des Jacobins. Et cette fois, il n'est pas ressorti. Alors je suis rentré, un peu moulu, un peu las, mais dûment sanctifié... Que dois-je faire à présent?

– Gagner votre lit au plus vite car vous l'avez bien mérité. Et je vous remercie, Esteban, de vous être donné cette peine. Je crois qu'il faut, à présent, abandonner le moine à son destin. Aussi bien, après-demain, je suivrai messire de Commynes. Vous savez sans doute que le roi l'a envoyé me chercher?

– En effet. Quant à vous dire pourquoi, je n'en sais pas plus que vous. Mais ce ne peut être que dans un but bienveillant si j'en juge l'accueil qu'il a réservé à mon maître. Cependant je ne suis pas de votre avis en ce qui concerne fray Ignacio. Demain, j'irai encore tournailler autour de ce couvent des Jacobins. J'arriverai peut-être à apprendre quelque chose sur ce qu'il vient faire ici.

– Soyez prudent, je vous en prie. Vous savez combien il est dangereux et il est peut-être inutile d'attirer son attention sur nous, que ce soit moi ou votre maître, puisqu'il nous hait autant l'un que l'autre...

– Faites-moi confiance. Il ne soupçonnera même pas ma présence.

Esteban avait son idée. Tôt le matin, vêtu d'une souquenille de toile et armé de deux paniers que Péronnelle lui confia volontiers avec une liste de commissions lorsqu'il lui dit son intention d'aller faire un tour aux Halles, il vint errer aux environs immédiats du couvent des Jacobins jusqu'à ce qu'il en vît sortir un frère convers équipé de paniers assez semblables aux siens. Il lui emboîta le pas et, au bout d'un instant, le rattrapa et le héla, se présentant comme un valet étranger, tout fraîchement débarqué à Paris et encore peu au fait des marchands les plus réputés.

– On m'a donné cette liste, ajouta-t-il en montrant ce qu'il avait écrit lui-même, Péronnelle ignorant tout de cet exercice, et on m'a expliqué le chemin des Halles mais c'est tout.

– Vous avez eu tout à fait raison de vous adresser à moi, mon frère, fit le moine d'un air important. Je connais tous ces marchands et je vous désignerai les boutiques où l'on trouve les meilleures denrées aux plus justes prix.

– Je vous en serai vraiment reconnaissant, mon frère, répondit Esteban avec humilité.

Sa reconnaissance se traduisant de la seule manière qu'il connût. Le Castillan, les paniers une fois remplis, entraîna son guide bénévole dans un cabaret de la rue Coquillière pour l'y régaler de quelques pots de vin frais. Le frère Guyot était un cœur simple qui savait reconnaître et apprécier les bienfaits de Dieu avec un faible pour le jus de la treille, ce divin breuvage sanctifié par le Seigneur lui-même au soir de la Cène. Au bout du troisième pot de vin de Suresnes, Esteban savait ce qu'il était venu chercher : Fray Ignacio Ortega était investi par Sa Sainteté le Pape d'une mission particulière et discrète auprès du roi de France qu'il rejoindrait prochainement – ce dont le couvent tout entier se trouvait honoré.

Ce point acquis, Esteban rappela à son compagnon qu'il était l'heure de rentrer et le remit sur le chemin du retour alléguant, pour ne pas revenir jusqu'à la rue Saint-Jacques, une dernière course à faire dans le quartier. Une demi-heure plus tard, il rapportait à Péronnelle ses paniers pleins et à Fiora ses informations toutes fraîches.

– Sa mission ne devrait pas être d'une importance capitale, estima la jeune femme, sinon le pape en aurait investi quelque cardinal-légat...

– Je ne suis pas de votre avis. Un simple moine passe plus facilement inaperçu que le pompeux cortège d'une simarre pourpre et bien des secrets d'État accompagnent le chemin d'hommes parfois plus modestes encore. De toutes les façons, celui-là se rend où nous allons nous-mêmes. Nous tâcherons, mon maître et moi, de le surveiller. Ne vous mettez plus en peine de lui, donna Fiora!

Cette dernière journée parisienne, Fiora l'avait passée tout entière auprès de Léonarde qu'elle se reprochait d'abandonner comme si la décision en fût venue d'elle-même. Elle ne s'en était écartée qu'un moment, après le déjeuner, pour rejoindre dans son cabinet Agnolo Nardi qui le lui avait demandé.

– N'avez-vous pas besoin d'argent, donna Fiora? fit le négociant dès qu'elle fut entrée en lui désignant un siège.

– Ne me rendez pas confuse, ser Agnolo! La générosité avec laquelle vous nous avez reçus, mes amis et moi m'interdit d'aborder avec vous cette question...

– Per Baccho! donna Fiora. L'étrange fille de négociant que vous faites? Vous mélangez tout.

– Je ne crois pas et même je vous demande de ne pas poursuivre car vous me gêneriez fort!

– Dio mio! Vous ne comprenez rien, mais rien à ce que sont les affaires! L'hospitalité est un devoir de chrétien qui avec vous se mue en un merveilleux plaisir mais c'est une chose qui ne fait pas partie du commerce! En ce qui vous concerne, la réalité est ceci: Ser Angelo Donati qui assume, d'accord avec Sa Seigneurie de Médicis, les responsabilités des biens, commerces et propriétés de feu Francesco Beltrami, m'a fait savoir que les bénéfices qui dans mon négoce formaient naguère la part de votre père doivent vous être remis intégralement. Il en est de même pour le comptoir de Bruges où, pour plus de commodité, ser Renzo Capponi a reçu ordre de m'envoyer chaque année ce qui vous revient et je peux dire que, s'il ne s'agit pas d'une richesse comparable à celle de notre cher Francesco, vous êtes tout de même, dès à présent, à la tête d'une gentille fortune qui grossira chaque année et qui vous permet, si aujourd'hui vous le souhaitiez, d'acheter une belle maison en quelque endroit de France qui saurait vous plaire. En pays de Loire par exemple, où la vie est si douce et où le roi réside le plus ordinairement.

– Est-ce que, par pure bonté, vous n'exagéreriez pas un peu?

– Mais en aucune façon, sur mon honneur! Il faut songer à l'avenir, donna Fiora, et prendre ce qui vous revient...

– Je ne saurais qu'en faire pour l'instant. Néanmoins j'accepterais volontiers quelque liquidité pour le voyage que je vais entreprendre demain, mais pas plus qu'il n'en faut. Pour le reste, je souhaite que vous le placiez au mieux de nos intérêts communs et je désire que vous préleviez dessus tout ce qui sera nécessaire pour assurer l'entretien et le confort de ma chère Léonarde...

D'un geste désinvolte, Agnolo balaya le dernier article comme quantité négligeable et se dirigea vers l'un des lourds coffres à ferrures qui se trouvaient alignés au fond de sa pièce de travail. Il l'ouvrit et en tira un sac qui semblait d'un bon poids.

– Voilà mille livres pour commencer. Vous pourrez m'en demander chaque fois que vous en aurez besoin mais, puisque vous voulez bien me confier le soin de gérer votre fortune, je veillerai à ce que vous n'ayez jamais à le regretter.

Émue, elle alla vers lui et l'embrassa sur les deux joues.

– J'en suis certaine. En tout cas, merci d'être ce que vous êtes. Si je ne devais partir, je crois que je vous aurais prié de m'initier à ce commerce pour lequel se passionnait mon père...

– Pour cela aussi, je serai toujours à votre disposition. Ce serait bonne chose, en effet, que vous apprissiez les affaires car, si vous êtes en pleine jeunesse, je ne le suis plus guère moi-même. Nous pourrions y songer lorsque vous saurez ce que vous veut le roi notre sire!

Fiora se contenta de sourire et d'embrasser l'excellent homme. Elle n'en avait pas encore fini avec les grands de ce monde, pas plus qu'avec un certain Philippe de Selongey, et sans compter Hieronyma dei Pazzi qu'un véritable miracle avait arrachée à un juste châtiment de ses crimes. Après, il pourrait être passionnant de suivre la trace brillante qu'avait laissée Beltrami. Mais cet « après », quand viendrait-il? Dans combien d'années? Et que serait alors devenue cette jeune Florentine nommée Fiora qui, en dépit de ce qu'elle avait souffert, croyait encore que tout était possible à qui le voulait passionnément?

A l'aube du lendemain, encadrée de Philippe de Commynes et d'Esteban, elle franchissait la barbacane de la porte Saint-Denis. Derrière les trois cavaliers une compagnie montée de francs-archers de la Ville de Paris escortait plusieurs haquets chargés de tonneaux qui faisaient rire les maraîchers alignés le long de la route pour laisser passer le cortège. On s'esclaffait en criant que le malin roi Louis avait grand besoin de bons vins pour donner du cœur au ventre de ses troupes avant la bataille qu'elles allaient livrer à l'Anglais rapace. Les soldats souriaient, répondaient par des plaisanteries. Seul Commynes savait que trois seulement de ces barriques contenaient le vin des coteaux de Loire qu'affectionnait le roi. Les autres étaient remplies d'or, cet or qui, mieux qu'une bataille toujours incertaine chasserait peut-être encore une fois l'Anglais hors du sol de France.

Si la campagne aux environs immédiats de Paris offrait l'image paisible d'un pays occupé à ses récoltes, la route à mesure que l'on avançait vers le nord portait plus de soldats et de charrois militaires que de paysans. Le plus petit village était gardé, le moindre châtel révélait, sur sa tour, l'éclat des casques et des fers de lance. L'épaisse forêt de Senlis où Louis XI se plaisait à chasser en perdait de son silence. L'écho d'un commandement ou de cliquetis d'armes couvraient parfois le chant des oiseaux : le roi, en homme prévoyant, entretenait ses troupes en dispositions belliqueuses alors même que ses émissaires négociaient avec ceux du monarque anglais.

Et soudain ce fut le calme, la divine paix sylvestre peuplée de chants d'oiseaux. On avait quitté le grand chemin au bout duquel se profilaient les remparts de Senlis pour un sentier herbu à peine tracé par les roues de quelques charrettes... A l'interrogation muette de Fiora, Commynes répondit par un sourire.

– Nous arrivons! fit-il.

La forêt venait de s'ouvrir en deux comme un rideau de théâtre devant ce qui semblait être une ville en réduction :

derrière des murs de hauteur moyenne, on apercevait les hautes fenêtres fleuronnées d'un palais surmonté de girouettes d'or et d'azur, la splendeur flamboyante d'une église. Les tours inachevées étaient encore prisonnières d'un lacis d'échafaudages et les ardoises neuves brillaient telles des plaques d'acier bleu. Une grande bannière, longue flamme dont l'outremer fleurdelisé d'or s'écartelait d'une croix blanche bougeait doucement au sommet de sa hampe dorée sur le plus haut pignon de l'édifice.

– L'abbaye de la Victoire, annonça Commynes. Le roi de France aime à y résider...

– Comme c'est beau! soupira Fiora, sincère. Et quel beau nom: la Victoire!

– L'origine en est simple : l'an 1214, alors que, le vingt-septième jour de juillet, le roi Philippe-Auguste venait de l'emporter à Bouvines sur l'empereur allemand Othon, il envoya vers son fils, le prince Louis, un messager porteur de la grande nouvelle. De son côté, celui-ci, encore tout bouillant du succès qu'il avait remporté à la Roche-aux-Moines sur le roi Jean d'Angleterre, dépêchait à son père un messager. Les deux chevaucheurs se rencontrèrent dit-on à cet endroit précis et, quelques années plus tard, le roi ordonna la fondation d'une abbaye qui fut confiée à douze chanoines réguliers de l'ordre de Saint-Augustin venus de l'abbaye de Saint-Victor à Paris. Richement dotée, elle devint ce que vous voyez : une noble demeure digne du Seigneur Dieu...

– Sont-ce des anges qui la gardent? Aux ailes près, ils ressemblent à une statue de Monseigneur saint Michel que j'ai souvenance d'avoir vue...

Splendides en effet sous leurs armures blanches étincelantes sur lesquelles flottaient les cottes d'armes qui restituaient en plus petit la bannière royale, coiffés de grands bonnets plats que de longues plumes de héron agrafées de médailles d'argent relevaient d'un côté, à pied ou à cheval, les plus beaux soldats que Fiora ait jamais vus montaient, de part et d'autre du haut portail, une garde vigilante. Commynes se mit à rire :

– Ce ne sont pas des anges, loin de là! Vous voyez ici, madonna, la célèbre Garde Écossaise du roi Louis qui compte dans ses rangs quelques-uns des meilleurs guerriers du monde. Ils ne connaissent ici-bas que deux lois: celle du roi auquel ils ont juré fidélité et celle de l'amour susceptible et intransigeant qu'ils vouent à leur honneur et à leur lointaine patrie...

Les voyageurs avaient été aperçus. Un cavalier galopait vers eux et Commynes cria:

– Salut à vous, Robert Cunningham! Je ne vous amène que des amis. Le roi attend cette jeune dame... et les fûts de vin qui nous suivent.

– Les caves sont déjà prêtes à les recevoir. Quant à l'escorte, elle va pouvoir se rafraîchir, et prendre un peu de repos avant de regagner Paris. Mais vous, messire, vous n'avez pas besoin d'introducteur.

Après avoir salué courtoisement Fiora, en tentant toutefois de percer le léger mystère du voile dont elle aimait à s'envelopper la tête pour voyager, l'Écossais fit volter son cheval et prit la tête de la file de haquets. L'un après l'autre, les chariots et ceux qui les gardaient franchirent la porterie du monastère sous l'œil intéressé des archers de garde.

– A nous, à présent! fit Commynes avec enjouement. Je gage que notre sire sera positivement ravi de vous voir, madonna...

Au-delà du haut portail ogival au fronton duquel des anges agenouillés aux ailes immenses semblaient protéger les armes de France, les voyageurs découvrirent un vaste espace couvert d'herbe fraîchement coupée qui formait un joyeux tapis pour les bâtiments abbatiaux et pour le jaillissement d'une admirable église de pierre blanche. Immaculés aussi les grands lévriers aux colliers de cuir cloutés d'or qui s'ébattaient sur la pelouse autour d'un homme qui devait être, selon Fiora, un valet de chiens. Maigre et de taille moyenne, vêtu d'une tunique courte de petit drap gris serrée à la taille par une ceinture de cuir, les chausses disparaissant dans de hautes bottes souples de daim gris, il portait sur un bonnet rouge qui lui cachait les oreilles un chapeau de feutre noir relevé par-derrière et sur la coiffe duquel des médailles étaient fixées.

– Les jolies bêtes! s'exclama Fiora. Elles donnent l'impression de sortir vivantes d'une légende... Et comme elles semblent aimer l'homme qui s'en occupe!

– Elles l'aiment beaucoup en effet, assura Commynes avec un clin d'œil complice à Esteban. Voulez-vous que nous les voyions de plus près?

Il avait déjà mis pied à terre et offrait sa main à la jeune femme pour qu'elle en fît autant. Celle-ci hésita :

– Est-ce bien prudent, pour un instant de plaisir, de faire attendre le roi? On le dit peu patient...

– Venez toujours! Je vous promets que vous aurez droit à toute son indulgence...

Un peu à contrecœur, Fiora se laissa conduire. Esteban demeura sur place, réunissant les trois brides dans ses mains. Sentant l'approche d'étrangers, les lévriers cessèrent de jouer et se figèrent, leurs têtes fines tournées vers les nouveaux venus. Ce que voyant, le valet se retourna. Sous l'œil stupéfait de Fiora, Commynes mit un genou en terre :

– Sire, dit-il me voici de retour ayant accompli les deux missions que le roi avait daigné me confier! Puis, entre ses dents il ajouta : « Saluez, que diable! »

Et Fiora, machinalement, plia les genoux pour une profonde révérence.

– Bien, bien! fit le roi. Vous m'avez, une fois de plus, bien servi, messire Philippe et je vous en remercie. Voulez-vous à présent me laisser seul avec cette jeune dame dont j'espère qu'elle nous fera la grâce d'ôter son voile? Mais ne vous éloignez pas : nous aurons à parler!

Sans quitter son inconfortable position, à demi agenouillée, Fiora rejeta sa mousseline par-dessus le double bourrelet de soie qui lui servait de coiffure, libérant son visage. Mal revenue de sa surprise, elle contemplait ce petit homme sans apparence qui cependant était le roi de France. Il n'était pas bien beau ni jeune – cinquante-deux ans depuis la Saint-Anatole dernière – mais sous le regard dominateur de ses yeux bruns profondément enfoncés dans leurs orbites, la jeune femme se sentit rougir et baissa la tête ayant tout juste eu le temps de remarquer le long nez sardonique, la bouche mince, sinueuse et mobile, mais elle savait déjà que, dût-elle vivre mille ans, elle n'oublierait jamais ce visage. On lui avait dit que cet homme possédait l'intelligence la plus subtile, la plus profonde qui soit et dès ce premier regard elle en avait été persuadée.

Cependant, Commynes s'éloignait sans qu'on ait encore autorisé Fiora à se relever. Et, soudain, elle vit, sous son nez, une longue main sèche qui se tendait vers elle pour l'aider à se redresser tandis qu'une voix aimable prononçait :

– Madame la comtesse de Selongey, soyez la très bien venue.

La stupeur faillit rejeter Fiora à terre. Elle vacilla comme sous l'assaut d'un brusque coup de vent et devint si pâle que le souverain la crut sur le point de s'évanouir :

– Hé quoi ? fit-il d'un ton mécontent, n'est-ce point là votre nom ? Nous aurait-on trompé ?

Comprenant qu'elle avait en face d'elle un redoutable adversaire, Fiora au prix d'un violent effort sur elle-même parvint à se ressaisir.

– Que le roi me pardonne une émotion dont je n'ai pas été maîtresse, fit-elle doucement. C'est la première fois que je m'entends nommer ainsi et je ne suis pas certaine d'avoir droit à ce titre, à ce nom. Messire de Commynes m'est venu dire que le roi voulait voir Fiora Beltrami. C'est elle... et nulle autre qui a l'honneur d'être dès cet instant aux ordres de Votre Majesté...

La révérence, réitérée, fut la perfection même : un miracle de grâce et d'élégance et le dur regard appréciateur s'adoucit d'une pointe de gaieté :

– Ha ha ! Il y a là une sorte de mystère il me semble ?

Voulez-vous, comtesse, que nous marchions un peu pour tirer cela au clair? Tout beau, les chiens! Suivez-nous et qu'on ne vous entende pas!

Ils firent en silence quelques pas dans l'herbe encore humide d'une petite pluie qui avait rafraîchi le début de l'après-midi. Désorientée par la brusque apostrophe dont elle avait été l'objet, et cherchant désespérément comment Louis XI pouvait être au courant de son étrange mariage, Fiora se perdait en conjectures. Il était impossible, impensable que Démétrios se fût rendu coupable de bavardages inconsidérés. Alors? Qui? Comment? Pourquoi? Autant de questions sans réponse possible puisqu'il était défendu d'interroger un roi... Celui-ci d'ailleurs mit fin à ses vaines interrogations en reprenant, sur un ton tout différent :

– Nous avons connu, jadis, messire Beltrami, votre père et nous avions de l'estime pour lui car c'était un homme droit, honnête et généreux, et c'est avec peine que nous avons appris sa fin tragique et les pénibles événements qui l'ont suivie... Nous savions déjà que le seigneur Lorenzo de Médicis possédait un beau talent de poète mais nous ignorions que sa plume pût atteindre à ce degré d'évocation lyrique quand il nous a décrit les malheureux événements dont vous avez été victime, donna Fiora, ajouta le roi avec un mince sourire. En vérité le grand Homère n'eût pas fait mieux!

– Monseigneur Lorenzo m'avait pourtant promis de ne point parler de moi, protesta Fiora qui venait de comprendre d'où Louis XI tenait cette ahurissante possession de ses secrets.

– Sans doute a-t-il changé d'avis. Peut-être dans le but de vous protéger malgré vous? De toute façon, il nous connaît trop bien pour ignorer qu'en toutes choses nous voulons tout savoir de ceux qui sont appelés à nous approcher. Cette exigence a le mérite d'éclairer les situations, d'éviter les mensonges et de nous épargner des explications aussi filandreuses qu'embrouillées. Nos relations en seront simplifiées. Qu'en pensez-vous?

– Que le roi a raison, sans conteste, mais que je ne m'en trouve pas moins gênée...

– Pâques-Dieu, madame! Nous vous parlons franc et clair. Tâchez de nous payer de la même monnaie et faites-nous grâce des minauderies et afféteries féminines. D'après ce que nous savons de vous, vous êtes courageuse. Ne changez pas!... Et ne prenez pas cette mine contrite! Dites-nous plutôt comment il se fait que vous ne soyez pas sûre d'être Mme de Selongey?

Un peu soulagée malgré tout de pouvoir s'avancer sur un terrain plus stable, Fiora, aussi simplement que si cet inconnu eût été son confesseur, raconta sa malheureuse visite au château de Philippe et le surcroît de douleur et de colère qu'elle en avait recueilli. Louis XI l'écoutait sans rien dire, marchant la tête un peu penchée et les mains nouées derrière son dos.

– Ainsi donc, fit-il quand elle se tut, messire de Selongey se serait rendu bigame en vous épousant? C'est là une faute très grave doublée d'un sacrilège et qui mérite l'échafaud.

– Je n'ai aucune raison ni aucune envie de défendre cet homme, sire, mais après la colère m'est venue la réflexion. Peut-être, me croyant morte, n'aura-t-il épousé cette Béatrice que depuis peu?

Le vif regard que le roi lança à la jeune femme contenait de la surprise et quelque chose qui ressemblait à de la sympathie.

– C'est une qualité rare qu'être capable de raisonner ainsi avec son propre cœur! Quels sont vos sentiments envers Selongey?

– En vérité, je n'en sais rien. Il y a des moments où je crois l'aimer encore, d'autres où je le hais autant et plus même que je ne hais son maître, ce duc aux armes duquel il m'a sacrifiée! cet arrogant Téméraire que nous nous sommes juré d'abattre, Démétrios Lascaris et moi!

Un éclair vite éteint sous la paupière pesante traversa le regard du roi:

– Vous avez juré d'abattre Charles de Bourgogne ? Pourquoi ?

– Si le duc Philippe vivait encore, nous eussions décidé sa perte car le père et le fils sont coupables pour nous à part égale. J'exècre ce duc impitoyable qui n'a pas eu pitié de la jeunesse de mon père, l'authentique, ce duc auquel messire de Selongey m'a sacrifiée. Quant à messire Lascaris, il lui reproche la mort de son jeune frère et la fausse espérance d'un secours entretenue par les Grecs à présent morts ou esclaves...

Louis XI fit demi-tour pour revenir sur ses pas. Les chiens suivirent docilement.

– Selon la règle une femme ne pouvant résider dans cette abbaye, Commynes va vous conduire à Senlis où vous retrouverez votre ami. Je l'ai fort en estime car c'est un grand médecin et je compte me l'attacher ainsi que le souhaitait le seigneur Lorenzo. Mais vous, donna Fiora, si je vous proposais de me servir, accepteriez-vous ?

– Si le roi me permet d'accomplir la vengeance jurée, je n'aurai aucune raison de refuser. Et je serai loyale.

Elle pensait chacun des mots qu'elle prononçait parce que, tout à coup, elle se sentait en confiance. Peut-être parce que le roi, en abandonnant provisoirement le pluriel de majesté, lui paraissait soudain plus proche et plus humain. Il hocha la tête et sourit d'un vrai sourire qui lui ôtait des années et qui, comme toute chose rare, avait beaucoup de charme.

– J'en suis certain. Il suffit pour s'en convaincre de regarder vos yeux... En outre, il serait bon que vous sachiez ceci : Philippe de Selongey est actuellement mon prisonnier... et... en grand danger d'être exécuté. Vous le voyez, je peux déjà vous offrir la moitié de votre vengeance...

Assommée et l'œil agrandi d'épouvante, Fiora parvint péniblement à articuler :

– Mais... pourquoi ? Qu'a-t-il fait ?

– Il a tenté de me tuer. Les magistrats appellent cela un

régicide et si on lui applique la loi, le favori du Téméraire sera mis en quatre quartiers. Mais nous reparlerons de tout cela à loisir n'est-ce pas? Que Dieu vous ait en sa sainte garde, donna Fiora!

Tournant brusquement le dos à la jeune femme éperdue, Louis XI s'éloigna vers le logis abbatial. Autour de lui, les grands lévriers blancs, las d'une trop longue sagesse, sautaient pour saisir les friandises qu'il élevait à bout de bras. Fiora sentit une immense lassitude. Elle eut envie de s'écrouler là, dans ce moelleux tapis d'herbe, d'y pleurer, d'y dormir... Mais une main solide saisit son bras au moment où ses genoux commençaient à plier :

– Venez, donna Fiora! Je vais vous conduire auprès de votre ami. Il n'est pas loin : trois quarts de lieue au plus...

Sans rien objecter, Fiora se laissa emmener. Le coup qu'elle venait de recevoir était si rude qu'il lui ôtait jusqu'à la faculté de penser. L'idée de retrouver Démétrios était la seule qui surnageât. Elle s'y raccrocha comme à une branche...

Le château de Senlis était petit, du moins pour un château royal mais, en revanche, l'auberge des Trois Pots, sa voisine, était grande et d'agréable habitation. Le roi, quand il était à Senlis, y logeait volontiers ses invités de marque et, tout naturellement, Démétrios y avait été installé, le séjour dans une abbaye ne lui étant pas agréable, ni permis à un orthodoxe. Il l'avait déclaré franchement à Louis XI qui bien qu'étant lui-même d'une extrême piété pouvait comprendre les raisons d'un homme de la valeur du médecin grec.

Esteban était parti en éclaireur tandis que Fiora s'entretenait avec le roi, pour annoncer l'arrivée de la jeune femme et celle-ci en entrant dans l'auberge trouva une agréable chambre toute préparée pour la recevoir. Elle en fut touchée mais c'est l'accueil de Démétrios qui l'émut le plus. Pour la première fois depuis qu'ils se connaissaient, il l'embrassa. En la voyant venir vers lui avec un visage pâle et bouleversé, il avait compris que c'était de ce geste-là dont elle avait besoin puisqu'elle était momentanément privée du refuge que représentait Léonarde. Mais, quand elle éclata en sanglots dans ses bras, il s'inquiéta :

– Que t'est-il arrivé? Le roi t'aurait-il mal reçue?

Son regard cherchait celui de Commynes, témoin de la scène et qui écarta les bras en haussant les épaules pour traduire son ignorance :

– Donna Fiora n'a pas dit un mot depuis que nous avons quitté la Victoire. Néanmoins, il semble bien que notre sire l'ait reçue avec faveur. Et moi, je ne souhaite que l'aider et si je peux quelque chose, je suis tout disposé à me conduire en ami véritable si l'on veut bien m'accepter...

Fiora s'écarta, prit le mouchoir que lui offrait Démétrios, essuya ses yeux et se moucha :

– Pardonnez-moi tous les deux, je viens de me conduire comme une enfant et j'en ai honte. Messire de Commynes... une amitié spontanément donnée est un cadeau du ciel et je l'accepte aussi simplement qu'elle m'a été offerte. Si le roi ne réclame pas votre présence ce soir, accepteriez-vous de souper avec nous?

L'aimable visage du seigneur flamand s'illumina d'un large sourire... et Fiora en conclut que la cuisine de l'auberge devait lui être avantageusement connue.

– Très volontiers! D'autant que cette longue route que nous avons courue ensemble m'a affamé et si vous m'acceptez tout poudreux?...

– Venez vous rafraîchir dans ma chambre, proposa courtoisement Démétrios, et si vous souhaitez dormir ici...

– Excellente idée! Je rejoindrai l'abbaye demain à l'aube. L'important est d'être là quand le roi sortira de la messe.

En dehors de la sympathie que lui inspirait Commynes, Fiora, tout en faisant disparaître la poussière de la route et en enfilant sa robe de lin brodée de feuilles vertes, s'avouait que son invitation à souper n'était pas entièrement dénuée d'arrière-pensée. Conseiller privé et très écouté de Louis XI, le sir d'Argenton devait savoir à quoi s'en tenir au sujet de Philippe et la jeune femme voulait apprendre à tout prix ce qui s'était passé. Elle s'en voulait d'éprouver tant d'angoisse pour le sort d'un homme qu'elle s'efforçait de chasser de son cœur, mais ce même cœur, sourd à toute raison, à toute sagesse et même à toute rancune ne voulait savoir qu'une chose : Philippe serait peut-être mort demain. Et cette idée lui était insupportable. Si Philippe ne respirait plus quelque part dans le monde, fût-ce au bout de la terre, Fiora savait bien qu'il manquerait quelque chose à sa propre vie. Amour ou haine, les deux extrêmes des sentiments humains mettaient dans une existence la pincée sel, de poivre et d'épices qui en font toute la saveur... Il fallait que messire de Selongey continuât d'exister !

Durant tout le début du repas, Fiora sut retenir les questions qui lui brûlaient les lèvres pour ne pas rompre le plaisir de son invité. Tout en dégustant une tourte aux poireaux et à la crème, des écrevisses de la Nonette et une carpe farcie provenant d'un étang voisin, Commynes et Démétrios parlaient de toutes sortes de choses en hommes qui se connaissent déjà et s'apprécient. En dépit de son jeune âge, le seigneur d'Argenton possédait une belle culture et, surtout, adorait parler politique. Il approuvait fort Louis XI de refuser le conflit ouvert avec le roi anglais. Ses troupes se contentaient d'accompagner les marches et contremarches d'un ennemi qui, visiblement, hésitait à engager le combat. Certes, l'armée anglaise était belle, bien armée et ses fameux archers n'avaient rien perdu de leur adresse mais, depuis le débarquement à Calais, l'envahisseur n'avait trouvé devant lui que terre brûlée et villes abandonnées. Les réfugiés d'Arras et de la région environnante, dont Louis XI avait ordonné la destruction pour affamer l'Anglais, avaient trouvé asile, vivres et argent à Amiens ou à Beauvais par exemple car, s'il voulait réduire l'ennemi à la portion congrue, le roi n'entendait pas que le menu peuple eût trop à souffrir.

– A présent, conclut Commynes en attaquant gaillardement un jambon cuit sous la cendre, Edouard et les siens en sont à peu près où le roi voulait les amener : ils ont dévoré toutes leurs provisions et, comme ils ne peuvent se nourrir sur le pays, leurs ventres commencent à sonner creux... ce qui, grâce à Dieu, n'est pas encore notre lot! Tâtez de ce cochon, donna Fiora, il est sublime. Maître Auburtin s'est surpassé...

– Le duc de Bourgogne n'a-t-il pas ravitaillé son beau-frère quand il est venu le rejoindre? demanda Démétrios.

– Il n'avait avec lui que cinquante cavaliers et les villes de Flandres lui avaient refusé leur aide...

– Est-ce à ce moment-là que le comte de Selongey a été fait prisonnier? demanda Fiora d'une voix qu'elle espérait paisible.

Les yeux des deux hommes se tournèrent vers elle mais elle ne les vit pas. Chauffant entre ses deux mains son gobelet de vin, elle en humait l'arôme d'un air distrait sans paraître s'apercevoir du silence qui venait de tomber.

– C'est un peu plus tard, répondit calmement Commynes comme si la question de Fiora s'inscrivait tout naturellement dans le droit-fil de son récit. Sous Beauvais. Des espions du Téméraire avaient dû apprendre que notre sire, pour se délasser un peu l'esprit, voulait certain jour chasser la sarcelle près du Therain sans grande escorte. Messire de Selongey s'est placé en embuscade avec quelques hommes dans les broussailles d'une maison en ruine. Quand le roi est apparu, il s'est jeté sur lui, l'a désarçonné et il brandissait déjà une hache d'armes au-dessus de sa tête quand Robert Cunningham, que vous avez vu tout à l'heure et à qui cette partie de chasse n'inspirait pas confiance, a surgi soudain avec une douzaine d'Ecossais. Selongey ne cessait d'insulter notre sire. Il a été maîtrisé ainsi que son écuyer Mathieu de Prame, tandis que ses hommes étaient tués sur place. Les prisonniers ont été conduits d'abord dans la prison de l'évêque de Beauvais puis au château de Compiègne où ils sont gardés au secret en attendant un jugement qui ne saurait tarder...

– Mais, est-ce qu'en temps de guerre il n'est plus coutume de mettre les seigneurs prisonniers à rançon?

– Sans doute, néanmoins ce n'était pas une action de guerre mais bien un assassinat froidement prémédité. Le roi n'était pas armé. J'ajoute qu'une telle témérité ne m'étonne pas de ce fou de Selongey. Il ignore tout de la diplomatie et ne connaît qu'un seul argument: tuer! ajouta Commynes avec une nuance de dédain qui fit rougir Fiora. En outre, il voue à son maître une dévotion aveugle, sourde, impénétrable à tout raisonnement. Même Dieu passe après son prince dont il ne distingue aucun des défauts, dont il ne comprend pas et ne comprendra jamais qu'il court délibérément à un abîme où s'engloutira inéluctablement ce grand duché dont il prétend faire un royaume...

Toute gaieté avait soudain déserté le visage de Commynes. L'œil assombri, la bouche amère il ne regardait aucun de ses compagnons et Fiora eut l'impression soudaine qu'il ne s'adressait pas à eux mais à lui-même. Aussi fut-ce très doucement qu'elle reprit:

– Comment êtes-vous si bien au fait des affaires de Bourgogne, messire? Vous parlez du duc Charles comme si vous le connaissiez personnellement...

La main de Démétrios venait de s'appuyer sur celle de Fiora pour la mettre en garde contre quelque chose mais il était déjà trop tard. Philippe de Commynes tourna vers elle un regard qu'elle ne parvint pas à déchiffrer. Il lui sembla tout de même qu'il contenait de la douleur et, cependant, ce fut avec un sourire qu'on lui répondit:

– Je suis flamand, donna Fiora. Mon père Colart de Commynes fut gouverneur de Cassel, bailli de Gand, souverain bailli de Flandre et chevalier de la Toison d'or. Le duc Philippe était mon parrain et j'ai été élevé à sa cour. A dix-sept ans, en 1464, j'ai été attaché à la personne du comte de Charolais qui, en devenant duc de Bourgogne, a fait de moi son conseiller et son chambellan. Mais je savais déjà qu'aucune entente ne serait longtemps possible entre moi et un maître incapable d'entendre un conseil de sagesse ou de modération. Si vous aviez comme moi assisté à la destruction de Dinant, au massacre méthodique de tous ses habitants, hommes, femmes, enfants, vieillards et jusqu'aux nouveau-nés, et cela parce que ces malheureux avaient osé élever la voix contre leur suzerain, vous sauriez ce que je veux dire... J'avais envie de vomir mais lui considérait tout cela d'un œil froidement satisfait. J'ai revu à Liège ce genre de tuerie où nul ne trouvait grâce, même les nonnes cloîtrées, même les êtres les plus pitoyables...

– Ainsi, dit Fiora sans songer à cacher sa surprise, vous êtiez bourguignon ?...

Le sourire de Commynes se fit sarcastique :

– Et je suis à présent français. Un transfuge, n'est-ce pas ? Le Téméraire dirait un traître et pourtant je ne crois pas mériter cette épithète. On ne trahit que ce que l'on admire, que l'on estime ou que l'on aime, et je n'ai jamais éprouvé pour Charles aucun de ces trois sentiments. Tout ce qu'il souhaite inspirer, d'ailleurs, c'est la crainte...

– Quand avez-vous rencontré le roi Louis ?

– A la bataille de Montlhéry d'abord, où je l'ai vu combattre vaillamment et sans jamais cesser de ménager autant que faire se pouvait la vie et le sang de ses soldats. Je l'ai admiré. Puis je l'ai revu à cette malheureuse entrevue de Péronne, ce piège où il s'était fourvoyé pour une fois et où, pendant des heures, la mort est restée suspendue sur sa tête sans qu'il en parût effrayé. Il a dépensé des trésors de diplomatie et j'ai compris alors quel génie l'habitait. Je l'ai estimé à sa valeur je crois et j'ai alors tout fait pour retenir la colère aveugle du Téméraire. Le roi m'en a témoigné de la reconnaissance....

– On dit, fit Démétrios, que le Téméraire l'a obligé à l'accompagner à Liège et à assister à la punition de ses habitants... qui étaient pourtant ses amis de la veille. Il serait resté fort serein, en la circonstance, à ce que l'on dit...

– C'est un étonnant comédien et j'avoue qu'elle me fascine, cette « universelle aragne » qui tisse patiemment, soigneusement la toile où les insectes étourdis se feront prendre. Après Péronne j'ai accompli pour le Téméraire diverses missions en Angleterre, en Bretagne, en Castille, sans jamais recevoir autre chose que des critiques amères ou des rebuffades. En même temps, je voyais se développer une politique impitoyable et démentielle. De quoi le Téméraire n'a-t-il pas rêvé? L'Empire! L'hégémonie de l'Europe! Obtenir de l'empereur Frédéric III qu'il le reconnaisse pour son héritier en lieu et place de son propre fils! À présent, le royaume pour lequel il lui faut la Lorraine qui unirait les pays de par-deçà aux pays de par-delà... mais j'étais déjà parti. Une mission inutile où j'ai failli laisser ma vie pour rien m'a décidé : le roi Louis m'appelait. Dans la nuit du 8 au 9 août 1472, il vient d'y avoir trois ans, je l'ai rejoint en Anjou, aux Ponts-de-Cé. Et je ne regrette rien...

– Qu'adviendrait-il de vous si d'aventure le Téméraire s'emparait de vous? fit Démétrios.

– Ma fin serait sans doute exemplaire. D'ailleurs, en attaquant le roi, Philippe de Selongey escomptait faire coup double et me ramener chargé de chaînes car il veut ma mort plus encore, je crois, que son maître. Malheureusement pour lui, je n'apprécie guère la chasse... et c'est lui qui est captif à présent.

– Vous le connaissez bien? murmura Fiora.

– Assez bien en effet. Il n'a que deux ans de plus que moi et nous avons été longtemps compagnons d'armes. Cependant nous n'avons jamais été de vrais amis : nous sommes par trop différents.

– Néanmoins, il vous est peut-être arrivé de rencontrer sa femme?

La surprise que manifesta Commynes était trop absolue pour n'être pas sincère.

– Sa femme? Je n'ai jamais entendu dire qu'il fût marié! A ma connaissance, il a refusé nombre de partis, parfois brillants, mais il n'aurait eu que bien peu de temps à consacrer à cette malheureuse...

– Pourquoi dites-vous malheureuse?

– Ce n'est pas un destin bien plaisant que de vivre isolée dans un château bourguignon ou d'augmenter le cercle de dames éloignées de leurs époux qui entourent, à Gand, à Bruges, à Bruxelles ou à Lille la duchesse Marguerite et sa belle-fille Marie. L'époque n'est guère propice à la félicité des couples! Ainsi de moi : depuis deux ans et demi que j'ai convolé, je n'ai guère rencontré dame Hélène, ma belle épouse. Quand elle n'est pas auprès de la reine Charlotte qui vit à Amboise avec ses enfants, elle réside sur cette terre d'Argenton qui m'est venue d'elle et où elle se plaît.

– Et... vous ne lui manquez pas? lança Fiora avec un brin d'insolence.

– Si c'est le cas, elle est trop sage et trop bien élevée pour jamais l'exprimer.

– Alors, changeons la proposition s'il vous plaît : elle ne vous manque pas?

Commynes, toute sa bonne humeur retrouvée, éclata de rire :

– Je vois qu'il faut vous faire plaisir, donna Fiora! Je pourrais vous dire que notre sire ne m'en laisse ni le temps ni le loisir et ce serait vérité. Pourtant, il m'arrive, certains soirs quand la campagne sent bon et que le ciel est plein d'étoiles, de regretter son absence car elle est douce, jolie et fraîche... aussi blonde que vous êtes brune... mais de caractère beaucoup plus paisible, si vous me pardonnez cette petite méchanceté.

Il commençait à se faire tard. Commynes, qui venait de liquider un saladier de fraises et de mûres en le faisant passer avec trois doigts d'une bonne eau-de-vie de prune, prit congé de ses nouveaux amis et rejoignit la chambre qu'on lui avait préparée. Fiora écouta décroître le bruit de ses pas dans la longue galerie, dominant la cour centrale, qui desservait les divers appartements puis, s'étant assurée que le sire d'Argenton était bien rentré chez lui, elle revint vers Démétrios qui, accoudé à la fenêtre, écoutait les cloches de la cathédrale proche sonner le couvre-feu, ayant auparavant soufflé les chandelles qui éclairaient la table. Mais la nuit était assez claire pour que l'on pût se priver d'éclairage. Fiora s'installa auprès du Grec et demanda :

– En vérité, je ne sais que penser de cet homme. Il me déroute. Il semble la franchise, la loyauté, l'honnêteté mêmes et il doit être facile de lui accorder son amitié, pourtant...

– Tu ne vas pas, à présent, lui reprocher d'avoir abandonné le Téméraire pour le roi Louis ?

– Ne le devrions-nous pas ? Dans toutes les langues du monde, c'est un traître ?

– Pas dans la mienne, car la faute n'incombe pas au sire de Commynes mais bien à ce prince démesuré, fou d'orgueil et inaccessible à tout sentiment humain qui n'a pas su retenir un tel serviteur. Car je te le dis, c'est un grand serviteur que ce Commynes et il est allé naturellement vers une intelligence en laquelle il reconnaissait la sienne. Il a l'étoffe d'un homme d'État et Louis XI ne s'y est pas trompé... Il sait que l'on a les dévouements que l'on mérite. Le Téméraire ne le sait pas et ne le saura jamais...

– Il a su s'attacher pourtant... messire de Selongey, murmura Fiora avec amertume...

– Parce qu'ils se ressemblent : ce sont des hommes de guerre, de ces féodaux que ceux de Florence redoutent et méprisent un peu parce qu'ils achètent leurs services. Ton Philippe est le reflet que le Téméraire peut voir s'il lui arrive de se regarder au miroir.

– Ce n'est pas mon Philippe!

– Et cependant ton cœur est ravagé d'angoisse depuis que tu le sais voué à l'échafaud. Ne dis pas non. Je lis en toi comme dans un livre, tu le sais bien.

– Tu lis aussi dans l'avenir. Va-t-il mourir?

– Je n'en sais rien. Pour te répondre, il faudrait que je sois auprès de lui...

– Mais tu es près de moi! Que vois-tu?

– Une longue route, le fracas des batailles... du sang et des larmes. M'écouteras-tu, Fiora, si je t'ordonne de retourner à Paris, auprès de Léonarde et des Nardi? Les combats qui se préparent sont trop rudes pour une femme. Je t'aime assez pour souhaiter te les épargner.

– Je ne veux pas être épargnée, fit-elle avec une soudaine violence. Je hais le Téméraire plus encore aujourd'hui que je ne le haïssais hier. Et si Philippe venait à mourir à cause de lui...

Un bruit de course dans la rue lui coupa la parole. Elle reconnut la silhouette trapue d'Esteban qui rentrait à l'auberge après une soirée passée sans doute dans quelque cabaret avec les soldats qui protégeaient la ville. Depuis qu'il avait quitté Paris, le Castillan aspirait l'odeur violente de la guerre par tous les pores de sa peau et il ne perdait jamais une occasion de s'approcher des troupes pour partager, ne fût-ce qu'un instant, une vie pour laquelle il avait de tout temps été créé. Démétrios n'ignorait rien de cette attirance. Il fallait qu'Esteban fût vraiment attaché à lui pour résister à son envie de s'engager. Mais résisterait-il encore longtemps dans ce pays où l'on rencontrait plus d'hommes d'armes que de civils?

Du haut de la fenêtre, il l'appela et lui ordonna de monter le rejoindre.

– De toute façon, je serais venu, dit Esteban en entrant dans la chambre, car j'avais quelque chose à dire à donna Fiora.

– A moi?

– A tous les deux serait plus juste. Le moine espagnol!

– Eh bien?

– Il est ici. Peu avant la fermeture des portes je l'ai vu entrer, monté sur une mule. Il s'est allé loger chez l'archiprêtre de la cathédrale.

– Quel moine espagnol? demanda Démétrios qui tombait des nues. Tout de même pas...?

– Si, fit le Castillan avec un rictus féroce. C'est bien ça. Donna Fiora l'a vu à la messe de l'Assomption à Notre-Dame de Paris et moi je l'ai suivi ensuite et j'ai fait parler l'un des moines chez qui il habitait. Il paraîtrait qu'il vient ici pour voir le roi.

Démétrios demeura silencieux quelques instants, le temps sans doute de se faire à l'idée de voir Ignacio Ortega resurgir dans sa vie :

– Eh bien, soupira-t-il enfin, il ne nous manquait plus que ça! Esteban, mon garçon, je suis désolé mais il va falloir que tu surveilles cet olibrius de près...

– Ça va, fit le garçon avec désinvolture. On sera dès la première messe à la cathédrale! Une de plus une de moins...

CHAPITRE VII

LOUIS, PAR LA GRÂCE DE DIEU ROI DE FRANCE...

Trois jours plus tard, le roi tenait sa cour au château de Senlis. Cour étrange, dont les dames étaient absentes à l'exception d'une seule et qui ressemblait plus à un conseil de guerre qu'à l'habituelle réunion d'un souverain qui souhaite prêter l'oreille aux doléances de son peuple. Il y avait là plus d'armures que de pourpoints et de justaucorps. A peu près seul de son espèce, Louis XI portait une longue robe vert sombre ouverte devant pour laisser passer ses jambes maigres vêtues de chausses noires et ses pieds chaussés de poulaines de cuir qu'il tenait croisés. Sur le chapeau dont la pointe offrait un parallèle amusant avec son long nez, les médailles brillaient, astiquées. Ainsi vêtu, il offrait un contraste frappant avec les cottes de soie multicolores, les chaînes d'or dont se parait son entourage, et les tenues superbes de la Garde Écossaise. Quelques-uns de ses amis se tenaient auprès de lui : le vieux seigneur du Bouchage et le seigneur du Lude qu'il avait surnommé « Jean des Habilités », Tanneguy du Chastel, mais aucun de ceux-là n'était vraiment appelé en ses conseils. Seul, Commynes, le plus jeune pourtant, pouvait, à Senlis, se targuer de ce titre auprès d'un souverain dont on disait que « son cheval portait tout son Conseil ». Il était debout auprès de lui, prêt à répondre au moindre signe... Un grand lévrier blanc, « Cher Ami », le favori, était couché aux pieds de son maître qui siégeait sous un dais fleurdelisé.

Seule exception féminine dans cette assemblée d'hommes, et parce qu'elle y avait été conviée impérieusement, Fiora, vêtue de noir, ses cheveux sévèrement tressés couverts d'une coiffe basse en velours dont les pans n'en laissaient pas dépasser une mèche, était debout auprès de Démétrios dont la haute silhouette la masquait en partie. Rarement, elle s'était sentie aussi fébrile car depuis trois jours elle tournait en rond dans sa chambre d'auberge sans parvenir à entreprendre quoi que ce soit de valable, hantée par la pensée qu'à chaque instant Philippe pouvait être conduit au supplice, et se raccrochant au faible espoir que lui avaient laissé les dernières paroles du roi : « Nous reparlerons de tout cela à loisir... »

Elle avait espéré d'abord que Démétrios serait mandé auprès du souverain et qu'elle pourrait l'accompagner, mais il n'en avait rien été.

– Je croyais qu'il ne pouvait pas se passer de toi ? fit-elle presque agressive.

– Il ne peut surtout pas se passer de l'onguent que je lui ai concocté avec des feuilles de sureau et de ronce broyées dans la graisse fine et que l'on applique sur ses hémorroïdes après lavage avec une décoction froide de millepertuis. Il s'en trouve à merveille...

– Tellement bien qu'il n'aurait plus même besoin de toi! N'importe quel médicastre peut se servir de ta recette...

– A condition de la connaître et je ne donne jamais mes compositions. Sauf à toi, bien sûr. Sois tranquille, le roi aura encore besoin de moi...

L'avant-veille, n'y tenant plus, Fiora avait réclamé son cheval. Elle savait que Compiègne n'était pas loin et elle voulait s'y rendre dans l'espoir d'apprendre quelque chose, si peu que ce soit, sur Philippe, mais elle s'était aperçue, alors, que s'il était aisé d'entrer dans Senlis, il l'était beaucoup moins d'en sortir sans un ordre du roi ou du gouverneur de la ville. La voyant au bord des larmes, Démétrios s'était efforcé de la réconforter.

– Prends patience! Je suis persuadé que messire de Selongey n'est pas en danger immédiat. En te faisant venir, notre sire, comme dit le jeune Commynes, avait bien une idée derrière la tête puisqu'il n'ignore rien des liens matrimoniaux qui t'attachent à son prisonnier. Il faut lui laisser le temps de l'exprimer...

– Parlons-en de Commynes! Lui aussi a complètement disparu! On ne l'a pas revu.

On le revit au matin de ce troisième jour. C'est lui qui vint signifier aux deux étrangers de se rendre au château pour le plaid royal. Quant à Esteban, il était demeuré fermement suspendu aux basques de fray Ignacio grâce à qui il n'avait pas raté un seul office. L'unique promenade un peu divertissante avait été quand le moine, voulant se rendre à l'abbaye de la Victoire, s'était fait refouler par les gardes de la ville. En dépit de la protection de l'archiprêtre, lui aussi devait attendre que le roi soit disposé à le recevoir. Mais sa présence irritait Fiora qui, par crainte de le rencontrer, ne mit pas le pied hors de l'auberge des Trois Pots.

Louis XI semblait d'excellente humeur ce matin-là. De sa place, Fiora pouvait le voir rire et bavarder amicalement avec le sire du Lude. Il accueillit avec faveur quelques suppliques de bourgeois venus faire appel à sa justice et distribua de larges aumônes à la prieure d'un couvent de l'extérieur qui avait subi des déprédations du fait des mouvements de troupes. Cela fait, le roi se leva :

– Messeigneurs, dit-il en frottant l'une contre l'autre ses longues mains sèches, nous avons pour vous des nouvelles qui réjouiront le cœur de tous nos bons sujets comme elles ont réjoui le nôtre. La menace que faisait peser sur notre royaume l'ambition folle de notre cousin de Bourgogne qui a convaincu l'Anglais de passer la mer pour s'emparer de notre pays, cette menace vient de s'éloigner. Il y a eu grave dispute suivie de brouille entre le roi Édouard et Charles le Hardi qui lui est venu reprocher de ne point faire marcher ses troupes contre nous et d'accueillir avec faveur l'idée d'un accord. Notre beau cousin de Bourgogne qui était revenu à Péronne est parti, hier, rejoindre son armée en Luxembourg sans esprit de retour. Demain nous irons rendre grâce au Seigneur Dieu et à Madame la benoîte Sainte Vierge, notre protectrice, et les prier afin qu'ils veuillent bien épargner à notre bon peuple douleur et affliction car c'est laide chose que la guerre...

Les acclamations emplirent la salle faisant voltiger la rangée de bannières pendues en haut des murs. Fiora et Démétrios, surtout pour ne pas se faire remarquer, joignirent leurs voix aux autres d'autant plus volontiers pour la jeune femme qu'elle voyait là une excellente occasion d'essayer d'obtenir la grâce de Philippe, indignement abandonné par ce maître qu'il aimait tant et qui, apparemment, n'avait rien tenté pour l'arracher de sa prison.

Elle était sur le point de se diriger vers le trône quand, à la porte de la salle, un huissier royal frappa le sol par trois fois de son bâton et lança d'une voix forte :

– Plaise au roi recevoir Mgr l'archiprêtre de la cathédrale et Sa Révérence le prieur de l'abbaye Saint-Vincent qui souhaitent présenter à lui un saint moine venu de Rome!

Sur un signe de Louis XI, les portes s'ouvrirent pour laisser passer les trois religieux.

A la vue du moine espagnol, Fiora eut un frisson de répulsion et d'horreur comme si une vipère venait de se dresser sur son chemin. Il était toujours le même. Plein de dédain et d'arrogance, il s'avançait entre les deux dignitaires, les mains enfouies au fond de ses manches, ne regardant personne sinon ce roi qui s'était levé pour accueillir des hommes d'Église. Le dôme dénudé de son crâne luisait dans la lumière pauvre de ce jour chargé de nuages et, en entendant gronder le tonnerre dans le lointain, Fiora se demanda si Dieu lui-même n'avait pas choisi de mettre le roi de France en garde contre l'être malfaisant qui marchait à sa rencontre...

A mesure qu'il s'avançait, « Cher Ami » se redressait. Quittant sa pose élégante d'animal héraldique, le chien se leva et gronda. Le roi posa vivement sa main sur son collier orfévré :

– Paix, mon fils, paix! Recouche-toi!

Mais Fiora remarqua que les yeux de Louis XI avaient curieusement rétréci. De mauvaise grâce, en montrant les dents, « Cher Ami » obéit. Le moine ne lui avait pas fait l'honneur d'un regard et même répondit à peine au salut plein de révérence que lui adressait le roi.

– Cet homme doit être fou, chuchota Démétrios. Quelle curieuse façon de se présenter devant un souverain! Ma parole, il se prend pour le pape!

– Je ne suis pas même certaine qu'il ne se croie pas un peu au-dessus. Mais chut!...

Louis XI, en effet, adressait une bienvenue aimable au voyageur venu de la ville sanctifiée par le tombeau de l'Apôtre et ajoutait :

– C'est toujours une grande joie, pour un cœur chrétien, d'accueillir un envoyé de notre Très-Saint-Père.

– Ce n'est pas pour te réjouir que le pape Sixte m'envoie vers toi, roi de France, car son cœur est lourd et plein de colère.

– De colère contre nous? Cela est impossible. Nous ne nous souvenons pas d'avoir en quelque point que ce soit offensé le vicaire du Christ...

– Ta mémoire est courte, roi, et surtout complaisante. Tu oublies bien facilement que, depuis sept ans, tu détiens en dure prison un prince de la sainte Église. Le pape m'envoie t'ordonner de libérer sur l'heure le cardinal Balue!

Le visage de Louis XI se ferma et un éclair jaillit de sous sa paupière :

– Jean Balue est un traître qui méritait la mort car il n'a pas craint de comploter contre nous avec les gens de Bourgogne. Contre nous qui, d'un fils de meunier, avons fait un prélat couvert de richesse et d'honneurs, contre nous qui avons demandé et obtenu pour lui le chapeau de cardinal. Qu'il se tienne satisfait d'être encore en vie!

– C'est croupir au fond d'une cage, comme une bête fauve, que tu appelles être en vie? Tu n'avais aucun droit de porter la main sur un homme de Dieu qui relève uniquement du pape.

– Nous avons tous les droits et le pape le sait bien qui a accepté voici trois ans le Concordat de Tours! Nous serions tout disposé à faire un geste susceptible d'alléger le cœur de Sa Sainteté à condition qu'il ne s'agisse pas des affaires du royaume. Et il s'agit précisément d'une affaire du royaume...

– Tu refuses d'élargir le cardinal?

– Positivement!

– Consens-tu toutefois à lire la lettre que t'adresse Sixte IV?

– Une lettre? Que n'avez-vous commencé par là, révérend frère...

Fray Ignacio tira de sa manche un mince rouleau de parchemin attaché d'un ruban blanc et scellé d'un large sceau doré que Louis XI reçut avec révérence et dont il baisa même le sceau avant de se tourner vers son chancelier pour qu'il décachette le message. A cet instant, Fiora bouscula Démétrios et s'élança sur le moine qui, déséquilibré, tomba à terre, laissant échapper le long couteau qui, dans sa main, venait de remplacer le parchemin. Les yeux vifs de la jeune femme rivés à fray Ignacio avaient entrevu l'arme, l'espace d'un éclair, et sa réaction avait été immédiate; foncer droit devant elle avec une seule idée : écarter du roi la menace de mort qu'elle venait d'entrevoir. Le lévrier avait réagi avec la même impétuosité et, les pattes sur la poitrine du moine, il tenait sa gorge sous la menace de ses crocs. Fiora cependant se relevait, ramassait le poignard et, genou en terre, l'offrait à Louis XI :

– Sire, cet homme voulait tuer le roi!

Sans rien dire, celui-ci saisit l'arme et l'examina, prenant tout son temps et apparemment peu pressé de rappeler son chien qui grondait toujours, ce qui, d'ailleurs, paraissait inquiéter assez peu fray Ignacio. Si son visage n'était plus qu'un masque de fureur impuissante c'est uniquement parce qu'il venait de reconnaître Fiora :

– La Florentine! cracha-t-il. La sorcière damnée! Elle est ici et elle tente de m'imputer ses intentions criminelles!... C'est elle, c'est elle qui a apporté ce poignard, c'est elle qui...

– Qui s'apprêtait à nous tuer? fit paisiblement Louis XI. Je suis avant tout ami de la logique et de la vraisemblance. Si l'idée de donna Fiora était de nous navrer, elle en avait tout le loisir l'autre jour à l'abbaye de la Victoire. Nous avons longuement parlé ensemble tête à tête. Ce que nous aimerions savoir plutôt, c'est en quelles circonstances elle a pu rencontrer cet étrange serviteur de Dieu.

Ayant déjà mis genou en terre, Fiora levait vers le roi ses grands yeux gris dont aucun nuage ne troublait la limpidité :

– S'il plaît au roi de m'entendre, je lui dirai tout.

– Et nous l'entendrons avec plaisir. Tout enfant déjà nous aimions fort les histoires de brigands. Messire de Commynes, veillez donc à conduire donna Fiora dans notre oratoire où nous la rejoindrons sous peu... A présent, « Cher Ami », retourne te coucher. Tu nous as bien servi et tu auras ta récompense. Capitaine Kennedy!

L'officier qui commandait la Garde Écossaise vint se placer auprès du moine qui, toujours à terre, n'osait se relever par peur des crocs du lévrier qui, bien qu'ayant obéi, grondait toujours :

– Aux ordres du roi! Qu'ordonne-t-il?

– A Dieu ne plaise que nous trempions nos mains dans le sang de cet assassin. Ainsi tu voulais mourir pour Balue, pauvre fou?

– Je ne le connais même pas! C'est pour ma reine, Isabelle de Castille que je suis prêt à périr. Tes soldats foulent et meurtrissent les terres qui sont siennes...

– Pas depuis longtemps et par mariage. Sans compter que la libre Catalogne ne lui a jamais appartenu. C'est à l'Aragon que nous avons eu affaire. Il serait bon que chez les frères du grand saint Dominique on apprenne un peu l'histoire et la géographie? Hé? Mais je ne te crois pas. La vérité c'est que le pape Sixte t'envoie. Il est l'allié du Téméraire et rien ne le réjouirait tant que notre mort. Qu'obtiendrait-il si tu avais réussi?

– Qu'est-ce que j'en sais? Tu es l'Antéchrist, le suppôt de Satan! Tôt ou tard, tu recevras la punition de tes crimes, tôt ou tard tu sauras ce que pèse la malédiction. Pour avoir osé porter la main sur moi, tu seras excommunié, tu seras...

– Et pourquoi mon royaume ne serait-il pas mis en interdit? ironisa Louis XI. Dieu que ce moine est fatigant! Kennedy, mon ami, ôtez-le de là avant que la colère ne nous gagne...

– Et que faut-il en faire?

– Faites-le conduire en notre château de Loches, sous bonne escorte. Il s'y trouve, si nous ne faisons pas erreur, une cage vide dans la salle où soupire ce cher Jean Balue. Mettez-les ensemble. Ils feront ainsi connaissance puisque apparemment ce fol est venu implorer la grâce d'un homme qu'il n'avait jamais vu. Ils devraient s'entendre.

Écumant de rage et de fureur, crachant le venin et l'anathème, fray Ignacio fut entraîné par quatre solides Écossais qui le portaient plus qu'ils ne l'encadraient. Les pieds du moine battaient l'air de façon grotesque... « Cher Ami » apaisé s'était recouché aux pieds du roi. Commynes prit Fiora par le bras :

– Vous venez, dit-il. Je crois qu'il n'y a plus rien à voir.

Elle le suivit sans se faire prier. Les hurlements de son ennemi résonnaient dans son cœur comme des chants d'allégresse... Ce moine qui semblait attaché à ses traces comme une malédiction, vivant rappel de la fureur aveugle qui l'avait précipitée en enfer, voilà qu'elle en était délivrée! Elle ne savait pas où était ce château de

Loches mais, où qu'il soit, il mettait au moins entre elle et son ennemi l'épaisseur de ses murailles, de ses portes solides, de ses cachots profonds et de ses chaînes dans les cages...

– Il faut que cet homme soit fou, commenta Commynes. Venir attaquer notre sire au cœur de son royaume, dans l'un de ses châteaux, au milieu de ses gardes, de ses serviteurs et de ses amis? Comment espérait-il en réchapper s'il avait réussi?

– Le mieux du monde, j'imagine. Il se croit à la fois l'épée et la foudre de Dieu. En chaque prince temporel il voit un tyran. Il comptait sur la joie reconnaissante des esclaves libérés...

– Eh bien, si c'est là tout ce que le pape trouve à nous envoyer comme ambassadeur! Je le croyais habile?

– Il l'est peut-être plus que vous ne le pensez? Réfléchissez: si l'attentat avait réussi, Sixte IV était débarrassé du plus puissant allié de Florence et donc d'un ennemi dangereux. Et comme fray Ignacio a échoué, il est débarrassé de toute façon d'un homme encombrant et dont il ne savait peut-être plus que faire lui-même. Ces fanatiques ont du bon – si j'ose dire – quand on sait s'en servir.

Commynes considéra Fiora avec une sincère stupeur puis éclata de rire:

– Moi qui me prenais pour un fin politique, je reçois là bonne leçon... Ah! maître Olivier, veuillez nous laisser pénétrer chez le roi. Cette jeune dame doit l'attendre dans son oratoire.

La dernière phrase s'adressait à un homme qui sortait de l'appartement royal, tenant sous le bras un petit coffre. Vêtu de noir, le cheveu brun coupé court, le visage étroit d'une statue de bois, il avait des lèvres minces et des yeux qui possédaient l'immobilité et l'indéfinissable couleur d'un marais. Il s'inclina un rien trop bas et Fiora qui n'aimait pas sa figure le jugea obséquieux. La voix d'ailleurs était un peu trop douce:

– Monseigneur le prince de Talmont n'a pas besoin

qu'un modeste barbier le laisse pénétrer chez son maître. Il n'a qu'à paraître en personne!

Fiora crut déceler une trace de fiel dans ces dernières paroles. L'homme cependant ouvrait la porte avec une nouvelle courbette.

– Allons donc, maître Olivier! protesta Commynes avec un léger haussement d'épaules. Lorsque vous en décidez autrement, nul ne saurait entrer ici.

– Qui est-ce? demanda Fiora quand la porte se fut refermée sur eux et qu'ils se retrouvèrent dans une sorte d'antichambre meublée d'un seul coffre mais ornée de belles tapisseries.

– Le barbier de notre sire. Il se nomme Olivier le Daim et il est flamand comme moi mais il y a près de vingt ans qu'il est au service du roi et celui-ci apprécie beaucoup ses talents d'organisateur d'une maison. Il a en charge la préparation des voyages et déplacements et, grâce à lui, le roi retrouve toujours, où qu'il aille, ses affaires à la même place. Il est aussi de sens subtil et ne quitte jamais son maître. Il formerait même avec le secrétaire piémontais Alberto Magalotti une sorte... de... conseil étroit dont notre sire ne dédaignerait point d'écouter les avis.

– Il est si important avec si peu d'apparence?

– L'apparence n'a aucune influence sur le roi Louis et je ne suis pas certain que le Daim ait beaucoup de pouvoir, pourtant il convient de s'en méfier. Certains l'ont surnommé Olivier le diable. Mais vous voici à destination.

Après avoir traversé une chambre d'une grande sobriété dont les plus beaux ornements étaient certainement les chiens qui dormaient sur les tapis, Commynes fit entrer Fiora dans le petit oratoire dont la richesse frappa la jeune femme: tentures précieuses et panneaux peints – tous amovibles car, suivant la coutume du temps, la chapelle du roi comme ses meubles le suivaient dans ses différentes résidences – entouraient un autel drapé de brocart sur lequel s'élevait une croix de pierre auprès d'une statuette d'or représentant Notre-Dame de Cléry à laquelle

Louis XI vouait une dévotion toute particulière et d'une autre, en argent, à l'effigie de saint Michel au nom duquel le roi avait, le 1er août 1469, fondé à Amboise un ordre de chevalerie. Le collier à coquilles de cet ordre reposait sur la précieuse nappe d'autel, Louis XI se contentant d'ordinaire de porter une médaille au bout d'une simple chaîne. D'autres effigies de saints garnissaient de petites consoles au mur, certaines anciennes et une presque neuve représentant sainte Angadresme, la patronne de la ville de Beauvais qui avait opposé victorieuse défense aux troupes du Téméraire en 1472. La statuette avait été offerte au souverain par l'héroïne locale, Jeanne Laisné, dite « Jeanne Hachette », qui avait mené femmes et enfants au combat des remparts... Les couleurs chaudes d'un vitrail faisaient vivre tous ces objets.

– Que c'est beau! soupira Fiora. Voilà enfin une pièce digne du roi de France!

– Justement parce que c'est la seule où notre sire ne le soit plus. Il n'est ici que l'humble serviteur de Dieu.

– Par saint Louis, mon aïeul vénéré, il vous arrive de dire de grandes choses, Commynes! fit le roi qui venait d'entrer. A présent, me laissez avec donna Fiora mais attendez dans ma chambre...

Il s'agenouilla pour une courte prière et la jeune femme crut bon de l'imiter, ce qui fait qu'en se relevant il la trouva à genoux et lui tendit la main pour l'aider à se relever. Quand elle fut debout, il garda un instant ses doigts dans les siens, plongeant son regard songeur dans celui de la jeune femme.

– Alors? Ce moine espagnol? D'où le connaissiez-vous?

– De Florence où il tentait de saper le pouvoir de Monseigneur Lorenzo sur l'ordre du pape Sixte qui souhaite donner notre cité à son neveu, Girolamo Riario...

– Nous connaissons assez bien les idées de Sa Sainteté et c'est de vous qu'il est question.

– C'est une longue histoire, sire...

Les yeux du roi s'élevèrent vers la croix de pierre de l'autel :

– Dieu n'est jamais pressé. Nous non plus lorsqu'il s'agit du bien de l'État. Parlez!

Sans plus insister, Fiora entama la pénible histoire de ses relations avec Fray Ignacio. Elle le fit aussi objectivement que possible, sans essayer de foncer des couleurs déjà bien assez sombres. Elle savait qu'avec un homme de la trempe et surtout de l'intelligence de Louis XI, un récit clair, exempt de toute passion, serait mieux perçu qu'un lamento dramatique.

– Ainsi le seigneur Médicis a fait chasser ce moine de Florence, fit-il lorsque Fiora se tut. Bien sûr, c'est toujours délicate entreprise que frapper un membre de la sainte Église mais il nous paraît un peu désinvolte de n'avoir pas mis ce fanatique hors d'état de nuire. Quand le pape néglige ce qu'il doit aux princes chrétiens, il est du devoir de ceux-ci de mettre leurs terres, leurs gens et leur personne à l'abri. Fray Ignacio Ortega va pouvoir réfléchir longuement sur les dangers qu'il y a à mélanger les genres : ou l'on est un homme de Dieu, ou l'on est un espion et un assassin.

– Il est peut-être aisé de passer de l'un à l'autre dès l'instant où l'on se mêle de politique et je crois savoir que beaucoup de prêtres s'en occupent?

– Et le pape plus encore que tous les autres! Je crains qu'il ne soit un souverain temporel beaucoup plus qu'un père spirituel. En outre, il ne nous aime pas. C'est notre beau cousin, le duc Charles, qui a ses préférences. Il l'a clairement prouvé en lançant son légat, l'évêque de Forli Alessandro Nanni, entre lui et l'Empereur lors de l'affaire de Neuss. Grâce à l'habileté de celui-ci, il n'y a eu ni vainqueur ni vaincu. On s'est réconciliés, du bout des lèvres sans doute, mais le Téméraire a pu retirer ses troupes qu'en ce qui nous concerne nous trouvions fort bien là où elles étaient. Il se trouvait libre alors de s'occuper de nous...

– Mais il n'en a rien fait?

– Il est difficile de faire la guerre quand on manque d'argent et de troupes fraîches. Ce moine devait être un bon moyen d'en finir une fois pour toutes avec le roi de France...

– Le roi est-il certain... qu'il ne pourra pas s'échapper?

Louis XI plissa des yeux, laissant filtrer une lueur de gaieté et sourit :

– Si nous en avons le loisir dans les temps à venir, nous vous présenterons notre château de Loches. Viendrait-il des ailes à ce moine, qu'il ne pourrait s'en envoler. Mais assez parlé de châtiment! Vous nous avez sauvé la vie et nous souhaitons vous en témoigner une gratitude à la mesure du service rendu. Que voulez-vous?

Derechef Fiora plia le genou puis, inclinant la tête :

– Je sais que je vais demander beaucoup au roi mais tout ce que je désire c'est la vie... et la liberté du comte de Selongey.

Le silence qui suivit fut si pesant que la jeune femme frissonna et, sans oser relever les yeux, ajouta d'une voix faible mais cependant audible :

– Je ne désire rien d'autre, sire...

Toujours sans rien dire, Louis XI prit à deux doigts le menton de Fiora et considéra longuement les grands yeux gris aux cils desquels perlait une larme.

– Pauvre enfant! soupira-t-il doucement. Amour vous tient en plus cruelle prison que ne sont les geôles de Loches! Non, n'ajoutez rien!... Nous étions persuadé, en venant dans cette chapelle, que vous demanderiez la grâce de cet homme. Nous vous devons trop pour vous la refuser... bien que cela contrarie les espoirs que nous avions misés sur vous. Relevez-vous!

Il se détournait, allait prendre la statuette de sainte Angadresme qu'il scruta comme s'il pensait y trouver un défaut.

– Sire, commença Fiora, la reconnaissance que je...

– Non! Ne remerciez pas! Peut-être... ne méritons-nous

pas autant de gratitude que vous l'imaginez... En vous faisant venir ici, nous avions pensé, surtout vous ayant vue, que vous seriez pour nous... un bon otage, tout à fait de nature à déterminer le sire de Selongey à nous servir. Vous nous avez laissé entendre que notre prisonnier ne tenait pas à vous à ce point-là! Dès lors, nous avions conçu un autre plan : obtenir vos services contre le Téméraire en vous faisant espérer sa grâce. Ce maudit moine et son poignard sont venus se mettre tout à la traverse... Enfin! soupira-t-il, demain vous serez conduite à Compiègne auprès de...

– Que le roi me pardonne de l'interrompre, sire, mais je crois que nous ne nous comprenons pas. L'idée de la mort de celui que je croyais mon époux m'était insupportable. Il vivra et j'en remercie la clémence du roi mais je ne veux rien d'autre. N'ai-je pas dit l'autre jour à Votre Majesté que j'étais disposée à la servir si, ce faisant, je pouvais assouvir la haine que j'éprouve pour le duc de Bourgogne? Rien n'est changé.

Louis XI baisa dévotement la précieuse figurine avant de la replacer sur son support. Sans se retourner vers Fiora il demanda :

– Vous ne souhaitez pas lui porter vous-même la nouvelle inespérée de sa libération? Ce serait, il me semble, belle et noble vengeance?

– Non sire. Je ne veux même pas le revoir pour ne point risquer de retomber sous le charme où il m'a tenue captive. En frappant le maître qu'il chérit plus que tout au monde, je serai mieux vengée...

– Et dans ce but, vous feriez... n'importe quoi? Jusqu'à... vous donner à un autre homme?

– Si mon mariage ne fut qu'un leurre, je n'ai pas à redouter l'adultère. Que le roi ordonne! J'obéirai.

– Soit. Allez rejoindre messire Lascaris. Ce soir, vous souperez tous deux à notre table, en petit comité, ce dont personne ne s'étonnera après ce que vous avez accompli ce jour pour le royaume. Vous saurez plus tard, ce que vous aurez à faire...

S'agenouillant à nouveau devant l'autel scintillant, Louis XI s'abîma dans une profonde oraison. Fiora salua à la fois Dieu et le roi puis se retira à reculons...

L'orage qui avait menacé en grondant tout le jour, tournant autour de la ville et des grandes forêts qui l'environnaient, creva quand vint le soir, déversant sur toutes choses de véritables cataractes. Chaque rue se transforma en ruisseau et les gouttières en autant de petites cascades. Le tonnerre fulminait de majestueuses imprécations et les éclairs succédaient aux éclairs... Il n'y avait plus âme qui vive dans les rues. Seuls, les soldats de garde aux remparts recevaient la douche stoïquement. Après l'étouffante chaleur qui rendait les armures si pesantes, l'énorme averse devait être délicieusement rafraîchissante.

Posté derrière la fenêtre de sa chambre, le roi Louis considérait l'orage avec satisfaction : il songeait à son « bon frère », le roi Edouard IV d'Angleterre qui, le ventre creux et les pieds dans l'eau, devait attendre avec quelque impatience à présent la conclusion de l'accord secret que lord Howard et John Cheyney étaient venus six jours plus tôt établir avec lui. Ces deux-là, dont il était convenu qu'ils resteraient comme otages jusqu'à ce que l'armée anglaise eût repassé la mer, étaient les seuls qui ne devaient pas souffrir beaucoup de la faim : avant de les renvoyer à leur maître, on les avait nourris et abreuvés royalement, circonstance qui devait donner quelque chaleur à leurs propos...

– Les Anglais doivent nous attendre comme le messie! déclara le roi en se frottant les mains. Tant d'eau et pas une goutte de bière ou de vin pour se remonter le moral...

– Espérons tout de même que la pluie cessera de tomber d'ici demain. Si c'est toujours demain que nous partons pour Amiens? dit Commynes.

– Bien sûr que nous partons demain. L'entrevue avec Edouard est prévue pour le 29 de ce mois à Picquigny et nous avons d'ici là beaucoup de choses à mettre au point.

Demain aussi, j'ordonnerai à Tristan Lhermite, notre Grand Prévôt, de remettre en liberté le sire de Selongey et de le faire accompagner, sous bonne escorte jusqu'à Vervins. Là on le relâchera en lui faisant savoir que le Téméraire est à Namur. Il le rejoindra ainsi sans peine...

– Vous libérez cet homme qui a voulu vous tuer? Sire, est-ce bien raisonnable?

– Donna Fiora m'a sauvé la vie et c'est sa liberté qu'elle a demandée en récompense.

– Pourquoi? C'est insensé!

– Elle est sa femme. C'est pourquoi j'avais voulu la voir... Allons Commynes, ne fais pas cette tête! En libérant ce tranche-montagne je réalise, je crois, la meilleure affaire de ma vie. Donna Fiora croit son époux bigame – et il l'est peut-être après tout! Elle ne sait pas au juste si elle l'aime ou si elle le hait. Une chose est certaine: elle ne veut plus le voir. Mais ce qui est beaucoup plus manifeste, c'est l'exécration qu'elle voue à Bourgogne dont elle a juré la mort. Je vais lui en fournir les moyens.

– Comment cela?

– Je vais l'envoyer à Campobasso qui est l'un des principaux chefs de guerre du Téméraire mais qui n'a pas l'air de savoir exactement de quel côté sa tartine est beurrée...

– Je vois: elle représente le petit morceau de beurre chargé d'expliquer à ce condottiere que les vaches françaises produisent de meilleur lait et plus abondant que les vaches bourguignonnes?

Louis XI se mit à rire et assena une bonne claque dans le dos de son jeune conseiller.

– Il y a plaisir à causer avec vous, messire Philippe... encore que votre métaphore champêtre ne convienne guère à pareille beauté. On dit Campobasso fort porté sur les dames et celle-ci, merveille, vient d'Italie, comme lui.

– Ne va-t-elle pas courir de bien grands périls? Pour rejoindre le Napolitain, il va lui falloir traverser des régions infestées de soldats? Elle est jeune... et fragile pour être ainsi lancée dans une fournaise, ajouta Commynes gravement.

Si gravement même que le roi fronça les sourcils.

– Pâques-Dieu, mon compère, tu es en train de tomber amoureux? Souviens-toi que ton cœur appartient tout entier à dame Hélène, ta gracieuse épouse. La belle Florentine n'est pas pour toi.

– Vous préférez en faire don à ce reître?

– Eh oui! Rarement j'ai eu en main si belle arme et si bien trempée. Rassure-toi, elle sera protégée... A présent, allons remercier Dieu de toutes les bontés dont il nous comble et puis mettons-nous au lit. Demain, avant de partir, je verrai donna Fiora pour lui donner mes instructions.

– Si elle réussit, que ferez-vous pour elle?

– Au lendemain de la mort du Téméraire, elle pourra demander ce qu'elle voudra. En outre, je lui destine certain petit château entouré d'une belle terre qui n'est point éloigné de notre manoir de Plessis-lez-Tours...

– Doux Jésus, sire! fit Commynes scandalisé. Vous ne songeriez pas à en faire...

– Notre maîtresse?... Hé, hé!... Ce n'est pas l'envie qui nous en manquerait mais nous avons juré de ne plus toucher autre femme que Madame la Reine et c'est un serment que nous entendons respecter. Néanmoins, le voisinage d'une fille d'Ève à la fois belle et intelligente est un plaisir qu'un honnête roi peut s'accorder. D'autant que le pays de Loire est bien le cadre idéal pour tant de grâce et de charme.

– J'en demeure d'accord, sire, mais... Selongey, bigame ou pas, dans tout cela?

– Il faut espérer que, si le Téméraire trépasse, son plus fidèle chevalier n'aura pas le mauvais goût de lui survivre. Et nous pourrions alors envisager de marier sa veuve à quelque fidèle serviteur...

– Qui, bien sûr, ne serait pas moi! grogna Commynes.

– Me prendriez-vous pour le Grand Turc, mon ami? Je vous ai déjà marié... et fort bien marié. Ne pleurez pas!

Poussant une collection de soupirs qui en disaient long sur ce qu'il pensait des projets de son maître touchant la belle Fiora, le sire d'Argenton s'en alla coucher non sans avoir prié son valet d'aller lui chercher en cuisine quelques tranches de pâté ou de venaison escortées d'un flacon de vin. Les peines de cœur lui donnaient toujours faim...

Le soleil ne reparut pas le lendemain. Il demeura caché derrière d'épais nuages sombres, tellement tristes qu'ils ne pouvaient s'empêcher de verser, de temps en temps, quelques pleurs en forme de crachin qui détrempaient peut-être plus sûrement que les trombes d'eau de la veille... Cela n'arrangeait pas les chemins dont certains se transformaient en fondrières, mais le roi Louis n'en ordonna pas moins le départ en direction d'Amiens où Tanneguy du Châtel, qui y commandait d'importants effectifs, l'avait précédé.

Debout sur le rempart à la porte nord de la ville, Fiora, enveloppée d'une mante noire à capuchon qui la préservait de la pluie, regardait défiler le train du roi, s'émerveillant de la puissance qu'avait su réunir ce petit homme aux yeux vifs qui menait son royaume avec la sûreté de main d'un bon cocher, sans paraître se soucier des fondrières que creusaient sous les roues de son char les grands féodaux encore acharnés à se tailler la plus grosse part d'un gâteau en forme d'étoile qui s'appelait la France. Il est vrai qu'il disposait pour cela d'une puissance nouvelle et encore inconnue : une armée permanente, née des Compagnies d'Ordonnance créées par son père et qu'il avait su mener à un point de perfection rare. Cette armée se composait de quatre mille lances – la lance étant une unité tactique formée d'un homme d'armes, de son page, de son coutillier, de deux archers et d'un valet d'épée – s'ajoutaient la Garde Écossaise et la Garde Française. Outre cela, vingt mille francs – archers et artilleurs, plus six mille gens d'armes fournis par les seigneurs français. Sans oublier les canons, la redoutable artillerie dont les frères Bureau avaient doté la France sous Charles VII et que Louis XI avait améliorée encore. Tout cela formait, entre Dieppe et Reims, un long rideau de fer et de feu capable de résister victorieusement à l'armée anglaise.

Fiora, bien sûr, ne vit passer que les deux gardes royales précédant et suivant Louis XI qui chevauchait à la tête d'un groupe chatoyant de pennons, de cottes d'armes et de caparaçons joyeusement coloriés. Lui-même était à demi armé, portant avec la cotte de mailles courte une demi-cuirasse, des cuissards, des grèves et des solerets d'acier bleu. Pas de heaume empanaché cependant, mais un chapeau de feutre noir au bord retroussé et orné d'une médaille de saint Michel mais que cerclait la couronne d'or. Ainsi, il était plus simplement équipé que n'importe lequel de ses gardes mais il eût pu se dispenser de l'insigne royal car son maintien fier et son élégance de cavalier [1] ne laissaient planer aucun doute sur sa qualité : il était bien le roi. Quant à ses bagages, ils auraient pu être ceux d'un roi mage. Outre les chariots qui transportaient son lit démontable, sa chaise de commodités, ses tapisseries, sa chapelle et ses chiens, d'autres en interminable file portaient les lourds coffres pleins d'or qui avaient remplacé les barils parisiens; d'autres encore chargés de victuailles de toutes sortes et de nombreux tonneaux, emplis de vin cette fois, étaient destinés à apaiser la faim de l'armée anglaise comme l'or la soif d'Edouard et de quelques-uns de ses barons. Des ribaudes suivaient, à pied ou en charrettes, afin de soutenir le moral des troupes comme cela se pratiquait dans toutes les armées du monde. Ainsi s'en allait le roi de France bouter l'Anglais hors de son royaume sans crainte d'y laisser seulement la vie du moindre de ses hommes. Néanmoins, l'oriflamme de saint Denis l'accompagnait comme il se devait en marchant vers un ennemi.

Le cœur un peu serré, Fiora vit passer Démétrios qui

1. Il était bien plus royal à cheval qu'à pied.

chevauchait auprès de Philippe de Commynes. Louis XI était trop satisfait des soins prodigués par le médecin grec pour lui permettre d'accompagner son amie :

– Il se peut que je vous autorise à la rejoindre dans quelque temps, lorsque je serai guéri. Jusque-là me suivrez !

Ni les prières de Démétrios ni celles de Fiora n'avaient pu fléchir cette volonté. Non sans raison, le roi estimait que Lorenzo de Médicis lui avait dépêché un médecin pour s'occuper de lui et pas pour courir les chemins avec une jolie femme.

– N'ayez crainte, ajouta-t-il en manière de consolation, vous serez présent pour l'hallali. Je sais que vous y tenez !

Force avait été de s'incliner mais Fiora, cependant, n'irait pas sans protection au-devant de son destin : Démétrios avait ordonné à Esteban de la suivre sans rencontrer d'ailleurs la moindre protestation. Le belliqueux Castillan n'était guère tenté par les combats à coups de jambons, de pâtés, de futailles et d'écus d'or tels que les affectionnait le roi Louis. Fiora, elle, s'en allait vers ce foudre de guerre, ce prince de la tempête et de ses fureurs qu'était le duc de Bourgogne. La balance, en dépit du dévouement qu'il portait à son maître, penchait irrésistiblement du côté de la jeune femme.

Jugeant d'ailleurs qu'Esteban constituait une escorte un peu mince, Louis XI avait commis à la garde de son ambassadrice occulte l'un des meilleurs sergents de sa Garde Écossaise, Douglas Mortimer, surnommé Mortimer-la-Bourrasque, qui possédait peut-être le plus affreux caractère de tout le régiment... peut-être parce qu'il n'avait pas eu l'honneur de voir le jour dans les Highlands vénérés mais bien à Plaimpied, au sud de Bourges, des amours passionnées puis légitimes d'un certain Francis Mortimer. Celui-ci avait fait ses premières armes comme jeune écuyer à la bataille de Baugé, où les cinq mille Écossais venus au secours du dauphin Charles – plus tard Charles VII – s'étaient couverts de gloire sous la bannière de John Stuart, comte de Buchan. Leur chef s'était retrouvé un jour connétable de France et comte d'Aubigny, non loin de Bourges, où il s'était établi. Le jeune Francis avait continué, le pli étant pris, à en découdre au service de la France, sous Buchan puis sous le Breton Richemont avec une parenthèse exaltante au service de Jehanne la Pucelle, l'envoyée de Dieu qui montrait courage d'homme mais dont le regard bleu avait tant de lumière... Tout cela ne lui avait guère laissé de temps à dépenser au service de l'amour et il s'était écoulé près de vingt ans avant que le guerrier se retrouvât captif d'un autre regard bleu et des blonds cheveux de Marguerite Lalliée, la jeune veuve d'un hobereau des environs d'Aubigny. Douglas était issu de ce coup de foudre mais, s'il avait toujours porté à sa mère tendresse et vénération, il ne pouvait s'empêcher de lui reprocher secrètement d'avoir fait de lui un des membres les plus représentatifs de cette race hybride, les Écossais-Berrichons, qui avaient proliféré autour d'Aubigny et de Bourges.

Aussi, fermement déterminé à ne pas perpétuer les Mortimer avant d'avoir eu la chance de retourner dans les Hautes Terres, le sergent la Bourrasque s'était-il consacré exclusivement à son métier de soldat en refusant avec obstination de s'apercevoir que villes et campagnes, sans compter la cour, offraient à son choix nombre de jolies jeunes filles et même de moins jeunes tout aussi charmantes. Pour l'hygiène, les ribaudes lui convenaient parfaitement. Quand l'envie lui en venait, il en prenait une sans y attacher plus d'importance que s'il s'agissait d'un gobelet de vin. Néanmoins, il la choisissait avec autant de soin que sa boisson.

Parvenu ainsi à l'âge de quarante ans, Douglas Mortimer élevait à près de six pieds sa tignasse roussâtre en accord parfait avec la longue moustache qui barrait son visage tanné, les épais sourcils qui abritaient ses yeux noisette – ceux de sa mère la Berrichonne! – et un nez d'une pureté si parfaitement romaine que l'on s'était longtemps demandé, en famille, où il était allé le chercher. Brave comme tous les chevaliers de la Table Ronde, fort comme plusieurs Turcs, la Bourrasque savait dresser un cheval et montait comme un Mongol, tirait à l'arc mieux que Robin des bois, faisait sauter la tête d'un homme, casque compris, d'un seul coup de hache, maniait la lance, l'épée, la masse et le fléau d'armes avec une adresse qui confinait à la perfection et s'offrait par-dessus le marché le luxe d'être intelligent. Louis XI, pour lequel il avait déjà rempli quelques missions, l'avait choisi à cause de ces talents variés, bien sûr, mais aussi pour une autre raison : Mortimer qui avait déjà beaucoup voyagé au service de son maître connaissait la France, la Bourgogne, la Lorraine et tous autres pays limitrophes comme sa propre poche.

Un peu perplexe en face de cette force de la nature qui posait sur elle un regard d'une parfaite indifférence, Fiora demanda timidement si son guide n'était pas trop contrarié de quitter son régiment et son splendide équipement pour veiller sur une simple femme.

– Pas cette fois, répondit calmement la Bourrasque. Les Anglais, je les aime mieux au bout de ma lance qu'au bout d'une cuillère à pot! Les Bourguignons sont plus amusants.

Esteban, lui, était franchement furieux :

– Je suis capable de vous défendre en toutes circonstances et contre n'importe quel ennemi, donna Fiora, et je n'ai pas besoin de cette montagne de muscles! Sa présence est une offense à mon courage et à mon dévouement!

Démétrios entreprit de le calmer :

– Le roi ne te connaît pas. En outre, donna Fiora peut être exposée à de graves périls contre lesquels vous ne serez pas trop de deux. Enfin, tu pourrais penser à moi!

– Je sais, maître! Crois-tu qu'il ne me soit pas pénible de te quitter? Même pour peu de temps?

– Ce n'est pas cela que je veux dire. Qu'un autre prenne ma place auprès de celle que je considère un peu comme ma fille est contrariant pour les projets que nous avons formés ensemble.

– Tu n'as rien à craindre, intervint Fiora qui rejoignait à cet instant les deux hommes dans la cour du château où le départ se préparait après un ultime entretien avec le roi. Où est ton don de double vue, Démétrios? Le rideau de l'avenir ne se lève-t-il plus pour toi?

– Je peux lire dans l'avenir des autres mais pas dans le mien.

– Eh bien, lis dans le mien! Ne vois-tu rien de ce qui m'attend? Souviens-toi du bal au palais Médicis!

– Tu n'étais pour moi qu'une inconnue alors. L'affection trouble la vue du mage. Tu m'es devenue chère, petite Fiora...

Émue, la jeune femme prit les mains du Grec et se haussa sur la pointe des pieds pour poser un baiser sur sa joue. C'était la première fois qu'il faisait allusion à un lien affectif entre eux et elle en était touchée:

– Tu me rejoindras bientôt, j'en suis certaine. Le roi me l'a promis!

Sans répondre, Démétrios avait posé ses deux mains sur la tête de Fiora en un geste qui était une bénédiction.

– De toute façon je te rejoindrai. Avec ou sans la permission du roi...

Puis, se détournant, il était parti à grands pas rejoindre son cheval et Philippe de Commynes qui, déjà en selle, lui faisait signe de se hâter. Fiora et Esteban se rendirent alors, en silence, jusqu'au chemin de ronde des remparts d'où, à présent, ils regardaient s'égrener l'interminable cortège. Celui-ci s'estompa peu à peu, ses brillantes couleurs brouillées dans la brume que formait la petite pluie fine et persistante...

– Allons nous préparer maintenant! soupira Fiora. Notre Écossais doit déjà nous attendre à l'auberge en trépignant...

En fait, Mortimer ne trépignait pas le moins du monde. Installé dans la grande salle, il vidait philosophiquement quelques pintes de bière tiède dans la meilleure tradition britannique. Posées devant lui, sur un banc, ses sacoches voisinaient avec une longue et large pièce de laine rousse grossièrement tissée dans laquelle un fil rouge et un fil vert dessinaient des carreaux et qui servait à la fois de manteau, d'écharpe et de couverture à l'Écossais. Vêtu de daim gris, il avait remplacé le grand béret à plumes de héron qui était d'uniforme par un autre, plus petit et en même tissu que son manteau, garni de plumes de faisan. Une dague et une longue épée pendaient de chaque côté de sa ceinture.

Ainsi équipé, Douglas Mortimer était superbe et majestueux à souhait ainsi qu'en témoignaient les yeux ronds de la jeune servante qui le contemplait, un doigt dans la bouche, sans qu'il y prêtât d'ailleurs la moindre attention. Mais, voyant entrer Fiora, il se leva, vida son pot, jeta une pièce sur la table, reprit son bagage et se dirigea vers la jeune femme :

– Prêt! fit-il sobrement. L'étape de ce soir est à Villers-en-Retz[1]!

– L'étape de ce soir est à Paris, dit Fiora doucement mais fermement. J'ai à y faire!

– Pas question! grogna l'Écossais. Le roi a ordonné : je vous conduis en Lorraine.

– Tout à fait d'accord mais il n'a pas précisé par quel chemin. Nous passerons par Paris!

– C'est du temps perdu. Quand le roi ordonne, on exécute. Le roi a dit en Lorraine, on va en Lorraine!

La voix du sergent la Bourrasque commençait à prendre quelque ampleur. Fiora comprit qu'il était temps pour elle d'user de cette vertu de patience que Démétrios proclamait souveraine en toutes choses :

– Écoutez, messire Mortimer : j'ai laissé à Paris, avec une jambe cassée, une femme qui m'a servi de mère, que j'aime infiniment, qui doit être en peine de moi et qui a le droit de savoir où je m'en vais. Je ne veux pas partir sans l'embrasser. Est-ce que vous pouvez comprendre cela?

1. De nos jours Villers-Cotterêts.

– Je ne comprends rien que les ordres du roi. Si vous vouliez faire le détour de Paris, il fallait le lui dire.

– Mais enfin qu'est-ce que cela peut vous faire de passer par un chemin ou par un autre? s'écria Fiora qui commençait à perdre sa précieuse patience.

– A moi, rien, mais à mon cheval cela fait quinze lieues de plus et parfaitement inutiles. Sans compter le temps que nous allons perdre là-bas! Ah, vous êtes bien une femme, hurla Mortimer dont la moustache commençait à se hérisser de fureur. Vous saurez que lorsque l'on a l'honneur...

Ils se dressaient l'un en face de l'autre comme des coqs de combat. Esteban se glissa entre les deux et prit Fiora aux épaules, tournant délibérément le dos à l'Écossais :

– Écoutez-moi, donna Fiora! Vous savez combien je vous suis attaché et croyez bien que je n'ai aucune envie de donner raison à cet Écossais entêté mais il vaut mieux ne pas retourner rue des Lombards.

– Vous voulez que je parte pour une aventure dont je ne reviendrai peut-être pas sans embrasser ma chère Léonarde? Oh, Esteban, je vous croyais un homme de cœur!

– Et je prétends l'être mais c'est à dame Léonarde que je pense. Sa jambe ne peut être encore guérie. Il y faudrait un miracle. Donc il ne peut être question de l'emmener. Si vous allez la rejoindre, elle vous posera des questions, s'inquiétera. Ce qui n'est pas le cas pour le moment. Elle vous croit auprès du roi et de mon maître. Ne pensez-vous pas qu'il est préférable de ne pas troubler la paix de son cœur? D'autre part, j'ignore de quelle mission vous avez été investie et je ne veux pas le savoir, mais elle le désirera. Que lui direz-vous?

Fiora se détourna lentement et les mains d'Esteban retombèrent. Il y eut un silence que Mortimer eut le bon goût de ne pas troubler, devinant peut-être que son adversaire était vaincue. Ce qui était le cas. Fiora savait bien qu'Esteban avait raison. Elle n'avait jamais rien su cacher à Léonarde quand celle-ci voulait savoir quelque chose.

Comment lui dire que le roi l'envoyait en Lorraine pour y séduire « par tous les moyens » l'un des capitaines du Téméraire et l'amener à la trahison pure et simple ? Léonarde pousserait les hauts cris, se mettrait en travers et peut-être que toutes deux en viendraient à une dispute, peut-être à une brouille que la jeune femme ne pourrait supporter... Et, pour le moment, elle avait besoin de tout son courage. Relevant les yeux, elle vit qu'Esteban l'observait. Douglas Mortimer, se désintéressant de la question, était allé vers la porte ouverte qu'il obstruait de sa puissante carrure et regardait tomber la pluie.

– Vous avez raison, mon ami. Mieux vaut laisser dame Léonarde vivre doucement sa convalescence dans le jardin de dame Agnelle. D'ailleurs, cela convient mieux à son âge que les rudesses des grands chemins et, ainsi, elle priera pour nous en toute quiétude... Messire Mortimer! appela-t-elle.

L'Écossais se retourna :

– Madame ?

– Nous partirons quand vous voudrez... pour nous rendre là où vous l'avez décidé.

On fit étape, ce soir-là, à Villers-en-Retz.

Troisième partie

LES MERCENAIRES

CHAPITRE VIII

UN CONDOTTIERE

La pluie ne cessait pas. Le temps, détraqué, faisait de la fin de ce mois d'août une sorte d'automne précoce et apocalyptique où les grondements du tonnerre alternaient avec des pluies diluviennes et des sautes de vent violentes. Il fallait s'estimer heureux quand on ne recevait sur le dos que ce fin crachin qui enveloppait le paysage d'un brouillard d'eau. Cela trempait tout autant qu'un gros orage mais c'était, à tout prendre, plus facile à supporter. Fiora, enveloppée de sa grande mante noire à capuchon en dépit de la chaleur encore lourde, et Esteban sous son manteau de cheval faisaient le gros dos, mais la Bourrasque, comme s'il se sentait dans son élément, allait son chemin, drapé dans sa couverture sans perdre un pouce de sa taille. Bien droit sur sa selle, la plume en bataille, il menait son cheval par les chemins transformés en bourbiers et en fondrières avec autant de dignité que s'il eût escorté le roi. Sa large carrure coupait le vent devant Fiora lui bouchant un paysage qui, à vrai dire, n'avait rien de réconfortant. La Champagne que l'on traversait de part en part avait terriblement souffert des dernières guerres et en dépit de la poigne du roi Louis qui faisait régner au moins la sécurité, l'effort de redressement demeurait faible. Même à Reims, la ville royale, la ville du sacre, la misère montrait son visage blême. Des villages entiers avaient été brûlés que l'on s'efforçait de reconstruire mais la pluie incessante ne permettait guère de distinguer ce que l'on rebâtissait de ce qui était en ruine.

Après Reims ce fut pire. Crayeuse et désolée, la campagne montrait de grandes plaques blanchâtres entre les touffes de végétation. Il n'y avait pas d'auberges. Seuls, de maigres prieurés accueillaient le voyageur et, en dépit de leur bonne volonté, ne pouvaient lui offrir que des fruits, du miel et du fromage plus l'abri d'une grange qui ne contenait guère de paille. Néanmoins, Mortimer récompensait cette hospitalité royalement en homme qui a reçu des ordres et les exécute à la lettre plus qu'en généreux seigneur : chaque fois qu'il devait se séparer d'une pièce d'or, ses sourcils se fronçaient et sa moustache se tortillait sur une grimace.

– Je parierais qu'il est avare, chuchota Esteban un matin où l'on quittait l'un de ces pauvres relais. Le roi doit le savoir et a ordonné en conséquence. Sans cela cet olibrius aurait été capable de nous laisser mourir de faim et coucher à la belle étoile.

Les relations entre Fiora et son guide ne s'étaient guère améliorées. Une seconde algarade avait eu lieu à Senlis même, quand la jeune femme avait refusé fermement la litière que l'Écossais lui destinait et, ouvrant son manteau, avait montré son costume de garçon.

– C'est une dame que j'escorte, fulmina-t-il. Pas un galopin !

– Vous escortez Fiora Beltrami, lui déclara tranquillement la jeune femme, et cela m'étonnerait beaucoup que le roi ait pris la peine de vous dire comment je devais m'habiller et par quel moyen de locomotion je voyagerai. Je monte à cheval depuis ma plus tendre enfance et n'ai aucune envie de passer des heures secouée comme prunier en août dans cette espèce de boîte. Nous irons d'ailleurs plus vite !

Ce dernier argument avait emporté la décision mais, depuis, Douglas Mortimer n'adressait la parole à sa compagne que lorsque c'était tout à fait indispensable. Matin et soir, il la saluait sans piper mot.

Avec Esteban, les relations n'étaient pas plus chaleureuses. L'Écossais et le Castillan faisaient assaut de morgue et, eût-on dit, l'impossible pour être désagréables l'un envers l'autre. C'est ainsi qu'Esteban ayant découvert que Mortimer détestait l'entendre chanter, entreprit de charmer les longueurs de la route en régalant ses compagnons de toutes les ballades, romances et cantilènes qu'il avait pu emmagasiner depuis son enfance. Il avait d'ailleurs une voix agréable mais pour rien au monde Mortimer n'en aurait convenu. Il se contenta de dire à haute et intelligible voix qu'il pleuvrait sans doute moins si Esteban consentait à se taire.

Néanmoins, Fiora et son mentor furent bien obligés de reconnaître que la présence de la Bourrasque n'avait rien de superflu. Il allait son chemin avec sûreté, sans jamais se tromper et quand, au passage d'un petit bois, une demi-douzaine de brigands tomba sur les voyageurs avec l'intention évidente de les soulager de leurs biens, ils furent obligés de constater que le sergent la Bourrasque valait une escouade à lui tout seul. A la vue de l'ennemi, il entra dans une sorte de fureur sacrée et, poussant un hurlement à faire tomber des murailles s'il y en avait eu en vue, il fondit l'épée haute sur les nouveaux venus. En un clin d'œil il en coucha trois à terre pour l'éternité, ce que voyant, les trois autres s'enfuirent sans demander leur reste poursuivis par les tonitruantes malédictions d'un gosier digne d'avoir vu le jour à Glenlivet, berceau des Mortimer. Ces vociférations vouaient leurs descendances au pire destin après avoir émis des doutes insultants sur la qualité de leurs pères et mères. Esteban, aussi éberlué que les brigands, n'avait même pas eu le temps de tirer sa propre lame... Il ne put que joindre ses compliments – pas très sincères car il se sentait frustré – à ceux de Fiora tout autant abasourdie que lui-même :

– Si le roi en a seulement une douzaine comme vous, dit

celle-ci, il devrait pouvoir aplatir les armées de Bourgogne en une seule bataille...

– Nous sommes tous comme ça! Je n'ai rien fait d'extraordinaire, répondit Mortimer redevenu instantanément aussi froid qu'il était bouillant la minute précédente.

Il ajouta, avec une désarmante simplicité:

– Nous, Écossais, sommes les meilleurs soldats du monde.

Puis rajustant son bonnet qui avait résisté victorieusement à une hache envoyée perfidement et à tout hasard, il reprit le chemin un instant interrompu suivi avec une sorte de respect par ses deux compagnons.

Lorsque l'on atteignit la Meuse qui, dans cette région, marquait la frontière entre le royaume de France et les états du duc de Bourgogne, Fiora pensa que l'heure était venue de se séparer de Mortimer, un des membres de la fameuse Garde Écossaise ayant bien peu de chance d'être accueilli aimablement sur les terres du Téméraire. Le pont et la petite ville de Dun était déjà en vue, et elle arrêta son cheval.

– Puisque c'est ici la Bourgogne, n'est-il pas temps de nous quitter, messire Douglas?

Il s'arrêta lui aussi et tourna vers la jeune femme un regard glacé:

– Campobasso tient garnison à Thionville. Je vous conduis jusque-là. Le roi veut savoir comment vous serez reçue: ces mercenaires italiens sont des gens dont il convient de se méfier.

– Pourquoi seraient-ils moins honorables que d'autres? demanda sèchement Fiora atteinte dans son amour-propre florentin.

– Justement parce que ce sont des mercenaires. Ils vont au plus offrant et, dans le combat, sont fort ménagers de leur sang, plus encore de leur vie. En tout cas, Campobasso n'a jamais passé pour un parangon de vertu. S'il en allait autrement, voulez-vous me dire ce que nous ferions ici?

– S'il était si facile de le détourner de ses devoirs, voulez-vous me dire pourquoi l'on m'aurait envoyée? riposta la jeune femme. Un sac d'or aurait suffi. Cela dit je suis... très heureuse de vous conserver comme guide.

– J'aimerais bien en être sûr, marmotta l'Écossais en rendant la main à sa monture.

Un moment plus tard, après de brèves palabres avec le capitaine commandant la petite place de Doulcon qui, face à Dun, surveillait le vieux pont bâti jadis par les légions romaines, et après avoir acquitté le droit de passage, Fiora et ses compagnons franchissaient ledit pont pour entrer dans la ville. Celle-ci marquait la frontière de l'ancien duché de Luxembourg devenu terre bourguignonne depuis qu'en 1441 la duchesse Élisabeth de Görlitz l'avait cédé au père du Téméraire. Pas pour son bien. La campagne se révélait plus misérable peut-être que la Champagne, ravagée qu'elle était tour à tour par les Français trop proches et par l'occupant bourguignon.

Contrairement à ce que pensaient les trois voyageurs, ils n'eurent aucune peine à se faire admettre. A la dernière étape, Fiora avait troqué son costume de garçon pour une robe et une coiffure de femme. Sa beauté, son élégance et l'air martial de ses deux compagnons impressionnèrent visiblement l'officier qui commandait la garde du pont. S'il montra quelque surprise en se trouvant en face d'une noble dame d'au-delà des Alpes et s'il émit quelques doutes sur l'agrément qu'elle pouvait trouver à parcourir un pays à ce point abandonné du ciel, il s'inclina lorsque la jeune femme dit calmement :

– Le comte de Campobasso que vous connaissez peut-être est mon cousin et je désire le rejoindre au plus tôt...

– Il aura sans doute grande joie d'une aussi belle visite mais, jusqu'à Thionville où il se trouve, le chemin n'est guère sûr pour une femme. Je serai heureux de vous faire escorter car, s'il vous arrivait malheur, il ne me le pardonnerait sans doute pas.

– Un laissez-passer sera amplement suffisant, capitaine. Mon écuyer et mon secrétaire sont de taille à me défendre en cas de mauvaise rencontre...

– Je ne mets nullement en doute leur valeur mais un laissez-passer ne suffira pas si vous tombez sur un parti de soldats en train de fourrager car la plupart ne savent pas lire. Croyez-moi, le tabard de Bourgogne sur les épaules de deux solides gaillards vous sera d'une plus grande aide que tous les papiers du monde.

Et c'est ainsi que le lendemain, après avoir accepté pour la nuit l'hospitalité de l'officier et enchanté sa mémoire pour de longues semaines, Fiora, qui s'en allait travailler à la perte du duc de Bourgogne, quitta Dun sous la garde de ses couleurs. Dans deux jours, si rien ne se mettait à la traverse, elle rejoindrait celui dont elle avait mission de faire un traître...

Le surlendemain, vers la fin du jour, deux hommes jouaient aux échecs dans la salle haute du château de Thionville. Bien que le jour ne fût pas encore éteint, un haut chandelier de fer forgé portant une douzaine de chandelles éclairait le jeu d'ébène et d'ivoire. Dans la grandiose cheminée, un feu flambait pour tenter de combattre l'humidité. Construit au siècle précédent pour les ducs de Luxembourg, le château avec ses murs énormes était une solide forteresse capable de supporter n'importe quel assaut. En effet Thionville et sa région formaient un coin enfoncé dans le duché de Lorraine avec lequel les Luxembourg n'étaient pas toujours d'accord. Il fallait que la cité et ses défenses fussent à la hauteur de leur mission et elles l'étaient, mais le confort intérieur avait ce quelque chose de spartiate qui est l'apanage des bâtiments militaires.

La salle où jouaient les deux hommes n'échappait pas à cette règle. En dehors de la petite table où reposait le jeu et des deux chaises à bras garnies de daim sur lesquelles ils étaient assis, l'ameublement se composait strictement d'un grand coffre de bois noirci par le temps et de deux trophées d'armes anciennes. Une tapisserie qui aurait gagné à être trois ou quatre fois plus grande et quelques bannières aux couleurs passées accrochées très haut sous la voûte faisaient ce qu'elles pouvaient pour réchauffer une salle construite pour les grandes assemblées et où les deux hommes semblaient un peu perdus. Les fenêtres, hautes et étroites, s'ouvraient au fond de profondes embrasures comportant chacune deux bancs de pierre et il fallait vraiment un soleil éclatant pour qu'elles donnassent un éclairage convenable. Par temps gris, elles ne dispensaient qu'un jour pauvre auquel il convenait de suppléer. D'où le feu et les bougies.

Les deux hommes, pour différents qu'ils fussent, étaient également remarquables. L'un était grand, bien bâti avec cette sorte de grâce animale des grands fauves. Sous la tunique de daim noir qui le vêtait on devinait une musculature longue, déliée, une souplesse d'homme entraîné à tous les exercices du corps. Ses épais cheveux noirs s'argentaient aux tempes et adoucissaient un peu un visage aux traits durs, au teint basané, sillonné de cicatrices qui en déparaient l'harmonie classique, à l'œil noir, vif et perçant : c'était Campobasso. L'autre, nettement plus petit mais bâti en force, avait la peau couleur de terre cuite et les cheveux diversement colorés d'un qui a passé sa vie sous le soleil. L'œil vif lui aussi mais d'un vert foncé qui devenait presque jaune autour de la pupille, il ne quittait pratiquement jamais la cotte aux mailles brillantes qui apparaissait sous un tabard rouge à ses armes : c'était son collègue et ami, Galeotto.

Cola di Monforte, comte de Campobasso, appartenait à une antique famille des environs de Naples qui s'était attachée à la fortune de la maison d'Anjou. D'étranges bruits couraient sur lui et les siens. On disait que son père était mort lépreux et qu'il avait tué sa femme infidèle dont il avait eu cependant deux fils. Quand, en 1442, le « bon roi René » qui régnait sur Naples et sur la Lorraine avait été chassé, par Alphonse d'Aragon, de son royaume méditerranéen sur lequel veillait le Vésuve, Campobasso, alors âgé de dix-huit ans et attaché à la suite de Jean de Calabre, le fils aîné de René, ami de surcroît de son fils Nicolas, avait quitté sans regret une terre pauvre et qui ne rapportait guère pour les doux horizons de la Provence et de l'Anjou. Du château de Tarascon à celui d'Angers, Campobasso avait suivi la fortune de Nicolas de Calabre devenu duc de Lorraine à la mort de son père Jean. Cela lui avait valu de devenir maître et seigneur du château de Pierrefort, à Martaincourt, une vigoureuse forteresse dominant de ses hautes murailles la pittoresque vallée de l'Esch où il tenait garnison comme un prince. En effet, condottiere dans l'âme, attaché à la guerre autant qu'à l'argent, Campobasso n'était pas parti seul de ses terres campaniennes mais avec quelques-uns de ses vassaux qui lui composaient l'agréable début d'une petite armée avec laquelle il convenait de compter car, bien équipée et bien entraînée par un homme pour qui les armes n'avaient plus de secrets, elle composa rapidement une « condotta » de valeur.

Peut-être Campobasso serait-il demeuré fidèle à la maison d'Anjou si, à la fin de juillet 1473, le jeune duc Nicolas n'était mort subitement. Si vite même que l'on parla d'empoisonnement mais il fallait un successeur. La noblesse lorraine porta la couronne ducale à la fille aînée du vieux roi René, Yolande, veuve du comte Ferry de Vaudémont, mais celle-ci ne souhaitait pas régner : elle vivait de ses souvenirs dans son château de Joinville. Cependant elle avait un fils de vingt-deux ans auquel, tout naturellement, elle transmit ses droits héréditaires. Celui-ci devint le duc René II.

Mais ce maître-là ne convenait pas à Campobasso. Il le jugeait trop frêle, trop aimable, trop « damoiseau ». En revanche, quand en septembre et à Luxembourg, alors qu'il faisait encore partie de la garde de René II, il rencontra le duc de Bourgogne, il pensa que c'était là le chef qui correspondait à ses vœux. Il connaissait d'ailleurs le Téméraire pour l'avoir rencontré, huit ans plus tôt, lorsqu'il prenait la tête de cette fameuse Ligue du Bien Public montée contre le roi de France et dont faisaient partie Jean de Calabre, alors duc de Lorraine, et son fils Nicolas. Il s'en fallait de deux ans que Charles ne s'installât sur le trône de son père mais son arrogance et sa splendeur séduisirent Campobasso. Devenu le Grand-Duc d'Occident, il l'éblouit.

Résultat : toujours en cette année 1473 mais en décembre, le Téméraire mettait pied à terre dans la cour du château de Pierrefort où le condottiere l'accueillait. Le Bourguignon n'eut aucune peine à détourner son hôte du service de « l'Enfant », car celui-ci n'attendait que cela. Royalement payé et couvert de présents par le plus fastueux des princes, Campobasso accepta le poste de commandement des troupes lombardes qu'il se chargeait d'aller recruter à Milan.

En dépit des apparences, c'était à peine une trahison. Charles de Bourgogne se disait le meilleur ami du jeune René qu'il avait obligé à accepter sa protection « contre les menées du roi de France ». Protection qui coûtait au jeune souverain quatre de ses meilleures villes où s'installèrent des garnisons « protectrices », essentiellement bourguignonnes et entièrement tyranniques.

« L'Enfant » cependant ne s'y trompa pas et, trois mois plus tard, il faisait incendier le donjon de Pierrefort en l'absence de son propriétaire – il n'eut pas le temps de détruire le reste – privant ainsi le château du Napolitain de sa meilleure défense.

Pour consoler Campobasso le Téméraire lui promit que, la Lorraine soumise, il pourrait choisir telle ville qui lui conviendrait. Son intention était en effet d'écraser le petit duc pour s'assurer ses terres qui étaient le meilleur lien pour unir les Pays-Bas à la Bourgogne proprement dite.

Promesse encore à tenir, en cette fin d'année 1475, car, depuis, le Téméraire n'avait cessé de guerroyer et Campobasso de le servir avec un talent et une fidélité qui semblaient à toute épreuve.

Jacopo Galeotto était moins compliqué. Condottiere au service du duc de Milan, il rejoignit sans se faire prier l'armée bourguignonne au siège de Neuss lorsque Campobasso vint le lui demander. Les deux hommes étaient liés d'amitié et se complétaient car, si l'un et l'autre étaient des guerriers endurcis et des cavaliers émérites, Galeotto possédait un talent supplémentaire et bien utile : c'était un ingénieur traînant après lui une troupe de charpentiers habiles à construire tours de siège, béliers et autres machines de guerre – et ces engins firent merveille au siège de Neuss mais sans parvenir à vaincre la résistance acharnée des habitants et de la garnison. Galeotto, bien sûr, en conçut quelque rancœur cependant que Campobasso commençait à se poser des questions. Il avait vu la superbe armée bourguignonne bloquée durant des mois devant un caillou têtu et s'y user sans résultat intéressant. Or, gagner à Neuss, c'était mettre l'empereur à genoux et c'était ouvrir l'Allemagne à ses appétits. Au lieu de cela, il avait fallu se replier sous la bénédiction d'un évêque italien ce qui n'était qu'une mince consolation pour qui espérait un gros butin.

Campobasso y pensait encore. Il y avait à présent deux grandes heures qu'il jouait aux échecs avec son ami sans s'intéresser vraiment au jeu. Son esprit était ailleurs. Soudain, il se leva. Si brusquement que l'échiquier se renversa. Les pièces noires et blanches roulèrent sur le dallage qu'aucun tapis ne réchauffait.

– C'est malin! grogna Galeotto. Le prochain coup, tu étais échec et mat mais tu ne comprendras jamais que s'obstiner à défendre sa reine est une erreur.

– Excuse-moi. Je joue mal, c'est vrai, mais je ne suis pas à ce que je fais.

– Où es-tu alors?

Sans répondre, le condottiere alla jusqu'à l'une des fenêtres qui dominaient la Moselle et en considéra un instant le flot vif qui reflétait un ciel désespérément gris. Au-delà du pont gardé par ses mercenaires, il pouvait distinguer quelques faibles lumières jaunes qui s'allumaient dans le vieux quartier juif presque désert d'ailleurs car, si les ducs de Luxembourg avaient montré aux enfants d'Israël une certaine tolérance, il n'en allait pas de même avec le duc de Bourgogne. Les plus jeunes d'entre eux étaient partis pour rejoindre les colonies juives de Francfort ou de Cologne. Seuls, quelques vieux restaient pour le service de l'antique synagogue et ils étaient les seuls, dans une ville où Campobasso faisait peser une férule impitoyable, à se féliciter de sa présence. Habitué depuis toujours aux ghettos des cités italiennes, le commandant de la place n'avait pas jugé utile d'exterminer quelques vieillards qui avaient d'ailleurs eu la bonne idée de lui acheter leur tranquillité.

Galeotto rejoignit son ami près de la fenêtre et considéra un instant la grisaille extérieure :

– Que trouves-tu de si passionnant à regarder tomber la pluie sur la rivière ?

– Ce n'est pas la pluie que je regarde : ce sont nos hommes. Ils sont tous nés au-delà des Alpes et ils sont tous aussi malheureux que moi.

– Malheureux ? En voilà un mot dans ta bouche ! Qu'est-ce qui te gêne ?

– Tout ! Et d'abord cette ville où tout est noir ! Noir comme cette terre où il ne pousse rien...

– Mais qui nous donne du fer avec lequel on forge des armes. Ce n'est pas un mince avantage.

– Tu crois ? Moi je donnerais tout le fer du monde pour revoir la baie de Naples et mes collines sous le soleil...

– Nous sommes condottieri, fit Galeotto en haussant les épaules avec philosophie. Un jour ici, un jour là et si la paye est bonne...

– Tu la trouves bonne, toi ? Nous n'avons rien touché depuis Neuss où nous espérions si beau butin. Ensuite, nous sommes venus ici pour nous refaire mais le pays n'est pas celui de Cocagne. N'importe, nous espérions la France que nous devions conquérir de compte à demi avec les Anglais et tu as entendu ce qu'a dit ce moine que nous avons pris ce matin : le roi Édouard, gavé d'argent et de vins français, a repassé la mer et nous, nous restons là comme des imbéciles dans ce nid à chauves-souris suspendu au-dessus de la Lorraine... dans laquelle nous n'avons pas le droit d'entrer!

– Il y a pourtant des Bourguignons en Lorraine. Nous tenons quatre villes...

– Nous? As-tu oublié que nous ne sommes que des mercenaires? Le duc Charles réserve les bonnes places à ceux de son proche entourage, à des seigneurs nés sur son terroir, pas à des coureurs d'aventures comme nous...

– Nous n'en avons pas moins un poste de confiance. Et la place n'est pas si mauvaise... ou bien es-tu en train de me dire que tu préférerais servir le roi Louis? Alors là je t'arrête! Louis XI n'a que faire de nous. Il possède peut-être la meilleure armée du monde, une armée permanente entretenue toute l'année sur le pied de guerre et il ne s'en sert même pas. Celui-là, c'est avec sa cervelle qu'il se bat!

– Il a pourtant des mercenaires. Sa fameuse Garde Écossaise...

– La plupart de ses hommes sont nés en France. Ils sont devenus plus français que les vrais...

– Mais ils sont couverts de privilèges, d'honneurs et d'or...

– Sans doute mais ils sont fidèles, ce que nous ne sommes ni l'un ni l'autre. Après tout fais-toi écossais si le cœur t'en dit!

– Ne sois pas stupide. Nous avons l'un et l'autre des hommes qui attendent de nous profit et gloire. Si nous...

L'entrée d'un page trempé dont les longs cheveux noirs dégouttaient d'eau sous un bonnet à la plume réduite de moitié lui coupa la parole. C'était un garçon d'une douzaine d'années, beau comme un ange mais dont le regard insolent avouait une assurance nettement au-dessus de son âge et de sa condition. Ce regard ignora Galeotto pour se poser, câlin et vaguement complice sur Campobasso qui sourit :

– Que veux-tu, Virginio?
– J'apporte des nouvelles, Monseigneur...
– Des nouvelles du duc? s'écria le condottiere avec une hâte qui lui mit le feu aux joues.
Le page haussa les épaules:
– Rien d'aussi important, Monseigneur. Trois voyageurs viennent d'arriver à la porte de France: deux hommes et une femme. La femme dit qu'elle est votre cousine?
– Ma cousine? Du diable si j'ai encore une cousine! Comment est-elle? Jeune?
– Je crois...
– Belle?
Le page haussa de nouveau les épaules avec un dédain qui amusa Galeotto.
– A ta place, fit-il, je demanderais à voir. Ce cher Virginio est mauvais juge en matière de femmes. Et puis une cousine qui t'arrive ainsi du bout du monde, cela mérite quelques égards.
– Si Monseigneur dit qu'il ne la connaît pas, ce ne peut être qu'une espionne. Je vais dire au corps de garde qu'on les jette en prison, elle et ses compagnons...
Avant que Campobasso ait trouvé le temps de répondre, Galeotto avait empoigné le page par le col de son tabard armorié et le soulevait de terre:
– Hé! là, moucheron! Pas si vite! Depuis quand est-ce que tu donnes des ordres ici? Pour que cette femme te déplaise tant, elle doit être intéressante...
– Repose-le! fit Campobasso. Et toi, Virginio, va chercher ces gens et amène-les-moi. Ou plutôt amène la femme et laisse les hommes au corps de garde. A propos, où est Salvestro?
D'une voix soudain enrouée, le page qui se massait la gorge en jetant à Galeotto des regards furieux répondit:
– Votre écuyer est chez le bourgmestre. Celui-ci a tué un cochon et il a oublié d'en envoyer la moitié au château.
– Dans ces cas-là il faut prendre le cochon tout entier. Je ferai des reproches à Salvestro. Va à présent!

– Tu lui laisses prendre un peu trop de place, dit Galeotto quand le garçon eut disparu. Il y a tout de même des femmes ici, sans compter les ribaudes de la troupe...

– Aucune de ces femelles n'est aussi belle que lui, fit le comte avec un sourire ambigu. Il a le corps d'un jeune dieu grec... et il aime l'amour.

– Un jour viendra où tu ne pourras plus t'en faire obéir. Tu devrais l'envoyer rejoindre ton fils à Pierrefort car si un jour le duc venait à s'apercevoir...

– Ai-je encore assez d'importance à ses yeux pour qu'il s'occupe de ce qui se passe dans mon lit? fit Campobasso avec amertume. Je me demande parfois si lui-même n'en fait pas autant? Jamais aucune femme ne franchit le seuil de sa chambre ou de sa tente...

– Il n'en a pas besoin. Le père a eu tellement de maîtresses qu'il en a dégoûté le fils. Et puis, on dit qu'il ne peut oublier sa première épouse, Isabelle de Bourbon. Même la seconde qui est cependant désirable n'a pu obtenir de lui qu'un intérêt poli. Il est vrai que l'on dit aussi qu'elle n'était pas vierge quand il l'a épousée... Par tous les saints du ciel!

Les yeux de Galeotto venaient de s'arrondir en même temps que la porte s'ouvrait pour livrer passage à Fiora. Elle se tenait debout au seuil, enveloppée de sa grande mante noire où brillaient les gouttelettes de pluie, le capuchon rejeté en arrière libérant sa tête fine que ses nattes brillantes où s'attachait un voile vert couronnaient superbement. Hautaine, elle posait ses grands yeux gris sur ces deux hommes qui la contemplaient, muets d'admiration.

– Voilà votre cousine, Monseigneur, lança Virginio. Sa voix mauvaise rompit le charme.

– Qu'elle soit la bienvenue! murmura Campobasso comme du fond d'un rêve. Va-t'en, Virginio! ... Toi aussi, Galeotto!

– Que je... commença l'autre, sidéré.

– Je veux être seul un moment... avec ma belle cousine, coupa le comte qui ne quittait pas Fiora des yeux. Sois sans crainte, tu pourras la revoir au souper... mais ce premier instant m'appartient.

Il demeura debout en face de la jeune femme jusqu'à ce que les deux autres eussent quitté la pièce dans un silence que troublait à peine le bruit du feu dans la cheminée. Fiora n'avait pas encore prononcé une seule parole et lui ne disait plus rien. Simplement il la regardait... comme si le temps venait de s'arrêter, comme si toute sa vie était suspendue à ce regard. Et ce fut Fiora qui rompit le silence.

– Ne m'offrirez-vous pas, dit-elle doucement, de m'asseoir auprès du feu ? Je suis trempée...

– Et moi je suis impardonnable...

Il s'empressait à présent, conduisait sa visiteuse près de la cheminée, tisonnait les bûches qui s'écoulèrent en une multitude de braises étincelantes, ajoutait du bois avec des mains qui tremblaient un peu, avançait l'un des sièges recouverts de daim, enfin aidait Fiora à se débarrasser de sa mante mouillée. Ne sachant qu'en faire, il la mit sur son bras et frappa dans ses mains. Virginio, qui ne devait pas être loin, apparut instantanément :

– Encore toi ? Est-ce qu'il n'y a plus de valets dans ce château ?... Porte ce vêtement dans ma chambre où tu le mettras à sécher devant le feu. Et puis va aux cuisines : fais-nous porter du vin et veille à ce que l'on serve promptement le souper !

Le page arracha le manteau plus qu'il ne le prit et partit en courant, des larmes de rage au fond des yeux. Campobasso revint vers Fiora et s'assit devant elle sur la marche de l'âtre.

– Ainsi nous sommes cousins ? C'est à n'y pas croire ! fit-il avec un sourire plus émerveillé que sceptique. Êtes-vous napolitaine ?

– Non, florentine. Je me nomme Fiora Beltrami. Mon père était l'un des puissants citoyens de Florence...

– Était ?

– Je l'ai perdu voici quelques mois. Quant à notre cousinage il est, je crois, assez lointain et remonterait à une aïeule venue de Naples. Les Florentins prenant rarement femme hors de Toscane, le fait était assez exceptionnel pour qu'on en ait gardé le souvenir.

– Remercions donc cette aïeule! Personnellement je sais peu de chose sur les femmes de ma famille, hormis que certaines furent assez turbulentes. Mais que faites-vous si loin de votre ville? Ce n'est tout de même pas pour me rejoindre que vous avez fait ce long voyage?

– Non. Je vous l'ai dit: mon père est mort... et les Médicis m'ont chassée pour s'emparer de sa fortune. J'ai cherché refuge en France où il avait... de grandes amitiés...

– Si grandes que cela?

– Je crois qu'il ne saurait en exister de plus hautes. C'est dans cet entour que j'ai entendu prononcer votre nom pour la première fois et la fantaisie m'est venue, à moi qui n'ai plus de famille, de vous voir de plus près... L'été me semblait une bonne saison pour voyager. Hélas, le ciel n'était pas du tout de cet avis!

Elle se leva pour s'approcher du feu et les yeux de l'homme qui la regardait se mirent à briller d'un éclat sombre. La robe de fin drap, souple comme un gant, qui la revêtait épousait les formes d'une gorge exquise, ronde et ferme, la finesse d'une taille dont on avait envie de prendre la mesure. C'était plus une fantaisie de couturière parisienne qu'une robe vraiment à la mode mais Agnelle avait pressé Fiora d'acheter cette robe qui semblait peinte sur son corps, du moins jusqu'aux hanches, avant de s'évaser pour finir en une courte traîne que l'on pouvait attacher au poignet.

– Néanmoins, vous êtes arrivée jusqu'ici. Puis-je demander si vous regrettez ce pénible voyage?

Elle le regarda entre ses cils rapprochés et se mit à rire, un rire aussi doux que le roucoulement d'une colombe:

– Vous voulez savoir si je suis déçue? Eh bien non... Vous êtes... très beau, messire mon cousin, mais je pense que vous ne l'ignorez pas et que plus d'une belle dame vous en a persuadé. Telle est du moins votre réputation.

– J'ignorais que cette réputation fût allée jusqu'en France?

– Il faut bien qu'il en soit ainsi puisque je suis là. J'ai voulu vérifier... Mais n'en soyez pas surpris : à Florence les femmes sont accoutumées à dire librement ce qu'elles pensent, et ce qu'elles désirent. Il se trouve que je suis libre de faire ce qu'il me plaît...

Se moquait-elle de lui? Campobasso l'envisagea un instant mais il était déjà au-delà de tout raisonnement clair et ne savait plus qu'une chose : cette fille qui lui tombait du ciel ou qui lui venait de l'enfer, il fallait qu'elle soit à lui. Jamais il n'avait vu de femme aussi belle, aussi séduisante. Elle lui faisait bouillir le sang et il n'aimait pas attendre... Se levant d'un brusque coup de reins, il posa ses mains sur les hanches de Fiora pour la rapprocher de lui :

– Sais-tu, fit-il en italien, qu'il peut être dangereux de me plaire... un peu trop?

– Pourquoi dangereux? Je n'ai peur de rien, répondit-elle dans la même langue. Moins encore depuis que je t'ai vu. A cet instant j'ai espéré que tu me trouverais belle...

– Belle?...

Il voulut se pencher sur sa bouche, grisé par l'étrange odeur de fleur, d'herbe et de laine mouillée qui émanait de ce corps souple qu'il sentait vivre entre ses doigts, mais déjà elle lui échappait en tournoyant sur elle-même comme pour une figure de danse.

– Ne me regardez pas comme si vous étiez un loup affamé et moi une pauvre agnelle, cousin! fit-elle en souriant. Songez que je viens de faire un long voyage et que c'est plutôt à moi d'être affamée! Nourrissez-moi, cousin! Nous aurons tout le temps de... causer après, non?

Avec l'impression de s'échapper d'un rêve, Campobasso se secoua comme s'il sortait de l'eau et se tourna vers Fiora, craignant qu'elle n'ait été qu'un mirage, mais elle était toujours là. Les bras haut levés, ce qui faisait saillir ses seins, elle détachait les épingles qui retenaient son voile et sa chevelure :

– Mes cheveux sont tout mouillés et me coulent dans le cou! dit-elle en riant.

Instantanément, la masse noire et luisante glissa sur ses épaules et le long de son corps. L'homme qui la dévorait des yeux pensa que, dans cette robe verte, avec ses longs cheveux humides, elle ressemblait à une sirène et il la désira plus encore. Mais il résista à l'envie qui lui venait de se jeter sur elle, de déchirer sa robe et de la prendre tout de suite, sur les dalles de pierre. En bon Napolitain, il savait apprécier la savoureuse souffrance de l'attente, à condition qu'elle ne dure pas trop longtemps et, sur ce point, il était rassuré. Son orgueil de mâle lui soufflait que cette affolante sorcière aux yeux couleur de nuages n'était apparue que pour s'offrir à lui... Et puis ne venait-elle pas de France? Cette France où elle avouait avoir de si hautes amitiés?

Il levait les mains pour appeler de nouveau quand la porte s'ouvrit, livrant passage à des valets chargés de tréteaux, d'un plateau de bois et de nappes pour dresser la table. Virginio les suivait et ses yeux sombres s'arrêtèrent d'abord, pleins de haine, sur Fiora qui, devant le feu, faisait sécher ses cheveux, puis sur son maître avec une interrogation muette qui fit sourire celui-ci. Campobasso jouissait cruellement de la jalousie qu'il sentait bouillonner dans l'âme de son page.

– Où va-t-elle coucher? demanda Virginio en désignant la jeune femme d'un mouvement de tête dédaigneux.

– Donna Fiora, répondit le condottiere en appuyant sur l'appellation, couchera dans ma chambre, bien entendu. C'est la seule convenable avec celle du seigneur Galeotto. Tu veilleras à ce que les draps soient changés...

– Et vous alors? Où coucherez-vous?

– *Chi lo sa?*... Peut-être dans ma chambre? Pourquoi pas?

– Et moi? fit le garçon avec insolence.

– Toi?... Où tu voudras. Tiens... avec Salvestro quand il reviendra de chez son bourgmestre...

Le garçon devint très pâle et ses yeux noirs lancèrent des éclairs:

– Je la tuerai, tu entends, fit-il entre ses dents serrées. Je la tuerai si tu y touches...

D'un doigt négligeant, Campobasso caressa la joue duvetée du page et son sourire s'accentua, découvrant des dents fortes et blanches, de vraies dents de carnassier:

– Alors j'aurai le regret de te faire pendre, mon petit Virginio, fit-il doucement. C'est d'ailleurs ce qui t'arriverait si elle était victime du moindre accident... Avoue que ce serait dommage car nous pourrions avoir encore de belles heures tous les deux. Songes-y!

– Mais enfin qu'est-ce qu'elle est, cette femme, pour prendre tout d'un coup la meilleure place ici?

– Comment? Tu ne le sais pas encore? Mais... c'est ma cousine et j'ai toujours eu l'esprit de famille. Comme tous ceux qui n'en ont pas beaucoup.

La voix de Fiora résonnait, chaude et musicale à travers la vaste salle:

– A propos, mon beau cousin, me direz-vous ce que vous comptez faire de mes gens? Vous n'allez pas, j'imagine, les laisser toute la nuit dans votre corps de garde? Le voyage aura été aussi peu agréable pour eux que pour moi.

– Pardonnez-moi! Je les avais oubliés. Va les chercher, Virginio!... que je voie à quoi ils ressemblent, ajouta-t-il *sotto voce*.

Un moment plus tard, le Castillan et l'Écossais faisaient leur entrée dans la salle qui, avec sa table disposée pour le repas et les suppléments de chandelles et de torches que l'on y avait allumés, avait perdu son aspect glacial. Des odeurs de viandes cuites les accompagnaient:

– Voici Esteban, présenta Fiora. Il est tout à la fois mon écuyer, mon secrétaire, mon mentor et mon garde du corps. Et voici Denis Mercier qui a bien voulu me servir de guide depuis Paris.

Le condottiere considéra les deux hommes avec intérêt. Esteban avec sa tête carrée, son nez cassé, ses cheveux drus et son corps trapu était l'image même du soldat de fortune tel qu'il aimait à en recruter. Et n'avait guère l'aspect d'un secrétaire. Quant à l'autre avec ses épaules de corsaire et son air arrogant, il sentait le militaire plus encore que son compagnon...

– Pour connaître si bien les chemins, tu es de par ici? demanda-t-il à Mortimer qui, sans se soucier de formules de politesse excessives, répondit paisiblement:

– Non. Je suis du Berry mais j'ai beaucoup voyagé.

– Tant que ça? Un bon guide peut être très précieux. Je pourrais sûrement t'employer... à moins que tu ne préfères rentrer chez toi. A qui es-tu?

– A personne. Mais j'ai ma maison et mes habitudes et dès l'instant où ma mission est remplie...

« Le diable m'emporte, pensa Campobasso, si ce géant n'appartient pas à la fameuse Garde Écossaise du roi Louis? En ce cas, la belle cousine pourrait être... une messagère? » Et comme des valets entraient portant bassins, aiguières et serviettes, immédiatement suivis de Galeotto qui avait fait quelque toilette, il déclara:

– Passons nous laver les mains, ma belle cousine et puis à table!

– Tu pourrais me présenter! grogna Galeotto dont la figure, rasée de frais, montrait quelques estafilades.

– C'est trop juste. Donna Fiora, voici le seigneur Jacopo Galeotto, de Milan, qui commande avec moi le corps des Lombards de Mgr le duc de Bourgogne. Donna Fiora Beltrami, de Florence.

– Ah Florence! soupira le capitaine avec âme, je l'ai visitée, jadis quand le duc Galeazzo-Maria Sforza et la duchesse Bona sont allés visiter les seigneurs de Médicis! Quelle fête nous avons eue! Quelles belles joutes! Quels vins! Quelles femmes... C'était en...

– En 1471, il y a quatre ans, dit Fiora avec un sourire en voyant s'éclaircir sous cette précision qui affirmait sa qualité de Florentine le visage un instant soucieux de Campobasso. Votre duchesse Bona était bien belle! Mon père a eu l'honneur de danser avec elle...

Et l'on prit place à table en évoquant la splendeur du Magnifique pour le plus grand plaisir de Fiora, heureuse de pouvoir parler de sa ville bien-aimée, de cette Florence qui lui avait fait tant de mal et dont, pourtant, l'image et le souvenir ne quitteraient jamais son cœur...

Deux heures plus tard, debout dans l'embrasure de la fenêtre étroite de la chambre où on l'avait conduite, Fiora attendait Campobasso. Elle savait qu'il viendrait car il n'y avait pas à se tromper sur le regard appuyé qu'il avait eu, tout à l'heure, en lui baisant la main pour un «bonsoir» hypocrite. Elle y était résignée car Commynes, sur l'ordre du roi, lui avait tracé, du condottiere napolitain, un portrait à l'acide d'une extraordinaire fidélité. Elle savait sa propre situation ambiguë et aussi qu'elle avait affaire à un homme emporté et sans patience. Si elle se refusait après l'avoir si bien ensorcelé, elle risquait de le subir de force. Mieux valait lui laisser croire encore qu'elle était séduite: elle n'en aurait que plus de puissance...

Mais elle n'avait pas voulu se coucher et c'est debout qu'elle l'attendait. Le lit à courtines rouges, datant du siècle précédent et au moins assez vaste pour quatre personnes, que l'on avait ouvert, demeurerait vide aussi longtemps qu'elle le désirerait. Son orgueil, en effet, refusait de recommencer les prémices de la scène affreuse vécue chez Pippa, dans le bordel du quartier Santo Spirito: la fille offerte plus qu'à demi nue, telle une venaison sur un plat...

Autour de ses épaules qui frissonnaient malgré elle, comme si l'on eût été en plein hiver, elle serrait une écharpe. Elle n'avait pas peur pourtant. Campobasso allait être le troisième homme à posséder son corps, après Philippe et l'affreux Pietro. L'un lui avait apporté l'éblouissement de l'amour comblé, l'autre l'horreur d'un viol sadique dont elle gardait le souvenir épouvanté. Entre ces deux extrêmes, Campobasso n'avait guère de chance de laisser une trace quelconque. Elle l'attendait avec l'indifférence qui devait être celle d'une courtisane car elle acceptait de jouer ce rôle. Son corps était le piège tendu en vue de la perte d'un prince. Il fallait engluer le condottiere assez fortement pour le détacher entièrement du Téméraire. Néanmoins, c'était une chance – et Fiora l'admettait volontiers – que l'homme ne soit pas dépourvu de séduction.

A Florence... un siècle plut tôt, Démétrios lui avait promis de l'armer pour les combats à venir et il avait tenu parole. Un soir, sur le bateau qui les avait conduits en Provence, il avait dessiné pour elle un corps masculin en lui indiquant les zones érogènes. Il l'avait fait avec la froideur et le détachement d'un professeur d'anatomie en face d'une élève et celle-ci avait reçu son enseignement dans le même esprit...

– Dans certains pays d'Afrique et d'Orient, les filles sont éduquées dès le jeune âge en vue des plaisirs de l'homme, lui dit-il alors, et ce n'est pas une mauvaise chose car le pouvoir de la femme s'en trouve renforcé. Même une créature aussi belle que toi peut avoir besoin d'être initiée. Tu n'en seras que plus redoutable.

En outre, le Grec avait composé pour elle un parfum dont il lui avait recommandé de se servir avec modération et uniquement dans certaines circonstances.

– Les femmes de harem en usent pour exciter les sens de leur seigneur et maître mais, avait ajouté Démétrios avec une satisfaction d'inventeur, je lui ai apporté quelques perfectionnements.

Ce soir, pour la première fois, Fiora en avait mis. Très peu, juste, du bout du doigt, une goutte derrière l'oreille et une entre les seins. C'était peu mais elle avait tout de même l'impression d'embaumer comme une cassolette allumée. Elle en tirait plus d'assurance, sans doute, mais aussi la bizarre impression d'avoir changé de personnalité, d'être en train de se dédoubler en quelque sorte. Son âme s'éloignait un peu d'un corps dont elle allait pouvoir contrôler froidement les réactions et le comportement...

Au-dehors s'éteignaient les bruits de cette ville inconnue. Les feux qui mettaient un reflet rougeâtre au plafond de la chambre étaient ceux des postes de garde échelonnés sur les remparts et au long de la Moselle. Les cris que se renvoyaient les sentinelles étaient en dialecte lombard, si proche du toscan que la jeune femme ne pouvait s'empêcher d'en éprouver du plaisir... La cité luxembourgeoise, muette et noire au fond de la nuit, disparaissait complètement. Les troupes qui l'occupaient lui imposaient ainsi leur propre couleur...

La porte, en s'ouvrant, grinça légèrement. En dépit de son courage, Fiora sentit un frisson glacé courir le long de son dos. L'instant difficile était venu, l'instant où il fallait, plus que jamais, demeurer maîtresse d'elle-même...

De l'ombre se détacha une ombre plus dense que le reflet lointain de la veilleuse effleura à peine :

– Vous n'êtes pas encore au lit ? fit Campobasso. Ne saviez-vous pas que... j'allais venir ?

– Si fait... mais je ne me couche jamais pour attendre une visite. Ce serait me placer en état d'infériorité...

– Il y a visite et visite et je n'ai pas conscience que ma présence dans cette chambre en soit une... J'espérais...

Elle lui fit face brusquement, les yeux chargés d'éclairs.

– Quoi ? Me trouver dans ce lit, nue et les jambes écartées, n'attendant que votre bon plaisir ?

– Par San Gennaro ! Quelle violence soudaine ! Ne pouvons-nous reprendre notre conversation de tout à l'heure là où nous l'avions laissée ? Souvenez-vous ! J'allais vous prendre dans mes bras...

Elle s'attendait à une réaction brutale et il n'en était rien. Sa voix n'était au contraire que douceur et prière. Il était si près d'elle que Fiora pouvait entendre sa respiration courte et retint un sourire de triomphe : se pouvait-il qu'elle l'eût enchaîné si vite, alors même qu'il n'avait rien reçu d'elle sinon le droit de baiser sa main? Le fauve était-il déjà rendu à sa merci? Elle eut la tentation de l'éprouver en le renvoyant avec hauteur mais une phrase de son cher Platon délaissé depuis des mois lui revint en mémoire: « Donne et tu recevras... »

– Eh bien qu'attendez-vous? fit-elle avec un sourire provocant. Ou bien... préférez-vous me déshabiller d'abord?

Elle sentit frémir les mains qu'il posait déjà sur sa taille. Puis elles remontèrent, caressèrent sa gorge au passage, saisirent le décolleté de la robe et tirèrent... L'étoffe se déchira jusqu'à la taille mais, déjà, Campobasso serrait Fiora contre lui, enfouissait son visage dans la masse des cheveux noirs dénoués, couvrant son cou de baisers dévorants puis s'emparait de ses lèvres avant de l'emporter jusqu'au lit où il acheva de réduire sa robe à l'état de haillons avant de se jeter sur son corps dénudé... comme une bête assoiffée sur un ruisseau frais.

Emportée dans un ouragan de caresses et de baisers, Fiora, la première explosion de brutalité passée, découvrit que ce fauve pouvait être un amant passionné, et sachant jouer d'un corps féminin avec brio. Elle attendait un soudard, elle eut un amoureux. Elle avait cru pouvoir garder la tête froide mais, trahie par ses sens, elle dut laisser à plusieurs reprises le plaisir la rouler dans sa vague brûlante. Et la nuit allait vers sa fin quand le sommeil, à son tour, la vainquit et lui fit oublier que si elle avait, elle aussi, remporté une victoire, celle-ci ressemblait beaucoup à une victoire à la Pyrrhus.

L'oreille collée derrière la porte de la chambre, le page Virginio, ses dents plantées dans son poing et défaillant presque de rage impuissante, avait compté toutes les plaintes, tous les soupirs, tous les râles que le jeu ardent de l'amour avait arrachés à ce couple invisible...

Quand les tambours de la diane sonnèrent le réveil des soldats, Campobasso, trop entraîné aux combats de Vénus pour qu'une nuit d'amour l'ensevelît dans le sommeil au point de l'empêcher d'entendre, glissa du lit en prenant soin de ne pas éveiller Fiora, passa sa chemise et ses chausses puis gagna la grande salle où l'attendait déjà Salvestro, son écuyer.

– Va me chercher les deux hommes qui accompagnaient hier donna Fiora! ordonna-t-il tout en dévorant un quignon de pain resté sur la table. Puis tu amèneras une vingtaine de soldats dans l'escalier.

Esteban et Mortimer furent là presque aussitôt. L'inquiétude avait tenu le Castillan éveillé toute la nuit; quant à l'Écossais, il était habitué lui aussi à s'éveiller avec le jour.

– Vous allez pouvoir rentrer chez vous, leur dit Campobasso. Donna Fiora n'a plus besoin de vos services.

– Pardonnez-moi, monseigneur, fit Esteban dont le visage venait de se fermer, mais je suis à son service depuis longtemps et, si elle n'a plus besoin de moi, c'est à elle de me le signifier! Jamais je ne la quitterai de mon plein gré... ou sur un ordre étranger!

– J'ai reçu, moi aussi, l'ordre de veiller sur elle, dit tranquillement Mortimer, et j'ai pour habitude d'aller toujours jusqu'au bout de mon devoir.

– Un grand mot pour un guide. Tu étais chargé de la conduire jusqu'à moi? Eh bien voilà qui est fait! Tu peux partir.

– Vous m'avez mal compris : je dois la conduire partout où elle souhaitera se rendre. Elle aura encore besoin de moi.

– Inutile de jouer au plus fin avec moi, je sais qui tu es : l'un des gardes écossais du roi de France. Alors écoute ceci : tu vas retourner vers ton maître et tu le remercieras grandement pour le beau cadeau qu'il m'a envoyé. Tu ajouteras que j'espère, un jour, pouvoir lui en marquer ma gratitude... lorsque donna Fiora sera devenue la comtesse de Campobasso. Va à présent! Quant à toi, ajouta-t-il à l'adresse d'Esteban, tu as entendu : je vais épouser ta maîtresse et je peux t'assurer que je saurai la défendre de tous périls. Je te conseille de suivre ton compagnon.

– Et si je refuse? grogna le Castillan qui sentait monter sa colère.

– C'est tout simple: avant une heure tu seras pendu.

– Je n'ai pas envie, moi non plus de repartir, articula Mortimer. Où alors, allez chercher donna Fiora. D'elle j'accepterai un ordre...

Il avait tourné les yeux vers Esteban et celui-ci lut sans peine que la Bourrasque était sur le point de se déchaîner. Entre eux deux, le condottiere désarmé ne pèserait pas lourd... Mais Campobasso soupirait d'un air excédé:

– Dieu que vous êtes fatigants!

Il frappa dans ses mains et, aussitôt, une vingtaine d'hommes armés pénétrèrent dans la salle:

– Vous n'aurez pas le dernier mot avec moi. Partez tranquillement et séparons-nous bons amis. Mes hommes vous donneront quelques vivres pour la route... et vous pourrez vous partager ceci.

Il détacha la bourse attachée à sa ceinture et la lança vers les deux hommes mais aucune main ne se tendit pour la saisir et son contenu se déversa sur les dalles. A nouveau l'Écossais consulta son compagnon du regard puis, haussant les épaules, déclara:

– Partons! Je ferai vos commissions à mon supérieur... toutes vos commissions!

– Parfait! On va donc vous accompagner hors des portes de la ville.

Mortimer et Esteban partirent sans se retourner, suivis par les soldats. Salvestro fermait la marche. Quand ils eurent disparu, Campobasso se mit en devoir de récupérer les pièces d'or qui avaient roulé à terre, les remit dans la bourse qu'il fit sauter dans sa main avec satisfaction tout en se dirigeant vers la chambre.

Fiora dormait toujours dans la masse brillante de ses cheveux en désordre qui sertissaient son corps charmant.

Le comte la contempla un instant puis, ôtant ses vêtements, il se glissa auprès d'elle et, appuyé sur un coude, il se mit doucement à la caresser. Elle gémit, sans ouvrir les yeux, s'étira pour mieux s'offrir à la main qui glissait sur elle, dispensatrice d'un plaisir dont elle sentait déjà la chaleur monter au creux de ses reins. Quand elle commença à se tordre avec une plainte heureuse, il entra en elle pour la rejoindre dans le spasme suprême...

CHAPITRE IX

L'ARRESTATION

Durant trois jours et trois nuits, Campobasso et Fiora demeurèrent enfermés dans le double isolement de leur chambre et des rideaux du lit. Seul Salvestro franchissait, deux fois le jour, la porte de celle-ci pour apporter des repas mais sans jamais rien voir de ce qui se passait derrière ceux-là. Galeotto avait été chargé d'assurer le commandement et de veiller à l'ordre dans Thionville. Il s'en acquittait avec hargne, serrant les poings quand il lui arrivait de tourner les yeux vers certaine fenêtre close où il imaginait bien qu'on ne faisait point pénitence.

Ces heures ardentes, Fiora les vécut entièrement dans les bras de son amant. Il la gardait contre lui pour dormir, pour la faire manger et boire et quand, au bout de vingt-quatre heures, elle réclama un bain, la porta lui-même dans le bassin que le vieil écuyer avait rempli d'eau fraîche, la lava, la sécha sans cesser de lui prodiguer caresses et baisers. Quand il ne lui faisait pas l'amour, il la regardait avec émerveillement, touchait ses paupières, ses lèvres, son cou, ses seins, ses pieds et ses mains, et lui murmurait des mots d'amour qu'elle ne comprenait pas toujours.

Jamais la jeune femme n'avait imaginé qu'elle allait allumer pareille passion. Cet homme n'était jamais comblé, jamais rassasié et la possession, au lieu d'apaiser ses sens, semblait les exaspérer et décupler son désir au point, parfois, d'effrayer Fiora. Il dormait peu et ne la laissait lui échapper dans le sommeil que durant de courts laps de temps : une heure ou deux après quoi elle le retrouvait plus affamé d'elle que jamais :

– Tu es à moi pour toujours, lui dit-il un soir en la serrant à l'étouffer. Je ferai de toi ma femme...

Prise de court par cette déclaration inattendue, elle choisit le parti de rire.

– Tu veux m'épouser ?... et je ne sais même pas ton prénom...

– Cola... ici, on dit Nicolas comme le jeune duc que j'ai perdu et que j'aimais servir. Mais je ne veux de toi d'autres mots que d'amour.

– Je ne crois pas avoir dit que je t'aimais ? Seulement que tu me plaisais...

– Qu'importe si ta bouche ne le dit pas ! Ton corps, lui, le crie sans cesse, ton corps qui m'appelle, ton corps que je fais chanter, vibrer, crier même. Cela vaut toutes les fadaises des poètes. Et d'ailleurs tu m'aimes déjà sans même t'en rendre compte...

– Peut-être, mais tant que je ne m'en rendrai pas compte, je ne t'épouserai pas...

Nouant ses poings dans ses cheveux il lui tira cruellement la tête en arrière :

– Tu en aimes un autre ? Dis-moi ! Est-ce que tu aimes un autre homme ? Allons, réponds !

Emporté par une fureur subite, il planta ses dents à la naissance de son cou. Les yeux soudain pleins de larmes, Fiora poussa un cri de douleur...

– Pourquoi serais-je ici... si c'était le cas ?

Il la lâcha, vit que des larmes coulaient et que sa peau portait une marque rouge...

– Pardon ! pardon mon amour !... Je deviens fou... Tu brûles mon sang et tu me donnes des joies que je n'ai jamais connues avec aucune femme. Et toi, dis-moi... un autre homme t'a-t-il jamais donné autant de plaisir ? Dis-moi ! Je veux savoir...

– Non, murmura Fiora en pensant qu'elle ne mentait qu'à peine car sa nuit de noces avait été brève auprès de ce déchaînement de passion, de cette orgie d'amour qu'elle vivait et qui l'épuisait mais qui, curieusement, lui rendait toute sa présence d'esprit.

Elle avait pleinement conscience de la dualité existant entre sa tête et un corps dont elle ne pouvait contrôler les réactions. Et sa tête lui disait qu'elle n'aurait plus jamais besoin d'utiliser le parfum de Démétrios dont la senteur avait disparu depuis des heures et que Campobasso était bel et bien son prisonnier. Entre elle et un duc dont d'ailleurs le service lui plaisait moins qu'il ne l'avait cru, le condottiere n'hésiterait pas... mais tandis qu'il léchait la petite blessure de son épaule, Fiora pensa, repue d'amour, qu'elle aimerait voir s'achever cette claustration à deux que rien ne semblait susceptible de faire cesser.

Pourtant, au matin du quatrième jour, le vantail de la porte retentit des coups que lui portait un gantelet de fer. En même temps, la voix rude de Galeotto braillait :

– Sors d'ici... Cola! Il faut que je te parle et c'est urgent!

Campobasso s'arracha du lit nu, traversa la chambre et courut ouvrir. Il reçut en plein visage le regard furieux de son ami.

– Que se passe-t-il?

– Le page a disparu!

– C'est cela ta nouvelle? Qu'il aille au diable et que...

– Non. Ce n'est pas seulement cela : le duc Charles est à son château de Soleuvre, à douze lieues d'ici. Que crois-tu qu'il va se passer si ce damné Virginio est allé lui raconter que tu délaisses ton commandement parce que tu ne peux plus t'arrêter de baiser une espionne du roi de France?

La main de Campobasso fila comme un serpent jusqu'à la gorge de son compagnon qu'elle serra furieusement :

– Je t'interdis de parler ainsi, tu m'entends? Elle sera ma femme!

– Alors, si tu veux qu'elle vive assez longtemps pour ça, tu ferais bien de la renvoyer d'où elle vient! rugit Galeotto en s'arrachant à la poigne de son ami.

– Jamais je ne la renverrai!

– Alors mets-la à l'abri mais fais quelque chose. Le gamin a dû partir dans la journée d'hier...

Le comte réfléchit un instant puis grogna :

– Tu as peut-être raison. Envoie-moi Salvestro et donne l'ordre qu'on cherche une litière et que l'on prépare une escorte : dix hommes!

– A quoi penses-tu ?

– Je vais la faire conduire à Pierrefort!

– En plein pays lorrain donc en pays ennemi ? Tu es fou ?

– Justement. Le Téméraire n'ira pas la chercher là si ce sale petit bougre est allé me dénoncer. Pierrefort m'appartient toujours comme nous appartiennent toujours les villes que ce jeune imbécile de René II nous a laissé occuper.

L'heure qui suivit fut difficile pour Fiora. Non que les projets de son amant lui déplussent particulièrement – car elle était prête à n'importe quoi pour dormir une grande nuit tranquille – mais les choses se gâtèrent quand il lui avoua qu'il avait renvoyé ses compagnons de route. Il dut faire face à une fureur tout italienne qui le stupéfia quelques instants.

– De quel droit t'es-tu permis de renvoyer mes serviteurs ? criait-elle. Parce que tu as couché avec moi, tu t'imagines que tu peux tout faire, tout détruire de ce qui est ma vie ? Esteban m'est attaché depuis longtemps et tu l'as renvoyé comme un valet indélicat! Je ne te pardonnerai jamais et je refuse de rester ici plus longtemps!

– Calme-toi, je t'en supplie. Tu vas partir, je viens de te le dire...

– Sans doute, mais pas comme tu l'entends! Si tu crois que je vais me laisser enfermer dans ton château, tu te trompes lourdement. Fais-moi seller un cheval et adieu!

– Tu es folle! Où iras-tu...

– A présent que je n'ai plus de guide? Je vais te surprendre : j'irai rejoindre le duc de Bourgogne!

– Il te fera pendre!

– Crois-tu? M'as-tu fait pendre, toi, quand je suis arrivée, parfaite inconnue et même un peu suspecte? Non. Tu m'as mise dans ton lit et j'ai accepté car je te croyais un homme. Mais tu es là à trembler comme un gamin parce que, peut-être, ton page est allé te dénoncer. Le Téméraire me paraît d'une autre envergure... et ce pourrait être amusant d'essayer de le séduire.

Envahi d'une rage soudaine, il la prit à la gorge :

– Sale petite putain! Tu en as assez de moi, n'est-ce pas? Un lit princier serait plus intéressant que le mien?... Mais je ne te laisserai pas faire. Je t'ai dit que je voulais te garder et je te garderai!

– Tu... garderas mon cadavre... alors! souffla-t-elle à demi étranglée.

Comprenant qu'il était en train de la tuer, Campobasso la lâcha mais ce fut pour l'expédier à terre d'une bourrade :

– Tu feras ce que j'ai dit! Lève-toi et habille-toi... si tu ne veux pas que je te fasse habiller par mes hommes...

Elle se releva en effet mais ce fut pour lui éclater de rire au nez :

– Voilà qui serait amusant! Bonne idée! Appelle donc tes hommes! Quelques archers en guise de chambrières, cela peut être drôle...

L'absurde défi le calma net mais réveilla son ardeur. D'un geste brutal il la saisit dans ses bras, la poussa contre l'une des colonnes du lit et la prit debout avec tant de violence qu'elle cria de douleur.

– Ne me pousse pas à bout, Fiora! Jamais je n'accepterai de te perdre, tu entends? Je veux pouvoir te posséder encore et encore chaque fois que j'en aurai envie et pour cela il faut que je te cache, que je t'éloigne du danger. Si le duc ordonnait ta mort, je serais capable de le tuer... Je t'aime, comprends-tu? Je t'aime, je t'aime, je t'aime!...

– Que vas-tu faire? demanda-t-elle un moment plus tard tandis qu'avec des gestes redevenus caressants il l'aidait à s'habiller.

– Dès que tu auras quitté Thionville, je partirai pour Soleuvre et je verrai le duc sans attendre qu'il m'appelle. Je lui dirai à quel point je tiens à toi et aussi que je veux faire de toi ma femme. Il n'osera plus, dès lors, s'en prendre à toi. Il a trop besoin des troupes que je commande. Alors, je t'enverrai chercher et nous nous marierons...

– Pourquoi ne pas le quitter au lieu de braver sa colère? Pars avec moi!

Il hésita, visiblement tenté car la pensée de voir s'éloigner de lui, même pour peu de temps, cette femme adorable le déchirait mais il fallait bien, enfin, que la raison reprît ses droits...

– Je ne peux pas, avoua-t-il. J'ai à payer mes hommes et le duc me doit de l'or...

– Un autre t'en donnerait peut-être davantage?...

– Je sais... et il se peut que j'y vienne un jour. Mais pour l'instant, j'entends recevoir mon dû. Le Téméraire a envoyé en Lombardie le Grand Bâtard Antoine, son demi-frère et son meilleur capitaine, pour ramener des mercenaires. J'entends que les miens soient payés avant ces nouveaux venus...

Fiora n'insista pas. Une idée lui venait: elle allait se laisser conduire où il l'avait décidé. De là elle trouverait sûrement un moyen de s'enfuir et, s'il tenait à elle autant qu'il le disait, Campobasso abandonnerait tout pour la rejoindre...

Une heure plus tard, étendue sur les coussins d'une litière un peu antique mais solide et dont les rideaux de cuir fermaient hermétiquement, Fiora quittait Thionville dont elle n'avait pratiquement rien vu et traversait le camp planté au bord de la Moselle pour tous les soldats qui n'avaient pas trouvé place dans la ville. Salvestro, indifférent à son ordinaire, chevauchait auprès d'elle cependant qu'une escorte de dix hommes partagée en deux groupes précédait et suivait l'attelage. Par précaution, les hommes d'armes portaient, au lieu du tabard vert à croix de Saint-André blanche qui était de Bourgogne, la cotte d'armes à la double croix de Lorraine... On prit la direction du sud à vive allure. Il fallait couvrir dans la journée la petite vingtaine de lieues qui séparaient la ville luxembourgeoise du château lorrain de Campobasso. Quitte à arriver au cœur de la nuit, le condottiere préférant de beaucoup que cette arrivée se fît dans l'obscurité.

Bâti au siècle précédent par Pierre de Bar, le château de Pierrefort, baptisé selon son géniteur, dressait ses murailles sur un éperon dominant un vallon encaissé qui formait une voie naturelle entre le Barrois et la Moselle. C'était un pentagone d'environ vingt mille mètres carrés défendu par quatre tours représentant chacune un échantillon de l'architecture militaire de l'époque : une tour carrée, une tour ronde, une tour à bec et enfin une grosse tour octogone : le donjon. C'était cette tour que la colère du duc René II avait à demi détruite mais le château n'avait que peu souffert de l'incendie [1]. Donnant, au nord et à l'est, sur un ravin abrupt, il était bordé, au sud et à l'ouest, par de larges et profonds fossés qu'enjambait un pont dormant sur lequel venait s'abattre le grand pont-levis. Une première ligne de défense, faite de palissades et d'échauguettes de bois qui avaient brûlé en partie, précédait les fossés. C'était à la fois un ouvrage d'art et une puissante forteresse où Campobasso gardait une garnison d'une vingtaine d'hommes sous le commandement d'un de ses fils...

Mais Fiora ne vit rien de ces abords, pas plus d'ailleurs que de la route suivie car, sans souci des cahots de la litière sur le chemin raboteux, elle dormit comme une souche tout au long du voyage et n'ouvrit les yeux qu'au

1. Pierrefort est encore debout en partie, mais il renferme une exploitation agricole qui ne l'améliore pas.

bruit apocalyptique du pont-levis qui s'abaissait et de la herse que l'on relevait. La troupe passa sous l'arc brisé de la porte, pénétra dans une cour immense qu'éclairaient mal quelques pots à feu et s'arrêta enfin devant l'entrée d'un beau logis dont les fenêtres étaient élégamment sculptées et portaient sous le gable les armes des anciens seigneurs de Bar.

Un jeune homme qui ressemblait à Campobasso, vêtu de cuir sous une cotte de mailles brillantes, se tenait debout sur le seuil.

– Salut à toi, Salvestro, vieux brigand! cria-t-il joyeusement. Tu as bien failli recevoir quelques carreaux d'arbalète avec tes cottes lorraines. En voilà une idée?

– La Bourgogne n'est pas en odeur de sainteté. C'était plus prudent...

– Et quel bon vent t'amène?

– Un vent qui va te remporter, messire Angelo. Ton père te réclame et m'envoie tenir Pierrefort à ta place.

– Dis-tu vrai? Je vais enfin quitter ce nid de hiboux et revoir la guerre? Vive Dieu! Voilà des jours que j'attends ça!

Les deux hommes s'embrassèrent, se bourrèrent de quelques coups de poing en riant puis Angelo demanda:

– Qu'est-ce qu'il y a dans cette litière?

– Le précieux trésor de ton père. Celle qui sera bientôt la dame de ces lieux: ta future belle-mère, quoi!

Ouvrant les rideaux de la litière, il offrit la main à Fiora pour l'aider à descendre. Mal réveillée, la jeune femme clignait des yeux dans la lumière des torches que tenaient deux valets.

– Sommes-nous arrivés? demanda-t-elle.

– Oui, madonna. Voici messire Angelo qui est l'aîné des fils de Mgr Cola.

Mais, déjà, le jeune homme s'inclinait, avec une grâce inattendue chez un homme vêtu d'acier et s'emparait de la main de la jeune femme.

– Il n'y a qu'un instant, je croyais être heureux de

m'éloigner d'ici, belle dame. Mais voilà que l'envie m'en passe puisque vous allez rester alors que je m'en vais!

– Merci de votre accueil, messire! Je n'espérais pas rencontrer un galant homme dans cette forteresse...

– Moi non plus, fit Salvestro goguenard. Tu as fait des progrès dans l'art de parler aux dames, gamin. Quant à la guerre, n'y compte pas trop! Le duc Charles qui est à Soleuvre a dépêché, paraît-il, messire Hugonet, son chancelier, à Vervins pour y discuter de la paix avec les envoyés du roi de France.

Toute gaieté s'effaça du visage du jeune homme:

– La paix? Le Téméraire veut la paix avec son plus mortel ennemi? C'est à n'y pas croire! Le Français lui a repris la Picardie et ses troupes ont attaqué le nord de la Franche-Comté depuis la fin de la trêve, en mai.

– Il a d'autres chats à fouetter et préfère sans doute tenir Louis XI à distance même au moyen d'une paix boiteuse. On dit qu'à l'appel du duc René de Lorraine, les Suisses et les Alsaciens sont entrés aussi dans la Franche-Comté qu'ils ravagent. Après tout, tu pourrais bien l'avoir quand même, ta guerre! acheva-t-il avec un sourire narquois.

– Tout cela est fort intéressant, messieurs, dit Fiora avec un sourire qui corrigea son rappel à l'ordre, mais j'aimerais assez entrer dans cette maison... et souper si possible?

– Pardonnez-nous, fit Angelo, vous avez mille fois raison. Mais vous arrivez bien car j'ai chassé tout le jour et j'allais me mettre à table.

– Vous pouvez chasser alors que cette forteresse bourguignonne en pays lorrain doit être en péril continuel?

– Nous ne sommes pas vraiment en Lorraine mais à la frontière du duché et de la France. Comme cette frontière n'est pas très bien délimitée, je vis à peu près tranquille mais vous le serez plus encore si nous sommes en paix avec Louis XI... Et le duché ne bouge pas. René II a rejoint le roi. Mais entrons!

En pénétrant dans le logis, Fiora découvrit que l'on pouvait être homme de guerre et homme de goût. Des tapis et de grandes tentures brodées habillaient la salle où ne manquaient ni les meubles, ni les coussins, ni les beaux objets. Elle en fit compliment à son jeune hôte ajoutant que Thionville, cependant ancien château ducal, n'offrait rien de comparable.

– Mon père ne fait qu'y passer. Il s'en accommode simplement. Ici, c'est chez lui, comme d'ailleurs à Ainvelle-aux-Jars, non loin de Neufchâteau où il ne va guère, se contentant d'y maintenir mon frère et un bailli chargé de récupérer les impôts mais où le château mériterait qu'on fît quelques aménagements. Vous vous en chargerez sans doute puisque vous allez devenir son épouse? Ce dont je me réjouis sincèrement...

Fiora fit honneur au souper de poissons et de venaison qu'on lui servit et se déclara ensuite satisfaite de la chambre que l'on venait de préparer pour elle, une pièce agréable avec ses rideaux à grands ramages et la tapisserie mille fleurs qui enjolivait le panneau faisant face aux fenêtres... Celles-ci, malheureusement, donnaient sur la seule cour comme les autres fenêtres du logis.

La jeune femme s'y enferma à clé, craignant que ce jeune homme, qui la contemplait avec un plaisir évident, ne voulut vérifier par lui-même les charmes dont son père se voulait captif. Mais personne ne vint frapper et elle s'en trouva grandement soulagée.

Livrée à elle-même pour la première fois depuis des jours – et surtout des nuits! –, Fiora employa une grande partie de celle-ci à réfléchir. Ayant dormi toute la journée, elle n'avait plus sommeil et se retrouvait l'esprit clair pour faire face à une situation tout à fait inattendue. En arrivant à Thionville, elle espérait plaire à Campobasso, sans doute, mais de façon paisible, se l'attacher peu à peu et l'amener doucement là où Louis XI voulait le voir venir : abandonner la cause du Téméraire et rentrer en France avec elle, en emmenant, bien sûr, ceux de ses soldats qui lui étaient attachés. Le tout avec l'appât d'une honnête quantité d'or...

Cela aurait pu, aurait dû marcher si deux facteurs nouveaux ne s'étaient présentés : d'abord la présence de Galeotto, de ses hommes d'armes et d'une partie de l'armée bourguignonne dans la cité luxembourgeoise : ils auraient empêché Campobasso de partir par tous les moyens. Ensuite la passion insensée qu'elle avait allumée dans le cœur et dans les sens du condottiere. Violente, exclusive, voire dangereuse, elle avait joué dans le sens contraire de ce qu'espérait Fiora : au lieu de la suivre, Campobasso n'avait plus pensé qu'à une chose : garder pour lui seul celle qu'il aimait, la cacher le temps qu'il le faudrait puis l'épouser au grand jour : tout cela sans quitter pour autant le clan bourguignon. D'ailleurs, si la paix avec la France était faite, sa trahison ne serait que de peu de prix et le priverait des grands avantages offerts sans doute par un prince lancé à la conquête d'un royaume. Et maintenant, Fiora se retrouvait au cœur d'un pays inconnu, enfermée dans un château fort sans aucune possibilité d'assistance pour en réchapper. Privée de l'astuce d'Esteban et de la force prodigieuse de Mortimer ainsi que de leur courage à tous les deux, elle était presque désarmée car elle se voyait mal tentant sur le vieux Salvestro une entreprise de séduction dans l'espoir de se faire ouvrir la porte.

Où se trouvaient-ils, à cette heure, le Castillan et l'Écossais ? Campobasso les avait fait reconduire, d'après ce qu'il en avait dit, à une lieue de Thionville. On ne leur avait restitué leurs armes qu'à ce moment-là et ceux qui les accompagnaient avaient pu les voir s'éloigner en direction de la France. Y étaient-ils déjà arrivés et les choses s'étaient-elles passées comme on le lui avait raconté ? Leur avait-on « vraiment » rendu leurs armes ou bien les avait-on égorgés sans plus de façon ? Fiora connaissait assez son amant, à présent, pour savoir que tout était à redouter de son génie tortueux...

S'il n'en était rien – et elle l'espérait de tout son cœur – Douglas Mortimer devait être en train de revenir à bride abattue vers son roi pour lui rendre compte de sa mission. Mais Esteban? Était-il parti avec lui dans l'espoir de ramener un quelconque secours? Fiora en doutait un peu. Le Castillan lui était attaché. En outre, pour rien au monde, il n'eût transgressé un ordre de Démétrios et celui qu'il en avait reçu était formel : veiller sur Fiora en tout temps et en toutes occasions. Peut-être n'était-il pas si loin qu'on le pensait?... En tout cas, une chose était certaine : il fallait parvenir à sortir d'ici, coûte que coûte. Peut-être alors, apprenant qu'elle lui avait échappé, Campobasso se lancerait-il à sa recherche, privant ainsi le Téméraire d'un de ses meilleurs capitaines? De toute façon, elle ne voulait plus être le jouet de cet homme et revivre ces jours et ces nuits qu'elle ne pouvait même plus évoquer sans honte : elle s'était conduite comme une courtisane sans doute, s'y étant d'ailleurs préparée mais le pire est qu'elle y avait pris plaisir. Elle avait découvert qu'elle pouvait aimer les jeux de l'amour sans en éprouver le sentiment, tout comme un garçon, et qu'un parfait inconnu, s'il était habile, saurait faire vibrer ses sens et lui faire oublier un instant qu'elle était autre chose qu'une chair avide de jouissances.

Et ce fut en pensant à sa prochaine évasion qu'elle finit par s'endormir, si profondément même qu'elle n'entendit pas, au petit matin, le jeune Angelo partir avec l'escorte qui l'avait amenée.

Quand il eut quitté le château, Salvestro fit baisser la herse et relever le pont-levis. Puis, jetant un rapide coup d'œil à la fenêtre derrière laquelle dormait cette femme qui avait envoûté son maître, il esquissa un sourire, haussa les épaules et s'en alla inspecter les quartiers et les armes des hommes chargés de garder la forteresse. Fiora ne le savait pas encore mais elle était prisonnière d'un vieux soldat qui ne l'aimait pas et qui ferait tout pour qu'elle comprenne bien le rôle qu'on lui attribuait : celui d'un bel objet entièrement voué au repos du guerrier et à ses plaisirs. Rien de plus!

Elle s'aperçut très vite du sort qui lui était fait. Dès le matin, constatant que, pour une fois il ne pleuvait pas et que le ciel était presque clair, elle demanda un cheval pour faire un tour dans les environs. On lui répondit alors que c'était impossible, les promenades à cheval ou à pied n'étant pas compatibles avec la défense d'une place forte frontalière. Et on lui désigna l'escalier qui, près de la porte d'entrée, montait d'un seul jet jusqu'au chemin de ronde. Mais quand elle commença à en gravir les degrés, elle entendit sonner derrière elle les pas ferrés des deux soldats chargés de l'accompagner. Et c'est escortée de leur présence vigilante qu'elle parcourut le chemin de ronde du château à pas lents, regardant à peine le paysage alentour qui cependant n'était pas sans charme, envahie qu'elle était par une sensation désagréable.

Ce fut pis encore quand, redescendant, elle s'aperçut que deux maçons étaient occupés à sceller des barreaux à la fenêtre de sa chambre sous la surveillance attentive de Salvestro. Emportée par une brusque colère, elle courut à lui :

– Qui vous a permis de faire cela? Ignorez-vous que votre maître souhaite que je devienne son épouse?

– Soyez sans crainte : personne ne vous manquera de respect dans ce château mais, voyez-vous, je ne suis pas certain que vous ayez, vous, très envie de devenir sa femme et, comme il tient à vous, je veux être assuré que vous serez prête à le recevoir quand il le souhaitera.

– Quelle sottise! Ne suis-je pas venue à lui de bon gré?

– Sans doute... mais dans quel but? Parce que vous rêviez de lui depuis longtemps? Je ne crois pas cela : vous êtes toute jeune et lui sera bientôt vieux.

– Ne savez-vous pas que je suis sa cousine?

– C'est possible... mais ce n'est pas certain. Quant à moi, j'ai reçu mission de vous garder et je vous garderai, au besoin contre vous-même. Et croyez bien qu'il m'en coûte! Sans vous je serais à ses côtés pour la guerre qui se prépare.

– Quelle guerre? On est en train de signer la paix...

– Et moi je vous dis que le duc va repartir en guerre.

– A la mauvaise saison? Comme c'est vraisemblable!

– C'est sans importance pour d'authentiques soldats. Voulez-vous rentrer à présent?

– Je me plaindrai du sort que l'on m'a fait ici!

– Mais le maître, lui, ne se plaindra pas: ce qu'il veut, c'est vous avoir dans son lit, et moi je veillerai à ce que vous n'en sortiez pas, justement, de ce lit!

Furieuse, Fiora rentra au logis en se donnant le plaisir dérisoire de faire claquer la porte derrière elle.

Et les jours, et les nuits se mirent à couler, tristes, gris, tous pareils et étouffants d'ennui. Le temps avait repris ses couleurs désolantes et l'été s'était achevé dans les grandes pluies et les vents démesurés de l'équinoxe. Pierrefort, environné de nuages et de tourbillons, ressemblait à un vaisseau dans la tempête et Fiora aimait alors à monter sur les remparts pour le plaisir violent de se laisser fouetter par les bourrasques. Elle rêvait d'être emportée par l'une d'elles et de pouvoir, comme un oiseau, voler par-dessus les créneaux pour se plonger dans la campagne détrempée comme elle eût plongé dans la mer... Mais il fallait toujours redescendre... et au logis elle étouffait.

Elle passait de longues heures assise dans la salle, au coin de l'immense cheminée où le bois brûlait tout le jour, sans rien faire, le regard perdu dans le jeu capricieux des flammes. Elle n'avait aucun moyen de s'occuper car on ne trouvait pas un livre dans ce château ni rien qui permît de broder ou d'occuper ses mains à quelque ouvrage. La nuit, Salvestro l'enfermait à clé dans sa chambre et couchait en travers de la porte pour plus de sûreté encore: Fiora pouvait l'entendre ronfler comme une toupie d'Allemagne. Entre-temps n'ayant rien à se dire, ils n'échangeaient que peu de mots. La seule péripétie notable était représentée par les nouvelles que, deux fois la semaine,

Salvestro envoyait chercher à Toul ou à l'abbaye de Domèvre quand on allait aux provisions.

Ainsi que l'avait prédit le vieil écuyer, le Téméraire avait levé son étendard violet et noir et rouvert les portes de la guerre. Après avoir envoyé, le 15 septembre, au jeune duc René un manifeste qui n'était rien d'autre que la plus belliqueuse des déclarations, il avait pris le commandement de son armée et commençait à envahir la Lorraine. Il était précédé par un premier corps de troupes aux ordres du maréchal de Luxembourg et de Campobasso qui avaient mis le siège devant Conflans-en-Jarnisy. René II était parti pour la France afin d'essayer d'obtenir l'aide de Louis XI sans y croire tout à fait puisque le roi venait de signer la paix de Soleuvre avec la Bourgogne. L'écho des combats faisait frémir le vieux Salvestro comme un cheval de bataille qui entend la trompette et le rendait plus désagréable encore s'il était possible.

Une nuit, Fiora fut réveillée par le vacarme de la herse et du pont. Il y eut le galop d'un cheval, des cris. Elle sauta à bas de son lit et enfilait sa chemise pour aller voir ce qui se passait mais n'eut qu'à peine le temps de se poser des questions. Déjà Campobasso, le casque sous le bras, son armure dégouttante et le regard étincelant était entré. Un instant ils se regardèrent en silence puis, laissant tomber son heaume et arrachant ses gantelets, il marcha vers elle...

– Il fallait que je vienne! dit-il. Conflans se passera de moi pendant une vingtaine d'heures...

– Tu veux dire... que tu as abandonné ton poste pour venir jusqu'ici?

– Oui... au risque de me déshonorer mais je n'en pouvais plus... J'ai besoin de toi... plus encore que de l'air que je respire. Viens m'aider à ôter cette ferraille! J'ai deux heures environ.

Au lieu d'obtempérer, elle s'empara d'une grande écharpe pour en couvrir son trop mince vêtement, croisa les bras sur sa poitrine et s'adossa à la fenêtre:

– Non! C'est un peu trop facile de tomber ici comme la foudre en déclarant que tu as besoin de moi! Eh bien, vois-tu, moi, je n'ai nullement besoin de toi, aucune envie de toi et, si tu me veux, il faudra me faire violence!

Décontenancé par sa réaction, il ne sut que balbutier penaud :

– Mais... Fiora... nous nous aimons! As-tu déjà oublié Thionville, notre chambre... et comme nous nous sommes aimés?

– Je n'oublie rien. Toi, en revanche, tu sembles avoir perdu de vue ce que l'on doit à une femme de ma qualité. Que suis-je ici? Une fille soumise à ton bon plaisir? Regarde ces barreaux à ma fenêtre! Sais-tu que je n'ai le droit de prendre l'air que sur le chemin de ronde et flanquée de deux gardes? Sais-tu que ton écuyer couche en travers de ma porte?...

– N'en sois pas fâchée, je t'en supplie! C'est moi qui ai donné ces ordres à Salvestro. Il le fallait... pour ta sûreté!

– Qu'est-ce que ma sûreté peut bien venir faire ici?

– Il faut comprendre! Outre que cette place n'est pas absolument sûre, je ne pouvais te laisser seule au milieu d'une garnison sans prendre quelques précautions. Je sais trop qu'aucun homme n'est à l'abri de ta beauté. Ceux d'ici sont faits comme les autres et, après boire, une fenêtre est vite escaladée... Salvestro!

Le vieux soldat apparut aussitôt. Il devait être collé contre la porte, comme d'habitude...

– Aide-moi à enlever tout ça! lui ordonna Campobasso.

– Peine superflue, ricana Fiora car tu repartiras comme tu es venu. Je n'accepterais jamais d'être traitée comme une ribaude!

– Je te traite comme ma femme, un point c'est tout.

– Vraiment? On dit que tu l'as tuée! Vas-tu recommencer?

– Vous êtes bien indulgent, Monseigneur, de discuter avec cette créature, grogna Salvestro qui achevait d'ôter les pièces d'armure. Je vais vous la maintenir et vous en userez à votre plaisir...

Mais Campobasso, d'une bourrade, l'envoya balader sur le mur :

– Va me chercher du vin! Ensuite, ferme cette porte à clé et reviens me quérir dans deux heures. Que l'on me tienne un cheval frais!

Pendant ce temps, l'esprit de Fiora travaillait. Deux heures, ce n'était pas beaucoup. Et, même, ce n'était pas suffisant... Que se passerait-il si elle réussissait à l'empêcher de repartir? Il serait déshonoré, certes, mais de cela elle ne se souciait d'aucune façon... Et le jeu en valait comme on dit, la chandelle...

Lorsque Salvestro eut rapporté le vin et que le bruit de la clé tournant dans la serrure se fut fait entendre, elle se mit à rire. Il restait là, à quelques pas d'elle, le front soucieux, remâchant visiblement l'accusation qu'elle lui avait jetée à la tête :

– Cesse de rire! Qui t'a dit...

– Que tu as tué ta femme? Mais mon cher, cela fait partie de ta légende. Au surplus, cela ne me préoccupe en rien!

– Qu'est-ce qui te préoccupe alors?

– Toi, peut-être! Je n'aime pas être traitée comme une esclave captive mais j'aimerais assez tenir pour assuré d'être réellement ta maîtresse... dans tous les sens du terme.

– Alors, mets-moi à l'épreuve! Commande! J'obéirai... Mais, je t'en supplie, ne te refuse pas!

– Soit! je consens à t'éprouver. Je t'ordonne de rester où tu es et de n'en bouger sous aucun prétexte avant que je ne te le dise.

– Que veux-tu faire?

– Juger de ton obéissance. Tu ne bougeras pas, sinon...

Lentement, très lentement, sans le quitter des yeux, elle ôta l'écharpe de ses épaules, dénoua le ruban de sa chemise et la laissa glisser à terre, puis s'étira voluptueusement en soulevant la masse lustrée de ses cheveux. Campobasso était devenu violet :

– Fiora! implora-t-il.

– Non, tu ne bouges pas!

Sans se hâter, gracieuse et nue, elle alla jusqu'au coffre sur lequel Salvestro avait posé le vin, s'en versa un gobelet et le but à petites gorgées sans cesser de sourire à l'homme qu'elle torturait ainsi. Il tomba à genoux et cria son nom :

– Fiora! Le temps passe! Cesse ce jeu cruel!

– C'est vrai : tu as soif! Attends!... Je vais te faire boire.

Cette fois elle se détourna pour remplir la coupe d'étain mais, en même temps, prit sur le coffre son aumônière dans laquelle elle gardait son parfum ainsi qu'une petite fiole, cadeau de Démétrios, bien entendu, et qui contenait un somnifère dont elle versa deux gouttes. Ses grands cheveux formaient un abri suffisant pour que Campobasso ne vît pas ce qu'elle faisait. Enfin, élevant la coupe entre ses deux mains, elle s'approcha de lui et lui tendit le vin.

– Bois! fit-elle doucement. Pendant ce temps, je vais te déshabiller. Ensuite... nous irons au lit!

Il avala le breuvage d'un trait puis, jetant la coupe, enleva la jeune femme dans ses bras et alla s'effondrer avec elle sur le lit qui protesta. Mais l'effet du somnifère n'était pas assez rapide pour que Fiora évitât l'assaut furieux que son amant lui infligea.

Quand il fut endormi, elle se glissa hors du lit, s'en fut rincer le gobelet avec un peu de vin qu'elle jeta par la fenêtre, en reversa dans le récipient qu'elle posa au chevet et vida le restant du pot au-dehors. La pluie faisait rage et diluerait les traces. Puis elle revint se coucher, but un peu de vin, renversa la coupe sur les draps, et fit semblant de dormir.

Naturellement, quand Salvestro entra pour rappeler son maître au devoir, il fut impossible de le réveiller :

– Il a bu comme une éponge, soupira Fiora. Il est ivre mort!

– Il est surtout ivre de fatigue. Et vous y êtes pour quelque chose... N'importe! Il faut qu'il reparte sinon il est perdu. Aidez-moi à l'habiller!

Détournant les yeux pour ne pas voir Fiora se lever, il commençait déjà à passer les chausses au corps inerte qui émettait des grognements de protestation entre deux ronflements. A eux deux, ils réussirent à l'habiller puis Salvestro alla chercher le sergent qui commandait la petite garnison pour qu'il l'aide à enfermer Campobasso dans son armure. Cachant sa déception, Fiora les regardait faire. Elle découvrait que la pire ruse féminine était impuissante contre le dévouement aveugle d'un vieux serviteur.

Habillé et armé, le condottiere fut hissé et attaché sur un cheval que Salvestro, qui s'était équipé en un clin d'œil, prit par la bride :

– Je vais le reconduire jusqu'à ce qu'il se réveille. S'il faut aller jusqu'à Conflans, j'irai jusqu'à Conflans, dit-il au sergent.

Et, se penchant sur sa selle, il lui glissa quelques mots à l'oreille et quitta le château.

Avec un haussement d'épaules résigné, Fiora retourna se coucher dans son lit taché de vin...

Salvestro revint dans la journée. Campobasso avait repris conscience à l'aube et regagnait son camp à francs étriers, sans rien comprendre à ce qui lui était arrivé.

Cependant son escapade allait avoir, pour son orgueil, de rudes conséquences. Durant cette nuit, du secours était arrivé à Gratien d'Aguerre, le vaillant gouverneur de Conflans, en la personne de Gérard d'Avilliers, gouverneur de la ville frontière de Briey [1] qui venait à son aide avec une partie de ses troupes. Campobasso réussit néanmoins à regagner son camp mais ce fut pour voir arriver sur ses arrières le duc René II en personne, revenu de France avec quatre cents lances (environ deux mille cinq cents hommes) placées sous le commandement de Georges de La Tremoille, qui lança sur lui cette force nouvelle

1. Le dessin des frontières du Luxembourg, de la Lorraine et de la France est alors extrêmement tortueux, avec des poches et des redans qui en rendent l'appréhension assez difficile.

augmentée d'un corps de chevaliers et d'arbalétriers lorrains. Comprenant qu'il allait y laisser la vie, le condottiere se hâta de lever le siège... et essuya l'une des plus terribles colères du duc de Bourgogne. Traité de lâche et d'incapable, Campobasso, la rage au cœur, ne put que courber le dos sous l'orage en jurant qu'il se rattraperait.

Quand la nouvelle en parvint à Pierrefort, Salvestro jeta feu et flammes et Fiora fut un instant en danger :

– Il me tuera peut-être ensuite mais s'il recommence pareille folie pour vous, je jure que je vous étranglerai de mes mains! brailla-t-il en lui mettant sous le nez deux puissantes tenailles velues capables de briser le cou d'un ours mais qu'elle considéra froidement :

– Vous me rendriez peut-être service, fit-elle. Croyez-vous que je puisse aimer ce genre de vie?

Et, haussant les épaules, elle tourna les talons et se dirigea vers la chapelle attenante au logis. Les bâtisseurs du château avaient dû être des gens fort pieux car, outre cette chapelle, un oratoire avait été édifié entre les cuisines et le corps de garde à l'usage des serviteurs et des soldats.

Ce n'était pas la première fois que Fiora entrait dans le petit sanctuaire mal éclairé, lourdement voûté d'ogives dont personne ne prenait soin. Un autel nu, une croix de pierre et, sur les murs, des fresques en partie désagrégées par l'humidité, un vieux banc mangé des vers... c'était tout ce que l'on y voyait. Pourtant la jeune femme aimait à y venir à cause de la qualité de silence qu'elle y trouvait. Et elle restait assise de longues heures sur le vieux banc sans prier – elle en avait perdu l'habitude et n'essayait même pas de la retrouver – les mains nouées sur ses genoux, cherchant à démêler un fil clair dans l'écheveau embrouillé de sa vie naufragée.

Ce brin lumineux auquel, avec obstination, elle s'était accrochée durant tant de jours, c'était l'amour de Philippe mais cela même n'avait plus de sens puisqu'il était marié, ou remarié. Elle n'avait plus le droit de penser à lui et, malgré tout, il était toujours au fond de son cœur, comme la pointe de flèche qu'aucun chirurgien ne saurait arracher sans causer la mort du patient. Et Dieu sait si elle en souffrait parfois! L'espérance qu'elle avait emportée avec elle en quittant Florence s'était éteinte sans parvenir à guérir l'invisible blessure qu'empoisonnait à présent le souvenir de Campobasso et des joies charnelles qu'elle en avait reçues. Que ferait-elle quand le Téméraire aurait reçu son châtiment? Le couvent? A aucun prix! Le souvenir de Santa Lucia renforçait la répulsion qu'elle avait toujours eue pour la vie monastique. Rejoindre Démétrios et continuer avec lui son errance à la recherche du savoir? Cela ne la tentait guère et d'ailleurs Démétrios n'avait pas besoin d'elle. Alors... mourir serait peut-être la meilleure solution, mais à condition que cette mort vînt la prendre sous le ciel de Florence afin que ses cendres pussent reposer dans la terre même qui recouvrait le corps du seul homme qui l'eût aimée vraiment et sans rien demander en échange: Francesco Beltrami... son père. Quant à Campobasso, jamais plus il ne la toucherait, dût-elle se tuer si c'était la seule façon de l'éviter.

Cette décision, elle la changea en serment quand on apprit ce qui s'était passé à Briey tandis que le duc Charles, à la tête du gros de son armée, descendait vers le sud pour contourner Nancy et s'attaquer à Épinal. Campobasso chargé de réduire la ville frontière s'y était attaqué avec la rage et la fureur nées de son humiliation. Briey n'avait pour garnison que quatre-vingts Allemands et ses habitants, plus la troupe que lui avait laissée René II avant de repartir quêter d'autres soldats car, ayant conscience de la faiblesse de son armée, il l'avait répartie dans ses villes principales avant de s'éloigner. L'artillerie non plus n'était pas fameuse: trois ou quatre pièces. Le condottiere avec ses six mille hommes l'emporta sans beaucoup de peine mais il se souvenait de l'aide que Gérard d'Avilliers, le gouverneur, avait apportée à Conflans. Une fois entré dans la ville qui s'était défendue courageusement et que ses soudards mettaient au pillage, il fit pendre à des arbres tous les soldats de la garnison sous les yeux de leurs chefs et surtout de Gérard d'Avilliers dont un bras avait été emporté par un boulet de canon. L'horreur submergeait la Lorraine en ce mois d'octobre tandis que le Téméraire, qui avait tourné la capitale par Custines et la Neuveville, ravageait le sud du duché qu'il voulait s'assurer avant d'attaquer Nancy. Toute la Lorraine en criait vers le ciel tandis que son peuple essayait de fuir la férocité des vainqueurs.

Du haut des remparts de Pierrefort, Fiora pouvait voir des files de paysans misérables, n'ayant plus ni toit ni foyer, traînant avec eux des enfants et des vieillards, des blessés aussi et se cherchant au moins un abri contre cette pluie qui ne cessait pas et qui grossissait rivières et ruisseaux. Certains venaient vers le château, suppliant qu'on voulût bien leur ouvrir et les secourir mais Salvestro était impitoyable et les chassait à coups de pierres et de flèches, sans se soucier de la fureur écœurée de Fiora.

– Quelle sorte de mère t'a porté, vieux misérable! lui jeta-t-elle à la face devant ses archers. Même les loups ne tuent que s'ils ont faim. Toi et ton ignoble maître, vous tuez par plaisir parce que vous vous croyez à l'abri du châtiment...

– Mon ignoble maître? Tu ne le trouves pas si affreux quand il te baise, sale petite putain florentine. Je sais quelle chanson tu chantes quand il te couvre. Et il y reviendra encore!

– Jamais, tu entends? Jamais plus il ne me touchera. Sur le salut de mon âme!

– Ton âme? ricana le vieux. Il ne lui reste plus grand-chose à perdre! Celle d'une coureuse de routes, d'une espionne prête à faire n'importe quoi. Ote-toi de là avant que je ne perde patience.

Alors, à toute volée, elle le gifla puis lui cracha au visage avant de s'enfuir en courant, poursuivie par la voix rauque de fureur de Salvestro :

– Il va venir! Il va venir bientôt, celui qui est ton maître et le mien, et je saurai quoi lui dire!

Haussant les épaules, elle courut s'enfermer dans sa chambre mais elle passa d'abord par la cuisine où elle rafla un couteau, bien décidée à s'en servir contre quiconque l'attaquerait et, s'il n'y avait plus d'espoir, contre elle-même.

Mais Campobasso ne revint pas... Ce qui vint, par un matin chargé de brume des premiers jours de novembre, ce fut, sous la bannière de Bourgogne, une troupe de cavaliers escortant un officier déjà âgé, à la mine hautaine, devant lequel il fallut bien ouvrir les portes quand il eut crié :

– De par Monseigneur Charles, prince et duc de Bourgogne, comte de Charolais, moi, Olivier de La Marche, chevalier de l'honorable ordre de la Toison d'or et capitaine des gardes de mondit seigneur le duc, vous somme d'ouvrir à notre requête l'accès de ce château!

Rassemblant en hâte un piquet d'honneur et passant son meilleur tabard, Salvestro fit abaisser le pont et lever la herse. Aussitôt les cavaliers s'engouffrèrent et s'avancèrent jusqu'au milieu de la cour.

– J'ai à parler, dit le chef, à celui qui commande cette place.

– C'est moi, monseigneur. Salvestro da Canale, écuyer de Mgr le comte de Campobasso et tout à votre service.

– Je l'entends bien ainsi. Vous devez me remettre une femme, une certaine Fiora Beltrami. Elle est bien ici?

– Certes... mais j'ai reçu ordre de veiller sur elle et de la garder par-devers moi tant que mon maître ne me donnera pas ordre de la libérer.

Le capitaine se pencha et, sans effort apparent, saisit Salvestro par le col de sa tunique et le souleva de terre :

– Moi, c'est au duc de Bourgogne que j'obéis et il m'a commandé de quérir cette femme et de la lui amener! As-tu entendu?

– Il a très bien entendu, coupa la voix froide de Fiora qui s'avança de quelques pas hors du logis. Je suis Fiora Beltrami. Que me voulez-vous?

Sans songer à cacher sa surprise en face de cette mince jeune femme à l'allure fière et toute de noir vêtue qui posait sur lui le calme regard des plus grands yeux qu'il ait jamais vus, Olivier de La Marche baissa involontairement le ton pour déclarer :

– J'ai ordre de vous arrêter et de vous conduire par-devers mon maître.

– M'arrêter ? Ai-je donc commis quelque crime ?

– Je l'ignore. Êtes-vous prête à me suivre de bon gré ?

– Et même avec plaisir ! fit-elle avec un étroit sourire dont elle adressa la fin à Salvestro qui luttait visiblement contre une colère. Puis-je emporter ce qui m'appartient ? C'est peu de chose, d'ailleurs.

– Sans doute. Un de mes hommes va vous assister. Pendant ce temps j'entends qu'on amène ici un cheval tout sellé.

Un moment plus tard, Fiora revenait, enveloppée de sa mante noire et suivie d'un soldat qui portait son léger bagage. Un cheval attendait. Elle se dirigea vers lui mais le capitaine qui avait mis pied à terre s'interposa. Il tenait à la main une cordelette :

– Je dois vous attacher. Si vous promettez de ne pas tenter de vous échapper, je lierai vos mains devant vous...

– Ah !... C'est à ce point ?

– Oui.

– Bien... De toute façon, soupira-t-elle, je vous ai dit que j'étais heureuse de quitter cette prison.

– Même si une autre vous attend ?

– Quelle qu'elle soit, je suis certaine de m'y plaire davantage.

Ses poignets une fois liés, on l'aida à enfourcher son cheval et l'officier disposa même son manteau autour d'elle, rabattant le capuchon sur sa tête pour la garantir de la pluie. Puis, remontant en selle, il prit la bride du cheval de la jeune femme qu'il passa au-dessus de son gantelet.

– Avez-vous le droit de me dire où vous me conduisez ?

demanda Fiora tandis que, côte à côte avec La Marche, elle franchissait la porterie de Pierrefort.

– Il n'y a là aucun secret. Je vous conduis devant Nancy au camp de Monseigneur le duc. Nous y serons ce soir.

– Alors, tout est bien ainsi.

Sous l'abri de la capuche, elle se permit un sourire. Tout valait mieux que demeurer la captive de Campobasso, même si cela signifiait l'échec de sa mission. Elle allait enfin approcher ce prince fabuleux dont ses amis ne disaient jamais assez de bien et ses ennemis jamais assez de mal, ce Charles le Hardi ou le Téméraire auquel Philippe de Selongey était enchaîné par son serment de chevalier de la Toison d'or et sa foi féodale... cet homme enfin que Démétrios et elle-même avaient juré de tuer. Et voilà qu'elle était à présent sa prisonnière et que c'était lui qui, peut-être, la ferait mourir. Mais, au fond, c'était sans importance... à condition, toutefois, que le destin ne la remît pas en présence de Philippe... Il ne fallait pas que la blessure secrète se remît à saigner si elle voulait affronter la mort d'un front serein.

CHAPITRE X

DEVANT NANCY...

Des hauteurs du village de Laxou, Fiora vit s'étendre à ses pieds deux villes. L'une, faite de tentes aux couleurs vives surmontées de flammes aux teintes assorties, disposées autour d'une bâtisse à demi écroulée entre de minces tours pointues; l'autre, couronnée de fumées, dressait ses remparts et ses tours, défendus par des fossés et des ouvrages de terre. Rangés en ligne devant l'une et sur les murailles de l'autre, des canons tiraient dont le vacarme s'accompagnait de cris. Des hommes s'agitaient de part et d'autre. En dépit du temps gris, on voyait briller les armes et les cuirasses. Des hommes tombaient sur les parapets des tranchées creusées devant la ville de toile et sur les boulevards[1] de la ville de pierre dans laquelle on pouvait voir flamber, avec de hautes flammes rouges et des nuages de fumée noire, ce qui devait être une maison...

Nancy n'était pas une très grande ville. Cinq à six mille habitants vivaient dans ce quadrilatère long d'environ six cents mètres sur quatre cents, mais c'était tout de même la capitale du duché de Lorraine et une noble ville pour la défense de laquelle ses princes avaient édifié de hauts murs dont de grands hourds de bois protégeaient les cré-

1. Ces boulevards se présentaient comme de grosses masses de terre reposant sur des estacades de pieux de chênes disposés en quinconces. Ils étaient destinés à renforcer les postes de guet.

neaux. Peu de tours cependant : en dehors de celles, jumelles, qui défendaient la porte de la Craffe – celle du nord – et la porte Saint-Nicolas – celle du sud – et les deux poternes, celle que l'on appelait Sarate et la poterne Saint-Jean, quatre tours seulement : celle du Vannier au nord-est, celle de Sar au nord-est ; celle du Terreau, plein ouest, et enfin la grande tour, véritable donjon qui commandait, au sud-est, la route vers la commanderie Saint-Jean. Plus, bien sûr, celles qui défendaient le palais ducal sur le long côté est regardant vers la Meurthe.

Cinquante ans plus tôt, le duc Charles II, conscient des progrès de l'artillerie et du fait que les vieilles murailles droites et les fossés ne formaient plus pour sa ville une défense suffisante, avait ordonné, pour éloigner l'ennemi de la base des remparts et protéger les portes tout en permettant des sorties, la construction de ces « bellewarts » – ou boulevards. On avait renforcé les loges de guet et, un peu plus tard, le duc Jean II avait érigé les tours jumelles à poivrières d'ardoise qui défendaient la porte de la Craffe [1]. Et telle qu'elle était, la capitale lorraine résistait fièrement aux assauts de l'armée bourguignonne... Une armée qui, cependant, grâce à des contingents luxembourgeois, comtois, savoyards et anglais, était redevenue puissante et redoutable et qui, de Metz [2] par le nord ou de Franche-Comté par le sud, pouvait recevoir aide et ravitaillement, ce qui n'était pas le cas de la cité investie : dès le début du siège, Campobasso avait capturé les troupeaux qui paissaient hors des murs. Combien de temps, dans ces conditions et par cet automne froid et pluvieux, Nancy résisterait-elle ?

Apparemment insoucieux de la canonnade, Olivier de La Marche dirigea sa prisonnière vers l'immense camp et traversa les divers quartiers où travaillaient nombre de corps de métiers : armuriers, charrons, bourreliers, charpentiers, couteliers, boulangers, bouchers et même un apo-

1. La seule qui existe encore.
2. L'évêque de Metz était l'allié au Téméraire.

thicaire. Une armée, c'était alors un gros bourg où ne manquaient ni les tavernes ni les ribaudes dont le campement se trouvait un peu à l'écart sur les bords de l'étang Saint-Jean. Le duc Charles en avait réduit le nombre à trente par compagnie mais cela faisait encore pas mal de monde.

Avec la tombée du jour – et le jour baissait vite par ce novembre maussade – les bouches à feu cessèrent de tirer. Les assaillants regagnèrent leur camp en rapportant leurs blessés, ceux tout au moins qui n'étaient pas au-delà de tout secours humain. Dans la cité assiégée, les cloches de Saint-Epvre et de Saint-Georges sonnèrent l'Angélus et, d'un côté comme de l'autre, les têtes se découvrirent tandis que l'on s'immobilisait pour une courte prière. L'escorte de Fiora fit de même... Enfin, passé les anciennes fortifications de la vieille commanderie des chevaliers de Saint-Jean de Jérusalem, qui se trouvaient à environ douze cents mètres des remparts, on découvrit, gardé militairement, un groupe de tentes fastueuses rangées autour de la plus grande, un immense tref pourpre dont la pointe centrale était surmontée d'une bulle d'or couronnée. Une grande bannière violet, noir et argent était plantée tout auprès et un peuple d'écuyers, de valets et de pages habillés aux armes de Bourgogne s'agitait autour. Les autres tentes portaient les armes du duc de Clèves, du prince de Tarente, de divers ambassadeurs et de nombreux chevaliers de la Toison d'or mais celle qui était la plus proche du logis ducal était un peu plus grande que les autres, d'une riche teinte violette surmontée d'une croix d'or et abritait le légat du pape, Alessandro Nanni, évêque de Forli.

Toutes ces habitations provisoires, dont certaines auraient pu rivaliser avec de vraies maisons pour la solidité et l'élégance, étaient, à cette heure, pleines d'activité cependant que dans les bâtiments encore debout de la commanderie, les cuisiniers poussaient leurs feux sous les rôtis et les ragoûts dont les parfums épicés emplissaient l'air. Cela donnait lieu à un joyeux brouhaha grâce auquel on pouvait oublier un peu que l'on était en guerre...

L'apparition du capitaine des gardes menant en bride une belle jeune femme vêtue de noir aux poignets entravés suscita plus que de l'intérêt mais, apparemment sourd et insensible aux appels et aux questions de ses compagnons d'armes, Olivier de La Marche poursuivit son chemin sans même tourner la tête. Fiora, elle non plus, ne regardait rien ni personne. Très droite sur son cheval, elle avait l'attitude hautaine d'une reine captive et ne vit pas, à quelques pas d'elle, deux chevaliers dont l'un aidait l'autre à se débarrasser d'un heaume cabossé. Une immense stupeur figea un instant le visage du premier qui, du coup, arracha le casque un peu trop vite :

– Doucement, s'il te plaît! protesta Philippe de Selongey. Tu as failli m'arracher le nez!

– Regarde!... et dis-moi si, par hasard, je n'aurais pas des visions?

De son bras tendu, Mathieu de Prame désignait les deux cavaliers qui se dirigeaient vers la tente du duc. Sous son hâle Philippe rougit brusquement.

– Ce n'est pas possible! Cela ne peut pas être elle? murmura-t-il. Si elle était encore vivante, que ferait-elle ici? Et prisonnière?

– Je ne sais pas. Mais crois-tu que pareille ressemblance soit possible? J'aurais cru cette beauté unique...

– Il faut savoir!

Philippe s'élança, mais déjà La Marche et sa captive avaient mis pied à terre devant la demeure ducale où veillaient des gardes et étaient entrés. Les lances se croisèrent silencieusement devant Selongey quand il voulut pénétrer à son tour.

– Je veux entrer! protesta-t-il. Il faut je voie Monseigneur le duc sur l'heure!

– Impossible! Messire Olivier vient de donner ordre de ne laisser passer quiconque après lui.

– Mais enfin, cette femme qui vient de pénétrer avec lui les mains liées, qui est-elle?

– Je l'ignore...

Avec fureur, Selongey arracha son gantelet et le jeta à terre. Prame, qui l'avait rejoint, s'efforça de l'apaiser :

– Calme-toi! La colère ne te servirait à rien. Il suffit d'attendre qu'elle sorte... Le duc ne va pas la garder éternellement chez lui...

– Tu as raison... Attendons!

Et tous deux allèrent s'asseoir sur le tronc d'un des nombreux arbres qui avaient été abattus...

Pendant ce temps Fiora, après avoir attendu quelques instants seule dans une sorte d'antichambre tendue de velours pourpre, accédait, toujours guidée par le capitaine des gardes, à une pièce somptueuse, tendue d'une toile entièrement brodée d'or qui brillait comme une mitre d'évêque. Au milieu, éclairé par un candélabre où brûlaient une profusion de cierges, et par des lampes de cristal, une sorte de trône se dressait sous un baldaquin de pourpre frappé des armes de Bourgogne. Sur ce trône, un homme était assis que Fiora reconnut aussitôt pour l'avoir entendu décrit par sa nourrice : « Il a le visage large et coloré au menton puissant, aux yeux sombres et dominateurs. Ses cheveux sont noirs et drus... » Cet homme, c'était le Téméraire.

Il portait une longue robe de velours rouge ceinturée d'or, réchauffée d'un collet d'hermine sur lequel s'étalait le collier de la Toison d'or. A son bonnet de même velours brillait un joyau étrange et fascinant : une aigrette de diamants retenue par un petit carquois fait de perles et de rubis, et la prisonnière pensa qu'il ressemblait à l'un de ces princes de légendes dont son père lui contait les belles histoires quand elle était enfant. Très certainement l'empereur n'était pas plus imposant que lui. Cependant, elle n'en eut pas peur et même elle eut un peu envie de rire en pensant que, depuis des mois, elle rêvait d'abattre cet homme défendu par une armée de gardes et une autre de serviteurs, plus encore que par sa propre légende. Elle, simple fille sans aucune puissance, et son ami Démétrios, un médecin grec vieillissant, ils avaient juré de tuer le Grand Duc d'Occident sans même savoir s'ils pourraient un jour l'approcher... Et voilà qu'elle était devant lui, mais captive, liée de cordes et que, sans doute, elle ne vivrait pas assez pour voir se lever la prochaine aurore, car ce visage sombre, ces yeux chargés d'éclairs qui la considéraient en silence n'auguraient rien de bon. Mais elle n'avait toujours pas peur.

– Ainsi, dit-il enfin d'une voix grave et sonore qui aurait pu être celle d'un chanteur, ainsi tu es la fille pour laquelle un de mes meilleurs capitaines oublie ses devoirs et abandonne son poste devant une ville assiégée? D'où sors-tu donc pour ne pas savoir que l'on s'incline devant un prince?

– Une femme ne s'incline pas, monseigneur, et je ne saurais saluer comme il convient avec les mains liées. Je cherche d'ailleurs, depuis que l'on m'est venu chercher, la raison de ceci, ajouta-t-elle en élevant ses poignets entravés. Je n'ai, que je sache, tué ni volé personne?

– Tu es une espionne au service de mon beau cousin, le roi Louis de France. C'est pire à mes yeux.

– Vraiment? N'ai-je pas entendu dire qu'une trêve de neuf années avait été signée à Soleuvre entre le roi et Votre Seigneurie? Je pensais qu'il était possible de voyager à son aise dès l'instant où les armes se sont tues?

– Ici elles parlent encore. Ainsi, tu as eu fantaisie de visiter les frontières et singulièrement une ville où, comme par hasard, était concentrée une grande partie de notre armée?

– J'ai eu le désir de rencontrer le seul cousin qui me reste, oui monseigneur.

– Cousin! Campobasso est ton cousin?

– Je ne vois pas en quoi, dit Fiora avec un demi-sourire, ce lien de parenté peut offenser le puissant duc de Bourgogne. Et puisque nous parlons d'offense, j'aimerais,

Monseigneur, que vous cessiez de me tutoyer. Je suis de bonne naissance et le roi Louis que j'ai rencontré, en effet, m'a toujours parlé avec déférence. Je n'ai pas entendu dire que Sa Majesté soit de moins bonne maison que Votre Seigneurie.

Devant l'audace de cette femme dont les grands yeux gris le considéraient avec une ironique insolence, la colère de Charles éclata. Le visage soudain aussi rouge que sa robe, il se dressa debout et ordonna :

– La Marche! Obligez cette femme à s'agenouiller devant nous et faites-lui comprendre que sa vie ne tient qu'à un fil. Elle a tout intérêt à cesser d'exciter ainsi notre colère!

Sans un mot, le capitaine des gardes vint derrière Fiora et pesa sur ses épaules jusqu'à ce que ses genoux plient. Ils tombèrent assez rudement sur le tapis mais la jeune femme ne baissa pas la tête pour autant.

– Il eût été plus simple, dit-elle, de me délier les mains. Vous auriez pu constater alors, monseigneur, que je sais saluer un prince comme il convient de le faire. Un geste obtenu par force n'a jamais été signe de respect... Cela dit, faites-moi exécuter si cela peut vous satisfaire.

Ce tranquille courage éteignit la fureur de Charles. C'était, en effet, de toutes les vertus, celle qu'il appréciait le plus :

– Vous ne craignez pas la mort?

– Pourquoi la craindrais-je? La vie ne m'a rien apporté qui mérite d'être regretté.

Le Téméraire s'approcha et se pencha un peu pour scruter les profondeurs de ce regard qui ne fuyait pas le sien. Soudain, il tira de sa ceinture une dague dont la poignée d'or était enrichie de pierreries et en appuya la pointe sur le cou de la jeune femme :

– Je vous accorde le temps de dire une prière!

– C'est inutile, murmura Fiora. Dieu n'a rien à me pardonner car je ne crois pas l'avoir jamais offensé gravement. Lui, en revanche, s'est plu à me faire souffrir. S'il consent à entendre de moi une prière, qu'il me réunisse à mon père assassiné!

Elle ferma les yeux, attendant que l'arme s'enfonce mais déjà elle s'éloignait. D'un geste vif, le duc trancha les cordes qui liaient les mains de la jeune femme :

– Je crois, pardieu, que vous dites vrai, fit-il d'une voix sombre. Vous n'avez pas peur... Sors, La Marche! Et vous, relevez-vous!

Mais Fiora n'eut pas le temps d'exécuter cet ordre : Campobasso venait de faire irruption dans la pièce. Il vit Fiora à genoux et le duc, un poignard à la main :

– Monseigneur! cria-t-il. Pour l'amour de Dieu ne touchez pas à cette jeune femme! Je l'aime et je veux l'épouser!

Il se précipitait vers Fiora, la relevait et, passant un bras autour de ses épaules, il reprit :

– Ne la rendez pas responsable des fautes que j'ai pu commettre, mon prince! Sans bien s'en rendre compte, elle a allumé en moi un feu dévorant qui ne me laisse ni trêve ni repos. Je ne peux plus vivre sans elle et...

– Dehors! hurla le duc. Qui t'a donné l'audace d'entrer ici sans y être appelé? Où sont mes gardes?... La Marche!

– Non, n'appelez pas, Monseigneur! pria Campobasso avec un regard douloureux à Fiora qui l'avait repoussé. Je ne cherche en rien à offenser Votre Seigneurie mais on m'a dit que vous aviez fait conduire ici donna Fiora et à la pensée qu'elle était livrée sans défense à votre colère...

– Sans défense? Je trouve, moi, qu'elle s'en tire fort bien? Qui t'a prévenu?

– Mon écuyer, Salvestro da Canale, que j'avais chargé de la garder en mon château de Pierrefort. Il a suivi l'escorte qui l'amenait ici. Ne me la prenez pas, Monseigneur, je vous en conjure, car elle ne mérite pas l'irritation où je vous vois. Comprenez! Nous sommes l'un à l'autre, nous nous aimons et il ne manque, à notre bonheur, que la permission de notre prince et la bénédiction...

– Et pourquoi pas ma permission à moi? claironna une

voix furieuse dont le son fit manquer un battement au cœur de Fiora. Mal contenu par Olivier de La Marche et un page qui faisaient de courageux efforts pour le maîtriser, Philippe de Selongey venait de faire irruption à son tour dans la tente ducale. Le visage du duc devint couleur de brique :

– Selongey maintenant ? gronda-t-il. Ah ça, mais on entre ici comme dans un moulin ! Que venez-vous faire ici ? Sortez !

Au lieu d'obéir, Philippe mit un genou en terre mais sans baisser la tête et sans perdre un pouce de sa fierté :

– Je demande excuse, monseigneur, pour ce manquement à l'étiquette ! Votre Seigneurie me connaît : elle sait combien je lui suis fidèle et attaché mais il fallait que je vienne et je n'ai pas pu m'en empêcher quand j'ai vu ce reître forcer votre porte...

– Personne apparemment n'aurait pu vous en empêcher ! J'attends à présent que vous me disiez ce que vous venez faire ici. Avez-vous cru – et ce serait une bonne excuse – que Campobasso en voulait à notre vie ?

– Non, monseigneur. Je viens réclamer ce qui m'appartient. Cette jeune dame est ma femme !

Un boulet tombant au milieu de la tente princière n'eût pas causé surprise aussi grande. Le duc considéra un instant chacun des trois personnages de cette étrange scène avec un regard qui ne présageait rien de bon puis retourna, plus sombre que jamais, siéger sur son trône. Campobasso réagit le premier. Tirant son épée, il voulut se jeter sur Philippe qui se relevait sur un geste du duc :

– Par tous les diables de l'enfer, tu mens, misérable ! Mais tu ne me la prendras pas...

– Assez ! cria le duc et déjà Olivier de La Marche avait bondi sur le condottiere et lui arrachait son épée cependant que son maître reprenait : On n'assassine pas, chez moi ! Pour avoir osé dégainer devant moi, vous devriez être puni, comte de Campobasso ! Retirez-vous !

– Mais, monseigneur...

– Ne m'obligez pas à répéter si vous voulez éviter la honte d'être jeté dehors!... Et maintenant Selongey à nous deux! Faites très attention à ce que vous allez dire car il n'a jamais été permis à quiconque de se moquer de moi et moins encore à ceux qui sont dans ma faveur.

– Dieu me garde de jamais vous déplaire, mon prince. Depuis l'enfance je suis votre féal et je mourrai avant d'avoir usé à votre encontre d'une ironie qui serait sacrilège à mes yeux.

– Je te crois, Philippe! En ce cas, réponds sans crainte: tu prétends que cette femme est tienne?

– Je l'ai épousée à Florence où vous m'aviez envoyé auprès des Médicis, en février dernier. Son père, Francesco Beltrami, était alors l'un des deux ou trois hommes les plus riches et les plus puissants de la ville. Nous nous sommes mariés...

– Afin de pouvoir offrir au trésor de guerre de Votre Seigneurie les cent mille florins d'or qui constituaient ma dot et que les Fugger d'Augsbourg vous ont versés! coupa Fiora enfin parvenue à maîtriser l'émotion ressentie quand Philippe était apparu devant elle, tellement semblable au souvenir qu'elle en gardait et pourtant différent.

Cela tenait peut-être à cette armure qu'il portait avec aisance et qu'elle ne lui avait jamais vue, à ces cheveux plus courts, à ces traits creusés par la fatigue, à cette petite cicatrice qui entaillait sa joue mais son cœur avait bondi vers lui et la blessure secrète saignait à nouveau en dépit de la joie fugitive éprouvée lorsqu'il avait revendiqué son titre d'époux. Une joie qui s'était vite effacée. Reniée et abandonnée jadis, trompée à présent puisqu'une autre femme portait son nom, Fiora appela sa rancune au secours de ce cœur trop faible.

– Certes, admit Selongey, et je n'ai pas caché à votre père l'usage auquel je destinais cette somme importante mais je vous ai épousée pour une autre raison, Fiora. Souvenez-vous!

– N'allez pas prétendre aujourd'hui que vous m'aimiez

alors que vous ne vouliez de moi qu'une seule nuit? Vous m'avez abandonnée sans esprit de retour au lendemain de nos noces pour revenir à la seule femme que vous aimiez réellement et que vous avez dû épouser dès que vous m'avez crue morte. En admettant que vous ne l'eussiez point épousée avant?...

– Une autre femme? Moi j'ai épousé quelqu'un d'autre? Moi, Philippe de Selongey, chevalier de la Toison d'or, je serais bigame?

– Je ne vois pas d'autre terme à employer. Ou alors expliquez-moi qui est cette Béatrice qui règne en votre château de Selongey. On m'a appris là-bas qu'elle en était la dame...

– Béatrice? s'écria Philippe. Elle est encore là?

– Et pourquoi donc n'y serait-elle pas si elle est chez elle?

Selongey se mit à rire de bon cœur, une petite flamme de gaieté soudain allumée dans ses yeux noisette.

– Je la croyais rentrée depuis longtemps chez ses parents. Sachez qu'elle est ma belle-sœur et rien de plus.

– Quand dites-vous la vérité et quand mentez-vous? Une belle-sœur, cela suppose au moins un frère et vous avez dit à mon père que vous n'aviez aucune famille.

– Et c'était vrai. Mon frère aîné, Amaury, a été tué à la bataille de Montlhéry, il y a dix ans. Sa veuve espérait, je ne vous le cache pas, que je l'épouserais, ainsi que cela se fait assez couramment dans nos familles. Mais je n'ai jamais pu me résoudre à prendre pour femme qui je n'aimais pas. Vous, Fiora... je vous aimais.

– Vous m'aimiez... et cependant vous êtes parti sans me laisser l'espoir de vous revoir un jour.

– Je suis revenu pourtant et ce fut pour apprendre quelle catastrophe s'était abattue sur vous. On vous disait morte. Je n'avais aucune raison d'en douter.

– Philippe! ... Mon Dieu... je vous ai tant haï!

A la fois bouleversée et envahie d'une joie presque trop forte après tout ce qu'elle avait enduré, Fiora, oubliant la présence du prince, tendait déjà les mains vers son amour retrouvé et Philippe allait peut-être s'élancer vers elle quand la voix froide du Téméraire, qui les observait en silence, les cloua sur place.

– C'est une belle histoire sans doute mais puisque, Madame, vous avez l'honneur d'être la comtesse de Selongey, voulez-vous m'expliquer comment il se fait que vous soyez aussi la maîtresse du comte de Campobasso et une maîtresse assez ardemment aimée pour qu'il souhaite l'épouser lui-même?

Comme s'ils s'éveillaient d'un songe, ils se tournèrent vers lui du même mouvement automatique. La joyeuse lumière du bonheur vacilla et s'éteignit dans l'âme de Fiora comme elle venait de s'éteindre dans les yeux de Philippe; la jeune femme comprit que ce prince, qui les dominait de sa splendeur quasi barbare, allait tout faire pour lui arracher l'homme qu'elle aimait et elle se prépara à combattre.

– N'ayant plus personne au monde, pourquoi n'aurais-je pas recherché le seul parent qui me restât, même si ce n'était qu'un lointain cousin? fit-elle calmement.

– Et votre hâte était si grande que vous n'avez pas hésité à venir le trouver à Thionville, au milieu de nos armées? Comment saviez-vous où il était?

– Il suffisait de savoir où se situaient ces armées. Les faits et gestes d'un aussi grand prince que Votre Seigneurie sont vite connus. En allant vers l'endroit où résidait le duc de Bourgogne, on pouvait espérer rencontrer l'un de ses principaux capitaines. Il n'était que d'interroger en chemin...

– Et l'idée de rejoindre celui que vous aviez épousé ne vous effleurait pas?

– J'ai déjà dit que je ne croyais plus à la réalité de notre mariage. D'ailleurs... je pensais qu'il n'était plus de ce monde. Il avait assuré à mon père que, pour effacer la mésalliance dont il marquait son nom en le donnant à la fille... d'un marchand, il espérait trouver au combat une mort honorable...

Le duc se tourna vers Philippe qui, le regard au loin, avait écouté sans rien dire, aussi froid que son armure.

– Est-ce vrai ?

– Que je voulais mourir ? Oui, monseigneur mais j'avais présumé de mes forces et surtout je n'avais pas prévu que j'aimerais autant. Au lendemain de notre mariage, je savais déjà que je n'accepterais pas de ne plus la revoir et qu'il faudrait qu'un jour ou l'autre je revienne...

Il parlait comme du fond d'un rêve, de cette étrange voix blanche et détachée de ceux que Démétrios soumettait à son pouvoir hypnotique. Fiora voulut aller vers lui mais un geste impérieux du Téméraire l'en empêcha.

– Vous m'aimiez donc vraiment, Philippe ? Pourquoi n'avoir rien dit ? Pourquoi être parti sans un mot, sans...

– Assez ! s'écria le duc. Je ne vous ai pas autorisée à parler au comte de Selongey. Dites-moi plutôt d'où vous veniez quand vous avez atteint Thionville ?

– De France, bien entendu. Après la mort de mon père j'ai rejoint à Paris messer Agnolo Nardi, son frère de lait qui tient rue des Lombards le comptoir et la banque Beltrami...

– Des marchands ! Des boutiquiers ! fit le duc avec un écrasant dédain. Voilà ce que vous avez épousé, Philippe de Selongey, vous dont les ancêtres étaient aux croisades ! La fille est belle, j'en conviens, mais il en est d'autres...

– Ces autres vous apportent-elles en mariage cent mille florins d'or ? gronda Fiora souffletée par ce mépris. Chez nous, la noblesse tient à honneur de contribuer à la richesse de l'État en menant de grandes affaires et plus d'une Florentine a épousé un prince.

– Baissez le ton, s'il vous plaît ! Vous n'êtes pas ici devant l'un de ces Médicis nés à l'ombre d'un comptoir ! En outre, vous oubliez un peu facilement que vous avez été dénoncée comme étant une espionne de Louis XI chargée par lui de séduire Campobasso... et que vous avez scrupuleusement accompli votre mission. Nierez-vous qu'au soir même de votre arrivée chez votre « cousin » vous l'avez accueilli dans votre lit ? Nierez-vous que durant trois jours et trois nuits les portes de votre chambre ne se sont point ouvertes ? Nierez-vous qu'il vous a fait conduire à son château de Pierrefort où, pour coucher encore avec vous, il a abandonné son poste devant Conflans ? Tout à l'heure encore, n'était-il pas à cette même place, prêt à se traîner à genoux pour que je vous rende à lui et lui accorde de vous épouser ? « Nous nous aimons, disait-il. Nous sommes l'un à l'autre »... Que vous faut-il de plus ? Dois-je l'appeler pour qu'il nous conte ici, par le menu, ce que furent ces jours et ces nuits de Thionville ?

Brusquement, Selongey perdit son immobilité de statue et plia un genou :

– Avec votre permission, monseigneur, je me retirerai.

Et sans attendre son congé, il tourna les talons et quitta la tente. Sa figure était celle d'un homme que l'on vient de frapper à mort. Fiora, envahie par le désespoir, le regarda sortir mais ses yeux étaient secs. Pour rien au monde, elle ne laisserait voir sa souffrance à cet homme féroce qui attendait sans doute des cris, des pleurs et des supplications mais pas ce silence atterré qui changeait la jeune femme en statue. Quand Philippe eut disparu, elle se tourna vers le duc, très droite dans sa longue robe noire et leva vers sa splendeur pourpre ses yeux aussi gris que le ciel d'hiver :

– Il semblerait, monseigneur, qu'il fasse meilleur servir un prince né derrière un comptoir que le Grand Duc d'Occident. Votre Altesse déteste sans doute messire de Selongey ?

– Lui ? Il a notre estime et notre amitié.

– C'est l'évidence même. Que serait-ce si vous le haïssiez ?

– Ne vous flattez pas trop. Il préférera souffrir que

vivre aussi publiquement bafoué. L'adultère, chez nous, est puni de mort.

– Sauf quand il est princier, si j'en crois la légende du père de Votre Seigneurie. Eh bien, faites-moi exécuter : cela arrangera tout.

– Et serait d'un bon exemple car je hais l'adultère et vous me faites horreur, si belle que vous soyez! Nous verrons la suite à donner à ceci. Pour l'instant, vous allez rester dans ce camp sous bonne garde. Ceux qui veilleront sur vous m'en répondront sur leur tête car je ne vous permettrai pas d'échapper au sort que vous méritez. Mais pour l'heure, nous avons une ville à prendre... Soyez cependant certaine que nous ne vous oublierons pas!

Remise à nouveau au seigneur de La Marche, elle allait sortir quand le Téméraire l'arrêta :

– Un instant! Avant que de vous rendre en France, aviez-vous déjà quitté Florence?

– Non, monseigneur. Jamais...

– Bizarre!... Il me semble pourtant vous avoir déjà vue... il y a fort longtemps...

– On dit qu'en ce bas monde nous avons tous un sosie, Votre Seigneurie aura rencontré une femme qui me ressemble... Dans une rue peut-être?... Ou dans quelque marché? Ou derrière un comptoir?...

Haussant les épaules, il lui fit signe de sortir. Alors sans incliner la tête si peu que ce soit, elle lui offrit la plus gracieuse et la plus parfaite des révérences puis quitta le pavillon ducal environnée de gardes. La nuit était venue mais les entours du grand tref étaient éclairés par de nombreuses torches et de larges feux près desquels se chauffaient les hommes étaient allumés un peu partout.

Quand Fiora apparut au-dehors, Campobasso, qui attendait sur ce même tronc d'arbre où s'étaient assis tout à l'heure Philippe et Mathieu, s'élança vers elle mais La Marche l'écarta :

– Éloignez-vous! Les ordres de Monseigneur le duc sont formels : aucun entretien n'est permis...

– Où la conduisez-vous?

– Ici près, mais ceux qui seront chargés de veiller sur elle en répondront sur leur vie... Il vous est interdit de l'approcher.

Le condottiere recula comme si on l'avait frappé : Fiora était passée devant lui sans même lui accorder un regard. Alors il voulut s'élancer vers l'intérieur du pavillon mais, prévoyant son geste, les gardes avaient déjà croisé leurs lances... Fou de rage, il les insulta sans réussir à troubler leur impassibilité, ce que voyant il s'élança sur les traces de l'escorte afin d'apprendre au moins où l'on conduisait celle qu'il aimait.

Il n'alla pas loin. Derrière le grand tref pourpre, des tentes beaucoup moins spacieuses étaient attribuées à certains des officiers de la maison ducale. Ce fut dans l'une de celles-ci, laissée libre par la mort récente de son propriétaire, que La Marche fit entrer sa prisonnière, éclairant d'une torche prise au-dehors un intérieur assez confortable où se voyaient un lit de camp garni de coussins et de couvertures, deux coffres dont l'un contenait des ustensiles de toilette, un grand chandelier de fer, un brasero éteint et un tapis posé sur le plancher qui isolait la tente de l'herbe rase sur laquelle on l'avait plantée. Une provision de bois attendait contre l'une des parois...

L'un des soldats alluma le feu tandis qu'à l'aide de sa torche le capitaine des gardes enflammait les chandelles :

– Je vais vous faire porter à souper, dit La Marche à Fiora qui s'était assise, frissonnante, sur le lit. J'enverrai aussi votre bagage et, demain, une femme viendra s'occuper de vous.

– Grand merci. Mais pourquoi tant de soins? Ne suis-je pas prisonnière?

– Nous n'avons guère de cachots à notre disposition. En outre, les ordres de monseigneur sont que vous ne manquiez de rien. Je dois y veiller personnellement...

– C'est trop de bonté... mais consentiriez-vous à y mettre un comble en me disant où loge messire de Selongey? Est-ce loin d'ici?...

– Je n'ai pas le droit de vous l'apprendre, madame Vous êtes ici au secret en quelque sorte avec défense d'en sortir ou de communiquer avec qui que ce soit en dehors de moi ou de qui aura la permission d'entrer...

Fiora hocha la tête, signifiant qu'elle avait compris puis se leva et alla offrir ses mains froides à la chaleur du brasero qui emplissait son étroit logis d'une bonne odeur de bois brûlé. La tête vide comme cela doit être lorsque l'on a subi un naufrage, elle n'essayait même pas de penser, uniquement occupée de sentir son corps transi et douloureux se réchauffer lentement. Dans ses os et dans sa chair, elle ressentait une immense fatigue qui allait jusqu'à une sorte de souffrance; tout cela bien au-delà de la lassitude procurée par une chevauchée de cinq ou six lieues, mais le passage avait été cruel d'une joie éblouissante à un profond chagrin et Fiora ne désirait plus qu'une seule chose : dormir! plonger pour des heures dans ce sommeil des bêtes harassées qui ressemble à la mort! Tôt ou tard, il faut bien émerger mais il arrive alors que le courage et les forces soient restaurés. Sinon, il ne reste plus quà chercher un sommeil plus profond encore et, surtout, irrémédiable...

Elle allait se jeter sur son lit quand, dans l'encadrement de toile, un jeune garçon, vêtu avec élégance d'un justaucorps de velours violet brodé d'argent sur des chausses gris clair et des bottes courtes de daim violet, apparut un plateau entre les mains :

– La noble dame m'accorde-t-elle permission d'entrer? demanda-t-il en s'inclinant avec aisance.

Il avait parlé italien et Fiora, presque machinalement, lui sourit. C'était le premier mâle qui la traitait avec respect.

– Bien sûr! fit-elle. Est-ce que nous serions compatriotes?

– Pas tout à fait. Je suis romain : Battista Colonna, des princes de Paliano, page de mon cousin, le comte de Celano, mais récemment passé au service de Mgr le duc de Bourgogne. A présent, si vous y consentez, madame, nous parlerons français pour ne pas inquiéter les sentinelles, ajouta-t-il dans cette langue tout en posant son plateau sur un coffre.

– Le service du comte de Celano ne vous convenait plus?

– Ce n'est pas cela mais je chante assez bien et Mgr Charles, qui entretient un chœur de jeunes chanteurs, aime que je joigne ma voix aux leurs. Je suis, pour ainsi dire, prêté.

– Et l'on vous a chargé de m'apporter à souper, vous qui êtes de très noble famille si je vous ai compris? Qui vous a donné l'ordre?

– Messire Olivier de La Marche. Nous n'avons guère au camp que des valets d'armes et faute de femme sachant servir une noble dame florentine, messire Olivier a pensé qu'il vous serait plus... quel terme a-t-il employé?... Ah oui : réconfortant d'être servie par un garçon né dans la péninsule.

– Voilà une attention que je n'aurais jamais imaginée il y a seulement cinq minutes. J'espère seulement que le duc Charles n'en sera point contrarié?

– Messire Olivier ne fait jamais rien sans l'autorisation de monseigneur. A présent, donna Fiora, je vous souhaite bon appétit et un bon repos!

– Vous connaissez mon nom?

– Messire Olivier n'oublie jamais rien, fit le jeune Colonna avec un salut qui était presque une pirouette et un joyeux sourire.

Un peu revigorée par la visite inattendue de ce gamin – il pouvait avoir une douzaine d'années – chaleureux et charmant, Fiora remercia mentalement l'impassible capitaine de la garde ducale en se promettant bien de le faire de vive voix quand l'occasion lui en serait donnée. Puis elle découvrit qu'elle avait faim et dévora littéralement le pâté d'anguilles, les rissoles et les fruits séchés que le page avait apportés avec une petite cruche de vin de Bourgogne. Après quoi, se jetant tout habillée sur le lit en s'enveloppant d'une couverture, elle laissa sa fatigue l'emporter vers un paradis paisible où les anges chantaient la gloire de la bienheureuse Vierge Marie... Dans sa chambre somptueuse, le Téméraire, le menton dans la main, écoutait la maîtrise de sa chapelle composée de vingt-quatre jeunes garçons sous la direction du maître Adam Busnois, interpréter un motet à Notre-Dame... Les voix célestes emplissaient la nuit froide annonciatrice d'un hiver précoce et dans l'immense camp étendu bien au-delà de l'étang Saint-Jean jusqu'au pied des coteaux de Malzéville, chacun retenait son souffle pour puiser dans tant de beauté un peu de réconfort pour les combats à venir.

Durant plusieurs jours, Fiora demeura enfermée sous sa tente sans voir personne d'autre que le jeune Battista Colonna qui lui apportait ses repas et la fille visiblement terrifiée et apparemment muette qui venait vaquer à un semblant de ménage, lui portant du bois et de l'eau, nettoyant l'âtre et les bassins sans que Fiora réussît à lui tirer seulement une parole.

Heureusement, Battista était un peu plus bavard. Fiora, à demi assourdie par la canonnade qui faisait rage tout le jour, apprit de lui que Nancy se défendait bien. Le bâtard de Calabre qui en était le gouverneur était un habile homme de guerre. Non content d'avoir, à l'approche de l'armée bourguignonne, fait ajouter aux bastions, demi-lunes, redoutes et contrescarpes déjà existant des terrasses, des cavaliers [1] et des parapets en tout genre, son artillerie, aux mains d'un maître canonnier nommé Desmoulins qui était peut-être le meilleur artificier de son siècle, rendait coup pour coup à l'assaillant. Les deux canons que Desmoulins avait fait monter sur la Grande Tour regardant la commanderie avaient déjà obligé deux fois le Téméraire à changer la place de ses tentes et mis en pièces le « Courtois », la longue couleu-

1. Ouvrage de fortification dominant des retranchements à l'arrière.

vrine avec laquelle les Bourguignons attaquaient ladite tour et celle de la porte Saint-Nicolas. Le jeune Romain ne cachait pas qu'un certain découragement commençait à poindre chez les assaillants. Allait-on recommencer l'interminable siège de Neuss? Dans la ville, par ailleurs, l'espoir renaissait en dépit des réserves de vivres qui commençaient à diminuer. La pluie d'ailleurs venait à l'aide des gens de Nancy, transformant le camp ennemi en cloaque...

Malheureusement pour eux, les Bourguignons reçurent du renfort: le Grand Bâtard Antoine de Bourgogne, demi-frère du Téméraire et son meilleur général, arriva du sud, amenant avec lui les troupes lombardes fraîches qu'il était allé chercher à Milan. Avec son aide, Charles put achever l'encerclement de la cité, trop serré pour que le moindre ravitaillement pût être apporté...

– Est-ce à dire, demanda Fiora, que le siège va bientôt s'achever ou sommes-nous ici pour des mois?

– J'espère pour vous que la résistance des Lorrains ne sera pas éternelle. Cette tente est assez agréable mais à condition d'en sortir plus que vous ne le faites.

En effet, Fiora avait le droit, la nuit venue et sous la surveillance étroite des soldats qui veillaient à sa porte, de sortir quelques minutes pour respirer un peu d'air frais. Le reste du temps, elle pouvait ouvrir les rideaux masquant la porte mais pas davantage. En général, elle ne profitait guère de la permission pour éviter les paquets de pluie que le vent charriait. Néanmoins, la remarque du page l'inquiéta:

– Voulez-vous dire que je ne sortirai pas d'ici avant que Nancy ne se soit rendue?

Battista hésita un instant puis, baissant la voix, répondit en italien:

– C'est tout à fait exact. Je ne devrais pas vous le dire mais après tout vous avez, selon moi, le droit de savoir ce qui vous concerne: Campobasso a attaqué messire de

Selongey et les deux hommes ont commencé à se battre quand Monseigneur le duc est intervenu. Il leur a commandé de remettre l'issue de leur querelle jusqu'à ce que l'armée soit entrée dans Nancy, ajoutant qu'il ne voulait pas risquer d'avoir l'un, ou peut-être deux de ses meilleurs capitaines, hors d'état de servir. Et même en faisant peser sur eux sa colère, il a eu du mal à en venir à bout. Il a fallu qu'il menace... de vous faire exécuter immédiatement. Cela les a calmés net. Chacun est reparti vers son commandement...

– Sauriez-vous me dire quand cela est arrivé?

– Le lendemain matin de votre venue et je ne sais, en vérité, lequel des deux était le plus acharné. Si on les avait laissés faire, ils s'entre-tuaient. Aussi, pour éviter que cela ne se reproduise, monseigneur en a envoyé un à l'est et l'autre à l'ouest...

– Merci de m'avoir renseignée, dit Fiora. Vous agissez envers moi en ami véritable et j'en suis extrêmement touchée. Puis-je encore vous demander quelque chose?

– Si c'est en mon pouvoir... et ne contrarie pas trop mes ordres.

– J'espère que non. Je voudrais que vous acceptiez de me prévenir au cas où... il arriverait quelque chose au comte de Selongey.

Le jeune Colonna lui sourit et son étroit visage, brun comme une châtaigne, s'illumina puis, s'inclinant bien bas devant Fiora, il lui fit un beau salut :

– Ce fut toujours dans mon intention... Madame la comtesse! C'est trop naturel...

La gentillesse de cet enfant était bien le seul rayon de soleil qui mît un peu de chaleur dans les jours uniformément gris et tristes de la jeune femme. Les heures s'écoulaient lentes, interminables, toutes semblables. Un couvent avec sa rigidité eût été préférable à cette prison de toile d'où l'on ne voyait rien mais où l'on entendait tout. Le crépitement de la pluie alternait avec le bruit du canon, les cris de joie ou de douleur et le vacarme des assauts sans cesse repoussés. L'écho des prières aussi arrivait jusqu'à la captive car la tente du légat papal était proche et il y avait eu l'énorme explosion de joie suscitée par l'arrivée triomphale du Grand Bâtard de Bourgogne. Enfin, et c'était au moins agréable, Fiora entendit plusieurs fois chanter la maîtrise que dominait parfois la voix sonore de Battista. Mais Fiora avait tout de même l'impression déprimante d'être l'une de ces recluses comme elle en avait vu deux à Paris, qui vivent toute leur existence entre quatre murs de pierres que l'on maçonne autour d'elles et qui n'ont plus, sur la vie, que la vue très limitée d'une étroite fenêtre par laquelle leur arrivent les dons de la charité, et l'ouïe de ce qui se passe autour de ce tombeau à peine ouvert que l'on boucherait tout à fait à leur mort. Sans le jeune Colonna elle se fût crue oubliée mais elle ne savait plus très bien si elle souhaitait tellement la fin du siège qui ouvrirait sa prison – sans doute pour une autre et peut-être pour l'échafaud – et qui serait le signal du combat à mort auquel se livreraient les deux hommes qui déchiraient sa vie...

Un soir où le tintamarre avait été particulièrement fort et où elle avait même entendu rugir, non loin d'elle, la voix du Téméraire, elle attendit Battista avec plus d'impatience encore que de coutume pour savoir ce qui se passait et, quand elle entendit des pas, elle jeta le livre d'heures qu'elle avait trouvé dans l'un des coffres et qui était la seule lecture à sa disposition, donc sa seule distraction même si les prières qui s'y trouvaient n'éveillaient guère d'écho sensible dans son cœur.

Elle le vit apparaître dans l'ombre de la porte et constata qu'il avait tiré son bonnet jusque sur son nez.

– Fait-il donc si mauvais? lui dit-elle gaiement. Je n'entends pourtant pas la pluie...

Sans répondre, il posa le plateau couvert d'une serviette à terre et, presque d'un même mouvement, arracha son bonnet et tira une dague de sa ceinture en s'avançant dans le cercle de lumière dispensée par le candélabre :

– Vous n'êtes pas Battista? s'exclama Fiora. Qui êtes-vous?

En même temps qu'elle posait la question, elle le reconnut. C'était le page de Campobasso, ce Virginio dont elle n'avait pu oublier le regard haineux et qui, à présent, dardait sur elle des yeux flambant d'une joie féroce :

– Qui je suis? Je suis ta mort, ribaude! grinça-t-il, en continuant à avancer lentement, un pas après l'autre, dégustant cet instant qu'il avait dû appeler de toutes ses forces durant des jours.

Une seule chose le troublait un peu : la femme ne manifestait aucun signe de crainte.

– Remettez cette dague au fourreau et allez-vous-en! s'écria Fiora. Je n'ai qu'à appeler...

– Tu peux toujours appeler. J'ai endormi tes gardes avec du vin drogué. Tu n'as plus devant ta porte que deux paquets inertes et tu ne m'échapperas pas.

– Pourquoi voulez-vous me tuer? Que vous ai-je fait?

– Je veux te tuer pour être sûr que Campobasso ne retournera plus jamais dans ton lit. Avant toi, je régnais sur lui. Il aimait mes baisers et mes caresses et puis, tu es venue... A présent, quand nous faisons l'amour, son esprit est absent et ça je ne peux pas le supporter.

Virginio se détendit soudain comme un ressort et fondit sur Fiora, la dague haute. De toutes ses forces, celle-ci hurla :

– A l'aide! A moi!... Au secours!...

Elle tendait toutes ses forces pour écarter la lame meurtrière mais le page était grand pour son âge et bien entraîné alors que la claustration avait ôté à Fiora une partie de ses moyens. Il allait avoir le dessus et, dans une seconde, l'arme s'enfoncerait dans sa gorge. Elle ferma les yeux appelant encore à l'aide.

– J'arrive! cria une voix qui lui parut celle même d'un ange.

Virginio fut arraché d'elle, désarmé, jeté à terre et bientôt il se tordit sous le genou vigoureux qui coinçait sa poitrine.

– Un peu jeune, l'ami, pour faire un assassin! dit Esteban mais, apparemment, la valeur n'attend pas le nombre des années. Et maintenant qu'est-ce qu'on va faire de toi?

– S'il vous plaît, messire, tenez-le-moi et prêtez-moi votre dague que je lui règle son compte, fit Battista qui apparaissait en chemise, couvert de boue et se frottant la tête où se gonflait une énorme bosse. Cette brute m'a assommé, dépouillé de mes vêtements et de mon plateau et, si j'ai bien compris, il a mis aussi les gardes hors d'état de servir?

– Vous êtes dans le vrai. Mais si vous voulez m'en croire, vous feriez mieux d'aller chercher du secours... Je peux très bien tenir encore quelque temps. Je ne fatigue pas.

– Vous devez avoir raison. On ne peut pas étouffer l'affaire surtout quand on s'en prend aux soldats de monseigneur... et à son otage préféré. Le duc nous a tous rendus responsables de donna Fiora sur nos têtes...

Et Battista, s'enveloppant dans la couverture que lui tendait Fiora, repartit en courant et en appelant « A la garde! ». Cependant, la jeune femme qui n'avait pas encore bien retrouvé ses esprits vint s'accroupir auprès d'Esteban qui maintenait toujours Virginio à terre en lui pointant une dague sur la gorge et considéra non sans stupeur la cotte verte à croix de Saint-André blanche serrée par un ceinturon sur une chemise de mailles, la longue épée qui pendait à son côté et le chapel de fer qui avait roulé à terre quand il s'était jeté sur le page.

– Esteban! soupira-t-elle. Mais c'est un miracle! Vous voilà bourguignon à présent?

– C'est tout récent, donna Fiora! fit-il avec un sourire aussi paisible que s'ils s'étaient quittés la veille. Mais je n'en ferai pas moins un bon soldat, ajouta-t-il avec un clin d'œil qui conseillait la prudence. Vous allez bien depuis notre dernière rencontre? C'était... en Avignon, je crois? Quant à moi, en faisant une ronde, j'ai vu ce gredin qui assommait un page, lui volait ses habits et son plateau, revêtait l'un et prenait l'autre et je l'ai suivi pour voir ce qu'il comptait faire. J'ai vu... mais c'est une vraie chance de vous rencontrer! Si j'avais pu supposer que vous étiez là, en plein milieu de ce camp!...

Fiora avait compris à quoi rimait ce bavardage à bâtons rompus : même mis hors d'état de nuire, Virginio restait dangereux car il avait malheureusement une langue de vipère et savait s'en servir.

Ils causèrent ainsi sur un ton superficiel et parfaitement irréaliste jusqu'à ce que revînt Battista toujours aussi sale. Mais cette fois, La Marche en personne l'accompagnait avec quelques-uns de ses gardes. Le garçon fut remis debout sans douceur tandis que le Castillan faisait toute une affaire d'épousseter ses genouillères. Le capitaine des gardes était visiblement furieux :

– De soldats endormis, un page attaqué! Qu'est-ce que cela signifie? Et d'abord qui es-tu?

– Virginio Fulgosi, sire capitaine. Je suis attaché à la personne de Mgr le comte de Campobasso, fit le jeune prisonnier qui visiblement reprenait son aplomb. C'est sur son ordre que je suis venu ici... Cette... cette femme avait fait tenir à mon maître un billet le suppliant de la faire évader...

– Curieuse façon de faire évader quelqu'un en l'attaquant avec ça! s'écria Fiora indignée en brandissant la dague tachée de sang et la blessure qu'elle avait reçue à la main en se défendant. Ce misérable a tenté de me tuer et sans ce brave homme, ajouta-t-elle en désignant Esteban qui avait recoiffé son chapel et qui prenait un air modeste, je serais morte à l'heure qu'il est. Interrogez-le : il vous dira comment cela s'est passé... Ensuite vous pourrez toujours demander à Campobasso quels ordres il a donnés à ce garçon...

– Elle ment! hurla Virginio qui se tordait comme une couleuvre sous la poigne des hommes qui le maintenaient. Cet homme et elle se connaissent. C'est un de ses anciens amants!

La gifle que lui asséna le Castillan avait de quoi assommer un bœuf mais sa voix n'était que vertueuse indignation quand il proclama :

– Bien sûr que je connais donna Fiora depuis longtemps! Elle était haute comme trois pommes, quand je l'ai vue pour la première fois, à Florence chez son noble père. Et je connais aussi donna Léonarda, sa pieuse gouvernante, et Mgr le prince Lascaris, son grand-oncle... et je voudrais bien savoir ce qu'elle fait ici au milieu de tous ces hommes d'armes et à la merci du premier coquin venu!

– C'est bien, l'ami! Nous verrons ce que Monseigneur le duc pensera de tout cela. Tu vas venir avec moi pour lui raconter ce qui s'est passé. Ensuite je ferai appeler messire Campobasso... Donna Fiora, je vous demande excuses pour tout ceci. Je vais vous envoyer maître Matteo de Clerici, le médecin de monseigneur, pour panser votre blessure.

– N'en faites rien, messire Olivier. Ce n'est pas profond et je saurai soigner moi-même cette écorchure. Mais je vous remercie de votre courtoisie et je vous recommande ce brave garçon, qui ne peut être qu'une excellente recrue pour l'armée de Monseigneur le duc : c'est un cœur vaillant et un bras solide.

Elle n'avait plus qu'un désir : être seule puisqu'il était impossible de parler avec Esteban mais, de le savoir près d'elle, veillant sur elle, était d'un grand réconfort. Ce qui ne l'empêchait pas de griller de curiosité. Par quel incroyable cheminement le Castillan en était-il venu à s'engager dans l'armée bourguignonne? Il avait dit cette péripétie récente : mais qu'avait-il fait durant ces deux mois?... Incapable de trouver une réponse, elle mangea un peu de viande froide, une ou deux cuillerées de confiture et alla s'étendre sur son lit, y étalant son manteau pour suppléer la couverture qu'elle avait donnée à Battista. Pour la première fois depuis bien des nuits, son sommeil fut paisible, confiant, tant il faut peu de chose à un être jeune pour se sentir en sécurité. Pour qu'Esteban ait pu arriver à point nommé et sauver Fiora d'une mort certaine, c'est qu'une providence veillait sur elle. Mais ce secours venu de l'au-delà, elle ne l'attribuait pas à Dieu. Non parce qu'elle n'y croyait plus – elle n'avait jamais cessé de croire – mais parce que le Tout–Puissant semblait ne s'occuper des humains que pour les submerger de souffrances et d'épreuves. Non, si quelqu'un, là-bas, veillait sur elle, ce ne pouvait être que l'âme douloureuse de l'homme qui lui avait consacré sa vie, de ce Francesco Beltrami qu'elle ne cesserait jamais d'appeler son père.

Quand il revint, le lendemain, Battista apportait un plein panier de mauvaises nouvelles : d'abord, Philippe de Selongey avait été blessé – légèrement il est vrai – au cours d'une sortie tentée par les assiégés pour faire entrer un convoi de vivres par la porte de la Craffe. Ensuite, le page Virginio que Campobasso, fou de rage, avait ordonné d'exécuter, avait été sauvé par l'intervention du Téméraire en personne. Selon le duc, il n'était pas du tout certain qu'il n'ait pas dit la vérité et qu'il n'y eût pas tentative d'évasion. Le garçon avait été remis au prévôt de l'armée en attendant que l'affaire fût tirée au clair. Enfin, la pluie diluvienne avait provoqué un glissement de terrain qui avait enseveli toute une compagnie. L'armée, exaspérée par ce temps abominable, était à deux doigts de la rébellion et, selon le page, l'évêque de Metz, Georges de Bade, qui aurait voulu voir son frère le margrave devenir au moins gouverneur de Lorraine, ne cessait de parcourir le camp pour exhorter les hommes à la patience affirmant que le camp abondait en vivres, ces vivres qui manquaient cruellement à la ville bloquée...

– Mais, enfin, dit Fiora, leur fameux duc René, où est-il ? Ne va-t-il pas venir au secours de sa capitale affamée ?

– Je crois qu'il voudrait bien mais ne peut pas. Il est en France pour essayer d'obtenir du secours et des troupes du roi Louis mais celui-ci, si j'ai bien compris, ne tient pas du tout à rompre encore une fois les accords signés à Soleuvre...

– La place d'un chef est à la tête de ses troupes, surtout quand le combat est désespéré. Quant à vos Bourguignons je ne vois pas de quoi ils se plaignent : ils n'ont qu'à attendre tranquillement que la ville meure de faim. Est-ce si difficile ?

– Peut-être pas, mais c'est le second hiver qu'ils voient venir à se geler devant des portes qui refusent de s'ouvrir. Ils n'ont pas digéré Neuss et Nancy ne leur inspire aucune confiance. Il faut comprendre !

La dernière mauvaise nouvelle surgit en la personne du capitaine des gardes : le duc Charles ordonnait qu'on lui amenât sa prisonnière. Sans un mot, Fiora prit son manteau, jeta le capuchon sur sa tête et suivit l'officier à travers les rafales de pluie dans lesquelles le camp commençait à se dissoudre...

Elle trouva le duc dans une pièce plus petite que celle où il l'avait reçue la première fois. C'était, tendu de précieuses tapisseries d'Arras parfilées d'or, une sorte de cabinet d'armes. Le duc s'y tenait assis en compagnie d'un petit homme tout rond dont la figure avenante couronnée de courts cheveux gris frisottants était surmontée d'une mitre violette brodée d'or. Des flots de cendal couleur d'améthyste emballaient un corps qui donnait l'impression d'être ovoïde. Une grande croix d'or et de rubis pendait à son cou au bout d'un ruban assorti à la robe d'où dépassaient de petits pieds chaussés de pantoufles de velours et de petites mains blanches et dodues que l'anneau pastoral avait l'air d'écraser.

Comprenant que ce devait être là le légat papal, Fiora plia le genou devant lui, se donnant ainsi le plaisir de faire attendre un instant au Téméraire le salut qu'elle lui devait. Quand elle lui eut rendu cet hommage de politesse, elle attendit calmement ce qui allait suivre.

– Voici, dit le duc d'un ton bref, la femme dont j'ai parlé à Votre Eminence et dont on ne sait trop ni qui elle est ni d'où elle vient. Elle se nomme Fiora Beltrami, secrètement épousée paraît-il par le comte de Selongey, notre fidèle serviteur, mais il semblerait qu'elle soit aussi une espionne de Louis de France qui, dans un but obscur, est devenue la maîtresse du comte de Campobasso. Elle l'a rendue à moitié fou et il a provoqué en duel, comme vous le savez, messire Philippe...

– J'ai cru comprendre, coupa l'évêque avec un demi-sourire, qu'ils s'étaient provoqués mutuellement. On dit qu'ils se sont empoignés comme charretiers dans une taverne et qu'il a fallu cinq hommes pour les séparer...

– Certes, certes!... Il n'en demeure pas moins qu'il y a là, pour la paix de cette armée, un danger que j'ai voulu éloigner en ordonnant aux deux adversaires de remettre le combat après la chute de Nancy. Ils y ont consenti mais, en dépit de la parole donnée, un page de Campobasso s'est introduit la nuit dernière chez cette femme. Il y a eu bataille et, à présent, on parle... trop. Les esprits sont en émoi...

– J'en demeure d'accord, mais, mon fils, ce grand émoi me semble venir davantage de ce siège interminable et du temps détestable que nous envoie le Seigneur Dieu pour notre pénitence à tous.

Fiora regarda Alessandro Nanni avec étonnement. Ses précédentes relations avec le moine Ignacio Ortega lui avaient donné une idée toute différente de ce que pouvait être un envoyé de Sixte IV. Celui-là semblait à la fois aimable et plein d'humour. Le froncement de sourcils du Téméraire la convainquit de ce que cette impression était la bonne.

– Quoi qu'il en soit, reprit le duc, il faut que cette situation scandaleuse cesse. Le mariage de Selongey et de cette femme a été célébré à Florence dans le secret. En outre, il n'est pas valable à nos yeux. Selongey a violé le droit féodal qui lui interdisait de contracter union sans l'assentiment de son suzerain, c'est-à-dire nous!

– C'est une faute sans doute mais je crains, mon fils, qu'aux yeux de Dieu il en aille autrement. Qui vous a mariés, mon enfant?

– Le prieur du couvent San Francesco à Fiesole, Eminence.

– Vous étiez consentante ou contrainte?

– Consentante... et si heureuse!

– Et messire de Selongey? Était-il heureux lui aussi?

– Il le disait... mais peut-être vaudrait-il mieux le lui demander. Il avait juré de m'aimer et de n'aimer que moi. Il se peut qu'il ait menti...

– Vous en aviez juré autant? Et cependant, si ce que l'on rapporte est vrai...

– Je me suis donnée au comte de Campobasso, c'est exact. Je croyais mon mariage nul... et je pensais avoir été bafouée.

– L'aimez-vous donc, lui aussi?

– Non... murmura Fiora qui sentit ses joues s'enflammer, mais... j'ai été... trahie par la nature et j'avoue y avoir pris plaisir.

– Je vois... et je vous sais gré de votre franchise. A présent, monseigneur, je souhaiterais apprendre de vous comment vous entendez faire cesser ce que vous appelez... « une situation scandaleuse » puisque, à l'exception des intéressés, de Votre Seigneurie et de moi-même, personne jusqu'à présent n'en sait rien?

– Elle l'est à mes yeux, et devrait l'être aussi à ceux de Votre Eminence, fit le duc avec hauteur. Certes, Selongey et Campobasso n'ont pas donné la véritable raison de leur querelle et le duel découle naturellement de la rixe qui les a opposés. C'est à l'issue de la rencontre qu'il nous faudra prendre une décision : si Selongey l'emporte il n'en demeure pas moins l'époux d'une femme adultère et celle-ci devra être exécutée...

– N'est-ce pas une solution un peu... excessive? Donna Fiora me semble avoir quelques excuses et, avant de la livrer à l'épée du bourreau...

– Je ne souhaite pas en venir là car, même en la faisant mourir au fond d'une prison, il en resterait toujours une trace. Voilà pourquoi je fais appel à Votre Eminence. En tant que légat de Sa Sainteté Sixte IV, vous avez tous pouvoirs pour prononcer l'annulation du mariage. Ainsi, et quelle que soit l'issue du combat, cette créature pourra aller se faire pendre ailleurs et, s'il plaît à Campobasso de la ramasser, personne n'y verra d'inconvénients.

Dans un bruissement soyeux, Mgr Nanni se leva brusquement et, bien que debout il fût vraiment petit, il revêtit une impressionnante majesté qui dut frapper Charles de Bourgogne car il se leva à son tour :

– Vous faites, il me semble, très bon marché de la vie d'une femme et des sacrements du Seigneur, fit sévèrement le légat. Nul n'a le droit de séparer, fût-ce par le glaive, ceux qui se sont unis devant Dieu de bonne foi. Si votre Selongey a été assez bête pour s'estimer amoindri par un mariage avec la fille d'un riche Florentin, il est l'unique responsable de ce qui lui arrive. Un autre a pris ce qu'il dédaignait et c'est tant pis pour lui. Qu'il s'en explique avec cet autre et qu'ils s'entre-tuent est leur affaire. Mais je refuse que cette pauvre enfant, déjà bien éprouvée, devienne leur victime expiatoire. Attendons l'issue du duel. Si, à ce moment, l'un des deux époux demande l'annulation, j'étudierai la question. Pas avant!

– Je peux vous prédire que Philippe désirera cette annulation. Il ne peut souhaiter demeurer uni à une telle femme!

– Surtout si vous l'y contraignez. Songez seulement qu'il va se battre pour elle...

– Pas pour elle! Pour son honneur bafoué!

– L'honneur paraît infiniment plus précieux quand il a d'aussi beaux yeux!

– Eminence! protesta le duc indigné, votre indulgence envers cette créature est, en vérité, excessive, déroutante. Est-ce parce qu'elle est italienne, comme vous?

– Je pourrais m'estimer offensé si je ne savais à quels excès peut vous porter la colère, monseigneur. En tout cas, je serais fort surpris que cet étrange mari vous laisse conduire sa femme à l'échafaud.

– Alors, ce sera l'annulation. Je saurai bien l'en

convaincre car il est digne d'une princesse et cette fille de marchands...

– Pourrait alors avoir le regret de vous réclamer, coupa Fiora, les cent mille florins d'or de sa dot! Vous voyez, monseigneur, vous n'avez d'autre solution que de la faire exécuter...

Elle salua l'évêque puis, jetant au Téméraire que la colère empourprait un regard de mépris glacial, elle tourna les talons et sortit de la tente...

Peut-être aurait-elle eu à pâtir de la colère qu'elle avait allumée chez le duc si un événement inattendu ne s'était produit presque simultanément : dans la ville assiégée, les trompettes et les tambours se mirent à battre la chamade, ce qui était signe certain que Nancy souhaitait se rendre et le duc Charles en éprouva une grande joie.

On apprit, plus tard, qu'une lettre du duc René était parvenue à entrer dans la cité : « Puisque pour mon malheur, écrivait le jeune prince, je me trouve réduit à ne pouvoir rien faire pour votre bien et à ne pouvoir rien tenter pour ma gloire, je vous exhorte par l'intérêt même de la patrie pour laquelle vous vous êtes sacrifiés, de ne point prodiguer davantage votre sang par de plus longs efforts qui vous conduiraient à des pertes plus grandes et à une capitulation moins favorable... »

Ce message que tous écoutèrent en pleurant n'entama pas la résolution du gouverneur : le bâtard de Calabre voulait se battre encore, car les fortifications n'étaient pas endommagées ni le peuple effrayé. On pouvait tenir encore deux mois et, dans deux mois, le Téméraire se découragerait... mais les échevins et tout le conseil de la ville furent d'avis qu'il fallait obéir au duc dont on savait qu'il était à présent retiré chez sa mère, Yolande de Vaudémont, au château de Joinville. On ne viendrait jamais à bout de cette grande armée. Mieux valait essayer d'obtenir une capitulation honorable.

Le gouverneur brisa son épée et en jeta les morceaux devant les robes rouges des magistrats. C'était le 29 novembre 1475...

Quatrième partie

LA COURSE À L'ABÎME

CHAPITRE XI

LE DUEL

Le lendemain 30 novembre, jour de la Saint-André qui était le protecteur de la Bourgogne, le duc Charles fit son entrée dans Nancy à huit heures du matin par la porte de la Craffe. Le temps gris mais sans pluie, apportait au moins cet apaisement au peuple muet et en grand deuil qui regardait, contenu par une double haie d'infanterie étirée sur toute la longueur de la ville et jusqu'à la porte Saint-Nicolas par laquelle, la veille, était sortie la garnison avec les honneurs de la guerre.

Le Téméraire avait tenu à assister en personne à ce départ. Il avait pour ainsi dire passé en revue les deux mille Allemands qui repartaient vers l'Alsace, les six cents Gascons vers la France et les quelque deux mille Lorrains dont les uns rentraient chez eux et les autres allaient renforcer la garnison de Bitche. Le bâtard de Calabre vint le dernier, escorté uniquement du banneret qui portait son étendard. Armé de toutes pièces, à cheval mais tête nue, altier et superbe, il vint au petit trot de son destrier jusqu'au Téméraire et lui jeta :

– S'il n'avait tenu qu'à moi, tu te serais cassé les dents sur cette ville, Charles de Bourgogne. J'en jure Dieu! Mais les bourgeois tiennent à la vie plus qu'à l'honneur. Que vas-tu en faire? Les passer tous au fil de l'épée?

– Non pas. Je me suis engagé à maintenir Nancy dans la possession de ses privilèges et de la régir selon ses anciennes coutumes. J'en ferai la capitale de mon royaume. Pourquoi, toi qui es vaillant et de sang royal n'en redeviendrais-tu pas le gouverneur? J'aime les hommes de valeur.

– Moi aussi et c'est pourquoi je pars. Il ne sera jamais dit, tant que je vivrai, qu'un prince lorrain, même bâtard, se sera incliné devant toi...

– D'autres le feront peut-être? Tu sais que ton grand-père, le vieux roi René, songe à me léguer la Provence par testament afin que soit reformé l'antique royaume burgonde?

– Libre à lui. Nous n'avons que faire de la Provence. Seule la Lorraine nous intéresse et tu n'en as pas fini avec nous!

Enlevant son cheval, le bâtard de Calabre partit au galop sur la route de France. Une tache de boue projetée par les sabots du destrier vint maculer le manteau de velours rouge que le Téméraire portait sur son armure... Celui-ci fronça le sourcil mais l'ombre qui passait sur son visage se dissipa rapidement :

– Nancy est à nous, mes fidèles! lança-t-il à pleine voix. Songeons à présent à y faire notre joyeuse entrée! Et que l'on sache que quiconque molestera l'un des habitants ou l'attaquera dans ses biens sera puni de mort!

A sa surprise, ce même soir décidément fertile en événements, Fiora apprenait que le légat du pape avait obtenu qu'elle fût placée sous sa protection immédiate et qu'elle suivît tous ses déplacements jusqu'à ce que l'issue du combat entre Selongey et Campobasso permît de statuer sur son sort. Le jeune Colonna demeurait momentanément attaché à son service et elle comptait bien obtenir de l'aimable prélat qu'on lui rendît Esteban.

Aussi, dès le lever du jour, Battista la conduisit rejoindre la petite troupe de prêtres et de moines qui composaient l'escorte de Mgr Nanni. Annoncée pour le commun des mortels comme une dame pèlerine désireuse de se recueillir devant les reliques de saint Epvre, elle prit place dans la litière de voyage du prélat cependant que celui-ci enfourchait une mule pour faire, dans la ville, une entrée plus proche du cœur des habitants. Par une de ces délicatesses inattendues et dont il avait le secret, le Téméraire avait décidé que Dieu, en la personne du légat, entrerait le premier dans la cité conquise avec l'espoir que ce geste apaiserait quelques rancœurs et disposerait favorablement pour lui les cœurs de ces ennemis d'hier dont, en toute bonne foi, il souhaitait faire les loyaux sujets de demain.

Aucune manifestation de joie, cependant, n'accueillit ce prélat qui précédait le vainqueur mais, devant lui, la foule, d'un mouvement unanime, s'agenouilla sous sa main bénissante :

– Reprenez espoir, mes enfants, répétait-il avec une pitié qui ressemblait à de la tendresse, le duc Charles ne vous veut aucun mal et vous n'aurez point à souffrir de son fait...

Derrière les rideaux de la litière frappée aux armes papales, Fiora regardait ces gens vêtus de noir, ces visages creusés par les privations, ces maisons dont certaines montraient des toits crevés par les boulets de canon et d'autres de plus graves blessures. L'odeur de la mort et des incendies semblait attachée aux murailles et elle eut honte d'entrer ainsi, cachée sans doute, mais présente, dans ce cortège qui préludait à celui du vainqueur. Heureusement, la litière pénétra directement dans le palais ducal qui se composait alors de quatre bâtiments ordonnés autour d'une cour centrale [1] et s'arrêta dans ladite cour tandis que le légat allait prendre place dans la collégiale Saint-Georges, voisine immédiate du palais, pour y accueillir le nouveau maître. Battista Colonna apparut aussitôt devant Fiora :

– Les fourriers de monseigneur Charles ont travaillé toute la nuit pour préparer des logements. Il y en a un

1. Il n'en reste rien. Le duc René II l'a fait reconstruire en partie et il a été complété par ses successeurs.

pour vous. Voulez-vous qu'on vous le montre tout de suite ou préférez-vous regarder la « joyeuse entrée » ?

– Ce que j'en ai aperçu jusqu'ici n'augure pas une franche liesse mais je préfère néanmoins assister à l'arrivée du duc...

Elle eut juste le temps de gagner, dans une grande salle déserte, une fenêtre du premier étage : les six trompettes d'argent qui ouvraient la marche sonnaient sous la porte de la Craffe. Derrière elles venaient une centaine d'hommes d'armes précédant une compagnie de chevaliers empanachés sous les flammes brillantes de leurs pennons diversement colorés. Le Téméraire apparut à quelques pas derrière eux et sa splendeur coupa le souffle des assistants : montant son cheval favori, le Moro, caparaçonné de pourpre et d'or, il portait un ample manteau entièrement brodé d'or qui s'étalait sur la croupe du cheval, le grand collier de la Toison d'or et, sur la tête, la plus fabuleuse coiffure qui se puisse admirer : une haute barrette de velours couverte de perles, entourée d'une guirlande de rubis et de diamants et surmontée d'un fermail composé de trois gros rubis, célèbres d'ailleurs, et que l'on appelait les Trois Frères, de quatre perles énormes et d'un diamant pyramidal qui captait le moindre reflet lumineux. Sous ce chapeau de parade, plus précieux sans doute que la couronne impériale, le Grand Duc d'Occident rayonnait d'orgueil et jouissait visiblement de la stupeur émerveillée de la foule [1] attendant des acclamations qui ne venaient pas : rien qu'un chuchotement qui courait sur la foule comme une risée de vent sur de l'eau calme... Dans le miroir de sa mémoire, Fiora revit la silhouette grise du roi de France et pensa qu'en vérité la comparaison n'était pas à l'avantage de celui-ci; mais il n'était pas certain qu'une intelligence égale, un esprit aussi acéré fussent cachés sous cette éblouissante apparence de prince de légende...

1. Cette fantastique coiffure, prise par les Suisses à Grandson fut vendue par eux aux Fugger d'Augsbourg.

Derrière le duc, sur des chevaux de parade magnifiquement caparaçonnés venaient le duc Engelbert de Nassau, le Grand Bâtard Antoine, le comte de Chimay Philippe de Croy, le duc Jean de Clèves, le prince de Tarente, le comte de Marle, fils du Connétable de Saint-Pol qui ignorait encore que son père, livré par le traité de Soleuvre au roi de France – qu'il avait abondamment trahi d'ailleurs –, était enfermé à la Bastille et subissait un jugement qui le mènerait à l'échafaud, Jean de Rubempré, seigneur de Bièvres, et beaucoup d'autres parmi lesquels, avec un serrement de cœur, Fiora reconnut Philippe...

Il n'avait pas sacrifié au souci d'élégance des autres seigneurs. Sous le tabard à ses armes – aigles d'argent sur champ d'azur – qui habillaient aussi son destrier, il portait le harnois de guerre. Seule, la visière relevée du casque ceint d'une couronne comtale permettait de reconnaître son profil arrogant. Retenant d'une main ferme son cheval qui encensait, il allait son chemin d'un air absent, ne regardant rien ni personne mais, dans le cadre d'acier bleui, son visage était très pâle et Fiora se souvint qu'il avait été blessé l'avant-veille... Son regard s'attacha à cette fière silhouette qui s'éloignait et elle ne vit pas, un peu après, Campobasso, rutilant et doré sur tranche, qui chevauchait en compagnie du marquis de Hochberg, du comte de Rothelin et de Jacopo Galeotto.

Mais lui l'aperçut et, pour qu'elle le regardât, s'agita tellement sur sa selle que son cheval fit un écart et bouscula ceux de ses voisins, d'où il résulta quelque désordre et Fiora, machinalement, tourna les yeux de ce côté. Alors quand elle reconnut Campobasso, elle se recula vivement et quitta la fenêtre. La seule vue de cet homme qui avait possédé son corps lui répugnait à présent parce qu'elle y prenait la mesure de sa propre honte. Elle aurait donné n'importe quoi pour qu'il n'y eût pas de Thionville dans son existence.

– J'en ai assez, dit-elle à Battista qui était rentré avec elle, et j'aimerais gagner mon appartement.

– Êtes-vous si pressée? Vous savez que des gardes vont être placés à votre porte comme il y en avait devant la tente?

– Je n'ai guère d'illusions sur mon sort, Battista. Le duc me déteste et ne souhaite qu'une chose : me voir disparaître de son horizon, que ce soit par la mort ou par l'annulation...

– C'est possible... mais vous, que souhaitez-vous? Vous n'êtes pas beaucoup plus âgée que moi et c'est bien prématuré pour désirer mourir...

– Je ne le désire pas mais je suis lasse de lutter contre un destin qui ne cesse de m'accabler. J'avais un père et je ne l'ai plus; j'avais un époux et je l'ai perdu, par sa faute autant que par la mienne, et je m'aperçois qu'à vouloir me venger j'ai tout perdu. Alors, ce qui peut arriver est de peu d'importance. Je crois, voyez-vous, Battista, que je suis surtout très, très fatiguée... Je voudrais dormir et ne plus jamais me réveiller...

– Ce n'est pas raisonnable. Deux hommes vont se battre pour vous, pour votre amour...

– Non : pour leur amour-propre. Ce n'est pas du tout la même chose...

Cependant, arrivé devant la collégiale Saint-Georges [1], le duc Charles mit pied à terre et confia, selon la coutume du pays, son cheval à un chanoine, après quoi le prévôt du chapitre, Jean d'Haraucourt, le conduisit dans l'église pour y entendre la messe et y prêter le serment qu'au jour de leur couronnement prêtaient toujours les ducs de Lorraine. Il aurait pu s'en dispenser mais il tenait, pour rassurer les populations, à ne négliger aucune des coutumes locales pensant qu'on lui en saurait gré.

Agenouillé devant l'autel scintillant, il savourait pleinement son heure de gloire car, pour la première fois, les pays de par-deçà et les pays de par-delà se trouvaient unis grâce à ce chaînon manquant que constituait la Lorraine.

1. Elle n'existe plus.

Bientôt l'Empereur, dont il espérait fiancer le fils à sa fille, poserait sur sa tête une royale couronne et la Bourgogne, enfin détachée du vieux tronc capétien comme de toute obédience impériale, voguerait librement vers le destin prodigieux auquel lui donnaient droit sa puissance et sa richesse... Bientôt... mais pas encore tout de suite. Restait à faire payer aux cantons suisses, ce ramassis de bouviers et de manants, l'audace dont ils avaient fait preuve, en lui ôtant le comté de Ferrette, en attaquant sa Comté Franche et en s'aventurant sur les terres de la duchesse Yolande de Savoie, sa fidèle alliée. Et cela ne tarderait pas. Ensuite, après un temps de repos qui permettrait au nouveau roi de lever la plus grande armée du monde, on irait jeter à bas du trône aux fleurs de lis le trop subtil Louis XI, et la France aurait enfin un souverain digne de sa grandeur passée...

Ainsi rêvait le Téméraire dans cette église où, hier encore, s'élevaient les prières pour que Dieu éloigne, du vieux pays lorrain, l'envahisseur et son armée, mais Charles ne doutait pas une seconde d'amener promptement ses nouveaux sujets à remercier le ciel de leur avoir donné pour maître un prince si fastueux, si magnanime et si vaillant. Cela les changerait de « l'Enfant », ce pauvre petit René II qui, au lieu de mourir au combat, avait préféré courir se réfugier dans les jupes de sa mère pour y pleurer son impuissance...

Tandis que s'ordonnaient un grand banquet et une fête publique pour tenter de faire oublier passagèrement aux Nancéens leurs morts et leurs maisons détruites, Fiora, dans la chambre qu'on lui avait donnée et qui se situait dans une des tours regardant vers la Meurthe, recevait la visite de Mgr Nanni. Elle le remercia de la protection qu'il lui accordait et grâce à laquelle, bien certainement, on lui avait donné ce logis au lieu d'une prison.

– Je n'y suis pas pour grand-chose, mon enfant. Même si cela lui déplaît souverainement, le duc ne peut faire que vous ne soyez la très légitime comtesse de Selongey. Il vous doit des égards.

– Il n'en caresse pas moins l'idée de me faire exécuter, ce qui aurait le double avantage de libérer Philippe et d'effacer cette histoire de dot que, de toute évidence, il n'apprécie guère.

– Soyez sûre qu'alors vous auriez droit à tous les honneurs dus à votre rang, fit le prélat avec un sourire, mais nous n'en sommes pas là. Je dirai même que votre plus grande chance d'échapper au bourreau réside dans cette dette que le duc a envers vous. Cent mille florins sont une somme énorme... et il est tout à fait incapable de la restituer. Son sens chevaleresque s'oppose à ce qui serait une manière peu élégante de se débarrasser d'un créancier. C'est ce que je suis venu vous dire pour vous rassurer un peu... et aussi que le duel entre le comte de Selongey et Campobasso aura lieu demain soir, à minuit, dans le pourpris du château, sans autres témoins que le duc lui-même, vous, moi, deux assistants qui seront Galeotto pour le Napolitain, et messire Mathieu de Prame pour votre époux. Le Grand Bâtard Antoine tiendra le rôle de juge d'armes. Le combat sera... à outrance.

– Ce qui veut dire?

– Que seule la mort de l'un ou l'autre adversaire pourra y mettre fin.

Un filet glacé coula le long du dos de Fiora qui frissonna comme si le vent d'hiver était entré dans sa chambre pour l'envelopper de froidure:

– C'est épouvantable, articula-t-elle. Ce n'est pas possible! Le duc ne peut pas accepter une chose pareille?... Je ne veux pas y croire. C'est monstrueux!

– Il le faudra bien pourtant. Vous ignorez tout des lois féodales de ces pays. J'admets d'ailleurs que les coutumes de nos gens d'au-delà des Alpes ne sont pas meilleures sinon pires: chez nous on loue des spadassins pour se débarrasser d'un ennemi...

– Qu'elles soient meilleures ou pires, je ne veux pas le savoir.

Et tournant le dos au légat elle marcha rapidement vers

la porte de la chambre, l'ouvrit et repoussa violemment les hallebardes qui se croisaient devant elle :

– Je veux voir le duc! fit-elle avec hauteur. Et si vous tentez de m'en empêcher, je crierai si fort que l'on viendra. Je dirai alors que vous avez essayé de me tuer!

– Mon enfant, plaida Alessandro Nanni alarmé, vous n'y pensez pas?

– Je ne pense qu'à cela! Conduisez-moi sinon je saurai bien trouver seule mon chemin.

Le petit évêque trottinait à ses côtés en essayant de la retenir mais c'était impossible : Fiora avait décidé que, ce soir, elle verrait le Téméraire et ainsi, l'une courant et l'autre presque à bout de souffle ou peu s'en fallait, ils parvinrent jusqu'à l'antichambre où veillaient une demi-douzaine de gardes. Olivier de La Marche s'y promenait en compagnie du valet de chambre du duc, Charles de Visen. L'entrée tumultueuse de la jeune femme les arrêta :

– Annoncez-moi à monseigneur! ordonna-t-elle aussi sèchement que si elle se fût adressée à un serviteur. Je veux le voir!

– C'est impossible, fit La Marche. Monseigneur est en conférence avec l'ambassadeur de Milan et vous n'avez rien à faire ici! Gardes, ramenez cette femme chez elle!

– Ne me touchez pas! cria Fiora. Il est urgent que je le voie : il y va de la vie d'un homme!

– Et moi je vous dis...

– Qu'est-ce que c'est? Quel est ce bruit?

La porte venait de s'ouvrir sous la main du Téméraire. Il embrassa la scène d'un coup d'œil, vit Fiora qui se débattait aux mains des soldats et le légat qui faisait de dérisoires efforts pour la raisonner :

– Encore vous! fit-il. Vous forcez ma porte à présent? Je croyais, éminence, que vous répondiez de cette folle?

– Je ne peux répondre des élans du cœur, fit Nanni avec un soupir. Et donna Fiora est très, très émue...

– Eh bien, voyons cette émotion! Entrez, tous les deux!

Sans un regard pour la vaste pièce dont les domestiques

de Charles avaient fait une splendeur d'or et de pourpre ordonnée autour d'une admirable tapisserie où des milliers de fleurs cernaient les armes de Bourgogne, ni pour l'élégant personnage qui se tenait debout auprès d'un dressoir orné de deux statues d'or, Fiora dès le seuil offrit au duc une profonde révérence :

– Monseigneur, pria-t-elle, je viens d'apprendre que le duel doit avoir lieu demain. Je supplie Votre Seigneurie de l'empêcher...

– Une rencontre où l'honneur de deux chevaliers est engagé ? Il faut être une fille de marchands pour songer à cela...

– Il faut être surtout une femme soucieuse de justice... et une femme qui aime. Messire de Selongey est blessé : le combat ne sera pas égal.

– Vous savez cela aussi ? Pour quelqu'un que j'ai mis au secret, vous n'ignorez apparemment rien de ce qui se passe dans mon armée ? fit le duc avec l'ombre d'un sourire qui emplit d'espérance le cœur de la jeune femme. Rassurez-vous, la blessure de Selongey est bénigne.

– Mais c'est un combat à outrance !

– Et alors ?

Les jambes de Fiora se dérobèrent sous elle ; elle tomba à genoux et cacha son visage dans ses mains :

– Par pitié, monseigneur !... Faites de moi ce que vous voulez, jetez-moi en prison, livrez-moi au bourreau mais empêchez cette horreur ! Je ne veux pas le voir mourir !

Il y eut un silence que troublait seulement le bruit de la respiration de la jeune femme. Mgr Nanni se penchait déjà vers elle pour la réconforter mais le duc l'arrêta d'un geste puis, lentement, il vint à Fiora :

– Vous l'aimez à ce point ?... Alors pourquoi Campobasso ?

– Par vengeance... et pour le détacher de vous... de vous pour le service duquel Philippe est toujours prêt à tout sacrifier. Il n'a voulu de moi qu'une fortune pour vos armes... et une seule nuit.

Il se pencha, prit les deux mains qu'elle gardait obstinément devant son visage et l'obligea doucement à se relever :

– Vous me détestez, n'est-ce pas?

Elle n'hésita qu'à peine et répondit, ses yeux gris dans les yeux noirs du prince :

– Oui... Sans vous, je serais heureuse!

– Sans moi, vous ne le connaîtriez même pas. Que serait-il allé faire à Florence? Rentrez chez vous, à présent, et priez Dieu! Je sais que vous semblez décidée à vous passer de son secours mais Mgr Nanni réussira peut-être à vous convaincre de vous tourner vers Lui. Il arrive qu'il exauce les prières... Quant au duel, je n'ai même pas la possibilité de le retarder : aucun des adversaires n'y consentirait...

Guidée par le légat qui avait pris son bras, elle se dirigeait vers la porte mais, avant de la franchir, elle se retourna :

– Ne pourrais-je au moins... lui parler?

– S'il y consent, je ne m'y opposerai pas. Dois-je aussi accorder permission à Campobasso qui ne cesse de réclamer un instant d'entretien avec vous?

– S'il vous plaît, monseigneur... à aucun prix! Je voudrais... ne plus le voir jamais. Mais je vous remercie de permettre que je rencontre Philippe...

Ils étaient face à face à présent, dans ce qui avait été l'oratoire des duchesses de Lorraine, un petit sanctuaire de pierre grise que le faste bourguignon avait déjà rhabillé d'azur, d'argent, d'une très belle statue de la Vierge et de quelques reliquaires devant lesquels, à l'entrée de Fiora, Philippe priait, à genoux.

Au léger grincement de la porte, il s'était levé et, une main posée sur la table de communion, il regardait la jeune femme venir à lui mais elle s'arrêta à quelques pas.

– Je ne souhaitais pas vous rencontrer, dit Selongey d'une voix basse où Fiora crut percevoir une lassitude.

Mais le duc a insisté sans d'ailleurs m'en donner la raison.

– C'est moi qui l'en ai prié. Je voulais vous voir avant que... oh, Philippe, vous êtes blessé!

La tempe droite, en effet, portait une écorchure tout juste refermée autour de laquelle la peau avait bleui mais Philippe haussa les épaules :

– Si c'est de cette estafilade que vous souhaitiez me parler...

– Un peu oui... mais surtout de ce duel qui m'épouvante. Est-il indispensable que vous vous battiez...

– Avec votre amant? J'espère bien le tuer! J'ai quinze ans de moins que lui et ce n'est pas cette égratignure qui m'en empêchera. Vous avez peur, dites-vous? Alors vous auriez dû comprendre qu'en venant prier pour lui vous ne feriez qu'accroître mon envie de l'abattre.

– Prier pour lui? C'est une pensée qui ne m'effleurait même pas. C'est pour vous que je tremble...

– Vous êtes bien bonne mais vous devriez plutôt vous inquiéter pour ce batteur d'estrade, car je ne le ménagerai pas et il trouvera cela très déplaisant. Inhabituel surtout : un condottiere, chacun le sait, est fort ménager d'une vie qu'il entend conserver pour pouvoir jouir à l'aise, sur ses vieux jours, des fruits de ses services mercenaires...

– J'ai supplié le duc d'empêcher ce combat.

– Il vous a ri au nez, j'imagine? Croyez-vous que je puisse endurer qu'un homme vienne à la cour de mon prince réclamer ma femme comme son bien?

– Votre femme? dit Fiora avec amertume. Dans votre esprit je ne l'aurai été que durant quelques heures mais jamais, au grand jamais vous n'avez imaginé de vivre avec moi, de faire de moi la compagne de tous vos instants. Croyez-vous que j'ignore les termes de ce contrat insensé que vous avez arraché à la faiblesse de mon père et par quel moyen, indigne d'un chevalier, vous avez emporté la victoire? Dans tous les pays du monde cela s'appelle du chantage!

– Je vous voulais à tout prix et j'aurais employé tous les moyens, même les pires...

– N'est-ce pas ce que vous avez fait?

Il détourna la tête pour ne plus rencontrer ce regard étincelant de colère où il ne pouvait lire que sa condamnation.

– Je l'avoue à ma honte mais vous m'avez rendu fou...

– Moi ou ma fortune?

– Je croyais vous avoir prouvé que je vous aimais?

– Vous me l'avez prouvé? Était-ce preuve suffisante que cette nuit où vous avez fait de moi une femme, après quoi vous vous êtes enfui comme un voleur sans vous demander, même un seul instant, si vous ne me laissiez pas irrémédiablement blessée? Vous emportiez une lettre de change et une mèche de cheveux, m'a-t-on dit. C'était cela votre victoire...

– Je suis revenu à Florence.

– Vous l'avez déjà dit et cela non plus ne prouve rien. Vous avez écouté, en regardant brûler mon palais, les premiers ragots venus et vous êtes reparti, avec de grands soupirs sans doute mais, ces soupirs, je ne suis pas certaine qu'ils n'étaient pas de soulagement. Vous vous retrouviez veuf avec, devant vous, un nouvel avenir.

– Ce n'est pas vrai. Je suis revenu parce que je vous aimais, parce que je voulais vous revoir...

– C'est sans doute ce que vous avez essayé de vous faire croire à vous-même? Si vous m'aviez aimée... comme moi je vous aimais, vous auriez détruit Florence, pierre par pierre, vous auriez creusé la terre avec vos ongles jusqu'à ce que vous eussiez retrouvé au moins mon cadavre mais vous êtes reparti tranquillement. L'histoire était finie, il n'y avait plus le moindre Beltrami au monde pour vous rappeler que, pour l'amour de votre maître, vous étiez allé jusqu'à souiller les aigles d'argent de vos armes en épousant l'enfant de l'inceste et de l'adultère, la fille de Marie de Brévailles. Vous n'aviez plus besoin de mourir comme vous l'aviez annoncé emphatiquement à mon père... et d'ailleurs, je suis bien obligée de constater que vous n'êtes pas mort!

– Et vous me le reprochez? Vous me haïssez à ce point?

– Décidément, vous n'avez rien compris...

L'une des broderies dorées que l'on avait tendues sur les murs de l'oratoire venait de se soulever sous la main du Téméraire qui s'avança vers Fiora, trop surprise par cette soudaine apparition pour songer au moindre salut. Philippe, lui, était devenu très rouge et voulut s'approcher de son maître mais celui-ci l'écarta d'un geste.

– Va-t'en Philippe! Et songe à te confesser avant d'affronter Campobasso! Je te verrai plus tard...

– Monseigneur! Il faut que je vous dise... que je vous explique...

– Il n'y a rien à expliquer. J'ai tout compris. Laisse-moi avec elle!

Avec un dernier regard à Fiora, Philippe baissa la tête et quitta la chapelle dont les dalles résonnaient sous ses solerets d'acier sans que le duc eût seulement tourné les yeux vers lui. Charles fixait la jeune femme avec l'expression de qui vient de trouver la solution d'un problème difficile. Il vint jusqu'à elle et, avec des gestes d'une grande douceur, ôta les longues épingles qui maintenaient sa coiffure. Quand les lourds cheveux retombèrent le long du cou mince, il recula de quelques pas:

– Jean de Brévailles! Je savais bien que ce visage appartenait à mon passé mais je ne le croyais pas si lointain! Cela fait combien d'années?

– Que vous avez refusé leur vie à une mère désespérée? Dix-huit dans quelques jours. Je suis née très peu de temps avant leur mort. Ce qui m'étonne, c'est que vous en ayez conservé le souvenir?

– Cela est, pourtant. Je l'aimais bien avant que la pure image de ce garçon fier et beau ne s'abîme dans la honte et le déshonneur...

– Pourquoi, monseigneur, n'ajoutez-vous pas, dans le sang, celui que vos bourreaux ont fait couler sur ce vieil échafaud que j'ai vu à Dijon? Encore n'était-ce pas assez: il fallait aussi la boue, l'ordure, l'ignoble tombe où par votre ordre on les a jetés et où j'ai failli mourir...

– L'ordre venait de mon père, pas de moi.

– Mais vous n'avez rien fait pour y changer quoi que ce soit! Si un homme, un de ces marchands que Votre Seigneurie dédaigne si hautement ne s'était trouvé là pour exercer cette pitié qui aurait dû être le fait du prince, je me serais dissoute au fond du même cloaque. Cet homme m'a recueillie, nourrie, éduquée, aimée... Il a voulu faire de moi sa fille et, ce dernier printemps, il en est mort après avoir été obligé de me marier à messire de Selongey qui avait percé son secret...

Le visage brun du prince devint couleur de brique et son regard s'enflamma:

– Ne me dites pas que Philipe, la loyauté, la droiture, l'honneur mêmes, que Philippe, chevalier de la Toison d'or a osé employer pareil moyen?...

– Pour vous rapporter l'argent que lui avait refusé Lorenzo de Médicis, il eût été capable de pis encore. Il vous est attaché corps et âme, même si cela me déchire le cœur de le reconnaître. Et vous savez à présent pourquoi il n'a voulu de moi qu'une nuit, pourquoi je devais couler ma vie entière à Florence sans jamais paraître en Bourgogne, afin que nul ici n'apprenne qu'il avait été jusqu'à souiller son nom en épousant la fille des Brévailles, et vous moins encore que quiconque... vous, son véritable dieu!

– Taisez-vous! Par saint Georges, je vous ordonne de vous taire!

Les mains sur les oreilles, le duc alla s'effondrer sur l'une des deux chaires armoriées qui se faisaient vis-à-vis dans le chœur. Il resta là un moment, respirant difficilement comme un homme qui étouffe et ouvrant d'un geste brusque le col de sa longue robe fourrée de martre. Il ferma les yeux puis, quand le souffle devint plus régulier, il darda son regard noir sur Fiora:

– Vous avez admis tout à l'heure que vous me détestiez. Le mot était faible n'est-ce pas? Vous me haïssez?... et c'est pour me nuire que vous avez séduit Campobasso?

– Au point où nous en sommes, monseigneur, il serait absurde de mentir : je n'ai qu'une seule tête à vous offrir. Et puis, à la vérité, je ne me sens plus tellement envie de vivre.

– Vous voulez mourir?

– Cela arrangerait si bien les choses...

– C'est à moi d'en juger... Sortez à présent et laissez-moi prier! J'ai, sur mon honneur, grand besoin de prier...

Après une génuflexion qui s'adressait au duc aussi bien qu'à Dieu, Fiora quitta l'oratoire dont elle referma très lentement la porte derrière elle. Assez lentement pour voir que le Téméraire s'était laissé tomber à genoux sur la marche de l'autel et avait enfoui sa tête dans ses mains. Au mouvement des épaules, on pouvait même supposer qu'il pleurait...

Il était près de minuit, le lendemain soir, quand Battista Colonna vint chercher Fiora dans sa chambre. Silencieusement, éclairés par la lanterne que le page balançait dans sa main, la jeune femme et son guide parcoururent des salles, des galeries, descendirent des escaliers en colimaçon qui semblaient interminables et finalement débouchèrent dans le pourpris du palais dont les quelques arbres, dépouillés par l'hiver, montraient à nu leurs branches tordues, soulignées d'un léger liseré blanc. Il était tombé de la neige dans la journée et elle avait couvert l'enclos d'une mince couche floconneuse.

Autour de ce qui était, au printemps, un doux tapis d'herbe émaillé de fleurs où les dames aimaient à venir s'asseoir pour deviser, entendre des vers ou danser des rondes, se tenaient quelques hommes enveloppés de longs manteaux noirs, comme Fiora elle-même, qui les faisaient semblables à des fantômes. Deux d'entre eux étaient assis sur des escabeaux que l'on avait apportés là : c'étaient le duc Charles et le légat. Un troisième siège, auprès de ce dernier, attendait Fiora qui y prit place après avoir salué silencieusement le prélat, le prince et un homme d'une cinquantaine d'années et de haute mine qui se tenait debout auprès du Téméraire et dont elle savait qu'il était son demi-frère, ce Grand Bâtard Antoine qui, par ses exploits avait élevé sa naissance illégitime à la hauteur d'une légende. Personne ne disait mot...

Dans la flaque de lumière dispensée par les torches que portaient trois valets noirs – et peut-être muets – apparurent les deux adversaires. Leurs armures cannelées, forgées toutes deux par les célèbres Missaglia de Milan les appariaient et, à première vue, on ne put les reconnaître que grâce à ceux qui les accompagnaient : Mathieu de Prame pour Selongey et Galeotto pour Campobasso. Ils étaient sensiblement de même taille. Chacun d'eux était armé d'une épée et d'une dague...

D'un même mouvement, ils vinrent mettre genou en terre devant le duc et le légat. Le premier ne bougea pas mais quand le second leva la main pour un geste de bénédiction, Philippe ôta le grand bacinet qui emprisonnait sa tête et le jeta à terre affirmant ainsi son intention de combattre sans sa protection...

– Souhaitez-vous tellement vous faire tuer ? demanda le Téméraire d'une voix sourde où perçait une angoisse. Reprenez ce casque !...

– Avec votre permission, monseigneur, je n'en ferai rien. Nous ne sommes pas ici pour bosseler de l'acier. L'un de nous n'en sortira pas vivant. Ce sera plus facile ainsi...

– Comme il vous plaira mais vous vous infligez là un grave désavantage... à moins que votre adversaire ne montre pareil dédain de la vie ?...

Tous les regards se tournèrent vers Campobasso qui paraissait changé en statue. Son hésitation était palpable mais il tourna les yeux vers Fiora et lut dans son regard tant d'implacable mépris qu'il se décida et libéra également sa tête :

– Après tout, pourquoi pas? fit-il avec un haussement d'épaules...

Tous deux se relevèrent ensuite et vinrent se mettre aux ordres du Grand Bâtard qui leur assigna une place à chacun puis se recula et se tourna vers le duc. Celui-ci fit un signe d'assentiment:

– Allez, messeigneurs, et que Dieu juge de vos causes laquelle est la meilleure.

Comme dans une figure de danse bien réglée, les deux lourdes épées se levèrent en même temps et Fiora enfonça ses ongles dans sa main, le cœur étreint d'une angoisse mortelle. Hors de leurs carapaces de fer les deux têtes nues paraissaient étrangement fragiles. Qu'une épée s'abattît sur l'une d'elles et c'était la mort assurée, les deux hommes se battant avec une violence qui donnait la juste mesure de la haine qu'ils se portaient. Le jardin clos résonnait du choc des armes d'où naissaient parfois des étincelles. Leur habileté était sensiblement égale et le duel risquait de durer longtemps. Selongey était peut-être plus rapide et plus souple, mais Campobasso possédait une plus longue expérience car ce n'était pas la première fois qu'il affrontait un homme en combat singulier et il était impossible de prédire lequel, finalement, aurait le dessus...

Fiora aurait voulu fermer les yeux, ne rien voir, mais cela lui était impossible: il lui fallait regarder... Parfois son regard glissait, plein d'appréhension, vers le visage immobile du Téméraire dans lequel, seuls, les yeux semblaient vivre. Ils étincelaient, ces yeux, en suivant les phases de la lutte qui, pour son âme guerrière, devait être un spectacle de choix et une amère rancœur s'empara de Fiora. Comment avait-elle pu être assez stupide pour aller lui demander d'interdire un duel dont il avait dû se promettre beaucoup de plaisir et qu'il appréciait à présent, en connaisseur averti? L'émotion de cette femme affolée avait dû l'amuser comme l'amusait sans doute l'anxiété qu'il devinait... De toute façon, et quelle que soit l'issue du combat, Fiora avait perdu tout espoir en l'avenir. Sa vie était définitivement saccagée car elle n'accepterait jamais d'être le prix d'une victoire du condottiere sur l'homme qu'elle aimait et, si Philippe l'emportait, il la rejetterait loin de lui à tout jamais.

– Qu'il vive, mon Dieu! implora-t-elle, retrouvant soudain à cet instant de péril extrême le recours désespéré à la prière, qu'il vive et je le libérerai de moi. Je demanderai l'annulation de ce mariage insensé!...

Elle avait froid jusqu'à l'âme. La neige qui couvrait le pourpris et qui, sous les pas des duellistes, n'était plus que boue, lui glaçait les pieds et la faisait trembler. C'était comme si tout ce froid s'insinuait dans ses veines pour remonter sournoisement jusqu'au cœur...

Le souffle des deux hommes s'écourtait et devenait bruyant. Le combat durait, durait et, à tant frapper, la lourde épée devait à présent peser dix fois son poids dans les muscles fatigués. Les coups semblaient moins violents et aucune blessure n'apparaissait sur l'un ni sur l'autre. Fiora reprenait espoir. Le duc allait-il enfin arrêter cette lutte par trop égale? Soudain, en voulant éviter une charge de son adversaire, Philippe recula, glissa, tomba lourdement sur le dos. Déjà Campobasso allait se précipiter sur lui, l'épée haute pour frapper à la tête, quand la jeune femme, avec un cri d'épouvante, se jeta entre les deux hommes, bousculant Campobasso dont l'épée s'abattit sur son épaule tandis que le bras vêtu de fer la frappait à la tête. Elle sentit une douleur fulgurante mais s'évanouit aussitôt, emportant dans les profondeurs apaisantes de l'inconscient l'écho des clameurs qui s'élevaient autour d'elle; puis elle ne sut plus rien de ce monde impitoyable des hommes, contre la cruauté duquel elle venait de se briser volontairement...

En reprenant conscience, elle retrouva la douleur. Son épaule, que des mains cependant douces maniaient lentement, la faisait affreusement souffrir comme si l'on était en train de la lui arracher. Sa tête aussi lui faisait mal et les sons y résonnaient tels qu'une cloche vide... Elle ouvrit péniblement les yeux et vit qu'on l'avait ramenée dans sa chambre du palais et qu'un homme en qui elle reconnut Matteo de Clerici, le médecin ducal, était penché sur elle et lui donnait des soins :

– Aucun os ne semble brisé, commentait-il en italien. L'épaisseur du manteau et de la robe ont un peu amorti le coup, porté d'ailleurs avec une arme dont le tranchant s'émoussait, mais c'est un vrai miracle que l'épaule n'ait pas été arrachée... Ah ! je crois qu'elle revient à elle !

– Vous êtes certain que sa vie n'est pas en danger ? fit la voix du duc Charles et Fiora, en dépit des brumes qui lui obscurcissaient le cerveau, découvrit qu'il employait l'italien avec aisance.

– A moins de complications, certainement pas. J'ai enduit la blessure d'un baume qui devrait apaiser la douleur et aider à cicatriser les chairs. Quant au coup reçu à la tête, c'est chose bénigne : une bosse qui est déjà d'un joli bleu...

– Philippe, souffla Fiora... Est-ce que... Philippe est vivant ?

La puissante silhouette noire du Téméraire émergea de l'ombre et apparut dans la clarté des chandelles allumées au chevet du lit :

– Sain et sauf... de même que son adversaire d'ailleurs. Mais quelle folie que ce geste ! Croyez-vous sincèrement que j'aurais laissé Campobasso égorger Selongey ?

L'expression du visage de Fiora indiqua clairement le doute, et elle murmura :

– Le combat n'était-il pas à outrance ?

– J'ai toujours le droit d'arrêter un duel quand bon me semble. Je savais que l'un comme l'autre aurait beaucoup de mal à venir à bout de son ennemi et j'espérais que la fatigue finirait par avoir le dessus. J'avoue que, cependant, j'eusse préféré que l'on gardât les casques...

– Ne... pouviez-vous... ordonner qu'on... les remît ?

– Cela, non. Chacun a le droit de se battre de la façon qui lui convient...

– Monseigneur! reprocha le médecin, ma patiente a perdu beaucoup de sang et elle a besoin de repos. Je vais lui faire absorber une potion qui la fera dormir et nous verrons, au jour, comment se comporte la plaie...

– Un moment encore... s'il vous plaît, dit Fiora. Je voudrais vous demander... monseigneur... de parler pour moi à Sa Grandeur le légat. Je... je demande l'annulation... de mon mariage...

– Vous voulez?...

– Oui... et le plus tôt sera le mieux. Dites à messire de Selongey... qu'il est délié de tout engagement.. envers moi. Ainsi que... vous-même. Mon père... savait que cet or vous était destiné... Je ne reviendrai plus sur un don... qu'il a fait librement!

Épuisée par l'effort qu'elle venait de s'imposer, elle ferma les yeux, ne vit pas le duc se pencher sur elle, mais elle sentit la chaleur de sa main quand il y emprisonna la sienne :

– Ne hâtez rien, je vous en supplie! Vous n'êtes pas vous-même en ce moment...

– Parce que j'ai perdu... toute agressivité? fit la jeune femme avec un pâle sourire.

– Peut-être. Nous reparlerons de tout cela quand vous serez rétablie. Je dois vous dire que Selongey est là, dehors. Voulez-vous lui permettre d'entrer?

– Non... non! Ni lui... ni l'autre! Par pitié!

– Vous avez droit à beaucoup mieux que de la pitié, mais il en sera comme vous le désirez. Reposez-vous!

– Il en est plus que temps, en effet, dit aigrement le médecin. D'autre part, il conviendrait de trouver une femme pour veiller donna Fiora. En dehors des filles de cuisine, ce palais est plein d'hommes et je ne compte pas les deux mille filles de joie qui poursuivent notre armée. Les soins d'une femme de bien seraient...

– Souhaitables? Je partage votre avis et m'en occuperai dès le matin. En attendant, ne lui mesurez pas vos soins...

Après son départ, Matteo de Clerici fit absorber à la blessée une tisane qu'il venait de préparer sur le feu de la cheminée et dans laquelle il versa quelques gouttes d'un flacon qu'il avait apporté avec lui.

La drogue devait être efficace car, à peine la dernière gorgée avalée, Fiora s'endormit profondément...

Derrière la porte de la chambre, le duc avait retrouvé Philippe qui arpentait nerveusement le dallage : il était visible qu'il avait pleuré :

– Comment va-t-elle ? interrogea-t-il. Puis-je la voir ?

– Elle n'est pas en danger immédiat mais tu ne saurais entrer, Philippe.

– Pourquoi ?

– Parce qu'elle ne le veut pas.

– C'est l'autre qu'elle attend ? s'écria le jeune homme avec fureur. Il n'est pas loin : Olivier de La Marche le retient au bas de cet escalier...

– Elle ne veut voir ni l'un ni l'autre... et elle désire expressément que je sollicite du légat l'annulation de votre mariage. Elle te fait savoir que tu es délié, envers elle, de tout engagement. Ce sont là ses propres paroles et je crois qu'elle a raison.

– Monseigneur ! protesta Selongey. N'aurai-je pas, moi aussi, la possibilité de parler ? Cela me concerne, il me semble ?

– Baisse le ton, s'il te plaît ! C'est au duc de Bourgogne que tu t'adresses. Au duc de Bourgogne qui est en droit de te demander compte de ta conduite : d'abord tu t'es marié sans ma permission, ensuite, tu as usé de chantage pour obtenir la main d'une malheureuse née dans la honte et que le plus misérable de mes sujets eût été libre de refuser pour épouse. Tu mériterais que je t'oblige à rendre ta Toison d'or. A présent, je t'interdis de chercher à la revoir et plus encore à l'approcher. Contente-toi de savoir qu'elle t'a sauvé la vie et va-t'en ! Oublie-la !

– Si vous croyez que c'est facile ! s'exclama Selongey avec amertume. Voilà des mois que j'essaie car je la croyais morte. Et puis je l'ai revue et j'ai senti...

– Vos sentiments ne m'intéressent en rien. Moi, votre prince, je vous ordonne, sous peine de déshonneur public, de vous détourner à jamais d'une femme adultère, née de l'inceste et de surcroît espionne de notre beau cousin de France.

– Qu'allez-vous faire d'elle ? Vous n'allez pas au moins lui faire de mal ? Elle est si jeune et elle a tant souffert !

– Cela dépendra de votre obéissance. Tout à l'heure, je verrai le légat mais vous, préparez-vous à partir pour la Savoie où la duchesse Yolande, envahie par les gens des Cantons, appelle au secours. Vous lui annoncerez notre venue prochaine et resterez auprès d'elle jusqu'à ce que je vous rappelle. Il faut qu'avant midi vous ayez quitté Nancy avec cinquante lances !

– Monseigneur, par grâce ! Elle est innocente et vous ne l'ignorez pas.

– Beaucoup moins que vous ne le croyez. De toute façon, ce mariage doit être dissous. Ne m'obligez pas par votre obstination à la faire disparaître elle-même ! Sachez que je la tiendrai dorénavant sous mon regard pour m'assurer de votre obéissance.

– Vous a-t-elle jamais fait défaut ? Laissez-moi au moins lui dire adieu ? Je lui dois la vie !

– Non... vous ne pourriez plus partir et je vous ai donné un ordre.

La mort dans l'âme, Philippe salua et se retira avec un dernier regard sur ce panneau de bois derrière lequel reposait la seule femme qu'il eût jamais aimée. Il se dirigea vers l'escalier mais, sur le point de descendre, se ravisa :

– Un mot encore, monseigneur. Je désire que l'on vende tous mes biens. Fiora n'a plus rien et je ne le supporte pas. Faites au moins cela pour moi !

– Vraiment ? Comment vivrez-vous puisque c'est vous alors qui n'aurez plus rien ?

– Votre victoire définitivement assise, mon prince, j'irais offrir mon épée au doge de Venise. Une fortune, cela peut se reconstituer au hasard d'une guerre... à moins que tout ne s'y achève.

Saluant derechef mais avec une raideur qui traduisait bien sa colère contenue, Selongey disparut enfin dans les profondeurs de l'escalier, suivi des yeux par le Téméraire qui se prit à sourire :

– C'est ce que nous verrons... fit-il.

La maison de l'échevin Georges Marqueiz, dans la rue Ville-Vieille et près de l'église Saint-Epvre, était l'une des plus belles de Nancy et n'avait pas souffert des bombardements. C'est là qu'au matin on transporta Fiora encore à demi inconsciente afin qu'elle y reçût des soins féminins impossibles à assurer dans un palais transformé en caserne. Dame Nicole, l'aimable épouse du magistrat, avait accepté très volontiers de donner au nouveau maître ce gage de bonne volonté. C'était une grande femme dont les cheveux blonds blanchissaient harmonieusement, sans beauté réelle, mais elle avait des yeux bruns pleins de chaleur et un charmant sourire. La blessée n'eut aucune peine à gagner son cœur et fut elle-même conquise sur-le-champ.

Cependant, le nouveau duc déployait toutes ses grâces – et quand il le voulait, il en avait beaucoup – pour séduire ses nouveaux sujets. On ne vit que fêtes et réjouissances. Charles se répandait en libéralités, en magnificences et en caresses. Il convoqua, dans son nouveau palais, les états de Lorraine où il prononça un discours mémorable :

– ... On s'apercevra bientôt que je cherchais par mes armes bien plus votre félicité que la mienne, dit-il à ces gens qu'il avait affamés et dont il avait réduit quelques-uns à coucher dans des décombres, la Providence qui vous a soumis à mes lois vous réservait sans doute le bonheur de vivre sous mon gouvernement; vous allez en effet désormais retrouver votre nation opulente, heureuse, tranquille et cette ville, maintenant le centre de mes états, sera le lieu de ma résidence. Je vais l'embellir d'un superbe palais, l'augmenter d'un grand nombre d'édifices, pousser ses remparts jusqu'à Tombelaine et lui donner le même lustre sous mon règne que Rome en reçut autrefois sous l'empire d'Auguste...

Il terminait en demandant une assurance d'inviolable attachement à sa personne et l'assemblée, enthousiasmée, n'attendit même pas qu'il en ait terminé pour lui jurer fidélité.

– C'est quelque chose que devenir la capitale d'un grand royaume, dit Nicole Marqueiz à sa pensionnaire. Quand on sait à quelle richesse ont atteint Bruges, Lille et Dijon, cela donne à rêver...

– N'aimez-vous pas votre jeune duc?

– Il est charmant mais c'est un enfant, comme dit monseigneur Charles. Il n'est pas de taille à se mesurer à un tel prince. Il faut vivre avec son temps, que voulez-vous!

Une partie de la noblesse lorraine se rallia d'ailleurs au nouveau seigneur. Cela choquait quelque peu Fiora qui se rétablissait doucement et qui commençait à se demander ce qu'il en adviendrait d'elle-même. Battista Colonna venait chaque jour prendre de ses nouvelles et causer avec elle. Il lui avait appris le départ de Philippe pour la Savoie et aussi la scène violente qui, à cause d'elle, avait opposé Campobasso au duc Charles. Le condottiere, ayant su que Fiora demandait l'annulation de son mariage, conçut de grands espoirs et exigea qu'on lui accordât le titre de fiancé, réclamant du même coup l'autorisation d'aller visiter chaque jour celle qu'il considérait comme la future comtesse de Campobasso.

– Monseigneur, raconta Battista, lui a déclaré qu'il n'était nullement question que vous puissiez l'épouser, qu'en ce qui le concernait il s'y opposait formellement et que, d'ailleurs, il entendait vous garder par-devers lui comme otage...

– Comme otage? Mais de quoi? et pourquoi?

– Je ne saurais vous en dire plus, madonna. C'est le

terme que Monseigneur Charles a employé. Toujours est-il que Campobasso est parti en claquant les portes et en jurant que, de sa vie, il ne servirait un prince qui ne reconnaissait pas à leur valeur les services rendus.

– Parti ? Mais pour où ?

– Vous n'allez pas me croire : pour Saint-Jacques-de-Compostelle où il veut faire pèlerinage!

Fiora éclata de rire, Campobasso sous la bure et le chapeau du pèlerin lui semblait une image du plus haut comique.

– Et il s'y rend avec toute sa troupe de mercenaires ? Cela va faire un beau cortège!

– Je crois qu'il va laisser sa *condotta* à son château de Pierrefort, ce qui le dispensera de la payer. On dit que, depuis pas mal de temps déjà, il réserve pour lui-même l'argent qu'il perçoit du duc. Il a annoncé aussi qu'il comptait rendre visite au duc de Bretagne qui serait un peu son parent...

– N'importe quoi! soupira Fiora mais, en son for intérieur, elle était plutôt satisfaite.

D'une part d'être débarrassée d'un homme qu'elle jugeait à présent plus qu'encombrant et ensuite d'avoir, somme toute, parfaitement accompli sa mission. En effet, connaissant le condottiere comme elle le connaissait, le grand saint Jacques et le duc de Bretagne devaient se résumer en un seul personnage : le roi de France, auprès duquel, très certainement, Campobasso allait déverser ses griefs. Et c'était bien à cela qu'elle avait souhaité l'amener. Ce qui lui permit de se réjouir pleinement d'en avoir terminé avec une aventure qu'elle jugeait peu glorieuse...

En revanche, cette excellente nouvelle s'accompagnait d'une autre... qui l'était moins. Peu de temps après l'entrée à Nancy, elle avait demandé au légat qu'on lui retrouve Esteban afin qu'il puisse reprendre son service auprès d'elle. Or, le jeune Colonna lui apprit que le Castillan était introuvable. Il semblait qu'au lendemain du soir où il avait sauvé Fiora du poignard de Virginio, Esteban se fût volatilisé. Ni le chef de la compagnie où il s'était engagé ni les autres soldats ne savaient ce qu'il était devenu... Et Fiora, à l'inquiétude qu'elle en éprouva, comprit qu'à son humble place, le Castillan avait gagné une petite partie de son cœur, comme Démétrios et comme tous ceux qui s'étaient comportés envers elle en amis véritables.

Cette disparition faisait qu'elle se sentait plus déracinée que jamais et elle ne comprenait pas pourquoi le duc tenait tant à la garder auprès de lui. Ne l'avait-il dit que pour se débarrasser de Campobasso ou bien cette histoire d'otage était-elle sérieuse? Du fond de ce lit étranger, dans cette maison étrangère au cœur d'une ville et d'un pays étrangers, la jeune femme ne souhaitait plus que de retourner à Paris pour y rejoindre sa chère Léonarde dont l'absence lui était de plus en plus pénible. Noël approchait et elle appréhendait à présent cette douce fête où se réunissent ceux qui s'aiment. Pour elle ce serait le Noël de la solitude, le premier qu'elle allait vivre sans son père et sans Léonarde. Même Philippe, cette ombre d'époux, était au loin, perdu à jamais pour elle... A dix-huit ans, le cœur n'a pas encore oublié les tendres joies de l'enfance ni la douceur du foyer paternel et Fiora, durant la nuit entière, pleura, elle dont l'orgueil détestait les larmes, sur les cendres, encore chaudes, de son palais incendié et de son bonheur détruit.

– Moi aussi je suis séparé des miens, lui confia au matin Battista en remarquant ses yeux rougis, et si vous ne souhaitez pas vous mêler à vos hôtes pour la fête, je pourrais m'en venir et vous chanter de jolies chansons de chez nous...

Ce qui eut pour conséquence immédiate de la faire pleurer de plus belle à sa grande confusion. En vérité, elle devenait d'une affligeante sensibilité! Elle embrassa l'enfant sur les deux joues pour le remercier de son amitié.

Or, à la veille de la Nativité, trois cavaliers qui ne ressemblaient en rien aux rois mages, surgirent des chemins enneigés et franchirent la porte de la Craffe : un homme, une femme et un jeune garçon. C'étaient, dans l'ordre : Douglas Mortimer superbe sous son harnois de la Garde Écossaise mais de fort méchante humeur de se présenter en pareille compagnie, Léonarde, juchée sur une mule et emmitouflée de lainages et de fourrures, aussi sereine que son compagnon était grognon, enfin le jeune Florent, l'apprenti banquier gagné par le démon de l'aventure, qui s'était pendu aux basques de la vieille demoiselle en refusant farouchement de s'en séparer avec, bien sûr, au fond de son cœur innocent, l'espoir de revoir la belle dame de ses pensées...

Tout ce monde se retrouva bientôt devant Olivier de La Marche un peu déconcerté par cette arrivée pittoresque :

– Je dois remettre à Monseigneur le duc une lettre du roi de France et en attendre réponse, dit Mortimer du ton rogue qui lui était habituel.

– Vous serez conduit à lui dans un instant... mais quelles sont ces personnes ? Vous voyagez en famille ?

Avant que l'Écossais qui avait viré au rouge brique ait libéré les mots que la colère coinçait dans sa gorge, Léonarde s'était chargée de la réponse.

– Moi, de la famille de cet ours mal léché ? Sachez, sire capitaine, qu'il a seulement été chargé par Sa Majesté le roi de nous protéger, moi et ce jeune homme, au long du voyage depuis Paris. Sachez aussi que je désire voir votre maître. Je suis la gouvernante de donna Fiora Beltrami qu'il retient prisonnière et je suis venue la chercher car il ne convient pas qu'une jeune dame de sa qualité se trouve seule en compagnie de soudards !

– Je vois, dit La Marche. Et celui-là ? ajouta-t-il en désignant Florent.

– Mon jeune valet, ou mon page comme il vous plaira. Je suis dame Léonarde Mercet, déclara-t-elle du ton altier qu'elle eût employé pour dire : je suis la reine d'Espagne.

– Vous m'en direz tant ! fit le capitaine, mi-figue, mi-raisin. Votre nom, messire ?

– Douglas Mortimer, des Mortimer de Glen Livet, officier de la Garde Écossaise du roi Très-Chrétien, Louis, onzième du nom, lança celui-ci en homme qui sait ce qu'il représente...

La Marche d'ailleurs s'inclina :

– Veuillez me suivre!

Quelques instants plus tard, l'Écossais et la vieille fille pliaient le genou devant le Téméraire qui, superbe à son habitude, donnait ses audiences du mardi dans la salle des états de Lorraine. Si Léonarde fut impressionnée par le faste qui l'entourait, elle n'en montra rien et ce fut un regard fort paisible qu'elle posa sur l'homme dont on disait qu'il faisait trembler la moitié de l'Europe.

Avec tout le cérémonial requis par le protocole, Mortimer, familier des usages de cour, remit au duc de Bourgogne une lettre aux termes de laquelle Louis XI, après l'avoir félicité de sa victoire sur Nancy et l'assurant de sa fraternelle affection, demandait que soit remise à son envoyé « très noble et très gracieuse dame Fiora Beltrami dont nous tenions le défunt père en très particulière estime et amitié et dont nous avons appris avec inquiétude qu'elle s'était aventurée jusqu'en Lorraine pour y retrouver un sien cousin. Cette jeune dame étant chère à notre cœur paternel, nous déplorerions qu'il lui fût advenu dommage ou peine et nous considérerions comme une particulière marque d'amitié qu'elle soit confiée à notre messager et à la dame qui l'accompagne afin d'être ramenée au-delà de la ville frontière de Neufchâteau où le seigneur comte de Roussillon pourra s'en charger et la faire conduire en sûreté jusqu'à nous... ». Suivaient les effusions rituelles mais le Téméraire n'en parcourut pas moins la royale épître avec un air manifestement renfrogné. Neufchâteau, qui d'ailleurs s'était rendu à lui, ne se trouvait qu'à quinze lieues de Nancy et le comte de Roussillon, l'un des meilleurs capitaines du roi, n'avait pas coutume de ne commander qu'une poignée d'hommes.

Charles laissa la lettre s'enrouler sur elle-même avant

de la tendre à son secrétaire puis considéra un instant les deux personnages qui attendaient son bon plaisir :

– Nous sommes heureux d'apprendre, dit-il enfin, que les frontières de France sont si bien gardées et, en vérité, nous n'en avons jamais douté. Quant à donna Fiora, nous concevons parfaitement qu'elle soit chère au cœur de notre cousin le roi Louis. Malheureusement, nous ne la détenons pas par-devers nous...

Il prit un temps sans paraître s'apercevoir de la pâleur soudaine de Léonarde et de l'angoisse qui montait dans ses yeux, ni d'ailleurs des sourcils froncés de Mortimer.

– Et puis, reprit-il, nous ne la connaissons pas en tant que telle. Nous n'avons ici que la comtesse de Selongey, épouse de l'un de nos meilleurs capitaines et nous sommes étonné que le roi ignore ce détail. Mais il est bien certain que nous ne saurions remettre au roi de France une grande dame de Bourgogne. Nous en écrirons dans ce sens à notre cher et aimé cousin. En attendant, sire Mortimer, vous êtes notre hôte jusqu'après les fêtes de Noël qu'il ne conviendrait pas de vous faire passer dans la froidure des grands chemins. Quant à vous, madame, vous allez être conduite sur l'heure auprès de votre élève tenue de garder la chambre à la suite d'un... léger accident.

Quand, un moment plus tard, Nicole Marqueiz introduisit Léonarde auprès d'elle, Fiora, incrédule, ferma les yeux en les serrant très fort comme il arrive lorsque l'on se trouve en présence d'une lumière trop violente, mais déjà celle-ci s'était élancée vers elle et l'avait prise dans ses bras :

– Mon agneau ! Enfin je vous retrouve !

Les quatre mois de séparation qu'elles venaient de subir leur paraissaient à présent quatre siècles et pendant un long moment ce fut un festival de questions à bâtons rompus et d'embrassades. Chacune avait tellement à raconter que l'on ne savait plus par quel bout commencer...

– Nous n'y arriverons jamais, dit Fiora, si nous ne mettons un peu d'ordre dans nos propos. Comment avez-vous pu savoir que j'étais ici?

– La réponse tient en un seul nom: Esteban.

Léonarde expliqua comment, chassés par Campobasso, le Castillan et l'Écossais avaient résolu de se séparer: l'un pour retourner rendre compte au roi de l'issue de sa mission, l'autre pour rester aux alentours de Thionville ou même dans la ville afin de surveiller ce qui se passait au château. Quand Fiora était partie pour Pierrefort, il avait suivi, de loin, l'escorte de la jeune femme et grâce à un peu d'argent il avait trouvé asile chez l'un des paysans qui ravitaillaient le château en bois ou en fourrage. L'entrée en scène d'Olivier de La Marche ne lui avait pas échappé et, comme à l'aller, il avait suivi Fiora jusqu'au camp bourguignon où il s'était engagé dans une compagnie franche afin de pouvoir circuler dans le camp.

L'arrivée de la jeune femme avait suscité au moins la curiosité et Esteban situa très vite l'endroit où elle était enfermée. Cela lui permit de la sauver du poignard de Virginio mais, après la prise de Nancy et comprenant qu'il ne pouvait rien faire avec ses seules forces, il s'enfuit en pleine nuit, brûlant les étapes, et rentra à Paris d'où Agnolo Nardi l'avait emmené chez le roi au château de Plessis-lez-Tours... avec Léonarde qui avait fermement insisté pour les accompagner.

– Étant désormais en paix avec la Bourgogne, poursuivit Léonarde, notre sire a pensé que rien ne s'opposait à ce qu'il vous réclame. Je crois que le roi a beaucoup d'estime pour vous et nous étions tous fort affligés de votre sort.

– Vous n'aviez pas tout à fait tort de l'être. Mais vous ne me parlez point de Démétrios? Est-il toujours auprès du roi Louis?

– Non. Il est au château de Joinville, pas bien loin d'ici avec le duc René II de Lorraine. Le roi l'a « prêté » au jeune duc pour qu'il prodigue ses soins à la vieille princesse de Vaudémont, sa grand-mère, qui est fort malade.

En outre Démétrios a tiré l'horoscope de ce prince et ce qu'il y a lu l'a si fort attaché à lui qu'il ne veut plus le quitter. Le roi y a consenti. Quant à Esteban, il est allé rejoindre son maître et nous avons fait route ensemble jusqu'à Saint-Dizier...

– Ainsi Démétrios m'abandonne? dit Fiora avec un peu de tristesse. Je croyais que nous avions conclu un pacte? Mais apparemment mon sort l'intéresse moins que celui de « l'Enfant »...

– L'enfant?

– C'est ainsi que le duc Charles appelle celui qu'il vient de déposséder de ses terres et de sa couronne.

– Il est assuré que lui n'a rien d'un enfant. C'est un homme impressionnant. Mais ne croyez-vous pas qu'il serait temps de m'apprendre ce que vous avez fait de tout ce temps passé sans votre vieille Léonarde?

Le récit de Fiora fut plus long. Elle le fit honnêtement, sans concessions pour elle-même ou pour sa pudeur et il advint que, parfois, Léonarde rougît à l'écouter mais quand ce fut fini, celle-ci se contenta de se moucher vigoureusement, ce qui chez elle était signe de grande émotion et s'en vint embrasser sa Fiora sur le front.

– J'aimerais bien vous voir oublier tout cela au plus vite, mon agneau, mais ce me paraît difficile avec ce duc Charles qui tient essentiellement à vous garder par-devers lui.

– Il a dit à Campobasso que j'étais un otage.

– J'ai bien entendu. Mais alors pourquoi donc répond-il hautement à cet insupportable Mortimer que la place de la dame de Selongey est auprès de lui? D'autant que, si je vous ai bien comprise, vous venez de renoncer à cet honneur en demandant l'annulation de votre mariage?

– C'est étrange, en effet, mais ne me demandez pas de vous expliquer le Téméraire. Personne n'est en mesure de le faire, je crois... et peut-être non plus lui-même!

La nuit venue, les deux femmes, laissant les Marqueiz aller entendre à Saint-Epvre la messe de minuit, suivirent

Battista Colonna venu, au nom du duc Charles, les convier à l'office de la collégiale Saint-Georges.

C'était la première fois, depuis Notre-Dame de Paris, que Fiora assistait à une messe. Mais sa paix avec Dieu était faite puisqu'il avait permis que Philippe ne succombât pas sous l'épée de Campobasso et, dans cette église illuminée qui, avec ses grandes brassées de houx et de gui, ressemblait à quelque forêt enchantée, elle se laissa bercer par les voix angéliques des jeunes chanteurs de Bourgogne... Scintillant de ses plus beaux joyaux, le Téméraire étalait dans le chœur la fabuleuse splendeur d'un manteau tissé d'or et semé de pierreries. Autour de lui ses officiers, bien qu'ayant revêtu leurs plus riches atours, passaient inaperçus...

– Est-il permis à un homme né de la femme de se glorifier lui-même à ce point? murmura Léonarde.

– Je crois, répondit Fiora, qu'il considère tout cela comme très naturel. N'est-il pas le Grand Duc d'Occident et, si j'en crois les rumeurs, il pourrait être bientôt roi. Mais les fêtes de ce soir ne constituent pour lui qu'une étape. Battista m'a dit que, d'ici peu, il va reprendre les armes pour libérer les terres de la duchesse de Savoie et tirer vengeance des Suisses qui se sont emparés de son comté de Ferrette [1] et ont mis à mal la Comté Franche...

– Que va-t-il faire de nous en ce cas? Pense-t-il vous traîner à sa suite comme ces reines de l'Antiquité que l'on attachait au char du vainqueur?

– On ne se sépare pas d'un otage et il prétend que j'en suis un. Je pense d'ailleurs que ce ne sera pas plus pénible pour nous que pour ces ambassadeurs étrangers que vous voyez auprès de lui et qui doivent le suivre partout...

Des «chut!» énergiques rappelèrent aux deux femmes qu'une église n'est pas un endroit pour causer. Elles se le tinrent pour dit et joignirent leurs voix à celles des fidèles qui entonnaient un chant de Noël.

La fête passée, il leur fallut faire face à un problème

1. Le Landgraviat de Haute-Alsace.

quand, au moment de partir, Mortimer vint leur faire ses adieux et réclamer Florent qu'il devait emmener : le duc n'autorisait aucun Français à demeurer dans son entourage. Le garçon pleura, pria, supplia, mais rien n'y fit, jusqu'à ce que l'Écossais lui déclarât de sa voix tranquille :

– On vous fait beaucoup d'honneur en vous traitant en homme. Après tout, je peux peut-être obtenir du duc qu'il laisse le gamin pleurnicheur que vous êtes dans les jupes des dames ?

Ce fut magique. Florent devint très pâle puis alla faire son baluchon. Quand il revint en silence saluer Fiora et Léonarde, il leur lança un regard si désespéré que la vieille fille, une fois le garçon parti, s'exclama :

– Ce Mortimer est assommant mais, au moins, il n'est pas amoureux de vous, contrairement à tant d'autres – et vous n'imaginez pas comme je trouve cela reposant...

CHAPITRE XII

LES TROMPES DE LA MORT

Les tourbillons de neige balayaient le col de Jougne où la trace du chemin ne se voyait presque plus. Depuis que l'on avait quitté Pontarlier et le fort château de Joux où le sire d'Arbon, qui le tenait pour le duc, avait reçu son maître en mettant sa cave et son garde-manger au pillage, le vent s'était levé jusqu'à devenir tempête tandis que l'armée montait péniblement vers la ligne de faîte entre le Rhône et le Rhin.

L'armée? En fait c'était un monde qui s'étirait interminablement sur la route jurassienne. Cela évoquait l'Exode car, outre les vingt mille hommes de troupe sous divers capitaines, il y avait des centaines de chariots transportant les tentes et les pavillons d'apparat, les tapisseries, les coffres de joyaux, les vêtements somptueux, les manuscrits, l'argenterie, l'argent monnayé, le fabuleux trésor qui composait la chapelle ducale avec les statues d'or des douze apôtres, les châsses et les objets de culte, tous précieux, sans compter les prêtres et les chantres, enfin tout l'attirail de la Chancellerie avec ses gratte-papier et son chancelier Hugonet, les meubles et encore bien d'autres choses... Tout cela destiné à démontrer, non seulement aux Suisses mais à l'Europe entière, que la puissance, la force et l'organisation bourguignonnes étaient sans rivales au monde. D'ailleurs, dans l'esprit du duc Charles, cette guerre qu'il entamait devait être rapide et sans appel : une simple expédition punitive destinée à asseoir sa puissance plus solidement que jamais.

En haut du col, les pieds dans la neige, le Téméraire regardait défiler ce train immense qui faisait chanter son orgueil. Il n'était plus le duc de Bourgogne, il était Hannibal franchissant les Alpes en plein hiver et peu lui importait qu'il s'agît du Jura! Son seul regret était sans doute qu'il n'y ait pas le moindre éléphant...

Il était là depuis des heures, insensible aux bourrasques de neige et au vent coupant, contemplant avec avidité cette affirmation de sa souveraineté que traduisaient les bannières, pennons et oriflammes. Ceux qui passaient devant lui s'efforçaient de les tenir droits et de redresser l'échine en dépit de la tourmente. Et apparemment, il n'était pas question qu'il quittât la place...

A son côté, son frère Antoine et, un peu en arrière, emmitouflés jusqu'aux yeux, ceux dont il faisait sa société habituelle depuis que l'on était sortis de Nancy : l'ambassadeur milanais Jean-Pierre Panigarola, et enveloppé d'un grand manteau doublé de martre, les cheveux entièrement cachés par un vaste chaperon de velours rubis, un mince jeune homme qui n'était autre que Fiora. On avait dû laisser à Salins Olivier de La Marche, atteint de dysenterie.

La veille du jour où l'on allait quitter Nancy, c'est-à-dire le 10 janvier, le Téméraire avait appelé auprès de lui la jeune femme, tout à fait remise de sa blessure. Il l'avait reçue seul à seule dans son cabinet d'armes où il examinait un nouveau type d'arbalète qu'un armurier allemand lui avait fait porter.

– Donna Fiora, dit-il sans se retourner, vous avez appris, je pense, que nous partons demain pour châtier les Suisses pillards et envahisseurs ? J'ai décidé que vous voyageriez en compagnie de messire Panigarola, ambassadeur de Mgr le duc de Milan, qui est l'un des hommes les plus sages et les plus aimables qu'il m'ait été donné de connaître et, comme il n'est jamais bien loin de moi, c'est dire que nous cheminerons assez souvent de compagnie.

– Monseigneur, coupa Fiora, pardonnez-moi de vous interrompre, mais pourquoi tenez-vous tant à m'emmener... et sous quel nom? Suis-je un otage et, dans ce cas, pourquoi? Vous avez dit à Douglas Mortimer que j'étais la comtesse de Selongey et cependant Votre Seigneurie sait très bien que j'ai demandé l'annulation. Une annulation qu'elle souhaite d'ailleurs autant que moi.

Tenant toujours son arbalète, le duc se retourna et considéra la jeune femme d'un œil amusé :

– Vous avez pourtant été bien élevée, donna Fiora! Ne vous a-t-on pas appris que l'on ne questionnait jamais un souverain? Voilà, il me semble, une belle série de questions?... Mais, pour une fois, je vais répondre... à condition que vous m'accordiez une faveur...

– Une faveur? De moi au puissant duc de Bourgogne?

– Mais oui. Je vous dirai tout à l'heure ce que je souhaite. Pour l'instant, voyons ce que vous m'avez demandé... Êtes-vous un otage? En un certain sens oui. Vous savoir sous ma main... et peut-être en danger, vous assure à vous une certaine tranquillité et à moi l'obéissance de deux hommes...

– Deux? Campobasso est parti à ce que l'on m'a dit.

– Il reviendra. L'important est que Selongey et lui ne passent pas leur temps à s'entre-tuer et à vous chercher aux quatre horizons. Parlons à présent de cette annulation! Le légat s'est rendu auprès de l'empereur Frédéric pour m'assurer de sa neutralité durant la guerre que j'entreprends. Il réglera cette question à son retour. Donc, jusqu'à ce moment, vous avez droit au titre de comtesse de Selongey.

– Ce n'est pas du tout mon sentiment et je ne veux pas le porter.

– Comme il vous plaira. C'est donc sous votre nom florentin que vous serez présentée demain à l'ambassadeur. Votre gouvernante voyagera dans son chariot le plus confortable. Quant à vous... et c'est là que j'en viens à cette faveur dont nous parlions, vous me suivrez à cheval... si toutefois vous savez monter.

– Vous avez bien voulu admettre, monseigneur, que j'ai été bien élevée.

– C'est parfait mais ce sera mieux encore si vous acceptez de revêtir le costume que l'on a dû, à cette heure, déposer chez vous. Un costume... de garçon.

Fiora se mit à rire :

– Si c'est cela que vous désirez, monseigneur, c'est bien peu de chose. Je possède déjà un costume masculin grâce auquel j'ai voyagé plus commodément depuis Florence.

– Si vous y êtes accoutumée, ce n'en est que mieux mais je souhaite vraiment vous voir porter celui que j'ai envoyé. C'est... la raison profonde du désir que j'ai de vous garder auprès de moi durant cette campagne...

En rentrant chez les Marqueiz, Fiora trouva, en effet, étalées sur son lit, des chausses collantes de soie noire, de fines chemises brodées et une tunique de velours d'un beau rouge profond sur la manche de laquelle étaient brodées les grandes armes de Bourgogne chargées d'un lambel d'argent à trois pendants qui la laissèrent perplexe. Un chaperon de même velours, frappé d'une médaille d'or représentant saint Georges, une lourde chaîne d'or, un superbe manteau de cheval de fin drap noir doublé de martre et des bottes de daim noir fourrées accompagnaient ces vêtements, mais la jeune femme ne leur accorda qu'une attention distraite. Elle contemplait toujours le pourpoint quand Léonarde entra, les bras chargés de vêtements qu'elle allait mettre dans un coffre et Fiora pensa qu'elle pourrait peut-être l'éclairer :

– Vous êtes bourguignonne, dit-elle. Alors vous devez savoir quel est cet écu ? Monseigneur Charles m'a fait porter ces vêtements tout à l'heure. Je dois les revêtir et chevaucher près de lui.

Léonarde prit la tunique mais ne répondit pas tout de

suite. D'un doigt songeur, elle suivait le dessin compliqué de la broderie et, quand elle laissa retomber le vêtement, Fiora eut l'impression qu'elle avait pâli :

– Eh bien ? fit-elle avec impatience.

– Plus personne n'arbore ces armes. Elles étaient celles de Monseigneur Charles quand il n'était que comte de Charolais. Le lambel d'argent est la marque du fils aîné... Je suppose qu'étant son écuyer, Jean de Brévailles a dû en porter de semblables...

– Ah !

C'était donc cela ! Le lendemain, à la halte de Neufchâteau où le Téméraire devait prendre le commandement de l'armée, Fiora s'approcha du prince tandis qu'il faisait vérifier les fers de son cheval :

– Je vous ai obéi, monseigneur, dit-elle, mais j'avoue ne pas comprendre le pourquoi de ce costume. Est-ce... pour accentuer une ressemblance ?

– Oui, répondit le duc en italien. Il m'est doux, pour cette guerre, d'avoir à mes côtés l'image d'un compagnon d'autrefois... d'un compagnon que j'aimais.

– Que vous aimiez ? protesta Fiora indignée. Vous osez dire cela quand vous n'avez rien fait pour le sauver ?

– Je ne pouvais rien faire. Le crime était sans pardon possible car il offensait Dieu autant que l'humanité. Mieux valait, cent fois, que cette tête tombât sur l'échafaud plutôt que l'enfouir dans quelque cul-de-basse-fosse. Jean était mon ami. Nous avons lu Plutarque ensemble, navigué ensemble au large de Gorcum, jouté ensemble, bu et ri ensemble. Il pouvait espérer de mon amitié un grand état, une belle alliance et cependant... cependant, continua-t-il avec une brusque flambée de colère, il est parti sans même un mot, il a rejeté tout cela, renié tout cela pour le corps d'une femme qui était sa sœur. Alors que je le croyais pur, il était comme tous les autres, comme mon père que le premier jupon venu mettait en folie... pire que tous les autres !

– Non, dit Fiora doucement. Il était seulement victime

d'un amour impossible, défendu... mais c'était tout de même de l'amour.

Il la regarda avec, dans les yeux, une sorte d'égarement.

– Vous croyez?

– J'en suis certaine. Et vous aussi monseigneur... sinon, pourquoi serais-je auprès de vous et sous ces vêtements?

– C'est vrai. Il m'a... beaucoup manqué. Vous me donnez l'illusion de sa présence, d'autant plus précieuse que vous avez l'âge qu'il avait alors... Eh bien, ajouta-t-il en français, est-ce enfin fini?

Le maréchal-ferrant avait achevé son ouvrage. Le duc s'enleva en selle et rejoignit, au trot, le Grand Bâtard qui l'appelait. Fiora le regarda s'éloigner sans parvenir à comprendre d'où venait le bizarre sentiment, assez proche de la pitié, qu'elle éprouvait soudainement...

Depuis, il s'était montré plein de gentillesse à son égard, surtout pendant les quinze jours que l'on avait passés à Besançon pour adjoindre à l'armée quelques compagnies comtoises. Il était même étonnant de constater que, du jour où il avait su la vérité sur la naissance de Fiora, le duc avait complètement changé d'attitude envers elle. De hargneux et méprisant, il s'était fait presque amical alors que le contraire eût été plus normal. Parfois, le soir, il l'invitait à venir écouter ses chanteurs et même, ayant découvert qu'elle savait jouer du luth et possédait une jolie voix, il la faisait chanter en duo avec Battista Colonna et il lui arrivait de chanter avec eux. Les seuls bénéficiaires de ces concerts intimes étaient Antoine de Bourgogne et l'ambassadeur milanais.

Fiora noua vite amitié avec Jean-Pierre Panigarola. C'était un homme d'une quarantaine d'années, avec ce visage étroit et méditatif que l'on voit à certaines statues de saints – mais il n'en avait que l'apparence. Fin, cultivé, sachant manier l'humour, il était un observateur attentif de la nature humaine et un excellent diplomate. Presque chaque jour, il écrivait de longues lettres au duc de Milan,

Galeazzo-Maria Sforza, son maître, et Fiora découvrit rapidement qu'il connaissait le Téméraire mieux que ses propres frères. De même qu'il semblait se retrouver fort aisément dans la politique sinueuse de Louis XI, auprès duquel il avait rempli avec succès des fonctions d'ambassadeur avant que la mort de Francesco Sforza, père du duc actuel, grand chef d'État et ami du roi de France, ne vînt renverser les alliances et tourner Milan vers la Bourgogne.

Le faux garçon, nourri de Platon, de Sophocle et d'Hésiode, l'enchantait d'autant plus qu'il savait parfaitement que c'était une femme ravissante et qu'il appréciait les filles d'Ève en amateur éclairé de la beauté sous toutes ses formes.

– Vous devriez être florentin, lui dit un soir Fiora en riant. Je crois que vous en avez les qualités et peut-être les défauts...

– Je me trouve fort bien d'être milanais, encore que notre ville ne se puisse comparer à la cité du Lys Rouge. Néanmoins, j'avoue que je vous envie le seigneur Lorenzo! Quelle intelligence! quelle profondeur de vues! Je ne vois guère que le roi de France pour lui être comparé...

– N'admirez-vous donc pas Monseigneur Charles?

Panigarola hocha la tête et se mit à contempler d'un air songeur la coupe de précieux verre de Venise emplie de vin à travers laquelle les flammes d'un chandelier faisaient scintiller des rubis:

– Il me fascine et il m'effraie. Il est le dernier représentant d'une époque révolue, d'une race en voie de disparition. Le dernier féodal, le dernier chevalier peut-être, l'élève de Jacques de Lalaing toujours captif des exploits de ce paladin errant qui usa sa vie à courir l'Europe pour y rompre des lances en joutes et tournois et se mesurer aux meilleures épées connues. La vie de chaque jour avec ses contraintes, ses petitesses aussi lui échappe complètement. Il a été trop riche et trop puissant trop tôt... Il ne s'est jamais soucié de ses peuples destinés seulement, selon lui, à produire richesse et puissance guerrière et il est triste de penser que de l'énorme fortune léguée par son père, le duc Philippe, il ne reste rien à l'exception des joyaux et des objets précieux...

– Rien ? Je sais qu'il lui arrive de faire appel à des banques étrangères, mais je ne pensais pas... ?

– Qu'il en était là ? Malheureusement si. Il vit dans un rêve de gloire et d'hégémonie quasi européenne car il se veut le plus grand capitaine de son temps. Malheureusement pour lui, il est affronté à un roi qui est peut-être l'homme le plus intelligent et le moins pourvu de scrupules qui soit. Le superbe bourdon doré pourrait bien se prendre dans la toile que tisse patiemment « l'universelle aragne »...

– Mais le roi Louis n'a-t-il pas signé la trêve de Soleuvre ?

– Bien sûr que si, mais vous ne vous imaginez pas qu'il se tient tranquille pour autant ? Certes, ses troupes ne bougent pas des frontières et il a refusé d'aider le duc de Lorraine pour ne pas renier sa signature de façon trop évidente, mais il fait la guerre autrement.

– Comment cela ?

– La fille de Francesco Beltrami... que j'ai eu le plaisir de connaître, devrait me comprendre aisément car la guerre du roi Louis est une guerre économique. Il a certes une puissante armée, mais c'est son or qu'il fait marcher et soyez certaine que les Suisses que nous allons attaquer étourdiment en ont reçu une bonne part. En outre, Louis anémie le commerce flamand et les foires bourguignonnes par une concurrence systématique. Ses navires détournent les bateaux génois et vénitiens des ports bourguignons d'Anvers et de l'Écluse qui approvisionnent Bruges, ce qui enrage les Flamands. Il interdit les expéditions de blé. Sa main est partout... Il a réussi à réconcilier Sigismond d'Autriche et les Cantons, cependant ennemis farouches jusque-là. Il a renvoyé, toujours avec de l'or, les Anglais hors de France...

– Il n'y avait pas que de l'or. Il y avait du vin et des victuailles...

– Je sais. Les Parisiens en ont même fait une chanson.

J'ai vu roi d'Angleterre
Amener son gros ost
Pour la française terre
Conquérir bref et tôt
Le roi voyant l'affaire
Si bon vin leur donna
Que l'autre sans rien faire
Content s'en retourna

– Inutile d'ajouter que Monseigneur Charles a trouvé proprement scandaleuses et la chanson et la manière de se débarrasser d'un ennemi, ajouta Panigarola en riant...

Grâce à lui, ce soir-là, Fiora ne s'abandonna pas trop aux regrets et au désenchantement qui ne pouvaient que l'assaillir : il y avait un an tout juste qu'elle avait mis sa main dans celle de Philippe et s'était unie à lui en croyant fermement que c'était pour toujours. Mais la fin de la nuit fut plus pénible car en dépit de la fatigue d'une journée de cheval par un temps affreux, elle ne réussit pas à trouver un seul instant de sommeil...

Le 11 février 1476, le Téméraire remporta, sans coup férir d'ailleurs, sa première victoire. L'interminable cortège de ses troupes franchit le col de Jougne et vint s'installer dans Orbe qui était à trois lieues et demie du col et à pareille distance de Grandson, but premier de l'expédition. En même temps, les lances italiennes de Pierre de Lignana, qui constituaient l'avant-garde et s'étaient dirigées vers le lac Léman, récupérèrent Romont sur les confédérés. Mais le plus important c'était Grandson, une ville et un fort château situés à l'extrémité sud du lac de Neuchâtel.

En fait et en l'occurrence, le Téméraire ne voulait que reprendre ce qui, un an auparavant, était de son obédience. En 1475, les gens des cantons de Berne, Bâle et Lucerne, décidés à conquérir le pays de Vaud appartenant à la Savoie, ont fait sauter ce verrou bourguignon dont le seigneur, Hughes de Chalon-Orange, s'ennuyait alors devant Neuss avec le reste de l'armée du duc Charles. Grandson, solidement défendue par le bailli Pierre de Jougne mais envahie par les paysans refluant des campagnes, n'a pas résisté longtemps à la famine et à l'artillerie lourde des Suisses. A l'automne, le pays de Vaud tout entier tombait dans leurs mains alors sans tendresse. Seule Genève échappait à la dévastation en payant une rançon de 26 000 florins d'or qui coûta leurs bijoux aux dames de la ville et leurs cloches aux églises...

Le 19, on arrive enfin devant Grandson par un temps vraiment affreux: il pleut, il neige et il fait froid:

– On ne peut pas dire que la France et la Bourgogne vous aient réservé leurs plus beaux sourires, fit Léonarde que Fiora avait rejointe dans son chariot tandis que tentes et pavillons se montaient. A part la canicule, vous n'avez guère connu que la pluie, le vent et les pires intempéries... Vit-on jamais automne et hiver semblables?

– Vous avez peut-être un peu oublié votre jeunesse, répondit Fiora. A Florence le temps est si doux!... Il est vrai que lorsque l'on a perdu quelque chose ou quelqu'un on ne se souvient plus que de ses qualités.

Le Téméraire avait choisi d'établir son camp près de Giez. Ses pavillons de pourpre et d'or couronnèrent superbement une colline[1] tandis que cinq cents autres tentes d'une grande richesse et des centaines de bannières multicolores étalaient sur les environs le plus fabuleux des tapis. Le reste du camp, celui en « rase campagne », couvrait la plaine en demi-cercle, entre la ville et la montagne, et s'étendait jusqu'à l'Arnon, une

1. Si superbement que le souvenir en est resté et que la colline s'appelle encore aujourd'hui « le Duc de Bourgogne »...

étroite rivière débouchant dans le lac près d'une lieue plus loin.

– Grandson ne devrait nous donner aucun mal, confia le duc Charles à Panigarola et à Fiora tandis qu'ensemble ils regardaient la nuit tomber sur le lac dont les lointains se perdaient dans une brume glacée et la ville tassée derrière les cinq tours de son château. Depuis trois semaines déjà, les bourgeois se sont emparés du chef de la garnison bernoise, Brandolphe de Stein, et nous l'ont livré... Il est captif en Bourgogne.

– Comment se fait-il alors que les portes ne soient pas grandes ouvertes et qu'aucune délégation ne soit encore venue à vous, monseigneur? fit l'ambassadeur. Je crois, moi, qu'ils vont se défendre durement. Ce sont de bons soldats que les Suisses...

– Ces bouviers, ces paysans? lança le duc méprisant. Nous n'aurons aucune peine à les balayer. Qu'ils prennent garde à ma colère car je pourrais porter la guerre dans les cantons de la Haute Ligue[1].

– Ce que je ne saurais conseiller à Votre Seigneurie car, dans certains d'entre eux, la rudesse des montagnes double la valeur des hommes...

– C'est ce que nous verrons!

Le siège de Grandson dura neuf jours, neuf jours pendant lesquels bombardes, couleuvrines et fauconneaux dirigèrent, même la nuit, un feu meurtrier sur la petite cité. A l'intérieur du château, des incendies se produisirent, allumés par des brandons enflammés et par l'explosion de la soute à poudre qui détruisit en partie le beau logis seigneurial... La fin était d'ailleurs prévisible, cinq cents hommes ne pouvant lutter contre quinze mille. Bientôt, bloquée de toutes parts et démoralisée d'ailleurs par l'absence de son chef, la garnison se rendit. Alors commença l'horreur...

1. Berne, Fribourg, Bâle, Zurich, Lucerne, Uri, Schwyz, Soleure et Unterwalden composaient la Haute Ligue cependant que dix villes alsaciennes formaient la Basse Ligue, ennemie elle aussi du Téméraire après les exactions de son bailli, Pierre de Hagenbach.

Debout derrière le duc au milieu des seigneurs qui composaient son état-major, Fiora, Panigarola et Battista Colonna, pétrifiés, assistaient au carnage. Du haut de la tour Pierre, les Bourguignons précipitaient les soixante-dix défenseurs du chemin de ronde au milieu des rires et des quolibets en criant très fort qu'il était temps pour eux d'apprendre à voler sans ailes... Cependant, au pied des murailles, les quatre cents autres soldats de la garnison étaient pendus par grappes de trois ou quatre aux arbres d'un bois situé aux abords du château ou bien noyés dans le lac avec une pierre au cou...

L'ambassadeur milanais ne put retenir une protestation indignée :

– Est-ce façon, monseigneur, de traiter des soldats ? Ils se sont battus parce que c'était leur devoir. Pardonnez-moi mais ceci est indigne d'un grand chef de guerre.

– Allons ! Ces gens ne méritent pas d'autre traitement. Souvenez-vous que leurs pareils ont dévasté plusieurs cités du pays de Vaud... Il en arrivera autant d'ailleurs à tous les Suisses qui me tomberont sous la main.

– Encore une fois, monseigneur, ce sont des soldats ! et ils se sont rendus...

– Je vous trouve bien sensible, Panigarola ? Cela servira de leçon à ce ramassis de marchands, de toucheurs de bœufs et de chasseurs...

– Certains de ces chasseurs traquent l'aigle et l'ours.

– Et je dis, moi, que c'est une infamie ! cria Fiora qui ne pouvait plus contenir son indignation. Tuer des hommes désarmés est une lâcheté à laquelle je refuse d'assister plus longtemps !

Tournant les talons et bousculant ses voisins, elle prit sa course en direction du camp, gagna sa tente où Léonarde lisait ses heures et y pénétra en trombe :

– Venez, Léonarde ! Nous partons. Je vais chercher des chevaux. Emballez vite le peu que nous possédons et préparez-vous !

– Que se passe-t-il ?

– Le duc Charles est en train de faire assassiner les malheureux qui se sont rendus ce matin. Il arrivera ce qu'il arrivera mais je ne resterai pas auprès de ce bourreau une minute de plus!

– Enfin! soupira la vieille demoiselle en se précipitant sur un sac de cuir qu'elle se mit en devoir de remplir. Voilà des jours que j'espérais cela!

– Vous êtes contente de partir? Par le temps qu'il fait et alors que je ne sais même pas où nous allons?

– Il tomberait des hallebardes et des grêlons gros comme le poing que je me précipiterais dehors quand même. Quant à savoir où nous allons, je vous le dirai tout à l'heure. Allez chercher les chevaux!

Un moment plus tard, les deux femmes galopaient sur la route de Montagny dans l'intention de refaire le chemin parcouru à l'aller et de repasser le col de Jougne puisque c'était le seul itinéraire qu'elles connussent. La route défoncée par le passage de l'armée et de l'artillerie serait au moins facile à suivre...

Soudain, à un détour du chemin, elles virent se dresser devant elles ce qui leur parut être un mur de fer : une cinquantaine de chevaliers armés de toutes pièces, en tête desquels Fiora, dont le cœur manqua un battement, reconnut les aigles d'argent sur champ d'azur. D'ailleurs, la visière relevée du casque ne laissait aucun doute sur l'identité de son propriétaire. Fiora hésita un instant mais constata vite que toute échappatoire était impossible et elle décida de faire front...

En dépit de son déguisement, Philippe la reconnut aussitôt.

– Vous?... Et dans cet équipage? Mais où prétendez-vous aller? Et avant que Fiora ait pu répondre, il ajoutait : je suis heureux de vous revoir, dame Léonarde, mais je vous croyais plus de sens.

Il avança son cheval jusqu'à toucher celui de Fiora et ne put s'empêcher de sourire :

– Quel charmant garçon vous êtes! Mais, pour l'amour du ciel, dites-moi ce que vous faites là?

– C'est assez évident il me semble? Je pars, je m'enfuis, je me sauve! L'otage a pris la clé des champs! lança-t-elle avec colère. Pour tout l'or du monde, je ne resterai pas un instant de plus, quoi qu'il puisse arriver, auprès de ce monstre qu'est votre duc!

– Le duc un monstre? Mais que vous a-t-il fait?

– A moi? rien... encore qu'il y ait peut-être matière à discussion, mais là n'est pas la question. Je viens de voir comment il traite les soldats de Grandson dont la seule faute est d'avoir osé lui résister. Ils se sont rendus à merci et on les massacre, par dizaines. On les jette du haut des remparts, on les pend ou les noie afin qu'il n'en reste plus un seul pour appeler sur votre maître la vengeance du ciel. Ce qui n'empêche qu'elle l'atteindra un jour!

Le silence qui suivit traduisit la gêne de Philippe qui avait pâli :

– Quand la colère le prend, il peut être effrayant, je le sais et...

– En colère, lui? Pas le moins du monde. Il sourit et même il rit tant il trouve plaisant le spectacle...

– Il semble d'ailleurs coutumier du fait, dit paisiblement Léonarde. J'ai entendu parler de ses exploits à Dinant et à Liège où il n'a même pas accordé la vie sauve aux chats!

– Laissez, chère Léonarde! Vous ne convaincrez pas messire de Selongey. Le Téméraire est son dieu... mais moi qui préfère en servir un plus clément, je vous prie de nous livrer passage afin que nous puissions continuer notre voyage.

– Etes-vous si pressées? temporisa Philippe. J'avoue que j'espérais vous voir en rejoignant le camp...

– Nous n'avons plus grand-chose à nous dire, Philippe. J'ai demandé que notre mariage soit annulé. Ainsi vous serez libre et le cher duc sera content. Je crois qu'il vous tient en réserve quelque grande dame...

– Que voulez-vous que j'en fasse? cria Selongey que le ton de persiflage de la jeune femme agaçait. Quant à cette annulation, je n'en veux pas. Je n'ai aimé et n'aimerai jamais que vous, Fiora, et quoi que vous ayez pu faire...

– Ce que « j'ai » pu faire ? Apparemment ce serait vous qui auriez quelque chose à me reprocher ?

– Il me semble, oui ! Avez-vous déjà oublié. Thionville ?

– Inutile de crier et de réjouir vos compagnons avec nos querelles. J'en vois plus d'un sourire. Il est vrai que les distractions anodines sont plutôt rares dans ce pays. Mais, dans quelques instants vous pourrez leur offrir beaucoup mieux : des arbres supportent des grappes humaines. Le duc vous expliquera que c'est le summum du comique. A présent, je veux passer !

– Je ne vous laisserai pas partir ! dit Philippe en s'emparant de la bride du cheval de Fiora.

A cet instant d'ailleurs, un nouveau cavalier, lancé au galop, débouchait du tournant de la route et dut faire preuve d'une réelle science équestre pour arrêter sa monture avant la collision.

– Donna Fiora ! s'écria Battista Colonna. Dieu soit loué ! je vous retrouve !

– Vous me cherchiez ?

– Monseigneur vous cherche. Il ordonne que vous rentriez au camp immédiatement. J'ai ordre de vous ramener à tout prix.

– Voilà qui est fait, Battista. A présent, vous pouvez retourner dire à votre maître que je refuse de revenir. Il a exigé que je le suive dans cette guerre mais je ne m'en sens vraiment plus le courage. J'en ai vu plus que je n'en peux supporter. Dites-le-lui !...

– Ah !

Le jeune garçon devint très rouge et détourna la tête.

– C'est là votre dernier mot ? murmura-t-il.

– Absolument... Pardonnez-moi, Battista ! Je sais que je vous confie là une mauvaise commission mais...

– Je crois qu'elle est même plus mauvaise encore que vous ne l'imaginez, intervint Philippe. Que se passera-t-il si donna Fiora ne revient pas avec nous, Colonna? Je jurerais que vous en répondez... peut-être même sur votre tête?

– Ce n'est pas possible! protesta Fiora. Il ne peut pas rendre cet enfant responsable de ma conduite?

– C'est très possible au contraire. Quand le duc Charles entre en fureur, il ne raisonne plus, ne se contrôle plus... et vous l'avez peut-être offensé gravement? Que lui avez-vous dit?

– Je ne sais plus exactement mais je crois que j'ai parlé d'infamie... de lâcheté... Battista, je vous en prie, dites-moi la vérité! Messire de Selongey a-t-il raison?

Pour toute réponse le jeune Colonna baissa la tête...

– C'est indigne! fit Fiora avec dégoût. Comment peut-on abuser à ce point de son pouvoir! Et vous, Philippe, comment pouvez-vous servir un tel maître?

– Je connais ses défauts mais aussi ses qualités. En outre, il a reçu mon allégeance lorsqu'il m'a armé chevalier et derechef lorsqu'il m'a conféré la Toison d'or...

– Moi aussi j'ai reçu votre serment, dit Fiora doucement.

– L'un ne me délie pas de l'autre. Je reviens vers lui pour me battre à ses côtés contre les Suisses dont l'armée se rassemble. D'autre part, j'ai un message de la duchesse de Savoie qui a quitté Turin pour sa ville de Genève. Il faut que je le voie... mais vous, si cela vous est trop pénible, partez! Rentrez en Bourgogne! Allez m'attendre à Selongey! Je vais ramener Battista et croyez-moi, il ne lui arrivera rien! C'est moi qui en réponds!

Un instant ils se regardèrent au fond des yeux et, dans le cœur de Fiora, quelque chose s'épanouit, s'illumina. Se pouvait-il que les temps douloureux eussent pris fin et que le bonheur pût renaître? Le regard de Philippe était brûlant d'amour comme il l'était durant la nuit de Fiesole et, pour ce regard-là, Fiora savait qu'elle était déjà prête à endurer bien des souffrances... Elle lui sourit avec une tendresse infinie...

– A moins qu'il ne vous supprime tous les deux? C'est un risque que je ne veux pas courir... Rentrons, Battista! Et vous, Philippe, poursuivez votre chemin mais... s'il vous plaît... prenez bien soin de vous!

Elle posa sa main sur le gantelet de fer et une joyeuse étincelle s'alluma dans les yeux noisette du jeune homme :

– Allez donc parler d'amour à la dame de vos pensées sous cette ferraille! murmura-t-il. Ne pensez plus à cette stupide annulation, ma douce! Vous êtes mon épouse bien-aimée... et il faudra bien que le Téméraire s'y fasse!

Un quart d'heure plus tard, Fiora et Léonarde avaient regagné le camp des Bourguignons. Battista Colonna les déposa chez elles et s'en allait rendre compte de sa mission lorsque, sur le point de quitter la jeune femme, il mit genou en terre devant elle :

– Je n'oublierai jamais ce que vous venez de faire pour moi, madonna. Vous pourrez me demander ma vie si un jour vous en avez besoin...

– Voilà un jour qui ne viendra jamais, Battista, mais je vous remercie tout de même!

Quand elle l'eut vu s'éloigner, elle se tourna vers Léonarde qui, avec la grande philosophie qui était sienne, sortait les vêtements des sacs pour les replacer dans les coffres :

– Qu'entendiez-vous tout à l'heure quand vous m'avez dit que nous parlerions plus tard de l'endroit où nous pourrions aller?

Léonarde ne répondit pas tout dc suite comme si elle hésitait puis, tirant d'un étui de velours un rouleau de parchemin, elle le garda entre ses mains :

– Je pensais ne vous donner ceci que lorsque nous aurions recouvré notre liberté mais, dans le fond, je peux aussi bien vous le remettre maintenant : le roi Louis vous a fait don d'un petit castel en pays de Loire, non loin de sa demeure de Plessis-lez-Tours pour vous remercier des peines endurées à son service. Il y a ici le titre de propriété... et un message du roi...

Elle lui tendit le rouleau que Fiora repoussa :

– Je ne crois pas que je l'habiterai jamais. Ma vie, après tout, pourrait bien se fixer en Bourgogne. Oh, Léonarde, vous n'imaginez pas comme je suis heureuse! Je n'aurais jamais imaginé que c'était encore possible. Il me semble que je reviens à la vie après une longue, longue maladie... Nous renverrons ceci au roi avec un beau remerciement.

– Sans doute, sans doute... mais ne nous hâtons pas! Quelque chose me dit que vous n'en avez pas encore fini avec Monseigneur Charles. C'est un homme avec lequel il faut compter...

Et Léonarde rangea soigneusement l'étui de velours rouge.

A la grande surprise de Fiora, le Téméraire, lorsqu'il la revit le lendemain, ne fit aucune allusion à ce qui s'était passé mais il dit au jeune Colonna, assez haut pour être entendu de la jeune femme.

– Ce que j'ai exprimé hier vaut pour demain. Je t'ai confié une personne que je tiens à garder, Battista! Veille à ce qu'elle ne s'écarte plus...

Le sourire de la jeune femme réconforta l'enfant. Pour rien au monde, à présent, Fiora ne s'éloignerait du camp bourguignon puisque Philippe l'avait réintégré...

Ô la joie de le voir venir avec le Grand Bâtard pour prendre les ordres dans le pavillon ducal, de rencontrer son regard et son sourire! Un instant, ils furent seuls tous les deux et la foule chamarrée qui se pressait autour du Téméraire disparut. Mais ce fut très court et il fallut bien revenir sur terre. Philippe allait repartir avec Antoine et l'avant-garde de l'armée que le duc chargeait, afin de préparer son avance prochaine vers Neuchâtel, de s'emparer du château de Vaumarcus, clé du passage le long du lac.

En effet, la longue plaine accidentée qui s'étendait entre les monts du Jura et l'immense nappe d'eau était large d'une demi-lieue à la hauteur de Grandson mais allait en se rétrécissant pour se trouver enfin coupée par un éperon boisé qui, de la montagne, descendait jusqu'au rivage. Deux routes seulement permettaient de franchir cet obstacle : l'une, la « Via Detra » qui suivait au flanc de la montagne le tracé d'une ancienne voie romaine et l'autre qui longeait le lac dont les lointains se perdaient vers le nord. Vaumarcus commandait cette seconde voie...

Le duc expliqua :

– Notre belle cousine Madame la duchesse de Savoie nous a donné avis des bruits qui courent le pays de Vaud. Quelques milliers d'hommes des Cantons menés par ceux de Berne se rassembleraient à Neuchâtel pour marcher ensuite contre nous. Ils ne sont guère à craindre pour les guerriers que nous sommes mais nous allons tout de même les gagner de vitesse...

– Pourquoi ne pas les attendre ici ? fit le Grand Bâtard. Le camp est bien protégé, tant par le cours de l'Arnon et par les fossés et autres ouvrages que nous avons établis que par nos canons. En outre, ces montagnards ont peu de cavalerie. La nôtre, en plaine, pourrait s'éployer largement...

– Peut-être mais je crois que notre meilleure alliée est la rapidité. Allez vous assurer de Vaumarcus pour nous y appuyer au besoin. Ensuite je mettrai l'armée en marche. L'effet de surprise jouera pleinement et nous tomberons sur Neuchâtel avant même que ces gens aient formé de véritables corps de troupe.

– Donc vous levez le camp ?

– Non. Rien ne presse. Je vous l'ai dit, la vitesse est notre arme la meilleure et nous ne pouvons nous encombrer des chariots de bagages, des registres de la Chancellerie et de toutes ces femmes que nous traînons après nous. Croyez-moi, nous allons faire là une promenade militaire et nous serons devant Neuchâtel sans avoir peut-être besoin de tirer l'épée.

– Emmenez-vous les ambassadeurs [1] ?

1. Inquiet, le duc de Milan avait envoyé en effet trois ambassadeurs extraordinaires, un Palavicini, un Visconti et un Grimaldi pour être encore mieux informé. Le Téméraire refusa de les garder et les renvoya à Orbe.

– Pour ce qui me concerne, dit Panigarola, je suivrai monseigneur à moins qu'il ne me le défende. Ne suis-je pas les yeux et les oreilles de mon noble maître ? Sa voix aussi parfois...

– Vous êtes plus qu'un ambassadeur car nous avons de l'amitié pour vous, fit le duc aimablement. Vous serez à nos côtés...

– Puis-je espérer que vous y serez seul ? fit audacieusement Philippe les yeux sur Fiora. Certains pages me semblent un peu fragiles pour le poids de l'armure...

Le Milanais surprit ce regard et sourit :

– Monseigneur le duc laisse au camp ses trésors. Avec sa permission, j'en ferai autant de celui qu'il m'a confié.

Le lendemain 1er mars, le château de Vaumarcus tombait sans coup férir aux mains des Bourguignons qui y placèrent garnison et, à l'aube du samedi 2 mars, l'armée s'ébranla pour ce que le duc avait appelé « une promenade militaire »...

Le souvenir de ce matin frileux devait rester longtemps gravé dans la mémoire de Fiora. Debout au seuil de sa tente, serrant autour d'elle le grand manteau fourré que le duc Charles lui avait donné, elle le regarda s'éloigner dans la plaine, statue de fer couronnée d'un lion d'or, sur le puissant destrier le Moro, son cheval favori que le caparaçon d'acier changeait en bête apocalyptique et sous la flamme ondoyante de son étendard haut tenu par un chevalier banneret. Autour de lui, des chevaliers de la Toison d'or que distinguaient seulement leurs écus : un monde fantastique de griffons, de léopards, d'alérions, de taureaux, de chimères et de sirènes... Une fleur de lis d'or dont les pointes étaient des pierres précieuses dansait sur la tête du cheval ducal, symbole dérisoire et jamais abandonné de ce sang royal français que cependant le Téméraire abhorrait...

Le jour qui se lève est gris, le ciel blême... Sur la gauche, le mont Aubert et le Chasseron sont encore enneigés et le lac a des reflets de mercure... Tout là-bas, l'avant-garde, revenue de Vaumarcus, serpente à travers les vignes sur la « via Detra » cependant que le gros de l'armée contourne Grandson pour suivre le chemin de la rive et finir par disparaître. Mais cette armée semble bizarre à celle qui l'observe : le duc n'a pas pris soin de la ranger en bataille; elle progresse sans discipline et même avec une sorte de laisser-aller. Il est vrai qu'en principe on ne va pas se battre mais parcourir une certaine distance pour aller surprendre les Suisses chez eux... C'est tout juste si l'on n'espère pas les trouver à table.

Ce que le Téméraire n'imagine pas un seul instant, c'est qu'à Neuchâtel s'est rassemblée une armée qui réunit des soldats d'élite, les meilleurs d'un pays qui en comporte presque autant que d'habitants mâles. Il y a là ceux de Bâle, venus avec un contingent de Strasbourg, ceux de Fribourg, de Soleure, de Bienne, de Baden et de Thurgovie. L'avoyer Hassfürter a mené de Lucerne mille neuf cents hommes. Heinrich Göldli et Hans Waldmann ont conduit les gens de Zurich tandis que Schachnachthal et Hallwyll sont à la tête des sept mille hommes de Berne. Schwyz a envoyé le tiers de sa population sous le commandement de Rudolph Reding, soit mille deux cents hommes et les petits cantons montagnards d'Uri et d'Unterwalden chacun cinq cents. En tout quinze à vingt mille hommes qui, eux aussi et à la même heure que les Bourguignons, se sont mis en marche vers Grandson pour venger leurs frères massacrés... Charles va trouver en face de lui la plus redoutable infanterie d'Europe mais il ne le sait pas encore et il devise agréablement au long du chemin avec son autre demi-frère Baudoin, avec le prince d'Orange, avec Jean de Lalaing et Olivier de La Baume...

Vers midi, Fiora et Battista qui jouaient aux échecs s'arrêtèrent et se tournèrent d'un même mouvement vers le nord. Dans le lointain, un bruit étrange se faisait entendre : une sorte de long mugissement que la distance atténuait mais qui, sur place, devait être effrayant. Cela s'arrêtait puis reprenait et la jeune femme sentit un frisson glacé courir le long de son dos :

– Qu'est-ce que c'est? demanda-t-elle.

– Ma foi, je n'en sais rien, dit Léonarde qui cousait assise auprès de la table et qui, à tout hasard, fit un signe de croix.

– J'ai entendu dire, fit le page d'une voix changée, que les montagnards suisses ont de grandes trompes dans lesquelles ils soufflent et que l'on peut entendre à plusieurs lieues... Si c'est bien cela, c'est que...

– Que le duc, qui ne s'y attend pas, a rencontré les Suisses, acheva Fiora... Mon Dieu! Ce bruit terrible vous glace le sang.

Ensemble, la jeune femme et l'enfant sortirent. Le meuglement s'était tu et c'était à présent le silence. Dans Grandson où, sur la rive, les cadavres des suppliciés n'avaient pas été dépendus, on n'apercevait aucun mouvement. Sur les chemins de ronde, les gardes étaient immobiles écoutant eux aussi... Puis, il s'éleva une grande rumeur...

– C'est trop loin pour voir quelque chose, dit Battista, mais on se bat là-bas!...

Plus personne, dès lors, ne parla. Le cœur serré, Fiora pensait à Philippe. Sa vaillance était connue. Il devait être au plus chaud de la bataille, toujours prêt à donner sa vie pour son duc... Alors, elle alla s'agenouiller auprès de Léonarde qui priait et partagea de tout son cœur son oraison...

Ce fut vers le milieu de l'après-midi que la catastrophe se produisit. On vit soudain l'armée bourguignonne, semblable à une énorme vague étalée sur la plaine, refluer en désordre, hommes, chevaux et voitures mêlés dans une effroyable confusion tandis que rugissaient de nouveau – et tellement plus proches! – les terribles trompes d'Uri et de Lucerne que, cependant, un énorme « Sauve qui peut! » réussissait à couvrir.

– En fuite! articula Battista effondré. L'armée est en fuite!...

Ce qui suivit fut, pour Fiora, comme un mauvais rêve. Panigarola surgit couvert de poussière avec des taches de sang :

– Vite! Aux chevaux! Il faut rejoindre le duc!...

Quelques instants plus tard, Fiora se retrouva, galopant en direction d'Orbe avec Léonarde, Battista et l'ambassadeur qu'avaient rejoints son secrétaire, ses serviteurs et ses chevaux. Ils n'étaient pas seuls d'ailleurs: tous ceux qui avaient la garde du camp fuyaient, à pied, à cheval ou en voiture, sans trop savoir où ils allaient mais terrifiés par les rugissements qui se rapprochaient...

– Que s'est-il passé? demanda Fiora.

– Une chose invraisemblable : alors que certaines de nos troupes effectuaient un repli, celui-ci a été pris pour une fuite par les troupes qui montaient en ligne. D'autant que des bandes de Suisses sortant de la forêt s'apprêtaient à attaquer par le flanc. Tout de suite ça a été la panique... une déroute sans précédent, impensable et absurde. Les deux tiers de l'armée ont fui sans avoir combattu...

– Vous avez donc rencontré les Suisses?

– Oui. Et, je l'avoue, c'était assez effrayant. J'ai vu surgir tout à coup une phalange énorme: quelque huit mille hommes marchant au coude à coude, dardant devant eux des piques deux fois plus longues que nos lances, un gigantesque hérisson sur lequel flottaient trente bannières vertes et un grand étendard blanc. Ces gens combattent bras nus, vêtus de demi-cuirasses sur des jaques de cuir, la tête couverte de chapeaux de fer. Ils ont le visage rasé et des anneaux d'or aux oreilles. Ils ont l'air sortis d'un conte fantastique... et ils ont semé la terreur...

Se retournant sur sa selle, Fiora aperçut l'immense camp abandonné avec ses tentes magnifiques, son énorme matériel et ses canons. Un rayon de soleil rouge, apparu soudain entre deux nuages gris, fit étinceler la sphère d'or sur les grands pavillons pourpres du Téméraire :

– Est-ce que... le duc Charles abandonne vraiment tout ceci?

Panigarola haussa les épaules :

– Cela aussi est insensé, n'est-ce pas? Mais nous avons eu assez de mal à l'empêcher de se jeter seul au milieu des ennemis. On l'a entraîné de force... Quant à ce camp, les Suisses vont ramasser à coup sûr le plus fabuleux butin de l'Histoire[1]...

« Je crois, ajouta-t-il en retenant son cheval que nous pouvons ralentir. Personne ne nous poursuit... Les Suisses ont peu de cavalerie. En outre, le pillage va les occuper un long moment.

– Où est Monseigneur le duc? demanda Battista.

– Devant nous. C'est à Nozeroy, en France-Comté que nous le rejoindrons. Mais nous prendrons quelque repos à l'hospice de Jougne. Je crois, fit-il avec un demi-sourire, que donna Léonarde appréciera.

– J'apprécie déjà beaucoup, messire ambassadeur, que vous m'épargniez les joies du galop bien que ce soit toujours intéressant de faire une nouvelle expérience...

Une poignée d'hommes resserrés autour d'un prince

1. Fabuleux, en effet. Outre la totalité du camp avec ses pavillons, ses vivres, ses chevaux, ses armes, ses canons et tout un matériel suffisant pour équiper une armée, les Suisses s'emparèrent des statues d'or, des reliquaires et autres objets précieux de la Chapelle ducale, du chapelet de Philippe le Bon fait de pierres précieuses, de la vaisselle d'argent, du Grand Sceau de l'État et de celui du Grand Bâtard Antoine, de centaines de vêtements brodés d'or, de tapisseries admirables, du siège doré du duc et de son fabuleux chapeau de parade, enfin de ses joyaux uniques au monde : le Grand Diamant de Bourgogne qui ne sera jamais retrouvé, celui qui deviendra le « Sancy », un grand diamant jonquille que l'on appellera « le Florentin », la « Rose d'York », la « Plumette » faite de perles, de rubis et de diamants, les « Trois frères » déjà cités, des perles énormes : la « Pérégrine » et la « Non Pareille », l'ordre de la Jarretière du duc orné de diamants et de perles, son collier de Grand maître de la Toison d'or, fabuleux joyaux pesant plusieurs kilos, d'autres joyaux encore composant un trésor digne des *Mille et Une Nuits*, les plus riches habits du Téméraire, ses coffres d'or et d'argent monnayés et cent autres choses. En résumé une pluie de richesses qui s'abattit sur la Suisse et dont on peut affirmer qu'elle constitua un bon début pour la fortune des Cantons. Encore faut-il ajouter que les Fugger purent acheter à des prix plus que raisonnables, à des gens qui n'en connaissaient pas la valeur, des joyaux qui se chiffreraient aujourd'hui en millions de dollars. Disons enfin que les musées helvétiques possèdent nombre d'objets provenant de Grandson. D'autres pièces se retrouvent dans le trésor de Vienne et certains joyaux ont fait partie des bijoux de la Couronne de France, de ceux d'Angleterre, d'Autriche et de Toscane. Le « Sancy » racheté par le président Giscard d'Estaing a fait retour à la France.

éperdu de chagrin et d'impuissante fureur, c'est tout ce qui, dans la nuit, atteignit la petite ville de Nozeroy, dressée sur sa colline balayée par les vents comme une main tendue vers le ciel. L'armée, la grande armée réunie par le duc Charles n'était plus qu'un souvenir. Non qu'elle comptât beaucoup de morts mais, à la suite des troupes italiennes qui avaient pris peur, toutes les autres s'étaient égaillées, éparpillées, dispersées dans toutes les directions. En quittant lui-même le champ de bataille, le duc avait donné des ordres pour qu'on tentât d'endiguer un peu cette panique mais c'était à peu près impossible. Les soldats, sourds et aveugles, avaient fui comme une horde de cerfs devant un incendie de forêt.

Au matin blême, les braves Comtois de la petite cité virent passer devant eux, toujours magnifique sous ses armes splendides, un homme pâle qui semblait vidé de toute vie et dont le regard fixé loin devant lui ne regardait personne. Il allait son chemin dans la neige qui étouffait le bruit des pas du cheval, marchant vers le château qui allait l'accueillir et chacun s'inclinait devant lui. Mais des chuchotements couraient dans le vent du matin car, parmi ceux des chevaliers qui escortaient le duc, ne se trouvait pas le seigneur de Nozeroy, Hughes de Chalon-Orange. Pour qu'il ne fût pas là afin d'ouvrir sa demeure au maître qu'il aimait, il fallait qu'il lui fût advenu quelque malheur et la tristesse pesa sur Nozeroy autant et plus que les sombres nuages du ciel [1].On saluait mais, presque en se cachant, on se signait comme devant un convoi funèbre. Et le château se referma sur ce prince qui venait de regarder en face et pour la première fois le visage de la défaite... Il semblait frappé à mort.

Pourtant, quand Panigarola et ses compagnons le rejoignirent, un peu plus tard, ils trouvèrent un homme bouillonnant d'activité. Il envoyait sur toutes les routes pour qu'on lui ramène autant de fuyards que possible, il expédiait des messagers en Lorraine et en Luxembourg pour

1. Les Suisses devaient renvoyer plus tard son corps au duc Charles.

qu'on lui acheminât de l'artillerie, en Bourgogne et à Besançon pour avoir des vivres et de l'argent. Et surtout il parlait, il parlait, lui si volontiers silencieux. Il expliquait : cette bataille de Grandson n'était qu'un accident dû à la lâcheté de ses soldats italiens d'abord mais aussi picards, anglais et wallons. Dès qu'il aurait reconstitué de nouvelles troupes, avec d'authentiques braves cette fois, il retournerait combattre les Suisses :

– Dans huit jours au plus, déclara-t-il à Panigarola sidéré, nous reformerons le camp à Salins, à deux lieues d'ici. Olivier de La Marche à qui j'en ai écrit et qui doit être guéri prendra toutes les dispositions nécessaires...

Puis, se tournant vers Fiora qui le regardait avec de grands yeux incrédules :

– Pour votre première guerre vous n'avez pas eu de chance mais je vous promets que vous verrez mieux bientôt... très bientôt.

– Monseigneur, murmura-t-elle, pardonnez-moi d'oser vous questionner mais... sait-on des nouvelles de... du comte de Selongey ?

La flamme de gaieté factice se voila dans les yeux sombres du duc Charles.

– Non... et pas davantage de mon frère Antoine avec lequel il combattait. J'espère sincèrement qu'aucun mal ne leur est advenu car j'ai vu disparaître dans la mêlée le prince d'Orange qui avait aussi en charge une partie de l'avant-garde... Peut-être aurons-nous bientôt des nouvelles.

On en eut vers la fin du jour quand le Grand Bâtard Antoine fit son entrée dans la ville, amenant avec lui un fort escadron. A son côté, chevauchait Mathieu de Prame, livide et les yeux encore bouffis de larmes, qui vint s'abattre plutôt que s'agenouiller devant le duc. Ce qu'il avait à dire tenait en peu de mots : il avait vu Philippe de Selongey tomber, submergé par ce qui ressemblait à une lame de fond mais, emporté lui-même par l'irrésistible reflux suscité par la panique, il lui avait été impossible de lui porter secours et pas davantage de rechercher son corps.

De derrière lui, Charles entendit un faible cri, à peine une plainte. Se retournant, son regard rencontra celui de Fiora dilaté par la douleur. Elle ne pleurait pas, ne vacillait pas comme il arrive lorsque l'on va s'évanouir; elle semblait changée en statue et seul le léger tremblement de ses lèvres disait qu'elle vivait encore. Alors, passant un bras paternel autour des épaules tétanisées:

– Viens, mon enfant, dit-il avec beaucoup de douceur, viens! Allons pleurer ensemble...

Et il sortit avec elle...

CHAPITRE XIII

DANS UNE TENTE ABANDONNÉE...

Une étrange amitié se noua, dès lors, entre ce souverain rongé par tous les démons de l'orgueil et de la honte, auquel sa lourde défaite venait d'enseigner le doute, et cette jeune femme qui avait perdu son unique raison d'espérer. Nul ne put jamais savoir ce qui se dit durant les longues heures qu'ils passèrent ensemble dans la petite chapelle du château sous la garde du seul Battista Colonna, raide d'orgueil en dépit de la fatigue qui le ravageait...

Au matin, Fiora, les yeux secs et résolus, tendit à Léonarde une paire de ciseaux et lui ordonna de lui couper les cheveux à la hauteur du cou, à la mode italienne :

– Le duc Charles, déclara-t-elle pour mettre fin aux protestations de sa vieille amie, a juré de ne plus raser sa barbe tant qu'il n'aura pas vengé son honneur et tiré des Suisses une éclatante revanche. Moi, je ne quitterai plus le costume de garçon parce que j'ai résolu de suivre monseigneur partout où il ira jusqu'à ce que...

– Jusqu'à ce que la mort vous prenne comme elle a pris messire Philippe ? fit Léonarde navrée. Oh, mon agneau, n'existe-t-il pas d'autre chemin pour vous que celui-là ? Vous êtes si jeune !

– Quelle voie voudriez-vous que je suive ? Celle du couvent comme font beaucoup de celles dont le cœur ne peut guérir ? Je n'en ai jamais eu le goût et l'ai moins encore à présent s'il se peut.

– Qui vous dit que votre cœur ne guérira jamais? Souvenez-vous : quand vous avez connu le comte de Selongey, vous étiez amoureuse de Giuliano de Médicis et très jalouse de monna Simonetta?

– J'aimais tout ce qui brillait et Giuliano brillait de tant de feux! Mais ils se sont éteints quand Philippe est apparu et j'ai compris alors que je n'aimais pas Giuliano...

– Combien j'aurais souhaité que vous ne l'apprissiez jamais! soupira Léonarde! Mais pour en revenir au duc, n'aviez-vous pas juré d'en tirer vengeance?

– Je ne l'ai pas oublié mais... comment vous dire? Il me semble qu'il est en train de se détruire lui-même et j'éprouve la même impression que lorsque j'ai vu Pierre de Brévailles cloué à sa chaise, devenu un mort vivant. Il ne demandait qu'à mourir. Lui laisser la vie était une punition plus cruelle. Démétrios qui peut voir l'avenir penserait peut-être la même chose que moi...

– C'est possible mais ce n'est pas certain. Démétrios est plus dur que vous ne le croyez. Cela dit, n'allez pas croire que je cherche à vous lancer de nouveau à la poursuite d'une vengeance que j'ai toujours redoutée. Si vous avez compris qu'il vaut mieux laisser faire Dieu...

– Dieu? Il vient de me prendre l'homme que j'aime à l'instant même où nous nous retrouvions enfin. Je crois, décidément, qu'il n'a pas beaucoup d'amitié pour moi. Non, ne dites rien et surtout laissez-moi faire ce que j'ai décidé! Et pour commencer, voulez-vous couper mes cheveux ou préférez-vous que je le fasse moi-même?

– Sûrement pas! Au moins ils ne seront pas massacrés. Avec décision, Léonarde s'empara des ciseaux et d'un peigne puis, la mine farouche, commença à tailler dans l'épaisse chevelure en pensant, pour empêcher sa main de trembler, que des cheveux, après tout, cela repousse...

Quand Fiora rejoignit le duc le lendemain, vêtue de la tunique de velours noir qu'il lui avait envoyée, il la regarda mettre genou à terre devant lui comme l'eût fait un garçon et lui sourit :

– Quel dommage de ne pouvoir vous armer chevalier! Mais je peux au moins faire ceci...

Il alla prendre dans un coffre ouvert une dague richement damasquinée dont la poignée était ornée d'améthyste et, faisant se relever Fiora, accrocha lui-même l'arme à sa ceinture :

– Deux de mes serviteurs, voyant le désastre, ont réussi à sauver un chariot dans lequel ils ont entassé tout ce qui leur tombait sous la main. Ceci en faisait partie. Quand nous irons au combat, je vous donnerai d'autres armes...

– Je ne veux pas d'autres armes, monseigneur. Je n'en saurais que faire. Je veux seulement vous suivre comme fait l'ambassadeur de Milan qui est toujours auprès de vous.

– Il estime que c'est encore la meilleure place pour pouvoir décrire les événements à son maître[1]. En outre j'aime causer avec lui. Mais, ajouta-t-il d'une voix où perçait une émotion, votre présence me sera douce, je l'avoue. Même si en cela je fais preuve d'un insupportable égoïsme... Je crois que je vais avoir bien besoin d'amitié...

Les jours qui suivirent furent en effet des jours sombres. Les conséquences de la défaite commençaient à se manifester par une sorte de refroidissement dans les relations diplomatiques. En dépit des lettres de Panigarola, le duc de Milan auquel on demandait de nouveaux mercenaires répondit par de vagues excuses et n'envoya rien. Le vieux René, qui devait léguer au Téméraire son comté de Provence et sa couronne de roi de Sicile et de Jérusalem, fit volte-face et, poussé par les agents de Louis XI, commença à s'intéresser à son petit-fils, ce jeune duc René à qui l'on avait pris la Lorraine.

Cependant le duc Charles subissait le contrecoup moral de ce qu'il appelait sa honte, et après une courte période d'agitation fébrile, il tomba dans une crise de noire mélan-

1. Le rôle d'un ambassadeur était alors assez exactement celui d'un correspondant de guerre pour un grand journal.

colie. Il s'enferma chez lui, ne tolérant personne à ses côtés. Il restait étendu, refusant la nourriture mais buvant beaucoup de vin, lui qui n'en buvait que très peu. Il ne se lavait plus et, dans son visage creusé où la barbe naissante mettait son ombre noire, les yeux sombres brûlaient d'un feu désespéré...

– Il est assez sujet à ces crises de dépression, confia le Milanais à la jeune femme. C'est son sang portugais qui les lui apporte. Là-bas on appelle cela la « saudade » mais j'avoue que celle-ci est plus grave que les autres. Il faudrait faire quelque chose mais quoi ?

– Il aime tant la musique ! Pourquoi ne pas lui amener les chanteurs de sa chapelle ?

– Pardonnez-moi cette image hardie, ma chère Fiora, mais le diable seul sait où ils sont, ceux-là !

– Croyez-vous qu'il soit possible de trouver un luth ou une guitare dans cette cité des vents ?

Le château du défunt Hughes de Chalon était mieux pourvu que Fiora ne le pensait et le soir même, tenant un luth d'une main et Battista Colonna de l'autre, elle s'installa sur le coin d'un coffre dans la petite pièce qui servait d'antichambre et, après un court conciliabule avec son jeune compagnon, entama le prélude d'une chanson française déjà ancienne mais que l'on chantait un peu partout en Europe. Gardant un œil inquiet sur la porte close, Battista se mit à chanter :

Le roi Loys est sur le pont
Tenant sa fille en son giron
Elle lui demande un cavalier
Qui n'a pas vaillant six deniers...

Mais cette première strophe n'était pas achevée que la porte volait plus qu'elle ne s'ouvrait sous la main furieuse du Téméraire qui apparut, titubant, la bouche mauvaise et l'œil injecté de sang :

– Qui ose ici chanter un roi Louis quel qu'il soit ?

– C'est moi, monseigneur, qui ai demandé à Battista de faire entendre cette mélodie, dit Fiora tranquillement.

– Vous vous croyez tout permis apparemment? Je vous ai montré trop d'indulgente faiblesse et...

– C'est à vous-même que vous montrez trop de faiblesse, monseigneur. J'ai voulu vous rappeler que, tandis que vous vous laissez aller à une mélancolie hors de saison, le roi de France, lui, est toujours à l'ouvrage.

La main levée pour frapper retomba sans force le long du corps et peu à peu la fureur quitta le regard trouble que la jeune femme osait fixer. Le duc se détourna enfin pour regagner sa chambre.

– Que l'on aille chercher mes valets et que l'on m'apporte un bain! ordonna-t-il. Quant à vous deux, continuez à chanter mais trouvez autre chose!

Le concert improvisé dura jusqu'à ce que Charles de Visen, le valet de chambre du duc, vint dire aux jeunes musiciens que son maître venait de s'endormir et qu'ils pouvaient rentrer chez eux. Il était minuit passé.

– Vous avez fait là du bon ouvrage, leur dit Panigarola qui était venu s'installer auprès d'eux pour les entendre. Je gage que la crise est passée et que demain monseigneur aura retrouvé toute son activité.

Au matin, en effet, après avoir expédié quelques dépêches dont l'une ordonnait de prendre les cloches des églises de Bourgogne pour les porter aux fondeurs de canons, le duc décida que l'on quitterait sur l'heure Nozeroy pour gagner Lausanne où il voulait réunir la nouvelle armée avec laquelle il comptait aller assiéger Berne, cheville ouvrière de son désastre, Berne où le magistrat le plus influent de la ville, Nicolas de Diesbach, menait le parti français avec son compère Jost de Silinen, tous deux amis personnels de Louis XI.

– Tant que je n'aurai pas détruit Berne, les armes de Bourgogne ne retrouveront pas leur éclat, déclara le Téméraire, et il se lança dans la préparation minutieuse de cette nouvelle campagne où il espérait restaurer sa gloire ternie.

Le Grand Bâtard Antoine et le prince de Tarente, qui avaient réussi à regrouper une partie des fuyards, choisirent d'installer le camp sur un large plateau dominant le lac Léman entre Romanet et Le Mont. On y monta la grande maison de bois qui avait abrité le duc Charles devant Neuss et qui, moins somptueuse sans doute que les pavillons perdus, en offrait tout autant de confort. Autour de ce bâtiment campèrent les nouvelles troupes que l'on avait commandées. Il en vint trois mille d'Angleterre, six mille de Bologne, six mille de Liège et du Luxembourg, enfin six mille « Savoisiens » que la duchesse Yolande amena elle-même, de Genève, à son allié le duc de Bourgogne.

La vue de cette belle femme blonde, qui avait à peu près l'âge du Téméraire, étonna Fiora. Elle ne ressemblait en rien à son frère Louis XI et montrait une féminité épanouie et rayonnante qui n'était pas sans charme. En la voyant s'avancer, souriante et les deux mains tendues vers son allié préféré, Fiora comprit soudain pourquoi cette princesse française joignait ses armes à celles du pire ennemi de son frère.

– Elle l'aime, n'est-ce pas? dit-elle à Panigarola.

– Cela n'a jamais fait pour moi aucun doute mais je la trouve bien imprudente. Le roi Louis est à Lyon et rassemble une armée de ses fidèles Dauphinois à Grenoble. Quant à mon maître, le duc de Milan, je sais qu'il a envoyé des messagers à Louis pour lui proposer un accord... et tenter de s'approprier la Savoie.

– Est-ce que vous ne devriez pas prévenir le duc Charles?

– Je n'ai reçu aucune commission officielle. En outre, s'il était question de prendre la Savoie, je serais fort étonné que le roi nous la laisse. Il n'empêche et je le répète que je trouve la belle duchesse bien peu sage...

Néanmoins, elle apportait avec elle le printemps qui éclata soudain avec l'irrésistible ardeur de la nature, le long des chemins défoncés par les charrois de guerre, sur ces terres où plus d'un village avait été rasé. L'herbe repoussait, verte et tendre sur les blessures de la terre et au milieu des ruines. Le lac, gigantesque miroir du ciel d'un bleu léger, avait des moirures d'argent et sur ses bords les amandiers et les pommiers refleurissaient. L'air était léger avec, au plein du jour, les douceurs caressantes d'un soleil peut-être décidé à faire oublier le désastreux automne et le rude hiver. A Lausanne que les malheurs avaient épargnée, la vie bouillonnait dans les rues aussi bien que dans les jardins où tout s'épanouissait. Les ambassadeurs étrangers s'y pressaient avec leur suite car il était impossible de les héberger au camp. Panigarola et ses confrères vénitiens, napolitains, gênois et autres gens d'Italie avaient élu domicile à l'auberge du Lion d'or, la plus belle de la ville. Les autres hôtelleries et les couvents étaient pleins et les marchands affluaient attirés par tant de nobles personnages.

Le point culminant fut l'arrivée commune du légat Alessandro Nanni et du protonotaire apostolique Hessler, envoyés tous deux par l'empereur pour conclure le mariage du prince Maximilien avec la jeune Marie de Bourgogne, héritière des Grands Ducs d'Occident. La messe de Pâques, célébrée dans la cathédrale de Lausanne le 14 avril, en révêtit un éclat exceptionnel.

Fiora y assista, en vêtements féminins cette fois, ses cheveux coupés cachés par un hennin de toile d'argent voilé de noir comme il convenait à son grand deuil. La veille et en présence du légat, le duc Charles l'avait, pour faire taire peut-être les inévitables bruits que sa présence auprès de lui faisait courir, reconnue solennellement pour « très noble et très haute dame comtesse de Selongey, veuve de messire Philippe de Selongey, chevalier de la Toison d'or, mort vaillamment, accablé sous le nombre sur le champ désastreux de Grandson pour l'honneur de nos armes. Puis il avait ajouté : « Désormais seule au monde, Mme de Selongey a fait vœu de nous suivre au combat afin d'y prendre part, au nom de son défunt époux, à l'éclatante vengeance qu'avec l'aide de Dieu nous allons tirer d'un ennemi indigne du sang qu'il a versé. »

Durant tout l'office pascal, Fiora eut conscience, comme elle l'avait eue la veille, de nombreux regards fixés sur elle avec plus de curiosité sans doute que de sympathie mais elle s'en souciait peu. Qu'est-ce qui pouvait avoir la moindre importance à présent que Philippe avait quitté ce monde, que ses yeux à lui ne la regarderaient plus, que ses mains ne la toucheraient plus ? Qu'on la jugeât bien ou mal ne signifiait rien. Hormis le jeune Battista et Panigarola, il n'y avait aucun de ces gens qui lui tînt par quelque lien que ce soit. Hormis le duc aussi bien sûr, mais elle n'arrivait pas à analyser le sentiment qui l'attachait à lui. C'était une sorte de fascination où entrait de la pitié et cette attirance qu'exercent ceux, très rares, dont le destin exceptionnel semble prometteur de grandes catastrophes. Il était seul à poursuivre un rêve chimérique et démesuré au milieu d'une Europe positive où la plus grande puissance, désertant les vieilles lois chevaleresques, appartenait aux plus habiles et aux plus riches... Une voix secrète soufflait à la jeune femme que l'ange de la mort suivait les pas du Téméraire et que, sans en avoir conscience, c'était l'ombre de ses ailes noires qu'il essayait de fuir, que c'était contre elle qu'il se débattait.

Depuis Nozeroy, sa santé demeurait chancelante. Il souffrait d'une fièvre constante et de maux d'estomac, passait des nuits au milieu de ses hommes sans quitter l'armure et avalait au matin les tisanes que lui préparaient Matteo de Clerici et un autre médecin envoyé par la duchesse de Savoie, inquiète de cet état, mais ce n'étaient pas ces maux, nés surtout d'un système nerveux détraqué qui menaçaient la vie du prince. Le mal résidait dans son âme qui ne parvenait plus à croire en son étoile...

Au sortir de la cathédrale, Fiora, suivie de Léonarde aussi raide et hautaine qu'une duègne espagnole, regagnait l'auberge du Lion d'or où Panigarola lui avait trouvé une chambre. Le duc ne voulait pas qu'elle séjournât alors au camp où régnait trop souvent l'indiscipline et où les rixes étaient nombreuses. Soudain elle eut l'impression que quelqu'un s'était attaché à ses pas. Elle pressa l'allure et entendit que l'on courait derrière elle. Alors, s'arrêtant brusquement, elle se retourna. Un homme d'armes était en face d'elle en qui, avec stupeur, elle reconnut Christophe de Brévailles. Il avait les yeux pleins de larmes.

– Pourquoi, fit-il avec un mélange de colère et de douleur, pourquoi m'avez-vous caché votre mariage? Quand nous nous sommes rencontrés, vous m'avez menti! Dans quel but?

– Cela avait-il de l'importance? Souvenez-vous: vous veniez de fuir votre monastère et vous vouliez être soldat. Qu'aviez-vous à faire de ma vie passée?

– Rien, bien sûr... mais c'est en vous voyant, je crois, que j'ai tant désiré une autre vie. Acquérir la gloire, la fortune et ensuite vous rechercher afin de...

– N'en dites pas plus! Vous saviez très bien que rien ne serait jamais possible entre nous. Vous êtes mon oncle, que cela vous plaise ou non, et moi, à présent que tout est accompli, je ne veux plus même me souvenir qu'il existe encore au monde des Brévailles.

– Tout est accompli? Que voulez-vous dire?

– Que Regnault du Hamel est mort, mort de peur en me voyant une nuit paraître à son chevet. Quant à votre père...

En quelques mots, Fiora raconta le retour de Marguerite au château de ses ancêtres et ce que toutes deux y avaient trouvé:

– Votre mère est en paix, ajouta-t-elle et même je crois qu'elle a retrouvé quelque chose qui ressemble au bonheur...

– Mais vous, coupa Léonarde qui observait le jeune homme avec attention, vous qui espériez tant de la vie militaire, êtes-vous plus heureux que dans votre couvent?

– Oui, parce que j'ai trop souffert à Cîteaux mais

j'avoue volontiers que je n'aime pas beaucoup plus ce que je fais. Quand je vous ai quittés, je me suis enrôlé, en me donnant pour fils d'un artisan de Dôle, dans les troupes du comte de Chimay. Et j'ai assez vite compris mon erreur : j'enviais la vie brillante des chevaliers mais moi, n'ayant plus droit à mon propre nom, je n'avais rien à espérer que vieillir sous le harnois, au milieu des soldats avec le droit d'appeler une ribaude pour apaiser mes besoins d'amour. Et puis la guerre me fait horreur... J'ai vu trop d'atrocités...

– Alors, allez-vous-en! fit Fiora d'une voix pressante. Rentrez chez vous! Votre mère sera heureuse de vous revoir et vous n'avez plus rien à redouter de votre père...

Christophe secoua ses épaules comme pour en chasser la lourde tristesse qui l'accablait :

– Vous oubliez mes vœux rompus! Je suis un moine en rupture de monastère. Que je reparaisse en Bourgogne et l'on me ramènera au couvent où je serai condamné à l'*in pace* jusqu'à ce que la mort me prenne. Je préfère encore qu'elle me trouve sur le champ de bataille, à la face du ciel plutôt qu'au fond d'une oubliette...

– Je peux peut-être vous aider encore. Le légat du pape est ici et je le connais. Si j'obtiens que vous soyez délié de vos vœux, rentrerez-vous à Brévailles?

Christophe détourna la tête pour que son interlocutrice ne puisse lire dans son regard :

– Peut-être... mais pas maintenant! Le duc va attaquer les Suisses et l'on dit que vous serez auprès de lui. Je veux y être aussi.

– Christophe! soupira Fiora, il faut que vous cessiez à tout jamais de penser à moi. Cela ne me cause aucune joie et me gêne. Puisque vous avez appris mon mariage, vous savez aussi que je suis veuve...

– Vous pourrez dire ce que vous voulez. On ne commande pas à son cœur...

– Je le sais mieux que vous car j'aime d'un amour unique celui que la mort m'a enlevé et tant que j'aurai la vie, je ne cesserai pas de l'aimer. La seule chose que je souhaite, c'est le rejoindre... A présent disons-nous adieu...

– Un moment, fit Léonarde. N'oubliez pas votre promesse de parler au légat!

– C'est vrai. Sous quel nom êtes-vous engagé chez le comte de Chimay?

– Christophe Laîné. Un grand nom comme vous voyez, fit amèrement le jeune homme.

– Tous les grands noms sont sortis d'un autre, nettement plus petit, dit Fiora avec sévérité. Même ceux des rois. Vous auriez peut-être pu faire quelque chose de celui-là mais, puisque vous regrettez le vôtre, je vais tenter de vous le rendre afin que vous puissiez rentrer chez vous en toute tranquillité...

– Vous me méprisez, n'est-ce pas? murmura Christophe devenu tout rouge. Mme de Selongey n'a que dédain pour moi?

– Non mais j'avoue que vous me décevez! Il serait temps que vous deveniez un homme...

– Alors gardez votre aide et ne vous occupez plus de moi! cria-t-il, soudain furieux et, avant que l'on ait pu le retenir, il avait fait volte-face et s'enfuyait en courant. Fiora eut un mouvement pour le suivre mais Léonarde la retint...

– Eh bien? fit-elle, allez-vous vous mettre à courir par les rues avec une robe à traîne et un hennin haut comme une flèche de cathédrale? Laissez ce garçon faire comme il désire même s'il ne sait pas très bien ce qu'il veut... en dehors du fait qu'il est amoureux de vous et souhaiterait ne vous quitter ni de jour ni de nuit.

– Ce dont je ne veux pas. Le mieux est, je crois, que je parle à Mgr Nanni...

– N'en faites rien pour l'instant! Si le jeune Brévailles décide finalement de rentrer chez lui, il saura bien venir vous le dire.

Cette rencontre troubla tout de même Fiora. L'idée que

sa bonne action de l'été précédent semblait tourner mal lui était insupportable et elle regretta plus que jamais l'absence de Démétrios qui savait toujours dans quelle direction il fallait se diriger, mais Démétrios semblait l'avoir abandonnée pour s'attacher à ce jeune duc de Lorraine qui accumulait les catastrophes. Fiora n'était pas très sûre de ne pas lui en vouloir.

Dans les jours suivants, le duc Charles tomba sérieusement malade et Christophe sortit de la pensée de Fiora. Atteint d'une gastrite aiguë et d'hydropisie, les jambes enflées, défiguré par la douleur, le prince fut ramené d'urgence à Lausanne où la duchesse de Savoie lui fit préparer un appartement au château. Durant trois jours et trois nuits, on craignit sérieusement pour sa vie et ses médecins ne quittaient plus son chevet. La ville fit silence, suspendue à ce souffle haletant dont on ne savait pas s'il allait s'éteindre tout à coup.

– Si encore on avait quelque bonne nouvelle à lui porter, soupira Panigarola, cela le ranimerait un peu mais toutes celles qui arrivent sont détestables. En Lorraine, les troupes du duc René, sous les ordres du bâtard de Vaudémont, ont repris Épinal ainsi que Vezelise, Thenod et le Pont-Saint-Vincent. Personne, bien sûr, n'ose le lui dire. Ce serait peut-être empoisonner ses dernières heures.

– C'est à ce point?

– Autant qu'on puisse le savoir. La duchesse Yolande monte la garde et ferait la sourde oreille s'il réclamait l'un de nous deux, ou tous les deux. Mais on le dit inconscient. Seul, le Grand Bâtard peut l'approcher et, hier soir, je l'ai vu sortir avec des larmes dans les yeux...

– Quel dommage! A Florence, j'avais un ami, un grand médecin de Byzance capable de miracles...

– A Florence? Il a dû perdre de son talent alors, car votre ville natale est en deuil, ma chère Fiora.

– En deuil? Ce n'est pas... Monseigneur Lorenzo?

– Non. C'est une jeune femme merveilleusement belle à ce que l'on dit et peut-être la connaissiez-vous? On l'avait surnommée là-bas l'Étoile de Gênes...

– Simonetta! souffla Fiora atterrée. Simonetta est morte?

– Il y a peu de jours, dans la villa des Médicis à Piombino où on l'avait conduite dans l'espoir que l'air de la mer la guérirait, mais tout a été inutile. On l'a portée en terre le surlendemain à l'église d'Ognissanti au milieu d'un peuple en larmes...

Ainsi la prédiction de Démétrios venait de se confirmer! Elle crut entendre la voix profonde du Grec au soir du bal tandis que tous deux regardaient Simonetta et Giuliano se sourire et se parler à voix basse: « Elle n'a plus que quinze mois à vivre. Alors Florence sera dans l'affliction mais vous ne le verrez pas... » Sincèrement désolée, Fiora pensa que Giuliano de Médicis devait être bien malheureux.... Et aussi que le monde fragile et charmant de sa jeunesse continuait de s'abîmer, peut-être de se détruire. Florence avait vécu ses plus belles fêtes, ses plus douces heures parce que c'était le sourire de Simonetta qui les inspirait.

Qui veut être heureux se hâte
Car nul n'est sûr du lendemain

disait la chanson prophétique de Lorenzo. Fiora pensa que, par deux fois, le bonheur était passé auprès d'elle sans qu'elle pût le saisir. Il ne repasserait pas une troisième fois...

Contrairement à ce que l'on craignait, le Téméraire se rétablit, rasa sa barbe et revint à ses affaires. Le 6 mai, encore convalescent, il signait en privé, dans sa chambre, avec le protonotaire Hessler et en présence de Mgr Nanni, l'accord de mariage entre sa fille et le fils de l'empereur. Le mariage devrait avoir lieu en novembre à Cologne ou à Aix-la-Chapelle.

C'était la seule bonne nouvelle.

Les mauvaises par ailleurs affluaient. Les Suisses poursuivaient leurs combats contre la Savoie. Les gens du

Valais tenaient la haute vallée du Rhône et, dans le Val d'Aoste, les troupes vénitiennes et lombardes recrutées pour le Téméraire ne pouvaient franchir le col du Grand-Saint-Bernard. Envoyé contre les Valaisans, le beau-frère de Yolande, le vaillant comte de Romont, avait dû battre en retraite et les Suisses avaient envahi l'est et le sud du lac Léman. De Lausanne on pouvait voir les incendies qu'ils avaient allumés... Enfin il fallut bien avouer au duc ce qui s'était passé en Lorraine.

Charles était trop faible encore pour piquer l'une de ses colères dévastatrices mais il pressa ses préparatifs. Trois jours après l'accord de mariage, il montait à cheval vêtu d'une tunique de soie brodée d'or et doublée de martre – le poids de l'armure était encore trop lourd pour ses épaules amaigries et pendant quatre longues heures alla passer la revue de ses troupes dont il avait modifié l'armement. Ainsi ses hommes avaient reçu des piques aussi longues que celles des Suisses et il avait réduit sa cavalerie. L'effectif était d'environ vingt mille combattants dont un tiers de mercenaires peu sûrs et un quart de Savoisiens fermement décidés, eux, à se battre jusqu'au dernier. Il fut décidé que le 27 mai on se mettrait en route pour Berne. L'armée, elle, allait prendre position à Morrens, à environ une lieue au nord de Lausanne. La veille du départ, Fiora, qui rejoignait le duc avec Panigarola, fit ses adieux à Léonarde qui devait rester à l'auberge du Lion d'or en compagnie de Battista. Car, bien sûr, il ne pouvait être question d'emmener la vieille demoiselle dans cette expédition militaire.

Ce furent des adieux muets. Sachant toute prière inutile devant la farouche détermination de la jeune femme, Léonarde embrassa Fiora sans rien dire mais elle la serra très fort contre elle et des larmes coulaient lentement sur son visage.

– N'ayez pas trop peur, donna Léonarda, rassura Panigarola qui vint la saluer après la sortie de Fiora. Je veillerai sur elle. Il est bien rare que l'on tue un ambassadeur...

– Mais on dit... que les Suisses ont juré de ne pas faire de prisonniers!

C'était exact. Dans tous les cantons, on avait levé un homme sur deux, ce qui représentait une puissante armée et tous avaient fait serment de tuer sur-le-champ leurs captifs.

– Sans doute. Et monseigneur en a dit autant mais je ne serai pas prisonnier non plus et donna Fiora demeurera auprès de moi. La bannière de Milan est connue. Sa vipère sera pour nous deux une bonne protection...

– Je sais que vous êtes bon et que vous l'aimez bien, messire ambassadeur,... mais elle veut mourir... et elle est l'enfant de mon cœur.

Il prit les deux mains de la vieille demoiselle et les serra :

– Je saurai bien l'en empêcher. Et puis... elle ne sait pas ce que c'est que se trouver au cœur d'une bataille. Si courageuse soit-elle, l'instinct de conservation sera le plus fort...

– Je ne la comprends plus. Faut-il qu'elle aime encore Philippe de Selongey pour en arriver là!...

– Il n'arrive jamais que ce que Dieu a voulu. Priez pour elle... mais ne vous tourmentez pas outre mesure!

Lui, cependant, n'était pas sans inquiétude. Cette campagne était une folie plus grave encore que celle de Grandson. Vaincre les Suisses ne rapporterait rien à Charles, ou si peu, alors qu'une défaite serait irrémédiable. Il eût été si simple de s'asseoir autour d'une table et de discuter... mais comment faire entendre raison à un homme obsédé par les blessures de son orgueil? « Mourir plutôt que d'accepter la honte!... » Il ne cessait de répéter cela et tout ce que Panigarola put obtenir de lui c'était que l'armée avancerait avec une sage lenteur. En revanche, il fut impossible de l'empêcher, au lieu de se diriger droit sur Berne, d'aller mettre le siège devant la petite ville forte de Morat, au bord du lac du même nom.

– Comment ne comprend-il pas, confia le Milanais à

Fiora, qu'il va user ses forces contre cette taupinière au lieu de marcher droit sur l'ennemi? A Grandson il n'a pas su attendre enfermé dans son camp retranché, cette fois il va s'arrêter, ce qui donnera aux Suisses tout le temps de le prendre à revers...

Mais le duc était au-delà de tout raisonnement logique. Il voulait abattre tout ce qui se trouvait sur son chemin et qui portait le nom de Suisse. Le 11 juin, il faisait investir Morat et installer son camp au bord du petit lac qu'une mince arête montagneuse séparait de celui de Neuchâtel...

Au matin du samedi 22 juin, Panigarola et Fiora, au trot paisible de leurs chevaux, effectuaient une promenade sur les arrières du camp. Il ne faisait pas beau et même il pleuvait mais ni l'un ni l'autre ne se supportait plus dans les tentes où il régnait une accablante chaleur. Il y avait eu une petite escarmouche dans la nuit du 20 au 21 mais rien de sérieux et tout était tranquille. La campagne, verte et boisée, était belle et fraîche et, en tournant le dos au camp, il était possible d'oublier un instant que l'on y était en guerre. Fiora avait même retiré le chapeau de fer que le duc l'obligeait à porter. Elle en aurait fait volontiers autant de la chemise de mailles dont il l'avait nantie quand elle lui avait refusé de s'introduire dans une armure, en disant qu'elle serait incapable de bouger sous une telle carapace. Mais Panigarola ne le lui aurait pas permis.

Les deux cavaliers avaient traversé le camp en répondant gaiement aux saluts et aux sourires qu'ils récoltaient. La jeune femme était populaire dans l'armée. Non parce qu'elle était la seule de son sexe – le Téméraire, en effet, avait fait chasser les ribaudes avant le départ de Lausanne – mais parce que l'on admirait son courage, sa gentillesse et ce vœu qu'elle avait fait de porter au combat les armes de son époux défunt pour que les aigles d'argent de Selongey puissent encore flotter au vent d'une bataille.

Fiora et son compagnon en dépit de la mise en garde des sentinelles avaient franchi la ligne de défense et atteignaient une petite éminence quand, soudain, la pluie s'arrêta et le ciel parut s'éclairer. Secouant sa tête mouillée, la jeune femme lui offrit un sourire et allait dire quelque chose quand l'ambassadeur s'écria :

– Regardez! Par Dieu... nous allons être balayés!

Des forêts avoisinantes, les Suisses jaillissaient par centaines, par milliers, arquebusiers devant, piquiers derrière. Ils couraient vers le camp ennemi qui ne les attendait pas. D'un même mouvement les deux amis firent volter leurs chevaux et foncèrent vers les palissades en hurlant à pleins poumons :

– Alerte!... Nous sommes attaqués, alerte! Le camp se referma derrière eux et avant même qu'ils eussent atteint la tente ducale, les canons et les arquebuses commençaient à tonner, étouffant l'appel lugubre des trompes montagnardes qui se faisaient entendre.

Le Téméraire était avec son médecin quand Fiora et Panigarola firent irruption chez lui.

– Vite! Mes armes, ordonna-t-il. Et tandis qu'un écuyer allait chercher son cheval, l'ambassadeur et Matteo de Clerici le bouclèrent dans son armure. Puis tous sortirent de la tente, sautèrent en selle et coururent sus à l'ennemi derrière le grand étendard que brandissait Jacques van der Maes. La bataille déjà faisait rage, les palissades étaient enfoncées, les lignes bourguignonnes rompues. Et tout de suite, Fiora épouvantée se trouva au centre d'une mêlée furieuse dans laquelle, tout à coup, elle vit s'abattre l'oriflamme de Bourgogne et celui qui la portait. Elle fit reculer son cheval pour échapper à ce piège, sans même songer à décrocher la hache d'armes qui pendait à sa selle. L'animal affolé s'enfuit vers le lac où les troupes lombardes se jetaient par paquets. Les mercenaires savaient déterminer infailliblement quand une bataille était perdue et s'efforçaient de préserver leur vie. Le lion d'or du cimier ducal était invisible et Panigarola lui-même avait disparu emporté sans doute par le flot...

Atteint d'un carreau d'arbalète, le cheval de Fiora

s'abattit. Elle s'en dégageait péniblement quand elle vit un gros Suisse qui fonçait sur elle avec une longue pique. La mort était là, devant elle, et elle en eut horreur. Pour ne pas la voir, elle ferma les yeux et, soudain, elle se sentit bousculée, jetée à terre. Un corps tomba sur le sien, qu'elle repoussa avec un cri. C'est alors qu'elle vit le Suisse courir vers une autre victime en brandissant sa pique tachée de sang... et qu'elle reconnut celui qui en avait été percé à sa place :

– Christophe!... Oh! mon Dieu, c'est Christophe!...

La poitrine du jeune homme était couverte de sang et un filet sombre commençait à couler au coin de ses lèvres mais il ouvrit les yeux et réussit à sourire.

– Vous voyez bien... qu'il fallait me laisser faire... ce que je voulais, fit-il péniblement. Sauvez-vous, Fiora! L'armée... est en fuite mais... la tente du duc est proche... Allez vous y cacher... et si l'on vous trouve... dites que vous êtes une femme... Il faut gagner du temps.

– Ne parlez plus! Je vais vous tirer jusque-là, chercher de quoi vous soigner. On dirait que les Suisses s'éloignent...

– Ils... poursuivent le duc et moi... je n'ai plus.. besoin... de rien. Je... je... vous... aime...

Ce fut le dernier mot. La tête de Christophe roula sur son épaule. Fiora, désolée, ferma doucement les yeux gris, semblables aux siens, que la mort n'avait pas clos, puis posa un baiser léger sur la bouche entrouverte.

Voulant regarder où en étaient les choses elle vit trouble et s'aperçut ainsi qu'elle pleurait. Elle essuya ses yeux du revers de sa main, avisa une épée abandonnée sur l'herbe et s'en saisit. La grande tente rouge – le duc en avait fait refaire une autre presque aussi belle que celle perdue à Grandson – n'était pas loin en effet et le chemin presque dégagé. Se relevant, elle allait courir vers cet abri quand un homme se dressa devant elle, brandissant une masse d'arme. Elle esquiva le coup en se baissant puis, presque d'instinct, son bras armé se détendit avec une force décuplée par la peur et la rage. L'épée s'enfonça dans le ventre du soldat qui s'écroula avec un râle de douleur. Alors, abandonnant l'arme, Fiora courut jusqu'au pavillon ducal, s'y engouffra et alla s'abattre secouée de sanglots sur le lit aux draps froissés que personne ne referait.

Combien de temps dura cette espèce de crise qui l'avait secouée des pieds à la tête quand elle avait compris qu'elle venait de tuer un homme? Une heure ou quelques minutes? Elle était incapable de l'évaluer et cela aurait pu durer longtemps encore si une main posée sur son épaule et qui la secouait sans ménagement n'était venue l'arracher de sa prostration:

– Assez pleuré! fit une voix rude. Levez-vous et dites qui vous êtes...

Au son de cette voix, elle sursauta et, en un instant, elle fut debout, face à Démétrios qui la considérait avec stupeur.

– Ce n'est pas possible? exhala-t-elle, hésitant à reconnaître le Grec dans ce guerrier casqué et couvert d'une tunique de cuir renforcée de plaques de métal. Ça ne peut pas être... toi?

– Pourquoi pas? fit-il durement. Serait-ce plus étonnant que de te retrouver dans cette tente? Ainsi les bruits que l'on colporte sont vrais? Comment croire une chose pareille?

– S'il te plaît... De quoi parles-tu? s'écria-t-elle, la joie de ces retrouvailles coupée net par la sévérité du ton et plus encore par celle du regard. Quelle est cette chose que l'on ne peut pas croire?

– Que tu sois la maîtresse du Téméraire! Mais il faut bien se rendre à l'évidence puisque je te trouve en train de te lamenter sur son lit...

– Moi? La maîtresse du duc Charles? Qui dit cela?

– Tout le monde. On parle beaucoup dans cette région de l'Europe d'une jeune femme déguisée en garçon qui suit le Bourguignon partout, dont il ne peut se passer, qui a accès auprès de lui de jour comme de nuit et qui...

– En voilà assez! Me connais-tu donc si mal pour croire une telle vilenie? Ceux qui colportent ces ragots démontrent en tout cas ceci : c'est qu'ils ne connaissent absolument pas le duc. Jamais, à l'exception de sa duchesse, il ne touche une femme. Jamais il n'a eu de maîtresse. Les débauches de son père lui en ont inspiré l'horreur.

– En ce cas, que fais-tu auprès de lui?

– Tu ne trouves pas que tu poses beaucoup de questions? A mon tour à présent de te demander ce que tu fais là? Aux dernières nouvelles que m'a données Léonarde tu t'étais pris d'une immense amitié pour René de Lorraine au point de ne plus le quitter d'une semelle? Et te voici chez les Suisses?

– Pour une excellente raison : le duc René est ici. Il a chargé les Bourguignons en fuite à la tête d'un corps de cavalerie alsacienne et, comme d'habitude, j'étais avec lui. Il sera là dans un instant.

– Qu'est-ce que tu veux que ça me fasse? Oh, je sais! il paraît que c'est un garçon de bel avenir? Tu aurais pressenti en lui un grand capitaine? Le moins que l'on puisse dire est qu'il n'en donne guère l'impression. Dès qu'il essuie une défaite, il se sauve à toutes jambes sous prétexte d'aller chercher du renfort... et on ne le revoit plus. Pendant ce temps les Lorrains ont supporté tout le poids de la guerre... Le duc Charles qui l'appelle « l'Enfant » sait ce qu'il dit – et, si je comprends bien, tu es devenu sa nourrice?

Démétrios se mit à rire, d'un rire qui avait quelque chose de féroce.

– C'est facile d'accuser quand on ne sait comment se défendre? As-tu oublié le serment du sang?

– Non, je ne l'ai pas oublié et j'ai rempli, moi, la mission dont m'avait chargée le roi Louis. J'ai détaché Campobasso du parti bourguignon et Dieu sait ce qu'il m'en a coûté! Dieu et Esteban d'ailleurs, car je suppose qu'il t'a rejoint?

– Oui. Il m'a dit en effet ce que tu avais dû supporter...

– Sans lui, je serais morte, mais les dangers que j'ai courus ne t'ont pas beaucoup empêché de dormir. J'ai failli être exécutée par le duc et j'ai manqué mourir sous l'épée de Campobasso... enfin j'ai perdu... Philippe... que je venais de retrouver et c'était pour essayer de le rejoindre et aussi pour que ses couleurs paraissent encore auprès de l'étendard de Bourgogne que je suis ici.

Les larmes qui enrouaient sa voix augmentaient sa colère car elle s'en voulait de trahir ainsi sa faiblesse devant cet homme. Elle l'avait cru son ami mais il avait suffi que ce misérable petit duc lorrain passât entre eux pour le changer en ennemi impitoyable.

– Bravo! Je vois que tu es devenue une bonne Bourguignonne, l'amie même de ce prince dont tu avais juré la mort?

– Je ne suis pas son amie mais il s'est montré bon pour moi. Il a essayé d'apaiser ma douleur et, même, il m'a avoué pourquoi il n'avait pas sauvé Jean de Brévailles que cependant il aimait...

– Et tu l'as cru, bien sûr. C'est si facile quand on a envie de croire!

– Et si facile de nier l'évidence quand on tient à rester aveugle! Seulement j'attends encore de voir ce que tu as fait, toi, pour tenir le serment?

– Plus que tu ne crois peut-être. Je sais que René II a été désigné par le destin pour vaincre le Téméraire et c'est ce qu'il vient d'effectuer aujourd'hui... Ton duc est en fuite et je te ferai remarquer qu'il t'a abandonnée.

– Si le tien a vaincu, ce n'est certes pas tout seul. Je dirai même que tout le mérite en revient aux Suisses. Mais, Démétrios, si tu tiens tant à la mort de Charles de Bourgogne, pourquoi donc ne cherches-tu pas à l'approcher? Un médecin étranger, ce serait d'autant plus facile qu'il est malade. Vas-y et tue-le?... Non? Cela ne te dit rien? Évidemment, tu n'en sortirais pas vivant et quelque chose me dit que tu tiens à la vie désormais.

– Pas plus qu'avant mais j'ai encore à faire. Par ailleurs, toi, il te serait facile d'en délivrer la terre qu'il écrase de son orgueil et de sa folie. Avec ceci, par exemple...

Du sac de peau qui pendait à sa ceinture, Démétrios tira une petite fiole qu'il fit miroiter à la lumière d'un chandelier :

– Trois gouttes et le Téméraire n'aura plus le loisir de faire massacrer ses peuples, à commencer par ses soldats! Tu entends ces cris? Les Suisses tiennent leur parole et égorgent tout ce qui leur tombe sous la main. Il en aurait fait autant s'il avait vaincu. C'est un monstre assoiffé de sang...

Il aurait pu parler longtemps ainsi mais Fiora ne l'écoutait pas. Elle regardait avec dégoût briller la petite fiole au bout des doigts du Grec.

– Non. Jamais tu ne feras de moi une empoisonneuse! Je te l'ai déclaré à Florence, le poison est une arme ignoble.

– Soit! soupira Démétrios en posant le minuscule flacon sur une table. Tu peux employer tel moyen qui te plaira mais sache ceci : c'est seulement quand le Téméraire aura cessé de vivre que je te rendrai ton mari.

– Mon mari?... Philippe? Philippe serait encore vivant?

– Oui. J'étais à Grandson moi aussi – sans le duc René pour une fois. J'ai trouvé Selongey sur le champ de bataille. Je l'ai relevé, soigné... et caché en un lieu où tu ne saurais le retrouver sans mon aide.

– Philippe vivant!... Mon Dieu! Il vous arrive donc parfois d'entendre une prière et de l'exaucer?...

– Laisse donc Dieu où il est! Le temps presse. Il faut que le Téméraire disparaisse, tu entends?... Tu peux penser de moi ce que tu veux, mais tu es la seule qui puisse l'approcher. Alors agis! Il faut qu'il meure...

Brusquement, Fiora recouvra tout son sang-froid. Fièrement redressée, elle toisa celui qu'elle avait cru si longtemps son ami :

– Quel homme es-tu donc, Démétrios Lascaris, pour oser employer pareil moyen? Ta haine aveugle ne te permet plus de juger sainement et j'ai l'horreur à présent de ce sang que tu as mêlé au mien...

– T'est-il donc si cher, ce Selongey dont tu sais pourtant bien qu'il t'a oubliée. Souviens-toi de la jeune femme...

– La veuve de son frère aîné mort voici des années. Encore que je ne discerne pas en quoi cela te regarde. Va ton chemin et laisse-moi suivre le mien.

A cet instant, deux hommes pénétrèrent ensemble dans la tente. L'un était Panigarola, couvert de boue et de sang, l'autre un jeune homme blond et mince, aux yeux bleus, portant sur son armure une tunique de drap d'or marquée d'une double croix blanche dont les manches étaient à ses couleurs, blanc et rouge. Voyant Démétrios mettre genou en terre devant lui, Fiora comprit que c'était le duc René...

– Elle est ici! s'écria le Milanais en courant prendre Fiora par la main. Monseigneur, voici la jeune femme dont je vous ai parlé et, grâce à Dieu, elle est toujours vivante!

– Vous m'en voyez ravi, messire Panigarola. En vérité il eût été dommage qu'il arrivât malheur à une aussi jolie dame... et je comprends que vous ayez pris tant de risques pour la retrouver...

– Le risque n'était pas si grand, monseigneur, dès l'instant où j'ai reconnu votre bannière. Je savais que vous feriez respecter la mienne.

– Où irions-nous si nous nous mettions à présent à exterminer les diplomates? Allez en sûreté maintenant. Mon banneret et quatre cavaliers vont vous reconduire hors d'ici... Je vous salue, madame, et j'espère sincèrement qu'il me sera donné de vous revoir... dans des circonstances moins tragiques...

Sans répondre, Fiora plia le genou devant René et sortit sans un regard pour Démétrios...

Mais ce qu'il lui fallut traverser ensuite lui mit le cœur au bord des lèvres. Partout on égorgeait, on assommait, on tirait des flèches sur les malheureux qui essayaient de fuir par le lac. C'était une effroyable vision, un enfer abominable et elle finit par fermer les yeux très fort en appuyant ses deux mains sur ses oreilles pour ne plus entendre les cris et les râles d'agonie, laissant Panigarola qui avait saisi la bride de son cheval le conduire en même temps que le sien. C'est seulement quand elle entendit faiblir ces affreuses plaintes qu'elle comprit que l'on s'éloignait du champ de mort.

– Vous pouvez ouvrir les yeux, dit calmement le Milanais, nous sommes seuls...

Elle obéit et s'efforça de lui sourire mais cet effort méritoire ne donna pas grand résultat.

– Comment vous remercier? Vous êtes revenu pour moi dans cet enfer?

– J'étais le seul à pouvoir le faire. Le duc a pu fuir entouré de quelques lances. Jamais je ne l'ai vu aussi éperdu, presque hagard... Je crois qu'il se serait laissé tuer sur place si plusieurs chevaliers ne l'avaient entraîné... Mais pensons à vous! Si vous vous sentez mieux, Fiora, nous allons regagner Lausanne aussi vite que possible. D'après les bruits qui me sont parvenus, les Suisses, après cette victoire acquise, vont fondre sur la ville pour la mettre à sac... Il faut aller chercher donna Léonarda et le jeune Battista.

Fiora lui lança un coup d'œil épouvanté et lança son cheval au galop. Il ne manquerait plus qu'on lui tuât sa chère Léonarde!...

CHAPITRE XIV

L'ÉTANG GELÉ...

Trois jours plus tard, après un voyage mouvementé qui les avait contraints à remonter vers Orbe pour éviter les bandes incontrôlées et féroces qui se dirigeaient sur Lausanne, Panigarola, Fiora, Léonarde et Battista arrivaient dans la cité montagnarde de Saint-Claude, pittoresquement accrochée à des pentes rocheuses au-dessus du confluent de la Bienne et du Tacon. La ville, composée surtout d'artistes « ymagiers » et de tailleurs de pierre regroupés en une solide corporation, se serrait autour de ses torrents et de la grande abbaye bénédictine dont, au XIIe siècle, saint Claude, faiseur de miracles, avait été l'abbé. Ce furent les portes de ce monastère qui s'ouvrirent devant l'ambassadeur de Milan et ses compagnons.

Ils y trouvèrent le Grand Bâtard Antoine qui venait juste de descendre de cheval et qui, sans plus de façons, sauta au cou de Panigarola pour l'embrasser :

– Sire ambassadeur, vous direz à votre maître que je lui ai grande reconnaissance. Sans ce superbe coursier qu'il m'a donné, je laissais la vie à Morat. Sa rapidité m'a sauvé...

– Votre valeur aussi, monseigneur. Êtes-vous seul ici? Je croyais que le duc avait décidé d'y venir?

– C'était son idée en effet mais il en a changé. Apprenant que la duchesse de Savoie s'était réfugiée avec ses enfants dans son château de Gex, il s'y est rendu avec le sire de Givry et messire Olivier de La Marche pour convaincre Mme Yolande de le suivre en Bourgogne.

– En Bourgogne? Pour quoi faire?

– Je crois qu'il tient à s'assurer de sa fidélité.

– Ah!... Et... comment est-il?

– Tout furieux. Il ne décolère pas. Il jure qu'avant peu il aura réuni une armée de cent cinquante mille hommes pour fondre sur les Cantons et les ravager de fond en comble... Je crains, ajouta Antoine de Bourgogne avec tristesse que sa raison ne soit atteinte...

– Non, monseigneur... mais il rêve! Il n'a jamais cessé de rêver. D'empire d'abord, puis de l'antique royaume lotharingien. Et c'est ce rêve qu'il poursuit à travers la haine que lui inspirent les Suisses. Fasse Dieu que le réveil final ne soit pas trop cruel! Sait-on combien d'hommes ont été perdus?

– Vous voulez dire massacrés? Plusieurs milliers parmi lesquels Jean de Luxembourg, Somerset et la majeure partie des archers anglais. Galeotto qui a résisté aussi longtemps qu'il a pu devant la tente ducale a réussi à percer avec deux compagnies et à fuir. Ajoutez à cela que, cette fois encore, les Suisses ont fait main basse sur tout notre camp et sur notre artillerie neuve, comme à Grandson. C'est un désastre, pire encore que le premier...

– Puis-je demander quels sont vos ordres à présent, monseigneur? Attendrez-vous le duc ici?

– Non. Je pars demain pour Salins afin d'y rallier les survivants de Morat. S'il y en a!... Il m'y rejoindra. Voulez-vous faire route avec moi?

– Avec plaisir si mes compagnes ne sont pas trop épuisées.

Pendant ce temps, dans la maison des hôtes où elles avaient été conduites dès l'entrée de l'abbaye, Léonarde, à l'aide de chandelle fondue, soignait son séant pas encore habitué à ces galopades éperdues à califourchon mais sans pour autant cesser de bougonner et de vouer Démétrios à tous les feux de l'enfer. Elle n'avait pas décoléré depuis que Fiora lui avait raconté son entrevue avec le Grec.

– Il faut que ce vieux fou ait perdu l'esprit! Je ne vous ai jamais caché ce que je pense de la vengeance et, en dépit de cela, je vous ai laissée faire. Grâce à Dieu, il ne vous a pas été accordé de salir vos mains...

– Mes mains sont sales, Léonarde. J'ai tué un homme.

– C'était lui ou vous et cela fait la différence. Mais aller froidement empoisonner, ou poignarder ou étrangler un être vivant, j'étais bien certaine que vous ne le feriez jamais.

– J'aurais poignardé du Hamel sans hésiter et, pour ce qui est du duc, j'aurais pu le tuer devant Nancy quand, superbe et arrogant, il m'accablait de son mépris et disposait de moi comme d'un meuble. Je ne l'ai pas fait parce que, en retrouvant Philippe, je n'ai pas eu... le courage de me condamner à mort en assassinant le Téméraire. Mon amour était plus fort que ma haine, et puis, ensuite, j'ai compris bien des choses au point même de pardonner au duc de n'avoir pas gracié mes parents. A présent l'idée de tuer cet homme malade, affaibli, frappé dans tout ce qui faisait son orgueil et sa gloire, cette idée me fait horreur. Et pourtant...

– Pourtant quoi? Vous n'allez pas faire cela?

Fiora dégrafa sa tunique, l'ôta et la jeta sur l'une des deux couchettes monacales qui meublaient la chambre, puis alla prendre, dans le coffre de cuir qui suivait Léonarde partout et en quelques circonstances que ce soient, un miroir à main pour s'y regarder:

– Mes cheveux repoussent. Il va falloir...

– Les recouper? Ne comptez pas sur moi pour cela, et d'ailleurs je vous le défends. Votre époux est vivant. Que dirait-il en vous retrouvant tondue? Il est temps de redevenir une femme, Fiora!

– Pour quoi faire? Je ne reverrai Philippe que si...

Elle avait pris, à sa ceinture, la dague précieuse dont le

Téméraire lui avait fait présent et, l'air absent, en caressait doucement la lame brillante. Léonarde pâlit :

– Je vous quitte sur l'heure, Fiora, si vous ne me jurez d'abandonner cette idée insensée. Tuez le duc et vous serez pendue sur-le-champ : je ne veux pas voir ça! Quant à Démétrios...

– Je sais déjà ce que vous en pensez! dit Fiora avec un demi-sourire. Vous n'avez parlé que de lui depuis que nous avons quitté Lausanne...

– Peut-être, mais j'ai encore à dire ceci : vous n'avez pas à lui obéir. L'ignominie de son marché de lâche vous délie de tout lien envers lui.

– Mais Philippe?

– Il ne lui arrivera rien de mal tant que son geôlier espérera voir son chantage réussir. Ce qu'il faut, c'est essayer de savoir où se trouve le duc de Lorraine : Démétrios ne sera pas loin et je saurai qu'en faire.

– Vous avez sans doute raison mais comment savoir où est René II? D'après Panigarola, il ne cesse de se déplacer...

– Alors il faut rester auprès du duc Charles... et de ce cher ambassadeur qui sait toujours tout. Ils ont tous deux leurs espions et c'est là que nous aurons les meilleurs renseignements.

– Pourquoi ne pas rejoindre le roi à Lyon et lui demander de rappeler Démétrios? C'est son médecin et...

– Et rien ne dit qu'il obtempérera. En outre, souvenez-vous que le jeune Colonna répond sur sa tête de votre présence?

– Après tant de catastrophes, croyez-vous que le duc Charles pense encore à cela?

– Mieux vaut ne rien hasarder avec un homme tel que lui. Et malheureusement il tient à vous... assez pour avoir ordonné à un fils de prince de veiller sur la vieille bourgeoise que je suis. S'il revoyait Battista sans vous...

Panigarola confirma les vues de la vieille demoiselle. D'après le Grand Bâtard, Charles s'était inquiété de

« Madame de Selongey » en des termes qui ne laissaient aucun doute sur le prix qu'il y attachait. Fiora pensa qu'il n'y avait rien à ajouter à cela et qu'elle avait tout intérêt à suivre les conseils de Léonarde.

Victime de ses propres avis, celle-ci en fut réduite à faire fondre double quantité de chandelle : le lendemain, on repartait pour Salins en compagnie du Grand Bâtard. En dépit des menaces de Démétrios, Fiora se sentait plus heureuse qu'elle ne l'avait été depuis longtemps. Le plus important n'était-il pas que Philippe fût vivant, qu'il respirât quelque part sous le même ciel qu'elle ? La nuit sombre de son avenir s'éclairait d'une chaude lueur d'espérance. Enfin, elle avait une immense confiance dans la sagesse de Léonarde... Avec son aide, elle commençait à croire qu'il lui serait possible de vaincre Démétrios, peut-être en utilisant ses armes favorites : la patience et la ruse.

Quand, le 2 juillet, le Téméraire à la tête de quelques cavaliers fit son entrée dans Salins, Fiora eut peine à le reconnaître. Comme il avait changé en quelques jours ! Ce visage bouffi, ces yeux las marqués de poches, cette bouche amère, ce regard vitrifié... Était-ce bien le même homme ? Sans l'armure dorée et le casque au lion d'or couronné, elle eût douté d'être en face du duc de Bourgogne. Pourtant il souriait et saluait de la main les gens de sa ville qui l'acclamaient éblouis par cette image somptueuse à laquelle le soleil arrachait des éclairs.

En voyant s'approcher Fiora et Panigarola qui venaient le saluer, il eut pour eux un vrai sourire, chaud et communicatif et les embrassa tour à tour. Il semblait extraordinairement heureux de les revoir et les garda auprès de lui jusqu'au soir. Durant le souper qu'ils prirent ensemble et avec le Grand Bâtard, il fut d'une gaieté charmante qui confondit ses invités. Ses projets étaient immenses et il rejetait, avec dédain, la responsabilité de la défaite de Morat sur le manque de courage de ses troupes qui n'avaient su, une fois de plus, que tourner casaque et prendre la fuite.

– Monseigneur, intercéda Panigarola, montrez-leur quelque pitié. Beaucoup sont morts...

– ... Qui ne le seraient pas s'ils s'étaient bien battus et ceux de ma maison ont été les plus mauvais. Rien d'étonnant : beaucoup étaient des Français mais je vais battre le rappel de ma noblesse fieffée de toute la Bourgogne. Je sais déjà pouvoir compter...

Il alignait des chiffres, formait des escadrons, confiait des commandements à des chefs dont on ne savait pas au juste s'ils étaient déjà morts ou encore vivants...

– J'ai eu l'impression de souper avec des fantômes, confia Fiora au Milanais. Cette grande armée dont il parle existe-t-elle ailleurs que dans son imagination ? J'ai peur qu'il ne soit encore malade.

– Moi aussi. En tout cas, une chose m'étonne ? Où est passé le capitaine de sa garde qui en principe ne le quitte pas ? Il paraît qu'il aurait été envoyé en mission ? Et comme il était avec lui à Gex, je me demande ce que cela peut être ?

Il allait l'apprendre trois jours après quand les échos du château retentirent des clameurs furieuses du Téméraire : Olivier de La Marche venait d'arriver avec un détachement de ses gardes et le duc braillait à tous les échos qu'il allait lui faire « ôter la tête »... En voyant accourir Panigarola visiblement bouleversé, Fiora qui se promenait avec Léonarde au bord de la Furieuse, le torrent qui longeait toute la ville de Salins, comprit qu'il se passait quelque chose de grave.

– Je commence vraiment à croire qu'il est dément, s'écria l'ambassadeur. Il vient de commettre la pire des folies : alors qu'en quittant le château de Gex, il a embrassé la duchesse de Savoie en lui jurant une amitié éternelle, il a, en même temps, commandé à Olivier de La Marche de s'assurer de sa personne ainsi que de celles de ses enfants alors qu'elle se rendait à Genève auprès de son beau-frère l'évêque.

– Il a fait arrêter la duchesse Yolande? Mais pour quoi faire[1]?

– Elle avait refusé de le suivre en Bourgogne et il espérait ainsi tenir fermement la Savoie. Malheureusement, un serviteur a caché le prince héritier Philibert et son jeune frère dans un champ de blé. Ils sont à Genève à présent et j'imagine d'ici le bruit qu'y fait l'évêque. Je gage qu'on va parler du baiser de Judas et que le roi Louis, qui lui n'est pas fou, va sauter sur l'occasion de s'ériger en protecteur de sa sœur et de ses neveux. C'est un coup à faire de la Savoie l'ennemie mortelle de notre duc... Comme s'il n'en avait pas assez!

– Où est la duchesse?

– Pas très loin d'ici : au château de Rochefort près de Dôle. Quant à La Marche, qui a manqué la moitié de sa mission, je le vois mal parti...

Il garda cependant sa tête. Le duc Charles avait trop de soucis pour s'attarder longtemps sur cet épisode : les Suisses continuaient leurs exploits. Après avoir mis Lausanne à sac, ils s'apprêtaient à prendre le chemin de Genève quand le roi de France intervint. Morat l'avait ravi mais il ne tenait pas du tout à ce que les Suisses continuassent à piétiner l'héritage de son neveu : en foi de quoi il envoya son outil préféré : un sac d'or plus une petite armée à Chambéry pour leur rappeler que, même s'il ne faisait pas souvent la guerre, il n'en possédait pas moins tous les moyens de la déchaîner. Peu de temps après, la Savoie et les Cantons signaient un traité de paix.

– Quel grand homme! s'écria Panigarola enthousiasmé. En voilà au moins un qui ne considère pas la guerre comme le dernier des beaux-arts!

Ce n'était évidemment pas l'avis du Téméraire qui avait réuni à Salins les états de Haute-Bourgogne pour leur expliquer la nécessité de lui venir en aide dans sa guerre contre les Suisses, cette guerre à laquelle il ne vou-

1. Transportée au château de Rouvres, la duchesse devait être délivrée quelques semaines plus tard par Charles d'Amboise envoyé par Louis XI.

lait pas renoncer. Il fit alors à ses sujets un superbe discours, appuyé sur Tite-Live et sur les grands exemples de combats perdus et de guerres gagnées. Il n'avait entrepris tout cela que pour les protéger, eux, leurs femmes, leurs enfants et leurs biens contre le danger mortel des Suisses et des Français. Il fit tant et si bien que son auditoire presque en larmes s'engagea à financer la protection des frontières mais à deux conditions : que le duc cessât de s'exposer en personne et qu'il conclût la paix dès que l'occasion s'en présenterait. Charles jura tout ce que l'on voulut et se remit au travail avec enthousiasme :

– Donna Fiora, déclara-t-il à la jeune femme un soir où, comme cela lui arrivait de plus en plus souvent, elle venait de chanter en compagnie de Battista, quand j'aurai vaincu tous ces croquants et leur aurai repris mes biens, je ferai de vous une princesse. Vous pourrez choisir dans mes états celui qui vous plaira le mieux. Et je vous rendrai votre dot.

– Je n'en demande pas tant, monseigneur. Vivre en paix dans le souvenir de mon époux – elle avait jugé plus prudent, en effet, de ne lui rien révéler de ce qu'elle avait appris – est tout ce que je désire. Je n'aime pas la guerre et qui gouverne un état doit toujours s'y préparer.

– Celle-ci sera la dernière. Ensuite, je ferai de vous le plus bel ornement de ma cour...

Fiora ne répondit rien, trouvant à cette phrase une résonance étrange. D'ailleurs l'attitude de Charles envers elle se modifiait encore. Il lui demanda de reprendre les vêtements féminins qui, même s'ils étaient de grand deuil, « mettaient si bien sa beauté en valeur ». Non seulement elle n'avait plus à essuyer ses colères mais il était envers elle d'une galanterie extrême, lui offrait des présents, l'interrogeait sur son enfance, ses études, sur la vie qu'elle menait dans cette Florence dont il rêvait souvent et dont il ne désespérait pas d'y entrer un jour en maître, car, parfois, il songeait même à conquérir l'Italie...

– Je crois, Dieu me pardonne, qu'il est tombé amoureux de vous, déclara Panigarola en regardant Fiora déployer une pièce d'un magnifique satin gris pâle broché d'or qu'un chevaucheur venait de rapporter de Dijon.

– Est-ce que vous n'avez pas un peu trop d'imagination?

– Sûrement pas. Je ne saurais d'ailleurs le lui reprocher mais je ne suis pas certain que ce soit pour votre plus grand bonheur. Dans l'état d'exaltation où je le vois, une grande passion chez un homme dont on a toujours vanté la chasteté pourrait se révéler dangereuse.

– Que faudrait-il faire alors?

– Fuir! Le plus vite et le plus loin possible. Je vous y aiderai... tant que je serai là tout au moins.

– Est-ce que vous songeriez à partir?

– Je crains fort d'être rappelé un jour prochain. Les conséquences de Morat sont désastreuses et la politique de mon pays est en train de changer. Milan se rapproche de la France et si mon prince rompt ses relations avec la Bourgogne..

Fiora garda le silence un instant. L'idée de voir cet ami discret s'éloigner lui faisait peine. Rejetant le tissu brillant elle marcha lentement jusqu'à la fenêtre qu'un somptueux coucher de soleil incendiait:

– Si vous partez, il vous faudra emmener Battista car je ne resterai pas non plus. De toute façon, je ne suivrai pas le duc dans une autre guerre. J'ai vu Grandson et Morat: cela me suffit.

Néanmoins, dans les jours qui suivirent, le duc se montra plus calme. Il décida de quitter Salins pour le château de La Rivière, grande bâtisse féodale hérissée de tours et pourvue d'un imposant appareil militaire, située à trois ou quatre lieues de Pontarlier, sur un haut plateau jurassien assez triste mais suffisamment vaste pour que l'on y rassemblât une armée. Sa maison et ses familiers l'y suivirent. Fiora y trouva un appartement plus riche qu'elle n'en avait eu depuis longtemps mais c'en était fini des jours paisibles de Salins où, dans la calme fraîcheur des montagnes, les rescapés de Morat avaient pu prendre un peu de repos et retrouver leur souffle.

Les premières nouvelles qui arrivèrent à La Rivière jetèrent le Téméraire hors de lui. Alors que les états de Bourgogne avaient accepté de l'aider, ceux de Flandres, réunis à Gand, avaient non seulement refusé de lui apporter quelque aide que ce fût mais encore prétendaient rogner sur les sommes précédemment allouées à l'armée sous prétexte qu'il n'y avait plus d'armée.

– Plus d'armée! vociféra le duc. Ces misérables Flamands verront bientôt si je n'ai plus d'armée! Je marcherai contre leurs insolentes cités dès que j'aurai châtié les bouviers des Cantons. Quant à cet âne de chancelier Hugonet qui s'est laissé tenir pareil langage il en répondra sur sa propre fortune. Je vais faire saisir ses biens...

Plus grave encore : le duc René II dont la grand-mère, la vieille princesse de Vaudémont, venait de mourir en lui léguant une fortune avait enrôlé des mercenaires suisses et alsaciens, obtenu de la ville de Strasbourg qu'elle lui prêtât son artillerie et venait de libérer Lunéville. On prétendait qu'il allait se diriger sur Nancy pour en chasser les Bourguignons.

Cette nouvelle fit battre plus vite le cœur de Fiora. Elle savait où était Démétrios. Il fallait maintenant voir aux moyens de le rejoindre au plus tôt.

– Cela ne va pas être facile, dit Léonarde, soucieuse. Sortir à la fois de ce château plus fermé qu'un coffre de marchand et de ce camp qui se forme autour et qui grandit chaque jour pose un problème difficile à résoudre car, avec ce grand amour que vous porte le duc – et même si vous ne vous en êtes pas encore rendu compte – vous êtes aussi surveillée que si vous étiez sa fiancée...

– Il faudra tout de même bien trouver un moyen. Je ne vais pas me laisser emmener encore par-delà les monts quand c'est à Nancy que je dois aller?

Cette dernière crainte fut vite effacée. Une fois sa colère passée, le duc Charles changea ses plans du tout au tout :

plus question de courir sus aux Cantons avec lesquels d'ailleurs semblaient s'amorcer timidement quelques bruits de pourparlers. Désormais c'était vers le nord qu'il allait falloir marcher pour chasser définitivement de Lorraine les hommes de René II, car la Lorraine était le lien des deux Bourgognes, le maillon indispensable et trop chèrement acquis pour le laisser se rompre...

– Voilà qui simplifie les choses, commenta Léonarde. Nous ne savions pas comment nous rendre à Nancy et voici que l'on se propose de nous y conduire. L'armée se rassemble tous les jours. Bientôt nous partirons...

Le vaste plateau en effet se peuplait presque à vue d'œil. La Bourgogne tenait ses promesses et envoyait des troupes et des armes. On vit venir des Picards, des Wallons et des Luxembourgeois, quelques Anglais aussi obtenus non sans peine du roi Édouard par la duchesse Marguerite. Galeotto rejoignit l'un des premiers avec ses lances et ses charpentiers. Les soldats s'installaient dans les villages et les hameaux dont les habitants retenaient leur souffle en dépit des ordres sévères du Téméraire touchant le vol, le viol ou le pillage. D'autres campaient directement sous la tente et leurs feux de cuisine, la nuit venue, s'échevelaient sous le vent venu des montagnes. Le château s'emplissait de seigneurs et de capitaines qui y menaient grand bruit. Ce n'étaient que colloques, conciliabules, beuveries aussi il faut bien le dire, et Fiora ne quittait plus son appartement où Panigarola venait souvent se réfugier quand il était las des récits d'exploits guerriers. Elle ne voyait presque plus le duc et ne s'en plaignait pas. Le temps n'était plus aux chansons : le bruit des armes avait pris leur place et emplissait tout. Les oiseaux eux-mêmes et les animaux des bois fuyaient vers la montagne... Et puis, un matin, Panigarola vint faire ses adieux à Fiora.

En le voyant paraître botté et son manteau de cheval sur le bras, la jeune femme comprit ce qu'il en était avant même qu'il n'ait ouvert la bouche :

– Ne me dites pas que vous partez?

– C'est bien cela pourtant. Le duc vient de me donner mon congé avec plus de bonne grâce d'ailleurs que je n'aurais osé l'espérer dans de telles circonstances...

– Milan et la Bourgogne ne sont plus alliées?

– Non. Il est déjà inespéré que nous ne soyons pas en guerre. Monseigneur a bien voulu me dire qu'il me regretterait...

– Il n'est pas le seul. Je suis... navrée de vous perdre, mon ami. Nous reverrons-nous jamais?

– Pourquoi pas? Milan n'est pas si loin et je tiens à ce que vous sachiez que ma maison sera toujours prête à vous accueillir.

– Sauf si vous n'y êtes pas. Qui dit que l'on ne vous enverra pas demain chez le Grand Khan?

– Il y a peu de chance: sa langue m'est inconnue. Mais... je suis venu aussi vous communiquer la nouvelle que je viens d'apprendre de Galeotto: Campobasso revient!

– Ici?

– Peut-être pas. Mais il a écrit au duc pour lui proposer de reprendre du service avec sa condotta. Cela représente près de deux mille hommes et sa proposition a été accueillie avec transport.

Fiora rejoignit Léonarde qui cousait près de la fenêtre.

– Vous avez entendu? Il faut que nous nous préparions à partir sur l'heure. Attendez-nous un moment, mon ami, nous ferons route ensemble!...

Elle se précipitait déjà vers un coffre qu'elle ouvrit.

– Je vous en prie, n'en faites rien. J'avais prévu votre réaction et j'ai demandé la permission de vous emmener Monseigneur refuse formellement de vous laisser partir.

Laissant retomber le couvercle, Fiora hésita un instant puis marcha vers la porte:

– Il ne me le refusera pas à moi. Je ne veux plus rester ici, au milieu de tous ces hommes d'armes, dont les regards souvent me déplaisent, à attendre que Campobasso ne s'empare à nouveau de moi.

– N'y allez pas, Fiora! Ce sera inutile. Tout ce que vous y gagnerez sera peut-être de vous retrouver tout à fait prisonnière.

– Mais enfin, il y a peu, vous me proposiez de m'aider à fuir?

– En effet!... mais je ne savais pas tout. Et même je ne savais rien. Plus jamais le duc Charles ne vous autorisera à vous éloigner de lui. Et si vous prenez la fuite, vous savez quelle sera la conséquence?

– C'est insensé! s'écria Léonarde. Ce n'est plus de l'amour, c'est de la rage.

– Ni l'un ni l'autre, donna Léonarde... C'est de la superstition. Quand nous avons séjourné à Besançon, l'hiver passé, un rabbin versé dans la kabbale a dit à monseigneur que la mort ne l'atteindrait pas tant que vous seriez auprès de lui, Fiora. Voilà pourquoi il vous a reconnue si hautement pour la dame de Selongey car cela fait de vous une Bourguignonne; pourquoi il veut vous garder à sa cour quand la guerre aura pris fin; pourquoi enfin Battista doit mourir si vous prenez la fuite. Vous êtes devenue comme son ange gardien.

D'abord médusée, Fiora éclata brusquement de rire:

– Moi, son ange gardien? Moi qui en quittant Florence ne rêvait que de le tuer?... Il y a là de quoi me faire revenir à mes premières idées.

– N'essayez pas car vous n'y parviendrez pas quoi que vous fassiez. La lame du poignard cassera, le poison sera sans effet...

– Mais enfin vous croyez à ces folies, vous, si logique et si bon philosophe? Qui vous a dit cela? Le duc?

– Non. Le Grand Bâtard que je priais d'intercéder pour vous et qui, depuis longtemps, a demandé que l'on vous rende votre liberté.

– Il faudrait alors que Battista rentre chez lui. Après tout il est romain, cet enfant, et il n'appartient pas vraiment à la maison de Bourgogne. Son maître n'était-il pas le comte de Celano?

– Qui a disparu à Grandson et dont on ne sait ce qu'il est devenu. Mais je vous en prie calmez-vous! Rien n'est encore perdu. En vous quittant, je dois m'arrêter à Saint-Claude pour y attendre Mgr Nanni. Le légat espère toujours arriver à conclure la paix entre la Bourgogne et les Cantons. Le pape et l'empereur y sont attachés et il a désiré me rencontrer. Nous verrons ensemble ce que nous pouvons faire. Le jeune Colonna pourrait être rappelé à Rome... par un deuil familial, par exemple?

– Vous pensez obtenir du légat qu'il profère un aussi gros mensonge?

En dépit de la gravité du moment, Panigarola se mit à rire.

– Ma chère enfant, apprenez qu'en politique comme en diplomatie, le mensonge et la vérité sont des notions tout à fait abstraites. Il n'y a que le résultat qui compte... et Mgr Nanni est l'un des meilleurs diplomates que je connaisse. Ainsi donc prenez patience!... et permettez à un vieil ami de vous embrasser car vous lui êtes devenue chère. Portez-vous bien, donna Léonarda!

– Je n'y manquerai pas, messire, fit celle-ci avec une petite révérence et j'en souhaite tout autant à Votre Excellence!

Le soir venu, le duc Charles, à la surprise de Fiora, se fit annoncer chez elle. Et elle constata du premier regard qu'il était triste.

– Je viens vous demander à souper, donna Fiora, dit-il en prenant sa main pour la relever de sa révérence. Et, à moins que cela ne vous contrarie, on servira ici.

– Monseigneur ne sait-il pas qu'il est chez lui?

– Ne soyez pas si cérémonieuse. Vous devez être aussi affligée que moi. N'avons-nous pas perdu un ami?

– Je ne crois pas. Vous avez perdu l'ambassadeur, non l'ami qui vous reste certainement attaché.

– Puissiez-vous dire vrai mais je mesure à ces défections combien la gloire de la Bourgogne est ternie. Il est urgent qu'une grande victoire lui restitue tout son éclat. Heureusement vous me restez.

En dépit de ce qu'avait dit Panigarola, Fiora ne put s'empêcher de tenter sa chance :

– Tenez-vous vraiment à m'emmener encore en guerre, monseigneur? J'en suis... affreusement lasse! La guerre me fait horreur...

– Vous voulez me quitter, vous aussi? Qu'est devenu mon jeune écuyer si vaillant? Qu'est devenue la dame de Selongey qui tenait tant à maintenir auprès des miennes les couleurs de son époux?

– Elle a vu verser trop de sang. Ne lui accorderez-vous pas de se retirer à Selongey?

– Pour y vivre dans la solitude d'un château campagnard? Non, donna Fiora, je ne crois pas que cela vous tente. Il y a autre chose n'est-ce pas? Cette amitié qui m'était si douce n'était qu'un leurre? Comme les autres vous voulez me fuir parce que vous me croyez fini, détruit...

Il s'énervait. Sa voix montait déjà. Devinant alors qu'il lui fallait prendre le dessus, Fiora s'écria :

– Vous avez raison : il y a autre chose. Campobasso va vous revenir et moi je ne veux plus jamais revoir cet homme! C'est pour cela que je vous demande mon congé...

– Ce n'est donc que cela? Alors rassurez-vous. Je promets que vous ne le verrez pas. Il est vrai qu'il a demandé à reprendre du service sous ma bannière. C'est un bon capitaine et j'ai malheureusement besoin de ses soldats mais il ne viendra pas ici. Je lui ai ordonné d'aller prendre position entre Thionville et Metz où il attendra le prince de Croÿ et le duc Engelbert de Nassau qui vont venir des Pays-Bas avec cinq mille hommes de pied. Dans peu de jours il faut que nous ayons quitté La Rivière. L'Enfant a mis le siège devant Nancy et je veux le prendre à revers. Vous serez auprès de moi comme naguère mais Olivier de La Marche aura ordre de veiller sur vous et de vous tenir à l'écart lorsque Campobasso viendra me voir. Mais je ne veux pas que vous me quittiez. Il *faut*, vous entendez, il faut que vous demeuriez à mes côtés. Ne me demandez pas pourquoi!

Et, oubliant qu'il s'était invité à souper, le Téméraire s'enfuit. La porte retomba derrière lui et le bruit s'en prolongea un instant dans le silence qui s'était établi dans la chambre.

– Eh bien! soupira Léonarde. Nous souperons seules!

– J'aime autant cela mais avouez tout de même que c'est effrayant! Jamais je ne pourrai lui échapper...

– N'y pensez pas! Vous ne devez plus avoir en tête qu'une seule idée: nous allons partir pour Nancy. N'est-ce pas là le principal? Ce serait bien le diable si dans le tohu-bohu d'une guerre nous n'arrivions pas à fausser compagnie à monseigneur. Et si le jeune Colonna n'est pas encore parti, eh bien, nous l'enlèverons.

– Léonarde, dit Fiora avec conviction, vous m'étonnerez toujours. Enlever Battista?

– Pourquoi pas? Ce pourrait être très amusant...

Le 25 septembre au matin, l'armée si péniblement reconstituée quittait La Rivière... D'aucuns auraient dit une apparence d'armée tant le contraste était poignant avec la superbe machine de guerre que deux semblants de bataille avaient réduite en miettes. Vieux soldats recuits au feu des mitrailles et jeunes recrues, la Bourgogne, la Picardie, le Luxembourg et le Hainaut avaient apporté tout ce qu'ils pouvaient fournir pour les adjoindre aux lances fidèles de Galeotto, le seul mercenaire dont la loyauté n'eût jamais fait défaut. Mais c'étaient les troupes de la dernière chance. Qu'une nouvelle défaite les disperse ou les anéantisse et il n'y aurait plus rien, plus même de Bourgogne dont les clochers vides n'avaient plus de bronze à fournir. Dix mille hommes, pas plus, c'est tout ce que le Téméraire traîne après lui et sur lesquels il compte pour chasser une fois de plus l'Enfant de sa terre natale.

Sous le chaperon noir qu'elle a repris pour cacher ses

cheveux déjà longs, Fiora chevauche à la queue du cheval du Téméraire et en compagnie de Battista. Elle est si sombre que le page n'ose même plus chanter. Panigarola lui manque. Sa culture et sa philosophie en faisaient un compagnon inégalable grâce à qui le plus long chemin se parcourait sans peine. Les nouvelles qu'elle en avait reçues n'étaient pas des meilleures : en arrivant à Saint-Claude, le légat papal avait dû se coucher sous les assauts d'une bronchite jointe à une attaque de goutte. Il n'était pas près de rejoindre le duc Charles...

Celui-ci bouillait d'impatience. Savoir René II devant Nancy le rendait malade et aussi l'obligatoire lenteur d'une armée dont tous les membres n'étaient pas montés, tant s'en faut! Quatre à cinq lieues par jour, sous le poids des armes, c'était tout ce que l'on pouvait demander à l'infanterie alors que le Téméraire rêvait de voler comme l'aigle pour fondre enfin sur son ennemi.

Par Levier, Ornans, Besançon et Vesoul, on atteignit les confins de la Lorraine où l'on s'enfonça vers l'ouest afin d'éviter les villes déjà reconquises par René. Le Téméraire ne voulait pas gaspiller ses forces. Il voulait d'abord Nancy et, pour cela, il fallait qu'il rejoigne les troupes de Campobasso, de Chimay et de Nassau auxquelles il avait donné l'ordre de venir à sa rencontre à Toul... Le 7 octobre, il faisait son entrée dans Neufchâteau... à l'instant même où René II entrait dans sa capitale retrouvée et en chassait le gouverneur bourguignon, Jean de Rubempré seigneur de Bièvres. Fou de rage, le duc Charles faillit tuer le messager qui lui en apportait la nouvelle...

Néanmoins, son armée grossissait. Quand il eut fait, à Toul, sa jonction avec Campobasso – qui d'ailleurs se fit attendre – et récupéré les troupes – environ quinze cents hommes – évacuées de Nancy par Jean de Rubempré, il se vit à la tête d'un effectif de dix-huit mille soldats. C'était plus que n'en pouvait aligner le jeune duc de Lorraine et tous les espoirs demeuraient permis. D'autant que le 17, les Bourguignons battaient une partie de ses gens à Pont-à-Mousson. La route de Nancy était ouverte...

Charles crut tout de bon que son étoile enfuie brillait à nouveau au-dessus de sa tête quand il apprit que René venait, une fois de plus, de quitter Nancy pour se procurer un surcroît de troupes. Celui-ci laissait la ville aux plus coriaces de ses fidèles : Gérard d'Avilliers, les frères d'Aguerre, Petit-Jean de Vaudémont, renforcés de deux capitaines gascons : Pied-de-Fer et Fortune. Deux mille hommes avec eux :

– Nous tiendrons au moins deux mois, lui dirent-ils, mais faites vite! Sinon, ensuite, ce sera la faim qui nous décimera...

Jean de Rubempré, en effet, et la garnison en grande partie anglaise de la ville avaient résisté près de deux mois au duc René. Depuis que celui-ci y était entré, elle n'avait guère eu le temps de refaire des approvisionnements qui faisaient déjà cruellement défaut puisque l'on en était venu à manger les chevaux, et pas davantage de réparer ses murailles écornées. Aussi, quand, le 22 octobre, le Téméraire investit la ville et fit reconstruire auprès de la Commanderie Saint-Jean sa maison de bois, était-il sûr que la victoire était à portée de sa main.

– Nous fêterons Noël au palais comme l'an passé, dit-il joyeusement à Fiora, et je donnerai une si belle fête que vous dédaignerez le souvenir de celles des Médicis...

Elle le remercia d'un sourire machinal mais le cœur n'y était pas. A nouveau, il était avec elle amical, chaleureux, allant jusqu'à les installer, Léonarde et elle, dans une chambre de son logis de campagne. De même, il avait tenu sa parole et elle n'avait pas revu Campobasso. Elle lui était reconnaissante mais pas moins désorientée. Ce René II qui fuyait tel un mirage dès que l'on croyait s'approcher de lui en venait à l'exaspérer. Où était-il à présent ? A Strasbourg, à Berne, à Fribourg, Dieu sait où parmi les Cantons ? Démétrios était-il toujours avec lui ?

Et Philippe? Où était Philippe? Était-il guéri de ses blessures et, en ce cas, le retenait-on dans quelque prison? Les points d'interrogation se succédaient dans l'esprit découragé de la jeune femme et elle ne voyait pas où il fallait en chercher les réponses.

– Si le duc de Lorraine est parti chercher du secours, il finira bien par revenir, prédisait Léonarde toujours pratique. Cessez de vous tourmenter; vous ne changerez rien à cette histoire insensée que le duc Charles nous oblige à écrire avec lui...

– Savez-vous à quoi je pense? Je me demande si Démétrios n'est pas dans Nancy. Une cité assiégée a besoin d'un bon médecin tandis qu'un jeune prince en parfaite santé peut s'en passer...

– Cela n'a rien d'impossible. Mais je ne vois pas comment vous pourriez entrer dans cette ville pour vous en assurer?

Soir après soir, de la fenêtre de sa chambre, Fiora regardait le jour tomber sur Nancy avec le désir toujours plus ardent d'y pénétrer. Elle en venait à penser que ces murs meurtris par le tir des bouches à feu et cependant toujours debout retenaient aussi l'homme qu'elle aimait. Mais comment arriver jusque-là sans essuyer le feu des défenseurs ou se faire tuer par les assaillants? Et elle s'effrayait quand, en fin de journée, le rouge soleil d'automne habillait les remparts de flamme et de sang...

La ville se défendait farouchement. Des attaques incessantes harcelaient le camp bourguignon qui, chaque fois, y laissait des hommes. Le bâtard de Vaudémont que la légende commençait à auréoler avait même réussi, dans la nuit de la Toussaint, à s'approcher du quartier général des assaillants et le logis du Téméraire n'avait échappé à l'incendie que de justesse. Vaudémont s'était fondu dans la nuit avec ses hommes sans en laisser un seul sur le terrain mais des cadavres marquaient son passage.

Et puis l'hiver, avec un mois d'avance, arriva comme une tempête et mit tout le monde d'accord en ensevelissant sous ses nappes de neige et ses écharpes de brume assiégeants et assiégés. En une nuit tout fut blanc; les ruisseaux et l'étang Saint-Jean se figèrent et la Meurthe elle-même se mit à charrier des glaçons. La faim et ses souffrances s'installèrent dans Nancy, le froid, la maladie et la peur dans le camp des Bourguignons. Chaque jour qui se levait révélait des désertions.

Inquiet, Antoine de Bourgogne tenta de faire entendre raison à son frère :

– Pourquoi vous obstiner à cette campagne d'hiver? Nous perdons des soldats tous les jours. Levons le camp et allons nous abriter en Luxembourg. Au printemps nous reviendrons...

– Ce serait donner à René le temps de refaire une armée, à Nancy celui de se ravitailler. Non, mon frère. J'ai décidé de passer Noël dans cette damnée ville dont je voulais faire la capitale d'un empire. Ils ne tiendront plus longtemps. Ils ont mangé les chevaux. A présent ils mangent les chiens, les chats et même les rats...

Ce n'était que trop vrai. Nancy endurait vaillamment son martyre, brûlait ses meubles pour avoir un peu moins froid et tentait des sorties désespérées dans l'espoir de récupérer un peu de nourriture... Les Bourguignons en manquaient moins car ils contrôlaient, au nord de la ville, la route de Metz et du Luxembourg par où leur venait le ravitaillement. Le trésor de guerre, en effet, se trouvait à Luxembourg. Campobasso, Chimay et Nassau surveillaient cette route avec défense formelle d'en bouger. C'était le duc qui, chaque matin, s'en allait visiter les capitaines et les différents ouvrages avancés.

Fiora appréciait ces dispositions : elles tenaient Campobasso éloigné du camp de la Commanderie et lui permettaient de sortir sans craindre de mauvaises rencontres. Car dans la maison de bois, l'atmosphère, enfumée par les braseros, lui paraissait difficile à supporter. « Nous sortirons de là fumés comme des jambons », grognait Léonarde, et chaque jour, en compagnie de Battista, elle s'obligeait à une courte promenade autour de l'étang Saint-Jean ou vers le bois de Saurupt. C'est ainsi qu'un jour où, profitant d'un rarissime rayon de soleil, elle s'était avancée jusqu'à la lisière du bois, elle vit un bûcheron occupé à débiter un arbre dont il entassait les morceaux dans une sorte de traîneau. Elle eut l'envie soudaine de lui parler et s'approcha :

– Vous êtes de par ici, brave homme ? Il n'y a pourtant plus beaucoup de maisons aux alentours.

– J'habite assez loin mais, par ce fichu temps, faut bien trouver d' quoi s' chauffer, pas vrai ?

L'homme s'était redressé et se frottait les reins et, du haut de sa grande taille, considérait la jeune femme avec, dans ses yeux bleus, une lueur amusée. En dépit d'une barbe et d'une moustache envahissantes, Fiora stupéfaite reconnut Douglas Mortimer... Jetant un rapide regard autour d'elle pour voir où était Battista elle le vit bander l'arc qu'il emportait toujours avec lui par précaution pour tirer un vol de corbeaux. Il ne pouvait pas l'entendre :

– Qu'est-ce que vous faites là ? chuchota-t-elle.

– Vous voyez, je m'occupe. Ce n'est pas facile de vous rencontrer dites donc ? Le roi s'inquiète de vous et se demande si vous n'êtes pas devenue bourguignonne ? On lui a parlé d'une jeune femme qui ne quitte plus le Téméraire. Vous êtes sa maîtresse ?

– Ne dites pas de sottises : le duc n'a pas de maîtresse. Mais il tient à moi parce qu'il voit en moi une sorte de talisman.

La figure barbue se fendit d'un large sourire :

– Si vous étiez à Grandson et à Morat vous êtes en effet un sacré talisman.

– On lui a prédit que la mort ne l'atteindrait pas tant que je serai avec lui...

– Je vois. Mais vous avez des jambes et quelque chose qui ressemble à une intelligence. Pourquoi, depuis le temps, ne vous êtes-vous pas encore échappée ?

– Regardez cet enfant qui tire des corbeaux ! Si je m'enfuis, il sera exécuté.

– Ah!... C'est en effet un problème qu'il faut essayer de résoudre. Mais c'est aussi une chance que vous soyez venue jusqu'ici. Voilà plusieurs jours que je vais au camp proposer du bois, ou des lièvres comme hier. Je voulais qu'on s'habitue à me voir. Je continuerai d'ailleurs mais j'avais à vous dire ceci : le roi veut que je vous sorte de là car le danger augmente et il redoute pour vous...

– Remerciez-le mais, pour l'instant, je n'ai rien à craindre. Ce que je voudrais savoir, c'est où se trouve le duc René ? Le savez-vous ?

– Il est encore assez loin, je crois, mais il sera ici avant la fin de l'année. C'est ça, le danger.

– Je ne le redoute pas. Pourriez-vous me dire si Démétrios Lascaris est encore avec lui ?

– Le médecin grec ? Il ne le quitte pas. Dites, vous ne croyez pas que nous avons assez causé ?

– Encore une question : pourquoi Campobasso est-il revenu ?

– Pour l'argent... et pour vous. Prenez garde! c'est un truand qui a réussi à dégoûter jusqu'au roi qui l'a renvoyé. Il désertera certainement quand l'heure sera venue. Le Roi vous est reconnaissant de ce que vous avez fait mais il craint que vous n'en soyez victime. Campobasso vous veut, à tout prix, alors, à présent que nous nous sommes vus, ne bougez plus de votre logis. Je vais essayer de veiller sur vous mais, de toute façon, ce ne sera plus long.

Depuis un moment déjà, Mortimer avait repris sa cognée. Battista qui avait tué deux corbeaux revenait avec son gibier. Fiora le félicita de son adresse.

– Vous comptez les manger ? On dit que c'est très dur.

– Pas si on les fait bouillir assez longtemps, mais je comptais les offrir à ce pauvre homme. Le gibier est rare en ce moment.

Le faux bûcheron accepta le présent avec une gratitude touchante et un accent de terroir qui amusa tellement Fiora qu'elle préféra s'éloigner rapidement avec le page que les bénédictions de l'homme poursuivaient... Cette présence faisait plaisir à la jeune femme et l'inquiétait en même temps. Si Mortimer était pris, il serait pendu comme espion ainsi que cela venait d'arriver à un maître d'hôtel du duc René, un gentilhomme provençal nommé Suffren de Baschi [1] qui avait été découvert alors qu'il tentait de faire entrer dans la ville de la poudre et de la viande. Une curieuse histoire d'ailleurs! Le duc Charles dans un premier mouvement de colère avait ordonné qu'on le branche. Le Grand Bâtard, le sire de Chimay et Campobasso avaient prié qu'on lui laissât la vie mais, tandis que les deux premiers poursuivaient le prince de leurs objurgations, Campobasso le fit pendre séance tenante. Il est vrai que le malheureux avait crié à ses avocats « Dites au duc de m'accorder un instant d'entretien en tête à tête. Il donnerait un duché s'il savait ce que je peux lui révéler... » Après ce que Mortimer lui avait appris, Fiora tira une conclusion simple : Suffren savait que le condottiere allait trahir et c'était cela qu'il voulait révéler au duc.

Dans les jours qui suivirent, Fiora ne quitta pas sa chambre et tint compagnie à Léonarde qui avait pris un rhume en allant aider Matteo de Clerici à soigner les malades. Il y eut d'ailleurs grande assemblée en l'honneur du protonotaire Hessler venu apporter une lettre et des joyaux de la part du prince Maximilien pour sa fiancée Marie de Bourgogne. Le duc et ses capitaines s'efforcèrent de lui faire aussi bonne chère que possible étant donné les moyens restreints dont on disposait. Fiora, elle, se garda bien de paraître car elle avait aperçu Campobasso parmi les autres. Et puis, elle avait espéré que Mgr Nanni accompagnerait, comme d'habitude, l'abbé de Xanten, mais Hessler était seul et plus aucune nouvelle n'était venue de Panigarola. Elle pensa que le légat, étant déjà âgé, il était peut-être mort ?

Et puis Noël vint, le plus tragique que l'on vit jamais pour les belligérants. Nancy crevait de faim et en était à

1. Un ancêtre du bailli de Suffren.

arracher les charpentes des maisons démolies pour obtenir un peu de chaleur autre que celle des incendies allumés par l'artillerie bourguignonne et que l'eau gelée empêchait d'éteindre mais dans le camp la situation n'était guère meilleure. Chaque jour passé coûtait des hommes. Le froid impitoyable les paralysait, leur gelait les pieds et les tuait par centaines. Les désertions atteignaient un taux alarmant et, dans cette nuit de la Nativité qu'il s'était promis de fêter dans le palais des ducs de Lorraine, le duc Charles, après avoir entendu la messe, erra jusqu'à l'aube au milieu de ses soldats en compagnie de son médecin et du Grand Bâtard, s'efforçant de les réconforter, distribuant du vin, de l'eau-de-vie, des médicaments et tançant les capitaines qui, selon lui, ne savaient pas prendre soin de leurs hommes pour au moins les maintenir en vie :

– Il faut vraiment vous être fidèle, monseigneur, lui lança Galeotto. Partout en Europe on célèbre la venue de l'Enfant Jésus et nous nous sommes là à crever de misère et de maladies devant cette putain de ville qui préférera se laisser détruire jusqu'à la dernière pierre plutôt que se rendre. Ne vaut-il pas mieux partir avant que la mort ne nous prenne tous ?

– Il est un autre Enfant devant lequel nous ne fuirons jamais et je sais qu'il approche. Plutôt la mort !...

Après la messe du jour où personne ne chanta, le duc fit appeler Fiora.

– J'ai regrets et chagrin de vous avoir obligée à me suivre, madame de Selongey, dit-il – c'était la première fois qu'il l'appelait ainsi – et je vous en demande pardon du fond du cœur... Je sais... que je n'ai plus grand-chose à attendre de la Fortune et peut-être ai-je lassé la patience de Dieu. Pourtant, je ne trouve pas le courage de me séparer de vous...

– A cause de la prédiction du rabbin ? questionna Fiora doucement.

– Ah, vous savez cela ? Mais vous vous trompez. Mourir au combat est désormais tout ce que je souhaite. La

Bourgogne dont je rêvais... demeurera un rêve. Quand le Lorrain viendra, il ne me restera peut-être que cinq mille hommes. Non, si je vous demande de m'accompagner encore c'est pour garder devant mes yeux, le plus longtemps possible, une image de pure beauté. Vous comprenez?

– Ne perdez pas courage, monseigneur! Cela ne vous ressemble pas. Vous êtes le grand duc d'Occident, vous êtes...

– Ce prince que vous haïssiez? Vous souvenez-vous?

– Il y a longtemps que j'ai changé d'avis. Mon époux vous aimait tant!...

– Merci, mais cessons de nous attrister. C'est Noël aujourd'hui et je voulais vous faire un présent... digne de vous.

Détachant de son cou une mince chaîne d'or, il la passa à celui de Fiora. Elle soutenait un diamant pyramidal d'une rare teinte bleutée.

– Gardez ceci en mémoire de moi car il est bien certain, ajouta-t-il avec un sourire, que vous ne reverrez jamais votre dot.

– Monseigneur! Je ne puis accepter...

– Oh mais si, vous pouvez parce que je le veux. A présent retirez-vous et envoyez-moi Olivier de La Marche...

Profondément émue, Fiora regagna sa chambre lentement, la main posée sur la pierre encore chaude. Elle avait compris que le rêveur venait enfin de s'éveiller et qu'il considérait avec une froide lucidité les dangers qui le menaçaient. Il était le sanglier acculé par la meute, il le savait et il ne ferait rien pour échapper à son destin, rien d'autre que de se défendre jusqu'au bout. Mais il ne se laisserait jamais prendre vivant...

Comme il arrive dans les grands drames, une note burlesque apparut dans les derniers jours de l'année sous l'aspect du roi Alphonse V du Portugal, cousin du duc. Il venait proposer ses bons offices pour reconcilier son beau cousin avec le roi de France dans le but d'obtenir de ce dernier une aide financière dans sa lutte contre la reine de Castille. Le duc Charles le regarda comme s'il tombait de la lune :

– Aidez-moi d'abord à prendre Nancy ? fit-il en haussant les épaules. L'autre ouvrit de grands yeux puis, comprenant qu'il n'avait rien à attendre, s'éclipsa sans demander son reste.

Dans la nuit de la Saint-Sylvestre, Campobasso déserta, emmenant avec lui ses deux fils et trois cents cavaliers. Il allait rejoindre le duc de Lorraine qui n'était plus qu'à deux journées de marche pour lui demander, comme prix de sa trahison, la ville de Commercy. Il s'attendait à une réception chaleureuse, il ne trouva que des visages glacés. Les chefs suisses qui entouraient René II lui déclarèrent brutalement qu'ils n'entendaient pas combattre aux côtés d'un traître. On l'envoya garder le pont de Bouxières qui commandait le passage vers la Meurthe à une petite lieue au-dessus de Nancy :

– Vous m'accueillerez peut-être plus chaleureusement si je vous apporte la tête du Téméraire ? leur lança-t-il, furieux.

– Ce serait grand dommage que si noble tête tombât dans des mains aussi sales ! riposta Oswald de Thierstein.

Le 4 janvier 1477, l'armée lorraine s'installa à Saint-Nicolas-de-Port, un faubourg de Nancy, après en avoir massacré la garnison bourguignonne. La bataille était pour le lendemain.

Au matin de ce dimanche, Fiora regardait tomber la neige. Il faisait moins froid mais toute la campagne était blanche et le vent soulevait des tourbillons immaculés. Ni elle ni Léonarde n'avaient dormi de la nuit. C'était sans doute la délivrance qui leur arrivait mais elles n'en étaient pas moins angoissées comme à l'approche d'une catastrophe... L'une après l'autre, les compagnies quittaient le camp pour aller prendre position et s'enfonçaient dans la tourmente comme une armée de fantômes...

Après la messe qu'elles entendirent auprès de lui, le duc Charles leur fit ses adieux puis se livra à ses écuyers pour revêtir la lourde armure.

Soudain, comme l'un d'eux lui passait son heaume, le lion d'or du cimier tomba. Impassible, le Téméraire regarda, sur la prairie rouge et bleu du tapis, ce symbole de la grandeur de la Bourgogne, puis plongea son regard dans celui du Grand Bâtard :

– *Hoc est signum Dei!* [1] dit-il seulement tandis que son valet de chambre se hâtait de fixer à nouveau l'ornement. Puis il coiffa le casque et se disposait à sortir quand Battista apparut et vint mettre un genou en terre devant le prince :

– Faites-moi donner des armes, monseigneur! Je veux être auprès de vous pour cette bataille...

– Ne t'ai-je pas confié une mission? Celle de veiller sur une dame.

– Donna Fiora n'a plus besoin de moi et je veux combattre à vos côtés. Je suis un Colonna! Mon nom me donne droit au danger.

– Il en sera comme tu le désires, mon enfant, fit le duc tandis qu'un pâle sourire passait sur son visage immobile. Qu'on lui donne des armes! Adieu... adieu à tous!

Il sortit. Le Moro, son beau destrier noir, l'attendait, superbement caparaçonné au milieu d'un groupe de gentilshommes. Il l'enfourcha, fit aux deux femmes un salut de la main et se mit en marche avec ses compagnons. Fiora vit le lion d'or et le grand étendard violet et noir s'effacer puis disparaître dans la tourmente de neige.

– Vous devriez rentrer, dit Léonarde. Il fait encore froid.

– Rien qu'un moment encore...

Elle ne voulait pas que sa vieille amie vît les larmes qui coulaient de ses yeux et fit quelques pas. L'attaque, alors, fut soudaine : trois cavaliers apparurent; l'un d'eux s'empara d'elle et la jeta en travers de sa selle sans se sou-

1. C'est un signe de Dieu!

cier de ses cris puis il tourna bride et s'enfuit aussi vite que le permettait la neige déjà épaisse.

– J'ai assez attendu, cria-t-il. A présent tu es à moi et pour toujours!

Mais elle n'avait pas eu besoin de l'entendre. Elle avait déjà reconnu Campobasso et, sans cesser de crier, se mit à se débattre pour essayer de glisser à terre, ce qui ralentit la course de son ravisseur.

– Assommez-la, mon père! conseilla l'un des cavaliers. Une bosse n'a jamais tué une femme et nous devons faire vite.

– Tuez-moi donc! hurla Fiora. Cela m'évitera de le faire moi-même car jamais plus je ne t'appartiendrai. Tu me fais horreur...

Elle se meurtrissait à l'acier de l'armure mais n'en continuait pas moins sa défense désespérée. Le condottiere allait peut-être suivre le conseil d'Angelo quand trois autres cavaliers surgirent de l'impalpable rideau blanc et barrèrent le chemin.

– A nous deux, Campobasso! Je sais déjà que tu es un traître. Je vais voir à présent si tu es vraiment un lâche! déclara Philippe de Selongey. C'est ma femme que tu enlèves et tu vas le payer de ta vie...

– Viens la prendre si tu la veux! fit le ravisseur en s'efforçant de redresser Fiora contre lui pour s'en faire un rempart. Mais la voix de Philippe avait galvanisé la jeune femme. Toutes griffes dehors, elle s'attaqua furieusemet au visage que la visière relevée du casque découvrait. Campobasso poussa un hurlement et desserra son étreinte. Elle en profita pour lui échapper et glissa dans la neige...

– Belle défense! apprécia la voix traînante de Douglas Mortimer, mais écartez-vous car nous n'en avons pas fini avec ces gens.

Le troisième cavalier, qui était Esteban, avait d'ailleurs sauté à terre pour relever la jeune femme et l'installer contre un moignon d'arbre.

– Ça va? fit-il.

– Oui... mais d'où sortez-vous?

– On vous le dira plus tard. Pour l'instant on a besoin de moi...

Il remonta à cheval et rejoignit les deux autres. Le combat était déjà engagé entre Selongey et son ennemi et les armures résonnaient sous le choc de la hache que maniait Philippe et du fléau d'armes qu'avait empoigné son adversaire. Mortimer luttait contre Angelo et le troisième cavalier qui était Giovanni, l'autre fils. Esteban courut vers celui-ci.

Accrochée à son arbre, l'estomac noué d'angoisse mais ne sentant ni le froid ni l'humidité qui envahissaient ses vêtements Fiora suivait le furieux combat qui se livrait sous ses yeux. Elle s'efforçait de garder confiance: le miracle qui venait de se produire ne pouvait pas être vain. Il fallait que la victoire restât à la juste cause...

Soudain, dominant les injures qu'échangeaient les combattants, il y eut un cri d'agonie sitôt suivi d'un hurlement de douleur:

– Giovanni! hurla Campobasso.

Déjà le corps sans vie roulait dans la neige qui devint rouge. Esteban, armé plus légèrement que ses compagnons, avait sauté en croupe de son adversaire et, soulevant son casque, lui avait tranché la gorge. En même temps, l'instant où l'attention du condottiere avait été détournée suffit à Philippe pour asséner un coup de hache qui enfonça le casque et blessa le Napolitain à la tête... mais il resta en selle. Ce que voyant, Angelo se déroba devant la masse d'arme de Mortimer, saisit la bride du cheval de son père et l'entraîna:

– Au large, mon père! Nous ne gagnerons pas!

Les deux cavaliers disparurent en direction du nord...

Philippe avait déjà arraché son heaume et courait vers sa femme qu'il prit dans ses bras.

– Mon amour! Tu n'as rien?... Il ne t'a pas blessée?

– Non... Oh, Philippe, est-ce bien toi? J'ai tant désespéré de te revoir jamais... Je croyais...

Mais il lui fermait la bouche d'un baiser passionné, la serrant contre sa poitrine vêtue de fer avec une force qui lui arracha un gémissement.

– Vous allez l'écraser, remarqua tranquillement Mortimer, et à mon avis ce serait dommage. Laissez-la vivre un peu.

Philippe lâcha Fiora et se mit à rire :

– Tu as raison, compagnon, mais un trop grand bonheur peut rendre fou. Je vous la confie : prenez-en bien soin...

– Philippe! cria Fiora voyant qu'il remettait le pied à l'étrier, tu ne vas pas me quitter?

Elle se leva, courut à lui mais il était déjà en selle et son sourire s'effaça :

– Il le faut, Fiora! On se bat là-bas et mon prince n'a guère de chances d'emporter la journée. Je dois le rejoindre! Merci à vous, amis, et merci à monseigneur René qui, en vrai chevalier, m'a permis de rejoindre les miens une fois ma femme à l'abri...

– Philippe! hurla Fiora à s'en faire éclater le cœur, reste! Tu vas te faire tuer!

– J'espère bien que non, parce que je t'aime!

Il piqua des deux et Fiora voulut s'élancer sur sa trace mais Mortimer la saisit à bras-le-corps et la retint :

– Restez tranquille! fit-il rudement. Il ne vous pardonnerait pas de ne pas le comprendre : il y va de son honneur!

Au même instant, le mugissement lugubre des grandes trompes montagnardes se fit entendre. Il était un peu plus de midi et la bataille était engagée...

Elle ne dura guère en dépit de la défense désespérée de la petite armée bourguignonne. Tel un bélier gigantesque, la phalange suisse hérissée de piques avait jailli de la forêt de Saurupt pour enfoncer par le travers les troupes ennemies qui devaient faire face en même temps à l'assaut frontal des Lorrains. Deux ou trois fois encore, tandis que l'armée se débandait, que Galeotto blessé se retirait vers la

Meurthe avec ce qu'il restait de ses hommes, on aperçut dans la mêlée le Téméraire qui se battait furieusement avant de disparaître...

Au pas lent de son cheval, Démétrios longeait le ruisseau Saint-Jean, se dirigeant vers l'étang du même nom. Les cadavres couvraient le sol où la neige, sous les piétinements, était devenue boue sanglante. Déjà les pillards, habituels vautours des champs de mort, étaient à l'ouvrage cependant que sonnaient éperdument toutes les cloches de la ville délivrée.

En arrivant près de l'étang, le Grec crut entendre une plainte, un faible appel. Il mit pied à terre et prit son sac de médecine. L'étang était gelé mais la glace avait cédé par endroits sous le poids des corps sans vie. Avec précaution, il s'avança parmi les roseaux, tâtant le sol de la pointe du pied avant de le poser. La plainte se fit plus proche et, soudain, il le vit. Couché au milieu des plantes givrées, les pieds trempant dans l'eau, son armure dorée souillée de sang. Le Téméraire était là, devant lui, une longue pique enfoncée dans sa poitrine, une autre transperçant l'une de ses cuisses. Le casque au lion d'or reposait contre son épaule mais Démétrios n'avait pas besoin de cet emblème pour reconnaître l'homme qu'il haïssait depuis si longtemps.

Le blessé sentit sa présence et ouvrit les yeux :

– Sauve... Bourgogne! souffla-t-il et Démétrios se pencha. Son ennemi était là, pantelant, à sa merci. Il n'avait qu'un geste à faire pour assouvir enfin sa vengeance et déjà sa main cherchait à sa ceinture la poignée de la dague mais il entendit :

– Au nom du Dieu vivant... aidez-moi!

Alors, le Grec se souvint qu'il était médecin et qu'en aucun cas un médecin n'a le droit de tuer. Ses mains qui allaient frapper n'étaient pas faites pour cela mais pour panser les plaies, pour soigner et pour guérir... et le goût amer de la vengeance quitta sa bouche. Empoignant l'arme qui clouait le corps au sol, il la tira lentement avant de la jeter au loin, puis il déboucla l'armure et l'ôta avec d'infinies précautions :

– Ne bougez pas, dit-il. Je suis médecin... Je vais vous soigner puis j'irai chercher de l'aide...

Il se détourna et se releva pour chercher son sac qu'il avait déposé derrière lui. Le coup arriva à cet instant. Lancée d'une main sûre, une hache vint s'enfoncer dans le crâne de Charles qu'elle ouvrit. Le duc expira aussitôt et Démétrios, stupéfait, regarda fuir l'assassin. Il n'y avait plus rien à faire. Cette fois, le Téméraire était bien mort... et la Bourgogne avec lui sans doute.

Le Grec resta là un moment, à le contempler, cherchant en face de cette dépouille tragique à retrouver sa vieille hargne. Les armes de Lorraine qu'il portait sur sa manche le préservaient des hommes à la recherche d'un butin quelconque et l'on s'écartait de sa silhouette noire penchée sur ce nid de roseaux où commençait à se dissoudre ce qui avait été le plus fastueux des princes d'Europe...

– Vous n'avez pas pu le tuer, vous non plus ? fit une voix froide et, levant les yeux, Démétrios vit Léonarde qui le regardait les bras croisés, serrant autour d'elle une grande pièce d'étoffe grise...

– Non, fit-il avec une humilité nouvelle – non, je n'ai pas pu. Je suis médecin avant tout...

– Et vous vouliez qu'elle le tue, elle, cette innocente dont, mieux que personne, vous saviez ce qu'elle avait souffert ? C'est facile, n'est-ce pas, de dire : « Tue !... Poignarde ! Empoisonne ! » lorsque l'on est soi-même à l'abri et en sécurité ? Elle risquait la torture, l'échafaud, mais cela vous était égal. Et vous avez osé exercer sur elle le plus odieux des chantages...

– Ne m'accablez pas, dame Léonarde ! La pensée qu'elle ait pu devenir son amie me bouleversait. Elle avait juré de m'aider à le détruire...!

– Et vous fondiez vos espoirs sur une enfant, vous avez osé aller jusqu'à faire de l'homme qu'elle aime l'objet d'un marché ignoble? Et vous vous imaginiez que je vous laisserais faire? Je ne vous aimais pas, Démétrios; à présent je vous hais...

– Je ne peux pas vous en vouloir. Esteban, lui aussi, s'est tourné contre moi; il a aidé Philippe de Selongey à s'échapper et il a obtenu pour lui la protection de Guillaume de Diesbach et du duc René. A présent tout est fini. Demandez pardon pour moi à Fiora et dites-lui qu'en dépit de ce qu'elle a pu penser je l'aimais bien.

– Où allez-vous?

– Je ne sais pas. Vers qui pourrait avoir encore besoin de moi. Peut-être le roi Louis...

– C'est de peu d'importance. Ce qui compte, c'est que ce soit très loin. Elle vous pardonnerait peut-être. Moi, je ne peux pas...

– Bien sûr...

Comme si c'eût été un effort immense, il se hissa sur son cheval. En un instant, ses épaules s'étaient voûtées et il eut dix ans de plus. Une fois en selle, il se retourna vers la femme qui le regardait dressée au bord de l'étang gelé, semblable à quelque impitoyable statue de la justice...

– Adieu, dame Léonarde!

– Adieu ser Démétrios! Je ne peux rien vous souhaiter de mieux que la paix du cœur mais il faut pour cela changer de route...

Le soir même, à la lumière des torches, le duc René, au pas paisible de la Damc, sa jument blanche, faisait son entrée dans Nancy pour aller rendre grâce à la collégiale Saint-Georges. La ville était plus qu'à moitié ruinée et le palais ducal sans toit: on l'avait brûlé. Devant le couvent des Dames pêcheresses, on avait fait une pyramide avec les ossements des chevaux, des chiens et des chats que l'on avait mangés durant le siège mais, grâce aux provisions du camp bourguignon, la faim s'éloignait. Elle ne serait bientôt plus qu'un mauvais souvenir...

Les prisonniers étaient nombreux: le Grand Bâtard et son autre demi-frère Baudoin, le comte de Chimay, Olivier de La Marche, Jean de Chalon-Orbe, le seigneur de Blamont, le margrave de Roeteln et son beau-frère Philippe de Fontenoy, Philippe de Selongey et la fleur de la cavalerie bourguignonne. Ils seraient mis à rançon mais, par la grâce du duc René, Fiora, le soir même, retrouvait à la fois son époux et la chambre qu'elle avait occupée un an plus tôt dans la maison de Georges et Nicole Marqueiz...

Le duc René, cependant, n'était pas satisfait : on n'avait pas retrouvé le duc de Bourgogne et la seule idée qu'il pouvait être encore en vie mettait en péril sa victoire. Si le Téméraire avait pu fuir en Luxembourg ou ailleurs la couronne de Lorraine ne serait jamais solide sur sa tête.

Or, le lendemain, tandis que le peuple de Nancy tout entier pillait le camp bourguignon, un enfant vint aux genoux de René : c'était Battista Colonna :

– Je crois savoir où est le duc, monseigneur, car je l'ai vu tomber... Je peux guider les recherches.

On le suivit jusqu'à l'étang Saint-Jean où, parmi des dizaines de cadavres entièrement dépouillés, gisait un corps nu à moitié pris par les glaces et à peine reconnaissable. Le crâne était fendu jusqu'à la mâchoire, le corps troué de cent blessures et à demi écrasé par les chevaux, une joue dévorée par un loup ou par un chien. Auprès de lui gisait Jean de Rubempré qui avait été gouverneur de Lorraine. Les deux corps furent recueillis pieusement dans des draps blancs et rapportés dans Nancy, l'un chez un bourgeois nommé Hughes, et le duc chez Georges Marqueiz. On l'y lava, on le vêtit d'une longue robe de soie brodée, on couvrit sa tête blessée d'un bonnet de velours rouge puis on l'étendit sur un lit de parade couvert et drapé de velours noir, mains jointes, quatre torches brûlant aux angles du lit. Un autel avait été dressé dans la chambre et tous furent admis à venir saluer celui qui avait été le dernier Grand Duc d'Occident.

Le duc René vint à son tour, portant, selon l'usage des anciens preux, une barbe de fils d'or qui descendait jusqu'à sa ceinture, ultime marque de respect envers un adversaire vaincu. Il considéra un instant la dépouille mortelle, prit sa main droite et avec un soupir :

– A la mienne volonté, beau cousin, que votre malheur et le mien ne vous eût réduit en cet état...

Puis il s'inclina profondément et sortit pour aller rendre la vie à sa Lorraine martyrisée. Le lendemain, le Téméraire était inhumé dans la Collégiale Saint-Georges tendue de drap noir et en présence de tous les habitants de la ville portant à la main un cierge allumé [1]. Tout était bien fini...

Dans leur chambre que le feu réchauffait mal, Philippe et Fiora venaient de s'aimer. Étendus, épaule contre épaule et main dans la main, ils goûtaient le bienheureux anéantissement des corps que la grande vague du plaisir vient de rejeter sur la grève blanche des draps froissés, mais ils ne dormaient pas. Ils n'en avaient envie ni l'un ni l'autre car il leur semblait que jamais ils ne réussiraient à rattraper tout ce temps perdu. Ils avaient l'impression que, par leurs mains jointes, le même sang coulait de l'un à l'autre.

Se redressant sur un coude, Philippe caressa du bout du doigt le beau visage aux yeux clos, posa un baiser sur les pointes roses des seins et passa une main tendre sur la peau bien tendue du ventre plat :

– J'espère que tu me donneras bientôt un fils, murmura-t-il contre la conque fragile de l'oreille. Il est temps, ne crois-tu pas, que nous songions à fonder une famille?

Elle s'étira et bâilla puis, tournant la tête, colla ses lèvres à celles de son époux.

– Es-tu si pressé? fit-elle en reprenant son souffle. Ne pouvons-nous songer simplement à nous aimer? J'ai bien le temps d'avoir mal au cœur!... N'avons-nous pas toute la vie devant nous?

– Sans doute, mais quand je t'aurai ramenée à Selon-

1. Il est à présent à Bruges.

gey, j'aimerais savoir que, dans ce joli corps, une petite flamme s'est allumée. Quel homme amoureux ne souhaite se fondre avec la femme aimée pour donner le jour à un enfant. Et jamais femme ne fut aimée autant que je t'aime... Mon amour, ma douce, ma belle, quand je serai loin de toi il me serait si doux...

Les derniers mots se fondirent dans un baiser ardent que Philippe prolongea le long du cou de Fiora en même temps que sa main écartait doucement ses jambes. Mais une sorte de signal d'alarme venait de s'allumer dans l'esprit de la jeune femme et, glissant hors du bras qui l'enserrait, elle s'éloigna un peu et demeura assise sur le pied du lit, les jambes repliées, considérant le grand corps étendu que de nouvelles cicatrices avaient marqué.

– Quand tu seras loin de moi? Qu'est-ce que cela veut dire? As-tu déjà l'intention de me quitter alors que nous venons seulement de nous retrouver?

– Il le faudra bien, mon cœur, soupira-t-il. Le duc est mort mais la Bourgogne existe encore. Elle porte un nom: la princesse Marie que la ville de Gand tient captive avec la duchesse Marguerite. C'est le devoir de ceux qui ont été les compagnons de son père d'aller lui offrir leurs bras et leurs épées...

– La princesse Marie? Mais elle n'a besoin de personne! N'est-elle pas fiancée au fils de l'empereur Frédéric? Je pense qu'il est tout de même assez grand pour veiller aux intérêts de sa future femme?

– Après ce qui vient de se passer, je ne suis pas certain que Frédéric considère toujours cette alliance comme profitable. La Bourgogne est exsangue... et les filles du roi de France sont fort riches. Ne te fâche pas, Fiora et reviens dans mes bras! J'ai un devoir à remplir et ma femme doit le comprendre.

Il tentait de l'attirer à lui, mais elle frappa sur les mains tendues vers elle et sauta du lit...

– Non, Philippe. Ne compte pas sur ma compréhension. Durant tout ce temps où nous avons été éloignés l'un de l'autre, j'ai trop souffert pour accepter une nouvelle séparation... Tu es décidément l'homme des amours brèves! Quand tu m'as épousée tu ne voulais de moi qu'une nuit d'amour et maintenant, après seulement trois nuits, tu ne songes déjà qu'à repartir? Mais je n'ai rien à faire de ta princesse! Elle a encore des palais, des gardes, un énorme héritage et un fiancé impérial par-dessus le marché. Et il faudrait que, moi, j'accepte d'aller m'enterrer dans un château perdu en compagnie d'une belle-sœur qui me détestera sans doute, pendant que tu iras caracoler en Flandres et jouer les preux chevaliers venus au secours de la veuve et de l'orpheline? Eh bien n'y compte pas!...

– Fiora, s'écria Philippe, tu ne comprends pas. Mon amour pour toi qui est ardent et profond n'est pas en jeu. Tu sais bien que toi seule comptes pour moi...

– Après la princesse Marie!

– Non, bien avant, mais nous devons à la mémoire de son père de tout faire pour la sauver des dangers qui la menacent. Je ne vais pas partir demain. Mais dans quelques jours nous irons à Selongey où je t'installerai en souveraine maîtresse. Et il se peut que je ne sois pas longtemps absent. Je reviendrai...

– Pour la naissance de ton premier enfant? Eh bien non, je ne suis pas d'accord. Emmène-moi!...

– C'est impossible. Tu n'en as pas encore assez de la guerre?

– Plus qu'assez car je n'ignore pas qu'elle fait beaucoup plus de veuves encore qu'elle ne fabrique de héros. Alors tu restes avec moi... ou je m'en vais!

Il se leva d'un bond, courut à elle et voulut la prendre dans ses bras.

– Folle que tu es, fit-il tendrement, où irais-tu?

– Chez moi. Agnolo Nardi, qui gère les intérêts français de la banque Beltrami, songeait à m'acheter un domaine. Bien mieux, le roi Louis m'a fait présent d'un château près de Plessis-lez-Tours. C'est là que je vais aller, Philippe... et c'est là que tu viendras me chercher quand tu auras décidé d'être pour moi un époux, un amant... enfin, autre chose qu'un courant d'air...

– Fiora! Tes conditions sont inacceptables. Je suis bourguignon et n'ai rien à faire en France. Jamais je n'irai!...

– Même pour me reprendre?

– Même pour te reprendre...

– Alors, adieu... car c'est la seule preuve d'amour que j'attends de toi.

Il avait pâli jusqu'aux lèvres mais ses yeux dorés flambaient de colère :

– Tu n'as pas le droit de faire cela. Tu es ma femme et tu dois m'obéir...

Elle le considéra un instant, luttant contre l'envie de mettre un terme à cette dispute, de se réfugier dans ses bras et de renouer avec lui le tendre duo interrompu, mais il avait malencontreusement prononcé le mot qu'il ne fallait pas dire : obéir!

– Mon père lui-même qui avait tous les droits n'a jamais réclamé de moi l'obéissance. Si être ta femme ne signifie que cela pour toi, mieux vaut nous séparer. Un mariage peut s'annuler, je ne le sais que trop, et dussé-je aller jusqu'à Rome, je ferai briser le nôtre... à moins que tu ne viennes à moi!

Arrachant du lit une couverture, Fiora y blottit sa nudité et se jeta hors de la chambre tiède en réprimant farouchement les sanglots qui montaient dans sa gorge.

Saint-Mandé, 12 août 1988.

FIORA ET LE PAPE

Première partie

UNE AUTRE RAISON D'AIMER

CHAPITRE I

LES IRRÉDUCTIBLES

Philippe de Selongey attendait la mort.

Pas comme une ennemie – il l'avait rencontrée trop souvent au hasard des sièges et des batailles pour la confondre avec un quelconque adversaire. Non plus comme une épouvante, car elle pouvait être le suprême visage de la miséricorde. Plutôt comme une visiteuse importune qui s'insinue et s'installe au moment où l'on souhaite le moins sa présence. Elle aurait pu venir sans qu'il y prît vraiment garde, dans une embuscade, un coup de main, au cours de l'interminable siège de Neuss ou sur la plaine de Grandson, dont un hasard providentiel l'avait tiré, sérieusement blessé, lorsque l'armée bourguignonne l'avait laissé sans plus de forces qu'une étoile de mer abandonnée par la marée tandis que ses compagnons s'enfuyaient devant les Suisses. C'eût été normal, logique même, et conforme à cet étrange marché qu'il avait conclu à Florence, un jour de janvier 1475, avec l'un des hommes les plus riches de la ville, Francesco Beltrami : en échange de la main de la ravissante Fiora, sa fille adoptive, et de la dot royale qui l'accompagnait, Philippe avait juré de n'exiger qu'une seule nuit après laquelle il disparaîtrait pour ne jamais revenir.

Il était sincère alors. Pour cette fortune qu'il destinait aux armes du Téméraire et pour quelques heures d'amour, il avait joyeusement jeté sa vie dans la balance du marchand, pensant qu'il dépensait ainsi toute la part de bonheur à laquelle il avait droit en ce monde. Pourtant, le piège de l'amour s'était refermé sur lui et, au lieu de chercher le trépas, Philippe avait tout fait pour l'éviter dans l'espoir de revoir, ne fût-ce qu'une seule fois, le visage de celle qu'il aimait. Et il l'avait revue.

Fiora et lui s'étaient aimés à nouveau alors que résonnait encore le glas du Grand Duc d'Occident et de la Bourgogne souveraine. Ils avaient vécu cette fin et aussi cette aurore d'un temps nouveau dont Philippe pensait qu'ils pourraient la partager jusqu'au bout de leur chemin terrestre. Et puis, tout avait basculé dans le chaos...

Fiora croyait qu'ils allaient connaître l'existence paisible de châtelains uniquement occupés à fonder une famille. Lui savait que cette paix n'était pas possible, la Bourgogne ayant encore à lutter pour sa princesse Marie contre la puissance irrésistible du roi de France. Il espérait que sa jeune femme attendrait sagement son retour à Selongey dans la grande demeure familiale, mais Fiora n'avait pas compris, pas admis qu'il voulût, après tant de tribulations, s'éloigner d'elle afin de mettre son épée au service d'une suzeraine qui n'était pour elle qu'une autre femme. Et puis il y avait eu ce malheureux mot d'obéissance qui avait échappé à Philippe...

Dût-il vivre centenaire – ce qui n'avait plus la moindre chance de se réaliser –, il ne pourrait oublier la dernière image qu'il avait emportée de sa bien-aimée : enveloppée à la hâte dans le drap qu'elle venait d'arracher au lit, ses noirs cheveux en désordre sur ses épaules nues et ses larges yeux gris chargés de nuages d'orage, Fiora était l'image même de la révolte et n'avait pas mâché ses mots.

Jamais son père ne l'avait astreinte à « l'obéissance » ! C'était un terme qui ne faisait pas partie de son vocabulaire. Quant à lui, le mari si fraîchement retrouvé et qui osait parler en maître, il viendrait, s'il voulait la revoir, jusqu'en Touraine, pour la chercher dans le manoir que le roi Louis lui avait offert en récompense des peines endurées à son service.

Une sortie hautaine mais rapide avait sauvé la rebelle d'une violente réaction de colère conjugale. Philippe savait trop quel genre de services Fiora avait rendus à l'astucieux souverain, comment elle avait pris au piège de son ensorcelante beauté le condottiere Campobasso qui, pour la reprendre, avait trahi le Téméraire au jour du dernier combat. Fiora avait regretté ces heures d'aberration, mais Philippe trouvait du dernier mauvais goût qu'elle les lui rappelât en évoquant le paiement qu'elle en avait reçu. Pour cette seule raison, il n'avait pas poursuivi la fugitive. Il avait espéré qu'elle reviendrait, un peu confuse, mais tendre et déjà prête à reprendre avec lui le jeu grisant de l'amour. Elle n'était pas revenue. Une heure plus tard, Fiora quittait Nancy à destination du Plessis-lès-Tours, le château royal, en compagnie de sa vieille amie dame Léonarde Mercet et escortée du sergent La Bourrasque, autrement dit Douglas Mortimer, des Mortimer de Glen Livet, l'un des plus brillants officiers de la fameuse Garde écossaise du roi Louis. Aucune réconciliation n'était possible, car, pour rien au monde, Philippe ne se fût lancé à la poursuite de sa femme dès l'instant que sa route la menait vers le plus redoutable ennemi du défunt duc de Bourgogne. Le lendemain, Philippe quittait à son tour la Lorraine afin de rejoindre, à Gand, la princesse Marie de Bourgogne et la duchesse veuve Marguerite qui s'efforçaient de rassembler leurs fidèles pour faire face à un horizon devenu singulièrement sombre. La politique creusait à nouveau le fossé que l'amour croyait avoir comblé à jamais...

Pour tenter de chasser ce souvenir qui lui ôtait son courage, Philippe voulut se lever, faire quelques pas. Il lui restait peu d'heures à vivre; il ne voulait pas les user en regrets stériles. Dans le cliquetis des longues chaînes qui reliaient ses poignets à la muraille, il quitta ce qui lui servait de lit, quatre planches scellées dans la maçonnerie, et marcha vers le soupirail d'où venait le jour, en prenant bien soin de ne pas se redresser car la voûte de pierre était trop basse pour sa haute taille.

Sa fenêtre donnait sur la cour intérieure de la maison du Singe, à Dijon, qui renfermait à la fois l'hôtel de ville et la prison. Ce jour d'été l'emplissait d'une large flaque de soleil dont la lumière éclairait les geôles et même les cachots enfoncés dans le sol. Quelques brins d'herbe poussaient devant le soupirail et le prisonnier s'efforça de les atteindre. Il eût aimé les tenir dans ses mains, les froisser pour respirer leur odeur de campagne et s'imprégner encore un peu de ces joies simples qui avaient été celles de son enfance quasi paysanne. Les liens étaient étroits, qui unissaient, entre cinq et dix ans, le fils du châtelain et ceux de ses vassaux. C'était plus tard que la différence s'était fait sentir : les jeunes croquants étaient demeurés attachés à la glèbe, aux cycles des saisons, à leurs fêtes comme à leurs travaux, tandis que le petit noble s'en était allé apprendre à revêtir ce qui deviendrait sa seconde peau – cet assemblage de cuir et de ferraille qui lui permettrait d'affronter le combat – et à remplacer les épées et les lances de cornouiller par les belles lames forgées à Tolède ou à Milan. Dans son caveau de pierre où il voyait une antichambre de celui, définitif, qui l'attendait, le comte choisissait de se tourner vers son enfance, comme les très vieilles gens qui savent que leur chemin va bientôt s'achever. Penser à sa femme lui était trop cruel et il préférait l'oublier. Quant à ce combat ultime pour lequel on l'avait condamné, il comprenait à présent qu'il l'avait toujours su perdu d'avance.

Rien ne restait, ou si peu, des belles armées qu'un sort contraire avait fait fondre en un peu plus d'une année, et ils étaient nombreux ceux de Bourgogne qui souhaitaient la paix à tout prix. L'héritière, Marie de Bourgogne, dont Philippe avait impétueusement embrassé la cause, était à peine moins prisonnière dans son palais de Gand qu'il ne l'était lui-même de sa geôle dijonnaise. La plus turbulente des cités flamandes s'était refermée sur elle et sur la duchesse veuve comme un coffre d'usurier; elle ne leur rendrait pas de sitôt la liberté. Et, duchesse souveraine par droit de naissance, Marie avait moins de pouvoir que le plus modeste de ses châtelains.

Certes, elle était fiancée au prince Maximilien, héritier d'Allemagne, mais l'engagement serait-il tenu ? Le fils de l'Empereur ne se détournerait-il pas de la Bourguignonne à demi ruinée pour regarder vers des partis plus intéressants ? Comment le savoir ? Les nouvelles des Flandres n'arrivaient plus que difficilement à la poignée de partisans qui entendaient conserver la Bourgogne à la fille du Téméraire.

Dans les tout premiers temps qui suivirent la mort du duc, les choses allèrent assez bien. D'abord, la funèbre nouvelle rencontra beaucoup d'incrédules. On disait que Charles avait échappé à la mort, qu'il se cachait quelque part en Souabe où il se remettait de ses blessures et préparait son retour. On allait d'ailleurs, et pendant longtemps, colporter, sur la fin du dernier Grand Duc d'Occident, des légendes qui auraient la vie d'autant plus dure qu'elles étaient plus fantastiques.

Néanmoins, Dijon, renseignée par ceux qui revenaient de Lorraine, sut assez vite la vérité. Les dames de la ville se rassemblèrent alors et s'en allèrent par les rues en criant « Vive Madame Marie ! » avec beaucoup de joie et d'enthousiasme, enchantées à l'idée de voir une femme sur le trône après tant d'hommes. Les hommes, eux, réservèrent leur jugement.

On apprit ensuite que le roi de France entendait reprendre cette riche Bourgogne jadis offerte par Jean le Bon à son fils Philippe le Hardi, en récompense de sa vaillance à la bataille de Poitiers. Certains pensèrent que c'était justice et qu'en tout état de cause Louis XI, s'il était moins spectaculaire que le Téméraire, était un bon roi pour ses sujets : il leur épargnait guerre et douleurs autant qu'il lui était possible et sous son règne le commerce était florissant. Mais d'autres étaient d'un avis différent et tenaient à ce que la bannière de Marie, déployée sur la tour Saint-Nicolas, y demeurât.

Philippe de Selongey était de ceux-ci et les succès remportés dans la Comté[1] par les frères de Vauldrey, qui avaient réussi à faire reculer les troupes royales de Georges de La Trémoille, sire de Craon, le confortaient dans sa décision. Malheureusement, La Trémoille, remettant cette conquête à plus tard, avait concentré ses forces sur Dijon qu'il avait enlevée avec l'aide de Charles d'Amboise et de Jean de Chalon, l'un des premiers ralliés. La Trémoille avait établi une garnison dans la ville et ordonné la construction d'un fort château destiné à défendre Dijon contre les attaques extérieures... et la garnison contre celles de l'intérieur. Franchement impopulaire, cette décision avait augmenté le nombre des partisans de la duchesse.

Dès le mois de mars, Philippe était de retour dans la ville et s'installait secrètement dans son hôtel familial qui, en apparence, demeura portes et volets clos comme s'il n'y avait personne. La maison était fermée depuis trop longtemps pour que la présence d'un chevalier de la Toison d'or, dont on savait la fidélité au duc Charles, ne parût pas suspecte à l'occupant. De ce refuge, il ne réussit pas moins à rassembler maintes bonnes volontés et maints cœurs courageux parmi ceux qui avaient été plus ou moins alliés à sa famille ou qui l'avaient servie. Une correspondance active avec les partisans des alentours lui permit de mettre au point une attaque nocturne de la ville dont lui-même ouvrirait l'une des portes le moment venu. Mais, pour venir à bout de la garnison française, il fallait beaucoup de monde et la patience s'imposait. Le secret aussi. La situation du rebelle n'était pas sans danger, car une grande partie des échevins et des grands bourgeois commençait à accepter l'idée de devenir sujets du roi Louis si la tranquillité était à ce prix.

Les alliés de Philippe appartenaient surtout à la jeu-

1. La Franche-Comté.

nesse, aux classes populaires et aux anciennes armées du duc à peu près ruinées, mais ils n'étaient pas faciles à manier parce que trop avides de passer à l'action. C'est ainsi que, le 1er juin, une échauffourée éclata à cause d'une femme malmenée par un soldat dans le faubourg Saint-Nicolas. On cria « Vive Bourgogne ! », on écrivit sur les murs quelques injures à l'adresse du roi de France et on jeta des pierres aux hommes d'armes qui ripostèrent. Un peu de sang coula, puis le calme revint assez vite. Et Philippe crut avoir repris le contrôle de ses partisans, ignorant que certains d'entre eux ne voyaient dans la bagarre pour l'indépendance qu'un bon moyen de promouvoir une sorte de lutte des classes.

Le 26 juin, lors d'une absence de La Trémoille, le drame éclata à l'occasion de l'élection du nouveau vicomte-mayeur[1] de la ville, en présence d'un héraut de Marie de Bourgogne. Les magistrats municipaux s'étaient réunis aux Cordeliers. C'est alors qu'un groupe d'hommes, armés de tout ce qui avait pu leur tomber sous la main, déboucha de la porte Saint-Nicolas. A leur tête marchait, vêtu d'une longue robe « de gris-blanc », un certain Chrétiennot Yvon, jadis riche épicier à présent ruiné, et qui habitait, à Gevrey, un petit manoir appartenant aux moines de Cluny.

A peine entré dans la ville, Yvon obligea les gardiens de la tour Saint-Nicolas à lui livrer les clefs et déchira la bannière royale qui flottait au sommet. Puis lui et ses hommes descendirent vers le cœur de Dijon en appelant aux armes les partisans de la princesse Marie. Dans la foule, quelqu'un cria :

– Allons chercher ces maîtres échevins qui gouvernent la ville et qui se cachent aux Cordeliers !

Cependant l'alarme avait été donnée et les échevins dispersés par les soins de Selongey, conscient que l'on commettait là une folie. Il n'avait que trop raison : quand

1. Le maire, en quelque sorte.

Yvon déboucha sur la place des Cordeliers, il n'y trouva qu'un vieil homme, Jean Joard, président au parlement de Bourgogne, qui, confiant dans son âge et dans son influence, voulut tenir tête à l'émeute, enjoignant aux rebelles d'abandonner leurs armes et de se disperser.

– Nous sommes ici pour rendre sa ville à Madame Marie, s'écria Yvon. Songe à rendre hommage à ta princesse ou crains pour ta vie !

– Notre duchesse n'a jamais demandé que Dijon lui soit rendue en passant sur le corps des anciens serviteurs de son père, s'écria Selongey en se jetant, l'épée à la main, devant le vieil homme. Ce sont les Français qu'il faut tuer, pas les nôtres !

– Lui et ses pareils sont vendus depuis longtemps au roi Louis. Et toi, tu es comme eux, sans doute ?

– Moi, je suis Philippe, comte de Selongey, chevalier de la Toison d'or et fidèle jusqu'au bout à monseigneur Charles, que Dieu garde en sa protection. Et je n'ai pas renié mon serment d'allégeance.

– C'est facile à dire, fit l'autre avec un gros rire. Le sire de Selongey ici, comme par hasard ? Depuis quand es-tu arrivé ?

– Depuis trois mois. Certains ici le savent, mais toi, tu es en train de détruire ce que j'ai échafaudé.

– Quelqu'un l'a déjà vu, ici ?

Le regard menaçant de l'ancien épicier parcourait les visages et réclamait une réponse, tout en défiant qu'on osât la lui apporter. Personne ne bougea et Philippe comprit qu'il avait en fait bâti sur le sable.

– Bien ! conclut Yvon. Alors nous allons en finir avec tous ces suppôts de Louis XI, et nous partager leurs biens. A la curée, mes enfants !

Un instant plus tard, le vieux président tombait, poignardé par Chrétiennot Yvon, et Philippe lui-même, maîtrisé par cinq ou six garçons bouchers qui lui passèrent au cou l'écharpe de velours rouge de la victime, était contraint de suivre la bande d'énergumènes qui s'en alla d'abord piller la maison du Singe après avoir solennellement proclamé la souveraineté de la princesse Marie.

Lui qui avait tant rêvé d'apporter à sa duchesse les clefs de Dijon, voilà qu'il se trouvait prisonnier de gens qui prétendaient défendre les mêmes couleurs que lui, mais qui, en réalité, ne faisaient qu'assouvir leurs vengeances et leurs appétits personnels. Toute la nuit, la bande pilla, vola, brûla les maisons de ceux que l'on croyait royalistes, comme le receveur général Vurry, le sire Arnolet Macheco et le curé de Fénay. Impuissant et navré, Philippe dut assister à ce déchaînement avant d'être ramené dans sa propre demeure, où Yvon s'installa en compagnie de ses hommes pour festoyer et compter son butin.

C'est là que, quatre jours plus tard, La Trémoille en personne les arrêta, et Philippe avec eux.

– Il est notre chef, déclara Yvon avec un sourire goguenard, messire comte de Selongey, l'un des proches du défunt duc Charles.

– Un noble à la tête d'une bande d'égorgeurs et de pillards, fit le sire de Craon méprisant. Qu'attendre d'autre d'un Bourguignon ?

– Bourguignon, certes je le suis et fier de l'être, mais j'étais prisonnier ici et je ne suis pas leur chef, protesta Philippe.

– Vraiment ? Êtes-vous donc de ceux, déjà nombreux, qui sont prêts à faire allégeance au roi, mon maître ? En ce cas...

Philippe n'hésitait jamais entre sa vie et son honneur. Et puis, il y avait le regard plein de défi que lui lançait cet ancien épicier qui venait de l'enrôler contre son gré sous sa bannière.

– Non. Jamais je ne prêterai serment au roi de France. Je suis le féal de Madame Marie, seule et vraie duchesse de Bourgogne.

– Ce refus vous coûtera la tête !

Une heure plus tard, Philippe était écroué dans les prisons de la maison du Singe et n'en sortit, enchaîné, que pour s'entendre condamner à la peine capitale.

Une semaine plus tard, la sentence n'était toujours pas exécutée. Selon le geôlier qui lui portait sa pitance, ce retard n'était dû qu'à sa qualité. On le gardait pour la bonne bouche, il serait en quelque sorte le clou du sanglant spectacle que le sire de Craon donnait à Dijon. Furieux des désordres commis durant son absence, le Français s'en vengeait en faisant régner la terreur. Depuis son retour, tout autre pouvoir que le sien demeurait suspendu et les partisans du roi purent assister au châtiment de ceux qui leur avaient porté tort. On traquait les moindres suspects et le bourreau pas plus que ses aides ne manquaient d'ouvrage. Jehan du Poix, le « carnacier » de la ville, ne cessait de torturer que pour pendre et faire sauter des têtes. Pour varier le spectacle, on trouva même, par hasard, un faux-monnayeur que l'on mit à bouillir dans un mélange d'huile et d'eau...

Décidément, il était impossible d'attraper les brins d'herbe : les chaînes qui reliaient le prisonnier à la muraille étaient trop courtes et, avec un soupir, il revint s'asseoir sur sa planche. Le soir allait tomber. La ville était étrangement silencieuse, comme si elle éprouvait tout à coup le besoin de se reposer après tant de violence. Plus de cris, plus de vociférations, plus de glas sonnant la dernière heure des condamnés ! Philippe pensa qu'il ne restait peut-être plus personne à tuer hormis lui-même. En ce cas, sa mort ne devait pas être très loin. Cette nuit serait-elle la dernière ?

Le fracas des verrous tirés lui fit tourner la tête. Un geôlier entra, portant une cruche d'eau et une miche de pain, mais ce n'était pas celui dont le prisonnier avait l'habitude. Celui-là était un homme âgé qui traînait les pieds et dont la longue barbe, d'un gris pisseux, descendait jusqu'à son estomac.

– Qui es-tu, toi ? demanda Philippe. C'est la première fois que je te vois.

L'homme posa sur lui le regard de deux yeux sans couleur bien définie et bordés de rouge.

– Bien obligé! grommela-t-il. L'Colin qui s'occupait des sous-sols s'est cassé la jambe en dégringolant d'un toit où il avait grimpé pour mieux voir l'exécution. Alors, on est venu m'rechercher, mais ces escaliers, ça vaut rien à mes douleurs. D'autant que les marches sont glissantes et qu'à mon âge...

– Qui a-t-on expédié aujourd'hui ? demanda Selongey, peu désireux d'entendre la liste des récriminations du vieillard.

– Le Chrétiennot Yvon. L'a fallu l'porter sur l'échafaud à cause d'ses jambes qu'la torture a mis en morceaux mais ça a été du beau travail. Maître Jehan du Poix l'a expédié d'un seul coup de hache et après il l'a coupé en quatre morceaux bien nets pour qu'on les accroche à des gibeteaux aux portes de la ville. La tête est à Saint-Nicolas, la jambe droite à la porte d'Ouche, la jambe gauche...

– Je n'ai pas envie d'en savoir davantage, coupa Philippe, dégoûté et inquiet pour la première fois en pensant que l'on venait peut-être de lui décrire son propre sort.

Mourir n'est rien pour un guerrier, mais s'il fallait qu'on le porte à l'échafaud à l'état de loque brisée par les tourments et débitée ensuite comme viande de boucherie, cette idée-là le révoltait et lui donnait la chair de poule. Il voulait pouvoir regarder le bourreau dans les yeux et dominer de toute sa taille la foule venue là comme au spectacle.

– Sait-on quand mon tour viendra? demanda-t-il d'une voix cependant ferme.

Le vieil homme haussa les épaules et regarda le prisonnier avec une vague pitié.

– J'sais bien qu'c'est pas agréable à entendre, mais j'crois qu'c'est pour demain. On m'a donné avis qu'un moine viendrait cette nuit pour vous exhorter. Va vous falloir du courage.

– Si je n'en avais pas, je ne serais pas ici.

Le geôlier avait enfin déposé son pain et sa cruche et,

comme un bon valet de chambre, secouait la couverture abandonnée sur la couchette.

– Vous avez eu d'la chance jusqu'ici ! On vous a donné la meilleure chambre d'l'étage, celle qu'on a r'faite.

– Refaite ? fit Selongey en considérant les murs salpêtrés, la voûte que l'été bourguignon ne parvenait pas à sécher et la paille à demi pourrie qui couvrait le sol. Il doit y avoir longtemps ?

– Sûr qu'ç'a fait un bail, mais moi qui vous cause, j'ai connu c'te prison sans rien d'autre que d'la paille. Les chaînes étaient vieilles et rouillées et les rats couraient comme chez eux. Pourtant j'ai vu, là-dedans, une pauv' fille mettre au monde un enfant. Elle avait commis le péché de chair avec son frère et aussi celui d'adultère mais elle était toute jeunette, toute mignonne, et de la voir se tordre dans les douleurs pendant des heures, ça m'a serré le cœur.

Philippe avait pâli et regardait avec horreur, à présent, cette prison qui jusqu'alors ne lui avait pas semblé bien différente de celles qu'il avait pu connaître.

– Elle s'appelait Marie de Brévailles, n'est-ce pas ? murmura-t-il. Et elle est morte cinq jours après...

– C'est ça tout juste ! fit le geôlier éberlué. Vous la connaissiez ?

– Non, mais j'ai connu son frère autrefois, au service de monseigneur de Charolais. C'est une triste histoire, en effet.

– Eh bien, pas si triste que ça, au fond !

– Comment ?

– J'vous explique. Pendant qu'elle faisait son enfant, c'était rien d'autre qu'une pauv' chair souffrante, mais vous auriez dû la voir quand elle est partie pour l'échafaud avec son frère ! Comme ils étaient nobles, on leur avait permis de faire toilette, de revêtir leurs plus beaux habits et ils étaient superbes tous les deux. Avant d'monter dans l'tombereau, il lui a pris la main et ils se sont souri. Z'avaient l'air aussi heureux qu's'y ils allaient à leur noce. Et si beaux ! Tout l'monde pleurait d'les voir mourir.

– Pourtant, ils laissaient un enfant ?

– Oui. Une p'tite fille qu'on avait portée à l'hospice. C'était l'plus triste parce que c'était un enfant d'péché mortel, mais on raconte que l'Bon Dieu a eu pitié d'elle. Un étranger, un riche marchand, passait par là. Il a vu mourir la mère et il a voulu prendre la p'tite. On sait pas ce qu'elle est devenue, par exemple...

Selongey retint un sourire. Il se demandait quelle tête ferait le bonhomme s'il lui apprenait que l'enfant en question était devenu sa femme. Mais il n'avait pas envie de parler davantage. Puisque le hasard voulait qu'il passât ses dernières heures dans ce cachot où Fiora avait vécu ses premiers instants, c'était pour lui un signe du destin. Il n'aurait pas, comme Jean de Brévailles, la joie de mourir avec celle qu'il aimait et de partager sa tombe, mais il partirait avec, au cœur, l'image de sa belle Florentine. Essayer de la chasser comme il tentait de le faire ces derniers temps était bien inutile. On n'échappait pas au souvenir de Fiora, aux grands yeux de Fiora, au sourire de Fiora. Peut-être qu'en pensant à elle il trouverait la mort moins amère. Au fond, elle avait eu raison de refuser la vie qu'il lui offrait. Que deviendrait-elle, à présent, si elle avait accepté de se laisser conduire à Selongey ? Une veuve désespérée et irritée par la présence d'une belle-sœur aussi sotte que Béatrice, une femme que les gens d'armes chasseraient de chez elle comme il arrive le plus souvent quand il s'agit des biens d'un condamné ? Qui serait peut-être molestée, emprisonnée ? Philippe haïssait de tout son cœur le roi Louis, onzième du nom, et pour rien au monde il n'accepterait de le servir, mais, en cette occasion, mieux valait que Fiora eût choisi de rester auprès de lui et d'accepter le petit château qu'il lui avait offert. Ainsi, même sa mort de rebelle ne porterait pas tort à celle qu'il aimait.

Le geôlier était sorti depuis longtemps, chassé par le

mutisme du prisonnier et la nuit qui commençait à tomber. Philippe prit le pain qu'on lui avait apporté et, après avoir, du pouce, tracé un signe de croix sur la croûte brune, il en arracha un morceau et mordit dedans. Il n'avait pas faim, mais, sachant ce qui l'attendait le lendemain, il voulait l'aborder en pleine possession de ses forces. D'ailleurs, pour une fois, le pain était frais et il prit à le mâcher, à le respirer quelque plaisir. L'odeur du pain tout chaud sorti du four avait enchanté son enfance; elle était restée l'une des senteurs qui lui étaient le plus agréables. La moitié de la miche y passa, accompagnée de quelques gorgées d'eau fraîche. Il convenait d'en garder assez pour le petit matin. On ne lui en rapporterait pas.

La nuit s'installa et les heures commencèrent à couler. Philippe avait envie de dormir, mais hésitait à se laisser aller au sommeil : le geôlier ne lui avait-il pas dit qu'un prêtre viendrait cette nuit ? Se confesser à moitié endormi est chose peu facile. Finalement, et comme le temps coulait sans amener personne, il s'étendit sur sa couchette, ferma les yeux et s'endormit.

Une main qui secouait doucement son épaule le réveilla. Il vit qu'un jour grisâtre glissait dans son soupirail et comprit qu'il avait dormi paisiblement sa dernière nuit. La main appartenait à un petit moine dont la robe grise était celle des Frères mineurs, ordre jadis fondé par saint François d'Assise. Encore englué dans le sommeil, Philippe entendit une voix douce lui murmurer :

– L'heure approche, mon fils. Je suis venu vous assister. Il faut vous préparer à paraître devant votre Créateur...

Le petit moine avait des yeux clairs, pleins de compassion, dans un visage que la maturité n'avait pas encore griffé. Philippe lui sourit.

– Je suis tout à vous, mon frère. Savez-vous combien de temps il me reste à vivre ?

– L'heure de prime n'est pas encore sonnée. Vous ne mourrez que dans le milieu de la matinée.

Le prisonnier se sentit pâlir.

– Je ne crois pas avoir assez de fautes à avouer pour tout ce temps. Sans doute, avant l'échafaud, vais-je devoir subir la question ?

– Je ne crois pas. Personne ne m'en a rien dit et, normalement, j'en aurais été averti. Je crois, ajouta-t-il avec un demi-sourire, que vous pourrez marcher fermement à la mort, si c'est cela qui vous tourmente.

Philippe ne put retenir un soupir de soulagement. C'était la meilleure nouvelle que l'on pût lui apporter. Rien ne viendrait amollir son courage, et ceux qui se rassemblaient peut-être déjà sur la place du Morimont verraient comment meurt un chevalier de la Toison d'or.

S'agenouillant devant le moine assis sur la planche, il entreprit de vider son âme de tout ce qu'elle avait pu, en quelque trente ans d'existence, accumuler de fautes, lourdes ou vénielles. Ce fut plus long qu'il ne l'avait imaginé car, à mesure qu'il remontait le temps, sa mémoire restituait des souvenirs plus ou moins ensevelis avec les visages de ceux qu'il avait tués, en guerre ou en duel. Le plus difficile fut sans doute d'avouer par quel moyen il avait obligé Francesco Beltrami à lui donner la main de Fiora et la dot fabuleuse qui l'accompagnait.

– Mais cet or, plaida-t-il, je ne le voulais pas pour moi. Il était pour mon prince dont la trésorerie en avait le plus grand besoin.

– J'entends bien, dit le moine sévèrement, c'était pourtant faire bon marché d'un âme innocente. Cette jeune fille, vous ne pouviez pas l'aimer...

– Je le pouvais si bien que je l'aime toujours, qu'elle est ma femme et que je ne cesserai jamais de l'aimer. J'ai été pris à mon propre piège et c'est là mon châtiment. Ma seule douleur est de n'avoir plus d'elle la moindre nouvelle.

Il y eut un silence que troublait seule la respiration oppressée de Selongey. Le moine le regardait sans le voir, absorbé dans un rêve intérieur. Soudain, il tira de sa robe un petit rouleau de papier qu'il mit dans la main du prisonnier.

– Un homme que j'ai vu hier au soir m'a supplié de vous faire tenir ce billet. Il contient, paraît-il, ces nouvelles que vous n'espériez plus.

Philippe prit le message comme il aurait reçu l'hostie. Ses yeux couleur d'or venaient de s'illuminer.

– Cet homme, vous a-t-il dit son nom ?

– Je n'aurais pas accepté autrement. Il m'a dit s'appeler Mathieu de Prame.

Oubliant qu'il devait rester à genoux jusqu'à ce qu'il ait reçu l'absolution, Philippe, envahi d'une grande joie, se releva et marcha vers le soupirail que l'aurore envahissait de sa lumière rose. Son cœur battait à tout rompre dans sa poitrine, presque douloureux. Ses doigts tremblaient autour du mince rouleau qu'il n'osait pas ouvrir. Quand, en mars dernier, il s'était séparé, à Gand, de Prame qui avait été son écuyer, mais dont tant d'années côte à côte dans la guerre comme dans la paix avaient fait le meilleur et le plus sûrs des amis, il l'avait envoyé en Touraine pour apprendre ce que devenait Fiora. L'idée de ne plus rien savoir d'elle lui était intolérable et personne mieux que Mathieu ne pouvait mener à bien cette délicate mission : voir sans être vu, apprendre sans que l'on devinât sa présence. L'honneur, et peut-être aussi l'orgueil, interdisait à Selongey de se rendre lui-même auprès de sa femme comme elle lui en avait intimé l'ordre de façon si cavalière, mais il craignait par-dessus tout qu'elle réalisât la dernière menace qu'elle lui avait lancée : faire annuler leur mariage, reprendre sa liberté, sa main et son cœur... peut-être pour les donner à un autre homme. Si cela était, Philippe voulait savoir à qui il lui faudrait lancer un défi de combat à outrance. Même loin de lui, Fiora resterait sa femme à tout prix.

Mathieu n'avait pas paru enchanté de la corvée :

– C'est métier d'espion que tu m'envoies faire là ?

– Métier d'ami serait plus juste. Je ne puis y aller moi-même car entrer en France serait me constituer prisonnier. Louis XI sait que je ne lui rendrai jamais l'hommage et l'occasion serait trop belle de faire de ma femme une veuve. Mais, si je dois défendre mon bien, je saurai te rejoindre. A nous deux, nous pourrions l'enlever.

– Pourquoi ne pas le faire dès maintenant, dans ce cas ?

– Parce que je veux lui laisser encore un peu de temps. Parce que je veux voir ce que vaut son amour. Pour le moment, elle ne me pardonnerait pas un coup de force.

Ronchonnant mais convaincu, Prame était parti. Quelques jours plus tard, la duchesse Marie envoyait Selongey à Dijon, et il n'avait jamais reçu les nouvelles tant attendues.

– Vous ne lisez pas ? reprocha le moine.

Philippe tourna vers lui un sourire incertain. Son hésitation était ridicule, il le savait bien. Elle tenait entièrement à ce qu'il avait peur de lire des mots cruels. Mathieu n'avait rien du chroniqueur et maniait la plume comme un apprenti moinillon. Il ne fallait pas compter sur lui pour orner d'arabesques et de lénifiante douceur la brutalité des choses.

Rassemblant son courage, Philippe déroula enfin le papier. Il contenait en effet peu de mots : « Elle va bien. Il n'est plus du tout question d'annulation car elle attend un enfant pour septembre... Pardonne-moi d'arriver si tard. Je suis ton ami fidèle et je voudrais tant t'aider... Je suis très malheureux... »

Des larmes montèrent aux yeux de Philippe qui ne chercha pas à les dissimuler. Il avait mis son âme à nu devant ce petit moine ; qu'importait alors qu'il le vît pleurer ? Comme il lisait une inquiétude dans les yeux candides, il lui tendit le message.

– Lisez, mon frère ! Vous comprendrez pourquoi je pleure... de joie. Que Dieu, dans sa bonté, m'accorde un fils, car ainsi je ne mourrai pas tout à fait.

– Je prierai pour cela, mais venez recevoir l'absolution et l'hostie car il se fait tard et j'entends du bruit.

– Un mot encore. Vous reverrez Mathieu sans doute. Dites-lui que je défends que l'on apprenne mon sort à ma femme. Pas avant, tout au moins, qu'elle ne soit délivrée. L'enfant pourrait souffrir de son chagrin... car j'espère tout de même qu'elle en aura.

– Soyez en paix ! Je le lui dirai. Agenouillez-vous, à présent, que je vous pardonne au nom de Dieu tout-puissant.

Il était temps. A peine le corps du Christ avait-il touché les lèvres du condamné que la porte s'ouvrait, livrant passage au vieux geôlier qui introduisit un barbier. Dès le prononcé de la sentence, en effet, Selongey avait demandé à être rasé avant d'être conduit à l'échafaud. Il tenait à s'y montrer sous la meilleure apparence possible.

L'opération fut rapidement menée. Le barbier était habile et sa main légère. Il poussa même la complaisance jusqu'à brosser soigneusement les vêtements poussiéreux du prisonnier.

– Je n'ai rien à te donner en paiement, dit Selongey lorsqu'il fut prêt. On ne m'a laissé ni sou ni maille.

– N'ayez pas de souci, messire. Je serai payé... et si je ne le suis pas c'est sans importance. Je suis fier d'avoir pu vous rendre ce service.

– Tu me connais donc ?

– Pas vraiment, mais ma mère est native de Selongey. C'est grande pitié de vous voir quitter le monde sans héritier.

Philippe sourit et posa une main amicale sur l'épaule de ce dernier ami.

– Je crois que Dieu y a pourvu. Si tu veux faire encore quelque chose pour un « pays », prie-Le pour que ma belle épouse qui est loin d'ici, hélas, mais qui est dans l'attente mette au monde un fils. Avec une mère comme la sienne, il saura, je crois, porter dignement notre nom.

Philippe était prêt. Le barbier se retira les larmes aux yeux et fut remplacé par un piquet de soldats qui ne dépassèrent pas la porte. Le vieux geôlier tira une clef de son trousseau et débarrassa le prisonnier des fers qui le retenaient à ses chaînes, remplacés aussitôt par une corde, si bien que, sans même avoir eu le temps de masser ses poignets endoloris, Philippe se retrouva les mains liées derrière le dos. Il protesta :

– Ne puis-je mourir les mains libres ?

– Ce sont les ordres, répondit le sergent qui commandait le piquet d'archers. Allons, à présent, il est l'heure !

Après un dernier regard à cette prison qu'il avait détestée et qui pourtant lui était devenue chère parce qu'il croyait y voir flotter l'ombre claire de Marie de Brévailles, le condamné franchit la porte basse, suivi de son confesseur qui priait tête inclinée, vint se ranger entre les soldats qui l'attendaient, gravit avec eux l'escalier dont les marches de pierre, usées par des milliers de pas ferrés, se creusaient en leur milieu, et sortit enfin dans la rue où attendait un tombereau, le même peut-être qui avait conduit les Brévailles à la mort vingt ans plus tôt, car c'était un vieux véhicule aux planches disjointes. Néanmoins, en l'apercevant, Philippe poussa un nouveau soupir de soulagement. Il avait craint l'humiliation suprême d'être traîné sur la claie, dans la poussière et les détritus, comme on en usait volontiers à Dijon avec les condamnés. Comme il n'en était rien, il se sentit tout à coup beaucoup mieux. Il se rappela qu'il n'avait pas terminé son pain, mais n'en éprouva aucun regret ; il était dispos et en pleine possession de lui-même, ce qui ne pouvait être qu'une grâce. Décidé à oublier la terre, il leva les yeux vers le ciel d'un bleu délicat que l'incandescence du soleil d'été n'avait pas encore blanchi. La journée promettait d'être belle entre toutes. Elle avait ce matin la gloire triomphante de la jeunesse. C'était un temps pour aller courir dans les prés, pour s'installer auprès d'une rivière avec un attirail de pêche et un pot de vin mis à rafraîchir dans l'eau courante, un temps pour lire de jolis vers à l'ombre d'un vieux chêne ou simplement pour respirer les roses en tenant par la main la dame de son cœur, un temps pour le bonheur et la joie de vivre, enfin...

Tandis que le tombereau s'éloignait en cahotant sur les gros pavés de la rue et que, d'un clocher à l'autre, les bourdons des églises commençaient à sonner le glas – ce glas qui ne cesserait qu'au moment où sa vie prendrait fin – Philippe choisit de regarder le sommet des arbres où chantaient des oiseaux et le ciel qui, lui, chantait si bien, ce matin, la gloire de Dieu. La terre, en vérité, n'était pas belle et il préférait l'oublier. Elle était bourdonnante de ricanements, voire d'injures qui se levaient sur le passage de l'attelage. Ce peuple était incompréhensible qui, d'abord, semblait s'être donné à sa princesse héréditaire, et qui à présent huait un homme qui avait voulu l'aider à lui demeurer fidèle. En réalité, ceux qui regrettaient le duc Charles n'étaient guère nombreux et, si l'on n'était pas tout à fait prêt à accueillir la férule du roi de France, celui qui allait mourir avait cependant l'impression affligeante que la mort du Téméraire en avait soulagé plus d'un. Plus de levées d'hommes nouveaux pour boucher les trous que les défaites avaient semés dans l'armée, plus d'impôts forcés pour le trésor de guerre! On n'était plus obligé de cacher ses biens, de se défier du voisin. Cette ville était faite de bourgeois plus que de nobles, et les bourgeois ont toujours été amis de la paix.

A entendre toutes ces cloches, une idée vint à Selongey et il se pencha vers le petit moine qui, à ses côtés, récitait les prières des agonisants.

– Je croyais, chuchota-t-il, qu'après la bataille de Morat le duc Charles avait ordonné que toutes les cloches de Bourgogne fussent portées aux fonderies de canons? Il me semble qu'il en reste encore beaucoup? Je ne crois pas que l'on ait eu le temps d'en fondre de neuves?

Le frère leva sur lui un regard stupéfait:

– Vous allez, dans un moment, paraître devant Dieu, mon frère! Ne croyez-vous pas qu'il serait convenable d'avoir d'autres pensées?

– Je vais quitter la terre. Laissez-moi m'y intéresser encore un peu! Alors, ces cloches?

– On a surtout pris celles des villages. Ici, les églises en ont donné aussi, mais les moins belles. Certaines sont de véritables œuvres d'art, avec des voix divines. C'eût été un sacrilège d'en faire des bouches à feu.

– Les humbles cloches des villages avaient autant de valeur pour tous ces paysans dont elles comptaient les heures. Ne rougissez pas, mon frère! Là où il est... où je vais le rejoindre dans un moment, le duc Charles n'a plus que faire des mesquineries des hommes.

– Croyez-vous être vraiment en mesure de juger, à cette heure? Oubliez ce que vous avez été pour songer à n'être qu'un homme parmi les hommes, qui a offensé Dieu.

– Je lui en demanderai pardon dans un moment. Plus un mot à présent, mon frère: nous arrivons!

Philippe éprouvait une sensation bizarre. Il venait de quitter le cachot où Marie de Brévailles avait souffert les douleurs de l'enfantement; à présent, il s'en allait vers la mort dans un vieux tombereau, peut-être celui-là même du dernier voyage des jeunes amants incestueux, et il se sentait tout à coup proche d'eux comme il ne l'avait jamais été. Ce frémissement léger, sur son épaule, était-ce la douce main de sa jeune belle-mère? Ce chuchotement qui arrivait à son oreille, était-ce la voix de Jean qui, jadis, alors qu'il n'était lui-même qu'un page turbulent, savait si bien le ramener dans le droit chemin et lui éviter les sévères corrections du chambellan ducal? Nullement superstitieux et peu enclin à s'interroger sur les mystères de l'au-delà, le condamné se sentait pourtant enveloppé d'une sorte de bien-être, environné par quelque chose de chaleureux qui n'avait rien à voir avec l'ardeur du soleil, mais qui réconfortait son âme et soutenait son courage. Et ce fut tout naturellement qu'il murmura:

– Veillez sur eux, je vous en prie! Sur ma femme et sur mon enfant. Ils vont en avoir besoin. Moi, dans un moment, je vous aurai rejoints...

– Que dites-vous, mon frère ? s'enquit le moine.
– Rien. Je priais.

Comme de coutume lors d'une exécution capitale, la place du Morimont était noire de monde. La ville entière s'y entassait, serrée au point qu'il était impossible de distinguer un visage. Il y en avait sur les toits et dans les arbres et, sur cette mer humaine, l'échafaud tendu de noir ressemblait à un radeau voguant vers la haute tribune, sur laquelle avaient pris place La Trémoille, ses officiers et quelques échevins dont les robes rouges s'accordaient étrangement à la vêture de l'homme en cagoule debout près du billot, appuyé des deux mains sur une longue épée à large lame.

A l'arrivée du tombereau, la foule fit silence. L'aspect du condamné et sa fierté lui en imposaient. On savait qu'il appartenait à l'une des plus nobles familles de Bourgogne, qu'il était chevalier de la Toison d'or et qu'il avait été l'ami du Téméraire. En outre, il était beau, et nombreux furent les yeux de femmes qui se mouillèrent. Pour les hommes, il était l'image d'un passé superbe et fastueux dont beaucoup ne voulaient plus, peut-être parce qu'il les avait conduits aux abords de la ruine, mais qui demeurait prestigieux. Les chaperons, les bonnets quittèrent les têtes tandis que les femmes se signaient.

Le lugubre équipage avançait lentement en fendant la multitude que les hallebardiers ouvraient devant lui. Et, soudain, il y eut un remous. Un homme vêtu de noir et brandissant une épée venait de bondir sur l'échafaud et hurlait :

– Peuple de Bourgogne, es-tu donc devenu assez lâche et assez veule pour laisser égorger sans broncher les meilleurs des tiens ? Cet homme n'a commis aucun crime. Il a seulement voulu que notre vieille terre demeure indépendante. Il a voulu qu'elle reste fidèle à sa duchesse, Madame Marie, qui seule a droit de régner ici et non les hommes du roi de France... Peuple de Bourgogne, tu étais fier et brave, jadis, mais à présent tu ressembles à un troupeau de moutons ! Réveille-toi ! Si tu ne le fais pas, c'est toi qui, demain peut-être, monteras sur cet échafaud...

– Arrête, Mathieu ! cria Philippe. Va-t'en ! Tu n'as aucune chance !

– C'est la tienne qui m'intéresse, hurla Prame qui agitait toujours son épée.

Le bourreau, en effet, n'avait pas bougé, la loi lui interdisant de toucher un homme dont la justice ne lui avait pas remis la vie.

– Allons, les couards ! Secouez-vous ! Aidez-moi !

Ses vifs yeux noirs regardaient partout à la fois, guettant les remous que son discours venait de créer dans la foule, espérant la vague salvatrice, mais seule une troupe de soldats courait vers lui, enveloppait l'échafaud. Sur la tribune, Georges de La Trémoille s'était levé et vociférait des ordres que l'on n'entendit pas, car à présent des cris s'élevaient un peu partout. On hurlait : « Grâce ! Grâce pour Selongey ! », mais personne ne bougeait.

– Va-t'en, Mathieu ! cria Philippe désespéré. Tu vas te faire tuer et j'ai besoin que tu vives !

Mathieu de Prame ne voulait rien entendre. Il commençait à ferrailler contre les soldats qui avaient pris pied sur l'échafaud avec une ardeur née de sa rage. Hélas, il n'était pas de force contre une troupe solide. En un instant, il fut maîtrisé, ligoté et emporté comme un simple paquet sur les épaules de quatre hommes. On ne l'avait pas bâillonné et il hurlait comme un possédé, insultant la foule qui lui avait refusé son aide.

– Vous en aviez assez du duc Charles, bande de pleutres ! Vous allez savoir ce que pèse la main du roi de France ! Adieu, Philippe, adieu ! Dis à monseigneur saint Pierre que je serai bientôt chez lui.

Il disparut au coin de la rue Saint-Jean et le condamné s'efforça d'essuyer, d'un mouvement d'épaule, la larme qui coulait le long de sa joue. Sur sa tribune, le gouverneur français s'était rassis et faisait un geste. L'heure de mourir était venue.

L'attelage vint se ranger contre la plate-forme. Le moine aida le condamné à en descendre, mais Philippe refusa son aide pour gravir les marches. Parvenu en haut, il traversa rapidement le plancher tendu de drap noir pour aller au plus près de la tribune.

– Laissez-lui la vie, messire gouverneur ! C'est mon ami et il voulait me le prouver. Il savait bien qu'il n'avait aucune chance.

– Il a essayé de soulever le peuple. C'est une preuve d'amitié qui mérite la mort !

– Est-ce un crime de vouloir demeurer ce que nous sommes ? Des Bourguignons ?

– La Bourgogne a oublié qu'elle n'est rien qu'un apanage de la couronne de France. Votre prétendue indépendance n'était que trahison et vos ducs l'ont prouvé en s'alliant aux Anglais. A présent, le roi reprend ses droits !

– Ses droits ?

– Imprescriptibles ! Dans peu de jours, votre duchesse va épouser le fils de l'Empereur. Avez-vous tellement envie de devenir allemands ? Nous, les Français, ne le permettrons pas ! Fais ton office, bourreau !

– Songez à Dieu, mon frère ! murmura le moine qui avait rejoint Philippe et offrait à ses lèvres un petit crucifix de bois noir sur lequel, presque machinalement, il posa ses lèvres.

Il se sentait envahi d'une immense tristesse. Ainsi, il s'était battu pour un leurre ! Prise entre l'Empire et la France, la Bourgogne n'avait plus aucun droit à une identité propre. Qu'elle devînt terre d'empire ou province de France, cela n'avait, en fait, plus aucune importance, puisqu'il ne le verrait pas, et quand, tout à l'heure, on le coucherait dans sa tombe, la poussière qui l'ensevelirait ne serait rien d'autre que de la poussière.

Refusant le bandeau que le bourreau lui offrait, le condamné embrassa du regard la place pavée de visages tendus, les grands arbres et plus haut le ciel d'azur que rayait le vol rapide d'une hirondelle. Puis, d'un pas ferme, il marcha vers le billot, releva d'un sourire l'exécuteur qui, un genou en terre, demandait son pardon et s'agenouilla à son tour.

– Fiora ! murmura-t-il. Je t'ai tant aimée et je t'aime tant. Ne m'oublie pas !

Sans trembler, il posa son cou sur la rude pièce de bois et ferma les yeux.

Le bourreau leva son épée...

CHAPITRE II

LA MAISON AUX PERVENCHES

Fiora pensait qu'il n'y avait pas au monde d'endroit plus ravissant que son manoir au bord de la Loire. Elle l'avait tout de suite aimé quand il lui était apparu, au détour du chemin de terre qui, hors les murs de Tours, menait du « pavé » au prieuré de Saint-Côme. C'était pourtant par un matin frileux de la fin janvier où la nature, saisie par l'hiver, n'était pas en son mieux. Mais que la maison était donc jolie !

Fait de tuffeau crémeux et de briques roses, le logis, bâti en équerre de part et d'autre d'une tourelle octogone, brillait de toutes ses fenêtres à verres de couleur qui reflétaient l'éclat joyeux des feux allumés à l'intérieur. A l'entour s'étendait un jardin qui, d'un côté, descendait jusqu'au fleuve et, de l'autre, se perdait dans un bois qui rejoignait les murs d'enceinte du Plessis-lès-Tours, le château royal où, la veille, Fiora et ses compagnons avaient reçu la plus chaleureuse hospitalité. Plus loin, vers le nord, l'îlot qui supportait l'antique prieuré s'enveloppait d'une brume lilas d'où son clocher émergeait mystérieusement, à mi-chemin du ciel, semblable au pieux dessin de quelque peintre angélique.

Le sentier qui menait au petit château était tout juste assez large pour une charrette et il devait être très ancien, car il s'enfonçait dans le sol entre des talus herbeux où se montraient déjà les pousses tendres des primevères et des violettes. De vieux chênes s'élevaient de chaque côté, tordant sur le ciel d'azur léger leurs branches grises couvertes de lichen. Ils formaient une sorte de voûte qui devait en été donner de la fraîcheur, et au-delà de laquelle toute la maison rayonnait d'amitié et semblait ouvrir ses bras à la voyageuse venue y chercher refuge. Après les brumes glacées de Lorraine et les neiges infinies de Champagne, les doux vallonnements du val de Loire, son air plus léger et la majestueuse splendeur de ses eaux bleutées donnaient aux voyageurs l'impression de passer d'un austère purgatoire au séjour de paisibles élus. La colère et le chagrin de la jeune femme en avaient tiré un certain apaisement. Elle n'avait plus ce visage fermé, tendu, ces yeux lourds de nuages sombres qu'elle avait emportés de Nancy, et Léonarde en avait silencieusement remercié Dieu.

Aussi longtemps qu'elle vivrait, la vieille demoiselle reverrait, deux jours après les funérailles du Téméraire, Fiora surgir dans sa chambre mal chauffée, pieds nus sur les carreaux froids, à peine vêtue d'un drap qu'elle retenait contre sa poitrine, la masse noire de ses cheveux croulant sur ses épaules mais le regard plein d'éclairs. Sans même prendre le temps d'un bonjour, elle avait ordonné, d'une voix tremblante de colère, que l'on fît les bagages, que l'on envoyât voir si l'envoyé du roi de France, Douglas Mortimer, était encore au palais. Si c'était le cas, il fallait lui demander de faire préparer des chevaux afin d'être prêts à partir dans l'heure suivante.

Naturellement, Léonarde ne s'était pas rendue sans combat. Voir sa fille élective aux prises avec une telle fureur alors qu'elle la croyait au plus doux comme au plus ardent des joies de l'amour retrouvé était bien la dernière chose à quoi elle s'attendait. Elle avait demandé des explications. Qu'on ne lui avait pas données tout de suite.

– Ce parchemin que vous m'avez montré, à Grandson, ce titre de propriété d'un petit château donné par le roi Louis, vous l'avez toujours ?

– Il ferait beau voir que je l'aie perdu ! Ce sont de ces choses que l'on serre précieusement. Je le porte cousu sous ma robe. Mais je vous rappelle que vous n'en vouliez pas.

– J'ai changé d'avis. J'accepte. C'est là que nous allons !

– Mais... votre époux ? Messire Philippe ?

– ... viendra m'y chercher quand il sera disposé à vivre avec moi !

Il n'avait pas été possible d'en tirer autre chose, mais, connaissant « son agneau » comme elle le connaissait, Léonarde, laissant Fiora entasser rageusement dans un coffre de cuir le peu de biens terrestres que leur avait laissés leur longue pérégrination à la suite du défunt duc de Bourgogne, s'était lancée à la recherche de Mortimer. Elle l'avait trouvé au moment où il se préparait lui-même à partir, mais n'avait eu aucune peine à le convaincre de les attendre puis de les escorter auprès de Louis XI. Fidèle à lui-même, l'Écossais n'avait fait aucun commentaire, se contentant de lever un sourcil. A certain pétillement de ses yeux bleus, la vieille demoiselle avait compris qu'il n'était pas mécontent du tout de ramener à son maître la jeune Florentine qu'il avait prise en amitié.

De retour au logis, ce qu'elle avait fait sans se presser, Léonarde espérait que l'orage serait passé et que, même si la dispute entre les deux époux était sérieuse, une réconciliation serait au moins amorcée. Il n'en était rien. Elle avait trouvé Fiora tout habillée, son grand manteau fourré sur les épaules, assise près d'une fenêtre, regardant au-dehors avec cet air absent de ceux qui ne voient rien. Ses yeux étaient secs mais ils étaient un peu rouges, et les joues encore brillantes de la jeune femme ainsi que sa poitrine haletante disaient assez qu'elle venait de verser d'abondantes larmes. Sans prononcer une parole, Léonarde remit un peu d'ordre dans le coffre où tout était jeté à la diable, se prépara elle-même, puis toutes deux attendirent, en silence, l'arrivée de Mortimer et des chevaux.

Durant des lieues et des lieues, Fiora ne desserra pas les dents. Elle allait son chemin à travers la bise coupante, les tourbillons de neige et le givre, droite sur sa selle, en apparence aussi insensible qu'une statue et sans prononcer plus de trois paroles par jour. C'est seulement à la halte de Troyes, après une étape particulièrement dure, qu'elle laissa déborder l'amertume qui empoisonnait son cœur. Philippe n'avait rien d'autre à lui offrir que s'enfermer au fond d'un vieux château en compagnie d'une belle-sœur qui la verrait venir sans plaisir, tandis que lui-même s'en irait mettre son épée et sa vie au service de la duchesse Marie ! Alors qu'elle avait cru les combats terminés avec la mort du duc Charles, Selongey ne rêvait que de les faire reprendre de plus belle pour l'indépendance de la Bourgogne... et pour les beaux yeux d'une princesse de vingt ans que l'on disait jolie et séduisante !

Léonarde avait laissé le flot empoisonné s'écouler, se gardant bien de l'arrêter : Fiora avait besoin de ce soulagement. C'est seulement quand, épuisée, elle se laissa tomber à plat ventre sur son lit pour y pleurer toutes les larmes de son corps qu'elle essaya, avec une grande douceur, de la raisonner : les lois de Bourgogne, comme celles de France et de tous les autres pays connus, et même de Florence, voulaient que la femme, gardienne du foyer et productrice d'enfants, restât au logis pendant que le mari vaquait à ses propres affaires et allait où son devoir l'appelait. Il n'était pas normal de vivre toujours sur les grands chemins, livrée au hasard des mauvaises rencontres... et le repos pouvait avoir bien du charme.

– Aussi vais-je me reposer, répondit Fiora, mais chez moi et non dans une maison où je ne serais qu'une intruse. Il est temps que Philippe me prouve son amour car, depuis notre mariage, il ne s'est pas donné beaucoup de mal !

– Vous êtes injuste. Il était cependant revenu à Florence pour vous retrouver. Et, plus tard, ne s'est-il pas battu pour vous, et par deux fois ? Si j'ai bien compris, vous ne lui avez pas laissé de grandes chances quand vous l'avez abandonné dans cette chambre à Nancy ?

– Croyez-vous ? Il me semble, à moi, que je lui en ai donné une belle, au contraire, et qu'il l'a saisie puisqu'il ne m'a pas empêchée de partir.

– Quelle chance ?

– Celle de retrouver sa liberté. Je lui ai dit d'ailleurs que j'irais à Rome pour faire annuler notre mariage par le pape s'il ne venait pas me rechercher en France !

Léonarde, alors, n'avait pu retenir un soupir désolé :

– Fallait-il vraiment que par orgueil pur vous vous fassiez tant de mal, alors que vous veniez tout juste de vous retrouver ? Il n'est jamais bon d'obliger un homme à choisir entre son cœur et son devoir. S'il allait... ne jamais revenir ?

Au silence que Fiora garda durant quelques instants, Léonarde comprit qu'elle venait de toucher le point sensible. Dans les yeux gris elle put lire d'ailleurs une angoisse, mais ce ne fut qu'un instant : les étincelles de la rancune reprirent leurs droits. Fiora tournait comme un fauve en cage dans l'étroite chambre d'auberge qu'elles partageaient, cherchant peut-être quelque chose à casser quand, brusquement, elle s'arrêta devant sa vieille gouvernante :

– A ce qu'il fera je jugerai la valeur de son amour. Et, voyez-vous, Léonarde, je me demande si, avec un homme tel que lui, je ne me l'attacherais pas davantage en le fuyant comme je viens de le faire.

– En voilà une idée !

– Pas si folle ! Je crois que je commence à connaître les hommes. Accepter de rester confinée au logis en attendant leur bon plaisir et les enfants grâce auxquels ils s'assurent de notre tranquillité est peut-être le meilleur moyen d'user l'amour. A devenir trop quotidien, il perd de son éclat.

– L'amour-passion, peut-être ! Mais il reste la tendresse et cette douce trame que tissent les jours enchaînés aux jours. J'ai peur que vous ne vous lassiez vite de nuits trop solitaires.

– Le seraient-elles moins à Selongey pendant que Philippe galoperait à la queue du cheval de sa duchesse ? J'ai envie d'être chez moi, vraiment chez moi. Il y a trop longtemps que je ne sais plus ce que c'est.

Le sujet était clos pour ce soir-là et l'on n'y revint pas. Léonarde avait fini par penser qu'une retraite dans une solitude campagnarde ferait du bien à la trop impulsive jeune femme et l'amènerait peut-être à plus de sagesse et à des réactions moins irraisonnées. Elle fut d'ailleurs séduite, elle aussi, par cette maison que le roi donnait à sa jeune amie et où tout était disposé pour l'agrément de la vie.

Le manoir s'appelait La Rabaudière, mais, depuis longtemps, les gens des alentours l'avaient surnommé la maison aux pervenches à cause des longues traînées bleues qui, au printemps, éclairaient le sous-bois et eussent envahi le jardin si l'on n'y avait mis bon ordre ; elles se rattrapaient en s'accrochant à la terrasse qui, du côté du fleuve, soulignait les fenêtres de la grande salle. Leurs centaines d'étoiles d'azur foncé et leurs feuilles d'un joli bronze clair faisaient chanter la blancheur des pierres de chaînage et les murs couleur d'aurore. Quant au jardin qui ouvrait sur un verger, il avait de grands massifs à bordures de buis, tout débordants de giroflées rouges dont les touffes un peu folles enveloppaient des rosiers, des groseilliers, des romarins et des cassis qui poussaient à leur gré de chaque côté de l'allée conduisant à la volée de pierre d'où l'on gagnait la terrasse.

L'intérieur avait autant de charme que l'extérieur et semblait continuer le jardin. En dehors de la grande tapisserie mille fleurs qui était la gloire de la grande salle, pas de tissus lourds dans cette maison des bois, mais des brocatelles brillantes, des toiles brodées d'animaux familiers et de fleurettes de toutes couleurs qui habillaient les lits et les « carreaux [1] » disposés un peu partout pour le confort des corps fatigués et le repos des pieds. Les meubles étaient simples, mais d'un goût irréprochable. Ils embau-

1. Coussins carrés.

maient la cire d'abeille et supportaient de superbes étains et des objets dont certains obtinrent de Fiora un sourire attendri, comme de belles coupes en verre rouge de Venise et des majoliques vertes qui avaient dû voir le jour sous le ciel de Romagne. Quant aux nombreux coffres et dressoirs éparpillés dans les différentes pièces, ils renfermaient assez de vaisselle et de linge pour combler une maîtresse de maison, même aussi difficile que l'était Léonarde. Enfin, la cuisine, rutilante de cuivres et abondamment pourvue de jambons, de chapelets d'oignons, d'aulx et de bouquets d'herbes sèches pendus aux solives, acheva de conquérir le cœur de la vieille demoiselle qui, pour la première fois depuis bien longtemps, retrouvait l'impression délicieuse de rentrer chez elle après une trop longue absence. Fiora, elle, était entrée dans sa maison avec la simplicité d'un petit chat perdu qui trouve enfin un foyer et se roule en boule près des cendres de l'âtre pour y passer la mauvaise saison. Elle s'y intégra comme si elle l'avait connue depuis toujours.

Un couple d'âge mûr, Étienne Le Puellier et son épouse Péronnelle, avait été choisi, bien avant l'arrivée de Fiora, pour veiller à l'entretien du petit domaine. Leur maison des bords du Cher avait été emportée par une grosse crue, un an plus tôt, et Louis XI, qui connaissait Étienne depuis l'enfance et les avait recueillis au Plessis, leur avait promis de leur rendre une maison plus belle que la première s'ils acceptaient de s'occuper de La Rabaudière. Ce qu'ils avaient fait de grand cœur car ils se fussent tous deux jetés dans le feu sur un simple signe de leur « bon sire ». Ils habitaient, sous les combles de la maison, une belle chambre dont la fenêtre, couronnée d'un gable en forme de fleur de lys, s'ouvrait dans le brillant manteau d'ardoises qui couvrait la demeure. Bons Tourangeaux solides et affables, ils aimaient le travail et eussent été les gens les plus heureux du monde si le Ciel leur avait accordé un enfant, mais prières, neuvaines et fréquentes visites au tombeau du grand saint Martin, gloire de la ville voisine de Tours, s'étaient montrées inopérantes et, à quarante-cinq ans bien sonnés, Péronnelle savait qu'elle n'avait plus grand-chose à attendre de dame Nature. Elle s'en consolait en régalant son Étienne des trésors d'une cuisine dont la qualité soutenait la comparaison avec celle de maître Jacques Pastourel, qui régnait sur les cuisines royales, et il arrivait que le roi, au retour d'une de ses chasses, vînt s'installer à sa table.

Péronnelle était ronde comme une pomme, avec un visage tout en lignes douces dont la beauté résidait dans deux grands yeux de la couleur exacte de ces pervenches qui avaient baptisé la maison et, jadis, Étienne avait dû cogner plus d'une fois pour empêcher les galants de venir conter fleurette à ces yeux-là. Il s'en était toujours tiré à son avantage car il était aussi carré que sa femme était ronde, et l'usage alterné du filet de pêche, de la bêche et de la cognée l'avait doté de muscles avec lesquels il convenait de compter.

Bien loin de les chagriner, l'arrivée de Fiora et de Léonarde leur causa un vif plaisir assorti de soulagement. Ils ne savaient pas à qui, au juste, le roi avait donné la maison aux pervenches. On leur avait seulement dit que c'était une jeune dame à laquelle Louis XI voulait du bien. Aussi le couple craignait-il qu'il s'agît de quelque favorite, d'autant plus insupportable qu'elle ne serait peut-être pas sortie de la cuisse de Jupiter, et que l'âge du roi rendrait arrogante. Que Louis XI se fût donné une maîtresse alors qu'il avait juré de ne plus toucher autre femme que la sienne – ce qui ne risquait pas d'arriver souvent, la reine Charlotte vivant toute l'année au château d'Amboise à six bonnes lieues du Plessis – était déjà suffisamment préoccupant pour ces braves gens.

La beauté de la nouvelle venue, sa gentillesse et la mine si respectable de Léonarde leur ôtèrent, dès l'abord, le plus gros de leurs inquiétudes et Douglas Mortimer, qu'ils connaissaient bien et que le roi avait chargé d'accompagner la nouvelle propriétaire, acheva de les rassurer : donna Fiora était la fille d'un ancien ami du roi Louis et celui-ci avait décidé de la prendre sous sa protection après les nombreux malheurs dont elle avait été victime. Le plus grave était peut-être d'avoir épousé, jadis, un seigneur bourguignon trop ami du défunt Téméraire pour accepter de devenir français et qui, en dépit des prières de sa jeune femme, entendait reprendre les armes et courir les aventures. Aussi donna Fiora, désolée, avait-elle choisi de se réfugier auprès de son vieil ami dont elle se refusait à trahir la confiance.

Un discours aussi inhabituel chez l'Écossais, qui, en général, ne prononçait guère plus de trois paroles à l'heure, avait fortement impressionné Étienne, guère plus bavard que lui, et fait verser quelques larmes à la sensible Péronnelle. En foi de quoi le couple adopta Fiora et se mit en quatre pour lui faire goûter le bonheur qu'il y avait à vivre en pays tourangeau. Avec d'autant plus d'enthousiasme que l'accord entre Péronnelle et Léonarde avait été immédiat, en dépit d'une certaine différence d'âge. Très pieuses l'une et l'autre, elles surent s'entendre sur l'art de mener à sa perfection le train de la maison car, si Léonarde avait jadis régné sur un palais florentin et une somptueuse villa, elle savait mettre une sourdine à l'espèce de suprématie qu'elle pouvait tirer de ses talents et admirer en toute bonne foi la spécialité dans laquelle Péronnelle était passée maîtresse, c'est-à-dire l'art culinaire. De son côté, Péronnelle appréciait à sa juste valeur le tact de la vieille demoiselle, lui avait remis d'elle-même les clefs des coffres et des armoires et faisait son profit des connaissances rapportées par sa compagne d'au-delà des Alpes. En outre, elle ne se lassait jamais de l'entendre évoquer pour elle les merveilles de cette fabuleuse ville de Florence qu'elle n'avait aucune chance de visiter un jour. Il n'était pas rare de voir, dans la vaste cuisine, Léonarde trier le linge tout en décrivant à sa nouvelle amie, occupée à tourner une sauce, les bruits, les couleurs et les senteurs des marchés du vendredi. D'autres fois, le contraire se produisait, et Péronnelle initiait Léonarde aux us et coutumes tourangeaux ainsi qu'aux potins, bonnes histoires et autres cancans qui couraient la ville et la campagne, car elle avait une sorte de génie pour être toujours au courant de ce qui se passait dans les environs.

Incontestablement, Péronnelle était bavarde et, par ce trait, elle rappelait un peu à Léonarde la grosse Colomba qui était à la fois son amie et sa meilleure source de renseignements à Florence. Mais le débit tumultueux de la gouvernante des Albizzi était bien différent de celui de dame Le Puellier. Celle-ci était une conteuse-née qui savait donner couleur et piquant au récit de la plus banale dispute entre deux paysannes au marché du faubourg Notre-Dame la Riche. En outre, son langage, dépouillé de toute vulgarité, avait une certaine pureté et une élégance dont Léonarde n'avait pu se retenir de lui faire compliment.

– Cela tient, dit Péronnelle, à ce que je suis née dans ce pays. Nous autres, gens de Touraine, sommes connus dans tout le royaume pour être ceux qui parlent le mieux notre langue. Mais ne me demandez pas d'où cela nous vient, je serais incapable de vous répondre. Je pense néanmoins que c'est un peu pour cette raison que notre bon sire le roi Louis aime tant à s'entretenir non seulement avec les grands bourgeois de Tours, mais aussi avec les petites gens comme mon Étienne et moi.

Léonarde en conçut un nouveau respect pour sa compagne, ainsi qu'un peu plus d'amitié pour ce doux pays où il faisait si bon vivre. Elle s'y attachait chaque jour davantage et en vint à redouter les deux événements susceptibles de troubler sa béatitude : l'arrivée subite de Philippe venu rechercher sa femme pour l'emmener de gré ou de force dans sa forteresse bourguignonne, et la réalisation de la menace proférée par Fiora : partir pour Rome afin d'y demander au pape l'annulation de son mariage. Le fait que la jeune femme semblait se plaire dans son nouveau logis et ne prononçait jamais le nom de son époux n'arrivait pas à la rassurer tout à fait : elle connaissait trop son impulsivité et ce besoin de bouger inhérent à sa nature.

Aussi quand, certain matin du mois de mars, Fiora, en se levant, bouda son écuelle de panade au lait miellé, déclara qu'elle avait mal au cœur et s'évanouit avec grâce sur le pavé de la cuisine entre les pieds de Léonarde et de Péronnelle, les deux femmes se regardèrent-elles avec les mêmes yeux brillants comme des chandelles et tombèrent dans les bras l'une de l'autre avant de songer seulement à lui porter secours.

– Un enfant ! clama Péronnelle, notre jeune dame attend à coup sûr un enfant ! Loués soient le Seigneur Dieu et Notre Dame qui ont béni cette maison !

Léonarde pour sa part en pleurait de joie et, une fois la future mère confortablement installée dans son lit, elle courut d'une traite jusqu'au prieuré de Saint-Côme pour y faire aumône et y brûler quelques cierges. Il ne serait plus jamais question de ce démentiel voyage à Rome puisque l'union de Philippe et de Fiora allait porter fruit.

La nouvelle, quand elle en eut conscience, stupéfia Fiora. La pensée que Philippe ait pu, au cours de leurs nuits passionnées de Nancy, lui faire un enfant ne l'avait jamais effleurée. Son amour pour lui, elle l'avait enfoui au plus profond de son cœur, sous une couche de rancune et de jalousie si épaisse qu'il lui arrivait de l'oublier. Et voilà qu'il était en train de pousser un rameau à cet amour étouffé, un rameau qui allait bourgeonner durant le printemps qui s'annonçait et l'été qui suivrait pour fleurir quand mûriraient les raisins. Et le lien qui l'attachait à Philippe allait devenir trop puissant pour être jamais arraché, sinon au prix de sa propre vie.

Le malaise qui s'était emparé d'elle l'avait quittée comme une vague se retire. La maison était calme, chaude et silencieuse, à la seule exception des bruits montant de la cuisine où Péronnelle jouait sur ses casseroles de cuivre une musique triomphale. Fiora alors se leva et, sans même songer à chausser ses pantoufles, alla jusqu'à une longue et étroite glace de Venise, assez semblable à celle que son père avait jadis fait venir pour elle, et qui était la plus grande richesse de sa chambre. Là, elle laissa tomber sa chemise et examina son corps avec l'idée que peut-être elle y trouverait un quelconque changement, mais sa taille était toujours aussi mince, son ventre aussi plat et ses seins exactement semblables à ce qu'ils étaient la veille.

– Il est trop tôt, fit Léonarde qui entrait et la surprit dans cette position. Si nous comptons bien, vous devez être enceinte de deux mois, mon agneau. J'espère que vous êtes contente ?

Bien sûr elle l'était, et c'était une sensation délicieuse, après deux mois de repliement sur soi-même. Apprendre qu'une vie commençait à germer en elle lui ôtait ce sentiment accablant de n'avoir en ce monde aucune utilité, aucun prix réel puisque l'homme qui, un soir d'hiver, lui avait juré de la protéger, de la chérir, de la défendre et de la garder en son lit et en sa chambre jusqu'à ce que la mort les sépare lui préférait la guerre et le service d'une princesse dont on disait qu'elle allait se faire allemande. Désormais, Fiora avait une raison d'être et un but : donner le jour au plus bel enfant du monde et puis, même si le père ne revenait jamais, l'élever, en faire un homme fort et sage pour qui les armes et les fureurs des combats ne représenteraient pas le bien suprême ; un homme qui saurait s'arrêter pour respirer une fleur, pour admirer la beauté d'un paysage ou d'une œuvre d'art, ou simplement pour parler au coin d'une rue avec un ami de choses utiles à l'État ou des dernières découvertes de l'esprit humain. Un homme, enfin, qui ressemblerait à Francesco Beltrami beaucoup plus, en fait, qu'à son propre père.

C'était sans doute illogique, et même aberrant, mais l'idée que son fils pût devenir un grand pourfendeur uniquement attaché à la force, voire à la brutalité, lui faisait horreur. Elle avait vu la guerre trop longtemps et de trop près pour n'en être pas dégoûtée, si tant est qu'elle lui eût jamais trouvé le moindre charme.

– Et si c'est une fille ? hasarda Léonarde qui demeurait la confidente des pensées de la jeune femme.

– C'est une idée qui ne m'avait pas encore effleurée. Pour moi, l'enfant de Philippe ne peut être qu'un garçon. Il faut d'ailleurs que ce soit un garçon ! N'allez surtout pas en conclure que je ne saurais pas aimer une petite fille ? Bien au contraire, car elle serait davantage à moi. Il faut toujours, un jour ou l'autre, remettre un jeune mâle à des maîtres. Mais je suis persuadée qu'il faut me disposer à continuer les Selongey.

Elle n'ajouta pas, mais c'était son espoir secret, que l'attrait d'un fils saurait peut-être ramener Philippe à une plus saine compréhension de la vie familiale. Dès lors, elle se prépara à ce grand événement, écoutant sagement les conseils que lui prodiguaient Léonarde et Péronnelle. Cette dernière se mit la cervelle à la torture pour confectionner des mets qui n'inspireraient aucun dégoût à la future mère, et tenteraient même son appétit. On bannit les succulentes mais lourdes cochonnailles dont Tours était fière à juste titre pour des nourritures plus légères. Fiora eut des laitages, des fromages frais, des pâtisseries aériennes, des volailles fondantes et les meilleurs poissons qu'Étienne allait pêcher dans la Loire. Elle eut aussi, tant que durèrent les nausées, des tisanes de mélisse et de menthe, et, quand le printemps couvrit les talus de primevères et fit éclater en énormes bouquets blancs ou roses les arbres fruitiers du verger, Fiora, ce premier temps d'épreuves dépassé, se sentit bien mieux qu'elle ne l'avait été depuis longtemps et prit une part active aux préparatifs de la naissance : la layette à confectionner.

La vie, dans la maison aux pervenches, était très calme, retirée et même assez solitaire. Fiora s'en réjouissait car elle avait craint, un moment, que le voisinage immédiat du château royal ne fût une source d'agitation sinon d'envahissement. C'eût été sans doute le cas si Louis XI avait résidé au Plessis mais, presque au lendemain de l'arrivée des voyageuses, il avait quitté sa demeure de prédilection avec la plus grande partie de sa maison pour rejoindre ses armées du Nord.

Il entendait, en effet, ne confier à personne le soin de recueillir l'héritage du Téméraire et, en fait, il n'avait laissé à son ennemi que peu de chances d'échapper au piège de Nancy : à l'instant même où les glaces de l'étang Saint-Jean se refermaient sur le corps agonisant du dernier des Grands Ducs d'Occident, les armées du roi de France prenaient position aux frontières de la Lorraine, près de Toul, près de Metz, ainsi que sur la Somme, et il y avait beau temps qu'elles n'attendaient qu'un signal pour s'enfoncer en Bourgogne dont les limites étaient déjà franchies. Depuis, la guerre faisait rage en Artois et en Picardie, cependant que les puissantes cités flamandes, plus soulagées que chagrinées d'une mort qui les libérait d'une tutelle dont elles refusaient le poids, laissaient entendre à Marie de Bourgogne que le temps n'était plus où l'on remettait en question leurs anciennes franchises et qu'en tout état de cause elle était, dans son palais de Gand, beaucoup plus prisonnière que souveraine. Pour mieux le lui prouver, on fit tomber les têtes du dernier chancelier de Bourgogne, Hugonnet, et du sire d'Humbercourt qui était l'un des plus solides conseillers de Marie.

Ne sachant plus de quel côté se tourner, l'héritière infortunée avait, sur la fin du mois de mars de cette année 1477, écrit au fils de l'empereur Frédéric, considéré par elle comme son fiancé, une lettre désespérée l'appelant à son secours. C'était à peu près au moment où Philippe de Selongey s'introduisait dans Dijon, la capitale du duché dont il espérait, en l'amenant à la rébellion, faire le foyer de la résistance.

Tous ces événements, Fiora, au fond de son manoir tourangeau gardé par la forêt et par le fleuve, les ignorait. Elle en eut une certaine idée quand, en avril, elle reçut la visite inopinée du sire d'Argenton, Philippe de Commynes, qu'en sa qualité de premier conseiller du roi elle croyait occupé à guerroyer à ses côtés.

Il s'était montré pour elle un ami dans des circonstances difficiles et elle l'accueillit avec le plaisir que l'on éprouve à recevoir quelqu'un que l'on aime bien, lui offrant le repos au coin de la cheminée où brûlait une pile de rondins odorants et le gobelet de vin d'usage dans toute maison accueillante pour l'arrivée d'un voyageur. Pendant ce temps, Léonarde courait sur son ordre prévenir Péronnelle qu'elle eût à mettre les petits plats dans les grands. Commynes était gourmand, elle le savait, et possédait un bel appétit flamand qu'il convenait de contenter. Pourtant toutes ces attentions n'arrachèrent au conseiller royal qu'un gros soupir :

– Vous allez bientôt regretter de vous mettre à ce point en peine pour moi. Vous vous imaginez sans doute que je vous apporte quelque message de notre sire ?

– C'est vrai, avoua Fiora. Je le pense, mais s'il n'en est rien vous n'en êtes pas moins le très bien venu. Est-ce que, depuis Senlis, nous ne sommes pas amis [1] ?

– Je l'espérais et c'est pourquoi, sur le chemin de mon exil, je n'ai pu me retenir de venir passer un moment auprès de vous. Une façon comme une autre de me consoler.

– Le chemin de votre exil ? Vous êtes brouillé avec le roi ?

– Brouillé, c'est peut-être beaucoup dire. Disons que je l'indispose et qu'il souhaite m'éloigner de lui pour un temps. Il m'envoie à Poitiers.

1. Voir *Fiora et le Téméraire.*

– A Poitiers ? Et qu'allez-vous y faire ?

– Je n'en sais trop rien. Débrouiller je ne sais quelle histoire provinciale avec les échevins de la ville, une misère pour un homme comme moi. Il est vrai que je l'ai fort indisposé avec mes reproches.

– Vous avez fait des reproches au roi, vous ?

– Moi. Et le pire est que je ne le regrette pas et que je suis tout prêt à recommencer.

– Mais pourquoi ?

– Parce que je me demande s'il n'est pas devenu fou ! Par grâce, Madonna, versez-moi encore un peu de ce vin de Bourgueil ! J'en ai grand besoin car j'ai à dire des choses amères. Je ne reconnais plus du tout notre sire. Lui si sage, si prudent, si ménager de la vie d'autrui... voilà qu'il se conduit exactement comme l'eût fait à sa place le défunt duc Charles.

– Vous voulez dire qu'il massacre ceux qui lui résistent ?

– C'est à peu près cela. Pourtant, tout se passait si bien ! Le roi a commencé par intimer l'ordre à René de Lorraine de se tenir tranquille et de ramener ses troupes chez lui. Puis il a acheté Sigismond d'Autriche pour qu'il reste dans son Tyrol et en a fait autant avec les Suisses pour qu'ils acceptent de se contenter de ce qu'ils ont gagné. Et là-dessus, juste après votre arrivée, nous sommes partis pour les pays de la Somme. Alors... !

Et Commynes, avec la prolixité et le luxe de détails d'un homme pour qui la politique est une seconde nature, raconta à son hôtesse comment Louis XI avait pénétré en Picardie et en Artois sous le fallacieux prétexte de protéger les biens de Marie de Bourgogne – qui d'ailleurs était sa filleule –, comme doit en user un bon parrain envers une orpheline. Nombre de villes comme Abbeville, Doullens, Montdidier, Roye, Corbie, Bapaume, etc., s'étaient laissé prendre sans grandes difficultés et n'avaient pas eu à se plaindre ; mais d'autres, mieux tenues en main peut-être par les gouverneurs bourguignons, avaient refusé de se rendre et appelé Marie au secours. Elles surent alors ce que pesait la colère du roi de France : assauts, pillages, exécution des notables, expulsion des habitants et destruction de tout ou partie des villes coupables. Ce n'était plus l'Universelle Aragne tissant patiemment ses fils du fond de son cabinet, c'était Attila menant ses troupes à la curée. Arras, à demi détruite, fut vidée de ses habitants que l'on remplaça par de pauvres gens qui avaient eux aussi tout perdu.

– C'est là, conclut Commynes, qu'est intervenu le dissentiment entre le roi et moi. Je lui ai reproché ces grands excès si peu conformes à sa nature, et il m'a reproché d'être demeuré trop flamand et de nourrir de la sympathie pour ses ennemis. Voilà pourquoi vous me voyez sur la route de Poitiers avec, pour seule consolation, la pensée que je vais pouvoir aller saluer dame Hélène, ma belle épouse, dans sa cité de Thouars.

– Il est vrai que vous ne la voyez pas souvent. Est-il normal qu'une femme vive renfermée sur ses terres avec sa maisonnée tandis que son époux réside à la cour du souverain ? murmura Fiora songeuse. Il semble que vous n'alliez voir la vôtre que lorsque vous ne pouviez pas l'éviter ? Vous me faites l'effet de gens bien étranges, tous tant que vous êtes, Français et Bourguignons ! Chez nous, mari et femme vivent l'un près de l'autre jusqu'à ce que la mort les sépare. Et ne me dites pas que c'est là une vie bourgeoise : monseigneur Lorenzo et donna Clarissa, son épouse, s'ils ne sont pas toujours sous le même toit, demeurent au moins dans la même ville. Mais ici, le roi vit au Plessis et la reine à Amboise ; votre épouse vit à Thouars et vous auprès du roi, et...

Fiora s'était animée en parlant. L'ivoire pâle de son visage avait un peu rougi, cependant qu'une larme scintillait dans ses grands yeux gris. Et sa voix chaude faisait entendre une légère fêlure. Commynes la contempla un instant sans rien dire, se délectant au spectacle de sa beauté qui semblait aller vers la perfection comme une rose sur le point de s'épanouir. Elle était assise dans une haute chaire de chêne sculpté douillettement rembourrée de coussins de brocatelle d'un vert argenté qui mettaient des reflets d'eaux profondes sur la robe de moelleux « blanchet » brodée de menues feuilles de saule et de violettes pâles qui formaient guirlande autour des manches, du profond décolleté qu'une gorgerette de mousseline rendait plus modeste, et du bas de la robe. Ses beaux cheveux simplement tressés d'un ruban formaient une épaisse natte qui glissait contre son long cou gracieux et lui donnait l'air d'une toute jeune fille.

Dans ces simples atours, elle était plus éclatante que jamais. Pourtant, l'œil vif du sire d'Argenton croyait bien remarquer que, sous les amples plis veloutés retenus sous les seins par une large ceinture d'argent, le corps semblait s'être légèrement arrondi. Il la vit alors avec d'autres yeux : elle n'était plus seulement un être d'une exceptionnelle séduction et d'un courage peu commun, elle était aussi une femme rendue fragile par une future maternité qui ne savait sans doute pas grand-chose de l'homme qu'elle aimait; une femme qui avait, surtout, le plus grand mal à s'adapter à cette forme de vie séparée qu'imposent souvent la vie de cour et les exigences de la guerre. En Italie, la guerre était l'affaire des mercenaires : le prince qui avait su choisir les meilleurs et les plus nombreux avait de fortes chances de l'emporter. Les gens de Florence, comme les autres, payaient pour rester chez eux, quitte à s'y entre-tuer de temps en temps mais, quand un danger quelconque approchait des remparts, c'était toute la population qui se battait, les femmes au coude à coude avec les hommes. Fiora ne comprendrait jamais pourquoi le service d'un suzerain quelconque devrait la condamner à la solitude sur ses domaines.

Doucement, il prit l'une des jolies mains qui reposaient sur les genoux de la jeune femme, la plaça entre les siennes et acheva la phrase qu'elle avait laissée en suspens.

– ... et votre propre couple, plus séparé encore puisque votre époux sert la duchesse Marie et que vous-même êtes attachée à la France.

– Par mes amitiés, mes intérêts puisque le peu de fortune qui me reste se trouve en ce pays, enfin parce que je n'ai aucune raison de combattre le roi Louis qui a été bon pour moi.

– Mais vous attendez un enfant et votre dilemme n'en est que plus douloureux. Que puis-je faire pour vous aider, mon amie ?

Elle était devenue très rouge et les larmes qu'elle ne pouvait retenir glissaient sur ses joues.

– Vous qui savez toujours tout, pouvez-vous me dire où il est ? Depuis bientôt quatre mois que je l'ai quitté, je n'ai eu aucune nouvelle.

– J'aimerais pouvoir vous contenter, mais c'est difficile, même pour moi. Marie de Bourgogne et la duchesse veuve sont tenues par les Gantois en étroite surveillance dans leur palais du Coudenbergh, bien plus otages que souveraines, et nos espions n'ont aucun moyen de savoir ce qui se passe chez elles. Néanmoins, je peux vous dire que, si messire de Selongey est demeuré près d'elles jusque il y a peu, il semble qu'il ait récemment disparu.

– Disparu ?

– Ne l'entendez pas au mauvais sens, Madonna. J'entends qu'il n'est plus à Gand, et je pense que Madame Marie a dû le charger d'une mission, peut-être en Franche-Comté, plus vraisemblablement en Bourgogne où, paraît-il, la nouvelle de la mort du Téméraire n'a pas fait verser d'abondantes larmes. Il aurait alors à réchauffer cet enthousiasme défaillant.

– Autrement dit : il est en danger ! Mon Dieu !

– Calmez-vous, je vous en prie. Ce ne sont que des suppositions. La duchesse a pu aussi bien l'envoyer à son fiancé pour le prier de se hâter. Je vous le répète : nous ne savons rien. Ce que je peux vous promettre, c'est de vous faire parvenir des nouvelles dès que j'en aurai reçu.

– Croyez-vous qu'en Poitou vous en recevrez beaucoup ?

– Voilà que vous remuez le fer dans la plaie ! fit Commynes en riant. Mais soyez bien certaine que je garde, ici et là, quelques bons informateurs et que, de toute façon, je ne resterai pas longtemps à Poitiers. Je vais fort m'ennuyer de notre sire... mais lui s'ennuiera encore plus !

Léonarde, entrant pour annoncer que l'on allait servir, trouva les deux amis en train de rire, ce qui la rassura. Commynes, tout français qu'il était devenu, gardait un petit fumet bourguignon qui n'était pas sans l'inquiéter vaguement, mais au cours du repas qui suivit elle l'oublia. Commynes était toujours un convive aimable, joyeux et disert. Ce jour-là, comblé par un admirable saumon de Loire à la sauce au citron, suivi de boudins blancs à la chair de chapon et d'une succulente fricassée de gélinottes et de bartavelles aux champignons, le tout arrosé des jolis vins de Loire qu'Étienne Le Puellier élevait pieusement dans le cellier de la maison, il fut étincelant, étourdissant de bonne humeur. Fiora riait et Léonarde, heureuse de l'entendre rire, se montra pleine d'attentions pour le visiteur de passage.

Le lendemain, Commynes reprenait le chemin de son exil, laissant derrière lui une Fiora pleine d'espoir. En effet, peu désireuse de servir l'empire allemand, la haute noblesse bourguignonne commençait à regarder d'un œil adouci les mains chargées de présents que le roi Louis tendait vers elle. Les ralliements se succédaient, d'autant que le roi avait payé quelques-unes des rançons que les nobles prisonniers du dernier combat devaient verser au duc de Lorraine. Et, au moment de la quitter, Commynes avait murmuré :

– Le Grand Bâtard Antoine, lui-même, le frère préféré et le meilleur capitaine du défunt duc, songerait à se tourner vers nous. Votre époux ne pourra pas toujours jouer les irréductibles. Un jour, il fera comme les autres : il choisira la France.

Il ne pouvait rien lui dire de plus réconfortant. Si le Grand Bâtard pensait que la Bourgogne devait revenir dans le giron français et se souvenait que ses armes portaient les fleurs de lys, il entraînerait à sa suite ceux qui avaient pour lui estime et amitié. Philippe était de ceux-là. Il bouderait peut-être quelque temps encore. L'important était qu'il n'eût pas commis quelque action irréparable, et Fiora se souvenait trop bien d'avoir réussi, de justesse, à lui éviter l'échafaud pour avoir tenté d'abattre le roi Louis [1]. Évidemment, s'il avait choisi de suivre en Allemagne la duchesse Marie, il était possible qu'il ne revienne pas avant longtemps.

Cette idée, Fiora la repoussait de toutes ses forces. Elle devait garder l'esprit clair et plein d'espérance pour que son enfant hérite à travers elle de ces heureuses dispositions. Après la naissance, peut-être pourrait-on se mettre à la recherche de Philippe. Le roi serait probablement revenu de ses campagnes, son aide serait précieuse. L'enfant ferait le reste.

Peu de temps après la visite de Commynes, un nouveau voyageur vint frapper à la porte du manoir. C'était, venant de Paris, le jeune Florent, l'apprenti banquier d'Agnolo Nardi [2]. Il arriva par un soir de pluie, trempé comme un barbet en dépit du gros manteau à capuche qui l'emballait et s'étalait sur la croupe d'un cheval tout aussi mouillé, mais ses yeux brillaient comme des chandelles et il rayonnait la joie par tous les traits de son visage.

Florent apportait, avec une longue lettre d'Agnolo emplie de détails financiers et d'affection, toute la chaleur amicale des habitants de la rue des Lombards et une bourse assez ronde qui contenait les intérêts de Fiora dans les affaires de l'ancienne maison Beltrami. Fiora s'étonna que l'on eût confié une telle somme à un tout jeune homme lancé au hasard des grands chemins, mais celui-ci

1. Voir *Fiora et le Téméraire*.
2. *Id.*

ne fit que rire de ses craintes rétrospectives : grâce à Dieu, la police du roi Louis était bien faite et les routes de France où couraient à présent les chevaucheurs de la poste royale aussi sûres qu'il était possible.

– Dans ce cas, pourquoi n'avoir pas remis tout ceci à la poste ? demanda malicieusement Fiora, renseignée depuis longtemps sur la nature des sentiments que lui portait le jeune homme. Je suis confuse que vous ayez pris toute cette peine, Florent. Ce long chemin, et par ce temps...

– D'autant, fit Léonarde en écho, que la belle saison n'est pas pour demain. Les gens de par ici prévoient une assez longue période de pluie. Le retour ne sera pas plus agréable.

Occupé à se brûler héroïquement avec l'écuelle de vin aux herbes bouillant dont l'avait gratifié Péronnelle tandis que son manteau fumait devant le feu de la cuisine, Florent sortit du récipient des joues rouges et vernies comme une pomme d'api et un regard d'épagneul amoureux.

– Avec votre permission, donna Fiora... je ne repartirai pas. Je suis venu pour rester, et maître Nardi le sait !

– Vous voulez rester ici ? Mais, Florent, pour quoi faire ? Je n'ai pas besoin d'un secrétaire !

– Pour être votre jardinier. Vous savez que je n'ai jamais eu le goût des écritures et que, chez maître Nardi, je m'occupais beaucoup plus de fleurs et de légumes que de comptes et de lettres de change.

– Mais votre père ? Il voulait que vous deveniez banquier. Il doit être furieux.

– Il l'a été, dit Florent joyeusement en secouant sa tignasse couleur poussin qui, en séchant, se mettait à ressembler à un petit toit de paille, mais ma mère a pris ma défense. Que je veuille soigner le jardin d'une grande dame lui convient tout à fait. D'autant que mon frère cadet, qui n'aime que la finance, s'est déjà précipité pour prendre ma place. Je suis donc libre de vous servir.

– Vous ne manquez pas de toupet, mon garçon, intervint Léonarde qui faisait de gros efforts pour être sévère. Il ne vous vient pas à l'idée que nous n'avons aucun besoin de vous ?

Les yeux d'épagneul se remplirent de larmes.

– On a toujours besoin d'un bon jardinier dans un domaine, et le vôtre me semble beau. Oh, je vous en supplie, donna Fiora, ne me renvoyez pas ! Laissez-moi rester ici, auprès de vous. Je ferai ce que vous voulez... même le plus gros ouvrage, le plus dur. Je ne tiendrai pas beaucoup de place : un peu de paille dans l'écurie et un peu de soupe. Je ne vous coûterai rien.

– Là n'est pas la question, dit Fiora. Ce qui compte, c'est que je n'ai pas beaucoup d'avenir à vous offrir.

– Un avenir où vous ne serez pas n'offre aucun intérêt pour moi. De toute façon, ajouta-t-il têtu, je ne m'éloignerai pas. Même si vous ne voulez pas de moi, je resterai dans ce pays. Je trouverai bien à me louer quelque part. Je suis jeune et solide.

Tandis que Fiora, émue, interrogeait Léonarde du regard, Étienne, qui, assis dans la cheminée, faisait sécher ses houseaux et ses brodequins en mâchonnant un morceau de saucisse sèche, toussota comme il le faisait toujours dans les rares occasions où il prenait la parole, et déclara :

– Le travail ne manque pas ici. J'ai fort à faire avec la ferme et je m'arrangerais bien d'un aide... surtout pour le jardin qui est vaste !

Ayant dit, il retourna à sa saucisse et à son silence, laissant les femmes démêler le problème comme elles l'entendraient. Pour Péronnelle, d'ailleurs, la cause était entendue. Puisque son seigneur et maître était pour que le garçon reste, elle l'adoptait sans plus de façons.

– On pourrait l'installer dans une soupente ? fit-elle. Ce ne serait pas mauvaise chose qu'un homme dans la maison, puisque Étienne s'est installé dans les communs avec les chiens pour mieux veiller aux rôdeurs.

Florent la regarda comme si elle était sa mère. Elle

s'occupait d'ailleurs à le nourrir, étalant sur la longue table de la cuisine un chanteau de pain fraîchement cuit, un jambon entamé, une écuelle de soupe aux choux agrémentée de belles tranches de lard, un grand pot de rillettes, des fromages de chèvre, un pot de confiture de fraises, une petite motte de beurre et un pichet de vin frais. Après quoi elle se tourna vers Fiora, l'œil interrogateur :

– Alors, que faisons-nous, not' dame ? On l'adopte, ou on le rejette dans les ténèbres extérieures, là où tout n'est « que pleurs et grincements de dents » ?

– Ma foi, j'aurais mauvaise grâce à vous contrarier si vous le prenez sous votre aile, dit Fiora en riant. Soyez donc le bienvenu, Florent ! J'espère que vous serez heureux ici et que vous ne regretterez jamais d'avoir quitté maître Nardi.

– N'ayez crainte ! fit-il radieux. Grand merci, donna Fiora. Vous ne regretterez jamais de m'avoir pris à votre service.

– Mon service est un grand mot. Disons que vous figurez désormais parmi ceux qui font vivre cette maison afin qu'elle soit un foyer doux et chaleureux, un cocon douillet et bien protégé pour le petit enfant qui va venir.

– Vous attendez ?...

La cuillère en arrêt au-dessus de l'écuelle, Florent permit à son regard de considérer la taille de la jeune femme. Il devint très rouge et resta la bouche ouverte, sans plus savoir que dire.

– Eh oui ! dit Fiora en souriant. Je serai mère en septembre. Cela change-t-il quelque chose à vos intentions ? Je ne sais quand je reverrai mon époux, le comte de Selongey... ni même si je le reverrai un jour, car j'ai peur qu'il ne soit en péril, mais je suis sa femme, rien que sa femme, et aucun homme, jamais, ne pourra prendre dans mon cœur la place qui est la sienne, ajouta-t-elle gravement. Chacun ici le sait et j'entends que vous le sachiez aussi. Avez-vous toujours envie de rester près de nous ?

Laissant tomber sa cuillère, Florent se leva et planta son regard bleu dans celui de la jeune femme :

– Si je me suis voué à vous, donna Fiora, je n'ai pourtant jamais osé espérer autre chose qu'un sourire ou un mot d'amitié. Je souhaitais veiller sur vous, mais soyez certaine que je veillerai sur l'enfant avec autant de soin et de dévouement que sur sa mère.

Trouvant sans doute que l'on s'attendrissait beaucoup, Léonarde pesa des deux mains sur les épaules du garçon pour l'obliger à se rasseoir.

– Voilà qui est dit et bien dit ! fit-elle. A présent mangez votre soupe, mon ami. Vous l'avez méritée et la soupe aux choux froide, cela ne vaut rien. Le lard fige !

– Si nous soupions avec lui ? proposa Fiora. Je me sens une petite faim et il doit avoir tant de choses à nous raconter !

Un instant plus tard, tous les habitants de la cuisine étaient installés autour de Florent, mangeant et buvant avec entrain, tandis que le nouveau venu donnait, entre deux bouchées, des nouvelles de Paris en général et des Nardi en particulier. Il avait aussi maintes questions à poser, car plus d'une année s'était écoulée depuis que, renvoyé de Nancy en compagnie de Douglas Mortimer [1], il avait quitté Fiora et Léonarde gardées en otages par le duc de Bourgogne. Fiora laissa Léonarde lui répondre, sachant que celle-ci, avec sa prudence et sa discrétion habituelles, dirait juste ce que leur entourage pouvait entendre et rien de plus.

– Si je comprends bien, dit Florent quand elle eut fini, vous avez été en guerre pendant toute cette année ?

– Eh oui ! Si l'on m'avait dit jadis, quand je tenais à Florence la maison de ser Francesco, que j'aurais un jour des souvenirs militaires, j'aurais ri. Et pourtant, vous voyez, nous en sommes sorties vivantes !

On se sépara sur cette conclusion optimiste. Florent tombait de sommeil après sa longue course et gagna avec

1. Voir *Fiora et le Téméraire*.

gratitude la chambrette que Péronnelle lui avait préparée auprès de son propre logis. La pluie ayant momentanément cessé, Étienne alla faire une ronde avec ses chiens avant de rejoindre son lit, tandis que sa femme couvrait de cendre les braises des cheminées qui, ainsi, reprendraient facilement vie au matin. La maison, comme un poing solide et amical, se refermait sur ce nouvel hôte à la satisfaction générale.

– J'ai un peu honte, dit Fiora tandis que Léonarde l'aidait à se déshabiller pour la nuit, d'accepter que ce petit Florent se voue ainsi à mon service. Il aurait été plus heureux et plus riche s'il ne m'avait jamais rencontrée.

– Heureux, derrière un comptoir ? Souvenez-vous, mon agneau, il passait tout son temps dans le jardin de dame Agnelle. Il ne fait jamais que changer de jardin. Et je vous avoue que sa présence sous ce toit me paraît tout à fait réconfortante. Rien ne vaut un dévouement sincère pour vivre en paix.

Ce soir-là, Fiora s'endormit avec plus de confiance et de joie qu'elle n'en avait éprouvé depuis longtemps, bercée par le crépitement léger de la pluie que le vent d'ouest projetait sur les fenêtres de sa chambre. L'arrivée de Florent lui semblait de bon augure car la simplicité de cœur du jeune homme était de celles qui font naître autour d'eux, sinon le bonheur, du moins cette sorte de contentement intime qui y ressemble un peu. Les deux mains de la jeune femme étaient posées sur son ventre, comme elle avait coutume de le faire pour se sentir plus proche encore de cette petite vie qui palpitait en elle et pour la mieux protéger contre ce qui pouvait tenter de l'atteindre. Tout était bien en cette nuit de printemps qui venait d'amener un ami...

Dès le lendemain, Florent, tôt levé, prit sa place parmi les us et coutumes du manoir comme s'il y avait vu le jour. En attendant qu'Étienne l'emmène faire le tour du propriétaire, il alla chercher de l'eau pour Péronnelle et renouvela, pour toute la maison, la provision de bois à brûler. Une entente s'était aussitôt établie entre lui et la brave femme qui, au fil des jours, se plut à imaginer qu'un fils, un peu grand peut-être, lui avait été envoyé comme un cadeau du ciel. Quant à Étienne le silencieux, l'ardeur au travail du jeune Parisien, son amour pour la terre, ses plantes et ses animaux eurent tôt fait de conquérir son estime. Il eut plaisir à en faire son compagnon de tous les instants.

Fiora ne le voyait pas beaucoup. Dès le premier jour, Florent mit beaucoup de discrétion dans ses rapports avec la jeune châtelaine, se contentant de l'apercevoir allant et venant dans la propriété et d'échanger quelques mots avec elle lorsqu'elle descendait au jardin. Et Léonarde, qui avait craint un instant de rencontrer sans cesse et à tous les coins de la maison son visage extasié d'amour, lui sut gré d'une conduite aussi sage. Puis il fallut bien admettre que l'ancien apprenti banquier était, en matière de jardinage, une sorte de petit génie : à mesure qu'il leur prodiguait ses soins, les plates-bandes se chargeaient de couleurs et de parfums jusqu'à en déborder. Jamais on n'avait vu si grosses giroflées ni si odorantes, iris et pivoines si florifères. Florent, en courant les environs pour essayer de se procurer de nouvelles plantes, s'était lié d'amitié avec le jardinier du château du Plessis qui lui prodiguait conseils et boutures avec une générosité toute royale. Quand vinrent les longues soirées du début de l'été, Florent, en voyant Fiora et Léonarde s'attarder sur un vieux banc de pierre pour y respirer l'odeur de « ses » roses, de « son » chèvrefeuille et de « son » jasmin, se sentit payé de ses peines et remercia d'un cœur sincère le Seigneur Dieu de lui permettre d'entourer celle qui était à jamais son étoile de toute la magnificence de sa Création...

Ainsi allait la vie dans la maison aux pervenches, infiniment douce et calme, bien loin du vacarme et des fureurs de la guerre, et sans que personne imaginât qu'au même moment se jouait un de ces drames comme se plaît à en susciter la folie des hommes. Fiora préparait tendrement l'enfant de Philippe, sans imaginer un seul instant qu'à Dijon ce même Philippe allait bientôt monter sur ce vieil échafaud du Morimont qui avait vu mourir Jean et Marie de Brévailles. Les flots irisés de la Loire et l'épaisseur fraîche des forêts l'enfermaient à la manière d'un anneau magique sur lequel venaient se briser les bruits lointains du siècle.

CHAPITRE III

LE PRISONNIER

A mesure qu'approchait le temps de sa délivrance, Fiora, loin de s'abandonner aux joies du repos et aux douceurs des coussins moelleux, faisait preuve d'un surcroît d'activité. Elle ne tenait pas en place, pour la plus grande frayeur de Léonarde et de Péronnelle qui craignaient à chaque instant un accident dès qu'elles la voyaient trotter dans le jardin et dans le bois, grimper sur sa mule pour aller faire oraison au prieuré de Saint-Côme ou ramasser les œufs à la ferme. Mais il y avait en elle une allégresse qui la poussait en avant. Il lui semblait que plus elle se montrerait forte et plus son enfant serait vigoureux et bien portant.

C'est ainsi que, le vingt-cinquième jour du mois d'août qui était la Saint-Louis, fête patronale du roi de France, elle décida Léonarde à l'accompagner à Tours, pour voir la ville sous ses plus beaux atours et prier, une dernière fois, au tombeau du grand saint Martin. Elle y était déjà venue plusieurs fois et en avait retiré un si grand bien, une telle paix de l'âme qu'elle voulait y puiser une énergie supplémentaire pour l'épreuve qui allait venir.

Léonarde se fit un peu tirer l'oreille. Dans une semaine peut-être l'enfant s'annoncerait, et il n'était guère prudent de s'aventurer dans les remous d'une ville en fête, mais Fiora était si fermement attachée à son idée qu'il fut impossible de l'y faire renoncer. En outre, Florent trancha la question en disant que l'on mettrait une selle de femme [1] bien rembourrée sur la plus douce de leurs mules et que, de toute façon, il escorterait ces dames pour les protéger s'il y avait trop grande foule sur les parvis et dans les rues.

Il faisait ce jour-là un temps délicieux, d'une grande douceur, et bien agréable après les fortes chaleurs qui, durant une quinzaine, avaient pesé sur la région, obligeant Florent à une intense activité pour garder à son jardin vie et fraîcheur. Le ciel était d'un bleu profond, semé de petits nuages blancs qui ressemblaient à des agneaux, et toute la nature, lavée à grande eau par la grosse pluie qui avait suivi un vigoureux orage, resplendissait de verdure et de fleurs comme si elle était dans sa plus verte nouveauté.

Tandis qu'il l'aidait à prendre place dans le petit siège fixé au bât de la mule, Florent pensa que Fiora, en dépit de sa taille déformée, était plus belle que jamais. Sa robe de toile fine et son voile fixé à une haute coiffure en forme de croissant étaient du bleu tendre des fleurs de lin qui se reflétait dans ses yeux et faisait chanter son teint délicat. Aucune marque disgracieuse ne déparait son visage et le cerne de ses paupières n'était qu'un charme de plus. Et le brave garçon, dans la simplicité de son cœur, se demandait comment un homme ayant eu l'incroyable chance de la tenir dans ses bras, de baiser ces douces lèvres et de noyer ses mains dans cette chevelure soyeuse pouvait ensuite accepter de vivre, ne fût-ce qu'un seul jour, loin de tant de grâce. Il fallait que ce comte de Selongey fût un rude imbécile, et, pour sa part, Florent espérait bien qu'on ne le reverrait jamais.

On pénétra dans Tours par la porte de La Riche, la plus voisine du manoir, et tout de suite on fut sous le charme. En dépit de l'absence du roi que l'on ne reverrait peut-être pas

1. La monte en amazone n'étant pas encore inventée – c'est Catherine de Médicis qui en est l'auteur –, les femmes voyageaient sur une sorte de siège à dossier où elles étaient assises comme dans un cacolet.

avant l'automne, la ville s'était parée comme une mariée. On avait mis aux fenêtres les plus beaux draps, les plus belles tentures, et on les avait piqués de toutes les fleurs des jardins. Bien que l'on fût vendredi, chacun arborait ses habits du dimanche. Néanmoins, et parce que c'était le jour du marché, les boutiques étaient ouvertes. Entre deux offices, chacun, ce matin-là, vaquait à ses occupations.

Autour de l'antique basilique Saint-Martin, de son cloître et de ses tours romanes, l'animation était grande car c'était l'un des plus importants lieux de pèlerinage en Europe. Il y avait plus de mille ans que, sur les bords de la Loire et en ce lieu même, le corps de Martin, soldat romain devenu évêque et confesseur par amour pour ses frères humains, de Martin, l'homme du manteau partagé un jour de neige, attirait les foules venues de tous les horizons. On disait que le saint avait ressuscité trois morts et rendu la santé à des milliers de malades incurables. Des lépreux, des infirmes, des déments que l'on appelait des lunatiques, et même des possédés avaient été délivrés de leurs maux et purifiés au simple contact de son tombeau. Aussi les pèlerins venaient-ils toujours nombreux vers cette espérance qui était, en outre, une étape majeure sur le « chemin des Étoiles », la longue route qui, des pays nordiques, menait jusqu'à Compostelle de Galice.

L'église actuelle était la quatrième bâtie au-dessus du sépulcre depuis la mort de Martin survenue vers l'an 400. Il y avait eu d'abord un modeste oratoire de bois, puis une chapelle qui avait péri dans un incendie, sans d'ailleurs que la sainte sépulture fût atteinte. L'évêque Henri de Buzançais, après les terreurs de l'an mil, avait élevé une basilique mais elle avait eu quelques malheurs et il avait fallu rebâtir entre le XIe et le XIIIe siècle, au point d'avoir presque construit une nouvelle église sur laquelle le roi Louis et ses largesses veillaient puissamment. Il en assurait l'entretien, et il ne se passait guère d'année qu'il ne fît un don, bien que le plus fort de sa dévotion allât à Notre-Dame de Cléry [1].

1. Où il est enterré.

Comme d'habitude, l'église était pleine quand Fiora et Léonarde, laissant Florent garder leurs montures, s'efforcèrent d'y pénétrer. Des hommes, des femmes, des vieillards, des enfants, pèlerins de passage ou malades pour la plupart, s'y pressaient sans brutalité, attendant même assez sagement leur tour d'approcher le tombeau par le déambulatoire qui entourait le chœur. Tous chantaient les louanges de Dieu et la gloire du grand saint Martin tandis que des moines faisaient de leur mieux pour les canaliser et, surtout, convaincre ceux qui étaient arrivés au but de laisser leur place aux autres. Certains, en effet, se cramponnaient aux grilles dorées, prétendant demeurer là jusqu'à ce que leur vœu soit exaucé et suppliant qu'on voulût bien les y laisser. Pourtant, l'ère des grands pèlerinages était passée. Le siècle était d'une foi moins exaltée et l'on ne partait plus aussi souvent pour Rome, plus rarement encore pour Jérusalem. Seule, Compostelle de Galice continuait à entraîner des foules sur les nombreux sentiers qui étoilaient l'Europe, mais les grands départs de Pâques étaient déjà loin en ce mois d'août. Saint-Martin de Tours, comme Le Puy, Conques, le mont Saint-Michel-au-péril-de-la-mer et plusieurs grands centres de piété, gardait pourtant de très nombreux fidèles, ceux qu'une ou même deux centaines de lieues n'effrayaient pas.

Voyant tant de monde, Léonarde voulut ramener Fiora pour lui éviter une trop longue attente debout, mais la jeune femme résista. Elle avait décidé qu'aujourd'hui elle irait demander la protection du saint et aucune force humaine ne l'empêcherait de prendre sa place dans la file d'attente. D'ailleurs, s'apercevant de son état, une dame pèlerine et un vieux moine qui dirigeaient un groupe de fidèles venus de Normandie s'employèrent à lui faire place et elle put approcher la châsse qui, pareille à un soleil, irradiait le chœur du vénérable sanctuaire. Les centaines de cierges qui l'entouraient allumaient des éclairs sur le revêtement d'or et d'argent et dans les profondeurs des pierres précieuses de diverses couleurs qui y étaient enchâssées.

Fiora s'agenouilla près du tombeau, tendit la main à travers la grille pour atteindre l'une des plaques d'or ciselé. Ses doigts rencontrèrent une grosse topaze lisse qu'ils caressèrent. En même temps, elle adressait à l'habitant du précieux sarcophage une fervente prière, la plus ardente peut-être qu'elle eût formulée depuis longtemps. Certes, la foi perdue pendant des mois lui était revenue avec la certitude d'être seule dans le cœur de Philippe, mais elle n'avait jamais pu atteindre le degré de dévotion, confiante et pleine de certitudes, qui était celui de Léonarde. Pour la vieille fille, il n'y avait qu'une seule solution aux problèmes qu'elle ne pouvait vaincre par elle-même : le recours à Dieu, à la Vierge ou au saint le plus apte, de par sa spécialité, à l'exaucer. Ce jour-là, et parce qu'elle priait pour son enfant, Fiora pria de toute son âme.

En quittant l'église, elle se sentit plus sereine. Le bébé pouvait venir au monde. Elle l'avait confié à saint Martin et elle était à présent certaine qu'il serait beau, fort et pur de tout mal. Aussi fit-elle largement aumône aux mendiants qui sollicitaient sa charité, heureuse d'entendre les bénédictions dont ils la couvraient et les vœux qu'ils formaient pour sa maternité.

Au bras de Léonarde, elle s'attarda un instant à suivre les évolutions d'un baladin qui voltigeait sur une corde tendue entre deux piquets. Le garçon était jeune, souple, souriant et, dans son costume bariolé, il ressemblait à une flamme voletant dans l'air par la volonté d'un invisible magicien.

– Si vous voulez faire des achats, il faut nous hâter un peu, conseilla Léonarde. Allons rejoindre Florent.

En s'approchant de l'endroit où l'on avait laissé les mules, les deux femmes virent que le jeune homme était en train de causer avec un étranger. Ceux-ci n'étaient pas rares à Tours, comme dans les autres lieux saints, mais l'interlocuteur de Florent présentait un aspect assez particulier pour attirer l'attention. Long, maigre et même osseux, son visage en lame de couteau montrait un teint bronzé et des yeux noirs de Méditerranéen. Son costume était celui d'un marchand aisé, mais il avait certaine façon de porter machinalement la main à sa ceinture, comme s'il y cherchait le pommeau d'une épée, qui frappa Fiora.

En les voyant approcher, il salua profondément les deux femmes, adressa un au revoir désinvolte, du bout des doigts, à Florent, puis se perdit dans la foule.

– Qui est cet homme ? demanda la jeune femme.

– Un marchand. Il est venu acheter ici des soieries, mais ce qui est amusant, c'est qu'il est de vos compatriotes, donna Fiora.

– C'est un Florentin ? Il me semble que si je l'avais déjà vu je m'en souviendrais !

– Non. Il n'est pas de Florence mais d'une autre ville dont j'ai oublié le nom. Ne me demandez pas non plus le sien, je l'ai mal compris et serais incapable de vous le répéter...

– C'est intéressant, fit Léonarde goguenarde. Pouvez-vous au moins nous dire ce qu'il voulait ?

– Oui. Il a remarqué la beauté de nos mules et souhaitait en acheter une pour remplacer celle que la maladie vient de lui enlever. Vous pensez bien que j'ai refusé sans lui laisser le moindre espoir. C'est pourquoi il s'est éloigné en vous voyant approcher, afin sans doute de ne pas être importun.

– Ce qui suppose une grande délicatesse, fit Léonarde. C'est curieux, mais je trouve qu'il n'a pas une tête à cultiver de tels scrupules.

Fiora, elle, ne dit rien. Elle n'avait pas aimé le regard que l'inconnu avait posé sur elle. Il ne ressemblait en rien à ceux auxquels l'avaient habituée les autres hommes. Aucune admiration là-dedans, aucune douceur, mais une cruauté froide jointe à une expression triomphante qui lui avait fait froid dans le dos. C'était comme si, sortant d'un lieu de lumière, elle s'était trouvée soudain en face d'un abîme au fond duquel rampaient des bêtes imprécises.

– Vous êtes toute pâle! remarqua Léonarde tout de suite inquiète. Voulez-vous que nous rentrions?

– Non, non, cela va très bien! Je ne veux pas repartir sans avoir fait mes emplettes.

L'impression pénible disparaissait d'ailleurs dans la chaude lumière du soleil et dans la gaieté générale. Les cloches déversaient sur la ville un carillon plein d'allégresse et Fiora adorait le son des cloches : elle attribua vite ce qu'elle venait d'éprouver à un surcroît de nervosité dû à sa grossesse, et ce fut assez joyeusement que l'on reprit les mules pour parcourir la Grand-Rue qui traversait la ville d'est en ouest sur toute sa longueur, de la porte Billault ou porte d'Orléans à la porte de La Riche.

Le spectacle de la rue, même lorsqu'il ne s'agissait pas d'un jour de fête, était toujours distrayant. Un peu partout, on abattait les plus vieilles bâtisses pour en construire de nouvelles, et il n'était pas rare de voir une belle maison à colombages et à pignon flambant neuve, avec son magasin ouvert au rez-de-chaussée et son jardin sur l'arrière, voisinant avec un terrain encore vague ou une masure qui n'avait pas encore reçu le coup de pioche des démolisseurs. Le roi Louis, qui aimait cette ville beaucoup plus que sa capitale, ne cessait de s'en occuper : il la voulait riche, puissante, superbe et mieux construite que n'importe quelle autre. C'est lui encore qui avait établi à Tours des fabriques d'étoffes de soie, de draps d'or et d'argent dont la réputation commençait à s'étendre au-delà des frontières, et les divers ports établis sur la Loire, au bas des hautes murailles qui encerclaient la ville, jouissaient d'une incessante activité. Car la soie brute dont Florence était naguère l'unique fournisseur, les navires français allaient à présent la chercher jusqu'en Orient. Et les bourgeois de Tours, qui, dans les débuts, s'étaient insurgés contre la présence d'ouvriers venus d'au-delà des Alpes, avaient fini par comprendre qu'une fois de plus leur roi avait eu raison et que sa vision à long terme lui avait toujours permis de devancer les événements et de produire de la richesse.

Pour sa part, Fiora, oubliant que ce commerce concurrençait la cité de son enfance, aimait à se rendre chez maître Guin de Bordes qui passait pour fournir les plus beaux taffetas, surtout cette faille épaisse que l'on commençait à appeler le « gros » de Tours. La boutique, avec ses boiseries sombres admirablement cirées et ses armoires débordantes de merveilles, lui plaisait par son élégance, et Fiora y retrouvait un ton de bonne compagnie et une courtoisie qui lui rappelaient ceux des magasins d'autrefois.

Elle avait envie d'une robe neuve, comme il arrive en général quand on a vécu plusieurs mois avec une taille déformée, et acheta quelques aunes d'un taffetas d'un beau rouge corail, puis choisit du velours couleur de prune pour Léonarde et un joli drap fin d'un bleu chaud qu'elle destinait à Péronnelle. Florent chargea le tout sur sa propre mule, puis l'on se dirigea vers le Carroi-aux-Herbes, proche du château, et qui commandait l'immense pont étendu sur la Loire et ses îles jusqu'au faubourg de Saint-Symphorien. Il y avait là certaine auberge célèbre pour ses pâtés de brochet et Fiora, comme cela lui arrivait fréquemment depuis qu'elle était enceinte, mourait de faim. On s'installa donc sous une treille attenante à l'auberge pour y réparer les forces de la future mère.

L'endroit était charmant, un peu en retrait de la rue qui, prolongeant le pont aux vingt-cinq arches, était toujours très animée. A travers les pampres déjà mûrissants de la vigne, on apercevait les poivrières bleues, les girouettes dorées du château, et la flèche de la chapelle où Louis XI avait épousé Charlotte de Savoie et où ses parents, Charles VII et Marie d'Anjou, s'étaient mariés. Ces événements n'avaient pas suffi à attacher le roi à cette bastille élégante, et il lui avait préféré le Plessis.

Après avoir dégusté leur pâté arrosé d'un excellent vin de Vouvray, les trois compagnons s'accordèrent un moment de détente en grignotant des prunes confites. La verdure où ils s'abritaient les protégeait du soleil qui chauffait les toits des maisons et illuminait le Carroi, mais c'était une chaleur normale pour la saison et non la canicule dont on avait eu à souffrir. Fiora et Léonarde se sentaient fondre dans cette sensation de bien-être qui en général débouche sur le sommeil.

– Est-ce que nous ne devrions pas rentrer ? dit la seconde. Ce n'est guère un endroit pour faire la méridienne !

– On est si bien ! plaida Fiora. Encore un petit moment.

Au prix de sa vie, elle eût été incapable de dire pourquoi elle tenait à s'attarder. Peut-être à cause de cette paix profonde, totale qui la baignait, une paix d'autant plus précieuse quand on devine obscurément qu'elle ne va pas durer, qu'il va se passer quelque chose et que le combat va reprendre bientôt. Évidemment, elle n'imaginait pas que ce combat pût être autre que celui de l'accouchement et pourtant...

La quiétude dans laquelle la ville entière semblait s'être assoupie vola soudain en éclats. Il y eut des cris que l'on ne comprit pas, des bruits divers et le claquement de centaines de pieds qui couraient sur le pavé de la rue. L'aubergiste sortit sur sa porte pour demander ce qui se passait et vit que tout ce monde galopait vers le pont. Quelqu'un brailla :

– Un prisonnier ! On amène un prisonnier dans une cage ! Il est sur le pont !

Aussitôt Fiora fut debout, mue par une force intérieure qu'elle ne pouvait contrôler.

– Allons voir !

– Vous êtes folle ? protesta Léonarde. Qu'avez-vous besoin d'aller contempler un malheureux ?

– Je ne sais pas, mais il faut que j'y aille. Pour qu'on l'ait mis en cage, il faut que ce soit un captif d'importance.

– C'est insensé ! Cela n'est bon ni pour vous ni pour l'enfant. Aidez-moi donc, vous ! ajouta-t-elle à l'adresse de Florent qui s'était levé aussi et regardait la jeune femme avec inquiétude.

Mais celui-ci hocha la tête sans répondre. Il connaissait assez Fiora pour savoir que, lorsqu'elle plissait le front et serrait les lèvres, il était impossible de la faire revenir sur la décision qu'elle venait de prendre. Cette fois, elle se contenta de tourner les yeux vers son jardinier.

– Venez avec moi, Florent ! dit-elle. Vous devriez suffire à me protéger de la foule. Dame Léonarde nous attendra ici !

– Il ferait beau voir ! protesta celle-ci. Je commence à être fatiguée de vous répéter que là où vous allez je vais aussi. J'exige tout de même que nous prenions les mules. Aller à pied serait de la démence. Mais je continue à soutenir qu'un tel spectacle n'est pas fait pour une femme près de son terme... ni d'ailleurs pour aucune femme !

Un instant plus tard, juchée sur sa mule que guidait Florent – il avait jugé plus prudent de laisser la sienne à l'auberge avec leurs achats – Fiora avançait avec peine au milieu du rassemblement qui s'était formé dès les premiers cris et qui se bousculait pour franchir la porte Saint-Genest ouvrant directement sur le pont. Le flot s'écoulait lentement car, à cet endroit, le Carroi-aux-Herbes, séparé du château par un profond fossé alimenté par la Loire, se rétrécissait. Bientôt, il ne s'écoula plus du tout. Découragé, Florent se tourna vers Fiora. Fiora qui donnait des signes d'impatience.

– Nous ferions mieux d'attendre ici ! Ce prisonnier ne va pas rester sur le pont. Il va sûrement entrer en ville. Nous le verrons au passage.

Avant que la jeune femme ait pu répondre, il interpella l'un des soldats qui gardaient le pont-levis du château.

– Savez-vous où l'on conduit l'homme qui arrive ?

– Au château de Loches, peut-être... à moins que ce ne soit au Plessis... ou alors chez quelque notable!

– Chez un notable? Pour quoi faire?

– Mais pour qu'il le garde! C'est un signe particulier de la bienveillance de notre sire que confier un prisonnier à quelqu'un qu'il tient en estime, répondit l'homme amusé par la mine ahurie du jeune homme, qui d'ailleurs ne s'estimait pas satisfait et tenait à aller au fond des choses :

– Il faut qu'il ait une bien grande porte, votre notable, si l'on rentre la cage avec son occupant?

– C'est bien plus simple que ça, expliqua l'autre imperturbable, on démolit un pan de mur et on le reconstruit ensuite. On prévient les maçons à l'avance. Vous vouliez traverser le pont? ajouta-t-il en coulant un œil admiratif vers Fiora. La jeune dame habite peut-être Saint-Symphorien?

– Non pas! Nous voulions seulement voir le cortège. Nous habitons au Plessis, ajouta-t-il d'un air négligent.

– Alors restez près de moi. Vous ne pouvez le manquer. D'ailleurs, voilà la foule qui reflue.

Galamment et après avoir, d'un clin d'œil, pris l'avis de l'autre sentinelle, il fit garer les deux mules sur le pont-levis du château, ce qui assurait aux deux femmes un emplacement rêvé à l'abri de la bousculade. Il était temps. Tous ceux qui n'avaient pu franchir la porte dont la haute ogive se découpait sur le ciel fulgurant étaient repoussés en arrière par une force contre laquelle ils ne pouvaient rien, alors que ceux qui étaient sur le pont ne pouvaient plus revenir sur leurs pas, le cortège du prisonnier leur coupant la retraite. Certains étaient tombés à l'eau, sans doute, car on avait entendu des cris et des « plouf » retentissants. Fiora sentit que son cœur se serrait, elle craignait éperdument que ce prisonnier de marque ne fût son époux. Cela tenait à certains bruits qui venaient jusqu'à elle :

– Paraît que c'est un rebelle bourguignon! Il s'est battu

contre notre roi ! L'un des hommes de ce maudit Téméraire !

Des bruits venus de n'importe où, des cris poussés par des gens qui au fond ne savaient rien, des injures stupides, gratuites et trop faciles en face d'un homme réduit à l'impuissance. Enfin, sous l'arche en fer de lance, la cage apparut, dominant la houle des têtes. Cahotant sur les cailloux du fleuve qui pavaient la rue, une sorte de plate-forme grossière s'avançait avec difficulté au milieu d'un groupe de cavaliers, la lance au poing, et, sur cette espèce de plateau, il y avait une cage assez haute pour qu'un homme pût s'y tenir debout, une cage faite de grosses lattes de bois armées de coins en fer dans laquelle un homme, accablé peut-être par la chaleur du soleil dont rien ne le protégeait, était assis.

On ne pouvait voir son visage, car sa tête était cachée dans ses bras posés sur ses genoux, peut-être pour donner moins de prise aux projectiles de toute sorte que lui lançait la populace avec des cris de mort. Cet homme était un de ces Bourguignons contre lesquels il avait fallu combattre durant près d'un siècle et, même au pays de la douceur de vivre, on avait la rancune tenace. A mesure que le char avançait, la foule hurlait plus fort et les gardes durent faire usage de leurs lances pour la tenir à distance. Sans cela, elle eût peut-être, sans rien savoir de ce captif, pris la cage d'assaut.

Un soupir de soulagement dégonfla la poitrine de Fiora. Philippe était brun et les cheveux de celui-là, bien que fort sales, étaient d'un blond de blé. Le dégoût lui serra la gorge. De tout son cœur, elle détesta ces gens, si aimables et si paisibles en temps normal, et que la seule vue d'un inconnu dont on leur disait qu'il était un ennemi suffisait à changer en une horde de loups. Elle regardait cette scène cruelle sans parvenir à en détacher son regard, et une immense pitié se levait en elle pour ce malheureux qui devait souffrir mille morts par ce jour d'été et sans une goutte d'eau à boire. Son regard vrilla Florent :

– Va me chercher une pinte de vin frais à l'auberge!

Le ton était de ceux auxquels on ne résiste pas. Comprenant que, s'il n'obéissait pas, il risquait d'être chassé sur l'heure, Florent ne discuta pas, s'esquiva rapidement et revint peu de minutes après avec un pichet qu'il remit en tremblant à la jeune femme.

– Que prétendez-vous faire? murmura Léonarde qui cependant avait déjà compris.

Fiora néanmoins consentit à s'expliquer :

– Nous avons peut-être rencontré cet homme l'an passé au camp du duc Charles. Je veux lui porter secours...

Et, sans attendre davantage, elle poussa sa mule dans la foule en direction de la cage.

– Dame! Où allez-vous? cria le soldat qui lui avait offert le refuge du pont-levis.

– Là où je dois aller! Cet homme est un prisonnier. Pas un condamné!

Devant le poitrail de l'animal, la foule s'ouvrit presque sans protester. Cette femme si belle et si visiblement près de son terme lui en imposait. Mais l'un des lanciers voulut s'opposer :

– Que faites-vous? Hors d'ici!

– Je suis une amie du roi Louis dont c'est aujourd'hui la fête et je veux offrir un peu de vin à ce malheureux. Avez-vous des ordres pour vous y opposer?

– N...on, mais...

– Avez-vous des ordres qui vous empêchent de recevoir ceci? Vous aussi devez avoir soif, ainsi que vos camarades. Votre tâche achevée, vous boirez à ma santé. Je ne vous demande qu'un instant!

De l'or brillait au bout de ses doigts fins. Le soldat la dévisagea, émerveillé.

– Qui êtes-vous? balbutia-t-il. Vous êtes belle comme la Vierge Marie, notre douce dame!

– Peu importe qui je suis. Ma tâche est de secourir ceux qui en ont besoin. Puis-je approcher?

La foule qui avait grondé tout d'abord se calmait,

séduite par l'image extraordinaire de cette jeune femme vêtue d'azur dont l'autorité était celle d'une princesse et dont le calme regard gris se posait sur elle. Cette scène, après tout, était plus intéressante que celle qui consistait à pousser des hurlements en jetant des trognons de choux à un homme enchaîné qui semblait insensible. Le sergent s'écarta :

– Faites à votre gré, noble dame... mais rien qu'un instant !

Fiora était déjà près de la cage. Sa mule la mettait à la même hauteur que le prisonnier et, pour immobiliser sa monture, elle saisit l'un des barreaux :

– Prenez ce vin, mon ami, et buvez ! Vous en avez grand besoin !

Le son de sa voix chaude réussit à percer l'épaisse couche de volonté farouche dont l'homme s'enveloppait pour ne rien entendre et ne rien voir. Sa tête courbée décolla du cercle de ses bras et se releva, montrant un visage émacié mais, pour Fiora, trop reconnaissable.

– Mathieu ! balbutia-t-elle tandis que les mains avides saisissaient le pichet embué et que le prisonnier y buvait goulûment. Mathieu de Prame ! Mais comment êtes-vous ici ? Où est Philippe ?

En entendant son nom, il tressaillit et, à présent, il la regardait par-dessus le bord du pichet avec des yeux pleins de douleur.

– Mort !... fit-il enfin. Il a été pris... comme rebelle à Dijon... et exécuté. Moi, j'ai voulu soulever la foule pour l'arracher à l'échafaud. C'est pour ça que l'on m'a arrêté.

Un instant, ils furent au creux profond d'un énorme silence. Le cœur arrêté, Fiora regardait l'homme enchaîné. Sa voix, curieusement détimbrée, lui parut venir de très loin.

– Mort ? Vous voulez dire... qu'on l'a tué ?

– Les hommes du roi, oui ! Le gouverneur de Dijon, le sire de Craon ! Je ne l'ai pas vu mourir car on m'a emmené avant... mais il était déjà au pied de l'échafaud...

Pardonnez-moi ! Vous m'avez été secourable et moi je vous meurtris.

Fiora n'entendait plus rien. Tout basculait autour d'elle : le ciel indigo, les reflets du fleuve à l'intérieur de la vieille porte, les girouettes du château, les barreaux de la cage et le jeune visage pathétique du prisonnier qui, les yeux agrandis, la regardait blêmir sans pouvoir rien faire pour l'aider. Mais Léonarde n'était pas loin. Instantanément, sa mule fut contre celle de Fiora qu'elle reçut dans ses bras.

– Aidez-moi ! cria-t-elle. Vous voyez bien qu'elle s'évanouit ? ou bien n'avez-vous que des cœurs de pierre insensibles à toute détresse ?

Le sergent vint à son secours et, déjà, dans la foule, des femmes jouaient des coudes pour la rejoindre.

– Je n'aurais pas dû laisser faire ! regretta le soldat.

– Vous n'avez jamais rien fait de mieux, mon ami ! Mais il faut admettre que, dans son état, le spectacle de ce malheureux n'est pas ce qu'il convient. Ne pouvez-vous offrir un peu plus d'humanité à vos prisonniers ?

Visiblement ennuyé, l'homme jeta autour de lui un regard inquiet puis, se penchant vers la vieille demoiselle, il murmura très vite :

– Elle connaît cet homme ? C'est un ami ?

– Oui, mais qu'est-ce que ça peut vous faire ?

– Vous occupez pas ! Dites-lui que j'essayerai de l'aider un peu. Pour qu'elle se souvienne du sergent Martin Venant. Allez la rejoindre, à présent. Il faut que nous repartions !

Portée par des dizaines de bras secourables, Fiora avait été enlevée de sa selle et acheminée vers l'auberge du Carroi où elle avait pris son repas. Florent, éperdu d'angoisse, tenait l'une de ses mains froides. Tandis que le sergent donnait ses ordres, Léonarde se retourna vers lui :

– Où emmenez-vous cet homme ? Vous le savez ?

– Au château de Loches ! Dieu vous garde !

Léonarde ne répondit pas au souhait qu'on lui adressait. Elle était déjà partie vers l'auberge où l'on avait étendu Fiora sur un banc, un oreiller sous la tête. L'hôtesse lui tapait dans les mains et Florent lui bassinait les tempes avec du vinaigre, mais rien n'y faisait : le nez pincé, les joues blanches et les yeux clos, la jeune femme ne réagissait pas. Elle respirait avec peine, mais elle respirait, et à cela seulement on voyait que le coup ne l'avait pas tuée.

En dépit de la peur qui lui mordait le ventre, Léonarde s'efforça de garder son calme. Elle tâta les mains et les pieds de Fiora aussi glacés les uns que les autres, puis ordonna :

– Donnez-moi de l'eau-de-vie et faites chauffer une brique pour lui mettre aux pieds ! Une couverture aussi ! Nous paierons ce qu'il faut !

– Vous ne voulez pas qu'on lui prépare une chambre ?

– Non, merci. Il vaut mieux essayer de la ramener chez elle. Nous habitons le manoir de La Rabaudière aux Montils.

– La maison aux pervenches, fit la femme avec un demi-sourire. Je la connais. Une bien jolie demeure !

– Oui, mais pour l'instant elle m'a l'air d'être au bout du monde ! Allons, Florent, remuez-vous au lieu de regarder votre maîtresse avec de grands yeux noyés ! Tâchez de trouver une litière, un brancard, je ne sais pas, moi !

Tout en parlant, elle introduisait avec précaution et non sans difficulté une cuillerée d'eau-de-vie de prune entre les dents serrées de la malade. Une servante apporta la brique chaude et la couverture dont on enveloppa le corps qui, brusquement, se mit à trembler comme si une bise glaciale était entrée dans la salle. Le vigoureux cordial commençait aussi à faire son effet : Fiora s'étrangla, toussa plusieurs fois. Léonarde la redressa et lui tapa dans le dos. La toux se calma et un peu de couleur revint aux joues trop pâles.

Ouvrant enfin les yeux, Fiora vit des visages inconnus penchés sur elle, mais s'aperçut tout de suite qu'elle était dans les bras de Léonarde. Elle essaya de s'asseoir, sans y parvenir.

– Qu'est-ce que je fais ici ? demanda-t-elle d'une voix encore étranglée par la quinte de toux.

Mais elle était de celles dont les réveils sont rapides et, tout de suite, la mémoire de ce qui venait de se passer lui revint. Elle éclata en sanglots et cacha son visage contre l'épaule de sa vieille amie.

– Emmenez-moi d'ici ! supplia-t-elle. Vite ! Vite ! Je veux rentrer !

Heureusement, Florent revenait avec une bonne nouvelle : l'abbesse d'un couvent voisin possédait une litière et la mettait volontiers au service d'une noble dame en difficulté. Le véhicule arrivait.

Léonarde remercia les aubergistes de leurs soins qu'elle voulut payer, ce qu'on lui refusa :

– Pauvre jeune dame ! fit l'hôtesse apitoyée. Il faut qu'il lui soit arrivé une bien grande douleur pour la mettre dans cet état ! Elle était si joyeuse tout à l'heure et elle mangeait son pâté de si bel appétit ! Vous n'aurez qu'à me rapporter la couverture un jour prochain ! Prenez bien soin d'elle !

C'était une recommandation superflue et, tandis que la litière abbatiale les ramenait toutes deux vers le manoir, Léonarde se demandait avec angoisse comment elle allait pouvoir panser cette nouvelle et terrible blessure que le sort infligeait à son enfant chérie. Une fois déjà, après la bataille de Grandson où l'on avait vu tomber Philippe de Selongey, Fiora l'avait cru mort, mais peut-être alors restait-il, au fond d'elle-même, une faible lueur d'espoir : au combat, il arrive qu'un blessé, laissé pour mort, revienne à la vie. C'est ce qui s'était passé pour Philippe : la chance lui avait envoyé Démétrios Lascaris, l'un des meilleurs médecins de la chrétienté, et Fiora avait vu son époux revenir vers elle bien vivant. Mais quel espoir, même insensé, garder après une exécution capitale ? Léonarde, navrée, s'efforçait de calmer ces sanglots déchirants qui semblaient devoir ne jamais cesser. Fiora, enfouie dans le puits de sa douleur, avait l'air de s'y enfoncer un peu plus d'instant en instant et n'entendait aucune des paroles apaisantes que sa vieille gouvernante lui prodiguait. Peut-être pensait-elle qu'après les pleurs viendrait le sang, et après le sang la vie ?

Elle pleura ainsi tant que dura le chemin et, si les larmes coulaient moins, des spasmes la secouaient encore quand Étienne et Florent, précédés d'une Péronnelle éperdue et incapable de comprendre ce qui se passait, l'emportèrent dans sa chambre et la déposèrent sur son lit.

C'est seulement une fois couchée qu'elle se calma progressivement pour arriver à une sorte de prostration, plus effrayante peut-être que le violent désespoir qui précédait. Elle resta là durant des heures, immobile, insensible en apparence, n'entendant rien mais les yeux grands ouverts, le regard fixé sur un même point des rideaux qui entouraient son lit. Elle respirait à petits coups avec, de temps en temps, un halètement douloureux que Léonarde écoutait, le cœur déchiré, terrifiée à l'idée que sa petite Fiora était peut-être en train de perdre la raison.

Il avait bien fallu mettre Péronnelle plus ou moins au courant et celle-ci, tout de suite, proposa d'aller chercher le prieur de Saint-Côme qui, en bon disciple du saint patron de sa maison, jouissait d'une grande réputation médicale dans les cas de folie, et d'exorciste en cas de possession diabolique. Ce dernier mot déplut à Léonarde :

– Nous n'en sommes pas là ! fit-elle d'un ton sec. Notre jeune dame est sous le coup d'une grande douleur qui l'a envahie au point de lui retirer le sens. Je vais la veiller cette nuit et si, demain, elle est encore dans le même état, nous verrons ce qu'il conviendra de faire. Pour ce soir, nous nous contenterons de lui faire boire un peu de tilleul avec du miel.

Tandis que la brave femme, docile, allait chercher ce qu'on lui demandait, Léonarde s'établit au chevet de

Fiora, comme elle l'avait fait si souvent, jadis, lorsque l'enfant était souffrante ou simplement fiévreuse, et, prenant sa main abandonnée sur le drap, la porta à ses lèvres sans plus chercher à retenir les larmes que, depuis le drame, elle s'efforçait de contenir :

– Mon Dieu, priait-elle en silence, ne me la prenez pas, je vous en conjure ! Ne permettez pas que son esprit s'en aille à la suite de celui qu'elle a trop aimé et se perde dans les brumes de la folie. Il y a cet enfant qui va naître et qui déjà n'a plus de père. Ne lui enlevez pas sa mère ! Je sais bien qu'elle va encore souffrir, je sais bien qu'elle est au pied d'un nouveau calvaire et que l'inconscience peut être une miséricorde, mais...

Elle s'interrompit. Fiora venait de pousser un gémissement et Léonarde, en relevant la tête, vit qu'elle la regardait avec de grands yeux pleins d'angoisse.

– J'ai mal ! chuchota-t-elle. C'est comme un coup de couteau, là, dans mon ventre !

Une douleur aiguë, brutale, était venue la chercher dans l'abîme au fond de quoi elle se sentait descendre pour la ramener à la surface de la vie. Afin de lui échapper, elle se tourna sur le côté, ramenant ses jambes contre elle, mais la souffrance ne s'apaisait pas. C'était comme une onde brûlante qui parcourait ses entrailles et, dans son esprit épuisé par le chagrin, elle ne comprenait pas d'où cela pouvait lui venir.

Déjà Léonarde avait rejeté draps et couvertures et examinait le corps recroquevillé, passant sur le ventre tendu des mains prudentes. Cherchant un réconfort, le regard de Fiora ressemblait à celui d'une bête prisonnière. Soudain, comme par miracle, la douleur s'apaisa sous les mains de Léonarde et Fiora sentit que ses draps étaient humides...

– Qu'est-ce que... qu'est-ce que j'ai ? murmura-t-elle.

Au travers des larmes qui l'inondaient, le visage ridé de Léonarde lui apparut, rayonnant :

– Rien, mon agneau, rien que de très naturel ! L'enfant va arriver. Il va vous falloir un peu de courage.

– Du courage ? Je n'en ai plus et je crois que je n'en aurai plus jamais ! Philippe ! mon Philippe !

La douleur qui renaissait balaya momentanément le chagrin pour ramener Fiora au simple état de chair souffrante. Péronnelle qui revenait avec le tilleul comprit au premier coup d'œil ce qui se passait :

– L'enfant arrive ? s'écria-t-elle joyeusement. Je vais préparer tout ce qu'il faut !

Elle se mit, incontinent, à faire dans la cheminée de la chambre un feu d'enfer sur lequel elle installa une marmite d'eau. Il y en avait déjà à la cuisine, mais elle pensait qu'il n'y en aurait jamais trop. Après quoi elle fit chauffer des draps pour remplacer ceux de Fiora et empila une infinité de linges et de serviettes. Léonarde, elle, ne quittait pas le chevet ni la main de la future mère qui se cramponnait à elle.

Combien de temps dura la tempête de douleur qui ensevelit Fiora ? Celle-ci eût été incapable de le dire, mais il lui parut une éternité. Le temps s'effaça et, avec lui, la conscience de tout ce qui n'était pas la torture de son corps. Même son chagrin s'en trouvait aboli. Bientôt la douleur ne lui laissa plus trêve ni repos. C'était comme si l'enfant, tel un géant secouant les murs de sa prison, faisait tout éclater en elle pour venir plus vite à la lumière. La seule chose réelle, en dehors des affres du supplice, était le visage anxieux de Léonarde éclairé par les flammes de la cheminée, la main de Léonarde qui tenait la sienne bien fort et la voix de Léonarde qui murmurait des paroles d'encouragement.

A présent, Fiora ne criait plus, mais un gémissement continu s'échappait de ses lèvres sèches que Péronnelle humectait de temps en temps. Elle haletait, prise au piège de cette souffrance sans rémission qu'aucune force humaine, aucune magie ne pourrait faire cesser et qu'il fallait endurer jusqu'à son terme normal. Par instants, Léonarde passait sur son front en sueur un linge imbibé d'eau de la reine de Hongrie et l'odeur fraîche ranimait un instant la parturiente, puis l'enfant revenait à la charge et replongeait sa mère dans le martyre.

Épuisée déjà par les larmes abondantes qu'elle avait versées, Fiora souhaitait désespérément un instant, un seul, de rémission qui lui eût permis de se laisser aller à son immense fatigue. Elle avait tellement envie de dormir!... Dormir! Cesser de souffrir! oublier... est-ce que cette terrible douleur cesserait un jour? Est-ce qu'elle pourrait à nouveau dormir?

Péronnelle, qui savait décidément tout faire et n'ignorait rien de la manière de conduire un accouchement, examinait de temps en temps Fiora, qui la suppliait de la laisser tranquille. Ensuite, elle chuchotait à Léonarde les progrès qu'elle constatait.

Vers la fin de la nuit, la conscience claire de la jeune femme commençait à s'embrumer quand Péronnelle, qui avait même écarté Léonarde, lui ordonna d'aider le travail et de pousser.

– Je ne peux pas... Je ne peux plus... sanglotait Fiora. Laissez-moi mourir!

– Vous n'allez pas mourir et l'enfant va être là dans quelques minutes. Encore un peu de courage, ma mignonne!

Du courage? Fiora ne savait même plus ce que c'était. Elle obéit néanmoins, presque machinalement, et, soudain, il y eut une douleur plus forte que toutes les autres, une douleur au sommet de toutes les douleurs qui lui arracha un véritable hurlement. Dans le jardin où il attendait, Florent se jeta à genoux, les mains sur les oreilles. Mais ce fut le dernier. L'instant suivant, Fiora, délivrée, plongeait enfin dans cette bienheureuse inconscience qu'elle avait tellement désirée. Elle n'entendit ni le chant enroué du coq, ni le piaillement rageur du bébé dont Péronnelle claquait les fesses d'une main experte, ni le cri de joie de Léonarde:

– C'est un garçon!

Elle avait choisi de s'évanouir.

Quand elle revint à elle, il lui sembla flotter à travers une brume légère. Son corps n'existait plus. Il avait miraculeusement rompu les amarres qui le retenaient à une terre cruelle et sans pitié, au point que Fiora crut, un instant, qu'elle avait atteint le séjour des bienheureux. Pourtant, la voix familière de Léonarde lui démontra qu'elle figurait toujours au nombre des vivants :

– Elle a ouvert les yeux, disait cette voix. Apportez-moi vite un œuf battu dans du lait, Péronnelle ! Il faut lui rendre des forces.

Instinctivement, Fiora laissa ses mains glisser le long de son corps et constata qu'il était redevenu plat, presque comme par le passé. Elle se souvint alors de ce qu'elle avait enduré et demanda, d'une voix encore faible :

– L'enfant ? Est-ce qu'il est né ?

– Bien sûr qu'il est né ! Tiens ! Le voilà !

Entre les mains de Léonarde, il y avait un paquet blanc de linges fins que la vieille demoiselle, avec des gestes pieux, vint loger entre le bras de la jeune mère et sa poitrine. Fiora se souleva un peu et vit un petit visage rouge et fripé dans l'encadrement neigeux d'un béguin de batiste brodée, deux poings minuscules et cependant parfaits qui se serraient près du tout petit nez. Elle écarta un peu son bras pour mieux le tenir et, instinctivement, sourit à ce bébé qui était le sien.

– Dieu qu'il est laid ! souffla-t-elle en caressant d'un doigt précautionneux l'une des menottes.

– Vous voulez dire qu'il est superbe ! claironna Péronnelle qui arrivait avec le lait de poule. Ce sera un beau gaillard, vous pouvez m'en croire ! En revanche, il n'a pas l'air de vous ressembler beaucoup...

Un coup de coude de Léonarde lui coupa la parole, mais Fiora examinait à présent les traits menus tandis que la vague amère du chagrin, un moment repoussée par les affres de l'accouchement, s'emparait d'elle à nouveau :

– Il ressemble à son père... à son père qui ne le verra jamais !

Il fallut encore bien des soins et bien des paroles à Léonarde pour venir à bout de cette nouvelle crise de larmes. Fiora finit par se calmer, accepta de prendre un peu de nourriture, après quoi elle s'endormit de ce sommeil réparateur qu'elle avait appelé durant l'épreuve de la nuit. Léonarde ôta le bébé qu'elle avait gardé contre elle et alla le coucher dans le berceau qu'elle avait placé dans sa propre chambre, afin que la mère pût reposer en paix.

Comme il s'était endormi lui aussi, elle alla chercher de l'eau pour faire une toilette que sa nuit de veille rendait indispensable, mit une robe propre, une cornette fraîchement repassée, et descendit à la cuisine pour prendre un déjeuner dont elle sentait l'urgence.

Péronnelle était occupée à vanter à son Étienne les innombrables qualités de celui qu'elle appelait déjà « notre enfant », mais elle se hâta tout de même de lui servir une grande écuelle de panade au lait et à la cannelle et des gaufres bien chaudes, tout en le gratifiant de son inlassable bavardage. Étienne pensa que c'était là une excellente occasion de filer, avala d'un trait un grand gobelet de cidre de ménage et gagna le large.

On en était à débattre des noms que le petit garçon allait recevoir au baptême quand Florent revint du verger, un grand panier de prunes au bras. Sa mine sombre frappa les deux femmes :

– Il ne faut pas faire cette tête, mon garçon ! dit Péronnelle. Notre jeune dame est heureusement délivrée et c'est tout ce qui compte. Pour l'instant, elle prend un repos bien gagné.

– Vous oubliez un peu vite ce qui est arrivé hier, coupa le jeune homme. Elle a souffert toute la nuit et à présent elle dort, mais elle ne dormira pas toujours. Que va-t-il se passer quand elle se retrouvera en face de la réalité ?

– Croyez-vous que je n'y pense pas ? fit Léonarde. Déjà, tout à l'heure, elle s'est remise à pleurer alors que je croyais qu'elle n'avait plus une seule larme dans le corps.

Il faudra veiller sur elle de près et, surtout, espérer qu'elle reportera sur son fils tout cet amour qu'elle avait donné à messire Philippe. Mais il est certain que nous sommes tous dans la main de Dieu, nous qui l'aimons...

– Sans doute, mais il n'y a pas que ça! Vous vous souvenez, dame Léonarde, de ce marchand qui voulait m'acheter une mule, hier, sur le parvis de Saint-Martin ?

– Cet étranger dont le visage ne me revenait guère ?

– Oui. Eh bien, je viens de le trouver dans l'allée des chênes. Il venait par ici.

– Pour quoi faire ?

– Je le lui ai demandé. Il m'a répondu qu'il cherchait le château de notre sire le roi...

– Quelle sottise! N'est-il pas passé devant le Plessis et n'a-t-il pas vu les gardes de l'entrée ?

– C'est ce que je lui ai fait remarquer. Il m'a répondu que les gardes, justement, l'avaient reçu avec grossièreté et qu'il cherchait s'il n'y avait pas une autre entrée moins rébarbative. J'avoue n'avoir pas été beaucoup plus aimable que les sentinelles. « Le roi, lui ai-je dit, n'est pas encore rentré de guerre et les étrangers n'ont rien à faire chez lui. » Il a dit alors qu'il le savait bien, mais qu'on lui avait tant vanté les merveilles de ce château qu'il désirait l'admirer avant de rentrer dans son pays. Il pensait que, peut-être, il y avait une porte de communication entre le parc royal et celui-ci. Pour finir, il a même mis la main à l'escarcelle. Me donner de l'argent, à moi, pour que je le laisse entrer chez nous! conclut Florent rouge encore d'indignation. Vous vous rendez compte ?

– Qu'en avez-vous fait ? dit Léonarde en tartinant une cuillerée de miel sur sa gaufre.

– Je lui ai dit que je ne mangeais pas de ce pain-là et qu'il ait à passer son chemin. Ce qu'il a fait d'ailleurs, en haussant les épaules, mais avec un sourire que je n'ai pas aimé. Il s'est retourné plusieurs fois en s'en allant pour regarder encore notre maison. J'ai peut-être tort, mais il m'a laissé une vilaine impression.

Péronnelle, en qui sommeillait l'âme d'un chien de garde, déclara alors qu'elle non plus n'aimait pas cette histoire et que, pas plus tard que tout à l'heure, elle enverrait Étienne au Plessis, voir messire Étienne Le Loup, valet de chambre du roi, qui veillait sur sa demeure en son absence afin de l'avertir de l'incident. Non qu'elle craignît qu'un étranger solitaire pût causer quelque dommage au domaine royal toujours puissamment gardé, mais pour que Le Loup consentît à étendre sa surveillance sur la maison aux pervenches.

Léonarde admit que c'était une bonne idée, et demanda que la surveillance fût assez discrète pour ne pas inquiéter Fiora, celle-ci ayant reçu en deux jours plus que son content de douleur et d'angoisse.

– Nous faisons peut-être une montagne d'une taupinière, conclut-elle. Il se peut que cet étranger ne soit qu'un curieux.

– Derrière un curieux peut se cacher un espion, affirma Florent qui ne désarmait pas. Ou pis encore : un amoureux !

– Pourquoi donc un amoureux serait-il pire qu'un espion ? demanda Léonarde qui ne put s'empêcher de rire.

– Je me comprends. Je sais bien qu'ils sont nombreux les hommes qui admirent donna Fiora, et qu'il en viendra toujours d'autres, mais je n'aimerais pas qu'elle ait à faire face à l'amour d'un personnage comme celui-là. Vous n'avez pas vu ses yeux ? Ils sont froids et cruels. D'ailleurs, je ne crois pas qu'il soit un marchand. Il pue l'homme de guerre à quinze pas.

Cette fois, Léonarde ne dit rien. Le souvenir qu'elle gardait de l'étranger lui soufflait que Florent, inspiré peut-être par son amour sans cesse en éveil, pourrait bien avoir raison. D'autant que l'inconnu venait d'Italie et que Léonarde savait d'expérience que les gens de sac et de corde y florissaient plus aisément qu'au royaume de France, où la rude poigne du roi Louis et la police de son grand prévôt Tristan L'Hermite faisaient régner chez les truands une crainte salutaire. De toute façon, cela ne ferait de mal à personne que la maison fût un peu mieux gardée. Au moins jusqu'au retour du roi qui ne saurait tarder.

Pourtant les jours s'écoulèrent sans que l'on revît l'inquiétant personnage.

CHAPITRE IV

L'ATTENTAT

Contrairement à ce que craignait son entourage, Fiora se remit très vite de son accouchement. Cinq jours après, elle était debout et la santé parut lui être revenue, mais elle n'avait pas de lait à offrir au petit Philippe. Il fallut recourir sans attendre à la nourrice dont, heureusement, Léonarde et Péronnelle s'étaient à l'avance assuré les services en prévision de ce genre d'incident toujours possible. C'était une forte fille du village voisin de Savonnières qui, laissant son dernier-né aux soins de sa mère et du troupeau de chèvres familial, vint s'installer au manoir avec une évidente satisfaction. Au demeurant, c'était une acquisition plutôt agréable car elle était toujours de bonne humeur, placide et silencieuse, adorant visiblement les enfants, et elle s'attacha instantanément à celui qu'on lui confiait. Le gîte douillet et les menus copieux de Péronnelle achevèrent sa conquête et Marcelline – c'était son nom – prit place parmi les habitants de la maison aux pervenches avec l'intention bien arrêtée d'y rester le plus longtemps possible. Elle s'entendit tout de suite avec la maisonnée et, si Fiora l'impressionna, cela lui parut la chose du monde la plus normale puisqu'elle était la châtelaine. Elle n'imagina pas un instant qu'un drame se jouait sous ses yeux.

Fiora, en effet, n'était plus la même, et ceux qui vivaient à ses côtés avaient peine à la reconnaître quand elle apparaissait, mince et longue silhouette noire que les voiles du deuil faisaient fantomale. Elle ne riait plus, parlait à peine et passait de longues heures assise dans l'encoignure d'une fenêtre à regarder couler la Loire au bout de son petit domaine sans plus toucher aux travaux d'aiguille qui l'avaient distraite pendant sa grossesse, ses longues mains oisives abandonnées sur le tissu noir de sa robe. Elle n'avait apparemment plus de larmes et pas une seule fois elle ne prononça le nom de son époux. Bien plus, quand Léonarde essaya d'approcher la blessure qu'elle devinait avec des mots apaisants, elle coupa court.

– Non ! Par pitié, ne me dites rien ! Ne m'en parlez jamais. Il est mort loin de moi... et c'est entièrement ma faute !

Elle quitta alors la salle comme on s'enfuit et descendit au jardin pour aller s'asseoir sous un petit berceau de roses mousseuses, chef-d'œuvre de Florent. Celui-ci n'était pas loin, d'ailleurs, occupé à nettoyer un massif de giroflées que des chats avaient mis à mal en s'y battant une nuit de pleine lune. Son premier mouvement fut de venir vers la jeune femme, mais il aperçut son visage immobile, son regard sans vie, et il n'osa pas, craignant une rebuffade qui l'eût blessé. Sa belle dame semblait avoir perdu son âme.

C'était vrai, en un sens. Fiora accrochait son désespoir et ses regrets à cet instant démentiel, insensé, où elle s'était arrachée des bras de Philippe pour s'éloigner de lui, murée qu'elle était dans son orgueil blessé et dans sa déception. Pourtant, les avait-elle attendues, cherchées, ces heures de bonheur qu'elle venait d'interrompre ! Et tout cela parce que Philippe, au lieu de se consacrer à elle, prétendait continuer à mener sa vie habituelle, vouée tout entière au service du suzerain, après l'avoir reléguée dans son château bourguignon. Sur le moment, l'idée lui avait paru absurde et, quand il avait prononcé le mot d'obéissance, tout son être s'était révolté. La vie qu'il lui offrait, elle n'en voulait pas. N'était-ce pas à lui, qui avait eu envers elle de si grands torts, de prouver enfin qu'il l'aimait plus que tout au monde et d'essayer de la rendre heureuse ? Oui, elle le pensait, et elle l'avait pensé à chacun des instants qui avaient suivi, jusqu'à cette minute affreuse où Mathieu de Prame lui avait appris ce qui s'était passé à Dijon, un jour de ce mois de juillet où, dans la douceur de ce même jardin, elle se laissait aller au bonheur de porter « son » fils en caressant l'espoir de l'y voir venir un jour.

Les pensées torturantes continuaient leur ronde. Si elle avait accepté de se laisser conduire à Selongey, de vivre l'existence qu'il lui offrait, les choses auraient-elles été différentes ? Serait-il resté auprès d'elle ? Sa raison lui soufflait qu'elle en serait alors au même point, que tout se serait déroulé dans la vie de Philippe comme il en avait décidé, qu'il aurait continué cette lutte insensée pour une Bourgogne indépendante qui n'était plus qu'un leurre, et qu'il n'aurait pas davantage évité l'échafaud.

L'échafaud ! Quelle malédiction traînait donc après lui ce vieil assemblage de pierre et de bois qui, après avoir bu le sang de ses parents, venait de boire celui de l'homme qu'elle aimait ? Tout ce qui faisait sa vie devait-il obligatoirement achopper sur ces affreux bois de justice ? Peut-être que si elle avait noué ses bras assez fort autour de Philippe elle aurait réussi à le garder près d'elle, à l'empêcher d'aller vers ce destin atroce et tellement inutile !

Si écartée du bruit du monde que fût la maison aux pervenches, quelques nouvelles y parvenaient de temps à autre, celles que Péronnelle rapportait du marché ou que Florent glanait en ville. On avait ainsi appris que, le 18 août, à Gand, Marie de Bourgogne avait épousé Maximilien. Elle serait un jour impératrice d'Allemagne et n'avait plus besoin de la Bourgogne que la conduite dangereuse du défunt duc avait d'ailleurs à demi détachée de lui. Philippe était mort pour rien, pour rien, pas même pour une idée. On ne lutte pas contre l'Histoire, mais il ne voulait pas le savoir : ce qu'il voulait, c'était conserver à « sa » princesse l'héritage ancestral, et Fiora à présent ne savait plus très bien qui elle haïssait davantage, de cette Marie qui avait mené Philippe à sa perte ou du gouverneur de Dijon – comment s'appelait-il, déjà ? le sire de Craon ? – qui avait signé l'ordre d'exécution.

Les seuls instants de paix que le tourbillon de ses pensées laissait à Fiora, elle les trouvait auprès de son fils. Le bébé était superbe. Le lait de Marcelline semblait lui convenir à merveille et il promettait d'être grand, fort et peut-être heureux de vivre : s'il gazouillait beaucoup il pleurait peu, et même pas du tout car, lorsqu'il piquait une colère, ses yeux à la nuance encore incertaine demeuraient secs. Devant lui, Fiora n'était plus qu'adoration et, quand elle le tenait dans ses bras et caressait, du bout d'un doigt, le léger duvet brun de sa petite tête, une telle vague d'amour l'enveloppait qu'elle oubliait un instant de souffrir. Elle s'attardait alors un moment près du berceau, barque fragile à laquelle, comme si elle était en train de se noyer, elle s'accrochait pour ne pas devenir folle. Dès qu'elle s'en écartait, les pensées amères affluaient.

On approchait des vendanges quand, tout à coup, le pays s'anima. Le Plessis, qui semblait un peu assoupi en l'absence de son maître, se réveilla. On faisait le ménage à fond et l'on réapprovisionnait les cuisines, tandis que commençaient à arriver des porteurs d'ordres et quelques chariots de meubles : en un mot, Louis XI revenait.

On sut qu'il n'était plus loin quand arrivèrent les objets de sa chapelle qui ne le quittaient jamais. En fait, il se trouvait à Amboise pour y visiter la reine Charlotte, son épouse. Celle-ci préférait de beaucoup au Plessis son beau château dressé sur le coteau devant lequel coulait la Loire. Mais le roi n'y restait jamais bien longtemps et, deux jours après l'arrivée de la chapelle, on entendit sonner les trompettes d'argent qui annonçaient son approche.

Ce soir-là, pour la première fois depuis la naissance de

son fils, Fiora sortit de son mutisme et, au lieu de remonter dans sa chambre après le souper comme elle en avait pris l'habitude, resta dans la salle et demanda à Léonarde d'y rester avec elle. La soirée étant un peu fraîche, Florent avait allumé dans la cheminée une brassée de branches de pin dont la résine crépitait joyeusement et embaumait la grande pièce silencieuse. La jeune femme rêva un instant en regardant les flammes, puis ramena sur Léonarde son regard las.

– Je vous demande, dès à présent, pardon de ce que je vais faire, ma chère Léonarde. Croyez qu'avant de m'y décider j'ai longuement réfléchi. L'absence du roi m'en a laissé le temps mais, puisque le voilà revenu, je ne peux différer davantage.

– J'ignore de quoi vous souhaitez me parler, Fiora, mais sachez que la seule chose qui compte pour moi, à cette heure, c'est justement que vous me parliez enfin. Ce long silence me désespérait. Il me semblait... que je ne comptais plus pour vous puisque je n'étais plus la confidente de vos peines et...

La voix buta sur un sanglot que la vieille demoiselle ravala courageusement, mais une larme brilla tout de même dans ses yeux bleus qui semblaient conserver une éternelle jeunesse. La main de la jeune femme vint se poser sur celle de sa fidèle compagne.

– Qu'aurais-je pu vous dire que vous ne sachiez déjà ? Je vous sais gré, au contraire, de m'avoir laissée à mon silence. Je ne pouvais entendre d'autres voix que celles de ma douleur et de mes remords.

Le mot fit bondir Léonarde et sa tristesse s'en trouva balayée :

– Je savais bien qu'il s'agissait de cela ! Des remords ? Pourquoi ? Parce que vous n'avez pas permis à messire Philippe de vous enfermer à Selongey où il ne serait resté que peu de temps, pressé qu'il était de retourner au combat ? Voulez-vous me dire ce que cela aurait changé à l'abominable suite des événements et si vous seriez moins malheureuse dans son château que vous l'êtes ici ?

– Sans doute rien, mais je serais à Selongey, comme il le voulait, et c'est toute la différence. Léonarde, l'homme qui a fait tuer mon époux est gouverneur de Dijon « pour le roi »... et moi je ne me reconnais pas le droit d'élever son fils dans une maison donnée par le roi.

– Doux Jésus ! gémit la vieille demoiselle qui changea de couleur, ne me dites pas que vous allez vous lancer, à nouveau, à la poursuite de je ne sais quelle vengeance insensée ? Ne me dites pas que tout va recommencer comme durant ces deux années affreuses que nous avons vécues, vous et moi ? Devant Dieu qui m'entend, je jure que je ne pourrais pas le supporter. Non, je ne pourrais pas !

Cette fois, elle éclata en sanglots et enfouit son visage dans ses deux mains qui tremblaient. Navrée de ce chagrin dont elle était la cause, Fiora se laissa glisser à genoux près d'elle comme elle le faisait quand elle était enfant et qu'elle avait quelque chose à se faire pardonner, puis l'entoura de ses bras.

– Calmez-vous, mon cœur, fit-elle doucement, je vous jure sur tout ce que j'ai de plus sacré que l'idée de vengeance ne m'a jamais effleurée et qu'il ne saurait plus en être question. Je sais ce que vous avez souffert et, bien souvent, j'en ai eu du remords. D'ailleurs, je n'ai pas été au bout de mon dernier projet. Pas plus que Démétrios ! Les meules du Seigneur broient lentement mais sûrement, et les grains de sable que nous sommes faisaient preuve d'une trop grande présomption ! Plus de vengeance, ma Léonarde, plus jamais !

– Vraiment ?

– N'avez-vous plus confiance en moi ? Si, tout à l'heure, je vous ai demandé pardon de ce que je vais faire, c'est uniquement parce que je sais que vous êtes heureuse ici, que vous êtes attachée à cette maison, comme je le suis moi-même d'ailleurs. Cela va être dur de s'en séparer, mais il faut me comprendre : même si je ne garde pas rancune au roi d'une condamnation dont il n'a probablement même pas été informé, ce sire de Craon a jugé en son nom. Rester ici serait approuver tacitement ce qui a été fait. Mon fils me le reprocherait plus tard.

Fiora s'était relevée et marchait lentement le long de la cheminée, les mains au fond de ses larges manches. Léonarde la suivait des yeux avec une sorte d'accablement. Puis son regard glissa sur le décor qui les environnait et dont, à son cœur qui se serrait, elle comprit qu'il lui était devenu cher et qu'elle avait espéré y achever ses jours. Enfin, elle parla :

– Pensez-vous donc élever cet enfant dans l'amour exclusif de la Bourgogne et la haine de la France ?

– Non. Bien sûr que non, mais...

– Quand il aura vingt ans, il y aura longtemps sans doute que la Bourgogne sera devenue province française. Le roi Louis ne sera peut-être plus de ce monde, mais son fils régnera et le vôtre sera l'un de ses sujets. Voulez-vous dès à présent le ranger dans un camp rebelle qui, en outre, n'existe presque plus, puisqu'il s'agit, pour les anciens sujets du duc Charles, de choisir entre France et Allemagne ? Il faut songer à son avenir. Où le voyez-vous, cet avenir, si vous offensez le roi en lui rendant le présent qu'il vous a fait ?

– Le roi est un homme sage. Il me comprendra certainement. Il est plus normal que j'emmène mon fils à Selongey.

– Êtes-vous seulement certaine qu'il existe encore un château de Selongey ?

Fiora s'était arrêtée et fixait à présent Léonarde d'un œil stupéfait :

– Pourquoi n'existerait-il plus ?

– Parce que dans tous les pays du monde, lorsqu'un homme a été condamné pour rébellion, ses biens sont récupérés par la Couronne, ses défenses abattues. Il se peut que le château ait été rasé. Si notre petit Philippe n'avait plus rien d'autre que ce manoir que vous voulez rendre ?

– Oubliez-vous qu'Agnolo Nardi fait fructifier la part de fortune qui m'a été laissée ? Il aura au moins cela !

– Peu de chose pour le grand seigneur qu'il a le droit d'être. Pourquoi, au lieu d'aller jeter, demain, vos titres de propriété à la tête du roi Louis, n'allez-vous pas plutôt lui porter votre plainte ? Il vous a montré que vous pouviez avoir confiance en lui et qu'il avait pour vous une véritable amitié. En outre, comme vous le disiez tout à l'heure, c'est un homme sage... mais n'oubliez pas non plus ce que nous a dit messire de Commynes lors de sa dernière visite : il a changé et il semble prendre plaisir à présent à cette guerre qu'il détestait. Il a même exilé son plus sage conseiller...

– A Poitiers ? Ce n'est pas un grand exil.

– Sans doute, mais le sire d'Argenton pensait en revenir vivement, et nous ne l'avons toujours pas revu. Craignez d'offenser le roi, Fiora ! La profondeur de son esprit cache peut-être des abîmes insondables. Où pensiez-vous aller en partant d'ici alors que l'hiver sera bientôt là ? Tout droit à Selongey ?

– Non, pas tout de suite. A Paris d'abord, chez nos amis Nardi qui seraient, j'en suis sûre, très heureux de nous accueillir et qui...

– ... et qui le seraient peut-être moins si nous arrivions chez eux en indésirables, peut-être en proscrites ? Où irions-nous alors avec un bébé de quelques semaines dans les bras ? Cette maison est à vous, Fiora, et vous n'en avez plus d'autre ! Pensez-y quand, demain, vous aborderez le roi !

– Vous avez une terrible logique, Léonarde, et il se peut que vous ayez raison, mais il me semble que, là où il est, Philippe me chasse d'ici, me crie que ma place et celle de son fils ne sont pas auprès d'un roi qu'il haïssait.

– Là où il est ? Que pouvez-vous savoir des volontés de ceux qui ont quitté cette terre ? Il me semble que l'on doit songer d'abord à obtenir grâce et pardon pour toutes les fautes que l'on a commises. Faites à votre guise, mon agneau, c'est de votre vie et de celle de l'enfant qu'il est question, et pour ma part je suis toujours prête à vous suivre là où vous le jugerez bon, l'important étant d'être à vos côtés. Mais il y a aussi cette bonne Péronnelle et son époux. Ils sont déjà attachés au petit Philippe. Vous allez leur briser le cœur.

Fiora ne dormit guère cette nuit-là. Elle tournait et retournait dans sa tête ce que lui avait dit Léonarde, sans parvenir à une solution valable. Bien sûr, Léonarde avait raison sur bien des points, mais la même idée fixe revenait : rester ici serait trahir le souvenir de Philippe, et Fiora se reprochait déjà trop de choses pour en ajouter de nouvelles. Néanmoins, elle se promit d'user de diplomatie pour éviter de changer un Louis XI amical en un ennemi courroucé.

Elle avait décidé de se rendre au Plessis dès le matin, aux environs de l'heure où le roi sortait de la messe. Mais, au moment où elle allait se mettre en route, elle entendit les abois de chiens et les trompes qui annonçaient un départ pour la chasse. Ainsi, à peine rentré chez lui, le souverain se hâtait-il vers son délassement favori, qui était chez lui une véritable passion. Mieux valait ne pas risquer de le retarder, car c'est alors qu'il serait de mauvaise humeur.

C'est donc vers la fin de l'après-midi que, dans une robe de velours noir, une haute coiffure en toile argentée soutenant ses mousselines funèbres, elle monta sur sa mule. Suivie de Florent dans ses meilleurs habits, elle se dirigea vers le château et gagna le « Pavé », le chemin couvert de grosses pierres qui joignait la ville de Tours à la demeure de son souverain. Si la chasse avait été bonne, la jeune femme avait toutes chances d'être reçue avec affabilité. Quoi qu'il en soit, il était normal qu'elle vînt saluer le roi pour le féliciter de son bon retour chez lui. Et Fiora partit sans tourner la tête pour ne pas voir Léonarde et Péronnelle, celle-ci tenant le bébé dans ses bras, qui la regardaient s'en aller. Les yeux rougis de Péronnelle, mise sans doute au courant par Léonarde, lui causaient une impression pénible et la gênaient au point que, en arrivant devant la première enceinte du Plessis-lès-Tours, elle faillit tourner bride et rentrer chez elle en se demandant de quel droit elle allait causer tant de peine à de si braves gens. Mais cela faisait partie de sa nature d'aller au bout de ses décisions et, après un court temps d'arrêt, elle s'avança vers le portail flanqué de deux tours crénelées que gardaient des archers de la Garde écossaise.

L'amitié déjà ancienne qui liait Fiora au sergent Douglas Mortimer était connue de tous et, loin de l'empêcher d'entrer, les soldats saluèrent la jeune femme en y ajoutant ce grand sourire que tout homme normalement constitué réserve à une jolie créature. Dans la basse-cour régnait l'activité des réemménagements. D'un côté, il y avait les logis de la Garde où les varlets mettaient de l'ordre tandis que des filles de service emportaient le linge vers le lavoir. Vers l'ouest, près de la toute petite chapelle consacrée à Notre-Dame de Cléry, que le roi appelait sa « bonne dame » ou sa « petite amie » car elle avait sa préférence, les soldats chargés de garder la grande tour carrée qui se dressait à l'écart des murailles et que l'on appelait la « Justice du Roi » se chauffaient au soleil de cette fin de journée ou jouaient aux dés. De l'autre côté, une autre église, dédiée à saint Mathias, servait de paroisse à la population du château et de chapelle au petit couvent enfermé dans ses murs. On se serait cru sur la place d'un village, mais ce village s'achevait par des douves larges et profondes, enjambées par un grand pont-levis qui donnait accès à la cour d'honneur, centre du véritable château.

Celui-ci, que l'on découvrait à gauche en entrant, se composait d'un grand logis orné d'une galerie aux arcades joliment sculptées supportant une terrasse plantée de statues sur laquelle ouvraient de hautes fenêtres à double meneau. D'élégantes lucarnes aux gables fleuronnés animaient le grand toit d'ardoises et couronnaient superbement ce logis royal qui n'avait en vérité aucun rapport avec les descriptions sinistres qu'en donnaient les ennemis du roi. Une tour octogone coiffée d'une haute poivrière enfermait l'escalier et, face aux fenêtres du logis, s'ouvraient largement les jardins et les vergers toujours admirablement entretenus, car l'eau leur était fournie, comme à tout le château, par des tuyaux de plomb ou de poterie reliés à la fontaine de la Carre. Néanmoins, dans cette cour comme dans la précédente, il y avait un puits et un abreuvoir [1].

L'endroit, contrairement à celui qui précédait, était tranquille, silencieux et presque désert. Le roi, quand il était au Plessis, tenait avant tout à s'assurer le calme nécessaire à la réflexion. Seuls deux archers étaient en poste au bas de l'escalier et Fiora, qui cherchait Mortimer, s'apprêtait à leur demander s'ils savaient où il était quand elle vit apparaître Étienne Le Loup qui se disposait à traverser la cour. Reconnaissant la jeune femme, il vint vers elle et la salua courtoisement :

– Notre sire est parti pour la chasse tôt ce matin, donna Fiora. Vous ne risquez pas de le rencontrer ici.

– Je sais. Je l'ai entendu partir, mais je pense que l'heure n'est pas éloignée de son retour, et c'est ce retour que je suis venue attendre pour le saluer et prendre nouvelles de sa santé.

– Si l'on tient compte de la vie épuisante qu'il a menée ces derniers mois, elle est excellente. D'ailleurs, vous voyez qu'à peine arrivé il s'est lancé à la chasse. Il en a été fort privé tous ces temps. Mais je ne saurais trop vous conseiller de rentrer chez vous, car le roi ne rentrera pas ce soir.

– Est-il donc parti si loin ?

– Encore assez. Il chasse en forêt de Loches. Il passera donc cette nuit au château de cette ville. Peut-être même y restera-t-il plusieurs jours si les piqueux ont fait bon ouvrage.

1. Je tiens à rendre ici hommage à M. Sylvain Livernet dont le très bel ouvrage *Tours au temps de Louis XI* m'a été d'un grand secours pour cette partie du livre. (*N.d.A.*)

Loches ! Le nom sonna sinistrement dans la mémoire de Fiora. C'était vers cette forteresse que l'on emmenait l'autre jour Mathieu de Prame prisonnier de sa cage, et peut-être le roi, sous couleur de chasse, n'y allait-il que pour l'interroger ? D'autres captifs, elle le savait, y étaient enfermés, à commencer par Fray Ignacio Ortega, le moine castillan qui l'avait poursuivie de sa haine et qu'elle avait empêché, de justesse, à Senlis, de tuer Louis XI. On l'avait envoyé à Loches, lui aussi, pour expier son forfait dans une autre cage. Il y avait encore un cardinal dont Fiora avait oublié le nom, mais il semblait que le roi eût fait de Loches le lieu de prédilection de ses redoutables justices. Les hommes y étaient traités comme des fauves, moins bien sans doute, et si Fiora ne s'attendrissait guère sur le sort du moine espagnol, son cœur se serrait au souvenir du jeune écuyer, enchaîné et misérable sous les rires et les injures d'une foule rendue plus cruelle encore par les libations d'un jour de fête.

– Il faut que je parle au roi ! dit-elle enfin. Le mieux serait peut-être que je me rende à Loches, moi aussi ?

Elle vit les yeux ronds du chambellan devenir presque ovales à force de stupeur. Il bredouilla :

– Aller... à Loches ?

Mais il n'eut pas le temps de continuer et se plia en deux pour un profond salut, cependant qu'une voix jeune et douce prenait sa suite :

– Ce serait folie si vous voulez bien me permettre cet avis, Madame. Le roi ne reçoit jamais personne quand il va là-bas car c'est le séjour des prisonniers politiques et quiconque ose enfreindre sa défense encourt sa colère. Souhaitez-vous connaître sa colère ?

La voix appartenait à une enfant, une toute jeune fille qui pouvait avoir treize ou quatorze ans, derrière laquelle une grande femme vêtue comme une dame de la cour se tenait debout, les mains sur son giron dans une attitude pleine de dignité. Quant à la fillette, Fiora, apitoyée, pensa qu'elle n'avait jamais vu adolescente plus disgraciée... ni plus imposante. Sous le velours bleu paon de la robe brodée de menues fleurs de lys d'argent, les épaules paraissaient inégales, le corps contrefait. Le visage, au nez trop grand, à la bouche triste et aux yeux légèrement globuleux, semblait s'être trompé de corps et appartenir à une femme beaucoup plus âgée. Mais que ce regard brun, presque douloureux, avait donc de douceur et de lumière! Ne sachant que dire tant cette fillette l'impressionnait, Fiora hésitait sur la conduite à tenir quand la dame qui accompagnait la renseigna, non sans une certaine sévérité.

– Inclinez-vous, Madame! C'est Madame Jeanne de France, duchesse d'Orléans, qui vous fait l'honneur de vous adresser la parole!

Fiora, confuse, plongea aussitôt dans sa révérence. Ainsi cette enfant était la plus jeune fille du roi, celle que, l'an passé, il avait obligé le jeune duc d'Orléans son cousin à épouser en confiant cyniquement à l'un de ses proches qu'il tenait à ce mariage parce que les enfants des jeunes époux « ne leur coûteraient guère à nourrir ». Une façon comme une autre d'en finir avec la branche rivale du vieux tronc capétien. Péronnelle avait, un soir d'hiver, raconté l'histoire avec force détails et force soupirs, et ses auditrices n'avaient pu démêler qui elle plaignait le plus, du jeune duc d'Orléans que l'on disait beau et bien fait, contraint d'épouser un pareil laideron, ou bien de la pauvrette que son sang royal ne sauvait pas de la pire des humiliations : celle d'être imposée de force à un garçon dont on disait qu'elle l'aimait de tout son cœur. Elle avait vécu son enfance au château de Linières, en Berry, où personne, pas même sa mère, ne venait la voir et, depuis son mariage, elle y était retournée, confiée à la garde des Linières qui l'avaient élevée [1]. Il était bien rare qu'on la vît dans les demeures royales qu'elle n'aimait pas, d'ailleurs, car elle savait que sa présence n'y était pas désirée.

1. Le jeune duc deviendra le roi Louis XII et répudiera Jeanne, au cours d'un procès en divorce crucifiant, pour épouser Anne de Bretagne. Jeanne, devenue religieuse, fondera l'ordre de l'Annonciade. Le pape Pie XII en fera sainte Jeanne de France.

– Madame, murmura Fiora, je supplie Votre Altesse de me pardonner mon ignorance. Quant à la colère du roi notre sire, croyez bien que je la redoute autant que quiconque, mais je souhaite lui faire entendre des faits d'une si grande urgence...

– Que vous êtes prête à braver tous les courroux du monde, même le sien ? Me direz-vous qui vous êtes ? Si je vous avais déjà rencontrée, je m'en souviendrais car vous êtes bien belle. Vous êtes étrangère, peut-être ?

– De Florence, Madame. Je m'appelais Fiora Beltrami et...

– Ah ! Je sais qui vous êtes ! On m'a parlé de vous ! s'écria Jeanne avec un sourire charmant qui lui rendit son âge et illumina son visage ingrat. Le roi mon père vous tient en grande estime et amitié. Mais... êtes-vous en deuil ?

– Oui. De mon époux, le comte Philippe de Selongey, mis à mort il y a deux mois à Dijon, pour rébellion. Il était... familier du défunt duc Charles.

– Oh ! Pardonnez-moi si je vous ai blessée, vous devez être très malheureuse. C'est vous qui habitez le manoir de La Rabaudière ?

– Oui. Et je souhaitais que notre sire me permette de le lui rendre. Je viens d'avoir un fils et...

– N'expliquez rien. Je crois que j'ai compris. J'ai peu de crédit, hélas, et ne puis vous être d'un grand secours. Tout ce que je peux vous offrir, c'est un conseil, si vous voulez bien l'accepter.

– Avec reconnaissance, Madame.

– N'affrontez pas mon père en ce moment ! Il est revenu encore tout bouillant de cette difficile reconquête des pays du Nord. Vous voyez, il n'a pu tenir en place plus de quelques heures. Laissez-lui le temps de retrouver sa sérénité... et surtout sa sagesse. Dans quelques jours tout ira mieux et vous pourrez parler avec lui. Mais je vous en conjure, faites très attention.

– Pourquoi ?

– Parce que vous allez sans doute l'offenser. Il lui est déjà arrivé de reprendre un présent si celui qui en avait été l'objet l'avait déçu, mais je crois que, jamais, quelqu'un ne lui en a rendu un spontanément. Il se peut qu'il n'apprécie pas. Ne brusquez rien et profitez de ce répit obligé pour réfléchir encore!

– J'ai déjà beaucoup réfléchi, Madame.

– Alors, c'est de Dieu qu'il faut prendre conseil. Moi, je prierai pour vous.

Sans laisser à Fiora le temps de la remercier, la petite princesse allait s'éloigner d'un pas inégal qui serra le cœur de son interlocutrice, quand, soudain, elle se ravisa :

– Je comptais rentrer à Linières demain, pourtant je vais rester ici encore quelques jours si vous me promettez de ne rien précipiter.

– Votre Altesse consentirait-elle à m'aider?

– Je vous l'ai dit : j'ai peu de pouvoirs, mais je voudrais mettre ce peu à votre service. Rentrez chez vous et surtout n'en bougez pas avant que je vous envoie chercher. C'est promis?

– C'est promis... mais je ne sais comment vous dire...

– Non! Ne me remerciez pas. C'est moi qui, au contraire, devrais le faire.

Comme Fiora visiblement ne comprenait pas, Jeanne ajouta avec ce beau sourire qui faisait oublier sa laideur :

– Vous venez de me prouver que l'on pouvait être à la fois belle comme le jour et profondément malheureuse. Quand j'aurai envie de me plaindre, je penserai à vous!

Elle posa un instant sa main menue, fragile comme une patte d'oiseau, sur celle de Fiora que sa révérence agenouilla presque puis, prenant le bras de Mme de Linières, elle se dirigea vers la basse-cour, saluée comme il convenait par les gardes des portes. Fiora la vit se rendre à la chapelle vouée à Notre-Dame de Cléry où elle entra.

– Quand on pense à une princesse, dit Florent qui la suivait des yeux, on imagine toujours une grande et belle dame, superbement habillée et parée de toutes les grâces.

Je n'imaginais pas que le roi pût avoir une fille aussi affreuse.

– Taisez-vous donc! Vous ne savez pas ce que vous dites! Affreuse? avec ce regard lumineux, avec ce sourire qui semble contenir toute la douceur du monde? Je suis bien sûre que Dieu, lui, n'est pas de votre avis! Rentrons!

Comme elles avaient assisté à son départ, Léonarde et Péronnelle guettaient son retour. Quand elles apprirent que Fiora n'avait pu rencontrer le roi, elles eurent toutes les peines du monde à cacher leur soulagement. Quelques jours, ce n'était pas grand-chose, mais c'était toujours un répit. Et que cette rencontre avec la jeune duchesse d'Orléans était donc réconfortante! Fiora avait promis de remettre sa démarche jusqu'à ce qu'elle l'y autorisât, en quelque sorte. Léonarde reprit courage.

– Quelque chose me dit que nous n'allons pas quitter cette chère maison avant longtemps, confia-t-elle à Péronnelle. J'espère beaucoup que notre sire saura convaincre donna Fiora de ne pas s'éloigner et que nous allons passer ensemble le plus délicieux des hivers.

– Vous croyez?

– Oui, je le crois. Ce que je craignais par-dessus tout, c'était que notre jeune châtelaine ne tombe sur le roi comme la foudre et ne s'attire son ressentiment. Je pense à présent que les choses devraient se passer au mieux, et que nous resterons tous ensemble.

Ces quelques phrases pleines d'espérance, la pauvre Léonarde devait y penser souvent, au cœur des interminables nuits sans sommeil qui allaient être son lot durant ce même hiver qu'elle avait espéré si doux.

Sous les rideaux de brocatelle fleurie qui enveloppaient son lit, Fiora sommeillait. Une grande fatigue s'était emparée d'elle à son retour du Plessis. Après avoir accepté de Péronnelle une écuelle de bouillon de légumes, elle avait regardé Marcelline donner le sein au petit Philippe, puis elle s'était retirée chez elle, sans accepter qu'on l'aidât à se dévêtir. Une fois de plus, elle était aux prises avec ce grand désir de solitude qui désolait tant Léonarde, la seule idée de parler, d'écouter, de répondre lui étant presque insupportable. Il lui semblait être un fétu de paille, un bouchon emporté sur les eaux tumultueuses du destin sans qu'il soit accordé à sa volonté propre la moindre chance de s'exprimer. Il n'y avait rien d'autre à faire qu'essayer de trouver un peu de repos et, jetant ses vêtements autour d'elle sans se soucier de l'endroit où ils tombaient, elle alla se glisser dans ses draps frais qui fleuraient bon l'iris et laissa son corps s'y détendre jusqu'à ce que la nuit, s'insinuant entre les branches de la croix que formait le meneau de sa fenêtre, eût fondu dans la grisaille les vives couleurs du tapis de Smyrne étendu sur le dallage et envahi la pièce en y laissant pénétrer une fraîcheur annonciatrice de l'automne.

Fiora n'avait pas permis qu'on allumât le feu, toujours préparé dans toutes les cheminées de la maison, pas plus que la veilleuse disposée à son chevet. Elle n'avait pas envie de lire, bien que le volume disposé auprès d'elle fût l'un des discours de Platon qu'elle avait le plus aimés dans son enfance studieuse. A quoi pouvait lui servir la sagesse grecque, au fond d'un manoir perdu entre fleuve et forêt, quand son cœur et son esprit flottaient à la dérive sans plus savoir de quel côté il convenait de se tourner ? La seule chose vivante, dans cette chambre, était la brise du soir qui passait par l'un des vitraux ouverts de sa fenêtre et lui apportait l'odeur de feuilles mouillées qu'une pluie récente avait étendue sur le jardin.

L'un après l'autre, les bruits familiers de la maison s'éteignirent. Fiora entendit Florent tirer de l'eau au puits de la cour pour que Péronnelle en eût quand, au matin, elle réveillerait le feu de la cuisine. Puis ce fut le pas d'Étienne qui faisait une dernière ronde et sifflait ses chiens avant de regagner son lit dans les communs, aux abords du chemin creux; celui des portes que Léonarde fermait l'une après l'autre en tirant les verrous; le craquement léger de l'escalier de bois du second étage sous le poids de Péronnelle qui rejoignait sa chambre, suivi de celui – plus léger – de Florent. Enfin, le faible grincement de sa propre porte quand Léonarde l'entrouvrit pour s'assurer que Fiora dormait. Dans la chambre voisine, le bébé pleura un peu et Marcelline fredonna quelques mesures d'une vieille berceuse pour l'endormir, puis Fiora entendit craquer le lit sous le poids de la nourrice. C'était fini : la maison avait cessé de vivre pour laisser entrer les bruits nocturnes de la campagne environnante. Tout était en ordre, chacun des habitants du manoir ayant emporté avec lui, pour la déposer jusqu'au retour du jour, sa charge de soucis et de peines. Seule Fiora n'avait rien déposé, bien qu'elle essayât de toutes ses forces. C'eût été si bon d'oublier les peines, les devoirs, les obligations que lui créaient son veuvage et l'honneur du nom qu'elle portait, pour n'être plus que ce qu'elle était : une très jeune femme qui n'avait pas vingt ans, un corps fait pour l'amour et qui ne connaîtrait plus jamais les caresses ni le soleil rouge du plaisir, une âme trop tôt meurtrie qui voulait vivre bien qu'elle n'en eût plus vraiment le courage. Qu'attendre d'une vie où il n'y aurait plus le rire de Philippe, les mains de Philippe, la bouche de Philippe, le corps de Philippe dont elle croyait sentir encore, en fermant les yeux, le poids impérieux et doux quand il l'obligeait à s'ouvrir pour lui...

La pensée de la mort lui revint, comme elle lui venait trop souvent depuis qu'elle avait rencontré Mathieu, et, ce soir, elle s'imposait avec plus de force que jamais. Si Fiora disparaissait, ceux qu'elle aimait, les rares êtres que la vie lui eût laissés, pourraient continuer à vivre dans cette maison où ils se sentaient si bien. On l'enterrerait dans l'île, près du prieuré Saint-Côme, afin qu'elle pût reposer en terre bénite, et Léonarde, chaque matin, viendrait fleurir sa tombe avec des bouquets de lilas, de pivoines, de roses et de chèvrefeuille, d'œillets, de pervenches ou de perce-neige, selon les saisons. Entre ses mains, le petit

Philippe serait bien gardé, bien élevé et, certainement, le roi ne lui ménagerait pas sa protection. Oui, ce serait la meilleure des solutions, à condition que la mort vînt naturellement. Un suicide ne ferait que jeter l'opprobre sur ceux qu'elle aimait, à moins que sa mort ne ressemblât à un accident ? Les pêcheurs du pays disaient que la Loire avait d'étranges tourbillons, des courants violents et des creux profonds. Plus d'un imprudent s'y était perdu en se baignant.

Bien sûr, la saison n'était plus guère à la baignade. Les matins étaient frais et déjà brumeux si les couchers de soleil gardaient un peu de chaleur dans leurs pourpres et leurs ors. Ce serait tellement simple, tellement facile! Presque agréable ? Juste un peu de courage pour faire les premiers pas, et puis s'étendre dans l'eau fraîche et se laisser emporter, rouler par elle jusqu'aux portes de l'infini.

Fiora ferma les yeux pour mieux savourer l'idée qu'elle se faisait de cette façon de quitter le monde et ne s'aperçut pas que, à force de s'imaginer dans l'anéantissement fatal, elle finissait par s'endormir...

Une angoisse subite la réveilla et la dressa assise sur son lit, le cœur battant et la sueur au front. La chambre était obscure, mais le vent s'était levé et le battant de la fenêtre tapait contre le mur. Fiora rejeta le drap qu'elle avait gardé serré contre elle et voulut se lever pour aller refermer. Elle n'eut pas le temps de mettre les pieds à terre : le choc étouffant d'une couverture s'abattit sur elle et, aussitôt, elle sentit que des bras l'encerclaient et s'efforçaient de la maintenir tandis qu'une corde se resserrait sur ses bras. Elle se débattit avec une énergie sauvage, hurla :

– Au secours!... A l'aide!... Haaaaa!

Cherchant sa gorge à tâtons, des doigts étouffèrent ses cris, mais d'autres leur faisaient écho. Elle entendit hurler Marcelline et aussi Léonarde qui suppliait le ou les agresseurs de libérer Fiora. Il y eut aussi un bruit de lutte suivi d'un gémissement de douleur, puis une voix hargneuse :

– Tenez-vous tranquille ou je saigne le gamin comme un poulet !

– Non ! hurla Léonarde ! Pas l'enfant, pas l'enfant... pour l'amour de Dieu !

– Laissez Dieu tranquille et dites à l'homme qu'il aille enfermer ses chiens s'il ne veut pas qu'on les égorge. On va l'accompagner pour qu'il ne s'égare pas...

A travers l'épaisseur de la couverture, Fiora entendit encore la voix aiguë de Péronnelle qui hurlait des paroles sans suite et, comme la pression qui la maîtrisait semblait s'être relâchée, elle essaya de se débarrasser de l'épaisse étoffe.

Elle voulut crier de nouveau mais, au premier son, les doigts qui avaient lâché sa gorge se resserrèrent, étranglant le cri. Elle suffoqua, cependant qu'un voile rouge tombait devant ses yeux. Avec un brutal désespoir, elle pensa qu'elle allait mourir là, étranglée par un quelconque bandit, bien que la voix qu'elle avait entendue menacer avec un léger accent étranger ne lui fût pas tout à fait inconnue. C'était trop bête de finir ainsi ! Elle trouva tout juste la force d'un dernier gémissement avant de sombrer dans une totale inconscience.

Le froid de l'eau qu'on lui jetait au visage ranima Fiora. Elle toussa et voulut porter les mains à son cou qui la brûlait, mais les liens qui lui maintenaient les bras écartés l'en empêchèrent. Ouvrant péniblement les yeux, elle vit qu'elle se trouvait dans une petite pièce obscure et entièrement faite de planches qui lui donnaient assez l'air d'une boîte. Une chandelle posée sur un tonneau coulait et fumait en dégageant une odeur âcre et, découpée dans l'un des côtés, une petite ouverture carrée laissait passer un peu de brume. Elle était couchée sur une paillasse, toujours vêtue de la chemise dans laquelle elle dormait, et une couverture – peut-être celle dans laquelle on l'avait ficelée – recouvrait le tout.

L'eau coulait le long de ses joues et de son cou, mouillant désagréablement ses cheveux. Elle tourna la tête pour voir d'où elle lui était venue et poussa un cri de frayeur en essayant de se reculer le plus loin possible dans le lit qui la supportait : ce qu'elle découvrit n'avait pas de visage, mais un long bec blanc et de gros yeux globuleux entourés d'une large bande rouge...

– Qui êtes-vous ? Que voulez-vous ?

– Causer, ma belle, simplement causer. Nous avons une longue route à faire ensemble. Elle sera ce que tu décideras : relativement agréable... ou très pénible. De toute façon, tu seras gardée étroitement et je ne te laisserai pas la moindre chance d'évasion.

– Encore une fois, qui êtes-vous et où m'avez-vous amenée ? On dirait que nous sommes dans un bateau ?

En effet, le cadre de bois qui retenait sa paillasse bougeait légèrement et l'on entendait au-dehors un friselis léger qui pouvait être celui de l'eau glissant contre une coque.

– Bien deviné ! Nous sommes, en effet, sur une barge qui descend la Loire, une honnête barge de marchand sur laquelle personne n'aura l'idée de nous chercher, en admettant que l'on coure après nous !

Le ton sarcastique de l'homme-oiseau passa comme une râpe sur les nerfs tendus de Fiora :

– Ceux de ma maison ? Qu'en avez-vous fait ? Mon enfant n'est pas...

– Mort ? Pour qui me prenez-vous ? Quant à ceux de votre maison, comme vous dites, à l'exception d'un jeune énergumène aux cheveux filasse qu'un de mes hommes a blessé, ils se portent aussi bien que l'on peut se porter quand on est ficelé comme saucissons. J'espère pour eux qu'au jour quelqu'un viendra les délivrer.

– Florent est blessé ? Est-ce grave ?

– Ne m'en demandez pas trop ! Je n'en sais rien. Et si j'ai un conseil à vous donner, c'est d'oublier tous ces gens. Il passera beaucoup de temps avant que vous ne les revoyiez... si même vous les revoyez un jour !

Fiora se tordit pour essayer de libérer une de ses mains, mais réussit seulement à se faire mal. L'homme au masque – car c'était tout juste l'un de ces masques dont s'affublent les médecins en temps de peste – se pencha sur elle :

– Si vous êtes prête à vous tenir tranquille, je libérerai vos mains. D'ailleurs, je vous l'ai dit, vous serez surveillée sans arrêt.

– Alors, pourquoi m'avoir attachée ?

– Pour que vous compreniez mieux ce que vous risquez !

Enlevant d'une main la couverture qui couvrait la jeune femme, il tira une dague de l'autre main et fendit la chemise depuis le haut jusqu'en bas. Le tissu soyeux glissa de chaque côté, révélant le corps de Fiora dans son entière nudité. Instinctivement, elle ferma les paupières en les serrant très fort pour ne plus rien voir : ce qui était une réaction infantile. Elle ne voyait rien, en effet, mais elle sentit... Elle sentit les doigts durs de l'homme autour de ses seins puis le long de son ventre et plus bas encore, se livrant à une indiscrète exploration. Elle se tordit pour échapper à ces mains qui prenaient possession d'elle et hurla :

– Laissez-moi ! Je vous défends de me toucher.

– Tais-toi, sinon ce sera le bâillon ! Tu es belle, la fille, mais ça je le savais déjà. Alors j'ai décidé ceci, car je dois te livrer vivante et en aussi bon état que possible : ou bien tu te montres soumise, tranquille, et tu ne seras qu'enfermée chez moi. Ou bien tu me causes des ennuis et tu vivras enchaînée sur la caraque qui nous attend à Nantes et chaque soir je te livrerai à mes hommes. Ils sont dix dont un Tartare et un nègre du Soudan. Mais, bien sûr, je passerai le premier... et par tous les diables de l'enfer, je me demande bien pourquoi je m'en priverais ! A moi l'étrenne !

Il arracha le masque qui avait dû servir à effrayer les gens du manoir et Fiora, sans véritable surprise car elle s'y attendait plus ou moins depuis quelques instants, reconnut l'étranger du parvis Saint-Martin, celui que Florent avait vu rôder autour de la maison. Elle l'avait trouvé laid et inquiétant lors de leur première rencontre, mais cette fois son visage enflammé par la lubricité lui parut l'image même du démon. Comprenant qu'il allait la violer sans plus attendre en dépit de ce qu'il avait dit, elle poussa un long hurlement qui dut résonner d'une rive à l'autre du fleuve. Furieux, il lui appliqua sur la bouche une main brutale qu'elle mordit. A son tour il cria puis, de toutes ses forces, il la gifla à plusieurs reprises, ajustant ses coups pour qu'ils fassent le plus mal possible.

La tête de Fiora allait et venait. Elle ne criait plus mais gémissait, et des larmes de douleur coulaient sur sa figure qui devenait brûlante. Et puis, quelque chose se passa. Quelqu'un entra dans la cabine et empoigna son tourmenteur. A demi assommée, elle ne vit rien d'abord qu'une ombre qui lui parut gigantesque à travers ses larmes. Puis de cette ombre vint une voix extraordinaire. Profonde comme la mer, elle avait l'épaisseur onctueuse d'un baume.

– Le maître a dit : vivante et en bonne santé ! Pas de blessures, pas de mauvais traitements, sinon il ne paie pas. Et regarde ! elle saigne !

– Elle m'a mordu, la garce ! Elle a crié, crié...

– Domingo a entendu. Laisse-le faire et pense à la récompense ! Cette femme vaut beaucoup d'or. Va !

La porte grinça de nouveau pour saluer la sortie de l'étranger. Fiora vit alors que ce qu'elle avait pris pour une ombre était une sorte de colosse noir dont le visage et les mains se distinguaient mal des vêtements sombres et du turban couleur lie-de-vin qu'il portait. Quand il approcha du lit, la flamme de la chandelle révéla le blanc laiteux des gros yeux bruns et celui, éclatant, des dents qui apparaissaient entre les lèvres semblables à deux bourrelets de cuir rougeâtre. Il considéra un instant la jeune femme liée à sa paillasse, comme la victime expiatoire de quelque monstrueux sacrifice, et haussa les épaules. Les yeux de Fiora n'étaient plus qu'une interrogation angoissée. Elle tremblait à la fois de froid et de peur, car ce sombre visage n'avait rien de rassurant, pourtant ses mains avaient beaucoup de douceur quand il ramena sur elle les deux morceaux de la chemise et, ramassant la couverture, l'en recouvrit. Puis, tirant de la grande ceinture qui lui drapait le ventre un long poignard à manche courbe, il coupa les liens des poignets. Fiora soupira de soulagement et frotta ses chairs meutries avant de glisser ses bras au chaud de l'épais tissu laineux.

– Merci, murmura-t-elle, et merci aussi pour ce que vous avez fait il y a un instant. Me direz-vous qui vous êtes et quel...

– Ne parle pas! Dors!

– Comment pourrais-je dormir dans la situation où je me trouve? Ne comprenez-vous pas...

– Tu vas dormir. Avec ça.

Le Noir tira de sa tunique une petite boîte d'argent d'où il sortit une pilule brune qu'il mit dans la bouche de la jeune femme. Puis, prenant un pot d'eau posé dans un coin, il lui en fit boire une gorgée.

– Dors! répéta-t-il, Domingo reste ici.

La drogue devait être puissante car à peine l'eût-elle avalée que Fiora sentit son corps se détendre sous l'influence d'une torpeur qui n'était pas désagréable. Avant de fermer les yeux, elle eut le temps de voir le Noir s'asseoir en tailleur près de l'étroite ouverture par où entrait l'air et faire glisser entre ses doigts les grains d'un court chapelet d'ambre.

Quand elle rouvrit les yeux après un temps impossible à évaluer, l'étroite cellule de bois était éclairée par un rayon de soleil rouge et horizontal qui annonçait le couchant. L'homme noir avait disparu et Fiora vit qu'elle était seule. En se redressant, elle découvrit des habits posés sur ses pieds et se hâta de les revêtir. Il y avait une chemise et des caleçons d'une toile de Flandre d'assez belle qualité, une robe de tiretaine grenat avec une ceinture de cuir tressé et des manches lacées, enfin des bas et des chaussures qu'elle reconnut pour être celles qu'elle avait ôtées la veille en se couchant. C'était loin d'être élégant, mais ainsi vêtue Fiora se sentit mieux, et surtout plus en sécurité. Un voile de tête et un grand manteau noir à capuche complétaient l'équipement. Elle les laissa de côté pour le moment et s'approcha de l'ouverture qui laissait entrer la lumière pour aspirer l'air tiède déjà chargé de senteurs marines.

La barge avançait toujours, poussée par les longues rames dont elle pouvait entendre le clapot régulier et aidée par le courant du fleuve. Une rive couverte de hautes herbes et bordée de roseaux défilait lentement à la hauteur de ses yeux. Elle était toute proche et Fiora fut saisie de l'envie irrésistible de la toucher, de la rejoindre. Il fallait qu'elle trouve un moyen de quitter ce bateau et d'échapper à ces ennemis inconnus qui l'emmenaient Dieu sait où. Peut-être en Afrique ? L'homme, hier, avait parlé d'une caraque attendant à Nantes et le Noir Domingo avait dit qu'elle valait beaucoup d'or. Se pouvait-il que ces gens l'eussent enlevée pour la vendre comme esclave à quelque Sarrasin ?

Pour évaluer ses chances, elle alla près de la porte. Elle était fermée à clef, bien sûr, mais ne semblait pas très solide. Elle avait cet aspect fragile, un peu branlant des battants qui ne tiennent que par un loquet. Peut-être serait-il possible de le soulever en introduisant un objet long et mince dans la rainure ? Et Fiora commença une inspection minutieuse de sa prison, dans l'espoir de trouver ce qu'il fallait pour s'en servir quand la nuit serait venue.

Évidemment, elle ne savait pas sur quoi donnait cette porte ni ce qu'elle trouverait derrière. Le faux marchand avait bien parlé de dix hommes, mais Fiora avait besoin de cette activité qui lui permettait de rêver sa prochaine libération pour ne pas sombrer à nouveau dans le désespoir.

Le cadre du lit tenait par des pentures de fer plates dont l'une avait du jeu. Agenouillée, Fiora essayait de la détacher quand la basse profonde de Domingo la fit tressaillir. En dépit de sa taille et de son poids, le Noir était entré sans faire plus de bruit qu'un chat :

– Tu vas abîmer tes mains pour rien, jeune femme ! Tu n'as aucune chance de nous échapper. Mange plutôt ce que Domingo t'apporte !

Il tenait une écuelle d'où s'échappait une odeur de viande et d'épices chaudes qui rappela à la captive qu'elle avait faim. Docilement, elle s'assit sur son lit pour recevoir ce qu'on lui apportait et dévora sans se faire prier le ragoût de viandes et de raves contenu dans le récipient. Puis elle vida d'un trait un gobelet de vin qui acheva de lui rendre ses forces et ce goût du combat qu'elle croyait ne plus jamais retrouver, accablée qu'elle était par la douleur et les regrets. Elle leva alors les yeux sur le géant noir qui la regardait :

– Puis-je enfin poser des questions ? fit-elle.

– Que veux-tu savoir ?

– D'abord, qui êtes vous ?

– Rien. On m'appelle Domingo, c'est tout.

– Ce n'est pas beaucoup, en effet. L'homme de cette nuit, celui qui portait un masque d'oiseau blanc et que vous avez empêché de... Quel est son nom ?

– Il te le dira lui-même, s'il le juge bon. Domingo peut seulement dire qu'il est le chef.

Se rappelant la façon dont Domingo l'avait chassé de la cabine, Fiora pensa que c'était là un drôle de chef mais, sentant qu'elle n'en saurait pas plus, elle changea de sujet.

– Pourquoi m'avez-vous enlevée ? Où m'emmenez-vous ?

Le Noir hocha sa tête enturbannée et haussa les épaules dans un geste d'impuissance, mais ne répondit rien. Reprenant les ustensiles qui avaient servi au repas, il se dirigea vers la porte. Ce fut seulement sur le point de sortir qu'il murmura :

– S'il veut te le dire, il te le dira. Repose-toi en attendant!...

– Je me suis assez reposée! s'écria Fiora qui commençait à perdre patience. Va lui dire que je veux le voir!

– Tu n'as aucun intérêt à dire : je veux!

Des heures passèrent, interminables pour celle qui n'avait aucun moyen de les mesurer. Le soir tomba, puis la nuit. Rivée à l'étroite fenêtre, Fiora vit que la berge s'éloignait, sans doute parce que le fleuve s'élargissait. Une odeur de vase dominait à présent celle de l'eau. De temps en temps, des voix se faisaient entendre, mais elles s'exprimaient dans un langage inconnu. De guerre lasse, Fiora finit par rejoindre sa paillasse où elle se roula en boule après s'être enveloppée de son manteau. Elle ignorait où se trouvait cette ville de Nantes où le navire de haute mer les attendait. Elle savait seulement – et pour cause! – que c'était un port, et aussi qu'elle n'y serait plus sur les terres du roi de France, mais sur celles du duc de Bretagne. C'est dire que le secours devenait de plus en plus difficile, sinon impossible.

Un peu avant l'aube, Domingo vint la réveiller. La barge n'avançait plus, elle roulait un peu. A la lumière de la chandelle, Fiora vit que l'ouverture de sa cellule avait été bouchée avec un tampon de bois taillé tout exprès pour s'y encastrer.

– Sommes-nous à Nantes? demanda-t-elle.

– Ne pose pas de questions. Je dois te bander les yeux, ensuite je te porterai.

Il n'y avait aucun moyen de refuser, le rapport des forces n'étant vraiment pas en sa faveur. Fiora se laissa bander les yeux, puis se sentit soulevée de terre et emportée comme un simple paquet. A travers le tissu du bandeau, elle perçut vaguement la lumière et la chaleur d'une torche. Elle entendit quelques voix, s'exprimant toujours dans cette langue inconnue, dont celle du faux marchand. A l'intonation, elle comprit qu'il donnait des ordres.

Le voyage dura un certain temps. En quittant la barge,

Fiora sentit qu'on la déposait dans une barque dont les rames grinçaient un peu. Puis Domingo la reprit, mais, au lieu de la tenir dans ses bras, ce qui était relativement confortable, il la jeta sur son épaule comme un sac de grains et, avec elle, monta une échelle qui devait être placée au flanc d'un bateau. A l'odeur de vase se joignaient à présent celles du bois humide et du goudron. Il y eut un bruit de pas sur les planches d'un pont, puis un escalier, une porte que l'on ouvrit et, finalement, Fiora fut posée sur un matelas ou sur des coussins qui lui parurent assez doux après la paillasse de la barge dont la toile laissait percer quelques brins de paille. Elle espéra qu'on allait lui enlever le bandeau, mais, au contraire, Domingo lui lia soigneusement les mains et les pieds. Elle protesta :

– Pourquoi me ligoter ? Je ne me suis pas défendue, il me semble, et je n'ai pas crié !

– Sans doute, et tu diras à Domingo s'il te serre trop, mais sois sans crainte, cela ne durera pas. Seulement jusqu'à ce que le bateau soit assez éloigné de la terre. Domingo viendra te délivrer et te porter à manger.

– Cela risque d'être long. Quand partons-nous ?

– Bientôt. La marée est là ! Reste tranquille. Domingo va rester devant la porte.

Demeurée seule, Fiora, en dépit des ordres du grand Noir, se tortilla pour essayer de se libérer. Ce n'était pas facile : ses mains étaient liées derrière son dos et, si Domingo n'avait pas serré très fort, les nœuds étaient bien faits, et plus Fiora tirait dessus, plus ils semblaient se resserrer. Mais, à s'agiter ainsi, le bandeau glissa de ses yeux et, bien qu'on ne lui eût laissé aucune lumière, elle vit qu'elle se trouvait, comme elle l'avait supposé, dans le château arrière d'une caraque.

Ce type de navire était familier à la jeune femme. Les deux bateaux de son père, la *Santa Maria del Fiore* et la *Santa Madalena*, étaient du même genre et elle les avait trop souvent visités pour ne pas les connaître à fond. Elle savait que ces navires, dont beaucoup étaient construits à Gênes et à Venise, comportaient deux ponts et deux châteaux à la manière des nefs romaines. Celui de l'arrière, à peine plus élevé que l'avant, renfermait les chambres du capitaine et des passagers de marque. C'était dans l'une de celles-là qu'on l'avait transportée, et elle savait comment s'ouvrait le panneau à petits carreaux sertis de plomb qui prenait jour au-dessus du gouvernail. Si elle parvenait à se libérer, elle pourrait se jeter à l'eau en dépit de la hauteur et nager dans le port assez loin pour n'être pas reprise. La suite appartiendrait à la chance...

Son corps mince ayant toute la souplesse de la jeunesse, elle réussit, non sans peine il est vrai, à faire passer son torse et ses jambes dans l'anneau formé par ses bras puis, ayant amené ses mains à la hauteur de sa bouche, elle attaqua les nœuds avec ses dents. Le jour se levait et grisaillait le vitrage. Sur les ponts, on entendait le claquement des pieds nus de l'équipage qui courait aux manœuvres. Il y eut le long grincement d'un cabestan. Le bateau bougeait sous l'assaut de la marée et tirait sur son ancre comme un chien sur sa laisse. Les commandements se succédaient, hurlés d'une voix forte en italien. Fiora s'activa davantage encore et dut retenir un cri de joie quand enfin les liens cédèrent. Délivrer ses jambes fut l'affaire de quelques instants et, sautant à bas de la couchette, elle courut vers la fenêtre, cherchant à ouvrir le crochet, quelque peu rouillé hélas, qui la maintenait fermée. En bas, elle apercevait l'eau grise et plus loin une forêt de mâts derrière lesquels montaient les toits pointus d'une ville, les flèches des églises et les tours d'un puissant château.

Fiora s'énervait, la proximité de la liberté la rendait maladroite. Le bateau, elle s'en rendait compte, était en train de quitter son mouillage. Il fallait faire vite. Sur le fer rugueux, ses doigts s'écorchaient... et puis la porte s'ouvrit et Domingo parut. Avec une rapidité surprenante chez un homme de sa corpulence, il bondit sur la jeune femme, la maîtrisa et la rapporta sur sa couchette en rattachant hâtivement ses mains :

– Folle que tu es ! souffla-t-il. Le chef arrive. S'il t'avait découverte avant Domingo...

Il n'acheva pas. Elle avait compris et, se rappelant les menaces que l'homme avait fulminées, elle se laissa faire sans chercher à lutter. L'occasion était perdue. Mieux valait patienter, attendre peut-être une circonstance plus favorable... La patience ! Cette vertu des vertus que son ancien ami Démétrios lui avait si souvent prônée ! En vérité, elle se sentait lasse comme après une longue course. Aussi, quand son ravisseur fit sonner le plancher sous le talon ferré de ses bottes, était-elle parfaitement calme et immobile.

Il vint se planter devant elle, plastronnant, les jambes écartées et les mains crochées dans le large ceinturon de cuir qui lui serrait la taille, avec la satisfaction arrogante du brigand qui a réussi un beau coup. Fiora se demanda un instant si elle allait devoir subir à nouveau ses assauts, mais Domingo ne semblait pas décidé à céder la place et demeurait debout auprès d'elle comme un énorme chien de garde. Ce fut à lui que l'homme s'adressa en premier :

– Tu as bien travaillé. Grâce à toi, nous voici en sûreté sur ce bateau et notre belle prisonnière n'a plus aucune chance de nous échapper. Tu peux la délier. Puis tu nous laisseras.

Sans un mot, le grand Noir débarrassa Fiora de ses liens, mais reprit sa place au chevet de la couchette avec une fermeté qui ne laissait aucun doute sur sa détermination. L'autre fit la grimace :

– Eh bien ? tu n'as pas entendu ? Je t'ai dit de nous laisser !

– Non. Domingo a été envoyé avec toi uniquement pour veiller sur la prisonnière. Il doit en répondre. Domingo veille et veillera.

– Mais enfin, s'insurgea Fiora qui, en retrouvant sa liberté de mouvement, se sentait beaucoup plus forte, me direz-vous enfin où vous m'emmenez ? Cet homme a dit hier que je valais beaucoup d'or. Qui doit donner cet or ? Vous n'allez pas, j'espère, me livrer à quelque pirate sarrasin ?

– Rassurez-vous ! Ces gens-là ne sont pas assez riches, et il est vrai que vous valez cher.

– Alors qui ? Pour qui Domingo veille-t-il sur moi ? A qui doit-il répondre de moi ?

– Au pape !

Fiora crut à une boutade et haussa les épaules :

– Vous n'êtes pas drôle ! Répondez-moi sérieusement. Qu'est-ce que vous risquez, à présent ?

– Mais je vous réponds sérieusement.

– Alors vous mentez ! Le pape habite Rome. Si vous m'y emmeniez, je devrais être à cette minute liée au fond de quelque litière ou de quelque chariot en route vers Marseille ou tout autre port de la côté méditerranéenne. Or, on m'a appris assez de géographie pour savoir que nous voguons sur le grand océan.

– Peste ! Vous êtes savante. Eh bien, ma chère, sachez que nous allons tout de même à Rome. Le voyage en contournant l'Espagne est sans doute plus long, mais plus sûr. Rien à craindre sur cette caraque des surveillances du roi Louis. Sur terre, nous risquions de laisser des traces. Pas ici. De toute façon, Sa Sainteté n'est pas pressée. Elle m'a dit : « Gian-Battista, prends le temps qu'il faut afin de mener à bien ta mission. Si tu reviens pour la fin de l'année, Nous en serons satisfait... »

Abasourdie, Fiora n'arrivait pas à en croire ses oreilles.

– Le pape ! répéta-t-elle. Mais qu'est-ce que le pape peut vouloir de moi ? Vous êtes certain de ne pas vous tromper ?

– Tout à fait certain. Vous êtes bien donna Fiora Beltrami ? Votre ami Nardi à qui nous avons rendu visite à Paris nous a donné là-dessus toute assurance quand nous l'avons... convaincu de nous dire où vous étiez cachée.

Un désagréable filet glacé coula le long de l'échine de

Fiora. Ce misérable avait appuyé sur le mot « convaincu » au point de lui faire peur.

– Je n'étais pas cachée, mais je m'étonne tout de même qu'Agnolo Nardi vous ait fait ses confidences.

– Il n'y était guère disposé. Il s'est même laissé griller quelque peu la plante des pieds. Pas trop, rassurez-vous ! Nous avons eu une bien meilleure idée en menaçant de faire subir le même sort à sa femme. Il est devenu beaucoup plus bavard ! Et, bien sûr, nous avons veillé à ce que l'on ne vous envoie aucun message. C'est à la suite de cela que j'ai eu le plaisir de vous voir à Tours.

Horrifiée, révulsée d'horreur et de dégoût, Fiora, toutes griffes dehors, bondit comme une panthère furieuse à la gorge du misérable.

– Vous avez osé ça ? En plein Paris ! Attaquer le meilleur des hommes, la plus douce des femmes ! Qu'en avez-vous fait ? Répondez-moi ! Je veux savoir.

Surpris par l'attaque, l'homme qui étouffait déjà se défendait mollement. Les forces de la jeune femme étaient décuplées par la rage et elle eût peut-être eu raison de son ennemi si Domingo ne l'avait arrachée à temps. L'homme se laissa tomber sur le sol en massant sa gorge douloureuse. D'une voix enrouée, il déversa sur la jeune femme un torrent d'injures italiennes auxquelles, faisant appel à ses souvenirs, elle répondit avec brio. Un instant, la cabine se mit à ressembler à quelque marché de la péninsule où les disputes sont le pain quotidien. Fiora, un peu étonnée de ce vocabulaire imagé qui lui venait tout seul, se retrouvait florentine jusqu'au bout des ongles et Domingo eut beaucoup de mal à empêcher les deux adversaires de se colleter de nouveau.

– Foi de Montesecco ! hurla Gian-Battista, a-t-on jamais vu pareille mégère ? Une panthère ne serait pas plus méchante.

– Tu oses parler de méchanceté, misérable ruffian ? Je veux savoir ce qu'il est advenu de mes amis !

– Ils se portent comme toi et moi, mieux que moi peut-être. Dès l'instant où je savais ce que je voulais, ils ne m'intéressaient plus. Sois tranquille, ils pourront encore voler leurs clients. Quant à toi... estime-toi heureuse que je ne t'envoie pas à fond de cale. Tu vas rester avec elle, Domingo ! Si elle réussissait à s'échapper, sois certain que je ferais voler ta grosse tête noire, même si le pape la considère comme précieuse. Moi, je vous ai assez vus tous les deux.

Il sortit en titubant un peu, à la grande mais fugitive satisfaction de sa prisonnière, vite reprise par l'anxiété. Que pouvait lui vouloir le « vicaire du Christ » ? Pas grand-chose de bon, elle le redoutait. Elle avait fait échouer ses plans sur Florence et envoyé dans une cage de fer l'homme que Sixte IV avait chargé de poignarder le roi de France. Ce n'était certainement pas pour la couvrir de fleurs qu'il avait pris la peine de monter cet enlèvement. Peut-être le temps que durerait ce voyage mesurait-il celui qui lui restait à vivre ? Quelle autre vengeance que la mort pouvait exercer un pape ?

Soudain, une violente nausée souleva l'estomac de Fiora. Le lourd bateau qui atteignait la haute mer tanguait et roulait sur la longue houle atlantique. La jeune femme, aux prises avec un mal de mer aussi subit qu'imprévu, trouva tout juste la force d'aller se jeter sur sa couchette.

Certain désormais qu'elle ne bougerait même pas un doigt, Domingo sortit pour aller chercher de l'eau.

Deuxième partie

LES PIÈGES DE ROME

CHAPITRE V

LES GENS DU VATICAN

Sa Sainteté Sixte IV n'était pas de bonne humeur. Le mauvais temps qui sévissait à Rome depuis plusieurs jours, froid et humide, rendait plus douloureux ses rhumatismes et réveillait même, par instants, la goutte latente qui le tourmentait si souvent et si cruellement. Pour éviter une nouvelle crise, le pape avait déjeuné très frugalement de légumes et de laitages, sans le plus petit verre de ce vin des Castelli Romani qu'il affectionnait. Aussi son estomac criait-il famine tandis que, deux familiers sur les talons, il profitait de ce que la pluie avait fait trêve pour traverser la cour du Vatican et s'en aller inspecter le chantier de sa chapelle en construction.

Il allait à grands pas, enveloppé d'une cape doublée de renard, le « camauro », ourlé de fourrure, enfoncée jusqu'aux sourcils pour se protéger de l'air froid. Assez grand mais aussi large que haut, les traits durs, le nez dans la ligne du front, le menton agressif, la bouche serrée et l'œil inquisiteur, le poil grisonnant, son visage haut en couleur était rasé de près. Sa silhouette sans élégance, qui lui donnait toujours l'air d'être empaqueté dans ses vêtements, lui conférait tout de même – et il le savait – une impression de force qui n'était pas dépourvue de majesté.

En dépit de ses genoux douloureux, Sixte escalada assez facilement les matériaux qui encombraient le chantier. Le travail n'avançait pas à son gré. Depuis plus de quatre ans que cette chapelle[1] était commencée, il n'était même pas encore question du toit et le pontife ne s'était déplacé que dans l'intention de dire leur fait aux gens chargés de l'ouvrage. Quand il éprouvait une contrariété, il aurait fallu autre chose que ses vieilles douleurs pour l'arrêter. En outre – et ses familiers le savaient –, il n'aimait rien tant que se mettre en colère.

Pour cette fois, il n'avait pas tort. Cette chapelle, il l'avait entreprise pour donner au Vatican un lieu de culte digne du trône de Pierre, une vaste enceinte où la pompe papale pût s'étaler à l'aise, chose impossible dans la vieille basilique où reposait le tombeau du prince des Apôtres. Ce n'était qu'une vieille église décrépite, à peine plus imposante que l'église d'un curé de campagne avec son clocher de travers et son toit en pente sur trois étages de voûtes en plein cintre. On avait bien effectué quelques réparations, mais l'ensemble demeurait affligeant et surtout plein de courants d'air. La nouvelle chapelle serait noble, très haute pour que la musique et les chants pussent y prendre toute leur ampleur, et magnifiquement décorée afin que les siècles à venir conservassent le souvenir du bâtisseur. Et Sixte, qui avait décidé de l'appeler chapelle de la Conception, espérait, en son for intérieur, que son nom y demeurerait attaché.

En voyant arriver le pape, les ouvriers qui travaillaient à vrai dire assez mollement se mirent à manier la truelle avec ardeur tandis que les grosses pierres s'envolaient au bout des palans. Dans l'espoir évident d'éviter l'orage qui les guettait et ne les manqua pas. Sixte IV se mit à vociférer comme un simple mortel, déployant en furieuses invectives sa voix qu'il avait forte, belle, puissante et douée d'une grande éloquence. Architecte et travailleurs se retrouvèrent bientôt à genoux dans la poussière et courbant humblement la tête en attendant que la bourrasque

1. Elle sera la Sixtine.

cessât. Même un pape devait reprendre haleine de temps en temps.

Profitant d'une accalmie, l'architecte Dolci plaida le mauvais temps, source de nombreuses maladies qui s'abattaient sur ses ouvriers.

– Ça suffit ! coupa Sa Sainteté. Tu as toujours de bonnes excuses toutes prêtes, signor Dolci. Mais moi je veux ma chapelle et je la veux vite. Je suis las d'attendre !

– Que Sa Sainteté prenne encore un peu patience. Les fenêtres se terminent ainsi qu'Elle peut s'en rendre compte, et j'espérais qu'Elle en serait satisfaite. Si hautes et si larges, ne sont-elles pas nobles et d'une grande beauté ?

Le pape, soudain, se mit à rire :

– C'est bien dans ta manière, ça ! Je te fais des reproches mérités, et tu t'arranges pour me tirer des compliments. Tes fenêtres sont belles, j'en conviens, mais un toit par-dessus me ferait bien plus plaisir. Je suis fatigué de voir la pluie tomber dans ma chapelle.

Les deux personnages qui accompagnaient le pape étaient restés un peu en arrière, à l'abri d'une porte. L'un était le trésorier du Vatican, un financier retors du nom de Meliaduce. L'autre était le cardinal vice-chancelier, un personnage assez remarquable pour que l'on s'y arrête un instant. C'était un prélat de belle mine et de complexion vigourcuse, très brun de peau sous une couronne de cheveux d'un noir de jais, avec de grands yeux très sombres à fleur de tête. Le long nez courbe aux narines sensibles, la bouche bien ourlée mais épaisse et sensuelle dénonçaient le jouisseur, tandis que la splendeur un peu trop voyante des habits de pourpre et d'hermine, les fortes mains brunes et le teint olivâtre signalaient un étranger. En fait, le cardinal Rodrigo Borgia avait vu le jour en Espagne, à Jativa, et y serait peut-être demeuré si son oncle, archevêque de Valence, n'avait été élevé, quelques années plus tôt, au pontificat suprême sous le vocable de Calixte III et n'avait importé avec lui toute sa famille. Ce Rodrigo, habile et énigmatique, avait su mener sa barque mieux que les autres et se retrouvait, à quarante-sept ans, le troisième dignitaire de l'Église. Sans compter qu'il était, tout de suite après le cardinal français d'Estouteville, le plus riche du Sacré Collège et pourvu de nombreux biens.

La scène entre le pape et son architecte semblait l'amuser. Il se pencha vers son voisin et murmura :

– Savez-vous, messer Meliaduce, comment ceci va se terminer ? Dolci va pleurer qu'il est à court d'argent, que le travertin et le carrare ne cessent d'enchérir, que le cuivre est hors de prix et qu'en résumé il ne peut faire plus avec ce qu'il a reçu. Le Saint-Père va tonner un peu, puis il vous appellera et on vous demandera d'ouvrir votre caisse.

– Mais elle est presque vide, ma caisse ! Où Votre Grandeur veut-elle que je prenne l'argent ? Hier encore le neveu de Sa Sainteté, le comte Girolamo, s'est fait donner trois mille ducats.

– Vous ne pensez pas m'attendrir avec une pareille misère ? Vous en trouverez, de l'argent, mon ami. D'ailleurs, tenez ! On vous appelle ! Vous voyez que j'avais raison.

Tandis que le trésorier s'en allait, le dos rond et traînant les pieds, rejoindre son maître, le cardinal alla examiner les travaux en cours d'un œil connaisseur. Il avait le goût du faste et, partageant celui du pape pour les bâtiments, il approuvait les nombreux travaux que celui-ci entreprenait un peu partout dans Rome, dont il voulait ressusciter l'antique splendeur.

Laissant son trésorier aux prises avec son architecte, le pape revint vers Borgia :

– Rentrons à présent ! Mes jambes me font de plus en plus mal.

– Votre Sainteté devrait prendre un peu de repos.

– Je suis trop vieux pour prendre du repos. A mon âge on n'a plus de temps à perdre. Conduis-moi à la bibliothèque ! Rien de tel qu'une heure de lecture pour calmer les humeurs.

Solidement étayé par son vice-chancelier, Sixte gagna lentement les grandes salles où il avait installé la Bibliothèque vaticane, son œuvre la plus précieuse jusqu'à ce jour et, à mesure qu'il s'en approchait, son humeur s'améliorait. L'ancien moine franciscain, pauvre et sans naissance, qu'avait été Francesco della Rovere n'aimait rien tant que les lettres et les sciences, si ce n'est l'or et la puissance. Jadis, il avait professé successivement dans les universités de Pavie, de Florence, de Bologne et de Sienne ; il en avait conservé une vaste érudition et un grand appétit de savoir tourné surtout vers l'étude des astres. Les meilleurs moments de sa journée, il les passait au milieu des trésors qu'il avait accumulés, en compagnie du savant humaniste Platina dont il avait fait leur gardien.

Quand les gardes ouvrirent devant le pape et le cardinal les portes de la longue galerie entièrement tapissée d'armoires peintes et dorées et meublée de larges tables où s'entassaient manuscrits et instruments d'optique, Platina s'avança à sa rencontre, étayant sur une canne sa mauvaise jambe [1]. Il voulut s'agenouiller pour baiser l'anneau du Pêcheur mais Sixte l'en empêcha, sachant que toute génuflexion lui était une souffrance, et le prit familièrement par le bras pour l'entraîner vers un pupitre. Là était posé un grand livre relié de velours cramoisi, avec des ferrements d'argent, que l'on avait délivré de la chaîne qui l'attachait à l'une des armoires :

– Je vois que tu as sorti le *Saint Augustin*. Montre-moi vite ces passages qui t'ont paru si étonnants !

1. Il avait subi la torture sous Paul II, un pape qui n'aimait pas les livres, et moins encore ceux qui les écrivaient.

D'un petit geste désinvolte, il avait congédié le cardinal Borgia, mais il était écrit que, ce jour-là, le pape n'aurait pas droit à sa récréation. Au moment même où Borgia allait franchir la porte, un nouveau personnage s'y glissa : le cérémoniaire de la cour pontificale, Agostino Patrizi, dont le long visage pâle semblait souffrir de perpétuelles offenses. Confit dans les règles d'une étiquette sévère à laquelle il croyait plus qu'à la loi divine, Patrizi avait le génie de déranger le pape au moment le plus inopportun, mais il lui était si aveuglément dévoué que celui-ci lui passait bien des choses, quitte à le faire bénéficier d'une de ses célèbres colères quand il dépassait les bornes. Ce qui faillit advenir ce jour-là.

– Qu'est-ce que tu veux encore ! lui jeta le pape du plus loin qu'il l'aperçut.

L'autre se jeta à genoux :

– Très Saint-Père, bafouilla-t-il, voici plusieurs semaines déjà vous m'aviez dit de vous prévenir, en quelque lieu que vous soyez, lorsque Gian-Battista de Montesecco viendrait au palais.

Sixte tourna aussitôt le dos à saint Augustin :

– Il est là ?

– Oui, Votre Sainteté !

– Seul ?

– Non. Votre esclave nubien Domingo est avec lui... et il y a aussi une femme.

– Quel genre de femme ? Ne fais pas cette tête-là ! Décris-la-moi !

L'air offensé de Patrizi était en effet plus évident que jamais. Il leva les yeux au ciel et soupira :

– Jeune, brune... et je crois qu'on peut dire qu'elle est très belle. Du moins elle le serait si elle n'avait pas l'air si fatigué.

– Tiens donc ? souffla Borgia entre ses dents. Tu joues les maquereaux à présent, monsignore ! Où l'as-tu dénichée, celle-là ?

Dédaignant de répondre, Patrizi fit le geste de chasser

une mouche importune et marcha au-devant du pape qui clopinait vers lui.

– Fais-les attendre dans la salle du Perroquet dont tu feras fermer les portes soigneusement. Ah ! j'oubliais : fais prévenir le cardinal camerlingue [1], mais qu'il vienne seul ! Donne-moi ton bras, Rodrigo !

Borgia se fit d'autant moins prier que ce préambule l'avait alléché et qu'il grillait de curiosité. Dès qu'il était question d'une femme, et surtout d'une inconnue, l'appétit proverbial du beau cardinal espagnol se manifestait. Toujours « merveilleusement disposé à l'amour », il entretenait, outre une maîtresse en titre dont il avait deux enfants, de nombreuses courtisanes qui contribuaient à l'agrément du somptueux palais qu'il possédait à la Zecca. Flairant d'autre part une odeur de mystère car Montesecco, l'homme de main du pape, avait disparu du Vatican depuis plusieurs mois, il eût porté Sa Sainteté dans ses bras si Celle-ci en eût manifesté l'intention.

Hélas, à sa grande déception, une fois arrivé dans ses appartements, Sixte IV le remercia benoîtement de son aide, puis lui donna sa bénédiction et un rendez-vous pour le lendemain.

Dire que Fiora était fatiguée relevait de l'euphémisme. Jamais elle n'avait connu pareille lassitude, même après la naissance de cet enfant à qui elle n'osait plus penser pour ne pas sombrer dans le désespoir, même dans cette vie épuisante qu'elle avait connue l'an passé en suivant les pas du Téméraire.

Durant des semaines, la caraque avait tracé son chemin difficile au long des côtes de France, d'Espagne et du Portugal, emportée par les tempêtes d'équinoxe où la prisonnière avait pensé périr cent fois. En passant les anciennes colonnes d'Hercule, on n'avait dû qu'à un brouillard sou-

1. Cardinal de la Cour pontificale qui administre la Justice et le Trésor, préside la Chambre apostolique et gouverne l'Église quand le Saint-Siège est vacant.

dain d'échapper à un pirate maure et c'est seulement une fois entré en Méditerranée que le courageux navire avait connu un peu de calme. Mais l'automne était là, et il avait fallu lutter contre un grain furieux qui s'était levé au large de la Corse et l'avait jeté à la côte, heureusement assez près de Civita Vecchia pour qu'il pût entrer au port en évitant le naufrage.

Tout ce temps, Fiora l'avait passé enfermée dans sa cabine sans voir quiconque, sinon Domingo qui veillait sur elle avec une constance qui avait fini par la toucher. Il lui apportait à manger, lavait son linge et même lui racontait les menus faits qui se passaient sur le bateau. Bien sûr, il avait soigné le mal de mer qui l'avait laissée sans forces au fond de sa couchette, souhaitant éperdument que cet infernal vaisseau s'engloutît corps et biens pour que cesse son supplice. Mais, après deux bonnes semaines, les nausées s'étaient retirées et Fiora, qui n'avait guère pu avaler pendant tout ce temps que des tisanes de menthe froides et sucrées, put s'alimenter un peu mieux. Les bouillies de céréales et la viande séchée n'étaient pas vraiment susceptibles d'ouvrir l'appétit, mais il fallait vivre. Une courte escale que l'on fit à Cadix permit d'embarquer des vivres frais, des œufs et des oranges, et de poursuivre le voyage sans trop de dommages. Fiora d'ailleurs n'était pas seule victime du mal de mer. Montesecco en avait souffert sévèrement et, de ce fait, n'avait visité sa prisonnière que deux fois. Ce dont elle ne s'était pas plainte.

A fréquenter quotidiennement le grand Nubien, Fiora avait fini par apprendre de lui certaines choses. D'abord que, s'il jouissait de la confiance du pape, il n'en était pas moins un esclave attaché à sa maison particulière. Le Saint-Père appréciait sa force, sa sagesse et son goût du silence. S'il l'avait envoyé avec Montesecco, c'était pour être bien certain que la prisonnière aurait une chance d'arriver à destination sans avoir été trop molestée.

– C'est étrange, dit alors la jeune femme. Lorsque tu

m'as sauvée de lui sur la barge, il venait de me menacer, si je ne lui obéissais pas en tout, de m'attacher à fond de cale et de me livrer à ses hommes qui étaient au nombre de dix dont un Tartare et un Noir. Y a-t-il un autre Noir que toi ?

– Non. Je suis le seul et c'était pure vantardise. Il voulait te terrifier dès le premier abord.

– Pourquoi, alors, te laisse-t-il t'occuper seul de moi ? Il ne craint pas que...

Pour la première fois, la jeune femme entendit rire Domingo. Un rire à sa taille qui fit vibrer les petits carreaux de la fenêtre.

– Je n'ai aucune honte à l'avouer, fit-il alors. Il y a dix ans que les Turcs m'ont privé de ma virilité. Une cruelle épreuve alors, mais à laquelle je dois bien des compensations : par exemple d'avoir été offert au pape par le seigneur Ramon Zacosta, grand maître des chevaliers de Saint-Jean de Jérusalem. C'est lui qui m'a baptisé Domingo après avoir fait pendre à Rhodes le reis qui me tenait captif sur sa galère avec d'autres esclaves. Mon nouveau maître n'était pas encore devenu le souverain pontife, mais il m'a bien traité parce que je suis un lettré. Je lui suis tout dévoué.

– Alors, sais-tu pourquoi il m'a fait enlever ? Ai-je donc tant d'importance pour qu'il envoie en France une bande de coupe-jarrets et surtout qu'il se prive d'un serviteur de ta valeur ?

– Je ne sais rien, sinon qu'il a promis de l'or si nous te ramenons à Rome. Mais ses ordres étaient formels : on ne devait te faire aucun mal et, je te le répète, Montesecco a voulu te faire peur. Tu es belle et il espérait, en faisant de toi sa maîtresse, réussir un coup double.

Bien souvent, au cours de l'interminable voyage, Fiora avait retourné ces pensées dans sa tête sans parvenir à leur trouver un sens, puis elle avait fini par y renoncer. La claustration forcée altérait sa santé bien que Domingo ouvrît sa fenêtre matin, soir, et aussi souvent que le temps le permettait pour que l'air de la mer pût assainir la cabine. La nourriture aléatoire et le manque d'exercice, joints aux regrets incessants de ceux qu'elle avait laissés derrière elle, faisaient le reste et quand, enfin, elle put quitter le navire, Domingo demanda que l'on restât deux ou trois jours au château papal de Civita Vecchia pour que la prisonnière se remît un peu de la traversée : elle avait une mine effroyable et le pape ne serait pas content.

Il obtint sans peine cette faveur, car Montesecco et sa bande n'étaient pas beaucoup plus frais. Et ce n'est que deux jours après avoir touché terre que le Nubien fit monter Fiora dans la litière aux armes papales qui devait la conduire enfin à Rome.

En dépit de sa situation dramatique, celle-ci avait senti comme un frémissement de joie en touchant à nouveau du pied la terre italienne. Tout au long des quelque vingt lieues qui séparaient de la mer l'antique cité des Césars, et malgré les rafales de pluie qui noyaient la campagne, elle respira avec une sorte d'avidité l'air qui soufflait des Apennins. Ces nuages qui volaient si bas avaient peut-être survolé Florence, sa Florence jamais oubliée, jamais reniée et dont seulement soixante-dix lieues la séparaient, mais le plat pays que l'on traversait n'évoquait en rien les douces collines toscanes. Ce n'étaient qu'étangs glauques qui sous le ciel gris semblaient faits de mercure, maigres boqueteaux, et par endroits l'imposante et noire silhouette d'un grand pin parasol. Ce pays était celui de la fièvre qui revenait chaque été et Fiora pensa que, même sous le soleil, il devait dégager une profonde mélancolie. Aussi fut-ce avec un vague soulagement qu'elle vit se profiler sur les lointains les formes amples des monts Albains. Rome, qu'annonçaient déjà nombre de ruines antiques, n'était plus loin.

A présent, assise sur un tabouret de velours, auprès de la fenêtre d'une petite antichambre peinte à fresques dont le sol de marbre était en partie couvert par un tapis du Khorassan, elle regardait, en bas dans la cour qu'elle venait de traverser, et sans vraiment s'y intéresser, le va-et-vient des soldats armés de longues pertuisanes et des équipages d'où sortaient des simarres pourpres ou violettes et même des robes plus modestes. Un profond sentiment d'absurdité occupait son esprit. Que faisait-elle là, dans ce palais dont la somptuosité se voulait offerte à Dieu, mais s'adressait surtout à un homme dont la puissance, il est vrai, s'étendait jusqu'aux limites de la Chrétienté. Son sort allait dépendre de cet homme dont elle était la captive. Elle ne savait même pas pourquoi on lui avait fait parcourir un bon tiers du tour de l'Europe.

Montesecco allait et venait devant elle, creusant la laine du tapis d'un talon impatient. Remis de ses malaises, il avait hâte à présent de toucher le prix de son exploit, mais les regards triomphants que, de temps en temps, il laissait peser sur sa prisonnière la laissaient de glace. Ce ruffian ne l'intéressait pas parce que son propre sort ne l'intéressait pas vraiment. Tout ce qu'elle souhaitait, c'était dormir, dormir à n'en plus finir, fût-ce au fond d'un tombeau et, au cas où le pape l'aurait fait enlever pour la mettre à mort, il ne ferait que lui rendre service en lui permettant au moins de rejoindre les deux hommes qu'elle avait aimés : son père et Philippe.

Le long cérémoniaire blême qui semblait se déplacer en flottant comme une algue dans l'eau vint mettre fin à l'attente. Le pape les attendait. Tandis qu'il les conduisait vers la porte couverte de plaques d'argent ciselé où veillaient des gardes, Patrizi jeta sur Fiora un coup d'œil mécontent :

– Vous n'êtes guère en état d'être présentée au Saint-Père ! fit-il du bout des lèvres. Ne pouviez-vous faire quelque toilette avant de venir ?

– Elle est comme elle est, coupa Montesecco. Mes ordres étaient de l'amener dès l'arrivée. Tu peux être certain que Sa Sainteté ne s'attend pas à la voir couverte de satins et de brocarts.

Quand les portes s'ouvrirent, Fiora pensa que, depuis

la grande tente du Téméraire, elle n'avait rien vu d'aussi fastueux que cette salle où on l'introduisait. La décoration, outre les fresques des parois, le plafond à caissons dorés, les stucs et les marbres des consoles et des cadres, comportait des tentures de soie tissées d'or disposées sous les peintures et, sur le pavage de marbre d'une éclatante blancheur, de nombreux tapis d'Orient. Soigneusement rangés, des tabourets, des fauteuils et des coussins s'étageaient autour de l'espèce de trône où était assis le souverain pontife. Mais dès que la jeune femme eut posé les yeux sur lui, elle ne vit plus rien. Un seul regard lui avait suffi pour comprendre qu'elle n'avait à attendre de lui nulle bénignité. Tapi au fond d'un grand fauteuil de velours rouge, clouté d'or et orné de gros pompons, la mosette écarlate tranchant sur la blancheur de ses robes, le sourcil agressif et l'œil venimeux, il ressemblait à quelque batracien hargneux sorti tout droit d'un conte fantastique. Sous l'arcade rectiligne des sourcils gris, la prunelle avait le reflet sourd des eaux dormantes de la maremme, couveuses incessantes de bêtes visqueuses.

– Allez vous agenouiller devant la dernière marche du trône ! souffla Patrizi. Puis, vous vous prosternerez.

– Celui que je vois là est-il le souverain pontife, ou quelque idole barbare ? riposta la jeune femme à mi-voix. Je m'agenouillerai parce que le protocole le veut ainsi, mais ne m'en demandez pas plus.

D'un pas redevenu, comme par miracle, singulièrement ferme, elle marcha vers le trône de Pierre. Une voix de bronze qui avait les sonorités d'un faux-bourdon la cueillit à mi-chemin :

– Fille d'iniquité ! Comment oses-tu venir vers Nous de ce pas assuré quand tu devrais ramper dans la poussière pour tenter de détourner Notre juste colère ?

Du coup, Fiora s'arrêta où elle était :

– On ne m'a jamais appris à ramper, Très Saint-Père, et pourtant il m'est arrivé de me trouver devant le trône des plus puissants princes de ce temps. Je sais ce que je dois au vicaire du Christ, mais je suis dame noble et non esclave enchaînée en dépit du traitement que j'ai subi depuis deux mois, au mépris du droit des gens et du fait que je me trouvais sur les terres personnelles du roi de France. Donc sous sa protection.

Sans accélérer le moins du monde son allure, elle poursuivit son chemin à travers l'archipel rutilant des tapis. Puis, arrivée au bas des marches, elle prit sur la dernière un coussin de brocart qu'elle plaça sous ses genoux avant de s'y laisser tomber.

– Puis-je savoir, articula-t-elle calmement, ce qui me vaut l'honneur d'être admise, à cette heure, à m'agenouiller devant Votre Sainteté ?

Tant de tranquille courage, tant d'audace aussi parurent désarmer un instant la colère de Sixte, colère toute artificielle d'ailleurs sous laquelle il s'efforçait de cacher la joie qu'il éprouvait à voir, ainsi réduite à sa merci, cette femme en laquelle il voyait une ennemie irréductible. Un moment, il la considéra, mécontent de trouver tant de rigidité dans cette mince forme féminine visiblement éprouvée par le trop long voyage. Sous les habits grossiers, le corps semblait diaphane et le visage avait la pâleur d'un ivoire, mais l'allure demeurait celle d'une altesse et le pape dut s'avouer que peu de princesses gardaient devant lui cette contenance fière.

– Tu as le caquet bien relevé pour une fille née sur la paille pourrie d'une prison !

Souffletée par ce rappel aux malheurs de sa naissance, Fiora se sentit rougir, mais ne faiblit pas :

– Je suis surprise, dit-elle, que le souverain pontife soit éclairé à ce point sur l'histoire d'une femme qui ne devrait pas intéresser le successeur de saint Pierre. Née en prison sans doute, mais noble tout de même, j'ai, en outre, été élevée par l'un des plus hauts hommes de Florence. De plus...

– En voilà assez ! Je sais qui tu es, femme ! A cause de toi l'un de nos meilleurs serviteurs, un saint homme, subit la plus dure des captivités dans une prison inhumaine...

– Si c'est fray Ignacio Ortega que Votre Sainteté canonise ainsi, un peu à la légère, le Paradis doit être d'un accès singulièrement plus facile qu'on ne me l'avait dit. Suffit-il donc de tuer un roi pour y accéder sans encombres ? Fray Ignacio a tenté d'assassiner le roi Louis de France et, si j'ai pu l'en empêcher, vous devriez, Très Saint-Père, m'en remercier : le sang des rois aurait marqué d'une tache indélébile la blancheur de l'Agneau dont vous êtes le représentant visible...

– Quel conte est-ce là ? s'écria Sixte dont les gros doigts nerveux réduisaient en charpie les pompons de ses accoudoirs. Fray Ignacio était chargé d'obtenir la libération d'un prince de l'Église retenu en dure prison, au mépris de tout droit, par le roi Louis. Il n'est pas notre serviteur, mais celui de la reine Isabelle de Castille qui le réclame. Au surplus, ce n'est pas la première fois que nous te trouvons en travers du chemin de la vraie foi et de l'honneur du Christ-Roi ! Déjà à Florence, voici deux ans, tu causais horreur et scandale par tes turpitudes.

– Est-ce turpitudes que vouloir défendre la mémoire de son père assassiné ? Et si scandale il y avait, j'en étais infiniment moins responsable que ceux qui, devant l'enfant sans défense que j'étais, avaient accumulé pièges et chausse-trapes. Était-ce pour la gloire de la reine Isabelle que fray Ignacio, affilié aux Pazzi, complotait la perte des Médicis ?

Le bruit des pertuisanes frappant sur le dallage coupa court à la philippique dans laquelle se lançait Fiora qui, hors d'elle, avait décidé de jouer le tout pour le tout. Un nouveau personnage faisait son entrée, une entrée singulièrement majestueuse dont elle suivit la progression avec une sorte d'émerveillement. Si quelqu'un avait mérité le titre de prince de l'Église, c'était bien l'homme qui venait d'entrer et qui traînait d'un tapis à l'autre, dans un bruissement de feuilles mortes, la splendeur de ses moires pourpres.

Qu'il fût âgé ne faisait de doute pour personne, mais à

soixante-quinze ans, Guillaume d'Estouteville, cardinal camerlingue et archevêque de Rouen, gardait une jeunesse d'allure que beaucoup lui enviaient, à commencer par le pape. Grand, mince, racé jusqu'au bout des mains qu'il avait admirables, de vraies mains de prélat, il était le plus riche cardinal du Sacré Collège et le plus fastueux. Rome lui devait d'avoir arraché à la ruine certaines églises et d'avoir répandu ses largesses sur nombre de foyers misérables, car c'était aussi un homme de bien. Quant au pape, il respectait dans cet ancien moine bénédictin issu d'une haute famille normande le sang royal de France – la grand-mère maternelle du cardinal était sœur du roi Charles V –, la vaste culture et l'esprit délié du diplomate. Doué en outre d'une grande éloquence et d'idées nettement en avance sur son siècle, Estouteville, au cours d'une légation en France, avait réformé profondément la Sorbonne et réclamé la révision de l'inique procès de Jeanne d'Arc. Sa position à Rome était assez exceptionnelle pour qu'il arrivât au pape de la lui envier.

Ses jambes ne devaient pas lui causer le moindre souci en dépit de son âge, car il s'agenouilla pour baiser l'anneau avec une parfaite aisance mais, en se relevant, c'est sur Fiora qu'il posa le regard interrogateur de ses yeux qui avaient la couleur candide des fleurs de lin. Du fond de son fauteuil rouge, Sixte IV croassa :

– Voyez cette femme, mon frère ! C'est à son propos que nous vous avons fait prier de venir jusqu'ici. La connaissez-vous ?

– Pas du tout ! fit le cardinal, qui ajouta, avec un demi-sourire : si c'était le cas, je crois que je m'en souviendrais. Me direz-vous, Très Saint-Père, qui elle est ?

– Un être d'autant plus nuisible qu'il est plus dangereux. Cette Fiora Beltrami qui a été la maîtresse du dernier duc de Bourgogne est à présent celle de votre roi, Louis de France !

La stupeur et l'indignation balayèrent d'un seul coup chez Fiora toute prudence comme toute notion de respect envers de si hauts personnages.

– Qu'est-ce que cette fable ? s'écria-t-elle. Je n'ai jamais été la maîtresse du Téméraire, et encore moins celle du roi.

– Les rapports de nos espions sont pourtant formels, gronda Sixte IV. Avez-vous, oui ou non, suivi, et parmi ses intimes, le défunt duc du premier siège de Nancy jusqu'à sa mort ?

– Certes, je l'ai fait. Mais j'étais son otage car, bien que mariée à l'un de ses capitaines, il voyait en moi une espionne du roi de France.

– Curieux ! Un otage, vraiment ? Nous avons ouï dire pourtant qu'à cet otage, il a fait, avant le dernier combat, de tendres adieux assortis du présent de son joyau préféré ?

– Veuillez me pardonner d'intervenir, Saint-Père, fit le cardinal français, mais cette femme ne vient-elle pas de dire qu'elle est mariée à un capitaine bourguignon ?

– Il y aura trois ans, au début de l'année prochaine, j'ai épousé à Florence le comte Philippe de Selongey venu en ambassade auprès de Mgr Lorenzo. Le mariage fut secret d'abord puis hautement reconnu.

– Où donc est votre époux, en ce cas ?

– Mort, Votre Grandeur ! Exécuté à Dijon en juillet dernier par ordre du roi... de ce roi dont on ose me dire en face que je suis la douce amie.

Un sourire chargé de venin apparut sur les lèvres du pontife, cependant qu'un éclair s'allumait dans son regard dur :

– Que d'invraisemblances ! Je vous fais juge, Estouteville. Mes gens sont allés prendre cette soi-disant dame bourguignonne dans un petit domaine proche du château de Plessis-lès-Tours, domaine qui lui a été offert par le roi.

– C'est vrai, dit Fiora en haussant le ton. Le roi Louis m'a donné ce manoir, où sont encore mon fils nouveau-né, ma gouvernante et mes serviteurs, en remerciement d'un service que je lui ai rendu.

– Grand service en effet ! grinça le pape. A cause de cette créature immonde, l'un de mes légats pourrit dans l'une de ces inhumaines cages de fer que le roi Louis prise si fort. Il y est en compagnie de notre malheureux frère, le cardinal Balue.

– J'ai empêché, en effet, votre soi-disant légat d'assassiner le roi. Quant à votre Balue, je ne sais rien de lui sinon qu'il est un traître.

– Tant de bruit pour quelques marques d'amitié données à la Bourgogne ! Le duc est mort. Il n'y a donc plus de raison de conserver notre frère en prison, et c'est pourquoi je t'ai fait saisir, fille d'iniquité : si Louis XI veut te revoir un jour vivante, il devra relâcher Balue et surtout fray Ignacio Ortega. Enfin, il devra nous donner tous apaisements sur sa politique à l'égard de Florence dont le maître ne songe qu'à se rebeller contre notre autorité.

– Jamais Florence n'a reconnu d'autre autorité que celle de ses prieurs et de ceux qui ont su lui apporter richesse, honneur et liberté : les Médicis.

– Écoutez-la, mais écoutez-la donc ! hurla le pape en se dressant sur ses jambes douloureuses, ce qui accrut sa colère. C'est une princesse en vérité que cette fille ! Elle ose parler de droits, de liberté, et discuter politique avec nous ? Cardinal, vous ferez bien d'envoyer très vite un émissaire en France afin de faire connaître les conditions de rachat que nous allons dicter. Cette femme attendra la réponse en prison.

– Alors, vous pouvez aussi bien me faire exécuter tout de suite, dit Fiora avec amertume. Jamais le roi n'acceptera les clauses de votre marché, Saint-Père ! D'ailleurs, peut-être qu'à cette heure il n'a plus pour moi la moindre amitié : je lui ai fait savoir, en effet, mon désir de lui rendre son manoir parce que mon fils ne saurait être élevé sur les terres de celui qui a ordonné la mort de son père.

– Tu veux dire que le roi ne lèvera pas le petit doigt pour te sauver ?

– Exactement. Votre Sainteté, en me faisant enlever, a fait un très mauvais marché.

A ce moment, la porte de la salle s'ouvrit et, avant que Mgr Patrizi ait pu l'annoncer, une jeune femme était entrée d'un pas rapide et s'avançait hardiment vers le trône. Très jeune en vérité, mais ravissante avec ses cheveux de miel et ses yeux couleur d'aventurine, elle était vêtue avec une magnificence que Fiora ne put s'empêcher d'admirer. Rien de plus élégant que cette robe de satin noir brodée d'or ouvrant sur des jupes de satin cramoisi. D'énormes rubis d'un rouge profond brillaient sur sa gorge, à son corsage, aux agrafes de ses amples manches et sur la résille d'or qui retenait la masse de ses cheveux. Sur ses épaules, elle portait un grand manteau de velours vert prairie doublé de zibeline noire. D'autres rubis étincelaient à ses mains et à ses oreilles.

L'expression de colère du pape s'éteignit comme par enchantement et se changea en un aimable sourire quand la belle enfant vint baiser sa main, puis sa joue, avant de s'installer familièrement sur l'un des coussins disposés sur les marches de l'estrade où le flot chatoyant de sa robe s'étala.

– Ma nièce, reprocha doucement le pape, quand donc perdrez-vous cette habitude d'entrer ici comme un tourbillon sans vous soucier du protocole ?

– Jamais, je crois ! Si cela vous déplaisait, vous n'auriez pas cet œil vif et ce sourire chaleureux que j'aime tant vous voir, déclara-t-elle avec un rayonnant sourire dont elle envoya la fin au cardinal d'Estouteville à qui elle tendit la main sans façons.

– Vous êtes plus belle que jamais, Madonna, fit celui-ci galamment.

– Oui, n'est-ce pas ? fit-elle avec une enfantine satisfaction. On ne dirait jamais que j'attends un enfant pour ce printemps !

Tandis qu'elle parlait, ses yeux s'étaient fixés sur

Fiora. Un instant les deux regards s'accrochèrent, se fondirent. Il n'y avait nul dédain dans celui de la nièce du pape, et même Fiora crut y lire une sorte de sympathie.

– J'ai un autre défaut, ajouta tranquillement la nouvelle venue. Mes oreilles sont beaucoup trop fines et j'entends souvent des choses qui ne me sont pas forcément destinées. En outre, je suis déplorablement curieuse et il se trouve que ces mêmes choses m'intriguent toujours plus que les autres.

– Ce qui veut dire ?

– Que j'aimerais savoir, par exemple, pourquoi Votre Sainteté a fait enlever cette jeune dame ? Où elle l'a prise ? Et pourquoi donc représente-t-elle un si mauvais marché ? Le roi en question ne serait-il pas le vôtre, Monseigneur d'Estouteville ?

– Il se peut que vous ayez raison, Madonna, fit le prélat un peu embarrassé, mais il s'agit là d'affaires d'État et si grande que soit l'affection de Sa Sainteté pour votre personne...

– Ne tournez pas autour du pot, mon frère ! coupa le pape que l'irritation reprenait. Cela ne la regarde en rien. Catarina, vous savez combien vous êtes chère à notre cœur paternel, mais nous aimerions que vous restiez en dehors de cette histoire qui relève entièrement de notre politique.

– La politique est une chose, la charité en est une autre ! fit audacieusement la jeune femme. Et je vois là, devant vous, une jeune dame, noble très certainement en dépit des habits grossiers qui sont les siens et, plus certainement encore, parvenue au bout de ses forces.

– Qu'elle s'agenouille, alors, au lieu de se dresser devant nous comme un défi ! Vous ignorez tout d'elle, Catarina : c'est une Florentine, une ennemie résolue des Pazzi qui nous sont proches, comme vous le savez. Par deux fois, elle s'est mise à la traverse de nos desseins et le sort normal qui devrait lui être réservé est la mort. Mais...

Un éclair brilla dans les yeux de Catarina au nom des Pazzi, Fiora l'aurait juré. Les souvenirs lui revenaient à présent et elle savait qui se trouvait devant elle : la nièce du pape, en effet, mais par alliance, Catarina Sforza, fille bâtarde du duc de Milan, mariée à onze ans à Girolamo Riario, le neveu favori du pape – peut-être même son fils ! –, un rustre dont on disait qu'il avait été épicier ou douanier et entre les mains avides de qui Sixte voulait remettre un royaume dont la Toscane serait le centre.

– Mais, reprit la jeune femme avec audace, Votre Sainteté n'est pas certaine encore que son marché soit si mauvais ?

– En effet. Suivant la réponse que Mgr d'Estouteville recevra de France, nous déciderons de son sort. En attendant, elle va être conduite au château Saint-Ange et tenue en étroite prison tant qu'il plaira à notre sainte volonté.

– Si vous la traitez en otage, ne l'envoyez pas pourrir sur la paille de votre prison ! Confiez-la-moi. Je saurai la garder d'aussi près qu'il le faudra, mais du moins sera-t-elle bien traitée, ce dont le roi de France vous saura gré s'il en vient à composer avec vous.

C'était plus que Sa Sainteté n'en pouvait supporter, même de la part d'une jeune femme pour laquelle, de toute évidence, elle nourrissait une particulière tendresse. Se dressant à nouveau de toute sa taille, le pape ordonna :

– Encore une fois, ma nièce, cessez de vous mêler de cette affaire ! Il en sera comme je l'ai dit : elle ira en prison... et vous, vous viendrez souper avec nous.

Les gardes s'approchaient. Alors, à la grande surprise de Fiora, Mgr d'Estouteville s'interposa :

– Un moment encore, Saint-Père, s'il vous plaît ! L'auriez-vous enfermée au château Saint-Ange si elle avait représenté la monnaie d'échange escomptée ?

– Non. J'avais décidé de l'envoyer au couvent San Sisto.

– Alors, pourquoi changer vos plans ? Je connais bien le roi Louis et sa grande intelligence. Il n'est pas de ceux qui donnent leur amitié au hasard. Surtout quand cette amitié va jusqu'à offrir château et terres dans son voisinage immédiat. Et, à moins que Votre Sainteté ne songe à faire la guerre à mon pays, ce qui déchirerait mon cœur...

– La guerre à la France ? Vous êtes fou, mon frère ! L'Universelle Aragne possède la meilleure armée du monde. Les armes de l'Église me suffiront.

– Alors, ne changez rien à votre premier projet. Faites conduire donna... Fiora ? C'est bien cela ?

– Quel joli nom ! s'écria Catarina qui, décidément n'aimait pas se taire longtemps. Qu'est-ce qu'il y a après ?

– Beltrami, Madonna, répondit Fiora en offrant à la jeune femme une révérence et l'ébauche d'un sourire. Vous pouvez ajouter comtesse de Selongey.

– Trêve de mondanités ! s'écria Sixte dont le teint brun virait à nouveau au pourpre foncé. Vous avez peut-être raison, Estouteville. Envoyons-la à San Sisto ! Elle y sera bien gardée et il sera toujours temps de lui trancher la tête ou de la faire pendre si son maître ne répond pas convenablement à notre attente. Qu'on l'emmène et qu'on dise au capitaine des gardes de la conduire sur l'heure. La supérieure attend.

Il fallut à Fiora beaucoup d'empire sur elle-même pour saluer ce pape qui ne ressemblait que de très loin à l'idée qu'elle s'était faite d'un vicaire du Christ, mais elle s'agenouilla presque aux pieds du cardinal d'Estouteville.

– Soyez remercié de votre charité, Monseigneur, et daignez prier pour moi et pour l'enfant auquel on m'a arrachée. Je jure que je suis digne de votre protection !

La main si blanche où brillait un lourd saphir traça sur sa tête inclinée le signe de la bénédiction, puis le regard bleu la suivit tandis qu'elle se tournait vers donna Catarina :

– Merci à vous, Madonna ! Je n'oublierai pas.

Enfin, elle se plaça d'elle-même entre les soldats et retraversa la salle sous leur escorte. Elle atteignait le seuil quand elle s'aperçut qu'une troupe d'hommes, jeunes pour la plupart et richement vêtus, encombraient l'antichambre. Un personnage d'une trentaine d'années, mais déjà gras, pérorait au milieu d'eux, s'en prenant aux gardes qui lui refusaient l'entrée et au cérémoniaire.

– Vous avez laissé passer ma femme! Je veux la rejoindre. D'ailleurs, le Saint-Père m'attend!

– Un instant, messer Girolamo, un tout petit instant! plaidait Patrizi. Le Saint-Père a formellement indiqué qu'il ne voulait être dérangé par quiconque.

– Et la comtesse Riario n'est pas quiconque, on dirait?

– Rien ne saurait l'arrêter, Monseigneur. Son charme lui donne droit à toutes les indulgences.

Fiora se désintéressa du débat et passa son chemin. Elle avait entrevu Riario, sa tête vulgaire aux traits lourds, aux cheveux raides, l'insoutenable vulgarité de son comportement que sa robe tissée d'or ne faisait qu'aggraver. Que la charmante Catarina fût mariée à ce lourdaud était l'une des absurdités qui semblaient le lot de ce palais plus que royal.

Le destin venait de la faire basculer dans un monde dont elle n'avait jamais eu la moindre idée, même quand elle habitait Florence. Ce pape sans grandeur, uniquement occupé de politique tortueuse et de biens terrestres, dont on pouvait se demander quel genre de prières il adressait à Dieu – si d'aventure il lui arrivait de prier! –, cette cour peuplée d'hommes de main et d'esclaves, jusqu'à cette jolie Catarina qui s'installait sur les marches du trône papal en habituée, tout cela ne faisait que confirmer ce que ses rapports avec Ignacio Ortega et son séjour au couvent de Santa Lucia à Florence lui avaient laissé entrevoir : Rome sur les chemins de laquelle peinaient encore tant de pèlerins, tant de pauvres gens soutenus par l'unique et patient désir de prier au tombeau de l'Apôtre et de recevoir la bénédiction du souverain pontife, Rome n'était-elle pas en train de devenir un repère de voleurs?

Pour sa part, Fiora allait bientôt pouvoir constater à quoi ressemblait un couvent romain; elle éprouvait malgré tout une sorte de soulagement en pensant qu'elle y trouverait au moins le calme de la clôture, le silence et la paix, tout ce dont son corps épuisé et son esprit douloureux avaient besoin. Même à Santa Lucia [1] elle avait réussi à dormir, et c'était de repos qu'elle avait le plus besoin après ce qu'elle venait de subir. Plus tard, elle recommencerait à penser et à chercher le moyen de bénéficier le moins longtemps possible de l'hospitalité papale.

Le grand Domingo avait disparu, et elle en éprouva un regret. Il avait représenté pour elle un appui qui allait lui manquer. Dans la cour du Vatican, on la fit monter sur une mule qu'une troupe de soldats enveloppa aussitôt. Leur chef ressemblait assez à Montesecco avec qui, d'ailleurs, elle le vit parler un instant. Elle devait apprendre plus tard que les deux hommes étaient frères, tout en étant dissemblables.

La nuit était venue. Une nuit humide et froide qui changeait l'aspect des choses et effilochait la flamme des torches aux mains des serviteurs. Passé le grand portail, on plongea dans les ténèbres extérieures, mais les yeux de Fiora s'accoutumèrent vite et elle s'aperçut que la nuit était moins sombre qu'elle ne l'avait cru. Les seules lumières encore visibles éclairaient les tabards aux armes du pape à la tête de son escorte. Elle s'efforça de repérer de son mieux le chemin qu'on lui faisait suivre, précaution indispensable pour une possible fuite.

Après la place Saint-Pierre, guère plus grande qu'un parvis de village, on défila devant quelques bâtiments aux portes desquels des pots à feu brûlaient dans des cages de fer, puis devant une forteresse constituée pour l'essentiel par une énorme tour cylindrique au sommet de laquelle se devinait la silhouette géante d'un ange aux ailes déployées. En face, un pont garni de boutiques aux volets clos enjambait le Tibre, dont l'eau noire était à peu près invisible. Puis l'on s'enfonça dans un dédale obscur qui semblait être un énorme chantier de construction coupé de terrains vagues.

1. Voir *Fiora et le Magnifique.*

Longtemps abandonnée par les papes au profit d'Avignon, la Rome des Césars et ses monuments gigantesques se fût sans doute effritée tranquillement jusqu'à disparition totale si certains papes comme Nicolas V et surtout Sixte IV n'avaient pris son sort dans leurs mains vigoureuses, obligeant les architectes qui reconstruisaient les églises à se procurer des pierres hors de la ville au lieu d'aller les chercher sur les vieux bâtiments voisins devenus ainsi de confortables carrières.

Bien sûr, avec le retour des papes, la richesse avait afflué de nouveau sur Rome. Les pontifes construisaient sur la colline vaticane pour remplacer leur antique palais du Latran détruit par un incendie et, autour d'eux, cardinaux et hauts fonctionnaires se hâtaient de se bâtir des palais plus grands et surtout plus riches que ceux des anciennes familles demeurées sur place. Mais toutes ces constructions se faisaient sans ordre, Rome ne comportait guère alors que quelques places et, en dehors de ruelles capricieuses, une ou deux artères un peu larges et aérées comme le Corso, ainsi nommé parce qu'il servait jadis à des courses de chevaux, d'ânes... et de Juifs. Sixte IV, qui avait décidé de faire de cet immense coupe-gorge délabré où dominaient les champs de ruines une cité civilisée, ordonnée, aux rues pavées autrement qu'avec les cruels petits cailloux ronds du fleuve, avait fort à faire pour édifier une capitale à la mesure de ses ambitions. Après avoir bâti un pont sur le Tibre, construit l'hôpital San Spirito, des églises et des couvents, il couvrait Rome de chantiers qui abattaient les masures et dégageaient les monuments antiques livrés au lierre et aux herbes folles.

A cette heure vespérale, constructions neuves et vieilles bâtisses étaient fraternellement confondues dans la même grisaille sous une brume qui brouillait tout et Fiora finit par renoncer à démêler un chemin quelconque dans le dédale où l'on s'enfonçait. Elle ne sut pas que l'on chevauchait vers le Circus Maximus, que l'on passait devant les ruines encore debout du palais à sept étages de Septime

Sévère pour rejoindre les thermes de Caracalla qui dressaient vers le ciel noir un imposant fragment mutilé de la grande architecture impériale. La majesté de ce fantôme des temps anciens, rouge et noir, força tout de même son intérêt et elle demanda au capitaine ce que cela représentait. Il lui répondit, ajoutant :

– Vous aurez tout le temps de les admirer. Voici le couvent San Sisto où je vous mène : il est juste en face.

En effet, un peu en contrebas du chemin où les grandes dalles romaines affleuraient encore, se dressaient des murs ocre qui enserraient un fouillis de végétation, des bâtiments bas mais harmonieux et le campanile carré d'une église. Quand la troupe fit halte, on put entendre l'écho d'un chant religieux étouffé par l'épaisseur des murs, et aussi le croassement des grenouilles du marais voisin.

De son poing ganté de cuir, l'un des soldats alla frapper à la porte où se découpait un étroit guichet. Il frappa plusieurs fois, jusqu'à ce qu'un visage mince encadré dans une guimpe blanche se montrât derrière les barreaux.

– Par ordre de Sa Sainteté le Pape, ouvrez ! ordonna le capitaine qui se tenait auprès de Fiora. J'amène celle que l'on vous avait annoncée.

Le guichet se referma et la porte s'ouvrit lentement, mais sans bruit, découvrant la forme blanche de la sœur tourière :

– Que le Seigneur veuille tenir en Sa garde notre Très Saint-Père ! murmura-t-elle en se signant. Entrez, ma sœur ! Il est vrai que nous vous attendions.

Fiora descendit de sa mule et s'avança tandis que l'escorte reculait, les hommes non prêtres n'ayant pas le droit de franchir la clôture. La voix de la religieuse était douce et les chants que l'on entendait d'une grande beauté. Une main pâle se tendit vers Fiora qui, tout naturellement, y plaça la sienne avec la sensation qu'en elle s'apaisaient les angoisses, les méfiances et les craintes. Se pouvait-il que ce couvent-là fût réellement un asile de paix ?

CHAPITRE VI

LE JARDIN DE SAN SISTO

Le couvent des dominicaines de San Sisto, qui bénéficiait de la protection toute particulière du pape, était l'asile préféré des jeunes filles nobles ayant choisi de renoncer au monde, mais il arrivait qu'une jeune veuve pût y trouver refuge ou encore une femme suffisamment bien en cour pour qu'on l'y admît. Venant tout droit du Vatican, Fiora fut reçue avec courtoisie par mère Girolama, femme d'un certain âge qui avait dû être d'une grande beauté et qui, de toute évidence, avait l'habitude du commandement. Elle avait des yeux clairs qui regardaient droit, une voix sonore et musicale, et un sourire peu fréquent mais chaleureux qui lui gagnèrent aussitôt la confiance de Fiora. Après avoir craint successivement d'être livrée au bourreau puis d'aller endurer un calvaire au fond d'une prison, c'était bon de s'en remettre aux mains de mère Girolama.

– Vous êtes en piteux état, constata celle-ci en considérant sa nouvelle pensionnaire d'un œil apitoyé. Êtes-vous malade ?

– Non, ma mère, je ne crois pas. Mais, durant deux longs mois, j'ai voyagé sur la mer où j'ai beaucoup souffert. La nourriture a fait le reste.

– Je vois. Pour ce soir, je vais vous conduire à votre chambre où l'on vous apportera un repas.

– Ne pourrais-je avoir de l'eau pour me laver ? Je n'ai pas fait une vraie toilette depuis des semaines.

– Je n'osais pas vous le proposer, fit la prieure avec un demi-sourire. Il m'est arrivé d'avoir des pensionnaires qui dédaignaient les soins du corps et j'avoue que je ne les appréciais guère. On vous portera de l'eau, du linge et des vêtements, mais je n'ai à vous offrir que des habits de novice.

– Je serai heureuse de les porter. Quant à ceux-ci...

– On les lavera et, si vous n'en voulez plus, on les donnera aux pauvres. Tant que vous serez chez nous, vous n'en aurez pas l'usage. Venez à présent ! Je crois, en vérité, que vous avez surtout besoin de repos.

La cellule qui l'accueillit ouvrait sur une galerie à colonnettes donnant directement sur le jardin mouillé. Avec son lit étroit à rideaux blancs et son mobilier simple, elle ressemblait beaucoup à celle que Fiora avait occupée à Santa Lucia de Florence au temps de la catastrophe qui avait détruit sa vie. La sœur converse qui vint l'y rejoindre alluma un petit brasero pour combattre la froide humidité et lui permettre de se laver sans trop grelotter, déposa une rose tardive dans un petit pot de majolique verte et se mit à bavarder joyeusement tout en déployant les draps propres qu'elle destinait au lit et en secouant les couvertures.

Fiora apprit ainsi qu'elle s'appelait sœur Cherubina, nom peu courant, mais que justifiaient son visage rose et joufflu et ses yeux d'un azur léger. Elle était fille d'un paysan des environs de Spolète dont le seigneur avait fait entrer Cherubina au couvent en même temps que sa fille cadette, Prisca, sœur de lait de la petite paysanne qui lui était fort attachée. Il y avait à présent cinq ans qu'elle était à San Sisto, et s'y serait trouvée pleinement heureuse – car elle n'imaginait pas qu'il y eût un endroit plus beau au monde – si sœur Prisca n'y eût dépéri depuis le dernier été sans que l'on pût trouver remède à son mal.

– On n'y peut rien, conclut-elle en écartant des mains

désolées. C'est le marécage qui est à côté du couvent. L'été, il y a beaucoup de moustiques et ils portent la malaria.

En résumé, San Sisto était peut-être le plus bel endroit du monde, mais probablement l'un des plus insalubres. Grâce au ciel, l'été était fini depuis longtemps et lorsqu'il reviendrait, Fiora espérait bien avoir quitté le couvent. Mais ce soir-là, en s'étendant entre des draps frais qui sentaient la bergamote, après avoir soupé de pâtes au basilic et d'une succulente salade de fruits, la jeune femme pensa que, moustiques ou non, ce couvent était à sa manière un de ces lieux privilégiés où la douleur fait trêve et où l'on peut encore croire en la miséricorde divine. Sœur Cherubina était un peu déçue de n'avoir point reçu de confidences en échange de son histoire, mais Fiora s'était excusée en invoquant sa très réelle envie de dormir et en promettant d'être plus communicative par la suite.

L'impression délicieuse de se trouver à l'abri de la méchanceté des hommes et de reprendre pleine possession d'elle-même persista dans les jours qui suivirent. Sous la direction douce mais ferme de mère Girolama, le couvent semblait former une grande famille dont chaque membre paraissait satisfait de son sort. Sereines, les dominicaines trouvaient dans le travail, la musique, la méditation et la prière cette paix du cœur et cette sécurité de l'âme que peut apporter un ordre spirituel. Contre les murailles de San Sisto venaient se briser les bruits du dehors, le chuchotement des intrigues comme les cris d'agonie des victimes que, chaque nuit, l'incessante, l'éternelle querelle des deux puissantes familles qui se partageaient Rome, les Orsini et les Colonna, abandonnait dans les carrefours ou dans l'ombre d'une ruelle. On y vivait pour chanter les louanges de Dieu et pour œuvrer à sa plus grande gloire. Aussi les offices y étaient-ils d'une grande beauté. Fiora aima à en prendre sa part et à joindre sa voix à celles des nonnes qui l'avaient accueillie avec une simple gentillesse et sans lui poser trop de questions.

On savait bien sûr qu'elle était florentine, la seule du couvent, et l'on apprit bientôt qu'elle était veuve d'un des meilleurs capitaines du Téméraire. Mais le défunt duc de Bourgogne était parfaitement inconnu des nonnes, hormis d'une seule qui, après quelques hésitations, vint un matin rejoindre Fiora au jardin.

Ce jardin, la jeune femme en avait fait son lieu de prédilection et, dès que le temps le permettait, elle s'y installait avec un travail de broderie ou en parcourait lentement les allées tracées avec soin. Il n'avait rien de comparable avec celui de la maison aux pervenches, ni même avec celui de la villa Beltrami à Fiesole, que Fiora avait tant aimé. Celui-là, en dépit de l'hiver tout proche qui le privait de la plus grande partie de ses fleurs, rassemblait autour d'un grand pin parasol des bosquets de citronniers, de grenadiers et de lauriers-roses. Contenu par les sentiers couverts de petites plaques de marbre qui rejoignaient des bassins où chantaient des fontaines, c'était un fouillis des plantes méditerranéennes les plus odoriférantes d'où jaillissaient parfois un buisson de rosiers ou les longues plumes du genêt d'Espagne. Bien sûr, il y avait un potager savamment ordonnancé et planté avec une grande rigueur, protégé des vents par des haies de cyprès, mais tout le reste semblait l'œuvre d'un jardinier à la fois génial et un peu fou.

Assise sur le banc qu'elle avait élu dès le premier jour, une nappe d'autel qu'elle s'était offerte à broder entre les mains, mais sur laquelle ses doigts ne s'activaient guère, Fiora vit approcher une jeune moniale. Elle l'avait remarquée à la chapelle pour sa voix angélique, et son visage lui semblait vaguement familier. Elle lui sourit pour l'encourager à la rejoindre, car la jeune fille était visiblement timide :

– Souhaitez-vous me parler, ma sœur ? demanda-t-elle.

– Je vous ai dérangée et vous en demande bien pardon, fit la petite nonne en rougissant très fort.

Elle ne devait pas être au couvent depuis très longtemps car elle portait, comme Fiora elle-même, la robe blanche des novices.

– Dites plutôt que vous me surprenez en flagrant délit de paresse puisque, vous le voyez, je ne faisais que rêver. Venez donc vous asseoir sur ce banc !

– Merci. Voilà plusieurs jours déjà que je souhaite vous parler, mais il a fallu que je rassemble mon courage. On nous a seulement dit que vous êtes une demoiselle de Florence mariée à un grand seigneur de Bourgogne. Et je voudrais savoir... Seriez-vous la comtesse de Selongey ?

– Mais oui, fit Fiora étonnée, comment cette idée vous est-elle venue ?

– Je vous en prie, ne croyez pas que je cède à une curiosité vulgaire. Vous comprendrez mieux lorsque je vous aurai dit qui je suis.

– Vous êtes sœur Serafina. J'aime tant vous entendre chanter que je me suis renseignée.

– Oui. Ici je suis Serafina, mais dans le monde j'étais Antonia Colonna.

Une brusque lumière entra dans l'esprit de Fiora en même temps qu'une bouffée de joie :

– Battista ! s'écria-t-elle. Mais c'est à lui, bien sûr, que vous me faites penser. Vous êtes de sa famille ?

– Nos mères sont sœurs et nous avons le même âge. Si nous avions été jumeaux, nous n'aurions pu être plus proches. Depuis qu'il est parti, il m'a souvent écrit... et il a parfois parlé de vous. Vous étiez amis, je crois ?

– Plus qu'amis ! Vous dites qu'il est pour vous comme un frère. C'est un peu ce qu'il a été pour moi : un jeune frère plein d'attentions et de gentillesse. J'étais alors l'otage du duc de Bourgogne et c'est grâce à Battista si je n'ai pas sombré dans le désespoir en certaines circonstances. Mais après les funérailles du duc Charles, il a disparu et je n'ai plus rien su de lui. Vous allez pouvoir me donner de ses nouvelles à présent ? ajouta-t-elle avec animation. Je suppose qu'il est rentré à Rome ?

– Non. Il est resté là-bas !

Sœur Serafina détourna les yeux pour que sa compagne ne vît pas ses larmes, et chez Fiora la joie fit place à l'inquiétude.

– Il est resté à Nancy ? Mais pourquoi ? Il n'a pas été blessé à la dernière bataille qui a coûté la vie au duc, et j'ai entendu dire qu'en raison de son âge, il ne serait pas retenu prisonnier ?

– En effet, et il aurait pu rentrer. S'il est resté dans ce pays, c'est de sa propre volonté. Il a demandé à être admis au nombre des moines chargés de veiller sur le tombeau où est enseveli celui qu'il appelait le Grand Duc d'Occident. Il ne reviendra jamais !

Cette fois, Serafina pleurait sans plus chercher à se cacher et Fiora, navrée, ne sut comment apaiser ou au moins adoucir cette douleur. En même temps, elle se faisait de vifs reproches : toute à son amour retrouvé, elle ne s'était plus souciée du page et avait quitté Nancy sans chercher seulement à le revoir. Mais la conduite de Battista n'en demeurait pas moins incompréhensible. Aimait-il donc le duc au point de se vouloir son serviteur pour l'éternité ? Au point d'ensevelir avec lui tous les espoirs qu'il était en droit de mettre dans la vie ? Vouloir rester près du tombeau ? Quelle chose absurde ! Que s'était-il donc passé auprès de l'étang Saint-Jean où Battista avait guidé ceux qui recherchaient le corps du vaincu ? Quel bouleversement la vue du cadavre à demi dévoré par les loups avait-elle opéré sur l'âme de ce garçon qui rêvait de gloire, qui aimait la vie et qui, jeune, beau, riche et prince, n'avait rien d'autre à en désirer ? Sinon peut-être l'amour... un amour qui n'attendait que lui et n'avait jamais osé dire son nom. Serafina cependant reprenait :

– Personne, chez nous, n'a compris cette décision, et moins encore notre oncle, le comte de Celano, avec qui Battista était parti rejoindre les armées de Bourgogne. Il a tout tenté pour le ramener, mais il s'est heurté à une volonté farouche, irréductible. Battista voulait être moine.

– C'est insensé! Mais enfin, peut-on entrer ainsi en religion sans l'assentiment du chef de famille? Son père l'a-t-il autorisé?

– En aucune façon. Il nourrissait de grands espoirs pour Battista.

– Alors, pourquoi ne pas en avoir appelé au pape? Je sais que vous êtes l'une des deux plus puissantes familles de Rome.

– Nous l'avons été, mais nous ne le sommes plus. Les Orsini l'emportent en ce moment parce que le prince Virginio est l'intime ami du comte Girolamo Riario, le préféré parmi les quinze neveux du Saint-Père. Évidemment, nous n'avons pas renoncé à la guerre contre cette famille de forbans, mais à présent c'est à nos risques et périls.

– Quinze neveux? Quelle famille! Rien que des hommes?

– Non. Il y a aussi des filles et on les marie bien. Quant aux garçons, s'ils ne sont pas cardinaux, on les décrasse pour en faire de vrais seigneurs. Le « comte » Girolamo qui a épousé la bâtarde préférée du duc de Milan a obtenu les Romagnes et guette Florence. Un autre est préfet de Rome, le cardinal Giuliano della Rovere [1] est évêque de Lausanne, Avignon, Constance, Mende, Savone, Viviers et Vercelli. Son palais del Vaso, que l'on nous a pris, est plein d'objets rares, d'artistes, d'érudits et de poètes, car il s'intéresse beaucoup plus à la pensée grecque ou romaine qu'aux Évangiles. Un autre, disgracié physiquement, a épousé une fille naturelle du roi de Naples, qui a été contrainte à ce mariage, comme Catarina Sforza. Je ne peux tout vous dire mais, dans un temps proche, le jeune Rafaele Riario, qui a dix-sept ans et étudie à Pise, recevra le chapeau de cardinal au titre de San Giorgio in Velabro [2] et ce n'est certainement pas le dernier bienfait dont le pape fera bénéficier sa famille.

1. Le futur pape Jules II qui fera décorer par Michel-Ange la chapelle Sixtine.

2. Chaque cardinal était en quelque sorte le curé d'une paroisse romaine.

Rome et même l'Italie entière ne sont pour lui qu'un immense jardin dans lequel il pille les fruits les plus succulents pour les offrir aux siens, quitte à spolier ceux qui lui déplaisent.

– Et vous, les Colonna, vous lui déplaisez ?

– Bien sûr. Heureusement, nous gardons beaucoup d'amis et de partisans. Cela nous permet de faire à ces gens tout le mal que nous pouvons.

Fiora avait peine à en croire ses oreilles. Cette petite nonne vouée en principe à la prière, au pardon des injures, au renoncement et au seul amour de Dieu venait de dépouiller la douceur lisse de son apparence pour laisser voir le fond d'une âme emplie d'amertume et peut-être de haine. Elle approuvait les meurtres dont accouchait chaque nuit romaine. Une question, alors, lui vint naturellement :

– C'est de votre plein gré que vous êtes entrée ici, sœur Serafina ?

– Quand nous serons seules, appelez-moi Antonia, je préfère.

Elle se tut un moment, hésitant à se livrer davantage, mais se décida, pensant probablement en avoir déjà trop dit :

– Quant à votre question, c'est bien moi qui ai demandé à prendre le voile ici pour ne pas épouser Leonardo della Rovere, celui que l'on a marié à la Napolitaine. Mon père a évité de plus graves ennuis en abandonnant à cet avorton la plus grande partie de ma dot. Je l'avoue, j'étais révoltée lorsque je suis arrivée, mais à présent, je n'ai plus envie de m'en aller. A quoi cela me servirait-il puisque Battista ne reviendra plus ?

Dans les grands yeux noirs à ce point semblables à ceux du page qu'elle en éprouva une sorte de vertige, Fiora lut un désespoir si poignant qu'elle eut envie de prendre cette enfant dans ses bras, comme une petite sœur malheureuse. Mais tout, dans l'attitude d'Antonia, disait qu'elle eût refusé sa pitié.

– Vous l'aimiez à ce point-là ?

– Je l'aime toujours et je l'aimerai tant que je vivrai. A présent laissons mes misères de côté ! C'est de lui que je voudrais vous entendre parler, car vous avez longtemps vécu auprès de lui...

– Plus d'un an : du premier siège de Nancy au second.

– Un an ! J'aurais donné ma vie pour ces quelques mois et, je peux bien vous l'avouer : je vous ai jalousée, détestée. Il disait que vous étiez si belle... et il avait raison.

– Mais vous, vous aviez tort. Quiconque nous a connus l'an passé pourrait vous le dire : nous étions frères d'armes en quelque sorte, car Battista était otage, lui aussi. Il répondait de moi sur sa tête si j'avais essayé de m'enfuir. Le duc Charles savait employer tous les moyens pour obtenir ce qu'il voulait. Je m'en veux de n'avoir pas cherché à revoir Battista avant de partir de Nancy et je vous promets, si je parviens à retourner chez moi, ce que j'espère, que j'irai là-bas et il faudra bien que Battista me dise ce qui lui est passé par la tête pour agir ainsi.

– De toute façon, même s'il revenait maintenant, je ne suis plus que sœur Serafina...

– Vous n'êtes que novice, comme il doit l'être aussi. Essayez de ne pas prononcer vos vœux trop vite et priez pour que je réussisse à m'enfuir !

Avec une spontanéité enfantine, Antonia se jeta à son cou et posa sur ses joues deux gros baisers sonores. Les nuages qui l'instant précédent embrumaient les grands yeux noirs venaient de faire place à un ciel nocturne plein d'étoiles.

– Je ferai tout pour vous aider ! promit-elle.

Elle n'eut pas le temps d'en dire davantage. Sœur Cherubina accourait, retenant à deux mains ses cotillons pour aller plus vite et se retournant de temps en temps pour voir si quelqu'un la suivait.

– Sauvez-vous, sœur Serafina ! fit-elle. Notre mère prieure vient par ici avec Mgr le cardinal vice-chancelier qui a émis le désir de vous voir, donna Fiora !

– Le vice-chancelier ? Qui est-ce ? demanda la jeune femme. Je m'y perds un peu dans tous ces cardinaux.

Mais sœur Serafina avait filé sans demander son reste et disparu dans le bosquet de citronniers. Ce fut Cherubina qui se chargea de la réponse :

– Sa Grandeur le cardinal Borgia, un Espagnol et un bien bel homme. Il a des yeux... comme de la braise !

Un moment plus tard, tandis qu'elle s'agenouillait pour baiser l'anneau du prélat, Fiora pensa que sœur Cherubina, qui s'était d'ailleurs enfuie aussi vite qu'elle était venue, avais émis dans sa candeur naïve un jugement d'une grande justesse : sous leurs sourcils noirs, les prunelles de Rodrigo Borgia brasillaient littéralement, mais que son sourire à belles dents blanches était donc aimable quand il remercia mère Girolama d'avoir pris la peine de le mener elle-même vers sa pensionnaire ! Dans le cadre austère du camail de toile blanche, le visage de celle-ci en prit la couleur de ces belles cerises dont Péronnelle faisait de si bonnes confitures. Et quand elle s'éloigna, Fiora constata que sa démarche était d'une légèreté toute nouvelle.

Immobile dans la splendeur de ses hermines neigeuses et de ses velours pourpres, le cardinal attendit qu'elle eut disparu pour se tourner vers Fiora qui s'était relevée, puis son regard fouilla la luxuriante végétation autour du banc. Sans doute peu satisfait de son examen, il dit soudain :

– Faisons quelques pas, voulez-vous ? Nous pourrions aller jusqu'à ce bassin que j'aperçois là-bas. J'ai toujours aimé les fontaines. Elles sont, avec les cloches, les voix les plus harmonieuses que la terre puisse offrir au Seigneur. Et il y a là un banc où nous serons à merveille pour causer...

D'où Fiora conclut que le beau cardinal n'aimait pas la musique et qu'il souhaitait surtout que personne n'entendît ce qu'il avait à dire. Ce qui l'étonna : elle ne l'avait encore jamais vu et, s'il était envoyé par le pape comme tout le laissait supposer, elle ne voyait pas bien ce que l'on pouvait avoir à lui transmettre de si confidentiel.

Tout en cheminant modestement un peu en retrait de son imposant visiteur, elle ne pouvait s'empêcher de remarquer que, sur les gants rouges, l'anneau pastoral n'était pas le seul ornement, qu'il voisinait avec de lourdes bagues enrichies de pierreries, que la « capa magna » portait des broderies d'or, que sur la mosette d'hermine la croix d'or longue comme une main d'homme était constellée de gros rubis et que le chapeau rouge à larges bords, signe distinctif de la dignité, qui ombrageait le profil impérieux de Borgia avait des glands d'or et une riche agrafe. Même le cardinal d'Estouteville qui avait si fort impressionné Fiora n'était pas si fastueux. Quant au pape, il devait disparaître complètement derrière la splendeur de son « frère en Jésus-Christ ».

Parvenu au banc indiqué, le cardinal s'assit, étalant autour de lui un tel flot de moires et de velours qu'il ne restait plus la moindre place pour Fiora, qui d'ailleurs ne fut pas invitée à prendre place. Elle resta donc debout devant lui, n'osant rompre la première un silence que le visiteur semblait prendre plaisir à prolonger. Son regard brillant examinait la jeune femme avec une insistance qui mit un peu de rouge à ses pommettes et un plaisir évident qui s'épanouit en un sourire affable. Enfin, il se décida à parler.

– En dépit de ce que l'on dit, le séjour à San Sisto semble avoir une heureuse influence sur votre santé, donna Fiora. Vous étiez en triste état lors de votre arrivée, mais il n'y paraît plus et vous avez retrouvé tout votre éclat.

Encore qu'elle lui fût reconnaissante de lui éviter les « ma fille » ou « mon enfant » habituels aux gens d'Église lorsqu'ils s'adressent aux simples mortels, Fiora fut surprise d'une si curieuse entrée en matière. Elle était d'un galant homme, sans doute, mais les prêtres cultivaient en général peu le compliment.

– Je remercie Votre Grandeur d'une sollicitude qui me touche, dit-elle prudemment, mais je ne comprends pas comment elle peut faire la différence. Je ne me souviens pas de l'avoir vue lorsque je suis arrivée au Vatican ?

– Moi, je vous ai vue : non à votre arrivée, mais quand vous avez quitté le palais. Vous êtes de celles qui éveillent l'intérêt et j'ai voulu en savoir davantage sur vous. Cela a été relativement facile. J'entretiens d'excellentes relations avec le cardinal d'Estouteville, que votre présence à Rome met dans un grand embarras.

– Je ne vois pas pourquoi. Son rôle se borne, si j'ai bien compris, à faire savoir au roi de France que, par ordre du pape, j'ai été enlevée à quelques pas de sa résidence, séquestrée sur un bateau et conduite ici après un voyage qui a duré le double de temps qu'il aurait dû prendre normalement.

Rodrigo Borgia éclata de rire. Il aimait à rire, cela lui permettait de montrer ses belles dents blanches et ajoutait à l'attrait qu'il exerçait sur les femmes :

– Et vous trouvez que c'est un rôle facile ? Je n'ai pas le privilège de connaître le roi Louis et je le déplore, mais, d'après ce que j'en ai entendu dire, ce genre de message a peu de chances de lui plaire, surtout assorti de conditions qui, à mon sens, ne peuvent être acceptées d'un souverain. Fray Ignacio Ortega, que je connais bien, n'est qu'un fanatique dangereux et il devrait remercier Dieu de n'avoir pas été exécuté. C'est ce que j'aurais fait, moi. Quant au cardinal Balue, il n'est qu'un prétexte commode pour permettre à Sa Sainteté de s'immiscer dans les affaires de France. Puis-je vous demander quels sont au juste les sentiments du roi Louis envers vous ?

Fiora commençait à trouver que l'entretien prenait une étrange tournure. A moins que cette visite ne fût un piège, il semblait bien que le pape n'en était pas l'inspirateur.

– Connaître les sentiments du roi a toujours été la plus difficile des entreprises, Monseigneur, car il est un maître en fait de dissimulation. Je crois néanmoins qu'il a pour moi de l'amitié, car il l'a prouvé.

– Mais pas d'amour ?

– Je ne comprendrai jamais d'où vient cette fable. Pour ma part, je n'ai jamais entendu dire que le roi eût des maîtresses.

– Il en a eu, jadis, quand il était plus jeune, et elles lui ont même donné des enfants, mais à son âge et avec sa santé que l'on dit mauvaise...

– Qu'il en ait ou n'en ait pas, ce n'est pas là mon affaire, Monseigneur. Si vous voulez m'accompagner jusqu'à la chapelle, je suis prête à jurer sur les saints Évangiles que je ne suis pas et n'ai jamais été sa maîtresse. Voilà pourquoi j'ai dit l'autre jour que le pape avait fait un marché de dupes : Louis de France ne concédera rien pour me retrouver.

– Et surtout, il n'abandonnera pas Florence et c'est cela le but profond du Saint-Père. C'est pourquoi j'ai voulu vous voir.

– Qu'espérez-vous de moi ? Que j'aiderai le pape à se défaire des Médicis ? N'y comptez pas ! Je suis florentine avant tout et les Médicis me sont restés chers. Je ne ferai rien contre eux, fût-ce au péril de ma vie.

– Loin de moi une pareille idée ! Je n'ai pas d'affection particulière pour Lorenzo et son frère, mais que Riario devienne le maître de Florence me paraîtrait insupportable. Aussi bien, je ne suis pas venu vous parler politique, mais simplement vous dire ceci : le palais d'un cardinal, et singulièrement celui du vice-chancelier de l'Église, est un lieu d'asile inviolable au seuil duquel s'arrête la volonté du pape.

Il se tut, peut-être pour laisser ses paroles prendre tout le poids de leur signification. Seul se fit entendre le bruit de la fontaine qui jaillissait et retombait en pluie scintillante dans le bassin de marbre blanc. Comme si elle éprouvait le besoin de reprendre contact avec quelque chose de réel, Fiora alla y tremper ses doigts, laissant l'eau claire glisser sur eux et les rafraîchir. !

– Le couvent où je suis n'est-il donc pas un lieu d'asile ?

– Pas entièrement. On vous y a mise ; on peut vous en faire sortir que vous le vouliez ou non. Ce n'est pas le cas chez moi.

– J'entends bien, mais alors pour quelle raison m'offririez-vous un refuge ? Vous êtes l'un des plus hauts dignitaires de la cour papale et...

– Je viens de vous le dire : je ne suis pas venu parler politique. Sachez seulement que je n'approuve pas toujours celle du Vatican. En outre, il se peut que je souhaite ménager l'avenir en obligeant le roi de France. Enfin, je serais inconsolable s'il vous arrivait malheur car, en véritable hidalgo, j'aime à me dévouer au service des dames autant que j'apprécie les œuvres d'art. Vous êtes l'une et l'autre.

Fiora secoua ses mains, les essuya à un pan du voile qui couvrait sa tête et revint vers Borgia qui s'était levé.

– Parlons clair, Monseigneur ! Suis-je en danger ici ?

– Pas dans l'immédiat, peut-être, mais cela ne saurait tarder. J'ai entendu des bruits que je désire préciser. Bien sûr, après ce que vous avez subi, je devine qu'il vous est difficile d'accorder votre confiance, mais écoutez ceci : au cas où un événement quelconque vous inquiéterait, sachez qu'à partir de demain quelqu'un à moi viendra pêcher dans l'étang voisin. Si vous avez besoin d'aide, jetez un voile comme celui-ci, alourdi d'une pierre, par-dessus le mur que vous voyez là. La nuit venue, vous franchirez vous-même ce mur. Vous serez attendue.

C'était si surprenant que Fiora ne répondit pas tout de suite, essayant de réfléchir. Néanmoins, elle murmura :

– Votre bonté me confond, Monseigneur, mais, en allant chez vous, ferai-je autre chose que changer de prison ? Si vous voulez me secourir, aidez-moi à rentrer en France.

– Chaque chose en son temps ! Vous ne pouvez quitter Rome sans préparation. Votre fuite causera des remous qu'il faudra laisser s'étaler. Êtes-vous si pressée de retourner chez vous ?

– J'ai un fils de trois mois. Son père est mort, et il n'a plus que moi.

– Gardez l'espoir et donnez-moi votre confiance. L'important est de vous mettre à l'abri. Ensuite, nous verrons à vous faire partir.

L'entretien était terminé. Le cardinal levait déjà une main étincelante de joyaux pour une bénédiction sous laquelle Fiora fut bien obligée de se courber, mais le respect n'y était pour rien. Simplement le souci des apparences, car elle en venait à se demander si cet homme au regard caressant était réellement un prince de l'Église. Fût-il venu seul et non escorté par mère Girolama qu'elle en aurait douté fortement.

– Réfléchissez! murmura-t-il encore sans bouger les lèvres, mais réfléchissez vite! Il se pourrait que le temps presse.

La simarre pourpre glissa le long des dalles blanches dans un doux bruit de soie froissée. Fiora regarda s'éloigner l'imposante silhouette du prélat entre les massifs de feuillage. Que cet inconnu dégageât un charme était indéniable, mais au fil des tribulations subies durant les deux années écoulées, la méfiance lui était devenue naturelle. Que le beau cardinal souhaitât se ménager le roi de France n'avait, à tout prendre, rien d'extraordinaire. Bien plus jeune que le pape, il pouvait convoiter le trirègne [1] et l'amitié de la France serait alors d'importance, mais cet avantage éventuel valait-il le risque certain qu'il courrait en donnant asile à une fugitive?

Le temps était passé plus vite que Fiora ne le pensait et, à présent, le soleil se couchait dans un feu d'artifice et de longues traînées rouges annonçant du vent pour le lendemain. Sur ce fond sanglant, les arbres du jardin noircissaient et la jeune femme eut froid. Elle rejoignit le banc où elle avait laissé sa broderie, l'enferma dans un sac de toile et revint vers le cloître dont les fresques se décoloraient

1. La triple couronne que coiffait le pape.

dans la lumière pourpre. Elle allait à pas lents, écrasée soudain par le sentiment de sa solitude, gagnée par la désespérante idée qu'elle était à jamais perdue au cœur d'un monde inconnu et hostile, truffé de pièges d'autant plus perfides qu'ils se cachaient sous des apparences séduisantes.

Le besoin de retrouver son bébé, la chère Léonarde et Péronnelle, et son Étienne tout bourru, et Florent qui l'aimait tant, et sa maison aux pervenches fut si violent tout à coup qu'elle passa un bras autour d'une colonnette encore tiède de soleil en s'y appuyant, tant elle avait besoin de s'accrocher à quelque chose de solide. Elle ferma les yeux, laissant les larmes couler librement.

– Ne pleurez pas! chuchota une voix douce tandis qu'une petite main chaude se posait sur la sienne. Je suis venue vous chercher pour vous conduire à la chapelle car c'est l'heure de complies. Je chanterai pour le Seigneur, mais aussi pour vous!

A travers le brouillard des larmes, Fiora crut revoir Battista et l'entendre lui dire : « Demain c'est Noël et nous sommes tous deux des exilés. Si vous voulez je passerai la journée auprès de vous et je vous chanterai des chansons de chez nous. » Le temps avait passé mais ils étaient toujours des exilés : lui dans ces neiges de Lorraine où il avait choisi de s'ensevelir, elle sous ce soleil romain qui ne ressemblait à aucun autre.

Un élan la jeta au cou de la petite sœur Serafina, qu'elle embrassa :

– Pardonnez-moi ce moment de faiblesse que je n'ai pas su retenir, murmura-t-elle. Je pensais aux miens, à mon petit garçon...

– Le cardinal Borgia ne vous a pas apporté de mauvaises nouvelles, au moins?

– Non. Pas vraiment mais, je vous l'avoue, je ne sais que penser. Si vous voulez, je vous en parlerai. Pour ce soir, merci, merci de votre amitié...

Elles se sourirent puis, se tenant par la main comme

deux fillettes, rejoignirent la double file blanc et noir des dominicaines qui se rendaient à la chapelle.

En tant que sœur Serafina, la cousine de Battista pensait le plus grand bien du cardinal vice-chancelier que l'on disait fort aumônier, généreux et plein de mansuétude pour les péchés d'autrui, mais en tant qu'Antonia Colonna son jugement se nuançait curieusement. Elle était assez sage pour faire la part des choses, car la noblesse romaine n'avait aucune sympathie pour cette bande d'Espagnols venus de leur province de Valencia dans les bagages de l'oncle Calixte III. Tout les avait alors opposés aux Romains : différences de caractère, de mœurs et même de civilisation, les Espagnols venant d'une nation encore très féodale. Tout cela concourait à la mésentente, sans compter la solide xénophobie des Italiens qui, individualistes à l'extrême, commençaient à ressentir l'attrait des anciennes civilisations et à s'en imprégner. Ils jugèrent d'abord grossiers et peu fréquentables ces hommes encore marqués par les fureurs de leur vieille lutte contre les Maures, mais les nouveaux venus avaient les dents longues, et l'amour du faste. Ils s'intégrèrent très vite et, sous la houlette de Rodrigo, s'imposèrent en flattant le goût des Romains pour les fêtes et, surtout, en adoptant leur morale assez particulière qui veut que le crime puisse avoir de la grandeur et que l'homme, libéré d'anciennes contraintes par la culture, soit à peu près seul juge de son propre comportement.

En ce qui concernait le vice-chancelier, sa réputation était désormais bien assise : la messe n'était pas son occupation principale et il ne comptait plus ses maîtresses dont la favorite, une certaine Vanozza, mariée à un fonctionnaire, lui avait déjà donné deux fils, Juan et César, reconnus par le mari postiche mais dont le cardinal ne celait nullement qu'ils étaient de son sang et qu'il les adorait. Pourtant Vanozza, richement installée dans une belle maison de la place Pizzo di Merlo et possédant une vigne sur l'Esquilin, ne pouvait prétendre à l'exclusivité d'un homme dont on disait – et sœur Serafina devint rouge vif en prononçant ces mots impurs – que « plus charnel ne pouvait exister ».

– Je crois, dit-elle en conclusion, qu'avant de vous en remettre à sa protection, il vous faut peser ce que vous risquez. Ne vous a-t-il rien dit de ce danger qu'il pressent ?

– Rien. Il n'est pas certain et veut vérifier certaines choses.

– Ce pourrait être aussi un danger imaginaire pour vous conduire plus sûrement entre ses mains. Vous êtes très belle, et c'est sans doute la raison majeure pour laquelle il s'intéresse si fort à vous, allant même jusqu'à venir vous visiter ici sans la permission du pape.

– Alors que dois-je faire ? Il a dit aussi qu'il m'aiderait à rentrer en France.

– Et, bien sûr, vous êtes prête à courir tous les hasards pour ce bonheur de retrouver les vôtres ?

– Et pouvoir aller poser quelques questions à notre Battista, ne l'oubliez pas !

– Je ne l'oublie pas et je voudrais pouvoir vous aider davantage, mais croyez-moi : ne précipitez rien ! Je vais faire porter une lettre à mon oncle, le protonotaire Colonna, en lui demandant de venir ici me parler. Le pape ne l'aime pas, mais c'est un homme fin et rusé qui arrive toujours à savoir ce dont il a besoin. Il nous a déjà sauvés de bien des aventures.

Cette promesse réconforta Fiora. Dans la situation où elle se trouvait, elle avait besoin de se faire des amis. Sans cela, jamais elle ne reverrait le doux pays de Loire.

Elle décida donc de suivre le conseil de sa jeune compagne et d'user de cette vertu de patience dont Démétrios prétendait qu'elle était la plus importante de toutes. Peut-être parce qu'elle était la plus difficile à pratiquer. De toute façon elle n'était plus seule et, en écoutant la voix de cristal de sa nouvelle amie chanter les louanges de la Mère de Dieu sous les voûtes blanches de la chapelle, l'idée lui vint que les prières dont Léonarde devait, depuis son départ, accabler Dieu en sa Trinité, la Vierge Marie et les saints et saintes qui jouissaient de sa confiance, lui avaient peut-être valu de trouver un ange sur son chemin.

Elle n'en avait pas encore fini ce jour-là avec la visite du cardinal Borgia car, en sortant du réfectoire, mère Girolama la prit à part pour faire quelques pas sous les arches du cloître qu'éclairaient deux gros cierges de cire jaune.

– J'espère, commença-t-elle en fixant le bout de ses pieds, que Sa Grandeur ne vous a rien appris d'inquiétant ? Il est rare que notre modeste maison soit honorée à ce point.

Fiora pensa irrévérencieusement que mère Girolama grillait de curiosité comme une vulgaire sœur converse et elle cacha un sourire sous l'abri de son voile blanc.

– J'en ai été la première surprise, Ma Mère, mais, en fait, Sa Grandeur est venue m'exhorter à la patience et à l'obéissance. Les façons, un peu vives peut-être, que j'ai eues en face du Saint-Père au soir de mon arrivée l'ont inquiété. Il sait, en effet, que j'appartiens à l'entourage du roi de France et il m'a fait comprendre que, pour le bien de tous, il était préférable que je me soumette à une volonté contre laquelle, en effet, je suis sans forces.

Au prix de son âme, elle eût été incapable de dire où elle avait pris l'inspiration de ce chef-d'œuvre d'hypocrisie, mais en voyant sa compagne approuver silencieusement de la tête d'un air pénétré, elle eut presque honte de duper ainsi cette sainte femme qui l'avait accueillie si généreusement.

– La sainte obéissance ! ma fille, soupirait mère Girolama. C'est notre premier devoir à toutes et je sais gré au cardinal d'être venu vous le rappeler, d'autant que votre conduite peut être de quelque importance pour la politique de Sa Sainteté. Je connais peu le cardinal, mais je sais que c'est un grand diplomate, fort soucieux de sa charge. Sur ce point, l'on ne peut que se trouver au mieux de suivre ses conseils. Ce à quoi je vous engage vivement !

A cent lieues d'imaginer quel genre de conseils le vice-chancelier venait de dispenser à sa pensionnaire, mère Girolama s'en alla méditer, comme elle le faisait chaque soir avant de se mettre au lit, sur la vie éternelle et les meilleurs moyens de guider dans cette voie les jeunes âmes confiées à sa garde. Fiora, elle, un peu mal à l'aise, choisit de pousser la porte de la chapelle pour passer un moment dans son obscurité apaisante en face de la petite flamme rose qui veillait au pied du tabernacle. En dépit d'une piété demeurée assez tiède, elle comprenait parfois Léonarde qui, au moindre ennui, allait le déverser au pied de quelque autel. Peut-être lui serait-il donné de recevoir, d'en haut, la lumière ?

Mais rien ne se produisit ; ni ce soir-là ni les soirs suivants et cinq jours passèrent sans qu'aucune nouvelle vînt animer pour Fiora la vie bien réglée du couvent. Si sœur Serafina avait fait passer, par le truchement de sœur Cherubina, un billet au palais du cardinal Colonna, celui-ci n'était pas encore apparu à San Sisto.

L'impatience gagnait Fiora, car il n'est rien de plus agaçant que craindre quelque chose sans savoir au juste ce que c'est. Aux approches de Noël, le temps changea et devint pire encore qu'il n'était au moment de son arrivée. Une tempête s'était déchaînée en Méditerranée et les rafales du vent d'ouest balayaient la côte tyrrhénienne, emportant parfois les fragiles maisons des pêcheurs. En ville, le vent arrachait des toits les tuiles rondes, tordait les branches des arbres et faisait s'écrouler un peu plus les ruines, de moins en moins altières, des antiques palais impériaux. Il s'engouffrait dans la moindre porte ouverte, éteignait les cierges à la chapelle et faisait voler les cendres des braseros. Les courants d'air achevèrent l'œuvre de la malaria et sœur Prisca mourut dans la première nuit de l'hiver entre les bras de la pauvre Cherubina dont la bonne figure, si gaie d'ordinaire, était bouffie de larmes.

Quand on la porta en terre dans la vêture sévère de l'ordre et les pieds nus, Fiora assista comme les autres au service funèbre et à l'ensevelissement qui suivit, mais seul son corps était présent. Elle écoutait hurler le vent qui faisait claquer les robes des nonnes comme des drapeaux sur leurs hampes et son esprit vagabondait au jardin du côté du mur qui regardait vers l'étang. L'envoyé du cardinal Borgia était-il à son poste en dépit de cet affreux temps ? C'était à peu près impossible.

Néanmoins, le service terminé, elle prit une mante noire et voulut descendre au jardin pour en avoir le cœur net. Elle avait repéré l'endroit exact du mur où il faudrait jeter le signal blanc et le suivre la nuit venue. Il y avait là un vieux pied d'aristoloche qui avait dû connaître son enfance au temps des Guelfes et des Gibelins et qui avait fermement accroché aux pierres du mur ses branches devenues grises et noueuses. Grâce à lui, le franchissement de l'obstacle devait se faire avec une relative facilité. Mais, au moment où elle se dirigeait vers les parterres, mère Girolama vint la rejoindre.

– Vous avez vraiment l'intention de descendre au jardin par ce temps ?

– Pourquoi pas, ma mère ? Ce n'est qu'une tempête et j'ai besoin de respirer autre chose que la fumée des cierges.

– N'avez-vous pas suffisamment respiré au cimetière d'où nous venons ? Pour ma part, j'avais peine à me tenir debout ! Au surplus, là n'est pas la question. On vous demande au parloir.

– Moi ? Est-ce encore... le cardinal Borgia ?

– Le cardinal ne serait pas au parloir. Il a tous les droits de franchir la clôture. C'est une dame dont il s'agit, et elle a montré une permission de communiquer qui porte le sceau privé de Sa Sainteté.

– Je ne connais personne ici. Qui est-ce ?

– Elle a donné le nom de Boscoli et je ne saurais vous en dire plus, sinon qu'elle est en grand deuil. Une veuve, probablement.

– Boscoli ? dit Fiora réfléchissant à haute voix. Le nom ne me dit rien. En savez-vous un peu plus sur cette dame ?

– Je ne saurais vous répondre, donna Fiora. De toute façon, vous ne risquez rien à la rencontrer. Voulez-vous que je vous accompagne ?

– Vous êtes bonne de me le proposer, mais il vaut peut-être mieux que j'aille seule.

– Alors, surtout, rappelez-vous ces bonnes résolutions que Mgr le vice-chancelier a obtenues de vous et gardez en mémoire que cette dame est, en quelque sorte, l'envoyée de notre Très Saint-Père !

– J'essaierai de m'en souvenir, Révérende Mère.

Elle pensait que tout dépendrait de ce que la dame en question avait à lui dire, mais qu'elle fût l'envoyée de Sixte IV ne pouvait qu'éveiller sa méfiance. Sans prendre la peine d'ôter sa cape noire, Fiora se dirigea vers le parloir du couvent.

C'était une grande salle voûtée en plein cintre et passée au lait de chaux qu'une grille d'épais barreaux de fer partageait en son milieu. Du côté du cloître, elle n'avait pour seul ornement qu'un crucifix de bronze, mais, du côté des visiteurs, des fresques hautes en couleur retraçaient le martyre du bienheureux pape Sixte II, décapité en l'an 258 avec quatre de ses diacres dans le cimetière de Calliste. L'artiste avait peint le saint plus grand que les autres personnages afin de bien montrer à quel point il leur était supérieur.

En ouvrant la porte qui eut le bon goût de ne pas grincer, Fiora ne vit qu'une silhouette noire, de formes amples, et qui lui tournait le dos. La visiteuse était en contemplation devant la scène où un bourreau musculeux abattait la tête nimbée d'or du martyr. Et Fiora, pour la première fois, bénit les affreuses sandales de corde tressée que l'on portait au couvent et dans lesquelles ses pieds n'arrivaient pas à se réchauffer, car elles lui permirent d'avancer jusqu'à la grille sans faire plus de bruit qu'un chat. Elle souhaitait observer sa visiteuse, mais ne vit pas grand-chose d'autre qu'un ample manteau de beau drap noir à ramages d'argent dont la capuche était ourlée de renard sombre. Et comme il lui était impossible d'en savoir davantage, elle se décida :

– Puis-je savoir, Madonna, ce qui me vaut l'honneur de votre visite ? fit-elle d'une voix nette.

La femme prit son temps pour se retourner, mais, quand ce fut fait, Fiora dut faire appel à tout son empire sur elle-même pour ne pas pousser le cri que l'autre attendait peut-être. Celle qui la regardait avec un méchant sourire et des yeux brillants de joie mauvaise n'était autre que Hieronyma...

CHAPITRE VII

UN SCRIBE RÉPUBLICAIN

En dépit de la séparation qu'imposait la grille, Fiora recula d'un pas, instinctivement, comme elle eût fait si un serpent s'était dressé sur son chemin, mais son visage garda une parfaite impassibilité. Au contraire, Hieronyma s'approcha de la clôture jusqu'à toucher les barreaux de sa main gantée de noir.

– Bonjour, cousine! fit-elle d'une voix chuintante que Fiora ne lui connaissait pas et qui était due, sans doute, aux deux dents qui lui manquaient à la mâchoire supérieure. Nous aurons mis du temps à nous retrouver, mais j'espère que tu apprécies les circonstances présentes à leur juste valeur ?

– On m'a annoncé une signora Boscoli ? Qu'est-ce que cette comédie ?

– Une comédie ? En aucune façon : c'est bien mon nom. Il y a un peu plus d'un an, j'ai épousé ici même le seigneur Bernardo Boscoli, un juriste de la cour pontificale. Hélas, j'ai eu le malheur de le perdre l'été dernier... la peste!

Du bout d'un doigt, elle écrasa une larme factice cependant que Fiora s'offrait le luxe d'un sourire chargé de dédain :

– Ce n'est pas flatteur pour toi : choisir la peste après quelques mois de mariage! C'est néanmoins une attitude que je peux comprendre. A présent, dis-moi ce que tu viens faire ici et va-t'en!

Le visage de Hieronyma n'avait pas encore perdu l'éclat de sa maturité épanouie, il s'empourpra d'abord sous la poussée d'une colère brutale qui fit étinceler ses yeux noirs, puis jaunit d'un seul coup comme si le fiel qui emplissait son âme venait de s'infiltrer sous sa peau blonde. Elle avait grossi durant ces deux années, mais elle avait acquis une sorte de majesté perverse qui lui seyait et Fiora pensa que la Gorgone de la légende devait lui ressembler. Reprenant le souffle que l'insolence de son ennemie lui avait coupé un instant, elle parut se gonfler encore.

– Baisse le ton, ma fille! Tu n'es pas ici en position de donner des ordres, siffla-t-elle. En fait, tu n'es plus grand-chose et il suffirait d'un rien pour te renvoyer d'où tu viens, à la paille d'une prison, à l'échafaud.

Le goût amer de la haine envahit Fiora et emplit sa bouche. Cette misérable femme qui avait assassiné son père, brisé sa vie, qui osait prostituer son corps au service de Satan [1] et qui avait échappé par miracle à la justice des Médicis osait venir la narguer et l'insulter. Sans la grille, peut-être se fût-elle jetée sur elle pour l'étrangler de ses mains et débarrasser enfin la terre d'une créature immonde. Un violent effort de volonté la sauva des manifestations d'une colère qui eût peut-être fait plaisir à Hieronyma. Plus droite que jamais, elle la toisa et laissa tomber :

– Je suis infiniment plus que tu ne seras jamais, suppôt du démon. Et je t'ai assez entendue!

Virant sur ses talons, elle tourna le dos à la grille et se dirigea calmement vers la porte du parloir. Un cri de Hieronyma la retint :

– Attends! Je n'ai pas encore tout dit!

– Ce que tu peux dire ne m'intéresse pas.

1. Voir *Fiora et le Magnifique*.

– Vraiment ? Toi qui n'as pas voulu être ma belle-fille, tu aimerais peut-être apprendre que tu vas être ma nièce ?

– Quoi ?

Le cri de Fiora résonna dans le silence. Les mains enfouies dans ses manches doublées de renard, Hieronyma regardait son adversaire par en dessous, comme si elle cherchait l'endroit sensible où elle pourrait frapper, et mordillait nerveusement sa lèvre inférieure. Tapie dans ses fourrures comme une bête malfaisante au fond de son repaire, elle jouissait visiblement de voir pâlir le beau visage de la jeune femme. Celle-ci, finalement, haussa les épaules.

– Tu es folle ! lança-t-elle méprisante.

– Que non pas ! Le Très Saint-Père qui est fort ami de notre famille et dont Francesco Pazzi, mon beau-frère, est devenu le banquier, le Très Saint-Père donc, après de longues hésitations sur le sort qu'il convenait de te réserver, a bien voulu se rendre à notre avis. Te tuer serait trop simple, même si l'on ajoutait à la chose quelques agréments, et surtout cela ne servirait à rien. Tandis que, mariée à Carlo Pazzi, mon neveu, tu serais encore de quelque utilité pour notre maison.

– Je suis déjà mariée.

– Je sais. Compliments, d'ailleurs ! Le comte de Selongey, le très séduisant ambassadeur du duc de Bourgogne à Florence ! Tu avais réussi là un joli coup ! Malheureusement il est mort, lui aussi, et tu es veuve... comme moi.

– Et j'entends le rester ! Ainsi, après avoir clamé à la face de Florence que j'étais indigne du plus misérable des hommes, après avoir tenté de me réduire à l'état de fille publique, tu as l'audace de vouloir me marier à ton neveu ? Qu'est-ce qui te prend ? Tu oublies que tu m'as ruinée ?

– Ruinée ? Crois-tu ? Il me semble que tu ne l'es pas autant que tu le prétends. Les Médicis y ont veillé. Agnolo Nardi, à Paris, est en train de te constituer une gentille fortune, sans compter ce que les Médicis ont mis sous séquestre, comme la villa de Fiesole, et qui pourrait te revenir. Sans compter la faveur du roi de France ; sans compter...

– Tu comptes trop ! gronda Fiora écœurée. J'ai honte que tu aies porté, étant fille, le nom de Beltrami et je regrette que tu aies quitté celui de Pazzi qui te convenait tout à fait car c'est une famille de forbans. Je n'infligerai jamais à mon fils la honte de voir sa mère porter ce nom-là ! Va rêver ailleurs !

– Tu pourrais bien être obligée d'admettre que mes rêves sont simple réalité. Le choix qui t'est offert est réduit : ou tu épouses Carlo ou tu seras exécutée.

– Sans attendre la réponse du roi de France ? Cela m'étonnerait.

– Pauvre innocente ! Ta mort est déjà décidée. Si le roi fait droit aux réclamations du Saint-Père, il recevra en échange les très profonds regrets du Vatican. Le climat de Rome est malsain, tout le monde sait cela. Tu auras été victime de la fièvre des marais. Ta seule chance de vivre est d'accepter ce que je t'offre, avec, bien sûr, l'accord du pape.

– Jamais ! Je préfère la mort.

– Et celle de ton fils ? Nous savons où il est. Ce serait si facile de le faire disparaître. Réfléchis, cousine, mais réfléchis vite ! Demain on viendra te chercher.

Si le regard de Fiora avait pu tuer, Hieronyma fût tombée raide morte. La fureur qui s'empara d'elle était si violente qu'elle annihila l'angoisse et le désespoir, et la tint debout, droite et fière en face de cette créature démoniaque qui n'avait de femme que l'apparence. Fiora devinait qu'elle ne devait à aucun prix laisser voir que ces menaces la touchaient car, dès lors, l'autre ne cesserait d'abuser du pouvoir qu'elle croirait avoir pris sur elle. Une idée se glissait en elle : Hieronyma exagérait peut-être sa puissance, surtout en ce qui concernait le petit Philippe. Ceux qui l'entouraient devaient faire bonne garde et, en outre, le premier soin de Léonarde, une fois libérée de ses liens, avait sûrement été de courir au Plessis pour s'y plaindre violemment. L'enfant devait être bien protégé.

Une fois de plus, elle tourna le dos sans un mot et franchit la porte du parloir. La voix haineuse de Hieronyma la poursuivit.

– Ne compte pas t'enfuir ! Les portes du couvent seront gardées cette nuit.

Le lourd vantail, en se refermant, coupa court à ce dernier débordement de fiel. Épuisée par la tension nerveuse qu'elle s'était imposée, Fiora s'y adossa et ferma les yeux, attendant que son cœur retrouvât un rythme normal. Elle les rouvrit quand une main se posa sur son épaule :

– Il n'y a pas une minute à perdre, fit la voix douce de sœur Serafina. Il faut préparer votre fuite. Cette femme est abominable.

– Vous avez entendu ?

– J'ai eu cette curiosité et vous en demande pardon. Je sais, les murs sont épais et la porte aussi, mais quand on l'entrouvre... Il ne faut pas que vous tombiez entre les mains de cette créature.

– Vous la connaissez ?

– Ma mère la connaît, et je peux dire qu'elle n'a pas bonne réputation. Elle habite le palais que le pape a donné, dans le Borgo, à Francesco Pazzi, et l'on dit que c'est elle qui régente tout. Mais ne perdons pas de temps ! Je vais aller au jardin jeter un voile blanc par-dessus le mur. Il vaut mieux que vous n'y alliez pas vous-même.

Elle allait s'élancer, Fiora la retint par sa manche :

– Un instant ! Je vous ai une immense reconnaissance, mais vous avez vu le temps qu'il fait ? Sûrement pas un temps pour pêcher dans un marais et personne, certainement, n'attend notre signal.

– Il faisait aussi mauvais hier et avant-hier. Pourtant l'envoyé du cardinal y était. Il y a, tout au bout, entre les murs de la ville et l'étang, une espèce de ruine près de laquelle il se tient.

– Vous êtes allée voir ?

– Où croyez-vous que j'ai déchiré ma robe avant-hier ?

Sœur Serafina, en effet, avait reçu ce jour-là une semonce de la part de la maîtresse des novices pour l'accroc sérieux que montrait son vêtement. Elle avait prétendu l'avoir accroché contre un des bancs du réfectoire, mais les bords de la déchirure portaient des traces d'un brun verdâtre difficilement imputables à un meuble, même ciré de frais. L'affaire s'était conclue par une série d'Ave Maria à dire à la chapelle les bras en croix, épreuve dont la novice était sortie passablement épuisée et qui, à présent, donnait des remords à Fiora.

– Je vais y aller, conclut-elle. Je n'ai pas envie que vous soyez punie de nouveau.

– Soyez sans crainte pour cette fois : je connais à fond les pièges de l'aristoloche et il vaut mieux que l'on ne vous voie pas au jardin à présent.

– De toute façon, cela ne servira à rien. Vous avez entendu : le couvent sera gardé cette nuit.

– Sûrement pas du côté du marais. C'est beaucoup trop vaste. En outre, quiconque s'y aventurerait sans un appui quelconque s'y enliserait irrémédiablement et connaîtrait une mort horrible. Si avisée qu'elle soit, la signora Boscoli ne saurait tout imaginer.

Un moment plus tard, Antonia revint apprendre à son amie que le signal avait été donné et que l'envoyé de Borgia était toujours là.

– Cette nuit, chuchota-t-elle, je vous accompagnerai jusqu'au mur pour vous montrer l'endroit où j'ai jeté le voile. Reprenez confiance à présent ! D'autant qu'il ne pleut plus...

Ce n'était qu'une accalmie. Pendant le repas du soir que les moniales prenaient toujours au son d'une pieuse lecture, la tempête reprit de plus belle et Fiora, incapable de s'intéresser à la *Cité de Dieu* de saint Augustin, écoutait avec quelque inquiétude les rafales de pluie sur les vitres et le sifflement du vent sous la porte du réfectoire. De temps en temps, elle cherchait le regard de sœur Serafina, mais celle-ci offrait un visage tellement serein qu'elle finit par se rassurer. Après tout, mieux valait, pour réussir une évasion, ce temps à ne pas mettre un chien dehors qu'une belle nuit douce, claire et constellée d'indiscrètes étoiles.

Après le dernier office et la révérence à la mère prieure, Fiora regagna sa cellule pour y attendre que son amie vînt la chercher. Elle ne se déshabilla pas, se contentant de s'étendre sur sa couchette après avoir soufflé sa chandelle. Comme il faisait vraiment froid, Cherubina, toute à son chagrin, ayant oublié d'allumer le brasero, elle étendit son manteau sur elle. Soudain, elle entendit un bruit qui lui glaça le cœur : au-dehors, quelqu'un était en train de tourner la clef dans sa serrure.

La déception fut si violente qu'elle faillit crier. Tous ses espoirs s'envolaient d'un seul coup et elle allait devoir subir le choix abominable que lui avait ménagé Hieronyma : épouser ce Carlo inconnu et qui d'avance lui répugnait ou se laisser mener à la mort : l'autel ou l'échafaud !

– Philippe ! gémit-elle du fond de sa détresse, pourquoi m'as-tu abandonnée ? Sans ta passion de la guerre, nous serions heureux à présent.

Combien de temps resta-t-elle ainsi, les yeux grands ouverts sur les ténèbres de sa chambre, écoutant le vent mugir sous la galerie et faire craquer les branches des arbres ? Il était impossible de l'évaluer mais, de toute façon, elle ne fermerait pas les yeux avant que revienne le jour... Et puis, tout à coup, il y eut à la porte un léger bruit et une forme noire, plus noire encore que l'obscurité, se glissa jusqu'à son lit :

– Vous êtes prête ? chuchota sœur Serafina.

Instantanément, Fiora fut debout :

– Comment avez-vous fait pour entrer ? Quelqu'un avait fermé ma porte et j'ai entendu la clef tourner dans la serrure.

– Sans doute notre mère Girolama. La dame Boscoli a dû prendre ses précautions mais, heureusement, on a oublié d'enlever la clef. Venez à présent, mais d'abord enveloppez-vous dans votre manteau. Il faut être aussi peu visible que possible.

Elle-même se fondait complètement dans la nuit et, sans l'étreinte rassurante de sa main, Fiora eût pu croire qu'elle parlait à un fantôme. L'une derrière l'autre, elles sortirent dans le promenoir puis plongèrent à la fois dans la tempête et dans le jardin. Fiora eut l'impression de s'enfoncer dans une forêt sous-marine. Il n'y avait pas une branche, pas une feuille qui se tînt immobile et qui ne secouât sa charge d'eau.

– Je n'y vois rien ! souffla-t-elle aveuglée par une gifle mouillée qui lui arriva en pleine figure.

– N'ayez pas peur, je connais le chemin par cœur. Je pourrais vous conduire au mur les yeux fermés.

– Pour ma part, qu'ils soient ouverts ou fermés ne change rien. Quelle nuit !

– Réjouissez-vous-en ! Les gardes du couvent se sont mis à l'abri où ils pouvaient et, sur le marais, il ne doit pas y avoir un chat. Tenez, nous arrivons !

Peu à peu, l'accoutumance venait et Fiora distingua, droit devant elle, une masse plus noire encore qui était le mur couvert de plantes. Sœur Serafina guida la main qu'elle tenait jusqu'à ce qu'elle se referme sur une branche épaisse :

– Voilà l'aristoloche. Grimpez ! Quand vous serez en haut, sifflez ! Ou je me trompe fort ou celui qui vous attend doit être près du mur... Que Dieu vous garde, à présent !

A tâtons, Fiora chercha la tête de la novice et l'embrassa.

– Pourquoi ne viendriez-vous pas avec moi ? J'ai peur que vous ne soyez en danger quand on s'apercevra de ma fuite.

– Soyez sans crainte. Même si mère Girolama se doutait de quelque chose, elle n'en soufflerait mot. Elle m'aime bien, alors qu'elle déteste le pape, sa tribu et ses amis. Je suis sûre qu'au fond d'elle-même, elle se réjouira de leur déconvenue.

– Elle m'a tout de même enfermée dans ma chambre?

– Simple acquit de conscience. Elle a laissé la clef sur la porte. Quand vous le reverrez, embrassez Battista pour sa cousine Antonia et dites-lui...

– Remettez-vous en à moi. Je sais exactement ce que je lui dirai.

Avec décision, Fiora empoigna une brassée de branches dégoulinantes d'eau et commença à grimper vers le sommet du mur. Elle y arriva sans trop de peine, mais dut s'agripper pour ne pas être emportée par le vent qui frappait là de plein fouet. Une voix, alors, lui parvint:

– Ne sifflez pas! Je suis là! Je vous ai entendue venir. Descendez doucement à présent pour ne pas rompre l'équilibre de la barque.

Elle se retourna sur son mur et tâtonna avec ses pieds pour trouver des appuis. Cette descente lui parut durer un temps infini. Et soudain, une main se referma sur une de ses jambes, puis sur les deux.

– Je vous tiens. Laissez-vous aller!

Elle glissa, mais les mains en question étreignaient déjà sa taille, et elle se retrouva sur un plancher mouvant qui ne pouvait être que celui de la barque. L'homme la tenait contre lui fermement et, à sa grande surprise, elle respira un délicat parfum d'ambre. Pourtant, ce qu'elle touchait était une étoffe rude, une bure quelconque, et d'ailleurs la grande silhouette qu'elle distinguait à peu près était celle d'un moine.

– Je vous demande pardon pour ces jours d'attente, dit-elle doucement. Ce temps abominable...

– Chut! Nous causerons plus tard. Asseyez-vous là et ne bougez plus!

Il l'installa au fond de l'esquif, puis, empoignant une longue perche, la plongea dans l'eau vaseuse et se dirigea vers la rive. Mais, sur les derniers mots, il avait parlé presque normalement et Fiora avait identifié en même temps la voix et le parfum. Tous deux appartenaient au cardinal Borgia. Elle ne put garder pour elle sa découverte :

– Comment, Monseigneur ? Vous êtes venu vous-même ? C'est vous qui avez attendu tous ces jours ?

Elle l'entendit rire doucement :

– Tout de même pas. Mon absence aurait été trop remarquée au Vatican. Simplement, mon serviteur avait ordre de me prévenir dès que vous feriez le signal. A présent, taisons-nous ! Ce marais passe pour hanté, mais on comprendrait mal que des fantômes s'y entretiennent aussi agréablement que dans une salle de compagnie.

Fiora garda le silence, tandis que son compagnon se consacrait à la navigation que le vent ne facilitait pas et qui devint plus difficile encore quand ils eurent quitté l'abri du mur. La barque glissait lentement sur l'eau épaisse et, parfois, traversait des bouquets de roseaux qu'elle froissait. En dépit du froid, l'odeur de vase et de végétaux pourrissants était pénible et, dans son manteau trempé, Fiora frissonnait. Pas seulement parce qu'elle se sentait mouillée. Un peu de crainte augmentait son malaise à se sentir aussi complètement livrée à cet homme à qui elle n'arrivait pas à accorder une pleine confiance. Qu'il fût venu la chercher lui-même était stupéfiant et ne s'expliquait pas de façon rationnelle. A moins qu'il n'espérât un paiement que la jeune femme ne se sentait pas disposée à lui donner...

Le petit bateau entra une dernière fois dans les roseaux, heurta quelque chose de dur et ne bougea plus.

– Tu as réussi, Monseigneur ? fit une voix en espagnol.

– Oui. Va chercher les chevaux puis, quand nous serons partis, tu couleras la barque.

Les chevaux étaient abrités dans la maison en ruine que sœur Serafina avait signalée à Fiora. Borgia prit Fiora par la taille et la hissa sur l'un d'eux car elle était trop transie pour l'escalader seule, puis il sauta sur le sien avec une légèreté qui trahissait une longue habitude. Il se pencha alors, et prit la bride de Fiora :

– Je vais vous guider. Nous avons un bout de chemin à faire et malheureusement nous ne pouvons pas aller vite car il nous faut passer par des rues qui sont de vraies fondrières. Tenez-vous bien... et tâchez de ne pas trop claquer des dents ! Vous avez froid à ce point ?

– Je suis gelée !

– N'y pensez plus ! Quand nous arriverons, vous trouverez tout ce qu'il faut pour vous réconforter. Gardez votre esprit fixé là-dessus ! Tout vaut mieux qu'épouser Carlo Pazzi !

De ce voyage qui lui fit traverser du sud au nord la Rome nocturne battue par une pluie diluvienne, Fiora devait garder le souvenir d'une sorte de cauchemar. Son compagnon l'entraînait au creux d'un tunnel noir et sans fin d'où surgissaient, par endroits, des fûts de colonnes blanchâtres, des murs écroulés, un lumignon rouge balancé à la porte d'une taverne et, parfois, les pierres énormes et grises d'un palais à la porte duquel la poix des pots à feu n'était plus que braise privée de flamme. Il arrivait que l'écho d'une fête, le son des luths et des tambourins perçassent ces murailles ou encore, aux abords d'un cabaret, des braillements d'ivrognes et des chansons à boire, mais le plus souvent on marchait à travers une ville silencieuse comme un cimetière. Et Fiora avait de plus en plus froid.

L'attaque se produisit quand on atteignit le Corso. Sortis des ombres denses du palais San Marco construit jadis par le cardinal Barbo [1], des hommes se jetèrent à la tête des chevaux, en arrachèrent les cavaliers qui roulèrent à terre. Ce fut si soudain que Fiora, à demi assommée, n'eut

1. Qui fut le pape Paul II. Son palais est aujourd'hui le palais de Venise que Mussolini rendit célèbre.

pas le temps d'avoir peur, mais Borgia se relevait déjà avec une souplesse inattendue chez un homme de sa corpulence et, jurant avec une luxuriance qui faisait grand honneur au vocabulaire d'un prince de l'Église, empoignait le plus proche de ses assaillants. Une lame brilla dans sa main et il y eut un cri de douleur. Mais deux des autres bandits qui s'occupaient à maintenir les chevaux s'élancèrent sur lui. Fiora, courageusement, se relevait pour tenter de prêter main-forte à son compagnon et se jeter sur le dos d'un des agresseurs quand une voix sèche claqua :

– On s'arrête ou je lâche mes chiens!

Des aboiements furieux soulignèrent ces paroles et, à la lumière de la lanterne qu'il tenait d'une main, on put voir un homme qui devait avoir trente-cinq ans, tout vêtu de noir et un grand chaperon sans ornements enfoncé jusqu'aux yeux. Au bout d'une double laisse enroulée autour de son poing gauche, deux grands chiens, aussi noirs que leur maître, grondaient en montrant des crocs impressionnants. Déjà les voleurs sautaient sur les chevaux et s'enfuyaient sans demander leur reste, abandonnant sans hésiter leur compagnon qui râlait dans une flaque de boue.

Le nouveau venu alla jusqu'à lui et le retourna d'un pied botté.

– Il n'en a pas pour longtemps, constata-t-il. D'ailleurs, les hommes de Soldan [1] vont bientôt passer. Ils s'en chargeront.

La lumière qu'il élevait pour examiner le mourant dessinait un profil acéré d'oiseau de proie, des yeux profondément enfoncés sous l'arc épais des sourcils, une bouche mince au pli sarcastique. Se redressant, il attacha ses chiens à un anneau de fer planté dans le mur d'une maison voisine, puis s'approcha de ceux qu'il venait de secourir et leva sa lanterne pour mieux les considérer. La lumière accrocha d'abord la robe blanche, évidemment

1. Fonctionnaire chargé de la police.

monastique, de Fiora, avant de passer au froc brun dont son compagnon était revêtu. Le pli méprisant de sa bouche s'accentua :

– Une nonne!... et un moine! Que fait-on à pareille heure dans les rues de Rome, mes bons amis ? On fuit son couvent où la vie manque peut-être de gaieté pour aller tranquillement forniquer ensemble ?

– Vous nous avez sauvés, soyez-en remercié, fit la voix autoritaire de Borgia. Ne diminuez pas votre bienfait en nous insultant! Prenez ceci!

L'or qui brilla soudain sur la paume de sa main arracha un sourire au nouveau venu et fit remonter la lanterne jusqu'au visage que l'homme dut reconnaître.

– Ah! Il paraît que je me trompe : nous avons à faire à un cardinal! Gardez votre or, Monseigneur, je suis amplement payé par la satisfaction d'avoir porté secours à mon prochain.

– Qui êtes-vous ? Il me semble vous avoir déjà aperçu ?

L'homme parut grandir encore tant il se redressa, et ce fut avec orgueil qu'il lança :

– J'ai nom Stefano Infessura, juriste, scribe, républicain et homme libre!

– L'Infessura! Je vous connais! L'ennemi de l'Église, du pape et de toute autorité.

– Non pas, car je suis ennemi du désordre et, si je suis l'ami de la liberté, ce n'est certes pas celle que nous vivons en cette époque : la liberté de tuer, d'opprimer, d'égorger au coin des rues, liberté de transformer Rome en coupe-gorge, votre liberté à vous et à vos pareils. La mienne n'est pas celle qui vous permet à vous, prince de l'Église, d'enlever nuitamment une religieuse. Évidemment, elle est plus que belle!

– Je ne suis pas une religieuse, protesta Fiora dont la lanterne éclairait le visage à cet instant. Je suis une prisonnière qui s'évade. A présent, laissez-nous poursuivre notre chemin car, si je suis reprise, je serai mise à mort!

– Ah!

La lanterne ne s'abaissant pas. L'homme scrutait les grands yeux gris qui le regardaient avec sévérité comme s'il cherchait à pénétrer leur vérité. Ceux-ci ne se baissèrent pas davantage.

– Qui te menace ?

La curiosité de cet inconnu ne choqua pas Fiora. Quelque chose lui disait qu'elle pouvait lui faire confiance et, en dépit de la main que Borgia posait sur son bras pour l'inciter à la prudence, elle répondit :

– Le pape et certains de son entourage dont le cardinal Borgia essaie de me protéger. Écoute ! Nous n'avons que trop perdu de temps...

Le pas ferré d'une troupe faisait résonner en effet les échos de la nuit. La milice du Soldan – le guet romain – ne servait pas à grand-chose si l'on considérait le nombre de meurtres qui se perpétraient quotidiennement, mais il fallait tout de même compter avec elle, lorsqu'on la rencontrait, si l'on ne voulait pas tâter des cachots de la Torre di Nona qui étaient sous sa juridiction.

– Ils ne sont pas loin, dit Borgia, et nous n'avons plus de chevaux. Il faut marcher, et marcher vite.

– Je vous accompagne, déclara Infessura en allant détacher ses chiens. Il y a encore un mauvais endroit près des ruines de la colonne de Marc Aurèle. Zeus et Héra peuvent vous être utiles.

Le scribe républicain, sa lanterne et ses molosses prirent la tête. Solidement soutenue par le bras du cardinal, Fiora suivait de son mieux car, bien que le Corso fût la plus grande voie de Rome, son sol où alternaient dalles antiques et gros pavés offrait maints obstacles au piéton qui s'y engageait de nuit. La pluie avait disparu comme par magie avec les malandrins, mais les gouttières la remplaçaient avantageusement. On passa sans encombres l'endroit délicat et, comme la rue s'élargissait encore, on put cheminer de front.

– Est-il indiscret, demanda Borgia à leur compagnon, de te demander ce que tu fais dans les rues, la nuit et par un temps pareil ?

– Non. Il y a trois raisons à cela : j'aime Rome, j'aime savoir ce qui s'y passe quand les gens sont censés dormir et j'aime la nuit. Je dors peu et le jour m'est contraire. Je l'emploie à étudier et à écrire tout ce que j'ai appris.

– Cela veut dire que, tout à l'heure, tu raconteras dans ton « diario » notre rencontre ?

– J'écris pour ceux qui viendront après moi, non pour les sbires du Vatican. Ton nom ne sera pas mentionné... et je ne connais pas celui de cette jeune dame. Je ne veux savoir qu'une chose : elle est une victime et, comme telle, tous les droits à mon aide lui sont acquis. A présent, si vous m'avez menti, c'est affaire entre vous et votre Dieu.

– Nous n'avons aucune raison de mentir, coupa Fiora. Mon seul regret est de ne pouvoir te remercier.

– Souris-moi une seule fois et je serai payé!

On arrivait à destination, c'est-à-dire en face du moins conventionnel des palais romains. Quelques années plus tôt, en effet, le cardinal Borgia avait acheté, pour deux mille florins d'or, une enfilade de vieilles maisons qui servaient jadis à la Monnaie et que l'on appelait en conséquence la Zecca. Ces maisons avaient à ses yeux l'avantage d'être assez loin du Vatican car elles se situaient dans la rue qui, au-delà du Tibre, allait du château Saint-Ange à la place principale du quartier des étrangers [1]. De cet ensemble un peu disparate, la fortune du vice-chancelier avait tiré une résidence d'une grande richesse ornementale que le peuple romain ne cessait d'admirer depuis qu'il l'avait découverte, en 1462, lors de la grande procession qui conduisait à Saint-Pierre la châsse contenant le crâne de saint André rapporté de Grèce par le despote de Morée. Avec une certaine arrière-pensée et l'espoir qu'un jour ou l'autre le cardinal Borgia deviendrait pape, car la coutume voulait que le palais de l'Élu fût livré alors à la foule qui s'y roulait avec délices dans le plus joyeux pillage.

Borgia frappa d'une certaine manière à une petite

1. Aujourd'hui la place d'Espagne.

porte, située en retrait du grand portail, et qui s'ouvrit instantanément, libérant un flot de lumière qui s'étala sur la rue boueuse. Il voulut faire entrer Fiora, mais celle-ci n'en avait pas fini avec leur sauveur :

– Je n'oublierai pas ton nom, dit-elle chaleureusement, et j'espère te revoir un jour.

– Pourquoi ne viendrais-tu pas t'asseoir à ma table quelque jour ? proposa Borgia. Tu es moins sauvage que tu le prétends et je sais que tu hantes certaines maisons.

– Alors oublie-les, car ce sont celles de gens qui ont, ont eu ou auront maille à partir avec le Vatican. L'Infessura chez le vice-chancelier de l'Église ? Tu deviendrais peut-être suspect, mais moi je le serais sûrement, au moins à mes propres yeux.

– Garde dans ta mémoire cependant, homme libre, que cette demeure est un lieu d'asile. Tu pourrais en avoir besoin.

– Garde cela dans ta propre mémoire, Monseigneur ! J'espère que ta maison sera un véritable refuge pour ta jeune compagne... et rien que cela ! Quant à moi, si le pape décide un jour de me supprimer, je ne l'attendrai pas et saurai mourir en Romain. La mort de Pétrone m'a toujours séduit, même s'il n'avait rien d'un républicain ! Les dieux te gardent, jeune femme !

– Tu aimerais peut-être mettre un nom sur mon visage, dit celle-ci vivement. Le mien est Fiora.

– Merci de me le confier, mais dans peu d'heures je saurai tout de toi. Quel que soit le lieu d'où tu as fui, les voix de la rue me l'apprendront...

Il se fondit dans la nuit avec ses chiens tandis que Fiora se laissait entraîner enfin à l'intérieur du palais, non sans un obscur regret. Cet homme « libre » ne ressemblait à aucun autre.

La demeure de Rodrigo Borgia, elle non plus, ne ressemblait à aucune autre et Fiora crut entrer de plain-pied dans l'un de ces fabuleux palais d'Orient décrits, jadis, par le voyageur vénitien Marco Polo et d'autres conteurs plus récents rencontrés chez son père, ayant pu approcher les fastes turcs du Sultan. De son Espagne natale marquée par la splendeur des rois maures, le cardinal avait apporté le goût des pavements précieux, des plafonds sculptés dorés et peints comme évangéliaires, des couleurs éclatantes. Ses armes – taureau d'or sur champ de gueules – sommées du chapeau cardinalice frappaient le dessus des portes et le cuir des sièges. Partout, ce n'étaient que tapis précieux, coussins énormes, tentures de brocart et lits de parade tendus des plus riches étoffes. La vaisselle d'or, d'argent ou de vermeil, les aiguières et les coupes enrichies de pierreries surchargeaient les dressoirs et les crédences au point de fatiguer le regard. Et Fiora, qui avait pu contempler à loisir le faste guerrier du Téméraire et sa splendeur pleine de majesté, finit par trouver que ce palais-là, si éloigné de l'élégance florentine, faisait un peu nouveau riche.

En fait, au moment de son arrivée, Fiora ne distingua pas grand-chose de toutes ces magnificences. Elle ne fit qu'entrevoir un univers de pourpre et d'or où il faisait délicieusement chaud et où une grande femme au teint jaunâtre la dépouilla de ses vêtements humides et maculés de boue, l'enveloppa dans un drap un peu rêche dont elle la frictionna vigoureusement jusqu'à ce qu'elle cesse de claquer des dents. Puis, l'enlevant dans ses bras avec autant d'aisance que si elle eût été une enfant, elle la porta dans un grand lit si moelleux que la jeune femme eut l'impression de plonger dans de la plume, rabattit sur elle les draps de soie, lui fit boire une tisane tenue au chaud près de la cheminée, alluma la veilleuse dorée du chevet, souffla les chandelles et quitta la chambre sans faire le moindre bruit. Déjà Fiora s'était endormie et volait à tire-d'aile vers cet ultime refuge des malheureux : le pays du rêve.

Quand elle en redescendit, vers le milieu du jour, elle

trouva la réalité amère car elle ne se sentait pas bien du tout : des frissons couraient le long de son dos, sa gorge lui faisait mal et elle se mit à éternuer une demi-douzaine de fois, ce qui attira auprès d'elle la femme qu'elle avait vue la veille et qu'elle avait fini par croire intégrée à ses songes. En outre, elle avait la migraine.

Une main fraîche se posa sur son front et la femme dit d'un ton mécontent :

– C'est bien ce que je craignais ! Tu as pris froid en dépit de mes soins et tu as de la fièvre. Rodrigo ne sera pas content !

– Comment va-t-il ? demanda Fiora dont la phrase s'acheva par un nouvel éternuement.

– Il se porte merveilleusement comme d'habitude, quelques gouttes d'eau ne sauraient altérer sa superbe santé. Il possède la force du taureau de nos armes ! ajouta la femme avec une soudaine exaltation qui surprit Fiora.

Cette créature était d'ailleurs assez surprenante en elle-même pour que Fiora s'y intéressât en dépit de son état quelque peu brumeux. Grande et peut-être aussi forte que Borgia, mais osseuse, elle avait une longue figure olivâtre que ne flattait guère son sévère costume noir de duègne espagnole, à peine adouci par le mince ruché blanc qui terminait son haut col montant fermé par une belle agrafe d'or et de perles. Un voile noir était épinglé sur ses cheveux coiffés en tour. Enfin, un trousseau de clefs pendait à sa ceinture de cuir.

– Je voudrais le remercier, dit encore Fiora. Pensez-vous qu'il m'en donnera l'occasion aujourd'hui ?

– Il m'a annoncé qu'il viendrait te voir ce soir, fit la femme d'un ton mécontent. Il a même ordonné que l'on prépare à souper dans cette chambre et il va être très déçu de te trouver dans cet état.

– Après la nuit que j'ai passée, cela n'a rien d'étonnant. En outre, je ne suis pas « dans cet état ». J'ai un gros rhume et j'espère que, dans deux ou trois jours, il n'y paraîtra plus.

– Tu ne le connais pas. Il a horreur de la maladie et des malades. Et regarde-toi ! ajouta-t-elle en tendant un miroir à main : Tu as le nez rouge, la figure enflammée... Tu n'es pas montrable.

– Eh bien, ne me montrez pas ! grogna Fiora que cette femme commençait à agacer et qui détestait cette façon qu'elle avait de la tutoyer. Dites à Sa Grandeur ce qu'il en est quand elle rentrera et suppliez-la de m'accorder quelques jours pour être... montrable.

– Nous verrons cela ! Pour l'instant, il faut faire tout ce qu'il est possible pour te guérir.

Elle se mit à la tâche sur l'heure et entreprit de noyer sa malade dans les tisanes, le miel et le lait de poule, lui fit ingurgiter force pilules, l'obligea à prendre deux fumigations dont la malheureuse émergea plus rouge que jamais et prétendit même lui administrer un clystère auquel Fiora se refusa avec la dernière énergie. Elle ignorait où en était sa fièvre, mais elle se sentait à présent complètement abrutie et, en outre, elle avait mal au cœur.

– Laissez-moi tranquille ! cria-t-elle. Vous allez me tuer à force de médecines car, sachez-le, je n'en prends jamais !

– Quand on est malade, on se soigne ! glapit l'autre. Tu dois avaler encore ce sirop bien propre à adoucir la gorge et...

– Je n'avalerai rien du tout ! La seule chose dont j'ai besoin, c'est qu'on me laisse dormir en paix !

Empoignant draps et couvertures, elle se disposait à disparaître dessous quand l'entrée du cardinal mit fin à la scène. Fiora ne le reconnut pas tout de suite. Il portait en effet un élégant pourpoint court de velours noir brodé d'or, des chausses collantes qui rendaient pleine justice à ses jambes qu'il avait fort belles et, surtout, il était tête nue, ce qui permettait de constater qu'il commençait à perdre ses cheveux.

En découvrant les deux femmes dressées face à face comme des poules en colère, l'une rouge, échevelée et cramponnée à ses draps, l'autre brandissant un flacon et une cuillère, il éclata de rire.

– Vous ne pourriez pas crier moins fort ? fit-il en reprenant son souffle. On vous entend jusqu'au bout de la galerie. J'aimerais qu'au moins pendant quelques jours, la présence de donna Fiora chez moi reste ignorée de la majeure partie des domestiques.

Brandissant toujours sa fiole et sa cuillère, la duègne fonça sur lui comme si elle souhaitait le pourfendre.

– Cette fille est malade, Rodrigo. Tu ne peux pas souper avec ça ? Regarde-là ! Elle est à faire peur ! J'ai fait tout ce que j'ai pu pour la soigner, mais elle prétend m'en empêcher.

– Je prétends surtout que cette femme arrête de m'empoisonner avec ses drogues. Mais elle ne cesse de répéter que vous serez sûrement furieux d'apprendre que...

– Que vous avez pris froid cette nuit ? Je n'en suis pas surpris le moins du monde... ni furieux d'ailleurs.

– Mais tu as dit que tu souperais avec elle, fit la duègne qui semblait prête à pleurer.

– Je ne vois pas où est la difficulté, Juana ? On placera la table près du lit et tu feras servir des nourritures légères. Allons, calmez-vous toutes les deux ! Le mal vient de ce que, cette nuit, je ne vous ai pas présentées l'une à l'autre. J'avais besoin de me reposer et pensais le faire dès votre réveil, ma chère amie.

Il expliqua aussitôt à Fiora que « doña Juana de Llançol » était une cousine éloignée dont la famille avait eu des malheurs et qu'il avait ramenée de Valence lorsque cinq ans plus tôt le pape l'avait envoyé dans son pays natal en ambassade. Elle veillait « aux armoires et aux servantes de la maison » et possédait toute sa confiance plus une part de son affection.

A Juana qui l'écoutait avec des larmes d'attendrissement, il exposa que son invitée n'était pas « cette fille », mais « une noble dame venue de France » qui avait eu le malheur de déplaire à Sa Sainteté et à laquelle il convenait d'offrir une large hospitalité.

Ce discours, très naturel en apparence, n'en éveilla pas moins la défiance de Fiora. Pourquoi donc Borgia avait-il attendu qu'elle soit arrivée chez lui pour prévenir Juana ? D'autant que, la nuit dernière, celle-ci les attendait visiblement, qu'elle n'avait pas posé la moindre question ni relevé seulement un sourcil en constatant que la nouvelle venue portait la robe des novices.

En rapprochant cette singularité des confidences d'Antonia Colonna à propos de « l'homme le plus charnel qui soit », Fiora en vint à se demander s'il n'était pas dans ses habitudes d'aller courir de nuit les rues de Rome pour en ramener des filles et – pourquoi pas après tout ? – de débaucher de temps en temps la pensionnaire de quelque couvent. Sans doute ne les gardait-il pas longtemps, et de là venait ce grand affolement de la duègne en constatant que la dernière trouvaille avait jugé bon de tomber malade. Ses soupçons se confirmèrent en entendant Juana bougonner :

– Il fallait me prévenir que ce n'était pas comme d'ha...

Un geste autoritaire lui coupa la parole et elle parut se rétrécir sous le regard étincelant dont il la couvrait. Fiora pensa qu'il était temps d'intervenir si elle ne voulait pas se faire de cette femme, visiblement sotte, une ennemie mortelle.

– Doña Juana s'est donné beaucoup de mal pour moi, Votre Grandeur, et j'ai bien peur de l'en avoir fort mal payée, mais je vous avoue que la seule idée de souper me lève le cœur. La simple odeur des mets...

– Vous est insupportable ? fit Borgia avec bonne humeur. Eh bien, ma chère, soignez-vous, je vais aller souper chez une amie. Mais peut-être pouvons-nous bavarder un moment ?

– Bien sûr, approuva Fiora enchantée d'en être quitte à si bon compte. Je serai heureuse d'avoir des nouvelles.

– C'est ce que je pensais. Va me chercher un verre de

vin d'Espagne, Juana, puis laisse-nous ! Tu reviendras ensuite accommoder donna Fiora pour la nuit.

Il suivit du regard la sortie de la duègne, puis tira un siège près du lit.

– Je crois, fit-il en baissant le ton, que vous trouverez intéressantes les nouvelles que j'apporte. Je tenais compagnie au Saint-Père dans sa volerie où il s'occupait à nourrir son aigle quand Leone da Montesecco, le chef de ses gardes, chargé d'aller vous chercher à San Sisto, en est revenu bredouille.

– Et alors ?

– Je ne me souviens pas l'avoir déjà vu dans une telle colère. Tout le monde en a eu sa part : le capitaine parce qu'il ne vous ramenait pas, le cardinal d'Estouteville convoqué sur l'heure et accusé aussitôt de vous donner refuge, et même l'aigle qui a été privé de la moitié de son repas : le pape l'a planté là pour regagner sa chambre où il a cassé deux ou trois vases afin de se détendre les nerfs. Le reste s'est passé sur donna Boscoli qui arrivait tout juste avec son neveu. Dites-moi, donna Fiora, elle est allée au couvent hier ?

– Oui, mais le pape doit le savoir : elle avait une autorisation de visite.

– C'est aussi ce qu'a dit mère Girolama. Elle a ajouté que la dame, toujours au nom du pape, lui avait donné l'ordre de fermer votre porte à clef.

– Et le pape n'en savait rien ? Ce n'est tout de même pas elle qui a fait disposer des gardes devant les portes ?

– Non. L'ordre est bien venu du Vatican, mais la permission de vous visiter était fausse. Le Saint-Père a voué donna Boscoli aux gémonies en l'accusant d'avoir tout fait manquer pour le plaisir d'aller vous narguer.

Il se tut. Juana revenait avec un plateau d'argent sur lequel un magnifique verre de Venise rouge et or voisinait avec un flacon de même origine. Elle posa le tout sur une table, emplit le verre avec les gestes pieux d'un officiant à l'autel et vint l'apporter à son cousin dans une sorte de génuflexion qu'il parut considérer comme toute naturelle.

– Merci, Juana ! Tu peux te retirer à présent. Je te rappellerai tout à l'heure.

– La colère du pape n'est pas tombée aussi sur vous ? s'étonna Fiora.

– A cause de ma visite de la semaine passée ? La prieure de San Sisto est une femme intelligente. Elle a jugé préférable de n'en point parler, estimant sans doute que, si elle se taisait, je pourrais lui apporter une aide. Ce que j'ai fait. J'ai expliqué au pape que tout était de la faute de la dame Boscoli qui vous avait effrayée au lieu de laisser le Saint-Père conduire l'affaire comme il l'entendait. J'ai ajouté que vous êtes sans doute une femme pleine de ressources. Ensuite, la bagarre est presque devenue générale quand le cardinal d'Estouteville qui avait spontanément proposé de laisser visiter son palais est revenu, cette fois en accusateur.

– En accusateur ? Et qui donc a-t-il accusé ?

– Mais le pape, ma belle amie, le pape tout simplement. Le cardinal camerlingue n'est pas n'importe qui, et il est en outre le plus puissant des cardinaux français. Il a bien fallu lui dire ce qui s'était passé au juste et en apprenant le choix qui allait vous être offert de la hache du bourreau ou de la main du triste Carlo, il est monté sur ses grands chevaux, protestant de l'injure faite à son souverain puisque l'on disposait ainsi de vous sans même attendre la réponse du roi de France. Il menaçait de se plaindre au roi. Je n'entre pas dans le détail des propos échangés : ils étaient si vifs que ma mémoire préfère les oublier.

– Mgr d'Estouteville n'a donc pas peur du pape ?

– Pourquoi voulez-vous qu'il en ait peur ? Il représente ici le roi Louis de France, il est le maître de la diplomatie vaticane, il est aussi le cardinal le plus riche de tous et, en plus, il est de sang royal. C'est une chose qui compte pour le pauvre moine franciscain, sorti de rien, qu'il a aidé à accéder au trône de saint Pierre.

– Je vois. Quelle a été la conclusion de cette... bagarre ?

– Eh bien, pour l'instant, chacun reste sur ses positions. Le Saint-Père clame que s'il met la main sur vous, il vous fera exécuter que cela plaise ou non à la donna Boscoli, et le cardinal précise, car ce n'est pas un braillard tant s'en faut, que si le pape dispose de vous sans l'agrément du roi Louis, les alliances resteront ce qu'elles sont et qu'il ne reverra jamais, sinon en rêve, le moine Ortega et le cardinal Balue.

Fiora garda le silence un moment, jouant avec le tissu soyeux de son drap qu'elle enroulait et déroulait autour d'un de ses doigts.

– Et ce mariage dont m'a parlé... la dame Boscoli ? J'aimerais avoir votre avis à ce sujet.

Borgia considéra un instant la jeune femme pelotonnée dans la soie blanche de ses draps qui laissaient dépasser la douce rondeur d'une épaule et son œil s'alluma en imaginant d'autres rondeurs, plus savoureuses encore, qui se cachaient sous le luxe de ce lit princier.

– Quel avis puis-je avoir ? Il faut vous haïr bien fort pour oser proposer une union entre vous, belle parmi toutes les belles, et ce malheureux.

– Jadis, Hieronyma voulait me marier à son fils, Pietro Pazzi, qui était un monstre et qui suait la méchanceté par tous les pores de sa peau. C'est à cause de lui qu'elle a fait tuer Francesco Beltrami, mon père. En dépit de ma naissance... irrégulière, Hieronyma est possédée par la rage de me marier dans sa famille, tant elle craint qu'une parcelle, si minime soit-elle, de notre fortune détruite puisse lui échapper.

Quittant son siège, Borgia alla remplir à nouveau son verre et, au moment d'y poser ses lèvres, l'offrit à la jeune femme :

– Buvez ! Je suis sûr que cela vous fera du bien.

Elle prit le verre dans les transparences duquel la flamme d'une chandelle allumait des rutilances somptueuses :

– Est-il si difficile de me parler de Carlo Pazzi ? Vous

pensez que j'ai besoin d'un réconfort avant d'aborder le sujet ?

Elle vida le verre d'un trait et le lui tendit. Il ne le prit pas, mais enveloppa de sa grande main les doigts de la jeune femme, posa ses lèvres à l'endroit où elle avait bu et y cueillit une dernière goutte du vin doré.

– C'est un autre genre de monstre, soupira-t-il enfin. Pas méchant, j'en suis certain, mais une de ces ruines humaines comme il en naît parfois dans les plus nobles familles. On dit qu'il est le produit d'un viol et qu'en naissant il a déchiré irrémédiablement le corps de sa mère. L'idée que l'on puisse vous marier à ce déchet humain est intolérable pour tout homme normalement constitué. Je n'ai pu la supporter... Vous êtes faite tout entière pour l'amour des princes...

Il s'était assis sur le bord du lit et détachait doucement le verre des doigts qui le retenaient encore, puis il le jeta dans la cheminée comme une chose sans importance. La fragile merveille s'y brisa en une multitude d'éclats de pourpre et d'or.

– Il a touché vos lèvres, murmura-t-il d'une voix dont les raucités traduisaient le désir. Plus personne n'a le droit d'y poser les siennes.

Entre ses lourdes paupières qui se resserraient, le regard filtrait, glauque, presque opaque. Cependant, une de ses mains emprisonnait l'épaule qui le tentait depuis un moment, tandis que l'autre glissait sur la courtepointe brodée d'or, cherchant le contour d'un sein. Fiora se recula brusquement jusqu'au fond du lit et replia ses jambes contre sa poitrine.

– Dois-je vous rappeler, Monseigneur, que je suis malade ? dit-elle d'une voix si froide qu'elle doucha la convoitise de Borgia.

A regret, les doigts glissèrent en une double caresse. Il se releva :

– Pardonnez-moi, murmura-t-il. Vos yeux ressemblent à un ciel d'orage dans lequel il doit être trop facile de se perdre... et je ne souhaite rien d'autre que vous plaire.

Elle vit qu'en se redressant, il titubait un peu, et s'en amusa cruellement :

– Est-ce pour me plaire que vous avez pris ce risque inouï de venir me chercher vous-même la nuit dernière ?

– Et quand cela serait ? fit-il avec une hauteur soudaine. Un objet précieux ne se confie pas aux mains grossières d'un valet.

– C'est la seconde fois que vous me comparez à un objet. Vous oubliez que je suis une femme ?

– Oh non, je ne l'oublie pas. Je ne pense même qu'à cela. Oui, vous êtes une femme et la plus désirable que j'aie jamais rencontrée. Même au jour de votre arrivée. Vous étiez maigre comme un chat affamé et pâle comme un rayon de lune, mais vous étiez pour moi, qui vous observais sans que vous me puissiez voir, la plus belle de toutes les créatures et je me suis alors juré que vous seriez à moi.

– C'est pour cela que vous m'avez sortie du couvent et amenée ici ?

– Et pour quelle autre raison ? Le roi de France m'intéresse, certes, mais si vous aviez été laide je ne me serais pas soucié de vous un instant. Quant à moi, chaque fois que j'ai voulu une femme, je l'ai eue et très vite mais, pour vous, je suis prêt à montrer quelque patience parce que je sais que vous en valez la peine et parce que le plaisir, pour l'avoir attendu, n'en sera que plus vif lorsqu'enfin je vous posséderai.

– Vous perdrez votre temps et votre patience, Monseigneur, gronda Fiora que la colère commençait à gagner. Je me suis fiée à vous parce que j'espérais que vous m'aideriez à fuir... cette sainte ville et à rentrer chez moi.

– Sans doute. Mais pour l'instant, c'est impossible, et je crains que cela le soit encore longtemps. Tout au moins jusqu'à ce que vous m'ayez donné ce que j'attends de vous. Je veux être payé de mes efforts et des dangers courus pour vos beaux yeux, et payé dans la seule monnaie qui m'intéresse.

– C'est-à-dire moi-même ? Vous êtes très content de

vous-même, n'est-ce pas, don Rodrigo, mais je n'ai que vingt ans, alors que vous en avez plus du double. L'idée ne vous vient-elle pas que je pourrais ne pas vous aimer ?

Il éclata de rire, ce qui lui permit de montrer largement ses dents. Il en était très fier et à cause de cela il riait souvent.

– Qui parle ici d'amour ? Moi, je ne cherche que le plaisir et plus la femme est rare plus le plaisir est grand. Le plaisir, ma Florentine ! Si vous ne le connaissez pas je saurai vous l'apprendre, car il est plus enivrant s'il est partagé. Oh, je vois ce que vous pensez : je vais me donner à lui tout de suite et ainsi j'en serai débarrassée. Ce n'est pas cela que je veux. Mon appétit est exigeant, mais il est raffiné et pour l'instant, pardonnez-moi de vous le dire, les médicaments de Juana vous ont rendue peu appétissante.

Suffoquée, Fiora se sentit rougir et comprit qu'elle était vexée d'être percée à jour, car c'était effectivement ce qu'elle avait pensé. Ce n'était pas la première fois qu'elle se trouvait prise au piège des désirs d'un homme et il lui était même arrivé de les provoquer, comme à Thionville quand elle avait rejoint Campobasso [1].

– Retrouvez votre santé, mon bel ange, ajouta Borgia d'une voix caressante, et redevenez aussi éclatante que vous l'étiez dans le jardin de San Sisto ! Moi, je vous parerai comme une idole, j'exalterai votre beauté par tout ce dont la richesse peut orner un corps de femme, et je vais prendre plaisir à ce jeu aimable... Quant à mon âge, il ne m'a encore jamais causé le moindre souci et vous verrez que je suis plus ardent au plaisir, plus expert et plus puissant quc n'importe quel damoiseau.

Devant la mine effarée de Fiora il se mit à rire de nouveau :

– Vous en doutez ? Les courtisanes de Rome m'appellent « le taureau Borgia » ; Vous serez ma Pasiphae [2] et nous engendrerons un nouveau Minotaure.

1. Voir *Fiora et le Téméraire.*

2. Reine légendaire de Crète, épouse de Minos, qui fut la mère de Phèdre, d'Ariane, du Minotaure qu'elle eut avec un taureau dont elle s'était éprise.

Se retrouvant ainsi confrontée à sa culture grecque, Fiora laissa déborder la colère qui se gonflait en elle depuis un moment :

– Je n'engendrerai rien du tout ! hurla-t-elle. J'ai un fils en France et je veux aller le retrouver. Comment pouvez-vous imaginer un seul instant que j'aie envie de me donner à vous ?

Il lui sourit comme si elle avait fait la plus aimable des déclarations, et passa sur sa joue un doigt caressant :

– Cela viendra, je vous l'assure. De toute façon, puisqu'il vous faut demeurer enfermée ici durant quelques semaines, pourquoi ne pas passer ce temps de la plus aimable façon qui soit ? Et je suis un maître en amour...

Le sang que la fureur avait fait monter à la tête de Fiora lui valut une quinte de toux :

– Reposez-vous, dit son étrange hôte. Juana va venir dans un instant vous accommoder pour la nuit...

Il sortit enfin et, comme par magie, la malade cessa de tousser. Elle ne savait plus du tout où elle en était, sinon que très probablement cet homme-là n'était pas normal. Un instant auparavant, elle pensait à Campobasso dont elle ignorait ce qu'il était devenu et qui était possédé lui aussi par une véritable fureur génésique, mais au moins Campobasso l'avait aimée tandis que, pour celui-là, elle n'était qu'un animal rare, une chair différente de celles dont il avait l'habitude et que, pour cette raison, il entendait asservir. Il l'avait mise en cage et cette cage était environnée par tous les dangers d'une ville hostile. En plus, cet homme était un prêtre !

Tout à coup, elle pensa à Léonarde. Pauvre chère et sainte créature ! Elle devait être à des milliers de lieues d'imaginer son « agneau » enfermé dans cette Rome qui pour elle était l'antichambre du Paradis, menacé de mort par le vicaire du Christ et livré aux caprices lubriques d'un prince de la Sainte Église catholique.

Quand Juana revint peu après avec une tasse de tisane, elle ne comprit pas pourquoi la malade lui éclata de rire au nez puis, balayant le plateau d'un revers de main, se jeta la tête la première dans ses oreillers et refusa d'en sortir. Au mouvement de ses épaules, la duègne crut bien s'apercevoir qu'elle pleurait, et elle n'osa pas insister. Les filles, et même les vierges, qu'on lui donnait à préparer pour la couche du maître ne se comportaient jamais comme celle-là, qui n'était même pas pucelle puisque Rodrigo avait parlé d'une « dame ». Certaines pleuraient bien un peu, pour la forme, mais les étoffes précieuses dont on les revêtait, les mets épicés et les vins chaleureux avaient tôt fait de les consoler et elles étaient plus que consentantes quand venait l'heure du sacrifice.

Ne sachant plus que faire, la cousine de Borgia quitta la chambre sur la pointe des pieds, en referma soigneusement la porte, mit la clef à sa ceinture et alla se coucher mais, en dépit de la nuit blanche qu'elle avait passée, elle ne réussit pas à trouver le sommeil et passa plusieurs heures à se demander ce qui avait pu se produire entre cette étrange créature et son bien-aimé Rodrigo.

CHAPITRE VIII

LA NUIT DES SURPRISES

Fiora mit quatre jours à guérir de son rhume et, durant tout ce temps, ne revit pas Borgia. La dévotieuse Juana lui apprit que le cardinal était parti pour le fameux couvent de Subiaco, dans les monts de la Sabine, qui faisait partie de ses bénéfices et dont il ne reviendrait qu'à la fin de la semaine. Ce dont la jeune femme se montra grandement soulagée. Elle profita de ce répit pour achever de se rétablir et pour essayer de faire le point de sa situation.

Celle-ci n'était guère brillante en dépit du fait que Fiora habitait une chambre somptueuse, toute tendue de velours vert à crépines d'or dont le pavage, fait de marbre de plusieurs couleurs, disparaissait sous un fabuleux tapis que les femmes du lointain Kirman avaient semé de fleurs inconnues et d'oiseaux fantastiques. Elle avait chaud – trop chaud même car Juana, craignant qu'elle ne retombe malade, entretenait dans la pièce une chaleur de four – et elle était presque trop bien nourrie par la duègne qui ne cessait de lui apporter friandises et confiseries dans l'espoir de la voir engraisser.

– Tu es trop maigre, reprocha-t-elle. Rodrigo aime les femmes un peu rondes avec des chairs moelleuses. Sa maîtresse préférée, Vanozza, qui lui a donné ses deux fils, Juan et César, est une blonde superbe qui a l'air d'être cousue dans du satin blanc. Ses seins sont comme de jeunes melons et...

– Je n'ai pas envie d'avoir des seins comme des jeunes melons et je refuse d'être traitée comme une oie à l'engrais. Au lieu de m'apporter ces sucreries, vous feriez mieux de me dire ce qui se passe en ville.

Rien. Il ne se passait rien, du moins pour ce qu'en savait Juana. Les cris de guerre des deux bandes rivales des Colonna et des Orsini troublaient chaque nuit, mais Fiora les entendait comme les autres habitants de Rome, et, chaque matin, on retrouvait un ou deux cadavres flottant sur le Tibre ou abandonnés au coin d'une rue.

Guérie, Fiora commença à s'ennuyer. La maladie au moins est une compagnie et, réduite à celle de Juana, la jeune femme se mit à trouver le temps long car les ordres du cardinal étaient formels : la porte de sa chambre devait rester fermée à clef et, en aucun cas, elle ne devait en sortir. On pouvait faire confiance à Juana pour les respecter.

Le seul moment un peu agréable était le matin. Après son lever, Fiora prenait un bain qu'on lui préparait dans une petite pièce attenante à la chambre et très ornée elle aussi. Une vasque creusée dans le sol occupait presque toute la place ; elle était assez grande pour que deux personnes pussent s'y baigner ensemble, ce qui était, paraît-il, « un des grands plaisirs de Rodrigo ». L'eau que montaient les esclaves du palais – il y en avait une trentaine de couleurs variées – se vidait lentement par un étroit conduit qui débouchait dans une gouttière. Baignée, ce qu'elle appréciait toujours infiniment, Fiora était massée par une grande fille noire qui riait tout le temps et la malaxait comme pâte à pain avec des huiles parfumées, ce qui était moins agréable mais Fiora sortait de ses mains débordante d'une vitalité dont, ensuite, elle ne savait plus que faire. Quand elle avait effectué le tour de sa chambre vingt fois dans un sens et vingt fois dans l'autre, il ne lui restait plus qu'une seule distraction : regarder par la fenêtre. Encore Juana ne consentait-elle à en ouvrir une qu'après avoir appliqué un masque sur le visage de la jeune femme et jeté un voile sur ses cheveux.

La chambre occupée par Fiora était située, en effet, au plus haut de la tour carrée sans laquelle un palais romain ne pouvait se concevoir. Immédiatement au-dessus, il n'y avait que les créneaux en ailes de papillon et les deux guetteurs qui se renouvelaient jour et nuit. Toutes les grandes demeures de la ville offraient d'ailleurs cet aspect de forteresse, même si leurs murailles étaient peintes et décorées, même si elles possédaient un jardin qui, comme celui du palais Borgia, descendait jusqu'au Tibre. Fiora ne le constata que plus tard car ses fenêtres donnaient, l'une sur la cour intérieure du palais toujours pleine de serviteurs, de gardes, de familiers et d'esclaves, et l'autre sur la ville.

Fiora qui, depuis le premier jour, ne songeait qu'à s'enfuir, eut un choc en s'apercevant que sa chambre se trouvait à si grande hauteur. Pour s'échapper par là, le seul moyen eût été une échelle de corde et elle ne voyait pas comment s'en procurer une. Mais la vue était splendide et elle en profita pour étudier enfin Rome dont la plus grande partie s'étendait devant elle.

Juana, lorsqu'il ne s'agissait pas de son idole, était assez bonne fille. Plutôt contente de voir sa prisonnière s'intéresser à quelque chose, elle lui donna bien volontiers toutes les explications qu'elle souhaitait.

La couleur de Rome était un ton d'ocre chaud et profond dont les siècles avaient patiné les églises, les palais, les maisons et les tours médiévales qui affirmaient leur arrogance. On avait ouvert la fenêtre vers la fin du jour et le soleil, à son déclin, exaltait encore les couleurs. A main droite et par-delà le Tibre au flot jaunâtre, Fiora vit la masse rouge du château Saint-Ange dominant le Borgo, les tours crénelées et les campaniles ajourés du Vatican adossés aux grands pins, aux cyprès et aux ifs noirs d'un jardin. Elle vit aussi la Torre di Nona, quartier général de la police plantée comme une menace à l'entrée du quartier populeux du Transtevere.

Sur l'autre rive encombrée de moulins, le panorama

s'embrouillait un peu dans les fumées et les poussières qui n'arrivaient pas à en dissimuler le côté désolant. La via Papalis, l'une des plus importantes pourtant, mais que personne n'avait pavée, serpentait dans ce qui avait été jadis le Forum et les palais impériaux. Des boutiques de bouchers et des établis de charrons s'y adossaient tant bien que mal à des monceaux de ruines d'où surgissaient, ici ou là, une colonne brisée ou la voûte crevée d'une basilique. Les vaches que l'on rencontrait dans les terrains vagues y étaient plus nombreuses que partout ailleurs. Il y avait aussi des porcs, dont le marché se tenait aux environs et qui ajoutaient leurs saletés et leurs piétinements dévastateurs au délabrement général.

Apparaissant à peine entre deux maisons, l'arc de Constantin avait un air misérable sous l'épaisse couche de fiente de pigeon qui le couvrait. Quant au Palatin, l'ancien palais des Césars, ce n'était qu'une vaste ruine enfermée entre les murailles de silex noir couronnées de bretèches rouges qui signaient le domaine des Frangipani. Des échoppes, des masures informes se calaient sous les voûtes des anciens théâtres envahis d'herbes folles et une population misérable y vivait comme elle pouvait.

Dominant ce chaos, les quatre tours crénelées du Capitole surgissaient, mélancoliques dans leur décrépitude sommée d'un long et triste campanile, mais, plus à l'ouest, face à ce dérisoire symbole des libertés romaines perdues, deux tours farouches, celle des Milices et celle des Conti, rejoignaient le palais guerrier des chevaliers de Rhodes.

Autour du Colisée dont on avait fait une vaste et facile carrière, des fours à chaux brûlaient sans discontinuer, dégageant une fumée noire qui irritait la gorge et les yeux et était cause, d'après Juana, de maux inguérissables. De là, par les pentes herbues du Caelius, on gagnait le Latran. Une voie assez large pour qu'une procession pût y dérouler sa pompe, la via Lata, menait droit à la cathédrale de Rome. Toujours selon Juana, aucune procession ne s'y risquait plus depuis que, dans les temps lointains, une femme, qui avait réussi à se faire élire au trône pontifical en se faisant passer pour un homme et que l'on appela par la suite la papesse Jeanne, s'était révélée à ses ouailles en accouchant sur les dalles de ladite via Lata. Une statue représentant une femme couchée et allaitant un enfant marquait l'endroit et, le peuple de Rome ayant déclaré ce lieu maudit et possédé du démon, aucun prêtre, à plus forte raison aucun cortège, ne s'y risquait plus. Pour gagner Saint-Jean-de-Latran, tout le monde faisait depuis un détour par ce qui avait été les jardins de Mécène.

Naturellement, Fiora put apercevoir la grande ruine des thermes de Caracalla, proche des murailles de la ville, et les frondaisons du jardin de San Sisto. De là, elle refit le chemin par lequel Borgia l'avait menée chez lui et, en même temps, la ville entière entra dans ses yeux et dans sa mémoire. Mais elle avait besoin de certains renseignements et, pour les obtenir, elle prit un chemin détourné :

– Le jour où je suis allée au Vatican, fit-elle d'un ton léger, j'ai rencontré la nièce du pape, la comtesse Riario. Pouvez-vous me dire où elle habite ?

– Donna Catarina ? Bien sûr. Tenez, voyez là-bas l'église Sant'Apollinario et aussi le palais San Marco. Entre les deux, il y a une grande demeure crénelée avec une tour : c'est là qu'elle habite.

– Ah, je vois ! Mais j'ai rencontré aussi un autre personnage important : le cardinal camerlingue...

– Le Français ? Celui que l'on dit le plus riche de Rome ? Eh bien, voyez-vous...

Mais il était écrit que Fiora ne connaîtrait pas l'emplacement du palais d'Estouteville. Un groupe imposant de cavaliers encombrait la rue, entourant la mule superbement harnachée de pourpre et d'or qui portait le vice-chancelier de l'Église. Les passants s'agenouillaient dans la poussière pour recevoir sa bénédiction, ainsi que les serviteurs qui venaient d'ouvrir les portes du palais. Vu d'en haut, Fiora pensa que sous son grand chapeau il avait l'air d'un énorme champignon pourpre, mais il avait levé la tête et aperçu les deux femmes. D'un geste autoritaire, il leur ordonna de rentrer. Juana devint verte.

– Maria Santissima! gémit-elle. Il a l'air furieux! Je ne pensais pas mal faire en vous autorisant à regarder par la fenêtre. Il n'y voyait pas d'inconvénients avant, quand...

– Quand d'autres femmes habitaient cette chambre? compléta Fiora qui ne put s'empêcher de rire devant la mine épouvantée de la cousine.

Celle-ci, après avoir fermé la fenêtre, allait et venait par la pièce en se tordant les mains.

– Ne riez pas, je vous en prie! C'est... c'est épouvantable!

– Vous en avez peur à ce point? Il ne va tout de même pas vous battre?

– Il fera pire. Il va me regarder avec colère et m'accabler de son mépris.

– Est-ce que vous n'exagérez pas un peu? Pour une simple fenêtre?

Juana savait de quoi elle parlait et, apparemment, elle était encore en dessous de la vérité: lorsqu'un moment plus tard Borgia surgit, rouge et essoufflé d'avoir grimpé ses étages sous l'impulsion de la colère, il déversa sur sa tête la plus belle collection d'injures hispano-italiennes qu'il fût possible d'entendre. Prosternée à ses pieds sur le tapis, élevant au-dessus de sa tête des mains jointes et suppliantes, Juana sanglotait, se frappait le front sur le sol et implorait son pardon d'une voix déchirante. La scène lui paraissant à la fois ridicule et révoltante, Fiora décida de s'en mêler.

– En voilà assez! cria-t-elle pour dominer le tumulte. Je ne vois pas en quoi cette malheureuse mérite d'être traitée comme vous le faites. Elle n'a d'autre tort que celui de m'avoir laissée respirer un peu.

Emporté par sa fureur, Borgia ne l'entendit même pas.

Alors, elle alla prendre un miroir sur la table à coiffer, saisit le cardinal par sa manche pour le tirer en arrière et mit la glace devant son visage qui, rouge et convulsé, avait quelque chose de démoniaque.

– Regardez-vous! Vous êtes hideux! Et vous osiez parler de me plaire?

Cette brutale confrontation avec son image le suffoqua. Fiora en profita:

– Un noble espagnol! Un prince de l'Église qui se comporte comme un toucheur de bœufs envers une vachère maladroite! Vous devriez mourir de honte! Vous me faites horreur!

Elle se dressait devant lui, droite et méprisante dans la robe de satin blanc chamarrée de noir et d'or dont Juana l'avait revêtue ce jour-là, brandissant le miroir comme elle eût brandi un crucifix en face du Diable, et cette image exorcisa la colère du cardinal. Il se tourna vers Juana toujours ensevelie dans son humilité et lui jeta:

– Va-t'en! Tu reviendras quand je t'appellerai!

Elle se releva et fila avec la rapidité d'une souris poursuivie par le chat. Borgia alla jusqu'à la fenêtre donnant sur la cour et l'ouvrit, cherchant sa respiration. Peu à peu, elle devint plus calme cependant que son visage retrouvait sa couleur normale. Quand il se sentit mieux, il poussa un grand soupir puis se retourna et regarda la jeune femme. Assise dans un haut fauteuil tendu de velours vert, elle attendait sans dire un mot. Le miroir qu'elle avait gardé reposait sur ses genoux.

– Pardonnez-moi! Je n'aurais pas dû donner libre cours à ma colère, mais lorsque je vous ai vue à la fenêtre, j'ai eu très peur.

– Sornettes! J'avais un voile sur la tête et je portais un masque. Doña Juana a d'ailleurs eu assez de mal à me les faire accepter, mais c'était sa condition pour me laisser respirer un peu à cette malheureuse fenêtre.

– Vous ne savez pas ce que vous dites. En dépit de cela, vous pouviez être reconnue.

– Reconnue ? Dans une ville où personne ne me connaît ?

– Excepté tous ceux qui vous ont vue au Vatican lors de votre arrivée, excepté vos compagnons de voyage et les moniales de San Sisto.

– L'exemple est heureux. Elles sont cloîtrées !

Il soupira de nouveau et, tirant un autre fauteuil, vint s'asseoir en face d'elle.

– C'était tout de même une grave imprudence. Tous les sbires de la ville sont encore à votre recherche. En outre, vous ignorez ce qu'a trouvé le pape.

– Je note que, pour une fois, vous ne dites pas le Saint-Père, une appellation qui lui va aussi mal que possible. Eh bien, qu'a-t-il trouvé ?

– Domingo, l'eunuque nubien qui vous gardait, possède un assez joli talent pour le dessin. Il a fait de vous quelques esquisses, fort ressemblantes pour être faites de mémoire, que les crieurs publics ont montrées dans les carrefours. Et comme une somme de cent ducats est offerte à qui vous livrera...

Cette fois, Fiora pâlit. Elle mesurait à cet instant la puissance de la haine de Hieronyma, puisque cette misérable femme avait su la communiquer au pape. C'était à la fois absurde et terrifiant, insensé aussi. Quel génie malfaisant avait donc présidé à sa naissance pour qu'elle se trouvât aussi continuellement en butte à l'hostilité des puissants de la terre ? Elle avait dû faire face tour à tour à sa chère ville de Florence soulevée contre elle, puis au Téméraire, le plus redoutable prince qui eût régné sur l'Europe et, à présent, au pape ! Elle avait aimé un homme et cet homme lui avait été enlevé par la mort. Le sang incestueux de ses veines était-il vraiment maudit ? Les événements qui ne cessaient de se tourner contre elle en étaient peut-être la preuve.

Pour lutter contre l'angoisse qui montait dans sa gorge, elle serra, de ses deux mains, les accoudoirs du fauteuil. Le miroir glissa de ses genoux et se brisa. Il y eut un silence. Le cardinal et la jeune femme regardaient les éclats répandus sur le sol puis, brusquement, Fiora se leva :

– Monseigneur, dit-elle, vous perdez votre peine en me cachant chez vous et vous faites courir un danger à votre maison. Faites-moi accompagner jusqu'au Vatican. Je vais me livrer.

Instantanément, il fut debout et un éclair brilla dans ses yeux noirs. Ses deux mains se posèrent sur les épaules de la jeune femme.

– Vous êtes folle ! Je ne vous ai pas dit cela pour vous réduire au désespoir, mais pour que vous compreniez l'intérêt que vous avez à être prudente.

– Je sais... mais je n'ai plus envie d'être prudente. Je veux mourir, un point c'est tout ! La seule chose que je vous demanderai sera de remettre vous-même au cardinal d'Estouteville la lettre que je vais écrire. Il faut que le roi Louis prenne soin de mon fils et de ceux qui me sont chers.

– Mais vous ne mourrez pas ! Si vous vous livrez, vous serez aussitôt mariée à Carlo Pazzi...

– Cependant, l'autre soir, vous disiez qu'au cours de sa dispute avec le cardinal, le pape criait qu'il me ferait exécuter que cela plaise ou non à Hieronyma ?

– Elle l'a déjà ramené à son propre point de vue. Quand il est question d'argent, Sa Sainteté devient très malléable.

– Cela n'a pas de sens. Ma fortune n'est plus, et de loin, ce qu'elle était autrefois. En outre, je ne vois pas comment mon époux, en admettant que j'en prenne un, pourrait hériter des biens français ou bourguignons qui appartiennent naturellement à mon fils.

– Vous êtes certaine de ne plus rien posséder à Florence ?

– Plus rien du tout. Le palais Beltrami a brûlé, la villa de Fiesole a été confisquée et les affaires de mon père sont gérées par Angelo Donati.

– Angelo Donati est mort. Lorenzo de Médicis a donc repris lui-même la gérance de vos biens et l'on dit qu'au cas où vous songeriez à rentrer à Florence, vous retrouveriez votre villa... et quelques petites choses.

– On dit ? Qui dit cela ?

– Des bruits qui courent, à peine des courants d'air... Sa Sainteté entretient des espions très actifs dans la cité du Lys rouge. Vous n'ignorez pas qu'elle a, sur cette belle ville, des idées bien arrêtées ?

– Mettons les choses au pire : Riario prend Florence. Il aura tous les biens qu'il veut.

– Oh, mais non ! Le pape souhaite qu'il y règne, mais il ne saurait être question de violer les lois et de déposséder les habitants. On sait trop ce qu'ils sont capables de faire. Voilà pourquoi il s'intéresse tant à ce mariage. Les Pazzi d'ici rejoindraient ceux qui sont encore là-bas et rentreraient en triomphateurs... mais légaux.

– Et moi je rentrerais dans leurs bagages ? Grand merci.

– Ça, c'est moins sûr, fit Borgia avec un demi-sourire. Une fois mariée, je ne crois pas que la dame Boscoli vous laisserait vivre longtemps. Croyez-moi ! Soyez raisonnable et préparez-vous à souper avec moi. Je vais essayer de vous distraire.

– Tout dépend de la distraction !

Il éclata de rire et s'éloigna vers la porte :

– Ne me regardez pas de cet œil noir ! Je vous promets qu'il ne se passera rien. Peut-être, ajouta-t-il avec un clin d'œil, que je ne vous trouve pas encore assez dodue pour être dévorée ?

– Voilà qui me rassure ! Vous n'êtes pas prêt d'être satisfait.

Le souper, en effet, fut charmant. Fiora était heureuse d'apprendre que Lorenzo de Médicis lui gardait une amitié fidèle et que peut-être, sous son égide, il lui serait possible, un jour, de rentrer la tête haute dans la ville bien aimée. Cette nouvelle changeait quelque peu ses plans de fuite. Sa première intention avait été de voler une barque pour descendre le Tibre et d'essayer, parvenue à la côte, de s'embarquer pour la Provence, mais ce n'était pas une bonne idée : les bateaux de haute mer ne voyageaient pas durant l'hiver. Il fallait attendre le printemps. En outre, elle ne possédait pas le moindre denier pour payer son voyage. La possibilité de passer par Florence offrait des perspectives d'espoir beaucoup plus larges. Soixante-dix lieues seulement entre Rome et la capitale des Médicis! Les pèlerins partant sur les chemins à la recherche des grands sanctuaires parcouraient des routes bien plus longues et ces soixante-dix lieues pouvaient se faire à pied.

Rodrigo Borgia se montra, ce soir-là, l'hôte le plus attrayant qui soit. D'un naturel gai, sa conversation agrémenta le repas composé d'huîtres, de petits calmars en sauce brune et de volaille présentée à la romaine avec des poivrons, des anchois, de la tomate et du jambon, le tout arrosé d'un joli vin de Frascati. Quant au dessert de confitures, il s'accompagna de ce succulent muscat de Montefiascone célèbre pour avoir causé, en 1111, la mort du cardinal Fugger.

Pour amuser son invitée, Borgia lui raconta certains faits divers qui lui ouvrirent, sur la vie romaine, des vues inattendues. Elle apprit ainsi que le rapt était la distraction favorite de la noblesse : on enlevait une femme ou une jeune fille, on l'emmenait dans un endroit écarté pour festoyer, après quoi l'on ramenait l'héroïne involontaire de la fête à proximité de sa demeure. Cela suscitait, bien sûr, des vengeances, mais la vengeance était élevée, à Rome, à la hauteur des beaux-arts. Plus elle était cruelle et plus on l'applaudissait. Borgia raconta ainsi l'histoire de la charmante Lisabetta, épouse de Francesco Orsini, qui, ayant été surprise avec un autre homme, dut assister à la mort de son amant, invité à un festin et tué à coups de bâtons au dessert. Ensuite, le coupable fut mis en croix dans une chambre où, chaque nuit, Lisabetta était liée au cadavre jusqu'au lever du jour, puis ramenée chez elle tant que le soleil poursuivait sa course. Elle ne recevait pour toute nourriture que deux tranches de pain et un verre d'eau.

Cette fois, Fiora ne sourit pas. Horrifiée, elle dut avaler pour se remettre un plein verre de vin.

– Et qu'est-elle devenue ?

– Elle est morte, bien sûr, et assez vite, mais on dit qu'elle était tout à fait repentante. Une histoire édifiante, n'est-ce pas ?

– Il faut être un homme pour raconter cette horreur sur un ton léger ! Moi, je trouve cela abominable. Votre Orsini mérite les tourments de l'enfer. Et quand je pense qu'à longueur d'année, de pauvres gens usent leurs forces et leur argent sur toutes les routes d'Europe pour venir prier dans cette ville qu'ils croient sainte, en laquelle ils voient la Jérusalem céleste et le centre de toutes les vertus, alors que ce n'est rien d'autre qu'un cloaque !

– Vous êtes sévère. Il y a pourtant ici des gens de grand mérite, mais pour ce qui est des pèlerins, j'en connais un qui, venu il y a trois ans pour le jubilé, a dit : « Quand on a mis le pied à Rome, la rage reste et la foi s'en va... »

– Et on dirait que cela vous amuse, vous, un prince de l'Église ? Votre Sixte IV a-t-il seulement la foi ?

– Mais bien sûr ! Il a même une dévotion toute particulière à la Vierge Marie mais, que voulez-vous, il est aussi très attaché à sa famille et ne recule devant rien pour qu'elle soit riche et puissante.

– Il paraît que vous avez des enfants, vous aussi ?

Le cardinal parut se fondre tout à coup dans un océan de tendresse :

– Ils sont superbes ! Les plus beaux petits garçons que l'on puisse voir, surtout mon Juan ! Mais, je vous l'avoue, j'aimerais que leur mère me donne à présent une fille, aussi blonde qu'elle-même. Je l'appellerais... Lucrezia !

Puis, remarquant le pli dédaigneux qui pinçait les lèvres de la jeune femme :

– Allons, ne faites pas cette figure ! L'Italie est le pays des enfants. Tout le monde en a ici.

– Même les cardinaux, à ce que je vois ?

– Je pourrais presque dire : surtout les cardinaux, car les femmes qu'ils honorent sont assurées que leurs fruits ne manqueront de rien. C'est ainsi que le cardinal Cibo a un fils et que le cardinal d'Estouteville en a un, lui aussi. Il se nomme Jérôme et il l'a eu d'une fort jolie femme, Girolama Tosti. C'est à présent le seigneur de Frascati, dont nous venons de boire le vin. Quant au cardinal...

– Pitié, Monseigneur ! Ne m'en dites pas plus ! J'aimerais pouvoir garder un peu de la foi de mon enfance !

– La foi n'a rien à voir là-dedans ! Il faut vivre avec son temps et Rome dont vous n'avez vu, il est vrai, que le plus mauvais côté, n'en est pas moins une ville fort agréable à vivre. De nobles étrangères telles que la reine de Bosnie, la reine de Chypre et la princesse grecque Zoé Paléologue y vivent et ne s'en plaignent pas.

– Leur situation n'a certainement aucun point commun avec la mienne. Trêve de bavardage, Monseigneur ! Je ne veux pas y rester. Vous avez dit tout à l'heure que Florence ne m'est plus interdite : alors, aidez-moi à y retourner !

– Il est trop tôt ! Je ne cesse de vous le répéter.

– Et puis, vous ne me laisserez pas partir sans payer certain tribut, n'est-ce pas ?

Il eut un rire doux et un peu roucoulant en mirant le vin doré qui emplissait sa coupe :

– Quel est l'homme capable de laisser passer le plus capiteux des vins sans essayer d'y poser ses lèvres ?

Les yeux de Borgia brasillaient comme des charbons ardents et Fiora se sentit tout à coup très fatiguée. Elle embrassa du regard le somptueux décor vert et or dont elle était déjà lasse.

– Je suis donc condamnée à périr d'ennui ici ? Quand pourrai-je, au moins, quitter cette chambre ?

– Ce serait imprudent. Mon palais regorge de serviteurs, de gardes et de familiers ; je ne peux être sûr de tous. En outre, si je fermais mes portes, ce serait laisser entendre qu'il y a ici un secret. On sait, bien sûr, qu'une beauté habite la tour, mais cela n'a rien d'extraordinaire !

– Je sais ! s'écria Fiora incapable de se contenir plus longtemps, mais comprenez donc que je ne peux rester enfermée entre ces quatre murs sans rien faire d'autre que les regarder ? Depuis que l'on m'a enlevée de France, je n'ai connu que des prisons ! Deux mois dans la cabine du bateau, deux semaines à San Sisto où, au moins, il y avait le jardin, et à présent ici ? Mais j'aime mieux périr !

– Calmez-vous et prenez un peu patience ! Je vous ferai porter des livres si vous les aimez et je vous enverrai un chanteur aveugle dont la voix est sublime. Je viendrai vous voir souvent et puis parfois, la nuit, je vous conduirai respirer au jardin...

Il fallut bien que Fiora se contentât de ces promesses, pourtant l'impression d'étouffement augmenta à mesure que coulaient les jours. Les livres lui furent d'un grand secours. Borgia, qui ne lisait jamais rien, en avait réuni par vanité une grande quantité, surtout des auteurs grecs et latins, mais il choisissait pour elle les plus licencieux et Fiora l'ébahit quand elle lui réclama sèchement des auteurs « sérieux » comme Aristote ou Platon.

– Quelle jeune femme sévère ! s'écria-t-il. Les dames romaines apprécient beaucoup les histoires un peu égrillardes. Elles prédisposent merveilleusement à l'amour...

– Mais je n'ai aucun désir d'être prédisposée à l'amour ! Comprenez donc enfin, Monseigneur ! Je pleure un époux que j'aimais passionnément et, si je vous suis reconnaissante de ce que vous avez fait pour moi, sachez que, de bon gré, je ne serai jamais à vous !

Elle crut qu'il allait se fâcher, mais il se contenta de sourire avec une fatuité qui l'horripila.

– Je saurai bien vous faire changer d'avis !

En dépit du sourire, il y avait une menace dans ses

yeux et Fiora en déduisit qu'il lui fallait se tenir plus que jamais sur ses gardes. Il y avait trop de violence contenue dans cet homme pour qu'il accepte encore longtemps d'attendre qu'elle vienne à lui. Il était persuadé d'être un amant exceptionnel et tenterait, un jour ou l'autre, de lui imposer ses caresses. Dans son idée, elle lui serait ensuite indéfectiblement attachée. Ce qui était le comble du ridicule, mais n'augurait rien de bon pour l'avenir : en admettant qu'elle se plie, une fois, à ses désirs, rien n'assurait que, le lendemain, Borgia ouvrirait la porte de la cage et aiderait sa prisonnière à gagner Florence. Et Fiora pensa qu'il était temps pour elle de prendre son destin en main. Elle en fut même tout à fait persuadée après la scène absurde qui eut pour cadre son cabinet de toilette.

Ce matin-là, Fiora venait d'entrer dans la grande vasque pleine d'eau tiède et parfumée. C'était le seul vrai plaisir de la journée et elle aimait à s'y attarder un peu mais, à sa grande surprise, Juana disparut sous un vague prétexte après l'avoir aidée à se plonger dans son bain et l'esclave noire qui venait habituellement la laver n'était pas encore arrivée. Elle s'en soucia peu, heureuse même d'être un peu seule et elle se détendait voluptueusement, les yeux fermés, quand elle entendit le léger grincement de la porte. Pensant que c'était l'une ou l'autre, elle ne bougea pas, mais la sensation de quelque chose d'anormal l'alerta et elle ouvrit les yeux. Planté devant elle, Borgia la dévorait des yeux et, soudain, laissant tomber la robe de drap doré qui l'enveloppait, il lui apparut entièrement nu et, de stupeur, elle en eut un instant le souffle coupé. Non que son corps, brun et vigoureux, fût déplaisant, mais une noire végétation en dévorait une bonne partie. Les poils noirs et frisés montaient du bas-ventre à l'assaut de la poitrine, des aisselles et des épaules. Fiora eut l'impression d'avoir devant elle un animal monstrueux, d'autant qu'il exhibait complaisamment une virilité expliquant le surnom dont les courtisanes romaines avaient décoré le bouillant cardinal.

Il la regardait avec la mine gourmande d'un loup qui s'apprête à dévorer une brebis, passant par instant le bout de sa langue sur ses épaisses lèvres rouge sombre. Épouvantée, Fiora se replia sur elle-même et, quand il mit un pied dans l'eau dans l'intention évidente de la rejoindre, elle poussa un hurlement qui fit s'envoler les pigeons sur le couronnement de la tour, elle jaillit du bain en repoussant l'assaillant qui tomba assis et s'enfuit, trempée, dans sa chambre. Là, arrachant l'un des draps du lit, elle s'y enroula en tremblant de tous ses membres, puis, courant se réfugier sur l'un des bancs de pierre encastrés dans chaque embrasure de fenêtre, elle ouvrit celle devant laquelle elle se tenait, bien décidée à se jeter en bas si Borgia faisait seulement mine de l'approcher.

Mais quand, l'instant d'après, il reparut, revêtu de sa robe doré et violet de fureur, il se contenta de jeter à la jeune femme un regard fulgurant puis, traversant la pièce à grandes enjambées, sortit en claquant la porte.

Le bruit parut réveiller Juana qui, occupée à préparer une robe lors de l'entrée de Fiora, s'était alors pétrifiée et avait suivi la scène avec stupéfaction.

– Mon Dieu ! articula-t-elle enfin. Ne me dites pas que vous l'avez repoussé ?

– Je me serais jetée par la fenêtre s'il avait essayé de m'approcher une seconde fois !

– Mais pourquoi ? Pourquoi ? N'est-il pas magnifiquement beau ?

– C'est possible, mais je ne suis pas sensible à ce genre de beauté ! Ce n'est pas un homme, c'est un singe !

– Comment pouvez-vous dire cela ? Les toisons de son corps sont douces comme la laine d'un agneau nouveau-né. Il est le dieu même de l'amour, ajouta Juana avec un trémolo dans la voix, et quand il vous possède, c'est le paradis qui s'ouvre.

Fiora considéra la duègne avec une sincère stupéfaction.

– Qu'est-ce que vous en savez ?

Doña Juana devint rouge brique et se mit à tortiller les clefs de sa ceinture, baissant pudiquement les yeux.

– Je le sais ! affirma-t-elle. Il y a vingt ans... nous nous sommes aimés... sous les orangers de mon jardin, à Jativa. Je n'ai jamais pu l'oublier et quand il est venu me demander, voici cinq ans, de venir à Rome pour veiller sur lui, je n'ai pas hésité un instant.

– Vous avez... recommencé alors ?

– Non. Il aime la jeunesse. D'ailleurs, un tel souvenir suffit à illuminer toute une vie, conclut-elle avec âme.

– Et, à présent, vous soignez les filles qu'il amène ici ? N'êtes-vous pas jalouse ?

Outragée par ce qu'elle considérait comme une offense, Juana se redressa et redevint un instant ce qu'elle avait dû être autrefois : une Espagnole hautaine et méprisante, confite dans la dévotion et uniquement consciente de l'antiquité de sa race.

– Jalouse, moi ? Et de quoi ? De ces filles de rien qu'il ramasse pour son plaisir et que j'habille, que je parfume pour qu'elles soient à peu près dignes de passer un moment dans son lit ? Mais je fais cela comme je sucrerais pour lui les pâtisseries qu'il aime. Ce qui compte, c'est que le même sang coule dans nos veines. Ces filles ne sont qu'un peu de poussière. Son plaisir à lui, son plaisir avant tout ! Il m'est même arrivé d'en maintenir certaines tandis qu'il assouvissait son désir. Et vous voudriez que je sois jalouse ?

– Il n'y a vraiment pas de quoi, en effet, soupira Fiora. Joli métier que vous faites ! En tout cas, mettez-vous bien ceci dans la tête : je ne suis pas, moi, une fille de rien, et votre Borgia non seulement ne m'intéresse pas, mais me répugnerait plutôt !

Le bruit d'une cavalcade dans la rue les fit taire. Juana ouvrit une fenêtre et regarda au-dehors, puis la referma, donnant tous les signes d'une profonde affliction :

– Il s'en va ! Vous l'avez chassé ! De quel bois êtes-vous donc faite ?

– De celui dont on fait les femmes honnêtes. Quelque chose qui n'a pas l'air de courir les rues de Rome. Vous dites qu'il s'en va ? Et où va-t-il, à votre avis ?

– Il a pris les épieux et il porte ses habits de campagne. Je pense qu'il va chasser le sanglier à la Magliana.

– Et... c'est loin, la Magliana ?

– Une villa, aux environs de Rome, mais quand il y va c'est pour se détendre les nerfs et il y reste au moins deux jours.

– Deux jours de tranquillité ! Quelle chance !

– Une chance ? Quand il revient, il est ivre de sang et de vin... et c'est avec joie que je t'attacherai à ce lit ! Tu t'es trop longtemps moquée de lui, ma belle ! Tu verras ce qu'il t'en coûtera !

Et, avec l'allure superbe d'une reine de théâtre, Juana quitta la chambre. Le bruit de la clef tournant plusieurs fois dans la lourde serrure convainquit Fiora qu'elle était une fois de plus enfermée. Mais elle préférait de beaucoup la solitude à la compagnie de l'adoratrice de Rodrigo.

Elle commença par se débarrasser de son drap mouillé, s'habilla, brossa ses épais cheveux noirs qu'elle tordit simplement en une seule grosse natte, puis revint s'asseoir dans le fauteuil qu'elle préférait pour y réfléchir. Il fallait, à tout prix, qu'elle ait quitté ce palais avant le retour du maître car ce retour, la chose était certaine, serait pour elle plus que désagréable. C'était déjà une chance que Borgia eût choisi d'aller passer sa fureur sur des sangliers au lieu de s'en prendre immédiatement à elle. Mais comment sortir ?

Les seules issues à sa disposition étaient les fenêtres, et elle savait depuis longtemps qu'elles étaient situées à une trop grande hauteur pour permettre une évasion par ce chemin, même en attachant des draps bout à bout et en y ajoutant quelques ceintures.

D'autre part, et en admettant même qu'elle y parvînt, elle ne serait pas au bout de ses peines. Où aller une fois sortie du palais Borgia ? Le seul asile où elle eût peut-être pu se réfugier, le palais du cardinal d'Estouteville – il lui avait été impossible d'apprendre où il se trouvait, s'il était proche ou lointain, d'accès facile ou non. D'ailleurs, quel accueil y recevrait-elle ? Borgia prétendait que Louis XI n'avait pas répondu au courrier envoyé par le camerlingue et que, très certainement, il l'abandonnait au sort qu'il conviendrait au pape de lui réserver. C'était peut-être faux, mais peut-être était-ce vrai. N'avait-elle pas, la veille de son enlèvement, chargé la princesse Jeanne de rompre en quelque sorte les ponts entre la veuve de Philippe de Selongey et le roi de France ? En ce cas, il était possible que Mgr d'Estouteville n'eût rien de plus pressé que de la ramener, dûment ligotée, au Vatican.

Non, le mieux était sans doute, si elle arrivait à sortir, de se diriger vers le nord, c'est-à-dire dans la direction de Florence, de se cacher jusqu'à l'ouverture des portes puis de se mettre en route. Malheureusement, entre Fiora et cette bienheureuse route de Toscane, il y avait les murs du palais Borgia, les portes du palais Borgia, les gardes du palais Borgia et, pour finir, la cousine de Borgia... qui semblait avoir décidé d'affamer sa prisonnière car, de tout le jour, elle ne reparut pas.

Fiora pensa d'abord que c'était sans importance. Elle avait de l'eau dans une carafe et même du vin d'Espagne. Elle avait aussi des fruits qui lui permettraient de ne pas souffrir de la faim. Et soudain, une idée lui vint, lumineuse, éblouissante. Seulement, il fallait, il fallait à tout prix que Juana revînt.

Les longues heures de l'après-midi, Fiora les passa à mûrir son plan et à rassembler les objets dont elle aurait besoin. Dans le cabinet de bains, elle trouva la brosse à long manche qui servait à nettoyer la vasque de marbre. Puis, à l'aide de ciseaux, elle découpa les grandes serviettes en longues bandes qu'elle tressa pour les rendre plus solides et noua bout à bout. Enfin, elle examina d'un œil critique les vêtements qu'on lui avait donnés. C'était là le point difficile. Comment courir les routes habillée de satin, de brocart ou de mousseline ? Comment surtout aller à pied avec les souliers qu'elle possédait ? Ce n'étaient que mules de velours brodé ou de satin clair. Il y avait même de hauts patins à la vénitienne que Fiora n'avait d'ailleurs jamais portés, se trouvant assez grande comme cela. Naturellement, les sandales de corde apportées du couvent San Sisto avaient été brûlées comme le reste de ses vêtements. C'était grand dommage, mais comme elle ne voyait au problème aucune solution, elle décida de s'en remettre à la Providence. En conséquence de quoi, elle cacha sa corde improvisée dans l'un des coffres à vêtements et revint s'asseoir pour faire semblant de lire *la Divine Comédie*. Elle aimait le long poème de Dante, mais son attention était ailleurs, toute dirigée vers les bruits extérieurs. Dans les plis de sa robe, elle dissimulait l'arme improvisée qu'elle s'était trouvée.

Le jour tomba sans qu'elle songeât à se lever pour allumer des chandelles. Son cœur battait un peu plus fort à chaque bruit qu'elle croyait entendre venant de l'intérieur de la tour. Un obscur pressentiment lui soufflait que sa fuite aurait lieu cette nuit ou jamais. Juana allait-elle enfin se montrer, ou attendrait-elle le retour de son cousin dans l'espoir que la solitude, l'inquiétude et le manque de nourriture rendraient la prisonnière plus malléable ?

Pour mieux respirer, car elle se sentait étouffer, Fiora alla ouvrir la fenêtre qui donnait sur la ville. Le temps était humide et frais. De lourds nuages couraient d'un bout à l'autre du vaste horizon. Le soleil qui ne s'était pas montré de la journée n'avait aucune raison de se coucher et Rome passait lentement d'une sorte de clair-obscur aux ténèbres nocturnes qu'aucune étoile, certainement, ne viendrait éclairer. L'air sentait la vase et les détritus de toutes sortes que charriait le fleuve voisin. Quelques points lumineux s'allumaient de loin en loin dans l'immensité grise sans rien enlever au côté sinistre que revêtait ce soir la Ville Éternelle sous le hérissement de ses campaniles et de ses tours de guet.

Soudain, Fiora pensa à un détail qu'elle avait oublié. Elle referma la fenêtre, alla s'accroupir devant la cheminée où le feu se mourait faute d'avoir été alimenté et alluma deux chandelles à des braises encore rouges. Puis elle entra dans le cabinet de bains qui possédait le luxe inouï d'une grande glace de Venise accrochée au mur. Elle avait emporté avec elle son luminaire, de quoi se coiffer et, bien entendu, sa brosse à long manche dont elle avait décidé que, de la nuit, elle ne se séparerait pas.

Une fois là, elle libéra ses cheveux, les partagea en deux nattes qu'elle roula autour de sa tête à la façon de Doña Juana. Elle terminait juste quand elle entendit, dans la chambre, un bruit de vaisselle qui lui fit battre le cœur. En même temps, un rai de lumière glissa sous la porte. Le moment était-il venu ?

Assurant fermement le manche d'ébène dans sa main, elle ouvrit la porte et sentit une onde de joie l'envahir. Juana était là. Penchée sur le plateau qu'un esclave avait dû monter jusque chez Fiora, elle disposait les mets puis, versant du vin dans la coupe, elle le sirota voluptueusement avant de remplir de nouveau le récipient. Toute à son plaisir, elle n'entendit pas venir Fiora.

Celle-ci n'hésita même pas. Brandissant son arme improvisée, elle l'abattit de toutes ses forces sur la tête de la duègne qui s'effondra sans un cri. Ce fut si soudain, qu'un peu inquiète elle s'accroupit près de la longue forme noire et inerte, craignant de l'avoir tuée. Cette crainte était l'unique raison pour laquelle Fiora avait choisi la brosse d'ébène plutôt que le tisonnier de bronze. Elle fut vite rassurée. Les cheveux avaient amorti le choc et Juana s'en tirerait avec une grosse bosse. A présent, il n'y avait plus de temps à perdre.

Aiguillonnée par la hâte, Fiora déshabilla la vieille fille qu'elle ligota ensuite avec les liens qu'elle avait confectionnés. Puis elle lui fourra dans la bouche un mouchoir qu'elle assujettit avec une écharpe de soie. Enfin, elle la tira par les pieds dans le cabinet de bains où elle l'abandonna sur le tapis avant de refermer la porte à clef. En admettant que Juana réussît à se libérer, il faudrait un moment avant que l'on vînt à son secours, la petite salle n'ayant pas de fenêtre, mais seulement des bouches d'aération.

La porte fermée, Fiora exhala un profond soupir de soulagement. Elle redoutait l'instant d'attaquer Juana autant qu'elle le souhaitait, et le plus difficile était donc accompli. Elle s'accorda un verre de vin pour se remettre, puis se hâta d'enfiler les habits de la duègne. Ils étaient un peu grands, mais elle remonta les jupes dans la ceinture de cuir qu'elle serra au maximum, sans oublier, bien sûr, les clefs qui y étaient pendues. Puis elle agrafa le voile de mousseline noire sur sa tête et n'hésita pas une seconde à passer autour de son cou la lourde chaîne d'or dont Juana était si fière. Comme elle ne possédait pas un denier, cette chaîne, vendue par morceaux, lui permettrait de manger au long du chemin et, peut-être, d'acheter une mule.

Une bonne surprise lui était réservée : les souliers de la duègne, de vigoureuses chaussures de cuir solide, étaient comme les vêtements, un peu trop grandes mais, en y glissant de petits tampons de linge pour les raccourcir, elle s'y sentit parfaitement bien. Évidemment, l'odeur des habits qu'elle avait endossés n'était pas très agréable. Juana aimait les parfums lourds. Cela sentait l'encens, l'œillet poivré et l'huile d'olive, mais Fiora pensa que la liberté n'avait pas de prix. Enfin, après un dernier regard à cette chambre dont elle avait cru ne jamais sortir, elle ouvrit la porte et se glissa au-dehors. Et ce fut avec un vif plaisir qu'elle tourna trois fois la grosse clef dans la serrure. A présent, il s'agissait de sortir du palais et elle en ignorait les aîtres en dehors de ce qu'elle avait pu apercevoir de ses fenêtres : des bâtiments ordonnés autour d'une grande cour à double rangée d'arcades que sa tour dominait de haut.

Elle vit qu'elle se trouvait sur un palier éclairé par une lampe à huile. Une volée d'escaliers étroits montait vers la terrasse où se tenaient les gardes, une autre descendait dans les profondeurs de l'édifice. Ce fut dans ceux-ci qu'elle s'engagea, tirant le plus possible sur son visage le voile noir et s'efforçant d'imiter le maintien de celle dont elle avait emprunté les habits.

L'escalier la mena jusqu'au rez-de-chaussée sans rencontrer âme qui vive sur les deux paliers qu'elle franchit. Là, elle se trouva en face d'une épaisse porte bardée de fer qui donnait peut-être sur ce jardin qu'elle n'avait jamais vu et semblait impossible à ouvrir. Se rappelant les clefs portées à sa ceinture, elle chercha si l'une d'elles pouvait convenir, mais elles étaient toutes trop petites.

Une autre porte peinte et ouvragée apparaissait sur le côté de l'escalier. S'en approchant, Fiora entendit des bruits de voix d'hommes et des rires. Puis il y eut un fracas de meubles remués, tandis que le ton des voix montait jusqu'à la querelle. On allait se battre dans cette salle, peut-être celle des gardes du palais. Donc, à éviter.

Fiora remonta un étage en espérant que la porte donnant sur ce palier-là serait possible à ouvrir. Elle se souvenait, en effet, d'avoir remarqué, en arrivant avec Borgia la nuit de sa fuite du couvent, une grande loggia qui devait faire suite aux appartements de parade.

Si elle pouvait atteindre cette loggia que l'on utilisait pour suivre les spectacles de la rue, elle réussirait peut-être à se laisser glisser jusqu'à terre. Mais il fallait y arriver.

Avec un luxe extrême de précautions, elle pesa sur le grand loquet orfévré. La porte s'ouvrit facilement et sans bruit. Au-delà, se trouvait une grande salle, mal éclairée par un chandelier posé sur une table miroitante, et qui semblait s'enfoncer à l'infini. Elle s'y avança avec précaution, mais sans être obligée d'étouffer le bruit de ses pas. D'épais tapis couvraient un dallage sombre sur lequel les flammes des chandelles se miraient comme dans un étang. Le haut plafond était peint à la ressemblance d'un ciel étoilé et il ne manquait qu'un peu d'air pour imaginer que l'on était dehors. Partout des divans dorés, des coussins étoilés d'or eux aussi, et Fiora se souvint d'avoir entendu Juana vanter certaine « salle des Étoiles » où son cher cardinal donnait de somptueuses fêtes.

La traversée de cette pièce magnifique lui parut durer un temps infini. Pourtant, elle y voyait assez clair pour ne heurter aucun des sièges ou autres meubles qui s'y trouvaient éparpillés. Enfin, elle sentit sous sa main les bronzes d'une porte et faillit crier de joie : celle-ci ouvrait directement sur la loggia.

Fiora avança lentement, rasant les murs peints à fresque dans la crainte d'être aperçue de la rue, mais un silence total régnait au-delà de la balustrade de pierre sculptée. Elle s'en approcha, un peu enhardie car on pouvait la prendre pour doña Juana, se pencha, et ne vit rien. La longue rue, qu'éclairaient vaguement les deux pots à feu allumés au grand portail du palais de chaque côté du blason au taureau de pierre, semblait déserte et aucune lumière ne brillait dans le jardin ni dans la maison d'en face. C'était assez rassurant, mais la hauteur où se trouvait la loggia l'était moins. L'obscurité donnait à Fiora l'impression d'être au bord d'un abîme sans fond où elle allait se briser. Mais elle n'avait pas le choix et il n'était plus possible de retourner en arrière. Il fallait faire quelque chose même si, à première vue, le geste semblait dérisoire.

Ôtant le long voile noir de sa tête, elle le déchira en deux sur toute la longueur, attacha les deux bouts aussi solidement que possible, puis noua le tout à la mince balustrade. Après quoi, ayant fait un rapide signe de croix, elle enjamba le balcon en tournant le dos à la rue, saisit le voile avec des mains qui tremblaient un peu – les jambes aussi d'ailleurs ! – et commença à descendre doucement. Son cœur battait à tout rompre dans sa poitrine. Le premier étage d'un palais romain, comme celui d'un palais florentin, était d'au moins trois toises et la corde improvisée ne devait pas mesurer plus d'une toise, compte tenu des nœuds qu'il avait fallu faire. Dans un instant, il faudrait sauter et le sol de la rue, pavé des cruels cailloux ronds du Tibre, n'était pas tendre.

Il fallut même sauter plus vite qu'elle ne pensait. Le voile était en soie et le nœud central se défit quand elle l'atteignit. Ce fut la chute. Épouvantée, Fiora eut tout de même la présence d'esprit de ne pas crier. Et pourtant quelqu'un cria car, à sa surprise, elle atterrit sur quelque chose de mou, ce qui adoucit beaucoup son arrivée.

Vivement relevée sous un déluge d'imprécations, elle considéra avec stupeur et désolation le mendiant qui s'était couché le long du mur du palais, à l'abri du vent, et sur qui elle venait de tomber. Debout lui aussi, il montrait sous un vieux chapeau cabossé un visage rubicond hérissé de poils gris et des yeux furibonds :

– Je... je vous ai fait mal ?

– Plutôt, oui ! Qu'est-ce qui te prend de m' tomber d'ssus comme ça ? Tu t' sauves ?... Ça peut être intéressant, quelqu'un qui s' sauve du palais Borgia !

Ses mains qui semblaient aussi fortes que des tenailles avaient saisi la jeune femme et ne semblaient pas disposées à la lâcher. Il cherchait à l'entraîner vers le portail et elle résistait de son mieux quand, soudain, du plus profond de sa mémoire, surgit un souvenir : celui d'un vieil homme qui, une nuit, lui avait offert l'hospitalité de son taudis dans un palais florentin en construction. Il avait dit qu'à un seul mot se reconnaissaient tous ceux de la confrérie des mendiants, et ce mot lui vint tout naturellement à la bouche :

– Mendici ! murmura-t-elle.

Ce fut magique. L'homme la lâcha aussitôt, tandis que son regard, de furieux, devenait curieux :

– Tu en es, toi aussi ? Difficile à croire. Je te connaîtrais, il me semble ?

– Non. Je suis de Florence et j'ai été amenée ici de force. Je veux rentrer chez moi...

– De force ? C'est vrai qu' t'as l'air d'une belle fille et

qu' les belles filles il en défile ici. Tu connais l' chemin d' Florence ?

– Non, mais j'espère trouver. Il faut aller vers le nord ?

– Faut sortir par la porte del Popolo ! T'as coupé mon sommeil alors j' vais t' montrer... mais si t'avais un p'tit quelque chose à m' donner pour ma peine, ça m' f'rait bien plaisir. Tu m'as fait mal, tu sais ?

Sans répondre, Fiora fouilla dans l'aumônière de Juana où elle avait, sans l'explorer, fourré la chaîne et la médaille, avec l'intention de donner celle-ci. A sa surprise, elle sentit sous ses doigts la rondeur de quelques pièces, en tira une avec l'impression que c'était un ducat et la mit sans la regarder dans la main du mendiant qui, lui, fit quelques pas vers les pots à feu. Elle comprit qu'elle ne s'était pas trompée en le voyant mordre dans la pièce.

– C'est bien d' l'or ! constata-t-il. Ça m'aurait étonné aussi qu' t'aies pas réussi à trouver une ou deux pièces comme celle-là dans c'te maison. Viens maintenant ! On y va ! J' te montre l' chemin et puis j' te laisse. J' tiens pas à c' qu'on m' voie dans la compagnie d'une femme qui s' sauve !

Il l'entraîna dans une rue étroite qui s'ouvrait au coin du palais et filait droit entre deux rangées de maisons d'inégale hauteur. Les yeux de Fiora s'accoutumaient à l'obscurité. Du reste, dans le ciel, les nuages poussés par un vent vif s'écartaient, s'effilochaient pour laisser voir, par instants, quelques étoiles. L'homme marchait vite, mais elle le suivait sans peine. Et puis, tout à coup, il n'y eut plus de maison, rien qu'un vaste espace vide, un énorme terrain vague où croupissaient les ruines d'une église et une sorte de tumulus ébréché. Le mendiant s'arrêta :

– J' te laisse à présent. T'as plus qu'à marcher tout droit en laissant à main gauche le mausolée d'Auguste.

– Cette espèce de taupinière est le mausolée d'Auguste ?

– Ou c' qu'il en reste. Fais comme j' te dis ! D'abord,

là-bas au bout, tu verras les braseros sur le rempart. La porte del Popolo est juste en face.

Elle n'eut même pas le temps d'un merci. Le mendiant se fondit, sans faire plus de bruit qu'un chat, dans l'ombre dense de l'église écroulée. Fiora resta là un instant, au bord de ce désert, goûtant une merveilleuse impression oubliée depuis bien des jours : elle était seule, elle était libre... Une fois hors de cette ville, une fois franchie la porte dont elle apercevait vaguement les feux de guet, il n'y aurait plus que la longue route qui menait à sa chère cité du Lys rouge. Elle en oubliait qu'il faisait nuit, qu'il faisait froid et que, tant qu'elle n'aurait pas laissé, loin derrière, les murs de Rome, elle serait en danger, tant il est vrai que le premier contact d'un prisonnier avec le grand air est toujours grisant. Elle avait envie de courir pour avoir davantage l'impression de s'envoler, mais c'eût été dangereux dans ce terrain inégal et sans la moindre lumière qui lui permît de suivre un quelconque tracé, en admettant qu'il y en eût un.

Fiora se mit donc en marche calmement vers le point qui lui avait été indiqué, essayant de ne pas buter sur les mottes de terre ou les dalles qui se soulevaient, regrettant de ne pas avoir une canne ou un bâton quelconque pour tâter son chemin. Elle arrivait à peu près à la hauteur du mausolée abandonné au pied duquel une vague lueur apparaissait dans les buissons quand, soudain, deux bras s'abattirent sur elle et la ceinturèrent, la réduisant à l'impuissance en dépit de sa défense, tandis qu'une voix triomphante criait :

– J'en tiens une!

– Tu rêves! fit une autre voix. Tu as dû prendre quelque berger!

– Je te dis que c'est une femme! Elle a même des tétons bien ronds et bien fermes!

D'autres mains s'étaient posées sur Fiora, tâtant ses seins ou s'appuyant sur sa bouche pour la faire taire. Il y avait à présent quatre ou cinq ombres qui la pressaient, sentant le cuir, le cheval ou même la crasse. Elle pensa qu'elle était tombée au pouvoir de bandits et s'efforça de mordre la main qui l'étouffait, sans y réussir. Une nouvelle voix, impérieuse celle-là, ordonna :

– Amenez-la ici qu'on voie à quoi elle ressemble !

Résister était impossible. Les ombres qui tenaient Fiora et qui portaient toutes des masques noirs l'entraînèrent vers le mausolée. Elle se retrouva dans une sorte de niche au milieu des buissons, éclairée par une lanterne. Un peu plus loin, il y avait des vaches à l'attache.

On jeta Fiora à terre et elle vit se dresser devant elle, masqué lui aussi, un homme grand et fort, vêtu d'un pourpoint brodé sous un grand manteau noir et qui, les poings aux hanches, la regardait en riant à gorge déployée, montrant des crocs de loup.

– Tenez-la, vous autres ! ordonna-t-il comme la jeune femme se débattait furieusement pour se relever. C'est un vrai chat en colère... mais on dirait que nous avons eu de la chance. Une belle prise, ma foi ! Celles qui viennent dans ces ruines pour y chercher des herbes la nuit ne sont pas souvent aussi affriolantes ! Voyons ça de plus près ! Ouvre son corsage, Orlando, et toi, Guido, retrousse ses jupes.

En un instant, Fiora horrifiée se retrouva les seins et les cuisses à l'air tandis que le chef commençait à dénouer ses aiguillettes. Elle se tordit comme un ver, ce qui fit hurler de rire ses compagnons.

– Pas tant d'histoires, la fille, tu n'en mourras pas ! Nous ne sommes que six !

Un instant délivrée de la main appliquée sur sa bouche et qui glissa, Fiora hurla :

– Au secours ! A moi ! Au sec...

Elle entendit alors une voix qui répondait, en écho :

– Attaque Zeus ! Attaque Héra !

Surgies de la nuit, les puissantes formes noires des grands chiens qu'elle connaissait déjà s'abattirent sur quatre hommes à la fois qui hurlèrent sous leurs morsures. En même temps, leur maître apparaissait dans le halo jaune de la lanterne. Sa canne s'était changée en une longue épée dont la pointe vint s'appuyer sur la gorge de l'homme qui s'apprêtait à violer Fiora :

– Eh bien, seigneur Santa Croce, fit la voix froide de l'Infessura, on se met à six à présent pour mettre à mal une bourgeoise romaine ?

– Une bourgeoise, ça ? Tu veux rire l'ami ? Que feraitelle à cette heure de la nuit dans ces ruines ?

– Même la femme d'un notaire a le droit d'aller rejoindre son amant qui est aux Colonna, comme tout ce vieux mausolée et ce qui l'entoure. Tu devrais savoir ça, Giorgio Santa Croce ! Comme tu devrais savoir que tu es loin de chez toi et que vingt hommes seront là dans un instant si je siffle d'une certaine façon !

Santa Croce hésita, mais la pointe de l'épée fit perler une goutte de sang sur son cou :

– Tu me tuerais pour une bourgeoise ?

– Sans hésiter, parce que le pape me donnerait raison. Il tient à l'estime des magistrats de cette ville.

– Ça va ! Baisse ton épée et rappelle tes chiens ! Je n'ai pas envie qu'ils dévorent mes amis.

A vrai dire, de ceux-ci il ne restait plus que deux, ceux que Zeus et Héra maintenaient à terre sous la menace de leurs crocs rougis. Les trois autres avaient choisi une fuite sans gloire pour soigner leurs blessures et éviter des ennuis plus sérieux. Sur un ordre de leur maître, les deux bêtes revinrent s'asseoir à ses pieds. Mais l'un des deux hommes ainsi libérés eut un geste de fureur. Tirant un stylet de sa ceinture, il en frappa Fiora :

– Tiens, la belle ! Tu expliqueras à ton notaire de mari où tu as attrapé ça !

Il s'était relevé d'un bond et s'enfuyait déjà quand, lancée d'une main sûre par l'Infessura, une dague l'atteignit entre les épaules. Il s'abattit face contre terre sans un cri, déjà rejoint par Santa Croce et son dernier compagnon qui se penchèrent un instant sur lui avant de prendre le large sans plus insister. Mais cela, Fiora ne le vit pas : le coup reçu joint à la terreur qu'elle venait d'éprouver avait eu raison de sa résistance. Elle s'était évanouie...

Quand elle reprit connaissance, elle était toujours couchée dans l'herbe humide et son corsage était encore ouvert, mais son sauveur, à genoux près d'elle, s'occupait à appliquer un tampon de linge sur sa blessure. Il sourit en la voyant ouvrir les yeux :

– Tu as eu de la chance. La lame a glissé contre la clavicule et n'a pas atteint ta gorge. Néanmoins, cette blessure doit être soignée. Où allais-tu ainsi, seule et au milieu de la nuit ?

– A Florence...

– A pied ?

– Je me sauvais. Je me suis évadée tout à l'heure du palais Borgia.

En quelques mots, elle raconta ce qu'elle avait vécu à cet étrange promeneur de la nuit, sans rien chercher à dissimuler car il lui inspirait une totale confiance. Elle avait même l'impression qu'il était le seul homme droit et honnête de toute la ville.

– J'aurais juré que cela se passerait ainsi. Plus encore que ce taureau auquel il aime à se comparer, Borgia est un bouc puant. Il a couru trop de risques en te faisant évader de San Sisto pour ne pas réclamer le seul paiement qui l'intéresse. Il ne se serait pas soucié de toi, même pour plaire au roi de France, si tu avais été laide. Per Baccho ! je n'ai rien ici pour te faire un pansement et le sang coulera de nouveau si ce tampon n'est pas maintenu. Penses-tu pouvoir appuyer ta main dessus quand j'aurai refermé ta robe ?

– Il faudra bien... mais que vas-tu faire de moi ? Je... je ne me sens pas très bien...

Le corsage remis en place, elle essaya de se relever, sentit que la tête lui tournait. Infessura jura entre ses dents :

– Il faut pourtant bien que je t'emmène quelque part !

Tirant de son pourpoint une fiole enveloppée d'argent, le « scribe républicain » la déboucha, en appuya le goulot contre les lèvres de Fiora et fit couler dans sa bouche quelques gouttes d'une liqueur si forte qu'elle eut l'impression d'avaler de la flamme liquide. La chaleur envahit tout son corps et il lui sembla que ses forces revenaient.

– Merci, soupira-t-elle. Cela va mieux et si tu veux bien m'aider à me relever, je crois que je pourrai marcher. Pas jusqu'à Florence, bien sûr. Oh, mon Dieu ! J'étais si heureuse à l'idée d'y retourner, de retrouver bientôt...

– Plus tard, les attendrissements ! Il faut te tirer d'affaire. Le plus normal serait de t'emmener chez moi, mais c'est trop loin. J'habite près de Santa Maria Maggiore, sur l'Esquilin. Tu ne pourras jamais marcher jusque-là.

– Que faire alors ? N'y a-t-il pas ici près un hôpital, un couvent ?

– Ce serait te livrer. Non, je sais ce que nous allons faire. Je vais te conduire chez une amie. Elle saura te soigner et personne ne viendra te chercher dans le ghetto de Rome.

– Le ghetto ?

Fiora sentit se raidir le bras qui la soutenait tandis que la voix de son compagnon redevenait sèche et coupante :

– Tu es de ces gens qui méprisent les Juifs ?

– En voilà une idée ! J'ai trop souffert du mépris des autres pour avoir de ces dédains. Seulement, tu sais qui je suis, n'est-ce pas ?

– On a fait assez de bruit autour de toi.

– Alors tu sais aussi que je suis recherchée par la police du pape, et je ne voudrais pas mettre qui que ce soit en danger. Borgia avait les moyens de se défendre si l'on m'avait sue chez lui, mais une femme juive...

– Anna, elle aussi, a de grandes protections. En outre, durant les semaines que tu as passées chez le vice-chancelier, les recherches se sont un peu calmées. Le pape enrage. Après avoir fait visiter quatre fois le palais du cardinal d'Estouteville, il a fini par se faire à l'idée que tu as pu quitter Rome. Du moins il fait semblant. Viens, à présent, il est temps de nous mettre en marche.

– C'est loin, le ghetto ?

– Presque aussi loin que chez moi, mais nous avons le moyen de te simplifier le chemin.

Soutenue fermement par Stefano, Fiora marcha doucement jusqu'au Tibre qui coulait au-delà du mausolée. Zeus avait pris la lanterne dans sa gueule et éclairait le chemin, leur permettant d'éviter les buissons et les éboulis de pierres. Héra, le nez au vent, fermait la marche. Arrivés à la berge sur laquelle reposaient deux ou trois barques, Infessura en tira une à l'eau et y installa Fiora aux pieds de laquelle se couchèrent les chiens.

– Ce bateau, murmura Fiora inquiète, tu sais à qui il appartient ?

– Oui. Sois tranquille ! Jamais l'Infessura ne fera tort à l'un de ses frères humains. Je le ramènerai une fois que tu seras en sûreté. D'ailleurs, Pietro s'est blessé il y a deux jours et ne s'en sert pas.

Fouillant dans l'aumônière de Juana, Fiora tira l'une des trois pièces qui restaient et la tendit à son guide :

– Alors, tu lui donneras ça. S'il ne travaille pas en ce moment, il sera content d'avoir cet or.

Dans la nuit environnante – on avait masqué la lanterne – Fiora vit briller les dents de son guide et l'entendit rire doucement :

– Je savais bien, dit-il, que tu valais la peine que l'on t'aide. Désormais, je suis ton ami.

La barque glissait sur l'eau noire du fleuve. Stefano s'efforçait de la maintenir au plus obscur, sans beaucoup d'efforts car le courant l'aidait. Ils parcoururent ainsi la grande courbe au plus profond de laquelle étaient le Vatican, ses tours, ses gardes et ses espions, mais le petit esquif, mené de main de maître, ne faisait aucun bruit hormis, de temps en temps, un clapotis léger qui pouvait évoquer un oiseau en train de pêcher.

Le voyage parut interminable à Fiora. Le froid de la nuit la glaçait jusqu'aux os et sa blessure, sur laquelle elle ne cessait d'appliquer une main, lui donnait des élancements dans le cou. Pourtant, elle ne se sentait pas abattue et s'amusa même un instant à la pensée qu'arrivée enrhumée au palais Borgia, elle avait toutes les chances d'attraper un autre rhume à présent qu'elle en était sortie.

Infessura arrêta sa barque en face de l'île Tiberina et vint aider sa passagère à en descendre :

– Tu es lasse, n'est-ce pas ? demanda-t-il remarquant qu'elle pesait plus lourdement sur son bras, mais rassure-toi, nous sommes presque arrivés. Voilà le palais Cenci, ajouta-t-il en désignant la masse noire d'une construction farouche aux allures de forteresse, grâce aux moellons cyclopéens qui formaient, au rez-de-chaussée, une muraille aveugle à l'exception d'une porte étroite et haute puissamment bardée de fer. La maison du rabbin Nathan est en face, près de la synagogue. Anna est sa fille.

La ruelle dans laquelle ils cheminaient prudemment à cause des immondices sentait l'huile rance et la pourriture. Les maisons n'y étaient que d'informes constructions de petites briques et de torchis que dominait de haut le noble palais. Enfin, au bout d'une placette, Infessura s'arrêta devant une demeure plus grande et mieux construite que les autres. Elle était de bonnes pierres qui poussaient l'étage en encorbellement au-dessus d'une voûte ronde, menant sans doute à une cour arrière, et d'une porte au montant de laquelle se trouvait la mézouza. Cette petite niche, fermée par une grille de bronze, laissait voir, en s'ouvrant, une formule biblique écrite en caractères hébraïques sur un morceau de parchemin jauni. Elle indiquait à tous que cette demeure était celle d'un homme important pour la communauté juive.

Le poing de Stefano frappa cette porte selon un code convenu et elle s'ouvrit peu après sous la main d'une jeune femme vêtue d'une robe de soie jaune à manches flottantes et dont les cheveux, d'un noir d'encre, étaient tressés en plusieurs nattes sous une sorte de tiare orfévrée d'où tombait un voile safrané. Elle tenait une chandelle.

– C'est moi, Anna, dit l'Infessura. Je t'amène une amie. Elle a froid et elle a été blessée par la bande de Santa Croce en s'enfuyant du palais Borgia.

La main qui tenait la chandelle s'éleva de façon à mieux éclairer le visage de la nouvelle venue.

– Ah !... Entrez, bien sûr, mais je vais vous prier d'attendre un instant car j'ai une visite. Asseyez-vous là !

Elle recula pour laisser le passage. La porte donnait sur une petite salle, pavée comme une rue et pauvrement meublée : une table, trois escabeaux, un coffre et des bancs courant le long du mur. C'est l'un de ces bancs, le plus éloigné de l'entrée, que désignait la Juive. Au fond de la pièce, un rideau à grands ramages couvrait quelques marches descendant vers la salle suivante. Soudain, ce rideau se souleva sous la main d'une petite femme mince élégamment vêtue de velours brun et de soie blanche.

– Que fais-tu là ? fit Anna d'un ton mécontent. Je t'avais dit d'attendre. Tu es trop curieuse !

Mais la nouvelle venue ne l'entendait pas. Les bras tendus, elle se précipitait vers les arrivants avec un cri de joie.

– Maîtresse ! Ma chère maîtresse !

Fiora, qui tenait debout par miracle et par la seule force de son compagnon, leva les yeux et se crut victime d'un mirage. Il fallait que c'en fût un, sinon, comment imaginer que Khatoun était en train de la prendre dans ses bras [1] ? Ses jambes fléchirent...

– Elle s'évanouit encore, constata Stefano. Il faut t'occuper d'elle tout de suite, Anna !

1. Voir *Fiora et le Magnifique.*

CHAPITRE IX

TROIS FEMMES

C'était bien Khatoun. Fiora s'en convainquit lorsque, au bout de quelques instants, elle émergea de son malaise, dû à la fatigue et au sang perdu. L'Infessura avait dû lui administrer une nouvelle dose de son cordial miraculeux, plus peut-être quelques gifles, car elle se sentait les joues chaudes et le goût poivré et parfumé de tout à l'heure était revenu dans sa bouche. Son esprit retrouva toute sa clarté sous l'influence de la joie en voyant, penché sur elle et noyé de larmes, le visage triangulaire aux yeux de chat de la jeune Tartare. Elle lui entoura aussitôt le cou de son bras pour plaquer sur ses joues deux baisers dont la sonorité traduisait sa joie.

– Mais que fais-tu là ? Je croyais bien ne plus te revoir...

– Moi non plus, maîtresse. C'est un grand bonheur pour Khatoun, même si elle te retrouve dans un triste état.

– Je ne suis plus ta maîtresse depuis longtemps.

– Tu le seras toujours pour moi, même si je dois obéir à quelqu'un d'autre. Comment oublier les jours heureux d'autrefois ?

– Vous vous embrasserez plus tard, fit une voix sévère. Je voudrais pouvoir poursuivre cet examen.

Fiora vit alors qu'on l'avait couchée sur une table, la tête soulevée par un coussin, et qu'Anna repoussait doucement Khatoun. Elle avait ôté le tampon de linge appliqué par Stefano et le tenait encore dans une main. Il était rouge de sang, preuve que la blessure avait beaucoup saigné. Anna le jeta, se détourna pour prendre quelque chose derrière elle, puis retroussa haut sur des bras minces et dorés les grandes manches de sa robe. Dans une main, elle tenait une sorte d'aiguille d'or au bout arrondi qu'elle éleva en l'air.

– Tenez-lui les bras, ordonna-t-elle. Je dois sonder la plaie et il ne faut pas qu'elle bouge.

– Je ne bougerai pas, affirma la blessée, ce qui amena un bref sourire sur les lèvres charnues de la Juive.

– C'est une promesse que l'on tient rarement. Je préfère que l'on t'immobilise. Cela te fera un peu mal, mais si tu remues, cela pourrait t'en faire beaucoup.

Les mains de Khatoun et de Stefano s'abattirent en même temps sur les bras de Fiora qui vit se pencher sur elle, attentif, l'étroit visage brun de son étrange médecin. En dépit d'une bouche un peu forte, Anna était belle grâce aux plus beaux yeux noirs que Fiora eût jamais vus. La courbure aquiline de son nez avait de la fierté, comme d'ailleurs tous les traits de son visage, et elle dégageait une odeur de marjolaine inattendue dans cette cave. Car la pièce dans laquelle on avait porté Fiora avait bien l'air d'en être une. Une voûte de pierres noircies qui devaient dater des Césars s'arrondissait au-dessus de la table mais, en tournant un peu la tête, Fiora put voir qu'elle disparaissait derrière une série de planches épaisses sur lesquelles s'entassaient des pots, des fioles, des boîtes, des paquets d'herbes et d'étranges vases de verre ou encore de gros livres aux reliures fatiguées : un ensemble qui lui rappela le cabinet de Démétrios à Fiesole et lui fit oublier qu'en effet l'exploration de sa blessure n'avait rien d'agréable.

– Je n'aime pas les lésions causées par un stylet, fit Anna en se redressant. Elles plongent souvent plus avant que celles faites avec une lame plus large. Celle-ci est moins profonde que je ne craignais, mais on dirait qu'elle a ouvert une cicatrice ? Tu as déjà été blessée à l'épaule ? demanda-t-elle à Fiora.

– Oui. J'ai reçu un coup d'épée il y a un peu plus de deux ans.

– Du travail bien fait. Qui t'a soignée alors ?

– Je ne pense pas que tu le connaisses, bien que ce soit un Italien. Il s'appelait Matteo de Clerici et il était le médecin du dernier duc de Bourgogne...

Le rire de l'Infessura lui coupa la parole. Un grand rire sonore et joyeux qui n'allait pas tellement à son personnage d'oiseau de nuit.

– On ne dirait jamais, à te voir, que tu es un vieux guerrier, donna Fiora ! Ainsi, tu as connu le Téméraire, ce prince fabuleux ?

– J'ai vécu auprès de lui jusqu'à sa mort, mais, dit Fiora avec un pâle sourire, n'es-tu plus républicain pour t'intéresser ainsi à un prince ?

– Le prince est mort et cela change tout. Son histoire me passionne comme tout ce qui est Histoire en général. Il faudra que tu m'en parles, donna Fiora ! Puis, se tournant vers Anna : Peux-tu la garder quelques jours le temps qu'elle aille mieux ? Ensuite je l'emmènerai chez moi. Je ne te cache pas que les sbires du pape la cherchent et sans doute à présent ceux de Borgia.

Anna, qui nettoyait la plaie avec du vin aux herbes avant de l'enduire d'un baume à l'odeur piquante, ne se détourna pas de son ouvrage :

– Je peux la garder quatre ou cinq jours et je pense que ce sera suffisant si la fièvre ne la prend pas. Mon père s'est rendu à Pérouse au chevet d'un vieil ami. C'est une chance !

– Le rabbin Nathan ne sait-il plus ouvrir sa porte à l'infortune ? demanda Stefano avec une sévérité où entrait de la déception.

– Pas à toutes. Les bonnes dispositions du pape envers la communauté juive de Rome lui sont précieuses.

– Au pape aussi. Il tire de vous pas mal d'or !

– Sans doute, mais il nous laisse vivre en paix et même il nous protège contre nos voisins. Qu'il nous retire son appui et les Cenci, ces fauves hargneux qui sont assis à notre porte et qui nous guettent, auraient tôt fait de nous mettre à mal et de brûler nos maisons. Cela compte.

– Que d'histoires ! s'écria Khatoun qui jusque-là avait gardé le silence, se contentant de tenir dans les siennes la main de Fiora qu'elle portait à sa joue de temps en temps, comme elle le faisait autrefois quand elles vivaient ensemble au palais Beltrami. Pourquoi ne viendrait-elle pas chez nous ? Je suis sûre que la contessa Catarina, ma nouvelle maîtresse, serait heureuse de l'accueillir. Elle est la seule, à Rome, qui se soit inquiétée d'elle et qui a toujours tout fait pour l'aider. Le palais est grand et...

– Mais c'est le palais Riario, coupa l'Infessura. Autant la jeter dans la gueule d'un tigre...

– Et puis, reprit Anna, donna Catarina va accoucher sous peu. Tu le sais bien, Khatoun, puisque tu es venue seule, ce soir. A ce propos, il est temps que je te donne ce que tu es venue chercher et que tu rentres chez elle.

– Oh non ! protesta Khatoun. Pas tout de suite ! Je viens juste de retrouver ma chère maîtresse qui a été pour moi comme une sœur et tu veux me chasser ? J'ai tant de choses à lui dire, tant de questions à lui poser...

– Plus tard, les questions ! Elle n'a que trop parlé ! Nous allons la monter dans un lit et toi tu repartiras. Ton escorte doit trouver le temps long. Tu pourras revenir demain et chaque fois que tu le voudras, ajouta-t-elle en voyant s'emplir de larmes les yeux de la petite esclave tartare. Aide-nous à la porter là-haut !

Allumant une chandelle à la grosse lampe à huile qui éclairait la pièce, elle se dirigea vers les marches pour en soulever le rideau tandis que Stefano et Khatoun aidaient Fiora, dûment pansée, à descendre de la table où elle était couchée. Par un étroit escalier de pierres branlantes où une corde tenait lieu de rampe, on gagna l'étage. Sur un palier tapissé de bois se trouvait une porte qu'Anna dédaigna. Elle lui tourna même le dos et appuya sur une grossière moulure. Un panneau s'ouvrit qu'elle franchit pour aller allumer trois grandes bougies de cire fine placées dans un candélabre d'argent. Le décor s'éclaira, pour l'étonnement de ceux qui suivaient la jeune femme. Séparées par d'épaisses tentures de velours noir présentement relevées dans de lourds crochets d'argent, il y avait là trois pièces à la suite l'une de l'autre, trois pièces décorées avec un luxe tout oriental qui révélait la richesse réelle du rabbin et de sa fille. Peu de meubles. Seulement des lits bas et larges, quelques coffres peints, des tables basses incrustées d'ivoire, une profusion de coussins chatoyants et des tapis, surtout des tapis. Ceux d'Arménie ou du Caucase, aux longs poils aussi épais que l'herbe des champs, couvraient les dalles de pierre ; ceux, à trame lâche, qui étaient souples et soyeux, décoraient les murs. Posé à même le sol, un grand vase à parfum en bronze laissait monter une vapeur odorante qui luttait victorieusement contre les effluves malodorantes de la rue et, devant les fenêtres closes qui extérieurement portaient des cordes à linge, des rideaux de cendal jaune soleil doublé, côté rue, d'une toile d'un gris pisseux étaient tirés.

Fiora déposée sur un divan dans la chambre la plus reculée, la Juive alla prendre dans un coffre une tunique de soie jaune puis, se tournant vers l'Infessura :

– Laisse-nous, à présent, homme libre ! Tu reviendras, toi aussi, quand tu voudras. Khatoun partira après toi !

– C'est la seconde fois que tu me sauves, dit Fiora en tendant sa main valide à Stefano. Comment pourrais-je te remercier ?

– Je ne suis pas Borgia pour demander un paiement. Il me suffit de savoir que nous sommes amis.

– C'est peu de chose !

– Crois-tu ? Pour moi, entrer en amitié c'est comme entrer en religion. Cela crée des obligations et un lien véritable. L'amitié, vois-tu, c'est l'amour sans ailes. C'est moins exaltant peut-être, mais tellement plus solide.

Un moment plus tard, couchée dans ce lit étranger moelleux comme un cocon, Fiora attendait le sommeil que lui avait promis Anna en lui faisant avaler un gobelet de lait additionné de quelques gouttes d'une liqueur inconnue. Et pourtant, il tardait à venir. Peut-être parce que la jeune femme ne parvenait pas à surmonter sa déception. Bien sûr, elle venait d'échapper à de graves dangers, bien sûr elle était à l'abri, toutefois elle n'avait fait que passer d'une chambre fastueuse à une autre, luxueuse sans doute, mais qui ne semblait pas devoir donner davantage sur le grand air et sur la liberté. Elle aurait cent fois préféré achever cette nuit au creux de quelque mur croulant, dans quelque maison en ruine, car le jour levant aurait vu s'ouvrir pour elle les portes de cette Rome qu'elle haïssait de tout son cœur. La route de Florence, un instant entrevue, s'était évanouie comme un mirage.

La drogue commençait à agir. Le corps douloureux de l'éternelle fugitive se détendit en même temps que s'apaisait son cœur. En dépit de son sort précaire, ne faisait-elle pas preuve d'ingratitude envers la chance qui avait mis sur sa route Stefano Infessura et ses chiens et, surtout, qui lui avait permis, ce soir, de retrouver Khatoun ? C'était l'enfance, l'adolescence heureuse qui venaient de reparaître devant Fiora sous l'apparence de la petite Tartare, que Léonarde comparait si volontiers à un chaton à cause de son minois triangulaire, de son goût du lait et des pâtisseries, et de cette façon qu'elle avait de se rouler en boule au creux des coussins de soie qui composaient son lit. C'était aussi le dévouement et l'horrible souvenir de la maison de la Virago, le bordeau des rives de l'Arno d'où Khatoun, livrée comme Fiora elle-même à la prostitution, avait disparu, une nuit, pour suivre un homme tombé amoureux d'elle. Fiora croyait bien se souvenir que c'était un médecin de Rome mais, en ce cas, comment Khatoun était-elle venue au service de la comtesse Riario ? C'est sur cette dernière question que la blessée enfin, sombra dans un sommeil qui allait durer plus de douze heures.

L'histoire de Khatoun était simple et triste. Elle le raconta à Fiora le lendemain. L'homme qu'elle avait rencontré chez la Virago, Sebastiano Dolci, était un riche médecin de Rome qui, sous prétexte de voyager pour s'instruire, aimait à venir oublier dans la maison de Pippa l'austérité voulue par les convenances d'une existence bourgeoise et conformiste sur laquelle veillait, depuis le veuvage de Sebastiano, une tante déjà âgée. Cette dignité quelque peu sévère lui avait valu la considération de ses voisins et un cabinet des mieux achalandés. Mais, de temps en temps, Sebastiano qui n'avait que quarante ans éprouvait le besoin de s'évader et c'est ainsi que, venu un jour à Florence pour y rencontrer un maître de l'Université, il avait découvert un lieu de plaisir auquel il avait fini par vouer une certaine fidélité. Pippa savait le genre de fille qu'il préférait et il était rarement déçu mais, le soir où elle lui amena Khatoun, il éprouva un si violent émoi qu'il refusa, le matin venu, de s'en séparer et la racheta à la maquerelle.

De son côté, Khatoun s'était sentie séduite par ce bel homme doux et tendre qui, apprenant qu'elle était vierge, l'avait traitée comme il aurait traité sa fiancée au soir des noces. Ils avaient fait l'amour joyeusement et c'est non moins joyeusement que la petite Tartare suivit ce nouveau maître qui ne demandait qu'à être son esclave. Elle l'avait accompagné à Rome d'un cœur d'autant plus léger que les glapissements de la Virago, au petit matin, lui avaient annoncé que Fiora, délivrée par Démétrios, avait pu échapper à ses ennemis.

Sebastiano était si follement épris qu'il voulut épouser Khatoun sur la route du retour, dans une petite chapelle près du lac Trasimène, et c'est presque en triomphe qu'il l'a ramena chez lui dans sa maison de la via Latina. Un triomphe qui n'avait pas été du goût de tout le monde. L'amoureux médecin eut beau dire que sa jeune épouse était une princesse exilée qu'un navire vénitien avait embarquée à La Tana et ramenée sur les rives de l'Adriatique, la tante ne vit qu'une chose : son neveu s'était entiché d'une fille de couleur qui ne pouvait inspirer aucune confiance à la pointilleuse chrétienne qu'elle était. Que Khatoun eût juré qu'elle était baptisée et croyante n'avait rien changé à la chose : la tante s'était refusée à lui laisser dans la maison la place qui eût dû être la sienne, ne l'autorisant à régner, bien à contrecœur mais par la force des choses, que sur la seule chambre conjugale.

Ne pas avoir à régenter une maison n'avait guère peiné la jeune signora Dolci. Elle ignorait à peu près tout du métier de femme d'intérieur car, au palais Beltrami, où elle était née en réalité, elle avait un rôle purement décoratif en général, et en particulier celui de tenir compagnie à Fiora. Elle était heureuse de se consacrer uniquement à son cher Sebastiano et si, parfois, les journées de solitude lui semblaient longues et un peu amères, les nuits les compensaient largement par l'ardeur que les jeunes époux mettaient à s'aimer.

Et puis, au cours d'une de ces nuits, Sebastiano dut sortir. Un domestique du cardinal Cipriani, qui avait toujours protégé sa famille, était venu le chercher d'urgence et Khatoun avait attendu vainement son retour dans le lit aux draps froissés dont l'oreiller gardait encore la forme de sa tête. On retrouva son cadavre dans le Tibre, au jour levant et, le soir même, la pauvre Khatoun dont la tante n'avait jamais admis la réalité du mariage était conduite de force chez un trafiquant d'esclaves du Transtevere. L'homme l'avait gardée enfermée le temps qu'il fallait pour laisser se calmer, s'il y en avait, les remous causés par la mort du médecin et les éventuelles curiosités de la police ; très éventuelles, d'ailleurs, car ce genre de découverte était trop fréquent pour que les hommes du Soldan cherchent à savoir la vérité. Puis le marchand proposa cette pièce rare – la légende de la princesse exilée tenait bon – au comte Girolamo Riario qui l'offrit à sa jeune femme, non sans l'avoir fait passer par son lit.

Cette ultime nuit avait clos la liste des malheurs de Khatoun. La toute jeune comtesse Catarina était fière et un peu hautaine, mais bonne et généreuse. Sa nouvelle esclave lui plut au point d'en faire sa suivante favorite, et même sa confidente. Auprès d'elle, Khatoun retrouva presque le rôle qui avait été le sien chez Fiora durant tant d'années.

– Mais ce n'est tout de même pas toi, soupira-t-elle en conclusion de son récit. Il y a en elle une violence qu'elle n'ose pas montrer car elle est loin d'être heureuse avec le comte qui est une brute, un homme du commun dont l'oncle est devenu pape et qui, de ce fait, écrase tout le monde autour de lui. Il n'aime vraiment que l'or.

– Sa femme est belle pourtant ! Ne l'aime-t-il pas ?

– Il est fier parce qu'elle est princesse, mais il ne peut être question d'amour. Songe que, lorsqu'il l'a épousée, elle n'avait que onze ans et pourtant il a exigé que la nuit de noces ait lieu sur-le-champ. Je crois qu'elle ne le lui pardonnera jamais.

– Elle est enceinte néanmoins, si je me souviens bien ?

– Oui. Elle va accoucher d'un jour à l'autre. Même si elle déteste son époux, elle est obligée de le subir. Oh, elle a de grandes compensations : elle est la reine de Rome. Tout ce qui compte dans la ville est à ses pieds. Et puis, elle a les livres, le savoir. Au palais, il y a une pièce où elle aime se retirer pour composer des philtres, des potions, des onguents pour la beauté.

– Elle fait de l'alchimie ?

– Je ne sais pas si cette pratique s'appelle ainsi, mais la comtesse vient ici très souvent. C'est elle qui protège Anna la Juive – c'est comme ça qu'on l'appelle –, parce qu'elle apprend beaucoup de choses chez elle. Et puis, Anna lui compose des laits, des crèmes, des emplâtres qui embellissent ou qui aident à conserver la beauté. Donna Catarina écrit tout cela dans un livre qu'elle garde jalousement [1].

– Décidément, c'est une femme surprenante, fit Fiora,

1. Les recettes de beauté recueillies par Catherine Sforza, comtesse Riario, sont un fait historique, de même que ses relations avec Anna la Juive.

mais ne s'étonne-t-elle pas de tes absences ? Voilà deux jours que tu viens ici. Elle te l'a permis ?

– Je t'ai dit qu'elle est bonne. Je lui ai presque avoué la vérité : que j'avais retrouvé ma seule amie d'autrefois, qu'elle était malade, et qu'elle avait besoin de moi.

– C'est vrai, Khatoun. J'ai besoin de toi. Malheureusement, nous allons nous quitter bientôt. Dès que j'aurai recouvré mes forces, je demanderai à Stefano Infessura de m'aider à sortir de Rome. Je veux aller à Florence d'abord, pour être à l'abri des griffes du pape et de Hieronyma, et ensuite rentrer en France !

– Je partirai avec toi. Je ne veux plus te quitter... et puis j'ai envie de revoir donna Léonarda et de connaître le bébé Philippe.

– Tu crois que donna Catarina te le permettra ?

– Qu'elle le permette ou non est sans importance. De par la loi des esclaves, je t'appartiens toujours car tu ne m'as jamais vendue, ni chassée... ni affranchie.

– Si. Tu es affranchie depuis longtemps, Khatoun. Depuis le jour où, pour tenter de me délivrer, tu t'es jetée dans les pattes de la Virago. Tu le sais bien.

– Oui, mais je n'ai pas envie que cela se sache.

L'entrée d'Anna interrompit la conversation. La belle Juive venait renouveler, comme elle le faisait deux fois le jour, le pansement de sa malade qui lui donnait d'ailleurs toute satisfaction. Fiora avait échappé, grâce à ses soins, à la fièvre qui eût retardé une guérison avançant à grands pas. Anna avait donc toutes les raisons de se réjouir, pourtant, ce soir-là, elle était soucieuse.

– L'Infessura ne s'est montré ni hier ni aujourd'hui, dit-elle, alors qu'il avait promis de venir tous les jours...

– N'est-ce pas plutôt la nuit qu'il faut l'attendre ? dit Fiora. Nous ne l'avons pas vu la nuit dernière, sans doute. Il a pu être empêché. Il viendra ce soir...

Pourtant la nuit passa sans que le scribe républicain vînt frapper à la porte. On ne le vit pas davantage le jour suivant, et le quatrième matin se leva sans qu'il reparût.

– Il faut savoir ce qui se passe, déclara Anna. Je vais fermer cette maison soigneusement et me rendre chez lui. Tu n'ouvriras à personne, même à Khatoun ! ajouta-t-elle pour Fiora.

Dépouillant rapidement sa tiare dorée et ses robes traditionnelles, Anna prit des habits de servante, chaussa des socques, accrocha un panier à son bras comme si elle allait au marché et quitta sa maison par la cour de derrière que la voûte ronde faisait communiquer avec la rue.

Restée seule, Fiora qui, depuis la veille, se sentait assez bien pour se lever, erra dans la maison. Elle avait soif et descendit à la cuisine qui ouvrait de plain-pied sur la pièce d'entrée pour y chercher de l'eau, puis elle s'aventura dans le caveau qui servait de laboratoire à son hôtesse, feuilleta quelques livres, mais la plupart étaient écrits en caractères hébraïques et elle n'y comprit rien. Seul un traité d'Hippocrate, en grec, aurait pu retenir son attention, mais elle ne se sentait aucune affinité avec la médecine et regagna sa chambre, ne sachant trop à quoi s'occuper.

Machinalement, elle s'approcha de la fenêtre devant laquelle, le matin même, Anna avait étendu quelques pièces de linge. Il était tout de même possible d'observer ce qui se passait dans la rue. Par prudence, Fiora demeura à l'abri des rideaux à moitié tirés. Le spectacle n'avait rien de bien intéressant : quelques passants pauvrement vêtus portant presque tous la rouelle jaune, des enfants qui jouaient à la toupie sur une ancienne dalle romaine et, comme toile de fond, la façade rébarbative du palais Cenci qui semblait refermé sur lui-même et dont la masse dominait dédaigneusement le quartier.

Soudain, l'attention de Fiora se fixa : un homme venait de sortir de ce palais muet, tenant un cheval par la bride. Il s'arrêta au seuil, tournant la tête de tous côtés comme s'il cherchait d'où venait le vent puis, sans même prendre la peine de se hisser en selle, il se mit en marche lentement, lentement, observant les façades des premières maisons du ghetto. Cet homme, c'était Giovanni-Battista de Montesecco. C'était l'homme qui l'avait enlevée de France et amenée captive à Rome.

Le cœur de la jeune femme manqua un battement. Que cherchait-il dans ce quartier misérable ? Il avait fait visite, sans doute, à quelque habitant du palais Cenci, mais l'endroit n'était pas un lieu de promenade agréable et il aurait dû enfourcher son cheval et s'éloigner rapidement. Pourtant, il traînait, il s'arrêtait pour regarder quelque chose, revenait en arrière, repartait. Derrière ses rideaux, Fiora murmura une prière pour qu'Anna ne revînt pas à cet instant. Même sous son déguisement, elle attirerait sûrement, ne fût-ce que par sa beauté, l'attention de cet homme qui, sous le vocable de condottiere, cachait en réalité un chef de spadassins.

Heureusement, quand Anna reparut, son panier plein, Montesecco avait disparu depuis quelques minutes dans la direction opposée à celle par laquelle revenait la Juive. Fiora descendit à sa rencontre, ce qui la surprit :

– Tu t'es levée ? N'est-ce pas un peu tôt ?

– Pourquoi pas ? Je n'ai pas de fièvre et mes jambes me semblent tout à fait solides. Enfin, je n'aime pas rester couchée quand je peux l'éviter. As-tu des nouvelles ?

– Oui, et elles ne sont pas bonnes. L'Infessura a été arrêté avant-hier.

Fiora se sentit pâlir :

– Mon Dieu ! Et... sait-on pourquoi ?

– Pas vraiment, mais l'avis général est que le pape l'a fait saisir par le Soldan à cause de ses écrits qui courent les rues de la ville. C'est ce qu'il appelle donner les nouvelles de la nuit. On les trouve souvent au marché du Campo dei Fiori ou encore près d'une vieille statue, reste d'un groupe antique, que les gens du quartier appellent Pasquino. Stefano aime à y déposer ses pamphlets. Il paraît que le dernier parlait du seigneur Santa Croce qui aurait tenté de violer une femme dans les ruines du mausolée d'Auguste...

– Doux Jésus ! Mais c'est moi cette femme-là ! Quelle folie d'aller crier cette histoire aux quatre vents ! Stefano m'a délivrée et c'est là que j'ai reçu ce coup de stylet.

– Une folie sans doute... à moins qu'il n'ait pensé qu'on n'oserait pas s'attaquer à lui ? Le peuple l'aime et ce qu'il cherche, au fond, c'est à soulever ce même peuple pour que Rome puisse redevenir une république à la manière des temps anciens. Il ne se gêne pas pour clamer qu'on ne fait rien de bon dans la ville, que le nombre des vols, des homicides et des sacrilèges ne cesse de grandir. Il espère dans la puissance d'une foule indignée et rendue furieuse.

– Je ne sais pas s'il a raison. En tout cas, il n'est plus un « homme libre » et j'y suis pour quelque chose. En outre, il faut que je te dise ce que j'ai vu, il y a un moment.

Anna écouta sans mot dire le court récit de Fiora et ne s'en montra pas autrement émue :

– Il peut s'agir seulement d'une coïncidence, dit-elle enfin. Les frères Montesecco, Gian-Battista, que tu connais, et Léone, le capitaine de la garde pontificale, entretiennent d'excellentes relations avec les familles les plus turbulentes de la ville dès l'instant où elles ne sont pas alliées aux Colonna. Les Cenci sont de ceux-là, mais, quoi qu'il en soit, la présence de cet homme aux abords de notre maison et, surtout, cet intérêt qu'il semblait porter au voisinage ne sont pas très rassurants.

– Il faut que je m'en aille, dit Fiora. Quand rentre ton père ?

– Dans deux jours selon toute vraisemblance, puisque je n'ai pas reçu de nouvelles. Mais comment te faire partir ? Et ne me réponds pas : à pied. Tu n'es pas encore assez solide.

– J'ai un ducat et aussi une chaîne d'or avec une médaille que j'ai volés à celle qui me gardait chez Borgia. J'ai seulement besoin d'une monture, d'un costume de garçon et d'un peu d'argent monnayé pour me rendre à Florence. Là, je serai sauvée... du moins je l'espère.

– Cela doit être faisable. Mais, d'abord, viens avec moi. Nous allons peut-être savoir.

Prenant Fiora par la main, elle la conduisit jusqu'au caveau que la jeune femme avait visité un moment plus tôt. Là, elle la fit asseoir sur un banc puis alluma dans la cheminée une brassée de pommes de pin qui s'enflammèrent en crépitant. En attendant qu'elles se réduisent en braise, Anna coupa une mèche des cheveux de sa pensionnaire, les disposa sur une petite pelle de fer qu'elle posa sur le feu. Les cheveux se racornirent pour ne plus laisser qu'un peu de cendres légères. Ensuite la Juive alla chercher un bassin rempli d'une eau qui semblait très pure et qu'elle posa sur le banc entre Fiora et elle avant d'y jeter les cendres. Puis elle se pencha sur le bassin dans lequel se reflétaient les trois flammes du chandelier allumé sur la table. Comprenant qu'Anna cherchait une réponse aux questions qu'elles se posaient toutes deux, Fiora retint son souffle, regardant avec curiosité les prunelles de la jeune femme se dilater, devenir si larges qu'elle n'en pouvait plus détacher son propre regard. Elle épiait les expressions de ces yeux noirs et crut y lire de l'effroi...

Soudain, Anna se détourna du bassin, secouant la tête avec agacement :

– Je ne vois rien! dit-elle.

– As-tu donc le pouvoir de lire l'avenir ?

– Oui, mais en ce qui te concerne, je ne peux rien voir.

Elle semblait gênée, se détournait, se levait et marchait par la pièce avec une agitation qui effraya Fiora :

– Tu es bien certaine de n'avoir rien vu ? demanda-t-elle doucement. Ou bien préfères-tu ne rien me dire ? J'ai cru lire de la peur dans ton regard. Je t'en prie, quel que soit mon destin, je préfère en être avertie! Je suis passée par tant d'épreuves que je ne suis plus effrayée par grand-chose.

Après quelques instants de silence, Anna mit fin à ses allées et venues et revint s'asseoir auprès de Fiora :

– C'est peut-être parce que tu es trop proche de moi en

ce moment que je ne vois rien de net, sinon un lieu obscur comme une prison, une foule en colère... du sang!

– Le mien? dit Fiora en pâlissant malgré elle.

– Je ne crois pas. Ne me demande pas pourquoi, mais c'est comme une voix secrète... je n'ai entrevu... que de nouvelles épreuves à travers lesquelles tu dois passer.

Elle prit la main de Fiora et la serra entre les siennes en fermant les yeux à demi :

– Non... Ce sang n'est pas le tien, mais tu en souffriras tout de même... Il y a une route au-delà... Je ne sais où elle mène.

Lâchant la main de la jeune femme, Anna lui offrit un sourire las et alla reprendre le flambeau pour indiquer qu'elle désirait remonter dans son appartement :

– Tu vas me prendre pour une folle, soupira-t-elle, et je suis, en tout cas, bien loin de ma réputation. De toute façon, même s'il m'arrive d'avoir de claires visions, je sais que je n'atteindrai jamais à la clairvoyance qui fut celle de ma mère... et qui l'a conduite à sa perte.

– Te prendre pour une folle, sûrement pas! J'avais un ami, à Florence, un médecin venu de Byzance et devant qui, parfois, se levait le voile de l'avenir. Il ne savait pas, lui, d'où cela lui venait. Ta mère était ainsi?

– Elle était plus que cela : l'une de ces grandes prophétesses comme le peuple d'Israël en a connues et en connaîtra peut-être encore. Les tribus juives de Naples savaient toutes que Rebecca, l'épouse de Nathan, le riche rabbin, était inspirée de l'Esprit et, dès mon plus jeune âge, j'ai éprouvé pour elle cette admiration et cette crainte respectueuse que l'on voue aux êtres qui ne sont pas tout à fait de cette terre. J'osais à peine l'appeler « ma mère », cette grande femme brune, très belle, dont les yeux avaient toujours l'air de voir au travers de moi, au visage si grave qu'il ignorait le sourire. Elle a marqué mon enfance d'une empreinte redoutable où entrait quelque chose qui ressemblait à une terreur sacrée.

– Elle est morte? murmura Fiora impressionnée.

– Oui... et les flammes du bûcher où le Saint Office et la cruauté du roi Ferrante de Naples l'on fait monter n'ont abouti qu'à lui ajouter une auréole flamboyante et terrible qui me hante encore.

Vaincue peut-être par un silence trop longtemps retenu, Anna la Juive retraça, pour cette inconnue accueillie par charité mais en qui elle devinait une sœur de souffrance, ce qu'avait été sa vie depuis ce moment terrible où, fillette de douze ans chargée des mêmes chaînes qui liaient son père, elle avait dû rester jusqu'à la fin en face de l'énorme fournaise où se consumait le corps de sa mère. Elle en avait gardé un souvenir d'horreur qui la faisait encore trembler durant ses heures de méditation, mais son âme en avait été trempée à jamais car elle en avait retiré une immense exaltation d'orgueil. La morsure du feu, en effet, n'avait pas arraché une plainte à Rebecca, murée dans son dédain et ses visions de l'au-delà. Et l'enfant, sous ses paupières closes que la chaleur faisait douloureuses, avait prié pour qu'il lui soit donné de savoir mourir avec le même courage si, un jour, elle venait à subir le même sort.

Le supplice terminé, Nathan et sa fille, épargnés par on ne sait quel miracle, avaient été traînés par les soldats de Ferrante jusqu'à une petite baie du sud de Naples où abordaient secrètement les navires marchands de Tunis. Comment l'enfant fragile, comment l'homme harassé n'avaient-ils pas succombé, c'était l'un de ces mystères de la volonté humaine et de la hainc qui, lovée au cœur des plus faibles, peut les porter plus loin que les forts. Vendus comme esclaves, Nathan et sa fille auraient dû entamer un nouveau calvaire mais, curieusement, en les vendant aux Tunisiens, les soldats de Ferrante leur avaient sauvé la vie.

Près de l'antique Carthage vivait un riche Juif nommé Amos, parent de Rebecca et qui jouissait d'un certain crédit auprès du gouverneur mérinide de la région. A peine arrivé au port, Nathan s'était réclamé de lui. Amos était accouru. Il avait sans peine racheté le père et la fille et les avait emmenés dans la belle maison qu'il possédait près de la mer. Là, tous deux avaient retrouvé force et santé.

Néanmoins, Nathan refusa l'offre que formulait Amos de les garder auprès de lui. Il voulait retourner en Italie pour y préparer sa vengeance. Sa réputation y était grande et, à Rome, il comptait beaucoup d'amis dans la colonie juive. En outre, il savait n'avoir rien à craindre du pape tant qu'il ne se dresserait pas contre. Un matin, Anna et lui s'étaient embarqués à La Marsa, sûrs de trouver au bout du chemin asile, protection et même possibilité de refaire fortune.

Sept années s'étaient écoulées depuis ce retour. Anna les avait employées à l'étude et au développement de ses dons naturels. Auprès des vieilles du ghetto et de ceux qui savaient lire dans les astres, elle avait perfectionné les leçons de Rebecca et appris l'art redoutable des philtres et des poisons. Et puis, elle avait attendu les clients qui, de plus en plus nombreux, lui avaient fait une réputation, un nom que l'on se passait sous le manteau et qui, un soir, avait amené chez elle la nièce du pape

– Tu as déjà vendu des poisons ? demanda Fiora après une légère hésitation.

– Oui. Et sans remords. Chaque fois que j'ai remis à quelqu'un une liqueur ou une poudre mortelles, je me suis réjouie dans mon cœur parce que les prêtres sont nombreux dans cette ville des papes et que mon poison était peut-être destiné à l'un d'eux. Je les hais, je les hais tous, car ils font partie de ceux qui ont aidé Ferrante à enchaîner ma mère au bûcher.

– Et tu n'as pas peur qu'un jour...

– On en allume un pour moi au Campo dei Fiori ? Non. Si je peux parvenir à faire tuer Ferrante de Naples, j'y monterai avec joie.

– Je comprends ce que tu éprouves car j'ai, moi aussi, cherché la vengeance, mais Dieu a frappé avant moi...

– Et tu es satisfaite ?

– Oui et non. Oui, parce que la main du Seigneur a frappé plus fort que je n'aurais pu le faire. Non, parce que le désir de vengeance est encore en moi. Tant que vivra la meurtrière de mon père, je ne connaîtrai pas la paix. D'ailleurs, elle me menace encore.

– Elle est ici, à Rome, et tu veux aller à Florence ?

– Je ne peux l'atteindre sans me livrer. Il faut que je parte et tu le sais bien, mais je ne renoncerai pas.

– Je t'aiderai si tu le veux !

La nuit tombait. Anna alla tirer les rideaux, puis alluma des chandelles.

– J'attends quelqu'un cette nuit. Ne t'inquiète pas si tu entends du bruit et, surtout, ne bouge pas.

– Et Khatoun ?

– Si elle vient, je te l'enverrai.

Cependant la nuit passa sans ramener la jeune Tartare et l'anxiété tint compagnie à Fiora jusqu'au lever du jour. Dans les heures prochaines, Anna lui procurerait sans doute les moyens de fuir, mais la pensée de s'éloigner à nouveau sans avoir au moins revu Khatoun lui était insupportable. Quand elle était partie pour la France, avec Démétrios, Esteban et Léonarde, elle s'était résignée à la séparation d'avec sa petite compagne d'enfance parce qu'elle la croyait heureuse et engagée dans le destin qu'elle avait choisi. Mais la laisser dans cette situation de semi-esclavage, de servante privilégiée peut-être, mais servante tout de même, lui était intolérable. Bien sûr, Khatoun pourrait la rejoindre à Florence et le ferait sans doute si elle était libre, mais donna Catarina ne la laisserait certainement pas partir. D'abord parce que son époux avait dû la payer cher et ensuite parce que, semblable en cela à toutes les grandes dames italiennes, elle devait tenir beaucoup à ce petit personnage exotique. Les Tartares étaient rares et d'autant plus précieuses.

Pourtant, il allait falloir se résigner : Anna, en lui apportant son déjeuner, lui avait fait mille recommandations sur les soins que sa blessure réclamait encore. Dans un sac, elle avait placé de la charpie, des bandes, une fiole d'eau-de-vie pour nettoyer et deux pots d'onguent. Puis elle avait soigneuement examiné sa patiente et surtout la plaie, en bonne voie de cicatrisation, sur laquelle un épais pansement avait été posé.

– C'est donc cette nuit que je pars ? demanda Fiora.

– Oui. Une heure avant le lever du jour, je te conduirai jusqu'à la porte del Popolo où tu attendras le moment de la franchir. Je t'ai trouvé un mulet et un costume de paysan. Avec un peu de chance tu atteindras Florence sans trop de peine. Mon père rentre demain et je serai là pour le recevoir.

Mais un sort capricieux avait décidé que Fiora ne retrouverait pas, cette nuit-là, le chemin déjà interrompu et ne verrait pas l'aube se lever sur la porte del Popolo. Les cloches des innombrables églises et couvents venaient de sonner pour le dernier office et les valets avaient allumé depuis un moment les pots à feu dans leurs cages de fer à l'entrée des palais quand une litière fermée, escortée de quatre cavaliers, pénétra dans la rue et franchit la voûte ouvrant sur la cour.

Étonnée car elle n'attendait personne, Anna ouvrit une étroite fenêtre donnant sur l'arrière de la maison et se pencha. Puis, saisissant un flambeau, elle se précipita dans l'escalier :

– C'est Khatoun ! s'écria-t-elle. Et la comtesse Riario est avec elle. Ne bouge pas ! Il faut que je sache ce qu'elle veut !

Fiora n'eut pas le temps de se poser des questions. Dans un flot de taffetas mordoré, de fourrures fauves et de dentelles neigeuses, donna Catarina, débitant un torrent de paroles, envahissait déjà l'escalier et faisait irruption dans la pièce où se tenait Fiora. Sa grossesse presque à terme la faisait aussi large que haute, mais son visage demeurait frais comme une rose et elle n'avait rien perdu de sa combativité :

– Je viens vous chercher ! clama-t-elle un peu essoufflée tout de même avant de s'affaler au milieu des coussins de l'un des divans bas, ce qui lui mit le ventre à la hauteur du menton. Et grâce à Dieu, j'arrive à temps !

– A temps pour quoi, Madonna ?

– Mais pour vous empêcher de faire cette folie de partir à l'aurore, seule et certainement encore mal remise, d'après ce que me dit Anna.

– Je n'ai pas le choix. Le rabbin Nathan revient demain et ma présence lui serait désagréable. Je ne peux pas le lui reprocher. Il tient à garder la protection du ... Saint-Père !

La jeune comtesse sourit, ce qui fit rayonner son visage et plisser ses taches de rousseur :

– On dirait que le mot a du mal à passer ? Ne lui en veuillez pas trop ! Il serait assez bon homme, au fond, si son entourage familial ne le poussait pas à des excès regrettables. Mais nous allons avoir tout le temps de parler. Préparez-vous, je vous emmène !

– Pardonnez-moi, donna Catarina, mais... où donc ?

– Chez moi, voyons ! Ne prenez pas cet air effarouché ! Mon époux est parti vers le milieu du jour pour un domaine que son oncle vient de lui offrir à Segni. Cela nous donne quelques jours pour d'abord vous reposer un peu plus. Ensuite, c'est moi qui vous donnerai les moyens de gagner Florence. Ne cherchez pas, Khatoun m'a renseignée. Comme je sais qu'elle a été élevée au palais Beltrami, car elle ne m'a rien caché de sa vie passée, je n'ai pas eu de peine à deviner qui pouvait être cette amie malade qu'elle tenait à visiter chaque jour.

– Et vous voulez m'aider à rejoindre Florence, vous, la comtesse Riario ?

– Non. Moi, Catarina Sforza ! Mes parents et les Médicis entretenaient d'excellentes relations et vous vous souvenez peut-être de cette visite que nous avions faite à Florence, en grand apparat, voici quelques années ?

– Je ne l'ai jamais oubliée ! Votre Grâce était encore

une enfant... Le cortège du duc de Milan était magnifique.

– Et... Giuliano de Médicis l'était plus encore ! J'avoue qu'à ce moment, je suis tombée amoureuse de lui... un peu aussi de Lorenzo, si laid mais si fascinant ! Or, le hasard m'a fait découvrir que le comte Riario... mon époux, fomente contre eux un complot avec ce vilain singe de Francesco Pazzi et votre ami Montesecco !

– Montesecco ? Je l'ai vu hier, dans cette rue. Il sortait du palais Cenci et il s'intéressait beaucoup aux maisons de ce côté.

– Cela n'a rien d'étonnant. Il est possible que les Cenci trempent aussi dans la conspiration. En quels termes êtes-vous avec les Médicis ?

– Lorenzo m'a sauvé la vie, aidée à fuir, protégée par-delà l'exil, et je sais qu'il n'a jamais cessé de veiller sur mes intérêts. C'est pourquoi le chemin de sa ville m'est apparu comme le seul par lequel je puisse rentrer en France et rejoindre mon fils.

– C'est pourquoi j'ai décidé de vous aider à fuir Rome. Il faut que je puisse envoyer quelqu'un de sûr à Florence, quelqu'un d'assez éloigné de moi pour que mon rôle dans cette affaire ne soit jamais connu, car alors ma vie ne vaudrait pas cher. Par chance vous êtes là et, à nous deux, nous parviendrons peut-être à éviter un grand malheur.

– Si grand que cela ?

– Jugez plutôt ! Mon époux et ses amis veulent faire assassiner les Médicis. Et cela prochainement... Mais nous perdons du temps ! Pressez-vous, je vous en prie !

Fiora n'était pas encore décidée. Elle n'aimait pas l'idée de séjourner, même deux ou trois jours, au palais Riario où elle craignait de se jeter dans la gueule du loup. D'autre part, ce qui s'y tramait était franchement abominable et contraire à ses propres intérêts. Que les Médicis soient abattus et que Riario devienne le maître de Florence, et tout s'évanouissait des espoirs qu'elle y plaçait.

– Si l'on apprend que je suis venue chez vous, dit-elle,

ne croyez-vous pas que votre époux fera le rapprochement au cas où nous ferions échouer ses projets ?

– Il est absent, vous dis-je ! Et ceux de mes serviteurs qui vous verront sont venus avec moi de Milan : ils me sont tout dévoués. Hâtez-vous, je vous en prie ! Si vous voulez vous sauver vous-même tout en préservant la vie de vos amis, vous n'avez pas le choix. Je vous en dirai plus dans ma litière.

Cette fois, Fiora se rendit. Le costume de paysan qu'avait préparé Anna ne pouvait lui être d'aucun secours et elle choisit de reprendre les habits de doña Juana qui avaient l'avantage d'être d'une grande discrétion. La Juive les compléta d'un voile noir, celui que Fiora portait lors de sa fuite étant demeuré atttaché aux balustres du palais Borgia. Puis, au moment de lui rendre l'aumônière, elle profita de ce que Catarina s'intéressait à une statuette antique placée dans une niche pour montrer à Fiora, au creux de sa main, un tout petit flacon enveloppé d'une gaine de plomb et soigneusement bouché qu'elle glissa dans la poche de velours en murmurant :

– Si ton ennemie boit cela, dans du vin ou dans n'importe quoi, elle mourra dans la semaine sans que personne puisse savoir de quelle maladie. Que Jehovah te garde !

Fiora hésita un instant à prendre ce qu'on lui offrait. Le poison était, à ses yeux, une arme indigne, mais elle ne voulait pas désobliger son hôtesse. Elle chercha la médaille d'or qui avait appartenu à Juana et voulut la lui donner, mais Anna refusa :

– Non. Tu ne me dois rien puisque l'hospitalité t'a été mesurée. Donne ceci à quelqu'un qui en aura un plus grand besoin.

Les deux femmes s'embrassèrent sous l'œil impatient de Catarina. Khatoun, à qui elle avait ordonné de rester en bas, venait de monter à son tour, inquiète de voir le temps passer et craignant peut-être que Fiora ne se fût pas laissé convaincre.

– Il faut venir vite ! Tu peux avoir confiance, tu sais ?

– J'ai confiance. Pour que donna Catarina soit venue en personne jusqu'ici, et en pleine nuit, alors qu'elle devrait être dans son lit où elle va enfanter, il faut que son intérêt pour moi soit grand.

Confortablement garnie de matelas de plumes et de coussins épais, fermée par des rideaux de velours brun doublés de satin blanc et protégée des intempéries par des volets de cuir armorié, la litière qui attendait donna Catarina possédait toutes les qualités nécessaires pour couvrir agréablement les plus longs trajets. Les trois femmes y prirent place. La jeune comtesse avec une satisfaction qui disait assez sa fatigue. Elle s'étendit de tout son long dans le fouillis soyeux tandis que Khatoun prenait dans un petit coffre doré un flacon de liqueur dont elle versa quelques gouttes dans deux gobelets. Elle tendit l'un à Fiora et fit boire l'autre à sa maîtresse dont les traits venaient de se tirer et qui fermait les yeux.

– Vous auriez dû me laisser venir seule, Madonna ! reprocha-t-elle doucement. C'eût été plus prudent. De toute façon, votre litière est respectée jusque dans les endroits les plus dangereux.

Catarina rouvrit les yeux, prit le gobelet et avala le reste d'un trait, puis se redressa un peu :

– Il fallait que je vienne. Donna Fiora ne t'aurait peut-être pas suivie sans mon insistance. Et nous avons à parler.

– Vos gardes ne risquent pas d'entendre ? murmura Fiora qui avait bu avec plaisir l'excellent vin de Chypre qu'on lui avait offert.

– La litière est bien close. En outre, le bruit des roues et le pas des chevaux sont suffisants. D'autant que nous n'allons pas crier. Nous sommes assez près l'une de l'autre pour que même le cocher n'entende rien. La raison pour laquelle mon époux a monté ce complot...

– Je la connais depuis longtemps, coupa Fiora. Nous

savons tous, à Florence, que le pape souhaite que votre époux devienne seigneur de la ville.

– Oui, mais le problème est devenu plus aigu depuis que nous possédons Imola, c'est-à-dire que nous sommes voisins. Les Médicis morts, Girolamo, mon époux, n'aurait plus à se soucier d'eux et son pouvoir s'étendrait largement vers la mer. Quant à Francesco Pazzi...

– Là aussi nous sommes au courant. Exilé, il a perdu une partie de sa fortune et, bien qu'il soit devenu le banquier du pape, il a toujours rêvé de revenir en force à Florence.

– Où demeurent encore la tête de la famille et quelques-uns de ses membres.

– Le vieux Jacopo est toujours vivant ?

– Plus que jamais et tout disposé, bien sûr, à aider Francesco à revenir et à se venger. Quant à Montesecco, le troisième homme, il tuerait sa mère pour un sac d'or et on lui a promis beaucoup plus.

– Je vois. Mais le pape, dans tout cela ?

– C'est là le point obscur. On m'a assuré qu'il aurait expressément recommandé qu'il n'y eût pas « effusion de sang ».

– Pas d'effusion de sang ? Il me paraît difficile de tuer quelqu'un sans faire couler son sang ! Comment l'entend-il ?

– Ma chère, Sa Sainteté ne saurait ordonner un meurtre. Elle ne doit même pas en avoir connaissance...

– Quitte à crier bien haut, une fois le coup fait, et même à le déplorer ? On excommuniera quelques comparses car votre époux ne compte pas, j'imagine, faire la besogne lui-même ?

– Bien sûr que non. Il ne quittera pas Rome. Seuls Pazzi et Montesecco feront le voyage.

– A quelle occasion ? Ils n'espèrent tout de même pas être reçus par Lorenzo ?

Catarina expliqua alors ce qu'elle savait du plan. Le pape, qui venait de conférer le chapeau de cardinal à son plus jeune neveu, Rafaele Riario, et le faisait revenir à cette occasion de l'université de Pise où il achevait ses études, avait décidé de le nommer en même temps légat à Pérouse. Catarina trouvait cette nomination absurde car le nouveau cardinal n'avait que dix-huit ans et aucune capacité à tenir une difficile légation, mais le pape, qui éprouvait pour lui une tendresse toute paternelle, n'en était pas à une folie près. Une fois intronisé, le jeune Rafaele s'en irait en grand arroi visiter sa chère université pour lui offrir ses premières bénédictions. Ensuite, et en revenant sur Pérouse, il passerait tout naturellement par Florence où les Médicis ne pourraient se permettre de lui refuser l'accueil, puisque les relations apparentes entre Lorenzo et le Saint-Siège étaient convenables. Le jeune cardinal logerait vraisemblablement chez le vieux Pazzi, mais les Médicis ne pourraient faire moins que le recevoir à plusieurs reprises. Leur hospitalité était trop large et trop fastueuse pour qu'ils n'accueillent pas de leur mieux un cardinal légat. L'occasion se trouverait alors d'abattre les deux frères.

– Chez eux ? Dans leur propre palais ? s'indigna Fiora. C'est non seulement monstrueux, mais insensé. Les assassins seront massacrés sur place.

– On choisira de préférence une fête ou une cérémonie extérieure. Tous les Pazzi se regrouperont pour cette occasion et Montesecco amènera ses hommes de main. Même l'archevêque de Pise, Salviati, aurait décidé d'apporter son aide. Il n'a pas apprécié du tout que Lorenzo s'oppose à sa nomination comme archevêque de Florence.

Cette fois, Fiora ne répondit pas. Ce récit était effarant, insensé. Tous ces gens, des ennemis sans doute mais aussi des prêtres, allaient se jeter comme un vol de corbeaux sur sa ville bien-aimée pour y assassiner Giuliano qu'elle aimait autrefois et Lorenzo qui lui avait montré tant d'amitié. Et qui plus est, ils utiliseraient pour accomplir leur forfait ce principe sacré de l'hospitalité si cher au cœur de tout Italien.

– Vous ne dites rien ? fit Catarina.

– Pardonnez-moi, Madonna, mais ces projets m'écœurent et je comprends que la petite-fille du grand Francesco Sforza refuse de devoir un État à de tels procédés.

– C'est moins le souvenir de mon grand-père que celui de la femme qui m'a élevée : la duchesse Bona, épouse de mon père et sœur de la reine de France, qui me range dans le camp des Médicis. Celui aussi de mon père, assassiné il y a un peu plus d'un an. Et puis, je le répète, j'ai toujours aimé Giuliano. Vous m'aiderez ?

– Je suis prête à partir pour Florence immédiatement. Moi aussi j'ai aimé Giuliano avant de rencontrer l'époux que j'ai eu la douleur de perdre. Si je peux l'empêcher, je ne les laisserai pas mourir.

– Il vaut mieux attendre deux ou trois jours afin de mieux nous préparer. La visite de Rafaele à Florence devrait se situer vers la fête de Pâques et la Semaine sainte approche.

Le palais Riario se situait non loin du Tibre et près des deux églises de Sant'Apollinario et de Sant'Augustino. Imposante demeure quadrangulaire, de construction récente, elle semblait capable de soutenir un siège tant elle était solide et bien défendue. La nuit empêcha Fiora d'en apprécier l'architecture, car elle n'était éclairée sur la rue que par les habituelles cages à feu. Mais la voûte profonde, où veillait un corps de garde et qui ouvrait sur l'habituelle cour carrée, mit la jeune femme mal à l'aise quand la litière la franchit et plus encore lorsque les lourdes portes firent entendre leur grondement en se refermant. Décidément, Girolamo ne laissait rien au hasard et sa maison ressemblait à un coffre-fort. Il ne devait pas être facile d'en sortir sans l'approbation du maître.

La cour était silencieuse, mal éclairée par quatre torches : deux fixées à la sortie de la voûte et deux au bas du raide escalier de pierre qui montait vers les étages. Quand la litière et son escorte s'arrêtèrent au plus près de cet escalier, ce fut le silence, comme si le palais était inhabité :

– Tirez votre voile sur votre visage, donna Fiora! conseilla Catarina. Et toi, Khatoun, aide-moi à descendre! Je ne me sens pas très bien...

– Quand je disais que c'était une folie? bougonna la petite Tartare qui, aidée de Fiora, extirpait sa maîtresse du creux des coussins.

– C'est plus qu'une folie, c'est une grave imprudence. D'autant que je pourrais prendre ça pour une trahison! gronda une voix d'homme qui arracha un cri à Catarina.

– Vous? Mais que faites-vous là? Je vous croyais à Segni?

Sans lui répondre, Girolamo Riario se tourna vers Fiora et arracha le voile qui couvrait sa tête. Son visage épais, aux traits lourds, que la somptuosité d'un pourpoint brodé d'or n'arrivait pas à rendre distingué s'éclaira d'un sourire satisfait :

– Enfin on vous retrouve, ma belle! Une chance qu'un des hommes de Santa Croce vous ait reconnue, l'autre nuit, et vous ait suivie de la rive tandis que vous descendiez le Tibre en barque. Le matin même j'ai su où vous étiez...

– Pourquoi n'ai-je pas été arrêtée, alors, comme l'a été Stefano Infessura?

– Ce n'est pas pour ça qu'on s'est emparé de lui, mais pour lui apprendre la modération dans ses écrits. Il sera...

Il n'en dit pas plus. Comme une furie, Catarina venait de se jeter entre lui et Fiora, les bras étendus dans un geste de protection, un geste qui ne manquait pas de grandeur.

– Vous avez osé me tendre un piège, vous? A moi?

– Ne prenez donc pas vos airs de princesse! Pas avec moi qui suis votre époux, même si je ne réponds pas à votre idéal masculin. Où prenez-vous que je vous aie tendu un piège, ou que j'aie seulement cherché à vous être désagréable ? Si cela était, j'aurais fait prendre cette femme chez la Juive et j'aurais envoyé celle-ci réfléchir en prison.

– Sous quelle accusation ? Anna a soigné une blessée qui lui a été amenée, rien de plus. En outre, vous n'ignorez pas que le Saint-Père ne veut pas que l'on moleste les Juifs, et moins que toute autre la maison du rabbin Nathan.

– Aussi ai-je attendu que notre fugitive en sorte. Je pensais bien que vous vous chargeriez d'elle dès l'instant où vous me croiriez absent. Les visites de votre suivante au ghetto m'en ont donné la certitude. Vous voyez que j'ai eu raison puisque, sans peine aucune, sans bruit et sans violence, le beau fruit m'est tombé dans la main.

– Ne soyez pas stupide, Girolamo ! En quoi cette jeune femme vous intéresse-t-elle ? Qu'avez-vous à faire de la politique de votre oncle avec le roi de France, de la mise en cage d'un moine pouilleux et même d'un cardinal français ?

– Rien du tout, vous avez raison. En revanche, elle peut servir sans même le vouloir ma politique à moi, celle que j'entends mener avec les Médicis. Enfin... elle vaut cent ducats et c'est une somme bonne à prendre !

– Vous avez à votre disposition le trésor de l'Église et vous me déshonorez pour cent ducats ? Vous êtes un monstre, un être infâme, méprisable et je vous...

Catarina resta la bouche grande ouverte, puis, avec un cri déchirant, elle se courba en portant ses mains à son ventre et se mit à haleter comme si elle venait de fournir une longue course. Khatoun se précipita pour la soutenir, les yeux agrandis par l'inquiétude, mais Fiora avait encore trop présent à la mémoire le souvenir de son accouchement pour ne pas en reconnaître les symptômes. Elle dévisagea froidement Riario :

– Vous devriez faire porter la comtesse chez elle ! L'enfant qu'elle attend ne va plus tarder...

– Vous... vous croyez ?

Fiora s'offrit le luxe d'un sourire. Ce seigneur chamarré venait de laisser percer sous sa carapace le simple mortel, à la fois effrayé et inquiet au moment de voir venir au jour son premier enfant. Pour la seule fois de sa vie, peut-être, il fut à cet instant naturel... et même humain.

– J'en suis sûre ! dit-elle doucement. Il n'y a guère que sept mois que je suis passée par là.

Mais il ne l'écoutait plus. A ses appels furieux, une troupe de femmes surgit qui s'empara de la comtesse et, avec toutes sortes de précautions, la porta vers l'escalier. Khatoun ne les suivit pas. Catarina n'avait plus besoin d'elle et elle entendait rester auprès de Fiora. Celle-ci lui sourit et l'embrassa :

– Tu dois y aller aussi, Khatoun. Tu es à son service...

– Non... Je t'appartiens toujours. Je veux rester.

– Pour quoi faire ? Je ne sais ce que je vais devenir...

– Je vais vous le dire, dit Riario qui revenait, laissant les suivantes se charger de Catarina que l'on entendait crier de plus en plus faiblement à mesure qu'on la montait. Vous allez faire connaissance avec le château Saint-Ange. Si l'on vous y avait mise à votre arrivée, comme je le voulais, on aurait évité bien des tracas...

– Et j'aurais évité au pape une dépense de cent ducats. Vous devriez me remercier.

Surpris, Girolamo Riario la considéra d'un œil stupide puis, soudain, éclata d'un gros rire et se campa devant la jeune femme les poings sur les hanches.

– Mais c'est qu'elle a raison, la mâtine ? Tu sais, ma belle, ajouta-t-il en tendant vers la joue de Fiora un gros doigt qu'elle évita comme s'il eût été une guêpe, tu m'intéresses de plus en plus et quand mon oncle en aura fini avec toi, on pourrait peut-être...

– Rien du tout ! coupa Fiora. Vous, vous ne m'intéressez pas. Alors, finissons-en et puisque vous avez décidé de me mettre en prison, allons-y et n'en parlons plus !

– Non, maîtresse, je t'en supplie ! s'écria Khatoun qui

éclata en sanglots tout en s'agrippant au bras de Fiora. Ne le mets pas en colère. On ne peut pas te mettre en prison.

– En voilà assez, hurla Riario. Va rejoindre la comtesse si tu ne veux pas qu'on t'y conduise à coups de fouet ! Et n'oublie pas que c'est à moi que tu appartiens. Je t'ai payée assez cher. Qu'on l'emmène !

Deux valets se saisirent de la petite esclave qui pleurait et se débattait, suppliant qu'on la laissât suivre le sort de son ancienne maîtresse.

– Ne lui faites pas de mal, fit Fiora émue. Elle est si jeune encore et si fragile. Elle finira bien par m'oublier.

– Faut pas te tourmenter pour elle ; ma femme y tient plus qu'à ses chiens ou à sa naine noire. Mais, au fond, la fille a raison. Pourquoi te mettre en prison ? Ce ne sont pas les chambres qui manquent ici. Tu y serais mieux pour attendre que je te conduise devant le Saint-Père.

A mesure qu'il se familiarisait, son naturel reprenait le dessus et l'on retrouvait le douanier des quais de Savone trousseur de filles. Le vernis craquait d'autant plus vite que Riario s'était éloigné des oreilles de sa femme. Raide de mépris, Fiora darda sur lui un regard glacé :

– N'importe quelle prison sera préférable à l'hospitalité d'un homme tel que vous. D'autre part, je vous serais reconnaissante de garder vos distances avec moi. Je ne suis pas une de vos courtisanes mais la comtesse de Selongey, veuve d'un chevalier de la Toison d'or !

Il eut un méchant sourire qui montra de vilaines dents :

– Beau nom ! Dépêche-toi d'en profiter ! Quelque chose me dit que tu ne vas plus le garder longtemps... Mais puisque Madame la comtesse choisit la prison, ajouta-t-il avec un salut grotesque, je vais avoir le bonheur de l'y conduire moi-même !

CHAPITRE X

CARLO

Il fallut vraiment beaucoup de courage à Fiora pour ne pas se laisser aller à la fureur et au découragement qui s'emparèrent d'elle, tandis qu'encadrée de gardes elle suivait Riario au long de l'interminable rampe en spirale qui tournait à l'intérieur du château Saint-Ange et menait aux terrasses, aux appartements du gouverneur et aussi aux prisons. Depuis son arrivée à Rome, elle ne faisait guère que se déplacer autour de la forteresse papale et, si elle y aboutissait finalement, c'est qu'elle avait été destinée de tout temps à y prendre place. Tant d'efforts pour en arriver là ! C'eût été presque à pleurer de rire si l'épisode qui s'était joué chez Anna la Juive n'avait inspiré à la jeune femme d'étranges réflexions. Pourquoi donc la comtesse Catarina avait-elle insisté pour l'emmener chez elle, alors qu'elle se disposait à quitter Rome ? Pourquoi surtout l'avait-elle écoutée et suivie ? La femme de Riario pouvait aussi bien la mettre au courant du danger menaçant les Médicis et lui apporter les moyens de les prévenir sans pour autant l'emmener chez elle ? Avait-elle agi par réel souci de sa santé, ou pour la conduire d'une main plus sûre dans un piège savamment tendu ? Un piège dans lequel il était impossible de faire entrer Khatoun. La petite Tartare n'avait certainement rien à se reprocher, sinon peut-être d'avoir confié à sa nouvelle maîtresse le nom de cette amie qu'elle allait visiter ?

Le cortège déboucha enfin sur une terrasse surmontée d'un chemin de ronde crénelé où veillaient des canons. Un corps de garde, éclairé de l'intérieur, diffusait une lumière jaune qui n'enlevait rien au côté sinistre de l'endroit. Une faible lumière, une veilleuse sans doute, paraissait aux fenêtres du gouverneur devant le logis duquel deux soldats, appuyés sur leurs lances, étaient à demi assoupis, menaçant à chaque instant de s'affaler sur le tas de boulets de pierre qui attendaient une hypothétique attaque. Sur tous ces bâtiments régnait, haut dressé dans le ciel et presque sous les pieds de l'Archange, le logis réservé au pape au cas où des événements désagréables le contraindraient à chercher un refuge. Une loggia allégeait la muraille et lui donnait une tournure plus aimable.

L'apparition du comte Riario réveilla corps de garde et sentinelles. Sachant que le gouverneur, assez gravement malade, gardait le lit, il demanda le sous-gouverneur, un Albanais nommé Jorge que l'on courut chercher.

Il apparut en quelques instants, et Fiora pensa qu'elle avait rarement vu figure plus patibulaire. Cela tenait moins au visage grêlé, aux cheveux gras, au nez aplati sur une moustache de Mongol et à la bouche trop humide, qu'aux minces fentes derrière lesquelles filtrait l'inquiétante luisance d'un regard. Cet homme était cruel et faux. Quant au salut qu'il offrit au neveu du pape, c'était un chef-d'œuvre d'obséquiosité.

– Tu étais aux prisons, remarqua celui-ci. A cette heure de la nuit ?

– Oui. On a pris tout à l'heure un nouveau Français, un pèlerin soi-disant. Il était dans une taverne du Campo dei Fiori. Le patron a prévenu le Soldan qui l'a arrêté, non sans mal d'ailleurs : il a fallu douze hommes pour en venir à bout car il en avait assommé trois.

– Curieux pèlerin ! Pourquoi a-t-on appelé le Soldan ?

– L'homme posait des questions. Il cherchait une femme de son pays, venue prier au tombeau de l'Apôtre, paraît-il, et qui a disparu depuis plusieurs mois. Une femme... très belle.

Riario saisit Fiora par le bras pour la tirer dans la lumière de la torche :

– Comme celle-ci, peut-être ?

L'autre étira ses lèvres pour donner quelque chose qui ressemblait à un sourire.

– J'en jurerais ! Tu l'as retrouvée enfin, seigneur ?

– Pas sans mal. Aussi je te l'amène pour que tu me la gardes en attendant que le Saint-Père demande à la voir. Quant à ton Français, si j'ai bien compris, tu étais en train de lui poser, à ton tour, des questions ?

– C'est ça tout juste, seigneur ! Tu veux venir voir ?

– Nous allons y aller tous les deux ! N'est-ce pas, Madame la comtesse ? Cela peut être intéressant.

Le mouvement de recul de Fiora fut facilement maîtrisé. Riario la tenait et la tenait bien. Bon gré mal gré, il lui fallut suivre l'Albanais dans un étroit escalier qui plongeait vers les profondeurs de l'énorme tour. Son cœur était étreint d'une angoisse qu'elle avait peine à maîtriser à l'idée que, dans un instant, on allait la faire entrer, selon toute vraisemblance, dans une chambre de torture pour y assister au supplice d'un Français, et d'un Français qui sans doute la cherchait. Même si elle ne le connaissait pas, elle allait au-devant d'une terrible épreuve.

Jorge s'arrêta devant une porte de chêne noirci qu'aucun verrou ne défendait et qui, même, était entrouverte, laissant passer une lumière rougeâtre. Au-delà, on entendait haleter quelqu'un qui devait lutter contre la souffrance.

Le spectacle qu'elle découvrit était pire encore que ce à quoi elle s'attendait : un homme était étendu sur le chevalet, ses poignets et ses chevilles pris dans des bracelets de fer reliés à un treuil destiné à les étirer jusqu'à dislocation. L'affreuse machine était arrêtée à cause de l'absence du sous-gouverneur et le bourreau, un Noir gigantesque et nu jusqu'à la ceinture, attendait placidement, bras croisés à côté de la victime, de nouveaux ordres. Fiora n'eut aucune peine à reconnaître ce visage aux yeux clos, pâli par la douleur : c'était celui de Douglas Mortimer, le sergent de la Garde écossaise du roi de France et l'un de ses meilleurs amis.

Elle n'avait pu retenir un tressaillement qui n'échappa pas à Riario, pas plus que la soudaine blancheur de ses joues.

– Quelque chose me dit que vous vous connaissez, tous les deux ? fit-il avec un sourire plein de fiel.

Déjà Fiora se ressaisissait. Priant mentalement Dieu pour que Mortimer ne fût pas inconscient et pût l'entendre, elle déclara, plus haut peut-être qu'il n'était nécessaire et avec une indignation qu'elle n'eut pas besoin de forcer :

– Bien sûr, je le connais ! C'est l'intendant de mon domaine de La Rabaudière. Il m'est très attaché et je ne suis pas étonnée qu'il se soit mis en quête de moi. Voilà des mois que j'ai été enlevée.

– Votre intendant ? Un simple paysan à vous entendre ? Comment se fait-il alors qu'il soit venu à Rome ? Qui donc a pu lui dire que vous étiez ici ?

– Qui donc ? Je croyais qu'à mon arrivée ici, le cardinal d'Estouteville avait envoyé un messager au Plessis-lès-Tours pour faire connaître au roi Louis les exigences du pape ? Mon manoir est voisin du château royal et mes gens ont dû apprendre très vite le sort que l'on m'a fait. A ce propos, d'ailleurs, le roi n'a-t-il pas envoyé un messager, une délégation, une lettre ou quoi que ce soit d'autre en réponse au message du cardinal ?

– Il n'a rien envoyé du tout ! fit Riario en haussant les épaules. Vous ne devez pas avoir autant d'importance que mon oncle se l'imaginait.

– C'est un sacré foutu mensonge ! fit une voix qui semblait venir des profondeurs de la terre et qui était celle de Mortimer en personne. En dépit de sa situation tragique, ses yeux bleus, grands ouverts à présent, brillaient d'un feu allègre qui réchauffa le cœur de Fiora. Grâce à Dieu, il l'avait entendue, reconnue et, à eux deux, ils arriveraient peut-être à duper le douanier déguisé en prince qui les observait.

– Ah, tu parles à présent ? gronda-t-il. Tu consentiras peut-être à nous dire au moins ton nom ?

– Il s'appelle Gaucher, dit Fiora, Gaucher Le Puellier. Son oncle et sa tante, Etienne et Péronnelle, sont les gardiens de mon domaine. Une belle prise en vérité que vous avez faite là ? Un bon garçon de paysan qui ne connaît ici-bas que Dieu et son maître !

– Mais qui ose tout de même m'accuser de mensonge ? Que peut-il savoir des relations entre le roi et le souverain pontife ?

– Ce que tout le monde sait au Plessis où l'on est fort en peine de donna Fiora, reprit le faux Gaucher. Que le roi Louis a déjà envoyé ici, et par deux fois, des gens à lui... que personne n'a jamais vu revenir !

– Les chemins ne sont pas sûrs par les temps où nous vivons, soupira Riario en pleine hypocrisie. Ce qui l'est, c'est que nous n'avons reçu personne... et que tu as bien de la chance, l'ami, d'être arrivé entier.

Il s'approcha du corps étendu sur lequel il se pencha :

– Tu es bien certain de n'être pas envoyé par le roi ? J'ai bonne envie de te faire tourmenter encore un peu, rien que pour savoir si tu n'as pas encore quelques petites choses à nous dire ?

– Je suis assez grand pour m'envoyer moi-même ! grogna Mortimer en forçant sur le ton paysan. Not' maîtresse, on l'aime par chez nous et, moi, j'ai voulu voir c'que vous en avez fait ! Mais... j'aurais jamais cru la retrouver dans une cave comme voilà !... prisonnière autant dire !

– Pas : autant dire. Je suis prisonnière, mon bon Gaucher. Le pape a mis ma tête à prix et je ne sortirai sans doute pas d'ici vivante ! J'ai été prise ce soir, mais voilà des mois que l'on me cherche.

– Ça suffit ! grinça Riario. Je ne vous ai pas permis de

parler ensemble... surtout pour raconter des sornettes ! Le Saint-Père est beaucoup trop bon, mon garçon, pour faire exécuter cette belle dame. Ce qu'il veut, c'est lui donner un époux puisqu'elle est veuve, un époux florentin, jeune, noble...

– Et hideux ! coupa Fiora indignée. Jamais je ne l'épouserai, vous m'entendez ? Vous pouvez me traîner devant un prêtre, mais personne ne m'obligera à dire « oui ». A présent, délivrez ce garçon dont vous n'avez plus que faire !

– Plus que faire ? Voire !... Je pense au contraire qu'il peut nous être encore très utile ! Zamba, ajouta-t-il à l'adresse du géant noir, mets donc quelques griffes de fer à chauffer !

– Vous n'allez pas le tourmenter encore ? s'écria Fiora. Que pourrait-il vous dire de plus ?

– Rien sans doute, mais vous, vous pouvez dire encore bien des choses ? Rien qu'un petit mot : ce « oui » que vous refusez si farouchement par exemple ?

Puis, changeant de ton :

– Ou bien vous allez jurer de vous laisser marier ou bien, foi de Riario, je fais écorcher cet homme tout vif sous vos yeux !

– Vous êtes fou ? s'écria Fiora épouvantée.

– Je ne crois pas, mais je sais ce que je veux, ce que veut le Saint-Père et nous saurons bien vous y contraindre car, une fois mariée à Carlo Pazzi, nous n'aurons plus le moindre souci à nous faire en ce qui vous concerne.

– Vous n'allez pas accepter ça ? gémit Mortimer. On n'a aucun droit de vous forcer...

– Si. Celui du plus fort ! Décidez, donna Fiora, mais décidez vite ! Regardez comme ces fers sont d'un beau rouge ! Zamba est impatient de commencer. Il n'aime rien tant qu'arracher la peau d'un homme ! Allons, Zamba, aide un peu madame la comtesse !

Avec un gant de cuir, le bourreau saisit l'une des tiges qui s'enfonçaient dans les flammes d'un brasero. Fiora hurla comme si le fer incandescent avait attaqué sa propre peau.

– Non !...

Puis, plus bas :

– Vous le libérerez si je jure ?

– Immédiatement.

– Qu'est-ce qui me le prouve ? Qui me dit qu'une fois en possession de ma parole vous n'allez pas faire égorger mon pauvre Gaucher ?

– Mais... ma parole, à moi !

– Pardonnez-moi, mais elle ne m'inspire guère confiance. Alors, voilà ce que je vous propose : il assistera au mariage et le cardinal d'Estouteville avec lui. Après quoi, il sera remis au cardinal qui le renverra lui-même... et en sûreté pour la France. Sinon, par le Dieu qui m'entend, je répondrai « non » tant qu'il me restera un souffle de vie et vous pourrez nous tuer tous les deux ! Et prenez garde à ne pas offenser le roi Louis plus longtemps !

– Il nous déclarerait la guerre peut-être ?

– Non, mais il faudra, dès lors, vous défier de tous ceux qui vous approcheront. Il sait mieux que vous se servir de l'or et il est aussi riche que puissant. Il peut acheter n'importe quelle conscience, n'importe quel ami, et payer dix, cent, mille assassins à gages. Il a abattu le duc de Bourgogne qui était autre prince que vous. Alors, veillez à tenir vos engagements ou prenez garde à vous !

Les yeux arrondis par la stupeur, Riario considérait cette femme qui se dressait devant lui, menaçante, terrible, déjà vengeresse. Il devina obscurément qu'elle était de la race des fauves royaux et qu'entre eux et lui, prince de carton pâte, il y aurait toujours un abîme infranchissable. Superstitieux, il crut voir briller dans ses yeux la sombre flamme des prophétesses antiques et sentit un frisson courir le long de son échine.

– Détache-le ! ordonna-t-il à l'Albanais qui, muet et apparemment aussi insensible qu'une statue, avait assisté à la scène.

Puis se tournant vers la jeune femme :

– Vous vous laisserez marier ?

– Aux conditions que j'ai posées, oui !

– C'est bien. On va ramener cet homme en prison où il restera jusqu'au mariage. Ce qui ne fera pas beaucoup de temps ! Venez, à présent.

– Vous n'allez pas faire ça ? s'écria Mortimer dont le bourreau frictionnait à présent les poignets et les chevilles avec la sollicitude d'un bon valet de chambre.

– Je n'ai pas le choix, dit Fiora doucement. Vous laisser tuer serait stupide car mon fils aura besoin de... tous ceux qui sont les miens. Et puis, nous nous reverrons peut-être... plus tard !

Sa capitulation valut à Fiora d'achever la nuit dans l'une des chambres destinées à l'entourage du pape et non dans l'un des cachots qui peuplaient les entrailles de la forteresse. L'installation était plutôt spartiate, mais du moins eut-elle à sa disposition un vrai lit et des ustensiles de toilette avec de l'eau et du savon. Rompue de fatigue, elle se contenta de s'étendre sur la courtepointe sans même prendre la peine de se dévêtir.

Elle n'en dormit pas pour autant, les derniers événements de la nuit ayant chassé le sommeil dont son corps las avait cependant le plus grand besoin. Son épaule blessée lui faisait mal, mais elle n'avait rien pour changer son pansement, le léger bagage dont l'avait munie Anna était demeuré dans la litière de Catarina. Il ne lui restait quc l'aumônière de doña Juana, toujours pendue à sa ceinture. En la fouillant pour prendre son mouchoir, ses doigts rencontrèrent le mince flacon habillé de plomb que la Juive y avait glissé. Elle le sortit et le considéra un moment. Anna le lui avait donné pour qu'il soit l'instrument de sa vengeance contre Hieronyma et qu'elle s'en serve pour l'éliminer à jamais. A présent, Fiora en venait à penser qu'il pourrait être sa propre délivrance, le dernier secours au bord du gouffre où elle allait tomber et se perdre à jamais. Pour sauver Mortimer, elle s'était livrée à ses pires ennemis, mais, d'autre part, l'Écossais avait couru de grands risques pour la sauver. Pouvait-elle l'en remercier en le laissant mourir sous ses yeux, et de quelle abominable façon ? En outre, elle savait à présent qu'en France on ne l'oubliait pas. Le roi avait pris la peine d'envoyer déjà deux délégations, plus Mortimer. C'était encourageant, mais toute cette puissance dont il disposait était trop loin et ses messagers avaient dû connaître un sort tragique. Louis XI recevrait, quelque jour, une hypocrite missive lui annonçant un ou plusieurs accidents stupides. Quelque jour qui se situerait une fois qu'elle serait dûment mariée à Carlo Pazzi.

Une seule chose la retint de déboucher la fiole et d'en avaler le contenu sur-le-champ : ce n'était pas un poison rapide. Anna avait spécifié que son « ennemie mourrait dans la semaine sans que l'on pût savoir de quelle maladie ». Avec un soupir, Fiora remit l'objet à sa place. Il se trouverait bien, un jour ou l'autre, un couteau à portée de sa main ou, mieux encore, une haute muraille d'où se précipiter, une rivière où se noyer... Car, décidément, elle n'était pas faite pour le bonheur et, puisque la malédiction qui avait présidé à sa naissance continuait ses méfaits, il serait bien meilleur pour tout le monde et surtout pour son enfant que cette fatalité disparût avec elle.

Chose extraordinaire, une fois qu'elle eut arrêté cette funèbre décision, elle se sentit mieux, presque délivrée. Les battements désordonnés de son cœur s'apaisèrent, le manège infernal qui tournait dans sa tête s'arrêta et elle s'endormit enfin.

Le tintamarre des cloches sonnant à toute volée la réveilla. Elle vit que le soleil était déjà haut dans le ciel, et comprit que quelqu'un était assis près d'elle, lorsque son regard tomba sur des doigts noirs qui tenaient des boules d'ambre. Il remonta vers le visage qu'éclaira soudain un large sourire :

– Tu as bien dormi ? Domingo est heureux de te revoir. Il était en peine de toi.

– Pourquoi ? Parce que j'avais réussi à échapper à ton maître ?

– Non, mais même un fidèle serviteur peut éprouver de l'amitié pour l'être qui est confié à sa garde.

– Comment es-tu ici ?

– Sur ordre, bien sûr. Domingo doit te préparer à l'audience que le Saint-Père t'accordera vers la fin du jour.

– Je ne me souviens pas d'avoir demandé une audience. Mais dis-moi : que veut dire ce carillon ? J'en ai les oreilles cassées...

– Tu n'es pas la seule, mais, ce matin, la noble comtesse Riario a donné le jour à une fille que l'on appellera Bianca. Le Saint-Père est heureux et, par conséquent, Rome est en fête. Il n'y a pourtant pas de quoi, ajouta le Nubien en agitant gravement sa tête enturbannée. Une fille ! Tant de bruit pour une fille ! Mais revenons à toi ! Tu n'as pas bonne mine, tu sais ?

– Rien d'étonnant à cela ! Je suis blessée et encore faible. En outre, je n'ai rien pour me soigner.

– Laisse faire Domingo ! Et d'abord, ôtons cette loque noire qui te donne l'air d'un vilain insecte !

Elle se laissa déshabiller sans protester. Ils avaient connu tous deux, sur la caraque, une longue intimité, et Fiora s'était habituée à ne plus voir un homme dans ce bon serviteur qui d'ailleurs n'en était plus un. La mince blessure s'était un peu enflammée. Domingo la nettoya avec de l'eau-de-vie dont la brûlure amena des larmes aux yeux de la jeune femme, puis plaça un pansement propre. Cela fait, il la laissa à sa toilette annonçant qu'il allait lui chercher de quoi manger. Avant de sortir, il avait étendu sur un coffre du linge de fine toile brodée, des bas de soie, une robe de velours vert à broderies de soie, blanches comme la jupe de dessous et les mules assorties. Une grande cape du même velours et une longue résille dorée destinée à emprisonner la chevelure complétaient cette toilette que n'importe quelle femme eût revêtue avec plaisir, mais Fiora ne lui accorda qu'un regard distrait. Elle eût tellement préféré le costume de paysan qui devait l'abriter tout au long du chemin de Florence!

Cependant, elle se sentit moins abattue quand, lavée, habillée et coiffée, elle s'installa devant le repas copieux que Domingo lui apportait. Il en allait toujours ainsi dans les périodes difficiles de sa vie : elle avait plus d'appétit qu'en temps normal. Aussi, connaissant les dimensions de l'adversaire qu'elle allait devoir affronter ce soir-là, fit-elle honneur à ce qui lui était servi.

Contrairement à ce qu'elle supposait, ce ne fut pas vers la salle où elle avait été reçue la première fois que le cérémoniaire Patrizi dirigea Fiora, mais vers la bibliothèque. Sixte IV s'y tenait assis dans une sorte de chaise curule et, des besicles sur le nez, il lisait un gros livre écrit en grec, posé auprès de lui sur un grand lutrin, et suivait les lignes à l'aide d'un petit style d'or. Il ne s'interrompit pas lorsque Patrizi introduisit Fiora et la mena au long de la longue salle jusqu'à un coussin disposé aux pieds du pape et sur lequel il la fit agenouiller comme le voulait le cérémonial. Mais, tout à coup, Sixte IV se mit à lire tout haut :

– « Essayer de lutter contre les maux envoyés par les dieux, c'est faire preuve de courage mais aussi de folie; jamais personne ne pourra empêcher ce qui doit fatalement arriver... »

Puis, tournant la tête vers la jeune femme, il demanda, aussi naturellement que s'ils avaient causé ensemble la veille ou quelques heures plus tôt :

– Que pensez-vous de ce texte, donna Fiora? Il est d'une grande beauté, n'est-ce pas?

– Si Votre Sainteté le dit, ce doit être vrai. Pour ma part, j'apprécie peu Euripide et moins encore son *Hercule furieux*. Je lui préfère de beaucoup Eschyle : « Ah! triste sort des hommes : leur bonheur est pareil à un croquis léger; vient le malheur, trois coups d'éponge humide, c'en est fait du dessin... » Voilà des années que le dessin de ma vie s'est brouillé et que je n'ai pu en tracer un autre.

La surprise du pape ne fut pas feinte. Otant ses lunettes, il considéra la jeune femme avec une sorte d'admiration :

– Avez-vous donc lu les grands auteurs hellènes ?

– Et latins aussi, Votre Sainteté. Ils font partie de l'éducation normale des Florentines de haut rang. En outre, mon père était un lettré en même temps qu'un bibliophile averti. Sa collection de livres était... presque aussi importante que celle du palais Médicis.

– Vraiment ? Et... qu'est-elle devenue ?

– Qu'advient-il des richesses d'un palais quand il est livré au pillage puis à l'incendie ?

– C'est grand dommage en vérité ! Oui... grand dommage ! Et vous n'avez jamais pu savoir...

C'était plus que Fiora n'en pouvait supporter calmement. Non seulement elle n'était pas venue pour causer littérature mais, en outre, le ton de naïve désolation qu'affectait le pape lui semblait un comble d'hypocrisie. Elle se releva comme si un ressort l'avait mise debout :

– Où ils sont allés ? C'est à Hieronyma Pazzi... pardon à la dame Boscoli qu'il faut le demander, à celle qui, pour mettre la main sur notre fortune, n'a pas craint de faire assassiner mon père, et qui ne cesse de me poursuivre de sa haine.

– Gardez-vous, ma fille, d'un jugement téméraire ! énonça le pape avec sévérité. Il est trop facile d'accuser !

– Jugement téméraire ? Interrogez n'importe qui, à Florence, et il vous en dira autant ! Et pourtant, c'est à cette misérable que vous voulez me livrer pieds et poings liés ! Après avoir voulu me forcer à épouser le monstre qu'elle avait pour fils, elle prétend à présent me contraindre à donner ma main à son neveu... un autre monstre, si j'ai bien compris ! Moi qui ne relève que du roi de France !

– Avez-vous accepté ce mariage, ou m'a-t-on menti ?

– J'ai accepté, oui, cette nuit et sous la contrainte pour ne pas voir mourir un brave homme de mes amis qui, en peine de moi, m'est venue chercher jusqu'ici! Et vous donnez la main à de telles infamies! Vous, le successeur de l'Apôtre, le représentant du Christ!

Elle attendait colère pour colère, pourtant Sixte ne s'emporta point. Il la considéra un instant par-dessus les besicles qu'il avait remises :

– Approchez donc ce tabouret et asseyez-vous! Si je vous ai fait venir ici, c'est pour que nous puissions parler sans témoins. Allons, faites ce que je vous dis! Asseyez-vous!

Elle obéit et se trouva tout près du pape, abritée comme lui par les ailes du grand lutrin.

– Mon attitude vous surprend peut-être, poursuivit-il, mais je suis aujourd'hui exceptionnellement heureux parce que le Seigneur a béni l'union de mon cher neveu. C'est peut-être ce qui m'incline à... une certaine indulgence car voici longtemps que vous excitez ma colère. Vous nous avez donné beaucoup de mal pour vous reprendre... mais ce temps écoulé m'a permis de réfléchir.

– Auriez-vous renoncé à faire tomber ma tête?

– Quelle sottise! Seriez-vous à cette place s'il en était autrement? Mais j'ai à vous dire ceci : votre mariage avec Carlo est important pour ma politique. Il est bon que Fiora Beltrami devienne Fiora dei Pazzi. C'est pourquoi je veux qu'il se fasse, et non pour faire plaisir à donna Hieronyma... qui pourrait d'ailleurs en éprouver quelque déception car les choses n'iront pas à son gré.

– A son gré? Je peux prédire à Votre Sainteté ce qu'il adviendra de moi dès l'instant où j'entrerai dans sa maison : il m'arrivera malheur dans les plus brefs délais.

– Je le sais bien, et c'est pourquoi j'ai parlé dc déception car elle apprendra que je n'accepterai ni maladie, ni accident ni quoi que ce soit d'autre, sinon elle sera aussitôt livrée au bourreau.

– Peut-être, mais moi je refuse de partager le même

toit qu'elle! Jamais je n'aurais cru pouvoir haïr un être humain comme je la hais. J'ai juré sa mort!

– Vous ne partagerez qu'une seule nuit le toit de cette dame : celle de vos noces. Dès le lendemain, elle partira pour un... voyage en compagnie de son beau-frère et, quand elle en reviendra, vous habiterez un petit palais près de Santa Maria in Portico que je vais donner à Carlo en cadeau de noces. Et je puis vous promettre, ajouta-t-il avec un mince sourire, que votre tête restera bien en place si d'aventure il arrive quelque chose de... fâcheux à la dame Boscoli! Nous... nous n'avons guère de sympathie pour elle. C'est une femme bruyante et commune.

– Je suis sensible, Saint-Père, à cette assurance que vous voulez bien me donner, mais il n'en reste pas moins que je dois épouser un monstre. S'il ressemble au défunt fils de Hieronyma, les jours me seront encore plus chichement comptés que par elle.

– Un monstre ? N'exagérons rien. Carlo est laid et c'est un simple d'esprit, mais il n'a aucune méchanceté. Vous en ferez ce que vous voudrez. Je suis certain que vous finirez par apprécier la vie que vous aurez à Rome. Vous y deviendrez une des premières dames...

– Je ne vois pas bien à quel titre ?

– Le plus simple et le moins contestable : parce que je le veux ainsi. Quand vous serez devenue ma voisine, on saura vite que je vous protège... et j'avoue que je serais heureux, alors, que nous puissions nous entretenir des grands auteurs et des beaux textes anciens que nous aimons tous les deux.

Cette aimable déclaration laissa Fiora sans voix. C'était une chose étrange, en vérité. Les grands personnages de ce monde que le Destin mettait sur son chemin, amis ou ennemis, semblaient n'avoir d'autre but dans la vie que de l'installer dans leur voisinage. Louis XI lui avait donné la maison aux pervenches, le Téméraire lui proposait, un soir d'euphorie, de lui offrir un état dans ses domaines et de la faire venir à sa cour, la guerre finie, et voilà qu'à présent, le pape voulait la loger sur la colline vaticane au palais de Santa Maria in Portico [1].

– Eh bien ? reprit Sixte, vous ne dites rien ? Que pensez-vous de mes projets ?

– Qu'ils sont très généreux, Saint-Père... et qu'il faudra bien qu'ils me conviennent. Je vous rappelle néanmoins que j'ai un fils, en France, et que j'entends l'élever moi-même et vivre avec lui.

– Quelle difficulté ? Vous le ferez venir avec ses gens et il jouira lui aussi de Notre toute particulière protection. D'ailleurs, dès le mariage conclu, j'enverrai ambassade auprès du roi de France pour le rassurer enfin sur votre devenir et lui faire part de l'heureuse conclusion de nos affaires.

– Heureuse ? Le roi aurait-il libéré fray Ignacio et ce cardinal dont j'ai oublié le nom ?

Le pontife se mit à rire avec la gaieté d'un gamin qui vient de réussir une bonne farce :

– J'arriverai bien à récupérer, un jour ou l'autre, le cardinal Balue [2]. Méditer un peu plus longtemps sur les vicissitudes de ce monde ne peut lui être que salutaire. Quant au moine castillan, on m'a fait savoir qu'il est mort et nous ne pouvons plus que prier pour le repos de son âme. Tous deux n'ont été, en fait, qu'un... prétexte pour vous faire venir ici. Mais, je vous en prie, laissons de côté cette fastidieuse politique et...

– Je souhaiterais néanmoins poser encore une question à Votre Sainteté, si toutefois Elle le permet ?

– Faites !

– Cet étonnant changement d'attitude, cette amabilité gracieuse qui m'est offerte aujourd'hui, alors que je m'attendais à subir les foudres d'une colère... papale, à quoi est-ce que je les dois ? Uniquement à la naissance de la petite Bianca ?

– Non. Bien sûr que non. Vous les devez à deux cir-

1. Qui sera, plus tard, le palais de Lucrèce Borgia.
2. Il sera libéré en 1481 et viendra mourir à Rome.

constances : la première est naturellement votre venue à résipiscence, et c'était le principal, mais d'autre part, donna Catarina, notre nièce bien-aimée, n'a cessé de défendre votre cause et Nous n'aimons pas lui faire de peine. Vous aurez en elle la meilleure des amies et elle contribuera beaucoup à vous faire aimer Rome.

Sur ces consolantes paroles, le pape offrit aux lèvres de Fiora l'anneau de sa main et rappela Patrizi pour qu'il la reconduisît au château Saint-Ange, où elle ne devait plus rester très longtemps. Le lendemain qui était le dimanche de Pâques-Fleuries [1] était impropre, comme tous les dimanches, à une cérémonie nuptiale. Le mariage aurait donc lieu le lundi soir, à la nuit close, dans la chapelle privée du pape qui le célébrerait lui-même.

Ces quelque cinquante heures, Fiora les passa en compagnie de Domingo, commis une fois de plus à sa garde. Devant les bonnes dispositions du pontife, elle avait espéré qu'on lui enverrait Khatoun, mais la naissance de l'enfant devait réclamer les soins de tous au palais de Sant'Apollinario et la jeune comtesse n'avait certainement pas envie de se séparer d'elle. Néanmoins, ces derniers moments de captivité s'écoulèrent avec une grande rapidité, et pas uniquement parce que Domingo s'ingénia à la distraire en jouant aux échecs avec elle et la promenant sur les terrasses du château d'où elle put contempler à son aise le panorama de Rome en sa totalité. Mais aussi parce que ces heures qui coulaient, inexorables, étaient les dernières avant un changement d'existence qui l'effrayait en dépit des assurances données par le pape. Qu'elle le voulût ou non, elle allait devenir une Pazzi et la seule idée de porter ce nom exécré la révulsait. Elle pensait aussi à Mortimer, captif de ce même château Saint-Ange et qu'en dépit de ses prières on ne lui avait pas permis de voir. Pourrait-il repartir libre vers la France ? Riario l'avait promis, mais quelle confiance pouvait-on accorder à la

1. Les Rameaux.

parole de cet homme ? Enfin, une autre angoisse chassa le sommeil de ses deux dernières nuits : la menace qui pesait sur les Médicis. Fiora devinait trop ce que serait ce « voyage » entrepris, au lendemain de son mariage, par Francesco et Hieronyma. Ils allaient préparer leur triomphe, assister au dernier acte du drame qui ferait de leur famille la plus riche et la plus puissante de Florence, sous l'autorité de Riario sans doute, mais rassemblerait dans leurs griffes rapaces une partie des biens des victimes et la totalité de ceux des Beltrami sans que l'intransigeante loi florentine pût s'y opposer. L'idée que Lorenzo et Giuliano allaient mourir sans qu'elle pût rien faire pour s'y opposer lui était insupportable.

Aussi était-elle la plus pâle et la plus sombre des fiancées quand, le lundi soir, après le coucher du soleil, Domingo lui prépara un bain dans le grand baquet qu'il avait apporté sans paraître fournir le moindre effort et lui dit que le moment était venu de se mettre à sa toilette.

– Tu es blanche comme une morte, remarqua-t-il. Domingo va devoir te mettre du rouge.

– Personne ne s'attend à ce que j'aille à l'autel avec un cœur joyeux. Ma mine n'a aucune importance et je ne veux pas porter de fards. Je les déteste.

– Le Saint-Père ne sera pas content.

– Tu te trompes. La seule chose qui importe pour lui, c'est que je me laisse marier. Marier ! Moi ! Alors que Philippe...

Elle éclata en sanglots si violents que le Nubien épouvanté alla chercher du vinaigre pour lui bassiner le front et les tempes.

– Par pitié, calme-toi ! Domingo sera puni si tu montres tout à l'heure ce visage désespéré. Il faut que tu soies courageuse.

– Il a raison, fit une petite voix douce qui calma net les pleurs de Fiora. Et je crois que tu te sentiras plus forte quand tu auras lu la lettre que je t'apporte !

Khatoun prit à deux mains la tête de la jeune femme pour l'obliger à la regarder.

– Tu es venue? murmura Fiora. On te l'a permis?

– Oui, mais lis cette lettre, je t'en prie! Toi, pendant ce temps, ajouta-t-elle à l'adresse du Noir, va prendre dehors le coffre qui attend sur une mule gardée par les valets de la comtesse Riario.

La lettre, bien sûr, était de Catarina: « A cet instant qui doit vous être cruel, écrivait la jeune femme, je veux vous apporter tout le réconfort dont je suis capable. Je ne peux vous accompagner, mais je tiens à vous dire ceci: une femme intelligente peut s'accommoder du pire des mariages dès l'instant où elle a des amis pour l'aider, et vous avez en moi une amie. Khatoun que je vous offre – elle sera mon cadeau de mariage – vous en dira plus que je n'ai le courage d'écrire. De même, acceptez cette nouvelle robe qui l'accompagne. Plus vous serez superbe et fière et plus vous gagnerez dans l'esprit de mon oncle. Nous nous reverrons bientôt car, dès demain, je réclamerai votre visite, ce qui est normal puisque je dois garder le lit. Soyez brave et confiante! Je vous embrasse. Catarina. »

Ce fut comme une grande bouffée d'air pur et vivifiant. Fiora versa ses dernières larmes contre la joue de Khatoun qu'elle étreignit avec une profonde émotion.

– Toi, au moins, je te retrouve! Je n'imaginais pas recevoir, ce soir, une aussi grande joie.

Avec l'impression que le temps revenait, elle se laissa revêtir par la jeune Tartare de la superbe robe de drap d'or que Domingo venait d'apporter, mais le contact froid du tissu métallique la fit frissonner et Khatoun crut que c'était d'angoisse:

– Ne pense pas! supplia-t-elle. Il ne faut pas penser à autrefois! Ce soir, tu fais un mauvais rêve, mais tu te réveilleras.

– Tu crois?

– J'en suis sûre. Demain, tu verras la contessa Catarina, ajouta-t-elle dans un souffle. Elle a des choses à te dire.

Quand, une heure plus tard, Fiora, suivie de Khatoun aussi compassée qu'une vraie dame d'honneur, fit son entrée dans la chapelle papale, il lui sembla pénétrer à l'intérieur d'un missel. Une brassée de cierges jaunes faisaient chanter les ors et vivre les personnages peints à fresque par Melozzo da Forli. Dans leur splendeur chamarrée et leurs vives couleurs, ils lui parurent plus vrais que les personnages vivants placés aux alentours de l'autel, peut-être parce que son esprit et son cœur refusaient la réalité de toutes leurs forces.

Pour retarder l'instant redouté, Fiora choisit de regarder d'abord le pape, tache blanche sertie entre les bras d'un haut fauteuil de velours rouge. Il ressemblait plus que jamais à un gros batracien hargneux. En face de lui, il y avait une double tache noire et argentée que Fiora reconnut à sa haine avant de distinguer les visages : Hieronyma et Francesco Pazzi qu'elle effleura seulement d'un regard lourd de mépris. Et puis, devant l'autel, une forme étrange, une sorte d'insecte doré aux longues pattes grêles, un corps ovoïde surmonté d'une grosse tête sans cou qui penchait d'un côté, trop lourde peut-être pour qu'on pût la tenir droite. Des cheveux longs et soyeux d'une chaude couleur de châtaigne – la seule beauté de ce garçon sans âge – encadraient un visage aux lèvres molles, au nez tombant et aux lourdes paupières se relevant à peine sur des prunelles dont il était impossible de saisir la couleur.

Dès le seuil franchi, Fiora s'arrêta un instant, prête à s'enfuir si ceux dont elle avait demandé la présence ne se trouvaient pas là. Mais, dans l'ombre du trône papal, elle découvrit la simarre pourpre du cardinal camerlingue et la haute silhouette de Mortimer sobrement vêtu de drap brun et qui, les bras croisés sur sa poitrine, se rongeait un poing. Riario avait accompli sa promesse et Fiora pouvait, à présent, se rassurer sur le sort de son ami... Mais quand son regard rencontra celui de l'Ecossais, assombri par une impuissante colère, elle sentit son courage diminuer. Il était tellement l'image d'un passé proche, d'un passé perdu et devenu, de ce fait, singulièrement cher, qu'elle eut envie de courir à lui et de se réfugier dans cette force qu'elle connaissait si bien. Bien sûr, Mortimer viendrait sans peine à bout des quelques hommes présents, âgés pour la plupart, mais au-dehors il y avait des gardes, il y avait aussi des geôliers et des bourreaux, et Fiora ne pouvait plus revenir en arrière.

Elle allait se mettre en marche vers l'autel quand la porte se rouvrit devant Girolamo Riario. Il rejoignit Fiora et, avec un sourire plein d'arrogance, lui offrit son poing pour qu'elle y posât la main, affirmant ainsi sa volonté d'apparaître comme l'unique artisan de ce mariage, œuvre diabolique où se rejoignaient son insatiable cupidité et la haine de Hieronyma.

La main de Fiora hésita à toucher celle de cet homme, mais refuser eût causé un esclandre qui lui eût peut-être aliéné la fragile bonne volonté de Sixte. Elle se laissa donc conduire auprès de celui qui allait devenir son époux, mais, après lui avoir accordé un regard, elle ferma les yeux pour mieux retenir ses larmes car elle ne pouvait s'empêcher d'évoquer, à la place de cet être si profondément disgracié et qu'elle entendait chantonner à mi-voix comme s'il eût été tout seul, la haute silhouette de son bien-aimé Philippe, ses larges épaules, son sourire un peu narquois et la passion qu'elle avait vu briller alors dans ses yeux noisette.

– Jamais personne ne prendra ta place, jura-t-elle silencieusement à l'ombre de son amour. Quant à celui-là, dussé-je me tuer cette nuit, il ne me touchera ni aujourd'hui ni plus tard !

La voix du cardinal d'Estouteville lui fit rouvrir les yeux et elle vit que le pape, avec l'aide de deux diacres, était en train de revêtir les vêtements sacerdotaux afin de célébrer le mariage.

– Très Saint-Père, dit fermement le Français, je vous

demande solennellement et une dernière fois de vouloir bien reconsidérer ce mariage. Aucune femme ne saurait se résoudre à une telle union et j'ai peine à croire que donna Fiora soit consentante.

– Vous n'avez pas la parole! coupa brutalement Riario. Elle a donné son accord et il n'y a pas à revenir là-dessus!

– J'y reviens cependant, parce que c'est mon devoir. Elle est sujette du roi de France et je me soucie peu d'essuyer ses reproches quand il apprendra ce... cet acte insensé.

– Où prenez-vous qu'elle soit sujette du roi de France? fit aigrement Hieronyma. Elle a toujours été connue pour Florentine et elle est veuve d'un Bourguignon. Ce mariage est, après tout, dans la nature des choses puisque, autrefois, elle fut fiancée à mon pauvre Pietro, mon cher fils.

– Je n'ai jamais été fiancée à ton fils! s'écria Fiora. Je sais que tu n'en es pas à un mensonge près, mais il y a tout de même des limites...

Ainsi engagée, la cérémonie nuptiale promettait de tourner au règlement de comptes, et le pape décida qu'il était temps d'intervenir. Sa voix de bronze tonna, répercutée aux voûtes de la chapelle.

– Paix, vous tous! Ceci est un lieu saint, non un marché. Notre frère d'Estouteville, tenez-vous en repos! Dès demain Nous en écrirons au Roi Très Chrétien pour lui faire part de cette union qui réjouit Notre cœur paternel. Quant à toi, Fiora Beltrami, as-tu oui ou non consenti à épouser Carlo ici présent?

– Oui, mais à une condition.

– Laquelle?

– Je pense que Votre Sainteté ne l'ignore pas. Je veux que soit renvoyé au Plessis-lès-Tours sur l'heure, et en sûreté, le jeune homme qui accompagne ce soir Mgr d'Estouteville.

Riario éclata d'un gros rire qui fit trembler son double menton et tressauter son ventre:

– Que de bruit pour un paysan ! Ma parole, la belle, vous couchiez avec ?

C'était plus que n'en pouvait endurer l'intéressé.

– Paysan toi-même ! gronda-t-il. Je suis officier de la Garde écossaise du très haut et très puissant prince, Louis, onzième du nom, par la grâce de Dieu roi de France et de Navarre. Et j'ai été envoyé ici par mon maître, las d'avoir vu partir deux ambassades sans jamais les voir revenir. Tuez-moi si vous voulez, comme vous avez tué les autres sans doute, mais je refuse que ma liberté soit payée d'un tel prix ! J'ajoute néanmoins que, si je ne reviens pas, le roi considérera qu'il s'agit d'un acte d'hostilité et ce n'est pas une ambassade qu'il enverra, mais bien une armée.

– Une armée ? s'indigna Sixte IV. Il oserait Nous déclarer la guerre ?

– Peut-être pas vraiment, mais je sais qu'il songe à faire valoir ses droits héréditaires sur le royaume de Naples détenu indûment par les Aragonais. Or, il se trouve que Rome est sur le chemin de Naples...

Ce fut au tour de Francesco Pazzi de se lancer dans la bataille. Il n'avait pas changé depuis que Fiora l'avait vu pour la dernière fois quand, au jour de la « giostra », il avait combattu Giuliano de Médicis pour les beaux yeux de Simonetta. Il était toujours laid, courtaud, noir de poil et brun de peau. Sa voix était toujours aussi rude et l'expression de son visage toujours aussi hargneuse :

– Une parole est une parole et Fiora a donné la sienne. J'exige qu'ici elle soit tenue.

– Et moi, Douglas Mortimer, des Mortimer de Glen Livet, je soutiens qu'elle lui a été arrachée par violence et que tu n'es qu'un menteur. A présent, si tu veux que nous en discutions les armes à la main, je suis prêt à soutenir la cause de donna Fiora jusqu'à ce que mort s'ensuive pour l'un de nous.

– Un duel à présent ! s'écria Estouteville. Rappelez-vous, Mortimer, que nous sommes dans une chapelle !

– Votre Grandeur, je ne suis pas certain que cela compte beaucoup ici. N'ai-je pas entendu dire que le duc de Milan a été, l'an passé, assassiné en sortant d'une église ? Ce sont les mœurs du pays apparemment !

– En voilà assez ! hurla le pape dont le visage vira au rouge brique. Nous entendons en finir tout de suite. Donna Fiora, d'ici une heure cet... officier quittera Rome avec la lettre que Nous allons écrire pour le roi de France et avec un sauf-conduit signé de Notre main. Êtes-vous prête à remplir, dans ces conditions, votre part du contrat ?

Sans répondre, Fiora alla jusqu'à l'Écossais, se haussa sur la pointe des pieds et posa un baiser sur sa joue.

– Merci, ami Mortimer, merci de ce que vous avez voulu faire. Ne vous souciez plus de moi, je vous en prie.

– Vous me demandez l'impossible.

– Mais non. C'est sur mon fils que je vous prie de veiller jusqu'à ce que je puisse le retrouver, ce qui va être désormais mon seul but.

– Et vous allez épouser ce...

– Chut ! J'ai donné ma parole et je la tiendrai. Que Dieu vous garde !

– Ne dirai-je rien au roi Louis ?

– Vous lui direz que je le remercie, du fond du cœur, des peines qu'il a prises pour moi, alors même que je venais de rejeter sa protection à cause de l'exécution de mon époux. Je... je ne peux m'empêcher de lui garder de l'amitié...

Sans rien ajouter, elle se dirigea vers l'autel et prit place au côté de Carlo Pazzi qui avait cessé de chantonner. Il avait tourné la tête vers elle et, entre les paupières qu'il tenait à demi closes, elle crut voir filtrer un éclair bleu.

Soufflant et bougonnant, Sixte IV vint se placer en face d'eux, prit leurs mains et commença à marmotter les paroles sacramentelles dont il était à peu près impossible de comprendre un traître mot. Visiblement, il avait hâte d'en finir et expédiait la cérémonie. Fiora n'écoutait pas. Elle répondit un « je le veux » à peine audible lorsqu'il lui demanda son assentiment mais, quand il mit sa main dans celle de Carlo, elle sentit nettement que les doigts du garçon serraient doucement les siens. Elle le regarda, mais il avait déjà repris son air absent et semblait contempler assidûment l'un des anges replets et bouclés qui jouaient du luth derrière l'autel.

Pour donner un semblant de solennité à l'événement, Fiora et son nouvel époux furent conduits en cortège et à la lumière de nombreuses torches à travers le Borgo, jusqu'à la demeure de Francesco Pazzi où ils allaient habiter en attendant que le pape tienne la promesse faite à la jeune femme. Ce n'était pas vraiment un palais : tout au plus une grosse maison forte qui ressemblait davantage au coffre d'un banquier qu'à une habitation de plaisance, mais l'intérieur en était suffisamment luxueux pour contenter l'insatiable appétit de gloriole et de faste de Hieronyma qui y jouait le rôle de maîtresse de maison.

Néanmoins, ce fut Francesco Pazzi qui en fit les honneurs à sa nouvelle nièce. Il semblait extraordinairement joyeux, tout à coup, ce qui était inhabituel chez une nature aussi sombre et vindicative que la sienne. Écartant Carlo qui ne parut pas même s'en apercevoir, il offrit la main à Fiora pour lui faire franchir le seuil de sa maison et la mena lui-même jusqu'à une grande salle où était préparée une riche collation. Auprès des vins les plus doux se trouvaient toutes les pâtisseries, toutes les confiseries susceptibles de tenter l'appétit d'une jeune femme.

Hieronyma qui, semble-t-il, n'était pas au courant, regarda la longue table avec une stupéfaction vite mêlée de colère :

– Qu'est-ce que cela ? Je n'ai rien ordonné de tel !

– Non. C'est moi et tu m'accorderas, j'espère, le droit de donner des ordres dans ma maison !

– Mais pourquoi ? Pourquoi ?

– J'accueille, ce soir, celle qui est certainement la plus jolie femme de Florence, celle qui en sera demain la reine... et elle est à présent ma nièce. Il convient de fêter un si joyeux événement.

Il emplit lui-même une coupe de malvoisie et, plongeant son regard dans celui de Fiora, il y trempa ses lèvres avant de la lui offrir, pour bien montrer qu'elle n'avait pas à craindre le poison, puis en prit une pour lui-même et l'éleva :

– Je bois à ta beauté, Fiora, et à ta bienvenue dans ma maison qui sera désormais la tienne comme je serai, moi-même, ton ami et... ton protecteur, ajouta-t-il avec un coup d'œil à Hieronyma qui fronçait les sourcils devant cette situation qu'elle n'avait pas prévue :

– Qu'est-ce qui te prend ? Je croyais que tu la haïssais ?

– Je haïssais son père, mais peut-on haïr une fleur ? Celle-ci n'était encore qu'une promesse, lorsque j'ai quitté Florence où la beauté de Simonetta rayonnait sur toutes choses. Or, je n'ai pu avoir Simonetta.

– Et tu penses avoir celle-ci ? Ce n'est pas toi qu'elle vient d'épouser ?

Francesco se tourna vers son neveu qui, comme s'il n'était concerné en rien, picorait dans les plats tout en dégustant avec une visible satisfaction du vin d'Espagne.

– Crois-tu vraiment qu'elle vient d'épouser quelqu'un ?

Se souvenant de l'étrange éclair bleu et de la pression légère d'une main, Fiora pensa qu'il était temps de se mêler à la conversation. Jusque-là, elle s'était contentée d'apprécier à sa juste valeur la semi-dispute qui opposait ses ennemis. Exploiter la convoitise que Pazzi ne se donnait même pas la peine de déguiser pouvait être de bonne guerre et, après avoir bu à la coupe qu'il lui avait offerte, elle lui sourit avec une grâce qui fit briller les yeux de l'homme.

– Merci à toi de m'accueillir ainsi, mon oncle. Je suis

heureuse de constater que je compte au moins un ami dans cette maison et je suis certaine à présent que l'avenir nous réserve d'heureux moments, mais il ne convient pas que je néglige celui qui est devenu, ce soir, mon époux. C'est avec lui, si vous le permettez, que je veux partager ce vin de Chypre et ce gâteau d'amandes.

– Bien sûr ! Nous oublions les traditions ! Tu entends Carlo ? Viens près de nous !

Le marié obéit docilement, accepta la part de pâtisserie que lui offrait Fiora et vida la grande coupe de mariage en argent ciselé où elle venait de boire.

– Merci, fit-il d'une voix de petit garçon bien élevé. C'était très bon. Est-ce que je peux aller me coucher ?

– Bien sûr, mon petit ! fit Hieronyma d'une voix onctueuse. Nous allons t'y conduire tout de suite avec ton épouse. Regarde-la ! J'espère qu'elle te plaît ? Elle n'est pas vierge, bien sûr, mais il ne faut pas te montrer difficile...

– Je vais coucher avec elle ?

– Oui et en prendre ton plaisir autant de fois que tu en auras envie... Elle est à toi, tu sais, à toi tout seul...

– Ça suffit ! gronda Francesco. Il n'a certainement jamais approché une fille et je ne vois pas l'utilité de cette comédie. Seule la bénédiction nuptiale était importante.

– Sans doute, mais Carlo a mérité une récompense, et il n'y a aucune raison de le punir. Tu la veux, n'est-ce pas, Carlitto, cette belle fille ? Va te préparer ! Je vais la conduire moi-même à votre chambre et la déshabiller.

– Oui... oui, Carlo veut bien ! fit le garçon en battant des mains avec un rire idiot qui fit pâlir Fiora. Allait-elle vraiment devoir subir cet avorton qui passait à présent sa langue sur sa bouche épaisse comme un chat en face d'un bol de crème ?

– J'ai reçu ce soir, en présent de la comtesse Riario, cette jeune femme qui était jadis à mon service, fit-elle en désignant Khatoun restée à l'entrée de la salle où elle se tenait aussi immobile qu'une statue. Elle saura parfaitement me déshabiller.

– Un soir de noces, cela revient aux dames de la famille, protesta Hieronyma.

– Eh bien, vous ferez cela à deux, voilà tout ! soupira Pazzi qui baisa la main de Fiora avec un regard qui en disait long. Sans aucun doute eût-il aimé se charger lui-même de l'agréable besogne.

Refusant le bras que Hieronyma lui offrait avec un méchant sourire, Fiora allait quitter la salle suivie de Khatoun quand Pazzi, saisissant un flambeau, la rejoignit :

– Je vais t'escorter moi-même pour rester avec toi un peu plus longtemps. Demain, nous partons pour une affaire importante, Hieronyma et moi, mais nous nous retrouverons bientôt, soit que je revienne, soit plus vraisemblablement que je te fasse chercher avec Carlo. Jusque-là, tu seras ici chez toi.

Arrivé à la porte de la chambre nuptiale, il lui souhaita le bonsoir à nouveau avec force soupirs qui l'eussent amusée, sa situation n'eût-elle été si pénible. Quand Hieronyma voulut entrer avec elle, Fiora la repoussa.

– Non, tu n'iras pas plus loin ! Tu m'as amenée là où tu le voulais, cela doit te suffire. Va-t'en !

– Mais...

– J'ai dit : va-t'en ! Ne me pousse pas à bout, Hieronyma, et surtout n'imagine pas que ma haine pour toi a disparu.

Comme la femme, furieuse, voulait entrer de force, Francesco se jeta devant elle :

– Fais ce qu'elle dit ! Nous allons redescendre ensemble, Hieronyma, nous avons à parler !

Il fallut bien que celle-ci s'exécutât. Lorsque Khatoun referma sur elles deux la porte de la grande chambre éclairée par des flambeaux, Fiora ne put retenir un soupir de soulagement, mais ne dit rien. En effet deux servantes achevaient, l'une de faire la couverture du grand lit à colonnes garni de lourds rideaux de tapisserie, l'autre de disposer dans un vase un énorme bouquet de pivoines odorantes et de lilas qui embaumaient. Fiora leur fit signe de sortir et elles s'exécutèrent après une révérence.

A peine la porte fut-elle refermée que Fiora courut à la fenêtre qu'elle ouvrit pour se pencher au-dehors. L'ouverture donnait sur une cour étroite, un puits dont une lueur reflétée sur les dalles donnait la profondeur.

– Que regardes-tu ? s'inquiéta Khatoun.

– Je voulais voir s'il y avait là une issue.

– Tu veux t'enfuir ? Cela paraît difficile.

– Tout dépend quel genre d'issue on recherche. Crois-tu que je vais partager le lit de ce... de cette chose ? Lui permettre de me toucher ? J'ai dû accepter ce mariage grotesque : il ne faut pas m'en demander davantage.

– Et que vas-tu faire ? Te jeter par la fenêtre ?

– Sans hésiter s'il essaie de m'approcher.

Sans répondre, Khatoun retroussa un pan de sa robe et tira un poignard long et mince qu'elle portait fixé à sa jambe par la jarretière, puis l'offrit à la jeune femme.

– Pourquoi te sacrifier, toi ? La « contessa » pense que plus tôt tu deviendras veuve et mieux ce sera. Le départ des deux autres demain matin facilite les choses. Carlo mort, nous le couchons dans ce lit et, demain, nous recommanderons de le laisser dormir. Pendant ce temps, nous irons au palais Riario d'où, déguisée en garçon, tu pourras fuir vers Florence.

– Pourquoi moi et pas nous ? Je croyais que tu ne voulais plus me quitter ?

– C'est vrai, mais je ne sais pas monter à cheval et je te retarderais. Toi seule peux prévenir Mgr Lorenzo de ce qui se trame contre lui. D'ailleurs, si tu réussis, Francesco Pazzi et la dame Hieronyma auront toutes les chances de ne jamais revenir à Rome. Je te rejoindrai ensuite, et nous irons ensemble retrouver le bébé Philippe ! conclut-elle joyeusement, comme si elle venait de tracer le plan d'une aimable partie de campagne et non d'un meurtre doublé d'une fuite.

Fiora hocha la tête, peu convaincue :

– Crois-tu vraiment qu'il serait prudent de retourner au palais Riario ? Que ferons-nous du comte Girolamo ?

– Il ne sera pas là.

– J'ai déjà entendu cette phrase, et tu as vu comment l'affaire s'est terminée ?

– Cette fois, il n'y aura pas de piège. Demain, il doit conduire sa fille nouvellement née en grande cérémonie au Latran pour y recevoir le baptême des mains du pape. Je sais l'heure... A présent, laisse-moi te mettre au lit ! Ton époux va venir et moi je dormirai devant la porte. Tu n'auras qu'à venir me chercher quand ce sera fait.

Vivement, elle alla glisser le poignard sous les oreillers de soie blanche frangés d'or, puis entreprit de dévêtir Fiora avant de l'aider à enfiler une chemise de fine soie. Il était temps, des bruits de pas se faisaient entendre dans la galerie. Fiora bondit sous les couvertures qu'elle rabattait tout juste sur elle quand la porte s'ouvrit, livrant passage à Francesco Pazzi qui tenait toujours un flambeau et remorquait Carlo par la main, comme un enfant.

Le marié était emballé dans une robe de brocart à grandes fleurs de pourpre et d'or qui accentuaient encore son teint jaune. Le bouillonnement de soie blanche paraissant dans l'ouverture montrait qu'il portait encore sa chemise. Il tenait le tout bien serré contre sa poitrine. Pazzi le conduisit jusqu'au lit et resta là un instant, sans dire un mot, contemplant Fiora avec des yeux qui brillaient comme des chandelles. Il avait dû boire aussi, car il était très rouge et la puissance de son haleine arrivait jusqu'au fond du lit. La jeune femme vit ces mêmes yeux se tourner vers Carlo tandis que, de sa main libre, Francesco cherchait la poignée de la dague pendue à sa ceinture. Elle sentit l'envie de meurtre qui brûlait dans cet homme au pouvoir du vin et pensa qu'il allait peut-être lui éviter un geste qui lui faisait horreur, mais qui la livrerait à lui sans grandes possibilités de se défendre. Tuer Pazzi dans sa propre maison équivaudrait à déchaîner sur elle-même non seulement Hieronyma, mais aussi tous les serviteurs de la maison.

Ce ne fut qu'un instant. L'arme ne sortit pas de son fourreau brodé. D'un geste furieux, Pazzi asséna un coup de poing dans le dos de son neveu puis, virant sur ses talons, alla prendre Khatoun par le bras et l'entraîna hors de la chambre dont la porte claqua derrière eux avec un bruit de tonnerre. Fiora et son nouvel époux étaient seuls, face à face...

Sous la bourrade, le garçon n'avait pas plus réagi que si Pazzi avait frappé un sac de son. Il s'était seulement plié en deux, puis redressé, et il resta là un moment, sans bouger, au point que Fiora se demanda s'il ne s'était pas endormi. Mais elle comprit qu'il écoutait décroître les pas légèrement hésitants de son oncle : quand tout ne fut plus que silence, Carlo abandonna son immobilité. D'un pas vif, il alla jusqu'à la porte, l'ouvrit, passa la tête au-dehors, murmura quelque chose que Fiora n'entendit pas, prit la clef restée à l'extérieur, la plaça à l'intérieur et enfin referma la porte à double tour, ce qui n'alla pas sans inquiéter Fiora. Lentement, elle glissa la main sous l'oreiller en direction du poignard.

– Voilà! dit Carlo tranquillement. Plus personne ne viendra nous déranger.

Appuyé d'une main à une colonne du lit, les yeux bien ouverts montrant des prunelles bleues où passait une flamme de gaieté, il avait complètement perdu son air endormi et regardait la jeune femme en jouissant de sa surprise. Il s'était un peu redressé et, s'il était toujours laid, il inspirait beaucoup moins cette pitié mélangée de dégoût discret que l'on réserve en général aux arriérés.

Fiora ne trouvant toujours rien à dire, il émit une sorte de gloussement et se mit à rire :

– Ne faites pas cette tête, ma chère épouse! Le fait que je vous livre mon secret devrait vous rassurer sur mes intentions. Je peux, si cela ne vous suffit pas, vous affirmer que les enfants nés de notre mariage ne nous coûteront guère à nourrir et que vous allez pouvoir dormir tranquille dans ce grand lit qui vous fait si peur.

– Vous jouez la comédie ? articula enfin la jeune femme. Mais pourquoi ?

– Pour survivre. J'y suis habitué depuis des années, et ma disgrâce physique a été pour moi une aide : je suis si laid que l'on a trouvé naturel que je sois aussi idiot.

– Pour survivre, dites-vous ? Mais qui donc vous menace ?

– Les Pazzi en général, à l'exception de mon grand-père Jacopo qui m'a toujours défendu. Il faut vous dire qu'après lui, je suis, par la mort de mes parents, le plus riche de la famille, et c'est pourquoi l'oncle Francesco m'a emmené à Rome avec lui quand il a dû quitter Florence. J'étais son coffre-fort ambulant, en quelque sorte. Il a obtenu ma tutelle, ce qui lui a permis d'établir à Rome une nouvelle maison de banque, car c'est un homme habile, mais il a tout intérêt à ce que je reste en vie car, mort, tous mes biens lui seraient repris par mon grand-père. Et personne ne s'aviserait de mécontenter le patriarche.

– Comment se fait-il que je n'aie jamais entendu parler de vous lorsque je vivais à Florence ?

– Parce qu'on me cachait, plus soigneusement encore que mon affreux cousin Pietro. Deux monstres dans la famille, c'était trop ! J'habitais à Trespiano une villa héritée de ma mère où l'on me laissait bien tranquille avec ma nourrice et le vieux prêtre qui m'a appris ce qu'il pouvait. J'ai là-bas des livres, des oiseaux, des arbres.

– Étiez-vous obligé de jouer ce rôle horrible... et sans doute épuisant ?

– Oui, car si l'on m'avait soupçonné d'être à peu près intelligent et donc capable de gérer moi-même mes biens, je serais mort depuis longtemps en dépit du patriarche. Il y a eu jadis à Rome un homme qui s'appelait Claudius Ahenobarbus. Il a réussi à échapper aux meurtres incessants perpétrés dans sa famille en se faisant passer pour un crétin, et il a même atteint le trône impérial...

– Nourrissez-vous d'aussi hautes ambitions ? demanda Fiora qui ne put s'empêcher de sourire.

– Oh non ! Surtout pas ! Tout ce que je désire, c'est retourner à Trespiano. Il se peut d'ailleurs que ce désir se réalise prochainement, mais dans des conditions qui m'effraient. Si l'oncle Francesco et l'abominable Hieronyma parviennent à réaliser le plan qu'ils ont échafaudé, Girolamo Riario n'aura rien à leur refuser et je serai très probablement assassiné. Vous aussi, d'ailleurs, puisque l'on ne nous a mariés que pour récupérer votre fortune.

– Mais... votre grand-père ?

– Il mourra dans le tumulte que suscitera la prise du pouvoir par Riario.

– Vous êtes au courant ? Mais comment pouvez-vous savoir tout cela ?

– On ne se méfie pas d'un simple d'esprit. On parle même ouvertement devant lui. Je sais tout de la conspiration contre les Médicis organisée par les Pazzi avec Riario et Montesecco, ce tranche-montagne long comme une nuit d'angoisse et presque aussi laid que moi. Lorenzo et Giuliano doivent mourir à la fin de la semaine, au cours de la visite que leur fait le nouveau cardinal, Rafaele Riario, qui a quitté Rome hier.

– Savez-vous s'ils ont décidé d'une date ?

– Non, mais cela pourrait être le jour de Pâques, pendant les fêtes. Le pire est qu'ils ont réussi à réunir toute la famille, même mon grand-père qui, cependant, était d'abord hostile à ce qu'il tenait pour folie pure. Et moi je ne peux rien faire. J'aimerais pourtant les sauver.

– Sauver qui ? Les Médicis ? Vous, un Pazzi. Vous ne les haïssez donc pas ?

– Giuliano m'importe peu, c'est une belle tête vide, mais j'aime bien Lorenzo. Il est très laid...

– C'est pour cela que vous l'aimez ?

– Par grâce, ne me croyez pas mesquin à ce point ! fit Carlo tristement. Il est laid, je le répète, mais quelle intelligence ! Et quel charme ! Et puis, il a essayé de m'aider. Il avait en effet auprès de lui un médecin grec dont on disait des choses étonnantes.

– Démétrios Lascaris! murmura Fiora en qui ce nom remua quelque chose.

– Vous le connaissez donc? Lorenzo voulait qu'il s'occupe de moi, mais ma chère famille s'y est opposée. Oh oui! je voudrais pouvoir empêcher ce crime, mais je suis prisonnier de mon personnage : je n'ai pas d'argent ni aucun moyen à ma disposition, pas même un valet fidèle, et je ne peux même pas monter à cheval! Rien que sur une mule... et pas trop vite!

– Mais moi, je peux!

Sautant à bas de son lit, Fiora enfila une robe de chambre posée sur une chaise, vint prendre Carlo par la main et le fit asseoir auprès d'elle sur le coffre qui tenait tout le devant du lit. Un espoir fou faisait battre son cœur à coups redoublés.

– Aidez-moi, demain, à quitter cette maison. J'irai à Florence et ferai échouer leurs projets!

– Comment puis-je vous aider? Je vous l'ai dit : je ne peux rien vous donner. Quand ils vont partir, demain, ils vont emmener tous les chevaux et les plus vigoureux de nos serviteurs.

– Quelqu'un me donnera ce qu'il faut. Après leur départ, je sais que la comtesse Riario va demander ma visite. Conduisez-moi chez elle en visite de cérémonie... le reste la regarde.

– Vous voulez dire que... la femme de Girolamo désire que l'on sauve les Médicis?

– Elle aime Giuliano mais, bien sûr, elle doit prendre de grandes précautions...

Brusquement, Carlo posa une main sur celles de Fiora et mit un doigt sur sa bouche. Puis, se penchant vers son oreille, il chuchota :

– Pleurez! Gémissez aussi fort que vous le pourrez!

Il désigna la porte que quelqu'un essayait d'ouvrir tout doucement. Hieronyma sans doute, car Pazzi devait être trop ivre pour prendre tant de précautions. Aussitôt, Fiora se mit à gémir, à pousser de gros sanglots. Elle s'arrêtait, puis recommençait, suppliait qu'on la laisse en paix, le tout avec un naturel qui arracha à Carlo un rire silencieux. Par instants, c'était un faible cri, comme si on la faisait souffrir, puis repartaient les sanglots, les plaintes et les supplications. Carlo, de son côté, émettait des grognements d'une férocité tout à fait convaincante. Cela dura un bon moment, pour la plus grande joie des protagonistes qui s'amusèrent franchement à ce jeu. Puis, sur un dernier cri, Fiora se tut comme si Carlo l'avait assommée. Celui-ci marmonna encore deux ou trois mots indistincts puis ce fut le silence... un silence qui permit d'entendre nettement le bruit de pas prudents qui s'éloignaient et le froissement d'une robe de soie.

– Ouf ! souffla Carlo. Nous l'avons échappé belle !

– Nous chuchotions, mais heureusement que vous avez de bonnes oreilles.

– Elles m'ont déjà rendu grand service ! A présent, je crois que vous devriez dormir. Vous en avez certainement besoin.

– Et vous ?

– Moi, je vais m'installer dans ce fauteuil avec des coussins.

Ledit fauteuil était raide comme la justice et il n'y avait que deux coussins, et encore très petits. Fiora hésita un instant, puis proposa :

– Pourquoi ne pas vous étendre sur le lit, auprès de moi ? Nous sommes amis à présent, et vous m'avez promis...

– Cette promesse, croyez-le bien, ne me coûte guère. Vous êtes extrêmement belle, ma chère Fiora, mais je n'aime que les garçons !

La surprise mit dans les yeux de Fiora des points d'interrogation qui firent sourire Carlo, d'un sourire un peu amer cependant :

– Cela n'a jamais choqué personne, pas même mes

partenaires que mon oncle paie généreusement à la condition formelle qu'ils se montrent discrets.

Cette étrange déclaration causa tant de joie à Fiora que, spontanément, elle se pencha vers Carlo et l'embrassa fraternellement.

– Vous êtes décidément un époux selon mon cœur, Carlo, et je ne remercierai jamais assez le ciel de nous avoir unis. Je serai désormais votre sœur et une sœur qui fera tout au monde pour vous aider.

Une larme brilla dans les yeux bleus du garçon qui, à son tour, posa un baiser prudent sur la joue de la jeune femme. Puis sur un « bonsoir », chacun gagna le lit par un côté.

Un moment plus tard, les époux, se tournant le dos, dormaient d'un sommeil bien mérité où entrait une bonne part de soulagement, chez l'un comme chez l'autre.

Troisième partie

LES PÂQUES SANGLANTES

CHAPITRE XI

LA ROUTE DE FLORENCE

La fin du jour approchait quand Fiora, méconnaissable sous un costume masculin, franchit enfin cette porte del Popolo sur laquelle, depuis tant de jours, se cristallisaient ses désirs et ses espérances. Tout s'était passé comme dans un rêve, mais avec la précision d'un ballet bien réglé : le départ matinal de Pazzi et de Hieronyma venus frapper pour un « au revoir » à la porte du jeune couple, mais auxquels le marié avait répondu par des injures et la colère d'un homme arraché trop tôt à son sommeil. Puis la galopade à deux vers la fenêtre pour être bien certains que les Pazzi avaient quitté le palais du Borgo, après quoi Fiora regagna son lit, tandis que Carlo allait enfin ouvrir la porte de la chambre en réclamant à grands cris son déjeuner et son valet. Ensuite, il y eut l'arrivée de l'émissaire de la comtesse Riario demandant la première visite de la nouvelle donna Fiora dei Pazzi, visite que Carlo accepta en grognant et en clamant qu'il irait aussi. Après quoi, étant partis sur des mules en petit appareil – quatre valets et Khatoun – pour le palais de Sant'Apollinario, Fiora, abritée sous un voile épais supposé cacher la trace des sévices endurés durant sa nuit de noces, et Carlo, la mine grognonne, marchant en tête sans cesser de faire cent folies qui faisaient sourire certains passants et hausser les épaules à d'autres.

Arrivé chez Catarina, qui, en effet, était seule, Carlo

réclama à boire et on le conduisit, avec révérence, dans l'appartement de Girolamo, tandis que Fiora et Khatoun étaient menées dans la chambre de la jeune comtesse.

Une chambre somptueuse, en vérité, toute tendue de brocart azuré et de toile d'argent, encombrée d'une infinité de coffres peints, de sièges et de tables au milieu desquels trônait un énorme lit tendu de la même toile d'argent et couronné de bouquets de plumes bleues et blanches. Catarina, noyée dans de précieuses dentelles, reçut les visiteuses avec le cérémonial qui convenait, puis congédia les femmes de son service, ne gardant auprès d'elle que Rosario, sa camériste préférée en qui elle avait toute confiance.

Une heure plus tard, Khatoun, grandie par de hauts patins vénitiens, portant la robe de Fiora et enveloppée du fameux voile, quittait le palais en compagnie de Carlo qui avait vidé – le plus souvent dans des pots d'orangers – un certain nombre de flacons. Pendant ce temps, cachée dans l'alcôve ménagée derrière le lit de Catarina, Fiora endossait le costume de daim brun et le tabard armorié frappé de la vipère des Sforza et de la rose des Riario qui avaient été préparés pour elle avec de hautes bottes de cuir souple, un ample manteau de cheval et un haut bonnet emplumé sous lequel ses cheveux, serrés dans une résille, disparurent complètement.

Quand elle fut prête, Catarina lui remit une bourse pleine d'or, dont Fiora distribua une partie dans ses vêtements, et une lettre signée d'un simple C.

– Elle est pour Lorenzo, précisa-t-elle. Je ne veux pas que les Médicis me croient complice des Pazzi... et de mon époux. Quand vous serez au-delà de Sienne, enlevez le tabard et enterrez-le ou cachez-le dans un buisson épais. Prenez garde aussi de ne pas rencontrer ceux qui sont partis ce matin. Vous trouverez dans la bourse un itinéraire qui devrait vous garder de ce désagrément. A présent, embrassez-moi et que Dieu vous garde ! Je vous enverrai Khatoun qui reviendra ici cette nuit dès que ce sera possible.

Avec une émotion profonde, Fiora avait posé ses lèvres sur le beau visage de cette jeune femme qui, malgré un mariage détesté, réussissait à demeurer fidèle à elle-même et au nom qu'elle entendait porter toute sa vie. Elle l'avait fait sans arrière-pensée et sans inquiétude : en dépit de son jeune âge, Catarina Sforza était capable de se tirer des pires situations [1], car elle possédait la vive intelligence qui manquait si gravement à son époux et, surtout, le courage dont il était absolument dépourvu. A l'ultime instant, elle mit tout de même Fiora en garde tandis que Rosario accrochait une épée et une dague à la ceinture du faux garçon :

– Si le malheur voulait, car dès demain vous serez poursuivie, que vous soyez reprise, tuez-vous sans hésiter, car vous n'auriez aucun autre moyen d'éviter une mort qui ne viendrait qu'après une éternité de souffrance.

– Soyez tranquille : je m'en souviendrai. On ne me prendra pas vivante.

Tout fut rapide ensuite. Par des couloirs détournés, Rosario conduisit Fiora aux écuries où la jeune femme choisit elle-même et sella un cheval, puis ouvrit devant elle une petite porte. Avec une joie immense, Fiora enfourcha son cheval qui répondait au nom de Titano et piqua des deux pour rejoindre le Corso.

Ayant franchi la porte où les soldats de garde saluèrent son tabard d'un geste familier, elle mit son cheval au galop pour le plaisir trop longtemps attendu de sentir le vent – et la pluie car cette Semaine sainte avait débuté sous la grisaille et les nuages menaçants – fouetter son visage. Elle était libre, enfin libre ! La campagne s'ouvrait toute grande devant elle, coupée par le tracé incertain de l'ancienne via Flaminia, la vieille route romaine qui joignait Rome à l'Étrurie et dont les dalles disjointes indiquaient le chemin, mais le rendaient dangereux pour les jambes des chevaux. Aussi Fiora préféra-t-elle emprunter

1. Ce qu'elle devait prouver surabondamment au cours des quarante-six ans qui ont composé son existence.

le large talus herbeux qui courait le long d'anciennes sépultures écroulées. Après quelques minutes de ce train d'enfer, cheval et cavalière passèrent le Tibre en trombe, au pont Milvio, puis Fiora serra les rênes pour calmer l'allure, et même s'arrêta afin de se retourner un instant. En dépit du mauvais temps, elle voulait s'accorder le plaisir de regarder Rome une dernière fois, cette antique cité des Césars, sacralisée par le sang des martyrs et que la présence du pontife suprême aurait dû faire noble, pure et généreuse. Ce n'était qu'un immense cloaque truffé de pièges, et la fugitive pensa qu'elle ne remercierait jamais assez Dieu de lui avoir permis d'y échapper. En même temps, elle envoya une dernière pensée chaleureuse, un regret même, car elle ne les reverrait sans doute plus jamais, à Stefano Infessura dont elle savait qu'il avait recouvré sa liberté, à Anna la Juive qui l'avait soignée, à donna Catarina qui s'était faite son amie contre vents et marées, enfin à Antonia Colonna, la petite sœur Serafina qu'elle avait laissée au couvent de San Sisto poursuivre une attente qui durerait peut-être autant qu'elle. Parce qu'ils respiraient, sans en mourir, l'air de cette ville corrompue, celle-ci était peut-être encore susceptible d'être sauvée, mais à quel prix ?

La pluie rappela à Fiora qu'elle n'avait guère de temps à donner à la philosophie et qu'après tout c'était à Dieu qu'il appartenait de décider si Rome devait vivre ou disparaître dans un déluge de feu comme Sodome et Gomorrhe... D'après les explications précises que lui avaient données Catarina d'une part et Carlo d'autre part, elle savait n'avoir pas à craindre de tomber sur Francesco et Hieronyma. D'abord parce qu'ils avaient au moins douze heures d'avance sur elle, ensuite parce qu'ils allaient bon train, Montesecco ayant disposé pour eux des relais tout au long de la route pour leur procurer des chevaux frais. Enfin parce que, après Sienne, ils n'iraient pas directement à Florence, mais passeraient par Poggibonsi afin de rejoindre, vers San Miniato, le nouveau légat venant de Pise. Ils entreraient ainsi sans danger dans la cité du Lys rouge, mêlés au cortège véritablement princier qui escortait le jeune cardinal Riario.

Les dispositions prises pour eux pouvaient même se révéler utiles à Fiora qui, sous les armes de Catarina, réussirait certainement à se faire passer pour un serviteur attardé et à obtenir à son tour des chevaux frais. Quant au temps dont elle disposait, il était très court : Rafaele Riario devait faire son entrée dans Florence le jeudi saint, et l'on était le mardi soir. Il lui faudrait parcourir quelque soixante-dix lieues en deux jours : une allure à la portée d'un chevaucheur entraîné ayant de bonnes montures, mais beaucoup plus rude pour une jeune femme qui, pendant plus de six mois, avait vécu une existence cloîtrée. Elle serait obligée de s'arrêter pour prendre un minimum de repos. Hieronyma, elle, voyageait dans une confortable litière qui ne s'arrêterait que le temps de changer les chevaux. Elle la troquerait pour une mule avant San Miniato, et quitterait le cortège aux portes de Florence pour gagner directement Montughi, la villa du vieux Jacopo Pazzi.

Cette idée-là rendait Fiora enragée et lui faisait considérer avec dédain les douleurs qu'il lui faudrait subir. Se souvenant de sa chère Léonarde et des innombrables cataplasmes de chandelle dont elle avait usé durant les campagnes du Téméraire, elle se surprit même à rire toute seule, avec la gaieté de son âge que sa liberté nouvelle lui rendait...

A Viterbe, ville papale où elle arriva dans la matinée du mercredi elle avait déjà vingt lieues dans les reins et tout son corps réclamait désespérément un peu de repos. Son cheval aussi, qu'elle échangea contre un nouveau à l'auberge dell'Angelo, regrettant beaucoup de ne pas pouvoir y demander une chambre. C'était l'un des relais Pazzi et il valait mieux ne pas s'y attarder. Fidèle à son rôle de retardataire pressé, elle se contenta d'acheter un fromage, une miche de pain, un pichet de vin clairet et quelques chandelles, puis reprit héroïquement sa route.

Une fois hors de la ville, elle avisa un bâtiment en ruine où poussaient le lierre, les orties et la mélisse, y fit entrer sa monture qu'elle attacha à une solive et s'installa pour manger, boire et prendre un repos de trois heures. Elle ne craignait pas de dépasser ce délai qu'elle se fixait à elle-même car elle possédait la faculté précieuse de s'éveiller quand elle le voulait. Trois heures plus tard, en effet, elle sortait de son sommeil, mangeait et buvait encore un peu, puis décidait de reprendre son voyage. La pluie avait cessé depuis le lever du jour et, si le temps restait gris et froid, il était tout de même beaucoup plus supportable. Hélas, la route, elle, se faisait plus accidentée, moins droite et, bientôt, le galop ne fut plus possible aussi souvent. Cahin-caha, néanmoins, le voyage de Fiora se poursuivit sans trop de peine grâce à la brillante organisation de Francesco Pazzi et de Montesecco. Son tabard armorié faisait merveille.

Après San Quirico d'Orcia, le chemin était tracé au long des doux vallonnements de l'Ombrie, dessinant un calme paysage piqué de cyprès comme les avait aimés le vieux maître Giotto et comme Fiora elle-même les aimait : la campagne commençait à ressembler à sa chère Toscane.

Au bas d'une côte, la route dessina soudain un coude garni de chaque côté par un bosquet touffu et, comme la cavalière s'y élançait, elle faillit donner tête la première dans une charrette chargée de fagots qui tenait toute la largeur du chemin. Le cheval freina si brutalement que Fiora, en dépit de son habileté, faillit passer par-dessus sa tête. A grand-peine elle se maintint en selle, mais sa monture, effrayée, se cabra, l'écume aux lèvres : de l'abri des bouquets d'arbres des hommes dépenaillés, mais armés jusqu'aux dents, surgirent. L'un d'eux jeta une étoffe noire sur la tête de l'animal tandis que les autres se rangeaient autour en pointant des arquebuses.

– Des brigands ! pesta Fiora entre ses dents. Il ne me manquait plus que ça !

Aveuglé, le cheval se calma. L'un des bandits avait saisi la bride et la tenait fermement. Cependant, un homme qui devait être le chef – le seul qui n'eût pas d'arquebuse – se détachait du cercle, un poing sur la hanche et le nez en bataille. Un nez impressionnant. Le personnage était du genre trapu. Il avait une taille plutôt courte, des épaules et des mains énormes. Une barbe poivre et sel assortie aux cheveux mangeait la plus grande partie de sa figure et, dans cette superbe exubérance pileuse, ses yeux bruns brillaient d'un éclat moqueur. Son costume se composait d'un pourpoint de buffle, truffé de nombreuses taches, sur lequel deux ou trois morceaux d'armure faisaient de leur mieux pour lui donner une tournure noble qui eût été risible sans l'interminable colichemarde qui lui battait les jarrets et retroussait élégamment par-derrière un lambeau de manteau rouge. Un bonnet de feutre crasseux, enjolivé d'une plume écarlate, complétait son équipement.

Avec plus d'agacement que de crainte, Fiora considéra le personnage qui, après l'avoir saluée courtoisement, s'emparait d'une main preste de son escarcelle :

– Vous avez été bien mal inspiré en m'arrêtant, seigneur bandit, soupira Fiora. Je suis fort pressée !

Des dents blanches apparurent dans la broussaille de la barbe, tandis que l'homme soupesait gaiement la bourse qui rendait, il est vrai, un son encourageant :

– Voilà qui est fâcheux, mon jeune seigneur, fit-il en riant, car je suis, moi aussi, fort pressé d'avoir ce beau cheval qui remplacera si bien celui que j'ai perdu voici deux jours. Vous me semblez homme de bonne compagnie, si j'en juge par ces belles armoiries qui s'étalent sur votre estomac, et vous comprendrez sans peine que ma dignité de chef m'interdise d'aller à pied plus longtemps. J'y perds de mon prestige.

– Je suis navrée pour vous, mais, comme votre vie n'est pas en danger et que, en revanche, plusieurs existences dépendent des jambes de cet animal, j'aimerais en discuter avec vous.

En disant ces derniers mots et sans qu'une intonation différente ait pu mettre l'adversaire en garde, Fiora dégaina et, avec la rapidité de l'éclair, porta un coup furieux dans la poitrine de son adversaire qui roula à terre; dans le même moment, elle fit à nouveau cabrer son cheval dont les antérieurs vinrent frapper le bandit qui le maintenait. Mais si elle avait compté sur l'effet de surprise pour venir à bout du reste de la bande, elle avait fait un mauvais calcul, car à peine eurent-ils vu leur chef bousculé que trois bandits, lâchant leurs armes, se ruèrent sur Fiora qu'ils désarçonnèrent et qui se retrouva à terre, à demi aveuglée par les plis de son manteau. Pendant ce temps, le chef se relevait et époussetait son buffle crasseux avec des grâces de petit maître :

– Une cotte de mailles est toujours une bonne précaution quand on fréquente les honnêtes voyageurs, ricana-t-il, mais je te dois un nouveau trou à mon pourpoint et cela va te coûter cher, mon bel ami!

En un clin d'œil, Fiora, persuadée que sa dernière heure venait de sonner, se retrouva troussée comme une volaille et jetée en travers de son cheval sur lequel le chef se hissa avec satisfaction.

– Tu es un peu impulsif, l'ami, fit-il en assénant une claque joyeuse sur les fesses du prétendu messager, mais tu es d'un bon rapport. Ta bourse mérite considération. Par contre... il va falloir que tu me lises ça, ajouta-t-il en pêchant le billet de Catarina et en le retournant entre ses doigts. Je n'ai jamais eu le temps d'apprendre à lire!

– Si tu tiens à ta tête, capitaine, je te conseille de laisser cette lettre tranquille, grogna Fiora dont le nez, à chaque pas du cheval, allait cogner contre le cuir du harnachement. D'ailleurs, le seul fait de m'empêcher de poursuivre mon chemin l'a déjà ébranlée sérieusement.

Il fallait jouer d'audace. Par extraordinaire, ce brigand semblait plus avide que cruel. Il serait peut-être possible de s'entendre avec lui? Restait à savoir de quel côté penchaient ses sympathies politiques...

– J'ai rarement rencontré des cadavres bavards, tu sais ? fit l'autre. Rassure-toi ! Nous n'allons pas loin et tu vas pouvoir te reposer un peu. Seulement, si tu fais le méchant, il pourrait bien devenir éternel, ton repos...

Par un sentier qui serpentait à travers un bois de chênes-lièges, la troupe atteignit bientôt l'entrée d'une caverne qui s'ouvrait à flanc de colline, une entrée étroite et masquée par une épaisse végétation.

La nuit tombait. En file indienne, on parcourut un couloir sombre, envahi d'une odeur de fumée qui piqua les yeux de Fiora et la fit tousser, mais déjà le couloir s'élargissait et s'éclairait, tandis qu'une agréable odeur de viande grillée venait chatouiller ses narines. On la posa à terre et elle se retrouva, quelque peu engourdie, auprès d'un feu au-dessus duquel rôtissait un mouton entier. Auprès d'elle, le chef réchauffait ses mains à la flamme.

– Je te rappelle ce que je t'ai déjà dit, fit-elle calmement. Plus le temps passe et plus ta tête est en danger.

– Ça suffit ! gronda l'homme en lui jetant un coup d'œil meurtrier. Il y a des choses que je n'aime pas entendre, même une seule fois. Alors deux ! J'ai bien envie de te faire taire pour toujours.

– Ne te gêne pas ! s'écria Fiora que la colère gagnait en proportion du temps qu'elle perdait. Mais dis-toi que mon cadavre pourrait être encore plus dangereux que ma personne. Tu ne sais pas lire, mais si tu es, comme je le pense, un ancien soldat, tu devrais connaître ces armoiries ?

– Hum !... La vipère milanaise, oui... je connais ! mais cette rose qu'est-ce que c'est ?

– Tu n'as pas dû sortir de ton trou depuis longtemps. Si tu veux en savoir davantage, écartons-nous un peu. Tu n'as peut-être pas de secrets pour tes hommes, mais moi, il y a des choses que je ne peux pas dire à n'importe qui.

Vaguement flatté, le chef se pencha, délia les jambes de Fiora puis, prenant le bout de la corde qui attachait ses mains, l'entraîna vers le fond de la grotte. Là de la paille amoncelée et quelques couvertures formaient une litière sur laquelle il se laissa tomber.

– Vas-y ! Cause !... Qui est ton maître ?

– Ce n'est pas un maître, c'est une maîtresse : la nièce du pape, donna Catarina Sforza, comtesse Riario. Elle m'envoie à Florence en mission... spéciale, d'où cette lettre. Si je ne réussis pas, je risque ma tête, mais quiconque m'empêche de réussir la risque bien davantage encore. Donna Catarina n'est pas commode, bien que fort jeune.

Le bandit ôta son bonnet pour se gratter la tête, visiblement aux prises avec un problème ardu :

– Déjà entendu parler ! On dit qu'elle est aussi brave qu'elle est belle, et elle a de qui tenir ! Moi qui te parle, j'ai servi sous son grand-père, le grand Francesco Sforza, un rude homme de guerre celui-là ! J'étais encore tout gamin, mais je peux dire que j'ai eu du bon temps avec lui. En voilà un qui savait comment faire plaisir à ses soldats...

Les yeux du bandit brillèrent soudain d'un feu plus vif, tandis que sa voix se chargeait d'une espèce de nostalgie :

– On a saccagé Piacenza ensemble, et jamais tu verras un sac pareil, garçon, ni pareille frairie ! On a étripé tous les hommes, violé toutes les femmes de dix à soixante ans, crevé toutes les futailles et, pour finir, flanqué le feu partout. La ville flambait comme l'enfer qu'on culbutait encore les filles dans les ruisseaux qui charriaient du vin, du sang et des boyaux. Il faisait une chaleur à crever, mais on a bu tout ce qu'on a voulu. Et puis, après, on était riches : de l'argent, des belles étoffes, des vivres, de l'or aussi, voilà ce que Sforza donnait à ses hommes ! On a eu aussi des nonnes... et même des moinillons pour ceux qui aiment ça. Ah !... faudrait aller loin pour retrouver un chef comme lui ! Ceux de maintenant ne pensent qu'à s'habiller de soie et à éviter les coups. Ils ont la peau tendre... Sforza, lui, avait du cuir, du bon vieux cuir craquelé, usé par la cuirasse comme le mien et, pourtant, la reine de Naples l'a voulu dans son lit et Milan lui a donné la plus belle de ses princesses...

Fiora avait, sans impatience, écouté le bandit égrener ses souvenirs, sans s'émouvoir non plus de ce qu'elle entendait : elle avait vu la guerre d'assez près pour en connaître les horreurs.

– Je suis dévoué à donna Catarina comme tu l'étais à son grand-père et je peux t'assurer qu'elle est digne de lui. Écoute ! Garde ma bourse, mais laisse-moi repartir avec mon cheval ! Je te jure qu'une fois ma mission accomplie je te le ramènerai et deux autres avec si tu le veux...

– Pourquoi pas une vingtaine ? Ceux qui seront sous les fesses des soldats qui t'accompagneront ? Tu me prends pour un imbécile, gamin ? La parole des gens, j'y crois plus guère et, aussi vrai que je m'appelle Rocco da Magione, il est pas encore né celui qui me reprendra quelque chose... Surtout un dameret qui n'a même pas un poil de barbe. Une vraie fille, ma parole, ajouta-t-il en passant un doigt sur la joue de Fiora qui faillit le mordre, mais décida de jouer son va-tout !

– Mais je suis une fille, dit-elle doucement.

Rocco retira son doigt comme s'il s'était brûlé.

– Qu'est-ce que tu dis ?

– C'est facile à vérifier. Enlève mon bonnet !

Le brigand ôta le chaperon de feutre, révélant la résille qui retenait serrés les cheveux de la jeune femme. Celle-ci secoua la tête et un flot de soie noire coula sur ses épaules sous l'œil stupéfait de Rocco.

– C'est pourtant vrai ! Mais qui tu es ?

– Je vais te le dire, mais réponds-moi d'abord. Puisque tu surveilles cette route, tu n'as pas vu passer, la nuit dernière, des cavaliers escortant une litière ?

– Pas la nuit dernière : hier au petit matin. Une drôle de caravane et, crois-moi, c'était pas l'envie qui me manquait de remonter tous mes hommes en chevaux, mais ils étaient un peu trop bien armés pour de modestes brigands comme nous.

– C'est bien dommage! gémit Fiora. Si tu les avais attaqués, tu aurais sans doute évité un grand malheur...

– Doucement! Le malheur, il aurait sûrement été pour moi et ces bons garçons qui se sont enrôlés sous ma bannière. Mais revenons où nous en étions : qui es-tu ?

– Je m'appelle Fiora Beltrami et je suis l'amie de donna Catarina. Pour compléter le tableau, j'ajoute que je suis aussi l'ennemie jurée de son rustre d'époux... Oh, et puis, en voilà assez! Je suis là à faire l'imbécile, à discuter avec un coupeur de bourses alors que les Médicis seront peut-être morts demain!

Elle voulut se lever, mais Rocco l'en empêcha et la renvoya sur la paille. En même temps, il avait poussé un véritable rugissement :

– Qu'est-ce que tu dis là ? Qu'est-ce que cette histoire de mort ?

– C'est un peu long à t'expliquer. Sache seulement que, si je suis si pressée, c'est parce que la comtesse et moi nous voulons essayer de les sauver. Ceux que tu as vu passer hier sont leurs assassins!

Il y eut un silence et Rocco tira de sa ceinture un long couteau aussi peu rassurant que possible, mais il se contenta de couper la corde qui liait les poignets de la prisonnière. Puis il fit quelques pas de long en large, réfléchissant visiblement.

– Si je t'aide, tu crois que je peux espérer une bonne récompense ? fit-il en fourrageant dans sa barbe.

– Sur la mémoire de mon père, assassiné par ces Pazzi que tu as vu passer, je te le jure. Mais pourquoi ferais-tu quelque chose pour les Médicis ?

– Le Magnifique m'a sauvé la vie à Volterra. J'avais tué une fille que Vitelli se réservait et il a voulu me pendre. Lorenzo a coupé la corde et m'a rendu la liberté. Ce sont des choses qu'un homme d'honneur n'oublie pas. Mais assez causé : on aura le temps en route. Je vais avec toi! Ce sera encore le meilleur moyen de surveiller mon cheval.

– A deux sur son dos ? Ce sera surtout le meilleur moyen de le faire crever ou alors nous devrons aller au pas. Je te dis qu'il faut se hâter !

– Il nous portera bien une petite demi-lieue ? Je sais où on peut en trouver un dès l'instant où l'on a de l'or, ajouta-t-il en caressant la bourse qu'il avait attachée à sa ceinture par les cordons. A présent, viens manger un morceau de ce mouton qui va bientôt brûler... mais recoiffe-toi. Je préfère que tu restes un garçon.

Comme Rocco l'y invitait, Fiora dévora un morceau de l'animal qui était rôti à point et le fit descendre avec un coup de vin râpeux, tandis que le chef, tout en mangeant, haranguait ses hommes – une dizaine tout au plus :

– Je vais accompagner ce garçon car il me propose une affaire intéressante, mais je reviendrai bientôt. Orlando, ajouta-t-il en désignant une espèce de géant chevelu qui devait posséder la force de deux ours, vous commandera en mon absence qui ne devrait pas durer beaucoup plus d'une semaine mais, en attendant, tenez-vous tranquilles et n'attirez pas l'attention sur vous. Je vais vous laisser une partie de l'or de ce garçon, mais je rapporterai de quoi vous vêtir convenablement.

– Pourquoi ? grogna Orlando. On n'sera plus brigands ?

– On sera ce qu'on a toujours été : des soldats. Quand je reviendrai, nous irons à Urbino. On dit que le duc, Federico de Montefeltro, lève une condotta pour une nouvelle guerre, et il y a trop longtemps que nos épées se rouillent ! D'accord ?

Tous étaient d'accord, mais pas Fiora qui se pencha vers Rocco :

– Tu es sûr d'être logique avec toi-même ? Montefeltro est l'un des condottieri au service du pape, et cette armée pourrait se diriger sur Florence.

– Je sais, mais disons que c'est... un pis-aller ! Nous allons voir ce qui va se passer là-bas. Si les Médicis l'emportent, c'est à leur service qu'on se mettra. Sinon... il faut bien vivre, que veux-tu ?

Il n'y avait rien à ajouter. Fiora acheva tranquillement son repas tandis que Rocco procédait à une répartition équitable des pièces d'or. Grâce à la précaution qu'elle avait prise d'en distribuer quelques-unes dans ses bottes et dans divers endroits de ses vêtements, le fait d'avoir perdu sa bourse ne tourmentait pas Fiora, mais elle réclama l'escarcelle qui l'avait contenue. Il n'y restait plus que peu de choses : un mouchoir et le petit flacon donné par Anna. Rocco le considéra un instant.

– Qu'est-ce qu'il y a là-dedans ?

– La possibilité d'échapper à une mort pénible au cas où je serais... pris.

Rocco hocha la tête, remit l'objet dans l'aumônière et la tendit à Fiora qui commençait à trépigner d'impatience. Que de temps perdu ! En outre, elle s'inquiétait un peu de l'effet qu'elle produirait sur la route et dans Florence en compagnie de cet homme déguenillé qui avait un peu trop l'air de ce qu'il était...

Mais quand Rocco, qui s'était éloigné un moment, revint, elle se rassura. Il avait troqué son buffle plus que crasseux contre un pourpoint d'épais drap gris, pas très propre sans doute mais plus présentable. Des bottes, un ceinturon de cuir brun et un manteau de même couleur achevaient la transformation que la longue épée et la dague vinrent heureusement compléter.

– Tu as eu peur que je te fasse honte, hein ? fit-il en allongeant un coup de coude dans les côtes de Fiora. Et maintenant, en route.

On sortit de la grotte et il enfourcha le cheval. Fiora monta en croupe et, salués par les vœux de la troupe, ils se dirigèrent vers le grand chemin au pas mesuré que cette double charge rendait nécessaire pour ne pas épuiser l'animal.

La nuit était noire, froide, et il fallait connaître les alentours pour s'y retrouver, mais Rocco savait où il allait et, un moment après, Fiora se trouva dotée d'une nouvelle monture achetée le plus régulièrement du monde chez un fermier qui semblait bien connaître le brigand, et même entretenir avec lui des relations plutôt cordiales.

– C'est les voyageurs qu'on détrousse, expliqua Rocco, pas les voisins! Sans quoi la vie n'est plus possible. Celui-là n'a jamais eu à se plaindre de moi, au contraire.

Le compagnon de la jeune femme n'avait pas poussé la camaraderie jusqu'à lui rendre son cheval. Il l'avait gardé pour lui, et Fiora n'eut pas à se louer du changement, à beaucoup près. Sa nouvelle monture était une bête de labour plus qu'un cheval de selle. En outre, elle faisait preuve d'une indépendance d'esprit et d'une originalité certaines qui la poussaient à contourner le moindre monticule de terre ou même à reculer si l'obstacle lui paraissait trop fatigant à surmonter. Rocco, qui s'amusait sans vergogne de la fureur croissante de Fiora, finit par prendre l'animal par la bride pour l'entraîner à sa suite. Fiora se consolait en pensant qu'à Sienne, son compagnon et elle pourraient prendre des chevaux frais. Mais il était écrit sur le grand livre du destin qu'elle n'était pas encore au bout de ses peines.

Sur la piazza del Campo, l'auberge della Fontana accueillit les voyageurs avec la considération due à d'aussi nobles visiteurs, mais son propriétaire, maître Guido Matteotti, leur offrit une image de désolation quand ils demandèrent des chevaux frais.

– Où voulez-vous que je les prenne, Messeigneurs? Je n'en ai plus un seul! Pas même un tout petit. Tout ce que je pourrais vous offrir, c'est un âne, et encore il a une patte raide. Et puis ma fille l'aime beaucoup!

– Qu'est-ce que tu veux qu'on fasse d'un âne? tempêta Rocco. Tu vois bien qui nous sommes? Mon jeune maître qui appartient à la maison du noble comte Riario est un messager envoyé par Sa Sainteté et, crois-moi, son message est urgent.

– Que je tombe mort à tes pieds, Seigneur, si je ne dis pas la vérité. Il me restait quatre chevaux, quatre chevaux superbes : des bêtes hautes, fortes, solides comme un rempart, l'œil vif et la crinière plus longue que chevelure de femme, mais on me les a prises hier soir ! On me les a prises toutes les quatre...

– Et qui s'est permis ça ? Est-ce qu'ils n'étaient pas réservés pour le service du pape et des siens ?

– Bien sûr, mais j'avais vu passer, déjà, une forte troupe et je n'imaginais pas qu'il pût en venir d'autres. En outre, ceux qui sont venus avaient des arguments contre lesquels je ne pouvais pas grand-chose !

Rocco empoigna le bonhomme par le col de sa chemise et entreprit de le secouer d'importance :

– Et qui c'étaient, ces gens-là ? Tu vas le dire, enfin ?

– Une troupe d'hommes qui venaient de Pise. Des soldats ! Ils ont bu, mangé, pillé mon cellier et ma cave, malmené mes servantes et mes marmitons. Un vrai désastre !

– Je perds patience ! fit Rocco. Tu vas te décider à les nommer ?

– Est-ce que je sais, moi ? Des soldats, je vous ai dit ! Ils allaient rejoindre une troupe qui se forme près d'ici sous le condottiere Sanseverino. Ils ont vu mes chevaux, ils les ont pris, tout simplement. Ah ! Pauvre de moi !

Les sourcils froncés, Fiora réfléchissait. La situation s'aggravait. Rocco avait parlé d'un rassemblement à Urbino sous le duc Frédéric, et voilà qu'une autre condotta se formait sous Sanseverino. L'un à l'est, l'autre au sud-ouest, cela ressemblait diablement à une tenaille prête à se refermer sur Florence. Décidément, Riario avait bien préparé son affaire car, les Médicis abattus, il pourrait lâcher cette meute affamée sur leur ville et l'étrangler avant même qu'elle ait eu le temps de bouger. En outre, derrière le pape, il y avait aussi Ferrante de Naples, alors que les alliés de Florence, Milan et Venise, ne se doutaient peut-être même pas de ce qui se préparait. Sans parler bien sûr du roi de France que la distance rendait peu dangereux pour les conjurés.

Elle n'avait rien dit, mais Rocco avait dû suivre le cheminement de sa pensée car il posa sur son bras une main qui se voulait rassurante et elle l'en remercia d'un regard.

– Eh bien, fit-il, nous rejoindrons les autres à Florence et il faudra bien que nos bêtes tiennent jusque-là. Est-ce qu'au moins, dans ton cellier pillé et ta cave ravagée, il reste de quoi nourrir et abreuver deux honnêtes soldats ?

Maître Guido qui s'attendait aux pires sévices parut renaître comme une fleur restée trop longtemps au soleil et qu'un jardinier compatissant arrose d'une pluie fine et fraîche.

– Bien sûr, Vos Seigneuries, bien sûr ! Venez ! Je vais vous préparer moi-même une bonne omelette et sortir pour vous les quelques provisions que je gardais à l'abri pour moi et les miens... Par ces temps terribles, il faut être prévoyant...

– Tu es bien certain de n'avoir pas mis un ou deux chevaux de côté, pendant que tu y étais ? fit Rocco mi-figue mi-raisin ? En attendant, fais soigner les nôtres ! Qu'on leur baigne les jambes dans du vin et qu'on leur donne double ration ! Et qu'on nous apporte un pichet en attendant le repas !

Fiora et lui entrèrent dans la salle de l'auberge qui, en effet, semblait avoir subi un ouragan, et remirent sur pied deux tabourets pour s'y installer :

– Rien n'est perdu ! souffla le brigand à Fiora qui, la tête dans les mains, semblait sur le point de s'évanouir. Il ne nous reste qu'une vingtaine de lieues à parcourir. Je suis sûr que nous pouvons encore arriver à temps.

– Avec des chevaux qui vont nous lâcher à mi-chemin ? Il nous faudra continuer à pied... et je suis morte de fatigue !

– Alors reposons-nous ! Quelques heures seulement, mais cela permettra à nos bêtes de continuer. Mangeons, puis tu iras dormir dans une chambre. Pendant ce temps-là, j'irai voir dans la ville si je peux trouver...

– Rien du tout ! Si je me repose, tu te reposes aussi et je t'attacherai à moi.

– La confiance règne, à ce qu'il paraît ? Au fond, je ne peux pas t'en vouloir. Il n'y a pas longtemps que nous avons fait connaissance. On fera comme tu veux, mais d'abord mangeons ! Je crève de faim, moi !

– Déjà ? Le mouton n'est pourtant pas si loin ?

– Peut-être, mais vois-tu, les contrariétés m'ouvrent l'appétit ! Au fait... tu es bien sûre qu'il ne te reste pas quelques pièces pour payer notre aubergiste ?

– M'as-tu pris ma bourse, oui ou non ?

– Oui... oui bien sûr, mais j'ai une espèce de sixième sens qui me fait renifler l'or comme un cochon les truffes. Et tu m'as bien dit que tu t'appelais Beltrami ?

– Je l'ai dit, mais est-ce que cela signifie quelque chose pour toi ?

– La seconde fortune de Florence ? Ça signifie quelque chose pour n'importe quel enfant de l'aventure, en Italie.

– Ça signifiait ! Mon père est mort et...

– Je sais, mais je suis persuadé qu'il te reste un petit quelque chose, et une fille de banquier ça ne doit pas mettre tous ses œufs dans le même panier.

En dépit de sa fatigue, Fiora se mit à rire.

– Il faut aller à Florence pour le savoir, Rocco. Sois sans crainte : tu auras la récompense que je t'ai promise, même si ce n'est pas Lorenzo de Médicis qui te la donne...

Les deux compagnons quittèrent Sienne à la tombée de la nuit, juste avant la fermeture des portes. Les rues étaient pleines d'ombres silencieuses qui, sous des habits de deuil, revenaient d'entendre l'office des Ténèbres. D'autres veilleraient toute la nuit dans les églises tendues de noir et dépouillées de tout apparat pour déplorer la mort du Christ sur le Calvaire. Les cloches qui s'étaient tues le jeudi saint laissaient, par l'absence de leurs voix familières, la ville désorientée et livrée à la pénitence. Le ciel lui-même participait à l'ambiance sinistre en déversant, depuis midi, une pluie fine et désespérante. Cette nuit, l'immense cathédrale blanc et noir, couchée comme un tigre sur la ville, ferait peser sur elle le lourd fardeau de la mort d'un dieu...

Au moment où ils quittaient sa maison, maître Guido avait tenu à faire aux voyageurs une dernière recommandation :

– Un mot encore, Vos Seigneuries ! Si vous voulez arriver à bon port avec vos chevaux, évitez donc San Casciano in Val di Pesa !

– Pourquoi ? demanda Rocco goguenard. Est-ce qu'il y aurait des bandits ?

– C'est ce qu'ont dit des voyageurs qui en venaient. Il paraît même qu'il y a huit jours, on y a égorgé deux frères prêcheurs... Alors, prenez garde à vous !

– Merci du conseil ! Des assassins doublés de mauvais chrétiens, ça mérite que l'on veille au grain. Heureusement, nous sommes mieux armés que des moines errants...

Néanmoins, tandis que, suivant Rocco qui avait repris la bride de sa fantasque monture, Fiora descendait des collines argileuses où s'étalait la cité, elle avait peine à lutter contre le mauvais pressentiment qui s'était emparé d'elle depuis qu'elle avait su l'impossibilité de changer de chevaux. Les contretemps semblaient s'accumuler à plaisir sur cette route où elle s'était engagée avec tant d'espoir et de détermination. Pourtant, rien n'était encore perdu et, si tout allait bien, elle atteindrait Florence demain samedi dans la journée, pas bien longtemps après le cortège du jeune cardinal légat. Elle n'arrivait pas à secouer l'angoisse qui serrait sa gorge. L'immonde Hieronyma et les siens allaient-ils encore gagner et fallait-il vraiment qu'après Francesco Beltrami, les deux frères Médicis fussent immolés à sa frénésie de meurtre et à la rapacité de Riario ? Dieu ne pouvait tout de même pas donner raison au pape dès l'instant où celui-ci osait lancer des assassins sur une cité chrétienne, même si Florence semblait préférer Platon aux quatre évangélistes ? Il fallait à tout prix arriver à temps ! Hélas ! la nuit était bien noire, et elle ne connaissait pas cette route...

CHAPITRE XII

MEURTRE DANS LA CATHÉDRALE

Rocco non plus, d'ailleurs, et celle-ci leur réserva tous les traquenards possibles. C'est seulement à l'aube du dimanche que les deux voyageurs, épuisés et réduits à un seul cheval, virent se dresser dans un ciel rose et enfin dépourvu de nuages les murs et les tours de la chartreuse de Galluzzo, aux portes de Florence. Une rivière en crue leur avait barré le passage et les avait obligés à un long détour. En outre, pour éviter le danger signalé par l'aubergiste de Sienne, ils avaient encore rallongé leur chemin et ils s'étaient perdus. Enfin le cheval de Rocco, butant sur un rocher affleurant, avait désarçonné son cavalier et s'était cassé la jambe. Il avait fallu l'abattre. Quant à celui de Fiora, peu habitué aux longues courses, il avait montré des signes de fatigue qui le rendaient incapable de supporter deux cavaliers. Rocco, galamment, se résigna à marcher, laissant la jeune femme en selle, si inconfortable que ce fût. De temps en temps, elle choisissait de cheminer auprès de lui, sans beaucoup parler car l'espoir de sauver les Médicis diminuait à mesure que passait le temps. Elle accepta finalement de s'arrêter à la chartreuse comme le proposait Rocco. A cette heure matinale, les portes de la ville n'étaient pas encore ouvertes. En outre, on y aurait certainement des nouvelles. Si les Pazzi avaient déjà frappé, il faudrait décider de ce que l'on ferait car, alors, entrer dans la cité serait une folie.

Enfin, les deux voyageurs avaient grand besoin de se restaurer.

Le sourire du frère portier rendit courage à Fiora. Si Florence avait été, la veille, le théâtre d'une catastrophe, le moine n'arborerait certainement pas cette mine paisible. Tandis que les nouveaux venus s'attablaient dans la salle des hôtes devant un fromage et une miche de pain, il répondit de bonne grâce à leurs questions : la ville avait été en fête la veille, et jusqu'à une heure sans doute assez avancée dans la nuit. Le frère chargé des commissions était revenu émerveillé par le cortège du jeune cardinal légat et par le grand accueil que lui avaient fait leurs seigneuries de Médicis. En ce jour de Pâques, le grand événement serait la messe que Mgr Riario présiderait dans le Duomo en présence des nobles de la ville et de tout ce que la cathédrale pourrait contenir de peuple...

Pendant que le moine allait chercher un nouveau pichet d'eau fraîche, Rocco interrogea Fiora :

– Les portes doivent être ouvertes. Te sens-tu capable de continuer ?

– Il le faut. Certes, il n'y a rien à craindre durant la messe, mais plus tôt Lorenzo sera prévenu et mieux cela vaudra.

– Je suis d'accord, d'autant plus que la messe ne m'inspire pas tellement confiance...

– Tu es fou ?

– Non, mais j'ai des souvenirs. Dans ma vie, j'ai forcé les portes de trop de couvents et violé assez de moniales pour savoir ce que pèse la crainte de Dieu quand la puissance est en jeu. Mais nous avons encore une grande demi-lieue à couvrir avant les portes de Florence... et il va falloir les faire à pied.

En dépit des efforts de Fiora pour obtenir une monture quelconque, il leur fallut se résoudre, malgré la fatigue, à continuer avec leurs seuls moyens. Mais, en voyant la foule qui, venue de partout, commençait à cheminer vers la ville, Fiora en vint à penser qu'il eût été impossible d'aller plus vite, à moins d'écraser du monde. De toutes les campagnes, des paysans marchaient vers Florence comme vers une nouvelle Jérusalem pour tenter d'apercevoir l'envoyé du Saint-Père. Cette affluence tenait beaucoup à ce que le mauvais temps avait cessé brusquement. Le soleil, un vrai soleil pascal, dorait tout le pays où les clochers, l'un après l'autre, s'éveillaient de leurs voix de bronze pour proclamer à la face de cette terre des trahisons, des guerres, des meurtres, de la nuit et de la peur, que le Fils de l'Homme venait de ressusciter et ramenait avec lui l'espoir d'une vie éternelle...

Au cours de la dernière nuit, Fiora avait définitivement abandonné son tabard armorié qu'elle avait jeté dans une rivière après l'avoir solidement noué autour d'une grosse pierre, mais son justaucorps de daim, cependant délacé pour mieux respirer, lui semblait lourd à porter et elle eût avec joie échangé ses hautes bottes contre une paire de sabots. Le flot enthousiaste qui avait vidé les villages porta les deux voyageurs jusqu'aux remparts de Florence que Fiora, oubliant fatigue et angoisse, regarda monter vers elle avec une joie qu'elle ne pouvait retenir. Il y avait si longtemps qu'elle attendait le moment, béni entre tous, qui lui permettrait de revoir la ville bien-aimée de sa douce enfance ! Et Florence l'accueillit au carillon de toutes ses cloches et dans la joie tumultueuse de ses rues pavoisées.

A mesure que l'on avançait par les rues, le flot devenait plus puissant, plus violent aussi.

– Nous ne pourrons pas en sortir, murmura Rocco qui n'aimait pas se sentir bousculé. Est-ce que nous allons vers le palais Médicis ? demanda-t-il tandis que la vague se rétrécissait pour franchir le Ponte Vecchio entre sa double rangée de boutiques aux volets clos.

– Oui et non. Nous allons d'abord au Duomo. Le palais est un peu plus loin...

En jouant des coudes et des pommeaux de leurs épées, ils parvinrent à gagner du terrain et débouchèrent sur cette place que Fiora connaissait pour y avoir vu s'écrouler son univers au jour terrible des funérailles de son père [1]. Mais ils s'aperçurent alors qu'il était impossible d'aller plus loin. Des cordons de soldats gardaient l'entrée de toutes les rues.

– J'arrive de Rome et j'ai un message pour monseigneur Lorenzo, dit Fiora à l'un des sergents. Laisse-moi passer ! Il faut que j'aille au palais...

– Tu iras plus tard, mon garçon ! Tu n'as donc pas entendu les cloches ? La messe est commencée et monseigneur Lorenzo y assiste avec son frère et ses amis... Attends ! ajouta-t-il, apitoyé par ce mince visage poussiéreux et si visiblement fatigué, je vais te faire entrer dans l'église. En te faufilant, tu pourras peut-être arriver jusqu'à lui.

Entraînée par la poigne solide du soldat, Fiora se retrouva bientôt sous le portail du Duomo dont les portes monumentales, largement ouvertes, laissaient sortir des flots d'harmonie. Rocco avait suivi, collé à ses talons :

– Comme tu vois, fils, l'église est pleine. A toi de t'arranger comme tu pourras ! fit le sergent. Je retourne à mon poste avant que la foule m'empêche de le rejoindre.

Approcher de l'autel auprès duquel devaient se tenir les frères Médicis, leur famille et leurs amis, semblait difficile car il y avait du monde jusque dans l'allée centrale laissée vide, habituellement, pour marquer la frontière entre les hommes et les femmes. Mais, cette église, Fiora la connaissait depuis l'enfance et elle entreprit de se glisser par les bas-côtés en murmurant à ceux qui tentaient de l'empêcher de passer et en agitant la lettre de Catarina :

– Un message pour monseigneur Lorenzo ! Un message pour monseigneur Lorenzo !

Il faisait une chaleur de four. La foule qui se pressait entre les murs de Santa Maria del Fiore était si dense qu'elle restituait dans l'immense vaisseau de marbre la

1. Voir *Fiora et le Magnifique*.

chaleur qui commençait à grandir sur la ville, séchant enfin les ruisseaux et les flaques boueuses que les pluies incessantes de la Semaine sainte avaient grossis. L'odeur de l'encens, si généreusement brûlé que ses épaisses volutes montaient jusqu'en haut de l'immense dôme, se mêlait à celle, plus fade, des centaines de cierges brûlant autour de l'autel et à la senteur des fleurs dont on avait composé un tapis et qui mouraient lentement.

Dans la nef s'entassait une brillante assistance, toute de satin et de velours, dorée, constellée de pierreries et plus proche de la cour frivole d'un prince terrestre que d'une assemblée de dévots chrétiens réunis pour célébrer le Saint Sacrifice. On se saluait, on bavardait, on se passait, à voix à peine feutrée, le dernier potin, le plus récent poème. On s'examinait. On critiquait toilettes et coiffures. Derrière cette foule chamarrée, le petit peuple bataillait de son mieux pour apercevoir, dans le chœur, les deux maîtres de la ville. Lorenzo, tout de noir vêtu mais portant à sa toque un diamant qui valait un royaume, et Giuliano, tout de pourpre et d'or, beau et rayonnant comme une statue d'Apollon et joyeux comme un page en vacances.

Quand elle les vit enfin, Fiora sentit son cœur chanter de joie. Ils étaient vivants, bien vivants et, dès que l'office prendrait fin, elle pourrait délivrer son message. Dieu avait permis qu'en dépit de sa route impossible, elle n'arrivât pas trop tard ! Et c'était si bon de revoir enfin ces visages qui lui avaient été chers... et qui l'étaient encore.

Dans le chœur, quelqu'un d'autre leur disputait, ce matin, la curiosité du public. On se montrait, mince et pâle, si jeune sous ses dentelles et sa pesante pourpre cardinalice, ce jeune prince de l'Église de dix-huit ans qui semblait grandi trop vite. Le moindre de ses gestes allumait des feux sur sa mitre de drap d'or givrée de pierres précieuses et sur les soleils d'or brodés sur ses gants d'écarlate. A vrai dire, Rafaele Riario n'avait pas l'air très à son aise, mais chacun mettait cette attitude sur le compte de la timidité, seyante et même touchante chez un jeune homme chargé d'une telle grandeur. Les femmes le trouvaient charmant, à cause de ses yeux languides et des fréquentes rougeurs qui fardaient ses pommettes, mais les hommes, devant son évidente fragilité, bombaient le torse et se sentaient confirmés dans leur supériorité de mâles; contents d'eux, ils l'étiquetaient avec une satisfaction un brin dédaigneuse : un blanc-bec!

Une partie du clergé et les prêtres de sa suite entouraient l'espèce de trône où on l'avait assis et où il s'assoupissait un peu en dépit des clameurs de l'orgue et des chants d'une chorale dont les gosiers semblaient particulièrement vigoureux. En fait, dans tout ce monde, seuls les deux Médicis et quelques-uns des amis groupés derrière eux – Fiora reconnut le grand nez d'Angelo Poliziano, les lunettes de Marsile Ficino et les yeux rêveurs du Botticelli – semblaient suivre l'office de Pâques.

A l'autel, le prêtre et ses acolytes continuaient à dérouler le lent et solennel rituel de la messe. Ce fut la Consécration, puis l'Élévation. Une clochette fut agitée avec une énergie inhabituelle. Les chants moururent, les conversations cessèrent, seul l'orgue continua de jouer en sourdine. Comme un champ de fleurs courbées par un vent soudain, hommes et femmes s'agenouillèrent. Devant la table sainte, flamboyante de lumières, l'officiant, levant très haut l'hostie qu'un reflet de vitrail teinta de rouge, sembla grandir dans sa chasuble d'or frisé. Les cloches s'étaient remises à sonner et un affreux tumulte se déchaîna. Fiora devint blême...

– Ce n'est pas possible? Pas ici...

– On y va! fit Rocco qui dégainait son épée.

Elle le suivit, ayant elle aussi tiré son arme par mimétisme, et ils se forcèrent un chemin à travers la foule hurlante qui s'affolait et perdait la tête. Ils parvinrent ainsi au chœur.

On se battait devant l'autel sur les marches duquel le prêtre épouvanté avait laissé tomber le calice. Le vase sacré rebondit jusqu'à un grand corps rouge et or, étendu sans vie sur les dalles de marbre noir au milieu d'une flaque de sang qui allait s'élargissant : Giuliano de Médicis, le beau, le gai, le charmant Giuliano était sans doute déjà mort, mais malgré cela un homme vêtu de brun, à demi couché sur son corps, le lardait encore à coups de dague. Rocco arriva sur lui comme la foudre et frappa. Touché à la cuisse, l'assassin se releva, voulut sauter sur cet agresseur, mais une violente poussée en avant de la foule terrifiée emporta l'assassin et repoussa le cadavre sur les marches du chœur où Fiora se précipita. Pendant ce temps Rocco, subitement empêtré d'une femme gémissante qui venait de s'accrocher à son cou, regardait sans rien pouvoir faire le meurtrier disparaître dans la cohue comme une couleuvre dans un trou de rocher.

Tandis que Fiora, refusant l'évidence, cherchait désespérément quel secours elle pourrait apporter à ce jeune homme qu'elle avait aimé, quelqu'un s'agenouilla auprès du corps et elle vit une longue main sèche toucher le cou du cadavre.

– Il est au-delà de tout secours, dit Démétrios Lascaris. Les conjurés ont bien mené leur affaire. J'avais remarqué, dans les premiers rangs, des figures que je n'aimais pas...

– Toi ? souffla Fiora, stupéfaite. Mais que fais-tu ici ?

– Je pourrais te poser la même question... Viens ! Il ne faut pas rester.

Le combat, en effet, continuait autour d'eux. Rocco ferraillait contre une espèce d'estafier au visage couvert de cicatrices. Ils cherchèrent des yeux Lorenzo et le virent. Devant le trop joli petit cardinal, aussi pâle et frissonnant que ses dentelles, le maître de Florence, son manteau noir enroulé autour de son bras gauche, se défendait courageusement au moyen de sa seule épée de parade contre les deux prêtres armés de dagues qui l'avaient assailli simultanément quand l'Élévation avait courbé les têtes, tandis que Pazzi et un certain Bandini attaquaient Giuliano. Le sang coulait d'une blessure qu'il avait au cou, mais il ne semblait pas abattu et, tandis qu'il se battait pied à pied au milieu des candélabres renversés, de la cire écrasée et des objets du culte roulant de tous côtés, son œil noir, brûlant d'un feu fiévreux dans son visage olivâtre, dénombrait les ennemis qui l'entouraient et ceux qui cherchaient encore à franchir la balustrade du chœur pour l'atteindre. Attaqués eux aussi, ses amis se battaient au-delà de celle-ci et ne pouvaient l'aider. Le danger était extrême.

– A moi Médicis!... Palle! Palle! hurla-t-il, et le vieux cri de ralliement de sa famille tonna jusqu'aux voûtes du sanctuaire.

Seuls quelques cris épars lui répondirent. Fiora, épouvantée, comprit qu'il était perdu. Il tenait maintenant tête à quatre adversaires et son souffle s'écourtait. Elle allait courir vers lui pour qu'il eût au moins une épée convenable, cependant que Rocco achevait son adversaire, quand, tombant des stalles qu'ils avaient escaladées, les deux frères Cavalcanti arrivèrent comme des boulets de canon et dégagèrent leur ami. Lorenzo put respirer, d'autant plus que, devant ce secours inattendu, les deux prêtres – Antonio de Volterra et Stefano, précepteur chez les Pazzi – abandonnèrent la partie, leurs dagues n'étant plus de taille contre des épées de combat. Fiora en profita pour courir vers Lorenzo et, prenant son épée par la lame, elle la lui tendit :

– Tiens! Tu te battras mieux avec ça et moi je ne sais pas m'en servir!

– Fiora! murmura-t-il avec une soudaine douceur qui fit chaud au cœur de la jeune femme, mais déjà il lui criait de s'écarter, de se mettre à l'abri. Par la droite du chœur, une troupe armée à la tête de laquelle Fiora reconnut Francesco Pazzi accourait à la curée. Cette fois, ils étaient au moins vingt!

Tandis que Démétrios, qui avait crié « Je m'en charge! », traînait la jeune femme à l'écart, Rocco franchit la balustrade d'un bond léger et tomba face au banquier :

– Je commence à t'avoir un peu trop vu, toi! cria-t-il en attaquant furieusement. Mais, sorti on ne savait trop d'où, un beau jeune homme, superbement vêtu, vint s'interposer entre les deux hommes au risque d'être embroché :

– Laissez-moi ce chien puant, messer ! cria-t-il en tombant en garde. Le sang qui est sur mon épée est celui de Giuliano. Je viens de l'y tremper en jurant que son assassin ne mourrait que par moi. Je me nomme Francesco Nori !

Pour ne pas le gêner, Rocco s'écarta et se trouva en face de deux autres adversaires.

– Faites, jeune homme, mais ne le manquez pas et ne glissez pas dans le sang ! Il y en a partout... et, pardieu ! ajouta-t-il en embrochant son premier ennemi, nous allons veiller à ce qu'il y en ait davantage.

Malgré l'aide reçue, le combat demeurait très inégal. Le Magnifique faiblissait et sa maigre poitrine se soulevait avec un bruit de soufflet de forge. On l'avait repoussé hors du chœur et il risquait d'être pris à revers.

– Dans la sacristie, Monseigneur ! clama Démétrios qui, laissant Fiora à l'abri d'un pilier, escrimait lui aussi avec sa dague. Enfermez-vous dans la sacristie en attendant les secours !

Lorenzo bondit en arrière puis, ralliant en triangle serré les quelques hommes qui se battaient pour lui, il commença à battre en retraite, abattant deux ennemis sur son passage.

– Bravo, apprécia Rocco en connaisseur.

Il venait pour sa part d'en coucher un sur les dalles noires. Le cercle des assaillants eut alors un instant de flottement et le groupe de Médicis, profitant de cette faiblesse momentanée, s'échappa, gagna en courant la nouvelle sacristie dont la lourde porte en bronze, œuvre récente et admirable de Luca della Robbia, se referma sur eux. Leurs poursuivants vinrent s'y briser les poings.

– Viens, souffla Démétrios. Il faut songer à nous mettre à l'abri nous aussi.

Il n'y avait rien d'autre à faire. Rocco, emporté par la

bataille, avait suivi Lorenzo dans la sacristie que les conjurés assiégeaient. Gagner la sortie était impossible car on se battait sur toute la longueur de la nef. S'en remettant à Démétrios, Fiora disparut à sa suite derrière l'autel sur lequel, à demi couché, le jeune Riario, plus mort que vif, étreignait en sanglotant le grand Christ d'argent massif. Personne ne faisait attention à lui.

Arrivés là et abrités sous la nappe brodée, les deux compagnons examinèrent la situation. Le plus gros de l'agitation avait la sacristie pour centre et la nef commençait à se vider, certains des combattants choisissant de s'enfuir. Le flot se retirait, abandonnant ses épaves : corps sanglants, épars au milieu des armes inutiles, des voiles de femmes déchirés et piétinés, des fleurs écrasées, des bijoux brisés que des mendiants, rampant comme autant de larves, se hâtaient de récolter. Par les portes monumentales, on apercevait la place ensoleillée d'où venait un effroyable vacarme, preuve que l'on s'y étrillait ferme. On aurait pu croire que toute la ville était là.

– Comment se fait-il que les Médicis soient venus sans gardes ? chuchota Fiora. Où sont Savaglio et ses hommes ? Où est le gonfalonier de justice ? C'est toujours Petrucchi ?

Démétrios haussa les épaules :

– Personne n'aurait imaginé une attaque pendant la messe. Savaglio doit être au palais. Quant à Petrucchi, si j'en crois la Vacca [1] qui se met en branle, il doit être à la Seigneurie, portes bien closes... Viens, j'ai une meilleure cachette pour attendre la fin de tout cela.

Entraînant toujours la jeune femme, le Grec se mit à courir, à demi courbé, tout le long du bas-côté jusqu'au petit escalier sombre qui menait à la Cantoria, la tribune où chanteurs et musiciens se rassemblaient auprès de l'orgue. Celle-ci était vide, mais son désordre proclamait le départ précipité de ses occupants. Les instruments de

1. Cloche de la prison. Elle sonnait en cas d'incendie ou d'autre catastrophe.

musique jonchaient le sol, pêle-mêle avec des partitions. Sur un grand lutrin de bronze était étalée la musique d'un motet dont les notes avaient dû s'étrangler dans le gosier des chantres : une bien belle œuvre pourtant, écrite tout récemment par messire Jean Ockeghem, maître de chapelle du roi de France, et envoyée par celui-ci à Lorenzo pour la fête de Pâques. Tout cela abandonné.

– Si l'on s'est battu ici, commenta Démétrios, ce devait être à qui atteindra l'escalier le premier ! Asseyons-nous, si tu veux ? ajouta-t-il avec une soudaine humilité. J'aimerais savoir par quel miracle je te retrouve à Florence... si toutefois tu veux bien me le dire ?

Fiora tira son mouchoir pour essuyer sa figure où la sueur collait la poussière. Il y avait beau temps que son chapeau avait disparu dans la foule et la résille avec le poids de ses cheveux était lourde à porter. Ses yeux gris se posèrent sur le Grec avec une curiosité où entrait de l'amusement. Il avait vieilli ces derniers mois et ses yeux sombres étaient pleins de mélancolie :

– Pourquoi ne le voudrais-je pas ? fit-elle doucement en posant ses doigts sur le poignet noueux de son ancien ami : le sang qui coule ici a-t-il été changé ?

– Je l'ai cru un moment, mais j'en ai été puni car je traîne après moi des regrets qui sont presque des remords !

– Je sais à quoi tu penses. Tu penses à cette malheureuse scène de Morat où nous nous sommes entre-déchirés dans la tente vide du Téméraire.

– Bien sûr !

– Il faut l'oublier comme je l'ai oubliée moi-même, Démétrios. Tant d'eau a coulé dans les rivières, tant de nuages ont couru d'un bout à l'autre de mon horizon ! Tu as été content, tout à l'heure, en me revoyant ?

– Quelle question !

– Moi aussi, j'ai été très heureuse. C'était un peu de soleil après les jours noirs que je viens de vivre. Alors, tu vois, c'est la seule chose importante ! Tu es toi, je suis moi, et nous sommes à nouveau l'un près de l'autre.

Sans répondre mais les larmes aux yeux, il mit ses grands bras autour d'elle et la serra contre sa poitrine. Ils restèrent là un instant, sans bouger, attendant que leur commune émotion s'apaise. Jamais encore Démétrios n'avait eu pour Fiora ce geste de père qui retrouve l'enfant qu'il croyait perdu. Leur affection, jusque-là, se passait des gestes et plus encore des mots. Il avait fallu que vienne l'épreuve pour que le Grec comprît la place que cette jeune créature avait prise dans son cœur.

– Et Esteban ? demanda Fiora le nez contre la robe noire du médecin. Sais-tu ce qu'il est devenu ?

– Il est ici avec moi. J'ai cru que je l'avais perdu lui aussi et, après l'anathème dont m'avait frappé dame Léonarde – justifié d'ailleurs ! –, je suis parti droit devant moi sans bien savoir où j'allais.

– Pourquoi n'as-tu pas rejoint le duc de Lorraine ? Ou le roi Louis ?

– Ni l'un ni l'autre n'avaient besoin de moi et je n'aime pas imposer ma présence. Esteban, lui, a deviné ma détresse. Il m'a rejoint sur la route et il m'a dit : « Si on retournait voir ce que deviennent notre jardin de Fiesole et les tavernes des bords de l'Arno ? » Alors, nous sommes revenus ici...

– Tu n'as pas craint de retrouver ce danger qui nous avait chassés, toi et moi.

– Pas vraiment, car je connais les peuples. La foule en général est versatile, changeante, facile à retourner, et celle de Florence l'est, je crois, plus que toutes les autres. Deux années s'étaient écoulées... et puis, mourir là ou ailleurs ? Je n'avais plus rien à perdre.

– Qu'est-il arrivé alors ?

– Rien. Le seigneur Lorenzo m'a reçu comme un ami retrouvé, logé d'abord à la Badia, puis... chez toi.

– Ai-je donc encore un chez moi ici ?

– Tu as toujours ta villa de Fiesole que Médicis t'a gardée. Nous avons souvent parlé de toi, tu sais, et je crois qu'en dépit de ce que tu as souffert ici, il a toujours espéré que tu reviendrais un jour.

– Et les gens de là-haut t'ont bien accueilli ?

– D'autant mieux qu'une brève épidémie de peste, l'été dernier, m'a permis de me dévouer pour eux. Ceux de Fiesole ne jurent plus que par moi et aussi quelques autres, à Florence... mais, je t'en prie, assez parlé de moi. C'est ton histoire à toi que je désire entendre.

– Aucune vision ne t'a donc visité à mon sujet ? Toi qui savais voir à travers le temps et l'espace ?

– Si, parfois. Mais c'était toujours assez vague parce que tu étais loin de moi et que mon amitié pour toi interprétait mal. Parle, s'il te plaît !

Le silence, à présent, entourait les réfugiés de la Cantoria. Les assaillants de la sacristie n'étaient plus que quelques-uns qui tournaient devant la porte close, se parlant tout bas, comme des loups qui cherchent comment attaquer. Il n'y avait plus personne dans la nef que les rayons crus du soleil de midi pénétraient profondément. Du haut de son refuge et en allant s'adosser à la balustrade, Fiora jeta un regard au tragique spectacle de ces corps abandonnés sur le marbre noir autour de deux larges taches pourpres : le cadavre de Giuliano déjà raidi par la mort dans ses habits de fête et, tout au fond, la forme presque aussi rigide du jeune cardinal foudroyé au pied de cette croix scintillante qu'il étreignait encore... Fiora soupira.

– Jusqu'à ce jour où tout va peut-être s'écrouler de ton univers, tu as au moins trouvé la paix, toi. Ma route, à moi, n'a guère connu que les épreuves mais aussi une grande joie : la naissance de mon petit Philippe.

Une flamme, toute semblabe à celle d'autrefois, s'alluma dans les yeux ternis du Grec, et son visage s'illumina :

– Un fils ? Tu as un fils ? Oh, Dieu... quel bonheur !

– Oui. Mais il est possible que je ne le revoie jamais.

Se laissant glisser assise contre la balustrade, Fiora entreprit de retracer aussi succinctement que possible ce qu'avait été sa vie depuis que, devant Nancy, s'étaient effondrées la puissance et les armes du dernier Grand Duc d'Occident.

Quand elle eut fini, Démétrios ne dit rien : il semblait changé en pierre et, tel qu'il était, assis très droit dans sa robe noire souillée de poussière, les jambes croisées, il ressemblait à ces vieux sages qui, accroupis sur la terre rouge des marchés d'Orient, chantent la gloire du Prophète, les hauts faits des califes ou de leurs cavaliers légendaires et font entendre parfois des paroles nées d'une antique sagesse ou d'une vision d'avenir. Il semblait si loin, tout à coup, que Fiora, inquiète, se pencha et, posant une main sur son épaule, le secoua doucement.

– Démétrios ! M'as-tu seulement entendue ?

Il ne bougea pas, et ses yeux demeurèrent fixés dans un lointain qui effaçait les murs brillants de Santa Maria del Fiore.

– Oui... Mais, Fiora... je ne crois pas que ton époux soit mort.

Le cœur de la jeune femme s'arrêta, tandis que sa gorge se serrait, que sa bouche devenait sèche :

– Qu'est-ce que tu dis ?

Il eut un long frisson qui le secoua tout entier et le tira de l'espèce de transe où il avait sombré. Il la regarda et eut un faible sourire :

– Tu me crois fou ?

– Non... Je connais ta clairvoyance, mais cette fois tu te trompes, Démétrios ! Philippe est monté sur l'échafaud aux yeux de toute une ville, ce même échafaud où sont morts mon père et ma mère. On n'en redescend jamais et Mathieu de Prame savait de quoi il parlait lorsqu'il m'a annoncé son exécution.

– Certes, j'ai vu le glaive levé... pourtant, je n'ai pas vu le sang.

Avec une profonde tristesse, Fiora pensa qu'en vérité Démétrios avait vraiment vieilli et que son esprit, si brillant naguère, s'usait en même temps que son corps. Tout était mort à présent de cet autrefois dangereux sans doute, haletant et passionné, mais qui avait son charme. Mort avec Philippe !

La voix de bronze de la Vacca tonnait toujours et, au-dehors, on entendait des cris, des galopades puis le grand vaisseau de Santa Maria del Fiora s'emplit du bruit si caractéristique d'une troupe en marche. Une voix retentit qui précipita Fiora et, plus lentement, Démétrios à la balustrade :

– Ouvre, Monseigneur ! C'est moi, Savaglio ! Tu n'as plus rien à craindre et la ville est à toi !

C'était, en effet, le capitaine des gardes de Lorenzo, à la tête d'une compagnie dont les armures se couvraient de cottes d'armes frappées du Lys rouge. Derrière eux, la foule revenait, rassurée pour une partie, repentante peut-être pour une autre.

La porte de bronze s'ouvrit. En voyant paraître la haute silhouette maigre et le sombre visage de ce maître qui avait toujours été son ami, le peuple poussa un hurlement de joie qui ébranla les lustres de cuivre et roula comme le tonnerre. Une brusque poussée, venue de ceux du parvis qui essayaient d'entrer, jeta en avant quelques gardes, et Savaglio dut faire intervenir les lances pour sauver son seigneur de la mort par étouffement :

– Reculez ! hurla-t-il. Reculez tous ou je vous charge ! Si vous n'obéissez pas, c'est qu'il y a encore des assassins parmi vous. Alors, gare !

La foule recula, ouvrant un passage dans lequel Lorenzo et ses amis s'avancèrent, salués par des vivats frénétiques auxquels le Magnifique répondit d'un geste de la main. Mais soudain, il s'arrêta :

– Giuliano ! s'écria-t-il. Qu'a-t-on fait de mon frère ?

– Le voici, Monseigneur ! fit Savaglio en montrant, de l'épée, un groupe d'hommes qui, à cet instant même, enlevaient sur leurs épaules un brancard recouvert d'une tenture de soie arrachée sans doute à une fenêtre de la place. Sous le cendal pourpre, la forme du corps se dessinait.

Rapidement, Lorenzo les rejoignit et, d'un geste brusque, rejeta l'étoffe à terre :

– Je veux que Florence voie, de ses yeux, ce qu'on a

fait de lui ! Levez-le ! Levez aussi haut que vous le pourrez afin que sa mort crie vengeance jusqu'au ciel ! Et que justice soit faite !

Le cadavre apparut, exsangue dans ses vêtements de joie. Il ne restait plus du beau Giuliano qu'un corps sans vie, troué de trente coups de poignard tant les assassins s'étaient acharnés sur celui qui avait été l'heureux amant de Simonetta Vespucci, une pauvre dépouille sur la main pendante de laquelle Lorenzo, les larmes aux yeux, vint poser ses lèvres. Mais, comme le triste cortège allait s'ébranler, il l'arrêta une fois encore :

– Où est le cardinal Riario ? demanda-t-il.

Savaglio fit un geste d'ignorance, mais un gamin qui portait le costume des chantres de l'église sortit de derrière un pilier et s'avança :

– Les chanoines du Duomo l'ont recueilli, illustrissime Seigneur. Ils l'ont trouvé à moitié mort de peur devant l'autel et l'ont emmené pour le réconforter. Il doit être dans la salle du chapitre.

– Qu'on aille le chercher !

– Que veux-tu en faire ? demanda Politien en se penchant sur l'épaule de son ami. Pourquoi ne pas l'abandonner à son destin ? Le peuple n'en fera qu'une bouchée...

– C'est ce que je veux éviter. La foule l'écharperait et en ferait un martyr que le pape se hâterait de canoniser. Et c'est un trop précieux otage que ce blanc-bec pour l'abandonner ainsi à la fureur d'une aveugle populace.

Comme il finissait de parler, un groupe lamentable et vaguement grotesque émergea de la droite du chœur. C'était, étayé par deux chanoines grassouillets qui roulaient des yeux effarés, le petit cardinal qui faisait une apparition sans gloire. Le malheureux croyait sans doute sa dernière heure venue. Mais quand il reconnut le Magnifique à la tête de cette troupe armée, il fit un visible effort pour retrouver un peu de dignité.

– J'ai... j'ai le cœur navré... de ce drame qui ensanglante le saint jour de la Résurrection et je ne veux pas... rester ici plus longtemps ! Je veux partir... tout de suite !

Lorenzo le toisa du haut de sa taille avec un dégoût teinté de pitié :

– Il ne saurait en être question. La présence de Ta Grandeur en ce jour terrible a montré à tous d'où vient le coup qui a frappé mon frère et qui a failli me tuer. Tu resteras ici, dans ma propre demeure, et pour aussi longtemps qu'il me plaira de t'y garder.

– C'est violer le droit de l'Église ! Je suis légat du Saint-Père et comme tel ne puis être retenu contre mon gré. Tu n'oseras pas, je pense, porter la main sur un prince de l'Église ?

– Moi ? Jamais... Après tout, tu es libre, comme tu le dis. Va ton chemin ! Voici les portes grandes ouvertes...

Le jeune prélat regarda tour à tour le visage sarcastique du Médicis, le corps hissé sur ses cariatides humaines, les masques figés des gardes vêtus de fer et, plus loin, la foule, la foule qui grondait et qui même, hors les murs de l'église, hurlait déjà sa condamnation : A mort les Pazzi ! A mort les Riario ! et même « A mort le pape ! »

Malgré la chaleur il frissonna sous sa pourpre, baissa la tête et murmura, vaincu sans avoir combattu :

– Je m'en remets à toi, seigneur Lorenzo !

Sans ajouter un mot, celui-ci lui fit signe de le suivre, tandis qu'il allait prendre place devant le cadavre et marchait vers la sortie. La foule se tut et s'ouvrit devant lui. Sous le porche, quand le corps de Giuliano apparut, le soleil fit étinceler l'or de ses vêtements et une fois encore ce fut le silence. Les cloches du campanile se mirent à tinter en glas et le battement funèbre tomba sur la ville qui semblait retenir sa respiration.

Soudain, d'un seul élan et comme si un mot d'ordre mystérieux avait couru ses rangs, la foule se déchaîna : un monstrueux hurlement monta à l'assaut du ciel. Une clameur immense qui semblait jaillir des entrailles mêmes de la terre. Le cortège funèbre fut enlevé, entraîné par un raz de marée qui l'emporta et qui, dans sa fureur, changea cette heure de deuil en une heure de triomphe, le mort en un vainqueur acclamé follement et le malheureux cardinal légat, toujours soutenu par ses chanoines, en un vaincu traîné au char glorieux et auquel manquaient seulement les chaînes et les fers.

– Viens ! dit Démétrios à Fiora. Il est grand temps que tu prennes un peu de repos.

– Où m'emmènes-tu ? Au palais Médicis ?

– Non. Nous ne pourrions même pas l'aborder dans l'état actuel des choses. D'ailleurs, Esteban m'attend avec nos mules à cette taverne de mariniers, près de la Seigneurie, qu'il affectionne toujours.

– Mais mon compagnon ? Je ne peux l'abandonner.

– Il est parti avec Lorenzo et ses amis. Quand je t'aurai ramenée à Fiesole, je redescendrai au palais et m'enquerrai de lui. En même temps, je dirai que tu es revenue.

– Lorenzo le sait. Il m'a vue quand je lui ai donné mon épée.

– Raison de plus pour que je lui parle ce soir. Allons à présent !

Quand ils sortirent de l'église, clignant un peu de l'œil dans l'aveuglante lumière, la place était vide, mais, quand ils se dirigèrent vers la Seigneurie, ils virent que toute la ville n'avait pas suivi le cortège des Médicis et qu'une foule nombreuse encombrait les abords du vieux palais.

– Nous n'allons jamais pouvoir traverser, gémit Démétrios. Et pourtant, il le faut bien si nous voulons rejoindre Esteban.

En effet, une mer humaine, une mer en furie, hurlante et déchaînée, battait les puissantes murailles de la Seigneurie. Certains tentaient follement d'escalader les pierres cyclopéennes dont était construite la base, dans l'espoir insensé d'atteindre les fenêtres percées bien trop haut pour cela. D'autres s'écorchaient les mains aux larges clous de la porte bardée de fer devant laquelle les gardes des prieurs, vêtus de vert, faisaient de leur mieux pour les repousser. Toutes les bouches se distendaient sur des cris féroces et, juché sur le Marzocco, le lion de pierre symbole de la république, un énergumène échevelé poussait des clameurs sauvages en agitant son bonnet. Naturellement, la Vacca tonnait par-dessus tout ce vacarme, du haut de sa tour vertigineuse au sommet de laquelle flottait l'étendard au Lys rouge.

– C'est invraisemblale ! dit Démétrios qui regardait sans comprendre. Qu'est-ce que ces gens font ici à hurler à la mort ?

La fin de sa question se perdit dans une énorme clameur de joie : la fenêtre principale du palais, celle donnant sur un balcon de fer, venait de s'ouvrir et deux soldats en tunique verte parurent, traînant un homme ligoté qui hurlait de terreur. La foule se tut, attendant la suite. Ce fut rapide. L'un des hommes d'armes plongea une dague dans la poitrine de la victime puis, tandis qu'il retirait l'arme, son compagnon saisit le corps fléchissant, l'éleva à bout de bras dans un effort herculéen et le jeta sur la place où il s'écrasa. La foule s'écarta, avec quelque chose qui ressemblait à un soupir de volupté...

Sur le balcon, la scène se renouvelait et un autre corps poignardé était jeté à la foule tandis qu'entre les créneaux, la bannière de Cesare Petruccci, gonfalonier de justice, était déployée pour indiquer que force restait à la loi et que c'était à présent l'heure des représailles...

Démétrios n'eut pas le temps de demander une fois de plus ce que tout cela signifiait, occupé qu'il était à se débarrasser d'un gamin qui, sous prétexte de se hisser sur une fenêtre de la maison à laquelle il était appuyé avec Fiora, l'escaladait bravement. Une aide lui vint en la personne d'Esteban qui, l'ayant aperçu, avait joué vigoureusement des coudes et des pieds pour le rejoindre. Empoignant le garçon qu'il accrocha braillant et gigotant à l'un des porte-torches de ladite maison, le Castillan allait tirer son maître après lui pour le sortir de là quand il reconnut Fiora.

– Oh ! C'est pas vrai ?... Je rêve !

– Eh non, mon cher Esteban, c'est bien moi !

– Por Dios !

Emporté par sa joie, Esteban prit la jeune femme dans ses bras et l'embrassa sur les deux joues. Mais déjà le mouvement de la foule les repoussait contre le mur, bouchant le fragile passage qu'il avait réussi à se faire pour rejoindre son maître.

– Impossible de bouger, mon garçon ! soupira le Grec. Il faut rester là. Si encore nous savions pourquoi ?

– Oh, moi je sais... C'est une véritable histoire de fous.

Il expliqua de son mieux. Tandis qu'une partie des conjurés assaillaient les Médicis dans la cathédrale, une autre, avec à sa tête l'archevêque de Pise Salviati, avait reçu pour mission de s'emparer de la Seigneurie. Quand les cloches sonnèrent pour l'Élévation, ces gens crurent que les deux frères étaient morts et ils coururent s'enfermer dans le palais des prieurs, ignorant que les portes en question ne pouvaient s'ouvrir que de l'extérieur pour qui n'en possédait pas les clefs. Ils se retrouvèrent donc enfermés avec tous ceux que contenait le palais. Salviati, alors, demanda Petrucci, qui était à table et que cette visite importunait. Il reçut fort mal le prélat guerrier et celui-ci s'embrouilla dans un discours confus. Semblant ne pas tenir en place, il toussait très fort à chaque instant comme pour donner un signal.

Au même moment, le vieux Jacopo Pazzi, croyant que ses affaires allaient au mieux, déboucha sur la place avec quelques hommes en criant « Liberté ! Liberté ! ». Le gonfalonier qui regardait déjà Salviati d'un œil méfiant comprit tout de suite de quoi il retournait et, comme l'un des conjurés arrivait chez lui, venant tranquillement aux nouvelles, il l'attrapa par les cheveux et le fit tournoyer plusieurs fois sur lui-même, sous l'œil ahuri de l'archevêque, avant de l'envoyer tout droit dans les bras d'un garde en glapissant l'ordre de l'arrêter. Et, là-dessus, de crier « Aux armes ! A l'aide ! » avec tant de force que les huit prieurs et tout le personnel de la Seigneurie accoururent. Puis, comme les gardes seuls avaient des armes et que Petrucci se croyait en face d'une révolution, tout le monde se précipita aux cuisines pour y prendre des couteaux, des broches et des hachoirs avant de remonter dans la tour pour s'y retrancher et attendre les événements.

Pendant ce temps, les quelques conjurés enfermés dans la Seigneurie tournaient en rond à la recherche d'une impossible issue. Ils comprirent que tout était perdu, quand arrivèrent les archers et les serviteurs des Médicis qui escortaient les prisonniers faits à la cathédrale. Les prieurs, soulagés d'un grand poids, redescendirent enfin de leur tour pour se constituer en tribunal.

– A présent, Petrucci règle ses comptes en même temps que ceux de monseigneur Lorenzo ! conclut Esteban en désignant ce qui se passait sur le balcon.

On pouvait dire que sa justice était expéditive, et Fiora frissonna en se souvenant de la hargne avec laquelle le gonfalonier de justice l'avait traitée au moment du scandale causé par Hieronyma. Puis elle détourna la tête pour ne plus voir, écœurée par le spectacle.

A peine les hommes précipités du balcon touchaient-ils terre que la foule les mettait en pièces et hissait sur des piques, des fourches ou même des bâtons épointés ces affreux débris pour les promener par la ville...

– Allons-nous-en ! supplia Fiora. Ce n'est pas supportable !

– Je voudrais vous emmener, fit Esteban, mais il faut rester encore. Vous voyez bien que nous ne pouvons pas traverser cette populace qui est déjà ivre de sang et qui va l'être de vin !

En effet, des pichets dégoulinants commençaient à naviguer au-dessus des têtes. On se les passait pour encourager à l'ouvrage ceux qui dépeçaient les corps, non sans prélever une gorgée ou deux au passage.

Un nouvel acte du drame se préparait. Trois hommes étroitement ligotés venaient d'apparaître sur le balcon. L'un d'eux était vêtu d'une longue robe violette.

– L'archevêque Salviati! murmura Démétrios. Vont-ils donc, lui aussi, l'égorger sans jugement?

Mais il n'était plus question de poignard. Les trois condamnés – les deux autres étaient le frère de l'archevêque et un certain Bracciolini – furent pendus par les pieds au balcon de fer. C'était alors un mode d'exécution fort prisé à Florence, parce qu'il permettait au peuple de jouir d'une longue agonie. Et la foule hurla de joie en voyant la robe du prélat se retourner jusqu'aux cuisses et envelopper le reste du corps. Mais comme, justement, elle cachait le visage, il y eut une poussée en avant pour mieux voir, en même temps que certains réclamaient que l'on remontât Salviati pour le pendre à nouveau par le cou... Esteban décida de profiter de ce que lui et ses compagnons se trouvaient moins serrés. Il empoigna Fiora par le bras et l'entraîna à sa suite. Démétrios fermait la marche. Dans sa hâte de soustraire Fiora à la dangereuse cohue, Esteban s'en alla heurter violemment un homme d'une quarantaine d'années qui, avec sa taille courte et épaisse, sa grosse tête couverte de cheveux noirs courts et frisés, avait tout l'air d'un paysan. Mais il possédait un haut front intelligent, des yeux sombres particulièrement perçants et ses habits, bien qu'émaillés de nombreuses taches, étaient faits de beau tissu. Les bras croisés, il regardait le spectacle avec une parfaite impassibilité quand Esteban manqua le jeter à terre et reçut, en échange, un coup de poing asséné avec une rapidité fulgurante.

– De tous les ruffians malappris! commença-t-il, prêt à poursuivre le combat, quand Démétrios le reconnut:

– Excuse mon serviteur, ser Andrea! S'il t'a bousculé c'est parce que nous avons hâte de quitter cet endroit.

– Pourquoi? Trouverais-tu par hasard, médecin, que le traitement est trop rude pour ces assassins? Pour ma part...

Il n'acheva pas sa phrase. Son regard venait de s'arrêter sur Fiora et se chargea d'une douceur inattendue. La jeune femme, elle, aussi l'avait reconnu. C'était le Verrocchio, le sculpteur le plus célèbre de Florence, un peintre de talent aussi et un fervent ami des Médicis. Il n'avait pas changé depuis la fameuse « giostra » du 23 janvier 1475 dont il avait été le génial maître d'œuvre... et où, pour la première fois, elle avait aperçu Philippe de Selongey.

– Ce jour devrait te réjouir, Fiora Beltrami, car ce sont les ennemis de ton père que l'on exécute. Pourtant je te trouve bien pâle ?

– Je viens d'arriver, ser Andrea, et je ne m'attendais guère à tomber dans un bain de sang...

– Celui de Giuliano ne se paiera jamais assez cher ! Tiens, regarde ! C'est le tour de Francesco Pazzi. On l'a pris en chemise, sur le lit d'une femme...

C'était lui, en effet. Sous les cordes qui le liaient et les traces de sang qui avait coulé de ses blessures, il était nu, mais il n'avait rien perdu de sa hargne. Les huées de la foule couvraient les imprécations dont il abreuvait ses bourreaux. Le peuple, exaspéré, sachant qu'il avait lui-même frappé Giuliano, réclamait qu'il lui soit livré. Un instant plus tard, lié par les chevilles, il se balançait à côté de Salviati, trop haut pour être atteint par autre chose que des projectiles. Les pierres alors se mirent à pleuvoir sur lui...

Cette fois, Fiora ne détourna pas les yeux. Le sort de cet homme dont la main, quelques jours plus tôt, touchait la sienne pour la mener à la chambre nuptiale, lui était indifférent. En le regardant subir son supplice, elle n'avait qu'une pensée : où donc pouvait être Hieronyma ?

Elle entendit, derrière elle, Démétrios demander au sculpteur ce qu'était devenu le vieux Jacopo, le patriarche des Pazzi, et s'il avait été pris, lui aussi.

– Non. Il a réussi à s'enfuir avec quelques hommes, mais Petrucci a envoyé à sa poursuite. Eh bien, en voilà vingt-six d'expédiés, si j'ai bien compté ! Il est temps pour moi de regagner mon atelier.

– Ce qui m'étonne, fit Démétrios en riant, c'est que tu l'aies quitté ?

– Que faire d'autre ? Tous mes élèves se sont enfuis comme une volée de moineaux aux premiers tintements de la Vacca et je me suis retrouvé tout seul avec ma glaise et mes pinceaux. J'ai fait comme eux, mais à présent je retourne car j'ai à faire.

– Toujours la statue du Colleone ?

– Bien sûr. Je crois néanmoins tenir le sujet définitif mais, ajouta-t-il en se tournant vers Fiora, je crois que je trouverai du temps pour toi, belle Fiora. J'ai dans la tête un bronze représentant Artémis et aucun de mes modèles n'est digne de m'inspirer la déesse. Il faudra que j'en parle au seigneur Lorenzo.

Il s'éloigna, fendant la foule comme un petit bateau têtu qui a décidé de franchir une barre dangereuse. Les trois autres le suivirent des yeux, puis Démétrios glissa son bras sous celui de Fiora.

– Tu avais oublié, n'est-ce pas, ce qu'était Florence ? fit-il devinant ce qui se passait dans sa tête. Les pires scènes de massacre n'y empêcheront jamais un artiste de penser d'abord à son œuvre. Quant à toi, tu vois qu'en dépit de ce qui s'est passé, tu n'as jamais cessé de lui appartenir. Pour le Verrocchio, ces trois ans n'ont pas compté.

– Je crois que tu as raison. Il m'a parlé comme si nous nous étions rencontrés hier. Pourtant, au milieu de ce drame...

– Ceux d'ici aiment le drame, surtout quand ils peuvent y jouer un rôle. Mais le sang lavé, les corps dispersés, ils retourneront comme si de rien n'était à leur commerce, leurs amours, leurs livres, leurs collections et chanteront la douceur de vivre d'un cœur aussi sincère qu'ils ont mis d'ardeur à se changer en loups pour hurler à la mort...

– Cette fois, cela pourrait durer plus longtemps, dit Esteban. Ils auront du mal à oublier Giuliano.

– Sans doute, mais ils n'en aimeront Lorenzo que plus ardemment.

Un moment plus tard, cheminant vers Fiesole au pas paisible des mules que l'on avait retrouvées dans l'étroite écurie de la taverne des mariniers, Fiora pensait que Démétrios n'avait pas entièrement raison. Que les gens de Florence fussent versatiles, oublieux et vite emportés vers les excès de l'enthousiasme ou de la cruauté, elle le savait depuis longtemps, mais aujourd'hui, elle avait cherché vainement, au milieu de cette fureur dont elle avait failli être la victime jadis, le visage familier de la ville qu'elle aimait.

Peut-être l'avait-elle trop idéalisée au cours de ces longs regrets qu'elle lui avait donnés ? Peut-être aussi ces trois années, en la marquant de traces indélébiles, l'avaient-elles vieillie ? Ou bien était-ce simplement parce que, même si elle s'était toujours voulue florentine jusqu'au bout des ongles, elle ne l'était pas vraiment ?

Pourtant, une chose était certaine : tout le sang des Pazzi et de leurs alliés qu'elle avait vu couler ne lui suffisait pas parce qu'il en manquait un : celui de Hieronyma. Tant que ce monstre respirerait sous le même soleil qu'elle, Fiora savait qu'elle n'aurait ni trêve ni repos.

Alors ? N'était-il pas typiquement florentin, ce goût de la vengeance qu'elle avait toujours porté en elle ?

CHAPITRE XIII

LORENZO

Debout derrière la fenêtre de son ancienne chambre d'où elle avait tant de fois, jadis, admiré ses jardins en terrasses et, plus bas, le captivant panorama de sa ville qui ressemblait à un bouquet de toutes les roses ceinturé par le ruban d'argent de l'Arno, Fiora cherchait à retrouver son âme d'antan. D'ordinaire et quand arrivait la nuit, le bouquet devenait tapis en camaïeu de gris et de bleu, piqué ici et là d'une minuscule étoile, l'un des rares feux allumés dans les rues.

Ce soir, tout était changé. Ce soir, Florence qui refusait de s'endormir rougeoyait d'une vie violente et instinctive comme celle d'un creuset de fondeur. Jadis, du haut de la tour de Démétrios, Fiora l'avait déjà vue prendre son mauvais visage et gonfler sa colère, mais c'était peu de chose en comparaison de ce qu'elle voyait aujourd'hui parce que, en Giuliano, Florence venait de perdre, avec son Prince Charmant, une partie de son cœur : la plus tendre. Et, dans l'espèce de grondement assourdi par la distance qui montait jusqu'à Fiesole, la jeune femme croyait distinguer les cris de mort, les malédictions et les longs gémissements des femmes en pleurs. On brûlait, on pillait les maisons des Pazzi et de leurs alliés dont peut-être à l'aube il ne resterait rien. C'était comme un holocauste d'amour que la cité, furieuse et désespérée, offrait à son enfant chéri.

En ce jour, Giuliano avait rejoint Simonetta et, peut-être, était-ce bien ainsi ? Peut-être que, la main dans la main, ils contemplaient du haut du ciel le décor qui avait été celui de leurs amours, mais une chose était certaine, et cela Fiora le sentait par toutes les fibres de son être : jamais plus Florence ne serait ce qu'elle avait été au temps où ils s'aimaient, contre les lois des hommes – et même celles de l'Église puisque l'Étoile de Gênes était mariée –, mais protégés par leur beauté, leur jeunesse éclatante et toute cette joie qu'ils faisaient naître sur leur passage. Le peuple les adorait comme le symbole de la grâce et de la douceur de vivre dans une cité exceptionnelle.

Plus rien d'ailleurs ne serait jamais comme avant. Fiora l'avait ressenti en pénétrant dans cette maison où elle avait connu, jadis, le plus grand bonheur dans les bras de Philippe. Et cela tenait moins à ce que le décor intérieur n'était plus le même – pillée au moment du drame, la villa avait été remeublée par les soins de Lorenzo – qu'à une question d'atmosphère, à une qualité de silence.

Celui que Francesco Beltrami réclamait souvent quand il se retirait dans son « studiolo » était vivant. Il était fait des paroles chuchotées, des pas assourdis, des gestes mesurés de vingt personnes attentives à ne pas troubler le maître dans son travail ou dans son repos. A présent, c'était le silence du vide... Démétrios occupait cependant cette maison, avec Esteban, mais ce qui manquait, outre Francesco lui-même, c'était Léonarde dont la seule présence aurait suffi à communiquer une âme à une hutte de charbonnier, c'était Khatoun, le petit chat toujours ronronnant, et c'étaient aussi tous ces serviteurs qui semblaient, comme la maison elle-même, avoir pris racine dans la terre de Fiesole mais que la tempête avait dispersés. A présent, c'était la noire et discrète Samia qui régnait sur la cuisine et le ménage avec l'aide de deux esclaves, Samia au pas de velours qui, autrefois, servait de gouvernante au castello du médecin grec et qui, tout naturellement, était venue reprendre sa place.

Fiora aimait bien Samia qui était douce et ordonnée et qui l'avait bien soignée lorsque Démétrios l'avait ramenée chez lui à la fin du cauchemar, mais elle n'avait jamais appartenu à son univers d'adolescente heureuse et comblée. Elle n'était apparue qu'au temps de l'épreuve.

Il était près de minuit, à présent. Pourtant, en dépit de la journée harassante qu'elle venait de vivre, consécutive à quelques autres qui ne l'étaient pas moins, Fiora n'arrivait pas à dormir. Elle ne pouvait même pas rester étendue dans ce lit habillé de soie blanche comme la couche d'une vierge, mais qui n'avait jamais été le sien. Elle préférait rester là, pieds nus sur un tapis, regardant, attendant elle ne savait trop quoi.

Démétrios, après l'avoir conduite à Fiesole, était redescendu, comme il l'avait promis, pour tenter de voir Lorenzo. Il était revenu au crépuscule, ramenant avec lui un Rocco à moitié mort de fatigue que Samia avait nourri abondamment avant de l'envoyer se coucher. Il dormait à présent dans une chambre proche de celle de Fiora et, dans le couloir, on pouvait entendre, en passant devant sa porte, ses ronflements puissants d'homme harassé.

A la question de Fiora touchant le Magnifique, le Grec avait répondu :

– Tu le verras bientôt... Te retrouver a été, pour lui, le seul adoucissement à sa douleur qui est profonde. La mort de Giuliano l'ampute d'une partie de lui-même.

Il raconta ensuite les soins dont on avait entouré le corps du jeune homme. Lavé, parfumé, vêtu de drap d'or sous son armure de parade, Giuliano, mains jointes et les yeux clos, reposait à cette heure, dans la chapelle du palais familial, sur un extraordinaire lit funèbre tendu du même tissu précieux semé d'énormes bouquets de violettes, ces violettes qui étaient les fleurs préférées de son frère et que celui-ci faisait cultiver dans ses jardins. Aux pieds du jeune mort, son casque empanaché de blanc, ses gantelets et ses éperons d'or gisaient sur un grand coussin de velours pourpre.

La chapelle, en elle-même, était une œuvre exquise, et Fiora n'avait qu'à fermer les yeux pour la revoir. Tout autour de ses murailles, une grande fresque représentant le cortège des Rois mages allant vers l'Étoile déroulait un faste inouï et des couleurs d'un rare éclat, dans un délicieux paysage toscan semé de châteaux, de cyprès et de buissons fleuris. Ce n'étaient que chevaux richement caparaçonnés, vêtements brodés d'or, couronnes de pierreries, serviteurs parés et joyeux tenant en laisse des léopards, des lévriers de Karamanie, ou portant des présents. Lorenzo lui-même y apparaissait, mais sous la forme d'un bel adolescent blond et bouclé qui avait beaucoup amusé Fiora, car il fallait vraiment savoir que le beau Roi mage était censé représenter l'aîné des Médicis pour y croire. Lorenzo s'en amusait le premier et aimait à dire que Benozzo Gozzoli, le peintre, l'aimait tellement qu'il s'obstinait à voir en lui l'ange qu'il ne serait jamais...

Une autre merveille enrichissait cette chapelle joyau : une adorable Nativité, placée au-dessus de l'autel, œuvre d'un moine défroqué dont la vie tumultueuse avait scandalisé Florence vingt ans plus tôt. Mais Filippo Lippi avait tant de talent qu'on lui pardonnait... même d'avoir donné à la Madone le ravissant visage de la jeune nonne dont il était amoureux.

Oui, cette chapelle était bien le cadre digne de recevoir le corps du jeune prince, et Fiora regretta de ne pouvoir y aller prier car elle n'était pas certaine que les femmes de la maison, Lucrezia, la mère des Médicis, et Clarissa l'épouse de Lorenzo, fussent bien disposées envers une revenante qui, jadis, avait été l'objet d'un scandale. Elle eût aimé pourtant offrir ce tribut de larmes à celui qui avait été son premier amour comme il avait été celui de Catarina Sforza. Comment l'épouse de Girolamo Riario recevrait-elle la nouvelle de cette mort qu'elle souhaitait tellement éviter ? Parviendrait-elle à cacher son chagrin ? Après tout, Riario lui-même ferait grise mine puisque le complot avait échoué dans son but principal : abattre le maître de Florence. Et le maître de Florence était encore en vie et plus puissant, plus aimé que jamais!

Soudain, Fiora tendit l'oreille. Le galop d'un cheval résonnait dans la nuit, se rapprochait, se rapprochait encore... Elle entendit un bruit de voix : celle d'Esteban et une autre, plus sourde, qu'elle n'identifia pas. Qui pouvait venir à cette heure?

Vivement, Fiora enfila sur sa chemise une sorte de dalmatique ouverte et sans manches qu'elle avait portée jadis et que, par une espèce de miracle, Samia avait retrouvée, avec quelques vêtements, dans un coffre du grenier. A la veilleuse qui brûlait sous les rideaux de son lit, elle alluma un flambeau, sortit dans la galerie et alla jusqu'à l'escalier. Là, elle s'arrêta, élevant au-dessus de sa tête le bouquet de flammes.

Au bas des marches, un homme tout vêtu de noir, sans chaperon et les mains nues, la regardait sans dire un mot et cet homme était Lorenzo...

Jamais elle ne lui avait vu ce visage ravagé, raviné, creusé par les larmes et la souffrance, ni ce regard ardent qui suppliait et exigeait tout à la fois. Dans l'ombre du vestibule, derrière lui, la robe sombre de Démétrios glissa sans bruit sur les dalles de marbre et disparut.

D'un pas lent, comme s'il craignait qu'un mouvement brusque fît s'évanouir l'apparition ou ne l'effrayât, Lorenzo monta vers Fiora. Le cœur de la jeune femme s'était mis à battre sur un rythme inhabituel qui emplissait sa poitrine, mais sans qu'aucune angoisse vînt la troubler. Ce qu'elle éprouvait ressemblait davantage à de la joie car elle sut, tout à coup, que ce qui allait suivre était inscrit au livre de sa vie depuis toujours et que, peut-être, sans même en avoir eu conscience, elle l'avait désiré.

Doucement, elle posa le chandelier sur la rampe de l'escalier. Lorenzo montait toujours. A présent elle pouvait entendre son souffle, elle pouvait voir, sous le pourpoint noir et la chemise ouverte laissant apparaître la blancheur d'un pansement, se soulever sa poitrine maigre.

Quand il fut devant elle, la dominant de sa haute taille, elle ne fit pas un geste, ne dit pas un mot, mais leva la tête vers lui, offrant seulement ses lèvres entrouvertes sur lesquelles, doucement, en fermant les yeux comme l'on fait pour mieux savourer un plaisir rare et longtemps attendu, il posa les siennes sans la toucher autrement. Ce fut un baiser long mais léger, délicat, presque timide, comme s'il buvait au calice d'une fleur...

Puis Fiora sentit les mains de Lorenzo sur ses épaules, et ces mains tremblaient. Alors, elle le repoussa avec douceur, mais lui sourit tendrement en voyant son visage se crisper de douleur. Elle prit l'une de ses mains, enleva le chandelier de la rampe et marcha vers la porte de sa chambre.

– Viens ! dit-elle seulement.

Tandis que d'un geste machinal, il fermait le vantail, Fiora alla placer la lumière sur un coffre et, l'une après l'autre, elle souffla les bougies. La chambre ne fut plus éclairée que par la lueur de la veilleuse qui dorait à peine l'intérieur des courtines blanches. Immobile, Lorenzo suivait des yeux chacun des gestes de la jeune femme. Alors, elle laissa tomber à terre le manteau sans manches, délia le ruban de sa chemise qui glissa jusqu'à ses chevilles. L'instant d'après, elle était dans ses bras et il l'emportait sur le lit où il se laissa tomber avec elle...

Ils firent l'amour en silence parce qu'ils n'avaient pas besoin de mots. Le vocabulaire de la passion n'avait rien à faire ici, ils savaient tous deux que leur union prenait racine dans un passé de longue admiration mutuelle, sans doute, mais aussi dans une sorte d'instinct qui les avait poussés à se joindre. Lorenzo était venu vers Fiora comme le voyageur perdu qui découvre soudain une étoile dans son ciel noir et Fiora l'accueillait parce qu'elle avait senti en le voyant que le don d'elle-même était le seul apaisement qu'elle pût offrir à ce désespoir mêlé de colère qui empoisonnait son âme. En outre, affublée du nom exécré des Pazzi, elle éprouvait une délectation secrète à donner au Magnifique cette nuit de noces qu'elle n'eût jamais accepté de subir.

Rapprochés dans de telles conditions et sans le secours d'un véritable amour, Lorenzo et Fiora auraient pu connaître un échec, ou tout du moins une déception, mais ils découvrirent avec émerveillement que leurs corps unis vibraient à l'unisson, réalisaient l'accord parfait si rare entre les amants. Chacun savait d'instinct ce qui pouvait combler l'autre et c'est ensemble qu'ils atteignirent à la volupté suprême, à un plaisir d'une telle intensité qu'en s'apaisant, il les rejeta pantelants dans la soie froissée des draps. Après quoi, ensemble toujours, mais dans les bras l'un de l'autre, ils sombrèrent dans ce sommeil dont ils avaient tant besoin et qu'ils n'avaient pas réussi à trouver dans leur solitude.

A l'aube, Lorenzo se leva. Fiora dormait de si bon cœur qu'il hésita à la réveiller, mais, avant de replonger dans l'enfer qui l'attendait, il lui fallait puiser dans ses yeux et sur ses lèvres une force nouvelle. Alors, il la reprit dans ses bras et baisa son visage jusqu'à ce qu'elle relève enfin des paupières qui s'ouvraient avec peine.

– Je ne voulais pas partir comme un voleur, murmura-t-il contre sa bouche. Et puis... veux-tu me permettre de revenir... la nuit prochaine ?

Elle lui sourit, s'étirant avec une délicieuse sensation de bien-être :

– Tu as besoin d'une permission ?

– Oui... Ce que tu m'as donné était si beau que j'ose à peine y croire encore.

Cette fois, elle se mit à rire :

– Auprès de toi, saint Thomas était un croyant aveugle. Ou alors dis-moi pourquoi nous nous retrouvons tous deux, nus, et dans le même lit ?

– Peut-être parce que c'était comme dans un rêve et que je veux rêver encore ? J'ai besoin de t'aimer, Fiora, de prendre ta chaleur et de te donner la mienne. Tu es comme une source longtemps espérée et qu'un miracle a fait jaillir du rocher le plus noir et le plus aride. Ne plus y boire serait pour moi une cruelle souffrance. Veux-tu encore de moi ?

Elle s'agenouilla sur le lit pour prendre entre ses mains cette tête rude, ce visage si laid et si attirant :

– Oui, je te veux ! dit-elle d'une voix basse et un peu rauque qui le fit frissonner. Reviens ! Je t'attendrai.

Elle l'embrassa longuement puis, glissant prestement entre les mains avides qui tentaient de la saisir, elle s'enroula dans les draps et mit un oreiller entre ses bras...

– Mais, à présent, il faut que tu me laisses dormir !

Quand Fiora se réveilla de nouveau, le ciel était gris et la pluie, qui avait fait trêve deux jours, recommençait de plus belle. Le jardin était noyé sous un brouillard liquide qui détrempait les allées et dégouttait des statues, mais la jeune femme n'accorda au paysage brouillé qu'un soupir agacé et un haussement d'épaules. Après tant d'épreuves, la nuit qu'elle venait de vivre lui faisait l'effet d'un bain de jouvence. Lorenzo était un amant comme chaque femme rêve d'en rencontrer et ses caresses avaient lavé son corps de toutes les concupiscences et de toutes les douleurs qu'il avait dû supporter. Et la jeune femme ne s'interrogea même pas sur les sentiments qu'il pouvait lui inspirer : elle était bien avec lui et, pour l'instant, c'était tout ce qui comptait. Néanmoins, ce fut avec une sorte de colère qu'elle repoussa l'unique pensée qui la gênât : même si les meubles avaient changé, cette chambre était tout de même celle où Philippe avait fait d'elle une femme.

– C'est ta faute ! cria-t-elle à cette ombre qui revenait inopportunément s'imposer à son souvenir. Il ne fallait pas me laisser partir pour aller jouer les preux chevaliers auprès de ta princesse ! C'est toi qui as fait s'installer entre nous l'irréparable. Et moi je n'ai que vingt ans ! J'ai le droit de vivre !

Elle avait complètement oublié qu'elle avait, bien peu

de temps auparavant, souhaité mourir, tant les charmes de l'amour peuvent avoir d'emprise sur un être jeune. De toutes ses forces, elle voulait rejeter les contraintes et l'austérité. Elle avait vécu captive durant des mois, et voilà que sa prison venait de s'ouvrir sur quelque chose qui ressemblait au bonheur, même si ce n'était qu'une apparence... Ce fut d'un œil plein de défi qu'après le repas servi dans sa chambre par Samia, elle alla affronter le regard de Démétrios lorsqu'elle le rejoignit dans l'ancien studiolo de son père.

Mais il la connaissait trop bien pour ne pas pénétrer ses pensées et ces grands yeux gris chargés de nuages d'orage lui arrachèrent un sourire. Fiora, pensa-t-il, cherchait un prétexte pour se mettre en colère, espérant se débarrasser ainsi de la gêne qu'elle éprouvait. Il ne se trompait pas :

– Pourquoi ce sourire ? fit-elle nerveusement, et pourquoi me regardes-tu ainsi ? Ai-je quelque chose de changé ? Oui, je me suis donnée à Lorenzo ! Je me suis même offerte à lui ! Et, cette nuit, il reviendra et je me donnerai encore à lui !

Otant les besicles qu'il portait de plus en plus souvent, à présent, Démétrios s'éloigna du lutrin sur lequel il avait ouvert un manuscrit hébraïque, vint à la jeune femme et posa ses mains sur ses épaules qu'il sentit se raidir.

– Loin de moi l'idée de te faire le moindre reproche, Fiora ! Ce qui s'est passé cette nuit entre Lorenzo et toi était écrit depuis longtemps. Il m'a souvent parlé de toi, depuis mon retour, et j'ai compris sans peine que tu étais son regret le plus secret. Il était normal qu'il vienne vers toi du fond de son désarroi.

– Crois-tu donc qu'il m'aime ?

– Tu es comme toutes les femmes : tu simplifies trop les sentiments. Lorenzo était semblable à un jardinier qui a vu un voleur s'enfuir avec la plus belle fleur de son jardin, sans même lui laisser le temps de la respirer. Hier, sa fleur est revenue, mais plus belle que jamais et dégageant un parfum trop capiteux pour qu'il renonce à s'en griser. Quant à toi...

– Eh bien ? Moi ?

– Cesse de te rebeller ainsi, Fiora ! Tu n'as commis aucun crime. L'amour t'a simplement rendu le goût de la vie que tu avais perdu.

– L'amour ? Je ne sais même pas si j'aime Lorenzo. Pourtant, ce serait tellement plus simple !

– Plus commode surtout, parce que tu es toute pétrie de morale chrétienne, en dépit de ton éducation platonicienne, et cela tu le dois à notre chère Léonarde.

– Ne me parle pas d'elle, sinon je vais me sentir malade de honte !

– Tu as raison, j'ai eu tort d'en parler. Quant à la honte, c'est un mot stupide, même si tu n'aimes pas vraiment Lorenzo. Ce que tu aimes en lui, c'est d'abord l'amour qu'il te donne, je sais qu'il y est une sorte de... virtuose. Mais aussi sa légende et, tout au fond de toi, il y a toujours une petite Florentine pour qui le Magnifique emplissait l'horizon. Sans le savoir, tu étais plus ou moins amoureuse de lui...

– Non. C'était Giuliano que j'aimais.

– Que tu croyais aimer ! La preuve en est que tu l'as chassé très vite de ton esprit. Mais tu oublies qu'à ce fameux bal, où nous nous sommes rencontrés pour la première fois, je t'ai vue danser avec Lorenzo et, si j'ai jamais vu visage illuminé de joie, c'était bien le tien.

– C'est vrai, j'étais très heureuse... très fière surtout !

– Comme tu es fière, aujourd'hui, de l'avoir enchaîné à tes pieds. Il est venu à toi comme un pauvre qui demande la charité, les mains vides, nues et suppliantes, lui qui a toute puissance, et j'ai tout de suite compris que, ces mains tendues, tu allais les combler de richesses. Alors que tu l'aurais repoussé s'il était venu en prince et en maître. J'ai raison ?

Toute colère envolée, Fiora se mit à rire.

– Tu as trop souvent raison, Démétrios ! Que vais-je faire, à présent ? Il faudrait que je reparte...

– Pas maintenant. Tu n'en as pas vraiment envie,

d'ailleurs. Laisse-toi aimer! C'est le meilleur des remèdes, non seulement pour un corps, mais aussi pour un cœur qui vient de beaucoup souffrir. Cependant...

Il prit un temps et Fiora vit qu'une inquiétude lui venait à l'esprit.

– Cependant ?

– Avez-vous beaucoup parlé, tous les deux ? Il a dû te poser des questions...

La jeune femme devint pourpre et, se détournant, alla examiner le livre posé sur le pupitre.

– Nous... nous n'avons pas parlé du tout!

– Félicitations! fit Démétrios qui ne put s'empêcher de rire devant l'air confus de ce jeune visage. Et si tu veux le savoir, j'en suis heureux, mais vous parlerez. Alors, écoute-moi bien et, surtout, ne lui dis pas que l'on t'a mariée à un Pazzi!

– Carlo a tout fait pour m'aider.

– Sans doute, mais Lorenzo est trop profondément blessé pour supporter l'idée que tu portes ce nom-là! Si grand que soit son désir, il s'écarterait de toi avec horreur. Et les conséquences pourraient être dramatiques. Tu m'as bien compris ?

– Sois sans crainte! Je ne dirai rien.

D'un doigt précautionneux, elle tourna quelques-unes des pages craquantes du manuscrit qu'elle ne pouvait pas lire, se contentant d'admirer la beauté un peu mystérieuse des caractères.

– C'est une étrange chose que le destin, soupira-t-elle. Le mien semble se complaire à me faire contracter des mariages que je dois cacher à Lorenzo. Souviens-toi!

– Tu as raison, mais la situation est différente. Ce mariage-là, tu ferais aussi bien de l'oublier. Il ne compte pas, parce que...

– Parce que ?

– Rien. Essaie de ne plus y penser! Pense seulement à l'homme qui viendra ce soir chercher auprès de toi le refuge dont il a tant besoin.

Ce soir-là, pourtant, Lorenzo ne vint pas. Il envoya un billet par Esteban qui était descendu en ville prendre le vent. Les funérailles de Giuliano étaient fixées au lendemain et Lorenzo veillerait le jeune mort pour cette dernière nuit.

Les nouvelles que rapporta le Castillan restaient dramatiques. La traque des Pazzi et de leurs parents et alliés continuait. On en avait pris deux dans la cité dont l'un, déguisé en femme, se cachait dans l'église Santa Croce, trois autres avaient été arrêtés sur des chemins de campagne. Quant au vieux Jacopo que les cavaliers de la Seigneurie avaient rattrapé sur la route d'Imola, il devait être en route pour Florence dans une litière fermée. On le hisserait sur le balcon de fer à la minute où Giuliano serait porté en terre.

D'autres encore avaient été précipités de là-haut, pendus ou abandonnés au peuple et, devant le Vieux Palais, le nombre des morts plus ou moins dépecés se montait à soixante-dix. Mais il n'y avait que des hommes, Lorenzo ayant formellement interdit de molester les femmes qui, en fait, n'avaient pas participé directement au meurtre.

– Et Hieronyma ? dit Fiora avec amertume. Elle n'a rien fait, peut-être ?

– C'est la seule dont le Magnifique a ordonné que l'on se saisisse, dit Démétrios.

– Comment a-t-il su qu'elle était là ?

– C'est moi qui le lui ai dit hier, quand je suis redescendu à la via Larga après t'avoir menée ici. Tu peux être sûre qu'il la fait rechercher activement.

– Rien n'est plus vrai, reprit Esteban. J'ai interrogé Savaglio, le chef des gardes qui mène la traque, et s'il trouve ce démon femelle, il l'abattra sur place, mais il a fouillé toutes les maisons des Pazzi, depuis leur palais près de Santa Croce jusqu'à la villa de Montughi. Il a trouvé beaucoup de femmes en pleurs et la tête couverte de cendres, mais aucune n'était Hieronyma.

– Quand elle a vu le coup manqué, elle a dû repartir pour Rome, soupira Démétrios.

– Il faut pouvoir. Toutes les routes, tous les chemins sont gardés et personne ne peut sortir de la ville.

– Mais elle n'était pas en ville. Elle était justement à Montughi et, si on ne l'a pas trouvée, c'est qu'elle aura réussi à s'enfuir...

Lorsqu'il vint le lendemain soir, après avoir confié la dépouille de son jeune frère au tombeau familial, dans la Vieille Sacristie de San Lorenzo où reposaient déjà son père, Piero le Goutteux, et son grand-père, Cosimo l'Ancien, Lorenzo confirma cette vue pessimiste. Certains Pazzi avaient glissé entre les doigts des soldats. Bien sûr, Antonio et Stefano, les deux clercs qui l'avaient attaqué étaient morts après avoir, sous la torture, livré tous leurs complices ; c'est ainsi que l'on avait arrêté Montesecco qui, cependant, avait reculé au dernier moment devant l'horreur d'un sacrilège. Il avait eu la tête tranchée. Bien sûr, Francesco Pazzi avait reçu le châtiment qu'il méritait, mais Bandini, l'homme qui s'était acharné sur le corps de Giuliano, avait pu s'enfuir. Poursuivi sur la route de Venise, il avait par un miracle réussi à disparaître dans la nature.

– Mais je le retrouverai, affirma Lorenzo. Où qu'il aille et, même s'il se réfugie chez les Turcs, je mettrai la main sur lui [1].

– Cela fait beaucoup de morts, dit Fiora. Es-tu certain qu'ils aient tous été coupables ?

– Bien sûr que non, mais je ne peux retenir la fureur du peuple. J'ai déjà assez de mal à l'empêcher de prendre d'assaut mon propre palais pour en extirper le cardinal Riario...

– Que vas-tu en faire ?

Lorenzo haussa les épaules :

1. Le Sultan devait, en effet, le renvoyer enchaîné à Lorenzo, en témoignage d'estime.

– Rien du tout! Quand la ville s'apaisera, je le renverrai à Rome sous bonne escorte... ou à Pérouse puisqu'il y a été nommé en tant que légat. Si tu le voyais : il meurt de peur et je suis bien certain que, s'il avait seulement soupçonné ce qui allait se passer à Santa Maria del Fiore, il n'y aurait jamais mis les pieds. Mais, je t'en prie, ma douce, ma belle, ma précieuse, cessons de parler de cette horreur! Auprès de toi je ne veux être que désir et amour...

Cette nuit-là, tous deux s'aimèrent longuement, ardemment comme s'ils ne pouvaient se rassasier l'un de l'autre. Pourtant, Lorenzo finit par trouver le sommeil, vaincu par l'écrasante fatigue supportée depuis la tragédie de Pâques. Fiora, elle, ne pouvait dormir. Assise dans le lit, les coudes aux genoux, elle contempla longtemps le grand corps brun, à la fois maigre et musclé, qui gisait auprès d'elle, semblable à ces transis qu'elle avait vus sur certains tombeaux. L'épuisement l'avait foudroyé et il reposait, bras et jambes écartés sur la couche en désordre, l'un de ses poings enroulé dans une des longues mèches noires de la jeune femme.

Elle essaya de dégager ses cheveux, mais Lorenzo les tenait bien et elle y renonca pour ne pas le réveiller. Alors, elle finit par s'allonger contre lui après avoir un instant posé ses lèvres sur le cou blessé dont le pansement s'était déplacé.

Une fois de plus, elle se demanda si elle l'aimait sans que son cœur lui fournît de réponse. Elle avait envie de lui et, dans ses bras, elle était heureuse, mais quand le silence retombait entre eux Fiora ne pouvait s'empêcher d'entendre, au fond d'elle-même, une voix douloureuse qui était celle de ses regrets. Si merveilleuses que soient les heures vécues avec Lorenzo, elles ne parviendraient jamais à étouffer le souvenir de son amour pour Philippe... pour Philippe à jamais perdu en dépit des vaticinations fumeuses de Démétrios. Et sans même s'en rendre compte, Fiora laissa couler d'abondantes larmes contre l'épaule de son amant endormi.

Quand il s'éveilla, elle n'avait pas réussi à s'assoupir un seul instant. Plusieurs idées s'étaient mises à tourner dans sa tête. Et tandis que Lorenzo se rhabillait dans la fraîcheur d'un petit matin chargé de pluie, elle lui fit part de son désir d'aller prier sur la tombe de son père, dans l'église corporative d'Or San Michele.

– C'est impossible pour le moment, mon amour. Je ne veux pas que tu descendes en ville tant que le peuple ne sera pas calmé. Le spectacle est abominable. L'odeur aussi, et je ne voudrais pas être à la place de Sandro Botticelli...

– Pourquoi donc ?

– La Seigneurie lui a commandé de peindre, sur ses murs, l'image des corps suppliciés que l'on a pendus au balcon. Le malheureux passe des heures, mal abrité par une bâche, à faire des croquis.

– Pauvre Sandro ! Lui qui n'aime que la beauté... Eh bien, je me contenterai de me promener autour de la maison. Mais, au fait, peux-tu me dire ce qu'est devenue notre métairie ?

– Celle que vous possédiez près de Montughi ? Je crois qu'elle est toujours à toi, personne ne veut s'y installer et le domaine est à l'abandon.

– Pour quelle raison ?

– La mort de Marino Betti, l'assassin de ton père, a fait fuir tout le monde. Nos paysans sont superstitieux, tu sais, et ils ont une peur affreuse des fantômes. Il faudra tout de même que nous essayions d'en faire quelque chose. Peut-être qu'en brûlant l'arbre où il a été pendu et en rasant la maison qu'il habitait ?

– Nous en parlerons plus tard. Rien ne presse, en effet...

– Nous avons beaucoup de temps devant nous, fit-il tendrement en se penchant sur sa bouche.

Comme il allait sortir, elle le rappela :

– Il vaudrait mieux que tu ne viennes pas ce soir, dit-elle.

– Pourquoi ? fit-il l'œil tout de suite assombri. Tu es déjà lasse de moi ?

– Comment peux-tu dire de telles sottises ? Non, Lorenzo mio, je ne suis pas lasse de toi mais il y a, dans la vie d'une femme, des nuits qu'elle doit passer seule. Tu as compris ?

Il se mit à rire et la prit dans ses bras pour couvrir son visage et son cou de baisers.

– Soit, créature impure ! Au moins tu pourras dormir ! Et ma mère aussi. A cause de ce qui s'est passé, elle s'inquiète de mes sorties nocturnes. Mais ne crois pas que tu pourras me tenir longtemps à distance !

Une heure après son départ, Fiora entra chez Démétrios pour lui faire part de l'idée qui lui était venue. Il l'écouta sans mot dire et quand elle eut fini, il demanda :

– Sais-tu quel jour nous sommes ?

– Le 28 d'avril je crois... oh mon Dieu ! C'est la même date ?

– Oui. Il y a trois ans, jour pour jour, que nous sommes allés là-bas pour punir un assassin. Tu crois que Hieronyma pourrait se cacher dans la vieille ferme ?

– Bien sûr ! C'est une excellence cachette pour elle que la maison de son complice. Et surtout une maison défendue par la terreur. Ce démon n'a jamais eu peur de rien et encore moins des fantômes.

– Il se peut que tu aies raison, Fiora !... Oui, je le pense. En tout cas, cela ne nous coûtera guère d'y aller voir.

Si le jour était le même, la nuit était bien différente. Plus d'étoiles au ciel, plus de frais parfum de la terre en son printemps ! Un ciel noir qui déversait des trombes d'eau, des chemins détrempés, ravinés, dangereux pour qui ne les connaissait pas. Mais Fiora eût reconnu sa route les yeux fermés et sous un tremblement de terre, tant elle lui était familière. Au pas sûr de sa mule, elle chevauchait botte à botte avec Démétrios, courbant le dos sous l'averse dont la protégeait une grande mante noire à capuche, mais elle ne sentait pas la pluie et elle eût aussi bien traversé les flammes pour atteindre son but tant était grande sa certitude que ce chemin la menait enfin à sa vengeance.

Derrière elle venaient Esteban et Rocco, armés jusqu'aux dents. L'ancien bandit de grand chemin avait tenu à participer à l'expédition quand il avait su de quoi il était question :

– Je te dois bien ça, dit-il à Fiora. Grâce à toi, je vais redevenir un vrai soldat et servir un maître qui me plaît.

Le lendemain, il repartait pour sa grotte de San Quirico d'Orcia, afin d'y récupérer ses hommes que Lorenzo engageait à son service et sous ses ordres. Il était plus que certain, en effet, que la guerre avec le pape éclaterait bientôt et le Magnifique connaissait à son juste prix la valeur d'une troupe bien entraînée. En outre, Rocco avait reçu de lui une belle somme pour s'être battu à ses côtés dans la cathédrale. Aussi se sentait-il le cœur plein de joie et, de temps en temps, Fiora pouvait l'entendre siffloter une romance.

Arrivée à destination, elle retrouva sans peine le sentier bordé de haies vives et, plus loin, la masse sombre des bâtiments de ferme, et le grand pin dont la tête immense ombrageait les piliers de pierre à l'entrée de la cour. Le grand pin où le corps martyrisé de Marino Betti avait été pendu...

Comme autrefois, les cavaliers mirent pied à terre à quelque distance et attachèrent leurs montures aux cyprès plantés en coupe-vent puis, étouffant leurs pas autant qu'il était possible, ils remontèrent vers le domaine.

– C'est grand ! souffla Rocco. Si nous voulons tout explorer, nous devrions peut-être nous séparer mais, à première vue, il n'y a personne.

Les bâtiments à l'abandon se dessinaient à peine dans la nuit obscure et l'on n'entendait rien, sinon le grincement d'une porte mal fermée qui battait dans la bourrasque.

Sans répondre, les trois autres continuèrent à avancer, scrutant ces ombres denses qui, jadis, contenaient tant de vie : celle du bétail, des valets, des chiens gardiens de la ferme, et qui n'étaient plus que silence.

Soudain, Esteban saisit le bras de Fiora :

– Regarde ! chuchota-t-il. Là !... vers le bout de la maison de l'intendant ! Il y a une cheminée qui fume un peu !

Depuis le temps qu'ils étaient en route, les yeux des quatre compagnons s'étaient accoutumés à l'obscurité et Fiora distingua vite la mince spirale grise. Le cœur lui battit plus fort : un feu signifiait une présence humaine...

– C'est peut-être un berger qui a cherché là un refuge, fit Démétrios. Ou encore un voyageur égaré ? On s'abriterait chez le diable par une nuit pareille.

– Non, dit Fiora. C'est elle ! Je suis sûre que c'est elle..

Sans attendre les autres, elle se dirigea vers cette partie de la maison, prenant toujours soin de ne pas faire de bruit. En approchant, elle distingua un faible rai de lumière sous un volet clos. A côté, il y avait une porte dont le bas se cachait dans les herbes qui gardaient la trace d'un passage...

Cette maison, elle la connaissait par cœur pour y avoir joué mille fois quand elle était enfant. Elle en savait toutes les issues et tous les détours. Elle savait que la porte de cette pièce, qui avait été la cuisine de l'intendant, ne fermait que par un loquet, mais qu'à l'intérieur on pouvait la renforcer d'une barre. Si celle-ci était mise, la seule chance d'entrer serait d'arracher le volet.

Doucement, très doucement, elle appuya sur la clenche qui joua sans bruit. Retenant son souffle, elle poussa le vantail avec la crainte de sentir la résistance de la barre, mais la personne qui se trouvait à l'intérieur devait se croire suffisamment gardée par la terreur qu'inspirait la ferme abandonnée. Et la porte s'ouvrit...

Assise sur un escabeau auprès d'un maigre feu, une femme enveloppée d'un manteau noir brodé d'argent, que Fiora reconnut aussitôt, mangeait, appuyée des deux coudes sur une table, une sorte de bouillie. Elle tournait presque le dos à la porte et ne la vit pas s'ouvrir.

– Bonsoir, Hieronyma ! dit seulement Fiora.

La femme sursauta si violemment que la table, bancale, se renversa, entraînant l'écuelle. Quand elle lui fit face, Fiora sourit, goûtant déjà le plaisir violent de la vengeance. C'était le visage même de la peur qu'elle avait en face d'elle. Hieronyma avait dû souffrir pendant ces trois jours. Sa peau était grise, ses paupières plombées et des poches s'alourdissaient sous ses yeux. Il ne restait rien de la beauté plantureuse qu'elle étalait si insolemment naguère et ses mains tremblaient. Mais la haine lui rendit courage et Fiora vit se rétrécir ses pupilles quand elle jeta :

– Qu'est-ce que tu fais là ?... Tu n'es pas à Rome ?

– C'est l'évidence, il me semble ? J'en suis partie quelques heures seulement après toi.

– Comment as-tu fait ?

– Tu n'imagines pas, tout de même, que je vais t'en faire confidence ? L'heure est venue de payer tes crimes ! Trop d'hommes sont morts par ta faute, mais c'est surtout le sang de mon père qui crie vengeance. Je suis venue te tuer !

Hieronyma ricana.

– Me tuer ? Avec quoi ?... Oh, je vois ! Tu n'es pas venue seule ? Tu n'as pas eu le courage de m'affronter sans témoins !

– Pourquoi l'aurait-elle fait ? gronda Démétrios. Tu es plus forte qu'elle et surtout plus habile à manier le couteau. Au surplus, ce n'est pas elle qui va te tuer. Ton sang salirait ses mains !

– Non, Démétrios ! Laisse-moi faire ! Elle sait qu'elle ne peut pas nous échapper. J'ai là ce qu'il faut.

A sa ceinture, Fiora prit une petite gourde et un gobelet qu'elle y avait accrochés. Le flacon renfermait un peu de vin et le poison que lui avait remis Anna la Juive. Elle emplit le gobelet et le tendit à son ennemie :

– Bois ! Le venin a toujours été ton arme favorite et il est juste que tu meures par le poison...

– Jamais ! Jamais je ne boirai ça !

– Mes compagnons peuvent t'y forcer. S'il te reste le souvenir de quelque prière, dis-la, mais dis-la vite ! Je n'ai plus de patience pour toi ! Bois !

– Va au diable !

Avant que Démétrios et Esteban aient pu s'emparer d'elle, Hieronyma d'un revers de main avait poussé le gobelet qui se renversa.

– Tu as eu tort, dit Fiora. Ce n'était pas un poison rapide. Il t'aurait accordé le temps de te repentir.

Mais déjà Hieronyma, emportée par sa haine furieuse, s'était jetée sur elle, griffes en avant, visant le cou de la jeune femme sur lequel ses doigts se refermèrent. Fiora tomba en arrière, à demi étouffée sous le poids de son ennemie qui commençait à l'étrangler. Tout contre son visage, elle voyait la figure convulsée, démoniaque, qui continuait à cracher sa haine :

– C'est toi qui vas crever ! Tu entends ?... Sale petite putain... Tu vas cre...

Soudain, le corps de Hieronyma se raidit, tétanisé, tandis que sa bouche s'ouvrait sur un râle et que ses yeux s'exorbitaient. Les mains meurtrières lâchèrent prise. Fiora eut juste le temps de se dégager pour ne pas recevoir le sang qui jaillit des lèvres distendues. Elle se releva avec l'aide de Démétrios et s'accrocha à son épaule pour ne pas tomber. Hieronyma, couchée face contre terre dans ses velours souillés, ne bougeait plus. Seule dépassait, plantée entre ses épaules, la poignée d'une dague.

Esteban mit un genou en terre pour la retirer, mais Rocco l'arrêta.

– Je sais bien que le bourreau reprend toujours sa hache, dit-il, mais après avoir trempé dans un sang aussi pourri, ma dague ne serait plus jamais propre !

– Je te donnerai la mienne ! dit Esteban. Tu as été plus rapide que moi.

Avec une infinie tendresse, Démétrios attira Fiora contre lui, l'enveloppant de son propre manteau :

– Viens, ma fille, retournons vers les vivants ! Tu es à jamais délivrée des poisons de la vengeance...

Esteban éteignit le feu sous son talon et sortit le dernier, laissant la porte ouverte. Au-dehors, la pluie avait cessé. Les nuages s'écartèrent juste assez pour qu'une étoile, une seule, glissât vers la terre un œil curieux. Un moment plus tard, les cavaliers s'éloignaient. Le domaine abandonné retournait au silence...

Saint-Mandé, 10 mai 1989.

FIORA ET LE ROI DE FRANCE

Première partie

LA PIERRE ARRACHÉE

CHAPITRE I

UN PRINTEMPS POURRI

Jamais Florence n'avait vu cela. Depuis le monstrueux jour de Pâques – 16 avril 1478 – où le soleil avait éclairé impitoyablement le sacrilège et les massacres dont la ville avait été le témoin puis l'acteur forcené, le ciel emmitouflé de nuages noirs et bas courant d'un bout à l'autre de l'horizon semblait n'avoir plus d'azur à offrir.

Certes, la semaine sainte avait été grise, triste et humide. C'était là chose trop courante pour que l'on s'y attachât. Mais que, dès le lendemain du jour de la Résurrection, le temps fût devenu affreux, il n'en fallait pas plus pour que les Florentins y perçoivent un signe de la colère divine... Car la pluie qui survint et persista n'était pas une de ces pluies de printemps, douces et fines, qui pénètrent bien la terre, font gonfler la sève et surgir, drus et vivaces, l'herbe savoureuse des pâtures, les pousses tendres du blé et du seigle, les feuilles nouvelles des arbres et les minuscules grains verts des olives sous leur chevelure argentée. C'étaient de lourdes averses rageuses, portées par le souffle furieux d'un vent de malheur, qui arrachait la terre aux pentes des collines en dépit des murets de pierre et la faisait couler en ruisseaux jaunes vers la ville et vers un fleuve qui ne cessait de grossir.

L'Arno débordait. Son flot devenait nerveux, agressif, il emportait vers la mer tout ce dont il pouvait s'emparer au passage : barques mal amarrées, filets de pêche, tonnelets, morceaux de bois arrachés aux berges, dépouilles d'animaux et débris de toutes sortes enlevés aux tavernes riveraines ou aux caves des échoppes des ponts. Les palais, grâce aux pierres cyclopéennes sur lesquelles ils reposaient, jouaient les digues ou même les phares. L'eau les contournait et s'insinuait dans les rues, de plus en plus loin, de plus en plus haut. Des prières commençaient à s'élever dans les églises, et surtout, bien sûr, dans le Duomo, Santa Maria del Fiore, pourtant purifié du sang versé à grands renforts d'encens et d'eau bénite. Quant au peuple, il allait à cheval, à dos d'âne ou de mule lorsqu'il en avait les moyens, mais se trempait les chausses dans la plupart des cas s'il lui fallait se rendre dans la partie basse de la ville.

Ce jour-là, Fiora descendit de Fiesole en dépit des efforts de Démétrios pour la retenir. Le sévère isolement auquel l'astreignaient la prudence du médecin grec et la passion ombrageuse de Lorenzo de Médicis lui pesait. Trois semaines depuis qu'un coup de dague avait fait justice de Hieronyma ! Trois longues semaines à regarder, du soir au matin, la pluie délaver le paysage et noyer les terrasses de son jardin ! La vie continuait, cependant, dans la grande cité étalée à ses pieds. Et elle devait rester là, à attendre la nuit qui lui ramènerait – ou ne lui ramènerait pas ! – un amant accablé de soucis et de responsabilités. Réduite au rôle inactif et même passif d'une femme de harem, Fiora venait de décider qu'elle en avait assez et qu'il lui fallait bouger sous peine de devenir folle. Et puis, voilà trop longtemps qu'elle désirait aller prier au tombeau de son père. Ce devoir d'amour ne serait pas différé davantage. Aussi, vers le milieu du jour, se mit-elle en route sous la garde d'Esteban. Mais elle dut promettre de ne point s'attarder car, depuis l'assassinat de Giuliano de Médicis durant la messe de Pâques, Florence n'était pas sûre et pouvait s'enflammer au moindre geste malheureux.

L'église d'Or San Michele où Francesco Beltrami reposait parmi d'autres notables des Arts majeurs aurait ressemblé davantage à un palais médiéval sans les admirables statues de saints, œuvres de Donatello ou de Lorenzo Ghiberti, qui, dans des niches, ornaient ses quatre faces. Construite durant le XIVe siècle à la place de l'ancien oratoire Santa Maria in Orto et d'une halle aux grains, elle était le seul sanctuaire florentin à posséder un grenier au-dessus de sa double nef. Peut-être était-elle aussi la mieux ornée, car les maîtres les plus illustres des quatre grandes corporations avaient contribué de leurs deniers à l'embellir.

Or San Michele eût été très sombre, ses ouvertures étant rares et étroites, si des buissons de cierges allumés n'avaient illuminé de leurs petites flammes dorées la magnificence de son décor intérieur. L'ensemble chatoyait, brillait et auréolait une merveille : le tabernacle gothique d'Andrea Orcagna, incrusté de mosaïques et orné de bas-reliefs. Il faisait la gloire de la nef de droite.

La dalle sous laquelle reposait Francesco Beltrami se trouvait non loin de ce tabernacle, au pied duquel rougeoyait une veilleuse. Avec une émotion profonde, Fiora se laissa tomber à genoux sur la pierre. C'était la première fois qu'elle pouvait venir prier à cet endroit puisqu'elle n'avait même pas eu le droit, au jour de colère des funérailles, d'y accompagner son père [1]. D'abord captive, puis cachée, enfin emportée loin de Florence par la tempête qui avait failli la briser, elle avait souvent songé, avec des larmes dans le cœur, à ce tombeau, profané par la haine superstitieuse de Hieronyma, où reposait un corps dont on avait fouillé la poitrine pour offrir à un démon de bois et de carton la chair qui avait battu au rythme généreux d'un homme de bien.

Se courbant jusqu'à ce que sa bouche et ses pleurs atteignissent la pierre froide, la jeune femme resta prostrée un long moment, ensevelie dans ses voiles noirs – toute la

1. Voir *Fiora et le Magnifique.*

ville portait le deuil de Giuliano de Médicis – qui prenaient à cet instant une double signification.

– Père, murmurait-elle, mon père ! Je t'aimais, sais-tu et je t'aime toujours... Je t'aime, je t'aime, je t'aime... Si seulement mes larmes pouvaient te redonner la vie ! Si seulement je pouvais partager la mienne ! Ô, père, pourquoi nous a-t-on arrachés l'un à l'autre ? Nous étions si bien, tous les deux !...

Secouée de sanglots, elle eût peut-être attendu là la fin du jour dans sa douleur réveillée si deux mains posées sur ses épaules n'avaient entrepris de la relever.

– Tu te fais du mal, Fiora ! chuchota une voix douce. Il ne faut pas rester là ! Viens avec moi !

Un peu courbatue par sa longue prosternation, Fiora se redressa, essuyant à sa manche les larmes qui coulaient encore pour offrir un sourire à la nouvelle venue.

– Chiara ! Est-ce toi ? Est-ce bien toi ?

Un élan la jeta dans les bras de l'amie retrouvée et les deux jeunes femmes s'embrassèrent avec l'enthousiasme qui naît toujours d'une longue séparation. Un peu en arrière, la grosse Colomba, autrefois la gouvernante de Chiara Albizzi et à présent sa suivante, pleurait d'attendrissement en remerciant le Ciel, avec sa volubilité habituelle, pour cette joie dont elle avait le privilège d'être le témoin. Fiora l'embrassa elle aussi puis, prenant les deux femmes chacune par un bras comme si elle craignait de les voir disparaître, elle les entraîna vers l'un des bancs disposés contre les murs de l'église.

– Quelle joie de vous revoir ! soupira-t-elle. Comment avez-vous pu savoir que j'étais ici ? Est-ce le hasard qui vous a conduites en cet endroit ?

– Non, dit Chiara. Tout Florence sait que tu es revenue. On parle de toi presque autant que des Pazzi.

– Moi qui espérais tant passer inaperçue !

– Toi... ou Lorenzo ?

– Ah !... Tu sais cela aussi ?

Chiara se mit à rire et Colomba, qui s'efforçait d'avoir l'air de prier, sourit aux anges :

– Comme tout Florence ! Chère innocente ! Tu as oublié que, lorsque notre prince éternue, la ville entière se demande d'où est venu le courant d'air ? On sait que tu es à Fiesole.

– Alors, pourquoi n'es-tu pas venue me voir ?

– Par discrétion et aussi... par prudence. Lorenzo n'est plus le même depuis la mort de son frère et tu fais partie d'une vie secrète qu'il préserve jalousement. Ce qui semble facile à comprendre : quand deux êtres s'aiment...

– Mais je ne suis pas du tout certaine que nous nous aimions ! Nous sommes tombés dans les bras l'un de l'autre, au soir du meurtre, et nous y sommes restés jusqu'à présent. Mais cette situation tient à ce qu'il avait besoin de moi autant que moi de lui. De toute façon, cela ne saurait durer.

– Pourquoi donc ?

– Parce que je dois repartir bientôt. J'ai, en France, un fils de neuf mois.

– Tu as un fils ? Oh, mon Dieu ! Quelle chance tu as ! Un enfant ! J'aimerais tant avoir un enfant !

– Mais... n'es-tu pas mariée ?

– Non. Bernardo Davanzati que je devais épouser est mort de la peste, à Rome, l'an passé.

– Oh ! Je suis désolée !

– Il ne faut pas ! Je ne l'aimais pas vraiment d'amour. Pourtant, il représentait ma seule chance de ne pas rester vieille fille, car ma dot est mince.

En dépit de la sérénité du ton, Fiora aurait juré qu'un nuage venait de passer sur le charmant visage de son amie, et elle posa un baiser léger sur sa joue.

– Pardonne-moi ! dit-elle.

– Oublions cela ! Sans doute as-tu beaucoup à me raconter ? Pourquoi ne viendrais-tu pas quelques jours chez nous ? Mon oncle serait heureux de te revoir. Et puis... pour dire la vérité, c'est dans ce but que je t'ai fait espionner, conclut Chiara en souriant.

– Espionner ?

– N'aie pas peur ! C'est tout à fait innocent. J'étais certaine qu'un jour ou l'autre, tu viendrais prier ici et, dès que j'ai su ton retour, j'ai interrogé le bedeau, mais il ne t'avait pas encore vue. Alors, je l'ai payé pour qu'il vienne me prévenir dès que tu te montrerais... et c'est ce qu'il a fait. Voilà ! A présent, dis-moi si je t'emmène ?

Fiora n'hésita pas. Ce court séjour chez Chiara la ramènerait aux jours heureux d'autrefois. Et puis, elle était secrètement ravie d'affirmer une certaine indépendance vis-à-vis de Lorenzo. La nuit dernière, il s'était montré distrait et, de ce fait, un peu moins ardent. En quittant Fiora, il avait d'ailleurs expliqué cette légère inattention en annonçant qu'il ne viendrait pas le lendemain soir : les pluies incessantes avaient provoqué un glissement de terrain dans la vallée du Mugello. La terre en se retirant avait mis au jour une épaule de marbre blanc appartenant sans doute à une statue antique.

– On m'a prévenu hier soir, dit Lorenzo dont les yeux sombres brillaient d'excitation, et j'ai promis de venir ce matin. Je ne repartirai, comprends-tu, qu'une fois l'ensemble dégagé.

Comprendre ? Il aurait fallu ne pas connaître Lorenzo, sa quête incessante de la beauté, de la rareté, et son amour des vestiges des temps anciens pour ne pas comprendre. Démétrios avait tout à fait raison de comparer Fiora à la fleur précieuse volée au jardin du Magnifique avant qu'il ait pu en connaître le parfum, et revenue par une sorte de miracle. Ce n'était pas l'amour qui unissait les deux amants, mais un désir violent encore exalté par l'orgueil de posséder, l'un une femme d'une exceptionnelle beauté longtemps convoitée, l'autre un homme prodigieux en toutes choses qu'une reine eût été heureuse de voir à ses pieds. Tous deux aimaient l'amour, et les étreintes qui soudaient leurs corps pouvaient atteindre à la perfection d'un poème, mais le cœur de Fiora ne battait pas à l'approche du Magnifique, même quand sa chair s'ouvrait à ses caresses dans l'attente exquise d'un accomplissement dont elle savait qu'il lui ferait toucher les sommets du plaisir. Quant à Lorenzo, comment connaître les pensées qui s'agitaient sous son grand front bosselé ?

Il écrivait des poèmes pour Fiora ; il la comblait de présents et se plaisait à la parer, mais il était rarement satisfait de ces écrins somptueux dans lesquels il s'efforçait de sertir sa beauté parce qu'elle en triomphait toujours. Un soir, même, il n'était pas venu seul : Sandro Botticelli, un carton sous le bras, l'accompagnait et Fiora, rose de confusion, dut poser pour le jeune peintre, nue et debout sur un tabouret bas autour duquel Lorenzo avait allumé des flambeaux pour que la lumière dore sa peau et la fasse vivre plus intensément. Puis, le peintre éclipsé, il l'avait aimée avec une ardeur affamée qui avait un peu effrayé la jeune femme. Et comme elle lui en faisait la douce observation, il avait soupiré :

– Quel homme n'a jamais rêvé de posséder une déesse, dans l'espoir insensé d'atteindre la source de sa beauté et de lui en voler une parcelle ? Hélas, Vénus n'est pas généreuse et garde tout pour elle.

– Ne me dis pas que tu le regrettes ? Tu n'as pas besoin d'être beau, toi. Ce que tu possèdes est bien plus puissant. Elles sont nombreuses, n'est-ce pas, celles qui souhaitent attirer ton regard ?

– Parce que je suis le maître ? Mais si je n'étais qu'un portefaix ou un batelier de l'Arno, combien d'entre elles m'accorderaient leur attention ?

– Beaucoup plus que tu ne le crois. Ou alors, il faudrait n'être pas femme.

Il l'avait remerciée d'un baiser, puis il avait ajouté :

– Néanmoins, je sais que la soif de beauté qui m'habite ne s'éteindra jamais.

A présent, sa recherche incessante l'attirait vers une statue et, si Fiora n'en était pas surprise, elle se sentait tout de même un peu vexée. L'invitation de Chiara tombait à point nommé. Il était bon que Lorenzo connût l'attente durant quelques jours. Elle-même commençait à éprouver le besoin de prendre une certaine distance avec cette aventure passionnée qui l'envahissait et occupait un peu trop son esprit; en attendant peut-être de s'installer dans son cœur. Fiora ne voulait pas s'attacher à Lorenzo : elle savait que ce serait se condamner à souffrir un jour ou l'autre. En outre sa vie, sa vraie vie l'attendait ailleurs, auprès de son petit Philippe dont elle avait le devoir de faire un homme. Et cela n'était pas compatible avec l'existence de favorite officielle qui s'esquissait à son horizon.

Se tenant par le bras, les deux amies sortirent de l'église, Colomba sur leurs talons. Fiora chercha des yeux Esteban, parti faire une course dans le quartier et qui devait revenir l'attendre. Ne l'apercevant pas, elle pensa, avec une pointe d'agacement, qu'il devait s'attarder dans l'une de ses chères tavernes. Sans doute n'était-il pas bien loin car les deux mules étaient restées attachées sous l'auvent où il les avait abritées. Fiora n'avait guère envie de le guetter dans la rue, pourtant il fallait bien lui apprendre qu'elle se rendait chez les Albizzi au lieu de remonter avec lui à Fiesole.

La pluie avait cessé, mais les nuages qui survolaient la rue étroite promettaient d'autres averses et il était dommage de ne pas profiter de cette éclaircie pour rentrer :

– Peut-être pourrait-on dire un mot aux garçons qui travaillent ici ? zozota Colomba en désignant la maison située en face du porche de l'église et où l'on distinguait, par une fenêtre ouverte, les têtes appliquées des commis penchées sur de gros registres. C'était le palais en forme de tour qui abritait l'Arte della Lana – l'art de la laine – dont le prieur, messer Buonaccorsi, était un ami des Albizzi.

Les deux jeunes femmes allaient, en conséquence, gravir les quelques marches conduisant à la porte surmontée des armes de la corporation, quand elles virent accourir Esteban. Il arrivait des entrepôts des teinturiers qui se trouvaient auprès d'Or San Michele. Une ruelle à peine plus large qu'un boyau l'en séparait, creusée en son milieu par un ruisseau où s'écoulait le surplus des bains de couleur des écheveaux de laine, pendus sur des traverses dans des espèces de cages pourvues d'un toit. Le ruisseau était ainsi violet, incarnat ou bleu foncé selon que les ouvriers avaient employé le tournesol, la garance ou la guède. Ce jour-là, il était d'un rouge profond de rubis quand le Castillan l'enjamba pour rejoindre les dames.

– Pardonnez-moi ! dit-il, et son visage bouleversé était blanc comme de la craie. Je vous ai fait attendre et j'en suis désolé.

– Qu'y a-t-il, Esteban ? demanda Fiora. Seriez-vous souffrant ?

– Non...non, mais je viens de voir une chose tellement affreuse que j'en suis retourné. Entendez-vous ces cris ?

Des clameurs, en effet, arrivaient par-dessus les toits et le long des ruelles, indistinctes mais féroces : la haine jointe à une joie sauvage traduite par des rires déments. Les trois femmes se signèrent vivement.

– On dirait que ce tumulte vient de la Seigneurie ? dit Chiara. Est-ce qu'on aurait encore trouvé des gens à pendre ?

– Non. On a trouvé mieux !

Et Esteban raconta comment une bande d'hommes et de femmes, arrivés de la campagne pour la plupart, venaient d'aller violer, dans l'église Santa Croce, la tombe de Jacopo Pazzi pour en extraire le corps du vieil homme dont on disait qu'avant d'être pendu il avait blasphémé et vendu son âme au diable. Ces gens attribuaient au sacrilège commis en confiant à la terre chrétienne la dépouille d'un suppôt de Satan les violentes intempéries dont souffraient Florence et sa région.

– Que veulent-ils en faire ? murmura Fiora avec dégoût.

– Je ne sais pas. Pour l'instant, on traîne cette affreuse et puante dépouille par les rues pour la mener devant les prieurs. Aussi, si vous me pardonnez de vous presser, je pense qu'il vaudrait mieux rentrer.

– Allez sans moi ! Je m'en vais passer quelques jours chez donna Chiara au palais Albizzi. Dites à Démétrios qu'il ne se tourmente pas et, si vous voulez bien revenir demain, dites aussi à Samia de préparer quelques vêtements pour moi.

Le sourire d'Esteban approuva l'escapade :

– Cela vous fera du bien de vivre un peu avec des femmes, déclara-t-il. Mais je vais tout de même vous escorter jusqu'au palais Albizzi. Je serai plus tranquille.

– Oh ! Regardez ! s'écria Colomba, pointant vers le ciel un doigt tremblant d'excitation. Le soleil ! Le soleil revient !

En effet, les nuages venaient de s'écarter, comme déchirés par un brusque coup de vent, et la flèche lumineuse d'un chaud rayon alluma des rutilances au fond du ruisseau des teinturiers. Dans la Seigneurie, un immense cri de triomphe, cette fois, salua cette apparition inattendue.

– Ils vont prendre cette éclaircie pour un signe du ciel et un encouragement, grogna le Castillan. D'ici à ce qu'ils aillent en déterrer d'autres...

Quand, en rejoignant la demeure de Chiara, on atteignit le Borgo degli Albizzi dont le palais Pazzi avait été l'un des plus beaux ornements, Fiora ne put se défendre d'un mouvement de pitié. Le magnifique édifice, commencé vers le milieu du siècle par Brunelleschi et achevé par Giuliano da Maiano, avait cruellement souffert de la colère populaire. Les fenêtres avaient perdu leurs carreaux. Au-dessus de la porte éventrée on avait martelé les armes de la famille et partout subsistaient les traces de l'incendie qui avait ravagé l'intérieur. Dans la grande cour carrée, les débris s'amoncelaient, vestiges devenus sans intérêt d'objets naguère précieux que l'on avait brisés faute d'en connaître la valeur. Ce n'était plus qu'une coquille vide, les veuves et leurs enfants s'étant enfuis pour chercher refuge dans la campagne ou dans quelques foyers charitables.

– Ne t'attendris pas ! dit Chiara qui avait suivi la pensée de son amie. Ces gens ont fait détruire ton propre palais, aujourd'hui bien plus abîmé encore que celui-ci. En outre, leurs femmes ne seront pas traquées comme tu l'as été. A l'exception toutefois... du moins je l'espère, de l'infernale Hieronyma dont on prétend qu'elle serait revenue.

– Elle est morte, dit Fiora. Poignardée dans le logis de Marino Betti par un de mes amis alors qu'elle essayait de m'étrangler.

– Eh bien, en voilà une nouvelle ! s'écria Colomba à qui revenait toujours la palme de la plus fieffée commère de Florence. Pourquoi donc n'en a-t-on pas parlé sur les marchés ?

– Parce que Monseigneur Lorenzo l'a voulu ainsi, répondit Fiora. Par ses ordres, Savaglio et quelques-uns de ses hommes ont fait écrouler la maison sur son cadavre qui n'aura pas d'autre sépulture. Il demeurera cloué au sol par la dague qui l'a frappé et que son possesseur a refusé de reprendre. Il paraît qu'un écriteau a été planté sur les décombres.

– Et que dit-il, cet écriteau ? demanda Colomba fort intéressée.

– « Ici la justice de Florence a frappé. Passant, éloigne-toi ! »

– C'est presque trop beau pour cette abominable créature, remarqua Chiara. Puis, en guise d'oraison funèbre, elle conclut avec satisfaction : dc toute façon, c'est une bonne chose qu'elle soit morte.

– Plus encore que tu ne l'imagines ! dit son amie.

Se retrouver chez les Albizzi, dans ce cadre familier où elle n'avait connu que de bons moments, donna à Fiora l'impression délicieuse que le temps s'abolissait et que le passé renaissait. Rien n'y avait changé, les objets n'avaient pas bougé et l'odeur de cire vierge et de résine de pin était celle que, de tout temps, elle y avait respirée. Les prunes confites, chef-d'œuvre de Colomba qu'on lui offrit dès l'entrée, restaient aussi exquises. Même l'oncle de Chiara, le vieux ser Lodovico, n'avait pas vieilli d'un cheveu. En rentrant pour le repas du soir, il embrassa Fiora comme s'il l'avait vue la veille, la complimenta sur sa bonne mine et disparut dans son « studiolo » avec la hâte d'un homme dont le temps est précieux. C'était en effet un naturaliste passionné qui considérait comme perdu le temps qu'il ne consacrait pas à la botanique, aux minéraux et aux différentes familles de papillons. Bon et simple, naïf comme un enfant, il ne manquait jamais, avant de se mettre au travail, de prier Dieu de lui donner force et raison. Lorenzo l'aimait bien, comme l'avaient aimé son père et son grand-père, et c'était en grande partie grâce à lui si les autres membres du clan Albizzi, autrefois frappés d'exil, avaient pu revenir à Florence.

Incroyablement distrait aussi, les événements extérieurs passaient sur lui sans guère laisser de traces. Ainsi, durant le souper où Colomba servit des pigeons farcis aux herbes fines, l'une de ses gloires, il se montra extrêmement surpris d'avoir trouvé sur son chemin, en sortant de chez son savant ami Toscanelli, le cadavre du vieux Pazzi qu'une bande d'hommes et de femmes traînaient sur les pavés.

– Il m'a été difficile de le reconnaître, ce cadavre est en fort mauvais état. Je n'ai d'ailleurs pas bien compris ce que ce Pazzi faisait là, car je ne savais même pas qu'il était mort.

– Mon cher oncle, fit Chiara en riant, quel cataclysme serait assez puissant pour t'arracher à tes chères études et t'intéresser à la vie de la cité ? Depuis le meurtre de son frère, Lorenzo de Médicis et la Seigneurie ont entrepris d'exterminer les Pazzi. Oublies-tu que leur palais a brûlé il y a quinze jours ?

– C'est vrai ! Je m'en souviens, j'ai cru que le feu avait pris dans une de nos cheminées. En tout cas, ce brave Petrucci s'est mis à brailler qu'il fallait arrêter cette promenade répugnante puisque le soleil était revenu, et là je n'ai plus rien compris. Qu'est-ce que le soleil vient faire là-dedans ? Le soleil brille tous les jours, à Florence ?

– Plus depuis un mois, mais cela ne semble pas t'avoir frappé ? Ces pauvres gens pensaient que les pluies incessantes venaient de ce que l'on avait enterré Pazzi, suppôt de Satan, dans une église. J'espère tout de même qu'on va l'enterrer quelque part ?

– Ah bon ! Ah !... Très bien ! L'enterrer ? Oui, je crois que Petrucci a dit quelque chose là-dessus. On va fourrer le vieux brigand près des remparts, du côté de la porte San Ambrogio, me semble-t-il. Colomba ! Je reprendrais bien une moitié de pigeon...

Son repas terminé, il alla chercher un gros chat noir et blanc qui sommeillait devant la cheminée, le mit sous son bras et regagna son cabinet de travail après avoir souhaité la bonne nuit aux deux filles.

Celles-ci partagèrent le lit de Chiara comme autrefois. Elles avaient toujours tant de choses à se dire et, ce soir, bien sûr, plus que par le passé. Une bonne partie de la nuit suffirait à peine. C'était une belle nuit paisible, la première depuis plusieurs semaines et le clair de lune, voilé par un léger brouillard à reflets nacrés, éclairait la chambre d'une lumière un peu mystérieuse. Par la fenêtre de Chiara, un acacia blanc étirait une branche jusqu'à l'intérieur de la pièce égrenant sur le tapis ses fleurs fragiles au parfum délicat. Dans cette atmosphère pleine de la douceur d'autrefois, Fiora put ouvrir son cœur à son amie avec plus d'abandon qu'elle ne l'avait fait jusqu'à présent, même avec Démétrios. Chiara, étant femme, pouvait comprendre les élans secrets d'une autre femme mieux que n'importe quel homme.

Comme le médecin, Chiara encouragea son amie à garder secret le malheureux mariage avec Carlo Pazzi.

– Nous allons avoir la guerre et Rome va se trouver bientôt beaucoup plus loin de Florence qu'elle ne l'est en réalité. Tu as toutes les chances de ne revoir jamais ce pauvre garçon.

– Je n'en suis pas moins mariée à lui, et il s'est comporté en ami. Je sais aussi qu'il est malheureux loin de sa chère maison de Trespiano. Si seulement je pouvais la lui faire rendre !

– Je comprends ton souhait, mais attends encore un peu. Lorenzo donne l'impression d'un écorché vif depuis le crime. Tu lui apportes un adoucissement sans nul doute précieux, mais il faut se méfier de ses réactions. D'autre part, comment penses-tu organiser ton avenir ? Tu ne peux rester dans cette situation fausse que te crée le... la passion du maître ?

– Tu allais dire le caprice, et je crois que c'est le mot juste. Qui était la maîtresse de Lorenzo quand je suis revenue ? Car je suis certaine qu'il en avait une ?

– Oui. Bartolommea dei Nasi. Une belle fille, pas très maligne, mais les siens le sont pour elle. Ils pourraient trouver désagréable que ta présence ait tari leur corne d'abondance. Tu risques même d'être en danger.

– Ils auraient tort de charger leur âme d'un crime. Je m'éloignerai de Lorenzo un jour ou l'autre. Seulement, je ne veux pas le blesser.

– Sois franche ! Ni renoncer déjà à ce que tu trouves auprès de lui ?

– C'est vrai. Je voudrais que cette situation se prolonge encore un peu. A l'entendre, d'ailleurs, il souhaite que cela dure longtemps et m'a proposé d'envoyer au Plessis chercher mon fils et Léonarde, mais je n'ai pas encore pu me résoudre à accepter. Je ne sais pas pourquoi, car ce serait dans l'intérêt de l'enfant. Élevé ici, il recevrait tout naturellement l'éducation nécessaire pour reprendre en totalité les affaires de mon père.

– Tu ne parles pas sérieusement ?

– Mais si. Dès sa naissance, j'ai souhaité faire de lui un homme tel que l'était mon père : courageux, lettré, humain, généreux et ouvert à la beauté. Est-ce que cela te paraît si invraisemblable ?

– A mon tour d'être franche : oui.

– Mais pourquoi ?

– Ce n'est pourtant pas moi qui ai épousé messire de Selongey ! Tu oublies que ton fils est aussi le sien, qu'il porte un grand nom dans son pays, même si c'est celui d'un homme qui a payé sur l'échafaud sa fidélité à une cause perdue. Tu ne peux pas en faire un bourgeois florentin...

– Je ne vois pas en quoi ce serait déchoir ?

– Il est possible que tu ne le voies pas, mais lui le verra un jour. Quand il sera grand, il posera des questions auxquelles il te faudra répondre. Et alors, qui te dit qu'il ne préférera pas une vie misérable, une vie de proscrit en accord avec ce qu'avait choisi son père, à la vie fastueuse dont tu rêves pour lui, mais où il ne se reconnaîtra pas ? Tu as été déracinée, toi, et tu sais ce que cela t'a coûté. Ne fais donc pas subir la même épreuve à ton enfant ! Élève-le dans l'amour et le souvenir de ton époux...

– Est-ce vraiment incompatible avec la vie d'un des hauts personnages de notre cité ?

– Peut-être pas, mais à la condition que tu ne sois plus, et depuis longtemps, la maîtresse de Lorenzo. Je sais, ajouta Chiara en souriant, j'ai l'air de te vouer à une austérité pour laquelle tu n'es pas faite, mais je crois que si j'avais un enfant, je m'y résoudrais avec joie...

Sans répondre, Fiora passa un bras autour du cou de son amie, l'embrassa, puis laissa son visage contre le sien sans se rendre compte que des larmes coulaient sur ses joues.

– Ne pleure pas, fit Chiara. Je suis sûre qu'il y a encore de beaux jours à venir pour toi... A présent, si nous dormions ? L'aube va bientôt venir.

Ce ne fut pas le jour qui les éveilla, mais un véritable hurlement poussé par Colomba. En un clin d'œil, elles se retrouvèrent pieds nus et en chemise sur les marches de marbre de l'escalier, courant vers la porte grande ouverte du palais en travers de laquelle la grosse Colomba était évanouie. Une servante lui tapotait les joues sans conviction tandis qu'au-dehors un valet levait le poing en glapissant des injures. Un jeune homme très élégant joignait sa voix à celles du serviteur et de Lodovico Albizzi qui, en robe de chambre et son chat sous le bras, trépignait et poussait des cris inarticulés.

En les rejoignant, les deux jeunes femmes virent une troupe d'enfants qui s'éloignaient en dansant, traînant quelque chose au bout d'une corde.

– Qu'est-ce que c'est, mon oncle ? demanda Chiara inquiète de voir le vieil homme rouge de fureur.

– Hé, c'est toujours ce vieux diable de Jacopo Pazzi ! Le voilà qui traîne encore par les rues ! Je n'ai jamais vu un mort s'agiter autant...

Ce qui s'était passé, Fiora, qui faisait boire à la pauvre Colomba quelques gouttes d'eau-de-vie, l'apprit de sa bouche même. Tandis qu'elle veillait à la préparation du premier repas, la gouvernante de Chiara avait entendu, dans la rue, chanter une troupe d'enfants. L'instant d'après, le heurtoir de la porte avait été vigoureusement agité. Colomba était allée ouvrir, et c'est alors qu'elle avait poussé ce cri qui avait réveillé une partie de la maison : accroché à la chaîne de la cloche, un cadavre à demi décomposé dodelinait flasquement tandis qu'autour de lui les gamins riaient et criaient :

– Frappe à la porte, ser Jacopo ! Frappe à la porte ! Ouvrez à messer Jacopo di Pazzi !

L'arrivée en trombe de l'élégant jeune homme à cheval les avait mis en fuite. Ils se hâtèrent de décrocher leur hideux trophée et de le traîner plus loin, mais l'épouvantable odeur semblait collée aux pierres du seuil et Fiora, à son tour, se sentit pâlir :

– Ne peut-on emmener donna Colomba dans la maison ? demanda-t-elle, tandis que Chiara s'efforçait de faire rentrer son oncle qui s'obstinait à gesticuler en appelant à la Milice.

– Bien sûr, s'écria le jeune homme qui prit le valet par le bras. Nous venons !

Fiora s'écarta et, à eux deux, ils emmenèrent Colomba que ses jambes flageolantes étaient incapables de porter. Mais, en la relevant, son regard rencontra celui de la jeune femme et il faillit lâcher la malade :

– Madona Santissima ! C'est toi ?... On m'avait dit que tu étais revenue, mais je ne voulais pas le croire.

– Pourquoi ? Parce que tu me croyais morte ? C'était, évidemment, plus commode pour ta tranquillité d'esprit.

Le regard ironique de Fiora toisait avec plus d'amusement que de rancune son ancien amoureux. Luca Tornabuoni était resté aussi beau qu'au temps où il briguait ardemment la main de Fiora ; et peut-être l'était-il davantage car, en trois ans, il avait perdu cet aspect un peu fragile de la grande jeunesse et, du même coup, son côté attendrissant. Néanmoins, Fiora savait ce qui se cachait de lâcheté derrière ce visage dont le profil était digne d'être frappé dans le bronze. Au jour de la catastrophe où s'était engloutie sa vie entière, Luca s'était hâté de disparaître dans la foule sans rien tenter pour porter secours à celle dont, cependant, il se disait si passionnément épris.

– Eh bien, qu'attendez-vous ? s'écria Albizzi qui se décidait à rentrer. Un peu de nerf, que diable ! Vous allez laisser tomber cette pauvre femme. Et vous, les filles, que faites-vous là ? ajouta-t-il à l'adresse de sa nièce et de Chiara. Je suis peut-être distrait, mais pas au point de ne pas remarquer que vous êtes en chemise ! En chemise ! Et dans la rue ! Allons ! Que l'on remonte !

Se prenant par la main, les deux jeunes femmes remontèrent l'escalier en courant et en riant tandis que Luca criait :

– Permets-moi de venir te voir, Fiora ! Il faut que je te parle ! Dis-moi que je peux venir !

Se penchant sur la rampe, l'interpellée lança :

– Je ne suis pas chez moi. Et puis, je n'ai pas envie de te voir !

Cette déclaration définitive n'empêcha pas Luca de revenir dans la journée, mais Fiora refusa de le recevoir et de même le lendemain. Elle cherchait à comprendre pourquoi ce garçon, jadis son chevalier servant et dont elle acceptait les hommages parce qu'il était beau et décoratif mais sans lui rendre ses sentiments, tenait tellement à se rapprocher d'elle à présent. D'autant que, d'après Chiara, il était marié et père d'un enfant.

– Si je commence à entretenir des relations avec tous les hommes mariés de la ville, ma réputation sera vite en morceaux, confia-t-elle à Chiara. D'autant que je n'ai aucune envie de lui parler.

Cette fois, le beau temps était revenu et s'installait à la satisfaction générale, bien que les gens sérieux se fussent refusés à voir une relation quelconque entre les caprices du ciel et la dépouille mortelle de Jacopo Pazzi. Qui, d'ailleurs, avait définitivement quitté Florence par la voie du fleuve où le gonfalonier de justice l'avait fait jeter du haut du pont Rubaconte.

Ce jour-là, les deux amies qui sortaient volontiers dans Florence enfin redevenue paisible décidèrent de monter à San Miniato. Le temps des aubépines et des violettes était passé, mais Fiora et Chiara montraient la même prédilection pour cet endroit charmant d'où l'on découvrait, sur Florence, la plus belle vue de toute la région. Les averses récentes n'avaient pas causé de grands dégâts autour de la vieille église et du palais des évêques. De fiers cyprès noircissaient le haut de la colline, telle une barrière se dressant contre l'assaut de la végétation que trois jours de soleil avaient rendue à l'exubérance.

Du haut de la petite terrasse de l'église, les deux jeunes femmes contemplèrent un moment la ville étalée à leurs pieds et irisée par une légère brume annonciatrice de chaleur. Le parfum des herbes, de la mélisse, de la menthe et du fenouil montait des potagers situés plus bas. L'air était d'une douceur exquise et, dans le grand ciel bleu, les hirondelles passaient comme de minces flèches noires.

Assise dans l'herbe sous un pin dont elle mâchonnait

une aiguille sèche, Fiora s'engourdissait dans le plaisir de cet instant où elle retrouvait la ville qu'elle aimait, où elle pouvait sans arrière-pensée se laisser envahir par sa grâce et sa beauté. Ni Chiara ni elle-même n'éprouvaient le besoin de parler, sûres de l'accord paisible où voguaient leurs esprits. Installée un peu plus loin, Colomba dormait, adossée à un arbre, le nez sur son vaste giron.

Fiora envisageait d'imiter la gouvernante quand une ombre s'interposa entre elle et le paysage. Elle sursauta en reconnaissant Luca Tornabuoni qui venait de mettre genou en terre devant elle pour être à sa hauteur. Tout de suite irritée, sa réaction fut immédiate :

– Va-t'en ! Je t'ai dit que je ne voulais plus te voir !

– Un instant, Fiora ! Rien qu'un instant ! Je sais que tu m'en veux...

– T'en vouloir ? J'avais même oublié ton existence. Ce n'est pas une bonne idée de m'en faire souvenir !

– Ne sois pas si dure ! Je sais que je me suis mal conduit envers toi mais j'en ai tellement souffert par la suite...

– Souffert ? Tu ne sais même pas ce que cela veut dire. Il n'y a qu'à te regarder pour voir combien tu as pâti de ces dernières années : tu affiches une mine superbe, une belle prospérité, et tu as une jeune épouse et un fils, m'a-t-on dit ? En vérité, tout cela est à verser des larmes.

– Laisse-moi au moins plaider ma cause ! Chiara, je t'en prie, accorde-moi un instant de solitude avec elle.

Mais celle-ci, au lieu de s'éloigner, s'étendit de tout son long dans l'herbe :

– Ma foi, non ! Je suis trop bien. De toute façon, elle n'a pas envie de t'écouter. Elle n'aime pas les pleutres.

– Je n'en suis pas un et vous le savez bien, toutes deux ! En tournoi, je me bats vaillamment.

– C'est à la portée de n'importe quel imbécile pour peu qu'il ait des muscles, de bonnes armes et un cheval bien dressé, coupa Fiora. Ce n'est pas cela, le courage.

– Que devais-je faire, alors ? Affronter seul une foule en colère ? C'était effrayant...

– Tu crois que je ne le sais pas ? Ce que tu devais faire ? Venir à moi, me tendre cette main secourable dont j'avais tant besoin. Rester à mes côtés. Mais tu t'es enfui comme un lapin poursuivi. Sans Lorenzo...

– Qu'a-t-il fait de si extraordinaire, mon cousin ? Il pouvait te sauver et il n'a pas agi, fit Luca avec aigreur.

– Il a fait beaucoup plus que tu ne l'imagines et si je suis vivante à ce jour, c'est à lui que je le dois.

– Tu l'en paies royalement, si j'en crois ce que l'on dit ? Tu es devenue sa maîtresse.

– C'est tout à fait exact, mais je ne vois pas en quoi cela te regarde ?

– Mais je t'aime, moi ! Je n'ai jamais cessé de t'aimer, de te regretter. Je voulais aller à ton secours, mais mon père m'a enfermé et...

– Et tu as jugé plus confortable de rester enfermé. Après quoi tu t'es hâté d'aller offrir tes vœux à une autre. Ou bien mon ami Démétrios a-t-il rêvé t'avoir vu en compagnie d'une jolie rousse ? Brisons-là, Luca ! Je t'écoutais avec plaisir jadis, mais je ne t'aimais pas. Je ne t'ai jamais aimé. Pourquoi veux-tu qu'à présent je m'intéresse à toi ?

Elle s'était levée pour s'écarter de lui. Il tendit pour la retenir des mains suppliantes, mais la soie de la robe noire glissa entre ses doigts. Chiara se relevait, elle aussi, et se retrouva entre eux tout naturellement. Elle posa sur l'épaule du jeune homme une main apaisante :

– Oublie-la, Luca ! Tu t'es repris de passion pour elle en la revoyant, mais tu ressembles à un enfant qui réclame un jouet, naguère dédaigné, parce qu'on vient de le donner à son frère, et qui trépigne pour le reprendre. On ne force pas le cœur d'une femme...

– Allons donc ? Est-ce qu'elle aimait Lorenzo, jadis ? Et pourtant elle est à lui, maintenant !

– Je ne suis à personne... qu'à un souvenir ! s'écria Fiora à bout de patience. Peut-être, en effet, devais-je quelque chose à ton cousin, mais à toi je ne dois rien !

Alors, cesse de m'importuner et va-t'en ! Retourne auprès des tiens ! Je ne veux plus te voir ni t'entendre.

Une brusque poussée de colère empourpra le beau visage de Luca et embrasa ses yeux noirs :

– Jamais tu ne te débarrasseras de moi, Fiora ! Et par saint Luca, mon patron, je saurai bien t'amener là où je te veux !

– Ton saint patron était médecin. Demande-lui de te guérir, car tu es en train de perdre l'esprit. Ce sera plus sage !

Prenant le bras de Chiara, elle se dirigea vers Colomba que le bruit des voix avait réveillée depuis longtemps et qui suivait la scène avec la mine gourmande d'un amateur passionné de romans. Comprenant qu'il ne gagnerait rien en insistant davantage, Luca Tornabuoni alla rejoindre le cheval, attaché à l'un des anneaux de bronze du palais épiscopal. Le geste qu'il adressa au groupe formé par les trois femmes pouvait signifier un adieu aussi bien qu'une menace.

– Peux-tu me dire ce qui lui prend ? demanda Fiora en haussant les épaules.

– Va savoir ! Peut-être est-il sincère quand il dit qu'il ne t'a jamais oubliée, bien que Cecilia, sa femme, soit charmante. Je crois surtout que son attitude actuelle s'explique en trois points : il t'a revue, il sait que Lorenzo est ton amant... et il s'ennuie comme cela arrive quand on est riche, peu cultivé, et qu'on ne sait que faire de son temps. Prends garde, néanmoins : l'amour d'un enfant gâté peut devenir source d'ennuis. Surtout si tu décides de t'installer ici.

– Nous verrons bien ! J'ai toujours la ressource de regagner la France.

En rentrant au palais Albizzi, Fiora trouva un billet que l'on avait apporté pour elle dans l'après-midi. Il ne contenait que quelques mots, et elle rougit un peu en les lisant, sans pouvoir retenir un sourire :

« Je suis en mal de toi ! Reviens ! La statue est beaucoup

moins belle que toi. Demain soir tu seras dans mes bras, sinon je viendrai te chercher moi-même. – L.»

Elle plia le billet et le glissa dans son corsage, d'un geste un petit peu trop nerveux. Chiara éclata de rire :

– Il te réclame ?

– Oui.

– Et... tu n'as pas vraiment envie de le faire attendre ?

– Non...

– La cause est entendue ! Demain nous t'accompagnerons jusqu'aux remparts, Colomba et moi, et je te donnerai deux valets pour le reste du chemin.

– Pourquoi ne viendrais-tu pas, à ton tour, passer quelques jours à Fiesole ?

– Plus tard peut-être... Lorenzo n'apprécierait pas ma présence et je n'ai pas envie de lui déplaire.

Le lendemain, dans la via Calzaiuoli, Fiora, Chiara et Colomba, venues acheter des tissus légers en vue des chaleurs de l'été, sortaient d'un magasin et rejoignaient les mules sur lesquelles veillaient deux valets quand la rue s'emplit d'une foule braillarde et gesticulante, armée de bâtons, de couteaux et d'objets divers, qui hurlait « Mort au Pazzi !... Justice !... Liberté !... A mort le Pazzi et la fille jaune ! »

– Seigneur ! gémit Chiara. Voilà qu'ils recommencent ! On dirait qu'ils en ont trouvé un autre !

L'effet des cris fut magique. En un clin d'œil, les éventaires furent retirés des boutiques, les volets claquèrent et il n'y eut plus personne.

– Peut-être ferions-nous bien de nous sauver aussi ? hasarda Colomba qu'un valet aidait à enfourcher sa monture. Mais Fiora, déjà en selle, ne l'écouta pas. Au contraire, elle fit avancer sa bête de quelques pas en direction de la foule.

– Reviens ! cria Chiara inquiète. Tu vas te faire écharper !

– Regarde donc qui mène cette horde ! fit-elle en désignant de sa houssine le cavalier qui marchait en tête, tout en se retournant pour surveiller quelque chose.

Chiara rejoignit son amie.

– C'est Luca ! souffla-t-elle stupéfaite. Qu'est-ce qui lui prend de jouer les meneurs ? Et un meneur singulièrement acharné !

En effet, la voix de Tornabuoni semblait donner des ordres :

– Pas maintenant ! Il ne faut pas les tuer maintenant ! On les égorgera sur le tombeau de Giuliano et on portera leurs têtes à mon cousin Lorenzo !

Une bruyante approbation salua ces paroles féroces qui soulevèrent de dégoût l'âme de Fiora. Jamais elle n'aurait imaginé que son ancien amoureux pût cacher sous un visage de dieu grec l'âme noire et les appétits de ces mêmes Pazzi qu'il voulait égorger. Résolument, elle alla au-devant de lui et mit sa mule en travers de la rue. Chiara suivit et les deux valets firent de même, abandonnant la pauvre Colomba persuadée que les jeunes femmes allaient être massacrées et invoquant les saints du Paradis avec force cris et larmes.

– Ceci est sans doute une des formes de ton courage ? lança Fiora méprisante quand elle fut assez près pour se faire entendre. Qui prétends-tu égorger ?

– Tiens ? Fiora ? Je croyais que tu ne voulais plus m'adresser la parole ? fit Luca avec un sourire qu'elle jugea affreux.

– Ce n'est pas à toi que je parle : c'est à un assassin en puissance...

Soudain, elle devint blême car elle venait de reconnaître les deux malheureux, un homme et une femme, que des brutes faisaient marcher de force en dépit de leur évidente faiblesse. Ils étaient couverts de poussière, déguenillés, et du sang marquait leurs figures. Mais c'étaient incontestablement Carlo Pazzi et Khatoun. Avec un cri d'horreur, Fiora poussa sa mule dans la foule sans souci de ce que les sabots de l'animal pouvaient écraser. Comme Chiara et ses valets suivaient, on s'écarta, d'autant que certains chuchotaient sur son passage : « C'est la Fiora !.. la douce amie de Monseigneur Lorenzo... »

Arrivée devant les deux victimes qui, à bout de forces, s'étaient laissées tomber à genoux, elle sauta à terre et saisit Khatoun dans ses bras. Et comme l'une des brutes tentait de l'en empêcher, elle lui jeta au visage :

– Touche-moi seulement et tu seras pendu ! Cette jeune femme n'a jamais été une Pazzi. Elle s'appelle Khatoun, elle est tartare et c'est mon esclave.

Puis, se retournant telle une furie vers Luca qui s'était approché :

– Ne me dis pas que tu ne l'as pas reconnue ? Tu l'as vue cent fois chez mon père !

– Oh, c'est possible ! grogna-t-il, mais que fait-elle avec celui-là ? Tu ne me diras pas que ce n'est pas un Pazzi ? C'est le lamentable Carlo, l'avorton que la famille cachait avec tant de soin. Je l'ai reconnu tout de suite quand je l'ai vu franchir le pont avec la fille.

– Parce que c'est toi, la cause de tout cela ?

– Bien sûr ! Aucun Pazzi ne doit rester vivant sur cette terre qu'ils ont souillée, lança-t-il d'un ton grandiloquent. Je reconnais que j'ai pu commettre une erreur avec ton esclave, alors je te la rends. Emmène-la et laisse-nous en finir avec l'autre !

Chiara s'était déjà emparée de la pauvre petite et ses valets la portaient dans la boutique d'un apothicaire qui venait de s'ouvrir pour elle. Le malheureux Carlo faisait peine à voir. Ses longues jambes grêles repliées sous lui, les yeux clos et le visage couleur de cendre, il respirait avec peine et seule la poigne de ses bourreaux l'empêchait de s'écrouler. Fiora comprit que le combat n'était pas fini :

– Il n'est pas question que toi et tes... amis disposiez seuls de cette vie. C'est à Monseigneur Lorenzo qu'il faut conduire ce malheureux.

– J'ai déjà dit qu'on lui porterait sa tête.

– Et moi, je ne suis pas certaine que cela lui fasse plaisir. Il a interdit les justices trop expéditives et mieux vaut ne pas risquer sa colère.

– Sa colère ? Pour ce rebut de l'humanité ? Tu n'oublies qu'une chose : c'est sa fortune qui a payé les assassins de Giuliano.

– Une fortune dont il ne disposait pas. Il était l'otage de Francesco Pazzi et c'est pourquoi je dis que seul le Magnifique peut décider de son sort. Vous entendez, vous autres ? ajouta-t-elle en élevant la voix. Nous allons, tous ensemble, conduire Carlo Pazzi au palais de la via Larga ! Soyez sûrs que notre prince vous sera bien plus reconnaissant d'un hommage vivant que d'un hommage mort.

Les cris de mécontentement qui s'étaient levés quand elle s'était jetée dans la bataille s'apaisaient de façon sensible. Elle parlait au nom du maître et ces gens croyaient savoir qu'elle en avait le droit. Elle obtint même quelques grognements approbateurs en ajoutant que, certainement, Lorenzo saurait les remercier. Mais les choses faillirent se gâter à nouveau quand elle demanda que Carlo fût hissé sur sa mule.

– Il a tenu jusqu'ici, il tiendra bien jusqu'au palais ! s'écria une sorte de colosse dont les bras nus portaient des bracelets de cuir et que sa tunique tachée de sang noirci classait dans la corporation des bouchers.

Fiora haussa les épaules :

– Alors, porte-le ! Tu es assez fort pour ça. Tu ne vois pas qu'il est à moitié mort ? Un cadavre ne te vaudra pas la plus petite pièce de monnaie.

Elle obtint gain de cause : Carlo fut jeté comme un paquet en travers du dos de la mule dont Fiora prit elle-même la bride. Elle savait que la partie serait difficile mais pour rien au monde, et même si elle devait y perdre l'amour de Lorenzo, elle n'abandonnerait à ces brutes l'étrange garçon qui s'était déclaré son ami quand la terre entière se liguait contre elle. A cet instant, Chiara ressortit de chez l'apothicaire et embrassa la scène d'un coup d'œil, mais Fiora ne lui laissa pas le temps de donner son avis.

– Emmène Khatoun chez toi, s'il te plaît ! demanda-t-elle doucement. J'irai vous rejoindre tout à l'heure.

– Tu ne remontes pas à Fiesole ?

– Non. Il faut que je voie Lorenzo avant.

Et elle reprit son chemin à la tête d'une foule désormais plus curieuse que vraiment excitée. Luca Tornabuoni marchait à côté d'elle, la mine boudeuse, et le boucher tenait l'autre flanc de la mule. Personne ne souffla mot jusqu'à ce qu'au détour d'une rue, la silhouette imposante et familière du palais Médicis apparût avec son appareillage d'énormes pierres et ses fenêtres cintrées. Alors qu'autrefois tout un chacun pouvait en franchir le seuil et pénétrer au moins jusqu'à la grande cour carrée, des gardes armés veillaient à présent au portail. La noble demeure devait à l'assassinat de Giuliano d'avoir perdu ce caractère aimable et bon enfant qui la rendait si attachante. Elle y avait gagné la sévérité hautaine que Fiora avait vue aux palais romains. Décidément, Florence avait beaucoup changé !

Bien entendu, les soldats croisèrent leurs lances à l'arrivée de cette foule sombre et vaguement menaçante. Ils ne les abaissèrent pas quand Luca Tornabuoni se fit reconnaître, mais Fiora réclama Savaglio et le capitaine des gardes apparut. Fidèle à son habitude, il était d'une humeur massacrante :

– Que se passe-t-il encore ? cria-t-il. J'ai déjà dit que je ne voulais plus d'attroupement devant cette maison. Dispersez-vous !

– Laisse-moi au moins entrer avec cette mule et ces deux hommes, lança Fiora. Je veux voir Monseigneur Lorenzo.

Le regard de Savaglio, vif et acéré, s'arrêta sur chacune des trois physionomies, puis sur le corps inerte :

– Ser Luca n'a pas besoin de permission pour voir son cousin et toi non plus, donna Fiora, mais les deux autres ne me semblent pas de ses familiers. Et puis tous ceux-là ?

– Ils attendront sagement, mais moi je veux le voir seule à seul, insista la jeune femme. Est-il là ?

– Dans son cabinet. Je vais te conduire...

– Je veux y aller aussi ! s'écria Tornabuoni, et je ne vois pas pourquoi...

– Allons ! Honneur aux dames ! fit le chef des gardes dont le sourire de loup traduisait le peu d'estime qu'il éprouvait pour le jeune homme. Je suis certain que donna Fiora n'en a pas pour longtemps. Tu peux bien l'attendre un instant...

Tout en parlant, il tournait autour de la mule, cherchant à voir le visage de l'homme qu'elle transportait :

– Il est mort ?

– Non. Simplement évanoui, je pense, mais il faudrait peut-être lui donner quelques soins ? C'est Carlo Pazzi, messer Savaglio. Il arrivait tout juste de Rome quand il a été attaqué...

– Des soins, à un Pazzi ! Te rends-tu compte, Savaglio ?

Fiora s'approcha de Luca jusqu'à ce qu'il pût percevoir son souffle :

– Tout le monde, ici, sait que c'est un innocent, fit-elle entre ses dents. Souviens-toi quand même, Luca, que l'une des sœurs de Lorenzo est mariée à un Pazzi... et que celui-là n'a pas été inquiété. Lorenzo seul jugera celui-ci... et je m'inclinerai devant sa décision.

Sans attendre de réponse, elle se dirigea d'un pas rapide vers le raide escalier qui montait aux étages, tôt rejointe par un valet qui se chargea de l'annoncer, Savaglio ayant préféré, en dernier ressort, garder l'œil sur cette troupe qui ne lui inspirait visiblement aucune confiance.

Derrière le dos solennel du valet, Fiora parcourut des pièces dont la magnificence lui était familière. Elle connaissait depuis longtemps ces grandes tapisseries tissées d'or, ces meubles précieux dispersés en un désordre voulu sur d'épais tapis venus de Perse ou du lointain Cathay, ces dressoirs encombrés d'objets d'or, d'argent ou de vermeil, incrustés de pierres rares, tout ce luxe qu'une grande fortune et un goût sans défaut pouvaient réunir autour d'un homme. Elle pénétra enfin dans une pièce où de grandes armoires peintes, montant jusqu'au plafond armorié et doré, laissaient voir une profusion de livres reliés de cuir, de parchemin, de velours et même d'argent ciselé. A l'instant où elle y entrait, Lorenzo de Médicis en sortait si impétueusement qu'il faillit la jeter à terre. Il la retint, la serra un instant contre lui :

– Toi ? Quelle jolie surprise !... Attends-moi un instant, il faut que je voie ce que c'est que ce tumulte...

– Je viens justement t'en parler. Ce tumulte, c'est un peu moi. Viens voir !

Elle l'entraîna sur la galerie qui surplombait la cour et lui montra le petit groupe formé par Luca, la mule que Savaglio débarrassait de son chargement sans trop de douceur et le boucher.

– J'ai exigé de ton cousin et de la horde qu'il avait rassemblée pour égorger ce malheureux sur la tombe de Giuliano qu'il soit d'abord conduit vers toi.

– Il me semble le reconnaître, fit Lorenzo en plissant ses yeux myopes pour mieux voir. On dirait Carlo Pazzi, l'innocent ?

– C'est bien lui. Il arrivait de Rome en compagnie de Khatoun, mon ancienne esclave tartare que Catarina Sforza m'a rendue. Ton cousin et une bande de brutes avaient commencé à les mettre à mal quand je suis intervenue avec Chiara et deux valets. Khatoun, à cette heure, a été portée au palais Albizzi où on la soigne. A présent, il te reste à décider du sort de Carlo, mais je veux te prévenir que je ne supporterai pas qu'on lui fasse du mal.

Sans répondre, Lorenzo se pencha sur la balustrade et ordonna à son capitaine de faire monter le prisonnier. Puis il prit Fiora par le bras et la ramena jusqu'à la bibliothèque où il la fit asseoir près d'un grand vase d'améthyste serti de perles, la principale merveille de cette pièce.

– D'où connais-tu Carlo Pazzi ? demanda-t-il enfin, et

sa voix incisive avait cette résonance métallique dont Fiora avait appris à se méfier.

– De Rome. Il m'a aidée à fuir, de compte à demi avec la comtesse Riario. Dois-je te rappeler la lettre que je t'ai remise ? Tous deux souhaitaient désespérément que l'attentat échoue.

– Donna Catarina avait une raison, fit le Magnifique avec un haussement d'épaules. Elle aimait mon frère. Mais lui, quelle raison pouvait-il avoir ?

– Tu avais été bon avec lui au point de vouloir le confier aux soins de Démétrios. Il était persuadé que tu étais son seul ami dans cette ville.

L'entrée de Savaglio suivi des deux gardes qui portaient Carlo l'interrompit. Les yeux clos, le malheureux respirait avec peine et, sur sa maigre figure, le sang laissait en séchant des traînées noires. On l'étendit sur une sorte de banc garni de coussins. Avec son cou tordu qui l'obligeait à tenir sa tête penchée et ses longs membres grêles privés de vie, il ressemblait à un pantin désarticulé. Pleine de pitié, Fiora alla s'agenouiller auprès de lui en réclamant de l'eau fraîche, des linges, des sels, un cordial. Un valet apporta ce qu'elle demandait et joignit ses efforts à ceux de la jeune femme pour tenter de ranimer le malheureux. Debout derrière eux, Lorenzo, l'œil chargé de nuages, les regardait faire. Enfin, alors que l'on commençait à désespérer, le blessé exhala un profond soupir et ouvrit péniblement les yeux. Mais quelque chose brilla dans leur profondeur bleue en reconnaissant le visage penché sur lui.

– Fiora ! souffla-t-il. C'est un miracle ! Est-ce que... est-ce que vous allez bien ?

La question posée d'une voix enfantine mais touchante la fit sourire. A demi-mort, la première pensée de cet étrange garçon était de s'enquérir de sa santé.

– Très bien, Carlo... et grâce à vous. C'est un miracle en effet qui nous réunit, mais qu'êtes-vous venu faire ici ? Ne saviez-vous pas quel danger vous alliez courir ?

– Oh si ! Mais je ne pouvais plus rester à Rome. Le pape est enragé de fureur contre les Médicis... et contre vous. Il ne parle que de guerre ! Quant à moi, je n'étais plus que le vestige de ses espoirs défunts et j'aurais été tué si donna Catarina ne m'avait caché. C'est elle encore qui nous a donné les moyens de quitter Rome, à Khatoun et à moi. Khatoun voulait vous rejoindre...

– Et vous ? Souhaitiez-vous aussi me retrouver ?

Il y eut un petit silence et le visage blessé esquissa l'ombre d'un sourire timide.

– Non. Je savais que vous n'auriez aucun plaisir à me revoir. Ce que j'espérais... c'était retourner dans mon jardin de Trespiano. J'y ai vécu les seuls jours clairs de ma vie. Quant à la comédie qu'on nous a fait jouer, je voudrais que vous l'oubliiez et que vous viviez comme si je n'existais pas...

– Quelle comédie ?

Cette question, c'était Lorenzo qui venait de la poser d'une voix âpre et brutale. En levant la tête vers lui, Fiora vit le pli amer de sa bouche et la lueur inquiétante que la colère allumait dans ses yeux noirs. Elle le connaissait trop pour ignorer qu'il ne se contenterait pas d'une demi-vérité. Sans lâcher la main de Carlo qui, las d'avoir parlé, s'abandonnait à la fatigue, elle déclara d'une voix basse que seul le Magnifique put saisir :

– La veille du jour où je me suis enfuie de Rome, le pape nous a mariés dans sa chapelle privée...

A ce moment, comme si le ciel n'eût attendu que ces mots pour manifester sa désapprobation, un coup de tonnerre roula d'un bout à l'autre de la ville et une pluie diluvienne s'abattit, saluée dans l'instant par une clameur haineuse de la foule toujours massée devant le palais :

– A mort le Pazzi ! Qu'on nous le livre !

Épouvantée, Fiora serra plus fort la main maigre qu'elle tenait et murmura :

– Si tu le livres, Lorenzo, il faudra que tu me livres aussi...

CHAPITRE II

LE VISITEUR DE LA SAINT-JEAN

L'instant qui suivit fut terrifiant. Dressé devant le groupe formé par le blessé étendu et la jeune femme agenouillée auprès de lui, Lorenzo que sa robe noire grandissait encore le dominait de son ombre menaçante. Ses poings serrés, son visage crispé traduisaient une colère muette qui allait peut-être jusqu'à l'envie de meurtre. Fiora, faisant appel à tout son courage, se releva lentement et lui fit face, consciente de braver ainsi un potentat altéré de vengeance et non plus l'homme qui, parfois, délirait d'amour entre ses bras.

– Décide ! fit-elle. Mais décide vite ! Tu les entends ?

Les hurlements allaient s'amplifiant. L'averse ne dispersait pas la foule qui, au contraire, avait dû grossir, mais Lorenzo ne semblait pas entendre les cris de mort. Son regard fouillait celui de sa maîtresse comme s'il cherchait à en arracher quelque vérité cachée.

– Une Pazzi ! dit-il enfin. Toi, une Pazzi et l'épouse de ce misérable déchet...

L'indignation qu'elle éprouva se teinta d'une amère déception. Quel mobile, sinon une primitive jalousie de mâle – la plus basse puisqu'elle n'a pas l'excuse de l'amour – animait cet esprit généralement brillant pour lui souffler une si plate insulte ?

– Un mariage conclu sous la contrainte ne saurait être

valable devant Dieu, même béni par le pape, dit-elle. Quant à Carlo, il ne m'a pas touchée.

Puis, avec un dédain qui fit monter le rouge aux pommettes de Lorenzo :

– Tu devrais mieux me connaître et, je m'aperçois que je ne suis pour toi qu'une chair à plaisir, à peine plus qu'une courtisane. Alors, tu peux me livrer sans regrets car tu ne me soumettras plus à ton désir.

– Ce qui veut dire ? gronda-t-il.

– Que je partirai demain pour la France... à condition, bien sûr, que je ne sois pas massacrée d'ici une heure avec Carlo.

– Ne me défie pas, Fiora ! Tu n'as rien à y gagner.

– Voilà le banquier qui reparaît. Ai-je jamais cherché à tirer de toi un quelconque avantage ? Ce que tu m'as donné, je ne l'emporterai pas, sois sans crainte ! Je laisserai tout à Démétrios. Mais si tu es incapable de reconnaître tes amis, si la pitié t'est à jamais étrangère, ma place n'est plus auprès de toi.

D'un geste impérieux, elle l'écarta de son chemin et se dirigea vers la porte. Il la rattrapa :

– Où vas-tu ?

– Dire la vérité à Luca Tornabuoni. Lui apprendre que Carlo est mon époux et que, s'il veut le tuer, il me tuera avec lui.

– Mais enfin, pourquoi tiens-tu tellement à ce qu'il vive si, comme tu le prétends, tu as été mariée de force ? Sa mort te libérerait, et tu le sais bien.

– Ma liberté ? C'est lui qui me l'a rendue en me conduisant au palais Riario et en rentrant chez lui avec Khatoun habillée de mes vêtements. Quant à mettre en doute ma parole, c'est indigne ! Souviens-toi de l'homme qu'était Philippe de Selongey. Je l'aimais, je l'aime encore et tu oses prétendre que je me suis laissée marier de bon gré ?

– Oh, je ne l'ai pas oublié !

Saisissant Fiora par un bras, il la traîna plus qu'il ne la

conduisit vers un précieux miroir de Venise qui, placé près d'une fenêtre, reflétait la calme et harmonieuse ordonnance du jardin intérieur. Leur double image s'y inscrivit :

– Regarde ! Regarde bien !... Je suis laid, Fiora, je suis même affreux, et Carlo ne l'est guère plus que moi. Pourtant, tu m'as laissé te prendre encore et encore ! Bien mieux, c'est toi qui t'es offerte le premier soir. Rappelle-toi ! Tu m'as conduit dans ta chambre, tu as dénoué les cordons de ta chemise. Était-ce par amour pour ton époux défunt que tu me révélais ton corps, que tu m'attirais à toi ?

– J'avais envie de toi... et cette envie n'est pas assouvie, sinon je serais partie...

– Tu aimes l'amour que je te donne, mais c'est à lui que tu penses toujours par-delà la mort, à ce Bourguignon insolent dont je croyais pourtant avoir exorcisé le souvenir.

– Il y a des souvenirs impossibles à effacer, Lorenzo !

– Vraiment ? Sommes-nous donc à ce point semblables que tu acceptes mes caresses... et même que tu les provoques dans la chambre même où il a fait de toi une femme ? C'est à lui que tu penses quand tu gémis sous moi ? Pourtant, c'est mon nom que je cueille sur ta bouche au plus fort du plaisir...

– Ainsi, c'est pour cette raison que tu es venu à moi dans la nuit qui a suivi le crime ? murmura Fiora avec amertume. Pour la joie d'une revanche, pour triompher d'un mort ? Et moi qui croyais que tu avais besoin de moi comme j'avais besoin de toi ? Cela prouve seulement que nous nous sommes rejoints sur un malentendu... Mais qu'espérais-tu prouver en m'expliquant que Carlo est juste un peu plus laid que toi ? Qu'il me suffit de fermer les yeux pour accueillir n'importe quel homme dès l'instant où il en est vraiment un ?

Une voix faible qui semblait sortir du parquet de bois précieux se fit entendre alors, une voix qui disait :

– Lorenzo, Lorenzo !... Quand tu respires le parfum d'une rose, lui demandes-tu si elle se souvient des mains qui l'ont fait éclore ? Où est donc passée ta philosophie ? Saisir l'instant, n'est-ce pas ? Tu en es bien loin, il me semble !

Avec une sincère stupeur, Lorenzo considéra le blessé. Appuyé sur un coude, il s'était redressé et regardait les deux amants avec, au fond de ses yeux bleus, une petite flamme ironique.

– Carlo ! souffla-t-il. Je te croyais idiot !

– Je sais. Et moi je te croyais intelligent. Faut-il donc être un déshérité comme moi pour savoir apprécier un fabuleux cadeau de la vie ? Nous sommes amis, Fiora et moi, et cela me donne assez de joie pour que j'accepte volontiers d'être livré à ces gens qui continuent de s'égosiller sous la pluie pendant que toi, privilégié entre tous, heureux entre tous puisqu'elle s'est donnée à toi, tu en es encore à chercher ce que peuvent cacher tes nuits de félicité...

Au prix d'un violent effort qui le fit pâlir un peu plus encore, il réussit à s'asseoir.

– Ce que je me demanderais, si j'étais à ta place, c'est comment je pourrais faire pour la garder. Mais, après tout, peut-être que cela ne t'intéresse pas vraiment.

Il cherchait un appui pour se mettre debout. Fiora se précipita, s'assit auprès de lui et, passant un bras autour de ses épaules, l'obligea à rester immobile, essuyant à l'aide de son mouchoir la sueur qui perlait à son front.

– Où prétendez-vous aller de ce pas ?

– Donner leur pâture à ces corbeaux criards, fit-il avec un petit rire. Ils n'auront pas grand ouvrage : je suis à moitié mort. Et dans un sens ils me rendront service...

– Nous irons ensemble, Carlo. Monseigneur Lorenzo n'a jamais été capable d'imposer sa loi quand Florence prend feu. Une façon comme une autre de lui faire croire qu'elle est encore une république...

Le dédain qui vibrait dans la voix de la jeune femme souffleta Lorenzo :

– Je te fais grâce de tes sarcasmes, Fiora ! Restez tranquilles tous les deux ! Il est temps, en effet, que l'on sache ici qui est le maître !

Dix minutes plus tard, la via Larga retrouvait son aspect habituel. La pluie avait cessé aussi soudainement qu'elle était venue et les gardes du palais reprenaient la cadence de leur lente promenade. Un peu partout dans la grande artère, les boutiques mettaient leurs volets. Les marchands sortaient de chez eux, comme les autres hommes, car c'était l'heure sacrée de la « passeggiata [1] » où, tandis que leurs femmes s'activaient à la préparation du repas du soir, les Florentins se rejoignaient devant le Duomo, la Signoria ou au Mercato Vecchio pour discuter des affaires de la journée ou parler politique. Les jeunes élégants, eux, choisissaient plutôt le pont Santa Trinita qui connaissait toujours, au coucher du soleil, la plus brillante animation. Paradoxalement, c'était aussi l'heure où les murs de la ville semblaient suinter une étrange mélancolie, cette « morbidezza » qui n'était pas sans charme et que les cloches de l'Angélus accompagnaient comme autant de voix célestes. Celles des hommes se feutraient et un doux murmure s'élevait au-dessus de la ville.

Appuyée contre l'une des armoires marquetées qui augmentaient la profondeur des embrasures, Fiora laissait son regard vaguer sur les groupes de robes et de pourpoints aux teintes foncées qui, d'un pas paisible, se dirigeaient vers le rendez-vous vespéral en devisant sur le mode courtois. Cette ville semblait en vérité incompréhensible, qui portait l'art de vivre et les sages préceptes de la philosophie au sommet de toute civilisation et qui cependant pouvait, dans l'instant, accoucher d'une foule hurlante, avide de sang et capable de couvrir ses rues et ses places de débris humains.

Carlo, recouché sur son banc, fermait les yeux. Il semblait souffrir et, de toute évidence, son état nécessitait la

1. La promenade.

présence d'un médecin... Quand Lorenzo revint, il trouva Fiora debout auprès de lui et tenant sa main :

– On dirait que tu as réussi à les disperser ? constata la jeune femme. Que leur as-tu dit ?

– Qu'il est mort, fit-il en désignant du menton le corps étendu.

Fiora eut un mince sourire, juste assez dédaigneux pour traduire sa pensée mieux encore que ne l'auraient fait les paroles. Lorenzo haussa les épaules avec fureur :

– Tu n'es pas encore satisfaite, n'est-ce pas ? Que signifie ce sourire ?

– Rien... ou si peu ! Je me demande seulement si un jour, un seul, tu oseras opposer ta seule volonté à une émeute. Ce qui m'étonne, c'est que l'on ne t'ait pas réclamé le corps pour en faire de la charpie sur le tombeau de Giuliano ?

– Ils l'ont réclamé. Surtout cet âne suffisant de Luca. Je l'ai renvoyé chez lui en ajoutant que si je le retrouvais en train de jouer les meneurs, je l'enverrais aux Stinche [1] comme rebelle.

– Et ensuite ?

– Ne prends pas cet air de juge présidant un tribunal, Fiora ! Tu m'agaces ! J'ai rappelé mon interdiction de toucher à quelque sépulture que ce soit. En foi de quoi, j'ai dit que Pazzi serait enterré secrètement et là où je le jugerais bon... A présent, je vais le faire porter dans une chambre.

– Pour que tes serviteurs sachent que tu as menti ? Riche idée ! Tu pourrais penser aussi à ta mère et à ta femme ?

– Elles ne sont là ni l'une ni l'autre. Dès le beau temps revenu, je les ai envoyées à la villa di Castello pour qu'elles y trouvent le calme et le repos. Quant à mes serviteurs...

– Oublie-les ! Ou plutôt, ordonne aux plus sûrs de préparer celle de tes litières qui ferme le mieux et de réunir

1. La prison de Florence.

une escorte réduite que commandera Savaglio. J'emmène Carlo chez moi, à Fiesole. Personne ne saura le soigner comme Démétrios.

– Tu veux repartir ce soir ? C'est de la folie ! Le peuple se posera des questions en voyant cette litière ainsi gardée !

– Il ne se posera aucune question pour l'excellente raison que personne, ici, n'ignore plus que je suis la favorite du moment. Nul ne sera surpris que tu me montres quelque sollicitude.

Il réfléchit un instant puis, s'approchant de la jeune femme, il la prit dans ses bras sans paraître s'apercevoir de sa légère résistance, et enfouit son visage dans son cou :

– Alors, faisons mieux encore ! murmura-t-il. Savaglio restera ici et je vais t'escorter moi-même.

– Tu veux ?...

– Pourquoi pas ? Puisque tout le monde est au courant, il n'y a aucune raison de ne pas agir au grand jour. Tout ce que je risque, c'est de recevoir, le long du chemin, quelques vœux salaces touchant les plaisirs que je vais goûter cette nuit. Non, ne dis rien ! Souviens-toi plutôt de ma lettre : je ne veux pas t'attendre une nuit de plus...

Or, cette nuit-là, Fiora ne retrouva pas le bonheur insouciant qu'elle avait connu ces dernières semaines. Elle se laissa aimer sans joindre sa propre ardeur à celle de son amant. Peut-être parce qu'elle ne se sentait pas vraiment libre. Dans la chambre voisine, vide jusqu'à ce soir, Carlo reposait, profondément endormi grâce à la drogue administrée par Démétrios pour calmer ses douleurs. Il souffrait en effet de plusieurs côtes cassées, sans compter diverses écorchures au visage et dans le cuir chevelu. Mais sa seule présence de l'autre côté du mur gênait Fiora et tout l'art amoureux de Lorenzo n'y put rien...

Sa première fringale assouvie, celui-ci s'en aperçut et, après quelques tentatives pour éveiller dans ce joli corps une ardeur égale à la sienne, il finit par se laisser retomber sur le lit, les yeux fixés au baldaquin dont les rideaux blancs les enveloppaient d'une clarté qui rosissait auprès de la veilleuse.

– Tu aurais dû me dire la vérité, soupira-t-il. Tu ne m'aimes plus ?

– Je n'ai jamais dit que je t'aimais, murmura Fiora. Toi non plus, d'ailleurs...

– Je te le prouve, il me semble ?

– Non. Tu me prouves ton désir, mais ton cœur n'a guère part à tout ceci.

– Je suis jaloux pourtant, et tout à l'heure j'aurais volontiers étranglé ce malheureux pour l'achever.

– Était-ce vraiment de la jalousie ? Tu sais qu'il n'y a rien eu et qu'il n'y aura jamais rien entre nous. N'était-ce pas plutôt parce qu'il est un Pazzi ?

– Peut-être aussi... bien que ce qu'il m'inspire relève davantage de la pitié. Mais toi, Fiora, qu'y a-t-il pour moi dans ton cœur ?

– Honnêtement, je n'en sais rien. J'aime l'amour que tu me donnes et mon corps s'élance vers le tien quand tu t'approches...

– Pas ce soir, en tout cas !

– J'en conviens... mais il ne faut pas m'en vouloir : la journée a été éprouvante.

– Et puis, tu ne supportes pas l'idée d'une présence de l'autre côté de ce mur ?

– C'est vrai aussi. J'éprouve une gêne bizarre.... comme si nous étions vraiment mariés.

Tout à coup, elle l'entendit rire :

– Si ce n'est que cela !

Sautant à bas du lit, il enfila ses chausses et ses bottes, enroula Fiora dans un drap en entassant sur elle quelques coussins en dépit de ses protestations, puis, saisissant le tout dans ses bras, il sortit de la chambre, descendit l'escalier, traversa le vestibule et se mit à courir à travers le jardin encore mouillé de la dernière pluie, jusqu'à la petite grotte de rocailles dans laquelle Francesco Beltrami aimait jadis se retirer durant les chaudes journées de l'été. Un bassin et une fontaine à tête de lion en occupaient le centre, et la chanson de l'eau apaisait l'esprit souvent accablé du grand négociant.

Lorenzo posa Fiora à terre, éparpilla les coussins et s'abattit dessus avec la jeune femme qu'il avait déroulée de son drap comme une toupie :

– Voilà ! déclara-t-il gaiement. Plus de voisins encombrants ! C'est ici que nous nous aimerons désormais.

Fiora ne pouvait résister. Emportée dans une folle sarabande de caresses, elle laissa son besoin d'amour et sa jeunesse reprendre le dessus.

Le lendemain, par la magie du Magnifique, la petite grotte, habillée de grands lys d'eau, de satins irisés, de cristaux glauques et d'un tapis soyeux semblable à de l'herbe bleue, ressemblait aux retraits enchantés des contes orientaux. L'amour y prit une saveur nouvelle, parce qu'il s'y délivrait des contraintes imposées par la grande villa et donnait aux deux amants l'impression délicieuse d'être seuls au cœur du premier jardin du monde.

Une nuit où, après s'être baignés et avoir fait l'amour dans le bassin, Lorenzo essuyait avec un soin dévotieux le corps de Fiora, celle-ci, qui trempait ses lèvres dans une coupe de vin de Chypre, la tendit à son amant puis soupira :

– J'ai honte de moi, Lorenzo... Jamais je ne parviendrai à m'arracher à toi...

– Je l'espère bien. Et pourquoi nous séparerions-nous ?

– Tu oublies que j'ai un enfant, que je ne l'ai pas vu depuis des mois... et qu'il me manque.

– Je vais le faire chercher bientôt. Je pense souvent à nous, tu sais, et les projets ne me manquent pas. J'ai même donné l'ordre que l'on répare pour toi l'ancien palais Grazzini. Tu y vivras avec ton fils et ta maison sous le nom de Selongey. Non... ne dis rien ! Je ferai de ton fils l'un des premiers de Florence. Il sera riche, puissant, et rien ne l'empêchera, le temps venu, d'aller servir sous les armes du souverain qu'il aura choisi... Quant à nous, nous serons ensemble, ma fleur précieuse, et je pourrai continuer à t'entourer de soins... et d'amour.

– D'amour ?

– Mais oui. Si ce qui nous unit n'en est pas, cela y ressemble terriblement. Florence va vivre des jours sombres, Fiora. Je vais avoir besoin, plus que jamais, de ces heures incomparables que tu me donnes. Quant à toi, tu prendras dans le cœur de mes sujets la place qui était celle de Simonetta, car leur nature profonde les attire vers la beauté parfaite. Il leur semble que Florence ne peut être brillante que si elle s'incarne dans une femme éblouissante... Ne t'occupe de rien ! Laisse-moi faire ! Ensemble, nous gagnerons la bataille contre ce pape indigne qui veut notre extermination.

Sixte IV, en effet, avait ouvert les hostilités. Un bref, daté du 1er juin 1478, excommuniait à la fois Lorenzo, « fils d'iniquité » dont le plus grand tort à ses yeux était d'être encore vivant, et les prieurs de la Seigneurie « possédés d'une suggestion diabolique, emportés comme des chiens par une rage délirante » pour avoir osé pendre un archevêque assassin devant leurs fenêtres.

Lorenzo reçut la nouvelle sans broncher. Les foudres d'un pape indigne ne l'intéressaient pas. Il se contenta de renvoyer à Sienne, sous bonne escorte, le jeune cardinal Rafaele Riario qui, depuis le meurtre commis dans la cathédrale, vivait dans un état de stupeur profonde. Ce qui ne calma en rien le pontife ulcéré. Les Florentins reçurent l'ordre de livrer Lorenzo de Médicis à un tribunal ecclésiastique devant lequel il répondrait de ses crimes. Injonction qui n'eut pas plus de succès. Le peuple refusa toute invitation à la révolte : il n'acceptait aucun ordre du pape dans le domaine temporel. Et il se referma d'un seul cœur, d'un seul élan, autour du prince qu'il s'était donné, partageant le chagrin que lui causait la mort de son frère, ce Giuliano en qui chaque Florentin voyait l'image la plus achevée du charme et de l'art de vivre de sa ville.

Le pape alors se prépara à la « guerre sainte ». Tout en recrutant des condottieri et en resserrant son alliance avec Naples et Sienne, il écrivit dans toute l'Europe pour inviter les princes chrétiens à prendre part à l'hallali final.

Le résultat de ce fulminant courrier pontifical fut très différent de ce qu'espérait son auteur. Les souverains d'Europe ne voyaient aucun motif de se lancer à l'attaque de Florence pour plaire à un pape qui voulait punir, par l'extermination d'une ville, un attentat sacrilège commis dans une église. Les messages arrivés au Vatican, pleins de révérence et de formules aimables, montraient une décourageante platitude. Un seul destinataire ne répondit pas : le roi de France, décidé à faire connaître son opinion à sa façon.

Un soir de la mi-juin, Fiora, sachant que Lorenzo retenu par les affaires ne viendrait pas cette nuit, se promenait au jardin avec Démétrios et Carlo qu'ils soutenaient chacun d'un côté. Admirablement soigné par le Grec, délivré de l'impitoyable contrainte qu'il s'était imposée depuis l'enfance afin de survivre, le jeune homme s'abandonnait à la joie simple de revivre. Dans ce cadre proche de celui qu'il aimait, Carlo pouvait recevoir des soins attentifs, sentir des amitiés venir à lui et laisser glisser les jours entre un homme d'esprit profond et de grande culture et une femme ravissante qui lui témoignait une affection de sœur. Il n'ignorait rien, bien sûr, de ce qui se passait souventes nuits dans la petite grotte, mais, ne s'étant jamais considéré comme l'époux de Fiora, il ne faisait qu'en sourire, heureux qu'après tant d'épreuves son amie pût trouver un semblant de bonheur. Cependant, il avait trop de finesse pour ne pas sentir le côté précaire de ce roman passionné.

– Deux solitaires qu'un naufrage a jetés dans la même barque ! dit-il un jour à Démétrios. Ils y ont trouvé des vivres et, parce que la mer s'est calmée, parce que leur ciel est bleu, ils pensent atteindre à quelque rivage enchanté pour y vivre dans l'amour éternel et l'éternelle jeunesse.

– Penses-tu vraiment que leur amour soit menacé ?

– Il ne peut pas ne pas l'être ; ils sont trop différents. Fiora est trop noble, trop fière pour ce rôle de favorite, publiquement déclarée que Lorenzo lui impose. Et puis... elle ne l'aime pas vraiment. Si ses yeux ne brillent pas quand elle entend prononcer son nom, c'est qu'il ne résonne pas dans son cœur.

– Peut-être résonnera-t-il un jour ? Il arrive qu'une passion charnelle se transforme en des sentiments profonds.

– Emplis de sable un tambour et frappe dessus ! Il ne vibrera jamais. Le cœur de Fiora est ce tambour et le souvenir d'un autre y tient toute la place.

– Celui-là est mort.

– Peut-être, mais cela ne change rien. Lorenzo, même s'il ne s'en doute pas, ne fait qu'aider Fiora à dépenser agréablement les jours de sa vie en attendant qu'au bout du chemin elle retrouve, pour l'éternité, la main qu'elle avait choisie...

Depuis ce moment, Démétrios voua au jeune infirme une amitié qui ressemblait à de l'affection. Une fois guéries les blessures, s'il ne pouvait plus grand-chose pour ce corps disgracié, il se promit d'aider à s'épanouir une intelligence qui avait conquis son respect.

Il repensait à cette conversation tandis que tous trois descendaient lentement les marches larges et douces qui reliaient les différentes terrasses des jardins. Fiora semblait heureuse, pourtant. Soutenant le bras gauche de Carlo, elle bavardait gaiement, expliquant les aménagements qu'elle comptait apporter à sa maison et aux alentours. Son fin profil serti d'un léger voile bleu tendre se détachait avec la netteté d'une ancienne ciselure sur les lointains mauves des collines, et le Grec s'interrogeait : Carlo avait-il raison de la croire toujours habitée par l'amour d'autrefois ? La jeune femme semblait tellement vivre l'heure présente ! C'était comme si elle avait oublié ceux dont elle était éloignée depuis des mois : sa maison de Touraine, sa vieille Léonarde, et surtout son fils. Celle qu'il se plaisait jadis en secret à nommer sa fille était-elle vraiment devenue cette créature légère, uniquement soucieuse de ses nuits ardentes avec Lorenzo et n'attendant rien d'autre de la vie ?

– Je vieillis, pensa Démétrios avec quelque tristesse, je ne suis plus capable de sonder son cœur et, surtout, les yeux de mon esprit ont perdu leur pouvoir de percer les brumes de l'avenir. Pourtant...

Un bruit de pas rapides sur le gravier du jardin le tira de sa méditation. Descendant l'allée où des orangers en pots, récemment sortis de la salle basse de la villa où ils avaient passé l'hiver, alternaient avec des lauriers fusant de hautes jarres de terre rouge, Esteban qui arrivait de la ville accourait à toutes jambes.

– J'ai des nouvelles ! cria-t-il du plus loin qu'il aperçut les promeneurs. Le roi de France envoie un ambassadeur à Monseigneur Lorenzo !

Il était essoufflé et les derniers mots se perdirent un peu dans le vent du soir, mais Fiora en avait entendu le principal :

– Est-ce bon ou mauvais ? demanda-t-elle sans songer à dissimuler une inquiétude.

– Sûrement très bon ! Et meilleur encore puisqu'il s'agit d'un de vos amis !

– Un ami ? Qui donc ? Parlez, Esteban, vous nous faites mourir !

– Messire Philippe de Commynes, donna Fiora ! Vous ne direz pas que ce n'est pas un ami ! Il sera là pour la Saint-Jean. Monseigneur Lorenzo, que j'ai vu il y a une heure à la Badia, en a reçu l'avis par un chevaucheur rapide au début de l'après-midi.

– Qui est ce Philippe de Commynes ? demanda Carlo qui s'intéressait chaque jour davantage à la vie extérieure.

– Le meilleur conseiller du roi Louis, en dépit de son jeune âge, car il n'a pas atteint la trentaine. Longtemps aux côtés du défunt duc de Bourgogne, il l'a abandonné en comprenant quelle politique sans nuances il entendait exercer. Je le connais bien, en effet, et je crois pouvoir affirmer, comme Esteban, qu'il est pour moi un excellent ami.

– Sa visite vous fait plaisir, alors ?

– Bien sûr. J'espère avoir, par lui, des nouvelles récentes de mon fils...

– Je ne voudrais pas diminuer ta joie, Fiora, coupa Démétrios, mais comment messire de Commynes pourrait-il t'apporter des nouvelles ? Il ignore certainement que tu es ici.

Démétrios avait raison et le regard de la jeune femme s'assombrit. Les dernières nouvelles d'elle qui avaient pu parvenir en France avaient dû être portées par Douglas Mortimer. Mortimer qui assistait, dans la chapelle papale, à son mariage avec Carlo Pazzi...

Démétrios avait suivi la progression de la pensée sur le visage mobile de la jeune femme. Il sourit et prit dans les siennes l'une de ses mains.

– Ne sois pas triste ! Je cherche seulement à t'éviter une déception. Mais ton enlèvement du Plessis-les-Tours a dû faire quelque bruit et notre ami Commynes pourra au moins te dire ce qui s'est passé ensuite.

– Je n'en suis pas certaine. Il était alors exilé en Poitou pour avoir osé critiquer la crise de violence que traversait le roi Louis. Néanmoins, le fait qu'il vienne en ambassadeur est en lui-même une bonne nouvelle. Cela prouve qu'il a retrouvé la confiance de celui qu'il se plaît à appeler « notre sire ». Et qu'il arrive pour la Saint-Jean, notre grande fête, est de bon augure.

En regagnant sa chambre où Khatoun, remise de ses frayeurs et de ses écorchures, l'attendait en grignotant des pistaches, Fiora se sentait étrangement surexcitée. L'idée de revoir Commynes lui souriait : n'était-il pas l'un des plus appréciés parmi ceux qu'elle avait laissés au-delà des monts ? Grâce à lui, elle pourrait connaître les dispositions actuelles du roi envers elle. Que Louis eût fait beaucoup pour la tirer du mauvais pas où la cupidité de Riario et de Hieronyma l'avait jetée était un fait certain, mais elle le savait changeant et surtout exigeant : comment avait-il pris son mariage avec Carlo ?

Pour Florence, quoi qu'il en soit, la nouvelle ne pouvait être que bonne. Fidèle depuis toujours à l'alliance des Médicis et peu susceptible d'indulgence envers un pape qui ne cessait de l'offenser, Louis XI, en envoyant son meilleur conseiller, cherchait certainement à réconforter ses amis florentins...

Tandis que Khatoun l'aidait à se déshabiller, Fiora pensa que Lorenzo n'aurait plus guère le loisir de la rejoindre avant la Saint-Jean. Les préparatifs de la fête la plus importante – puisqu'il s'agissait de la fête du saint patron de la ville, celui auquel celle-ci avait dédié, avec le Baptistère, son joyau le plus précieux –, ne pouvaient qu'accaparer le Magnifique, surtout s'il s'y joignait la perspective de recevoir un ambassadeur ami. Elle n'en éprouva aucune peine. Au contraire, chose curieuse, elle ressentit même une sorte de soulagement et, cette nuit-là, seule sous les rideaux neigeux de son grand lit, elle se promit de faire porter dès le lendemain un billet à Lorenzo pour lui demander de ne pas venir avant la fête. Il lui fallait retrouver sa sérénité, car la pensée d'affronter le regard clairvoyant de Commynes encore chaude des baisers de son amant lui était pénible. Sa position de favorite officielle, dont elle jouissait jusque-là avec quelque orgueil, commençait à lui faire honte en dépit du précédent éclatant qu'avaient constitué les amours de Simonetta Vespucci avec Giuliano, sous les yeux mêmes du mari.

Aussi fut-ce avec une joie très vive qu'elle reçut, au matin, un petit mot de Chiara l'invitant à venir passer la Saint-Jean chez elle. Avec l'appui de son amie, elle se sentirait de force à rencontrer l'ambassadeur. Mais ses préparatifs n'en furent que plus minutieux : pour ce jour de fête, elle voulait être la plus belle ! Et elle ne savait pas pourquoi...

Le jour qui se leva sur Florence proclamait la perfection de l'art du Créateur. A une aurore qui semblait refléter les roses de tous les jardins dans leurs nuances différentes, et cependant accordées, succéda l'immense soie changeante d'un ciel à l'azur indicible que le soleil au solstice caressait sans en briser la profonde couleur. Sous ce dais fabuleux, Florence, lavée de frais, parée comme une mariée, ressemblait, dans l'écrin vert de ses collines piquées de villas blanches, de noirs cyprès et de la mousse argentée des oliviers, à quelque coffre ouvert sur le trésor d'un empereur.

Dès le matin, la fête s'empara de la ville. Pas une maison, jusqu'aux plus pauvres, qui ne se fût ornée de tout ce qu'elle possédait, même de simples bouquets de feuillages ou d'une guirlande d'églantines entourant une effigie du saint.

Au palais Albizzi, Chiara avait bien fait les choses : des fenêtres du dernier étage tombaient de grandes pièces de cendal rouge et blanc séparées par de larges galons d'or et, au rez-de-chaussée, de part et d'autre de la porte, des tableaux religieux dont les personnages montraient une fierté et un faste dignes d'une cour royale représentant pourtant des scènes de la vie de saint Jean, voisinaient avec des statuettes d'ivoire à l'effigie des saints protecteurs de la famille, censés rendre hommage au héros du jour. Le tout enguirlandé de roses et de jasmins répandant une odeur exquise et grimpant jusqu'au grand toit plat où la bannière des Albizzi flottait par-dessus les tuiles rondes d'un rose délicat. C'était superbe.

Aussi fut-ce avec quelque surprise que Chiara, descendue à l'aube dans la rue pour donner à l'ensemble un dernier coup d'œil, vit son oncle, vêtu d'un sarrau de grosse toile verte, un vieux chapeau sur la tête et nanti de son attirail pour la chasse aux papillons, franchir le seuil de la maison en tirant après lui sa mule. Elle se jeta littéralement sur lui :

– Où prétends-tu aller ainsi ?

– Au Mugello. Regarde ce ciel ! C'est un jour idéal pour les papillons. Je suis sûr de faire une excellente récolte et...

Le prenant par le bras, elle le fit pivoter pour lui montrer la façade de la maison :

– Regarde un peu ! Cela ne te dit rien ?

– Si, mon enfant : c'est très joli... Attendrais-tu des invités ?

– Mais enfin, mon oncle, c'est la Saint-Jean et tu dois prendre la place qui est la tienne aux cérémonies !

– Tu crois ? La Saint-Jean...

Et, tout à coup, il réalisa :

– Ah ! La Saint-Jean ! Où avais-je la tête, mon Dieu ? C'est vrai, je dois... Tu es sûre qu'il faut que j'y aille ?

– Tout à fait sûre, oncle Lodovico ! Tu es l'un des premiers de cette ville. Ne pourrais-tu t'en souvenir de temps en temps ?

– Oui... oui, bien sûr ! Mais il est tout de même dommage de sacrifier une si belle journée pour une fête ! Eh bien, allons nous attifer !

Et il rentra au palais, suivi de Chiara qui jugea plus prudent de l'accompagner jusqu'à son appartement, de crainte de le voir filer par les cuisines. Mais elle ne pouvait s'empêcher de rire en rejoignant dans leur chambre Fiora que Khatoun achevait d'habiller. Le rire s'arrêta net quand elle découvrit son amie :

– Par tous les saints du Paradis ! Que tu es belle !

Rien de plus simple, pourtant, que cette grande robe d'épais taffetas d'un beau rouge profond qui bruissait à chaque geste et qui, sans le décolleté d'où s'élançait le long cou mince de la jeune femme, eût fait penser à une simarre cardinalice. Pas une broderie, pas un ornement sur cette robe à la ligne pure dont la seule audace venait des manches amples et bouffantes arrêtées net sur la rondeur de l'épaule à demi découverte. Pas de bijoux non plus, sinon un seul : un rubis porté en ferronnière au milieu du front. La masse des cheveux noirs et lustrés était enfermée dans une longue résille d'or qui descendait plus bas que la taille de la jeune femme.

A genoux sur le tapis entre une boîte d'épingles et un nécessaire à couture, Khatoun contemplait ce qui était un peu son œuvre :

– Le Lys rouge de Florence! déclara-t-elle ravie.

– Tu as raison, soupira Chiara, et le peuple va penser la même chose. Que cherches-tu à démontrer, Fiora ? Que la ville appartient à Lorenzo comme tu lui appartiens ?

– Oui et non. C'est l'ambassadeur français que je veux surprendre. Il a trop de finesse d'esprit pour ne pas comprendre ce que signifie cette robe rouge : je suis fille de Florence et j'entends le rester.

– Ah!... Ainsi, tu as pris ta décision ?

– Oui. Commynes est l'homme capable de faire entendre au roi les raisons qui sont les miennes. Et nous pourrons voir, avec lui, comment faire venir mon fils et Léonarde dans les meilleures conditions. Je le dirai ce soir à Lorenzo... au cours du bal, bien sûr, puisqu'il ne saurait être question de nous rejoindre autrement.

– Tu as bien réfléchi ?

– Oui. Vois-tu, Chiara, j'appartiens à cette ville. Jusqu'à la mort de mon père, j'en ai été l'une des pierres. Un ouragan m'a arrachée et envoyée rouler au loin. Si Dieu permet que la pierre reprenne sa place, je ne vois aucune raison d'aller contre sa volonté...

– Alors, à quoi bon te mentir à toi-même ? Tu aimes Lorenzo, un point c'est tout.

– Non, rien n'est changé depuis que nous en avons parlé. Je te le répète : c'est mon corps qui l'aime, et je me trouve bien avec lui mais je ne vois aucune raison de tourner le dos à une vie, à une culture que j'aime pour retourner vers une autre, qui a sa beauté sans doute, mais qui est moins douce à mon cœur.

– Ton fils n'appartient pas à cette culture ?

– Pas plus que je ne lui appartenais quand mon père m'a ramenée de Bourgogne avec Léonarde et Jeannette. C'est un bébé, encore, et il aimera Florence comme je l'aime.

Sans répondre, Chiara embrassa son amie. Ses yeux brillaient de joie :

– C'est la meilleure des nouvelles, dit-elle enfin. Il m'en coûtait, tu sais, de me faire l'avocat du diable, mais que tu restes avec nous me remplit de joie. Tu garderas Carlo auprès de toi ?

– Bien sûr ! Il est heureux à Fiesole et s'entend à merveille avec Démétrios. Comme il passe pour mort, c'est la meilleure solution. Si tu allais te préparer ? L'heure de la procession sera bientôt là.

– Et pour rien au monde je ne voudrais la manquer. J'ai grande envie de voir à quoi ressemble l'ambassadeur français.

Tandis que Chiara se précipitait vers ses robes de cérémonie, Florence fêtait saint Jean. Tout avait commencé, aux premières heures du matin, par le défilé d'offrandes que les corporations, les « arts florentins », portaient au saint patron de la ville, chacune offrant les produits de sa fabrication : « Calimala » les draps fins et soyeux, véritables produits de luxe sortis de ses ateliers ; l'art de la Laine ses plus belles futaines et ces blanchets souples dont le secret avait été pris à Valenciennes ; celui de la Soie des cendals, des satins et des taffetas chatoyants ; les Orfèvres des plats et des aiguières d'argent, et ainsi de suite jusqu'aux pains dorés et aux pâtisseries légères des modestes boulangers. Le défilé dura jusqu'à midi où se forma une grande procession : le clergé de Florence rejoignit les « arts », les délégations envoyées par les cités vassales et de grandes théories de jeunes gens et de jeunes filles qui, déguisés en anges et portant dans le dos de grandes ailes blanches dont la réalisation avait donné beaucoup de mal à Sandro Botticelli, supportaient sur leurs épaules azurées les châsses dorées contenant les reliques de la ville. Tout ce monde s'engouffra ensuite dans le Duomo pour y entendre la messe.

C'était la première grande cérémonie célébrée dans la cathédrale profanée par le meurtre de Giuliano. L'avant-veille, l'archevêque de Florence était venu cérémonieusement purifier l'église majeure à grand renfort d'eau bénite et d'encens.

Après la messe, tout le monde rentra chez soi pour prendre des forces en vue des cérémonies de l'après-midi et de la grande course qui aurait lieu à la fin du jour. A ceux qui ne pouvaient s'offrir un repas digne d'une si belle journée, des éventaires en plein vent distribuaient gracieusement pâtés et pâtisseries. Et, pour accompagner ce festin, les fontaines de la ville laissaient couler du vin de Chianti à la place de l'eau. Pour ajouter à la gaieté, des bandes de musiciens jouant de la viole, du fifre ou du tambourin couraient les rues et s'arrêtaient aux carrefours... le plus près possible des fontaines.

De la tribune des dames où elles avaient pris place pour admirer la procession et suivre tant bien que mal l'office par les portes largement ouvertes, Fiora aperçut Lorenzo, vêtu de noir comme il en prenait l'habitude, mais portant au cou une chaîne d'or et de rubis qui valait un royaume. Un bijou assorti brillait à son bonnet. Auprès de lui marchait un homme blond au chaperon duquel étincelait une fleur de lys d'or, et Fiora n'eut aucune peine à reconnaître Philippe de Commynes. Il allait son chemin avec la dignité seyant à un ambassadeur de France. Derrière lui, elle vit voguer sur la foule certain bonnet plat surmonté d'une plume de héron qui accéléra le rythme de son cœur. Se pouvait-il que Douglas Mortimer fût aussi du voyage ? Pourquoi pas, après tout ? Louis XI tenait trop à son jeune conseiller pour l'aventurer sans garde solide dans cette Italie turbulente. Et quelle garde pouvait être plus solide, plus efficace que le sergent la Bourrasque ?

L'envie lui prit, brusquement, d'aller rejoindre ses amis, mais elle ne pouvait s'immiscer dans l'ordonnance rigoureuse des cérémonies. Il fallait rentrer au palais Albizzi pour le repas du milieu du jour, en compagnie de ser Lodovico qui ne cessait de grogner sur la futilité de manifestations mondaines gâchant un jour que le Créateur avait, de toute évidence, spécialement destiné aux joies austères de la science. Il était d'autant plus grincheux qu'il avait dû troquer son sarrau de toile verte, si commode, pour une superbe robe d'épaisse soie écarlate bordée de martre noire, en dépit de la saison, et d'un chaperon de même étoffe dont un pan s'enroulait gracieusement autour de son cou. Une lourde chaîne d'or terminée par une chimère complétait une tenue que, de toute évidence, il détestait :

– Passe encore pour l'hiver, mais ce soir j'aurai tellement transpiré que ma chemise et ma peau seront du même rouge que cette fichue robe !

– Tu pourras la retirer pour faire la sieste et j'ai donné ordre à Colomba de mettre à rafraîchir le vin que tu préfères, fit Chiara consolante. Et puis tu ne trompes personne, oncle Lodovico. Tu es trop Albizzi pour te montrer autrement que vêtu selon ton rang.

En dépit de la chaleur, il fit grand honneur au repas composé de melons et de fegatelli, petites saucisses de foie aux herbes qu'il arrosa de quelques rasades de chianti. Un festin qui l'obligea à prendre quelquc repos dans la fraîcheur de sa chambre en attendant l'heure d'aller dans l'une des tribunes d'où les notables de la ville contempleraient la course du Palio [1].

Après la matinée, réservée aux corporations qui donnaient à Florence sa richesse, l'après-midi appartenait aux différents quartiers de la ville dont les champions

1. Sienne seule a conservé ce fabuleux spectacle que l'on vient admirer de toute l'Europe.

s'affrontaient en une course de chevaux, montés sans selle et sans étriers, sur un parcours préparé à l'avance. Le prix en était le « palio », une magnifique pièce d'étoffe, la plus belle de toute la ville, que le Magnifique remettait au vainqueur.

Chaque quartier présentait quatre gonfanons sous les couleurs desquels couraient quatre cavaliers. Les bannières du quartier San Giovanni (Saint-Jean) portaient le Lion noir, le Dragon, les Clefs et le Petit-Gris ; celles de Santa Croce le Char, le Bœuf, le Lion d'or et les Roues ; celles de Santa Maria Novella la Vipère, le Lion rouge, le Lion blanc et la Licorne ; enfin, celles de San Spirito, le quartier d'outre-Arno, l'Échelle, la Coquille, le Fouet et la Chimère. Et tous ces gonfanons joyeusement colorés, avec leurs servants et quantité de cierges, se formaient en procession jusqu'au Baptistère.

Le rassemblement s'opérait devant la Seigneurie, revêtue de sa parure des grandes fêtes. Le Vieux Palais gris était tout bruissant de bannières et de soieries. Entre ses créneaux, des mâts dressaient dans le ciel bleu les emblèmes des villes vassales, celui de Florence occupant le sommet de la tour comme il convenait à une reine. Tout autour de la place où l'on avait dressé des tours de bois doré représentant les cités vassales ou alliées, les fenêtres crachaient des flots de brocarts ou de tapisseries. Le pavé, lui, ressemblait à une prairie au printemps avec le bariolage des costumes de gala et des gonfanons. Un large espace vide marqué par des cordes de soie, coupait la place : le passage où galoperaient tout à l'heure les cavaliers. L'air était à la joie, à l'excitation des paris échangés autour des porteurs des immenses gonfanons. Ceux-ci faisaient danser et voler, en dépit du poids, les lourdes étoffes peintes et brodées.

Sur la place du Duomo où les grandes portes de bronze doré du Baptistère laissaient voir la forêt de cierges qui l'illuminait, le spectacle était différent. Là s'élevaient les tentes chatoyantes des propriétaires des chevaux qui allaient courir et, tout autour, des mâts aussi hauts que les maisons portaient, en alternance, la bannière blanche au Lys rouge de Florence et l'étendard bleu aux Lys d'or du roi de France.

La musique des grandes orgues, des violes, des flûtes, des hautbois et des tambourins de la cathédrale, soutenant le chœur de sa maîtrise, emplissait la place et, de chaque côté de l'archevêque dont deux diacres tenaient ouverte la chape d'or, des acolytes balançaient des encensoirs d'argent. Ceux-ci devaient être remplis à ras bord, car les épaisses volutes de fumée qui s'en échappaient montaient jusqu'à la grande tribune rouge où Fiora et les Albizzi prirent place, des places singulièrement proches des hauts fauteuils dans lesquels allaient s'installer le Magnifique et son hôte privilégié.

Une fois de plus, l'oncle Lodovico pestait. L'encens le faisait tousser – il n'était pas le seul – et regretter plus vivement encore la fraîche vallée du Mugello. Chiara finit par le réprimander :

– Cesse donc de grogner, oncle Lodovico ! Tu as la chance d'escorter la plus jolie femme de la ville et tu passes ton temps à regretter tes papillons ! Tout le monde nous regarde.

C'était vrai. Tous les regards étaient braqués sur Fiora, véritablement impériale dans ses failles pourpres. Sur son passage, elle avait soulevé applaudissements et compliments enthousiastes : « Longue vie à la plus belle ! » – « Nous avions l'étoile de Gênes mais à présent celle de Florence brille d'un éclat aussi vif ! » – « Heureux entre tous l'homme qui te possède ! » Et même, clamé à pleine voix par un distrait ou quelque ignorant des catastrophes que sa naissance irrégulière avait fait pleuvoir sur Fiora, « Bénie soit entre toutes la mère qui t'a portée et t'a faite si belle ! »...

Elle répondait d'un sourire ou d'un geste gracieux de la main, heureuse de se sentir si bien au cœur de ce peuple dont, mieux que personne pourtant, elle avait pu mesurer la versatilité. Mais les nuages avaient fui, chassés par l'amour de Lorenzo, et la ville entière, à présent, était prête à se prosterner à ses pieds, comme elle se prosternait jadis à ceux de Simonetta. Le maître bien-aimé l'avait élue, et c'était suffisant pour la couronner.

– Je gage, dit Chiara avec satisfaction, que c'est toi qui remettras tout à l'heure le palio au vainqueur.

– Tu crois ?

– J'en suis certaine, sinon pourquoi serions-nous placées au premier rang et toi seulement séparée de Lorenzo par un court espace ? Et, ce soir, tu seras la reine du bal !

– Passe encore pour cet après-midi, mais ce soir, au palais Médicis, donc chez l'épouse et la mère de Lorenzo, la situation pourrait être gênante.

– Voilà une belle nouveauté ! Depuis la mort de Giuliano, les femmes de la famille ne participent à aucune fête. Elles ont entendu la messe ce matin dans la chapelle privée, car Madonna Lucrezia ne veut plus pénétrer dans le Duomo où son fils a été assassiné... Tiens ! Voilà ton prince !

Les longues trompettes d'argent ornées d'un pennon de soie aux armes des Médicis sonnaient en effet et, entourés d'un brillant cortège, le Magnifique et son hôte français se dirigeaient vers la tribune où chacun se leva pour les applaudir. Ils se tenaient par le bras pour mieux souligner l'entente parfaite entre les deux pays, et saluèrent de la main. Derrière Commynes, Fiora reconnut Mortimer dont la haute taille dépassait la plupart des hommes présents. Quelques archers de la Garde écossaise l'escortaient avec une suite qui semblait assez nombreuse. Visiblement, le roi Louis tenait à ce que son ambassadeur donnât une haute idée de sa puissance, et l'on disait que tout ce monde avait été chargé de présents fastueux pour les amis florentins.

Parvenus au bas de la tribune, ils s'arrêtèrent pour saluer à la ronde. Quand ils se retournèrent pour gagner leurs places, Fiora vit leurs deux regards se fixer sur elle avec une admiration qui la fit frissonner de joie. Celui de Lorenzo brûlait de ce feu ardent qu'elle connaissait bien, mais le sourire de Commynes n'atteignait pas ses yeux bleus qui semblaient empreints d'une sorte de mélancolie...

– Il doit penser, chuchota Chiara, qu'il est dommage pour la France de perdre si belle dame ?

– Nous sommes amis, et cette amitié il ne la perdra jamais. J'aime beaucoup messire de Commynes, tu sais ?

– Lui aussi, sans doute. Et peut-être plus que tu ne le crois.

– Folle que tu es ! Tu as trop d'imagination...

Pendant ce court aparté, les deux hommes avaient gravi les quelques marches couvertes de tapis rouges mais, au lieu de s'asseoir, ils vinrent droit à Fiora qui plongea aussitôt dans une profonde révérence, offerte à l'un comme à l'autre. La voix de Lorenzo résonna, curieusement métallique :

– Vous m'avez dit, sire ambassadeur, l'amitié qui vous unit à la plus belle de nos dames, et je crois aller au-devant de votre désir en vous conduisant à elle sans attendre.

– C'est vrai, Monseigneur, et je vous en rends grâce. Madame la Comtesse de Selongey, ajouta-t-il en français, ce m'est une joie profonde de vous retrouver et de vous saluer en mon nom comme en celui du roi, mon maître.

Il y eut un silence. Fiora, bouleversée d'entendre prononcer ce nom qui n'était plus le sien, resta un instant sans voix et serra l'une contre l'autre ses mains tremblantes sans même songer à rendre son salut au visiteur.

– Sire Philippe, murmura-t-elle. Je vois derrière vous messire Mortimer. Il a dû vous dire que je n'ai plus le droit de porter ce nom...

– Certes, certes chuchota Commynes. Mais... pour que vous ne soyez plus l'épouse du comte de Selongey, il faudrait qu'il soit mort. Or... il ne l'est pas.

– Qu'est-ce que vous dites ?

– La vérité. Pour ce que j'en sais jusqu'à présent, messire Philippe est vivant. Allons, mon amie, remettez-vous! Peut-être ai-je été un peu brutal, mais j'étais si sûr de vous apporter une grande joie...

– Vous n'en doutez pas, j'espère? Oh!... il me semble que je perds la tête. Cette exécution...

– ... n'a pas été jusqu'à son terme sanglant. Le gouverneur de Dijon avait ordre de l'arrêter au moment suprême. L'épée du bourreau n'a pas effleuré votre époux.

Sans souci du protocole, Fiora se laissa retomber sur son siège, luttant contre l'envie de pleurer et de rire tout à la fois. Vivant! Philippe était vivant! Il respirait toujours, quelque part sous ce ciel infini! Elle le reverrait, le toucherait, retrouverait ses yeux, son sourire, la chaleur de ses mains! Les yeux noyés de larmes, elle regarda Commynes qui se penchait sur elle avec inquiétude:

– Madonna! Vous êtes bien pâle... et vous pleurez!

– De joie! Oh, mon ami, vous avez été bien imprudent! Ne savez-vous pas qu'un trop grand bonheur peut tuer?

– Pardonnez-moi, alors? Nous parlerons plus tard, car j'ai beaucoup à vous dire...

Laissant Fiora à son amie qui lui offrait un mouchoir imbibé d'une eau de senteur, il rejoignit Lorenzo déjà installé à sa place. Les trompettes sonnaient de nouveau.

– Tu ne vas pas t'évanouir, au moins? fit Chiara inquiète. Tout le monde te regarde, sais-tu?

– Eh bien, qu'ils me regardent! Pour une fois qu'ils ont l'occasion de voir une femme heureuse, follement heureuse!

– Tu ne semblais pas si malheureuse jusqu'à présent?

– L'étais-je vraiment? C'est vrai que je me sentais bien et que j'éprouvais une sorte de joie, faite de beaucoup d'orgueil, je crois... mais c'est tellement différent! Comment t'expliquer? C'est comme si tout venait d'exploser en moi d'un seul coup...

Chiara ne répondit pas. Son regard chercha Lorenzo et, croisant le sien, crut y lire quelque chose qui ressemblait à de la douleur. Fiora, elle, ne le voyait pas, ne le voyait plus... sa pensée était loin, déjà, à des centaines de lieues de cette ville qu'elle aimait cependant et où, il y a quelques instants seulement, elle souhaitait de rester pour toujours. Mais Fiora était partie à la rencontre de l'homme qu'elle ne pouvait cesser d'aimer.

Ce soir-là, elle ne parut pas au bal du palais Médicis. Après la course, elle se fit accompagner à Fiesole par deux valets des Albizzi :

– Tu diras à messire de Commynes que j'attends sa visite, confia-t-elle à son amie.

– Vous auriez pu vous parler ce soir ?

– Non. Pas dans un bal ! J'ai besoin de calme, Chiara. Il faut que je rentre chez moi.

– Quelque chose me dit que tu y es déjà rentrée...

CHAPITRE III

IL NE FAUT JAMAIS DIRE ADIEU...

– Où est-il ?

Philippe de Commynes décroisa ses longues jambes et, s'accoudant aux bras de son siège, joignit les doigts de ses deux mains, traçant dans l'espace une sorte de pyramide à laquelle il appuya son nez, comme quelqu'un qui réfléchit profondément.

– Je n'en sais rien, soupira-t-il enfin.

Son regard bleu, cherchant celui de Fiora de l'autre côté de la table, semblait solliciter le pardon, mais la jeune femme n'était pas dupe de cette candeur diplomatique. En fait, Commynes essayait de retarder une colère qu'il sentait venir.

– C'est impossible! dit-elle froidement. Comment pourriez-vous ne pas le savoir, vous qui savez toujours tout!

– Ne me faites pas plus habile que je ne le suis, mon amie, ni mieux renseigné. Et souvenez-vous que j'ai été exilé plusieurs mois. Tout ce que je peux vous dire, c'est ce que le roi m'a chargé de vous apprendre : votre époux a reçu sa grâce au moment où il allait mourir.

Démétrios quitta la table pour aller prendre sur un dressoir un flacon de malvoisie dont il emplit une grande coupe avant de la tendre à leur hôte :

– Un point, c'est tout. Dit-il avec un demi-sourire.

– Voulez-vous dire par là qu'une fois descendu de

l'échafaud, on l'a simplement prié d'aller se faire pendre ailleurs et laissé se perdre dans la foule ? Cela ne ressemble guère au roi Louis.

– Non. Bien sûr que non. Il a été ramené à la prison de Dijon puis, de là, transféré ailleurs. Mais ne me demandez pas où, car je l'ignore. Notre sire se réserve de vous le dire lui-même quand vous vous reverrez. Car, bien sûr, il vous attend.

Un chaud sourire illumina le fin visage de la jeune femme. C'en était bien fini de ses hésitations et de ses atermoiements. Une haute volonté décidait pour elle et l'appelait vers ce qui ne pouvait être qu'un grand bonheur retrouvé.

– Ce sera un plaisir de faire route avec vous. J'aime beaucoup votre conversation.

Douglas Mortimer, qui pillait à la fois un panier d'amandes, une jatte de miel et une coupe de raisins secs, se mit à rire :

– Il faudra vous contenter de la mienne, donna Fiora. C'est moi qui suis chargé de vous ramener. Et je ne suis même là que pour cela. Messire de Commynes continue jusqu'à Rome.

– A Rome ! Qu'allez-vous faire là-bas ?... Si je ne suis pas indiscrète, bien sûr.

– Du tout. Il faut simplement comprendre. Vous trouver ici a été pour moi une grande joie et un grand soulagement car ma mission s'en trouve simplifiée. J'avais l'ordre, en effet, de vous chercher à Rome et de vous embarquer sur le premier bateau en partance de Civita Vecchia, à quelque prix que ce fût. C'est ce qui explique la présence de l'espèce d'armée que l'on m'a adjointe.

– Voulez-vous dire, fit Démétrios, que vous alliez sommer le pape de vous remettre Fiora ?

– Exactement. Le roi n'aime pas que ses envoyés disparaissent sans laisser de traces ou soient victimes d'un climat malsain. De ce côté-là, tout est bien qui finit bien, mais je n'en ai pas encore terminé avec Sa Sainteté.

– Le roi de France offrirait-il ses bons offices pour apaiser le conflit entre Rome et Florence ? ne put s'empêcher de demander Démétrios que les jeux de la politique passionnaient depuis qu'il avait vécu auprès de Louis XI.

– En aucune façon. Mon ambassade en Italie présente un double aspect politique : assurer Florence du soutien et de l'aide de la France, et faire entendre au pape le courroux de son roi. J'ai, pour celui-ci, une lettre qui devrait le ramener à une plus saine compréhension des choses. Le roi lui explique que, devant son attitude, il se propose de réunir le mois prochain, à Orléans, l'Église du royaume, pour rétablir la Pragmatique Sanction [1] jadis décidée à Bourges sous le règne de Charles VII et réclamer la réunion d'un concile général auquel il pourrait bien demander la destitution de Sixte IV. Enfin, le roi souhaite que, dans sa haine pour Florence, le pape n'oublie pas le Turc ! Le danger grandit de ce côté !

Démétrios fit entendre un léger sifflement :

– Eh bien ! J'espère que vous en sortirez vivant ?

– Je ne m'inquiète nullement. S'il m'arrivait malheur, notre sire entend ressusciter ce vieux droit d'héritage au royaume de Naples et envoyer une armée pour l'enlever aux Aragon. Une armée qui, bien sûr, passerait par Rome.

– Pour un souverain qui n'aime pas la guerre, dit Fiora, on dirait qu'il cherche à mettre les bouchées doubles ?

– Il ne s'agit que d'une menace, Madonna. Le roi est trop sage pour vouloir courir l'aventure et l'Italie ne l'intéresse qu'en fonction de ses bonnes relations avec Florence et Venise. L'important pour lui, dans l'immédiat, est de savoir si la Seigneurie et le peuple... et le clergé florentin sont décidés à se grouper autour de Monseigneur

1. Première manifestation du gallicanisme, la Pragmatique Sanction libérait, en quelque sorte, l'Église de France de la tutelle temporelle de Rome qui n'avait plus le droit de nommer évêques ni abbés ni surtout d'en percevoir les bénéfices. Louis XI l'avait abolie au début de son règne.

Lorenzo pour affronter les épreuves que leur prépare Sixte.

– Les Florentins ne sont pas des lâches, s'écria Fiora d'une voix où vibrait tout l'amour qu'elle portait en elle depuis l'enfance. L'excommunication de Lorenzo et des prieurs a seulement augmenté leur indignation. Quant à la guerre, chacun ici sait qu'elle va venir et s'y prépare. Ne vous laissez pas aveugler par la gaieté de nos fêtes.

– La guerre, oui... mais l'interdit [1] ?

– Le pape n'irait pas jusque-là ? fit Démétrios.

– Nos espions à Rome prétendent qu'il y pense sérieusement. Dites-vous bien que cet homme, vraiment pieux cependant, est prêt à tout pour faire plier Florence, abattre les Médicis et asseoir la fortune et la puissance de ses neveux. Que va faire la ville, dans ce cas ? Se soumettre ?

– Sûrement pas ! dit Démétrios. Une cité toute empreinte de philosophie grecque ne saurait plier devant les foudres archaïques des siècles barbares. Et je peux même vous prédire ce qui se passera si le clergé met à exécution les ordres du pape : elle le chassera, le jettera hors de ses remparts comme autant de bouches inutiles. Elle soignera ses malades et enterrera ses morts. De toute façon, je serais fort surpris que l'archevêque obéisse...

– Il y a plaisir à parler avec vous, Démétrios ! fit Commynes en riant. Tout se tient, en effet, et l'archevêque va mettre ses espoirs dans ce concile que le roi de France appelle de ses vœux. Je crois que cette guerre, si vraiment elle éclate, ne durera pas très longtemps et que Monseigneur Lorenzo, prince sage et habile s'il en fut, a devant lui de longues années de paix... mais assez parlé politique ! C'est d'un goût déplorable après un repas aussi délicieux.

1. Du fait de la place que l'Église tenait au Moyen Age, l'interdit représentait la mort spirituelle d'un État et, souvent, une véritable catastrophe : églises fermées, cloches muettes, plus de sacrements, plus de mariages, plus de funérailles (les morts n'étaient plus ensevelis), plus de soins aux malades, les hospices étant toujours sous contrôle religieux.

– De quoi voulez-vous parler, alors, dit Fiora avec un sourire. La politique dévore les trois quarts de votre vie.

– Parlons de la vôtre et de votre avenir. Je vous ai dit tout à l'heure qu'à la maison aux pervenches tout va aussi bien que possible en votre absence et que l'on vous y attend anxieusement. Je suppose que vous avez hâte d'y retourner ?

– Grand-hâte! J'ai tant pensé à eux durant tous ces mois. Mon fils ne me connaît même pas puisque j'ai été enlevée peu après sa naissance. Je ne lui plairai peut-être pas!

– Il aurait bien mauvais goût, soupira Mortimer qui avait trop mangé et qui, abandonnant la table, se mit à marcher à travers la grande salle fraîche. Mais je ne suis pas inquiet de ce côté-là et vous, vous en serez folle : c'est un beau petit bonhomme que le roi lui-même prend plaisir à venir voir. Il s'arrête souvent au manoir en revenant de la chasse.

– C'est vrai ? Il vient voir mon petit Philippe ?

– Eh oui! Vous savez quel souci il éprouve pour tout ce qui touche à Monseigneur le Dauphin, lequel est de faible constitution et de petite santé ? Alors, ce petit garçon sans père ni mère l'émeut profondément. Il joue un peu au grand-père avec lui

– Qui pourrait le croire si délicat et si attentif ? murmura Fiora émue. Je ne suis pas certaine de mériter tant de bonté, mais je serai heureuse de le revoir, lui aussi...

– Parfait! Alors, quand partons-nous ? conclut joyeusement l'Écossais.

On décida que le départ aurait lieu la semaine suivante pour laisser à Fiora le temps de mettre ses affaires en ordre et de prendre congé... ce qui ne pouvait se faire avec une précipitation offensante pour le Magnifique. Elle et Commynes quitteraient ainsi Florence le même jour, dans des directions différentes, lui pour y revenir car le roi désirait qu'il demeurât aux côtés des Médicis pendant les mois difficiles qui s'annonçaient, elle... sans trop savoir si elle reviendrait un jour, car la décision en appartiendrait à Philippe.

Ses hôtes redescendus en ville, Fiora prit Démétrios par le bras et l'entraîna au jardin. En ce début d'été, il se trouvait dans la plénitude de son épanouissement et, à caresser des yeux les touffes de roses et les grands bouquets de lauriers chargés de fleurs, la jeune femme sentait son cœur se serrer un peu. Cet endroit prenait soudain, comme la maison elle-même, l'aspect fragile et menacé des choses que l'on va quitter. Voyant une larme perler à ses cils, Démétrios qui l'observait sans en avoir l'air serra plus fort le bras posé sur le sien :

– Tu regrettes de partir ?

– Un peu, oui... Pourtant, tu n'imagines pas quelle hâte j'ai de rejoindre Philippe. Nous avons tant de bonheur gaspillé stupidement à rattraper. Il m'est de plus en plus difficile de me comprendre moi-même... C'est comme si deux femmes vivaient en moi...

– Ce n'est pas « comme si ». C'est tout à fait certain. Tu tiens à Florence par les racines d'une enfance et d'une adolescence heureuses et tu tiens à ton époux par l'émerveillement d'un amour passionné. Et si tu souffres de t'en aller, c'est que tu redoutes un peu ce qui t'attend là-bas. N'ai-je pas raison ?

– Tu as toujours raison. Nous nous connaissons si peu, Philippe et moi, et nous savons si bien nous faire souffrir !

– Veux-tu dire que, s'il n'y avait pas ton fils, tu hésiterais à repartir ?

– Non, non, pas un instant ! Ma vie, c'est Philippe et, quelles que puissent être les épreuves à venir, je ne renoncerai jamais à lui.

Les pas des deux promeneurs les avaient conduits au bas du jardin, près de la grotte que Démétrios désigna du menton :

– Et... celui-là ?

– Il m'oubliera. D'autant plus vite qu'il va devoir

défendre sa ville. En outre, elles sont nombreuses, les Florentines qui rêvent de lui. Bartolommea dei Nasi... et combien d'autres ?

– Tu as peut-être raison. Mais toi, est-ce que tu l'oublieras ?

– Jamais... et pourtant, je l'oublie déjà.

– Voilà une réponse intéressante, mais peut-être un peu difficile à comprendre ! Même pour un homme qui croyait connaître les femmes !

– Sans doute parce que c'est difficile à expliquer. Lorenzo m'a permis de moins souffrir d'une blessure que je croyais inguérissable et qui l'était. Simplement, il m'a rendu la chaleur et le goût de la vie, de même que je l'ai aidé à calmer la souffrance causée par la mort de son frère.

– Et... s'il souhaitait te garder envers et contre tout ?

– Tu veux dire... de force ?

– Pourquoi pas ?

– Non. Pas lui. Tu sais qu'il aime à dire qu'il faut se hâter d'être heureux, car nul n'est sûr du lendemain. Il sait prendre l'instant et en jouir intensément. Mais je suis certaine qu'il a compris que... le lendemain est arrivé.

Démétrios ne répondit pas. Pendant un moment, lui et Fiora cheminèrent en silence jusqu'au champ d'oliviers qui s'étendait au bas du jardin et marquait sa limite. Ils marchèrent un instant sous le feuillage argenté, puis le Grec s'arrêta près d'un tronc noueux, cassa une petite branche où pendait un fruit vert et la considéra un instant avant de la tendre à la jeune femme :

– Garde ce rameau précieusement : il te fera souvenir de moi.

– Est-ce que... tu vas me laisser partir seule ? fit-elle, soudain peinée. J'espérais que toi et Esteban reviendriez en France ?

– Non, Fiora. C'en est fini pour moi des errances. Je suis trop vieux à présent et si tu veux me permettre de continuer à vivre dans cette maison avec mon fidèle Esteban, je n'en demanderai pas davantage à l'existence. Et puis... je ne suis pas certain que dame Léonarde soit disposée à tuer le veau gras en mon honneur.

– Elle sera tellement heureuse de me revoir qu'elle t'accueillera à bras ouverts. Je crois qu'elle t'aimait bien, au fond.

– Perds donc cette habitude de prêter aux gens les sentiments que tu éprouves ! Léonarde ne m'a jamais aimé, et même elle me redoutait. Non sans raison peut-être, mais là n'est pas la question. Je veux rester ici car ce beau pays est celui qui ressemble le plus au mien... et j'y ai enfin trouvé la paix.

Du bout du doigt, Fiora caressa la petite branche, puis elle sourit :

– Cette paix dont tu viens de m'offrir le symbole ?

– Oui, et c'est plus sérieux que tu ne le crois. Veux-tu me faire une promesse, Fiora ?

– Si tu y tiens.

– J'y tiens beaucoup. D'abord, tu ne diras pas à Lorenzo ce que tu m'as confié. Il t'aime peut-être plus que tu ne le crois et, de toute façon, il a trop d'orgueil pour accepter de n'être qu'un pis-aller.

– Je n'ai jamais rien dit de tel ! s'écria Fiora indignée.

– Peut-être, mais c'est, en gros, le sens de tes paroles. En outre...

– C'est une double promesse alors ?

– Pas vraiment, les deux se résument en une seule : le silence. Tu ne diras jamais à Philippe de Selongey que Médicis a été ton amant. C'est ta vie plus encore que ta paix que je veux préserver. Il serait capable de te tuer.

– N'a-t-il pas pardonné Campobasso ?

– Je me méfie de ces pardons-là et je ne jurerais pas qu'il ne t'en reparlera plus. Alors, je t'en prie, pas de ces confidences imprudentes que l'on fait sur l'oreiller et dont vous avez la manie, vous les femmes ! Je connais bien ton époux : il t'aime passionnément. Il a pu passer l'éponge sur... les hasards de la guerre, mais il ne pardonnerait pas à la mère de son fils de s'être consolée dans les bras du Magnifique. Même si elle se croyait sa veuve. J'ai ta promesse ?

– Tu les as toutes les deux. Tu es plus sage que moi.

– Un mot encore : es-tu certaine de ne pas être enceinte ?

Fiora devint aussi verte que la brindille qu'elle venait de glisser dans son corsage. Pas un instant elle n'avait imaginé au cours des heures ardentes vécues avec son amant que cela pût lui arriver...

– Je... je ne crois pas. Non.

– Il suffit de voir ta tête pour comprendre que tu n'en es pas sûre. Alors écoute-moi bien : tout à l'heure, je te remettrai une potion. Au moindre signe de grossesse, tu en avaleras le contenu d'un seul coup avec un peu de miel. Tu seras malade à mourir pendant deux jours, mais ensuite tu pourras sans crainte affronter le regard de ton époux !

– Est-ce que... ce ne serait pas un crime ?

Du haut de sa taille, le Grec considéra la jeune femme dont les admirables yeux gris se levaient sur lui, chargés d'incertitude, de crainte même. Jamais elle n'avait été aussi belle. Simplement vêtue de fine toile blanche brodée de fleurettes à cause de la chaleur, ses cheveux relevés et tressés en une lourde natte qui glissait le long de son épaule, elle était l'image même du printemps. Son visage, dont elle protégeait la pâleur à peine rosée à l'aide d'un parasol de soie, avait la délicatesse d'une fleur de camélia et son long cou flexible une grâce infinie. Par le repos, les soins et la passion attentive de Lorenzo le corps mince et nerveux semblait s'être poli, adouci, et dégageait cette involontaire sensualité qui, jointe à une exceptionnelle beauté, compose ces femmes rares capables de changer la face d'un royaume. Et Démétrios pensa que le Magnifique, dont rêvaient tant de belles créatures, aurait peut-être quelque peine à oublier celle-là. Il devait d'ailleurs en avoir plus tard confirmation, au cours de ses nombreuses conversations avec Lorenzo.

– Posséder Fiora, c'est posséder toute la beauté du monde. Les anciens Grecs en auraient fait une statue divine, mais il faut l'avoir tenue dans ses bras pour savoir quel doux éclat elle atteint dans l'amour, et aucune femme ne m'a donné ce que j'ai reçu d'elle...

Le silence de son ami inquiéta la jeune femme :

– Eh bien ? Tu ne me réponds pas ? N'est-ce pas un crime contre la nature que chasser un enfant de son corps ?

– Si. C'en est un, mais celui qui, par jalousie, te tuerait, en commettrait un bien plus affreux encore... et me briserait le cœur. Alors, garde pour toi ce que ton mari n'a aucun besoin de savoir.

En remontant vers une terrasse que bornait le mur d'enceinte de la villa, Démétrios et Fiora trouvèrent Carlo fort occupé à installer des ruches avec l'aide du jardinier. Le jeune homme aimait les abeilles et s'intéressait depuis toujours à leur vie et à leur élevage. Il aimait à répéter que celles de Trespiano donnaient un miel sans rival dans toute la Toscane. En sarrau de toile et en sabots, les manches retroussées, les cheveux en désordre et le visage rouge, il achevait le quatrième logis destiné aux abeilles et semblait pleinement heureux.

Aucune force humaine n'avait pu le convaincre de prendre part au déjeuner que Fiora avait offert à ses amis Commynes et Mortimer :

– Il me suffit que l'Écossais sache à quoi je ressemble, avait-il dit à Fiora en manière d'excuse. Je ne veux pas que l'ambassadeur me voie auprès de vous. J'en serais... très malheureux.

– Pourquoi ? Notre mariage est nul, vous le savez à présent, mais nous restons unis par une véritable affection. Je n'ai jamais eu de frère, Carlo, il faut que vous acceptiez ce rôle !

– Qu'ai-je fait, mon Dieu, pour mériter cette joie ? Jamais femme n'aura eu frère plus tendrement attaché. Mais ne me demandez pas de paraître à ce repas.

Voyant approcher les promeneurs, il repoussa du bras les mèches humides qui collaient à son front et leur fit un signe joyeux. Depuis qu'il avait retrouvé la vie campagnarde, Carlo semblait moins malingre et sa longue figure pâle prenait peu à peu les couleurs de la santé.

– Tu ne peux pas l'emmener en France, n'est-ce pas ? murmura le Grec.

– Ce serait pourtant la meilleure solution. N'oublie pas qu'il passe pour mort...

– Personne ne viendra le chercher ici tant que Lorenzo et moi-même vivrons. Là-bas, il serait comme un poisson hors de l'eau. La nature de ce pays peut seule lui donner les joies simples dont il a besoin. En outre, il possède une grande soif de culture et je crois être capable d'étancher en partie cette soif.

– Autrement dit, entre lui et moi, c'est lui que tu as choisi ? conclut Fiora en souriant. Je vais être jalouse.

– Autant que tu voudras : j'en serais immensément flatté. Mais, sérieusement, il vaut mieux que nous restions ici lui, Esteban et moi. Même pour toi, car vois-tu, nul ne peut dire – pas même moi – ce qui t'attend là-bas. Peut-être un grand bonheur et je le souhaite de tout mon cœur, peut-être d'autres épreuves car les temps que nous vivons sont sans pitié. Il est bon que tu saches que tu as ici ta maison et ses gardiens : une espèce de famille toujours prête à t'accueillir... A présent, allons voir où en est le travail de Carlo !

Soudain, de la ville si paisible l'instant précédent, monta le tintement frénétique du tocsin sonné par la Vacca, la grosse cloche des heures difficiles, aussitôt repris par les campaniles de toutes les églises. Puis vint cet espèce de rugissement assourdi par la distance, mais que Fiora et Démétrios n'oublieraient jamais pour l'avoir entendu certaine nuit où Florence se soulevait pour obtenir leur mise à mort. En dépit du doux soleil et de la grâce de l'immense paysage étendu à leurs pieds, ils ne purent s'empêcher de frissonner. Il se passait quelque chose et quelque chose de grave, mais quoi ?

Tous deux, oubliant Carlo qui d'ailleurs ne pensait déjà plus à eux, se précipitèrent vers la vieille tour, vestige des anciennes fortifications étrusques, au sommet de laquelle le médecin grec avait installé les instruments qui lui permettaient d'observer le ciel. Mais cette fois, ce fut sur la ville qu'il dirigea sa longue-vue, et surtout sur les portes du sud pour voir si, d'aventure, une armée approchait de Florence. Il ne vit rien d'inquiétant.

– Il faut attendre le retour d'Esteban, soupira Démétrios. Il nous apportera des nouvelles fraîches.

En effet, le Castillan avait accompagné les Français quand ils avaient regagné le palais Médicis, sous le fallacieux prétexte de renouveler la provision de chandelles. En réalité, il voulait rejoindre une jolie lingère du quartier San Spirito qu'il avait protégée pendant les émeutes lorsqu'elle avait failli être écrasée contre un mur. Depuis, ses pas le conduisaient fréquemment chez cette charmante Costenza à laquelle il semblait s'attacher. Ce qui souciait un peu Démétrios, persuadé que le commerce de lingerie n'était que l'habile façade d'un autre, vieux comme le monde et beaucoup plus lucratif.

Aussi, les habitants de la villa Beltrami ne furent-ils pas autrement surpris qu'Esteban ne soit pas rentré quand les trompettes sonnèrent la fermeture des portes. De toute évidence, il avait choisi de passer la nuit chez son amie et Démétrios, haussant les épaules avec agacement, se contenta d'émettre le vœu que cette escapade ne coûtât pas trop cher à son fidèle serviteur.

– Et nous, nous ne saurons rien avant demain, regretta Fiora. L'arrêt du tocsin ne la rassurait pas car le feulement profond continuait à monter de la vallée, plus distinct même à présent que la voix des cloches ne le couvrait plus.

Fiora se trompait. Vers minuit, alors que chacun se disposait à gagner sa chambre, le galop d'un cheval ébranla les échos de la nuit avant de s'arrêter devant la porte de la villa. Fiora et Démétrios l'attendaient, car la jeune femme savait déjà que le visiteur tardif n'était autre que Lorenzo.

Lorsqu'il vint vers elle, blanche et lumineuse dans le halo de sa lampe, Fiora le revit tel qu'il était au soir du meurtre de Giuliano : le pourpoint noir ouvert jusqu'à la taille, les cheveux ébouriffés par le vent de la course, la sueur au front et chacun de ses traits accusé par la poussière. Mais l'expression de ce visage n'était pas la même. Lorenzo, ce soir, ne venait pas chercher un refuge, il n'espérait pas trouver un moment d'oubli entre des bras soyeux. Son air était celui d'un homme déterminé qui vient de prendre une résolution.

– Je suis venu te dire adieu, dit-il simplement.

– Déjà ? Mais je ne pars que dans quelques jours ?

– Je sais, c'est moi qui m'en vais. Et peut-être serait-il prudent d'avancer l'heure de ton voyage.

– Mais pourquoi ? Rien ne presse et Commynes...

– Commynes part demain pour Rome. Je l'accompagnerai sans doute.

En quelques phrases brèves, Lorenzo raconta ce qui s'était passé et pourquoi, d'un seul coup, Florence s'était enflammée. Un héraut pontifical, à la tombée du jour, avait apporté la déclaration de guerre de Sixte IV, assortie d'une lettre adressée aux prieurs dans laquelle le pape déclarait n'avoir aucun grief contre la Seigneurie ni la ville, mais uniquement contre Lorenzo de Médicis, assassin et sacrilège. Que Florence chasse l'indigne tyran, et elle ne serait frappée d'aucune peine ! Elle recouvrerait la faveur du Saint-Père qui la tiendrait désormais en sa toute particulière affection.

– Alors, j'ai proposé de me livrer, conclut le Magnifique, afin d'épargner à cette ville qui m'est chère les horreurs d'une guerre. Les prieurs ont refusé ma proposition, mais je leur ai demandé de réfléchir jusqu'à demain, de consulter leurs quartiers, leurs familles et les maîtres des différents arts.

– Il me semble qu'ils t'ont déjà répondu ? fit Démétrios. Nous avons entendu le tocsin et aussi la rumeur...

– Telle a été, en effet, leur première réaction, et j'en ai éprouvé beaucoup de joie. Cependant, bien des choses peuvent changer en une nuit quand les ténèbres apportent le silence... et la peur.

– Tu ne peux pas te livrer ! s'écria Fiora indignée. Toi, entre les mains de ce pape inique qui a osé faire abattre ton frère en plein office de Pâques ? Il te fera mettre à mort sans hésiter... et Commynes n'y pourra rien.

– Loin de moi la pensée de le mettre dans un mauvais cas. Sa mission est déjà assez difficile.

– Et tu penses que ta mort suffira pour calmer la fureur de Sixte ? Lui ne fera rien, peut-être, mais il enverra son cher neveu et Riario, après avoir fait suer à Florence tout son or, lui fera suer tout son sang si elle ne se traîne pas à ses pieds. Est-ce cela que tu veux pour ta ville ? Crois-tu que ce misérable épargnera tes enfants, ta femme, ta mère et toute ta parenté ? Tu es fou, Lorenzo !

– Non, Fiora. C'est la seule conduite que je puisse tenir. J'ai dit, moi, ce que ma conscience me poussait à dire. A présent, c'est à Florence de répondre et de choisir son sort.

– Accepter la férule de Riario ou se battre avec toi ? dit Démétrios. Il me semble que, si j'avais quelque poids, je n'hésiterais pas un seul instant. Encore moins une nuit...

– Et ils ont accepté cette nuit ! murmura Fiora. C'est encore trop !

– Non, car l'enjeu est grave. Si je ne me livre pas, la ville sera frappée d'interdit.

– Et alors ? Si la Seigneurie rejette le pape comme il le mérite, que lui importent ses décisions ? Commynes ne t'a-t-il pas informé des projets du roi de France ?

– Le concile ? Oui, je sais... mais il faut du temps pour réunir un concile. Tiendrons-nous jusque-là ?

– N'y a-t-il pas ici assez d'or pour acheter des condottieri ? Florence est-elle sans armes, sans remparts, sans autre puissance que celle de ses marchands ? Elle se battra, ou alors, elle ne sera plus jamais Florence !

L'ardeur passionnée de Fiora fit sourire Lorenzo qui, d'un geste tendre, l'attira vers lui :

– Tu parles comme ma mère, dit-il en posant sur son front un baiser léger, mais...

– Et comme toutes les femmes de la ville, j'espère ?

– Qui peut savoir ? Mais toi, tu es bien l'une des nôtres, et cela rend plus pénible encore l'idée de notre séparation. C'est difficile de te dire adieu, Fiora...

Un moment, ils demeurèrent face à face, sans se rejoindre autrement que par leurs regards.

– Et c'est difficile de te dire adieu, Lorenzo... Encore qu'il ne faille jamais dire adieu...

Le bruit léger des pas de Démétrios reculant vers la maison ne brisa pas le sortilège qui les tenait captifs, et pas davantage le bruit assourdi de la porte lorsqu'elle se referma. Le Grec avait emporté la lampe à huile et le couple fut seul dans la nuit, seul au milieu d'un monde en sommeil qui l'enveloppait de ses frémissements, de sa brise douce et de ses senteurs. Fiora tendit la main et toucha l'épaule de Lorenzo :

– Il n'y a qu'une façon de nous séparer qui puisse en adoucir l'amertume, chuchota-t-elle. C'est de nous unir une dernière fois...

Elle le sentit trembler, mais il fit un pas en arrière :

– Je ne suis pas venu te demander de me faire la charité, gronda-t-il. Tu n'es plus une femme libre...

– Je sais...

– Quelque part au nord, il y a un homme qui t'aime... et que tu aimes.

– Je sais.

– Si tu te donnes à moi maintenant, tu seras coupable d'adultère comme je le suis moi-même.

– Je sais cela aussi, mais, comme au premier soir, c'est parce que je le veux que je m'offre à toi. Nous ne nous reverrons peut-être plus jamais, Lorenzo, alors cette nuit ne peut être qu'à toi. Si tu le désires, bien entendu...

– Tu le demandes ?

Il prit sa main, la retourna pour en baiser la paume puis, sans la lâcher, entraîna Fiora à travers le jardin vers la grotte de leurs amours. La lumière qui tombait des étoiles et donnait au ciel un bleu laiteux éclaira leur chemin dans le dédale des allées et des courts escaliers qui reliaient les terrasses. Devant le seuil de leur refuge, ils s'arrêtèrent et d'un même mouvement s'enlacèrent sous une énorme touffe de jasmin qui fit neiger sur eux son parfum et ses menues fleurs blanches.

– Le ciel est si beau, cette nuit ! murmura Lorenzo contre la bouche de Fiora. Je ne veux que lui au-dessus de nous...

Ils se déshabillèrent et, nus, coururent s'abattre sur un tapis d'herbe encore verte qu'abritait un massif de grosses pivoines claires.

Le chant du premier coq chassa Lorenzo. Avec une passion désespérée, il étreignit Fiora une dernière fois et lui donna un très long baiser :

– Dieu te garde, mon bel amour !...

C'était la première fois qu'il disait ce mot et Fiora, bouleversée, voulut le retenir, mais il était déjà parti. Sa longue silhouette brune, pareille à celle d'un fauve, bondissait vers la grotte où il reprit ses vêtements. Incapable de bouger, Fiora, les bras noués autour de ses genoux, le regarda disparaître dans la petite brume qui montait de la vallée. Quelque chose se noua dans sa gorge et elle éclata en sanglots. Elle avait l'impression horrible que le bonheur de revoir bientôt Philippe avait subi une fêlure... et qu'il lui serait difficile d'oublier Lorenzo, en admettant que ce fût jamais possible...

Une chose néanmoins était certaine : même si le Magnifique n'était pas obligé de se sacrifier à la tranquillité de Florence, elle ne le reverrait plus. Même si, comme elle l'avait dit, il ne faut jamais dire « adieu ».

C'est ce qu'elle voulut expliquer à Démétrios quand

elle le retrouva un instant plus tard, sur le seuil de la maison où il l'attendait en arpentant le gravier, les mains au fond de ses grandes manches. Il la fit taire :

– Tu n'as pas d'excuses à présenter, Fiora ! A personne !

– Tu ne me condamnes pas ?

– A quel titre ? Je n'en ai ni l'envie ni le droit.

– Il va peut-être mourir, tu comprends ?

– Il ne va pas mourir du tout. Florence ne le laissera pas partir et se battra pour lui. Quant à toi, je viens de te le dire, ne t'abaisse pas aux excuses et cesse de te mentir à toi-même. Tu avais envie de lui comme il avait envie de toi... et c'est tant mieux si tu laisses ici une partie de ton cœur. Tu souhaiteras peut-être un jour venir la rechercher.

Démétrios avait raison. En rentrant vers midi, Esteban rapporta les nouvelles. La Seigneurie, à l'unanimité, allait répondre au pape qu'elle n'avait aucun ordre à recevoir de lui en matière temporelle. Lorenzo n'avait pas commis de faute et le peuple l'aimait. Il lui était reconnaissant de l'avoir défendu contre ceux qui cherchaient à s'en prendre à ses libertés... Quant au clergé toscan, prélats en tête, il affirmait son intention, au cas où l'interdit serait lancé, de refuser de l'appliquer et de réclamer la réunion d'un concile général.

Mieux encore. Une garde plus importante était offerte à Lorenzo, une garde qui le suivrait partout, et Savaglio marcherait devant lui, l'épée nue, car on savait quels traquenards pouvait tisser la haine de Sixte IV. Quant à la guerre, chacun commençait à s'y préparer et l'or affluait pour acheter des troupes aussi nombreuses que possible.

– Moi seule ne ferai rien, soupira Fiora, puisque je vais partir...

– Tu prieras pour nous, dit Chiara venue avec Colomba pour une dernière visite, car Fiora ne devait plus retourner en ville. Ainsi en avait décidé Lorenzo au cours de leur dernière nuit, afin d'éviter qu'elle se trouvât prise dans les turbulences du peuple.

– Je n'ai guère l'habitude de prier, tu sais ?

– Léonarde t'apprendra : elle fait cela très bien. Tu vas me manquer. J'avais l'impression de revenir aux jours d'autrefois !

– Pourquoi regarder en arrière ? Nous sommes jeunes et nous avons, je l'espère, de belles années devant nous. Tu pourrais venir me voir en France ? C'est un magnifique pays, différent d'ici, bien sûr, mais tu t'y plairais. Et puis, tu aurais sûrement un grand succès !

– Je ne dis pas non. Mais il me faut d'abord convaincre l'oncle Lodovico de l'intérêt que présentent les papillons français !

Se tenant par le bras et suivies de Colomba qui reniflait dans son mouchoir, les deux jeunes femmes suivaient la longue allée de cyprès qui menait à la villa et la dissimulait en même temps aux regards étrangers. Un valet tenait par la bride les mules des visiteuses. Soudain, Fiora aperçut une pierre tombée dans l'herbe. Elle venait sans nul doute du muret qui soulignait la double file des hauts arbres d'un vert presque noir. Elle alla la ramasser et la tint un instant dans le creux de sa main, songeuse tout à coup :

– Te souviens-tu de ce que je te disais au matin de la Saint-Jean ?

– La pierre arrachée ?

– Oui. Tu vois, je croyais alors qu'elle avait repris sa place dans le mur auquel elle appartenait. Je me trompais. Ce caillou est un signe...

– Pas vraiment. Regarde ! Sa place est marquée... là ! Tu n'as qu'à la remettre.

– Non. Elle tomberait encore. Il faudrait un peu de mortier pour la fixer, et je n'en ai pas. Je crois que je vais la garder et l'emporter avec moi, en souvenir.

– Sa place va donc rester vide comme la tienne ? J'espère qu'un jour vous reviendrez, l'une et l'autre, les occuper.

Et Chiara, les larmes aux yeux, embrassa son amie, se

jeta sur sa mule et s'enfuit comme s'il y avait le feu, poursuivie par les cris de Colomba à laquelle il fallait plus de cérémonie. Fiora resta seule au bout de l'allée.

Ainsi, de grands arrachements en menues déchirures, les liens qui l'attachaient à sa chère Florence cédaient l'un après l'autre sans qu'elle pût savoir s'ils se renoueraient un jour. Elle avait dû renoncer à retourner sur la tombe de son père et la décision lui avait été cruelle, mais Chiara lui avait promis d'y prier chaque semaine en son nom. Cependant le plus dur fut, au matin du départ, la dernière séparation, l'adieu à la maison et à ceux qui allaient y rester.

Il eut lieu, ce départ, le quatorzième jour du mois de juillet, fête de saint Bonaventure, docteur de l'Église et compagnon de François d'Assise. A cette occasion, un office était célébré dans le petit couvent franciscain de Fiesole où, une nuit d'hiver, Philippe de Selongey et Fiora s'étaient unis. Celle-ci, avant de prendre la route, cette route qui la ramènerait à son époux, tint à aller entendre l'office, pour une raison qui lui restait obscure, d'ailleurs, mais il lui semblait qu'ainsi, elle renouerait, dans le cadre même du premier serment, les liens qu'elle avait cru rompus par la mort. Tôt le matin, alors que le jour se levait, elle vint s'agenouiller au tribunal de la Pénitence, dans l'ombre froide d'une chapelle, pour s'y laver de son péché charnel. Elle désirait sincèrement l'effacer de son âme, tout en sachant qu'elle ne parvenait pas à le regretter et que sa contrition n'était que de façade. Néanmoins, les paroles sacrées de l'absolution agirent sur son esprit comme elle l'espérait et la rendirent à elle-même. La maîtresse de Lorenzo fit place à la comtesse de Selongey, et ce fut d'un pas ferme qu'elle rejoignit Douglas Mortimer qui l'attendait à la villa avec les trois hommes gardés pour son escorte.

Tour à tour, mais les yeux embués et la voix enrouée, elle embrassa ceux qu'elle laissait.

A Esteban, elle dit :

– Je vous les confie, Esteban, parce que vous êtes le plus fort. Veillez bien sur eux, sans oublier de prendre soin de vous pour me garder un bon ami.

A Carlo :

– Nous n'avons pas eu beaucoup de temps pour nous connaître, mon frère, mais ce peu a suffi pour que je vous sois, et à jamais, profondément attachée. J'espère de tout mon cœur que nous nous reverrons.

A Démétrios enfin :

– Tu as été et tu restes pour moi comme un père, et il est dur de te quitter. Je t'en supplie, dis-moi que ce n'est qu'un au revoir et qu'il ne s'écoulera pas beaucoup de temps avant que nous ne soyons réunis ?

La prenant dans ses bras, il la serra contre lui, sans réussir à retenir les larmes qui venaient :

– Mes yeux s'obscurcissent, petite Fiora, et le livre du Destin s'ouvre de plus en plus rarement devant moi, mais je sais que nous ne serons jamais séparés tout à fait. A présent, pars vite ! Un philosophe grec se doit de rester impassible en toutes circonstances et, en ce moment, je ne me sens plus du tout philosophe...

Tournant les talons, il courut s'enfermer dans la vieille tour qui lui servait d'observatoire. Fiora rejoignit alors Mortimer. Debout auprès de son cheval, il lui tenait l'étrier et elle s'enleva en selle tandis que l'Écossais rendait le même service à Khatoun, d'une façon un peu différente : il se contenta de la prendre à terre entre ses deux mains et de la poser sur le dos de l'animal, sans plus d'effort que si elle n'était qu'une simple sacoche, accompagnant son geste d'un sourire béat qui fit rougir la jeune Tartare et amusa Fiora. Le redoutable sergent la Bourrasque s'intéressait de toute évidence à cette petite créature fragile et douce qui n'avait pas l'air d'appartenir à la même planète que lui. Il étala délicatement son manteau sur la croupe du cheval, sourit à nouveau, puis alla rejoindre sa propre monture sans s'apercevoir que Fiora cachait un sourire sous le voile qui enveloppait sa tête. Que son voyage commençât sous d'aussi aimables auspices lui semblait d'un heureux présage.

Quittant Fiesole, la petite troupe descendit paisiblement la colline pour rejoindre la vallée du Mugnone que l'on suivrait jusqu'à la route de Pise et de Livourne. Le temps était beau et une brise venue de la mer laissait espérer qu'il ne serait pas trop chaud. Fiora, auprès de Mortimer, regardait droit devant elle et s'obligeait à ne pas se retourner, malgré l'envie qui la tenaillait, pour ne pas laisser les regrets envahir sa toute récente sérénité.

Soudain, comme on atteignait le hameau de Barco, elle tressaillit. Toutes ensemble et comme sur un mot d'ordre précis, les cloches de Florence, de Florence excommuniée, de Florence frappée d'interdit venaient de se mettre en branle et sonnaient sur un rythme allègre dans l'air bleu du matin. Khatoun rejoignit Fiora qui, cette fois, s'était arrêtée pour mieux écouter :

– C'est lui qui te dit adieu, murmura-t-elle.

– Peut-être... mais il y a autre chose. Ce n'est pas un adieu, c'est une espérance que chantent ces cloches. Florence est en train de nous dire que l'avenir ne lui fait pas peur, qu'elle est toujours forte et libre, et que jamais rien ne la fera changer... Viens, à présent! Il faut repartir.

Toute à l'émotion de cet instant, elle ne remarqua pas un homme qui l'épiait, caché par un tronc d'olivier. Cet homme, c'était Luca Tornabuoni...

Deux jours plus tard, au moment où, dans le port pêcheur de Livourne, la caravelle qui allait conduire la petite troupe jusqu'à Marseille hissait à ses trois mâts ses grandes voiles à antennes, Philippe de Commynes, à Rome, faisait sonner sous le talon de ses bottes les dalles de marbre de la salle du Perroquet. Au fond, tapi sur son trône comme une bête à l'affût, Sixte IV le regardait venir entre ses paupières resserrées. Auprès de l'ambassadeur français, les moires pourpres du cardinal-camerlingue,

Guillaume d'Estouteville, glissaient sans bruit... Devant eux trottait le cérémoniaire Patrizi, plus que jamais semblable à une souris terrifiée.

Après le rite solennel des salutations protocolaires, le pape, sans rompre le silence de mauvais augure qu'il gardait depuis l'entrée de l'envoyé de Louis XI, considéra un moment le visage plein et paisible du Flamand, dont les yeux bleus ne se privaient pas de l'examiner avec une certaine curiosité. Philippe pensa que ce gros homme correspondait à l'image qu'il s'en faisait : il paraissait aussi teigneux qu'il l'était en réalité.

Enfin, du fond de son triple menton, le pape grogna :

– Que Nous veut le roi de France ?

Commynes tira de sa manche une lettre scellée du Grand Sceau, avança de deux pas et, avec une génuflexion, l'offrit au souverain pontife. Mais ses mains ne devaient pas être jugées assez nobles pour transmettre directement le message, car ce fut d'Estouteville qui le prit et le tendit au pape :

– Ouvrez, Notre frère, et lisez ! lui dit Sixte.

En découvrant ce qu'il avait entre les mains, le cardinal devint aussi rouge que sa robe. Le latin du roi Louis était, en effet, suffisamment véhément pour justifier toutes les craintes et, en déroulant la prose royale, Estouteville se demanda si l'ambassadeur n'allait pas y laisser sa tête :

« Fasse le Ciel que Votre Sainteté prenne conscience de ce qu'Elle fait, écrivait le roi, et que, si elle ne veut affronter les Turcs, elle renonce du moins à faire tort à quiconque de manière à ne pas faillir à Son ministère. Car je sais que Votre Sainteté n'ignore pas que les scandales prédits par l'Apocalypse s'abattent aujourd'hui sur l'Église et que les auteurs de ces scandales ne survivront pas mais connaîtront la plus terrible fin, tant dans ce monde que dans l'autre. Plût au Ciel que Votre Sainteté fût innocente de ces abominations [1]... »

1. Texte intégral de la lettre reçue par le Pape des mains de Philippe de Commynes.

La voix du prélat s'étrangla un peu sur les derniers mots, mais ils n'en demeurèrent pas moins intelligibles. Furieux, Sixte venait de s'extraire de son trône et poussait une sorte de hurlement vengeur qui s'acheva en imprécation :

– Fils d'iniquité ! Ce roi va savoir ce que pèse ma colère ! Oser Nous insulter ainsi ? Nous allons l'excommunier, frapper son royaume d'interdit...

Commynes, alors, intervint :

– Mon roi n'a rien fait qui mérite cela, Très Saint-Père ! Il est du devoir des princes chrétiens de mettre le trône de Saint-Pierre en face de ses responsabilités. Alors que les voiles turques s'approchent lentement des côtes adriatiques, Votre Sainteté, au lieu d'essayer de réunir l'Italie sous sa main auguste pour opposer à l'Infidèle une puissance forte et unie, ne songe qu'à détruire Florence...

– Parce que Florence mérite d'être détruite. Oser pendre haut et court l'archevêque de Pise, oser retenir en otage notre cardinal-légat de Pérouse...

– Monseigneur de Médicis n'a pas retenu en otage le cardinal Riario : il lui a, au contraire, offert l'asile de son palais pour lui éviter le sort de l'archevêque Salviati. Florence est une cité pieuse et fidèle à sa foi, mais elle ne peut accepter qu'en pleine messe de Pâques et à l'instant sacré de l'Élévation, on assassine ses princes. Le roi de France n'a pas du tout apprécié le... – je dirai l'incident – de Santa Maria del Fiore. Et il n'est pas le seul en Europe.

– Nous n'avons que faire de lui !

– Vraiment ? Que Votre Sainteté réfléchisse donc ! Le roi ne nourrit aucune intention hostile envers la papauté. Bien plus, il m'a chargé d'offrir son aide pour combattre le Turc, une aide non négligeable. Mais si Votre Sainteté s'obstine à vouloir détruire Florence... ou à l'offrir par la violence à son neveu, le comte Girolamo Riario, c'est à Florence qu'ira cette aide. Que Votre Sainteté veuille bien, en outre, se souvenir des droits familiaux que la France conserve sur le royaume de Naples dont s'empara jadis Alphonse d'Aragon. Si le roi daignait se souvenir de ce petit État et souhaitait le reconquérir, Rome pourrait se trouver en fâcheuse posture. Enfin, je supplie Votre Sainteté de prendre en considération... ses finances.

– Nos finances ? Qu'est-ce que cela signifie ?

– Qu'à ce jour le roi, mon maître, doit avoir publié une ordonnance interdisant aux gens d'Église de se rendre à Rome... ou d'y envoyer quelque argent que ce soit sous peine de fortes amendes.

– Que dites-vous ?

– La surprise de Votre Sainteté m'étonne. Elle ne doit pas ignorer que le roi, qui avait bien voulu abolir la Pragmatique Sanction de Bourges, songe très sérieusement à la rétablir. Cette ordonnance n'est qu'un début.

– Et vous osez venir Nous dire cela en face ?

– A qui d'autre pourrais-je le dire ? Saint-Père, mon roi, le roi « Très chrétien », n'usurpe en rien ce titre. Plus pieux que lui, plus dévoué aux intérêts de Dieu et de sa très Sainte Mère ne se peut trouver. Sa mise en garde est empreinte de dévouement filial et du désir profond de voir le trône de Pierre rayonner, comme au temps d'Innocent, sur tous ceux qui aiment et servent le Christ. La menace turque est réelle, pressante et, avant de répondre par l'anathème, il conviendrait de l'examiner avec un esprit froid et lucide.

– Comme celui du roi de France ?

– Certes, car Louis est souverain avant d'être homme, père, ou quoi que ce soit d'autre, et la gloire de Dieu lui est plus chère que la sienne propre.

Pensant n'avoir rien à ajouter, l'ambassadeur plia le genou une nouvelle fois et, comme le voulait l'usage interdisant de tourner le dos au pape, commença à reculer vers la porte. Au lieu de l'accompagner, le cardinal d'Estouteville vint prendre sa place au pied du trône, sans paraître s'apercevoir du surcroît d'orage qui s'amoncelait sous les augustes paupières :

– Avez-vous quelque chose à ajouter ? fit le pontife.

– En effet, et j'en demande excuse, mais Votre Sainteté est trop amie de la justice et trop soucieuse du bien des chrétiens pour que je ne l'informe pas d'un fait, minime sans doute, mais auquel je La crois susceptible d'attacher quelque prix.

– Lequel ?

– Il s'agit de... donna Fiora Beltrami que Votre Sainteté a en toute bonne foi, voici trois mois, unie au jeune Carlo dei Pazzi.

A nouveau, le visage sanguin de Sixte IV vira au rouge brique :

– C'est un sujet dont Nous aimons peu à parler et vous devriez le savoir, Notre frère en Jésus-Christ. Cette femme a répondu par la plus noire ingratitude et par une fuite honteuse aux bontés dont Nous avions voulu la combler, par pitié d'abord et aussi parce qu'elle Nous semblait digne de Notre bénévolence. Que lui reproche-t-on encore ?

– Rien, Très Saint-Père, absolument rien... mais il serait sage de faire savoir à la Chancellerie d'État qu'elle devra annuler ce mariage et même... l'effacer complètement de ses registres.

– L'effacer ? Et pourquoi cela ? Un mariage que Nous avons Nous-même célébré, dans notre chapelle privée... et en votre présence, cardinal ? Si un empêchement existait à cette union, que ne le fîtes-vous entendre alors, comme le veut le rite d'une cérémonie nuptiale ?

– J'étais dans l'ignorance, Très Saint-Père, et Votre Sainteté Elle-même aurait rejeté avec horreur l'idée de célébrer une telle union si...

– Si quoi ? Cessez de Nous lanterner, par tous les saints du Paradis !

– Si Elle avait su que cette jeune femme n'était pas veuve comme nous le croyions tous... et comme elle le croyait elle-même.

– Quoi ?

Commynes se chargea d'asséner le dernier coup, avec

une jubilation intérieure qui nécessita, pour n'être pas trop évidente, toutes les ressources de sa diplomatie :

– Rien n'est plus vrai, Très Saint-Père. Le comte Philippe de Selongey, condamné à mort, est en effet monté sur l'échafaud de Dijon... mais il en est redescendu sain et sauf car les ordres du roi étaient de ne lui faire connaître sa grâce qu'à l'instant suprême.

Il y eut un lourd silence que troublèrent seulement les pépiements des oiseaux qui occupaient, dans la salle voisine, une grande volière dorée. Le pape poussa un profond soupir :

– Et... elle ? Où se trouve-t-elle en ce moment ?

– Selon ce que j'en puis savoir, elle vogue vers la France, Très Saint-Père...

Et Commynes, sur un dernier et profond salut, quitta la salle du Perroquet.

Deuxième partie

LES CHEMINS SANS ISSUE

CHAPITRE IV

CONVERSATION SOUS UN CERISIER

La fin du jour approchait, quelques semaines plus tard, lorsque Douglas Mortimer quitta Fiora et Khatoun à l'entrée du vieux chemin ombragé de chênes vénérables qui menait à la maison aux Pervenches.

– Vous voici à bon port! dit-il en la saluant. Et vous n'avez pas besoin de témoins pour retrouver les vôtres...

– Vous pourriez entrer vous rafraîchir ? L'étape a été longue et la journée chaude.

– Je trouverai tout cela au Plessis. Demain, avec votre permission, je viendrai vous faire visite, saluer dame Léonarde et voir si votre fils a beaucoup grandi.

Le cœur de Fiora battait plus vite que de coutume tandis qu'au pas de son cheval, elle remontait le chemin creux entre les herbes folles de ses talus. Son enfant n'était, dans sa mémoire, qu'un petit paquet gigotant infiniment doux à tenir dans ses bras, et voilà qu'il approchait de sa première année sans que sa mère sût rien de lui. Elle n'avait pas reçu ses premiers sourires et, lorsqu'il souffrait de quelque mal, ce n'était pas elle qui se penchait sur le berceau et usait ses nuits auprès de lui. Très certainement, il la regarderait comme une étrangère, et, au moment d'aborder cet univers, Fiora ne pouvait se défendre d'un peu d'appréhension.

Quand on sortit du couvert des arbres et que la maison apparut, rose et blanche dans son nid de verdure, Khatoun battit des mains, enchantée du spectacle. Le jardin n'était qu'un bouquet de fleurs et les pervenches montant à l'assaut de la terrasse débordaient du petit bois et s'étalaient comme un tapis royal. Au fond, la Loire étincelait, renvoyant les feux rouges d'un soleil somptueux qui semblait entourer de flammes les clairs bâtiments du prieuré Saint-Côme. L'air sentait les fleurs chaudes, les pins, l'herbe fraîchement coupée, avec un léger relent de vase venu du fleuve.

– Comme c'est joli ! soupira Khatoun. Mais... Il n'y a personne ?

Une voix qui sifflait gaiement un rondeau ancien se mit à sourdre des profondeurs du jardin et se rapprocha. Enfin un jeune homme déboucha d'un buisson d'aristoloches, portant sur son épaule un petit enfant qui riait en se cramponnant à ses cheveux couleur de paille. L'une des montures des deux femmes renifla et lui fit tourner la tête. Il s'arrêta net, tandis que ses yeux bleus s'agrandissaient démesurément. En même temps, d'un geste machinal, il enlevait le petit garçon pour l'installer sur son bras.

– Eh bien, Florent ? dit Fiora en souriant. Est-ce que vous ne me reconnaissez plus ?

La première surprise passa et, soudain, les prunelles du garçon s'illuminèrent tandis qu'un véritable hurlement de joie s'échappait de son gosier :

– Dame Léonarde ! Péronnelle ! Étienne !... Vite ! Venez vite ! Venez tous ! Notre dame est revenue !

Et comme personne, apparemment, ne l'avait entendu, il précipita l'enfant dans les bras de Fiora et prit sa course vers le manoir en criant de plus belle :

– Notre dame est revenue ! Notre dame est revenue !

Ce brusque déplacement n'était pas du goût du jeune Philippe qui protesta énergiquement. Sa petite bouche ronde s'ouvrit largement sur un « Ouin... in... in... ! » vigoureux qui s'acheva en un déluge de larmes !

– Mon Dieu ! gémit Fiora, je lui fais peur !

Désolée, elle n'osait pas le serrer contre elle et couvrir

de baisers les courtes boucles brunes et soyeuses qui couvraient sa tête, comme elle en mourait d'envie.

– Mais non, il n'a pas peur de toi, fit Khatoun. C'est cet imbécile de garçon qui l'a trop bousculé. Attends!

Elle se mit à agiter ses mains et à faire des grimaces qui parurent étonner l'enfant. Il s'arrêta de pleurer puis, presque sans transition, éclata de rire.

– Tu vois? Son chagrin est fini, et il va vite comprendre que tu es sa maman.

Le petit considérait à présent ces deux visages différents qui lui souriaient. Fiora le coucha tendrement dans ses bras et commença à le bercer doucement :

– Mon bébé!... mon petit enfant! Que tu es beau!

De ses lèvres, elle essayait de saisir au vol les deux menottes roses qui s'agitaient devant sa figure, cherchant à attraper un coin de voile blanc ou une mèche de cheveux. Finalement, Philippe choisit le nez de sa mère et le tira avec décision.

– Mais il est déjà très fort! s'écria-t-elle, riant et pleurant à la fois... Oh, Khatoun, comment ai-je pu rester si longtemps loin de lui?

La jeune Tartare n'eut pas le loisir de donner une réponse à une question qui, d'ailleurs, n'en demandait pas : telle une volée de moineaux, les habitants de la maison accouraient à sa rencontre. Les jambes de Léonarde ne valaient pas celles de ses compagnons, mais personne ne se fût permis de la dépasser dans cette course à la bienvenue. Au contraire, Florent et Marcelline, la nourrice de l'enfant, la soutenaient et ce fut elle qui, bonne première, tomba dans les bras de Fiora, précipitamment débarrassée de son fils par une Khatoun qui n'attendait que cela, ravie de connaître enfin le « bébé Philippe ».

Pendant un moment, ce ne furent qu'embrassades, saluts, serrements de mains, exclamations joyeuses et souhaits de bienvenue. Léonarde qui, la cornette en bataille, pleurait comme une fontaine en serrant « son agneau » sur son cœur, embrassa Khatoun presque aussi chaleureusement, ce qui surprit la petite, guère habituée à de telles expansions chez cette « donna Leonarda » qu'elle avait toujours trouvée un brin sévère.

– Dieu a permis que vous vous retrouviez, déclara Léonarde, que Son nom soit béni et que cette maison où tu vas vivre désormais te soit douce ! C'est un peu des beaux jours d'autrefois qui nous revient avec toi !

Et elle la réembrassa pour mieux montrer la joie qu'elle éprouvait à la revoir. Étienne Le Puellier et sa femme Péronnelle, respectivement intendant et cuisinière du petit domaine, avaient eux aussi les larmes aux yeux en revoyant une jeune maîtresse pour laquelle ils éprouvaient une amitié proche de l'affection. Quant au jeune Florent, ex-apprenti banquier chez Agnolo Nardi, à Paris, présentement jardinier et bras droit d'Étienne, il contemplait Fiora, les mains jointes et le regard émerveillé, sans songer à essuyer les larmes abondantes qui coulaient sur son sarrau de toile bleue : les sentiments qu'il portait à Fiora n'étaient un secret pour personne et le retrouver en extase n'avait rien de surprenant.

Seule Marcelline, la nourrice, qui n'avait guère eu le temps de connaître la mère de son nourrisson, montra quelque retenue, déclara qu'elle était bien contente que « Madame la comtesse » soit de retour, mais se dépêcha d'enlever le petit Philippe des bras de Khatoun en s'efforçant de la foudroyer du regard. Voyant s'abaisser de déception les coins des lèvres de son ancienne esclave, Fiora comprit qu'il fallait prévoir des difficultés de ce côté-là et, pour mettre tout le monde d'accord, s'écria :

– Laissez-le-moi un peu, Marcelline ! Songez qu'il y a des mois que je ne l'ai vu...

– C'est qu'il est lourd, Madame la comtesse ! Et après ce long voyage...

– Je suis encore capable de supporter ce fardeau, dit-elle avec bonne humeur. Il y a si longtemps que j'en rêve !

Et, tenant fièrement son fils dans ses bras, elle se mit en marche vers la maison dans laquelle Péronnelle avait déjà disparu en criant qu'elle allait préparer le meilleur souper de la terre. Léonarde et Khatoun encadraient Fiora qu'Étienne et Florent suivaient, menant en bride les chevaux qu'ils allaient conduire aux écuries après les avoir débarrassés des bagages et dessellés. Marcelline prit le parti de rejoindre Péronnelle pour l'aider dans sa tâche.

Léonarde ne se lassait pas de contempler Fiora, comme si elle avait peur de la voir se dissiper, comme un rêve, dans les derniers rayons du soleil. Visiblement, elle débordait de questions, et ne résista pas longtemps à l'envie de poser la première :

– D'où nous arrivez-vous comme cela, mon agneau ?

– Je vais vous surprendre, ma Léonarde : je viens de Florence où j'ai vu notre ami Commynes. Et c'est Douglas Mortimer qui nous a ramenées...

– De Florence ? Mais... comment y êtes-vous retournée ? N'était-ce pas une grave imprudence ?

– Non, les choses ont beaucoup changé ! Oh, mon amie, j'ai tant de choses à vous raconter que je ne sais trop par où commencer !

– Le plus simple n'est-il pas le commencement ? Quand vous avez été enlevée, par exemple...

– Sans doute, mais – et Fiora baissa la voix – ce que j'ai vécu durant ces mois ne peut être entendu par toutes les oreilles. Et je vais vous demander un peu de patience, jusqu'à ce que nous soyons seules, ce soir. En revanche, il faut que vous répondiez tout de suite à la question qui me hante depuis mon départ d'Italie : savez-vous où est Philippe ?

– Philippe ? Mais... vous l'avez dans les bras ?

Posant sa joue contre la petite tête, Fiora y déposa un baiser plein de douceur et de tendresse.

– Pas lui, Léonarde... son père ?

Les yeux de la vieille demoiselle se dilatèrent sous l'effet d'une peur soudaine mêlée d'angoisse que Fiora n'eut aucune peine à traduire : sa seconde mère était en train de se demander si elle revenait avec toute sa raison.

– Ne vous inquiétez pas, je ne suis pas folle ! Mais je vois que votre ignorance égale la mienne avant ma rencontre avec Commynes. C'est lui qui m'a appris la vérité.

– Quelle vérité ?

– La seule qui soit valable, je pense : l'exécution de mon époux n'a pas été conduite jusqu'à son terme et Philippe a quitté l'échafaud vivant... mais pour aller où ? Voilà ce que Commynes n'a pas pu me dire.

Léonarde fronça les sourcils et sa main se posa sur le bras de Fiora comme pour la retenir devant un danger :

– Ou pas voulu. Prenez garde, mon enfant ! Il peut s'agir d'un secret d'État dont seul le roi possède la clef ! Peut-être vaut-il mieux n'en parler que l'huis clos ? Certaines paroles ne sont pas faites pour s'envoler avec le vent.

– Vous avez raison ! Nous parlerons plus tard !

Et, serrant tendrement contre sa poitrine le bébé qui gazouillait, Fiora franchit enfin le seuil de la maison aux pervenches qui, pour le moment, embaumait le poulet rôti.

Ce soir-là, Fiora décida que tout le monde souperait à la cuisine, en dépit des protestations indignées de Péronnelle qui entendait lui voir reprendre dès l'abord ses prérogatives de châtelaine. Fiora ne voulut rien entendre :

– Voilà des mois que je rêve de retrouver cette maison, dit-elle, mais sans vous tous elle ne serait qu'une coquille vide et j'ai besoin de vous sentir autour de moi. Et puis, Péronnelle, je sais des salles de châteaux qui ne valent pas votre cuisine.

C'est ainsi que l'on se retrouva autour de la longue table de chêne ciré sur laquelle Léonarde étendit une nappe de toile fine que Florent, pour faire honneur à celle qui revenait, orna d'une jonchée de petites roses mousse et de pervenches. Toute la maisonnée s'y installa joyeusement autour de quelques-unes des spécialités de Péronnelle, depuis les pâtés de saumon, d'anguille et de gelinotte, les fines andouillettes roulées dans la chapelure et un succulent rôti de marcassin aux groseilles, jusqu'à d'exquis beignets à la fleur d'acacia, des confitures variées et un blanc-manger au caramel et aux amandes, en passant par de petits fromages frais posés sur des feuilles de vigne et servis avec des épices. Naturellement, Étienne avait plongé dans sa cave pour en extraire quelques pots de ses meilleurs vins d'Orléans ou de Vouvray.

Fiora parla, bien sûr, beaucoup plus que les autres convives, encore qu'elle ne se privât pas de poser des questions sur ce qui s'était passé durant son absence. Chacun était avide de connaître ses aventures depuis la nuit tragique où Montesecco était venu l'enlever par ordre du pape pour la mener captive à Rome. Néanmoins le récit posa quelques problèmes à la narratrice. Il ne pouvait être question de choquer outre mesure les sentiments profondément religieux de ces braves gens, ni de leur raconter le détail de sa vie durant tous ces jours. Il fallut tailler, élaguer, enjoliver certains passages et, ainsi, insister davantage sur le séjour au couvent San Sisto que sur celui au palais Borgia, passer sous silence le mariage avec Carlo et, surtout, l'épisode passionné vécu avec Lorenzo. Évidemment, il fut impossible d'éviter le meurtre de Giuliano dans la cathédrale de Florence et Fiora vit s'assombrir alors les visages, cependant que des mains dessinaient un rapide signe de croix.

– C'est à notre sire le roi, dit-elle en conclusion, que je dois d'avoir pu revenir vers vous sans encombre. Ma rencontre avec son ambassadeur, à Florence, m'a donné, enfin, toutes les facilités que j'attendais pour regagner la France.

On but donc à la santé du roi Louis puis Fiora, Léonarde et Khatoun, à qui l'on avait dressé un lit près de la chambre de sa jeune maîtresse, regagnèrent leur appartement où dormait déjà le petit Philippe sous la garde de sa nourrice.

Si Fiora avait été, en arrivant, un peu inquiète de ce

que sa maisonnée tourangelle penserait de Khatoun, elle fut bientôt rassurée. La gentillesse et la gaieté de la jeune Tartare firent oublier son aspect un peu exotique. Péronnelle lui trouva même une ressemblance certaine avec une petite statue de sainte Cécile qui veillait sur l'orgue du prieuré Saint-Côme. Néanmoins, la brave femme tint à éclaircir un point qui lui tenait à cœur :

– Est-ce... qu'elle est chrétienne ?

– Bien sûr, répondit Fiora. Elle a été baptisée dans l'église Santa Trinita à Florence sous le nom de Doctrovée, sainte patronne de ce dixième jour du mois de mars... mais nous ne l'avons jamais appelée autrement que Khatoun. Mon père trouvait que cela lui allait bien, car elle ressemblait à un petit chat.

– C'est vrai, approuva Florent. Un bien joli petit chat !

Et c'est ainsi que Khatoun fit son entrée dans la maison aux pervenches où elle s'installa aussi simplement, aussi naturellement que si elle l'avait toujours connue : son étonnante faculté d'adaptation lui avait beaucoup facilité la vie depuis qu'elle avait été séparée de Fiora et de l'univers douillet de son enfance.

Ce soir-là, Léonarde l'envoya se coucher car elle n'aurait permis à personne d'aider « son agneau » à sa toilette de nuit et à son coucher :

– Il y a trop longtemps que cela ne m'est pas arrivé ! déclara-t-elle fermement en vidant un seau d'eau dans un baquet.

Après avoir longuement lotionné le corps de Fiora à l'aide d'une éponge pour le débarrasser des poussières d'une chevauchée de plusieurs jours, elle le sécha avec une serviette fine, puis fit asseoir la jeune femme devant sa table à coiffer et, empoignant une brosse de crins, dénoua ses cheveux et entreprit de les épousseter avec vigueur :

– Khatoun, votre fils et Marcelline dorment à poings fermés, déclara-t-elle tranquillement. Nous sommes seules et peut-être à présent pouvez-vous me dire la vérité ?

– La vérité ?

– Oui. Vous savez, ce contraire de l'erreur et de l'illusion... Car c'est une illusion que vous avez dispensée à votre maisonnée durant ce repas mémorable. Moi, je veux savoir ce qui vous est réellement arrivé ?

– Vous pensez donc que j'ai menti ?

– Je ne le pense pas, j'en suis certaine.

– Qu'est-ce qui peut vous faire penser cela ? dit Fiora amusée.

– Vous avez toujours eu le malheur de rougir quand vous mentez, mon ange, et vous avez beaucoup rougi ce soir. Le vin de Vouvray y est peut-être pour quelque chose, mais je jouerais ma vie sur le fait qu'entre votre séjour au couvent, votre long combat contre ce pape invraisemblable, votre amitié avec la comtesse Catarina et ce voyage à Florence pour tenter de sauver les Médicis, il s'est passé... certaines choses ? D'ailleurs, il semble que vous vous soyez attardée quelque peu à Florence ?

– Je le reconnais. Voyant qu'il m'était possible d'y vivre normalement, j'avoue que, jusqu'à l'arrivée de Commynes, je caressais l'idée de vous envoyer chercher avec mon petit Philippe et d'y recommencer une vie semblable à celle d'autrefois puisque... Lorenzo m'a conservé la plus grande partie de ma fortune.

Son imperceptible hésitation avant de prononcer le nom du Magnifique n'avait pas échappé à Léonarde. Fiora le vit en rencontrant son regard dans le miroir... et en constatant avec un peu d'agacement qu'elle venait de rougir encore.

– Lorenzo ? susurra la vieille demoiselle en soulevant la masse des cheveux noirs et soyeux pour les aérer. Il me semble que votre voix tremble un peu en prononçant son nom ?

Brusquement, Fiora se leva et, serrant contre sa poitrine le fin tissu qui l'enveloppait, se mit à arpenter d'un pas nerveux le tapis de sa chambre. Léonarde ne dit rien et la laissa faire. Au bout d'un instant la jeune femme s'arrêta en face d'elle :

– De toute façon, j'avais l'intention de tout vous dire. Je me suis attardée, c'est vrai, et Lorenzo y est pour beaucoup. Au soir du meurtre dans la cathédrale, il est devenu mon amant... et même quand j'ai su que Philippe était vivant, il ne m'a pas été facile de m'en séparer. Donnez-moi un vêtement plus commode, Léonarde et venez vous asseoir près de moi sur ce lit : je vais vous raconter cela dans le détail.

– Vous êtes sûre de n'être pas trop fatiguée ?

– Quelle hypocrite vous faites ! dit Fiora en riant. Voilà une heure que vous me trempez dans l'eau froide. Ne me dites pas que vous n'aviez pas une idée derrière la tête ?

– J'avoue, fit Léonarde avec bonne humeur, mais je vous promets de préparer tout à l'heure une infusion de tilleul pour que vous passiez une bonne nuit.

Il était près de minuit quand Fiora reçut la tisane en question et se glissa dans des draps frais qui sentaient la menthe et le pin. Tandis qu'elle buvait, ses yeux, par-dessus le bord de la tasse, interrogeaient ceux de Léonarde debout, bras croisés, auprès de son lit :

– Est-ce que je ne vous fais pas horreur ?

– Pourquoi ? Parce que, vous croyant veuve, vous avez laissé la nature parler en vous et entre les mains d'un homme... dont plus d'une femme peut rêver ? Ce vieux fou de Démétrios a d'ailleurs dû vous dire ce qu'il en pensait ?

– Certes. Il semblait comprendre que, sans l'aimer vraiment, je puisse être heureuse avec Lorenzo...

– Il m'eût étonné qu'il vous prêchât les mortifications et le couvent ! Ces Grecs ont une morale bien à eux, mais en l'occasion, il avait raison : vous avez montré un courage d'homme et vous aviez droit à une récompense. Dormez, à présent, et ne pensez plus à tout cela. Demain sera un autre jour... et le début d'une nouvelle vie. C'est de ce côté-là qu'il faut regarder.

Ayant dit, Léonarde se pencha pour embrasser Fiora, puis, après avoir déclaré qu'elle n'allumait pas la veilleuse à cause des moustiques particulièrement voraces cet été, elle quitta la chambre et regagna la sienne. Là, avant de se coucher, elle resta longtemps à genoux devant une statuette de Notre-Dame de Cléry que Louis XI lui avait offerte pour y accrocher ses espoirs et ses prières durant la trop longue absence de Fiora. Elle avait beaucoup de mercis à formuler pour le retour de la voyageuse, mais elle ne put s'empêcher d'y joindre la prière que de nouvelles épreuves fussent épargnées à l'enfant de son cœur...

En descendant à la cuisine, le lendemain matin, Fiora y trouva Douglas Mortimer. Attablé confortablement, l'Ecossais était en train de faire un sort à certain pâté de lapin dont Péronnelle lui servait de généreuses portions. Il les étalait sur de larges tranches de pain. A chaque bouchée correspondait un petit oignon confit dans du vinaigre qu'il allait pêcher dans un pot en grès à la pointe de son couteau. Le contenu d'un gros pichet de vin d'Orléans aidait à faire glisser le tout.

Voyant entrer la jeune femme, il se leva et salua, sans lâcher pour autant sa tartine et son couteau :

– Le roi m'envoie vers vous, donna Fiora, expliqua-t-il, et, en attendant votre réveil, dame Péronnelle m'a donné de quoi prendre patience.

– Elle a bien fait, et je vais vous tenir compagnie. J'ai faim et ce pâté sent bien bon... Mais pourquoi notre sire vous envoie-t-il si matin ? Avez-vous donc un message important ?

– Oui et non. Le roi vous invite à souper ce soir, mais c'est un lève-tôt qui aime bien organiser sa journée dès qu'il a l'œil ouvert. Et puis, l'idée de venir passer un moment dans votre cuisine n'est pas pour me déplaire, conclut-il avec bonne humeur.

– Le roi me fait grand honneur, dit Fiora en attirant la terrine à elle. Mais d'autres convives seront présents ce soir et j'aimerais lui parler seul à seule.

– Lui aussi. C'est pourquoi il vous fait dire de venir

vers quatre heures, l'heure de sa promenade à pied ou à cheval. Aujourd'hui ce sera à pied. Vous pourrez faire le tour du potager, ou du verger, ou visiter les écuries et la vénerie...

A l'heure dite, Fiora, escortée de Florent tout fier d'avoir retrouvé son rôle de chevalier d'honneur, pénétrait dans la cour du Plessis et mettait pied à terre près du vieux puits. Sa toilette lui avait posé quelques problèmes. Elle savait combien son royal hôte appréciait la simplicité, surtout si l'on devait marcher à travers champs, mais d'autre part, il tenait à ce que l'on respectât un certain décorum et donc une certaine recherche lorsque l'on était admis à l'honneur de l'approcher en son particulier. Aussi, après mûre réflexion, Fiora avait-elle opté, avec l'approbation de Léonarde, pour une robe de soie mate à dessins noirs et blancs qu'un étroit ruban vert ceinturait sous les seins. Un petit hennin court, de la même joyeuse couleur de jeune feuille et ennuagé de mousseline blanche amidonnée, la coiffait. Un seul bijou soulignait son décolleté : la chimère d'or aux yeux d'émeraude qu'elle avait portée au soir de son mariage avec Philippe et que Léonarde avait réussi à sauver du sac du palais Beltrami.

Elle n'eut même pas le temps d'aller jusqu'à la porte du château : le roi en sortait. Il eut en la voyant une exclamation joyeuse et vint vers elle d'un pas vif, tandis qu'elle pliait le genou profondément pour le saluer et dissimuler sous le respect une envie de rire qui lui venait. Louis XI, en effet, vêtu à son habitude d'une tunique courte de petit drap gris serrée par une ceinture de cuir et qui lui venait aux genoux, portait le plus étonnant couvre-chef que Fiora eût jamais vu. C'était, enfoncé sur le bonnet de soie rouge qui couvrait ses royales oreilles, une sorte de chapeau cardinalice noir dont les bords très larges et épais d'un doigt abritaient entièrement ses épaules et l'environnaient d'ombre. Ainsi coiffé, sa ressemblance avec un champignon était irrésistible et le sourire que lui offrit Fiora pétillait d'une telle gaieté qu'il ne s'y trompa pas.

– C'est mon chapeau qui vous amuse, donna Fiora? Eh bien, sachez que j'y tiens beaucoup car, pour le chaud, il vaut une petite maison, et, pour la pluie, il me tient à couvert mieux que mes couvre-chefs habituels qui se transforment alors en gouttières... C'est une idée que j'ai prise à l'évêque de Valence.

– Ma foi, Sire, c'est une bonne idée. Je déplore seulement que l'usage ne nous permette pas, à nous autres femmes, d'en porter de semblables.

– Vous le pourriez si vous étiez abbesse. Mais au fait, personne ne vous empêche d'en lancer la mode ? Une jolie femme ne peut-elle se permettre quelques fantaisies ?

Fiora n'eut pas le loisir de répondre. Echappant aux mains d'un page, un grand lévrier blanc accourait et vint gambader autour du roi avant de se coller contre ses jambes en levant vers lui sa tête fine. Même sans le riche collier clouté d'or et de pierres précieuses, Fiora aurait reconnu le chien favori de Louis, son auxiliaire dans une circonstance particulièrement dramatique. Le roi se mit à rire :

– Ah, Cher Ami ! Tu veux donc venir te promener avec nous ? Mais nous allons au jardin, tu sais, et il faudra nous suivre sagement. Il ne s'agit pas de bouleverser les plates-bandes ? Vous souvenez-vous de lui, donna Fiora ?

– Bien sûr, Sire, répondit-elle en caressant le dos soyeux de l'animal. On n'oublie pas si facilement un compagnon d'armes... surtout aussi beau que celui-là.

– C'est vrai. Vous avez fait, tous deux, du bon ouvrage contre ce vilain moine. Savez-vous qu'il est mort ?

– Je l'ai appris, Sire. Est-il tombé malade ?

– Ma foi non. Je crois qu'il est mort de colère. Il devenait furieux et s'est brisé la tête contre les barreaux de sa cage. Il a été enterré dignement et on a dit trois messes pour le repos de sa méchante âme.

Ayant dit, Louis XI se signa dévotieusement, donna une friandise à Cher Ami et reprit son chemin. En face du logis, aucun mur ne défendait la vue. Une simple barrière basse que le roi poussa lui-même donnait accès aux jardins et au verger.

En le suivant au long des allées sablées, Fiora pensa que le jardinier du château était une manière d'artiste. Ses parterres, d'ornement ou simplement potagers, dessinés en buis avec une grande rigueur, présentaient des formes variées. Quant aux plantes qui les composaient, elles étaient choisies pour leurs couleurs. Et si, au jardin d'ornement, les roses et les lys régnaient en maîtres, au potager, les légumes et les herbes aromatiques étaient rangés suivant leurs nuances de façon à offrir un ensemble agréable à l'œil [1]. L'arrosage y était perfectionné, car le jardin recevait l'eau de la fontaine de la Carre, elle-même reliée au château par des tuyaux de plomb ou de poterie. Quelques jardiniers étaient au travail et Fiora reconnut son Florent en conversation avec l'un d'eux. L'arrivée du roi n'interrompit pas l'ouvrage. A son approche, chacun ôtait son bonnet pour le saluer, puis se remettait à l'œuvre. Louis XI s'arrêtait volontiers auprès de ces hommes choisis par ses soins et qu'il aimait bien pour leur dire quelques mots ou faire une remarque, toujours aimable et toujours pertinente. Au point que Fiora en vint à se demander ce qu'elle faisait là : son compagnon semblait l'avoir complètement oubliée. D'un jardinier à l'autre, il parlait surtout à son chien...

Enfin, on franchit la barrière d'un grand verger dont les pruniers croulaient littéralement sous leurs fruits de couleurs diverses. Louis XI en cueillit quelques-uns, partagea avec Fiora, puis, tout en crachant les noyaux, désigna un banc de pierre placé sous un cerisier. La récolte était faite depuis longtemps mais, bien feuillu, l'arbre donnait une ombre fraîche. Louis s'installa sur le banc, fit signe à sa visiteuse de prendre place à son côté, ôta son

1. Un arrangement qui a été repris plus tard et amélioré au château de Gaillon, et surtout au château de Villandry qui s'appelait alors Coulombières.

grand chapeau qu'il laissa tomber dans l'herbe, puis soupira :

– Or, ça, Madame de Selongey, dites-moi un peu ce qui se passe à Rome et ce que vous y avez fait ?

– Pas grand-chose, je le crains, Sire. J'étais surtout occupée à préserver ma vie.

– Sans doute, sans doute ! Mais c'est du pape dont j'aimerais que vous me parliez. Vous l'avez vu de près, vous, ce qui n'est pas mon cas. Dressez-m'en le meilleur portrait que vous pourrez !

Fiora fit de son mieux, surtout pour rester objective, ce qui n'était pas facile car, connaissant les vifs sentiments chrétiens de son compagnon, elle ne voulait pas l'indisposer en lui montrant à quel point elle détestait le pontife. Il était impossible de passer sous silence les exactions, la brutalité et l'insatiable avidité de Sixte IV, mais lorsqu'elle sentit qu'elle allait se laisser emporter par le ressentiment, elle s'arrêta, détournant même les yeux pour éviter le regard aigu qui les cherchait.

– Je ne vois pas ce que je pourrais dire de plus à Votre Majesté, conclut-elle en se penchant pour cueillir un brin de menthe qu'elle se mit à mâchonner.

Louis XI laissa le silence tomber un moment entre eux. On n'entendait plus que les oiseaux...

– Mortimer a été plus bavard que vous, ma chère, fit le roi avec un soupir. Pourquoi ne me parlez-vous pas de ce mariage invraisemblable où l'on vous a contrainte ?

– Messire de Commynes m'a appris qu'il est nul, mais il l'a toujours été, Sire.

– Comment cela ?

– Vous venez de le dire : j'ai été contrainte sous la menace. En outre, il n'a jamais été consommé.

– Ne croyez pas cela ! Bien des mariages ont survécu dans les mêmes conditions. Ce qui l'annule... et Commynes a été chargé par moi d'en informer le pape, c'est que vous n'êtes pas veuve. Du moins comme vous le croyiez.

Fiora se sentit pâlir, cependant que ses mains devenaient froides. Elle regarda son voisin avec épouvante, mais il ne lui offrait qu'un profil hermétique :

– S'il me permet de l'interroger... que veut dire le Roi ?

– Qu'à défaut de votre époux, mes ordres ont été exécutés. Le sire de Craon ne se serait d'ailleurs pas permis de les transgresser. Ils étaient de laisser apprécier à ce Bourguignon entêté les affres de la mort, mais de l'épargner à l'instant où sa tête reposerait sur le billot.

– Oh, Sire ! Quelle cruauté !

– Ah, vous trouvez ? Pâques-Dieu, ma chère, vous oubliez qu'à votre demande, je l'ai déjà gracié une fois ? Cet homme semble incapable de se tenir tranquille.

– Peut-on lui reprocher de vouloir demeurer fidèle à ses serments de chevalier ?

– La mort du Téméraire les a rendus caducs et j'espérais qu'il en viendrait à considérer plus attentivement la foi de mariage qu'il vous avait jurée.

– Il n'est pas seul fautif, Sire. Peut-être, si j'avais été plus patiente... moins emportée...

Ainsi lancée, il fallut bien que Fiora apprît à son compagnon ce qui s'était passé à Nancy. Elle s'attendait à une sévère mercuriale, mais Louis se contenta d'éclater de rire et elle se sentit vexée :

– Oh, Sire ! Est-ce si drôle ?

– Ma foi, oui. Votre conception du mariage pourrait désarmer une douairière tant elle est originale. Il vous faut tout de même apprendre qu'un homme digne de ce nom ne se mène pas ainsi en laisse. Ceci dit, n'ayez pas de regrets ! Même si vous vous étiez pliée à la sainte obéissance de l'épouse, vous n'auriez rien changé. Messire Philippe aurait couru aussi vite à son devoir et, comme les sbires du pape vous auraient retrouvée à Selongey comme ici, je ne vois pas qui aurait pu aller à votre secours. Ne regrettez donc rien ! D'ailleurs... il ne faut jamais rien regretter car c'est la meilleure manière d'affaiblir l'âme et la volonté les mieux trempées. Que pensez-vous faire à présent ?

– Mais... essayer de rejoindre mon époux, si toutefois le Roi veut bien me dire où il est ?

Louis XI se leva, plia deux ou trois fois ses genoux qui craquaient pour les assouplir et se mit à marcher de long en large, les mains nouées derrière le dos.

– Ce serait avec joie... si seulement je le savais !

– Si vous... pardon, Sire, mais messire de Commynes m'a dit qu'après l'échafaud, Philippe a été ramené naturellement à la prison de Dijon et qu'ensuite il a été transféré ... ailleurs.

– A Lyon. Très exactement au château de Pierre-Scize, une bonne forteresse, bien défendue et pourvue des meilleures geôles qui soient. Seulement, il n'y est pas resté.

– Mais... pourquoi ?

– Pour la meilleure des raisons : il s'est évadé.

– Évadé ? Et on ne l'a pas retrouvé ?

– Eh non !

– Mais enfin, Sire, vous possédez la meilleure police d'Europe, le meilleur service de messagerie, la plus puissante armée...

– Je possède tout cela, en effet, mais aussi des gouverneurs de prison pourvus de filles assez stupides pour aider à la fuite d'un prisonnier séduisant. Votre époux, ma chère, s'est enfui à l'aide d'une lime et d'une corde qu'on lui avait apportées dans un panier de fromage et de fruits. Voilà ! Vous savez tout !

Fiora resta muette quelques instants. Dans son âme s'affrontaient les sentiments les plus contradictoires. Bien sûr, elle avait éprouvé une grande joie en apprenant que Philippe était libre, mais elle était trop femme pour que l'épisode de la fille du gouverneur lui causât un vif plaisir, même si sa propre conscience, en dépit de sa confession à Fiesole, n'était pas tout à fait nette.

– On ne l'a pas recherché ? dit-elle enfin.

– Bien sûr que si. Le château étant bâti sur un rocher qui domine le Rhône, on a d'abord pensé qu'il avait pu se noyer, mais on s'est aperçu que la barque d'un pêcheur avait été volée. Ensuite j'ai fait surveiller les alentours de Selongey, pensant qu'il aurait peut-être l'idée de rentrer chez lui. Aucun résultat, et pas davantage à Bruges, chez la duchesse Marie! J'y entretiens, naturellement, certaines... connivences, fit le Roi vertueusement, mais il semblerait que personne ne l'ait vu.

– Mon Dieu!... et s'il lui était arrivé malheur? Seul, sans armes, sans argent, il a pu être attaqué, tué peut-être?

– Ah! ne recommencez pas à pleurer! Songeant à cette possibilité, j'ai fait proclamer à tous les carrefours du royaume sa description physique, promettant une forte récompense à qui le ramènerait vivant, et une autre... beaucoup plus faible, à qui le ramènerait mort! Rien n'est venu. J'ai même fait mieux : son écuyer, Mathieu de... Prame, je crois?

– Oui. La dernière fois que je l'ai vu, il se trouvait près d'ici dans une cage et on le conduisait vers le château de Loches, dit Fiora d'un ton réprobateur.

– C'est tout à fait exact. Eh bien, il a été relâché, puis on l'a suivi discrètement. Il a filé droit sur Bruges... et je n'ai plus eu aucune nouvelle de lui... ni d'ailleurs des deux hommes que j'avais chargés de le surveiller, mais il est vrai que chez Madame Marie et son époux, les Français ne sont guère en odeur de sainteté. En tout cas, une chose est sûre : personne n'est venu demander de récompense, mais votre époux, ma chère enfant, coûte tout de même très cher à ma trésorerie...

– J'en suis désolée, Sire, mais, si l'on vous avait livré Philippe quel aurait été son sort? Est-ce que... est-ce qu'il aurait été...

– Exécuté? Me prenez-vous pour un benêt? Je ne change pas si facilement d'avis! Je l'aurais enfermé encore une fois mais en cage et ici même, dans la prison de mon château, en attendant que l'on vous retrouve. Venez, à présent ! Je sens le besoin de marcher un peu !

Fiora ne bougea pas. L'œil fixe, elle contemplait la pointe de ses souliers qui soulevaient les ramages de sa robe et tenait ses mains serrées très fort l'une contre l'autre, selon son habitude lorsqu'elle était en proie à une émotion.

– Eh bien ? s'impatienta le roi. Que faitez-vous ?

Elle leva sur lui de grands yeux désolés :

– Et... s'il s'était réfugié ici ?

– Qui ? Selongey ? Vous pensez bien que l'idée m'en est venue. Mais si c'était le cas, quelqu'un de votre maison l'aurait vu et vous l'aurait dit ? Allons, reprenez courage ! Je suis certain qu'il est vivant.

– Alors c'est qu'il est loin... trop loin peut-être ! Je sais qu'il lui est arrivé de penser mettre son épée au service de Venise pour combattre les Turcs. Dans ce cas, il ne reviendra jamais et je ne saurai plus rien de lui.

– Venise, dites-vous ? Nous pouvons, au moins, savoir s'il y est allé ! J'en écrirai au doge dès après le souper. C'est, vous le savez peut-être, la ville la mieux surveillée du monde et un étranger ne peut y entrer sans attirer l'attention des sbires du Conseil des Dix. Nous aurons bientôt des nouvelles, mais quittez cet air désolé et rentrons. On ne va pas tarder à corner l'eau.

Cette fois, Fiora se laissa emmener.

Sans plus parler qu'à l'aller, le roi et sa jeune compagne remontèrent vers la cour d'honneur où se pressaient à présent des valets, des chevaux et des équipages. Avec une surprise non dénuée d'inquiétude, Fiora remarqua une vaste litière pourpre dont les portières montraient de grandes armes surmontées d'un chapeau de cardinal qui lui semblèrent vaguement familières. Elle osa poser sa main sur le bras du souverain pour l'arrêter.

– Sire ! Que le Roi me pardonne, mais s'il reçoit ce soir un prince de l'Église, il vaudrait mieux que je rentre chez moi.

– Sans souper ? Quand je vous ai invitée ? Et pourquoi cela s'il vous plaît ?

– Franchement, Sire, je suis un peu... fatiguée des cardinaux et je crains de ne pas me sentir à l'aise. En outre, mes vêtements...

– Que me chantez-vous là ? Vous êtes superbe et il faudra bien que vous soyez à l'aise car je vous ai invitée spécialement ce soir pour que le cardinal della Rovere voie le cas que je fais de vous.

Sous l'œil pétillant de satisfaction de Louis XI, Fiora se sentit verdir :

– Le... cardinal... della Rovere ? souffla-t-elle épouvantée. Est-ce qu'il est...

– De la famille du pape ? Bien sûr, et vous avez dû au moins entendre parler de lui à Rome. Il est l'un de ses neveux, de beaucoup le plus intelligent. De ce fait, le plus dangereux aussi. Mais il devrait vous plaire ! A présent, je vous quitte : il faut que j'aille faire quelque toilette ! Et je vois là Mme de Linières qui vient vous chercher pour vous conduire auprès de la princesse Jeanne, ma fille. Vous la connaissez et elle se réjouit de vous revoir.

Salué jusqu'à terre par ceux qui encombraient la cour d'honneur, le roi mena Fiora vers la dame imposante qui attendait près de l'entrée de l'escalier, déjà pliée en deux par sa révérence. Comme, en outre, elle baissa la tête par respect à l'approche du roi, celui-ci manqua se heurter à la flèche du grand hennin pointu qu'elle portait. Il écarta l'obstacle, ce qui faillit causer la chute de l'édifice.

– Trop haut, Mme de Linières, beaucoup trop haut ! s'écria-t-il mi-plaisant mi-fâché. Quelle rage ont donc les femmes de vouloir se prendre pour des clochers d'église ? Ce qui m'étonne, c'est que mon royaume ne compte pas plus de borgnes.

– Je demande pardon au Roi, répliqua la dame avec une sérénité et même un sourire montrant qu'elle n'était pas impressionnée. J'ai toujours pensé que l'honneur d'accompagner une fille de France doublée d'une duchesse d'Orléans obligeait à un certain décorum dans la toilette. C'est une forme de respect.

– Eh bien, portez le respect moins pointu!

Et, sifflant gaiement un air de chasse, Louis XI disparut dans l'escalier à vis, laissant les deux femmes tête à tête :

– Venez, Madame, dit la dame d'honneur en tendant la main à Fiora qui ne pouvait s'empêcher de rire. Madame la duchesse a grande hâte de vous revoir et vous pourrez vous rafraîchir avant le souper.

Habituée à voir Louis XI vivre dans la plus grande simplicité, Fiora fut surprise de l'apparat déployé pour ce souper et de la splendeur de la salle où il se déroula. Cette grande pièce faisait partie des appartements royaux du premier étage, ouverts seulement pour la venue d'étrangers de marque et en certaines circonstances. Elle donnait sur la terrasse soutenue par la galerie couverte du rez-de-chaussée; son faste, vraiment royal, différait de l'éclatante somptuosité qui entourait les ducs de Bourgogne. L'ameublement tendu de velours et les grandes tapisseries de haute lice donnaient à l'ensemble une note sévère accentuée par les vitraux de couleurs des hautes fenêtres qui entretenaient une sorte de pénombre. L'or des plafonds à caissons et des boiseries s'en trouvait assourdi, sauf quand les grands chandeliers, chargés de cierges, les illuminaient comme ce soir.

Trois tables étaient disposées : celle du roi, occupant la salle à manger proprement dite, ou tinel; celle des chevaliers et des grands offices de la maison royale à laquelle s'asseyaient les invités d'importance, celle enfin des aumôniers et écuyers. Une quatrième accueillait, hors des appartements, les bas officiers et les pèlerins ou voyageurs perdus qui, d'aventure, demandaient l'hospitalité. A la table du roi, la plus brillante et la mieux servie, les femmes étaient rares, sauf lorsque la reine, Charlotte de Savoie, rendait visite à son époux.

Ce soir-là, elles étaient deux et ce fut avec un brin d'orgueil que Fiora prit place à la gauche du souverain. La princesse Jeanne, charmante en dépit d'un physique disgracié sous une haute coiffure d'un bleu doux piqueté d'or assortie à sa robe de cendal, était assise auprès de l'invité d'honneur lui-même installé à la droite du roi.

A trente-sept ans, Giuliano della Rovere était sans doute le plus réussi des neveux de Sixte IV. Grand et bien bâti, il ressemblait davantage à un condottiere qu'à un homme d'Église avec sa mâchoire carnassière, ses yeux de chasseur aux orbites enfoncées qu'il plissait souvent pour aiguiser sa vision. La pourpre seyait à son teint brun, à ses cheveux noirs coupés court selon le dessin de la calotte écarlate qui les coiffait. Strictement rasé, le visage osseux était dur, mais savait sourire avec une nuance d'ironie qui n'était pas sans charme, et le profil impérieux semblait fait pour la frappe des médailles [1].

Légat du pape à Avignon, il était titulaire d'un grand nombre d'évêchés – dont ceux de Lausanne, de Messine et de Carpentras – et, le 3 juillet de cette année 1478, il avait reçu de surcroît celui de Mende, pour lequel il était venu chercher l'approbation de Louis XI. Approbation gracieusement accordée : ce n'était pas la première fois qu'ils se rencontraient et le roi avait un faible pour cet homme élégant, aux façons rudes et que l'on disait violent, mais qui possédait une intelligence aiguë et savait manier l'astuce presque aussi bien que lui-même. Là s'arrêtait la ressemblance car, ami des lettres et des arts, le cardinal della Rovere menait une existence fastueuse grâce à la fortune considérable que lui avait constituée son oncle. Une existence fort éloignée du train de gentilhomme campagnard qui était le plus habituel au roi de France.

Lorsque, présentée par celui-ci, Fiora plia le genou pour baiser son anneau pastoral – en l'occurrence un fabuleux saphir étoilé –, le légat laissa tomber sur elle un regard intéressé :

1. En 1503, il deviendra le redoutable pape Jules II.

– Vous avez séjourné récemment à Rome, je crois, Madame ?

– En effet, Monseigneur.

– Il est regrettable que vous n'ayez pu en apprécier les beautés...

– Le loisir ne m'en a pas été offert, je n'ai fait qu'aller d'une prison à l'autre.

– Il y a prison et prison. Au surplus, lorsque vous avez choisi Florence, le Saint-Père l'a vivement regretté, car il était... il est toujours plein de bienveillance envers vous. Son amitié vous eût assuré des jours agréables.

– Veuillez le remercier de ces bons sentiments, mais il est d'un esprit trop brillant pour ne pas comprendre les miens. Ce sont ceux d'une Florentine, Monseigneur, et je ne peux que déplorer les drames dont ma patrie vient d'être le théâtre.

– Drames qui, malheureusement, s'aggravent. Pourquoi n'en parlerions-nous pas ensemble, un jour prochain ?

– Parler politique avec moi ? Mais, Monseigneur, je n'y entends rien.

– Ne vous mésestimez pas, Madame. Le Saint-Père fait grand cas de votre intelligence et votre amitié avec le roi de France ne peut que renforcer cette opinion. Nous pourrions, à nous deux, faire du bon travail...

Ayant dit, della Rovere s'éloigna, après avoir salué la jeune femme en inclinant la tête. Les trompettes d'argent sonnaient le souper et chacun alla prendre place à table. Le roi qui, après avoir présenté Fiora, s'était écarté pour parler à l'archevêque de Tours, revint pour conduire lui-même le cardinal-légat à son fauteuil.

Le souper fut excellent, mais long, et eût été ennuyeux sans l'amusante dispute qui opposa, comme d'habitude, le médecin du roi Coictier et le chef cuisinier Jean Pastourel. Debout derrière le siège royal, ils échangeaient regards furieux et propos aigres-doux à mi-voix sur le contenu de l'assiette de leur maître. Quand le médecin affirmait que les boudins blancs de chapon étaient juste bons à empoisonner le roi, le cuisinier ripostait que les drogues de son adversaire étaient autrement néfastes à sa santé, l'art de la cuisine consistant à préparer les meilleurs produits de façon à ce qu'ils ne causent aucune incommodité. De temps en temps, le ton s'élevait et Louis XI devait s'en mêler. Il finit par renvoyer Coictier à son propre souper, ajoutant qu'un repas pris en compagnie d'un prince de l'Église ne pouvait nuire à personne. Pas même à lui.

Coictier partit en grognant – c'était d'ailleurs un homme aussi peu sympathique que possible – et, de cet instant, Fiora s'ennuya. Le roi se consacrait à son hôte et l'autre voisin de la jeune femme, un gros homme rouge qui était le propre chapelain du prélat romain, après avoir tenté de caresser son genou sous la table, se résigna quand elle l'eut pincé énergiquement et s'intéressa dès lors aux mets qu'on lui servait. Au bout d'un quart d'heure, il était écarlate et à la fin du repas complètement ivre.

Après avoir raccompagné lui-même jusqu'à leurs équipages le cardinal et l'archevêque qui rentraient à Tours, Louis XI revint vers Fiora qui, entre la princesse Jeanne et Mme de Linières, avait assisté au départ des illustres visiteurs :

– Eh bien, Mesdames, que pensez-vous du neveu de Sa Sainteté ?

– Les cardinaux ne sont pas toujours prêtres, Sire mon père, fit Jeanne. Celui-là l'est-il?

– Oui. Pourquoi cette question? Vous avez des doutes?

– Un peu, je l'avoue. Il parle beaucoup de politique, de chasse, d'objets rares et de lettres grecques... mais pas du tout de Dieu!

– Souhaitiez-vous donc qu'il me prêchât ? dit le roi avec un sourire goguenard qui fit remonter tous les traits de son visage. Ce n'était guère le moment.

– Non... mais je m'inquiète quand un homme d'Église

parle de guerre, de soumission, de sièges et autres violences, sans jamais accorder une pensée à ceux qui souffrent ces tragédies : les petites gens, ceux des villes et des campagnes dont vous-même, qui cependant n'êtes pas prêtre, vous souciez toujours tant !

Louis XI redevint sérieux et, prenant la main fragile de sa fille, contempla un instant son beau regard doux et lumineux avec une expression étrange où entrait une admiration non exempte de remords :

– Vous avez une âme de lumière, Jeanne, qui devrait pouvoir ignorer les laideurs de la vie. Pour ma part j'ai, au jour du sacre, reçu le Saint-Chrême qui faisait de moi l'oint du Seigneur et j'ai guéri les écrouelles que j'ai touchées. Il me semble que cela vaut bien la tonsure. En outre, j'ai fait serment de protéger mes peuples, surtout les plus humbles, et de servir la France... la France à la grandeur de laquelle je vous ai sacrifiée ! Comme je lui sacrifie parfois quelques scrupules.

– Les filles des rois sont-elles vraiment faites pour le bonheur ? Vous m'avez mise à la place qui devait être la mienne.

– Sans doute, sans doute ! Quand votre époux vous a-t-il visitée pour la dernière fois ?

– La question est cruelle, Sire, coupa Mme de Linières. Monseigneur le duc d'Orléans ne vient jamais et...

– Il suffit ! Je lui parlerai.

Puis, changeant brusquement de ton et toute trace d'émotion évanouie :

– Quant au cardinal della Rovere, à sa famille et même au pape, si vous voulez apprendre à les mieux connaître, adressez-vous donc à Mme de Selongey ! Elle en sait bien plus que moi sur ce sujet. Le malheur est que vous risqueriez d'y laisser la foi !

– Non, Sire mon père ! Rien ni personne ne peut me faire perdre la foi !

– Et je m'en voudrais, Sire, coupa doucement Fiora, de

prononcer une parole, si petite fût-elle, capable de troubler une âme aussi pure.

D'un geste rapide et inattendu, Louis XI pinça la joue de la jeune femme.

– J'en suis tout à fait persuadé ! Le bonsoir à vous, Mesdames ! je retourne à mes affaires. Ce soir, je dois écrire au doge de Venise !

Tandis que les trois femmes pliaient le genou pour le saluer, il s'éloigna de quelques pas, puis s'arrêta :

– Le sergent Mortimer va vous raccompagner à la Rabaudière, donna Fiora !

– Mais, Sire, je ne suis pas venue seule.

– Je sais, cependant, en cas de mauvaise rencontre votre petit valet ne serait pas d'une grande protection. D'ailleurs, Mortimer n'aime rien tant que vous escorter. Avec ma fille Jeanne, vous êtes la seule femme pour laquelle il ait quelque considération.

Il reprit son chemin vers l'escalier au bas duquel attendait une silhouette d'homme qui se découpait en noir sur la lumière jaune de l'intérieur. Fiora crut reconnaître le personnage qu'elle avait rencontré à Senlis [1] dans la chambre même du roi. Lorsqu'elle se détourna pour poser une question à ses compagnes, celles-ci s'étaient écartées et se dirigeaient vers la chapelle. En revanche, à leur place, se trouvait Mortimer apparu comme par enchantement :

– A vos ordres, donna Fiora !

– Je suis désolée qu'on vous ait dérangé, cher Douglas, mais avant de partir, contentez donc ma curiosité : cet homme là-bas, au pied de l'escalier ? Il me semble que je l'ai déjà vu !

Sous le tabard de soie bleue fleurdelisé, l'Écossais haussa ses larges épaules :

– Oh, très certainement ! C'est le barbier du roi, ce mauvais drôle d'Olivier le Daim !

1. Voir *Fiora et le Téméraire*.

– On dirait que vous ne l'aimez pas beaucoup ? dit Fiora en riant. Mortimer ne sourit même pas :

– Personne ne l'aime ! C'est un fourbe en qui, malheureusement, le roi met trop de confiance ! Il s'en est repenti pourtant, quand il l'a envoyé ce printemps à Gand dans le rôle d'ambassadeur.

– D'ambassadeur ? Ce n'est pas vrai ?

– Si, hélas ! Notre sire, si sage et si prudent, a parfois d'étranges idées. Les gens de la ville ont en quelque sorte jeté le Daim à la porte. Croyez-moi, donna Fiora, méfiez-vous de lui ! Sa cupidité est insatiable en dépit de ce qu'il réussit à soutirer au roi.

– Pourquoi m'en méfierais-je ? Nous n'avons rien en commun et nos routes sont divergentes.

– Pauvre innocente ! Dites-vous que le Daim considère comme offense personnelle tout présent que notre Sire fait à quelqu'un d'autre que lui.

– Le roi est très bon, mais il ne me couvre pas de présents.

– Non ? Et la Rabaudière ? Je sais que, pendant votre longue absence, maître Olivier s'est efforcé de persuader le roi que vous ne reviendriez plus et qu'en conséquence il serait plus sage d'installer votre fils et sa maisonnée ici même.

– Au château ? Et pourquoi ?

– Pour vider les lieux, pardi ! Il y a longtemps que notre homme guigne la maison aux pervenches et, quand il a su que vous vouliez la rendre au roi, il a conçu de vastes espoirs. Malheureusement pour lui, on vous a retrouvée et ramenée. Il doit être fort déçu.

– Eh bien, dit Fiora dédaigneusement, il existe pour lui un moyen simple de surmonter sa déception.

– Lequel ?

– C'est de m'aider à retrouver mon époux. Ce jour-là, je quitterai sans regrets cette maison que j'aime pour le suivre sur ses terres... ou là où il jugera bon de nous emmener.

Mortimer se mit à rire et, soulevant son bonnet empanaché, se gratta la tête avec une grimace comique :

– Ouais ! Je ne suis pas certain qu'il ne préfère pas une méthode plus simple et plus... expéditive ! De toute façon, il y a beau temps que j'ai prévenu ceux de chez vous... et j'arriverai bien à en toucher un mot au roi.

– S'il a une telle confiance en cet homme, ce serait une erreur ! Ne dites rien, Mortimer ! Je me garderai. En attendant, merci de m'avoir prévenue !

Fiora et Mortimer récupérèrent Florent qui, après avoir soupé chez son ami le jardinier, dormait sur la table, puis ils prirent, à pied, le chemin du manoir en parlant de tout autre chose. La nuit était claire, douce, pleine d'étoiles et de toutes les odeurs de l'été. Il eût été dommage d'en troubler la beauté par l'évocation des turpitudes humaines. Les deux amis connaissaient, l'un comme l'autre, le prix de tels instants et avaient appris à les apprécier...

CHAPITRE V

LA FORÊT DE LOCHES

– Venise, Venise ! bougonna Léonarde en tirant vigoureusement sur le drap qu'elle était en train de plier avec Fiora. Pourquoi Venise ? Et pourquoi pas Constantinople, ou le royaume du Prêtre Jean... ou Dieu sait quoi ?

– Je vous l'ai dit, Léonarde : parce que je sais qu'il y pensait. Quand je demandais l'annulation de notre mariage, il voulait que le duc Charles me remette tous ses biens en paiement de la dot qu'il avait exigée de mon père. Et il avait ajouté que, la paix revenue entre France et Bourgogne, il pourrait toujours se mettre au service du doge pour tenter de reconstituer sa fortune.

– Mais il y a des siècles de cela ? Et vous êtes toujours sa femme ?

– Il n'en sait rien, au fond. En admettant qu'après son évasion Philippe soit venu chercher de mes nouvelles par ici, il a pu apprendre ma disparition, peut-être même que l'on m'avait emmenée à Rome ? De là à imaginer que j'étais allée, comme je l'en avais menacé, demander au pape cette fameuse annulation...

Léonarde récupéra le drap, acheva de le plier et le posa sur une pile qui attendait un ultime passage du fer avant d'aller reposer dans une armoire avec des sachets de menthe et de pin odorants. Elle en prit un autre dans la grande corbeille qui attendait et lança l'une des extrémités à Fiora :

– Cessez donc de faire marcher votre imagination, mon agneau, si messire Philippe était venu par ici, nous le saurions : il avait trop fière mine pour passer inaperçu et, apprenant la naissance de son fils, il n'aurait pas pu ne pas venir à la maison.

– Un prisonnier évadé, Léonarde! Peut-être à bout de souffle. Sans argent, sans secours possible... et puis tellement orgueilleux! Je l'imagine mal venant ici demander un secours!

– Je l'imagine mal venant rôder autour du Plessis! fit Léonarde imitant Fiora. La seule chose sensée, pour lui, était d'essayer de rejoindre les Flandres et la cour de la princesse Marie. En tout cas, je regrette de ne pas avoir assisté à votre entretien avec le roi. Il me semble que j'aurais posé des questions plus pertinentes que les vôtres. Tirez, que diable! Ce drap va ressembler à un chiffon!

– Vous n'auriez guère eu de peine! J'étais tellement bouleversée que je n'avais plus ma tête à moi! Mais... quelles questions auriez-vous posées?

– Eh bien, il me semble que j'aurais essayé de savoir ce qu'il était advenu du château de Selongey? Le sire de Craon a-t-il fait main basse dessus après le jugement, ou le roi a-t-il pris soin de vous le conserver?

– En fait, je n'en sais rien. Il m'a seulement dit qu'il avait envoyé surveiller les alentours du village pour savoir si Philippe ne s'y était pas réfugié.

– Bon. Il y a là tout de même une demi-réponse : si le gouverneur de Dijon s'en était emparé, il ne serait pas nécessaire d'épier les abords pour tenter d'en retrouver le maître légal.

– C'est juste! De toute façon, il est trop tard pour poser la question au roi...

Fiora, en effet, avait eu beaucoup de chance de rencontrer Louis XI dès son retour de Florence. Le roi n'était revenu au Plessis que pour peu de jours et, le lendemain même du fameux souper, l'avait quitté pour l'Artois dont la pacification n'était pas achevée. En outre, il voulait s'occuper en personne des modalités de la trêve qui devait intervenir entre lui et l'époux de Marie de Bourgogne après la victoire à la Pyrrhus remportée par son capitaine, Philippe de Crèvecœur, sur ce même Maximilien. Sans doute ne serait-il pas longtemps absent mais, en attendant, le Plessis-lès-Tours s'était rendormi sous la protection d'une seule compagnie de la Garde écossaise.

Ayant fini de plier les draps, Léonarde les transporta jusqu'à un grand coffre posé dans une petite pièce proche de la cuisine. Puis elle rejoignit Fiora qui était allée s'asseoir près de l'âtre et croquait une pomme : Étienne en avait déposé un grand panier sur la table une heure plus tôt.

Léonarde en prit une, elle aussi, la frotta sur son devantier pour la faire briller et mordit dedans, sans pouvoir retenir une grimace : ses dents n'étaient plus assez solides pour cet exercice, et elle alla quérir un couteau pour venir à bout du fruit. Fiora, assise sur la pierre, les coudes aux genoux, regardait les flammes...

La grande cuisine était paisible, presque silencieuse. Péronnelle était partie pour le marché de Notre-Dame-la-Riche en compagnie de Khatoun et de Florent. Mais au premier étage, Marcelline affrontait une colère du jeune Philippe que sa dernière tétée laissait insatisfait. Léonarde pensa qu'il faudrait bientôt lui donner des bouillies si l'on ne voulait pas l'entendre hurler jour et nuit. Cette idée désespérait la nourrice. Quand elle n'aurait plus de lait, il lui faudrait retourner à sa ferme, et cette perspective ne l'enchantait pas, le manoir étant incomparablement plus agréable à vivre.

Ces pensées tournaient dans la tête de la vieille demoiselle et la distrayaient un peu des graves problèmes qui encombraient l'esprit de Fiora, mais celle-ci y revenait :

– Dans combien de temps aurons-nous des nouvelles du doge ? demanda-t-elle en jetant dans le feu le trognon de sa pomme.

– Comment pourrais-je vous le dire ? C'est loin, Venise.

– Il faut pourtant que je sache ! Je ne peux pas rester là, sans rien faire ni rien savoir de mon époux ?

– Et que voulez-vous faire ? Vous jeter sur les routes comme vous l'avez fait tant de fois pour tenter de le rejoindre ? Fiora, ce serait une folie. L'été s'achève, nous allons vers la mauvaise saison. Accordez-vous le temps du repos et de la réflexion.

– Si je reste ici, jamais je ne le retrouverai car jamais il ne viendra sur les terres de ce roi qu'il déteste...

– Mais que vous aimez bien et qui, d'ailleurs, à moins que je ne me trompe fort, vous le rend. Pour avoir cherché avec tant de patience un rebelle, pour continuer la recherche alors qu'il ne devrait même pas s'en soucier, il faut qu'il ait pour vous une véritable amitié.

– Ne pas s'en soucier ? s'écria Fiora vexée.

– Redescendez sur terre ! Qu'est-ce que Philippe de Selongey pour le roi de France ? La différence est énorme, me semble-t-il ?

– Vous faites peu de cas de mon époux, à ce que l'on dirait ?

– J'essaie simplement de vous mettre en face des réalités. Le roi reconquiert, avec la Bourgogne, une province française que la duchesse actuelle tente d'offrir à l'Empire allemand. Votre époux, apparemment, a choisi son parti. C'est pour Louis XI un rebelle, d'autant plus rebelle qu'il n'y a pas si longtemps il a tenté de l'assassiner. Et non seulement, Louis XI le gracie une seconde fois, en l'enfermant, certes, mais, quand il s'évade, il essaie de le retrouver.

– N'importe quel geôlier en ferait autant, fit Fiora avec un demi-sourire.

– Mais n'importe quel geôlier, son gibier repris, se hâterait de l'expédier dans un monde meilleur pour être certain qu'il ne l'ennuie plus ! Or, si je vous ai bien comprise, notre Sire voulait l'enfermer... en attendant votre retour ?

– C'est ce qu'il dit !

– Et pourquoi ne le croirait-on pas ? Remettez-vous à Dieu, pour une fois, et pensez un peu à votre fils ! A défaut de père, il a le droit d'avoir une mère comme les autres !

Fiora savait que Léonarde parlait avec la voix de la sagesse, mais elle ne supportait pas l'idée d'ignorer où se trouvait Philippe. Devant son mutisme éloquent, Léonarde reprit :

– Vous n'êtes pas encore convaincue, n'est-ce pas ? Alors, je vais aller plus loin : vous ignorez où se trouve messire de Selongey, mais lui sait parfaitement où vous êtes puisqu'à Nancy vous avez pris soin de le renseigner. Une fois déjà, pour vous rejoindre, il a vaincu son orgueil. Pourquoi donc ne le vaincrait-il pas une fois de plus ? Ou alors, c'est qu'il ne vous aime pas !

Le mot frappa Fiora au plus sensible et elle releva, sur sa vieille amie, un regard désolé :

– Ou qu'il ne m'aime plus ? C'est peut-être vrai... mais, Léonarde, je n'arrive pas à le croire !

– Vous avez cependant toutes les raisons d'y croire, fit Léonarde impitoyable. Pensiez-vous vraiment à lui dans les bras de Lorenzo de Médicis ?

Il y eut un silence et Fiora détourna la tête, peut-être pour cacher les larmes qui lui venaient :

– Vous êtes cruelle, Léonarde, soupira-t-elle. Je ne l'aurais jamais cru de vous...

Un instant plus tard, Léonarde était assise auprès d'elle sur la pierre de l'âtre et l'entourait de ses bras pour l'obliger à poser sa tête sur son épaule :

– Je sais bien que je vous fais mal, mon agneau, mais c'est que je voudrais vous éviter de nouvelles souffrances. Ce mariage, jusqu'à présent, vous a valu bien peu de bonheur et vous avez charge d'âmes. Où qu'il soit, laissez donc à votre époux l'initiative ! Vous lui aviez demandé, comme une preuve d'amour, de venir jusqu'à vous ? Eh bien, attendez qu'il vienne !

– Et s'il est au bout du monde ?

– Cela ne change rien : attendez qu'il revienne du bout du monde! Tenez! j'entends les mules et voilà nos gens qui arrivent du marché. Allez vous débarrasser de ces cendres où vous êtes assise depuis un moment et faire un peu toilette! Vous êtes assez jeune pour pouvoir vous accorder quelques semaines de tranquillité. Attendez que le roi vous donne des nouvelles... s'il lui en vient.

– Soit! Je veux bien attendre, chère Léonarde, mais pas trop longtemps!

– Que ferez-vous donc, alors?

– Je crois que, d'abord... j'irai à Selongey. Peut-être Philippe s'y cache-t-il sans que les gens du roi le sachent. Ensuite, si vraiment il n'y est pas... j'irai voir la duchesse Marie. Je ne pense pas que les espions du roi aient eu la possibilité de lui poser des questions. Mais moi, je suis la femme de Philippe, et elle me répondra.

– Autrement dit, le roi ne vous a pas convaincue?

– De la profondeur de ses recherches? Sûrement pas! Et puis, vous admettrez que j'ai, moi sa femme, plus de chances de le faire sortir de sa cachette...

Léonarde se contenta de marmonner quelque chose qui, à la rigueur, pouvait passer pour une approbation. Elle avait repris dans sa poche la pomme entamée et s'efforçait à nouveau d'y planter les dents. L'opération se révélant aussi douloureuse que la première fois, elle envoya d'un geste plein de rancune le fruit entamé aux flammes de la cheminée d'où monta bientôt une fine odeur de pomme cuite et de caramel. Pendant ce temps, la cuisine s'emplissait de bruit et de gaieté : Péronnelle, Khatoun et Florent revenaient du marché.

Ce même jour, dans l'après-midi, comme Fiora se disposait à partir pour une visite au prieuré Saint-Côme avec son fils, Léonarde et Khatoun, l'allée de vieux chênes s'emplit d'une troupe de cavaliers entourant une litière qu'elle reconnut au premier coup d'œil, mais sans aucun plaisir. Que venait faire chez elle le cardinal della Rovere?

Néanmoins il était là, et il convenait de l'accueillir courtoisement. Aussi, remettant le bébé aux bras empressés de Khatoun, Fiora s'avança-t-elle vers le lourd véhicule qui décrivait sur le gravier une courbe pleine de majesté avant de s'arrêter devant l'entrée de la maison. Elle s'agenouilla quand le prélat mit pied à terre, et posa ses lèvres sur le saphir qu'il leur tendait.

– Ma modeste maison est grandement honorée, Monseigneur, de recevoir Votre Grandeur!

– La maison est charmante et je viens seulement en voisin. Alors, laissons de côté un protocole excessif et dites seulement Monseigneur, fit-il en toute simplicité.

Soudain il aperçut les mules harnachées auprès desquelles se tenait Florent :

– Je vous dérange peut-être ? Vous alliez sortir ?

– Nous pensions simplement nous rendre au prieuré dont vous voyez là-bas la flèche d'église, Monseigneur. Mais puisque l'Église vient à nous... Veuillez prendre la peine d'entrer.

Tandis que Fiora précédait l'hôte inattendu vers la grande salle, Péronnelle préparait une collation pour le cardinal, cependant que son époux installait l'escorte à l'ombre du petit bois et annonçait qu'il allait leur servir à boire. Ce qui fut accueilli avec satisfaction.

A l'invitation de son hôtesse, della Rovere prit place au coin de la cheminée dans laquelle, hiver comme été, sauf dans les temps de canicule, Péronnelle entretenait au moins un feu de quelques branches de pin pour lutter contre l'humidité habituelle aux demeures bâties près de la Loire. Mais les fenêtres largement ouvertes laissaient voir le jardin abondamment fleuri dont un prolongement, sous forme d'un grand bouquet de lis et de roses mêlés de feuillage, couronnait une crédence et embaumait la salle.

Les yeux vifs du cardinal avaient déjà fait le tour de la grande pièce, allant de la tapisserie aux mille fleurs aux objets disposés sur les dressoirs, quand il accueillit avec plaisir les marques de bienvenue que lui offrait Fiora : le vin de Vouvray frais et les massepains aux amandes que Péronnelle réussissait comme personne. Ce fut seulement quand ils furent seuls, lui et son hôtesse, qu'il se décida à parler. Il en avait d'ailleurs exprimé le désir et Léonarde, à son grand regret, fut obligée de se retirer comme les autres.

Après leur départ, il y eut un silence. Le cardinal mirait à travers le vin pâle de sa coupe les reflets du feu mourant et Fiora dégustait l'aimable liquide sans rien dire, attendant que son visiteur parlât. Il ne semblait guère pressé, mais soudain il l'interrogea :

– Avez-vous songé à ce que je vous ai dit l'autre soir, donna Fiora ?

– Vous avez bien voulu prononcer à mon sujet quelques paroles flatteuses, Monseigneur, et je ne saurais les oublier.

– Sans doute, sans doute, mais ce n'était qu'un préambule et je vous ai dit aussi qu'à mon sens nous pourrions faire ensemble du bon travail.

– Je me souviens, en effet, mais j'avoue n'avoir pas bien compris ce que Votre Grandeur entendait par là.

– J'entendais... et j'entends encore que nous pourrions unir nos efforts afin d'être utiles, vous à votre ville natale et moi aux intérêts de l'Église.

– Un rôle intéressant, je n'en doute pas, mais comment pourrais-je le jouer ?

– Vous avez l'oreille du roi Louis et son amitié. La paix entre les peuples est un but digne d'être poursuivi et vous pourriez inciter cet homme difficile à plus de respect, plus de compréhension envers Sa Sainteté qu'il traite fort mal.

– Beaucoup moins mal, semble-t-il que le pape ne traite Florence. Ses visées politiques paraissent fort claires, même à une ignorante comme moi : il entend achever par la guerre l'ouvrage que ses spadassins n'ont accompli qu'à moitié. Vous n'imaginez pas que je pourrais l'aider à détruire la ville de mon enfance ?

– Détruire ? Jamais ! Le Saint-Père ne veut aucun mal à Florence, et moins encore à sa population. Cette... malencontreuse conspiration, ourdie par les Pazzi exilés...

– Peut-être n'auraient-ils jamais rien ourdi, Monseigneur, sans l'aide bienveillante de votre cousin, le comte Riario. De toute façon, entre le pape et les Médicis, il y a désormais le sang de Giuliano répandu pendant la messe de Pâques !

– Les Pazzi ont été exterminés jusqu'au dernier. Plus de deux cents personnes, je crois ? Un tel flot ne peut-il laver le sang de ce jeune homme ?

– C'eût été le cas, peut-être, si le pape n'avait appelé à la guerre sainte et frappé Florence d'excommunication, et même d'interdit. Monseigneur Lorenzo ne fait que se défendre.

– Il se défend, en effet... lui seul et au mépris du bien-être d'un peuple qu'il prétend aimer. Pourquoi ne se sacrifie-t-il pas ? Après tout, il n'est pas prince de droit divin.

– S'il ne se sacrifie pas, c'est que ce même peuple le lui défend. Les Florentins aiment Lorenzo de Médicis et sont prêts à mourir pour lui.

– Tous ? Je n'en jurerais pas. Et, à défaut de lui, la cité du Lys rouge pourrait avoir une princesse aimable, lettrée, brillante... et que vous appréciez je crois ?

– Une princesse ? Qui donc ?

– La comtesse Catarina. N'est-elle pas votre amie ?

– J'éprouve pour elle, en effet, beaucoup d'amitié et de respect.

– Alors, peut-être pourriez-vous lui apporter votre aide ?

Fiora considéra son visiteur avec une sincère stupeur, fortement teintée de méfiance. Cependant, elle ne réussit à lire sur ce visage hautain et dans ces yeux sombres profondément enfoncés sous l'orbite qu'une grande tristesse.

– Elle règne sur Rome et sur le pape. De quelle aide aurait-elle besoin ?

– Peut-être de la vôtre, justement. Comprenez-moi bien, donna Fiora ! J'ai beaucoup d'estime et d'affection pour Catarina, et je n'aime pas la savoir malheureuse.

– L'est-elle donc ?

– Plus que vous ne croyez, et à cause de vous.

– De moi ?

Avec beaucoup de simplicité, le cardinal alla remplir son verre puis, tirant son siège plus près de celui de son hôtesse, il revint s'asseoir :

– Rome regorge d'espions, Madonna, et tout se sait. Riario n'ignore pas que sa femme vous a aidée à fuir vers Florence. De là à imaginer que vous étiez chargée de prévenir Médicis de ce qui se tramait contre lui...

– Sans vouloir offenser votre famille, Monseigneur, votre cousin est d'esprit trop épais pour de telles imaginations !

– C'est un rustre, j'en conviens volontiers, mais il est rusé, retors même et, surtout, il n'ignore pas que son épouse ne l'aime pas. Elle vit des heures peu agréables, mais qui eussent été pires sans la protection du Saint-Père. Celui-ci, heureusement, lui conserve son entière affection.

– Cette nouvelle me navre, mais comment pourrais-je l'aider ?

– Pourquoi ne pas écrire une lettre dans laquelle vous lui exprimeriez votre amitié ? Vous pourriez ajouter que vous êtes disposée à plaider auprès du roi de France la cause du Vatican...

Fiora se leva brusquement et fit face à son visiteur. Un début de colère empourprait son visage :

– Parlons clair, Monseigneur ? Vous souhaitez que j'essaie de détacher la France de l'alliance florentine et que je trahisse mes plus chers amis, le souvenir de mon père, mon...

– Votre amant ?... Non, ne vous fâchez pas ! Nous avons aussi des espions à Florence. Et je ne vous demanderai rien d'aussi affreux. Ce que je vous demande, c'est de considérer ceci : tout homme est mortel et Médicis n'échappe pas à la loi commune. Qu'il disparaisse et Florence, n'ayant plus personne à défendre, ouvrira ses portes au pape. Donna Catarina, devenue souveraine, aurait à cœur, j'en suis persuadé, de prendre soin de vos biens.

– Brisons-là, Monseigneur ! J'aime donna Catarina et je travaillerais volontiers à son bonheur, mais je n'aiderai pas son époux à asservir la ville qui m'est chère !

– Et si Riario ne vivait pas assez longtemps pour régner sur la Toscane ? Allons, donna Fiora, je ne vous demande pas grand-chose : une lettre aimable, en quelque sorte pacificatrice... et puis, peut-être, une tentative pour mieux disposer le roi Louis envers nous sans même renoncer, ouvertement au moins, à son alliance avec Lorenzo. Son attitude actuelle cause au Saint-Siège un grave préjudice...

– Pécuniaire ? Je n'en doute pas ! fit Fiora acerbe. Je ne demanderais pas mieux que de travailler à la paix, mais ce n'est pas Florence, je le répète, qui a déclaré la guerre. Et d'autre part, pour que je croie à la bonne volonté du pape, il faudrait qu'il commence par un geste... de père. Lever l'interdit, par exemple ?

– Je pourrais le lui suggérer. Écrirez-vous cette lettre ?

– Ce serait une lettre mensongère. Le roi est loin et je ne sais quand il rentrera.

– Mais il rentrera un jour et je ne suis pas pressé. Je me contenterais de la lettre seule et de votre promesse. Peut-être, d'autre part, pourrais-je vous venir en aide dans une affaire qui vous tient à cœur... Mais le temps passe, il faut que je vous quitte... J'ai à faire avec l'archevêque.

Il se levait, en effet, pris d'une sorte de hâte que Fiora trouva suspecte, et se dirigeait vers la porte

– Bien sûr, nous nous reverrons, ajouta-t-il aimablement, j'ai passé auprès de vous un instant charmant. Il me faut, à présent, vous laisser réfléchir, je reviendrai vous voir bientôt.

– Veuillez m'accorder encore une minute, Monseigneur. Quelle est donc cette affaire qui m'intéresse si fort ?

– Ce n'est qu'un bruit qui est arrivé jusqu'à moi. Malheureusement, je n'ai plus le temps de vous en faire part. Ce sera pour ma prochaine visite : disons... dans deux ou trois jours ?

– Comptez-vous rester à Tours longtemps encore ?

– Non, hélas... bien que je m'y plaise fort et que l'on insiste pour m'y garder. Il me faudra dans peu de temps repartir pour Avignon où se trouve le siège de ma légation...

Comprenant qu'il n'avait pas l'intention d'en dire plus, Fiora raccompagna le cardinal jusqu'à sa litière, d'où il lui donna une bénédiction sous laquelle il fallut bien qu'elle s'inclinât.

Perplexe, elle regarda l'imposant équipage disparaître sous la verdure dense du chemin ombreux menant à la sortie de son domaine. Le cortège disparu, elle descendit au jardin où elle marcha le long des allées bien ratissées avant de s'asseoir sous un berceau de vigne. Léonarde, elle le sentait, devait être aux aguets dans la maison, débordante de questions et, justement, Fiora souhaitait rester seule un moment afin d'essayer de tirer au clair cette curieuse visite. La démarche de della Rovere lui semblait assez sotte. Il fallait, en effet, connaître bien mal le roi Louis, cet homme secret dont on disait que son cheval portait tout son conseil, pour imaginer un seul instant qu'il pût se laisser influencer par les prières d'une femme, fût-elle l'objet de son amitié. D'autre part, il était insensé de lui demander, à elle dont, apparemment, le cardinal n'ignorait pas grand-chose, d'essayer de détacher la France de son ancienne alliance et de ses amitiés.

Évidemment, il y avait le cas de Catarina. Fiora était navrée de lui avoir causé des ennuis dont, avec un homme comme Riario, on ne pouvait imaginer jusqu'où ils iraient. Un accident est toujours possible et il ne resterait alors au pape qu'à pleurer cette nièce à laquelle il était attaché.

La mémoire de Fiora lui fit revoir le visage du cardinal au moment où il parlait de Catarina : un visage tendu, un masque presque douloureux. Peut-être l'aimait-il et, en ce cas, était-il prêt à toutes les folies pour lui venir en aide. N'avait-il pas suggéré que Riario pouvait ne plus vivre très longtemps ? Si della Rovere aimait sa cousine par alliance d'un amour sincère et anxieux, il devenait beaucoup plus sympathique à Fiora et elle en vint à penser qu'après tout, cette lettre qu'on lui demandait était peu de choses : il suffirait de la tourner avec assez d'habileté pour qu'elle ne compromette pas Fiora. Et puis, il y avait cette phrase mystérieuse que le visiteur avait refusé d'éclairer et dont on parlerait « la prochaine fois »...

A cet instant, Fiora regretta amèrement l'absence du roi. Eût-il été là qu'elle fût allée tout droit au Plessis lui raconter les événements et lui demander conseil. Ce maître diplomate, ce prince de toutes les astuces qui connaissait mieux que quiconque l'art de rédiger lettres et traités aurait su comment agir et il aurait certainement réussi à obtenir du prélat romain la révélation de ce qu'il avait caché à Fiora. Mais le roi était loin et il fallait essayer de s'en tirer seule.

Ce soir-là, quand tout le monde fut couché et jusque tard dans la nuit, Fiora, assise dans son lit, s'exerça à écrirc unc lcttre capable de donner satisfaction à tout le monde. Elle découvrit vite que la chose n'était pas facile. Le début allait de soi, bien sûr : il s'agissait seulement d'adresser à Catarina une action de grâce pour avoir permis à une mère de retrouver son enfant, en des termes émouvants. Mais tout se compliquait dès qu'il fallait parler du roi et des prières à lui adresser. C'était même tellement difficile que Fiora finit par abandonner le problème. Elle rangea son écritoire, souffla sa chandelle et laissa le sommeil s'emparer d'elle. Bien souvent, en effet, elle avait remarqué que la réponse à une question épineuse lui était apportée au réveil.

Celui-ci fut tardif car elle s'était endormie bien après minuit. En ouvrant les yeux, elle aperçut Léonarde, postée au pied de son lit et lisant avec intérêt ses divers essais.

– Vous tenez vraiment à écrire cette lettre ? fit-elle. Vous devriez pourtant vous souvenir de ce que disait ce diable de Démétrios : « Il faut faire très attention à ce que l'on écrit et la sagesse consiste même à écrire le moins possible ! »

– Croyez-vous que je n'y pense pas ? Mais je voudrais tellement aider Catarina !

– Et savoir ce que ce beau cardinal vous tient en réserve ! Je reconnais qu'il est habile et que son histoire a été menée de main de maître ! Il a su parfaitement jouer de vos bons sentiments et de la reconnaissance que vous devez à cette jeune dame. Et, pour finir, piquer la curiosité si naturelle aux filles d'Eve.

– Mais... comment savez-vous cela ? Je ne me souviens pas vous l'avoir conté ?

Léonarde eut un large sourire qui découvrit des dents un peu clairsemées, mais encore bien blanches :

– Bien qu'il n'y paraisse plus guère, je suis moi aussi une fille d'Eve, ma chère Fiora. J'ai écouté à la porte, simplement ! Je vais voir si votre bain est prêt.

La sortie de Léonarde sous les ailes blanches de sa haute coiffe qui battaient au vent de sa marche fut un chef-d'œuvre de dignité que Fiora admira sans réserve. Ce fut seulement quand elle quitta son lit, un instant plus tard, qu'elle s'aperçut que la vieille demoiselle avait emporté tous ses brouillons.

Néanmoins, lorsque le cardinal della Rovere opéra, deux jours plus tard, sa deuxième apparition à la maison aux pervenches la lettre était prête et Fiora la lui tendit dès qu'il eut pris place près de la cheminée.

A dire vrai, la jeune femme n'en était pas mécontente.

L'ayant beaucoup travaillée en compagnie de Léonarde, elle pensait qu'en toute équité, elle devait satisfaire les intéressés et ne mécontenter personne. En effet, après quelques lignes empreintes de chaude amitié et de profonde reconnaissance, Fiora assurait la comtesse Riario de son grand souhait de voir la paix régner à nouveau entre Rome et la France, ainsi qu'avec cette terre de Toscane qui lui était chère entre toutes...

– Peut-être le cardinal va-t-il trouver que vous ne vous engagez pas suffisamment, avait remarqué Léonarde à la dernière lecture, mais vous verrez bien sa réaction et vous aurez sans doute le loisir de discuter avec lui.

Or, à la grande surprise de Fiora, le prélat, après avoir lu attentivement, déclara excellente la prose de la jeune femme et lui exprima sa satisfaction. Cette lettre causerait une grande joie à la comtesse Riario et panserait quelque peu la blessure d'orgueil de Sa Sainteté puisque, seul, l'amour maternel avait incité Mme de Selongey à prendre la fuite et donna Catarina à l'aider dans cette entreprise. Le pape serait également enchanté de constater que son ancienne prisonnière ne lui gardait pas rancune et qu'elle était prête au contraire à aider à une réconciliation générale...

– Vous voyez, dit della Rovere en conclusion, que je ne vous demandais rien de bien difficile, mais vous me rendez un grand service personnel et je vais essayer de vous en témoigner ma reconnaissance... Oh, de façon... modeste, je le crains, car ce que je vais vous conter ne présente peut-être aucun intérêt.

Il prit un temps et détourna les yeux comme s'il hésitait, puis soupira :

– Oh ! c'est stupide ! Mon oncle... je veux dire le Saint-Père, me reproche toujours de trop parler et de ne pas maîtriser suffisamment mes impulsions. Voilà qu'à présent je crains de vous faire plus de mal que de bien.

– Ce que l'on fait dans une bonne intention, Monseigneur, ne saurait être néfaste. Me ferez-vous la grâce de me confier au moins de quoi il est question ? Est-ce de Florence ?

– Non. C'est... de votre époux !

– Mon époux ? Sauriez-vous quelque chose à son propos ?

– Peut-être. Durant mon séjour ici, j'ai cherché à en apprendre sur vous plus que je n'en savais. A Rome, ce condamné à mort miraculeusement sauvé à l'instant où il allait mourir n'a pas manqué de m'intriguer. J'ai su ainsi que le comte de Selongey, enfermé au château de Pierre-Scize, à Lyon, s'en était évadé sans que l'on pût savoir ce qu'il était devenu. Est-ce exact ?

– Tout à fait, Monseigneur. On sait seulement qu'il a pris une barque pour s'enfuir et je ne vous cache pas que cette circonstance m'effraie. On dit que le fleuve sur lequel il est parti, le Rhône je crois, est dangereux. J'ai peur qu'il se soit noyé.

– C'est possible, en effet. Pourtant, lorsque j'ai entendu cette histoire, elle m'a rappelé un événement qui a eu lieu voici quelques mois. Un événement mince en apparence, mais qui pourrait prendre pour vous une certaine signification.

– Dites vite, Monseigneur, je vous en prie ! La moindre piste peut avoir de l'importance.

– Eh bien, voici ! L'an passé comme je vous le disais, les moines de la chartreuse du Val-de-Bénédiction, qui se trouve à Villeneuve-Saint-André [1], juste en face de mon siège épiscopal, ont trouvé, au fond d'une barque échouée dans les roseaux, un homme blessé et sans connaissance qui semblait avoir subi de rudes épreuves. Ils l'ont emporté chez eux et l'ont soigné, mais il a été impossible de lui faire dire son nom. Il ne sait plus rien de lui-même, et pas davantage d'où il vient ni ce qu'il a vécu.

– Il aurait perdu la mémoire ?

– C'est ce qu'en a conclu le père abbé.

1. Aujourd'hui Villeneuve-lès-Avignon.

Le cœur de Fiora battait la chamade dans sa poitrine. Le sang lui était monté au visage et ses mains tremblaient.

– Mais comment était-il ? Son visage... sa taille ? L'avez-vous vu ?

– Non, hélas. J'en sais seulement ce que le dom prieur en a dit à mon chapelain. Une chose est certaine : cet homme n'a rien d'un paysan. Il est grand et les cicatrices de son corps semblent indiquer un soldat. De même, la barque était différente de celles que l'on fabrique dans la région. Mais je vous vois émue à un point qui m'inquiète. Il se peut, je le répète, qu'il n'y ait aucun rapport avec...

– Je suis presque certaine qu'il en existe un. Cet homme est-il toujours là-bas ?

– Bien sûr. Où voulez-vous qu'il aille, ne sachant plus rien de lui-même ni des autres ? Cet état est dû, certainement, à une blessure reçue à la tête... Mais rassurez-vous, il a été bien soigné et il n'est pas malheureux. Les chartreux sont de bons moines, généreux et hospitaliers. En outre, pour un prisonnier évadé, si c'est bien de lui qu'il s'agit, un couvent est le meilleur des asiles.

– Je n'en doute pas un instant, mais comment savoir, comment être certaine ?

Elle s'était levée et marchait à travers la grande salle avec agitation, s'efforçant d'apaiser, sous sa main, les battements de son cœur qui l'étouffaient presque. La voyant pâlir et chanceler, della Rovere se précipita, la prit dans ses bras et l'obligea à s'étendre sur une bancelle garnie de coussins. Il était temps, ses jambes ne la portaient plus ! En même temps, il appelait à l'aide et Léonarde – qui écoutait derrière la porte – apparut instantanément, armée d'une fiole de vinaigre et d'une serviette. Elle se mit en devoir de ranimer la jeune femme.

Le malaise ne tarda pas à se dissiper et bientôt Fiora, tout à fait rétablie, put offrir ses excuses à son hôte qui semblait sincèrement inquiet.

– Je crains de vous avoir fatiguée à l'excès, dit-il. Le mieux est que je me retire à présent : je reviendrai demain. J'en avais d'ailleurs l'intention pour vous faire mes adieux...

– Votre Grandeur nous quitte déjà ? dit Léonarde.

– Oui, il me faut retourner à Avignon où de nombreuses affaires m'appellent. Je ferai mes adieux à Tours après-demain.

Il se disposait à partir, mais Fiora le retint :

– Par pitié, Monseigneur ! Encore un moment. Je vous assure que je vais mieux... Parlez-moi encore de ce rescapé !...

– Que puis-je vous dire de plus ? Vous en savez autant que moi... Écoutez ! Puisque je retourne là-bas, voulez-vous que je me rende à la chartreuse dès mon arrivée afin de voir cet homme ?

– Vous ne l'avez jamais vu, Monseigneur. A quoi le reconnaîtriez vous ?

– Vous pourriez m'en faire le portrait ? Évidemment, si vous n'étiez souffrante, il y aurait une solution, facile sans doute, mais peut-être fatigante...

– Laquelle ? grogna Léonarde méfiante.

Mais Fiora avait déjà compris :

– Je pourrais vous accompagner ? Il est certain que je suis seule capable de savoir ce qu'il en est. Et, si c'est mon mari, celle qui saurait le mieux le soigner...

– Fiora ! protesta Léonarde. Êtes-vous folle ? Voulez-vous encore partir au bout du monde ?

– Avignon n'est pas au bout du monde, Madame, et je ne vois pas quels dangers donna Fiora pourrait courir sous ma protection ? Je peux même lui offrir une confortable litière...

Fiora semblait renaître. Elle avait retrouvé ses couleurs et dans ses yeux l'espérance faisait étinceler des étoiles. Elle se releva :

– Je ne peux pas refuser une pareille chance, chère Léonarde, et mon absence ne sera pas longue. S'il s'agit bien de Philippe, je le ramènerai avec moi, puis je ferai sa paix avec le roi. Oh, Monseigneur, vous n'imaginez pas la joie que vous me donnez !

Le cardinal se mit à rire, ce qui lui conféra une grande jeunesse. Il semblait aussi heureux que la jeune femme :

– Eh bien, voilà qui est dit. Demain soir, je vous enverrai la litière en question. Les serviteurs auront des ordres et vous me rejoindrez à la fin de la matinée à la basilique Saint-Martin où je désire faire oraison avant de partir. Ce délai vous laisse tout le temps pour vos préparatifs.

Suivi de Fiora, il se dirigea vers le jardin où ses équipages l'attendaient et remit à son secrétaire la lettre que lui avait donnée la jeune femme. Au moment de la quitter, il baissa la voix pour ajouter :

– Pour mes gens, vous serez une dame pèlerine qui souhaite aller se recueillir à Compostelle, ou à Rome.

– Ne m'en veuillez pas, Monseigneur, si je préfère Compostelle. Rome ne m'a pas laissé d'assez bons souvenirs...

– J'ajoute, fit Léonarde qui n'avait pas quitté Fiora, que Votre Grandeur aura sous sa garde deux dames pèlerines. J'ai l'intention d'aller, moi aussi, faire mes dévotions. Et j'espère que personne n'y verra d'inconvénients !

Son œil dont l'azur candide gardait toute sa fraîcheur défiait quiconque tenterait de s'opposer à son projet. Mais personne n'y songeait. Della Rovere lui sourit et Fiora, prenant son bras, le glissa sous le sien :

– Puisque nous voyagerons en litière, je serai heureuse de vous avoir avec moi.

Il fut plus difficile de faire comprendre à Khatoun qu'il ne pouvait être question de l'emmener de surcroît. La présence d'une Asiatique dans le cortège d'un prince de l'Église, et avec d'autres femmes, risquait de donner à l'ensemble une allure de harem plus que de pèlerinage.

– Ce ne sera pas long, lui dit Fiora, et j'ai besoin que quelqu'un veille bien sur mon petit Philippe...

Marcelline, en effet, quittait la Rabaudière. Son lait était tari, et d'autre part son époux et sa famille la réclamaient. Elle était partie le matin même pour son village de Savonnières, avec de grands soupirs et beaucoup de larmes car elle échangeait une vie agréable et facile contre la dure existence d'une ferme, mais Fiora avait su lui apporter quelques consolations. La nourrice s'en retournait plus riche qu'elle n'était venue, emportant non seulement les vêtements qu'on lui avait offerts durant une année, mais aussi du linge, des provisions, la croix en or qu'elle portait fièrement au cou et la somme coquette qui allait faire d'elle la plus riche fermière de son village.

Khatoun avait vu ce départ avec soulagement. Elle et la nourrice s'étaient détestées au premier regard et la lutte pour la possession du bébé avait été chaude. La nature décidant en faveur de la jeune Tartare, la Tourangelle avait aussitôt décrété que la « sorcière jaune » avait fait tourner son lait. Accusation contre laquelle Fiora s'éleva avec la dernière vigueur.

– Si pareil propos me revient aux oreilles, dit-elle avec sévérité, je saurai d'où il vient et votre intérêt n'est pas de vous faire de moi une ennemie. Khatoun était esclave, sans doute, mais n'a jamais été traitée comme telle. Nous avons été élevées ensemble et, par deux fois, elle m'a sauvée. Je lui dois donc beaucoup, et je n'oublie jamais mes dettes. En outre, j'ai de l'affection pour elle...

Comprenant que son intérêt n'était pas de s'entêter, Marcelline jura de ne plus répéter son accusation sur le livre d'heures, ouvert à l'image de la Crucifixion, que Léonarde mit sous sa main sans dire un mot mais avec un regard qui en disait long. Et l'on se sépara les meilleures amies du monde.

– Quand madame la Comtesse donnera une petite sœur à messire Philippe, j'espère qu'elle me rappellera ! dit Marcelline en manière de conclusion.

– Pensez-vous donc avoir encore des enfants ? Vous en avez trois, me semble-t-il ?

– Oui, mais ma mère en a eu douze et mon Colas veut beaucoup de fils pour l'aider à la terre.

Khatoun, restée maîtresse du terrain, finit par comprendre qu'en lui confiant son fils, de compte à demi avec Péronnelle, Fiora lui donnait une large marque de confiance. Elle cessa ses protestations.

Ce fut ensuite le tour de Florent. L'idée de voir sa chère maîtresse quitter à nouveau son manoir pour une destination éloignée était insupportable au jeune homme. Il prétendait l'escorter en tant qu'écuyer. Cette fois, Léonarde intervint :

– Que pourrait-elle faire d'un écuyer alors qu'elle va voyager en litière ?

– Mais je la protégerais des mauvaises rencontres ?

– Des mauvaises rencontres ? Alors que nous serons en compagnie d'un légat du pape ? Ne rêvez pas, mon ami ! D'autre part, si je vais là-bas c'est uniquement pour veiller sur donna Fiora. Et vous savez bien qu'avec les vendanges qui arrivent, Etienne a grand besoin de vous.

– Il se passait bien de moi quand je n'y étais pas ! bougonna le garçon. Léonarde, alors, lui offrit son sourire le plus sardonique :

– Voilà ce que l'on obtient en se rendant indispensable ! déclara-t-elle joyeusement.

Au matin du mardi 8 septembre, jour de la Nativité de la Vierge, Fiora et Léonarde quittèrent la maison aux pervenches dans l'un de ces vastes chariots bien pourvus de coussins, de rideaux, de matelats et de mantelets de cuir qui permettaient d'accomplir à peu près confortablement les plus longs trajets et d'affronter les pires intempéries. Deux puissants chevaux y étaient attelés et un grand diable moustachu répondant au nom de Pompeo les tenait en main. Le temps était un peu frais, mais promettait une journée ensoleillée propice au voyage. Pourtant, quand le lourd véhicule s'ébranla, Léonarde esquissa une grimace et marmotta :

– Je me demande si nous ne faisons pas une sottise.

– Une sottise ? protesta Fiora. Alors que nous allons peut-être tirer Philippe d'une situation pénible ? L'imaginez-vous enfermé dans ce couvent, ne sachant plus qui il est ni d'où il vient ? Livré au bon vouloir de moines qui ne sont peut-être pas tous de saints hommes ?

– Nous ne sommes pas sûres que ce soit lui...

– J'en demeure d'accord, mais avouez qu'il existe un ensemble de coïncidences troublantes. Craignez-vous que je sois déçue ?

– Peut-être...

– Alors, rassurez-vous. J'y suis préparée et je pense qu'il vaut mieux faire ce voyage pour rien que rester ici et abandonner Philippe à un sort dont personne ne pourrait le libérer.

La belle sérénité de la jeune femme était réconfortante et Léonarde ne dit plus rien, mais elle ne parvenait pas à se tranquilliser. Le cardinal della Rovere constituait la cause principale de son inquiétude : elle répugnait à lui accorder une entière confiance. Léonarde se le reprochait, puisqu'il s'agissait du neveu du Saint-Père, mais le récit des aventures vécues par Fiora dans la Ville Éternelle l'avait profondément choquée. Sa piété profonde, sa foi totale et l'amour sincère qu'elle vouait à Dieu, à Notre-Dame et au Christ n'en avaient pas été entamés, cependant elle déplorait au fond de son cœur que Rome et son prince ne soient même pas capables d'inspirer le respect.

Bien sûr, elle n'ignorait pas qu'il y avait eu, au cours des siècles, des pontifes plus ou moins discutables, mais cet ancien moine qui, en coiffant le Trirègne [1], n'avait vu là qu'une occasion d'enrichir scandaleusement sa nombreuse famille et n'hésitait pas à déclarer une guerre pour spolier Lorenzo de Médicis après avoir tenté de l'assassiner, n'avait aucun droit à la considération des fidèles et surtout pas à la sienne. Tout ce qui concernait Rome était désormais, pour elle, sujet de méfiance, et l'aimable cardinal n'échappait pas à ce jugement définitif.

Comme il était convenu, on le rejoignit sur le parvis de la collégiale Saint-Martin où sa suite fastueuse tenait toute la place. Les deux femmes descendirent de voiture

1. La triple couronne que le pape reçoit au jour de son couronnement.

pour entendre la messe, prier un instant au tombeau du saint, puis l'on se disposa à quitter Tours au milieu d'un grand concours de peuple qui acclamait l'illustre étranger. Chevauchant fièrement un superbe destrier noir sur la croupe duquel sa simarre pourpre s'étalait avec magnificence, Giuliano della Rovere distribuait les bénédictions tandis que ses serviteurs faisaient largesse en son nom.

Aves ses équipages, ses secrétaires, ses serviteurs, ses chevaux et ses mules, ses gardes aussi et ses chariots de bagages, le train du légat était considérable et atteignait presque les murs de la ville alors que la fin du cortège quittait tout juste le parvis. La voiture des deux femmes y prit place vers la fin, un peu avant les domestiques et les chariots portant le mobilier et les bagages, car il ne convenait pas que des femmes fussent mêlées aux ecclésiastiques. Auprès d'elles, une poignée de pèlerins descendant en Provence et autorisés à profiter d'une aussi auguste compagnie se mirent en marche avec des montures variées ou à pied...

Par la grande rue de la Scellerie, où l'on passa devant le couvent des Augustins et celui des Cordeliers dont tous les moines étaient à genoux dans la poussière pour se faire bénir, on gagna le bourg des Arcis et la porte Saint-Étienne, défendue par une puissante bastille et tournée vers le sud.

Passé le faubourg du même nom et les « Ponts Longs » qui enjambaient le Cher et de nombreux marécages formés par d'anciens bras de la rivière, la longue file atteignit Saint-Avertin et commença de s'élever le long des coteaux couverts de vignes où les vendangeurs étaient déjà au travail. Après un été chaud, le raisin était mûr : une pleine corbeille en fut offerte au cardinal par de jeunes paysannes aux jambes nues. Celui-ci les récompensa de quelques pièces d'argent qui lui valurent de nouvelles acclamations.

– Si nous nous arrêtons toutes les cinq minutes, nous n'arriverons jamais ! grommela Léonarde. Et quelle distance devons-nous parcourir ? Cent soixante-dix, cent quatre-vingts lieues ?

– Si nous arrivons à en faire une dizaine par jour, nous ne serons guère que trois semaines en chemin. Évidemment, nous irions plus vite à cheval, mais il me semble que vous ne gardez pas un excellent souvenir de cette façon de voyager ? dit Fiora avec un sourire. Pour vous consoler, pensez donc à toutes ces abbayes dans lesquelles nous ferons étape ! Vous allez pouvoir prier presque tous les saints de France !

Néanmoins quand, vers le milieu du jour, elle vit apparaître les hauts toits de l'abbaye de Cormery où le prieur, en grand habit et crosse en main, attendait le cardinal entouré d'un essaim de bénédictins, elle ne put retenir un soupir. S'arrêter chaque soir dans un couvent n'avait rien d'affligeant, mais si, en outre, il fallait visiter toutes les maisons religieuses que l'on rencontrerait, les trois semaines risquaient de se changer en deux ou trois mois. Et l'impatience de Léonarde la gagnait déjà.

Tandis que, devant le portail de l'église, on échangeait saluts, génuflexions, baisements d'anneau et autres civilités, elle interrogea son cocher. Savait-il où le cardinal souhaitait faire étape ce soir ? L'homme répondit que ce serait à Loches. Le trajet du jour ne couvrirait donc pas tout à fait dix lieues, et encore y arriverait-on à la nuit close car l'arrêt à Cormery risquait d'être assez long...

Et, en effet, le soleil disparaissait quand on atteignit la forêt de Loches au-delà de laquelle s'érigeait la ville royale et ce fort château qui inspirait tant de crainte justifiée aux ennemis du souverain. Pour Fiora, ce nom évoquait fray Ignacio Ortega, qui l'avait poursuivie d'une haine inexplicable et y avait laissé la vie, et aussi l'écuyer, l'ami de Philippe, Mathieu de Prame qui, lui, avait eu la chance d'en sortir vivant... Mais pour aller où ?

Résignée cependant, Fiora somnolait dans le nid qu'elle s'était préparé parmi les coussins tandis qu'auprès d'elle, Léonarde disait son chapelet. Le chemin forestier était assez doux et les cahots pas trop sensibles. Derrière la voiture, on entendait chanter les pèlerins, peut-être pour se donner du courage car l'ombre verte des arbres devenait grise et les fourrés semblaient s'épaissir à mesure que l'on avançait. On n'entendait plus les oiseaux et l'oppression naturelle pour qui voyage sous bois au crépuscule enveloppait le cortège.

Soudain, à un tournant du chemin, une secousse projeta les deux femmes l'une contre l'autre en même temps que la litière prenait de la vitesse. Le chemin, pourtant, était beaucoup plus rude et les roues du véhicule allaient d'une ornière à l'autre. Arrachée à ses prières, Léonarde se pencha au-dehors :

– Que se passe-t-il ? cria-t-elle au cocher, mais celui-ci ne répondit pas.

Au contraire, il fouetta ses chevaux pour qu'ils aillent encore plus vite.

– Il va nous tuer! fit Léonarde, mais ce n'est pas le pire. Nous ne sommes plus dans le cortège.

A son tour, Fiora se pencha. En effet, il n'y avait plus personne ni devant ni derrière. Rien qu'un étroit sentier filant entre les masses noires des arbres et dans lequel le chariot se lançait à tombeau ouvert. Les deux femmes se regardèrent avec épouvante, envahies par la même pensée : on leur avait tendu un piège et ce piège était en train de se refermer sur elles...

De toutes ses forces, Fiora ordonna à Pompeo, en italien, de s'arrêter, mais le cocher répondit par un grognement et un nouveau claquement de fouet. Un instant, la jeune femme songea à ouvrir la portière et à se jeter à terre, mais la voiture allait beaucoup trop vite et, de toute façon, Léonarde ne pourrait l'imiter sans se briser. D'ailleurs, les fourrés de chaque côté de ce qui devenait un sentier herbeux paraissaient s'animer. Des ombres se levaient d'ombres plus épaisses et, bientôt, quatre cavaliers masqués entourèrent l'équipage qui ne ralentit pas pour autant.

– Que Dieu nous protège! gémit Léonarde. J'ai peur que ceci ne soit notre perte.

Fiora ne répondit pas. Une violente colère la préservait de la peur. Comment avait-elle pu être assez stupide, assez folle pour ajouter foi aux paroles d'un neveu de Sixte IV? Comment avait-elle pu croire qu'il désirait l'aider?

Soudain, le cocher retint ses chevaux, si brutalement que les deux passagères se retrouvèrent à plat ventre. Presque en même temps, la portière s'ouvrit et des mains sans douceur s'emparèrent de Fiora et de Léonarde qu'elles tirèrent au-dehors. Elles virent alors que l'on se trouvait dans une clairière qu'un reste de jour éclairait vaguement. Cinq ou six hommes se tenaient là, vêtus de sombre, et il était impossible de distinguer leurs traits. Deux d'entre eux, appuyés sur des pelles, se dressaient au bord d'un grand trou plus long que large qu'ils venaient sans doute de creuser.

Ce fut devant ce trou que l'on traîna les deux malheureuses, et elles comprirent tout de suite qu'il avait été ouvert à leur intention. Ces gens étaient là pour les assassiner.

– Qui êtes-vous? Que nous voulez-vous? s'écria Fiora.

Celui qui semblait le chef ne daigna pas répondre. S'avançant dans la lumière dansante d'une torche que l'un de ses compagnons venait d'allumer, il jeta une bourse au cocher qui l'attrapa au vol, et lui désigna un sentier, à peine visible, sur sa droite:

– Bon travail, l'ami! Passe par là! Tu rejoindras le cortège avant Loches...

A nouveau, Pompeo enleva ses chevaux. L'attelage disparut instantanément, avalé par la nuit et les branches basses. L'homme attendit que le bruit se fût éteint, puis se tourna vers celles qui allaient sans doute être ses victimes et que quatre de ses compagnons maintenaient. Fiora se débattait furieusement, mais Léonarde, accablée par un coup aussi inattendu, s'était laissée tomber à genoux sur la terre humide et priait, n'attendant plus rien que l'instant fatal.

D'un geste brutal, le chef arracha le voile qui enveloppait la tête de Fiora.

– J'avais pensé vous enterrer toutes vives, fit-il, mais je ne suis pas un homme cruel. On va vous égorger avant, et ce voile teint de votre sang sera une bonne preuve de ce que j'ai bien fait mon travail.

– Pour qui ce travail ? lança Fiora. Ne me dites pas que c'est pour le roi ? Je croirais plutôt qu'il vous le fera payer très cher quand il saura...

– Mais il ne saura rien. Vous allez disparaître sans laisser de traces.

– Avant de mourir, je voudrais tout de même savoir qui me tue ? Le pape ? C'est le cardinal qui vous paye ?

– Lui ? Il n'en sait pas davantage. Il pensait simplement qu'un long bout de chemin serait suffisant pour débarrasser le pays de votre présence. Tout ce qu'on lui a demandé, c'était de vous emmener avec lui.

– Qui, « on » ?

– Je ne vois pas en quoi cela vous intéresse ? Vous devriez plutôt faire comme votre compagne et songer à votre paix avec le Ciel. Je vous accorde un instant pour dire un bout de prière.

L'un des bandits s'approcha :

– Si on expédiait l'autre pendant ce temps ?

– Bonne idée ! Elle doit être prête. Elle a bien assez prié.

– Laissez-moi au moins l'embrasser ! cria Fiora désespérée.

– Cela me paraît inutile. Dans ce trou, vous pourrez vous embrasser autant que vous voudrez...

CHAPITRE VI

LA TRACE D'UNE OMBRE

– Léonarde ! hurla Fiora. Pardonnez-moi !

Un cri de douleur lui répondit. L'homme qui avait proposé de tuer la vieille demoiselle venait de lui arracher sa coiffe et l'empoignait par les cheveux, les tirant sauvagement pour l'obliger à lever la tête et à dégager la gorge qu'il allait trancher. Mais il n'eut pas le temps d'approcher son couteau de la peau. Partie de l'ombre, une flèche lui traversa le cou et il s'écroula sur Léonarde. En même temps, des cavaliers enveloppaient la clairière. La lumière incertaine de la torche fit luire des cottes de mailles, sous des demi-cuirasses et des chapeaux de fer. Une voix rauque tonna :

– De par le roi ! Qu'on s'empare de ces gens et qu'on les branche sur-le-champ à ce gros arbre !

– Gardez-en au moins deux, messire le Grand Prévôt ! il serait bon d'entendre ce qu'ils ont à dire.

Sans attendre la réponse, Douglas Mortimer sauta à bas de son cheval et courut vers Fiora qui, les jambes fauchées, s'était laissée tomber à genoux quand les bras qui la maintenaient l'avaient lâchée. Il la releva d'une poigne vigoureuse sans qu'elle fît rien pour l'aider. Ses prunelles grises largement dilatées, elle le regardait avec une sorte d'émerveillement, comme si, au lieu d'un solide Écossais, il était le lumineux représentant de quelque cohorte angélique...

– Ça va ? dit-il sobrement quand il l'eut remise sur ses pieds.

– Je crois... oui. Oh, Mortimer ! Je commence à croire que vous êtes pour moi une espèce d'ange gardien... mais qu'est-ce que tout cela signifie ?

– Je vous expliquerai, mais je peux vous dire que je n'ai jamais eu si peur ! J'ai bien cru que nous n'arriverions pas à temps...

Puis, sans plus s'occuper d'elle, il se tourna vers Léonarde qu'un garde de la prévôté aidait à se débarrasser du corps tombé sur elle en l'envoyant directement dans le trou. Fiora le rejoignit aussitôt et ne put retenir un cri d'horreur. Couverte de sang, la pauvre femme offrait une image effrayante. Mais, déjà remise de ses émotions, elle crachait comme un chat en colère :

– Où y a-t-il de l'eau ? Je ne peux pas rester ainsi. Ce sang poisseux...

– Il vaut tout de même mieux que ce ne soit pas le vôtre, observa Mortimer. Venez, il y a un petit ruisseau un peu plus loin.

Des torches avaient été allumées par les gardes et, à présent, la clairière était assez éclairée pour que nul ne perdît rien du spectacle dramatique dont elle était le théâtre. Les bandits, dépouillés l'un après l'autre de leurs masques, furent jetés à genoux devant celui que l'Écossais avait appelé le « Grand Prévôt ».

C'était un homme âgé au visage dur orné d'une moustache et d'une courte barbe blanche. Les années semblaient n'avoir ôté aucune vigueur à son corps maigre : celui-ci supportait avec aisance le poids de l'armure qui l'habillait à l'exception du casque, remplacé par un chaperon noir où brillait une large médaille d'argent. Comme tous les hommes trop grands, il se tenait un peu voûté sur son cheval, qu'il maniait par ailleurs avec dextérité. Au service de Louis XI depuis son adolescence, alors que celui-ci n'était encore que dauphin, Tristan l'Hermite, dans sa prime jeunesse écuyer du connétable de Richemont puis prévôt des maréchaux, incarnait aux yeux des sujets du roi l'image d'une justice sévère, souvent expéditive, mais rarement illégitime, qui inspirait aux truands de tout poil une crainte salutaire. Dévoué au roi comme un limier à son maître, ce silencieux volontiers taciturne ignorait la fatigue autant que la pitié et tout criminel pouvait être sûr qu'il le poursuivrait jusqu'à son expiation. Du fond de ses orbites creuses dont des sourcils broussailleux accentuaient la profondeur, il posait sur les hommes un regard gris aussi dur que du granit.

Ses hommes lui obéissaient avec une extrême promptitude et, en un instant, une demi-douzaine de bandits qu'il avait d'ailleurs reconnus et appelés par leur nom, se balancèrent aux branches d'un vieux chêne. Leurs cris et leurs supplications n'avaient même pas fait ciller l'impassible justicier. Seul le chef, qui répondait apparemment au nom poétique de Tordgoule, vivait encore et attendait son sort à genoux et en chemise près des jambes du cheval de Tristan L'Hermite. L'un des soldats, debout à son côté, tenait dans sa main le bout de la corde qu'on lui avait tout de même passée au cou...

Tout en aidant Léonarde à se laver autant que possible dans le petit ruisseau, Fiora ne pouvait se défendre d'observer avec une certaine crainte cette statue de fer qui, en dehors de l'ordre initial, n'avait pas articulé une parole.

Mais, lorsque le dernier corps eut été précipité dans le vide, le grand prévôt fit lentement manœuvrer sa monture de façon à tenir Tordgoule sous son regard :

– A toi, à présent ! Qui t'a donné l'ordre de tuer ces deux femmes ?

– Je ne sais pas, Monseigneur ! Je ne le connais pas, je vous le jure !

– Vraiment ?

Sur un simple geste du grand prévôt, l'un de ses hommes s'approcha avec une torche, cependant que deux autres s'emparaient du misérable et le couchaient sur l'herbe. La flamme s'approcha suffisamment de ses pieds nus pour déclencher un hurlement désespéré :

– Noooooooon !

– Alors, parle !

– Sur mon salut... éternel... Je jure... que je dis la vérité... Un homme masqué est venu me voir... avant-hier... dans la taverne qui est... près de l'écorcherie des Arcis...

Un nouveau hurlement déchira la nuit et Fiora se boucha les oreilles :

– Faut-il vraiment faire cela ? demanda-t-elle.

– Cet homme voulait vous égorger, vous et dame Léonarde, fit Mortimer avec un haussement d'épaules un rien méprisant. Je vous trouve un peu sensible.

Le supplicié, pour tenter d'attendrir son bourreau, prenait à témoin tous les saints du Paradis et jurait qu'il ne pouvait rien ajouter à ce qu'il avait déjà révélé : l'homme masqué lui avait remis une belle somme en or et promis la même quand l'ouvrage serait achevé. On devait attendre, dans cette clairière, certain chariot contenant deux femmes qui seraient amenées vers la fin du jour. Il fallait en outre creuser une fosse assez vaste pour contenir deux corps et y ensevelir les deux femmes en question. Tordgoule remettrait au cocher une bourse puis reviendrait à Tours recevoir le reste du prix convenu.

Un violent froissement de feuilles et une galopade venue du sous-bois interrompirent la confession haletante de l'homme : les gardes du grand prévôt ramenaient le chariot qu'ils avaient arrêté avant qu'il ne rejoignît la route de Loches et la caravane du légat. Un soldat conduisait les chevaux et Pompeo, solidement ligoté, fut sorti de la voiture sans douceur et jeté devant le grand prévôt. La bourse qu'il avait reçue un moment plus tôt rejoignit celles des truands qui formaient un petit tas dans l'herbe.

Comme il feignait de ne pas comprendre les questions que l'Hermite lui posait, Tordgoule se chargea de la traduction, sans attendre que l'une des deux dames fût requise comme interprète.

– J'avais ordre de lier connaissance très vite avec l'un des palefreniers ou des cochers du cardinal pour m'entendre avec lui, mais je connaissais déjà celui-là. L'idée de gagner un peu d'or lui a plu tout de suite. D'autant que c'était sans danger... Il suffisait de faire un crochet, puis de revenir dans l'escorte. A la tombée du jour, personne n'y verrait grand-chose...

– Cesse de te moquer de nous, l'ami, intervint Mortimer. Le légat n'aurait-il pas trouvé étrange qu'en arrivant à l'étape de Loches, le chariot des dames soit vide ?

Il avait tiré son épée et en appuyait la pointe sur la gorge de Pompeo qui, de mauvaise grâce, mais parce qu'il venait de lire sa mort dans les yeux de ce géant, finit par répondre :

– C'était facile. Je devais dire que les dames, ayant rencontré des amis à Cormery, avaient décidé de ne pas partir. Je devais donner de grands remerciements et...

– Et garder le contenu de la voiture ? Ou ton maître est complice de ce mauvais coup ou c'est un imbécile. Ce que j'ai peine à croire...

– Je jure qu'il ne sait rien, fit l'autre sombrement. C'est un homme de Dieu, un vrai prince de l'Église...

– C'est ce qu'il faudrait éclaircir, messire Tristan, reprit l'Écossais en retirant son épée et en faisant signe d'écarter le prisonnier. Le cardinal est à Loches à cette heure. Vous devriez aller lui poser quelques questions...

– C'est mon intention. Je suppose que vous ramenez ces dames chez elles ?

– Si elles s'en sentent le courage. Autrement, elles pourraient demander l'asile d'une nuit à l'abbaye de Cormery. Le roi y fait assez grandes largesses pour que ses serviteurs et ses amis soient reçus convenablement.

– Je crois, dit Fiora, que nous choisirons Cormery. Ma chère Léonarde n'en peut plus, et j'avoue que j'apprécierais de prendre un peu de repos.

S'avançant jusqu'au flanc du cheval du grand prévôt, elle lui tendit une main qui tremblait encore un peu :

– Grand merci à vous, messire! J'ignore encore par quel miracle vous avez pu nous sauver, mais soyez sûr que je ne l'oublierai jamais et que je dirai au roi...

– Vous ne direz rien, Madame!

D'un mouvement d'une rapidité et d'une souplesse inattendues chez un homme de cet âge, Tristan l'Hermite avait mis pied à terre pour pouvoir saluer la jeune femme :

– Comment? dit Fiora.

– Si j'ai acquis quelques droits à votre reconnaissance, Madame, je vous demande en grâce, pour vous plus encore que pour nous, de ne rien dire à notre sire de ce qui s'est passé ce soir.

– Mais... pourquoi?

Mortimer intervint :

– Il a raison, toute vérité n'est pas bonne à dire. Si celui auquel nous pensons tous deux est bien à l'origine de cette machination, nous ne serons pas entendus, le roi refusera de nous croire...

– Oui, coupa Tristan l'Hermite, il nous faudrait des preuves...

– Des preuves? émit Fiora qui s'étrangla presque. Mais en manque-t-il autour de cette clairière? Il y a ces deux hommes! Il y a ce que vous dira peut-être le cardinal. Il y a ma parole, enfin, et celle de dame Léonarde?

– Vous avez eu raison de mentionner cela en dernier, fit Mortimer mi-figue mi-raisin. C'est ce qui comptera le moins. Les femmes sont, pour le roi Louis, d'incurables bavardes douées d'une imagination diabolique... et le personnage est de ses familiers.

– Vous pensez que c'est... commença Fiora qui venait d'avoir une idée. Mais le grand prévôt lui imposa silence :

– Pas de noms, Madame! Laissez-moi mener cette affaire à ma guise et recevez mes salutations. Voulez-vous un de mes hommes pour vous conduire?

– Inutile! dit Mortimer. Je m'en charge... et vous remercie de m'avoir cru, messire le grand prévôt! Et aussi de m'avoir aidé.

L'ombre d'un sourire détendit fugitivement le visage sévère de Tristan l'Hermite.

– Je n'ai fait qu'accomplir les devoirs de ma charge, jeune homme, mais j'avoue être sensible à l'amitié. Jadis... il y a longtemps, je me suis dévoué, comme vous, au service d'une dame... très belle!

– Vous, messire? une dame? souffla Mortimer sincèrement étonné.

– Cela vous surprend, n'est-ce pas? Le grand justicier, le maître des geôliers, des gens de police, des bourreaux? Elle s'appelait Catherine de... mais rassurez-vous! Ce n'était pas moi qu'elle aimait. Partez à présent! Je vous reverrai au Plessis!

Douglas Mortimer aida Léonarde et Fiora à reprendre place dans la voiture puis, après avoir attaché son cheval à l'arrière, il sauta sur le siège du cocher. Tandis qu'il faisait tourner le lourd chariot pour reprendre le chemin déjà parcouru, Fiora jeta un dernier regard à la sinistre clairière où la fosse encore ouverte gardait la trace de l'horreur qu'elle et Léonarde venaient d'y vivre. Deux soldats étaient en train de la refermer. Au milieu du double cercle des torches et des armures, Tristan l'Hermite, à nouveau en selle, les regardait faire, aussi immobile qu'une statue équestre. Devant les sabots de son cheval, Pompeo et l'autre bandit tremblaient et pleuraient, mais elle n'éprouva aucune pitié. Son esprit et son cœur n'étaient que glace. Elle ne ressentait même pas de peur rétrospective. Tout ce qui surnageait dans son esprit, c'était une immense déception. Le rêve caressé depuis trois jours, cet espoir de retrouver Philippe, même malade, même inconscient, et de le ramener auprès de son fils venait de s'achever dans une sinistre dérision. On s'était joué d'elle et, à présent, elle retournait vers son manoir, l'âme pleine d'amertume et les mains vides...

– Suis-je vraiment pauvre d'esprit au point que l'on puisse me berner si facilement? murmura-t-elle sans se rendre compte qu'elle venait de penser tout haut.

– Bien sûr que non, répondit Léonarde dont la main vint chercher sa main, mais tout ce qui s'adresse à votre cœur est sûr d'atteindre son but. Et vous souhaitez tellement retrouver messire Philippe !

– Me le reprocheriez-vous ?

– Moi ? A Dieu ne plaise ! Vous savez bien que mon plus cher désir est de vous voir enfin heureuse. Mais je n'arrive pas à comprendre comment cet homme a pu savoir que votre époux s'est évadé de Lyon.

– Cet homme ? Vous voulez dire le cardinal ?

– Oui, hélas ! soupira la vieille demoiselle. Je n'arrive pas à démêler la part qu'il a prise dans ce piège infâme.

– D'après ses complices, il n'y est pour rien, ou presque rien. Encore que ce soit difficile à croire...

– De toute façon, nous ne possédons aucune réponse valable à cette question, comme à quelques autres, d'ailleurs. Le jeune Mortimer pourra peut-être nous donner le mot de certaines et il se peut que ce Tristan l'Hermite réussisse à confesser Mgr della Rovere ?

– Vous le croyez ?

– La chose paraît possible, car c'est un homme terrible. En outre, à Loches, il doit disposer de tous les moyens désirables pour l'obliger à parler.

– Vous perdez la tête, Léonarde ? souffla Fiora abasourdie. Vous n'imaginez tout de même pas qu'il pourrait menacer un prince de l'Église de prison, ou même de...

Léonarde s'épanouit en un large sourire :

– De la torture ? Pourquoi pas ? Les relations entre le roi et le pape, déjà mauvaises, n'y perdraient pas grand-chose. Et si vous voulez m'en croire, ajouta-t-elle avec un soupir plein de contentement, je le soupçonne d'en être tout à fait capable.

– Et... cela vous ferait plaisir ?

– Vous n'imaginez pas à quel point.

Ce qui n'empêcha pas la vieille demoiselle, une fois installée dans la chambre que le frère hôtelier offrit aux voyageurs dans la maison des hôtes de Cormery, de se mettre à genoux au pied de son étroite couchette et de s'abîmer en une longue et profonde oraison. Dans la simplicité de son cœur, elle admettait que des brebis galeuses pussent s'être glissées dans le saint troupeau de l'Église, mais Dieu ne pouvait, en toute justice, être tenu pour responsable des crimes de ses serviteurs.

Seule consolation dans cette triste aventure : le retour au manoir fut salué par un enthousiasme qui réchauffa le cœur de Fiora, puis par une vive indignation lorsque l'on sut la vérité, ce qui réjouit celui de Léonarde. Pourtant cette vérité n'apparut dans toute son évidence que lorsque, le surlendemain du retour, Douglas Mortimer se présenta pour dîner à la Rabaudière.

Tout en nettoyant l'un après l'autre plats et terrines en un lent, implacable et méthodique travail de mâchoires, l'Écossais raconta comment il avait pu se trouver à point nommé dans la forêt de Loches pour y soustraire ses amies à un sort tragique :

– Au soir du fameux souper, j'ai aperçu maître Olivier le Daim en conversation avec le cardinal, conversation qui aurait pu être innocente car notre homme donnait tous les signes d'une profonde piété. Il semblait demander au prélat sa protection pour acquérir des indulgences. Il s'inclinait, se signait, s'agitait en toutes sortes de mômeries. Voyez-vous ce que je veux dire ?

– Tout à fait ! dit Fiora.

– Seulement, moi, les conversations innocentes de maître Olivier je n'y crois pas et, après vous avoir ramenée chez vous, je me suis mis en quête de lui. Ce n'était pas très difficile, puisqu'il n'est jamais libre de ses actions avant le coucher du roi. J'ai même eu le temps d'endosser des vêtements noirs avant de me mettre à l'affût au-delà des murs d'enceinte. Je l'ai vu, alors, sortir par la poterne, monté sur une mule, et gagner Tours. Je l'ai suivi jusqu'à une taverne du bord de l'eau. Il fallait savoir que c'était lui car il portait un grand manteau, un bonnet enfoncé jusqu'aux sourcils et un masque mais, ce mauvais gibier, je suis capable de le flairer sous n'importe quel déguisement, fût-il sorti habillé en chanoine comme cela lui arrive de temps en temps. Cette fois, pas question de jouer les hommes d'Église, étant donné le but de sa promenade... Je boirais bien encore un peu de ce vin de Beaune, dame Péronnelle ! C'est étonnant comme parler donne soif.

Ladite soif étanchée, Mortimer reprit son récit :

– L'un suivant l'autre, je l'ai vu entrer dans une taverne, au bord du fleuve, où l'on trouve le plus bel assortiment de mauvais garçons de toute la ville, et y prendre langue avec ce Tordgoule sur lequel je ne vous apprendrai rien de plus... sinon qu'en effet, il n'avait pas l'air de savoir à qui il parlait.

– A quoi l'avez-vous vu ?

– A une certaine façon d'être. Le truand montrait une méfiance telle que le Daim a dû sortir de l'or pour le convaincre. Et c'est toujours dangereux de faire briller le métal jaune dans un tel endroit. Ils sont sortis ensemble et se sont si bien fondus dans la nuit que je n'ai pas pu les retrouver. Alors, je suis allé chez le grand prévôt pour lui dire ce que j'avais vu...

– En pleine nuit ?

– C'est un homme qui ne dort guère ! Je lui ai dit que je pensais parler au roi, il m'en a dissuadé. D'abord parce que je n'avais aucun grief sérieux à avancer. Ensuite à cause de cette confiance, quasi aveugle, que notre sire porte à son barbier. Celui-ci, bien sûr, allait quitter le Plessis avec lui et, comme on devait laisser au château une compagnie de la Garde, j'ai seulement demandé à rester moi aussi, sous le prétexte que je ne me sentais pas bien. Ce qui a beaucoup fait rire le roi...

– Rire ?

– A un point que vous n'imaginez pas. Il s'en étranglait presque.

– Et à quel sujet, cette grande gaieté ?

– Eh bien... euh... il pensait que mon mal n'était pas bien grave et que... vous en étiez à la fois la source et le... enfin... Quand il s'est arrêté de rire, il m'a dit : – Pâques-Dieu, Mortimer, vous venez de me faire faire du bien bon sang ! Mais n'y revenez pas ! Je ne serai pas longtemps absent et c'est pourquoi je veux bien vous laisser ici pour cette fois... Vous êtes à mon service, pas à celui des dames !

Rouge comme une écrevisse bien cuite, le pauvre garçon n'osait plus regarder Fiora en face et dut, pour reprendre ses esprits, avaler coup sur coup deux gobelets de vin qui, chose étrange, lui rendirent sa couleur normale...

– Quoi qu'il en soit, et puisque Tristan l'Hermite se chargeait de surveiller Tordgoule, je me suis attaché au cardinal. Lorsque j'ai vu qu'il vous envoyait une voiture, j'ai compris qu'il se passait quelque chose de bizarre. J'ai passé la nuit dans votre bois et, après votre départ, je suis venu interroger demoiselle Khatoun et dame Péronnelle.

Fiora bondit littéralement, et avec tant d'énergie qu'elle faillit renverser la table :

– En voilà des procédés ! Pourquoi, au lieu de vous cacher, n'êtes-vous pas venu me voir, moi ? Je vous aurais dit ce que je comptais faire !

– Je n'en doute pas un seul instant, mais m'auriez-vous écouté si je vous avais conseillé de ne pas partir ?

– Sûrement pas ! marmotta Léonarde qui n'avait pas dit trois paroles depuis le début du repas. Rien n'aurait pu l'arrêter... Pourquoi croyez-vous, ajouta-t-elle, que je me sois lancée, rhumatisante comme me voilà, sur les mauvais chemins du beau royaume de France ?

– Je vois, conclut Fiora en se rasseyant. La suite ?

– C'est simple. Je vous ai rattrapées à la sortie de Tours et je vous ai suivies de loin. Jamais voyage ne m'a tant ennuyé ! A-t-on idée d'aller aussi lentement ! Cela m'a rappelé...

Il s'interrompit pour jeter sur Léonarde un regard perplexe qui la fit rire :

– Allez donc jusqu'au bout de vos pensées ! Cela vous a

rappelé ce délicieux voyage que nous fîmes ensemble quand vous m'avez conduite à Nancy auprès du duc de Bourgogne !

– C'est un peu ça ! Pour en revenir à ce maudit jour, tout a failli manquer parce que le grand prévôt était en retard au rendez-vous que nous nous étions donné et que j'ai dû l'attendre.

– Et vous comptiez nous suivre longtemps ?

– Nous étions certains que ce ne serait pas nécessaire. Tordgoule n'aime pas s'éloigner de Tours où il vit à peu près tranquille, alors qu'à travers le royaume il a laissé certains souvenirs gênants. Il devait agir vite.

– N'était-il pas plus simple, reprit Léonarde, d'arrêter ces gens avant qu'ils ne s'en prennent à nous ?

– Le grand prévôt est un rude justicier, mais il lui faut au moins un début de preuve. Il voulait prendre les truands la main dans le sac, si j'ose dire. J'ajoute qu'il espérait que la torture lui permettrait de s'en prendre à Olivier le Daim qu'il déteste. L'Hermite rêve de pouvoir l'accuser ouvertement d'un forfait devant le roi, mais je ne sais si ce rêve se réalisera jamais. Sur le chevalet, Tordgoule n'a pu livrer aucun nom, pour l'excellente raison qu'il ignorait celui de son client. Il a été pendu sans rien nous apprendre. Quant au cocher Pompeo, le cardinal l'a fait abattre sous les yeux de messire Tristan.

– Comme c'est commode ! dit Fiora avec un petit rire. Il a pris le meilleur moyen de le faire taire à jamais ! J'aimerais bien savoir quelle explication il a pu fournir au grand prévôt...

– Aucune ! Un prince de l'Église ne s'abaisse pas à donner des explications à un homme de police. Par contre, il se peut qu'il en donne là-dedans.

Et, dégrafant le col de son pourpoint de velours bleu, Mortimer en tira une lettre frappée d'un grand sceau écarlate qu'il tendit à Fiora par-dessus la table.

– C'est pour moi ? demanda celle-ci.

– Bien sûr. Le cardinal l'a remise à messire Tristan

qui me l'a portée ce soir même. Cette missive doit être remplie de belles phrases larmoyantes et fleuries... Mais elles sont de la main même de Sa Grandeur.

Sans répondre, Fiora brisa le cachet et déplia la grande feuille craquante où s'étalait largement une haute écriture, à la fois élégante et vigoureuse. Le texte, à dire vrai, en était court. S'exprimant dans un toscan d'une grande pureté, Giuliano della Rovere y affirmait sa complète ignorance du traquenard infâme dans lequel, sans le vouloir, il avait entraîné Fiora et sa suivante. D'autre part, il n'avait pas menti en rapportant l'histoire du rescapé du Rhône, Fiora pouvait s'en assurer par une lettre au prieur de la chartreuse, en mentionnant son nom. Lui-même avait seulement rapproché ce fait de ce qu'il avait appris au Plessis concernant ce comte de Selongey dont on avait, naturellement, beaucoup parlé à Rome dans l'entourage du pape. Et il terminait en se disant prêt à aider autant qu'il le pourrait une jeune dame dont il avait pu apprécier le charme et la grande noblesse.

– Il n'a tout de même pas osé vous donner sa bénédiction, bougonna Léonarde qui s'était emparée de l'épître cardinalice quand Fiora l'avait laissée tomber de ses doigts sur la table, mais personne ne lui fit écho.

Mortimer cassait des amandes en regardant Fiora et Fiora ne regardait rien... Les yeux perdus dans la verdure du jardin que la fenêtre ouverte encadrait comme une précieuse tapisserie, elle oubliait son hôte et le lieu et le temps. Une seule pensée dans cette tête fine que la terre avait manqué ensevelir si peu de temps auparavant : l'histoire de l'homme ramassé parmi les roseaux par les moines pêcheurs de la chartreuse était vraie et, sans la haine active d'un barbier avide qu'elle n'avait fait qu'entrevoir, elle serait déjà loin sur la route de Provence...

Perdue dans son rêve, elle ne vit pas les yeux de Léonarde se remplir de larmes. Seul Mortimer s'en aperçut et, coiffant de sa grande main les doigts maigres de la vieille demoiselle, il les serra doucement sans rien dire, avec un sourire qui se voulait encourageant.

L'Écossais quitta la maison peu après. Fiora semblait se désintéresser de sa présence mais quand, au seuil, il la salua, elle lui sourit, d'un sourire si chaud qu'il dissipa le léger malaise qui l'avait gagné devant l'attitude de son hôtesse.

– Allez-vous rejoindre le roi, à présent ? demanda-t-elle.

– Non. Il sera là d'ici un mois. La mauvaise saison approche et je vais mener, au château, une paisible existence de garnison qui me permettra de vous voir souvent. Si vous souhaitez chasser, le roi n'y verra aucun inconvénient...

– Chasser ? Oh non ! Depuis que j'ai tué un homme de ma main [1], je ne supporte plus l'idée de donner la mort.

– Quelle hypocrisie ! fit Léonarde. Je ne vous ai jamais vue bouder les terrines de lièvre ou les bartavelles de Péronnelle. Il faut bien tuer le gibier pour cela !

– Sans doute, mais pas moi. Le sang me fait horreur. J'en ai trop vu...

Mortimer parti, Fiora félicita Péronnelle pour ce repas si réussi puis grimpa vivement dans sa chambre après avoir demandé à Léonarde d'aller lui chercher Florent.

– A cette heure ? protesta celle-ci. Qu'est-ce que vous lui voulez ?

– J'ai à lui parler. Soyez gentille : allez le chercher.

L'œil soupçonneux, Léonarde fila aussi vite que le lui permettaient ses jambes. Quand elle revint et pénétra, suivie du jeune homme, dans la chambre de Fiora, elle comprit qu'elle ne s'était pas trompée sur ses intentions. Sous l'œil de Khatoun qui, éberluéee, l'aidait d'une main molle, la jeune femme entassait quelques vêtements et des objets de première nécessité dans des sacoches de voyage. Sur une table, à côté de la cassette où elle gardait ses

1. Voir *Fiora et le Téméraire.*

bijoux et son argent, une bourse bien remplie montrait quelles dispositions Fiora venait de prendre.

– J'en étais sûre ! s'écria Léonarde indignée. Vous voulez repartir !

Fiora se tourna vers elle et l'enveloppa d'un regard si grave que la pauvre femme sentit qu'elle n'obtiendrait rien et que « son agneau » était fermement décidé.

– Oui. Je pars. Et cette fois à cheval, pour aller plus vite.

– Vous voulez rejoindre le cardinal ? Mais c'est de la folie ! N'avez-vous pas encore eu votre compte d'embuscades ?

– Je ne veux pas le rejoindre. J'ai l'intention de le rattraper, sans doute, mais aussi de le dépasser sans me montrer. Je ne lui fais qu'à moitié confiance...

– Et la bonne moitié c'est l'histoire de Villeneuve-Saint-André ? Mais pourquoi voulez-vous aller là-bas, puisqu'il vous suffit d'écrire ?

– L'abbé peut sans doute confirmer le récit du cardinal, mais il ne peut pas me décrire l'homme qui a perdu la mémoire. Il faut que j'y aille, comprenez-vous ? Florent m'accompagne, s'il y consent...

– Si j'y consens ? s'écria le jeune homme dont le visage s'illumina comme si le soleil venait de percer la nuit et de déverser sur lui ses rayons. Donnez vos ordres, donna Fiora ! Tout sera prêt à l'aube...

– Ils sont simples : deux chevaux solides et capables de couvrir de longues étapes.

– Vous ne voulez pas de monture pour les bagages ?

– Non. Nous ne devons pas nous encombrer, et je compte porter un vêtement d'homme. Allez dormir à présent. Nous partirons au lever du jour.

Fiora n'osait pas regarder Léonarde. Comme elle ne disait rien, elle crut que la vieille demoiselle s'abandonnait au chagrin, qu'il lui faudrait affronter des larmes, mais quand enfin elle la chercha des yeux pour lui offrir quelque consolation, Léonarde, bien loin de pleurer, lui jeta un regard furibond et quitta la chambre en claquant la porte. Le claquement d'une autre porte, presque immédiat, apprit à Fiora qu'elle venait de rentrer chez elle. Khatoun voulut s'élancer pour tenter de l'apaiser, mais Fiora la retint :

– Laisse-la bouder, ou même pleurer! Demain son humeur sera meilleure et, de toute façon, je suis trop fatiguée pour passer cette nuit à discuter. Finissons ceci et dormons!

Ainsi fut fait, mais quand, dans la lumière incertaine du petit matin, Fiora vêtue du costume de page rapporté de Nancy ouvrit la porte de la cuisine pour y prendre son repas, la première chose qu'elle vit fut une paire de longues jambes bottées qui reliait la pierre de l'âtre au banc jouxtant la grande table. Au-dessus de ces jambes, se dressait une tunique de cuir et, au-dessus de la tunique, la figure mécontente de Douglas Mortimer. Léonarde, debout à quelques pas et les bras croisés sur sa poitrine, attendait de voir l'effet produit. Florent, le nez dans un bol, ne soufflait mot, mais ses yeux disaient assez qu'il aurait volontiers étranglé l'Écossais. Néanmoins, les premières paroles de Fiora furent pour Léonarde :

– J'aurais dû m'en douter! fit-elle. Il a fallu que vous alliez le chercher?

– Parfaitement! Vous ne pensiez tout de même pas que j'allais vous laisser courir les chemins avec un gamin comme seule protection?

– Je ne suis plus un gamin! protesta Florent furieux. Et je suis très capable de défendre donna Fiora en toutes circonstances...

– J'en suis persuadée, Florent, dit la jeune femme. C'est pourquoi, cher Mortimer, je ne vous ai pas informé de ce projet lorsque l'idée m'en est venue. Léonarde a eu tort de vous prévenir, elle vous a dérangé pour rien. Je veux partir, et vous ne parviendrez pas à m'en empêcher.

Mortimer se leva, étirant son long corps qui parut monter jusqu'aux solives joyeusement agrémentées de jambons, de chapelets d'oignons et de bouquets d'herbes sèches :

– Qui parle de vous en empêcher ? grogna-t-il. Vous êtes aussi têtue qu'un âne rouge, je le sais de longue date. Simplement, je vais avec vous...

– C'est impossible ! Vous savez bien que vous ne pouvez pas partir sans la permission du roi. C'est pourquoi je ne vous ai rien dit hier.

L'Écossais se pencha pour regarder la jeune femme sous le nez et ses paupières rétrécies ne laissèrent plus filtrer qu'un mince éclair qui, pour être bleu, n'en paraissait pas plus rassurant :

– Merci de votre sollicitude, ma bonne dame, mais vous n'oubliez qu'une chose : c'est qu'en constatant que vous alliez filer sans tambours ni trompettes avec votre cardinal, j'étais bien décidé à vous suivre, même s'il avait fallu retourner à Rome...

– A Rome ? Il n'en a jamais été question et...

– ... et voulez-vous me dire ce qui aurait pu empêcher della Rovere, une fois rendu chez lui, de vous donner une escorte pour vous reconduire à son bon oncle ? Avez-vous oublié le château Saint-Ange ?

– Les choses ont changé...

– Je crois bien qu'elles ont changé ! A présent, Rome est en guerre avec Florence. Vous goûtez décidément le métier d'otage... Inutile de discuter davantage sinon, Dieu sait quand nous partirons. Avalez quelque chose, et en route !

– Moi, je suis prêt ! s'écria Florent en sautant sur ses pieds avec un regard de défi à l'adresse de l'Écossais. Celui-ci poussa un soupir excédé et, appuyant sur l'épaule du garçon un index musclé, le fit rasseoir sur son banc :

– Toi, tu restes ici !

– Il n'en est pas question ! protesta Fiora. Je lui ai demandé hier soir de m'accompagner.

– Eh bien, demandez-lui à présent de garder la maison,

fit Mortimer sans se démonter. Vous avez l'intention d'aller vite, me semble-t-il ?

– Bien sûr, mais...

– Mais je n'ai pas l'impression que ce garçon possède l'étoffe d'un centaure. Combien de temps peux-tu soutenir le grand galop, garçon ?

– Pendant quelque temps, tout de même. Quand je suis venu de Paris, j'ai bien marché...

– Venir de Paris représente une soixantaine de lieues. Nous devons en abattre près de deux cents. Donna Fiora, je le sais, peut soutenir le train que je lui imposerai. Toi, j'en suis moins sûr et, s'il faut te remettre en selle quatre fois par jour ou t'abandonner moulu dans une auberge, tu ne nous seras pas d'un grand secours...

– Je vois ! fit Florent hargneux. Vous voulez la tuer ?

– Non, mais elle veut aller vite, elle ira vite. Et puis je lui serai plus utile, crois-moi, car personne ne connaît les chemins de France mieux que moi. Enfin, je suis sergent de la Garde écossaise...

– On le saura !

– Oui, mais ce que tu ne sais pas c'est que, si Avignon appartient au pape, Villeneuve-Saint-André, situé juste de l'autre côté d'un grand pont, est au roi de France depuis Philippe le Bel ! Je peux, au cas où le légat d'Avignon nous chercherait noise, requérir les troupes du fort.

Furieux et désolé, Florent allait s'élancer vers la porte pour se jeter dans la campagne et y remâcher son chagrin quand Mortimer le rattrapa et l'entraîna près des chevaux qui attendaient tout harnachés :

– Écoute ! Il faut que tu restes ici ! Olivier le Daim a tellement envie de cette maison qu'il peut s'en prendre à l'enfant. J'ai besoin de quelqu'un qui veille sur lui...

– Il y a Étienne ! Il n'est pas manchot !

– Non, mais il ne court sûrement pas aussi vite que toi. En cas d'agitation suspecte, il faudra quelqu'un pour galoper au Plessis. Tu iras voir Archie Ayrlie ! Il sait qui tu es, tu peux aller faire sa connaissance tout à l'heure. Il te prêtera main-forte sans hésiter. Deux hommes, d'ailleurs, surveilleront le manoir sans en avoir l'air...

– Pourquoi ne l'avez-vous pas dit tout à l'heure ?

– Devant donna Fiora ? Pour l'affoler ? Il ne se passera peut-être rien, mais moi je serai plus tranquille. As-tu compris ?

Florent fit signe que oui et prit son cheval par la bride pour le conduire à l'écurie. A nouveau, Mortimer l'arrêta :

– Monte là-dessus et va voir Archie. Pour charmer tes loisirs, il t'apprendra à monter... comme un Écossais. Comme je ne serai pas toujours là et donna Fiora étant ce qu'elle est, cela pourrait se révéler utile par la suite !

Cette fois, Florent se mit à rire et, se hissant sur le cheval, il prit au petit trot le chemin du château royal. Mortimer, les poings sur les hanches, le regardait s'éloigner quand Fiora le rejoignit.

– Où va-t-il ? demanda-t-elle.

– Apprendre à monter à cheval ! Ce ne sera pas du luxe. Regardez-moi ça ! Un vrai sac de farine !

En dépit de ce que Mortimer avait affirmé à Florent, jamais Fiora n'avait voyagé à pareille allure sur une aussi longue distance et, plus d'une fois, il lui fallut serrer les dents pour ne pas s'avouer vaincue et demander grâce. Quand il croyait déceler sur le visage de la jeune femme une certaine lassitude, Mortimer utilisait une façon bien à lui de ressusciter son courage :

– Ce que les chevaux qui vous portent peuvent faire, vous pouvez bien le faire aussi ! déclarait-il, et Fiora, oubliant son séant douloureux, ses cuisses brûlantes et ses reins moulus, opinait du bonnet et continuait l'infernale chevauchée qui, d'ailleurs, n'ajoutait pas une ride au visage de l'Écossais.

Cet homme était bâti d'acier et, surtout, il connaissait comme personne les routes, chemins et sentiers de France. Grâce à cette connaissance, les voyageurs n'eurent pas à se cacher du cardinal della Rovere : tandis que celui-ci descendait à petite allure par Châteauroux, La Châtre, Montluçon et Varennes pour atteindre Roanne et Lyon au pas tranquille de son long cortège, les deux cavaliers, par Vierzon, Bourges et Moulins, atteignirent Varennes et Roanne avec une confortable avance sur le voluptueux prélat. Les journées étaient rudes, on abattait une grosse quinzaine de lieues entre le lever du soleil et le crépuscule. A l'étape, le même cérémonial se renouvelait : tandis que Fiora, éreintée, se traînait jusqu'à la chambre d'auberge qui lui était assignée, se lavait à grande eau puis se jetait dans son lit où son repas lui était apporté, Douglas commençait par soigner les chevaux, les bouchonnait, les étrillait, baignait dans du vin leurs jambes fatiguées puis leur faisait donner double ration d'avoine dont il surveillait la qualité avant de s'occuper de lui-même. Il avait choisi en personne, dans l'écurie royale, la monture de Fiora, la sienne étant au-dessus de tout éloge. Louis XI, en effet, était pour ses chevaux d'une extrême exigence et, alors qu'il était si peu soucieux de sa propre apparence, il n'achetait jamais que des bêtes de première qualité, dût-il les payer une fortune. Mais il y tenait, et Mortimer savait que le roi lui pardonnerait n'importe quoi, même un retard ressemblant presque à une désertion, pourvu qu'il lui ramenât ses chevaux en bon état. D'ailleurs, il les aimait trop lui-même pour qu'il en allât autrement.

Durant les onze jours que dura le voyage, lui et sa compagne n'échangèrent pas cent paroles. Chaque matin, Mortimer s'assurait que Fiora avait bien dormi, veillait à sa nourriture et, s'il lui demandait des nouvelles de sa santé, c'était pure courtoisie : sa façon de darder sur elle un œil inquisiteur rappelait étrangement sa manière d'examiner les chevaux et la jeune femme s'attendait toujours à ce qu'il lui fît ouvrir la bouche pour s'assurer qu'elle possédait le nombre de dents réglementaire. Puis il énonçait les noms des lieux que l'on traverserait avant la halte du soir.

Si Fiora souffrit mort et martyre durant les quatre premiers jours, elle réussit à s'endurcir suffisamment pour que la fin du trajet fût non seulement moins dure, mais presque agréable. Cette folle chevauchée à travers les campagnes dorées, roussies, rougies par le début d'automne, sous un ciel doux dont le bleu léger avait perdu la teinte blafarde des grandes chaleurs d'été, ne manquait pas de charme. Aucune pluie ne vint transformer les chemins en bourbiers et, sous les sabots des chevaux, la terre renvoyait un son mat presque musical. Enfin, quand on atteignit le pays des oliviers et des cyprès, quand l'air s'emplit des stridulations des cigales, un véritable sentiment de joie l'envahit, et le sourire qu'elle offrit à Mortimer rayonna de toute l'espérance qu'elle mettait dans ces terres roses ou ocre où le soleil régnait sans partage.

Onze jours après leur départ de la maison aux pervenches, ayant parcouru sans répit quelque cent soixante-dix lieues, les deux cavaliers virent se profiler de part et d'autre du large fleuve que le couchant incendiait deux cités : l'une superbe, dominée par un énorme palais à clochetons et le campanile roman d'une église; l'autre, presque aussi belle, mais d'aspect plus redoutable, avec le haut donjon et les remparts entourant la ville basse et la couronne de murailles crénelées qui, sur la colline, le mont Andaon, enfermait une bourgade et une abbaye. Un grand pont reliait les deux rives entre un châtelet du côté d'Avignon et le lourd donjon, la tour Philippe le Bel, dressée sur un rocher dénudé. Ce pont, enjambant des îles plates et chevelues, avait dû connaître des jours meilleurs car si, près de la ville papale, il montrait de belles arches de pierre aux arcs bien arrondis et supportant une petite chapelle, la partie centrale était constituée de gros madriers qui s'efforçaient de lutter contre le courant rapide. Vers Villeneuve, ne subsistaient que deux arches, et Fiora pensa qu'entre les papes et le roi de France, maître de Villeneuve, l'accord n'avait sans doute pas été parfait au cours des siècles. Mais villes et pont, murailles et clochers montraient une pierre blonde où se reflétaient les différentes couleurs du soleil, entre son aurore et son coucher. Un peu partout, des ifs cernaient le paysage, guerriers noirs sur le bleu profond du ciel et, dans les deux cités, des bouquets de mûriers, de vieux platanes et d'oliviers signalaient des places ou des jardins.

– C'est bien beau ! émit Fiora qui avait retenu son cheval pour mieux admirer.

– Oui, mais oubliez la poésie pour l'instant, sinon nous allons trouver portes closes. En avant, il nous reste à parcourir un petit quart de lieue...

A mesure que l'on avançait, le cœur de Fiora s'emplissait de joie, elle ne pouvait imaginer que si beau pays n'eût pas été créé pour la seule douceur de vivre. Depuis Orange dont les princes, comtes de Chalon, avaient choisi de se tourner vers la France après la mort du Téméraire, Douglas Mortimer avait opté pour la rive droite du Rhône afin d'éviter d'entrer dans Avignon proprement dit. En dépit de la fatigue harassante, la jeune femme oubliait ses souffrances pour s'émerveiller, de découverte en découverte, comme si elle venait d'entrer dans un autre monde. Ici c'était encore l'été et, tranchant sur les tons morts des rochers, les plaques de lavande, d'un si joli bleu-mauve, les petits massifs de romarin et de sauge embaumaient l'air du soir. Une paysanne aux bras dorés nantie d'un grand panier plat empli de figues croisa les cavaliers et les salua joyeusement, avec un accent inimitable. Elle s'arrêta pour en attendre une autre, qui portait sur la tête une corbeille de raisins muscat bourdonnant d'abeilles dont elle ne semblait pas s'inquiéter outre mesure. Un peu plus loin, c'étaient la tache pâle d'un petit bois de cèdres bleus, des rideaux de cyprès protégeant des vignes, des haies de roseaux séchés bruissant comme papiers froissés dans la brise du soir. Comme on approchait du but, Mortimer fit prendre à leurs montures un trot paisible. Peut-être aussi pour mieux admirer les dents blanches et les gorges brunies d'un groupe de lavandières qui remontaient du Rhône...

– Il y a longtemps que je n'étais venu, soupira-t-il soudain avec âme. C'est vrai que c'est un beau pays! L'endroit idéal pour se remettre après une longue épreuve, si vraiment votre époux a réussi à y aborder...

– S'il s'agit bien de lui, il ne l'a pas fait exprès. On m'a dit qu'il était sans connaissance dans la barque où les moines l'ont trouvé. Mais depuis Lyon le chemin est bien long, et ce fleuve bien rapide.

Le Rhône, en partie asséché par l'été, montrait la corde par de nombreux bancs de sable; cependant, au milieu, le flot demeurait vif, chargé d'alluvions, et il devait être difficile d'y naviguer.

– Ce n'est pas au moment où nous touchons au but qu'il faut vous décourager. Au-delà des tours qui gardent la porte, vous pouvez apercevoir l'église et les bâtiments du couvent des chartreux.

Une demi-heure plus tard, en effet, les voyageurs tenant leurs chevaux en bride remontaient la ruelle plantée de mûriers qui, de la porterie, menait aux bâtiments conventuels. Là se trouvaient les forges, les granges, les remises, les écuries, la basse-cour et l'entrée du jardin potager, tout cela enfermé dans les murs mais hors cloître, voyageurs et pèlerins pouvant y pénétrer. Une petite troupe d'errants de Dieu s'y reposait déjà, assise en rond sous un arbre où un frère convers leur distribuait du pain et de l'eau fraîche. C'était le premier accueil. Un peu plus tard, après l'office, on les conduirait dans la grande salle de l'hôtellerie où ils pourraient passer la nuit.

Fondée en 1356 par le pape Innocent VI, peu d'années après son élection au trône pontifical, la Maison de Notre-Dame du Val-de-Bénédiction, vouée à la règle sévère de saint Benoît, étendait au pied du mont Andaon et de sa couronne de remparts ses bâtiments multiples, ses cloîtres – elle en avait trois –, ses chapelles et les logements nécessaires pour environ cent trente personnes, sans oublier la quarantaine de petits jardins, que chaque moine se devait de travailler. Une grande bibliothèque, des dortoirs, des réfectoires, des caves, une boulangerie, des pressoirs, des ateliers, des moulins, des magasins à bois, un hôpital et même une prison, massés autour de la haute église gothique où reposait pour l'éternité le pape fondateur, composaient la plus vaste chartreuse de tout le royaume de France.

Dès l'arrivée, Mortimer demanda l'hospitalité pour son jeune compagnon et pour lui-même. Il se fit reconnaître comme officier au service du roi et, en même temps, réclama la faveur d'un entretien particulier avec le dom prieur, faveur qui ne lui eût peut-être pas été accordée, dans un délai assez bref tout au moins, s'il n'eût appartenu à l'entourage du souverain. A Fiora, un peu gênée de s'abriter sous un mensonge, Mortimer expliqua que cela simplifierait les choses, lui éviterait d'être parquée avec les pèlerines de passage et lui permettrait de franchir plus facilement la clôture, chose indispensable si le rescapé était installé dans les bâtiments conventuels proprement dits.

– Au lieu d'être Mme de Selongey vous serez le frère de messire Philippe... disons... le chevalier Antoine ?

– Vous avez une belle imagination, mais n'allons-nous pas commettre une faute grave ? Si le roi apprenait...

– Il ne le supporterait sûrement pas, dévot comme il l'est, mais voulez-vous me dire comment il pourrait apprendre la brève visite de deux voyageurs dans un couvent de chartreux perdu au bout du royaume ?

– Et si c'est bien Philippe ? S'il me reconnaît ?

– Nous n'aurons plus qu'à nous confesser et à demander humblement pardon. Le seul risque serait que l'on nous imposât comme pénitence le pèlerinage de Compostelle...

En dépit de son extrême fatigue, Fiora, logée bien heureusement seule dans une chambrette de l'hôtellerie –

celle-ci était loin d'être remplie – ne réussit pas à trouver le sommeil. Le calme était profond, cependant, et la nuit qui entrait par l'étroite fenêtre paraissait faite de velours bleu sombre piqueté d'argent, mais l'esprit inquiet de Fiora lui interdisait de trouver le moindre repos. Elle resta des heures étendue, l'oreille au guet, épiant les menus bruits de la campagne et de la chartreuse, comptant les heures à mesure que lui parvenait l'écho lointain des offices nocturnes. La pensée que Philippe était peut-être là, à quelques pas d'elle, dans l'un de ces nombreux bâtiments silencieux, lui mettait la fièvre dans le sang et il lui semblait que cette nuit n'aurait pas de fin... Et puis, il faisait très chaud dans sa chambre. L'hôtellerie se trouvait près des cuisines et de la boulangerie dont les feux, même assoupis, pénétraient l'épaisseur des murs, et Fiora regrettait d'avoir accepté de passer la nuit dans ce couvent. Il eût été cent fois préférable de dormir à la belle étoile, sous un arbre ou à l'abri d'un rocher plutôt que dans cette boîte étouffante, mais elle avait espéré que le dom prieur les recevrait le soir même...

Quand Mortimer vint l'éveiller, elle venait de sombrer enfin dans un lourd sommeil et, en découvrant ses paupières gonflées et ses joues pâlies par la veille, il se montra fort mécontent.

– Ce n'est tout de même pas de ma faute si je n'ai pas réussi à dormir! riposta-t-elle avec mauvaise humeur.

– Aussi n'est-ce pas à vous que j'en ai, mais à moi. J'aurais dû vous laisser dans quelque auberge et, ici, il s'en trouve au moins une fort agréable, puis venir tout seul. Je vais demander qu'on vous apporte de l'eau fraîche pour que vous fassiez toilette, puis vous me rejoindrez dans la salle où vous vous restaurerez. Vous avez le temps! Le révérendissime abbé nous recevra après la messe.

Une heure plus tard, Fiora, lavée à grande eau, brossée, aucun cheveu ne dépassant de son chaperon, suivait en compagnie de l'Écossais le frère convers chargé de les conduire au logis du dom prieur qui ouvrait sur la petite place de l'église. Chemin faisant, elle ne pouvait s'empêcher de regarder autour d'elle, épiant chaque silhouette aperçue, mais aucune ne ressemblait à celle qu'elle attendait.

En mettant un genou en terre devant le dignitaire suprême de la chartreuse, elle retrouva l'impression pénible ressentie quand Mortimer avait décidé qu'elle garderait son déguisement. Le dom prieur n'était pas un homme imposant, mais, avec sa robe de bure blanche ceinte d'une corde, son crâne strictement tonsuré où les cheveux gris ne formaient plus qu'une étroite couronne évoquant l'auréole, son visage maigre et tanné qui semblait taillé dans un vieux bois d'olivier, il ressemblait à l'un de ces saints ou de ces prophètes dont les statues rigides peuplaient églises et chapelles. Surtout, jaillie de l'ombre des sourcils, la double flamme d'un regard bleu qui semblait la transpercer jusqu'à l'âme acheva de faire perdre contenance à la jeune femme.

Incapable d'articuler une parole, elle accepta le tabouret qu'on lui désignait et laissa Mortimer expliquer ce qui les amenait. Quand il eut fini, le dom prieur laissa le silence envahir la petite salle austère où il les recevait et le regard bleu revint se poser sur Fiora qui ne put s'empêcher de rougir. Une angoisse lui nouait la gorge et des pleurs montaient à ses yeux, car, telle qu'elle venait d'être racontée par l'Écossais, cette histoire de sauvetage et d'homme privé de mémoire lui semblait à présent absurde.

– Il s'agit sans doute d'une... légende, fit-elle d'une voix enrouée qui allait bien avec son personnage, d'une histoire comme aiment à en colporter... les bonnes gens ?

– Faites-vous si peu crédit à la parole de Monseigneur della Rovere, mon fils ? Il n'a dit que la vérité...

– La vérité ?

– Mais oui. L'an passé, aux vigiles de Noël, nos frères pêcheurs ont, en effet, amené ici un homme trouvé dans une barque venue s'échouer dans les roseaux. Cet homme, dévoré de fièvre, semblait parvenu au dernier degré de la résistance humaine... Nous avons réussi à le ramener à la vie après beaucoup d'efforts, mais quand il a repris connaissance, nous avons constaté que son esprit n'avait rien conservé du passé... Les épreuves subies avaient peut-être dépassé les limites de ses forces...

– Pardonnez-moi, Votre Révérence, fit Mortimer avec respect, ne parlait-il plus ?

– Si, mais très peu. Quelques paroles au plus et, quand nous l'avons interrogé, il n'a rien pu nous répondre...

– Est-ce que... est-ce que nous pourrions le voir ? pria timidement Fiora incapable d'y résister plus longtemps. Le regard bleu revint vers son visage et elle crut y lire une sorte de compassion.

– Non. C'est impossible.

– Il est... mort ?

– Non. Il est parti.

– Parti ? Mais quand ? Comment ?

La main de Mortimer se posa sur son bras et le serra pour inciter la jeune femme à plus de prudence, mais la voix du dom prieur, profonde et douce, ne marqua aucune impatience devant ce manquement aux convenances.

– Au mois de mai dernier, pour la fête des Rogations [1], les grandes prières publiques traditionnelles ont attiré dans cette ville plus de monde que de coutume. Au début du printemps, le fleuve avait inondé une partie de Villeneuve et des terres alentour et il s'agissait de demander à Dieu, plus instamment que jamais, de protéger les récoltes à venir. En même temps, de nombreux pèlerins en route pour la Galice ont franchi notre pont Saint-Bénézet et l'hôtellerie de cette maison, comme celle de nos frères bénédictins de Saint-André, dans la citadelle, se sont trouvées débordées. Cela a été comme une grande vague et, quand la vague s'est retirée, celui que, faute d'un autre

1. Rogations vient du latin *rogare* (demander). Cette fête se déroulait durant les trois jours précédant l'Ascension.

nom, nous appelions frère Innocent avait disparu avec elle... Nous ne savons pas ce qu'il est devenu.

– Parti !

Une telle douleur s'inscrivit sur le visage de Fiora que le prieur, se penchant vers elle, toucha sa main du bout de ses doigts.

– Ne laissez pas le chagrin vous envahir ! Après tout, rien ne dit que ce malheureux est celui que vous cherchez ?

– Votre Révérence consentirait-elle à nous le décrire ? demanda Mortimer pour venir au secours de son amie.

– Nous nous attachons peu à l'aspect physique des hommes, mon fils. Que puis-je vous dire ? Il était grand, le cheveu brun, et pouvait être âgé de trente-cinq ans. Nous pensions qu'il avait dû être soldat car son corps portait plusieurs cicatrices, à ce que l'on m'a dit. Mais je peux faire chercher le frère infirmier. Peut-être vous en dira-t-il davantage ?

Comme les autres frères convers, l'infirmier n'était pas tenu par la règle du silence qui était celle des chartreux, et il eût été capable à lui seul de parler autant que le couvent entier. En outre, il semblait avoir voué une sorte d'amitié à l'inconnu. Si la crainte respectueuse que lui inspirait le dom prieur ne l'avait retenu, il se fût lancé sur « le frère Innocent » dans des considérations sans fin auxquelles son accent chantant conférait une saveur inattendue, mais qui noyaient un peu le personnage. Pour lui, l'inconnu était un bon garçon auquel il reprochait surtout son mutisme, mais dont il était incapable de dire de quelle couleur étaient ses yeux.

– Il les tenait toujours à demi fermés, expliqua-t-il. Je crois que le soleil les avait brûlés quand il était dans la barque, car ils étaient tout rouges à son arrivée. Que puis-je vous dire encore ? Il ne parlait pas comme tout le monde et, pendant sa grosse fièvre, je ne comprenais pas grand-chose à ce qu'il marmottait...

– Sa Révérence vient de nous dire qu'il portait des traces de blessures ? fit l'Écossais.

– Des cicatrices ? Oh ça oui ! Il en avait partout ! J'en ai jamais tant vu ! Au point que je ne peux même pas vous dire où !

L'espoir, un instant revenu, diminua de nouveau dans le cœur de Fiora. Certes, Philippe avait été blessé plusieurs fois dans divers combats, mais pas au point d'être couvert de marques comme le prétendait ce brave petit moine qui, en vérité, semblait encore plus innocent que son protégé. Encouragé par le silence du dom prieur, il se lançait dans de nouvelles descriptions qui achevèrent d'accabler la jeune femme : l'homme était très pieux, plutôt timide, fort entendu aux travaux des champs. Il était aussi...

– Cela suffit, mon frère ! coupa le supérieur. Je crois que vos propos n'intéressent pas beaucoup nos hôtes. Une telle attitude ne ressemble guère, n'est-ce pas, à ce que vous cherchez ?

– C'est vrai, admit Fiora, traversée alors par une idée digne d'une fille de Florence où l'on rencontrait au moindre événement un peintre ou un sculpteur en train de dessiner d'un fusain rapide. Mais n'y a-t-il ici aucun moine capable d'esquisser, de mémoire bien sûr, un portrait ?

– Nos frères convers en sont incapables. Seul, peut-être, notre frère enlumineur, mais il n'a jamais rencontré notre hôte qui ne pouvait franchir la clôture.

Il ne restait plus à Fiora et à Mortimer qu'à remercier les religieux et faire leurs adieux. La jeune femme retenait avec peine ses larmes, tant était grand l'espoir qu'elle avait mis dans l'incident de l'homme à la barque. Comme si le fleuve redoutable qu'était le Rhône avait pu porter une barque fragile sur une si longue distance sans chavirer !

Ils allaient franchir la porte quand le petit frère infirmier, qui semblait très malheureux, leva un doigt timide pour demander la permission d'ajouter quelque chose :

– Quoi encore ? fit le dom prieur avec un peu d'agacement. Il me semble que vous avez déjà beaucoup parlé, mon frère...

L'interpellé devint très rouge et, baissant la tête, se dirigea vers la porte.

– Dites toujours! fit Mortimer compatissant. Puisqu'on vous le permet!

– Oh! Ça m'étonnerait que ça vous intéresse mais... cet homme-là devait aimer les fleurs. Pourtant, il ne voulait pas l'avouer.

– Pourquoi donc? Il n'y a pas de honte à aimer les fleurs?

– C'est ce que je pensais aussi, mais quand il a été guéri... enfin presque... il m'a dit que les fleurs ne lui rappelaient rien. Cependant, au plus fort de sa fièvre, il répétait toujours le même mot et il ressemblait à « fleur », mal prononcé bien sûr et avec son accent à lui. Ça donnait quelque chose comme « fieure... fioure... ».

Mortimer avait saisi l'infirmier par les épaules:

– Fiora?

Il y eut un court silence, chacun des participants de la scène retenant d'instinct leur souffle. Et soudain, le petit moine sourit:

– Oui... oui, je crois que c'était ça! Maintenant que vous me le dites, je crois que c'était « fiora ». Ça veut dire quoi? C'est un nom de fleur, n'est-ce pas?

– C'est surtout le nom de sa femme. Merci, mon frère! Vous nous avez rendu un immense service et nous vous sommes très reconnaissants.

Fiora était incapable d'articuler le moindre mot. Vaincue par la fatigue et l'émotion, elle sanglotait éperdument, la tête dans les mains, ayant tout oublié de ce qui l'entourait. C'est seulement quand elle sentit une main se poser sur son épaule qu'elle releva son visage défiguré par les larmes et rencontra le regard bleu qui l'avait tant impressionnée. Cette fois, il était plein de compassion:

– Dieu a déjà pris soin de lui. Il y veillera encore, j'en suis certain. Ne pleurez plus, ma fille!

– Vous saviez ?

– Disons que je vous ai devinée à l'instant où vous avez plié le genou devant moi. J'ajoute que je vous pardonne cette... mascarade. Elle vous était dictée par votre grand désir d'en savoir très vite un peu plus sur notre rescapé. Mais, bien sûr, il vous faut quitter cette maison à l'instant, avant qu'un autre que moi ne découvre votre supercherie. J'espère que vous retrouverez bientôt le comte de Selongey.

– Merci ! oh merci !

Se laissant glisser à terre, elle prit la main du moine pour la baiser, mais ne put que l'effleurer car il la lui retira doucement.

– Allez, à présent, et que Dieu vous ait en Sa sainte garde ! Je Le prierai de bénir votre quête comme je vous bénis...

Le geste courba Mortimer à côté de Fiora. Cependant, le dom prieur frappait dans ses mains pour rappeler le frère convers afin qu'il ramène ses visiteurs à l'hôtellerie. Avant de sortir, Fiora demanda :

– Je voudrais faire aumône à cette maison en remerciement des soins reçus. Votre Révérence accepterait-elle...

– Merci de votre intention, mais pas à moi. Donnez à notre hôpital afin d'adoucir les souffrances des pauvres malades.

Un moment plus tard, Mortimer et Fiora quittaient la chartreuse et se retrouvaient dans la grande rue qui traversait la ville sur toute sa longueur.

– Que faisons-nous à présent ? demanda l'Écossais. Vous ne voulez pas repartir tout de suite, j'imagine ?

– Non. J'ai besoin d'un peu de repos... et puis je crois qu'il nous faut parler, essayer d'imaginer ce que Philippe a fait en quittant cette ville...

– Pour le repos du corps et la clarté des idées, rien de tel qu'une bonne auberge ! Suivez-moi !

CHAPITRE VII

UNE SITUATION DIFFICILE...

Villeneuve-Saint-André n'était pas une ville comme les autres et Fiora put s'en convaincre en remontant, botte à botte avec Mortimer, la longue rue qu'elle n'avait fait qu'entrevoir la veille puisque la chartreuse était voisine des remparts. De magnifiques palais, tous entourés de jardins, la bordaient, certains en parfait état, d'autres menaçant ruine.

– Ce sont les « livrées » des anciens cardinaux de la cour pontificale qui occcupa Avignon jusqu'au début de ce siècle, expliqua Mortimer. Leurs maisons de campagne, en quelque sorte.

– « Livrées ». Quel drôle de nom ! A Florence, on dirait villas...

– Cela vient, fit l'Écossais qui décidément savait beaucoup de choses, de ce que chacune a été formée à l'origine de plusieurs maisons que leurs propriétaires ont été obligés de « livrer » aux princes du Sacré Collège. Contre argent sonnant bien sûr, mais le nom leur est resté.

Quelques-unes de ces demeures avaient la sévérité des palais romains, avec un petit quelque chose en plus. Il suffisait d'une fenêtre à colonnette, d'une longue « amande » de pierre sertie de vitraux colorés, d'un rosier grimpant obstiné à panser les plaies d'une façade lépreuse, d'un buisson de myrte, d'une vigne exubérante ou d'un acacia embaumé pour que tout ne soit qu'amabilité souriante. Des orangers, des citronniers débordaient des jardins, entretenus ou non, et les grandes armoiries de pierre qui dominaient chaque portail gardaient des traces des couleurs ou de l'or qui les enluminaient jadis. Enfin, coiffant tout ce qui n'était pas toit en terrasse enguirlandé de jasmin ou de petit lierre pâle, les tuiles romaines roses, rondes et presque charnues, posaient leur lisière tendre contre le bleu éclatant du ciel.

C'était jour de marché. Sur la petite place ombragée de platanes dont les larges feuilles, d'un vert changeant, apportaient leur fraîcheur, des paysannes en coiffes aériennes se tenaient assises, droites et fières comme des statues grecques au milieu de paniers plats où piaillaient des volailles et de corbeilles où, auprès de grosses olives juteuses, s'étaient déversées toutes les richesses de la campagne et des jardins. Groupés sous les arbres, de petits ânes débâtés attendaient placidement qu'il fût l'heure de rentrer au mas. Les voix joyeuses se renvoyaient des plaisanteries et, quelque part, une chanson voltigeait, soutenue par un air de flûte...

Prise d'une soudaine fringale, Fiora acheta un fromage de chèvre qu'on lui offrit sur une belle feuille de vigne et une grosse grappe de raisin doré qu'elle partagea généreusement avec Mortimer.

– Avez-vous peur qu'on ne vous nourrisse pas à l'auberge ? demanda-t-il en riant. Si la cuisine est restée ce qu'elle était lors de ma venue, vous n'aurez pourtant pas à vous plaindre...

– Je ne sais pas pourquoi, mais je meurs de faim. Au fait, qu'est-ce qu'un Écossais pouvait faire ici ?

– Oh, rien d'extraordinaire, fit Mortimer volontairement évasif. Une petite mission dont le roi m'avait chargé. Je suis resté un mois, mais cela n'a pas été le plus désagréable de ma vie.

Fiora ne chercha pas à en savoir davantage. Brusquement, par la magie de cette terre provençale qui, par bien des côtés, lui rappelait son pays florentin, l'épuisante course à la recherche d'une ombre venait de prendre la couleur aimable d'un loisir, d'un voyage de découverte où le temps s'oublie pour le plus grand plaisir des yeux et de l'odorat. Les heures cruelles s'étaient effacées devant une certitude : Philippe était vivant. Fiora, dès lors, pouvait s'accorder le droit de respirer un peu...

A l'abri de la collégiale Notre-Dame dont la tour carrée et les clochetons semblaient protéger la petite ville comme une poule ses poussins, l'auberge du *Grand Prieur* ouvrait sur la place du chapitre ses salles fraîches qui sentaient la verveine et les herbes aromatiques. Derrière, un jardin foisonnant de lauriers-roses, d'orangers, de myrtes, de cyprès, de pins, de rosiers, de jasmins et de bien d'autres plantes rejoignait celui d'un prieuré appartenant aux abbés de Saint-André. Là s'étalaient, sur la colline de Montaut, les vestiges de l'ancien palais du cardinal Pierre Bertrand, évêque d'Autun et fondateur, à Paris, du collège du même nom. Cet ensemble formait l'un de ces lieux privilégiés où la beauté de la nature rehausse le charme du travail des hommes et où toutes choses se joignent pour le contentement des yeux et la paix de l'âme.

Au temps où, dans son palais, le cardinal Bertrand se plaisait à recevoir les grands de ce monde, l'hôtellerie accueillait les seigneurs de leurs suites et portait secours aux cuisines parfois défaillantes des princes de l'Église ses voisins. D'autre part, ceux d'Avignon franchissaient volontiers le pont Saint-Bénézet pour goûter un moment de fraîcheur sous les ombrages du jardin, et surtout pour savourer les délicatesses d'une cuisine célèbre à vingt lieues à la ronde.

Le départ de la cour papale aurait pu porter un coup fatal au *Grand Prieur*, il n'en fut rien. Le temps des légats était venu, Avignon hérita de l'ère des pontifes une population cosmopolite qui en fit une grande place d'affaires où banques et maisons de commerce possédaient des comptoirs, alors même que Marseille n'en avait pas encore. En fait, Avignon demeurant le principal relais entre la mer et les grands marchés de Lyon et de Genève, Villeneuve, bien qu'appartenant au roi de France, continua à profiter d'une situation aussi exceptionnelle et le *Grand Prieur* ne perdit rien de sa renommée. Bien au contraire, car ses propriétaires, Maître Jacques et sa femme Françoise, possédaient au plus haut degré l'art difficile d'accueillir chacun, d'où qu'il vienne, de la façon qui lui conviendrait le mieux. Le sourire de Dame Françoise aurait désarmé une douairière et fait s'épanouir d'aise un anachorète avant qu'elle ne laisse à son époux le soin de le faire plonger jusqu'à la damnation finale au plus savoureux du péché de gourmandise.

Reprenant une partie de ce qui avait été la somptueuse livrée du cardinal Arnaud de Via, neveu du pape Jean XXII et bâtisseur de la collégiale voisine où il reposait, la maison n'était pas très grande, mais elle possédait tout le raffinement du palais d'à côté, l'austérité en moins, avec en plus, un certain art de vivre qui sentait bon le soleil de Provence. En y entrant, Fiora eut l'impression qu'une main invisible ôtait de ses épaules le poids de fatigue et d'angoisse qui les accablait depuis des semaines et, tandis que Mortimer, l'œil allumé par le souvenir de délices passées, s'arrêtait dans la cuisine, elle se laissa conduire dans une chambre dallée de grès rose, dont les murs blancs mettaient en valeur les meubles bien cirés et un grand bouquet multicolore disposé devant une petite statue de la Vierge. La claire chanson d'une fontaine entrait par la fenêtre ouverte sur le jardin...

Prenant juste le temps d'arracher ses bottes et d'ôter sa tunique de velours, Fiora s'étendit sur le lit drapé de bleu tendre qui fleurait bon la résine de pin et la lavande. Elle s'y endormit comme une masse.

Elle dormit ainsi une bonne partie de la journée et le soir tombait, bleu et mauve, quand elle rejoignit Mortimer dans la grande salle voûtée où s'élaboraient les mystères de la cuisine. Assis auprès de la vaste cheminée blanche où rôtissait un quartier de mouton, celui-ci buvait du vin blanc en dévorant un gros morceau de pain, fourré d'oignons, d'olives noires, de piment et d'anchois, qui visiblement dégoulinait d'huile. A l'autre bout de la table de chêne longue et étroite, maître Jacques battait des œufs sous une sorte de couronne barbare faite d'un cercle de futaille auquel étaient pendus des grappes de raisin de l'année précédente, des saucisses presque aussi sèches et de gros oignons violets.

– Eh bien, demanda-t-elle en s'asseyant près de lui, avez-vous appris quelque chose ?

– Rien du tout ! Je pense que messire Philippe a dû partir avec les pèlerins et, dans ce cas, comment le distinguer des autres ? Pendant que vous dormiez, je me suis promené dans la ville, je suis allé aussi bavarder avec les soldats du donjon et j'ai posé des questions. Tous savaient bien sûr l'histoire de l'homme recueilli par les chartreux, mais, heureusement, aucun n'a imaginé qu'il pût être venu de Lyon. De toute façon, personne ne l'a vu et donc personne ne pouvait le reconnaître quand il est parti. Tenez goûtez donc ça !

– Non, merci. C'est dégoûtant !

– A cause de l'huile ? Mais c'est délicieux !

Il lui en coupa un morceau et le lui tendit à plat sur sa main. Ce que voyant, maître Jacques planta là ses œufs, prit une grande serviette blanche et vint, avec un sourire encourageant, la nouer au cou de la jeune femme.

– Cela vous paraîtra tout de suite meilleur ! fit-il.

C'était en effet un régal et Fiora, découvrant qu'une fois de plus elle était affamée, redemanda de ce « pan bagna ». Elle s'entendit répondre que l'heure du souper n'était plus éloignée et qu'il lui fallait garder un peu de faim. Pour se venger, elle avala un bon tiers du pichet de Mortimer, sans pour autant perdre de vue la pensée qui l'occupait.

– Qu'allons-nous faire à présent ? Avez-vous une idée ?

– Je pense que nous pouvons rester trois ou quatre

jours ici afin de battre un peu les environs. A moins qu'il n'ait eu l'intention d'aller jusqu'à Compostelle, notre ami a certainement faussé compagnie aux pèlerins. Peut-être quelqu'un l'a-t-il remarqué, ce qui nous donnerait au moins une direction où chercher.

Fiora devait s'avouer qu'elle ne connaissait pas assez Philippe pour deviner ses réactions et son état d'esprit au moment où il s'était enfui de la Chartreuse. Qu'il ait parlé d'elle dans son délire était réconfortant, mais la regrettait-il assez pour renier ses convictions, son intransigeante fidélité à la cause de Bourgogne, et pour venir enfin vers cette Touraine où elle avait exigé qu'il vînt la chercher ?

Voyant s'assombrir le visage de sa compagne, Mortimer posa sur son bras une main amicale :

– Essayez de ne pas trop vous tourmenter ! Accordez-vous un peu de repos ! Le principal est acquis, puisqu'il est vivant !

– En êtes-vous certain ? Que peut-il faire seul, sans armes, sans argent ? S'il veut quitter la France, il n'a aucun moyen de payer un passage sur un bateau et l'imaginer errant, seul et misérable, au long des chemins est une pensée cruelle...

– Ce n'est pas une faible femme. Ce que j'ai pu en apprendre me paraît rassurant : un homme de cette trempe ne se laisse pas mourir de misère au coin d'un bois. Je suis certain que vous le retrouverez un jour. Nous allons faire ce que je vous ai dit et, au retour, nous pourrons demander l'aide du roi. Il est assez puissant pour le retrouver n'importe où.

– A condition qu'il se laisse prendre. Devant n'importe quel soldat ou tout autre serviteur du roi, il fuira ou se battra. Comment pourrait-il penser que Louis XI ne lui veut aucun mal ?

– Nous verrons cela en temps voulu ! Pour l'instant, pensez donc un peu à vous !

La soirée fut charmante. Par extraordinaire, il y avait

peu de voyageurs ce soir et Maître Jacques vint bavarder un moment avec eux tandis que Dame Françoise essayait de venir à bout d'une dame espagnole qui prétendait réquisitionner toute l'hôtellerie pour son seul service, ne se montrait satisfaite de rien et discutait le moindre prix avec une âpreté de vieil usurier. Ses glapissements devaient s'entendre jusqu'au pont d'Avignon.

– Est-ce que vous ne devriez pas aider votre femme ? fit Mortimer en riant. Cette aimable jeune dame aux prises avec une pareille harpie !

– Elle s'en tirera certainement beaucoup mieux sans moi. Si je m'en mêlais, je jetterais cette mégère dehors sans autre forme de procès. Françoise a l'étoffe d'un vieux diplomate et, en ce moment, les temps sont un peu difficiles...

En effet, la guerre entre le pape et Florence se répercutait fâcheusement sur la vie à Avignon. La plupart des maisons de banque et celles des grands drapiers étaient des comptoirs florentins. Seul celui des Pazzi avait été invité à rester : les autres quittaient la ville pour éviter de plus graves ennuis, le cardinal della Rovere étant réputé avoir la main lourde. Les représentants des Médicis, eux, avaient été chassés sans plus de façon avec interdiction de remettre jamais les pieds dans la ville papale. Naturellement, leurs biens avaient été saisis et ils avaient eu juste le temps de franchir le pont pour échapper aux flèches des archers.

– Heureusement, dit Jacques, ils ont trouvé asile ici. Le gouverneur les loge dans l'une des livrées abandonnées pour y attendre la fin des combats.

– Comment croire, dit Fiora en levant la tête vers le ciel, que cette guerre stupide et criminelle se fasse sentir jusque dans ce doux pays ? Florence est loin, Rome plus encore et cependant...

La nuit méridionale, en effet, enveloppait le jardin où pins et cyprès essayaient vainement d'assombrir le ciel. L'air nocturne était d'une pureté de cristal et le ululement serein d'une chouette y prit une tonalité aimable. La dame espagnole ayant consenti à se taire, Maître Jacques souhaita la bonne nuit à ses clients et rejoignit sa femme en courant. Fiora et l'Écossais revinrent à pas lents vers l'hôtellerie et, tout naturellement, pour la guider dans le chemin obscur, Mortimer prit le bras de la jeune femme. Pour la première fois il osait ce geste, et elle ne l'arrêta pas. C'était bon de sentir auprès de soi cette force tranquille dont elle savait mieux que personne qu'elle pouvait se changer, contre un ennemi, en une sorte de fureur sacrée.

– Vous êtes bien ? demanda-t-il d'une voix changée.

– Très bien. La nuit est si belle ! Cela va être délicieux de faire halte ici un moment...

– Vous pourrez ainsi rendre visite à vos compatriotes, puisqu'il s'en trouve dans la ville.

– Je n'ai aucune envie de les rencontrer. J'ignorais même tout des comptoirs d'Avignon. En outre, je souhaite à présent oublier Florence pour me tourner vers la France. C'est là qu'est mon fils, c'est là qu'est mon époux, du moins je l'espère, c'est donc là qu'est ma vie...

– Elle ne souhaite rien de mieux que vous garder, murmura Mortimer.

Prenant la main de sa compagne, il y posa ses lèvres un court instant avant de courir s'enfermer dans sa chambre. Cette retraite ressemblait tellement à une fuite que Fiora se mit à rire silencieusement. Le rude sergent la Bourrasque deviendrait-il sentimental ? Les responsables en étaient sans doute le charme de cette maison, la beauté de cette nuit... et peut-être aussi la traîtrise de ce vin blanc de Châteauneuf que Maître Jacques leur avait fait boire.

Ayant dormi une partie de la journée, elle-même n'avait pas sommeil et elle resta un long moment accoudée à la balustrade de la galerie qui courait le long des chambres pour jouir un peu plus longtemps de cette nuit sorcière qui changeait les foudres de guerre en soupirants, et qui faisait monter vers elle tous les parfums de cette douce terre.

Mortimer, pour sa part, s'était endormi dans une euphorie totale. Il était heureux d'avoir pu revenir ici et, s'il était décidé à poursuivre quelques recherches, il n'anticipait pas moins joyeusement les heures qui allaient venir. Ces quelques jours au *Grand Prieur* auprès de donna Fiora seraient le plus joli cadeau que pouvait lui faire le Ciel...

Aussi fut-il douloureusement surpris quand, au matin, ladite Fiora, blanche jusqu'aux lèvres, vint le secouer pour lui dire de se préparer à partir. Elle devait rentrer à la Rabaudière sans perdre une minute et refusa de s'expliquer davantage. Que s'était-il passé ? Il lui fut impossible de le savoir et il n'osa même pas poser une autre question lorsqu'un moment plus tard, il aida la jeune femme à se mettre en selle. Son visage fermé, ses yeux durs et le pli résolu de sa bouche décourageaient même la simple conversation. Et le malheureux en vint à se demander si ce n'était pas son geste de la veille, peut-être un tout petit peu trop affectueux, qui avait déchaîné cette humeur noire.

Incapable de supporter une idée qui lui ôtait toute présence d'esprit, il profita de la halte du soir pour se jeter à l'eau :

– Pour l'amour du Ciel, donna Fiora, dites-moi si je suis coupable de quoi que ce soit envers vous ! Je ne voudrais pas que vous jugiez mal mon ... attitude d'hier...

En dépit de l'angoisse évidente qui la tenaillait, Fiora réussit à sourire :

– Ne vous tourmentez surtout pas, ami Mortimer ! Vous n'êtes absolument pour rien dans ma décision de rentrer au plus vite, et je vous demande pardon si j'ai pu vous faire croire un moment que vous m'aviez offensée. J'ai trop d'amitié envers vous pour laisser subsister entre nous le plus petit doute et c'est au nom de cette amitié que je vous demande de me ramener chez moi aussi vite que vous le pourrez.

– Nous avons mené grand train, en venant. Je crois difficile de faire plus à moins de tuer nos chevaux, ce à quoi je me refuse. D'ailleurs, nous ne serions pas plus avancés, car ceux que nous pourrions trouver ne les vaudraient pas.

Il n'ajouta pas que le roi ne lui pardonnerait pas de sacrifier deux membres éminents de sa précieuse écurie, mais Fiora savait à quoi s'en tenir. Ils durent cependant renoncer à l'étape prévue initialement à Valence car, en pénétrant dans la ville, ils la trouvèrent pavoisée et son clergé en liesse : le cardinal della Rovere faisait son entrée par le nord avec tout son monde et s'apprêtait à envahir l'endroit. Aussi, en dépit d'une fatigue certaine, les deux cavaliers choisirent-ils d'allonger d'une lieue leur chemin afin d'être certains d'éviter les mauvaises rencontres : en dépit de ses protestations d'innocence, Fiora ne parvenait pas à accorder une créance totale au neveu de Sixte IV. Elle préférait ne pas le rencontrer.

Heureusement pour les voyageurs, le temps demeura serein et ne leur opposa aucun obstacle. Aussi fut-ce dix jours après avoir quitté Villeneuve-Saint-André que Fiora aperçut les tours du Plessis et les ardoises bleues de sa maison par-dessus les frondaisons jaunies des arbres.

– Vous voilà chez vous, donna Fiora ! soupira Mortimer, désolé de voir s'achever si vite un voyage qu'il trouvait si plaisant.

– Grâce à vous, mon ami, et je ne vous remercierai jamais assez. J'espère seulement que vous n'aurez pas d'ennuis.

En effet, la bannière fleurdelisée flottant sur le château royal disait que Louis XI était rentré, lui aussi. Mortimer haussa les épaules avec philosophie.

– Certainement pas, car notre Sire savait pourquoi je restais. De toute façon, ce voyage valait bien quelques ennuis...

A peine Fiora eut-elle touché le seuil de sa demeure et

embrassé avec effusion ses habitants accourus à sa rencontre que, sous le prétexte de se débarrasser de la poussière dont elle était couverte, elle se précipita dans sa chambre et, ouvrant un grand coffre peint où elle rangeait divers vêtements, se mit à fourrager dedans avec fébrilité.

– Ah ça, mais que cherchez-vous avec cette hâte, mon agneau ? fit Léonarde qui naturellement l'avait suivie, escortée de Khatoun, le jeune Philippe dans ses bras.

– L'escarcelle de maroquin rouge que je portais en revenant de Florence. Ah ! la voilà !

Ses doigts nerveux palpaient le cuir fin et en tiraient une branchette d'olivier fanée et un petit flacon qu'elle déboucha pour en humer le contenu avant de le retourner avec un cri d'horreur : il était vide...

Soudain privée de ses forces, elle tomba assise sur ses talons, considérant avec désespoir le mince objet qu'elle laissa rouler sur le dallage :

– Que s'est-il passé ? balbutia-t-elle. Pourquoi n'y a-t-il plus rien dans cette fiole ?

– Mais enfin, qu'y avait-il dedans ? demanda Léonarde épouvantée par la pâleur de la jeune femme et ses yeux pleins de larmes.

– Un... remède que Démétrios m'a remis avant mon départ au cas où...

– Un remède ? C'était un remède ? fit la voix tremblante de Khatoun. Oh, mon Dieu ! Et moi qui ai cru que c'était du poison !

Éclatant en sanglots, la jeune Tartare raconta qu'en rangeant les vêtements de sa maîtresse, elle avait trouvé le flacon dont elle pensait que Fiora l'avait peut-être oublié. L'odeur lui ayant paru suspecte, elle en avait fait avaler quelques gouttes à un chat errant qu'elle avait recueilli. L'animal était mort peu après et, pensant que Fiora avait acquis ce liquide dans un jour sombre avec l'idée de garder auprès d'elle un moyen rapide de se donner la mort, elle avait répandu le contenu du flacon dans les latrines du manoir...

– Je ne pouvais pas supporter l'idée que tu puisses vouloir mourir, hoqueta-t-elle en serrant convulsivement contre elle l'enfant qui commença à hurler. Le chat est mort... tu comprends ?

N'ayant même plus la force de se mettre en colère, Fiora, prostrée, la regarda sans rien dire. D'ailleurs, à quoi bon se fâcher ? La pauvre Khatoun, si dévouée, n'avait agi que par affection... Mais Léonarde, elle, réagit. Enlevant le petit garçon des bras de Khatoun, elle le jeta presque dans ceux de Péronnelle qui accourait au bruit puis, refermant la porte, vint prendre Fiora sous les bras pour l'aider à se relever et à s'asseoir sur son lit :

– Je voudrais bien comprendre ! fit-elle sèchement. Qu'y avait-il donc dans ce maudit flacon pour que vous vous soyez jetée dessus sans même ôter vos bottes ?

Fiora leva sur elle un regard atone :

– Quelque chose que je devais prendre sans tarder au cas où je sentirais certains symptômes. Démétrios avait bien insisté sur le fait qu'il ne fallait surtout pas attendre...

– Mais des symptômes de quoi ?

– De grossesse. Je suis enceinte, Léonarde. Enceinte de Lorenzo ! Et Philippe peut arriver ici un jour ou l'autre !

– Vous êtes sûre ? souffla Léonarde épouvantée tandis que redoublaient les sanglots de Khatoun, à présent couchée de tout son long sur le tapis.

– Il n'y a malheureusement aucun doute. Cela doit dater de notre dernière... rencontre, en juillet. Il y a un peu plus de deux mois.

Elle raconta que, durant la nuit passée au *Grand Prieur*, elle s'était levée pour boire un peu d'eau. Une soudaine nausée l'avait rejetée sur son lit, le cœur chaviré avec au front une sueur glacée. Pensant qu'elle avait peut-être fait un peu trop honneur à la cuisine de maître Jacques, elle ne s'en était guère inquiétée et même, le malaise passé, s'était rendormie. Hélas, au petit jour la trop claire indisposition était revenue, l'obligeant à se remémorer les dates de son cycle dont, à vrai dire, elle s'était fort peu souciée ces derniers temps. La vérité lui était alors apparue avec une aveuglante clarté. D'où la hâte qui, à la grande surprise de Douglas Mortimer, l'avait jetée sur les chemins, en dépit de nausées matinales incessantes tout au long de la route. Son seul espoir résidait dans le flacon offert par Démétrios :

– Je ne sais pas s'il faut regretter tellement que Khatoun en ait jeté le contenu, bougonna Léonarde. Après tout, le chat est mort !

– Vous n'imaginez tout de même pas que Démétrios souhaitait m'empoisonner ? protesta Fiora. Il m'avait prévenue : je serais affreusement malade pendant deux jours, mais ensuite tout rentrerait dans l'ordre...

– C'est lui qui le dit ! Ce vieux sorcier a pu se tromper et je crois qu'il vaut mieux remercier Dieu. D'ailleurs, rien ne dit que les choses en question ne rentreront pas dans l'ordre d'elles-mêmes.

– Je ne vois pas comment ?

– Si j'en crois le peu de temps qu'a duré votre absence, vous venez de faire quatre cents lieues à cheval, et à vive allure. Si vous êtes encore enceinte, c'est que cet enfant est solidement installé. Attendons quelques jours !

Mais une semaine passa sans rien changer à l'état de Fiora. Elle avait mal au cœur tous les matins et mourait de faim le reste de la journée, au point que Léonarde dut la surveiller. Si elle grossissait trop vite, son état deviendrait apparent avant le temps fixé par la nature. Car, bien entendu, il n'était pas question pour la vieille demoiselle de recourir à d'autres manœuvres abortives et elle n'était pas loin de voir le doigt de Dieu dans le geste de Khatoun vidant le flacon. Puisque l'enfant avait résisté à la chevauchée fantastique de sa mère, il résisterait à n'importe quoi. Si l'on tentait de le déloger, on risquerait simplement de l'endommager, peut-être d'en faire un monstre... Ce qui serait tout à fait dommage pour un bébé possédant l'illustre sang des Médicis...

– Je suis bien sûre, ajouta Léonarde, que son père saura en prendre soin en temps voulu et lui assurer un avenir...

– Aussi n'est-ce pas l'avenir qui me préoccupe, mais le présent. Je ne pourrai pas cacher longtemps mon état, surtout à ceux d'ici. Et, pour en revenir à ce qui me tourmente : que se passerait-il si Philippe décidait enfin de revenir vers moi et me retrouvait pleine comme une jument gravide ! Il me tuerait peut-être, mais, à coup sûr, il s'enfuirait pour toujours.

La question méritait profonde réflexion. Il y avait seulement quelques mois à sauver car, pour l'accouchement, Léonarde avait déjà trouvé la solution : les chers Nardi, Agnelle et Agnolo, ne refuseraient certainement pas d'accueillir Fiora dans leur maison à ce moment critique, peut-être même accepteraient-ils, étant sans enfants, de garder celui qui viendrait.

– Nous leur dirons, à eux seuls, la vérité sur le père de cet enfant, mais, pour ici et surtout au cas où messire Philippe se montrerait, il faut trouver autre chose.

– Mais quoi ?

– Laissez-moi chercher. Il faudrait que ce soit un malheur plutôt qu'une honte...

Khatoun crut avoir trouvé la solution.

– Avec tout ce que tu as souffert en Italie, dit-elle à Fiora, c'est un miracle que tu n'aies pas été violée cent fois et...

– Voilà ! s'écria Léonarde triomphante. Durant ce tumulte à Florence, durant cette folie qui s'est emparée de la ville, tu as été séquestrée par un homme qui te convoitait et t'a obligée à le subir...

Fiora n'était pas d'accord :

– Comme si vous ne saviez pas à quelle allure marchent les langues ! J'ai été absente pendant près d'un an, mais je viens de repartir plus de trois semaines. Si l'on me sait enceinte, tout le monde croira que le père de mon enfant est Douglas Mortimer... N'oubliez pas que c'est en sa compagnie que je suis revenue d'Italie, et j'ai trop d'amitié pour lui laisser porter le poids de cette accusation. Philippe le défierait sur l'heure en combat à outrance... et sa mort ou celle de mon époux pèserait sur ma conscience.

– Alors, que proposez-vous ? fit Léonarde découragée.

– De repartir avant l'hiver, de gagner Paris sous le prétexte d'aller veiller à mes intérêts et de prendre là certaines décisions avec Agnolo Nardi. Une fois à Paris, je pourrais tomber malade. Les hivers y sont rudes...

– Et si messire Philippe arrive ?

– Eh bien... on lui dira où je suis et ce sera à la grâce de Dieu. Néanmoins, j'aimerais que quelqu'un vienne me prévenir très vite. Florent, par exemple, s'il a bien profité des leçons de son maître écossais...

– Oh, très bien, s'écria Khatoun visiblement éblouie, il monte comme un vrai chevalier. Mais est-ce que les gens d'ici ne vont pas trouver étrange ce nouveau voyage ? Pour une femme qui a été si longtemps éloignée de son foyer...

– Ils trouveraient encore plus étrange de voir ma taille s'arrondir. Je reste ici un mois, puis j'irai à Paris. Quelqu'un a-t-il quelque chose à ajouter ?

– Rien du tout, fit Léonarde. Sinon que tout cela me paraît assez bien combiné... sauf peut-être une petite chose :

– Laquelle ?

– J'irai avec vous. Pas question de vous laisser accoucher seule ! Et puis, il me semble que vous aurez plus que jamais besoin d'un porte-respect. Dans ce rôle, je suis imbattable !

– Et moi ? fit Khatoun avec une tristesse qui irrita Fiora. Est-ce que je vais rester ici ?

– Je croyais que mon petit Philippe suffisait à emplir ton temps ? Ne veux-tu plus t'occuper de lui ? fit Fiora avec une certaine rudesse. Je ne peux pas emmener tout le monde pour assister à ce qui va se passer en avril. Et il est normal que Léonarde m'accompagne.

Comme au temps où elle était esclave, Khatoun vint s'agenouiller devant elle et se prosterna sur ses pieds :

– Pardonne-moi ! J'ai commis une faute grave qui te met dans l'embarras et je n'ai aucun droit de réclamer ton indulgence. Mais tu sais à quel point je te suis attachée...

– Je sais, dit Fiora plus doucement en la relevant, mais comprends qu'il m'est impossible d'emmener une demi-douzaine de personnes chez les Nardi. Officiellement, je pars pour affaires et, dans ce cas-là, on ne se déplace pas avec toute sa maison. Si tu ne veux plus veiller sur mon fils, je rappellerai Marcelline... mais tu ne me seras vraiment d'aucun secours.

Khatoun leva sur elle ses yeux emplis de larmes :

– Tu as raison, bien sûr. Pourtant, je voudrais tellement connaître le bébé qui va naître !

– Et voilà ! fit Léonarde. Sa passion des bébés risque de nous causer les plus graves ennuis ! Ne peux-tu, espèce de folle, te contenter de Philippe ?

– C'est que, soupira la jeune Tartare, c'est déjà un petit homme et il n'est pas facile à garder. Tandis qu'un tout-petit...

Fiora prit Khatoun par les épaules et l'obligea à la regarder au fond des yeux.

– Mets-toi bien cela dans la tête ! Il ne saurait être question d'un autre enfant, sinon il est inutile que je parte ! Tu dois l'oublier, n'y plus penser ! Tu comprends ? Si tout se passe comme je l'espère, tu ne le verras jamais.

– Jamais ?

– Non. Car il me faudra choisir entre lui et mon époux et je ne renoncerai jamais à Philippe. Alors, si tu es incapable de remplir le rôle que je te destine, dis-le-moi tout de suite !

– Que feras-tu ? larmoya Khatoun.

– Je te renverrai à ser Démétrios. Tu retourneras à la villa de Fiesole et Péronnelle prendra soin de mon fils. D'ailleurs, ce serait peut-être la meilleure solution. Tu es libre à présent, libre de te marier et d'avoir des enfants à toi. Veux-tu retourner à Florence ?

Quelque chose qui ressemblait à de l'épouvante passa dans les yeux noirs de la jeune Tartare.

– Non ! Non ! Je ne veux pas te quitter ! Je resterai ici, sois sans crainte. Mais, par pitié, ne reste pas trop longtemps absente !

– Ce ne sera jamais qu'une enfant ! soupira Léonarde un moment plus tard. La vie l'a gâtée sans la préparer à l'adversité...

– N'exagérons rien ! Elle a vécu des moments difficiles.

– Mais passagers ! La chance l'accompagne depuis sa naissance sans qu'elle s'en rende compte. Seize ans au palais Beltrami puis, de là, presque directement dans les bras d'un époux qu'elle aimait. A sa mort, elle est vendue, je te l'accorde, mais à qui ? A une grande dame qui lui restitue à peu de choses près l'existence qu'elle menait chez nous, après quoi elle vous retrouve et revient ici avec vous. Ici, où Péronnelle la gâte et la dorlote comme sa propre fille et où elle mène une vie familiale. Vous avez entendu ? Notre Philippe dont d'après vous elle rêvait lui paraît un peu difficile à présent, elle veut un nouveau bébé. Les tout-petits et les chatons, voilà ce qui lui convient ! Elle est capable de perdre la tête à propos de cet enfant à venir et de jeter par terre tout notre édifice.

– Alors, que proposez-vous ? Je ne vais tout de même pas la tuer ?

– Bien sûr que non, mais, si vous en êtes d'accord, je compte lui inspirer une terreur suffisante pour retenir sa langue et je vous conseille de dire comme moi.

– Si elle dit un seul mot, elle repart pour Florence, je le lui ai déjà dit.

– Mais vous ne perdrez rien à le répéter. Il faut qu'elle soit persuadée que si elle parle, elle sera chassée. Deux ou trois garçons tournent déjà autour d'elle ici, et cela ne lui déplaît pas. Que l'un d'entre eux la séduise, et Dieu sait ce qu'elle pourrait raconter sur l'oreiller ! Elle a plus de tempérament que vous ne l'imaginez.

Fiora se garda bien de révéler ce qu'elle savait à ce

sujet. Elle revoyait Khatoun, chez la Pippa[1], à genoux sur le dallage et se tordant sous les caresses de la maquerelle, Khatoun qui, la nuit suivante, avait suivi l'homme auquel on l'avait menée parce qu'il avait su lui faire l'amour. Tout cela n'était guère rassurant, mais que faire ?

– Rien, conclut Léonarde, sinon ordonner à Étienne et à Florent de la surveiller de près. Ce qu'elle sait est trop lourd de conséquences pour le laisser à la merci d'une nuit d'amour.

Fiora ne répondit pas. Elle aimait bien Khatoun et lui faisait entière confiance, une confiance qu'elle n'avait jamais eu à regretter, au contraire. Mais Léonarde la connaissait presque aussi bien et, en outre, elle possédait une grande sagesse née de l'expérience et savait que tout être humain a ses limites.

Pourtant, Léonarde ignorait tout de ce qui se passait, la nuit, dans la maison aux pervenches. Après avoir mis au lit le petit Philippe, Khatoun refusa d'aller souper, alléguant qu'elle se sentait le cœur barbouillé. Sans se coucher, elle resta sur son lit, à verser d'abondantes larmes jusqu'à ce qu'il n'y eût plus, dans la maison, le moindre bruit... Alors elle se leva, ôta sa robe, ne gardant que sa chemise et, sans rallumer sa chandelle, sortit de sa chambre. A l'instar des chats, elle pouvait se diriger la nuit sans lumière.

Montant l'escalier sur ses pieds nus, elle gagna le second étage et la chambre mansardée où couchait Florent. Une lueur jaune filtrait sous la porte, mais, en ouvrant celle-ci, Khatoun vit que le jeune homme s'était endormi en lisant un livre qui était retombé sur son nez. Elle s'approcha doucement, ôta le livre avec d'infinies précautions, puis se libéra de sa chemise et resta là un instant à contempler le dormeur. L'air heureux, il souriait à un rêve, ce qui fit prendre conscience à Khatoun de sa propre désolation.

1. Voir *Fiora et le Magnifique*.

Éclatant en nouveaux sanglots, elle rejeta les couvertures d'un geste rageur et se jeta contre le corps nu du garçon qu'elle enlaça de ses bras et de ses jambes tout en couvrant de baisers frénétiques son cou et son menton. Réveillé en sursaut par cet assaut, Florent regarda avec stupeur son assaillante en essayant, mollement il est vrai, de se libérer :

– Pourquoi ne m'as-tu pas dit que tu viendrais cette nuit ? Je ne t'attendais pas...

– Tais-toi ! Tais-toi je t'en prie et fais-moi l'amour ! J'en ai besoin. Caresse-moi ! Prends-moi !

A l'humidité de ses joues et de ses lèvres, il comprit qu'elle pleurait :

– Qu'est-ce qui te chagrine ? pourquoi ces larmes ?

– Elle va... elle va partir encore ! Elle va me quitter une nouvelle fois...

– Qui donc ?

– Qui veux-tu que ce soit ?... Fiora, ma maîtresse bien-aimée. Elle veut me laisser, alors qu'elle m'avait promis qu'on ne se séparerait plus ! C'est cette affreuse Léonarde qu'elle va emmener...

– Où donc ? Où veut-elle aller alors que la mauvaise saison arrive ?

– A Paris, chez des gens que je ne connais pas... Et pour un assez long séjour.

– Moi, je les connais, ce sont ses meilleurs amis. En outre, Agnolo Nardi gère sa fortune. Mais qu'est-ce qu'elle veut y faire ?

Une lueur de crainte brilla dans le regard affolé de la jeune femme, la retenant au bord de l'ultime confidence dont elle savait qu'elle pourrait la payer cher.

– Je ne peux pas te le dire car j'en mourrais peut-être, mais fais-moi l'amour, je t'en supplie. Il faut que quelqu'un s'occupe de moi et me donne un peu de joie, puisque ma belle Fiora ne veut plus de son esclave...

– Où vas-tu chercher tout ça ? s'indigna Florent. Ce n'est pas parce que donna Fiora veut aller à Paris qu'elle va se séparer de toi pour toujours ? Tu vas rester ici à t'occuper de notre petit diable, et après ? Tu n'y es pas si malheureuse ?

Et Florent entreprit de prouver à Khatoun que, pour lui au moins, elle avait beaucoup d'importance. Un instant plus tard, elle ronronnait sous lui comme un chaton heureux et ses larmes séchaient sous les baisers du garçon. La petite chambre s'emplit de soupirs, auxquels ses murs étaient maintenant accoutumés.

En effet, trois jours après le départ de Fiora et de Mortimer, Florent, alors qu'il entassait soigneusement les balles de foin pour l'hiver dans la grange, avait vu Khatoun venir à lui. C'était l'une de ces belles journées d'automne toutes tièdes où le soleil tendre met des moiteurs à la peau et dispose à la langueur. En rangeant ses balles odorantes, le garçon – peut-être avait-il bu un peu trop de vin au déjeuner – pensait justement que ce serait bon de se rouler là-dedans avec une fille au corps frais.

Khatoun était vêtue d'une robe de toile bleue sur une gorgerette dont les rubans, un peu lâches, laissaient voir des ombres bien douces. Elle portait une cruche d'eau juste tirée du puits dont les gouttelettes scintillaient en tombant, une à une, sur la terre battue. Sans un mot, elle fit boire le jeune homme puis, posant sa cruche avec un demi-sourire et comme si c'eût été la chose du monde la plus naturelle, elle prit sa main et, le regardant au fond des yeux, elle guida cette main poussiéreuse sur l'un de ses petits seins ronds et durs où elle se referma d'instinct.

– Khatoun peut te rafraîchir d'une autre manière, murmura-t-elle. C'est tellement bon de faire l'amour par une telle chaleur ! Et le foin sent si bon !

Un instant plus tard, nus tous les deux, ils s'enfonçaient dans la moisson parfumée. La peau de la petite Tartare était douce et soyeuse comme un satin ivoirin et comme, astucieusement, elle avait emprunté un peu du parfum de sa maîtresse, l'ancien apprenti banquier eut, en fermant les yeux, l'impression de posséder cette trop belle Fiora dont il était si éperdument, si désespérément amoureux... Et cela lui parut délicieux.

Depuis, presque chaque nuit – à moins que le petit Philippe n'eût besoin de Khatoun –, les deux jeunes gens se rejoignaient dans la chambrette du garçon pour des jeux ardents auxquels ils prenaient un plaisir de plus en plus vif. Khatoun savait que Florent ne l'aimait pas vraiment, comme Florent savait qu'il n'était pas question d'amour chez sa maîtresse, mais l'amour, différent bien sûr, que tous deux portaient à Fiora les poussait à s'unir. Florent était jeune, bien bâti et naturellement ardent. Quant à Khatoun, l'amour était pour elle une question d'instinct comme pour beaucoup de filles d'Asie. Elle savait combler un homme tout en prenant sa part de plaisir car elle avait reçu de son époux, le médecin romain, les meilleures leçons. Quant au jeune Parisien, son innocence perdue chez une ribaude du quartier Saint-Merry, puis deux ou trois bergères culbutées, les soirs de grande chaleur, dans les roseaux des bords de Loire, il découvrait avec la petite Tartare un monde de sensations inimaginables. Accomplissant auprès d'elle des exploits dont il se serait cru incapable, il lui en vouait une reconnaissance naïve. Grâce à Khatoun, Florent pouvait se croire l'un de ces hommes privilégiés de la nature dignes de devenir l'amant d'une reine.

– Tu es une vraie diablesse, lui disait-il parfois, mais c'est si doux de t'aimer...

L'important était, après une nuit particulièrement chaude, d'échapper au regard myope mais singulièrement perspicace de dame Léonarde ou au sourire entendu du père Étienne. Florent s'en tirait en allant barboter dans la Loire à la petite pointe du jour, mais il savait qu'il faudrait trouver autre chose quand viendrait l'hiver. Il est vrai qu'alors les nuits seraient plus longues et les travaux du jardin ou des champs moins absorbants...

Mais ce soir-là, le jeu d'amour se termina vite et, tandis que Khatoun continuait à pleurer, la tête nichée contre l'épaule du garçon, celui-ci, bien qu'il eût fait de son mieux pour apaiser le désespoir de son amie, s'avouait qu'il n'était pas loin de le partager. Pourquoi Fiora et Léonarde partaient-elles chez les Nardi, surtout s'il était question d'y rester plusieurs semaines, voire plusieurs mois ? Néanmoins, dans son inquiétude, un espoir se glissait : ce grand diable d'Écossais ne pouvait passer son temps à escorter des dames, ce qui lui donnait, à lui Florent, une chance d'être choisi. Sous la féroce direction d'Archie Ayrlie, ses progrès en équitation avaient été rapides et il n'y avait plus aucune raison de le laisser à la maison.

Il secoua doucement Khatoun qui s'endormait pour la renvoyer dans sa chambre, un peu honteux de constater qu'à l'idée de ne pas la voir pendant des jours et des jours il n'éprouvait pas grand regret. Et comme elle se remettait à pleurer, il lui lança, mécontent :

– Tu ne vas pas larmoyer ainsi jusqu'à la Noël ? C'est ennuyeux, bien sûr, que donna Fiora s'en aille, mais tu peux être assurée qu'elle ne le fait pas sans une bonne raison. Alors, ne lui complique pas l'existence ! Elle reviendra.

– Oui... C'est toi qui as raison, bien sûr... Enfin, on verra bien...

Et, ramassant sa chemise, Khatoun la passa d'un geste machinal et gagna la porte. Florent se recoucha et s'efforça de dormir car la fin de la nuit approchait. Les paroles de Khatoun lui trottaient dans la tête et il s'efforçait d'y trouver une explication. Il n'y parvint pas mais, par contre, finit par s'endormir d'un si profond sommeil qu'il n'entendit pas chanter le coq et oublia l'heure. Ce fut quand Étienne le jeta à bas de son lit qu'il reprit contact avec la réalité quotidienne.

Cette réalité n'avait rien de souriant. Fiora, le visage sombre, ne disait mot et semblait souffrante. Elle était pâle et visiblement fatiguée. En outre, il pleuvait à plein temps, ce qui donnait une lumière grise guère flatteuse.

Aussi quand, au début de l'après-midi, un page vint lui dire que le roi désirait la voir, accueillit-elle cette invitation sans le moindre plaisir. Florent, au contraire, en fut très content car elle lui ordonna aussitôt de se tenir prêt à l'accompagner et de seller les mules tandis qu'elle-même allait changer de robe.

Fiora trouva Louis XI dans sa chambre, vaste pièce tendue de tapisseries représentant des sujets de chasse où une dizaine de chiens, épagneuls blonds et lévriers blancs, formaient sur les tapis un archipel soyeux. Assis dans un haut fauteuil de bois sculpté près de la grande cheminée de pierre blanche où brûlait un tronc d'arbre, le roi de France semblait curieusement recroquevillé. Frileux à l'excès, il était vêtu comme en plein hiver de drap brun solide et chaud bordé de castor, luisant comme peau de châtaigne, assorti à celui dont était fait le chapeau qu'il portait, comme d'habitude, sur une coiffe de laine rouge emboîtant bien les oreilles. Auprès de lui, son lévrier favori Cher Ami tendait son étroit museau vers les menus morceaux de biscuit que les mains fines, véritablement royales, peut-être la seule beauté de cet étrange souverain, offraient à sa gourmandise. Dans la lumière des flammes, les rubis sertis dans le haut collier d'or du chien brillaient comme braises.

Un homme se tenait auprès du roi, penché vers lui pour recueillir chacune de ses paroles et Fiora, en l'apercevant, tressaillit. Elle n'avait vu qu'une fois ce visage de fouine, ces cheveux raides coupés court et ces yeux glauques, mais elle reconnut leur propriétaire comme l'homme qui, sans qu'elle lui ait causé le moindre tort, était son ennemi juré, celui qui avait tenté de la faire assassiner en forêt de Loches. C'était Olivier le Daim, barbier et confident du roi, du moins autant que peut l'être un homme qui, chaque jour, promène un rasoir sur la gorge d'un autre. Une chose paraissait certaine : il était fort en faveur et Fiora, quelque envie qu'elle en eût, ne pouvait l'accuser ouvertement.

Pour ne plus voir ce regard fielleux glissant sur elle sous la paupière tombante, elle salua profondément, attendant même que le roi la relève de sa révérence. Ce qu'il fit sans tarder :

– Venez-ça, Madame de Selongey ! Nous avons à parler vous et moi ! Laisse-nous, Olivier !

Le barbier sortit à regret, tandis que Fiora s'avançait vers la cheminée et le siège qu'on lui désignait. Elle aurait juré que l'autre allait écouter derrière la porte. Néanmoins, elle décida de n'y plus penser et s'assit sans rien dire, car c'était au roi de parler le premier. Comme il ne semblait pas pressé, elle l'examina discrètement et lui trouva mauvaise mine. Le long nez pointu paraissait aminci et le lourd visage aux mâchoires carnassières fait de parchemin jauni, cependant qu'un tic nerveux contractait par instants la bouche au pli dédaigneux.

Sachant qu'il souffrait de la mauvaise circulation du sang dans ses artères et de douloureuses hémorroïdes, elle pensa qu'une crise, peut-être, expliquait la contraction de son visage. Elle en fut même certaine quand, remuant sur ses coussins, il ne put retenir un bref gémissement, aussitôt suivi d'un mouvement de colère et d'une question.

– Par la Pâques-Dieu ! Où est-il, cet animal ?

– Qui donc, Sire ?

– Ce médecin byzantin... Comment s'appelait-il donc ? Ah oui : Lascaris ! Démétrios Lascaris ! Vous étiez très amis, je crois ?

– En effet, Sire.

– Alors vous devez savoir où il est ? Je n'ai pas compris pourquoi il n'était pas revenu vers moi après la chute de Nancy. Sa vengeance était accomplie avec la mort du duc Charles, et le jeune René de Lorraine n'avait pas besoin de lui. Alors ? Mon service ne lui convenait-il pas ?

– Le Roi ne le pense pas, j'imagine, car Démétrios aimait à le servir mais une... brouille s'était installée entre nous et il a préféré retourner à Florence. Où il se trouve toujours.

– Et moi, dans tout cela ?

– Il pensait sérieusement que le Roi n'avait plus besoin de lui. C'est un homme de grande modestie...

– Lui ? ricana Louis XI. Il est orgueilleux comme un paon. En tout cas, il ne devait pas agir ainsi. C'est moi qui souffre et pas lui. Puisque vous savez où il est, écrivez-lui de revenir ! La lettre sera portée par l'un de mes chevaucheurs...

– Sire, je lui ai déjà demandé de revenir avec moi, mais il a vieilli et craint les longs voyages. Peut-être parce qu'il a trop couru le monde. Et puis la mauvaise saison arrive. A son âge...

– Ouais ! Le roi de France, lui, peut endurer mort et martyre pendant qu'il se dorlote au soleil. Eh bien, écrivez-lui qu'il m'envoie de sa pommade miracle ! Je le ferai venir au printemps. Parlons de vous, à présent ! Vous êtes allée gambader avec mon mulet d'Écosse ?

– Le Roi pense-t-il vraiment que gambader soit le mot approprié ? Nous avons fait un voyage long et fatigant et...

– Bon, bon ! Je retire gambader. Excusez-moi, donna Fiora ! Je suis de très méchante humeur !

Comme se parlant à lui-même, il expliqua alors que, si une trêve existait entre le couple Marie de Bourgogne – Maximilien d'Autriche et lui-même, le roi Édouard d'Angleterre, si parfaitement berné, mais payé, à Picquigny, entendait à présent appliquer une des clauses du traité : le mariage entre le dauphin et sa fille Elizabeth.

– Ce rat veut nous envoyer sa fille dès à présent pour conclure le mariage et recevoir les soixante mille livres que je dois payer par an pour la main de cette princesse... dont je ne veux pas. Fi donc d'une Anglaise sur le trône de France ! En outre, mon fils, à huit ans, est trop jeune pour se marier. Il me faut trouver un moyen de faire tenir Édouard tranquille.

– Et... le Roi a trouvé ce moyen ?

– Le temps ! Rien que le temps ! En outre, j'ai à

Londres un ambassadeur, Marigny, qui est habile homme. C'est bien le diable si à nous deux nous n'arrivons pas à jouer Édouard. D'autant qu'il a épousé une fille de petite noblesse et que son trône, guigné par son frère Gloucester [1], n'est pas si solide qu'il le croit... Mais comment en sommes-nous venus à parler politique ? Nous en étions, je crois, à votre équipée à Villeneuve-Saint-André ? Il semblerait donc que le comte de Selongey, après avoir fui le château de Pierre-Scize, ait trouvé asile à la chartreuse du Val-de-Bénédiction ?

– Oui, Sire. Mortimer a dû vous le dire ?

– En effet. Il aurait profité d'un pèlerinage pour fausser compagnie aux bons pères ? Ce qui prouve, selon moi, qu'il avait perdu la mémoire beaucoup moins qu'on ne le pensait.

– Sire ! protesta Fiora scandalisée. Mon époux, jouer un tel rôle ?

– Et pourquoi pas ? A Villeneuve qui nous appartient, il pouvait craindre de n'être pas en sûreté.

– La chartreuse est lieu d'asile !

– Sans doute, mais vous êtes une enfant et vous n'imaginez pas combien de lieux d'asile sont peu sûrs dès que certains intérêts sont en jeu. Votre époux est un homme intelligent. En revanche, je suis surpris que votre séjour à Rome vous ait laissé tant d'innocence.

Fiora se sentit rougir et chercha une contenance en tordant le petit mouchoir qu'elle avait tiré de sa manche. Le roi ne faisait aucune allusion au cardinal della Rovere et semblait tout ignorer de l'aventure tragique dans laquelle il l'avait entraînée.

A nouveau le silence, troublé seulement par le crépitement du feu, s'établit entre eux. Louis XI caressait la tête de son chien favori et cherchait une gâterie pour l'un des épagneuls qui, après s'être étiré longuement, s'approchait de lui et se couchait à ses pieds...

– Les chiens sont les meilleurs amis, les plus sûrs, les

1. Le futur Richard III.

plus fidèles que puisse avoir un homme. A plus forte raison un roi, soupira-t-il. A présent, auriez-vous une idée de l'endroit où messire de Selongey a pu se rendre ? Il semble que vous n'ayez pas cherché longtemps autour de Villeneuve ?

– Je pense que c'était inutile et j'espérais... j'espère encore qu'il se souviendra un jour de ce que je vis dans le voisinage du Roi. A moins qu'il n'ait choisi de partir au loin.

Se détournant, Louis XI prit sur une table un peu en retrait un message déplié dont le sceau rompu montrait qu'il avait été lu.

– Une chose est certaine : il n'a pas été à Venise. Le doge en personne nous écrit qu'aucun voyageur lui ressemblant n'a été vu dans la ville. Quant à ceux qui se sont engagés pour combattre le Turc sur les galères de la Sérénissime, la liste en est courte et aucun de ces hommes ne peut être le comte de Selongey.

– Bien ! soupira Fiora. Je remercie le Roi de la peine qu'il a bien voulu prendre...

– Pâques-Dieu, ma chère, laissez de côté ces phrases toutes faites ! Il m'importe autant qu'à vous de remettre la main sur ce brandon de discorde, capable de soulever à nouveau la Bourgogne que Charles d'Amboise est en train de pacifier...

– Le sire de Craon n'est-il plus gouverneur de Dijon ?

– C'est un bon serviteur, mais un imbécile, et j'ai besoin de serviteurs intelligents. De toute façon, nous allons reprendre les recherches pour retrouver votre époux...

– S'il vous plaît, Sire... n'en faites rien !

Les yeux vifs du roi, toujours à demi recouverts par leurs lourdes paupières, s'ouvrirent tout au large :

– Ne voulez-vous pas qu'on le retrouve ?

– Non, Sire. Si vos hommes le cherchent, il les fuira ... ou les tuera. Je veux... j'espère qu'il viendra vers moi de lui-même, sans qu'il soit besoin de lancer à ses trousses toute la maréchaussée du royaume.

– Il devrait être déjà là dans ce cas ?

– Ce n'est pas certain. L'idée m'est venue qu'en quittant Villeneuve, il a pu choisir de rester avec ces pèlerins qui l'ont aidé sans le savoir.

– Vous pensez qu'il a pu les suivre jusqu'en Galice ?

– Pourquoi pas ? La bure du pèlerin constitue la meilleure protection que puisse trouver un fugitif. Et puis, la route est longue. Cela laisse aux choses le temps de s'apaiser. Enfin, il fallait qu'il vive car, si j'ai bien compris, il ne lui restait pas un sou vaillant.

Le roi n'avait plus l'air d'écouter. Ses yeux suivaient le dessin fantastique des flammes et il se mit à réfléchir à haute voix.

– S'il a quitté Villeneuve en mai, il devrait être déjà de retour. Sauf accident, bien sûr...

– Accident ? murmura Fiora déjà reprise par l'angoisse.

– Le chemin de Saint-Jacques est long, pénible et dangereux. Tous ceux qui s'y engagent ne reviennent pas vivants. Je pense que nous pouvons, comme vous le souhaitez, faire trêve à nos recherches. Nous les reprendrons si l'hiver ne le ramène pas auprès de vous. Mais priez le Seigneur Dieu et la benoîte Sainte Vierge pour que cet homme entende la voix de la raison et revienne chercher la paix auprès de vous.

Une menace informulée se cachait sous la voix pesante du roi et Fiora s'en inquiéta assez pour oser demander :

– Sinon ? C'est le mot qui vient après, n'est-ce pas, Sire ?

– Oui. Sinon, je pourrais ne plus me souvenir que d'une chose : c'est qu'il est un rebelle, et ne plus accepter de le traiter autrement. Laissez-moi, à présent, ma chère ! Je suis las et je voudrais sommeiller un peu. Vous n'oublierez pas ma lettre ?

– Pour Démétrios ? Je vais l'écrire en rentrant et la ferai porter ici aussitôt !

– Merci !... En priant, ce soir, Notre-Dame de Cléry, je

lui demanderai de vous accorder cette paix qui semble prendre plaisir à vous fuir. Je n'irai pas jusqu'à prononcer le mot de « bonheur », car c'est chose trop fragile... et dont, en vérité, personne ne peut dire avec assurance où elle réside...

Une heure plus tard, rentrée chez elle, Fiora écrivit à Démétrios pour lui faire part des besoins du roi. Sa lettre achevée, elle la sabla, la scella et appela Florent pour qu'il la porte au Plessis. Ceci fait, elle écrivit une autre lettre, destinée à messer Agnolo Nardi, rue des Lombards à Paris. Il était inutile de perdre davantage de temps.

CHAPITRE VIII

LA HALTE DE BEAUGENCY

A la fin du mois d'octobre, Fiora et Léonarde quittèrent la Rabaudière sous la garde de Florent, incapable de cacher sa joie. N'était-il pas normal, comme il l'expliqua durant leur dernière nuit à une Khatoun en pleine crise de jalousie, qu'il ait plaisir à aller embrasser ses parents ? Et il pressa l'instant du départ pour couper court aux attendrissements et surtout pour ne plus voir la jeune Tartare, debout au seuil de la maison, serrant farouchement contre elle le petit Philippe qui, peu satisfait du traitement, protestait vigoureusement, au point que Péronnelle dut s'en mêler. Les yeux noirs flambaient de colère et de chagrin à la fois cependant que, du haut de sa mule, Fiora donnait ses dernières instructions du ton joyeux de quelqu'un qui s'en va faire un voyage d'agrément.

La version officielle était le souhait d'Agnolo Nardi de la voir venir à Paris pour quelques affaires importantes. Se sentant vieillir, le négociant voulait informer l'héritière de Francesco Beltrami de ce dont il faudrait qu'elle s'occupe s'il venait à disparaître. Pieux mensonge, bien sûr, puisque les intérêts de la jeune femme étaient, à présent, fermement tenus en main par Lorenzo de Médicis en personne. En réalité, Agnolo avait écrit à Fiora que lui-même, sa femme Agnelle, leur maison et leur cœur ne souhaitaient qu'une chose : l'accueillir à nouveau et la garder le plus longtemps possible. Ils ignoraient la raison profonde du séjour que Fiora entendait faire à Paris.

Péronnelle et Étienne, dans la simplicité de leurs cœurs, n'avaient rien vu d'extraordinaire à ce voyage. Pour eux, Fiora, qu'ils aimaient sincèrement, avait fini par prendre les couleurs d'un bel oiseau migrateur. Une chose comptait à leurs yeux : elle leur accordait pleine confiance et, grâce à elle, ils étaient exempts de tout souci d'ordre matériel. Enfin, un petit enfant vivait auprès d'eux, leur donnant la douce illusion d'être grand-père et grand-mère.

A son regret, Fiora n'avait pu saluer Douglas Mortimer. L'Écossais, dont décidément le roi appréciait toujours davantage les services, accomplissait une mission. C'est dire que tout le monde, hormis Louis XI, ignorait où il se trouvait. A ce dernier, la jeune femme, au matin de son départ, fit porter une lettre annonçant une absence de quelques semaines pour affaires. Elle le savait trop méfiant pour se permettre de quitter son voisinage sans l'en prévenir. Ayant ainsi assuré ses arrières, Fiora prit d'un cœur assez paisible le chemin de Paris qu'elle et Léonarde gagnèrent par Tours, Amboise, Beaugency et Orléans.

Un voyage agréable, que l'on fit sans hâte excessive pour ménager Léonarde. Le temps d'automne restait beau et, si les nuits devenaient fraîches et parfois pluvieuses, le soleil semblait s'être donné à tâche de reparaître à chaque aurore et, dans l'après-midi, permettait encore les fenêtres ouvertes et les longs bavardages dans la rue.

En approchant de la grande ville, Fiora s'aperçut qu'elle éprouvait des impressions différentes de celles ressenties trois ans et demi plus tôt, lorsqu'elle y était arrivée avec Léonarde, Démétrios et Esteban. Sous le coup de la mort tragique de son père et des cruelles épreuves qui l'avaient suivie, elle ne souhaitait qu'un refuge, un endroit où personne ne la connaîtrait et où elle pourrait refaire ses forces pour les combats qu'elle avait juré de mener.

Cette fois, s'accordant le loisir de regarder autour d'elle, elle vit que les abords de Paris paraissaient aussi aimables que les rives de la Loire : des plaines et des avancées de plateaux couverts de champs cultivés, des coteaux garnis de vigne ou piqués d'arbres fruitiers, des vallées vertes de pâturages, des bois, des forêts, des châteaux montrant souvent des pierres neuves et puis, à mesure de l'approche, des bourgs importants, des villages paisibles et de grandes abbayes. Les murailles même de la ville capitale semblaient rajeunies, car Louis XI veillait de près aux défenses de ses grandes cités et encourageait les restaurations.

Dans Paris où ne pesait plus, comme la première fois, la menace des Anglais, les rues étaient pleines d'une vie bruyante, riche et colorée où ne résonnait aucun pas ferré de troupe en marche. A l'exception des gardes de la porte Saint-Jacques et des sentinelles postées aux deux châtelets, le Petit et le Grand, qui commandaient le Petit-Pont et le Pont-au-Change, les voyageurs ne rencontrèrent pas une seule cotte d'armes, pas un seul chapeau de fer.

– Quelle belle chose, tout de même, que la paix! remarqua Florent, tout en dardant un regard meurtrier vers une bande d'étudiants qui sifflaient sur le passage de Fiora et lui envoyaient des baisers.

– Alors, arrangez-vous pour ne pas la troubler et cessez de vous occuper de ces garçons!... Et tâchez que nous avancions un peu plus vite! J'ai hâte d'apercevoir les trois pignons de la maison de messer Nardi!

Passé le Grand-Pont et le bruit de ses moulins, la Grande Boucherie et ses odeurs abominables de viscères et de sang caillé, on arriva à destination et les deux femmes virent avec plaisir que rien n'avait changé : la belle enseigne peinte se balançait toujours aussi majestueusement et les langues rouges des girouettes, sur les toits, continuaient à tourner doucement au vent du soir. Les fenêtres aux carreaux étincelants s'ouvraient comme autrefois sur les grandes pièces fleurant bon la cire fraîche et le pain chaud et, dans les magasins du rez-de-chaussée, les employés, la plume d'oie entre les doigts, étaient toujours courbés sur les gros registres reliés en parchemin. Mais l'apparition d'Agnolo Nardi, à l'appel de Florent qui s'était rué dans le bâtiment aussitôt descendu de son cheval, serra le cœur de Fiora. Certes, elle retrouvait le même petit homme rond et brun, quoiqu'un peu grisonnant, mais à présent, il marchait en s'appuyant sur une canne et les yeux de la jeune femme s'embuèrent de larmes. Cette canne, même ennoblie d'un pommeau d'argent ciselé, n'en était pas moins la preuve de ce que le bon Agnolo avait subi pour le service de Fiora : la torture par le feu que lui avait infligée l'impitoyable Montesecco pour obtenir de lui l'adresse de la jeune femme [1]. C'était même une chance qu'il pût encore marcher ! Aussi rencontra-t-il des joues mouillées quand Fiora sauta à terre pour courir l'embrasser.

– Tu pleures, donna Fiora ? s'écria-t-il. En voilà une bienvenue ? Nous qui sommes si heureux de ta venue !

– Je pleure de honte, mon ami, et de regret, car c'est à moi que tu dois d'avoir tant souffert et...

– Chut ! Je n'ai pas été aussi vaillant que cela car ces bandits ont très vite pensé à s'en prendre à mon Agnelle... et là, bien sûr, j'ai dit tout ce que ce démon voulait. Si quelqu'un doit demander pardon, c'est moi !

– Plus un mot là-dessus dans ce cas ! Grâce à Dieu, Montesecco a payé pour ses crimes. Ou plutôt pour un crime qu'il a refusé de commettre.

– Comment cela ?

– Au moment de la conspiration des Pazzi, aux dernières Pâques, il a refusé de frapper les Médicis dans le Duomo, mais il a tout de même été arrêté et décapité.

– La justice de Dieu s'y retrouve toujours ! Entrez vite à présent ! Florent va mettre vos bêtes à l'écurie. Il doit se souvenir de son emplacement et...

Un cri de joie l'interrompit. Toujours aussi ronde, tou-

1. Voir *Fiora et le Pape.*

jours aussi blonde, Agnelle, grands yeux d'azur et robe de velours assortie, venait de surgir de la maison à son allure habituelle, celle d'un courant d'air, et se jetait dans les bras de Fiora qu'elle embrassa et réembrassa avant de tomber dans ceux de Léonarde.

– Pour une arrivée discrète, c'est réussi! marmotta Agnolo avec un coup d'œil aux fenêtres environnantes où s'était installée une guirlande de voisines.

– Qui a parlé de discrétion? protesta sa femme. Et pourquoi cacherions-nous la venue de notre donna Fiora que nous aimons comme notre fille?

Néanmoins, elle fit rentrer son monde dans la maison où le ballet des servantes chargées de préparer les chambres et de veiller à allonger le menu du soir était déjà commencé. Léonarde et Fiora retrouvèrent avec plaisir leur ancien logis tandis que Florent partait vers les bureaux afin d'y faire étalage de son nouveau rang d'écuyer d'une grande dame et de son élégant costume de fin drap gris porté sous un ample manteau doublé de vair. Il irait ensuite chez son père, le changeur Gaucher le Cauchois, pour y embrasser sa mère et ses sœurs et, très certainement, y passer la nuit.

Il était donc absent quand, après le souper et toutes portes closes, les servantes retirées chez elles, Fiora fit part à ses amis de l'embarras dans lequel elle se trouvait, sans chercher le moins du monde à se découvrir des excuses.

– Par les lettres de Léonarde et les miennes, vous avez su dans quelle aventure insensée je me suis trouvée entraînée avant de pouvoir, enfin, regagner Florence et y vivre quelques semaines de paix, je dirais presque de bonheur car, pendant ce séjour j'ai... j'ai aimé Lorenzo de Médicis et il m'a aimée. Je ne vous le cache pas, la tentation m'est venue alors de rester là-bas, d'y appeler mon fils et Léonarde. Bien sûr je me croyais veuve, mais, dussé-je mourir de honte devant vous, je crois que, sachant mon époux vivant, les choses se seraient passées de la même façon...

Fiora se tut un moment. Avant de commencer, elle avait reculé suffisamment pour que son visage ne fût pas trop éclairé par la lumière du grand chandelier posé sur la table. Elle avait en effet conscience de l'incongruité de telles paroles dans ce foyer d'époux honnêtes et fidèles l'un à l'autre. Agnolo et Agnelle se portaient un amour profond et, très certainement, la seconde n'aurait jamais l'idée de regarder seulement un autre homme que son époux. Pourtant, dans ces deux visages tournés vers elle, Fiora ne lut rien qui ressemblât à une quelconque condamnation. Au contraire, Agnelle lui sourit :

– Vous connaissez Monseigneur Lorenzo depuis toujours, n'est-ce pas ?

– Depuis toujours en effet...

– Alors, peut-être l'aimiez-vous déjà sans vous en rendre compte ? Agnolo n'a cessé de me répéter qu'il est l'homme le plus extraordinaire de ce temps et que son charme est extrême.

– Cela vous ressemble bien, chère Agnelle, de chercher tout de suite une excuse à ma faute, mais je n'aimais pas Lorenzo jadis. C'était de son frère Giuliano que j'étais amoureuse. J'ajoute que je l'ai oublié dès ma rencontre avec Philippe de Selongey. Et c'est là qu'en dépit de votre indulgence vous aurez peut-être quelque peine à me comprendre car, même auprès de Lorenzo, je n'ai jamais cessé d'aimer Philippe et quand j'ai su, par messire de Commynes, que le roi lui avait fait grâce et qu'il vivait toujours, ma seule pensée a été de revenir vers lui, ma seule espérance de le retrouver...

De l'autre bout de la table, la voix d'Agnolo, paisible et un peu sourde, se fit entendre.

– Qui de nous peut se vanter d'avoir vécu sans faiblesse ? Tu oublieras Monseigneur Lorenzo comme tu avais oublié son frère !

– Non. L'oubli est désormais impossible, et c'est pourquoi je suis venue demander votre aide... si vous ne me méprisez pas trop !

Le silence qui suivit ne dura guère. Agnelle se leva, vint derrière Fiora et, glissant ses bras autour de son cou, elle dit calmement :

– Je crois, Agnolo, que tu devrais t'assurer que les portes sont bien fermées.

Il leva un sourcil, sourit, puis se leva et quitta la salle. Le bruit de son pas inégal s'éloigna lentement. Alors, sans quitter sa pose affectueuse, Agnelle murmura à l'oreille de Fiora :

– Quand l'enfant doit-il arriver ?

– En avril, je pense, mais, Agnelle, je ne voudrais surtout pas vous mettre dans l'embarras.

– Chut ! Il n'y aura aucun embarras. Puisque votre époux est vivant, la naissance doit rester secrète.

– C'est ce que je souhaite et c'est aussi pourquoi j'ai voulu m'éloigner avant que les signes extérieurs ne deviennent visibles.

– Vous avez eu tout à fait raison. Ici, la maison est grande...

– Non, coupa Léonarde. Ce n'est pas davantage possible ici. Avez-vous oublié le remue-ménage causé par notre arrivée ? En outre, il y a vos servantes, les commis de votre époux. Le beau secret que nous aurions là ! Nous pensions plutôt vous prier de nous prêter votre maison de Suresnes où j'ai passé naguère l'agréable convalescence de ma jambe cassée.

Agnelle se redressa lentement et marcha quelques instants le long de la cheminée avant de s'y arrêter.

– Cela vous ennuie-t-il ? demanda Fiora.

– Cela m'ennuie pour vous. Une maison que nous n'habitons guère qu'en été, vous y faire passer un hiver avec l'humidité des bords de Seine...

– Les cheminées tirent parfaitement, reprit Léonarde, et à présent je connais bien la maison et ses entours. Je crois que nulle part nous ne serons mieux retirées. Bien sûr, il ne serait pas question de s'y installer en grand arroi. Fiora passera pour une cousine italienne de votre époux, ou une nièce, qui a eu des malheurs, et moi je fais une duègne très convenable. En outre, ni les travaux de la maison ni les soins d'un accouchement ne me font peur.

– Vous voulez y habiter seules ?

– Naturellement, dit Fiora. Le jeune Florent m'est dévoué, mais il ignore tout et je pense le renvoyer à la Rabaudière.

– C'est impossible ! fit Agnelle catégorique. La maison, vous le savez, se trouve un peu isolée. Il y faut un homme, ne fût-ce que pour le bois, l'eau et les gros travaux. Florent connaît l'endroit pour s'être occupé longtemps du jardin, et aussi les gens des environs. Si nous adoptons l'idée d'une nièce d'Agnolo, personne ne s'étonnera de le voir à Suresnes. Pourquoi ne voulez-vous pas le mettre au courant ? Aurait-il démérité ?

Fiora rougit et ne répondit pas. Ce fut Léonarde qui s'en chargea :

– En aucune façon, mais ce qui gêne Fiora, c'est – vous le savez d'ailleurs – qu'il est amoureux d'elle depuis leur première rencontre ici-même. Elle craint... de le choquer ; peut-être même de le blesser.

– Vous le connaissez mal. Il sera fier de votre confiance et plus encore de devoir veiller sur celle qu'il aime tant. Mais à présent, nous devons débattre sur l'heure d'un sujet plus important : l'enfant. Que comptez-vous en faire ? Vous ne pourrez pas le ramener chez vous...

– Je sais, dit Fiora. Et croyez que cela m'est cruel. Je ne peux accepter l'idée de m'en séparer à jamais. Pourtant, il va falloir trouver des parents nourriciers dignes de confiance...

– Et vous n'avez pas pensé à nous ? s'écria Agnelle sincèrement indignée. Où trouverez-vous de meilleurs parents qu'Agnolo et moi à qui le Ciel n'a pas accordé d'enfants ? Et où sera-t-il mieux que chez nous où il vous sera loisible de le revoir chaque fois que vous le désirerez ? Tenez ! Vous seriez sa marraine ?

A son tour Fiora se leva, alla prendre l'excellente femme dans ses bras et la serra sur son cœur :

– Autant vous l'avouer : j'espérais que vous parleriez ainsi.

– Mais vous n'en étiez pas certaine ? Pourquoi ?

– J'étais sûre de la femme que vous êtes. Mais il y a votre époux. Il peut s'y opposer. Je connais ses principes...

– Seulement vous ne connaissez pas assez son cœur. Décidément, mon amie, vous savez bien mal juger les hommes. Élever comme sien l'enfant de Monseigneur Lorenzo et de sa chère donna Fiora ? Mon Agnolo va être aux anges !

Il le fut en effet et, les larmes aux yeux, remercia la jeune femme de la preuve d'affection qu'elle allait leur donner.

– J'en ferai un homme digne de votre cher père, affirma-t-il.

– Et si c'est une fille ? Il faut envisager cette éventualité.

– Alors, elle sera la lumière de cette maison.

Quant à Florent, Agnelle le connaissait mieux que Fiora et l'avait parfaitement jugé. En apprenant ce que l'on attendait de lui, il mit genou en terre devant la jeune femme, comme un chevalier devant sa dame, et jura de veiller sur elle et sur l'enfant à naître, jusqu'à la mort s'il se devait. Dépositaire d'un secret aussi dangereux pour la paix à venir de celle qu'il aimait, il se sentait immensément fier, et en outre ravi : la perspective d'une longue et étroite cohabitation avec Fiora, sans autre témoin que Léonarde, l'enchantait. Du coup, il se sentit la force et la sagesse de tous les preux du grand Charlemagne réunis en sa seule personne. Certes, une inquiétude lui vint à la pensée de Khatoun et de son attitude devant une aussi longue absence, mais, même si, au retour, il devait affronter des scènes déplaisantes, le jeu en valait largement la chandelle.

Durant les trois jours qui suivirent, Fiora et Léonarde se comportèrent comme des étrangères en visite. Avec

Agnelle, elles se rendirent à Notre-Dame, à la Sainte-Chapelle, musèrent sur les marchés et au cimetière des Innocents. Là, elles effectuèrent de nombreux achats dans cette rue de la Lingerie qui jouxtait le fameux enclos des morts où se déversaient la majeure partie des défunts de Paris. Elles ne manquèrent pas de faire aumône à la recluse de l'endroit, la vénérable Agnès du Rocher, qui s'était fait murer soixante-quinze ans plus tôt, à l'âge de dix-huit ans, dans l'étroite logette sans porte ni fenêtre qui ne s'ouvrait que par une sorte de fente donnant sur le cimetière [1]. Il se trouvait toujours un grand concours de femmes agenouillées priant devant cette ouverture, qui ne permettait guère d'apercevoir qu'un paquet de chiffons nauséabonds dans lesquels il était impossible de distinguer un visage. Fiora laissa tomber deux pièces d'or de l'autre côté du mur lépreux :

– Elle ne les gardera pas, murmura Agnelle. Avant ce soir, quelque miséreux venu implorer son secours les aura reçus. De toute façon, vous aurez fait œuvre pieuse.

Et, en effet, de l'intérieur, une voix cassée, tremblante, qui n'appartenait plus tout à fait à la terre, fit entendre un remerciement au nom du Très-Haut et une bénédiction.

– Comment une jeune fille peut-elle se condamner à pareil supplice? fit Léonarde impressionnée. Pourquoi n'avoir pas choisi plutôt le couvent?

– Peut-être parce qu'il fallait une grande expiation. On dit qu'Agnès, qui était fille noble, a aimé un garçon qui n'était pas de son rang et qu'elle en a eu un enfant. Son père aurait tué de ses mains et l'amant et l'enfant nouveau-né. A peine remise de ses couches, Agnès a obtenu de l'évêque de Paris la permission d'entrer en reclusoir. Il en existait plusieurs autour du cimetière. Je vous montrerai tout à l'heure, parmi les tombes, celle de sœur Alix la Bourgotte, morte en 1466, et sur laquelle

1. Agnès vécut ainsi jusqu'en 1483 et mourut à quatre-vingt-dix-huit ans.

notre sire le roi a fait élever une statue grandeur nature avec ces mots :

En ce lieu gist sœur Alix la Bourgotte
A son vivant recluse très dévote
Où a régné humblement et longtemps
Et demeurée bien quarante-huit ans

Mais Fiora n'avait pas envie d'aller voir l'effigie de cette sainte femme. Les pénitences aussi démesurées lui inspiraient une sorte de répulsion et, si elle comprenait qu'une fille désespérée pût choisir l'asile d'un couvent, elle avait de la vie, ce don de Dieu, une idée trop haute pour admettre une forme de suicide qui, d'ailleurs, n'en était pas un puisque, soumises durant des années à l'humidité, au froid, au gel même ou à l'extrême chaleur, les pénitentes s'accrochaient à la vie durant d'interminables années. Mieux valait, cent fois, mourir foudroyée par le soleil sur les chemins arides de Compostelle ou périr noyée en voguant vers la Terre sainte !

Ses péchés d'amour, à elle, étaient bien plus graves que ceux de cette Agnès qui, en fait, expiait le crime d'un autre, mais l'idée de choisir ce tombeau entrouvert pour y croupir interminablement dans la fange et l'ordure lui faisait horreur. Léonarde s'en rendit compte et l'entraîna :

– Ce n'est pas un spectacle pour une future mère, lui chuchota-t-elle. Et Dieu n'en demande pas tant aux pauvres humains car alors son Paradis, au jugement dernier, demeurerait tristement vide !

Fiora lui sourit et, sous son manteau, glissa sur son ventre une main déjà protectrice. A mesure que les jours passaient, elle s'attachait davantage à ce petit être inconnu qui prenait vie dans ses entrailles, et elle en venait à penser que l'inévitable séparation ne serait peut-être pas une délivrance, mais un arrachement plus cruel qu'elle ne s'y attendait.

Cependant, tandis que les femmes parcouraient Paris,

Florent, suivant les ordres d'Agnolo, effectuait de nombreux voyages à Suresnes pour y mettre la maison en état d'offrir un hivernage à peu près confortable. Le village, dépendant de l'abbaye Saint-Leuffroy, elle-même vassale de la riche et puissante abbaye Saint-Germain-des-Prés, n'offrait pas de grandes ressources en dehors des vignes étalées sur les coteaux et des troupeaux de moutons qui, l'été, occupaient les pentes du mont Valérien. Grâce à ses soins et à la prévoyance attentive d'Agnelle, tout fut prêt en temps voulu et quand, le quatrième jour, Fiora et Léonarde firent à leurs amis des adieux aussi joyeux que bruyants, elles savaient pouvoir envisager l'avenir avec une certaine sérénité. En effet, quand l'enfant viendrait vivre chez les Nardi, jamais les bonnes gens de la rue des Lombards ne feraient un rapprochement entre la grande dame élégante venue passer quelques jours en octobre et la pauvre fille venue d'Italie cacher sa faute loin de son cadre habituel.

Les voisins en question auraient été fort surpris s'ils avaient pu assister, une grande heure plus tard, à la curieuse scène qui se déroula dans une hutte de bûcherons abandonnée de la forêt de Rouvray : la grande dame et sa suivante y changeaient leurs riches costumes de voyage pour des robes et des capes d'épais drap gris et noir et des coiffes de toile unie qu'elles rabattirent sur leurs visages, s'assurant ainsi un maintien modeste peu susceptible d'attirer l'attention des passants, à vrai dire assez rares. Après quoi, l'on reprit le chemin de Suresnes où l'on arriva à la fin du jour, en cette heure grise et indécise que l'on appelle « entre chien et loup », et alors que l'Angélus du soir était sonné depuis un bon moment au clocher de Saint-Leuffroy.

Situé entre les pentes du mont Valérien et la Seine dans laquelle son petit verger venait mourir, le clos d'Agnolo Nardi se composait dudit verger, d'une belle vigne qui remontait doucement le coteau, et d'un jardin entourant une maison basse construite en croisillons de bois et plâtre de Paris sur un soubassement de pierres qui renfermait le cellier et les caves. Un escalier extérieur menait à l'unique étage, encapuchonné d'un grand toit pointu. Deux ou trois petites dépendances, dont une écurie, formaient sur le derrière une cour irrégulière creusée d'une mare dans laquelle poules et canards s'ébattaient tout le jour. Un vieil homme noueux comme un cep de vigne et presque aussi causant, le père Anicet, assurait en principe la garde du domaine, protégé par son voisinage avec l'abbaye. Le père Anicet veillait à l'entretien de la vigne avec l'aide intermittente mais vigoureuse, surtout au moment des vendanges, de deux vieux garçons du village, les frères Gobert. Il habitait une maisonnette au bord de l'eau, ce qui lui permettait de s'adonner à ce qu'il aimait le plus au monde avec les vins du pays : la pêche. Enfin, il ne mettait jamais les pieds dans la maison principale où, en arrivant, Florent se hâta d'allumer les feux qu'il avait préparés.

Le logis se composait d'une grande cuisine qui servait de pièce à vivre, de quatre chambres et d'un réduit pour les commodités. Les meubles en étaient simples, mais solides et bien choisis comme les tentures qui réchauffaient les chambres où ne manquaient même pas les tapis. La main d'Agnelle se devinait dans l'abondance et la qualité du linge et des objets usuels. Rien de luxueux, bien sûr, mais tout ce qu'il fallait pour rendre confortable un séjour hivernal...

– A moins d'une très grosse crue, ajouta Florent qui faisait les honneurs, nous n'avons pas à craindre l'inondation. Il est déjà arrivé que l'eau vienne jusqu'à l'entrée de la cave, mais on peut toujours sortir par l'arrière puisque la maison est située sur une pente. Pensez-vous que vous serez bien ici, donna Fiora ?

Celle-ci le rassura d'un sourire.

– Très bien. J'en étais certaine, d'ailleurs, depuis le séjour de dame Léonarde. Regardez-la, Florent, elle est déjà chez elle.

La vie s'organisa très vite, rythmée par la cloche du

couvent Saint-Leuffroy qui sonnait les offices. Les deux femmes vaquaient aux soins du ménage et de la cuisine, cousaient, brodaient ou filaient le soir sous le manteau de la cheminée qui les réunissait tous trois. Florent, lui, veillait aux gros travaux et au ravitaillement. Fiora se sentait nettement plus alerte que durant sa première grossesse et sortait volontiers dans l'enceinte du domaine. Elle ne tenait pas à se montrer au village, afin d'éviter de susciter la curiosité. Mais, profitant de l'été de la Saint-Martin, elle obtint de Florent qu'il l'emmène avec Léonarde jusqu'au sommet du mont Valérien admirer la vue sur Paris que la renommée disait si belle. Il lui semblait que la contemplation de la nature l'aidait dans sa gestation. En outre, le mont était devenu un but de pèlerinage depuis qu'y vivait un ermite nommé Antoine. Pour figurer le Calvaire, il avait élevé trois croix de bois devant lesquelles il priait matin et soir.

Afin de ne pas déranger le saint homme dans ses oraisons, Fiora et Léonarde gravirent la pente boisée en début d'après-midi. De fait, elles ne rencontrèrent personne et c'est tout juste si elles aperçurent la hutte de branchages qu'il s'était construite à la lisière du bois.

De là-haut, le panorama était admirable. Paris enfermé dans ses murailles et coupé par le long ruban gris de la Seine, Paris hérissé par les flèches dorées de ses églises ressemblait à une grande coupe d'argent sertie dans l'or et dans le cuivre, car d'immenses forêts roussies par l'automne s'étendaient tout autour. Dans ces forêts, la main de l'homme avait taillé des clairières où poussaient des villages : Saint-Denis, Courbevoie et Colombes en bordure des prairies de Longchamp ; vers Saint-Germain, il y avait Vaucresson, Montesson et, dans la forêt de Montmorency, d'autres hameaux, Montmagny, Montlignon, Andilly ; et puis, vers la Marne, Montreuil, Chennevières, Vincennes, cependant qu'au sud apparaissaient les clochers d'Arcueil, de Sceaux, de Fresnes et de Villeneuve-le-Roi. Florent, qui connaissait bien l'endroit, prenait plaisir à renseigner Fiora, et celle-ci admirait le spectacle sans réserve. Au milieu de cette mer d'arbres, rougis, brunis, dorés, la ville capitale semblait, sous le soleil tardif, vibrer d'une vie bien à elle. Un brouillard nacré s'en dégageait, avant de se dissoudre dans le bleu léger du ciel. Et Fiora qui, si souvent, de sa villa de Fiesole, avait contemplé Florence en pensant qu'aucune cité au monde ne pouvait l'égaler en beauté, Fiora qui avait contemplé Rome brasillant des feux pourpres d'un couchant glorieux, demeurait admirative et muette en face de cette grande ville sereine et majestueuse que, cependant, son roi n'aimait pas.

– Pourquoi ? murmura-t-elle pensant tout haut sans même s'en rendre compte, pourquoi le roi Louis vient-il si rarement ici ? Paris est pourtant digne de lui...

– Oui, mais Paris a été anglais trop longtemps et le roi n'arrive pas à l'oublier, fit Léonarde. Les souvenirs en demeurent proches et il faudra peut-être un autre règne, une autre génération pour que Paris rentre enfin en grâce. Le roi en prend soin : ce n'est déjà pas si mal... Et, dans un sens, c'est une bonne chose pour nous. Nous ne risquons guère de le rencontrer.

Avec le temps de Noël, le froid s'installa et aussi la neige. Les nuits furent troublées par les hurlements des loups. Florent et le père Anicet veillaient aux clôtures avec plus de diligence que jamais. On disait aussi que, dans la forêt de Rouvray voisine, des brigands tenaient leurs quartiers, mais aucun n'osa s'approcher de la puissante abbaye et des quelques maisons abritées sous son aile de pierre.

Fiora se portait toujours aussi bien, mais l'ennui commençait à la gagner. Les nouvelles de Touraine étaient rares. Léonarde avait écrit à Étienne pour lui dire que Fiora avait contracté une maladie qui l'éprouvait beaucoup et lui interdisait d'entreprendre, surtout en hiver, le voyage vers la Loire. Elle ne reviendrait qu'au printemps, si tout allait bien... En retour, apportées une fois par Agnelle, une autre fois par Agnolo, on reçut quelques lignes brèves et maladroites. Le brave Étienne savait lire, mais l'écriture n'était pas son fort. Quant à Khatoun, à qui Fiora avait envoyé une petite lettre, elle ne répondit pas, ce qui ne laissa pas d'inquiéter la jeune femme car Khatoun savait parfaitement lire et écrire. Florent, pour sa part, pensa que la jeune Tartare boudait, mais se garda bien de le dire, se contentant de faire remarquer qu'en général une absence de nouvelles signifiait que tout allait bien. Et puisque Étienne disait que le petit Philippe poussait comme un champignon, il n'y avait aucun souci à se faire.

– J'ai quand même bien envie de vous envoyer là-bas, lui dit un jour Fiora. Ce silence n'est pas normal. Me sachant malade, peut-être pourrait-on au moins demander des nouvelles ?

– Qui donc ? Aucun des habitants de la Rabaudière ne peut se lancer sur les grands chemins par ces temps de froidure. Et messire Philippe le petit a besoin de tout son monde...

C'était l'évidence même. Néanmoins, Fiora ne pouvait s'empêcher de penser que Douglas Mortimer qui, en bon Écossais, ne craignait ni tempête ni froidure, aurait pu faire le voyage de Paris... Et elle souffrait de cette indifférence. C'était comme si, en quittant sa maison de Loire, elle avait effacé du paysage jusqu'à son souvenir. Et elle avait tellement hâte de repartir, à présent, qu'il lui semblait que le bébé attendu ne viendrait jamais...

Passé le temps des étrennes et celui de l'Épiphanie, les jours parurent se traîner plus misérablement encore. Léonarde souffrit de rhumatismes et la moitié des choux que l'on avait en réserve se transformèrent en cataplasmes. Le froid heureusement ne fut pas trop rigoureux, mais quand la neige fondit, la Seine commença à grossir. De la fenêtre de leur salle, les deux femmes la regardèrent monter lentement à l'assaut du verger, puis du jardin, et finalement de l'escalier. Une marche, une autre marche... La cave se remplit d'eau, ce qui ne risquait pas de porter tort aux futailles, mais aux autres provisions, et Florent employa une nuit entière à déménager le saloir, les jambons, puis les pommes et les poires mises au fruitier, pour leur éviter un naufrage total. Il en était même à envisager d'emporter les meubles dans les vignes et de conduire les deux femmes chez l'ermite du mont Valérien quand, brusquement, en quelques heures et comme un baquet dont on a enlevé la bonde se vide d'un seul coup, le flot boueux se retira. Le verger cessa d'être une plantation de plumes d'oie dans de l'encre grise pour retrouver ses assises. Des assises boueuses, spongieuses, mais qui, tout de même, ressemblaient à de la terre ferme.

On eut d'autres alertes, lorsque à la fin de l'hiver des rafales de pluie secouèrent les arbres et en arrachèrent des brindilles. Florent vivait assis sur la berge, l'œil rivé au niveau du fleuve. Quant à Fiora, qui atteignait un maximum de circonférence, elle en venait à nier tout danger en vertu de cet adage antique qui veut que ce que l'on nie n'existe pas. Mais il était impossible de nier les douleurs de la pauvre Léonarde et, alors qu'elle était censée s'occuper de la future mère, ce fut celle-ci qui passa de longues heures à soigner ses jointures douloureuses. Elle finit même par oublier son état : elle et ses deux compagnons se trouvaient enfermés au cœur d'une bulle de chaleur et de sécheresse qui voguait sur un flot instable dont on ne pouvait savoir s'il n'allait pas, tout à coup, les engloutir à jamais.

Et puis, d'un seul coup, tout rentra dans l'ordre. Aux derniers jours de mars, le printemps fut exact au rendez-vous. Des pousses, vite changées en boutons, surgirent sur les arbres fruitiers, et la boue laissa percer de minces lames vertes qui annonçaient l'herbe. Fiora pensa alors que l'enfant n'allait plus tarder. En effet, dans la nuit du 4 au 5 avril, elle ressentit des douleurs, peu violentes, mais assez rapprochées pour lui faire appeler Léonarde qui, de son côté, réveilla Florent, chargé de rallumer le feu dans la cuisine et de mettre de l'eau à bouillir tandis qu'elle-même préparait tout ce qui était nécessaire. Depuis longtemps déjà, une grande corbeille avait été accommodée pour servir de berceau.

Tout alla infiniment plus vite que l'on ne s'y attendait et c'est tout juste si la grande marmite eut le temps de chauffer : une demi-heure après avoir poussé son premier gémissement, Fiora stupéfaite donnait le jour à une petite fille. Elle ne ressentait aucune fatigue et, pour un peu, elle aurait quitté son lit pour aider Léonarde à s'occuper du bébé.

– J'ai tant souffert pour mon petit Philippe ! Est-il vraiment possible de mettre un enfant au monde en si peu de temps ?

– La preuve ! fit Léonarde en riant. La venue d'un premier enfant est toujours assez longue, mais notre petite demoiselle avait, semble-t-il, grande hâte de voir le jour. Oh, mon agneau, elle vous ressemble tellement !

Et Léonarde qui venait de finir d'emmailloter la petite fille se mit à pleurer en la berçant dans ses bras. Florent, arrivant avec des bûches pour le feu, en laissa choir son bois.

– Pourquoi pleurez-vous ainsi, dame Léonarde ? L'enfant n'est pas...

– Non, non, elle va très bien, mais elle vient de réveiller tant de souvenirs ! Vous n'étiez pas beaucoup plus vieille, Fiora, quand on vous a mise dans mes bras pour la première fois, et il me semble que tout recommence !

– Grâce à Dieu, les circonstances ne sont pas les mêmes, dit Fiora doucement.

– Elles sont moins tragiques, sans doute, mais presque aussi tristes. Cette petite fille ne vous donnera pas davantage le nom de mère que vous ne l'avez donné à la vôtre.

A leur tour, les yeux de Fiora s'emplirent de larmes. Elle réalisa que, jusqu'à l'instant de son premier cri, l'enfant qu'elle portait lui était apparu comme une gêne, une punition et même un danger, puisqu'il risquait d'élever une infranchissable barrière entre elle et l'homme qu'elle aimait. Elle ne l'avait pas attendu avec la même joie, le même orgueil que son petit Philippe. Mais à présent, ce n'était plus une abstraction : c'était un petit être vivant, la chair de sa chair, le sang de son sang et quand Léonarde, doucement, vint le déposer au creux de son bras, ce fut avec une vraie tendresse, un véritable amour qu'elle posa ses lèvres tremblantes sur la minuscule tête ronde où de légers cheveux bruns formaient comme une petite crête...

– Oh Léonarde, balbutia-t-elle, qu'allons-nous devenir ? Comment ai-je pu penser un seul instant à m'en séparer ? Je l'aime déjà...

– Moi aussi, et je vous demande pardon d'avoir, à cette heure qui devrait être heureuse, donné libre cours aux sentiments que je me suis efforcée de vous dissimuler durant tout ce temps. Et pourtant, je ne savais pas que ce serait une fille. Mais là... tout a débordé d'un seul coup.

– Vous pensiez à ma mère. Et moi, à présent, j'y pense aussi. Comme elle a dû souffrir en sachant qu'elle allait quitter ce monde en m'y laissant !

– Ce ne sera pas la même chose pour vous. Cette enfant vous connaîtra et, même si elle ne sait pas que vous êtes sa mère, je suis sûre qu'elle vous aimera... Au fait, comment allez-vous l'appeler ? Il lui faut un nom florentin puisqu'elle est, en principe, la petite nièce de ce bon Agnolo.

– Cela coule de source : Lorenza... Lorenza-Maria en mémoire de ma mère.

En dépit des objurgations de Léonarde, Fiora refusa d'être séparée de sa fille. Jusqu'au lever du jour, elle la garda contre elle, lui murmurant des mots tendres, caressant tout doucement les mains minuscules et les petites joues rondes qui avaient la douceur et la couleur d'une pêche de vigne. Son cœur, pris par surprise, débordait d'amour et de chagrin. Et quand, au matin, Léonarde vint la lui enlever pour lui donner des soins et la nourrir d'un peu d'eau sucrée au miel, Fiora eut l'impression de perdre une partie d'elle-même.

– Vous me la rendrez tout de suite après, n'est-ce pas ?

– Non, Fiora. Vous avez besoin, vous aussi, de soins, sans parler du repos que vous vous êtes refusé. Lorenza va dormir un peu dans sa corbeille... mais je la mettrai tout près de votre lit, je vous le promets.

– Vous n'allez pas... faire prévenir tout de suite Agnolo et Agnelle, n'est-ce pas ? Vous allez me la laisser un peu ?

Il y avait tant d'angoisse dans sa voix que la vieille demoiselle sentit son cœur se serrer. Elle avait craint, depuis le premier jour, cette flambée d'amour maternel. Voir, à présent, ce visage douloureux où les larmes versées dans la nuit avaient laissé leur trace la bouleversait.

– Ce n'est pas raisonnable. Plus vous attendrez, plus la séparation sera cruelle. D'autre part, Agnelle a dû arrêter déjà une nourrice.

– Pourquoi ne nourrirais-je pas ma fille pendant quelque temps ? Après tout, rien ne nous presse ? Nous sommes bien ici...

– Oubliez-vous votre fils ? Voilà six mois que vous l'avez quitté et on ne peut pas dire que vous ayez beaucoup vécu avec lui. Est-ce qu'il ne vous manque pas ?

– Si, bien sûr... mais il me semble que, ce petit ange, je l'aime plus encore. Lui, il a tout...

– Sauf un père ! fit Léonarde gravement. Lorenza aura père et mère, sans compter vous-même qui ne la perdrez pas de vue. Enfin, n'oubliez pas qu'elle est de race illustre. C'est une vraie Florentine, elle...

– Certes, elle l'est plus que moi. Mais je vous l'avoue, je n'ai guère pensé à son père tandis que je l'attendais... et même maintenant. C'est la preuve que je n'ai pas aimé vraiment Lorenzo. Et elle a peu de chance de le connaître jamais...

– Vous n'en savez rien. Quelle chance aviez-vous vous-même de connaître Florence au jour terrible de votre naissance ? Laissez-moi envoyer le père Anicet à Paris avec une mule et un billet. Florent est trop connu dans le quartier. Mieux vaut qu'on ne l'y voie pas ces jours-ci.

Fiora pleura beaucoup, supplia même quand Léonarde, impitoyable en apparence mais déchirée dans le fond de son cœur, lui banda les seins bien serré pour empêcher la montée de lait, en alléguant d'ailleurs que c'était à peine utile car, à la naissance de Philippe, Fiora s'était montrée peu prodigue du précieux liquide maternel. Et, comme celle-ci passait des larmes et des supplications à la colère, elle se fit sévère.

– Cessez de vous comporter comme une enfant ! Il faut une bonne nourrice à cette petite et nous n'allons pas nous amuser à la changer de sein toutes les deux minutes. Pensez un peu à elle !

Il fallut se résigner. D'ailleurs, le lendemain matin, les Nardi, tout frémissants d'une joie qu'ils n'osèrent pas montrer devant le visage tragique de la jeune mère, accouraient à Suresnes avec chevaux et confortable litière pour que le bébé fît le court voyage dans les meilleures conditions. La nourrice, choisie avec soin, attendait déjà rue des Lombards. Comme les Rois mages de l'Écriture sainte, ils apportaient des présents – inutiles et charmants comme des dentelles et des onguents de beauté pour Fiora – qui traduisaient bien leur affection.

Lorsque Fiora, pleurant comme une fontaine, remit elle-même sa fille dans les bras d'Agnelle, celle-ci l'embrassa chaleureusement.

– Je sais ce qu'il vous en coûte, mon amie, mais soyez certaine que notre petite Lorenza recevra tout ce qu'un enfant peut souhaiter et que nous l'aimerons de tout notre cœur, Agnolo et moi. D'ailleurs, si vous ne pouvez venir la voir d'ici quelque temps, je vous promets que cet été nous vous l'amènerons...

– Je ne sais pas si ce serait très sage, soupira Léonarde. Il semble évident, dès à présent, que Lorenza-Maria va ressembler beaucoup à sa mère...

– Ce qui est heureux pour elle, fit Agnolo, car je la plaindrais de ressembler à son illustre père qui est fort laid ! Mais laissons faire la nature, nous verrons bien !

– Lorenza-Maria ! soupira Agnelle en berçant, les yeux pleins d'étoiles, le petit paquet blanc que Fiora regardait avec désespoir. C'est bien joli ! Et c'est donc sous ce nom qu'elle sera baptisée dès ce soir, en l'église Saint-Merri...

– Dès ce soir ? s'étonna Léonarde. Et quels noms allez-vous indiquer pour les père et mère ?

– Il n'existe pas cinquante solutions, fit Agnolo. Nous ne pouvons la déclarer que de père et mère inconnus, Agnelle et moi signant uniquement à titre de marraine et de parrain. Naturellement, deux de nos voisins nous accompagneront en guise de témoins.

– Ainsi, elle n'aura pas de nom réel ? murmura Fiora. Elle qui pourrait s'appeler Médicis ou au moins Beltrami.

– Me connaissez-vous si mal ? fit Agnolo. Le prêtre recevra de l'or, et je m'arrangerai pour qu'il me croie le père...

– Eh bien, s'insurgea Agnelle, comme c'est aimable pour moi ! D'autant qu'elle est, en principe, la fille de ta nièce ?

– Sois sans crainte, reprit le négociant en riant. Du moment qu'on les paie, les desservants de paroisse ne se montrent pas trop difficiles et cela permettra à ce petit ange d'avoir un nom : elle sera Lorenza-Maria dei Nardi. N'est-ce pas le principal ?

– Bien sûr que si ! C'est toujours toi qui as les meilleures idées...

Quand ils eurent quitté le clos, la maison parut vide. C'était comme s'ils avaient emporté avec eux toute sa lumière et toute sa chaleur. Adossée à ses oreillers que ses cheveux marquaient d'une épaisse tresse noire, Fiora, les yeux baissés, se taisait. Elle regardait ses bras étendus devant elle, ses mains abandonnées paume en l'air sur le drap de fine toile. Eux aussi étaient vides et, tout à coup, cela lui fut insupportable. Relevant les paupières, elle regarda tour à tour Léonarde, qui s'était laissée tomber sur un banc et pleurait, les coudes aux genoux et la tête dans ses mains, puis Florent adossé au manteau de la cheminée où il regardait sans le voir le feu qui s'éteignait. Tous deux, frappés d'une immobilité qui semblait ne devoir jamais finir, n'osaient pas se tourner vers le lit... C'était comme si leur vie, à eux aussi, s'était arrêtée avec le départ de cette litière dont on entendait encore le léger grincement des essieux s'éloignant vers le vieux pont romain.

Une soudaine bouffée de colère tira la jeune femme de son amère songerie. Elle n'allait pas rester là, immobile, à attendre stupidement que son cœur cessât de lui faire mal. Sa voix sonna, haute, claire, impérieuse, et fit tressaillir les deux autres.

– Donnez-moi une robe de chambre, ma chère Léonarde ! Je veux me lever.

Tout de suite la vieille demoiselle fut près d'elle, mi-inquiète mi-fâchée :

– Vous n'y songez pas ! Il y a seulement deux jours que vous êtes accouchée...

– Et alors ? Péronnelle m'a parlé, un jour, d'une paysanne de ses amies qui avait ressenti les grandes douleurs alors qu'elle était en train de cueillir des cerises. Elle a fait son enfant et, deux jours après, elle allait vendre ses cerises au marché de Notre-Dame-la-Riche. Je ne crois pas être moins solide qu'elle.

– Encore un peu de patience ! Rien que deux ou trois jours ?

– Pas même un seul ! Comprenez donc que je ne peux plus supporter cette maison à présent... qu'elle est partie. Demain matin, nous reprendrons le chemin de chez nous. La seule chose que je vous demande, à tous deux, c'est que la maison soit rangée et que tout soit prêt à l'aube pour notre départ.

– Ce ne sera pas bien long, fit Léonarde tristement. Bien peu de choses nous appartiennent ici...

– Voulez-vous vraiment partir, donna Fiora ? demanda Florent dont le regard bleu scrutait le mince visage pâli et les yeux gris agrandis d'un cerne bleuté.

– C'est ma mine qui ne vous plaît pas ? Je crois au contraire qu'elle sera de circonstances, puisque je passe pour avoir contracté je ne sais quelle maladie. Il serait désastreux de rentrer avec une mine prospère et des joues rebondies. Chez nous, il me semble que j'aurai moins mal !

Réflexion faite, Fiora décida que l'on partirait avant que le jour soit levé afin que nul ne s'en aperçût, car elle n'avait aucune envie de changer de vêtements dans la première forêt venue. Personne ne l'avait vue durant ce séjour de six mois et elle estimait qu'il était bon qu'il en fût de même à présent. Tandis que Florent, le léger bagage chargé, achevait de harnacher les mules, elle demanda pourtant à Léonarde d'aller chercher le père Anicet.

Le bonhomme s'était montré d'une exemplaire discrétion et, quand Fiora descendait au jardin alors que lui-même s'y trouvait, il sifflait son chien et s'éloignait en tournant le dos. La jeune femme entendait l'en remercier.

– Je quitte cette maison, lui dit-elle, pour n'y plus jamais revenir. Vous ne me reverrez donc plus, mais je désire avant de partir vous prouver ma gratitude pour le silence et la solitude que vous m'avez permis de respecter.

Le père Anicet regarda la mince silhouette noire, enveloppée d'un grand manteau dont le capuchon doublé de renard fauve cachait la moitié du visage, puis les cinq pièces d'or qu'une main gantée venait de déposer dans la sienne. Un court instant, ses paupières aussi fripées que celles d'une tortue se relevèrent sur des prunelles singulièrement vives pour un homme de cet âge :

– Je ne vous ai jamais vue, dit-il enfin. Tenez-vous vraiment à ce que je me souvienne que quelqu'un a habité cette maison ?

– Non. Je préfère que vous l'oubliiez, mais un peu d'or n'a jamais nui à personne.

– C'est juste! Aussi, tout à l'heure, irai-je mettre un cierge à saint Leuffroy pour le remercier de l'aubaine trouvée grâce à lui dans cette maison vide...

Et, saluant gauchement mais serrant bien fort sa paume calleuse sur les pièces brillantes, il sortit de la maison et descendit en chantonnant jusqu'au fleuve pour y relever ses filets.

Un quart d'heure plus tard, les trois voyageurs s'éloignaient à leur tour et s'engageaient lentement sur l'étroit chemin bordant la Seine qu'ils allaient suivre jusqu'à Meudon pour, de là, rejoindre sans entrer dans Paris la grande route d'Orléans. Les croix du mont Valérien et les clochers de l'abbaye Saint-Leuffroy avaient disparu derrière les arbres d'un bois épais quand le soleil, bondissant comme un gros ballon rouge, s'élança dans le ciel gris et rose d'une aurore qui annonçait du vent.

La seule chose accordée par Fiora à Léonarde était que l'on n'irait pas trop vite. La vieille demoiselle avait allégué pour cela ses rhumatismes que l'humidité des jours derniers avait réveillés, sachant bien que, s'il n'était question que de sa propre santé, la jeune femme leur imposerait un train d'enfer. Aussi la journée était-elle avancée, trois jours plus tard, quand les voyageurs aperçurent le lourd donjon quadrangulaire, le clocher de Beaugency et la haute tour carrée de son abbatiale Notre-Dame.

Passée l'enceinte fortifiée – de justesse avant la fermeture des portes – ils virent que la ville était très animée, singulièrement la place du Martroi encombrée de valets, de chevaux et de chariots à bagages. Le tout débordait de la grande hôtellerie à l'enseigne de l'Écu de France où Fiora avait espéré descendre. Visiblement, l'établissement s'efforçait d'accueillir dans ses murs le train d'un grand seigneur.

– Qu'allons-nous faire ? dit Fiora. Il ne peut être question d'aller plus loin ce soir.

– Il n'y a que deux solutions, soupira Léonarde. Chercher une auberge moins agréable, ou demander l'asile pour la nuit aux moines de l'abbaye du bord de l'eau. Trouvez-nous cela, Florent, pendant que nous allons faire oraison dans la petite église que voilà. J'ai trop mal aux reins pour vous suivre dans vos recherches... Venez-vous, Fiora ?

Celle-ci ne répondit pas. Elle regardait avec intérêt un page, suivi de deux valets, qui transportaient l'un une cassette et les autres un coffre en direction de l'Écu. Tous trois portaient le tabard aux armes de leur maître et, justement, ces armes-là, Fiora se souvenait de les avoir vues bien souvent lorsque ses pas étaient attachés à ceux du Téméraire : c'étaient, frappées de la barre sénestre signant la bâtardise, les grandes armes de Bourgogne. Elle n'eut pas le temps de se poser la moindre question à ce sujet : un homme de haute taille, portant avec élégance et majesté une large cinquantaine, venait d'apparaître, son chaperon à la main, sortant de l'église et salué très bas par le clergé de ladite église. Il n'avait qu'à peine changé en deux ans et Fiora, presque machinalement, mit pied à terre pour le saluer : c'était celui que toute l'Europe appelait le Grand Bâtard, Antoine de Bourgogne, autrefois le meilleur et le plus fidèle des chefs de guerre du Téméraire, son demi-frère, pour lequel il avait combattu jusqu'au bout. Prisonnier après la fatale bataille de Nancy, il avait très vite retrouvé sa liberté et on le citait comme l'un des plus chauds partisans du retour de la Bourgogne à la France.

Il reconnut Fiora du premier coup d'œil et, soudain souriant, s'avança vers elle les deux mains tendues :

– Madame de Selongey ? Mais quelle heureuse fortune me vaut de vous rencontrer ici ?

– La fortune des grands chemins, Monseigneur. Je rentre chez moi, en Touraine après un séjour à Paris.

– En Touraine ? Vous ? Ne devriez-vous pas être en Bourgogne ? Ou alors votre époux s'est-il enfin rallié ?

– Voilà plus de deux ans que je n'ai vu Philippe, Monseigneur. Le destin s'est plu à nous séparer...

– Mais comment cela ?

– C'est une longue et triste histoire, bien difficile à raconter sur une place publique...

– Sans doute... mais pas autour d'une table. Vous me ferez, je l'espère, l'honneur de souper avec moi ? Il semble que nous ayons bien des choses à nous dire.

– Ce serait avec un vrai plaisir, Monseigneur, mais nous venons d'arriver dans cette ville, dame Léonarde, un serviteur et moi-même, et il nous faut trouver un logement.

– Alors que j'encombre les meilleurs ? fit-il en riant. La chose peut aisément s'arranger. L'un de mes officiers sera enchanté de céder sa chambre à deux dames. Quant à votre valet, il fera comme les miens : il couchera à l'écurie. Non, non ! Vous ne m'échapperez pas. Je vous tiens, je vous garde !

Et, tandis qu'un écuyer recevait l'ordre de guetter le retour de Florent, Fiora et Léonarde pénétrèrent dans l'hostellerie où l'une des meilleures chambres leur fut aussitôt offerte.

– Comme il est intéressant de posséder de hautes relations ! commenta Léonarde. Les voyages s'en trouvent agrémentés.

– Tout dépend des relations. Nous n'avons guère eu à nous louer d'avoir connu le cardinal della Rovere... et vous n'avez jamais rencontré le pape !

– Ne croyez pas que je le regrette ! En tout cas, je me demande vraiment ce que fait ici ce grand seigneur bourguignon.

Fiora l'apprit une heure plus tard tandis qu'assise en face de lui, elle dégustait un pâté de brochet, l'un de ses plats préférés. Ils soupaient seuls, servis par l'un des pages qui prenait les plats à mesure que l'aubergiste les faisait monter et les portait sur la table. Devinant, en effet, que son invitée pouvait avoir certaines confidences à faire, il avait choisi ce soir-là de la recevoir seule à sa table, ce dont Fiora lui fut reconnaissante. Pour la mettre en confiance, le Grand Bâtard Antoine commença par expliquer sa présence : il se rendait au château du Plessis-lès-Tours pour remercier le roi qui non seulement l'avait confirmé dans la possession de ses terres bourguignonnes annexées à ce jour, mais les avait augmentées.

– Je ne crois pas, ajouta-t-il, avoir mal choisi en reconnaissant Louis de France comme suzerain. Si ma nièce Marie avait décidé de régner seule sur les États de Bourgogne, j'aurais mis avec joie mon épée à son service, mais faire entrer dans l'empire allemand cet autre empire qu'étaient les possessions des Grands Ducs d'Occident, je ne peux l'admettre. Bourgogne est née de France, ses princes descendaient de saint Louis et les fleurs de lys ne peuvent servir de pâture aux aigles allemandes. En outre, Maximilien n'est qu'un oison décoratif alors que le Valois est un grand souverain, même avec tous ses défauts et même s'il est beaucoup moins décoratif. Il serait temps que Selongey s'en rende compte...

– Je ne suis pas certaine qu'il y parvienne jamais, Monseigneur, et j'ai bien peur de ne pas être étrangère à cet état d'esprit.

– Vous me disiez en effet ne pas l'avoir rencontré depuis deux ans ? Que s'est-il donc passé ? Vous disposez à présent du temps nécessaire pour me conter cette longue histoire, et croyez que je ne suis poussé par aucune curiosité déplacée, mais bien par l'amitié que j'ai toujours portée à votre époux et par l'estime qu'au cours de cette dernière année si terrible j'ai conçue pour votre courage. Quel âge avez-vous, donna Fiora ?

– Vingt et un ans, Monseigneur.

– J'en ai cinquante-huit. Je pourrais être votre grand-père et, si je tiens à le souligner, c'est pour que vous sachiez que vous pouvez attendre de moi compréhension... et indulgence.

– J'en aurai besoin car si nous nous sommes séparés, à Nancy, Philippe et moi, je crains d'en être la responsable. Alors que j'espérais en avoir fini avec une séparation qui n'avait que trop duré, il ne songeait qu'à m'enfermer à Selongey pendant qu'il continuerait à se battre pour Madame Marie. Je ne l'ai pas supporté et...

– Et la séparation s'est éternisée. Je vous ai promis indulgence, ma chère enfant, mais la femme est avant tout la gardienne du foyer. Madame Jeanne-Marie, ma belle épouse, n'a guère quitté, durant ces années difficiles, notre château de Tournehem qui lui vient de son père. Elle y a élevé nos enfants... mais je vous demande excuses : c'est à vous de parler et peu vous importent les histoires d'un vieil homme.

Ainsi mise en confiance, Fiora parla longtemps, sans chercher à minimiser ses torts envers son époux, mais en prenant soin tout de même de passer sous silence l'aventure passionnée vécue avec Lorenzo de Médicis et ses conséquences récentes. Son histoire s'arrêta à la chartreuse du Val-de-Bénédiction...

– La trace de Philippe s'efface au seuil du couvent et nul n'a pu me dire ce qu'il est devenu. Vous l'avouerai-je : je crains fort qu'il ne soit perdu à jamais. A-t-il suivi les pèlerins jusqu'au bout ? Est-il revenu avec eux ? Mais ensuite, où serait-il allé ? Quelqu'un aura-t-il eu pitié de cet homme sans mémoire ? La pensée qu'il ait pu mourir de misère sur quelque chemin perdu a hanté mes nuits bien souvent... mais où chercher à présent ?

Le page serveur ayant été renvoyé depuis un moment, le Grand Bâtard emplit la coupe de Fiora, se servit et, plongeant dans les grands yeux couleur de nuage son regard souriant :

– Pourquoi pas à Bruges ? proposa-t-il.

– A Bruges ? Mais il y a longtemps qu'il a quitté cette ville.

– Une excellente raison pour y revenir. C'est une fort belle cité, qui vous plairait, je pense...

Le cœur serré, Fiora, déçue et vaguement indignée, posa sur lui un regard assombri.

– C'est mal, Monseigneur, de vous moquer de moi.

– Mais je ne me moque pas de vous. Je considère même notre rencontre comme plus heureuse encore que je ne le pensais, et Dieu doit y être pour quelque chose. Je peux vous assurer, de source sûre, que Selongey se trouvait à Bruges à la Noël dernière.

– Ce n'est pas possible ?

– Pourquoi donc ? Quelqu'un qui me touche de près l'y a vu à la cour de la duchesse et lui a même parlé. Je vous assure qu'il semblait en pleine possession de sa mémoire, encore qu'il n'ait pas été très loquace, à ce que l'on m'a dit.

– Mais qui l'a vu ? Cette personne a pu être abusée par une ressemblance.

– Il aurait fallu pour cela ne pas le connaître. Or, Mme de Schulembourg, qui est la belle-mère de ma fille Jeanne et la meilleure amie de mon épouse bien que nous ne soyons plus dans le même camp, connaît Selongey depuis l'enfance. Elle l'a trouvé pâle et sombre et je dois dire qu'il n'a guère répondu à ses questions. Il est vrai que la chère dame est assez bavarde, mais je peux vous assurer que c'était bien lui.

– Philippe à Bruges ! balbutia Fiora sidérée. C'est invraisemblable...

– Peut-être, mais cela est ! Mme de Schulembourg a été si fort impressionnée par cette rencontre qu'elle s'est hâtée de venir à Tournehem pour la conter à mon épouse. Vous savez qu'il y a trêve, en ce moment, entre le couple Marie-Maximilien et le roi Louis ? Les rencontres sont donc facilitées... Mais qu'avez-vous ?

Renversée dans les coussins qui garnissaient son siège, Fiora, le nez pincé, les yeux clos et les joues pâles, semblait en train de perdre connaissance. En fait, elle luttait contre deux sentiments contradictoires : la joie et la colère. La joie pour cette certitude que Philippe était redevenu lui-même, la colère parce qu'à peine sorti du cauchemar qui avait failli l'ensevelir, il n'avait rien eu de plus pressé que de courir rejoindre sa précieuse duchesse ! Et cela signifiait sans doute que jamais il ne reviendrait vers elle et qu'il avait définitivement tourné la page où s'inscrivait le nom de Fiora...

Une fraîcheur sur son front l'incita à rouvrir les yeux. Antoine de Bourgogne était en train de lui bassiner les tempes à l'aide d'une serviette mouillée, étreint d'une inquiétude si visible qu'elle la fit sourire :

– Grand merci, Monseigneur, mais ce n'est rien... Rien que la joie ! C'est Dieu en effet qui m'a fait vous rencontrer.

– Je le crois aussi, mais buvez donc un peu de ce vin d'Espagne dont j'emporte toujours quelques flacons lorsque je voyage ! Il vous fera du bien et le Seigneur n'y verra pas d'inconvénients.

Fiora but, mais, comme sa colère s'en trouvait augmentée, elle demanda la permission de se retirer, alléguant un besoin de repos trop naturel. Courtoisement, le prince la reconduisit jusqu'à sa porte, en la tenant par la main.

– Ferons-nous route ensemble demain, puisque nous suivons le même chemin ?

Cette simple question modifia sur-le-champ les projets immédiats de Fiora qui, d'ailleurs, ne savait plus très bien où elle en était l'instant précédent.

– Non, Monseigneur, et j'en ai regret, mais je veux me rendre à Bruges. En revanche... si Votre Seigneurie voulait bien faire raccompagner dame Léonarde jusqu'à mon manoir de la Rabaudière, je lui en serais infiniment reconnaissante. Elle souffre de douleurs trop vives pour supporter à nouveau un long voyage...

– Avec plaisir, mais croyez-vous prudent de vous lancer ainsi sur les grands chemins ?

– Mon serviteur me suffira comme garde, et je ne compte pas être longtemps absente.

Il fut plus difficile de faire accepter à Léonarde ce changement de programme. La vieille demoiselle jeta feux et flammes, adjurant « son agneau » de renoncer à ce projet insensé, mais elle connaissait trop la jeune femme pour ne pas savoir que rien ne modifierait sa décision et qu'elle était prête à faire au besoin le tour de la terre pour mener à bien son projet quelque peu vengeur.

– Vous êtes contente, mais vous êtes encore plus en colère, n'est-ce pas ? demanda-t-elle.

– C'est vrai ! Il est grand temps que Philippe se souvienne que j'existe et qu'il lui faut choisir, et sans plus tarder, entre sa duchesse et moi !

– Il n'est jamais bon de poser un ultimatum à un homme, surtout de ce caractère. Vous regrettiez déjà suffisamment le dernier.

– Oui, mais je croyais encore à son amour...

– Souvenez-vous de ce que vous m'avez raconté ! Son délire quand il était malade à Villeneuve !

Fiora eut un petit sourire triste, vite balayé par une nouvelle flambée de colère :

– Eh bien, il faut croire que mon souvenir est tout juste bon à peupler ses cauchemars ! Seulement, à présent, j'ai une petite fille, que j'aime et dont j'ai dû me séparer. Alors, j'entends qu'au moins mon sacrifice serve à quelque chose. Il est plus que temps que j'aie avec Philippe une explication définitive...

– Si définitive que cela ? Dites-lui donc, surtout, qu'il a un fils ! Je serais fort étonnée que cette nouvelle ne change pas sa façon de voir les choses ! Mais... envisageons le pire : que ferez-vous s'il vous repousse ?

Fiora ne répondit pas tout de suite. La question dans sa brutalité l'avait frappée de plein fouet et la douleur qu'elle en ressentit lui fit comprendre que jamais elle ne pourrait chasser de son cœur l'image de Philippe. Pourtant, à cet instant, elle eût mieux aimé mourir que d'en convenir. Avec une soudaine violence, elle lança :

– En ce cas, rien ne me retiendrait ici ! Je prendrais

mes deux enfants dans mes bras et nous repartirions pour Florence. Avec vous, bien sûr. Au moins, là-bas, je serais entourée de gens qui m'aiment!

Le lendemain matin, laissant Léonarde poursuivre, en compagnie du chapelain d'Antoine de Bourgogne, son chemin vers la maison aux pervenches, Fiora, suivie d'un Florent épanoui de bonheur, reprenait à grande allure la route de Paris qu'elle voulait traverser sans s'arrêter afin de gagner les Flandres.

CHAPITRE IX

A BRUGES...

Si Léonarde, de retour au logis, s'efforçait de calmer ses appréhensions en espérant que la longue course à travers le nord de la France calmerait la colère de Fiora, elle se trompait. Tandis que son cheval – elle avait, à Beaugency, troqué ses mules contre deux solides montures – l'emportait vers le palais de Marie de Bourgogne, la jeune femme ne cessait de remâcher ses griefs et sa déception. Cette fois, personne ne pouvait lui attribuer la moindre responsabilité dans l'étrange comportement de son époux. En fait, la vérité apparaissait, aveuglante de clarté, et tenait en quelques mots : Philippe ne l'avait jamais aimée réellement !

Il la désirait, oui, et de cela elle était sûre. D'ailleurs, quel était l'unique droit d'époux exigé lors de la conclusion de leur mariage : une seule nuit ! Certes, plus tard, en retrouvant Fiora captive du Téméraire, sa jalousie s'était éveillée en apprenant ce que la jeune femme appelait « l'épisode Campobasso » et, après la chute de Nancy, il l'avait aimée passionnément... pendant trois nuits. Mais ensuite ? Eh bien ensuite, il n'avait eu qu'une idée : aller se battre pour la duchesse Marie, rejoindre la duchesse Marie, se faire le chevalier de la duchesse Marie... cette insupportable duchesse Marie vers laquelle il s'était hâté de retourner dès qu'il avait pu fausser compagnie aux chartreux de Villeneuve ! Et à présent, c'était dans l'entourage de cette femme qu'on allait le retrouver! C'était une vraie princesse, elle, née sous les plafonds dorés d'un palais et pas sur la paille d'une prison. En outre, on la disait ravissante et, comme si ces atouts ne suffisaient pas, elle possédait la plus incomparable des auréoles : elle était la fille du Téméraire, ce prince à présent quasi légendaire que Philippe vénérait autant et plus que s'il eût été son père!

A mesure que passait le temps et que défilaient les lieues sous les sabots du cheval, cette idée s'ancrait davantage dans l'esprit de Fiora et devenait évidence, irritante comme une brûlure en voie de guérison : on la gratte et, du coup, elle se creuse, pour finir par s'envenimer...

De son côté, Florent, sa première joie passée, se sentait envahi d'une inquiétude qui allait grandissant. La femme au visage fermé, aux yeux durs, qui chevauchait auprès de lui tout le jour sans dire un mot, qui, le soir venu, s'enfermait dans une chambre d'auberge pour y prendre l'indispensable repos en le laissant libre de sa soirée, n'était plus, ne pouvait être cette donna Fiora qu'il adorait en silence. Sans rien savoir de ce qui l'avait déterminée à ce voyage insensé alors qu'elle était à peine remise de ses couches, le jeune homme devinait qu'il s'agissait d'une chose grave, d'une chose qui la faisait souffrir. Aussi en venait-il à espérer et à craindre à la fois de voir surgir de l'horizon cette ville de Bruges qu'il connaissait un peu pour y avoir accompagné, jadis, Agnolo Nardi venu pour affaires. Une chose paraissait certaine : Fiora se rendait vers cette ville comme vers un ennemi.

Quand, au bout d'une plaine moirée de longs canaux dont l'eau irisée reflétait le ciel, piquée de moulins aux grandes ailes, Bruges apparut enfin, Fiora retint son cheval et s'arrêta pour mieux contempler l'ennemie. Elle dut s'avouer qu'elle était bien belle, et sa rancune puisa de nouvelles forces dans cette admiration...

Bâtie sur l'eau de la Reye et sur un lac comme Venise sur sa lagune, la reine des Flandres bordait le ciel changeant d'une dentelle de pierre blonde et rose. Sous la mince tour, un peu penchée, du beffroi où les veilleurs se trouvaient si haut qu'ils se croyaient à mi-chemin du ciel, ce n'étaient que pignons dorés dominant superbement les toits de tuiles couleur de chair qui, depuis le règne du duc Philippe le Bon, avaient remplacé le chaume et le bois pour une meilleure sécurité. Quant à la ceinture de défense posée sur l'eau profonde de la rivière, elle se parait de saules argentés, de lierre et de touffes de giroflées rousses. D'ailleurs, ainsi défendue par les eaux qui l'isolaient de la terre ferme, Bruges avait à peine besoin de ses murailles.

Dans le soleil déclinant, l'ensemble vivait, vibrait, chantait comme une forêt à l'automne. Le spectacle d'une beauté accablante que Fiora jugea insolente. Cette ville, l'une des plus riches du monde, se permettait en outre d'être l'une des plus magnifiques, c'était toute la splendeur des anciens ducs de Bourgogne qui s'étalait ainsi, intacte en apparence. La légende semblait s'être pétrifiée...

– C'est beau, n'est-ce pas ? hasarda Florent.

– Trop ! Je comprends qu'on ait envie de revenir ici, surtout quand tout vous y pousse. Mais ce n'est pas une raison suffisante...

Et, sur cette phrase sibylline qui acheva la déroute intellectuelle du malheureux garçon, Fiora piqua des deux et fonça vers Bruges comme si elle entendait la prendre d'assaut. La chevauchée dura jusqu'à la porte de Courtrai, qu'il fallut franchir à une allure plus paisible. Après quoi, Fiora s'arrêta carrément et, se tournant vers son compagnon :

– Où allons-nous à présent ?

– Mais... est-ce que ce n'est pas vous, donna Fiora, qui devriez me le dire ? J'ignore tout de vos projets...

– Sans doute, mais j'ai cru comprendre que vous connaissiez cette ville ? Ce qu'il nous faut, pour ce soir, c'est un logis, une auberge, une hôtellerie. Je suppose qu'il en existe ?

– Bien sûr, et de très bonnes. Maître Agnolo, lui, aime beaucoup la Ronce Couronnée qui se trouve dans la rue aux Laines, la Wollestraat comme on dit ici. Je crois même que c'est la meilleure.

– Va pour la Ronce Couronnée ! Prenez la tête, Florent et guidez-moi !

Devant ce ton sans réplique, Florent pensa qu'il était heureux pour lui d'avoir une excellente mémoire, car donna Fiora ne semblait pas disposée à lui accorder un droit à l'erreur. Il retrouva son chemin sans trop de peine, ce qui était méritoire car Bruges, plaque tournante du commerce de l'Occident septentrional, grouillait encore d'activités en dépit de la guerre impitoyable que les vaisseaux français menaient à ses fournisseurs de laine anglaise ou de produits portugais.

Plus méritoire encore fut d'arracher au dernier descendant de la dynastie Cornélis qui, depuis plus de cent ans, veillait au renom de l'hôtellerie, un appartement digne d'elle pour Mme de Selongey et un logement convenable pour son serviteur. En effet, le mois d'avril tirait à sa fin et les préparatifs de la fameuse procession du Saint-Sang, qui avait toujours lieu le 2 mai, retenait à Bruges bien des voyageurs, sans compter ceux que l'on attendait.

– Je ne peux garder Madame la comtesse que deux jours, précisa Cornélis. Ensuite, je devrai la prier de libérer son logis pour un client qui l'a retenu.

– Bien que ce ne soit, j'imagine, qu'une question d'argent, fit la jeune femme avec dédain, je pense que deux jours devraient me suffire. A présent, répondez à deux questions : où demeure la duchesse Marie ?

Les yeux de l'aubergiste s'arrondirent de surprise :

– Au Prinzenhof ! Tout le monde sait cela !

– Pas moi, sinon pourquoi vous poserais-je la question ? Et où se trouve ce... Prinzenhof ?

– Pas loin d'ici. Près de l'hôtel des Monnaies.

– Voilà qui m'éclaire ! Passons à ma seconde question : qui dirige ici le comptoir de la banque Médicis ?

– Cela aussi, c'est facile : messer Tommaso Portinari. Il habite, dans la Naaldenstraat, l'ancien hôtel de messire Bladelin qui fut trésorier de l'ordre de la Toison d'or[1].

– Voyez avec mon serviteur s'il connaît ce chemin-là ! Je vais me rafraîchir un peu, puis me rendre chez messer Portinari avant le souper.

– Si je peux me permettre un conseil, noble dame, les affaires de messer Portinari ne vont pas au mieux depuis la mort de Monseigneur le duc Charles auquel il avait prêté beaucoup d'argent. Peut-être un autre banquier florentin serait-il plus intéressant...

– Qui vous dit que j'aie besoin d'un banquier « intéressant » ? Le mandataire des Médicis est le seul qui me convienne.

Ainsi remisé, Cornélis s'inclina et conduisit lui-même sa peu facile cliente à sa chambre. Un moment plus tard, Fiora, débarrassée de la poussière de la route et sévèrement vêtue de drap gris et de renard roux, se faisait annoncer chez le banquier en tant que Fiora Beltrami.

A l'empressement avec lequel on la reçut, elle pensa d'abord que le nom de son père défunt représentait encore quelque chose, mais elle ne tarda pas à comprendre son erreur, et aussi que les potins florentins se répandaient à travers l'Europe avec une grande rapidité. De toute évidence, l'accueil de Tommaso Portinari s'adressait davantage à la dernière favorite de Lorenzo de Médicis qu'à la fille de feu Francesco Beltrami.

Dans la grande pièce austère, habillée tout de même d'une tapisserie mais dont le meuble principal était un énorme coffre bardé de fer, Fiora vit s'incliner devant elle un gros homme aux cheveux rares et au teint brun, pourvu d'un double menton et dont le ventre emplissait une belle robe de fin drap ponceau garni de fourrure.

– Pourquoi ne m'avoir pas annoncé votre venue, donna Fiora ? reprocha-t-il en avançant un siège adouci de car-

1. Actuel couvent des sœurs de l'Assomption.

reaux de velours bleu. J'aurais eu le temps de mettre ma modeste maison en état de recevoir l'Étoile de Florence...

– Les nouvelles ne vous parviennent pas vite, fit Fiora avec un demi-sourire. Il y aura bientôt un an que j'ai quitté notre chère cité pour aller régler en France certaines affaires.

– C'était, je l'espère, avec l'accord du magnifique seigneur Lorenzo ?

– Son plein accord, soyez sans crainte! Ces mêmes affaires d'ailleurs m'ont conduite ici un peu impromptu, mais, ne comptant pas séjourner longtemps, je viens vous voir dès mon arrivée. Non pour vous demander l'hospitalité, rassurez-vous, je me suis logée à la Ronce Couronnée. Cependant, vous pouvez tout de même me venir en aide.

– Ah! fit-il avec un coup d'œil vers le coffre qui en disait plus qu'un long discours ? C'est que... je ne suis guère en fonds aujourd'hui. Je suppose, ajouta-t-il avec un visible embarras, que Monseigneur Lorenzo est mal disposé envers moi car, en dépit de ses ordres, ma banque a versé de l'or au défunt duc Charles de Bourgogne. Mais il devrait comprendre qu'habitant Bruges, je ne pouvais me dispenser de contribuer à l'effort de guerre que l'on a exigé d'elle.

– Et qu'elle a fermement refusé, ainsi que les autres cités flamandes! Il se trouve que j'ai approché le duc Charles dans les derniers mois de son existence...

Portinari devint très rouge, son visage prit une curieuse couleur de vieille brique :

– Moi, il m'était impossible de refuser, car le duc m'honorait d'une toute particulière amitié. D'autre part, je crois savoir que votre père lui-même a versé une forte somme... On a parlé de cent mille florins d'or...

– Ma dot! coupa Fiora sèchement, offerte par mon époux le comte de Selongey à son suzerain. De toute façon, et si dépourvu que vous soyez, messer Portinari, je suppose que vous pouvez tout de même honorer cette lettre de change, ajouta-t-elle en tirant de son escarcelle un papier soigneusement plié.

Après la naissance de Lorenza-Maria, elle s'en était fait établir deux par Agnolo Nardi, pensant qu'elle pourrait en avoir besoin car il n'était pas prudent de courir les routes avec beaucoup d'or.

Le banquier prit la lettre et la parcourut rapidement, après quoi son visage s'éclaira :

– Cent ducats ? Bien sûr ! Nos coffres contiennent toujours au moins cette somme.

– C'est donc parfait, mais ce n'est pas tout. Il me faut une robe !

– Une robe ? fit l'autre sans cacher sa stupéfaction. C'est que je ne suis pas tailleur...

– Sans doute, mais vous connaissez bien cette ville et vous pourrez convaincre n'importe quelle faiseuse de travailler pour moi cette nuit. Quant au tissu, je suis persuadé qu'en bon Florentin vous devez en posséder un certain choix...

C'était presque une tradition, en effet, chez les riches Florentins, de collectionner, à côté des objets précieux de toutes sortes, des étoffes rares que l'on gardait dans des coffres de santal ou de cèdre pour les exposer aux fenêtres les jours de grandes fêtes ou y tailler, à l'occasion, un vêtement de cérémonie.

– Certes, certes... mais pourquoi cette nuit ?

– Parce que je ne désire pas m'attarder et que j'entends obtenir dès demain une audience de la duchesse Marie...

– La duchesse ? fit le banquier avec un petit sourire vaguement méprisant. Je ne vois quel genre de faveur vour pourriez en obtenir. Sa puissance est autant dire nulle ici où le Conseil de ville ne songe qu'à retrouver son indépendance, comme Gand, Ypres et... les autres cités flamandes. Madame Marie et son époux aiment à résider dans cette ville et à y donner des fêtes. Ils sont aimables et entretiennent une atmosphère élégante et joyeuse, aussi aime-t-on assez les voir ici. Cependant, nombreux sont ceux qui n'oublient pas la brutale férule du Téméraire ni même la rudesse avec laquelle son père, le duc Philippe, a réprimé les dernières révoltes. A présent, c'est la ville qui détient le pouvoir.

Décidément, Portinari n'aimait pas la duchesse beaucoup plus que Fiora elle-même. Surtout, la curiosité le dévorait, et c'était pour inciter la visiteuse aux confidences qu'il venait de se livrer à ce long discours. En pure perte :

– Je dois la voir pour une affaire d'ordre privé qui n'intéresse pas le pouvoir, mais que j'estime urgente. Or, je ne saurais me présenter à la Cour vêtue comme je suis...

– Il vous serait, en effet, impossible d'obtenir une audience. Eh bien, si vous voulez m'accompagner, je crois que nous allons pouvoir vous donner satisfaction, mais...

– Y a-t-il encore un « mais » ?

– Bien modeste, croyez-le ! Consentiriez-vous à plaider ma cause auprès de Monseigneur Lorenzo ? Il semble qu'il m'en veuille terriblement de ma conduite durant les dernières guerres. Et puis... il y a toujours cette malheureuse affaire du *Jugement dernier* pour laquelle, bien qu'innocent, j'ai encouru sa colère.

– Le *Jugement dernier* ? Qu'est-ce que cela ?

– Un triptyque du grand peintre flamand Hugo Van der Goes que mon prédécesseur ici, Angelo Tani, avait acheté pour en faire don à l'église San Lorenzo de Florence. C'était il y a six ans, et j'ai été chargé de faire emballer et d'expédier le tableau... qui n'est jamais arrivé.

– Que s'est-il passé ?

– Le navire a été attaqué, peu après son départ de l'Écluse, par deux corsaires de la Hanse, et le *Jugement dernier* orne à présent l'église Notre-Dame de Dantzig. J'en ai été tenu pour responsable et même...

– On a... suggéré que l'attaque était prévue et que vous aviez vous-même vendu le triptyque ?

– Vous avez tout compris. Comment faire face à pareille accusation ? C'est pourquoi j'ai grand besoin qu'une voix s'élève en ma faveur, sinon je crains qu'il me soit impossible de retourner jamais à Florence. Et cette pensée m'est cruelle.

– Je vous comprends mieux que vous ne l'imaginez. Évidemment, je ne peux rien pour cette affaire de tableau volé, mais je peux faire savoir à Monseigneur Lorenzo que vous m'avez apporté une aide... précieuse. Ce ne sera d'ailleurs que vérité.

– Je n'en demande pas plus. Vous aurez votre robe... et j'espère même que vous me permettrez de vous l'offrir ?

Fiora fronça les sourcils. La phrase était plus que maladroite car, n'ayant aucun moyen de savoir si Portinari était un homme honnête et trop dévoué au Téméraire ou un simple coquin qui, croyant au triomphe du Grand Duc d'Occident, avait joué le mauvais camp contre la politique choisie par son pays, elle n'entendait pas recevoir de lui le moindre cadeau. Elle écrirait à Lorenzo, mais auparavant elle interrogerait Agnolo Nardi.

– Certainement pas ! fit-elle sèchement. Si vous voulez que je vous apporte une aide appréciable, il ne faut surtout pas que je sois votre obligée. A ce point, tout au moins.

– Ce sera comme il vous plaira.

Le lendemain matin, deux jeunes femmes envoyées par la meilleure couturière de Bruges apportaient à la Ronce Couronnée ce dont Fiora avait besoin pour figurer dignement devant la duchesse Marie, pendant que Florent courait la ville pour se procurer à lui-même un costume convenable. Vers la fin de la matinée, Fiora, vêtue de velours prune moucheté d'argent et de satin blanc, coiffée d'un hennin de satin blanc ennuagé de mousseline empesée, se dirigeait à cheval, suivie de son jeune compagnon, vers le palais de celle qu'elle jugeait sa rivale. Elle se sentait résolue et sûre d'elle. L'image renvoyée tout à l'heure par le miroir et l'admiration ingénue visible dans les yeux des deux jeunes femmes pendant qu'elles l'aidaient à s'habiller étaient plus que rassurantes. Fiora pouvait soutenir la comparaison avec n'importe quelle autre femme, fût-elle couronnée, et si d'aventure Philippe croisait sa route, elle serait en possession de toutes ses armes. Ce qui était le plus important...

Chemin faisant, elle s'accorda le loisir d'admirer Bruges. La ville était bien construite, avec de belles rues pavées et de nombreux jardins donnant presque tous sur un canal et, par quelques marches de pierre, descendant jusque dans l'eau où se miraient le feuillage argenté d'un saule, le tronc mince d'un bouleau ou d'épais massifs à la verdure encore trop tendre pour les identifier. Surgissant de ponts si bas qu'il semblait impossible de les passer autrement qu'à la nage, de grosses barges fendaient l'eau noire et le verdâtre bouillonnement des mousses. Ces canaux dont le lacis semblait inextricable fascinaient la Florentine. Ils posaient des reflets de moire sur les façades déjà grises d'un palais ou sur les murs nacrés d'un couvent neuf. Celui-là clapotait au pied d'un petit mur où dormait un chat, cet autre laissait divaguer une barque mal attachée, celui-ci reposait dans un fouillis de roseaux où pêchait un poisson-chat. Tout ici parlait de paix et de douceur de vivre et cependant Bruges, bâtie pour le simple bonheur, était une cité turbulente qui, dans ses jours d'agitation, en eût remontré à Florence elle-même...

Le Prinzenhof – la Cour du Prince – formait un large quadrilatère où s'inscrivaient le palais, la chapelle surmontée d'un haut clocher, les jardins et, bien entendu les dépendances. Passée la discrète entrée surmontée d'une statue de la Vierge entourée d'anges, la cour d'honneur s'ouvrait, entourée de galeries et précédant immédiatement le logis princier construit en briques rouges avec chaînages de pierres blanches, comme l'était le manoir de la Rabaudière.

Cette ressemblance encouragea Fiora. Franchi l'arrêt obligatoire du corps de garde où un sergent, impressionné par l'allure de la visiteuse, traversa la cour à toutes jambes pour avertir un chambellan, elle attendit patiemment en observant ce qui se passait dans la cour. En effet, des équipages s'y rassemblaient. Des palefreniers amenaient des chevaux richement harnachés, des seigneurs et quelques dames, en costumes de chasse, surgissaient d'un peu partout, cependant que des fauconniers apportaient, sur leurs poings gantés de gros cuir, faucons, vautours et éperviers encapuchonnés de velours brodé d'or ou d'argent. On se hélait joyeusement, on se saluait, on riait, on bavardait et le vaste espace s'emplissait de bruit et de gaieté.

– Nous arrivons mal, souffla Florent. Le prince doit se préparer à partir pour la chasse.

– Sans doute, mais ce n'est pas le prince que je veux rencontrer, c'est la princesse.

– Peut-être chasse-t-elle aussi ?

– C'est bien possible.

Le sergent revenait, escorté d'un chambellan très agité. Essoufflé aussi, et qui prit tout juste le temps de saluer la visiteuse :

– Cet homme a-t-il bien compris ? Vous seriez Madame la comtesse de Selongey ?

– Oui. Est-ce tellement extraordinaire ?

– Eh bien, c'est surtout inattendu. Madame la duchesse est sur le point de partir pour la chasse et...

– Et ne peut me recevoir. Dites-lui s'il vous plaît mes excuses et mes regrets, mais je ne pense pas la retarder longtemps. Une courte entrevue est tout ce que je souhaite.

– Ne pourriez-vous... remettre à plus tard ?

– Je regrette d'insister, mais je ne suis à Bruges que pour quelques heures et je viens de loin...

Le chambellan semblait très malheureux. Il eût peut-être atermoyé un moment encore si une dame d'un certain âge, magnifiquement vêtue, n'était apparue à son tour, relevant à deux mains, pour aller plus vite, ses jupes d'épais taffetas vert sombre à ramages gris et or. Son arrivée parut soulager grandement le chambellan :

– Ah ! Madame d'Hallwyn ! Est-ce Sa Seigneurie qui vous envoie ?

– Naturellement ! Il lui est apparu qu'il était indécent de faire attendre comme une marchande de modes une dame de cette qualité... s'il n'y a pas d'erreur !

– Qu'en pensez-vous ? dit Fiora avec une hauteur qui amena un léger sourire sur les lèvres de la dame d'honneur. Son regard bleu avait déjà jaugé la beauté, l'élégance de la nouvelle venue, et sa tournure pleine d'une fierté qui annonçait son noble lignage.

– Qu'aucun doute n'est possible. Seule une femme aussi belle que vous pouvait convaincre messire Philippe de se marier. Voulez-vous me suivre ? Madame la duchesse vous attend.

Derrière son guide, Fiora perdit le sens de la direction. On monta des escaliers, on suivit des galeries et de vastes salles tendues des plus belles tapisseries parfilées d'or qu'elle eût jamais vues. On descendit dans un jardin où un cyprès dominait une grande quantité de rosiers. On aperçut de grandes volières et, finalement, on aboutit à une construction isolée par un mur et dont les vastes toits et les tourelles étaient revêtus de tuiles vertes. Au-dessus flottaient des bannières vivement colorées. Jardins, cours et bâtiments bruissaient d'une grande quantité de serviteurs.

– Ce palais est immense ! remarqua Fiora. Bien plus vaste qu'il n'y paraît de prime abord !

– C'est à cause de la porte, qui est de peu d'aspect, mais le défunt duc Philippe estimait que, comme l'entrée du Paradis, celle de son palais devait être étroite pour plus de sécurité. Nous voici arrivées : ceci est l'Hôtel vert, ainsi nommé à cause de la couleur de ses toits. Madame Marie trouve le palais trop vaste et apprécie une demeure un peu plus intime...

Intime peut-être, mais tout aussi fastueuse que le reste. Si les guerres du Téméraire avaient ruiné sa famille et la Bourgogne, il n'y paraissait guère dans cette demeure où tout était d'un luxe extrême. Mme d'Hallwyn jouissait visiblement de la surprise de sa compagne :

– Encore n'aurez-vous pas l'occasion d'admirer les « baignoireries ». Elles sont uniques et l'on y trouve, outre des salles de bain, des étuves à vapeur chaude et des pièces de repos qui sont les plus agréables du monde. Mais nous arrivons.

Un instant plus tard, dans une galerie largement éclairée par de hautes fenêtres ogivales à vitraux de couleurs vives, Fiora saluait profondément une jeune femme assez grande et qui devait avoir à peu près son âge. Elle dut reconnaître, même si cela ne lui causait aucun plaisir, qu'elle était charmante : mince et gracieuse, Marie de Bourgogne possédait une peau d'une éclatante blancheur, un petit nez, de beaux yeux vivants d'un brun léger et une abondante chevelure d'un ravissant châtain doré qu'une coiffe de velours vert et de mousseline blanche contenait mal. De toute évidence, elle devait ressembler à sa mère, cette Isabelle de Bourbon morte quand elle était enfant et qui avait été le grand, le seul amour du Téméraire. De celui-ci, elle avait la bouche charnue, marquée d'un pli d'obstination, et le menton en pointe arrondie qui donnait un peu à son visage la forme d'un cœur.

Elle considéra un moment la jeune femme à demi agenouillée dans sa révérence, avec une curiosité qu'elle ne se donna pas la peine de dissimuler.

– Je me suis souvent demandé si je vous verrais un jour, Madame, fit-elle d'une voix nette. Ainsi, vous êtes cette Fiora de Selongey qui fut si longtemps l'amie de mon père ?

– L'otage serait plus juste, Madame la duchesse. Ce n'est pas de mon plein gré que j'ai dû suivre Monseigneur Charles !

– Relevez-vous ! On me l'a dit, cn effet... néanmoins, vous avez eu la chance de vivre dans son entourage... jusqu'à la fin.

– Votre Seigneurie peut dire jusqu'à la dernière minute. J'ai vu le duc, au matin de Nancy, monter son cheval Moro et s'éloigner dans la brume vers sa dernière bataille. J'ai eu aussi le privilège d'assister à ses funérailles...

Tandis qu'elle parlait, le visage un peu figé de Marie s'animait, se colorait :

– Pourquoi n'être pas venue plus tôt ? Dieu ! J'aurais tant de questions à vous poser, tant de choses à vous dire ! Mon père, je le sais, estimait votre courage...

– Mon époux n'a jamais exprimé le désir de me conduire auprès de Votre Seigneurie, et je ne cache pas qu'un assez grave différend s'est élevé entre nous. Mais ceci est de peu d'importance à présent et, comme je ne veux pas retarder trop longtemps la chasse...

– C'est vrai, mon Dieu, la chasse ! Madame d'Hallwyn, veuillez dire à mon seigneur-époux qu'il parte sans moi. Je ne chasserai pas aujourd'hui.

– Mais, coupa Fiora, il est inutile que Votre Altesse se prive...

– Je peux chasser chaque jour s'il me plaît. Aujourd'hui, je préfère parler avec vous... à moins que vous ne préfériez vous installer dans ce palais pour quelques jours ?

– Non, Madame la duchesse ! Je vous rends grâces, mais, si mon époux ne se trouve pas à Bruges, je repartirai demain.

A nouveau, Marie de Bourgogne scruta le visage de sa visiteuse, y cherchant peut-être le reflet d'une émotion qu'elle ne trouva pas.

– Venez avec moi ! Il faut vraiment que nous causions.

Suivant la duchesse, Fiora traversa une grande chambre somptueusement meublée où deux dames de parage, aussitôt plongées dans leurs révérences, s'affairaient à ranger du linge et des coiffures, puis gagna une petite pièce tendue de velours rouge à crépines d'or qui lui rappela, en réduction bien sûr, le grand tref d'apparat du Téméraire où elle avait rencontré le prince pour la première fois. L'ameublement s'en composait surtout de livres, d'un écritoire et, devant la cheminée en entonnoir, d'une bancelle garnie de coussins sur laquelle Marie vint s'asseoir en attirant Fiora auprès d'elle.

– Philippe de Selongey est un homme peu bavard, soupira-t-elle, et je n'ai pas compris grand-chose à votre histoire à tous deux, mais, comme je ne veux pas forcer vos confidences, dites-moi seulement depuis combien de temps vous n'avez pas vu votre mari ?

– Depuis deux ans, Votre Seigneurie. La vie s'est plu à nous séparer sans cesse et j'en ai beaucoup souffert. C'est pourquoi je voudrais tant le retrouver.

– Qu'est-ce qui a pu vous faire penser qu'il était ici ?

– Monseigneur le Grand Bâtard Antoine, que j'ai rencontré par hasard.

Un éclair de colère traversa le regard brun et la jolie bouche ronde se serra :

– Mon bel oncle qui, à peine mon père porté en terre, s'est hâté de rejoindre mon cher parrain, le roi Louis ! Nous formons en vérité une étrange famille où le parrain dépouille sa pupille et où les meilleurs amis de son père l'aident dans cette entreprise...

– Monseigneur Antoine pense que ce qui fut terre de France doit redevenir terre de France. Il est fort dommage que Votre Seigneurie n'ait pu épouser le dauphin Charles. Elle eût fait une grande reine...

– M'imaginez-vous épouser un enfant de huit ans ? s'écria Marie en riant. Évidemment, il était tentant de régner sur la France, mais je ferai, du moins je l'espère, une bonne impératrice d'Allemagne. Ceci dit, ce que l'on vous a rapporté est vrai : messire Philippe était ici à la Noël. Je suppose que c'est par Mme de Schulembourg que le Grand Bâtard l'a su ? Elle est fort amie de sa femme...

– C'est elle, en effet. Puis-je à présent demander où se trouve mon époux ?

La duchesse se leva et accomplit deux ou trois fois le tour de la pièce avant de s'arrêter devant Fiora.

– Comment pourrais-je le savoir ? Il n'est resté que deux ou trois jours. Vous autres, Selongey, semblez incapables de demeurer en place un temps raisonnable.

– Où est-il allé ensuite ?

– Mais je n'en sais rien ! Et je n'ai même pas compris

le motif de sa venue. Nous n'avons eu de lui qu'une figure longue d'une aune ! En pleine période des plus douces fêtes de l'année !

Fiora retint un sourire dédaigneux. Cette petite princesse avait beau porter en elle le sang bouillant du Téméraire, du diable si l'on s'en serait douté ! Avec son teint de lis, ses yeux rêveurs et ses robes taillées à l'allemande qui aplatissaient sa poitrine sous un paquet de broderies d'or et lui épaississaient la taille, elle n'évoquait en rien la légende tragique et grandiose qui auréolait le dernier des ducs de Bourgogne. Une figure longue d'une aune, en vérité ? S'attendait-elle à ce qu'un homme qui avait souffert tant d'épreuves vînt à elle la mine réjouie et prêt à danser aux bals de cour ?

– Je crois, Madame, dit-elle avec amertume, qu'il venait chercher quelque chose d'impossible. Quelque chose que vous étiez incapable de lui donner.

– Et quoi donc ?

– De l'amour. Je pense qu'il aime Votre Seigneurie, qu'il l'a toujours aimée et qu'il n'a pu supporter de la retrouver mariée et heureuse, car vous êtes heureuse, n'est-ce pas, Madame ?

– Infiniment ! J'ai eu le bonheur de donner un fils à mon cher époux et il se peut que, bientôt, je lui en donne un autre.

– C'est tout naturel. Mais lui qui avait fait siens pendant tant d'années les rêves de votre père, il a dû comprendre qu'il n'y avait plus de place ici pour ces rêves-là ! J'avoue ma déception, Madame la duchesse. J'espérais qu'au moins vous l'aviez envoyé remplir, au loin, quelque mission.

– Il n'en est rien. Nous sommes en trêve avec le roi de France. Quelle mission aurais-je pu lui confier ?

– Je crois, dit Fiora froidement, que Monseigneur Charles, que Dieu ait en sa sainte garde, aurait su comment employer un homme de cette qualité, un homme qui, pour le service de Votre Altesse, a été jusqu'à affronter l'échafaud. La Bourgogne vous a échappé, n'est-ce pas ? Je pense que vous ne garderez rien de ce qui a failli être un royaume si vous ne savez pas apprécier vos serviteurs. On a ceux que l'on mérite.

La jeune duchesse dont le joli visage s'empourprait n'eut pas le temps de lui répondre : un jeune homme aux longues jambes, au visage assez rude sous une forêt de cheveux blonds taillés carrés à la mode germanique, venait de faire une entrée impétueuse et s'élançait vers Marie.

– Que me dit-on, mon cœur ? Vous renoncez à votre chasse ? Vous voulez me priver de vous ? Qu'est-ce que ce caprice ?

– Ce n'est pas un caprice, mon cher seigneur. Je désirais recevoir la dame que vous voyez ici. Elle est l'épouse du comte de Selongey.

Comprenant à qui elle avait affaire, Fiora saluait déjà le fils de l'empereur Frédéric comme il convenait. Celui-ci lui accorda un large sourire appréciateur :

– Bonjour, Madame. Votre époux, en vérité, a beaucoup plus de chance qu'il n'en mérite, car vous êtes fort belle ! Mais si vous le permettez, je reprends la duchesse, car je ne saurais chasser sans elle. Vous aurez tout le temps de causer quand nous reviendrons...

– C'est inutile, Monseigneur, dit Fiora. Madame la duchesse m'a dit tout ce que je pouvais espérer entendre d'elle.

Le sourire de Maximilien se fit plus large encore s'il était possible. Prenant la main de sa femme, il l'entraîna vers la porte.

– A merveille, alors ! Nous donnons un bal, aprèsdemain. Venez donc danser au palais ce soir-là ! Je vous donne le bonsoir, Madame la comtesse.

Le couple disparut et Fiora se retrouva seule en compagnie de Mme d'Hallwyn, reparue en même temps que le prince. En dépit de la chaleur intime de cette petite pièce confortable et accueillante, elle se sentait glacée jusqu'à l'âme et demeura un moment immobile, contemplant les flammes qui montaient à l'assaut des grands chenets de fer forgé. La dame d'honneur toussota :

– Puis-je vous reconduire, Madame ? Tout au moins jusqu'au jardin ?

– Pourquoi jusqu'au jardin ? murmura Fiora surprise. Pourquoi pas jusqu'à l'entrée ?

– Parce qu'au jardin se trouve quelqu'un qui désire beaucoup vous parler... et qui se chargera de vous accompagner jusqu'à la porte.

– Qui donc ?

– Mme de Schulembourg. Elle vous a vue arriver tout à l'heure...

Fiora fit signe qu'elle avait compris. Elle pensait chercher cette dame en arrivant à Bruges, mais une entrevue avec la duchesse lui semblait plus importante et plus urgente. Devant le médiocre résultat de cette entrevue, peut-être serait-il bon de la rencontrer sans attendre. Tandis que derrière Mme d'Hallwyn elle descendait vers les parterres, l'écho joyeux du départ de la chasse lui parvint : le son des trompes, les abois des chiens, les cris des veneurs qui peu à peu se fondirent dans le bruit de la ville. Fiora pensa qu'on ne pouvait en vérité perdre plus gaiement un empire. Chez ce couple d'amoureux destiné à porter la couronne de Charlemagne, il ne pouvait y avoir place pour l'amère nostalgie des combattants de l'impossible...

– Que vous a-t-on dit ? fit une voix anxieuse, et elle s'aperçut qu'elle avait changé de compagne et se trouvait à présent au côté d'une femme déjà âgée, emmitouflée comme en plein hiver de velours et de renard noirs, une femme qui s'appuyait sur une canne et dont les yeux clairs l'enveloppaient d'un regard compatissant.

Elle s'efforça de lui sourire, sans y parvenir tout à fait :

– Rien que je ne sache déjà par Monseigneur Antoine : que mon époux était ici vers la fin de l'année. Ah ! si, tout de même ! Madame la Duchesse a bien voulu m'apprendre qu'il est resté peu de temps, que sa mine sombre était choquante dans un temps de fêtes et qu'il est reparti sans dire où il allait.

– Pauvre enfant ! C'est bien peu... Marchons, voulez-vous ? Et offrez-moi votre bras...

Elles firent quelques pas le long d'une allée admirablement sablée en s'éloignant des jardiniers qui, dans les parterres, taillaient des arbustes.

– On ne vous a pas parlé de la dispute, n'est-ce pas ?

– Une dispute ? Entre Philippe et...

– Et l'archiduc Maximilien ! Celui-ci a trouvé votre époux priant aux genoux de Madame Marie. Il est alors entré dans une grande colère et il a exigé son départ, sans vouloir entendre la moindre explication. Mais le comte n'est pas de ceux qui se laissent ainsi chasser. Avant de partir en claquant les portes, il a dit au prince qu'il était tout à fait indigne d'être le gendre du défunt duc Charles et qu'il aimerait mieux mourir que servir un tel maître. Il n'a eu que le temps de sortir et, s'il n'a pas été arrêté, il le doit uniquement aux prières de la princesse.

Mais Fiora ne s'attachait qu'aux premières paroles de Mme de Schulembourg qui confirmaient douloureusement ce qu'elle pensait : Philippe aimait la princesse et avait osé le lui dire. D'ailleurs, celle-ci n'avait pas protesté quand, tout à l'heure, Fiora lui avait dit ce qu'elle pensait des sentiments de Philippe.

Consciente de ce qu'un silence venait de tomber entre elle et sa compagne, elle refoula ses larmes :

– Comme c'est étrange en vérité ! fit-elle d'une voix qu'elle s'efforça de raffermir. J'ai vu le prince et il a été... fort aimable. Il m'a même invitée à danser au bal d'après-demain !

La vieille dame se mit à rire :

– N'en soyez pas étonnée ! Cela lui ressemble tout à fait ! Il n'a aucune suite dans les idées. En outre, s'il se montre fort épris de sa petite duchesse, il n'en est pas moins sensible au charme féminin. L'idée de danser avec la femme d'un homme qu'il considère désormais comme son ennemi doit lui sembler plaisante. Ajoutez à cela qu'il aime à rire et qu'il adore donner des fêtes...

– Soit, je veux bien l'admettre, mais pourquoi Madame Marie ne m'a-t-elle rien dit ?

– Elle a sans doute craint que vous ne demandiez d'autres explications, ce qui l'aurait gênée. En outre, c'eût été risquer de réveiller la colère d'un époux qu'elle aime de tout son cœur. Le voir heureux auprès d'elle et du jeune prince Philippe est son seul désir. Alors, tout ce qui peut se mettre à la traverse de ce bonheur tranquille... N'oubliez pas qu'elle n'a pas connu de véritable vie familiale. Il n'était pas facile d'être la plus riche héritière d'Europe...

– L'héritage a fondu, dit Fiora sèchement, et elle ne paraît pas s'en soucier outre mesure. En vérité, je me demande pour quelle raison elle m'a reçue ?

– Et la curiosité, qu'en faites-vous ? Comment résister à l'envie de rencontrer la mystérieuse dame de Selongey, cette Florentine dont on disait merveilles et que le Téméraire traînait après lui de bataille en bataille comme une reine captive ? Je suis bien sûre qu'en ce moment les oreilles doivent vous corner, n'est-ce pas ?

– Pas vraiment, et c'est sans importance...

– Qu'est-ce qui en a donc ?

– Le sort de Philippe. Ce qu'il est devenu. Voilà des mois que je le cherche et il paraît fuir devant moi. Vous qui l'avez rencontré, à qui il a parlé, ne pouvez-vous me dire où il allait quand il a quitté Bruges ?

Mme de Schulembourg considéra la jeune femme avec une profonde commisération. Après l'avoir poussée à se faire connaître, sa sympathie pour cette belle créature en qui elle devinait une qualité de courage qu'elle avait toujours appréciée croissait d'instant en instant :

– Si je le savais, soupira-t-elle, je vous l'aurais déjà dit. Si vous êtes décidée à poursuivre votre quête, c'est vers la Bourgogne que vous devriez diriger vos pas.

– Vous pensez qu'il y serait retourné ? Ce serait folie, car c'est miracle s'il a échappé à l'échafaud et, pour ce que j'en sais, le roi Louis tient à présent tout le pays dans sa main. On dit même que la Franche-Comté, ce dernier bastion, est tombée elle aussi.

– Sans doute, mais la Bourgogne occupée par les troupes françaises est fichée au cœur du comte de Selongey comme une épine qui ne cesse de le blesser.

En dépit de leur lenteur, les pas des deux femmes les avaient conduites jusqu'au porche ouvrant sur les galeries de la cour d'honneur, à peu près vide à présent.

– Puis-je vous demander un conseil ? fit Fiora. Que feriez-vous à ma place ?

– Si vous voulez vraiment le retrouver ou tout au moins trouver une trace, il faut aller jusqu'à Selongey. L'homme désemparé cherche toujours à retrouver ses racines, sa maison natale...

– J'y ai pensé, bien sûr, mais le sire de La Trémoille doit faire surveiller le château.

– Ce n'est plus lui le gouverneur de la ville, c'est messire d'Ambroise qui est infiniment plus conciliant. Mais où habitez-vous, vous-même ?

– En Touraine. Et s'il était venu à moi, je saurais où il est. Il a coulé bien du temps, depuis Noël...

– Alors allez en Bourgogne et commencez par Selongey ! Il m'étonnerait bien que vous n'y trouviez pas au moins un indice. Ceci dit, vous aurez sans doute du mal à rencontrer votre époux car il doit se cacher. Et vous n'allez pas manquer de courir des dangers, peut-être inutiles. Au fond, le plus sage serait de rentrer chez vous et d'y attendre...

– Quoi ? Qu'il revienne ? Il ne reviendra pas.

– Dans ce cas, pourquoi vous obstiner ? Si encore vous aviez des enfants !

– J'ai un fils ! dit Fiora qui ajouta avec amertume : Dieu sait que nous n'avons guère passé de temps ensemble, cependant ce mariage insensé a été béni par une naissance. Seulement, Philippe l'ignore.

– Alors, il faut aller le lui dire. Cherchez-le, trouvez-le, mais, si vos recherches demeurent vaines, retournez auprès de votre enfant afin qu'il ne reste pas orphelin. Dieu vous garde, ma chère ! Je prierai pour vous !

Attirant Fiora sur son vaste giron, Mme de Schulembourg l'embrassa, traça du pouce, sur son front, une petite croix, puis, resserrant autour d'elle son manteau fourré, reprit de sa démarche claudicante le chemin du jardin. Fiora la regarda s'éloigner et, après un dernier coup d'œil à ce palais splendide construit par les Grands Ducs d'Occident mais qui n'était plus que le décor vide d'une grandeur défunte, elle alla rejoindre Florent qui l'attendait en promenant les chevaux dans la cour.

Depuis leur départ, Fiora avait accoutumé le jeune homme au silence. Sans oser la questionner lorsqu'elle revint avec des yeux gros de larmes difficilement contenues, il comprit qu'elle avait hâte à présent de quitter cette demeure princière où elle avait apporté sans doute beaucoup d'espoirs. Sinon, pourquoi cette magnifique toilette ? Il se hâta de l'aider à se mettre en selle et plaça doucement les rênes entre ses mains gantées. Sautant sur sa propre monture, il précéda la jeune femme pour lui faire ouvrir la porte, s'écarta afin de lui laisser le passage et se mit à sa suite. Lorsque l'on arriva devant la Ronce Couronnée, il vit que de grosses larmes roulaient silencieusement sur son visage dépourvu d'expression. Elles débordaient des grands yeux gris, largement ouverts, et coulaient une à une en suivant le dessin délicat des traits. C'était plus qu'il n'en pouvait supporter.

– Il faut que cela cesse ! marmotta-t-il.

Aidant Fiora à mettre pied à terre, il héla un palefrenier, lui ordonna de s'occuper des bêtes puis, prenant le bras de la jeune femme qui n'opposa aucune résistance et semblait frappée de stupeur, il la conduisit jusqu'à sa chambre, y entra avec elle, la fit asseoir, alla refermer la porte et revint s'agenouiller devant elle, prenant entre les siennes deux mains qui lui parurent froides comme de la glace :

– Donna Fiora ! pria-t-il. Je croyais que vous aviez confiance en moi ?

Comme sortant d'un rêve, elle posa sur le jeune homme un regard qui ne le voyait pas :

– J'ai confiance, Florent, fit-elle d'une voix blanche. Pourquoi me demandez-vous cela ?

– Parce qu'il me semble être devenu pour vous non seulement un étranger, mais une sorte de meuble. Depuis que nous avons quitté Beaugency, vous paraissez ne même plus me voir. Nous avons couru, couru éperdument pour venir ici, sans que vous daigniez m'expliquer vos intentions.

– Le faut-il vraiment ?

– Pas si je ne suis pour vous qu'un valet, mais vous savez à quel point je vous suis dévoué, et je refuse à présent de vous laisser souffrir seule et en silence. Si dame Léonarde était là – je n'ai jamais tant regretté qu'elle n'y soit pas ! – aurait-elle droit, elle aussi, à votre mutisme ? Non, n'est-ce pas ? Vous vous confieriez à elle... Oh ! je sais que je ne peux pas la remplacer, mais dites-moi comment vous aider, comment vous rendre moins malheureuse, puisqu'il est évident que vous l'êtes ?

Fiora hocha la tête et, d'un doigt léger, caressa la joue du jeune homme :

– Quelles instructions pourrais-je vous donner alors que, moi-même je ne sais plus que faire ? Relevez-vous, Florent !... et allez nous chercher quelque chose à boire, mais pas de bière, je vous en prie. Apportez-nous du vin et puis, ensemble, nous essaierons de dresser un plan, de prendre une décision...

– Est-ce que nous ne rentrons pas ?

– Je ne crois pas. Pas maintenant, tout au moins.

– Où irions-nous ?

– En Bourgogne. Il serait peut-être temps que j'aille jusqu'à Selongey. J'y suis passée... oh, juste un moment, quand je suis venue de Florence, il y a quatre ans.

– Vous n'y êtes jamais retournée ?

– Non. C'est étrange, n'est-ce pas, de porter un nom, un titre, et de ne rien savoir ou presque de ce qu'ils recouvrent ?

Un heure plus tard, stimulés par la chaleur d'un excellent vin de Beaune, Fiora et Florent décidaient d'un commun accord qu'une visite à Selongey s'imposait.

– C'est le seul endroit où aller ! affirma le jeune homme, parce que c'est, je crois bien, le dernier refuge possible pour votre époux.

– Les hommes du roi surveillent sans doute le château ?

– Peut-être, mais il reste le village et tout le pays alentour. Si messire Philippe était aimé là-bas...

– Je le crois. C'est du moins ce que m'en avait dit Léonarde qui est de par là...

– Eh bien alors ? Je vous avoue que je ne comprends même pas que nous ne soyons pas déjà en route ? Ni pourquoi vous semblez tellement désemparée ?

– C'est difficile à expliquer, Florent, mais j'ai l'impression de courir après une ombre...

Elle n'ajouta pas qu'elle était lasse de ces chemins, petits ou grands, dans lesquels on s'engage l'espoir au cœur et qui ne mènent nulle part sinon à un peu plus de déception, à un peu plus de chagrin ; de tous ces chemins sans issue qui avaient jalonné sa vie. Elle allait en suivre un de plus, mais pour apprendre quoi, à l'arrivée ? Que Philippe ne l'avait jamais aimée et que sa vie de femme était achevée avant d'avoir commencé ?

Troisième partie

LA JUSTICE DU ROI

CHAPITRE X

LE TOMBEAU DU TÉMÉRAIRE

Ce fut à Saint-Dizier que Fiora décida de changer de route.

A l'auberge où elle et Florent faisaient étape et où ils prenaient leur repas du soir dans la grande cuisine comme les simples compagnons de voyage qu'ils étaient à présent, Fiora ayant décidé de reprendre le costume masculin, elle s'intéressa à la conversation de marchands lorrains qui se rendaient à Troyes. Ces hommes, tout en satisfaisant les exigences de robustes appétits, couvraient de leurs louanges le jeune duc René II de Lorraine qui, depuis la bataille de janvier 1477 où le Téméraire avait trouvé la mort, s'efforçait de reconstruire Nancy, de relancer le commerce et de promulguer les lois les plus aptes à panser les cruelles blessures subies par la ville. Il voulait rendre à la fois le goût du travail et le goût de vivre à ses habitants.

– Jamais prince, disait l'un d'eux, ne fut plus aumônier ni plus généreux de ses deniers cependant qu'il vit, avec sa famille, dans un palais dont il ne reste plus qu'une partie. Mais la ville passe avant le palais. Il s'efforce aussi d'aider les couvents, dont certains ont été éprouvés, à reprendre vie.

– Il n'a pas beaucoup de mal à se donner pour les chanoines de la collégiale Saint-Georges. Ils sont toujours aussi gras, fit l'autre.

– Aussi aide-t-il davantage les quelques bénédictins

qui demeurent encore au prieuré Notre-Dame. Ils ont charge de prier pour les morts des guerres bourguignonnes, ce qui ne nourrit guère son homme.

– Ils prient aussi pour l'âme pécheresse du Téméraire qui, lui, a grand besoin de prières pour tout le mal qu'il a fait. On dit que Monseigneur René va assez souvent se recueillir sur sa tombe où des cierges brûlent nuit et jour. Ce sont les moines de Notre-Dame qui ont en charge cet entretien, mais il paraît que le duc songe à fonder un couvent de cordeliers dont la chapelle deviendrait sa propre sépulture et celle de ses descendants. Il ne veut pas être enterré auprès de son ennemi.

– On peut le comprendre, mais n'aurait-il pas été plus simple de renvoyer le Bourguignon à Dijon ?

– Pour réveiller là-bas les enthousiasmes ? Il est bon que, mort, le Téméraire reste prisonnier !

– Je ne suis pas sûr que ce soit une bonne solution. Des gens viennent de partout pour voir sa tombe. Bientôt, l'endroit deviendra un lieu de pèlerinage.

Les deux hommes avaient achevé leur repas et se levaient pour sortir après un salut à la compagnie. Fiora les suivit des yeux, puis appela l'aubergiste d'un geste :

– Le chemin est-il long d'ici à Nancy ? demanda-t-elle.

– Une vingtaine de lieues. Pas grand-chose pour les bonnes jambes de votre cheval, mon jeune seigneur. Vous avez envie, vous aussi, d'aller voir la tombe du duc Charles ?

– Peut-être...

Et comme Florent, surpris, la regardait avec de grands yeux, elle lui sourit gentiment :

– Je crois, lui dit-elle, que nous allons faire un détour par Nancy. Après tout, le temps ne nous presse pas tellement.

– Avez-vous vraiment envie de retourner là-bas ? fit le jeune homme abasourdi. Vous n'y avez pas été tellement heureuse, pourtant.

En effet, lorsque Léonarde et lui-même, guidés par

Mortimer, avaient rejoint Fiora dans la capitale lorraine alors aux mains du Téméraire, ils avaient trouvé Fiora non seulement prisonnière du duc, mais blessée et en assez triste état[1].

– Lorsque vous y êtes venu, je ne l'étais pas, en effet, cependant après la mort du duc, j'y ai connu trois jours de bonheur. Ce n'est pas beaucoup, trois jours, mais ceux-là me sont infiniment précieux. En outre, il y a là-bas quelqu'un à propos de qui j'ai fait, à Rome, une promesse. J'avoue que je l'avais un peu oubliée, cette promesse, mais puisque notre chemin passe si près, je serais impardonnable de ne pas la tenir.

Elle se tut. Florent comprit qu'elle n'en dirait pas davantage et ne posa pas d'autre question, sachant qu'elle n'y répondrait pas. Il se contenta d'escorter la jeune femme jusqu'à sa chambre et de lui souhaiter une bonne nuit. Le lendemain, au lieu de continuer sur Joinville et Chaumont, les voyageurs prirent la direction de l'est afin de gagner Nancy.

Un peu plus de deux années ne pouvaient suffire à guérir les innombrables blessures subies par le duché de Lorraine, et les traces en demeuraient nombreuses au long du chemin : villages incendiés où quelques maisons couvertes de chaume neuf repoussaient courageusement sur les ruines, châteaux à demi détruits, abbayes ou prieurés transformés en chantiers où les moines, perchés sur des échelles et les manches retroussées, travaillaient de la truelle, de la pioche ou du rabot ; chemins tellement défoncés par les charrois militaires que l'herbe, comme derrière le cheval d'Attila, ne repoussait pas et puis, dans les champs, un peu trop de femmes à l'ouvrage pour remplacer les hommes qui ne reviendraient plus. Trop de croix neuves aussi dans les cimetières ou même au bord des sentiers, là où des soldats sans nom étaient tombés, amis ou ennemis. Pourtant, sous le soleil de printemps, tout ce monde à l'ouvrage et les champs à nouveau ense-

1. Voir *Fiora et le Téméraire.*

mencés parlaient espérance et donnaient une nouvelle preuve du courage d'un peuple.

La vue de Nancy fut elle aussi réconfortante. On avait bouché les tranchées creusées par les Bourguignons et, dans les faubourgs qui avaient tant souffert comme aux remparts, de nombreux ouvriers travaillaient. Si les graves dommages subis par une ville qui s'était battue jusqu'à l'extrême limite de ses forces, et jusqu'à la victoire, restaient évidents, sous le ciel bleu piqué de légers nuages blancs, on voyait briller des toits naguère effondrés. Sur les murailles, les soldats du guet montraient des armes étincelantes, contrastant avec la mine paisible de gens qui savent n'avoir rien à redouter : aucun ennemi ne dévalerait plus des hauteurs de Laxou ou de Maxéville, aucun camp gigantesque n'étalerait ses pavillons somptueux dominés par une grande bannière violette, noire et argent. Les troupeaux qui ne seraient plus razziés paissaient tranquillement dans les prés et l'étang Saint-Jean, près de sa commanderie en ruine, était purifié des cadavres que la mort y avait semés.

La ville était bien gardée. Les voyageurs s'en aperçurent quand, en passant la porte de la Craffe qui ouvrait sur la principale rue de Nancy, ils furent arrêtés au corps de garde. Là, un grand diable armé de pied en cap leur demanda ce qu'ils venaient faire dans la ville.

– Un pèlerinage, répondit Fiora. Nous venons prier au tombeau du dernier duc de Bourgogne. Serait-ce défendu ?

– Non pas, non pas... Mais des gens comme vous, il en vient de plus en plus. Vous êtes de Bourgogne, bien sûr ?

– Presque. Je suis la comtesse de Selongey et Monseigneur René a fort bien connu mon époux. Moi aussi, d'ailleurs, mais je ne veux à aucun prix l'obliger à me recevoir. Je désire seulement prier au tombeau...

– Où comptez-vous demeurer ?

– Je n'en sais rien. Il n'y avait plus beaucoup d'auberges quand le duc René a reconquis sa ville, mais je suppose qu'il en existe une ou deux, à présent ?

– Ouais. Mais si vous avez vécu le temps du siège, vous connaissez quelqu'un ici ?

Cette forme d'inquisition commençait à agacer Fiora, déjà fatiguée par la route. D'autant que, pendant qu'on l'interrogeait, des gens qui semblaient avoir parcouru un long chemin entraient sans que personne leur demandât quoi que ce soit.

– Que signifient toutes ces questions ? fit-elle avec hauteur. Si je vous inspire le moindre doute, envoyez donc l'un de ces hommes qui jouent aux dés si tranquillement demander au palais si je peux me rendre à la collégiale Saint-Georges ! Je vous ai dit mon nom et c'est déjà une grande concession.

– L'ennui, c'est qu'il est difficile de vous croire. Vous avez l'air d'un garçon, et vous me dites que vous êtes... comment déjà ?

– La comtesse de Selongey. Je voyage habillée en homme parce que c'est plus commode, mais si vous ne me croyez pas...

Elle ôta le haut bonnet qui la coiffait, laissant dérouler au creux de son épaule une longue tresse de cheveux noirs et brillants que l'homme considéra avec intérêt.

– Cela vous suffit ? Peu d'hommes possèdent, me semble-t-il, des cheveux aussi longs ?

– Certes, certes, fit l'autre têtu, mais c'est que justement votre affaire est de moins en moins claire ! Une femme habillée en homme ! Qui a jamais entendu parler de cela ?

– Plus que vous ne pensez, mais apparemment vous n'êtes pas lorrain ?

– Pas lorrain, moi, alors que je suis né natif de Toul ?

– N'avez-vous jamais entendu parler de Jehanne la Pucelle ? Domrémy n'est pas si loin... On ne l'a pas souvent vue porter des cotillons, celle-là !

– Certes, certes ! fit le soldat qui devait affectionner cet adverbe, mais elle faisait la guerre, elle... tandis que vous, vous seriez une espionne que ça ne m'étonnerait pas !

– Nous n'en viendrons pas à bout! souffla Florent accablé.

Fiora n'entendait pas se laisser arrêter par un militaire aux idées courtes. Entrant dans le corps de garde, elle avisa du papier et une plume plantée dans un encrier et, le tout posé sur une table, s'assit de guingois sur un tabouret et griffonna quelques lignes qu'elle signa avant de revenir offrir le tout au cerbère :

– Voulez-vous me faire la grâce, fit-elle, suave, de faire porter ceci au palais qui est à deux pas et que je connais bien pour l'avoir habité. J'attendrai ici la réponse!

Indécis, le garde tournait et retournait la feuille quand un homme déjà âgé, élégamment vêtu de beau drap fin d'un rouge profond sous un grand manteau jeté négligemment sur ses épaules, entra au corps de garde :

– Sergent Gachet, fit-il, je suis venu vous prévenir que j'attends un convoi d'ardoises que j'ai commandé de compte à demi avec messire de Gerbevillers, bailli de Lorraine, et j'espère que vous le laisserez passer plus facilement que mes farines de la semaine dernière.

– Bien sûr, messire Marqueiz, bien sûr! fit l'autre déjà tout sourire et qui, sans son armure, se fût sans doute plié en deux. Je suis, vous le savez, tout dévoué à vos ordres...

Mais le nouveau venu ne l'écoutait plus. Il regardait le faux garçon et déjà, un large sourire sur son visage creusé de petites rides fines, tendait les mains en un geste de bienvenue :

– Donna Fiora! C'est bien vous, n'est-ce pas?

– C'est bien moi, messire Marqueiz, s'écria-t-elle en répondant spontanément, des deux mains, à cet accueil chaleureux. Très heureuse de vous voir...

– J'espère que vous veniez chez nous?

– Je ne me le serais pas permis. Je vous ai, jadis, beaucoup trop encombrés, vous et dame Nicole.

C'était en effet chez l'échevin Georges Marqueiz et sa femme qu'elle avait été transportée après la blessure reçue lors du duel entre Philippe de Selongey et Campobasso [1]. Elle y avait connu l'hospitalité la plus attentionnée et c'était dans leur maison qu'un an plus tard, elle avait vécu avec Philippe ces trois jours gravés si profondément dans son souvenir. Pendant ce temps, l'échevin ouvrait sa demeure, l'une des rares restées debout après le siège, à la dépouille mortelle du Téméraire dont le cadavre défiguré et à demi dévoré par les loups avait été retrouvé dans les roseaux gelés de l'étang Saint-Jean.

– Ne dites surtout pas cela à Nicole ! dit l'échevin. Naturellement, je vous emmène ! N'oubliez pas mon convoi, sergent Gachet ?

– Certes, certes, messire Marqueiz ! Il en sera fait comme vous le désirez !

Un instant plus tard, Fiora remontait la rue Neuve au bras de cet ancien ami, suivie de Florent qui menait les chevaux en bride. Peut-être eût-elle préféré passer inaperçue dans une ville qui avait joué un si grand rôle dans sa vie, mais cette rencontre lui apparut plus que bienvenue, inespérée quand elle apprit que le duc René était absent et s'était rendu à Neufchâteau. Jamais sa lettre ne serait parvenue à son destinataire et elle serait peut-être restée indéfiniment au corps de garde, à moins que le sergent Gachet ne l'eût tout bonnement refoulée.

La maison, proche de l'église Saint-Epvre, qui, au contraire de beaucoup d'autres, n'avait pas trop souffert de la guerre, offrit à Fiora l'image de ses souvenirs doux et amers sans qu'elle pût dire si les premiers l'emportaient sur les seconds. Elle y avait soigné une blessure à l'épaule, mais elle y avait retrouvé Léonarde venue contre vents et marées auprès de « son agneau ». C'était là qu'elle avait vécu le temps radieux de ses retrouvailles avec Philippe, mais aussi, hélas, sa rupture, cette rupture qu'elle ne cessait à présent de se reprocher comme la plus grande faute qu'elle eût commise.

Dame Nicole l'accueillit aussi naturellement que si

1. Voir *Fiora et le Téméraire.*

elles s'étaient quittées depuis peu. Cette grande bourgeoise, assez froide et volontiers distante, l'embrassa comme si elle eût été sa propre sœur et Fiora en conclut qu'elle était vraiment la bienvenue. Pourtant quand son hôtesse ouvrit devant elle la porte de la chambre dont elle était partie, un matin de janvier, drapée dans un drap de lit comme une reine de théâtre, elle éclata en sanglots.

Interdite, Nicole Marqueiz passa un bras autour de ses épaules et voulut l'entraîner :

– Pardonnez-moi ! murmura-t-elle. Je vais vous loger ailleurs.

– Non... non, je vous en supplie ! N'en faites rien ! dit Fiora en s'efforçant de refouler ses larmes. Ceci n'était qu'un premier mouvement que je n'ai pu maîtriser, mais il est bon pour moi de revenir ainsi en arrière, même si c'est un peu cruel. En fait, c'est un pèlerinage au passé qui m'amène aujourd'hui à Nancy.

– Ne me dites pas que vous venez, vous aussi, faire pèlerinage au tombeau du défunt duc Charles ?

– Pas vraiment, mais un peu tout de même. Vous souvenez-vous du jeune Battista Colonna, le page que l'on avait commis à ma garde ?

– Et qui vous aimait tant ? Je m'en souviens d'autant mieux qu'il n'a jamais quitté notre ville où il est entré au Prieuré Notre-Dame...

– Savez-vous s'il a prononcé les vœux définitifs ?

– Il est difficile de savoir ce qui se passe dans un couvent de bénédictins mais, en l'occurrence, je ne crois pas. Certes, les moines sont moins nombreux qu'avant les guerres, mais, si ce garçon avait reçu l'investiture sur laquelle on ne revient pas, il ne pourrait plus sortir du prieuré. Or chaque matin, il va prier à la collégiale où, avec deux ou trois compagnons, il veille à ce que les trop nombreux curieux venus voir la tombe ne causent aucun dommage à la collégiale. Les chanoines, peu soucieux de monter cette espèce de garde, sont trop heureux de leur laisser ce soin. Si vous voulez le voir, vous pouvez aller à

Saint-Georges entendre la première messe. Vous serez sûre de le rencontrer.

Le lendemain, la tête enveloppée d'un voile sombre, Fiora se rendit à la messe de l'aube. Avant d'aller s'agenouiller devant le maître-autel, elle chercha des yeux la tombe ducale et la trouva sans peine là où Nicole le lui avait indiqué : une grande dalle gravée et légèrement surélevée devant la chapelle Saint-Sébastien. Quelques cierges, allumés sans doute par la piété d'anciens soldats, la flanquaient d'une garde brillante et, sur le tombeau lui-même, une lampe à huile rougeoyait. Il n'y avait personne mais quand, l'office achevé, Fiora se tourna de nouveau dans cette direction, elle aperçut une mince forme vêtue de bure blanche agenouillée devant le tombeau et priant avec ferveur, le visage dans les mains. Posé à côté du jeune moine, se trouvait le flacon d'huile avec lequel il avait renouvelé la provision de la lampe.

Fiora s'approcha sans bruit. Celui qui priait là était plus grand que le souvenir gardé de son ancien page, mais Battista devait avoir environ dix-sept ans et elle n'en fut pas moins sûre que c'était lui.

Laissant glisser ses mains, il se pencha pour baiser la pierre, et c'est quand il se redressa que la jeune femme posa sur son épaule une main légère :

– Battista ! murmura-t-elle. Voulez-vous que nous parlions un instant ?

Il sursauta comme piqué par une guêpe, se releva si vite qu'il se prit les pieds dans sa robe et faillit tomber. Fiora, le retenant, sentit son cœur se serrer en face de ce jeune visage qu'elle avait connu si gai, si ouvert, si beau aussi, mais que deux années de pénitence avaient creusé, pâli, vieilli. La voix non plus n'était plus la même quand il s'écria :

– Donna Fiora !... Mais que faites-vous ici ?

– C'est à vous, mon ami, qu'il faudrait poser cette question. Qu'est-ce qui vous a pris de vous enterrer ici tout vivant au lieu de rentrer chez vous, à Rome où se trouve votre famille ?

– J'avais voué ma vie au service de Monseigneur Charles et je continue à le servir, tout simplement.

– Là où il est, il n'a plus besoin de vous.

– Qu'en savez-vous ? D'ailleurs je ne suis pas seul : regardez cette tombe, à côté ! C'est celle de Jean de Rubempré, qui fut gouverneur de Nancy pour lui et dont le corps fut retrouvé non loin du sien. La piété du duc René, qui est un vrai chevalier, a voulu l'entourer de ses hommes : les autres reposent dans le cimetière de la ville, quelques-uns même dans celui de notre prieuré.

– J'ai donc raison. Ombre gardée par d'autres ombres, il n'a que faire des vivants tandis qu'à Rome...

– Rome n'est qu'un cloaque ! lança le jeune homme avec une soudaine violence. Laissez-moi à présent, donna Fiora ! Je dois retourner à mes devoirs...

– Mais...

Elle n'eut pas le temps d'en dire plus : retroussant sa robe, Battista prit sa course à travers l'église et disparut comme si le diable lui-même était à ses trousses. Stupéfaite de cette réaction subite, Fiora regarda sa fuite éperdue, faillit se lancer à sa poursuite, mais y renonça. A son tour, elle s'agenouilla devant la dalle et pria pour le repos de celui qu'elle avait tant haï, mais dont, comme d'autres, elle avait finalement subi le charme au point d'avoir accepté son amitié et pleuré sa mort d'un cœur vidé de toute rancune. Elle le reverrait toujours tel qu'il lui était apparu pour la dernière fois, au matin du dernier combat : un chevalier d'or dont le heaume portait un lion dressé, et qui s'enfonçait lentement dans la brume glacée de l'hiver, levant le bras dans un geste d'adieu. Le brouillard dense ne s'était déchiré pour lui qu'au moment d'entrer dans les ténèbres de la mort...

Souvent, elle s'était demandé quel aurait été l'avenir si le duc Charles avait survécu. Aurait-il réussi à trouver les moyens de poursuivre ses guerres incessantes avec une

Bourgogne exsangue et des Flandres exaspérées ? Certainement pas, mais avec ses ultimes ressources, il aurait continué à se battre, à poursuivre ses rêves d'hégémonie jusqu'à ce que la mort le prenne et ses derniers fidèles avec lui. Au fond, tout était bien ainsi et la grandeur tragique de son trépas devait le satisfaire. Mais il n'était pas juste qu'un enfant restât prisonnier de ce drame et de l'auréole fascinante que confèrent les légendes.

Fiora décida que Battista n'en avait pas fini avec elle. Quittant l'église, elle rejoignit la place de la Halle et, arrêtant un passant, lui demanda le chemin du prieuré Notre-Dame. L'homme se contenta de lui indiquer une rue au fond de laquelle, en effet, apparaissait une chapelle dont le clocher avait été réduit de moitié par un boulet de canon.

L'entrée du couvent se trouvait au chevet de l'église et Fiora alla tirer une cloche qui pendait près d'une vieille porte rébarbative, bardée et cloutée de fer comme une entrée de prison, que perçait un guichet grillagé. A la figure replète qui s'y encadra, la jeune femme exposa qu'elle implorait au père prieur de cette sainte maison la faveur d'une courte entrevue. Le guichet se referma et elle dut attendre de longues minutes avant que la porte ne s'entrouvrît pour lui livrer un mince passage. De l'autre côté, le frère portier, aussi ample de corps que rond de visage, lui fit signe de le suivre et sans un mot la conduisit dans une petite salle basse et humide dépourvue du moindre meuble. Seul, un grand crucifix de bois noir indiquait que l'on ne se trouvait pas dans une cave. Toute la maison sentait le salpêtre et la moisissure, mais cette pièce à laquelle on accédait en descendant quelques marches avait un aspect misérable qui serra le cœur de la jeune femme. Le charmant Battista prisonnier de ce tombeau, depuis plus de deux ans, cela lui parut un invraisemblable non-sens ! Fallait-il qu'il eût aimé le Téméraire, pour se condamner à cette lente destruction !

Au grand moine noir et blanc brusquement apparu sans

qu'elle l'eût entendu venir, elle exposa sa requête : elle souhaitait s'entretenir un instant avec le jeune novice qui, dans le siècle, s'était appelé Battista Colonna :

– Je viens de Rome, assura-t-elle avec aplomb, et j'ai pour lui un message de sa famille.

Le mensonge lui était venu aux lèvres naturellement, pour la simple raison qu'elle était prête à employer toutes les armes afin d'enlever cet enfant à un univers sans espoir et pour lequel il ne pouvait avoir été créé. D'ailleurs, était-ce un mensonge ? Antonia [1] qui l'envoyait était réellement la cousine de Battista et, par l'amour qu'elle lui portait, elle lui était plus proche encore...

– Ne pouvez-vous me confier ce message ? fit le prieur en dévisageant la visiteuse avec une insistance que celle-ci jugea déplaisante.

– Il ne s'agit pas d'une lettre, mais d'un message verbal qui ne saurait prendre sa véritable signification en passant par votre voix, Votre Révérence. Veuillez me pardonner cette franchise.

Mais le religieux n'entendait pas se rendre si aisément.

– Une famille, cela peut être vaste. Je suppose qu'en l'occurrence, il s'agit d'un seul de ses membres. Me direz-vous au moins qui ? Comprenez, ma fille, que je suis comptable de l'âme de ce jeune garçon et que je ne souhaite pas voir troublée une paix qu'il a eu quelque peine à gagner, se hâta-t-il d'ajouter en voyant se froncer les sourcils de la jeune femme.

– Craignez-vous que cette paix ne soit fragile ? Si elle est réelle, profonde, aucun signe venu du monde des vivants ne saurait l'entamer. Je peux vous dire ceci : personne, chez les Colonna – et je vous accorde que la famille est vaste –, personne, dis-je, n'a compris pourquoi un enfant de quinze ans choisissait de rester ici, loin de tous les siens...

– Nous savons cela depuis longtemps, Madame. Le

1. Voir *Fiora et le pape*.

prince Colonna est venu ici en personne et Battista a refusé de le voir... Mais je suppose que vous le savez ?

– Ce n'est pas lui qui m'envoie.

– Alors qui ?

– Avec votre permission, Votre Révérence, je le dirai à Battista lui-même, dit Fiora qui commençait à perdre patience. Je veux lui parler, et il ne lui servira à rien de se cacher derrière ces murs ou de s'enfuir comme il l'a fait tout à l'heure. Ou alors, c'est qu'il n'est vraiment plus celui que j'ai connu et qu'il a perdu tout courage, même et surtout celui qui consiste à regarder la vérité en face !

L'imposante silhouette du prieur parut se dédoubler pour laisser voir une ombre blanche : Battista lui-même, qui avait dû entrer sans qu'elle s'en aperçoive et sans faire plus de bruit que son supérieur.

– Il est vrai que je ne suis plus le même, donna Fiora, mais je n'accepterai jamais que l'on m'accuse de manquer de courage...

En dépit de la pesante tristesse qui régnait dans cette salle basse, Fiora retint un sourire. S'il avait gardé la saine habitude d'écouter aux portes, le jeune Colonna avait beaucoup moins changé qu'il ne l'imaginait et peut-être restait-il de l'espoir.

– Pourquoi m'avez-vous fuie, tout à l'heure, dans l'église ? Nous étions amis, naguère...

– Vous devriez dire jadis. Il me semble qu'il y a très longtemps...

– Deux ans, Battista. Cela ne compte guère dans une vie humaine.

Elle se tut, fixant le prieur avec une insistance qui fit monter deux taches rouges à ses joues creuses. Comprenant qu'elle ne dirait rien de plus en sa présence, il se décida enfin à se retirer :

– Vous me trouverez à la chapelle, mon fils, murmura-t-il. Je vais y prier afin que le Seigneur éloigne de vous les pièges du monde.

– Je vous en remercie, mon père, mais j'espère avoir en moi assez de forces, avec l'aide de Dieu, pour les combattre seul !

– Voilà qui est aimable ! remarqua Fiora acerbe. Je ne me souviens pas vous avoir jamais tendu le moindre piège ?

– Je sais, donna Fiora, et je vous demande pardon si je vous ai blessée... mais vous ne m'avez jamais habitué non plus à vous entendre mentir.

– Mentir, moi ? Quand vous ai-je menti ?

– Mais... à l'instant et par personne interposée. N'avez-vous pas dit que vous veniez de Rome ? Vous, à Rome ? Et pour quoi faire ?

– Vous allez devoir vous excuser encore, Battista ! Je n'en viens pas directement, je l'avoue, mais j'y ai tout de même effectué un séjour, tout à fait involontaire d'ailleurs, de plusieurs mois. Sinon, où aurais-je pu rencontrer votre cousine Antonia ?

Une soudaine bouffée de sang rendit un instant au jeune novice sa bonne mine de jadis et ses yeux noirs se mirent à briller, mais ce ne fut qu'un instant...

– Antonia ! soupira-t-il. Se soucie-t-elle donc de moi ?

– Bien plus que vous ne le supposez.

– Voilà une affirmation elle aussi difficile à croire. J'ai appris que l'on allait la marier.

– Vos nouvelles ne sont plus de saison. Antonia porte à présent le nom de sœur Sérafina au couvent de San Sisto où nous nous sommes liées d'amitié.

– Religieuse ? Antonia ? Mais c'est invraisemblable !

– Presque autant que de vous voir, vous, sous cette bure monastique. J'ajoute que, si elle est entrée au couvent, ce n'est pas de son plein gré. Le pape voulait la contraindre à épouser l'un de ses neveux, Léonardo, le moins réussi de la bande. Elle a préféré se faire nonne. Encore son père a-t-il dû, pour apaiser la colère papale, abandonner la majeure partie de sa dot. J'ajoute qu'elle n'a pas à ce jour pris le voile... et qu'il dépend de vous qu'elle ne le prenne jamais. C'est à sa demande que je suis venue.

S'éloignant de Fiora, Battista alla s'adosser au mur que barrait le grand crucifix, comme pour se mettre sous sa protection. Il était devenu plus pâle encore et la jeune femme se sentit envahie d'une pitié infinie.

– Vous lui écriviez, jadis ? fit-elle doucement. Pourquoi avez-vous cessé ?

– Je n'ai plus écrit quand j'ai su qu'elle allait se marier. Je l'aimais... beaucoup et j'ai préféré rompre tout lien entre nous. Il me semblait que ce serait plus facile et, effectivement, cela le fut un temps. Auprès de Monseigneur Charles, les choses étaient différentes et, avec lui, tout devenait possible, surtout les plus beaux rêves de chevalerie. Cette vie me convenait, je me sentais presque heureux. Et puis vous êtes venue et, auprès de vous, j'ai vécu mes jours les plus doux...

– Vous lui écriviez encore, à cette époque, puisque vous lui avez parlé de moi ? dit Fiora avec sévérité...

– C'est vrai. J'ai cessé peu après votre arrivée. Je n'avais plus de nouvelles depuis quelque temps et je l'ai crue mariée. Pourquoi ne m'a-t-elle rien dit ?

– Peut-être parce que vous lui avez chanté mes louanges avec un peu trop d'enthousiasme. C'est une belle sottise, mon ami !

– Mais je pensais chacun des mots que j'écrivais. Vous avez enflammé mon imagination... et mon cœur aussi. Un petit peu.

– Antonia, elle, a cru que c'était beaucoup, et c'est là votre sottise : car elle vous aime, elle vous aime de toute son âme, et une âme comme la sienne ne se reprend jamais !

Sans fausse honte, le jeune homme cacha sa figure dans ses mains. Au mouvement de ses épaules, Fiora comprit qu'il pleurait et elle s'approcha lentement de lui. Elle avait envie de le prendre contre elle, de le bercer comme l'enfant malheureux qu'il était, mais elle n'osa pas : il n'était plus tout à fait celui qu'elle avait connu et elle craignit de le choquer.

– Si je comprends bien, murmura-t-elle, c'est un affreux malentendu qui vous a poussé à entrer ici ? Vous l'aimiez, vous aussi ?

– Je n'en sais plus rien à présent. Ce que je sais, c'est qu'en ce maudit mois de janvier j'ai vu mourir mon prince alors que je restais en vie et vous... je vous ai perdue aussi. C'était trop pour moi et l'idée de revoir Rome me faisait horreur.

– Pourquoi n'avez-vous pas voulu recevoir votre père ?

– Pour la même raison. Retourner dans cette ville infâme... pour y faire quoi ?

– Peut-être pour vous battre aux côtés des vôtres, gronda Fiora décidée à le pousser dans ses derniers retranchements. La guerre sempiternelle entre les Colonna et les Orsini en arrive à une phase d'autant plus dangereuse que ces derniers ont l'appui total du pape. On met sa vie en péril en tuant un Orsini, mais on ne risque pas grand-chose en abattant un Colonna. Votre palais del Vaso a été donné, au mépris de tout droit, à un neveu de Sixte IV, et j'ai entendu dire que celui-ci est décidé à faire disparaître votre oncle, le protonotaire, qui se permet de le gêner...

– Mon Dieu ! J'ignorais tout cela.

– Vous l'auriez su si vous aviez consenti à entendre votre père. Aimez-vous Dieu au point de vous consacrer à lui dans ce trou à rats ? Vous n'en pourrez plus sortir si vous prononcez vos vœux... et vous serez obligé de les prononcer un jour. Alors, c'en sera fini de vos romantiques visites au tombeau du duc Charles. D'ailleurs, restera-t-il ici ?

– Savez-vous quelque chose à ce sujet ? balbutia Battista devenu blême.

– J'en sais ce qui court les rues et les auberges de Bruges, d'où je viens. La duchesse Marie souhaite vivement que le duc René lui rende le corps de son père pour le faire enterrer à la chartreuse de Champmol, près de Dijon [1].

– Vous étiez à Bruges ? Vous voyagez donc beaucoup, donna Fiora ?

– Plus que je ne le voudrais ! J'étais à Bruges en effet, car ayant rencontré le Grand Bâtard Antoine, j'ai appris de lui que l'on avait vu mon époux, à la Noël dernière, chez la duchesse. Voilà des mois que je cours après Philippe. J'ai été le chercher près d'Avignon et à présent, ne sachant plus que faire, je me rends à Selongey dans l'espoir d'y retrouver peut-être une trace... Mais laissons cela ! Je ne suis pas ici pour parler de moi, mais de vous. Avez-vous bien compris ce que je vous ai dit ? Les Colonna ont besoin de toutes leurs forces et Antonia a besoin de vous. Elle vous aime, je ne me lasserai pas de vous le répéter.

Battista releva sur Fiora un regard où brillait quelque chose qui rendit l'espoir à la jeune femme, surtout quand il demanda :

– Est-ce que... est-ce qu'elle chante toujours ?

– Les seules louanges de Dieu. Sa voix est le ravissement de San Sisto, mais je pense qu'elle préférerait mille fois fredonner des romances pour endormir... vos enfants !

Cette fois, le novice devint ponceau et détourna les yeux.

– Je vous remercie de ce que vous avez pris la peine de venir me dire, donna Fiora. A présent, voulez-vous me laisser ? Je voudrais... prier, réfléchir un peu.

– C'est trop naturel, et je vais de mon côté prier Dieu qu'il vous éclaire et vous guide dans la meilleure voie. Peut-être ne nous reverrons-nous plus, mais... je vous aime bien Battista Colonna !

– Je commence à le croire. Ah, j'allais oublier ! Où habitez-vous dans cette ville ?

– Toujours au même endroit. Dans la maison de

1. Le duc, en fait, a été enterré dans l'église Notre-Dame de Bruges où il repose toujours, auprès de sa fille.

Georges Marqueiz. Je pense y rester encore deux ou trois jours.

– C'est bien...

Sans rien ajouter, il alla s'agenouiller au pied du grand crucifix et, cachant sa figure dans ses mains, s'y abîma dans une profonde prière. Fiora le contempla un instant avant de quitter la salle basse sur la pointe des pieds.

Le soir venu, comme les habitants de la maison Marqueiz allaient passer à table, un serviteur apporta un billet pour Fiora :

« Vous étiez ce matin à la messe de l'aube à la collégiale, écrivait Battista. Voulez-vous faire demain le même effort et me rejoindre au même endroit ? Je vous en saurai un gré infini... »

Rien de plus mais, cette nuit-là, Fiora eut toutes les peines du monde à trouver le repos tant elle craignait de manquer le rendez-vous donné par son jeune ami. Aussi la nuit commençait-elle juste à s'éclairer du côté du levant quand, escortée de Florent qui refusait de la laisser courir les rues seule dans l'obscurité, elle monta les marches de l'église Saint-Georges. L'air était plus que frais, une pluie fine et persistante dégouttait des toits et faisait briller fugitivement les pavés sous la lumière jaune d'une lanterne sourde. Elle dut même attendre un moment qu'un sacristain mal réveillé vînt ouvrir le vieux vantail cependant que se répondaient, à travers la campagne environnante, les appels enroués de la nouvelle génération de coqs, tous leurs prédécesseurs ayant connu une fin tragique dans une marmite bourguignonne.

En entrant dans l'église, Fiora chercha des yeux le tombeau. Entre ses cierges éteints, il semblait sommeiller dans une solitude hautaine sur laquelle veillait la lampe qui ne s'éteignait jamais.

– Que faisons-nous à présent ? chuchota Florent impressionné malgré lui par la majesté du lieu.

– Nous allons assister à la messe, fit Fiora, même jeu,

et vous, vous ne bougerez de votre place que lorsque je vous appellerai. C'est bien compris ?

– C'est assez clair, soupira-t-il résigné. Je ne bouge que si vous m'appelez...

Le son grêle d'une clochette d'argent annonça le prêtre qui marcha vers l'autel mal éclairé, abritant le Saint-Sacrement sous son étole verte ornée d'un galon doré. D'un même mouvement, Fiora et Florent s'agenouillèrent à même les dalles, et l'office commença.

Après l'Élévation, la jeune femme prit conscience d'une présence derrière elle. Se tournant légèrement, elle aperçut Battista, qu'elle faillit ne pas reconnaître car la robe blanche avait disparu, et avec elle la silhouette du novice. Le jeune homme qui se tenait là, modestement vêtu d'une tunique de drap gris usagée qu'une ceinture de cuir serrait à la taille, lui parut, sous cette pauvre vêture, plus superbe qu'un prince de roman – car prince il l'était de naissance. Elle dut faire appel à tout son empire sur elle-même pour ne pas lui sauter au cou. Elle avait réussi ! Battista quittait le couvent et peut-être que, dans quelques semaines, les portes de San Sisto s'ouvriraient devant une petite Antonia rose de joie. Ce bonheur serait son œuvre à elle, Fiora, qui n'avait jamais été capable de construire le sien, et ce fut d'un cœur plein de joie et de reconnaissance qu'elle reçut le corps du Christ.

La messe achevée, elle vint d'un geste tout naturel passer son bras sous celui du jeune homme pour marcher avec lui vers la sortie.

– Vous me donnez une grande joie, Battista... mais je vous vois mal équipé pour une longue route. J'espère que vous permettrez à votre sœur aînée de s'en occuper ? Ensuite, nous ferons un bout de chemin ensemble... au moins jusqu'en Bourgogne ?

– J'accepte volontiers car vous me voyez bien démuni, mais je ne crois pas que vous irez jusqu'en Bourgogne, donna Fiora.

– Pourquoi donc ?

– Je vous le dirai tout à l'heure. Pour l'instant, voulez-vous que nous allions, une dernière fois, prier au tombeau de Monseigneur Charles ?

Elle accepta d'un sourire et tous deux, suivis de Florent, se dirigèrent vers la chapelle. Les cierges étaient rallumés, la lampe brillait d'un éclat nouveau et un autre futur moine se tenait à la place exacte où Fiora avait, la veille, vu Battista. Mais celui-là semblait beaucoup plus grand et les épaules qui tendaient le grossier tissu blanc étaient larges et vigoureuses. De courts cheveux bruns casquaient une tête dont le port arrogant fit, sans qu'elle comprît pourquoi, battre plus vite le cœur de Fiora. Ensuite, tout se précipita.

Quittant son bras, Battista s'approcha de son ancien compagnon, ne dit rien, mais toucha son épaule. Alors, lentement, il se retourna et la main tremblante de Fiora chercha à tâtons l'appui d'un pilier. Ce moine, c'était Philippe...

Droit devant elle dans cette robe qui l'allongeait encore et soulignait le dessin hardi de son visage dont le hâle était trop profond pour que l'ombre du monastère réussît à l'éclaircir, il la regardait, mais dans les yeux couleur de noisette que les flammes des cierges doraient, Fiora ne trouva aucune trace de la passion d'autrefois. Et quand, oubliant le lieu où elle était, emportée par son amour, elle voulut s'élancer vers lui, il étendit un bras pour la maintenir à distance :

– Non, Fiora. Tu ne dois pas m'approcher.

Elle resta là comme frappée par la foudre, avec l'impression que son cœur se brisait et que sa vie s'écroulait.

– Mais pourquoi ?... pourquoi ? fit-elle d'une voix déjà lourde de larmes.

Il haussa les épaules et remit calmement ses mains au fond de ses larges manches :

– C'est l'évidence, me semble-t-il. Ce lieu ni ce vêtement ne permettent les effusions.

– Tu n'as pas toujours dit cela. As-tu oublié l'église Santa Trinita ? Tu te souciais peu de la sainteté du lieu, le matin où tu m'as appris ce que c'était qu'un baiser.

– Non, je n'ai pas oublié, mais je ne portais pas cette robe et l'église n'était que sainte : cette chapelle est sacrée par la présence de celui qui y repose...

– Faudra-t-il jusqu'à la fin des temps, murmura Fiora avec amertume, que le Téméraire se dresse entre nous ? Il est mort, Philippe, et ce culte dérisoire que tu t'obstines à lui rendre ne le fera pas revivre.

– Il est pour moi plus vivant que vous tous. Auprès de lui seul je respire librement !

– Quelle folie ! Battista, lui, a compris qu'il se devait à d'autres...

Se détournant, elle chercha le jeune homme pour en appeler à son témoignage, mais lui et Florent s'étaient éloignés, comprenant que leur présence était inopportune.

– Battista sait, à présent, que l'on a besoin de lui...

– Et moi, je n'ai pas besoin de toi ?

– Non.

– Et ton fils ? Car tu as un fils, Philippe. Crois-tu qu'il n'a pas besoin de son père ?

Pour la première fois, un éclair brilla dans les yeux froids de Selongey et la voix dure se radoucit :

– Dans ma prison à Dijon, à la veille de ce qui devait être mon exécution, j'ai su que tu attendais un enfant, mais j'ignorais que ce fût un garçon. J'en suis heureux... mais là où il est, il n'a pas non plus besoin de moi. Tu n'aurais pas dû m'en parler, je n'éprouve aucune joie à être le père d'un futur marchand florentin.

– Un futur marchand florentin ? Mais où crois-tu donc qu'il se trouve ?

– A Florence, bien sûr. Là où tu l'as emmené l'an passé.

– Moi, j'ai emmené mon petit Philippe en Toscane ? Sur cette tombe que tu sembles vénérer, je jure que notre enfant est à cette heure au manoir de la Rabaudière, près de Tours où ma vieille Léonarde, mon ancienne esclave Khatoun et un couple de braves gens dévoués veillent sur lui.

L'ironique sourire d'autrefois étira vers la droite la bouche dédaigneuse de Philippe :

– A Tours ! C'est à peine moins affligeant ! Tu te trompes, Fiora quand tu dis que Monseigneur Charles se dresse encore entre nous. Celui qui s'interpose, c'est le roi de France. Tu sais que je n'accepterai jamais de le servir, et tu élèves mon fils à sa cour.

– J'élève ton fils chez moi, dans la maison qui m'a été donnée...

– ... en remerciement de tes bons et loyaux services dans le lit de Campobasso !

– Mon Dieu ! Oublieras-tu jamais cette affreuse histoire ?

Avançant d'un pas vers le tombeau, Fiora se laissa tomber à genoux près de la lampe de bronze :

– Le roi a reporté sur moi l'estime qu'il avait pour mon père. Il m'a donné ce manoir parce qu'il savait que je n'avais plus rien.

– Tu avais Selongey. C'est là que tu aurais dû faire naître mon fils. Mais tu craignais trop de vivre loin de l'agitation et de la vie brillante que tu as toujours connue...

– Si j'avais accepté de t'y suivre, je serais peut-être à cette heure misérable et errante. Tu oublies que tu as été condamné à mort parce que tu ne rêvais que reprendre la guerre, que te dévouer au service de ta bien-aimée duchesse Marie. Moi, je ne comptais pas, et tu pouvais me ranger à Selongey comme un bagage encombrant... Ceci dit, j'ai profondément regretté d'avoir causé entre nous cette rupture. Parce que... Dieu m'en est témoin et vous aussi, Monseigneur qui dormez sous cette grande dalle... parce que je t'aime et n'ai jamais aimé que toi, Philippe. Voilà des mois que je te cherche !

– Des mois ? Et pourquoi pas des années ? Je crois

qu'en bonne Florentine, tu exagères un peu. Tu ne me cherchais pas en septembre dernier quand tu étais à Florence, auprès du Médicis, ton amant, où tu avais emmené mon enfant et toute ta maisonnée.

L'indignation et la stupeur relevèrent Fiora.

– Moi, j'étais à Florence en septembre dernier ? Mais qui a bien pu te dire une chose pareille ?

– Un homme que j'ai rencontré à deux pas de ta maison... celle qu'on appelle la maison aux pervenches. C'est bien cela ?

– Tu es venu... chez moi en septembre ? C'est impossible.

– Vraiment ? Alors écoute. Quand je me suis enfui du château de Pierre-Scize où ton roi m'avait enfermé...

– Grâce à la complicité de la fille du geôlier, je sais.

– On dirait que tu sais beaucoup de choses ?

– Plus que tu ne crois. Ce que je veux savoir, c'est ce que tu as fait quand tu as quitté la chartreuse du Val-de-Bénédiction où tu as été soigné et où l'on m'a dit que tu avais perdu la mémoire.

– Tu as vraiment été là-bas ?

– Escortée par Douglas Mortimer. Tu dois te souvenir de lui. Le dom prieur nous a dit le peu qu'il savait de toi... sauf que tu leur as menti. Tu n'as jamais perdu la mémoire, n'est-ce pas ?

– Non, mais tous les moines ne sont pas dignes de confiance et c'était la seule conduite à tenir pour un prisonnier évadé d'une prison royale. Que sais-tu encore ?

– Qu'à la fête des Rogations, tu as profité du passage de nombreux pèlerins en route vers Compostelle pour quitter la chartreuse.

Elle se tut. Le regard de Philippe, passant au-dessus d'elle, se fixait sur quelque chose qu'elle ne voyait pas. Elle en suivit la direction et aperçut un groupe d'hommes, le bonnet à la main, qui venaient vers le tombeau.

– Viens ! murmura Philippe. Éloignons-nous ! Le reste de l'église est vide à cette heure...

Répondant d'un signe de tête au salut respectueux des fidèles, il précéda la jeune femme dans le déambulatoire, puis attendit qu'elle l'eût rejoint. Alors, ils se mirent à marcher très lentement côte à côte et Philippe raconta comment il s'était joint aux errants de Dieu qui s'en allaient vers la lointaine Galice.

– J'ai marché avec eux jusqu'à Toulouse. C'était ma seule chance de survivre car je n'avais pas un liard et j'ai vécu de charité grâce à eux. Un moment, j'ai pensé les accompagner jusqu'au bout, mais quelque chose de plus fort que moi me retenait sur cette terre où je croyais que tu vivais. J'avais tant souffert que j'en oubliais ma haine pour Louis XI. Ce que je voulais, c'était te retrouver...

– Philippe!

– Tais-toi! Laisse-moi achever! A Toulouse, j'ai feint de souffrir d'une jambe et j'ai laissé partir mes compagnons. Je suis resté à l'hôpital Saint-Jacques, gagnant ma nourriture en rendant de menus services. J'attendais le passage d'autres pèlerins remontant vers le nord, de préférence vers Tours. Quand ils sont venus, j'ai repris la route avec eux et c'est ainsi que je suis enfin arrivé devant ... le repaire de l'Universelle Aragne! gronda-t-il d'un ton haineux qui effraya Fiora.

– La robe que tu portes n'incite-t-elle pas au pardon des injures et à la charité? reprocha-t-elle doucement.

– Sans doute!... mais je ne suis pas certain que la grâce de Dieu m'ait vraiment touché, fit-il avec un sourire amer. Néanmoins, je me suis approché des archers de garde. Je voulais parler à cet Écossais que tu évoquais tout à l'heure et dont je gardais le souvenir d'un vaillant compagnon, mais on m'a dit qu'il était absent. C'est alors qu'un homme s'est approché de moi et m'a demandé ce que je cherchais. Je le lui ai dit et il a proposé de me montrer ta maison... mais, chemin faisant, il a ajouté que tu n'y étais plus, que tu l'avais quittée sans espoir et depuis plusieurs mois pour regagner Florence avec ton fils et tes serviteurs. Et comme je m'étonnais que tu sois retournée dans une cité qui t'avait si mal traitée, il s'est mis à rire : « Il n'est rien qu'une femme aussi belle que cette donna Fiora ne puisse obtenir d'un homme et Lorenzo de Médicis est tout-puissant. Il est son amant depuis longtemps... »

– Mon Dieu ! souffla Fiora épouvantée. Mais qui a pu te dire pareille chose ?

– Un homme qui apparemment te connaît bien, un conseiller du roi, son barbier aussi, paraît-il... Ce qui ne m'étonne pas de ce triste sire !

– Olivier le Daim ! Ce misérable, qui me hait et a tenté de nous tuer Léonarde et moi, a osé te dire cela ? Et toi tu l'as cru ?

– J'ai failli l'étrangler, mais il a juré par tous les saints du Paradis qu'il disait la vérité et, comme il ajoutait que la maison en question lui appartenait désormais et que, si je le souhaitais, il m'y offrait l'hospitalité, je l'ai lâché et je me suis enfui en courant. Si j'étais resté, je crois que j'aurais fini par le tuer et par aller mettre le feu à ce maudit manoir...

– Que ne l'as-tu fait ? Tu nous aurais évité à tous deux bien des souffrances. En approchant de la Rabaudière tu aurais vu les fenêtres ouvertes et Léonarde au jardin avec notre enfant... Je jure que j'étais là ! D'ailleurs, si tu ne me crois pas, viens avec moi : le serviteur qui m'accompagne répondra à tes questions sans que j'ouvre la bouche ! Viens, je t'en supplie !

– Non... Je ne m'abaisserai pas à questionner un serviteur. Je préfère te croire !

Fiora regarda avec désespoir ce visage fermé, ce profil immobile qui se détachait avec une netteté de médaille sur les bleus et les pourpres d'un vitrail. Son cœur battait à se rompre, elle sentait qu'au lieu de le ramener à elle, chacune des paroles qu'ils échangeaient creusait un peu plus le fossé qui les séparait. Pour se donner le temps de réfléchir, elle murmura d'une voix sourde :

– Qu'as-tu fait ensuite ?

– J'ai repris mon bâton et ma route, je n'avais plus envie de vivre. Le fleuve était là qui me tentait, mais un chevalier, même réduit à la misère, n'a pas le droit de se donner la mort. Je pouvais servir encore et je me suis souvenu alors d'un parent de ma mère dont le château se situait près de Vendôme. S'il vivait encore, peut-être me donnerait-il ce dont j'avais tant besoin : un cheval, une épée et le moyen de rejoindre les Flandres afin d'y reprendre le combat pour la duchesse Marie...

– Je suppose que ton désir a été exaucé, dit Fiora puisqu'à Noël, Mme de Schulembourg t'a vu à Bruges. Je l'y ai vue aussi et elle m'a dit ce qui s'était passé. Je pense que tu aimais Madame Marie depuis longtemps...

Ce fut au tour de Philippe de s'étonner.

– Moi ? J'aime la duchesse depuis longtemps ? Ah, c'est vrai, ajouta-t-il avec un sourire dédaigneux, je la priais à genoux quand ce rustre d'Allemand qu'elle a épousé est entré, mais je ne la priais pas d'amour.

– Vraiment ?

– Sur mon honneur ! Je la suppliais de reprendre le combat pour notre Bourgogne envahie par les gens du roi. Je la suppliais de me confier une troupe solide et des armes. Ainsi, j'aurais soulevé la région de Selongey et, sans nul doute, les autres auraient suivi...

A expliquer son rêve, la lumière revenait dans ses yeux, cette lumière que l'amour de sa femme ne suscitait plus. Une constatation qui, en réveillant sa jalousie, suscita la colère de Fiora :

– Folie ! Jamais tu n'aurais réussi. Les frères de Vaudrey qui ont gardé la Comté Franche si longtemps ont été finalement vaincus. Tu l'aurais été, toi aussi, et cette fois tu ne serais pas redescendu vivant de l'échafaud.

– Et après ? gronda-t-il. Tu n'imagines pas à quel point je regrette de n'y être point mort. De toute façon, la duchesse ne voulait pas entendre ma prière car elle ne pense, elle ne voit, elle ne respire que par son époux, ce blondin frisé, cet Allemand que seules les Flandres et l'Artois intéressent.

– Tu n'es pas logique, dit Fiora froidement. Si tu avais réussi, c'est pour cet Allemand que tu te serais battu. C'est à lui que tu aurais apporté ta chère Bourgogne. Le Grand Bâtard, lui, n'a pas supporté de voir les aigles noires écraser les fleurs de lys. Tes fameux princes, jusqu'à celui qui dort ici, étaient des Valois, tout comme le roi Louis, et la mère de ta duchesse Marie était française. Tu ne referas pas l'Histoire à ton gré, Philippe de Selongey et, à présent, c'est à ton fils qu'il faudrait songer, à ton fils qui n'est pas du tout en train d'apprendre à tenir boutique!

Comme, cette fois, Philippe gardait le silence, Fiora, sentant qu'elle avait touché une corde sensible, voulut pousser son avantage :

– Crois-tu que le propre frère du Téméraire et son plus fidèle capitaine, crois-tu que des hommes comme Philippe de Crèvecœur, comme les Croÿ et tant d'autres se rallieraient au roi Louis s'ils ne voyaient en lui un souverain digne d'être servi ? Je ne t'en demande pas autant, mais reviens-nous, Philippe! Tu ne seras pas contraint de vivre en Touraine. Nous irons à Selongey pour y passer, ensemble, les jours qui nous restent!

Ils avaient achevé le tour de la collégiale et retrouvaient le tombeau auprès duquel il n'y avait plus personne. Machinalement, Philippe ralluma un cierge qui s'était éteint...

– Je suis bien auprès de lui, Fiora! Quand j'ai quitté Bruges écœuré par ce couple altéré de vie familiale et ne pensant qu'à chasser ou à donner des fêtes, j'ai voulu venir prier sur cette tombe pour demander à Monseigneur de m'indiquer la voie. J'avais soif de grandeur, de sacrifice. Et j'ai vu venir Battista dans sa robe de novice. J'ai compris que c'était la réponse que j'attendais. Je suis resté...

– Tu ne m'aimes pas! Tu ne m'as jamais aimée! s'écria Fiora dont les larmes coulaient de nouveau. Si tu m'aimais...

Alors, pour la première fois depuis de longues minutes,

il la regarda et Fiora, à demi étranglée d'émotion, comprit qu'elle se trompait, que l'amour n'était pas mort. Lentement, Philippe étendit sur la dalle sa grande main nerveuse :

– Sur celui qui dort ici et sur la foi que je lui avais jurée, je n'ai jamais aimé que toi !

– Alors reviens, je t'en supplie ! Reviens avec moi ! J'étais en route pour Selongey, allons-y ensemble et nous enverrons chercher notre fils ! Je ne retournerai pas à la Rabaudière, mais viens, je t'en supplie ! Ne nous condamne pas tous les deux ! Nous pouvons être si heureux encore...

– Tu crois ?

– J'en suis sûre, mon amour...

Il y eut entre eux l'un de ces silences plus éloquents que toute parole parce qu'ils pansent les blessures et font naître l'espoir. Fiora n'osait pas bouger, attendant un geste, un sourire pour courir vers son époux.

– Alors, à ton tour tu vas jurer, ordonna Philippe. Tu vas jurer sur ce même tombeau et devant Dieu que tu n'as jamais été la maîtresse de Lorenzo de Médicis !

Le coup frappa la jeune femme si rudement qu'elle vacilla tandis que le sang refluait vers son cœur. La lumière qui venait de s'allumer s'éteignit. L'espoir s'évanouit... La tentation du faux serment n'effleura même pas Fiora : elle savait trop que le secret de la naissance de Lorenza pouvait lui échapper et que même les bruits venus de la lointaine Florence pouvaient atteindre un jour les oreilles de son époux.

– Eh bien ? s'impatienta Philippe.

Elle ne répondit pas, détourna les yeux pour fuir ce regard qui, à présent, flambait à la fois de colère et de chagrin.

– Je... je ne peux pas ! Mais...

– Pas de « mais » ! Adieu Fiora !

– Non !

Ce fut un cri déchirant, mais Philippe ne voulut pas

l'entendre. Avec un geste qui repoussait la jeune femme dans les ténèbres du désespoir, il s'enfuit en courant et la porte de la collégiale retomba sur lui aussi lourdement qu'une pierre tombale.

Seule, désormais, Fiora se laissa tomber à terre, à genoux d'abord puis de tout son long, image désespérée de son cœur crucifié, comme si elle voulait s'intégrer à cette pierre froide, à ce tombeau sur lequel venait de se briser sa vie.

C'est là que, peu après, Florent et Battista la trouvèrent...

CHAPITRE XI

LA MAISON VIDE

Fiora n'aurait jamais cru qu'il était possible de tant souffrir. Inerte sur son lit, tandis que ses larmes ne cessaient de couler trempant ses cheveux et l'oreiller, incapable de dormir ou de se nourrir, elle laissait une pensée unique enfiévrer sa tête et la détruire lentement : Philippe la rejetait loin de lui, et pour toujours. Il lui préférait un couvent misérable et le tombeau auprès duquel il prétendait vivre le reste de ses jours. Le trop doux péché commis avec Lorenzo imposait à la coupable une impitoyable pénitence en éloignant à jamais le seul homme qu'elle eût aimé.

N'imaginant pas un instant, du fond de son humiliation, que Philippe luttait peut-être à présent contre tous les démons d'une jalousie furieuse, elle restait là sans rien vouloir entendre des consolations de ses amis, refusant de quitter cette chambre et surtout cette ville où, au moins, elle le savait présent, à deux pas de la maison où elle vivait une agonie.

Depuis qu'ils l'avaient ramassée dans l'église à peu près inconsciente, Battista et Florent ne savaient que faire, et pas davantage Nicole Marqueiz qu'en peu de mots ils avaient mise au courant. A peine Fiora réfugiée dans sa chambre, le jeune Colonna s'était précipité au couvent pour dire à Selongey ce qui se passait et tenter de le fléchir, mais il s'était heurté à un véritable mur.

– Cette femme est morte pour moi, jeta Philippe avec une violence qui surprit le jeune homme. Elle a mis l'irréparable entre nous. J'ai pardonné une fois, je ne pardonnerai pas une seconde.

– Elle vous croyait mort et, si j'ai bien compris, elle venait de subir de dures épreuves...

– Elle me savait bien vivant quand elle s'est donnée à Campobasso. Qu'elle m'ait cru défunt n'est pas une excuse. Si j'acceptais de vivre avec elle, pendant combien de temps me serait-elle fidèle ? Sa beauté attire les hommes et elle se laisse attirer par leur amour.

– Elle n'aime que vous.

– Peut-être parce qu'elle ne m'a jamais vraiment tenu à sa merci. Qu'en serait-il lorsque viendrait la monotonie de la vie quotidienne ? A qui permettrait-elle de la distraire ? Quel homme devrais-je alors tuer... à moins que je ne la tue elle-même ? Non, Colonna, je refuse de subir cela ! Je ne veux pas devenir fou...

– Ne le deviendrez-vous pas ici ? Vous n'êtes pas fait pour la vie monastique... pas plus que moi, d'ailleurs, et je sais à présent que je m'étais trompé.

– Vous aviez choisi le seul refuge digne d'un chevalier, mais vous avez d'autres raisons de vivre à présent. Moi, je vais continuer à monter ma garde silencieuse auprès du seul maître que j'aie jamais accepté. Si je ne trouve pas la paix, je repartirai et j'irai, comme j'en ai eu un moment l'intention, chercher la mort en combattant les Turcs.

– Et... votre fils ? Vous résignez-vous à nc jamais le connaître ?

Le regard de Philippe étincela soudain, puis s'éteignit sous l'abri de sa paupière :

– J'en crève d'envie ! gronda-il. Mais si je le voyais, si je le touchais, je n'aurais plus le courage de m'éloigner. C'est de sa mère alors qu'il me faudrait le priver. Je préfère de pas prendre ce risque... Allez-vous-en, Colonna ! Allez vers votre destin, laissez-moi à ma solitude...

– Ne m'accorderez-vous pas de lui apporter une seule

bonne parole ? murmura Battista navré. Elle est brisée, anéantie, et il se peut qu'elle ne se relève pas.

– Dites-lui... que je lui confie mon fils et que je compte sur elle pour en faire un homme digne de ses aïeux. Je la sais de cœur noble et vaillant. Ce n'est pas vraiment de sa faute si son corps est faible. Dites-lui enfin que je prierai pour elle... pour eux !

Ce fut tout. L'instant d'après, Philippe de Selongey franchissait la porte qui menait au cloître et disparaissait. Battista, découragé, revint auprès de Fiora, mais il n'eut pas le courage de lui délivrer le message austère et désolant dont il était chargé. Le lendemain, à son tour, Florent, emporté par une colère furieuse, courut au prieuré, décidé à faire entendre à l'obstiné ce qu'il appelait la voix de la raison et ce qu'il pensait de lui. Mais il ne fut pas reçu et dut repartir comme il était venu. Georges Marqueiz, qui tenta l'expérience par amitié pour Fiora, n'eut pas plus de chance. Philippe semblait avoir décidé de se murer dans le silence.

Au matin du quatrième jour de la réclusion de Fiora, dame Nicole, Battista et Florent décidèrent d'un commun accord qu'il fallait intervenir. De toute évidence, la jeune femme était résolue à se laisser mourir de faim.

– Je refuse, déclara l'épouse de l'échevin, de la regarder périr dans ma maison. Venez avec moi, tous les deux, et ne vous fâchez pas si mon langage vous paraît un peu rude.

Armée d'un plateau garni de mets légers et d'un flacon de vin, elle s'engagea, suivie des deux garçons, dans l'escalier qui menait chez la désespérée.

En dépit du feu allumé dans la cheminée pour lutter contre l'humidité due à la période de pluies qui trempait ce mois de mai, la chambre était obscure. Dame Nicole fit signe à Florent d'aller ouvrir les lourds rideaux. Le jour gris et triste qui pénétra n'était guère encourageant, mais c'était tout de même le jour. Il éclaira le lit dans lequel Fiora était étendue, aussi inerte que si elle était déjà morte. Avec ses traits creusés par les larmes incessantes, elle semblait plus vieille et les deux garçons sentirent leur cœur se serrer.

– Je l'étranglerais volontiers, moi, ce bourreau! grogna Florent. Quand je pense que depuis quatre jours elle consent seulement à boire un peu d'eau! C'est à se jeter la tête contre les murs!

– Cela n'arrangerait rien. D'ailleurs, tuer messire Philippe non plus, remarqua Battista. Elle n'en serait pas moins malheureuse.

Pendant ce temps, Nicole posait son plateau sur le lit et entreprenait de redresser Fiora en attrapant les oreillers à bras le corps.

– Vous avez assez pleuré! décréta-t-elle. A présent, vous allez manger, même si je dois vous donner la becquée comme à un bébé.

La voix qui se fit entendre parut surgir des profondeurs du lit. Elle était faible, mais cependant obstinée :

– Laissez-moi, Nicole!... Je ne veux pas manger! Je... je ne mangerai plus jamais.

– Vraiment? Alors écoutez bien ce que je vais vous dire! Vous voulez mourir, n'est-ce pas? Seulement, moi, je refuse d'avoir un jour prochain votre cadavre sur les bras. Allez trépasser où vous voulez, mais pas chez moi!

En dépit de sa faiblesse, Fiora ouvrit de grands yeux surpris et douloureux :

– Que voulez-vous dire?

– C'est clair, me semble-t-il? J'ai reçu, voici quelques jours, une amie que j'étais heureuse d'accueillir. Or, cette amie manifeste à présent la volonté de se laisser périr sous mon toit, et je ne peux l'accepter. Si je suis fière, avec quelque raison, de mon hospitalité, elle ne va pas jusqu'à permettre que l'on décide de se suicider chez moi. Il y a cent manières de mourir ici-bas, mais la maison de Georges Marqueiz ne peut convenir à ce projet. Alors, si vous tenez tellement à vous sacrifier à un homme obtus, allez exécuter cette décision ailleurs!

– Vous voulez que je parte ? Oh, Nicole !...

– Écoutez, Fiora, le choix est simple : ou bien vous acceptez de vous nourrir, et je vous accorde le temps nécessaire à la reprise de vos forces, ou bien nous vous faisons manger de force, ces garçons et moi, afin que vous soyez capable de supporter quelques lieues de chemin.

– Comment pouvez-vous être aussi cruelle ?

– Cruelle, moi ? Mais regardez-vous !

Vivement, dame Nicole alla chercher un miroir à main qu'elle mit sous le nez de la jeune femme :

– Voyez quelle mine vous avez après quatre jours à l'eau de douleur ! Quel homme mérite cette destruction volontaire ? De la plus jolie femme que je connaisse vous êtes en train de faire une loque. Et si vous pensiez un peu à votre fils ? Il n'a déjà plus de père et vous voulez à présent lui enlever sa mère ?

– Un père lui serait bien plus utile que moi !

– Libre à vous de penser cela ! Pour ma part, j'estime que vous avez assez pleuré messire de Selongey. S'il se plaît à se draper dans sa dignité et à continuer à pleurer un prince dont certains considèrent la mort comme une délivrance, libre à lui ! Mais vous, vous êtes jeune... belle pour peu que vous cessiez de faire l'imbécile, et vous avez toute une vie devant vous. Si vous écoutiez un peu ce que Battista peut vous dire de sa part ?

– Vous lui avez parlé, Battista ? Vous l'avez vu ?

– Je l'ai vu. Je lui ai parlé... mais je ne vous dirai rien tant que vous n'aurez pas absorbé quelque chose d'un peu consistant ! déclara le page, fermement décidé à suivre le chemin ouvert par dame Nicole.

– Vous tenez vraiment à m'obliger à vivre ?

– Essentiellement ! Alors mangez ! Ensuite, nous parlerons.

Soutenue par un Florent débordant de pitié et qui, ne sachant trop de quel côté se ranger, avait choisi de garder le silence, Fiora mangea quelques cuillerées d'une panade sucrée au miel dans laquelle Nicole avait battu deux jaunes d'œuf, but quelques gorgées d'un vin de Nuits singulièrement chaleureux, grignota deux abricots confits et se laissa retomber sur ses oreillers, à bout de forces. Un peu de rose fardait à présent ses joues :

– Je vous ai obéi, soupira-t-elle. Parlez, à présent, Battista !

Élaguant de son mieux ce qui ne pouvait être entendu, le jeune homme restitua le dernier message de Philippe et conclut :

– Il faut lui obéir, donna Fiora, mais, surtout, il faut penser à vous et à l'enfant ! Dieu m'est témoin que je garde à votre époux un respect et une admiration absolus, mais c'est un homme d'un autre âge et vous vous êtes jeune. Vous devez vivre ! Tant de beaux jours peuvent encore fleurir sous vos pas !

Un moment, Fiora garda le silence, écoutant résonner en elle l'écho des sages paroles de son ancien page. Puis :

– Quel conseil me donnez-vous, alors ?

– D'abord, celui de rentrer chez vous. Si généreuse que soit l'hospitalité de dame Nicole, vous ne guérirez jamais chez elle ! Vous êtes trop près... de lui. Partez ! Quand vous serez loin, vous redeviendrez vous-même et c'est tout ce que nous souhaitons, nous qui sommes autour de vous dans cette pièce.

Pour la première fois, un faible sourire détendit les lèvres blanches :

– Vous devriez être déjà loin, Battista ! Ce n'est pas pour vous occuper de moi que je vous ai conjuré de quitter votre prieuré.

– Je sais, mais je ne vous abandonnerai qu'une fois en route pour votre manoir de Touraine.

Du regard, la jeune femme embrassa les trois visages anxieux qui entouraient son lit et chercha la main de dame Nicole pour l'attirer à elle :

– Vous êtes de terribles amis ! soupira-t-elle. Mais je ne remercierai jamais assez le ciel de vous avoir rencontrés...

Deux jours plus tard, après avoir remercié chaudement les Marqueiz de leur hospitalité comme de leur amitié, Fiora et ses deux compagnons quittaient Nancy. Les garçons s'étant opposés avec la dernière fermeté à ce que leur compagne effectuât une ultime visite à la collégiale Saint-Georges, on contourna les halles pour rejoindre, par la rue du Four Sacré, le Palais ducal et la longue rue Neuve que terminait la porte de la Craffe. Courageusement, Fiora s'imposa de ne pas tourner la tête quand on franchit le Fossé aux Chevaux sur lequel donnaient les murs du prieuré Notre-Dame. Il fallait qu'elle essaie d'oublier Philippe, même si elle savait que c'était impossible, mais elle pensait qu'avec le temps, l'image si chère et si cruelle consentirait peut-être à s'estomper.

Renseignés par Georges Marqueiz qui avait beaucoup voyagé, les trois compagnons devaient faire route commune jusqu'à Joinville, où leurs chemins divergeaient. Battista, rééquipé et nanti d'une bourse suffisante pour rejoindre Rome, piquerait vers le sud et, par Chaumont, Langres, Dijon, Lyon et la vallée du Rhône, irait s'embarquer à Marseille. Fiora et Florent prendraient vers l'ouest et, par Troyes, Sens, Montargis et Orléans, retrouveraient le grand chemin de la Loire qu'ils connaissaient bien.

Pour ne pas trop fatiguer Fiora, à peine remise de son jeûne volontaire, on mit deux jours pour parcourir les vingt-quatre lieues séparant la capitale lorraine des coteaux de Joinville. Les grandes pluies avaient cessé et le temps, s'il n'était pas rayonnant, était presque agréable.

– Vous allez retrouver la mer bleue et le soleil de Rome, soupira Fiora quand, au pied du château des princes de Vaudémont, ils échangèrent des adieux qu'ils espéraient bien ne pas être éternels...

– Il y a si longtemps que j'en suis déshabitué, fit le jeune homme. Il se peut que je ne les supporte pas.

– Alors, n'oubliez pas que vous avez en France des amis et si, quand vous aurez épousé Antonia, vous souhaitez retrouver un climat plus frais... ou échapper aux sbires du pape, n'hésitez pas à venir les rejoindre.

– Soyez sûre que je ne l'oublierai pas. Laissez-moi vous embrasser pour Antonia et pour moi! Dieu vous bénisse, donna Fiora, et vous accorde enfin le bonheur que vous méritez!

– Il faudrait qu'Il se donne beaucoup de mal. Je crois que je ne suis pas faite pour cela, voyez-vous? Mais j'essaierai de m'en arranger...

Debout à la croisée des chemins et tenant son cheval par la bride, elle regarda le jeune homme partir au galop le long de la Marne dont l'eau claire reflétait les nuages changeants d'un ciel pommelé. Elle songeait que les voies du Seigneur étaient vraiment impénétrables, puisqu'elles lui avaient permis de rendre le goût de la vie à Battista alors qu'Il brisait la sienne irrémédiablement.

– Eh bien? dit Florent qui s'était tenu à l'écart par discrétion. Que faisons-nous à présent?

– Mais... nous rentrons chez nous, Florent.

– J'entends bien, mais après?

– Après? Je ne sais pas. Je ne sais vraiment pas... Il faut que je réfléchisse et surtout que je me repose. Jamais je ne me suis sentie aussi lasse...

– C'est naturel. Aussi allons-nous rentrer doucement à petites étapes, puisque plus rien ne nous presse...

Fiora était sincère en disant qu'elle ignorait comment elle allait désormais conduire sa vie. Sa douleur se mêlait à présent de colère contre celui qui l'abandonnait ainsi à ses seules responsabilités avec une unique consigne : faire de son fils un homme digne de ses ancêtres, ce qui, dans son esprit, devait exclure le bon Francesco Beltrami qui n'avait jamais porté aucun titre de noblesse. Mais, en y réfléchissant bien, Fiora ignorait ce qu'avaient été les Selongey passés et, si elle aimait passionnément l'unique spécimen qu'elle eût rencontré, elle reconnaissait que ce n'était pas un modèle de charité chrétienne, ni même de simple humanité, en dehors des devoirs de chevalier qu'il respectait à la lettre. Quant à ses ancêtres à elle, les vrais, les Brévailles, l'échantillon qu'elle en avait eu avec le vieux Pierre [1] n'était pas plus encourageant.

En outre, il n'entrait certainement pas dans les plans de Philippe que son fils servît le roi de France. Alors que faire ? Que décider ? Que choisir ?

Au long du chemin qui la ramenait chez elle à travers l'éclat chaleureux du printemps, Fiora petit à petit se mit à esquisser un projet d'avenir. Peu importait ce que Philippe pensait de son beau-père florentin, peu importait le mépris à peine déguisé qu'il portait à une noblesse considérant le négoce comme l'un des beaux-arts ! La Florentine se réveillait en elle et elle pensa qu'il serait agréable, si Lorenzo de Médicis gagnait sa guerre contre le pape, de retourner là-bas avec « ses » enfants, Léonarde et ceux qui voudraient bien l'y suivre. L'idée de pouvoir reprendre sa petite Lorenza la remplissait de joie. Une voix secrète lui soufflait bien que l'enlever à présent aux bons Nardi serait d'une affreuse cruauté, mais elle la faisait taire en arguant qu'après tout Agnolo pouvait souhaiter finir ses jours dans sa ville natale et que, très certainement, Agnelle s'y plairait. Il faudrait étudier le problème. De toute façon, la guerre dont elle ne savait rien était peut-être loin d'être finie.

Ainsi méditait Fiora tandis que les routes glissaient sous les sabots de son cheval, mais, à mesure qu'elle approchait des pays de Loire, une hâte extrême lui venait de revoir son petit manoir dont le jardin allait être tout fleuri, tout embaumé, de se blottir douillettement dans ce paradis personnel et, surtout, de n'en plus bouger avant de longs, de très longs mois...

Aussi quand, franchie la porte orientale de Tours, elle quitta le « Pavé » qui menait au château royal du Plessis-lès-Tours pour s'engager dans le chemin de sa maison, Fiora, comme si elle menait une charge, poussa-t-elle un

1. Voir *Fiora et le Téméraire.*

grand cri de joie qui fit envoler les corneilles dans un champ et lança-t-elle son cheval au galop. Par-dessus le moutonnement vert des arbres, elle apercevait les toits d'ardoise et la poivrière qui couvrait la tourelle d'escalier. Sans ralentir, elle embouqua l'allée creuse bordée de chênes moussus, et c'est seulement en vue de « sa » porte qu'elle retint son cheval qui battit l'air des antérieurs.

– Léonarde ! Péronnelle ! Khatoun ! Étienne !... Nous voici !

Personne ne répondit...

Et puis, tout à coup, surgissant de la cuisine, Péronnelle apparut et courut vers les arrivants en criant, et en pleurant :

– Sauvez-vous ! Pour l'amour de Dieu, sauvez-vous ! Ne vous laissez pas prendre !

Fiora ni Florent n'eurent le temps de lui poser la moindre question : deux archers de la prévôté sortaient sur ses pas, cherchant à la rattraper. Ils appelèrent et deux autres soldats apparurent, venant de derrière la maison. Bondissant à la tête des chevaux, ils s'emparèrent des brides en dépit des efforts des deux voyageurs pour les en empêcher.

– Qu'est-ce que cela veut dire ? cria Fiora furieuse. Que me voulez-vous ?

Les soldats avaient réussi à reprendre Péronnelle qu'ils traînaient, sanglotante et poussant des cris inarticulés, plus qu'ils ne l'emmenaient.

– Cela veut dire que vous êtes arrêtée... fit une voix dans laquelle Fiora crut entendre sonner toutes les joies du triomphe.

En effet, et même si, sur le moment, elle n'en crut pas ses yeux, c'était bien Olivier le Daim qui, suivi d'un sergent, venait de franchir la gracieuse porte cintrée et s'approchait sans se presser de Fiora. Deux archers, après lui avoir fait mettre pied à terre sans trop de douceur, la maintenaient debout entre eux.

– Arrêtée ? Moi ? Mais pourquoi ? s'écria la jeune femme.

– Notre sire le roi vous l'expliquera... peut-être. Moi, je peux seulement vous dire que votre cas est grave... et qu'il s'agit au moins de trahison...

– Où est mon fils ? Où sont Dame Léonarde et Khatoun ?

– En lieu sûr, soyez sans crainte ! Et fort bien traités...

– Et moi, s'écria Florent qui essayait vainement de dégager Fiora. Suis-je arrêté aussi ?

– Toi ? fit le barbier royal avec dédain. Toi, tu n'es rien... qu'un valet. Va te faire pendre ailleurs...

– Jamais ! Jamais je ne quitterai donna Fiora et si vous voulez l'emmener, vous m'emmènerez avec elle.

– Sergent ! soupira le Daim en se donnant l'air accablé du grand seigneur que l'on importune. Débarrassez-nous de ce garçon ! Attachez-le dans l'écurie en attendant de voir ce que nous en ferons...

Tandis que l'on entraînait le jeune homme qui opposait une vigoureuse défense, Fiora, les mains liées, se retrouva encadrée par les archers. Le coup qui la frappait était si brutal qu'elle ne songeait même pas à opposer une quelconque résistance, mais elle s'accorda le plaisir de toiser dédaigneusement le petit homme chafouin et noir qui exultait de façon éhontée :

– Vous avez eu ce que vous vouliez, n'est-ce pas ? Si je comprends bien, vous voilà installé dans ma maison ?

– Votre maison ? Le roi a toujours le droit de reprendre ce qu'il donne quand on trahit sa confiance.

– Parce que vous, vous ne la trahissez pas ?

– Pas vraiment... non. Si cette nouvelle peut vous faire plaisir, je ne suis pas encore installé et je le regrette, car la maison est vraiment charmante. Et meublée avec tant de goût ! J'étais seulement venu faire un tour, mais soyez sûre que mon entrée définitive ne saurait tarder...

– Ne vous réjouissez pas trop vite ! C'est toujours une mauvaise affaire que vendre la peau de l'ours avant de l'avoir tué. Ceci dit, où me conduit-on ? A Loches ?

– Non, hélas ! Je l'aurais préféré, mais le roi a ordonné

que l'on s'assure de vous dès votre arrivée et que l'on vous conduise à la prison du Plessis. Je crois qu'il préfère vous avoir sous la main...

Une brusque angoisse serra le cœur de Fiora et abattit un peu son orgueil :

– Puisque vous pensez avoir gagné, vous pourriez au moins vous montrer, sinon généreux, du moins humain et me dire où est mon fils ? Vous devez comprendre que je m'inquiète ?

– Vraiment ? Vous ne vous en occupez guère, pourtant ? Pas plus d'ailleurs que de votre fille...

Fiora réussit à ne pas accuser le coup, mais il avait fait mouche. D'où ce démon pouvait-il savoir quelque chose de Lorenza ? Avait-elle été suivie, épiée depuis son départ de la Rabaudière et durant tout ce temps ? C'était presque impossible, et pourtant elle savait que, depuis longtemps, Louis XI avait rayé le mot impossible de son vocabulaire. Renonçant à poser d'autres questions qui eussent trop réjoui ce misérable, elle se tourna vers le sergent :

– Puisque je dois aller en prison, voulez-vous m'y conduire ? Là ou ailleurs, j'ai, de toute façon, grand besoin de repos...

On se mit en marche avec, en contrepoint, les cris furieux de Florent que l'on avait dû attacher dans l'écurie. Une demi-heure plus tard, Fiora et son escorte pénétraient dans la cour d'honneur du château. La jeune femme pensait qu'on l'enfermerait dans la grosse tour isolée de la première cour, celle que l'on appelait la « Justice du Roi », mais il n'en fut rien. On ne fit que traverser cette sorte d'esplanade où se trouvaient les logis de la Garde écossaise et où, au milieu des cris et des encouragements, plusieurs de ces vaillants fils des Hautes Terres se mesuraient aux armes. Elle chercha vainement la haute silhouette de son ami Mortimer et, ne l'apercevant pas, cessa de s'intéresser à ce qui s'y passait.

Une autre prison, plus petite, se trouvait à l'angle de la cour d'honneur et des jardins, prise dans l'épaisseur du mur d'enceinte qui défendait le logis royal. Celle-là devait être réservée aux prisonniers de marque et la nouvelle venue, qui s'attendait à une basse-fosse, fut agréablement surprise. La chambre dans laquelle on l'introduisit ne possédait aucun luxe : le sol en était fait de grosses dalles, la porte bardée de verrous et d'énormes pentures de fer montrait un petit guichet grillagé. Quant à la fenêtre, étroite et placée assez haut pour décourager l'escalade, elle portait deux barreaux en croix gros comme un bras d'enfant. Mais c'était tout de même une chambre avec un lit à courtines, des draps et des couvertures, une table pour la toilette, une autre pour prendre les repas, un coffre à vêtements et deux sièges : une chaise à bras et un escabeau. Enfin, le geôlier qui accueillit la prisonnière ressemblait à un être humain et non à un molosse prêt à mordre : lorsqu'il eut ouvert la porte, devant elle, il lui offrit la main en lui recommandant de prendre garde au « pas ». Elle l'en remercia d'un sourire puis, avisant le lit, elle s'y jeta pour y dormir comme une bête harassée, plongeant d'un seul coup dans un profond sommeil qui fut certainement une manifestation de la miséricorde divine : ce coup tellement inattendu, ce coup affreux qui la frappait après le calvaire qu'elle venait d'endurer eût été capable de la mener aux portes de la folie.

Elle ne s'éveilla que le lendemain matin, au vacarme des verrous tirés, quand le geôlier pénétra dans sa chambre pour lui apporter son repas :

– Vous devez avoir faim, lui dit-il dans ce langage élégant qui est l'apanage des gens de Touraine. Hier, je vous ai monté un plateau, mais je vois que vous n'y avez pas touché. Il est vrai que vous dormiez si bien...

– C'est vrai, dit Fiora. J'ai faim, mais si je pouvais avoir de l'eau pour faire ma toilette, je vous en serais reconnaissante.

Fouillant dans sa bourse, elle en tira une pièce d'argent qu'elle voulut lui donner, mais il la refusa :

– Non, merci, noble dame ! Les ordres de notre sire le

roi sont de ne vous laisser manquer de rien. En m'occupant de vous, je ne fais que mon devoir...

– Manquer de rien ? Je crains que vous ne puissiez me donner ce qui me manque le plus : mon fils...

Le brave homme eut un geste navré :

– Hélas non ! Je ne peux donner que ce que l'on m'autorise à vous procurer. Croyez que je le regrette... Je vais vous apporter de l'eau chaude, des serviettes et du savon. Mangez, en attendant ! Votre repas va refroidir.

Le repas, c'étaient du lait chaud, du pain croustillant et encore tiède, du miel et une petite motte de beurre enveloppée dans une feuille de vigne que Fiora considéra avec une sincère stupeur :

– Est-ce que vous nourrissez aussi bien tous vos prisonniers ? Je sais peu d'auberges de bon renom où l'on vous traite de cette façon !

– C'est que vous êtes la seule pensionnaire en ce moment et que ma femme est autorisée à prendre notre nourriture aux cuisines du château. La vôtre aussi. Et puis, cette prison n'est pas comme les autres et elle reçoit peu de monde. C'est assez différent du donjon de la première cour. Enfin, je le répète, j'ai reçu des ordres.

– Suis-je autorisée à recevoir des visiteurs ? Je voudrais voir le sergent Mortimer, de la Garde écossaise.

– La Bourrasque ? fit le geôlier en riant. Tout le monde le connaît bien ici. Malheureusement, la chose n'est pas possible. D'abord parce que, Madame la comtesse, vous êtes au secret. Ensuite, parce qu'il n'est pas au Plessis... Je vais vous chercher votre eau.

– Encore un mot ! Dites-moi au moins votre nom ?

– Grégoire, Madame. Grégoire Lebret, mais le prénom suffira. Je suis tout à fait aux ordres de Madame la comtesse !

Et avec une sorte de petite révérence, le surprenant geôlier laissa Fiora dévorer ce petit repas encore plus surprenant. Tout en mangeant, elle s'efforçait de mettre de l'ordre dans ses idées. On la traitait évidemment avec une certaine faveur, et pourtant on n'avait pas hésité à lui arracher son enfant, sa chère Léonarde et sa maison. Et, si elle se rappelait la brutalité avec laquelle, la veille, les archers avaient empêché Péronnelle de lui parler et le ton employé par l'abominable Olivier le Daim, il était certain que le roi avait donné, la concernant, des ordres précis, des ordres que le barbier se gardait de transgresser, quelle que soit l'envie qu'il en eût, mais pourquoi ? Pourquoi ? Quel crime avait-elle pu commettre ? Le Daim avait prononcé le mot de trahison et ajouté que le cas était grave. Mais comment, en quoi avait-elle pu trahir le roi ou même la France ? L'abominable personnage avait aussi fait allusion à Lorenza et, sur le moment, Fiora avait tremblé. Pourtant, cette naissance qu'il fallait essayer de garder secrète ne pouvait avoir offensé Louis XI au point de l'amener à une telle rigueur ? Il ne s'agissait que d'un malentendu habilement exploité, sans doute, par le barbier ou toute autre personne lui voulant du mal. Ou alors une calomnie ? Fiora savait le roi méfiant à l'extrême et capable, quand il se croyait trompé, de passer d'une grande bonhomie à une extrême rigueur. Si cela était, il fallait pouvoir s'expliquer avec lui le plus vite possible...

Lorsque Grégoire revint avec les divers objets annoncés, Fiora lui demanda s'il accepterait de faire dire au roi qu'elle le suppliait de vouloir bien l'entendre dès que possible. Mais cela non plus, le geôlier ne pouvait le faire : le roi ne se trouvait pas au Plessis, mais à Amboise, auprès de Madame la Reine qui était en souci de la santé de Monseigneur le Dauphin.

– Vous pensez qu'il va y rester longtemps ?

– En général, non, mais qui peut savoir, si le malaise du petit prince venait à s'aggraver ? Prenez patience, Madame la comtesse ! Je serais fort étonné si, dès son retour, le roi ne vous faisait mander...

La patience ! Cette vertu tant vantée par Démétrios et que Fiora n'était jamais parvenue à maîtriser, surtout quand elle se trouvait dans une situation désagréable ! Elle aimait à prendre des décisions et qu'ensuite les choses aillent vite. Les neuf mois d'attente d'un enfant lui avaient toujours paru neuf siècles. Une attitude qui amusait Léonarde. Cette fois, la patience ne pouvait être qu'une épreuve de plus. Quelle mère peut supporter longtemps d'ignorer le lieu où se trouve son enfant ?

Et pourtant, il fallut attendre. Chaque heure semblait interminable à cette jeune femme pleine de vie et réduite à l'inaction totale, Grégoire étant incapable de lui procurer des livres, la seule chose qui eût pu lui faire trouver le temps moins long. Ce n'était certes pas la première fois qu'elle se retrouvait captive, mais jamais elle n'en avait souffert à ce point, car alors ses angoisses ne concernaient qu'elle-même et non les siens. Où pouvaient être Léonarde, Khatoun et le petit Philippe ? Le roi savait qu'en la séparant d'eux sans lui dire le lieu de leur résidence, il lui infligeait la plus pénible des épreuves, ce qui rendait inutiles les sévices corporels et expliquait, en partie au moins, la chambre convenable, la bonne nourriture et même les vêtements – ceux qu'elle avait laissés à la Rabaudière et qu'elle avait retrouvés dans le grand coffre de sa prison. Une seule consolation : Louis XI aimait et respectait trop les enfants pour faire du mal au sien. Philippe était certainement encore mieux traité que sa mère. Mais que les heures parurent lentes durant les huit jours qu'elle dut passer en la seule compagnie de son geôlier !

Fiora s'obligeait à une tenue irréprochable, à une minutieuse toilette chaque matin, à porter du linge et une robe propres. La femme de Grégoire se chargeait du lavage et du repassage. C'était une façon comme une autre de garder sa propre fierté ; ensuite, elle ne voulait pas être surprise en négligé lorsque, enfin, on viendrait la chercher pour la conduire devant son juge... ou devant ses juges...

Au soir du neuvième jour, Grégoire accourut, tout essoufflé :

– Le roi, Madame la comtesse! Le roi! Il arrive!...

Fiora le savait déjà. Elle avait entendu les roulements de tambours, les trompettes d'argent et tout le bruit que peut produire une forte troupe de cavaliers, surtout quand elle est escortée de chiens et du déménagement que représentait alors le moindre déplacement d'un souverain. Et son cœur avait battu plus fort. Enfin, enfin, elle allait savoir de quoi on l'accusait!

Cependant deux jours, deux jours encore plus interminables que les autres, s'écoulèrent sans qu'elle pût savoir si l'on avait l'intention de s'occuper d'elle ou si on n'allait pas simplement l'abandonner au fond de sa prison.

Ce soir-là, après une courte toilette et ses prières, elle se coucha le cœur infiniment lourd, ne sachant plus que penser. Son esprit tendu lui refusait le sommeil. Allongée dans son lit, triturant nerveusement la longue natte noire qui glissait sur sa poitrine, elle écoutait les heures sonner au petit couvent qui, dans la première cour, jouxtait les murs du château proprement dit. Comme tous les prisonniers, elle vivait par ce que lui apportaient ses oreilles... Soudain, elle sursauta et s'assit brusquement : on était en train d'ouvrir sa porte, alors qu'il ne devait pas être loin de minuit.

En effet, Grégoire parut, armé d'une lanterne et, avant qu'il eût repoussé le battant, Fiora put voir qu'au-dehors, il y avait au moins deux hallebardiers éclairés par des torches...

– Vite, vite! s'écria Grégoire. Passez un vêtement, Madame, le roi vous demande!

Fiora, sautant à bas de son lit, se trouva nez à nez avec la figure effarée du geôlier, la lanterne qu'il levait éclairant leurs deux visages.

– A cette heure? fit-elle.

– Oui. Grâce à Dieu vous ne dormiez pas! Mais je vous en supplie, pressez-vous!

En hâte, Fiora enfila une robe, se chaussa et, renonçant

à se coiffer, noua un voile autour de sa tête. Le tout ne demanda pas plus de deux minutes et elle se dirigea vers la porte où, en effet, l'attendait un piquet de soldats. Deux marchèrent devant elle, deux la suivirent et, dans cet équipage, elle descendit les deux étages qui séparaient sa prison du niveau du sol avant de déboucher dans la cour d'honneur, vide et silencieuse à cette heure tardive. On n'entendait que le pas cadencé des sentinelles de garde sur les murailles et les bruits de la campagne proche. La nuit était belle, claire, pleine d'étoiles et Fiora, après sa réclusion, en respira les fraîches odeurs avec un plaisir inattendu. Comme cela sentait bon le tilleul et le chèvrefeuille!

A l'exception d'une lumière brillant dans l'appartement du roi et de deux torches allumées à l'entrée de la tourelle octogone où se logeait l'escalier, le Plessis était plongé dans l'obscurité. Un chien aboya, quelque part de l'autre côté de la Loire, et, dans l'intérieur même du château, un autre chien, puis deux, puis trois lui répondirent.

Quelques instants plus tard, la porte de la chambre royale devant laquelle veillaient deux Écossais s'ouvrit sous la main d'un valet qui invita Fiora à entrer et s'éclipsa aussitôt, refermant sur lui le vantail de chêne ouvragé.

Emmitouflé, en dépit de la température assez douce, dans une houppelande de drap noir fourrée de martre, un bonnet de laine enfoncé jusqu'à ses épais sourcils, Louis XI était assis dans sa grande chaire de bois garnie de coussins, au coin de la cheminée monumentale où brûlait un feu clair. Avec le chandelier de fer forgé à cinq branches posé près du roi, ces flammes fournissaient tout l'éclairage de la vaste pièce qui, ainsi plongée aux trois quarts dans les ténèbres, parut immense à la prisonnière.

Le roi ne la regardait pas. Il regardait le feu et son terrible profil au long nez pointu, au lourd menton têtu et à la bouche dédaigneuse se découpait sur le fond flamboyant qui accusait ses pommettes osseuses et ses paupières pesantes, plissées comme celles des tortues, entre lesquelles filtrait l'éclat sourd du regard. Il tendait vers les flammes ses longues mains nerveuses miraculeusement épargnées par l'âge et, de temps en temps, les frottait l'une contre l'autre.

Comme il ne tournait toujours pas les yeux vers elle, Fiora fit quelques pas, étouffés par l'épaisseur des tapis sur lesquels étaient couchés les chiens. Tous avaient redressé la tête; humant l'air que modifiait cette présence étrangère, attendant peut-être un ordre qui ne vint pas, de même que Fiora attendait une parole qui, elle non plus, ne vint pas.

Sachant combien sa colère pouvait être redoutable, elle n'osa pas rompre ce silence qui devenait étouffant. Elle salua profondément puis attendit, un genou en terre, qu'on lui permît de se relever. Le roi se taisait toujours. Alors, à demi étranglée par l'angoisse, elle murmura, en dépit de l'orage qu'elle pouvait déchaîner sur sa tête :

– Sire!... J'ignore pourquoi le Roi détourne de moi son regard et quelle faute j'ai pu commettre pour encourir sa colère, mais je le supplie humblement de me dire... au moins ce qu'il est advenu de mon fils ?

A nouveau l'effrayant silence. Elle sentit sa gorge se nouer et des larmes qu'elle s'efforça de refouler monter à ses yeux. Et puis, brusquement, Louis XI tourna la tête vers elle, et elle reçut en plein visage le regard aigu, étincelant d'une colère que seule la volonté réprimait :

– Votre fils ? gronda le roi avec un mépris qui souffleta la jeune femme. Il est bien temps de vous en soucier! Depuis bientôt deux ans qu'il est né, combien de jours avez-vous passés auprès de lui ?

– Bien trop peu, mais le Roi sait bien...

– Rien du tout! Et relevez-vous! Vous ressemblez trop à la condamnée que vous n'êtes pas encore!

– Dois-je vraiment l'être ? Mais en quoi ai-je offensé le Roi ?

A nouveau, il détourna son regard de cette mince silhouette noire, trop gracieuse peut-être, et de ces grands yeux gris trop brillants pour n'être pas humides.

– Offensé ? Le mot est faible, Madame ! Vous m'avez insulté, trahi autant que souverain peut l'être, vous avez comploté ma mort ?

– Moi ?

Ce fut un cri si spontané que le roi tressaillit. Un tic nerveux tirailla sa bouche et agita ses narines sensibles de grand nerveux.

– Oui, vous ! Vous que j'ai accueillie quand Florence vous rejetait, vous que j'ai reçue en mon domaine, voulue dans mon voisinage, et à qui, Dieu me pardonne, j'accordais quelque amitié ! Comme si un homme sain d'esprit pouvait accorder un semblant d'amitié à une femme !

Il avait craché le mot avec tant de mépris que Fiora sentit qu'un début de colère séchait ses larmes.

– Sire ! Le ventre qui a porté le Roi n'était-il pas celui d'une femme ?

Le regard qu'il tourna vers elle était lourd de rancune, peut-être aussi de chagrin :

– Madame la Reine, ma mère, était une sainte et noble femme qui n'a guère connu ce bonheur après lequel vous courez toutes, et cela pour une seule raison : elle était laide. Mais ma grand-mère, Ysabeau la Bavaroise, n'était rien d'autre que ce que vous appelez dans votre langue italienne « una gran'putana » et, non contente de cela, elle a vendu, en son temps, la France à l'Anglais ! Et moi, qui ne voulais pas de femmes dans mon entourage, j'ai agi comme un fou en vous permettant d'y vivre. C'est pourquoi je vous ai repris la Rabaudière...

– Mais mon fils, mon fils ?

– Il sera élevé comme il convient au nom qu'il porte. Je le confierai au Grand Bâtard Antoine qui saura en faire un homme...

– Je respecte profondément Monseigneur Antoine, mais je lui dénie le droit, moi vivante, de s'occuper de mon enfant !

– Vous vivante ? Êtes-vous si sûre de l'être pour longtemps ?

– Ah !... Le Roi songe donc à me donner... la mort ?

– Vous avez bien comploté la mienne, Madame !

– Jamais ! J'en jure sur le salut de mon âme, jamais je n'ai seulement souhaité votre mort. Il aurait fallu que je sois folle !

– Ou trop habile ! Vous n'êtes pas née Florentine, Madame, mais vous l'êtes devenue et il semble que l'intrigue n'ait plus de secrets pour vous. Nierez-vous avoir, l'été dernier, écrit une lettre que vous avez confiée au légat du pape à Avignon ?

– Au cardinal della Rovere ? Sans doute, Sire, et je n'ai aucune raison de le nier.

– A qui cette lettre était-elle adressée ?

– A une amie chère, à celle qui m'a permis de sortir vivante de Rome, de gagner Florence et, d'une certaine manière, de sauver la vie de Monseigneur Lorenzo en lui donnant l'épée dont il avait si grand besoin : à madonna Catarina Sforza, comtesse Riario...

– Qu'aviez-vous donc de si urgent à lui dire ?

– Ma reconnaissance tardive. C'est d'ailleurs à la demande instante du cardinal que j'ai écrit cette lettre.

– Comme c'est vraisemblable ! fit le roi en haussant les épaules. Pourquoi della Rovere vous aurait-il demandé cela ?

– C'est assez simple. Il voue à sa cousine une profonde affection et il semble que celle-ci ait eu beaucoup à souffrir de l'aide qu'elle m'a apportée. Le cardinal-légat souhaitait qu'en assurant donna Catarina de ma profonde affection, je lui promette d'agir auprès du roi pour qu'il fasse cesser la guerre entre Rome et Florence...

– Et ceci d'une façon bien simple : en assassinant le « vieux diable ! » – car c'est ainsi que votre plume me traite –, ce qui privera Florence d'une aide précieuse en or et en canons...

– Je n'ai jamais rien écrit de semblable ! cria Fiora hors

d'elle. Et pour quelle raison aurais-je imaginé cette horreur ?

– Dans l'espoir que le pape vous rendrait beaucoup plus que ce que la mort de ce pauvre Beltrami vous a fait perdre ! Tenez !

D'une de ses grandes manches, il tira un grand papier déplié qui avait dû voyager, car les cassures en étaient salies et le sceau de cire verte brisé. Il le tendit à Fiora :

– Cette lettre est bien de vous ? C'est bien votre écriture n'est-ce pas ? Et aussi votre sceau : cire verte frappée de ces trois pervenches que vous avez choisies comme emblème personnel ?

La lettre, en effet, ressemblait au moindre détail près à celle qu'elle avait remise à Giuliano della Rovere. C'était en effet son écriture, son petit sceau vert, mais le texte était loin d'être le même et Fiora en le lisant se sentit blêmir, car c'était sa propre perte qu'elle tenait entre ses mains. Elle lut et relut plusieurs fois les terribles phrases pour se convaincre que ses yeux ne la trahissaient pas et qu'elle n'était pas en train de devenir folle :

« ... et je puis assurer Sa Sainteté et Votre Excellence d'un dévouement sur lequel ils peuvent compter absolument. Dans quelques mois – car il me faut prendre langue avec certains éléments rebelles à l'occupation française sur nos terres de Bourgogne – je ferai en sorte que le vieux diable qui mérite les flammes de l'enfer cesse de nuire à la haute réputation du Très Saint-Père. La France tombée aux mains d'un enfant cessera alors d'importuner les princes dont ce roi misérable n'est que la grotesque copie... »

Suivait, bien sûr, la demande de récompense pour un si grand service. Fiora, alors, releva vers le roi un regard épouvanté, mais cependant clair, et lui rendit la lettre d'une main qui ne tremblait pas.

– Le Roi me croit-il vraiment capable d'écrire pareille infamie ? Moi qui hais le pape et son entourage à la seule exception de donna Catarina ?

– Vous êtes une femme, et une femme très belle. Celles de votre sorte sont capables de tout pour obtenir la fortune qui leur permet de soigner cette beauté cependant si vaine et de lui assurer un cadre digne d'elle.

– Je suis riche et n'ai pas besoin des dons du pape. Monseigneur Lorenzo m'a rendu la quasi-totalité de ma fortune. Et j'irais à présent pactiser avec ceux qui veulent sa perte ?

– La guerre est loin d'être terminée entre le pape et Florence. On escarmouche beaucoup, sans doute, mais la cité du Lys rouge perd des forces alors que Rome en acquiert. La balance, d'ailleurs, n'était pas égale au départ et je crains fort...

– Alors, s'écria Fiora emportée par une colère brutale, qu'attendez-vous pour les aider davantage ? Envoyez des troupes, envoyez plus d'or encore, mais ne laissez pas périr Florence !

Un mince sourire étira les lèvres épaisses de Louis XI en même temps que ses mains se mettaient à applaudir vigoureusement :

– Bravo ! Quelle comédienne vous faites, donna Fiora ! En vérité, je pourrais m'y laisser prendre. C'est très tentant !

Ce dédain souriant brisa Fiora plus sûrement que ne l'eût fait une violente colère. Elle se laissa tomber à genoux :

– Alors tuez-moi, Sire ! Tuez-moi sur l'heure... mais ne m'insultez pas ! Sur cet enfant que je vous réclame avec des larmes, je jure que cette lettre n'est pas de moi !

– Vous oubliez que vous m'avez déjà écrit ? La comparaison est facile...

– Un faux ne le serait-il pas ? Le pape et sa clique sont capables de tout et les copistes habiles ne manquent pas... Comment... avec quels mots, en quelle langue puis-je vous jurer que je n'ai jamais écrit ce... cette ordure ?

Soudain, une idée lui vint, montée des profondeurs de sa mémoire :

– Sire! Quelqu'un était auprès de moi quand j'ai écrit la lettre que l'on me demandait...

– Et qui donc?

– Dame Léonarde, qui m'a élevée sans doute, mais que je n'ai pas rencontrée depuis plusieurs semaines et dont je ne sais ce qu'elle est devenue. Je l'avoue, j'ai eu beaucoup de mal à rédiger cette épître, non à cause des sentiments d'amitié et de reconnaissance que j'y laissais parler, mais parce que je savais qu'essayer de vous inciter à mettre fin à la guerre était hors de mon pouvoir. Comment m'auriez-vous reçue si j'avais tenté d'intervenir dans votre politique?

– Très mal. Je vous aurais priée de vous mêler de ce qui vous regardait... Dame Léonarde, dites-vous?

– Oui, Sire!

Il frappa dans ses mains, ce qui réveilla tous les chiens et fit apparaître le valet qui avait introduit Fiora. L'appelant auprès de lui d'un geste impérieux, il lui murmura quelques mots à l'oreille. L'homme fit signe qu'il avait compris et ressortit aussi vite qu'il était venu. Le roi semblait un peu calmé, mais mordait sa lèvre inférieure en considérant la jeune femme toujours agenouillée entre un épagneul blond et une levrette blanche qui formaient avec elle une figure héraldique d'une surprenante beauté :

– En tout cas, fit-il au bout d'un instant, il vous est déjà arrivé de m'adresser au moins une lettre mensongère. Vous souvenez-vous de celle que vous écrivîtes avant de partir pour Paris? Si ce n'est pas un tissu de mensonges, je veux bien être pendu!

Fiora baissa la tête sans répondre se souvenant des paroles d'Olivier le Daim. Si le barbier savait qu'elle avait donné le jour à une petite fille, le roi certainement le savait aussi.

– Je le confesse, Sire. J'ai menti.

– Ah! fit-il d'un ton de triomphe. Il arrive tout de même que vous l'admettiez? Alors dites-moi à présent où vous étiez durant ce long hiver?

Fiora releva la tête : elle n'allait pas à présent renier ses entrailles, même si cet aveu devait lui coûter la vie.

– A Paris d'abord, et en cela je n'ai pas menti. Puis à Suresnes, dans un petit domaine appartenant à mon vieil ami Agnolo Nardi, le frère de lait de mon père... J'y ai donné le jour à une petite fille dont Agnolo et son épouse Agnelle vont désormais s'occuper.

– Ah ! Nous y voilà ! s'écria le roi qui jaillit de son siège comme si un ressort y était caché et se mit à marcher de long en large devant sa cheminée. Une petite fille ! Et de qui cette enfant ? Ne prenez pas la peine de me le dire, je vais le faire pour vous : elle est de votre époux, Philippe de Selongey, qu'en dépit de ce que vous racontiez vous avez rejoint secrètement. Et c'est en cela que cette maudite lettre ne ment pas ! Vous avez bel et bien pris langue, comme vous l'annonciez, « avec des éléments rebelles », en d'autres termes votre cher époux, mais évidemment il vous était difficile de m'annoncer que vous étiez enceinte alors que j'ignorais où se trouvait ce démon de Selongey. C'est pourquoi vous êtes allée vous cacher... Vous voyez que je sais tout !

Abasourdie, Fiora se laissa tomber assise sur ses talons au mépris de tout protocole :

– Qu'est-ce que cette ânerie ? s'écria-t-elle avec plus de sincérité que de politesse. Moi, je me serais donné la peine de cacher la naissance d'une fille de mon époux ? D'une fille que j'ai nommée Lorenza-Maria ?

– Lorenza ?

– Bien sûr. Tous ceux qui m'ont approchée pourront vous le dire : non seulement cette enfant n'est pas le fruit de mon union avec un rebelle qui se cache, mais encore c'est à lui que je désire la dissimuler le plus ardemment... puisqu'elle est née de mes amours avec Lorenzo de Médicis. Je ne vous ai pas celé que j'ai été sa maîtresse ?

– En effet, mais...

– A l'heure qu'il est, mon époux n'ignore plus rien de mes relations avec Lorenzo et, comme il est à jamais perdu pour moi, je n'ai plus aucune raison de me priver de l'amour de ma petite fille et mon intention est de la reprendre.

– Il est donc vrai que vous avez rencontré le comte de Selongey ? Où ? Quand ?

– Il y a trois semaines environ, à Nancy, au prieuré Notre-Dame...

– Pâques-Dieu ! C'est donc là qu'il se cache ?

Instantanément Fiora fut debout, relevée par une poussée d'orgueil.

– Si je l'ai dit au Roi, c'est parce qu'il ne se cache pas ! Il a choisi d'y vivre désormais pour pouvoir, chaque jour, prier au tombeau de Monseigneur Charles, dernier duc de Bourgogne et le seul maître qu'il ait jamais accepté. Un jour, peut-être prochain, il y prononcera des vœux perpétuels.

Lentement, Louis XI retourna vers son siège et s'y étendit à moitié, coiffant de ses deux mains les lions de chêne sculpté qui en formaient les bras. Il semblait plongé dans une profonde méditation. Puis :

– Il veut se faire moine, lui ? Ne vous aime-t-il donc plus ? ajouta-t-il avec une ironie cruelle qui blessa la jeune femme.

– J'aurais pu l'emmener avec moi, soupira-t-elle. Mais... c'était au prix d'un parjure.

– Lequel ?

– Il m'a demandé de jurer... devant Dieu que je n'avais jamais appartenu à Lorenzo. Je n'ai pas pu...

Reprise par le souvenir de cet instant cruel, Fiora ne tourna même pas la tête lorsque la porte s'ouvrit à nouveau avec un léger grincement, mais aussitôt, un cri éclata :

– Mon agneau !

L'instant suivant, Fiora se retrouvait serrée dans les bras de Léonarde où elle se blottit avec une merveilleuse sensation de délivrance et d'apaisement :

– Léonarde ! Ma Léonarde !... Oh, mon Dieu !

– Je vous ordonne de vous séparer! tonna Louis XI. Femme, je ne vous ai pas fait venir pour assister à une scène d'attendrissement, mais pour que vous répondiez à mes questions?

– Moi, je vais vous en poser une, Sire, s'écria Léonarde. Que lui avez-vous fait pour la mettre dans cet état?

Sidéré, Louis XI resta sans voix en face de cette vieille demoiselle qui osait l'interroger sur le ton qu'aurait employé le lieutenant du guet envers un tire-laine ramassé dans la rue.

– Pâques-Dieu, commère, vous oubliez un peu qui je suis?

– Non... et vous êtes un grand roi. Mais elle, cette pauvre petite à qui tout bonheur semble refusé sur cette terre, elle est plus encore pour moi que si elle était la chair de ma chair! Alors, posez les questions que vous voulez... mais ne nous séparez plus!

– Comment parvenir à la vérité? marmotta le roi. Enfin! Essayons toujours!... Et d'abord, que savez-vous de la petite fille née à Suresnes au début de ce printemps?

– Ce que l'on peut en savoir, Sire. Elle s'appelle Lorenza. Cela dit tout!

– Soit, soit! Passons à autre chose! Avez-vous connaissance d'une lettre écrite, il y aura bientôt un an, par madame de Selongey à donna Catarina Sforza et, par elle, confiée à Sa Grandeur le cardinal-légat...

– A Monseigneur della Rovere? Je pense bien! Elle lui a donné assez de mal à ce pauvre ange...

– Alors, vous la reconnaîtrez facilement. La voici!

Léonarde, obligée de lâcher Fiora, prit avec respect la lettre qu'on lui tendait, la lut, puis la rejeta aux pieds du roi avec dégoût...

– Pouah! La laide chose que voilà! J'espère, Sire, que vous n'avez pas cru donna Fiora responsable de ce papier déshonorant?

– C'est son écriture, c'est son sceau et...

– Et c'est surtout l'œuvre d'un fameux faussaire ! Si vous le trouvez, sire, envoyez-le sur l'heure brancher au gibet le plus proche. Quant à celui qui vous a remis ce torchon, je vous conseille fort de le lui donner pour compagnon.

– C'est l'un de nos plus fidèles conseillers !

Sans la moindre retenue et à la grande frayeur de Fiora, la vieille demoiselle se mit à rire :

– Je gage que ce bon conseiller est votre Olivier le Daim... ou le Diable, comme disent les bonnes gens de par ici ?

– Le... Diable ? fit le roi en se signant précipitamment deux ou trois fois avant de baiser la médaille qui pendait à son cou.

– Il faut dire que le mot lui convient assez bien. En outre, il ferait n'importe quoi pour obtenir cette belle maison aux pervenches où nous avons été si heureuses. Il a même tenté de nous faire tuer !

– Laissons cela pour le moment. Prétendez-vous que cette lettre soit un faux ?

– Ma main au feu, Sire ! D'ailleurs... si vous voulez bien m'excuser, je reviens dans un instant.

Et, ramassant ses longues robes de velours prune, elle quitta la chambre royale aussi vite que le permettaient des jambes ayant perdu la jeunesse depuis longtemps, laissant le roi et Fiora aussi stupéfaits l'un que l'autre.

– Mais... où va-t-elle ? murmura la jeune femme, se parlant à elle-même plus que posant une question.

Et Louis XI répondit, lui aussi avec un grand naturel :

– Là où je l'ai logée avec votre fils : dans l'appartement qui est celui de mes filles quand elles sont au Plessis, ce qui est rare.

Puis, soudain furieux :

– Vous ne me pensiez pas assez cruel, j'espère, pour jeter en prison un enfant de deux ans ?

Une grande joie inonda Fiora, lui faisant oublier ce que sa propre situation pouvait avoir d'incertain, et même de dangereux, avec un homme du caractère de cet étrange souverain. Son petit Philippe était tout près d'elle, peut-être réussirait-elle à obtenir la permission de l'embrasser au moins une fois ?

Le temps lui manqua pour s'interroger davantage. Léonarde revenait avec une liasse de papiers. Les délivrant du ruban qui les retenait, elle les offrit au roi avec une révérence, un peu tardive peut-être.

– Moi, Sire, expliqua-t-elle, je ne jette jamais rien. Surtout ce qui est écrit.

– Qu'est-ce que cela ? On dirait des brouillons ?

– Ce sont des brouillons, Sire ! Ceux de donna Fiora quand, cette fameuse nuit, elle s'acharnait à écrire cette maudite lettre. Vrai Dieu ! Elle n'en sortait pas ! Mais le Roi peut voir qu'il n'y a là rien d'offensant pour Sa Majesté ! Tenez, Sire ! Celle-ci surtout ! Il n'y manque que les salutations... mais il y a un pâté d'encre ! Alors, on l'a refaite.

Soigneusement, le roi examina ce qu'on lui apportait, reprit la lettre et compara, puis roula le tout :

– Je garde ceci... mais vous avez dit, il y a un instant, dame Léonarde, que messire le Daim avait tenté de vous faire tuer ?

– Sans messire Mortimer et messire le grand prévôt, nous y passions et nous serions en train de pourrir sous quelques pieds de terre dans la forêt de Loches.

– Comment se fait-il que Tristan l'Hermite ne nous en ait rien dit ? fit le roi avec sévérité.

Léonarde haussa les épaules :

– Parce qu'il est comme nous autres, Sire : il n'a pas de preuves. Rien que les aveux d'un bandit qui ignorait le nom de son client.

– Je vois ! Eh bien... vous pouvez vous retirer, dame Léonarde. Le roi vous remercie...

– Puis-je l'emmener avec moi ?

Elle avait entouré de son bras les épaules de Fiora qui, accablée de fatigue à présent, appuyait sa tête contre elle.

– Non. Il faut que nous réfléchissions à tout ceci. Pour l'heure présente, donna Fiora va être ramenée dans sa prison...

– Sire! supplia la jeune femme, laissez-moi au moins embrasser mon fils! Ou alors... permettez à Léonarde de venir avec moi. Khatoun suffira à s'occuper de l'enfant.

– Khatoun a disparu! dit Léonarde le visage soudain fermé. Je ne sais pas où elle est.

– Ah? En ce cas, allez vite, chère Léonarde. Mon petit a besoin de vous plus que moi... Allez, vous dis-je! Il ne faut pas contrarier le Roi. N'oubliez pas que mon sort est entre ses mains.

– C'est bien ainsi que nous l'entendons! Gardes! dit-il d'une voix forte qui fit rouvrir aussitôt la porte de sa chambre.

Fiora salua profondément puis, la mort dans l'âme, suivit les soldats qui allaient la ramener chez elle. Elle emportait l'image de Louis XI, un coude posé sur le bras de son fauteuil et le menton dans la main. Jamais elle ne lui avait vu visage aussi dur ni regard aussi glacé. Avait-il seulement compris quelque chose à ce qu'elle avait dit? Elle ne l'aurait pas juré...

Et encore moins quand, dans l'après-midi du lendemain, les gardes sous le commandement d'un sergent vinrent à nouveau la chercher. Cette fois, ce fut dans la grande salle d'honneur du château qu'on la conduisit. Quand elle en franchit le seuil, elle s'arrêta un instant, interdite devant le spectacle qui s'offrait à elle.

Le roi, habillé avec plus d'élégance que de coutume, siégeait sur son trône au dais fleurdelisé, le grand collier de Saint-Michel au cou. Auprès de lui ses familiers et sa cour, cette cour exclusivement masculine qui l'entourait lorsque la reine Charlotte n'y était pas. Pourtant, elle éprouva un peu de joie en reconnaissant Philippe de Commynes debout sur l'une des deux marches qui soutenaient le trône. Un piquet de la Garde écossaise veillait aux fenêtres et, à la porte, le capitaine Crawford se tenait à quelques pas du souverain, appuyé sur une grande épée...

Le silence se fit quand parut la prisonnière et l'on eût entendu voler une mouche tandis que, lentement, elle s'avançait vers le roi, ne s'arrêtant qu'à trois ou quatre pas de l'estrade royale pour saluer comme il convenait. Son cœur battait la chamade dans sa poitrine, elle était certaine que c'était son jugement qui allait se dérouler au milieu de cet apparat. Une audience aussi solennelle ne pouvait être que menaçante...

Pourtant, un petit incident vint détendre un peu l'atmosphère si lourde. Cher Ami, le grand lévrier blanc, le chien favori de Louis XI qui se tenait, comme d'habitude, couché à ses pieds sur un coussin, se leva et, de son pas nonchalant, vint jusqu'à Fiora dont il lécha doucement la main.

Touchée par cette marque d'amitié, elle caressa la tête soyeuse cependant que des larmes montaient à ses yeux. Ce beau chien était donc son dernier, son seul ami dans cette assemblée ? Commynes lui-même regardait avec obstination le bout de ses souliers...

– Venez çà, Cher Ami ! ordonna Louis XI mais, au lieu d'obéir, le grand lévrier, comme s'il entendait se faire l'avocat de la jeune femme, s'assit tranquillement à côté d'elle.

Le roi ne réitéra pas son commandement. Du geste, il fit signe à Fiora de se relever, puis toussota pour s'éclaircir la voix et enfin :

– Messeigneurs, nous vous avons réunis ici, en cette noble assemblée, pour être les témoins du grand souci que nous avons de notre justice. La dame comtesse de Selongey, née Fiora Beltrami, ici présente a été accusée de trahison envers notre couronne et d'intention de meurtre envers notre personne. Une lettre est le principal chef d'accusation et, cette lettre, la dame de Selongey nie absolument l'avoir jamais écrite. D'autres éléments nous ont été fournis par une tierce personne et lesdits éléments tendraient à innocenter ladite dame.

Il prit un temps, tira un mouchoir et se moucha avec un bruit qui résonna dans le silence comme un coup de tonnerre. Personne ne souffla mot. Alors, il reprit :

– Étant donné les marques d'amitié que nous avions données à la dame de Selongey, étant donné aussi le fait que son époux, chevalier de la Toison d'or, a toujours agi comme un rebelle obstiné à notre gouvernement, notre esprit est grandement troublé et ne saurait trancher sainement dans une affaire si singulière. Aussi nous sommes-nous résolu à en appeler au jugement de Dieu !

C'était tellement inattendu que le silence s'éparpilla en murmures divers et Commynes, relevant la tête, s'écria :

– Sire ! Le Roi veut-il vraiment s'en remettre à ces pratiques d'un autre âge ?

– Si vous voulez dire, messire de Commynes, que le Dieu tout-puissant est passé de mode, vous ne serez pas longtemps de mes familiers ! fit Louis XI avec un regard meurtrier. Paix donc et ne nous interrompez plus ! Par jugement de Dieu, nous n'entendons pas l'ordalie. La dame comtesse ne sera pas jetée à l'eau ni invitée à marcher en tenant dans ses mains un fer rougi au feu, ni livrée à aucune de ces pratiques dont nous n'avons jamais pensé grand bien. Mais les accusations qui pèsent sur elle nous ont été portées par deux personnages... Messire l'ambassadeur de Florence, voulez-vous venir par devant nous ?

Il y eut un mouvement dans cette foule que Fiora ne regardait pas et Luca Tornabuoni, magnifiquement vêtu à son habitude, s'inclina devant le roi qui lui sourit gracieusement. A son aspect Fiora ne tressaillit même pas. Que son ancien amoureux fût là, devant elle, et qu'il fît partie de ses accusateurs ne la surprenait pas. Il avait dû se donner beaucoup de mal pour obtenir d'être l'envoyé de Lorenzo auprès du roi de France, mais, lors de leur dernière rencontre, elle avait senti qu'il était devenu son ennemi et ferait tout pour se venger d'avoir été par elle dédaigné... Et, comme il jetait vers elle un regard accompagné d'une ombre de sourire, elle détourna les yeux avec un écrasant dédain...

– Vous nous avez bien dit tenir de source sûre, messire ambassadeur, que la dame de Selongey – que vous connaissez depuis longtemps ?

– Depuis l'enfance, Sire, et...

– Que la dame de Selongey, disions-nous, a mis au monde secrètement, à Paris, une fille qui serait en fait tout à fait légitime si sa conception ne prouvait qu'elle a pu joindre en grand secret et pour comploter avec lui, ce rebelle notoire qu'est son époux ?

– En effet, Sire. Je l'ai dit et le répète, car ma source est des plus sûres...

– Une servante, semble-t-il ? Une ancienne esclave qui aurait eu... des bontés pour vous ?

– C'est de Khatoun que vous parlez ? s'écria Fiora incapable de se contenir. De Khatoun que vous avez failli massacrer à Florence et qui serait à présent votre maîtresse ?

Le sourire railleur de Tornabuoni lui donna envie de lui sauter à la gorge :

– Pourquoi pas ? Elle est charmante et experte aux jeux de l'amour. Je l'ai rencontrée un jour par ici, fort dolente car vous l'aviez abandonnée pour courir les routes avec un valet. Seulement, elle savait pourquoi vous alliez à Paris...

– Elle le savait, en effet, mais elle savait aussi que je n'avais pas rencontré mon époux depuis deux ans. J'ignore pourquoi elle a fait ce mensonge...

– Mensonge ? Il vous plaît à le dire, belle Fiora. Pour ma part...

– Pour votre part, reprit le roi d'une voix tout à coup sévère, nous espérons que vous êtes prêt à soutenir votre... vérité les armes à la main et contre tout champion qui se présentera pour défendre la cause de la dame de Selongey...

– Un duel? mais je suis un ambassadeur, Sire!

– Un ambassadeur qui s'est mêlé de ce qui ne le regarde pas doit subir nos lois comme nos sujets. De toute façon, nous comptons bien prévenir notre bon cousin le seigneur Lorenzo de Médicis de notre intention de vous envoyer soutenir vos dires en champ clos.

– Sire!

– Rassurez-vous! vous n'irez pas seul. J'ai parlé de deux personnages et je pense, messire Olivier le Daim, que vous aurez à cœur, vous aussi, de soumettre au jugement divin cette fameuse lettre que vous nous avez vous-même remise en certifiant son authenticité... et en réclamant certain manoir pour prix de ce service.

A son tour, le barbier effaré apparut sur le devant de la scène :

– Mais, Sire notre roi... je ne suis pas chevalier et ne saurais me battre!

– Pas chevalier? Vous dont j'avais fait mon ambassadeur auprès de la ville de Gand? Voilà une faute grave que nous nous reprocherons longtemps, mais, soyez en repos, nous avons le temps de vous adouber avant la rencontre...

– Le Roi veut vraiment... m'envoyer en lice?

– En compagnie de messire Tornabuoni. Vous serez deux contre un champion unique. Nous faisons ce choix étrange justement parce que vous êtes peu expérimenté à l'épée...

– En revanche, au poignard et de préférence dans le dos, il nc craint personne! clama Douglas Mortimer qui, abandonnant son poste de garde, vint se placer devant Fiora. Avec votre gracieuse permission, Sire, je serai le champion de donna Fiora! Et je tuerai ces deux misérables aussi vrai que je m'appelle Douglas Mortimer des Mortimer de Glenlivet... Et davantage encore s'il plaît au Roi de m'envoyer cinq ou six ribauds de cette sorte!

Oh! la joie de sentir auprès de soi cette force tranquille, cet ami sûr! Fiora leva vers Louis XI un regard plein d'espérance... mais celui-ci fronça les sourcils :

– Paix, Mortimer ! Pâques-Dieu, vous êtes à notre service, pas à celui des dames ! Votre sang ne doit couler que pour la France. Aussi récusons-nous votre proposition... Il faudra qu'un autre champion se présente. De l'issue du combat dépendra le sort de la dame de Selongey... Restez à votre place !

D'un geste impérieux, Louis XI arrêtait net l'élan de Philippe de Commynes, visiblement prêt à offrir ses armes...

– Dans une affaire aussi grave, reprit le roi, il ne faut pas de précipitation. Celui qui se présentera devant nous, dans un mois jour pour jour, devra savoir que, s'il est vaincu, la dame de Selongey sera exécutée, et que le combat sera à outrance. Ainsi donc, messeigneurs, examinez et pesez bien votre décision...

– C'est tout décidé, marmotta Mortimer entre ses dents. Aucune force humaine ne m'empêchera de combattre pour elle, même si je dois donner ma démission !

Proche cependant de l'Écossais, le roi, comme s'il n'avait rien entendu, reprit :

– Que l'on ramène la dame de Selongey dans sa prison ! Personne n'est autorisé à lui parler.

Le silence était encore plus profond qu'à l'entrée de Fiora lorsqu'elle se dirigea vers la porte au milieu de ses gardes. Un silence où entrait sans doute beaucoup d'étonnement devant une aussi étrange décision : un duel judiciaire dans lequel un seul homme devrait affronter deux adversaires ? Même peu habiles, c'était tout de même comprendre de curieuse façon l'égalité des chances, sans parler du Seigneur qui, dans cette affaire, voyait son rôle quelque peu diminué.

La seule consolation de Fiora, avant de quitter la salle, fut d'entendre le roi ordonner que Tornabuoni et Olivier le Daim fussent gardés nuit et jour en leurs logis jusqu'au matin du combat. Consolation bien mince, car si ni Mortimer ni Commynes n'étaient autorisés à se battre pour elle, il ne lui restait plus qu'un mois à vivre...

CHAPITRE XII

LE DERNIER JOUR

Le roi, néanmoins, semblait accorder quelque pitié à sa captive. Le lendemain, après que le geôlier Grégoire eut enlevé le plateau du premier repas – auquel Fiora n'avait guère touché – il revint, tout joyeux :

– Je vous annonce une visite ! s'écria-t-il. Une bonne visite...

Rouvrant en grand la porte qu'il avait simplement rabattue derrière lui, il s'effaça pour livrer passage à Léonarde, portant dans ses bras le petit Philippe. Le cri de joie de la prisonnière fit monter à ses yeux de brave homme une larme d'attendrissement et il resta un instant à contempler le joli tableau que formait Fiora serrant son fils dans ses bras.

– Mon tout petit ! Mon amour !.. Mon petit trésor !

Elle couvrait de baisers passionnés le petit visage, les menottes et les courts cheveux bruns qui bouclaient autour de la tête ronde de Philippe, lui donnant l'air d'un angelot... ce qu'il n'était pas tout à fait car, peu habitué à des effusions aussi intenses, il se mit à protester. Fiora s'affola :

– Est-ce que je lui ai fait mal ?

– Non, dit Léonarde en riant, mais vous êtes en train de l'étouffer... Là, posez-le par terre à présent !... Et vous, messire Philippe, saluez donc votre mère comme je vous ai appris à le faire !

L'enfant prit un solide appui sur ses petites jambes et esquissa une sorte de révérence assez maladroite qui enchanta Fiora.

– Le bonjour, Madame ma mère, fit-il avec gravité. Allez-vous bien ?

Mais, comme Fiora s'était accroupie pour être à sa hauteur, le petit garçon se jeta dans ses bras en criant :

– Maman, maman !.. Je m'ennuyais tellement de vous !

– Il me connaît bien peu, pourtant ! dit Fiora par-dessus la tête de son fils.

– Il vous connaît bien mieux que vous ne pensez. On lui a parlé de vous tous les jours et, dans ses prières, il ne manque jamais de demander à Dieu de lui rendre sa maman...

– Mon papa aussi ! rectifia l'enfant. Quand pensez-vous qu'il viendra, maman ?

– Je n'en sais rien, mon chéri. Ton papa est parti pour un long voyage, mais tu as raison de prier le bon Dieu pour qu'il en revienne...

– Ne nous attendrissons pas ! fit Léonarde. Et d'abord, laissez un peu ce jeune homme pour m'embrasser. Vous n'y avez pas encore songé !

Les deux femmes s'embrassèrent chaleureusement, d'autant plus que la vieille demoiselle apportait une autre bonne nouvelle : le petit Philippe et elle étaient autorisés à venir chaque jour visiter Fiora dans sa prison, et même à prendre en sa compagnie le repas du milieu du jour.

– Le roi veut adoucir mes derniers moments ? soupira Fiora. C'est une attention à laquelle je suis sensible...

– Vous ne croyez tout de même pas que l'on va vous trancher la tête et que ceux qui vous aiment laisseront faire ?

– Ceux qui m'aiment n'auront pas la permission de me défendre et je ne vois pas qui pourrait prendre, pour une inconnue, un risque aussi considérable.

– Et messire Philippe, votre époux ? L'avez-vous retrouvé ?

– Oui et non. Je l'ai vu, en effet, mais il est à jamais perdu pour moi...

Et, avec une grande sobriété, Fiora raconta ce qui s'était passé à Bruges, puis par quel hasard extraordinaire elle avait rencontré Philippe là où elle ne l'attendait pas. Enfin, ce qu'ils s'étaient dit et comment il avait décidé de demeurer au couvent.

– Au couvent ! Lui !.. C'est insensé ! Ne vous aime-t-il donc plus ?

– Si... du moins il le dit, mais je ne suis pas certaine que ce soit la vérité. Il s'abuse lui-même ou il le prétend pour me ménager. Voyez-vous, Léonarde, je n'ai été qu'un épisode dans le grand rêve chevaleresque du comte de Selongey. Un épisode qui d'abord lui a fait honte, mais qu'il acceptait par dévotion envers son duc. Celui-ci mort et la Bourgogne perdue, plus rien ne l'intéresse. N'en parlons plus, voulez-vous Léonarde ! J'aimerais bien mieux que vous me disiez ce qui s'est passé avec Khatoun ?

– Si je le savais ! soupira Léonarde...

La jeune Tartare avait disparu de la Rabaudière le soir du retour de Léonarde. En apprenant que Fiora ne revenait pas, mais au contraire se rendait en Flandre en compagnie de Florent, elle était allée s'enfermer dans sa chambre, refusant d'en sortir même pour le repas. Et le lendemain matin, on s'aperçut qu'elle s'était enfuie le plus classiquement du monde, en nouant ensemble les draps de son lit.

– Et elle n'a pas laissé un mot, quelques lignes ?

– Rien ! Péronnelle m'a dit que, dans les derniers temps de notre longue absence, elle rencontrait – secrètement disait-elle, mais dans un village il est difficile d'empêcher les langues de marcher – un jeune et beau seigneur...

– Luca Tornabuoni, mon ancien soupirant qui, après la conspiration des Pazzi, a manqué la faire écharper par les bouchers de Florence. Si je n'avais entendu ce misérable de mes propres oreilles, je ne le croirais pas...

– Oh!... J'ai appris bien des choses qui peuvent expliquer ce fait surprenant. Cette pauvre Khatoun et Florent étaient... disons très bons amis. En outre, je crois qu'elle pensait n'avoir pas, dans votre maison, la place qui lui revenait de droit et jalousait un peu tout le monde.

– Ne lui avais-je pas confié mon fils ? Quelle plus grande marque d'estime pouvais-je lui donner ?

– L'estime, l'estime ! Elle voulait de l'amour... et surtout pas de responsabilités ! Que vous le croyiez ou non, Khatoun est faite pour la vie paresseuse d'un harem, une vie de sucreries et de caresses...

– J'ai peine à croire qu'elle les trouve auprès de Luca ! C'est un égoïste fieffé. Si nous pouvions seulement savoir où elle est ?

– Non, Fiora ! Ne comptez pas sur moi pour la chercher, même si je le pouvais. Elle est assez âgée à présent pour se conduire seule et elle vient de vous faire du mal !

– C'est peu de chose en comparaison de tant d'années de dévouement ! Oh, Léonarde ! Je me tourmente pour elle...

Léonarde ne dit pas qu'elle préférait voir Fiora se tourmenter pour Khatoun que pour elle-même. Cette affaire de jugement de Dieu ne lui plaisait pas du tout. Néanmoins, l'angoisse ne l'étreignait pas encore, car une idée lui était venue : faire tenir une lettre à la princesse Jeanne, au château de Lignières, pour lui demander d'intervenir. Certes, la princesse n'avait pas grand pouvoir sur son terrible père, mais la vieille demoiselle savait que devant son regard véritablement céleste, il arrivait au roi de se sentir mal à l'aise. A ce cœur angélique on pouvait tout demander. A défaut de Mortimer, paraît-il envoyé en mission par le roi dès la veille au soir, à défaut de Commynes expédié de la même manière, sans doute pour leur ôter toute envie d'entrer en lice pour Fiora, Léonarde pensait confier sa lettre à Archie Ayrlie, cet Écossais qui avait enseigné l'équitation à Florent. C'était un brave garçon, venu plus d'une fois vider quelques pots à la maison aux pervenches. S'il ne pouvait aller lui-même à Lignières, il trouverait le moyen d'y envoyer Florent. Quant au moment de le rencontrer, Léonarde n'était pas en peine, elle le voyait souvent quand elle descendait Philippe au jardin où le petit garçon avait la permission de se promener.

Le combat devait avoir lieu le mardi 29 juin, fête de saint Pierre et saint Paul. Avec sa parfaite connaissance du calendrier, Louis XI avait choisi ce jour-là parce que le pape, successeur de saint Pierre, semblait plus ou moins impliqué, en la personne de son neveu, dans cette sombre histoire. Le roi ne manquait jamais une occasion de se concilier le ciel ou de l'appeler à son secours. De son côté, Léonarde, presque aussi pieuse que le souverain, avait ajouté les deux princes des Apôtres à la longue liste des hôtes du Paradis qu'elle invoquait chaque jour pour la paix et le bonheur de « son agneau »...

Néanmoins, à mesure que glissaient les jours, le sommeil fuyait Léonarde. Elle avait écrit sa lettre et Archie Ayrlie s'en était chargé volontiers. Encore avait-elle dû prendre mille précautions pour n'être vue de personne en la lui remettant dans le jardin, le seul endroit où elle bénéficiât de quelque liberté. Elle n'avait pas revu l'Écossais par la suite et ne possédait aucun moyen de savoir si sa missive était parvenue à bon port.

En effet, Léonarde se trouvait elle-même soumise à une sévère surveillance, ne pouvant quitter son logement que sous la garde d'un archer et en compagnie du petit Philippe. Il lui était défendu de sortir seule. Et, en dehors de ce garde qui la menait chaque jour à la prison rejoindre Fiora ou au jardin pour les sorties du petit garçon, elle n'avait de rapports qu'avec les deux servantes chargées de la servir. Pas une seule fois elle ne rencontra le roi dont, cependant, l'écho des trompes de chasse retentissait souvent dans la cour d'honneur. De ses fenêtres, elle pouvait apercevoir ceux qui entraient ou sortaient, mais comme elle ne les connaissait guère, ces allées et venues ne lui apprenaient pas grand-chose. Alors, quand elle n'était pas auprès de Fiora et que l'enfant dormait, elle passait des heures à regarder, dans l'austère bâtiment d'en face, la petite fenêtre barrée d'une croix de fer qui éclairait la prisonnière et elle priait, elle priait pour qu'un homme de bien, un chevalier digne de ce nom accepte de jouer sa vie afin que la jeune femme ne perde pas la sienne...

Pour sa part, Fiora s'inquiétait beaucoup moins, parvenue à une sorte de fatalisme qui lui ôtait toute crainte de cette mort – celle-là même qu'avaient subie son père et sa mère – à laquelle il lui restait peu de chance d'échapper. Elle n'en voulait même pas à Louis XI du jeu cruel qu'il avait inventé. Le roi, elle le savait, craignait d'autant plus la mort qu'il avançait en âge et, si son courage physique demeurait entier quand il allait en guerre, l'assassinat sournois, perfide, lui causait une véritable frayeur. Peut-être parce que, depuis dix-huit ans qu'il régnait – et même avant lorsqu'il n'était qu'un dauphin farouchement hostile à son père Charles VII – son intelligence aiguë lui avait permis d'éviter maints traquenards, trahisons et chausse-trappes. Or, la malheureuse lettre évoquait son assassinat. Au fond, le roi avait montré une grande mansuétude en proposant ce duel judiciaire, il aurait pu faire exécuter en secret la pseudo-coupable ou l'envoyer pourrir, les os brisés, au fond de quelque oubliette...

Alors, Fiora s'efforçait de rejeter loin d'elle l'évocation de ce jour menaçant pour se consacrer tout entière à son fils. Elle n'avait pas vécu longtemps auprès de lui et le découvrait avec délices, s'enchantait de sa beauté et de sa précoce intelligence.

N'ayant jamais vu autour de lui que des sourires et n'ayant reçu que des caresses, c'était un enfant très gai. En dépit d'un caractère déjà affirmé, il rayonnait d'une grande joie de vivre et débordait de tendresse pour sa mère qu'il appelait parfois « ma belle dame ».

Afin d'expliquer le fait que Fiora ne l'accompagnait

jamais au jardin, on lui avait dit qu'elle venait d'être malade et qu'il lui fallait un grand repos. S'il avait accepté l'explication sans la combattre, il ne parvenait à comprendre pourquoi sa mère ne vivait pas avec Léonarde et lui dans le château, mais dans « la vilaine chambre » qui, dans sa logique enfantine, ne devait guère être propice à une convalescence. Il n'en dit rien, mais montra à Fiora encore plus d'amour. Lui, si turbulent, restait des heures assis sur les genoux de sa mère, blotti contre sa poitrine à quêter des histoires et des baisers...

– Mon Dieu ! priait intérieurement Léonarde. Faites qu'après ce combat idiot, notre Fiora recouvre sa liberté. Sinon... oh, je n'ose même pas penser à ce qui se passerait !

Le mois de juin s'écoula, doux et fleuri, avec les manifestations joyeuses de la Fête-Dieu qui dépouillèrent les rosiers des environs du moindre pétale et la Saint-Jean d'été qui alluma, la nuit tombée, de grands feux sur la place de chaque village et dans la cour de chaque château. Au Plessis, Fiora, si elle entendit les chants et les cris de joie, n'aperçut même pas le reflet de l'immense feu que la Garde écossaise avait allumé dans la première cour, en face de ses logis. Sa chambre demeura obscure comme si on voulait lui faire sentir qu'elle était l'antichambre du tombeau.

Quand elle pensait au roi, c'était avec plus de tristesse que de colère car elle s'était attachée à cet homme vieillissant, dont le grand front abritait un esprit si subtil, une intelligence si universelle. Et voilà que ce cerveau exceptionnel avait laissé sa crainte du meurtre l'emporter sur l'amitié, presque l'affection qu'il portait naguère à « donna Fiora ». Cette amitié, après avoir aidé la jeune femme à vivre, s'était brisée sur une simple feuille de papier, sur quelques lignes d'une écriture dont le roi n'avait pas voulu voir la contrefaçon. Pire encore, il avait refusé les deux champions qui s'étaient spontanément offerts pour défendre sa cause et, pour être bien sûr qu'ils ne viendraient pas troubler sa fête macabre, il les avait envoyés au loin. Alors, quand ces pensées lui venaient, Fiora s'agenouillait et priait...

Vint le dernier jour...

Quand Léonarde amena le petit Philippe, elle eut beau dire que la poussière irritait ses yeux, il fut évident qu'elle avait pleuré toute la nuit. Et, de fait, les nouvelles n'étaient guère rassurantes : ni Commynes ni Mortimer n'avaient reparu et Archie Ayrlie avait confié à la vieille demoiselle qu'à sa connaissance, aucun champion ne s'était présenté. Il avait ajouté qu'ils étaient nombreux, dans la Garde, à souhaiter offrir leurs armes à la captive, mais qu'il était à craindre que le roi les déboutât comme il avait débouté Mortimer.

La journée fut longue et pénible pour les deux femmes. Pour l'enfant, elles s'efforçaient à une attitude habituelle, lui souriaient et jouaient avec lui. Fiora y réussissait mieux que Léonarde, peut-être parce qu'elle n'avait pas vraiment peur. Elle ne souffrait que d'abandonner ceux qu'elle aimait, de ne pouvoir au moins embrasser une dernière fois sa petite Lorenza qui, elle, ne connaîtrait jamais sa mère.

Au moment de se séparer, elle embrassa Léonarde avec une infinie tendresse.

– Vous, si pieuse, chuchota-t-elle en sentant des larmes couler contre sa joue, vous devriez accorder plus de confiance à Dieu. C'est lui qui va décider demain et, s'il ne veut pas que je meure, le roi ni personne n'y pourra rien...

– C'est vrai, mon agneau, vous avez raison et je ne suis qu'une vieille bête. Mais je vais prier, prier, prier si fort qu'il faudra bien que le Seigneur m'entende ! J'ai confiance à présent et si, demain soir, je ne peux vous serrer dans mes bras comme je le fais en ce moment, cela voudra dire que Dieu n'existe pas. Mais, sur ce sujet, je suis tranquille...

Fiora, alors, prit son fils contre son cœur et l'y garda un instant, couvrant de baisers légers les boucles soyeuses et le petit front si doux.

– Sois bien sage, mon cœur! Si tu ne me vois pas demain c'est que je serai partie faire un voyage... pour ma santé!

– Vous irez voir mon papa?

– Oui, mon ange, je te le promets : j'irai voir ton papa et peut-être qu'alors je te le ramènerai...

Les larmes étaient trop proches et elle ne voulait pas que l'enfant les vît. Elle le remit à Léonarde et, doucement, les poussa vers la porte que Grégoire tenait ouverte. Le garde attendait sur le palier.

Quand la porte se fut refermée, Fiora demeura figée à la même place, écoutant décroître, sur les degrés de pierre, les pas curieusement alourdis de Léonarde. Et puis, il y eut le bruit du lourd vantail donnant sur la cour... Fiora était seule à présent, seule en face d'elle-même, de son passé, de ses fautes, de ses amours réelles ou simulées. Tout cela, se dit-elle, n'était qu'un affreux gâchis et il eût mieux valu qu'au lendemain de la mort de son père, elle subît l'ordalie par l'eau que Hieronyma, sûre de s'en sortir indemne, avait réclamée pour elles deux. Il y aurait beau temps que son corps, emporté par les eaux jaunâtres de l'Arno, se serait fondu dans la mer bleue. Philippe ne serait pas né... Lorenza non plus, mais Fiora était moins inquiète pour sa petite fille que pour son fils. Lorenza vivrait protégée par le double amour d'Agnolo et d'Agnelle et peut-être aussi par la puissance de son père... si toutefois Lorenzo de Médicis venait à bout de la guerre impie à laquelle le contraignait le pape. Tandis que Philippe, si son père ne quittait pas le refuge illusoire de son prieuré pour veiller lui-même sur son fils, n'aurait que Léonarde, déjà vieille, et aussi les braves gens de la Rabaudière. Mais le roi aurait-il pitié de cet enfant doublement orphelin?

Lorsque le supérieur du petit couvent enfermé dans les

murs du Plessis-lès-Tours pénétra dans sa prison pour entendre sa confession, il trouva Fiora assise sur son lit, les mains posées calmement sur ses genoux.

La confession dura longtemps. Pour être comprise de cet homme simple qui n'avait guère à juger que les péchés des gardes du château et des serviteurs, Fiora dut lui raconter une grande partie de sa courte vie. En passant par les mots, cela paraissait tellement étrange, tellement anormal, qu'elle comprit parfaitement l'air effaré du moine...

– Êtes-vous sûre, ma fille, de ne rien inventer ? fit-il horrifié quand elle évoqua ses étranges relations avec le pape. Notre Saint-Père ne saurait observer si noir comportement ?

– Je ne suis pas surprise de votre réaction, sire abbé. Mais vous n'êtes pas italien. De là vient toute la différence. J'essaie simplement de vous faire comprendre pourquoi j'ai dû commettre tant de fautes et je vous demande de les pardonner aussi sincèrement que je les regrette. Songez que demain, peut-être, je vais comparaître au tribunal de Dieu. Mais Lui n'aura pas besoin d'explications...

Le religieux reparti, Fiora, tout son courage revenu, mangea de bon appétit la fricassée de canard et de pâté de veau que le bon Grégoire lui servit avec une belle salade et des pâtes sucrées et frites accompagnées d'un pichet de vin d'Orléans frais. Un petit panier de cerises achevait ce festin auquel la jeune femme fit honneur en refusant d'entendre les reniflements de son geôlier et de voir ses yeux, presque aussi rouges que ceux de Léonarde. Après quoi, elle se coucha et s'endormit aussi tranquillement que si le lendemain devait être un jour comme les autres...

Levée avec l'aube pour une longue et minutieuse toilette, Fiora revêtit une robe qu'elle aimait particulièrement, faite d'épais cendal blanc brodé de petites branches vertes et d'entrelacs dorés. Incapable de se faire à elle-même une de ces coiffures pour lesquelles il faut l'aide d'une suivante, elle lissa soigneusement ses épais cheveux noirs, puis tressa deux nattes qu'elle épingla sur sa nuque en un lourd chignon qu'aucune lame ne pourrait traverser. C'était sa façon à elle de défier la mort. Après quoi, elle prit un voile blanc, le posa sur sa tête et l'enroula autour de son long cou mince, comme autrefois, au cours de ses longues chevauchées, lorsqu'elle voyageait en robe. Après quoi, elle attendit qu'on vienne la chercher.

Fiora savait qu'elle était autorisée à entendre la messe dans la petite chapelle dédiée à Notre-Dame de Cléry, l'oratoire préféré du roi, qui se trouvait à l'ouest de la première cour, près du donjon. Tornabuoni et le Daim, eux, l'entendraient dans celle du château qui faisait suite aux appartements royaux.

Fiora appréciait cette disposition qui la mettait à l'abri d'une rencontre avec ces deux hommes acharnés à sa perte. En traversant la cour d'honneur pour passer dans la première, elle aperçut devant le logis royal une tribune, tendue aux couleurs de France. Un vaste espace, délimité par des cordes de soie reliant quatre lances fichées en terre, avait été préparé. Le combat, en effet, aurait lieu à l'épée et à la dague afin que l'on sût bien qu'il ne s'agissait pas d'un tournoi. Sous ce beau soleil matinal, les tentures bleu et or donnaient tout de même à ces préparatifs un air de fête.

Cependant, des ordres avaient dû être donnés pour qu'à l'exception de son escorte armée, Fiora ne rencontrât personne. Dans la chapelle, ne se trouvaient qu'un vieux prêtre et son acolyte devant qui elle s'agenouilla pour suivre pieusement l'office divin et recevoir la Sainte Communion. Après quoi, par le même chemin, on la ramena dans sa chambre, sans rencontrer davantage âme qui vive. Le château, en dehors des sentinelles qui veillaient aux murs d'enceinte, semblait plongé dans une profonde torpeur.

Un repas léger de miel, de lait, de pain et de beurre

l'attendait, et elle en consomma une bonne partie pour s'assurer qu'aucune défaillance ne viendrait la trahir. Le combat devait avoir lieu en fin de matinée, à la dernière heure avant le milieu du jour, et il ne restait plus beaucoup de temps. Aussi vérifia-t-elle sa coiffure, puis elle se lava les mains. Elle était prête maintenant à subir son sort quel qu'il fût... Et elle se sentait l'âme en paix. Il ne lui fallait plus qu'un peu de courage et elle pensa à sa mère, Marie de Brévailles, montée à l'échafaud le sourire aux lèvres. Il est vrai qu'elle partait avec celui qu'elle aimait et les choses en avaient sans doute été facilitées. Elle allait devoir mourir seule sans montrer de faiblesse. Fiora pensait qu'elle le devait au nom qu'elle portait, à la mémoire de ses parents réels comme à celle de son père adoptif.

L'aspect de la cour cernée par les bâtiments rose et blanc du château lui parut bien différent de ce qu'il était un peu plus tôt lorsqu'à l'heure prescrite, elle fut conduite à la place préparée pour elle : un siège élevé d'une marche situé à la droite et un peu à l'écart de la tribune royale, à présent emplie d'hommes vêtus de sombre entourant le fauteuil surélevé de Louis XI. Si celui-ci portait encore le collier de Saint-Michel, ses vêtements, par extraordinaire, étaient de velours noir comme le chapeau orné de médailles dont le bord baissé à l'avant accusait la ligne de son nez.

Fiora le salua comme il convenait, puis se dirigea vers sa place. C'est alors seulement qu'elle aperçut le bourreau. Tout vêtu de rouge, sa longue épée sur l'épaule, il avait dû prendre la suite du petit groupe quand il avait quitté la prison, mais Fiora ne l'avait pas remarqué.

En dépit de son courage, elle se sentit pâlir quand il s'installa à deux pas d'elle, les mains appuyées sur la poignée de l'arme dont la pointe était plantée en terre. Alors, elle s'obligea à regarder droit devant elle l'espace délimité par les cordes de soie. L'un des côtés, vers l'entrée du château, restait ouvert, mais, à l'exception de ce passage, la lice était entourée par une file de gardes écossais dont les armures polies étincelaient au soleil sous la cotte d'armes aux fleurs de lys. Hélas, Mortimer n'y figurait pas, et pas d'avantage Philippe de Commynes dans la troupe réduite des conseillers du roi. Aucun public en dehors de ceux-ci, même la herse était baissée entre les deux cours du Plessis. Enfin, debout devant la tribune elle-même adossée au logis royal, il y avait le grand prévôt, juge du combat... Auprès de lui quatre trompettes et, un peu plus loin, quatre tambours habillés de crêpe noir.

Tristan l'Hermite se tourna lentement vers le roi qu'il salua avec la raideur d'un vieux soldat :

– Plaise au Roi ordonner que les combattants entrent en lice ?

D'un signe de tête et d'un geste de la main, Louis XI approuva. Un instant plus tard, annoncés par un roulement de tambour, Luca Tornabuoni et Olivier le Daim effectuaient leur entrée et venaient mettre genou en terre devant le souverain. Tous deux avaient revêtu la tunique de cuir et la demi-armure qui convenaient au combat à pied. Derrière eux, un écuyer portait deux épées et deux dagues. Leurs cuirasses leur avaient été prêtées car ils n'en possédaient pas, du moins en France pour Tornabuoni, dont les armoiries aveint été peintes sur le petit bouclier qui lui servirait à se défendre. Le Daim, n'étant pas noble, avait fait peindre un daim sur champ d'azur constituant des armes parlantes. Tous deux affichaient une affreuse pâleur.

A ce moment, la herse se releva pour donner passage au petit cortège du prêtre et du Saint-Sacrement devant lequel les assistants s'agenouillaient au fur et à mesure. Mais, à quelques pas derrière les religieux, une jeune femme marchait en priant. Son grand hennin ennuagé d'azur et sa robe fleurdelisée comme les cottes des Écossais contrastaient avec les tenues funèbres de l'entourage royal. Fiora la reconnut avec un battement de cœur : c'était la seconde fille du roi, Jeanne de France, duchesse d'Orléans. Et, de toute évidence, cette venue contrariait fort son père :

– Pâques-Dieu, ma fille, que venez-vous faire céans ? s'écria-t-il après que l'ostensoire eut été déposé sur un autel portatif drapé d'or et installé par deux moines.

La jeune princesse, pliant le genou avec humilité, leva courageusement vers son père son visage ingrat et ses yeux magnifiques dont la couleur était celle du grand ciel bleu de ce matin.

– Je n'en sais rien encore, Sire mon père, mais il m'a semblé que je devais venir vers vous dès l'instant où vous en appeliez à Dieu pour vous assister dans votre jugement.

– Comment, diantre, avez-vous appris ceci au fond de votre château ?

– J'ai reçu une lettre, Sire, fit Jeanne qui ne savait pas mentir.

– De qui, cette lettre ?

– Souffrez que je diffère ma réponse jusqu'à l'issue de ce combat...

– Comme il vous plaira ! D'ailleurs, je m'en doute. Eh bien, puisque vous voilà, venez prendre place auprès de moi et passons à ce qui nous occupe ce matin.

Son regard sombre revint se poser sur les deux hommes toujours à genoux :

– Maintenez-vous vos accusations contre la dame de Selongey ici présente ?

Seul Tornabuoni répondit « oui » d'une voix assez ferme. Son compagnon, dont les dents claquaient en dépit de la douceur de cette matinée, se contenta d'un signe de tête, incapable de parler.

– Vous vous êtes confessés, vous avez ouï messe et avez reçu la Très Sainte Communion ? Et, néanmoins, vous maintenez vos dires ?

Ils répondirent de la même façon. L'œil du roi fulgura, mais il permit aux coins de sa bouche d'esquisser un sourire :

– Nous croyons savoir pourquoi vous montrez tant d'assurance et tant de courage, bien aventuré, d'ailleurs, fit-il narquois. Vous pensez que messire Mortimer et messire de Commynes ayant été refusés comme champions de celle que vous accusez, personne ne viendra aventurer sa vie pour une si mauvaise cause? Alors, regardez! Et vous trompettes, sonnez! Je crois qu'il nous vient là un chevalier!

La herse, en effet, se relevait encore et laissait passer trois cavaliers : l'un en tenue de voyage, les deux autres en armure... et une immense joie inonda le cœur de Fiora : car si le premier était Commynes, celui des deux autres qui, sur sa cotte d'arme, portait des aigles d'argent, c'était Philippe de Selongey...

Les trois hommes mirent pied à terre la porte franchie et marchèrent ensemble vers la tribune devant laquelle Tornabuoni et Olivier le Daim les regardaient approcher avec une vague épouvante, persuadés sans doute que les règles du combat allaient se retourner et qu'ils auraient au moins à affronter les deux guerriers. Parvenus devant le roi, tous trois saluèrent d'un même mouvement et Commynes parla :

– Sire, messire Mortimer et moi-même avons accompli la mission dont le Roi nous avait fait l'honneur de nous charger. Plaise à notre Sire que je lui présente le comte Philippe de Selongey, chevalier du très noble ordre de la Toison d'or qui vient par-devers vous, de sa libre volonté, pour défendre la cause et la vie de son épouse injustement accusée. Il accepte naturellement le combat à outrance.

De sa place, apercevant le profil acéré de Philippe, Fiora sentait son cœur fondre d'amour. Jamais il ne lui était apparu plus magnifique ni plus fier! Louis XI se pencha vers lui, un coude appuyé sur l'un de ses genoux :

– Il nous plaît de vous accueillir en cette lice, comte de Selongey. Nous estimions, en effet, que vous deviez apprendre le grave danger couru par la comtesse... du fait de son imprudence.

– Si ce que l'on m'a dit est exact, Sire, et je n'ai aucune raison d'en douter, je ne vois ici aucune imprudence mais innocence surprise et c'est avec joie que je vais combattre, avec la permission du Roi – et ensemble – ces deux hommes qui ont osé l'accuser pour les motifs les plus bas : la jalousie et la cupidité...

– Un instant ! Avant que vous n'entriez en lice, il est bon que nous éclairions votre position par-devers nous. Vous avez été condamné à mort une première fois pour nous avoir tendu un piège et avoir tenté de nous assassiner.

– Le mot est rude, Sire, protesta Philippe. Nous nous trouvions en guerre et vous étiez le plus mortel ennemi de mon maître, Monseigneur Charles de Bourgogne que Dieu veuille tenir en son giron !

– Admettons-le ! La comtesse a obtenu non seulement votre grâce mais encore votre liberté qui vous a été rendue sans conditions. Une seconde fois, à Dijon, notre gouverneur vous a frappé d'une sentence de mort pour avoir tenté de soulever le peuple... Accordez-nous de parler sans être interrompu, s'il vous plaît ! gronda-t-il comme Philippe ouvrait déjà la bouche. Cette fois, c'est notre seule volonté qui vous a épargné la vie pour ne pas faire pleurer de trop beaux yeux, mais vous avez été emprisonné en notre château de Pierre-Scize... d'où vous vous êtes évadé. Est-ce bien exact ?

Selongey esquissa un salut pour montrer qu'il était d'accord.

– Donc, reprit le roi, vous êtes à nos yeux un prisonnier en fuite et, comme tel, nous sommes en droit de vous punir si d'aventure vous remportez ici la victoire. Nous espérons que nos messagers vous ont clairement exposé la situation...

Un étroit sourire étira la bouche altière de Philippe :

– Je n'ignore rien de ce qui m'attend. Messire de Commynes, en particulier... que je n'avais pas eu le plaisir de rencontrer depuis qu'il a quitté... un peu vite le service de Monseigneur Charles, s'est montré on ne peut plus clair sur ce point. Aujourd'hui une seule chose m'importe : arracher à ce bourreau que je vois auprès d'elle la femme qui porte mon nom et qui m'a donné un fils...

– Un fils que vous ne semblez pas autrement pressé de connaître ? Non seulement vous faites un étrange époux, seigneur comte, mais vous êtes aussi un curieux père...

– Ceux qui entendaient rester fidèles à leur serment féodal et à la mémoire du défunt duc vivent des temps cruels, Sire Roi ! Pour ma part, las des accommodements boiteux et des concessions trop faciles, j'ai choisi de servir Dieu ! Lui seul me semblait assez grand...

– Pour avoir droit à votre hommage ? Encore que ce ne soit guère aimable pour notre personne, nous sommes loin de vous reprocher d'avoir choisi si haut seigneur, un seigneur dont nous, rois et princes, ne serons jamais que les humbles valets. Mais nous ne sommes pas certain que ce choix si noble efface le serment prêté devant un autel à une damoiselle qui était en droit d'attendre de vous amour et protection.

– Je n'ai pas oublié et c'est pourquoi je vais combattre pour elle...

– Deux adversaires à la fois, songez-y ? Nous savons que ce n'est guère conforme aux règles de la chevalerie mais, ne doutant pas de votre venue et connaissant votre valeur, il nous apparut qu'ainsi les forces seraient plus égales...

En regardant ses adversaires, le sourire de Philippe se chargea d'un indicible dédain :

– Il y a quelques années, j'ai vu jouter à Florence messire Tornabuoni et je crois lui avoir dit alors ce que je pensais de... ses talents guerriers. L'autre, je ne le connais que pour l'avoir entendu mentir...

– Insupportable prétentieux ! rugit le Florentin, je vais te montrer de quoi je suis capable. Souviens-toi que seule la volonté de mon cousin Lorenzo de Médicis m'a empêché alors de te couper les oreilles !

– Une volonté qui tombait bien à propos. Quant à mes

oreilles, elles n'ont pas grand-chose à craindre. Quand vous voudrez, messires?

Des mains de Mortimer, Selongey prit son casque puis, de celles de Commynes, son épée et son écu. Après un dernier salut au roi, il alla s'agenouiller brièvement devant le Saint-Sacrement pour recevoir la bénédiction du prêtre. Les deux autres le suivirent, le malheureux barbier sur des jambes mal assurées qui firent sourire Tristan l'Hermite. Enfin, tous trois vinrent se mettre aux ordres du prévôt qui devait diriger le combat pour en recevoir les règles strictes. A ce moment, la voix de Louis XI se fit entendre :

– Encore un instant! Revenez ici, Messeigneurs!

Quand ils furent à nouveau alignés devant lui, le roi s'accorda le plaisir de les dévisager à tour de rôle puis, arrêtant son regard aigu, si difficile à soutenir, sur Selongey, il dit doucement :

– Messire Philippe, il n'y a jamais eu d'amitié entre nous, mais vous êtes de trop haut lignage et nous estimons trop votre bravoure pour vous infliger l'affront de combattre maître Olivier le Daim qui n'est rien d'autre que notre barbier et dont nous n'avons pas pu nous résigner à faire un chevalier. C'est un pleutre indigne de porter les armes. Vous n'affronterez donc que l'ambassadeur de Florence qui est de noble naissance...

Le soulagement du barbier fut tellement évident qu'un rire discret parcourut l'assemblée. Mais Selongey ne rit pas :

– S'il a insulté ma dame, il mérite la punition que je vais lui infliger en lui coupant la gorge. Pour cela, la dague seule suffira et je ne souillerai pas mon épée...

– Tout beau, tout beau! Pâques-Dieu, sire comte, nous comprenons votre colère, mais ne nous privez pas de notre barbier! Néanmoins, ajouta-t-il avec une soudaine dureté, les vilenies prouvées de maître Olivier lui vaudront d'être emprisonné en notre château de Loches pour autant qu'il nous plaira. Ensuite, si nous décidons de le rendre à la lumière, il devra expier le parjure dont il s'est rendu coupable devant Dieu en allant prier au tombeau de Monseigneur saint Jacques à Compostelle de Galice. Emmenez-le, Mortimer, en attendant que notre grand prévôt ait loisir de s'occuper de lui!

– Ce sera une joie, Sire! soupira Tristan l'Hermite. Plaît-il au Roi que le combat commence, à présent?

Le roi fit un geste signifiant qu'il n'avait plus rien à dire tandis que l'on emmenait le barbier hurlant et gigotant. Sa joie avait été de courte durée. Cependant, Philippe se dirigeait vers Fiora et, prenant son épée par la pointe, la lui tendit pour qu'elle posât un instant ses doigts sur le pommeau, comme le voulait une tradition ancienne. Peu s'en était fallu qu'on ne la respectât pas, il semblait que, ce matin, les traditions n'eussent pas la part belle. Philippe tenait à celle-ci :

– Madame, fit-il à voix très haute pour être entendu de tous, m'acceptez-vous pour votre champion?

Elle toucha l'arme d'une main tremblante et, à travers les larmes qu'elle ne pouvait retenir, offrit à son époux un regard rayonnant d'amour.

– Oui... mais pour l'amour de Dieu, veillez sur vous-même car, s'il vous arrivait malheur, ce serait moi qui appellerais la mort...

Selongey eut un bref sourire et ajouta, à voix basse :

– Je vous en supplie, même si vous me voyez tomber, ne venez pas vous jeter entre les épées comme vous fîtes à Nancy jadis [1]. Je n'aimerais pas revivre une telle scène...

Puis il rejoignit son adversaire, tandis que les tambours faisaient entendre un roulement lent et tellement sinistre qu'il glaça le sang de Fiora. Tornabuoni, elle le savait, n'était pas un ennemi négligeable. A Florence, n'ayant rien de mieux à faire, il pratiquait les armes, art que Philippe n'avait sans doute guère approché depuis plusieurs mois. Une prière fervente et silencieuse jaillit de son cœur vers le ciel bleu :

1. Voir *Fiora et le Téméraire*.

– Pas pour moi, Seigneur, mais pour Vous puisqu'il Vous a choisi, faites qu'il vive !

Cependant, à l'instant où les tambours s'arrêtèrent le grand prévôt cria :

– Laissez aller les bons combattants et que Dieu y ait part !

Le combat commença avec une extrême violence. Sans même prendre la peine de s'étudier mutuellement, Selongey et Tornabuoni se jetèrent l'un sur l'autre résolus à s'exterminer. Sous les coups d'épée, les boucliers sonnaient comme des cloches, mais il fut vite évident que Philippe avait l'avantage de la taille et aussi de la force. Ayant esquivé avec adresse une botte sournoise dirigée vers son ventre, il se rua sur son adversaire et ses coups se mirent à pleuvoir aussi drus que grêle en avril. Luca reculait, reculait, s'efforçant de protéger sa tête et ne parvenant même plus à porter le moindre coup. Il fut sauvé lorsqu'il toucha les cordes d'enceinte : le juge ordonna à Philippe de lui laisser reprendre un peu de champ. Celui-ci obéit et sauta en arrière. L'autre en profita pour se ruer derrière son épée comme un bélier avec l'intention évidente de reprendre le coup manqué un moment plus tôt : lui transpercer le ventre au défaut de protection. Ce fut si soudain que Fiora ne put retenir un cri, mais Philippe avait trop l'expérience des diverses formes de combat pour se laisser surprendre. Il esquiva le coup avec la souplesse d'un danseur et le Florentin, emporté par son élan, faillit transpercer Tristan l'Hermite qui le repoussa avec vigueur. Luca marmotta une excuse puis tourna les talons pour faire de nouveau face à Philippe, mais déjà celui-ci était sur lui. Lâchant son épée, il envoya à son adversaire un coup de poing qui le jeta à terre. Puis il bondit sur lui et, tirant sa dague, s'apprêta tranquillement à lui trancher la gorge :

– Je t'avais bien dit qu'un jouteur italien n'était pas de taille contre un chevalier bourguignon, ironisa-t-il. Fais ta prière !

– Grâce! Grâce!... Pitié! Oui, j'ai menti pour que le roi croie que vous complotiez ensemble, toi et Fiora... Mais...

– Si tu as encore beaucoup de choses à dire, dépêche-toi car je n'ai plus de patience pour toi...

– L'enfant... existe... mais c'est le Magnifique qui en est le père! Grâce!

Philippe venait de lever sa dague. Un cri du roi le retint...

– Halte!

Sans lâcher son ennemi vaincu, Philippe tourna la tête vers la tribune.

– Le combat devait être à outrance, Sire, je le rappelle. La vie de cet homme m'appartient.

– Alors accordez-la nous! C'est un misérable et Dieu a bien jugé, mais c'est un ambassadeur qui, en outre, touche à la famille Médicis d'assez près. Nous n'aimerions pas offenser plus qu'il ne faut le seigneur Lorenzo qui a notre amitié.

Selongey se releva, mais il ne remit pas sa dague au fourreau et garda un œil sur le vaincu :

– A la volonté du Roi! Mais puis-je lui demander ses intentions?

– Il va repartir pour Florence sous bonne garde et muni d'une lettre de nous exposant ce qui vient de se passer. Nous serions fort surpris si le seigneur Lorenzo ne lui réservait pas quelques manifestations de mécontentement. Gardes! Ramenez-le à sa chambre où il restera au secret jusqu'au départ.

Pendant ce temps, comprenant qu'il n'avait plus rien à faire céans et que sa présence n'était plus souhaitable, le bourreau s'inclinait devant Fiora et, son épée sur l'épaule, repartait vers la tour de la Justice dans la première cour. Fiora, elle, mourait d'envie de s'élancer vers Philippe, mais elle n'osait bouger sans la permission du roi. Elle répondit d'un gracieux mouvement de tête au salut de l'exécuteur et attendit. Philippe, cependant, s'avançait tout près de la tribune royale, mais sans mettre genou en terre comme l'usage l'eût exigé :

– La vie et l'honneur de donna Fiora sont saufs, Sire, comme Dieu l'a voulu. Quant à moi, je suis à présent le prisonnier du Roi !

– C'est bien ainsi que nous l'entendons, mais, avant d'en décider, répondez à une question ! Si nous vous rendions la liberté à présent, qu'en feriez-vous ?

– Je retournerais d'où je suis venu, Sire !

– Oh !...

Bien que légère, la plainte de Fiora fut perçue par le roi qui, d'un geste, lui imposa silence.

– Vous retourneriez au couvent ?

– Oui, Sire. Je n'ai plus envie de servir quelque maître que ce soit sinon Dieu. Que le Roi me pardonne !

– Nous ne pouvons vous reprocher un si haut dessein, mais cette liberté n'était qu'une supposition. En fait, nous vous donnons le choix entre deux perspectives : ou bien vous regagnez vos terres bourguignonnes qui vous ont été conservées avec votre épouse et votre fils et vous promettez de vous y tenir tranquille, ou bien vous avez devant vous de longues et joyeuses années au château de Loches, dans l'une de nos cages ! Venez çà, donna Fiora !

La jeune femme s'avança lentement auprès de son mari qu'elle n'osa pas regarder.

– Sire ! fit-elle en levant sur le souverain ses yeux emplis de larmes courageusement contenues, je supplie le Roi de ne pas contraindre messire de Selongey à un choix pénible. Qu'il lui accorde permission de retourner au prieuré Notre-Dame !

– Et vous, Madame, que deviendrez-vous ?

– Ce qu'il plaira au Roi que je devienne, mais je le conjure de m'accorder de vivre en paix. Je suis infiniment lasse...

– On le serait à moins ! De toute façon, vous conserverez la Rabaudière qui vous est donnée à titre définitif pour vous-même et vos descendants. Mais... voyons un peu ce qui nous arrive là !

Ce qui arrivait, c'était la princesse Jeanne qui, à la fin du combat, avait quitté la tribune après que son père lui eut parlé à l'oreille. Par la main, elle tenait le petit Philippe, et Léonarde venait derrière elle.

Comme tout le monde, Philippe avait tourné la tête dans la direction où regardait le roi. Le groupe, assez charmant, formé par l'enfant et la petite princesse boiteuse qu'il semblait soutenir, le figea. Jeanne, alors, s'arrêta :

– Voulez-vous aller embrasser messire votre père ? dit-elle doucement.

Le bambin, regardant avec émerveillement ce grand chevalier en armure tellement semblable à l'image qu'il s'en faisait, n'hésita pas un instant. Tendant ses petits bras, il courut vers lui cependant que Philippe s'agenouillait pour le recevoir, sans le serrer trop fort car le contact de l'acier n'avait rien d'agréable. Mais il l'embrassa avec une ferveur qui fit sourire Louis XI. Celui-ci se garda de souligner les deux larmes qui glissaient sur les joues de l'intraitable seigneur de Selongey.

– Je crois, soupira-t-il, que la cause est entendue !

Se levant péniblement de son trône, il descendit les trois marches qui joignaient la tribune au sable de la cour.

– Nous ne vous demanderons pas de nous prêter serment d'allégeance, dit-il sévèrement à Philippe. Mais nous exigeons de vous promesse formelle de ne plus chercher à nous nuire et, le temps venu, de ne pas apprendre à vos fils à détester la France, mais au contraire de leur permettre de la servir. N'oubliez pas que Selongey est en Bourgogne et que la Bourgogne a fait retour à notre couronne comme le veut la loi féodale au cas où un prince valois mourrait sans héritier mâle.

Philippe, qui s'était relevé, posa son fils à terre et l'enfant en profita pour courir vers sa mère. Il considéra un instant ce petit homme étrange qu'il dépassait de la tête, ce petit homme qui avait si peu l'air d'un roi... sauf à certains moments comme celui-là où il irradiait une incroyable majesté. Philippe, lentement, mit un genou en terre et tendit le bras :

– Sur mon honneur et le nom que je porte, Sire, j'en fais serment. Jamais plus ceux de Selongey ne porteront les armes contre le roi de France.

– Nous vous en remercions! Eh bien, donna Fiora, vous voilà en famille. C'est à vous que nous confions ce rebelle! C'est vous qui en serez la gardienne et nous ne doutons pas...

– Non, Sire, par pitié! Je ne veux pas de cette responsabilité...

– Vous en ferez ce que vous voulez! Nous vous donnons le bonsoir. Eh bien, ma fille, ajouta-t-il en se tournant vers la duchesse d'Orléans, êtes-vous contente de nous?

– Oui, Sire! En vérité, je n'ai jamais douté de votre justice. Mais pourquoi avoir infligé à donna Fiora cette longue pénitence, cette angoisse aussi de craindre pour sa vie? Aviez-vous vraiment besoin d'en appeler à Dieu?

Tout en parlant, elle et Louis XI s'éloignaient vers le logis royal. Le roi sourit et, baissant la voix, se pencha pour être mieux entendu :

– Bien sûr que non! J'ai vite compris que cette malheureuse était victime d'une conspiration, mais il fallait que tous la crussent en danger de mort pour obtenir de son entêté de mari qu'il sorte de sa tanière...

– Mais elle? Pourquoi ne pas l'avoir avertie?

– Parce que, tout de même, elle a commis assez de sottises pour mériter une petite leçon. Et je vous défends bien de lui dire quoi que ce soit. Je n'aime pas beaucoup expliquer les méandres de mes pensées! A présent, ma fille, allons nous mettre à table! En vérité, tout ceci m'a donné grand appétit!

Fiora, avec Philippe, son fils et Léonarde, revenaient à cheval vers la maison aux pervenches, mais les deux époux n'avaient pas encore échangé une seule parole.

Selongey tenait son fils devant lui sur sa selle et ne se lassait pas de le contempler. Néanmoins, Fiora se sentait triste car son époux n'avait pas eu le moindre élan vers elle. Lui et le petit semblaient s'enfermer dans un monde à eux, un monde où il n'y avait guère de place pour elle...

Aussi, quand on atteignit la fraîche allée de chênes moussus qui menait au manoir, se rapprocha-t-elle de son époux.

– Philippe ! dit-elle d'une voix qui ne trembla pas, ce dont elle lui fut reconnaissante, avant que tu ne pénètres dans cette maison et puisque le roi m'a donné tous pouvoirs sur ton destin, je veux te dire...

– Quoi donc ?

– Je veux te dire que tu es libre, entièrement libre ! Si tu veux retourner à Nancy, tu n'auras aucune explication à me donner !

– Si je comprends bien, tu ne tiens pas à m'offrir l'hospitalité ?

– Tu es fou ! Bien sûr que si ! C'est mon vœu le plus cher !

– Mais tu entends en jouir seule, comme d'ailleurs de Selongey et aussi de cet adorable bout d'homme ? Tu me chasses, en quelque sorte ? Il est vrai que je l'ai largement mérité et que tu as tous les droits de refuser de vivre avec moi.

Il avait mis pied à terre et, confiant l'enfant à Léonarde, il offrait la main à Fiora pour l'aider à descendre de cheval. Elle eut comme un éblouissement. Il la regardait comme autrefois avec, dans ses yeux noisette, cette tendresse un peu railleuse qu'elle aimait à y voir et, surtout, surtout, il lui souriait...

– Je n'ai jamais souhaité que vivre auprès de toi, Philippe !

Il ne lâcha pas sa main et l'attira à lui :

– Tu sais que je suis un homme impossible ?

– Je le sais, mais je ne suis pas, moi non plus, un modèle de patience...

– Il y a longtemps que je m'en suis aperçu. Veux-tu tout de même que nous essayions de former un couple et de vivre ensemble... jusqu'à ce que la mort nous sépare ?

Pour toute réponse, elle se blottit contre lui, tandis que les habitants de la Rabaudière accouraient joyeusement pour leur souhaiter la bienvenue.

– Jusqu'à ce que la mort nous sépare, répéta-t-elle avec ferveur.... Crois-tu que nous pourrions y arriver ?

– Je viens de te le dire : on peut toujours essayer...

Et, serrés l'un contre l'autre, ils pénétrèrent dans la maison embaumée par l'odeur des roses fraîchement cueillies et des gâteaux que Péronnelle venait de sortir du four.

Mais il ne fut jamais possible de savoir ce qu'était devenue Khatoun...

Saint-Mandé, septembre 1989.

TABLE

Deuxième partie
PARIS MENACÉ

Troisième partie
LES MERCENAIRES

Quatrième partie
LA COURSE À L'ABÎME

Première partie
UNE AUTRE RAISON D'AIMER

Deuxième partie
LES PIÈGES DE ROME

Troisième partie
LES PÂQUES SANGLANTES

Première partie
LA PIERRE ARRACHÉE

Deuxième partie
LES CHEMINS SANS ISSUE

Troisième partie

LA JUSTICE DU ROI

DANS LA MÊME COLLECTION

Charles de Gaulle, *Le Fil de l'épée et autres récits.*
Charles de Gaulle, *Mémoires d'espoir.*
Charles de Gaulle, *Mémoires de guerre.*
Jean Dutourd, de l'Académie française, *Romans.*
Jean Dutourd, de l'Académie française,
Essais et autobiographie.
Yvan Audouard, *Ma Provence.*
Alexandra David-Néel, *Grand Tibet et vaste Chine.*
Maurice Druon, de l'Académie française,
Romans mythologiques.
Maurice Druon, de l'Académie française,
Les Grandes Familles.
Maurice Druon, de l'Académie française,
Les Rois maudits.
Juliette Benzoni, *La Florentine.*

Achevé d'imprimer en avril 2000
dans les ateliers de Normandie Roto Impression s.a.
61250 Lonrai

N° d'édition : 13208
N° d'impression : 000617
Dépôt légal : avril 2000